新日本古典文学大系 別巻

続日本紀索引年表

笹山晴生
吉村武彦 編

岩波書店刊行

編集委員　　　　　　題字
佐竹昭広　　　　　　今井凌雪
大曾根章介
久保田淳
中野三敏

続日本紀索引

1) この索引は、新日本古典文学大系第12―16巻『続日本紀』第1―5分冊の本文(訓読文)に基づき作成した語彙索引である。
2) 本文の依拠した底本は、蓬左文庫本(名古屋市博物館蓬左文庫所蔵)である。
3) 語彙は、人名、地名、官職・官衙名、社寺、陵墓名、件名、一般語彙(名詞・動詞を主とする)を採録した。
4) 語の所在は、新大系本の分冊数(①…⑤)、ページ数、行数の順で示した。

《見出し》
1) 人名で、賜姓によって氏と姓が変わった場合は、前名を〔 〕で付記した。また賜姓後の氏名も項目としてたて、→で賜姓後の名を指し示した。
2) また、賜姓のとき、氏は変わらず、姓だけがかわった場合は、前項と同じく、賜姓後の氏名を別に掲げた。
3) 職名その他で、明らかにその人物と判明する場合は、人名としても立項した。
4) 人名の「一麿」は「一麻呂」に、「旱部」は「日下部」に統一した。
5) 地名は、国郡里(郷)を連記するものは、国名、郡名、里(郷)名に分けて掲げ、郡名、里(郷)名、山、川等には、その属する国名を注記した。
6) 活用語の場合、終止形をもって項目とした。また、漢字2字を動詞として訓んでいる場合、原則として語尾の送り仮名は削った。
7) 適宜、項目名に( )で補記をした。
8) ⇨で参照項目を示した。また、同類の語には、適宜、項目末に→を付して相互に参照させた。
9) 同一表記で内容の異なるものは、^{1} ^{2} …を付して区別した。

《排列》
1) 各項目の第1字目の文字を、その読みの五十音順に並べた。つぎに、第1字目が同字である場合は、第2字目を同様の方法で、さらに、以下はこれに準じて排列した。
2) 漢字の読みは、本索引3―19ページに掲げた「漢字音訓一覧」(画数順)に従った。
3) 同音漢字の排列は画数順とし、同音・同画数のものは部首順とした。
4) 平仮名文字は、同音の漢字の前に配置した。

《漢字音訓一覧》
1) 「漢字音訓一覧」(画数順)には、索引語第1字目の漢字を画数順・部首順に排列し、この索引での読みを示した。
2) 検索の便宜上、1漢字に1つの読みを定めた。
3) 漢字の読みはすべて音読みを採用して片仮名で、国字(日本で作られた訓読みの漢字)は平仮名で読みを示した。
4) 漢字の読みは漢音を主とした。

(吉村武彦)

1〜5画

漢字音訓一覧

【1画】

乙	オツ	47

【2画】

一	丁	テイ	296
丿	乃	ダイ	264
亅	了	リョウ	405
人	人	ジン	219
入	入	ニュウ	329
八	八	ハチ	339
几	几	キ	71
刀	刀	トウ	309
力	力	リキ	402
卜	卜	ボク	375

【3画】

一	下	カ	48
	丈	ジョウ	202
	上	ジョウ	202
	万	マン	379
	与	ヨ	395
丶	丸	ガン	69
丿	久	キュウ	80
	之	シ	155
乙	乞	コツ	136
二	于	ウ	37
亠	亡	ボウ	373
几	凡	ボン	377
刀	刃	ジン	220
十	千	セン	239
口	口	コウ	119
土	土	ド	308

士	士	シ	155
夕	夕	セキ	235
大	大	ダイ	264
女	女	ジョ	195
子	子	シ	155
寸	寸	スン	224
小	小	ショウ	196
尸	尸	シ	155
山	山	サン	149
巛	川	セン	240
工	工	コウ	120
己	已	イ	26
	己	コ	115
	巳	シ	155
干	干	カン	62
弓	弓	キュウ	81
手	才	サイ	143

【4画】

一	丑	チュウ	282
	不	フ	352
丨	中	チュウ	282
丶	丹	タン	275
丿	乏	ボウ	374
亅	予	ヨ	395
二	云	ウン	38
	井	セイ	225
亠	亢	コウ	120
人	介	カイ	55
	仇	キュウ	82
	今	コン	137
	仍	ジョウ	204
	仁	ジン	220
	仏	ブツ	358
儿	允	イン	34

儿	元	ゲン	112
八	公	コウ	120
冂	円	エン	42
	内	ナイ	323
凵	凶	キョウ	88
刀	刈	ガイ	58
	分	フン	359
勹	勾	コウ	121
匕	化	カ	49
匚	区	ク	99
	匹	ヒツ	347
十	午	ゴ	118
	升	ショウ	197
又	収	シュウ	178
	双	ソウ	248
	反	ハン	339
	友	ユウ	391
土	壬	ジン	220
大	太	タ	260
	天	テン	297
	夫	フ	352
	夭	ヨウ	395
子	孔	コウ	121
小	少	ショウ	197
尢	尤	ユウ	391
尸	尺	シャク	173
屮	屯	トン	321
幺	幻	ゲン	112
廾	廿	ジュウ	181
弓	引	イン	34
	弔	チョウ	285
心	心	シン	209
戈	戈	カ	49
戸	戸	コ	115
手	手	シュ	174
支	支	シ	155

文	文	ブン	360
斗	斗	ト	307
斤	斤	キン	95
方	方	ホウ	369
旡	无	ム	383
日	日	ニチ	327
曰	曰	エツ	40
月	月	ゲツ	107
木	木	モク	388
欠	欠	ケツ	106
止	止	シ	155
比	比	ヒ	343
毛	毛	モウ	388
氏	氏	シ	155
水	水	スイ	222
火	火	カ	49
爪	爪	ソウ	248
父	父	フ	352
片	片	ヘン	366
牙	牙	ガ	53
牛	牛	ギュウ	84
犬	犬	ケン	107
玉	王	オウ	45

【5画】

一	丘	キュウ	82
	且	ショ	191
	世	セイ	225
丶	主	シュ	174
丿	乎	コ	115
人	以	イ	26
	仕	シ	156
	仗	ジョウ	205
	他	タ	261
	代	ダイ	275

3

5〜6画　　漢字音訓一覧

付	フ	353	心	ヒツ	347	亅	ソウ	248	団	ダン	277
令	レイ	410	戈	ボ	368	亠	ガイ	60	土	ザイ	145
儿	ケイ	103	手	ダ	263	交	コウ	122	地	チ	279
一	シャ	172	斤	セキ	235	人	イ	26	士	ソウ	248
冫	トウ	309	日	キュウ	82	仮	カ	50	夕	シュク	187
几	ショ	191	旦	タン	276	会	カイ	55	多	タ	261
凵	シュツ	188	木	ホン	376	企	キ	71	大	イ	28
刀	カン	62	末	マツ	379	伎	キ	71	女	コウ	123
力	カ	49	未	ミ	381	休	キュウ	82	如	ジョ	195
	コウ	121	止	セイ	225	仰	ギョウ	93	妃	ヒ	343
勹	ホウ	369	母	ボ	368	全	ゼン	244	妄	モウ	388
匕	ホク	375	氏	ミン	381	仲	チュウ	284	子	ジ	165
十	ハン	339	水	エイ	39	伝	デン	306	存	ソン	258
卜	セン	240		ヒョウ	349	任	ニン	329	宀	アン	23
卩	ボウ	374	犬	ハン	339	伐	バツ	339	宇	ウ	37
厶	キョ	84	玄	ゲン	112	伏	フク	357	守	シュ	175
口	カ	49	玉	ギョク	94	儿	キョウ	88	宅	タク	275
	コ	115	瓦	ガ	53	光	コウ	123	寸	ジ	165
叩	コウ	121	甘	カン	62	充	ジュウ	181	尸	ジン	221
号	ゴウ	132	生	セイ	229	先	セン	240	巛	シュウ	178
司	シ	156	用	ヨウ	395	兆	チョウ	286	巡	ジュン	190
史	シ	156	田	コウ	122	八	キョウ	89	巾	ハン	339
召	ショウ	198	申	シン	209	冂	サイ	143	干	ネン	331
右	ユウ	391	田	デン	304	刀	ケイ	103	并	ヘイ	364
囗	シュウ	178	由	ユウ	392	列	レツ	412	广	ショウ	198
土	アツ	23	疋	ソ	247	力	レツ	412	弋	シキ	170
夕	ガイ	58	白	ハク	336	匚	キョウ	89	弐	ニ	327
大	シツ	171	皮	ヒ	343	匠	ショウ	198	弓	シ	157
女	ド	308	目	モク	388	卩	イン	34	彑	トウ	309
尸	ニ	327	矢	シ	157	危	キ	71	戈	ジュ	176
工	キョ	85	石	セキ	235	口	カク	60	戎	ジュウ	181
巧	コウ	121	示	シ	157	吉	キチ	78	戍	ジュツ	189
左	サ	139	礼	レイ	410	叫	キョウ	89	成	セイ	229
巾	シ	157	禾	カ	49	后	コウ	123	日	シ	157
布	フ	353	穴	ケツ	106	向	コウ	123	旬	ジュン	190
干	ヘイ	363	立	リツ	403	合	ゴウ	132	早	ソウ	248
幺	ヨウ	395	辵	ヘン	366	吐	ト	307	日	エイ	39
广	コウ	121				同	ドウ	319	曲	キョク	94
庁	チョウ	286	【6画】			名	メイ	385	月	ユウ	392
廾	ベン	367				吏	リ	401	木	キュウ	82
弓	コウ	122	一	リョウ	405	囗	イン	34	朱	シュ	175

4

漢字音訓一覧　　　　　　　6〜7画

欠	朴	ボク	375		何	カ	50		坐	ザ	142	折	セツ	238
欠	次	ジ	165		伽	カ	50		坏	ハイ	335	択	タク	275
止	此	シ	158		佐	サ	140		坂	ハン	340	投	トウ	310
歹	死	シ	158		作	サク	146		坊	ボウ	374	把	ハ	334
毋	毎	マイ	379		伺	シ	159		士 壱	イチ	33	抜	バツ	339
气	気	キ	71		住	ジュウ	181		声	セイ	230	扶	フ	353
水	汚	オ	45		体	タイ	263		売	バイ	336	抃	ベン	367
	江	コウ	123		但	タン	276	女	妨	ボウ	374	抑	ヨク	398
	汝	ジョ	195		佇	チョ	285		妙	ミョウ	381	支 改	カイ	55
	池	チ	279		佃	デン	306		妖	ヨウ	396	攻	コウ	124
	汎	ハン	340		伯	ハク	337	子	孝	コウ	123	日 旱	カン	63
火	灰	カイ	55		伴	バン	341		孚	フ	353	旰	カン	63
	灯	トウ	310		余	ヨ	395		孛	ボツ	375	日 更	コウ	124
牛	牟	ム	383	儿	克	コク	133	宀	完	カン	62	木 杠	コウ	124
犬	犲	サイ	143		児	ジ	166		宋	ソウ	248	材	ザイ	145
白	百	ヒャク	347	八	兵	ヘイ	364		宍	ニク	327	条	ジョウ	205
竹	竹	チク	281	冫	冶	ヤ	390	寸	寿	ジュ	176	杖	ジョウ	205
米	米	ベイ	365	刀	刪	サン	152		対	タイ	263	束	ソク	256
糸	糸	シ	158		初	ショ	191	尸	尾	ビ	345	村	ソン	258
羽	羽	ウ	37		判	ハン	340	山	岐	キ	71	来	ライ	399
老	考	コウ	123		別	ベツ	366	工	巫	フ	353	李	リ	401
	老	ロウ	413		利	リ	401	巾	希	キ	71	水 汲	キュウ	82
耳	耳	ジ	165	力	劫	ゴウ	133	广	序	ジョ	195	決	ケツ	106
肉	肉	ニク	327		助	ジョ	195	廴	廷	テイ	296	沙	サ	142
自	自	ジ	165		努	ド	308	廾	奔	キ	71	沢	タク	275
至	至	シ	158		労	ロウ	413		弄	ロウ	414	沖	チュウ	284
舛	舛	セン	241	匸	医	イ	29	弓	弟	テイ	296	沈	チン	292
舟	舟	シュウ	178	卩	却	キャク	80	彡	形	ケイ	103	沐	ボク	375
色	色	ショク	207		即	ソク	255	彳	役	ヤキ	390	没	ボツ	375
艸	芝	シ	159	口	含	ガン	69	心	応	オウ	46	沃	ヨク	398
	芒	ボウ	374		君	クン	100		快	カイ	55	火 災	サイ	143
虫	虫	チュウ	284		告	コク	133		忌	キ	71	灼	シャク	173
血	血	ケツ	106		吾	ゴ	118		志	シ	159	牛 牡	ボ	368
行	行	ギョウ	93		呉	ゴ	118		忒	トク	321	犬 狂	キョウ	89
衣	衣	イ	28		呈	テイ	296		忍	ニン	330	状	ジョウ	205
襾	西	セイ	229		吠	ハイ	335		忘	ボウ	374	狄	テキ	297
					呂	ロ	413	戈	戒	カイ	55	玉 玖	キュウ	82
【7画】				口	囲	イ	30		我	ガ	54	田 男	ダン	277
					困	コン	137	戸	戻	レイ	411	町	チョウ	286
乙	乱	ラン	400		図	ズ	222	手	抗	コウ	124	白 皃	ボウ	374
人	位	イ	28	土	均	キン	95		抄	ショウ	198	示 社	シャ	172

7〜8画 漢字音訓一覧

部首	漢字	音訓	頁	部首	漢字	音訓	頁	部首	漢字	音訓	頁	部首	漢字	音訓	頁
禾	私	シ	159	ノ	乖	カイ	56	囗	固	コ	116		庖	ホウ	370
	秀	シュウ	179	乙	乳	ニュウ	329		国	コク	133	廴	延	エン	42
穴	究	キュウ	82	亅	事	ジ	166		囹	レイ	411	弓	弦	ゲン	113
糸	糾	キュウ	82	亠	京	キョウ	89	土	坤	コン	137		弩	ド	309
	系	ケイ	103	人	依	イ	30		垂	スイ	222		弥	ミ	381
网	罕	カン	63		価	カ	50		坼	タク	275	彳	往	オウ	46
肉	肝	カン	63		供	キョウ	90		坦	タン	276		径	ケイ	103
	肖	ショウ	198		侭	コウ	124	夕	夜	ヤ	390		征	セイ	231
臣	臣	シン	210		使	シ	160	大	奄	エン	42		徂	ソ	247
艮	良	リョウ	406		舎	シャ	172		奇	キ	71		彼	ヒ	343
艸	花	カ	50		侏	シュ	175		奈	ナ	323	心	怡	イ	30
	苅	ガイ	60		侍	ジ	167		奉	ホウ	369		怪	カイ	56
	芸	ゲイ	106		佩	ハイ	335		奔	ホン	377		怯	キョウ	90
	芰	サン	152		佰	ハク	337	女	委	イ	30		忽	コツ	136
	芳	ホウ	369		併	ヘイ	365		妻	サイ	143		性	セイ	232
見	見	ケン	107		侑	ユウ	393		始	シ	161		怱	ソウ	248
角	角	カク	60		例	レイ	411		姉	シ	161		忠	チュウ	284
言	言	ゲン	112	儿	尩	オウ	46		妾	ショウ	198		念	ネン	332
谷	谷	コク	133		尭	ギョウ	94		姓	セイ	230		忿	フン	359
赤	赤	セキ	237		免	メン	387	子	学	ガク	61	戸	所	ショ	192
走	走	ソウ	248	八	其	キ	71		季	キ	72		房	ボウ	374
足	足	ソク	256		具	グ	99		孟	モウ	388	手	押	オウ	46
身	身	シン	210		典	テン	303	宀	宛	エン	42		拒	キョ	86
車	車	シャ	172	凵	函	カン	63		官	カン	63		拠	キョ	86
辛	辛	シン	211	刀	刻	コク	133		宜	ギ	77		拘	コウ	125
辰	辰	シン	211		刺	シ	161		実	ジツ	171		承	ショウ	198
辵	迂	ウ	37		制	セイ	230		宗	ソウ	248		招	ショウ	198
	近	キン	95		到	トウ	310		定	テイ	296		拙	セツ	238
	迎	ゲイ	106	力	効	コウ	124		宝	ホウ	369		担	タン	276
	返	ヘン	366	十	卒	ソツ	258	小	尚	ショウ	198		抽	チュウ	285
邑	那	ナ	323		卓	タク	275	尸	居	キョ	85		拝	ハイ	335
	邦	ホウ	369	ム	参	サン	152		屈	クツ	100		披	ヒ	343
	邑	ユウ	393	又	取	シュ	175	山	岸	ガン	69		拋	ホウ	370
酉	酉	ユウ	393		受	ジュ	176		岡	コウ	124	攴	放	ホウ	370
里	里	リ	401	口	咎	キュウ	83	巾	帒	タイ	263	方	於	オ	45
阜	阜	ボウ	374		周	シュウ	179		帖	チョウ	286	日	昊	コウ	125
麥	麦	バク	338		呪	ジュ	177		帛	ハク	337		昏	コン	137
					味	ミ	381	干	幸	コウ	124		昆	コン	138
【8画】					命	メイ	385		幷	ヘイ	365		昇	ショウ	198
					和	ワ	416	广	庚	コウ	125		昌	ショウ	198
一	並	ヘイ	365		困	キン	96		府	フ	353		昔	セキ	237

漢字音訓一覧

【8〜9画】

	明	メイ	386	白	的	テキ	297	附	フ	353	契	ケイ	103

部首	漢字	読み	頁	部首	漢字	読み	頁	部首	漢字	読み	頁	部首	漢字	読み	頁
	明	メイ	386	白	的	テキ	297		附	フ	353		契	ケイ	103
月	服	フク	357	皿	盂	ウ	37	雨	雨	ウ	37		奏	ソウ	248
	朋	ホウ	371	目	直	チョク	290	青	青	セイ	232	女	威	イ	30
木	枉	オウ	46	矢	知	チ	279	非	非	ヒ	343		姻	イン	34
	果	カ	50	示	祁	キ	72	齊	斉	セイ	232		姶	オウ	46
	枝	シ	161		祈	キ	72						姦	カン	65
	松	ショウ	198		祉	シ	161	【9画】					奸	カン	65
	枢	スウ	223		祀	シ	161						姿	シ	161
	枕	チン	292	穴	穹	キュウ	83	ノ	乗	ジョウ	205		姪	テツ	297
	東	トウ	310		空	クウ	99	亠	亭	テイ	296		姙	ニン	330
	板	ハン	341	竹	竺	ジク	170	人	俊	シュン	189	子	孩	ガイ	60
	枚	マイ	379	网	罔	モウ	388		侵	シン	211		孤	コ	116
	杳	ヨウ	396	肉	肩	ケン	107		信	シン	211	宀	客	キャク	80
	林	リン	407		股	コ	116		促	ソク	256		室	シツ	171
欠	欣	キン	96		肯	コウ	125		俗	ゾク	256		宣	セン	241
止	武	ブ	355		肱	コウ	125		俘	フ	353		宥	ユウ	393
	歩	ホ	368		肥	ヒ	343		便	ベン	367	寸	専	セン	241
毋	毒	ドク	321	艸	英	エイ	39		保	ホ	368		封	フウ	356
水	泳	エイ	39		苛	カ	51	冂	冑	チュウ	285	尸	屋	オク	47
	沿	エン	42		苦	ク	99	冖	冠	カン	64		屍	シ	161
	河	カ	50		苟	コウ	125	刀	剋	コク	136		屎	シ	161
	泣	キュウ	83		若	ジャク	173		削	サク	146		昼	チュウ	285
	沽	コ	116		苫	セン	241		前	ゼン	244	己	巻	カン	65
	沮	ショ	192		范	ハン	341		則	ソク	256		巷	コウ	125
	治	ジ	167		苗	ビョウ	350		剃	テイ	296	巾	帥	スイ	222
	注	チュウ	285		苞	ホウ	372	力	勅	チョク	291		帝	テイ	296
	泥	デイ	297		茅	ボウ	374		勇	ユウ	393	幺	幽	ユウ	393
	波	ハ	334		茂	モ	388	勹	匍	ホ	368	广	度	ド	309
	泊	ハク	337	虍	虎	コ	116	十	単	タン	276	廴	廻	カイ	56
	沸	フツ	358	衣	表	ヒョウ	350		南	ナン	325		建	ケン	107
	法	ホウ	371	辵	迫	ハク	338		卑	ヒ	344	彳	後	ゴ	118
火	炎	エン	42	邑	邪	ジャ	173	厂	厚	コウ	125		待	タイ	263
	炊	スイ	222	釆	采	サイ	143	又	叙	ジョ	195		律	リツ	403
月	朊	ショウ	198	金	金	キン	96		叛	ハン	341	心	怨	エン	42
牛	物	ブツ	358	長	長	チョウ	286	口	哀	アイ	23		悔	カイ	56
	牧	ボク	375	門	門	モン	388		咽	イン	34		恢	カイ	56
犬	狗	ク	99	阜	阿	ア	21		品	ヒン	350		恪	カク	61
	狛	ハク	337		陕	キョ	84	土	垣	エン	42		急	キュウ	83
玉	玩	ガン	69		阻	ソ	247		城	ジョウ	205		協	キョウ	90
田	画	ガ	54		陀	ダ	263	夂	変	ヘン	366		恒	コウ	125
广	疚	キュウ	83		陂	ハ	334	大	奕	エキ	40		恨	コン	138

9〜10画　　　　　漢字音訓一覧

	思	シ	161	浄	ジョウ	205	秋	シュウ	179	逃	トウ	311
	恤	ジュツ	189	洗	セン	241	穴 窈	セツ	238	迷	メイ	386
	怠	タイ	263	浅	セン	241	牢	ロウ	414	邑 郊	コウ	127
	怒	ド	309	泉	セン	241	竹 竿	カン	65	郎	ロウ	414
手	按	アン	25	洛	ラク	400	米 籾	もみ	388	酉 酋	シュウ	179
	挟	キョウ	90	火 為	イ	30	糸 紀	キ	72	里 重	ジュウ	181
	挂	ケイ	103	炬	キョ	86	級	キュウ	83	阜 限	ゲン	113
	拷	ゴウ	133	点	テン	304	紅	コウ	127	面 面	メン	387
	指	シ	161	犬 狭	キョウ	90	約	ヤク	390	革 革	カク	61
	持	ジ	168	狐	コ	116	羊 美	ビ	345	音 音	オン	47
	挑	チョウ	287	狡	コウ	125	羽 羿	ゲイ	106	風 風	フウ	356
	拶	ロウ	414	狩	シュ	175	耳 耶	ヤ	390	飛 飛	ヒ	344
攴	故	コ	116	独	ドク	321	肉 胤	イン	34	食 食	ショク	207
	政	セイ	232	玉 珂	カ	51	胛	コウ	127	首 首	シュ	175
斤	斫	シャク	173	珍	チン	292	胥	ショ	192	香 香	コウ	127
方	施	シ	162	瓦 瓮	ホン	377	胆	タン	276			
日	春	シュン	189	甘 甚	ジン	221	背	ハイ	335	**【10画】**		
	昭	ショウ	198	田 畏	イ	30	臣 臥	ガ	54			
	星	セイ	232	界	カイ	57	自 臭	シュウ	179	人 倹	ケン	108
	是	ゼ	225	畋	テン	304	艸 荊	ケイ	103	倦	ケン	108
	昧	マイ	379	疒 疫	エキ	40	荒	コウ	127	候	コウ	127
木	栄	エイ	39	癶 癸	キ	72	茨	シ	162	借	シャク	173
	柯	カ	51	発	ハツ	339	茲	ジ	168	修	シュウ	180
	柵	サク	146	白 皆	カイ	57	荐	セン	241	倉	ソウ	251
	柿	シ	162	皇	コウ	125	草	ソウ	250	値	チ	280
	柒	シツ	171	皿 盈	エイ	39	荘	ソウ	251	倍	バイ	336
	柔	ジュウ	181	目 看	カン	65	虫 虹	コウ	127	俯	フ	354
	染	セン	241	県	ケン	108	衣 衿	キン	97	俸	ホウ	372
	柁	タ	263	省	セイ	232	衽	ジン	221	倫	リン	407
	柱	チュウ	285	相	ソウ	249	袂	ベイ	365	倭	ワ	417
	柏	ハク	338	眇	ビョウ	350	両 要	ヨウ	396	儿 党	トウ	311
	柚	ユウ	393	冒	ボウ	374	言 計	ケイ	103	八 兼	ケン	108
	柳	リュウ	404	矛 矜	キョウ	91	貝 貞	テイ	296	一 冤	エン	42
歹	殄	テン	304	石 研	ケン	108	負	フ	353	冖 冢	チョウ	287
殳	段	ダン	277	砂	サ	142	走 赴	フ	354	冥	メイ	386
比	毗	ヒ	344	示 祝	シュク	187	車 軌	キ	74	冫 准	ジュン	190
水	海	カイ	56	神	シン	212	軍	グン	101	凌	リョウ	406
	洽	コウ	125	祖	ソ	247	辵 逆	ギャク	80	刀 剣	ケン	109
	洪	コウ	125	祢	ネ	331	送	ソウ	251	剗	サン	152
	酒	シャ	172	祐	ユウ	393	退	タイ	264	剖	ボウ	374
	津	シン	211	禾 科	カ	51	追	ツイ	295	力 勉	ベン	367

8

漢字音訓一覧　　　　　　　　　　10画

匚	匪	ヒ	344		恵	ケイ	103		栫	ボウ	374		柞	ソ	247
厂	原	ゲン	113		悟	ゴ	119		栗	リツ	403		祓	フツ	358
口	員	イン	34		恣	シ	162	歹	残	ザン	153	禾	称	ショウ	199
	哥	カ	51		悛	シュン	189		殊	シュ	176		秦	シン	214
	哭	コク	136		悚	ショウ	199		殉	ジュン	191		租	ソ	247
	哲	テツ	297		恕	ジョ	196	殳	殷	イン	35		秩	チツ	281
	唐	トウ	311		息	ソク	256		殺	サツ	146		秘	ヒ	344
土	埋	マイ	379		恥	チ	280	水	涇	ケイ	104	穴	窄	サク	146
夂	夏	カ	51		悖	ハイ	335		消	ショウ	199	立	竜	リュウ	405
女	娥	ガ	54		悉	ヨウ	396		涅	ネ	331	竹	笈	キュウ	83
	娉	ヘイ	365	戸	扇	セン	241		浜	ヒン	351		笏	コツ	136
子	孫	ソン	258	手	挙	キョ	86		浮	フ	354		竿	サン	152
宀	宴	エン	42		捜	ソウ	251		浦	ホ	368	糸	索	サク	146
	家	カ	51		捉	ソク	256		涌	ユウ	393		紙	シ	162
	宦	カン	65		捕	ホ	368		浴	ヨク	398		紗	シャ	172
	害	ガイ	60	攴	敏	ビン	351		流	リュウ	404		純	ジュン	191
	宮	キュウ	83	斗	料	リョウ	406		浪	ロウ	414		素	ソ	247
	宰	サイ	143	方	旁	ボウ	374	火	烏	ウ	37		納	ノウ	333
	宵	ショウ	198		旅	リョ	405		烟	エン	43	老	耆	キ	74
	宸	シン	214	旡	既	キ	74		烋	キュウ	83		耄	モウ	388
	容	ヨウ	396	日	晏	アン	25	牛	特	トク	321	耒	耕	コウ	127
寸	射	シャ	172		晋	シン	214	犬	狼	ロウ	414	耳	耽	タン	276
	将	ショウ	198		時	ジ	168	玉	珪	ケイ	104	肉	胸	キョウ	91
山	峻	シュン	190	日	書	ショ	192		珥	ジ	169		脂	シ	162
	峯	ホウ	372	月	朔	サク	146		珠	シュ	176		能	ノウ	333
工	差	サ	142		朕	チン	292		班	ハン	341		脈	ミャク	381
巾	帰	キ	74		朗	ロウ	414	田	畜	チク	281	至	致	チ	280
	師	シ	162	木	案	アン	25		畝	ホ	368	舌	舐	シ	162
	席	セキ	238		桉	アン	25		留	リュウ	404	艸	荷	カ	52
	帯	タイ	264		桜	オウ	46	疒	疾	シツ	171		華	カ	52
广	庫	コ	116		格	カク	61		疹	シン	214		荻	テキ	297
	座	ザ	143		桓	カン	65		疲	ヒ	344		茶	ト	307
	庭	テイ	296		校	コウ	127		病	ビョウ	350		莫	バク	338
弓	弱	ジャク	174		根	コン	138	皿	益	エキ	40	虍	虔	ケン	109
彳	従	ジュウ	182		柴	サイ	143	目	眩	ゲン	113	虫	蚕	サン	152
	徐	ジョ	196		株	シュ	175		真	シン	214		蚊	ブン	361
	徒	ト	307		栖	セイ	232	石	破	ハ	334	衣	袁	エン	43
心	悦	エツ	41		桑	ソウ	251	示	祇	シ	162		衾	キン	97
	恩	オン	47		桃	トウ	312		祠	シ	162		袖	シュウ	180
	恭	キョウ	91		栢	ハク	338		祥	ショウ	199		衰	スイ	223
	恐	キョウ	91		梅	バイ	336		祟	スイ	222		被	ヒ	344

10〜11画　漢字音訓一覧

袍	ホウ	372				窖	コウ	131	推	スイ	223
言 記	キ	74	【11画】			宿	シュク	187	接	セツ	238
訖	キツ	79				寂	ジャク	174	措	ソ	247
訓	クン	100	乙 乾	カン	65	密	ミツ	381	掃	ソウ	252
託	タク	275	人 假	カ	52	山 崑	コン	138	捻	ソウ	252
討	トウ	312	偽	ギ	77	崇	スウ	223	排	ハイ	335
豸 豹	ヒョウ	350	偶	グウ	100	崩	ホウ	372	捧	ホウ	372
貝 貢	コウ	128	健	ケン	109	巛 巣	ソウ	251	掠	リャク	404
財	ザイ	145	偁	ショウ	199	巾 帷	イ	30	攴 救	キュウ	83
走 起	キ	75	側	ソク	256	常	ジョウ	206	教	キョウ	91
身 躬	キュウ	83	停	テイ	296	帳	チョウ	287	敗	ハイ	335
車 軒	ケン	109	偏	ヘン	367	广 康	コウ	131	斗 斛	コク	136
辰 辱	ジョク	209	儿 兜	トウ	312	庶	ショ	192	斤 斬	ザン	153
辶 迹	セキ	238	冂 冕	ベン	367	庸	ヨウ	396	断	ダン	277
速	ソク	256	刀 剪	セン	241	弓 強	キョウ	91	方 旌	セイ	232
造	ゾウ	253	副	フク	357	張	チョウ	287	族	ゾク	256
逐	チク	281	力 勘	カン	65	彑 彗	スイ	223	日 晦	カイ	57
通	ツウ	295	勗	キョク	94	彡 彩	サイ	143	晨	シン	215
逓	テイ	296	動	ドウ	319	彫	チョウ	287	曰 曹	ソウ	252
途	ト	307	務	ム	383	彳 徙	シ	162	月 望	ボウ	374
連	レン	412	勒	ロク	415	得	トク	321	木 梗	コウ	131
邑 郡	グン	101	口 啓	ケイ	104	心 悪	アク	23	梓	シ	162
邕	ヨウ	396	唱	ショウ	199	惟	イ	30	梶	ビ	346
酉 酒	シュ	176	商	ショウ	199	患	カン	65	梵	ボン	378
配	ハイ	335	問	モン	388	悉	シツ	171	梨	リ	401
金 針	シン	215	唯	ユイ	391	情	ジョウ	207	根	ロウ	414
釜	フ	354	土 域	イキ	32	悽	セイ	232	欠 欲	ヨク	398
阜 院	イン	35	埼	キ	75	惜	セキ	238	水 淫	イン	35
陥	カン	65	基	キ	75	悵	チョウ	287	淹	エン	43
降	コウ	128	堀	クツ	100	惕	テキ	297	涵	カン	65
除	ジョ	196	執	シツ	171	悼	トウ	312	涸	コ	116
陣	ジン	221	埴	ショク	208	悠	ユウ	393	淯	コウ	131
陟	チョク	292	堂	ドウ	319	手 掖	エキ	40	混	コン	138
陛	ヘイ	365	女 婬	イン	35	掩	エン	43	済	サイ	144
隹 隼	シュン	190	婉	エン	43	掛	カ	52	淑	シュク	188
隻	セキ	238	婚	コン	138	掘	クツ	100	渉	ショウ	199
食 飢	キ	75	娶	シュ	176	揭	ケイ	104	深	シン	215
馬 馬	バ	334	婢	ヒ	344	採	サイ	144	渋	ジュウ	187
骨 骨	コツ	136	婦	フ	354	捨	シャ	172	淳	ジュン	191
高 高	コウ	128	宀 寅	イン	35	捷	ショウ	199	清	セイ	233
鬼 鬼	キ	75	寄	キ	75	授	ジュ	177	淡	タン	276

漢字音訓一覧　　　　　　　11〜12画

	添	テン	304		羽	習	シュウ	180		貧	ヒン	351				
	淪	リン	407		聿	粛	シュク	188		貶	ヘン	367		【12画】		
	淮	ワイ	417		肉	脚	キャク	80		赤	赦	シャ	172				
火	烽	ホウ	372			脛	ケイ	104		車	転	テン	304		人	倹	ケン	109
爻	爽	ソウ	252			脩	シュウ	180		辵	逸	イツ	34			備	ビ	346
牛	牽	ケン	109			脱	ダツ	275			進	シン	215			傍	ボウ	374
犬	猗	ギョ	88		臼	舂	ショウ	200			逝	セイ	233		几	凱	ガイ	60
	猜	サイ	144		舟	舳	ジク	170			逗	トウ	312		刀	割	カツ	61
	猖	ショウ	200			船	セン	241			逋	ホ	368			創	ソウ	252
	猪	チョ	285			舶	ハク	338		邑	郭	カク	61		力	勤	キン	97
	猟	リョウ	406		艸	菴	アン	25			郷	キョウ	92			勝	ショウ	200
玄	率	リツ	404			菓	カ	52			都	ト	307			募	ボ	369
玉	球	キュウ	84			菅	カン	65			部	ブ	355		十	博	ハク	338
	現	ゲン	113			菊	キク	78		酉	酔	スイ	223		卩	卿	ケイ	104
	理	リ	401			菜	サイ	144		釆	釈	シャク	173		厂	厨	チュウ	285
生	産	サン	152			菖	ショウ	200		里	野	ヤ	390		口	営	エイ	39
田	異	イ	30			著	チョ	285		門	閉	ヘイ	365			喚	カン	66
	畢	ヒツ	347			菟	ト	307			閇	ヘイ	365			喜	キ	75
	略	リャク	404			菲	ヒ	344		阜	陰	イン	35			喫	キツ	79
皿	盛	セイ	233			萍	ヘイ	365			険	ケン	109			喬	キョウ	92
	盗	トウ	312			萌	ホウ	372			陳	チン	294			喧	ケン	109
目	眼	ガン	69			菩	ボ	369			陶	トウ	312			喉	コウ	131
	眷	ケン	109			菱	リョウ	406			陪	バイ	336			善	ゼン	245
示	祭	サイ	144		虍	虚	キョ	86			陸	リク	402			喪	ソウ	252
禾	移	イ	31		行	術	ジュツ	189			隆	リュウ	405			喩	ユ	391
立	章	ショウ	200		衣	袈	ケ	103			陵	リョウ	406		土	堙	イン	35
竹	第	ダイ	275			袴	コ	117		隹	雀	ジャク	174			堰	エン	43
	答	トウ	280			袷	コウ	131		雨	雩	ウ	37			堺	カイ	57
	笛	テキ	297		見	規	キ	75			雪	セツ	239			堅	ケン	109
	符	フ	354			視	シ	163		頁	頃	ケイ	104			場	ジョウ	207
	笠	リュウ	405			覓	ベキ	366			頂	チョウ	287			堤	テイ	297
米	粗	ソ	247		言	許	キョ	86		食	飡	ソン	258			塔	トウ	312
糸	絢	ク	99			訣	ケツ	107		魚	魚	ギョ	86			報	ホウ	372
	経	ケイ	104			訟	ショウ	200		鳥	鳥	チョウ	287		大	奥	オウ	46
	絃	ゲン	114			設	セツ	238		鹿	鹿	ロク	415			奢	シャ	173
	細	サイ	144			訪	ホウ	372		麻	麻	マ	379			奠	テン	304
	絁	シ	162			訳	ヤク	390		黄	黄	コウ	131		女	媛	エン	43
	終	シュウ	180		貝	貨	カ	52		黒	黒	コク	136			媚	ビ	347
	紹	ショウ	200			貫	カン	66		斉	斎	サイ	144		宀	寒	カン	66
	絎	チョ	285			責	セキ	238		亀	亀	キ	75			寐	ビ	347
|累|ルイ|409|	|貪|ドン|322|					|富|フ|354

12画

漢字音訓一覧

寸	尋	ジン	221	棘	キョク	94	广	痛	ツウ	295	衣	裁	サイ	144
	尊	ソン	258	検	ケン	109	癶	登	ト	307		装	ソウ	252
尢	就	シュウ	180	椒	ショウ	200	矢	短	タン	277		補	ホ	368
尸	属	ゾク	257	椛	ジャク	174	示	祯	シン	216		裕	ユウ	393
	屠	ト	307	椎	ツイ	295		禄	ロク	415		裡	リ	402
广	廃	ハイ	336	棟	トウ	312	禾	稀	キ	76	襾	覃	タン	277
弓	弾	ダン	278	椋	リョウ	406		稍	ショウ	200	見	覚	カク	61
彳	御	ギョ	86	欠	款	カン	66		税	ゼイ	235	言	詠	エイ	39
	循	ジュン	191		欽	キン	97		程	テイ	297		詐	サ	142
	復	フク	357		欺	ギ	77	立	童	ドウ	319		詞	シ	163
心	惸	ケイ	104	歹	殖	ショク	208	竹	筋	キン	97		証	ショウ	200
	惶	コウ	131	水	渭	イ	31		策	サク	146		詔	ショウ	200
	惣	ソウ	252		淵	エン	43		筑	チク	281		訴	ソ	247
	惻	ソク	256		温	オン	47		答	トウ	312		評	ヒョウ	350
	悲	ヒ	344		渙	カン	66		等	トウ	313	豕	象	ショウ	201
	惑	ワク	417		渠	キョ	86		筆	ヒツ	347	豸	貂	チョウ	289
手	援	エン	43		減	ゲン	114	米	粢	シ	163	貝	貽	イ	31
	掾	エン	43		湖	コ	117		粥	シュク	188		賀	ガ	54
	揆	キ	75		湿	シツ	171		粟	ゾク	257		貴	キ	76
	掌	ショウ	200		滋	ジ	169	糸	絵	カイ	57		貺	キョウ	88
	搊	ソウ	252		測	ソク	256		給	キュウ	84		貸	タイ	264
	揖	ユウ	393		湛	タン	277		結	ケツ	107		貯	チョ	285
	揚	ヨウ	396		渡	ト	307		絞	コウ	131		買	バイ	336
	揺	ヨウ	396		湯	トウ	312		絳	コウ	131		費	ヒ	344
攴	敢	カン	66		渤	ボツ	376		紫	シ	163		貴	ヒ	344
	敬	ケイ	104		満	マン	379		紳	ジン	221		貿	ボウ	374
	散	サン	153		游	ユウ	393		絶	ゼツ	239	走	越	エツ	41
	敦	トン	322	火	煢	ケイ	105		統	トウ	313		超	チョウ	289
文	斐	ヒ	344		焼	ショウ	200	羊	着	チャク	282	車	軽	ケイ	105
斤	斯	シ	163		焦	ショウ	200	羽	翔	ショウ	200		軫	シン	216
日	暁	ギョウ	94		然	ゼン	245	肉	脂	シ	163	辛	辜	コ	117
	景	ケイ	105		焚	フン	359	舌	舒	ジョ	196	辵	運	ウン	38
	智	チ	280		無	ム	383	艸	葦	イ	31		過	カ	52
	晩	バン	341	片	牌	ハイ	336		葛	カツ	62		遇	グウ	100
	普	フ	354	犬	猨	エン	43		葺	シュウ	181		遂	スイ	223
曰	最	サイ	144		猶	ユウ	393		葬	ソウ	252		達	タツ	275
	曾	ソ	247	玉	琴	キン	97		葉	ヨウ	396		道	ドウ	319
	替	タイ	264	瓦	甌	チョウ	289		落	ラク	400		遍	ヘン	367
月	期	キ	75	田	番	バン	341	虫	蛮	バン	342		逬	ホウ	372
	朝	チョウ	287	疋	疏	ソ	247	血	衆	シュウ	180		遊	ユウ	393
木	極	キョク	94		疎	ソ	247	行	街	ガイ	60		遥	ヨウ	396

漢字音訓一覧　　　　　　12〜13画

酉	酣	カン	66	嗔	シン	216	斤	新	シン	216	示	禍	カ	52
里	量	リョウ	406	口	園	エン	43	日	暗	アン	25		禁	キン	97
金	鈦	タ	263	土	塩	エン	43		暈	ウン	38		禅	ゼン	245
	鈍	ドン	322		塊	カイ	57		暇	カ	52		禎	テイ	297
門	開	カイ	57		塞	サイ	145	木	棄	キ	76		福	フク	357
	間	カン	66		塡	テン	304		業	ギョウ	94	内	禽	キン	98
	閑	カン	66		塗	ト	308		楯	ジュン	191	禾	稔	ジン	221
	閔	ビン	351		墓	ボ	369		楚	ソ	247		稗	ハイ	336
阜	階	カイ	57	夕	夢	ム	384		楠	ナン	325		稟	リン	407
	隅	グウ	100	大	奨	ショウ	201		楢	ユウ	394	穴	窩	カ	52
	随	ズイ	223	女	嫌	ケン	109		楊	ヨウ	397		宿	クツ	100
	隊	タイ	264		媵	ヨウ	397		楽	ラク	400		窺	メイ	386
	隄	テイ	297	宀	寛	カン	67		楼	ロウ	414	竹	筥	キョ	86
	陽	ヨウ	397		寔	シ	163	止	歳	サイ	145		筭	サン	153
隹	雇	コ	117		寝	シン	216	殳	毀	キ	76		節	セツ	239
	集	シュウ	181	山	嵩	スウ	224		殿	デン	306	米	粳	コウ	132
	雄	ユウ	393	巾	幕	マク	379	水	漢	カン	67		粮	リョウ	406
雨	雲	ウン	38	干	幹	カン	67		源	ゲン	114	糸	継	ケイ	105
革	靫	サイ	144	广	廉	レン	412		溝	コウ	132		絹	ケン	110
	靱	ジン	221	彳	微	ビ	347		滄	ソウ	253		続	ゾク	257
頁	順	ジュン	191		徭	ヨウ	397		滞	タイ	264	网	罪	ザイ	145
	須	ス	222	心	愛	アイ	23		溺	デキ	297		署	ショ	193
食	飲	イン	35		意	イ	31		滂	ボウ	374		置	チ	280
	飯	ハン	341		愠	ウン	38		滅	メツ	386	羊	義	ギ	77
馬	馭	ギョ	88		感	カン	67	火	煙	エン	43		群	グン	102
	馮	ヒョウ	350		愧	キ	76		煌	コウ	132	耳	聖	セイ	233
歯	歯	シ	163		愚	グ	99		照	ショウ	201		聘	ヘイ	365
					愆	ケン	109		煩	ハン	341	聿	肆	シ	163
【13画】					愁	シュウ	181	片	牒	チョウ	289	肉	腹	フク	358
					慎	シン	216	犬	猿	エン	43	臼	舅	キュウ	84
人	傾	ケイ	105		慈	ジ	169		献	ケン	109	舛	舜	シュン	190
	催	サイ	144		想	ソウ	253		猷	ユウ	394	艸	蓋	ガイ	60
	債	サイ	144		愍	ビン	351	玉	瑕	カ	52		蒜	サン	153
	傷	ショウ	201		愈	ユ	391		瑞	ズイ	223		蓁	シン	217
	僉	セン	242	戈	戦	セン	242		瑜	ユ	391		蒸	ジョウ	207
	僧	ソウ	252	手	搆	コウ	131	疒	痼	コ	117		蒭	スウ	224
	傭	ヨウ	397		摂	セツ	239		痴	チ	280		蒼	ソウ	253
刀	剽	ヒョウ	350		損	ソン	259	日	睟	ケン	110		蓄	チク	281
力	勧	カン	66		摸	モ	388		睦	トク	321		蒲	ホ	368
	勢	セイ	233	攴	数	スウ	224	石	碁	ゴ	119		蒙	モウ	388
口	嗣	シ	163	斗	斟	シン	216		碓	タイ	264	虍	虞	グ	99

13〜14画　　　　漢字音訓一覧

	虜	リョ	405		遐	カ	52		様	ヨウ	397
虫	蜀	ショク	208		遣	ケン	110		**【14画】**		欠	歌	カ	53
	蛻	ゼイ	235		違	コウ	131					止	歴	レキ	411
	蜂	ホウ	372		遁	トン	322	人	僥	ギョウ	94	歹	殞	イン	35
行	衙	ガ	55		逾	ユ	391		僭	セン	242	水	漁	ギョ	88
衣	裾	キョ	86	酉	酬	シュウ	181		像	ゾウ	255		漁	ギョ	88
	裨	ヒ	344	金	鉛	エン	44		僕	ボク	375		漆	シツ	171
	裒	ホウ	372		鉤	コウ	131	儿	兢	キョウ	92		漸	ゼン	246
	裸	ラ	399		鉦	ショウ	202	厂	厭	エン	44		漕	ソウ	253
角	解	カイ	57		鉄	テツ	297		厲	レイ	411		滌	デキ	297
	触	ショク	208		鉢	ハチ	339	口	嘉	カ	52		漂	ヒョウ	350
言	詿	カイ	58		鈴	レイ	411	土	境	キョウ	92		漏	ロウ	414
	該	ガイ	60	阜	隕	イン	35		塵	ジン	221	火	熒	ケイ	105
	詣	ケイ	105		隔	カク	61		増	ゾウ	255		熊	ユウ	394
	試	シ	163		隙	ゲキ	106	夊	夐	ケイ	105	爻	爾	ジ	170
	詩	シ	163	隹	雅	ガ	55	大	奪	ダツ	275	犬	獄	ゴク	136
	詳	ショウ	201		雊	コウ	131	女	嫡	チャク	282	玉	瑠	ル	409
	詢	ジュン	191		雉	チ	281	宀	寡	カ	53	瓦	甄	ケン	111
	誠	セイ	234		雍	ヨウ	397		察	サツ	147	疋	疑	ギ	78
	誅	チュウ	285	雨	雹	ヒョウ	350		寧	ネイ	331	目	睿	エイ	39
	誂	チョウ	289		雷	ライ	399		寥	リョウ	407	石	碩	セキ	238
	誉	ヨ	395		零	レイ	411	尸	屢	ル	409		碑	ヒ	344
	誄	ルイ	409	頁	頑	ガン	69	山	嶋	トウ	313		碧	ヘキ	365
豆	豊	ホウ	373		頓	トン	322	彳	徴	チョウ	289	示	禋	イン	35
貝	買	カ	52		頒	ハン	341		徳	トク	321	禾	穀	コク	136
	資	シ	163		預	ヨ	395	心	慇	イン	35		種	シュ	176
	貲	シ	164	食	飼	シ	164		慚	ザン	153		稲	トウ	313
	賊	ゾク	257		飾	ショク	208		愨	トク	321	穴	寙	ゴ	119
	賃	チン	294		飰	ハン	341		慟	ドウ	320	立	竪	ジュ	178
	賂	ロ	413		飽	ホウ	373		慕	ボ	369		端	タン	277
足	跪	キ	76	馬	馴	ジュン	191	手	摺	ショウ	202	竹	管	カン	67
	跡	セキ	238		駄	タ	263		摠	ソウ	253		箕	キ	76
	践	セン	242		馳	チ	281	方	旗	キ	76	米	精	セイ	234
	跳	チョウ	289	鳥	鳩	キュウ	84	日	暦	レキ	411	糸	維	イ	31
	路	ロ	413	鹿	麁	ソ	247	木	榲	オン	47		綺	キ	76
車	載	サイ	145	鼎	鼎	テイ	297		榎	カ	53		綱	コウ	132
辛	辞	ジ	169	鼓	鼓	コ	117		樺	カ	53		綵	サイ	145
辰	農	ノウ	333	鼠	鼠	ソ	247		構	コウ	132		緇	シ	164
走	遏	アツ	23						榭	シャ	173		緒	ショ	193
	違	イ	31						槍	ソウ	253		綴	テイ	297
	遠	エン	43						榻	トウ	313		緋	ヒ	344

漢字音訓一覧　　　　　　　14〜15画

綿	メン	387	輔	ホ	368	審	シン	218	敵	テキ	297
網	モウ	388	遜	ソン	259	寮	リョウ	407	毅	キ	76
綾	リョウ	407	適	テキ	297	導	ドウ	320	漑	ガイ	60
緑	リョク	407	酷	コク	136	履	リ	402	潰	カイ	58
綸	リン	407	酺	ホ	368	幢	ドウ	320	潤	カン	67
練	レン	412	銜	カン	67	幡	ハン	341	澆	ギョウ	94
罰	バツ	339	銀	ギン	98	幣	ヘイ	365	潔	ケツ	107
聚	シュウ	181	銭	セン	242	幞	ホク	375	澍	ジュ	178
聡	ソウ	253	銓	セン	243	廝	シ	164	潤	ジュン	191
聞	ブン	361	銅	ドウ	320	弊	ヘイ	365	潜	セン	243
肇	チョウ	289	閣	カク	61	慰	イ	32	澄	チョウ	289
膏	コウ	132	関	カン	67	慶	ケイ	105	潮	チョウ	289
齊	リョ	405	閨	ケイ	105	慧	ケイ	106	潼	ドウ	320
臺	ダイ	275	閤	コウ	132	慙	ザン	153	潦	ロウ	414
蔭	イン	35	隠	イン	35	慼	セキ	238	熟	ジュク	188
蔡	サイ	145	障	ショウ	202	慕	ト ウ	313	獗	カツ	62
蓬	ホウ	373	雑	ザツ	147	憫	ビン	351	甍	ボウ	375
蓼	リョウ	407	雌	シ	164	憤	フン	360	畿	キ	76
蓮	レン	412	青	セイ	234	憂	ユウ	394	監	カン	67
蜷	ケン	111	鞆	とも	321	慮	リョ	405	磐	バン	342
蜜	ミツ	381	鞅	マツ	379	憐	レン	412	稼	カ	53
裳	ショウ	202	頗	ハ	334	撃	ゲキ	106	稽	ケイ	106
製	セイ	234	領	リョウ	407	撮	サツ	147	穂	スイ	223
誡	カイ	58	駅	エキ	40	撰	セン	243	窮	キュウ	84
誑	キョウ	92	髪	ハツ	339	撙	ソン	259	箆	ク	99
語	ゴ	119	髦	ボウ	374	播	ハ	334	箭	セン	243
誤	ゴ	119	鳳	ホウ	373	撥	ハツ	339	範	ハン	341
誌	シ	164	鳴	メイ	386	撫	ブ	355	篇	ヘン	367
誦	ショウ	202	鼻	ビ	347	撲	ボク	375	縁	エン	44
誓	セイ	234				摩	マ	379	緘	カン	68
説	セツ	239	【15画】			敵	テキ	297	緩	カン	68
読	トク	321				敷	フ	354	縄	ジョウ	207
認	ニン	330	億	オク	47	暫	ザン	154	編	ヘン	367
誣	フ	354	儀	ギ	78	暴	ボウ	374	罵	バ	335
誘	ユウ	394	僻	ヘキ	366	横	オウ	46	罷	ヒ	344
豪	ゴウ	133	劇	ゲキ	106	槻	キ	76	甑	ガン	70
賑	シン	217	劉	リュウ	405	権	ゴン	138	翦	セン	243
趙	チョウ	289	勲	クン	100	樊	ハン	341	膠	コウ	132
跼	キョク	94	器	キ	76	標	ヒョウ	350	臧	ゾウ	255
踈	ソ	248	嘱	ショク	208	歓	カン	67	舞	ブ	356
踊	ヨウ	397	墳	フン	359	歎	タン	277	蔵	ゾウ	255

15〜16画　　　漢字音訓一覧

	蕩	トウ	313		遷	セン	243	山	嶮	ケン	111	肉	膳	ゼン	246
	蕃	バン	342		選	セン	243	心	憶	オク	47	日	興	コウ	132
	蕪	ブ	356	邑	鄭	テイ	297		懐	カイ	58	舌	舘	カン	68
	蔽	ヘイ	365		鄧	トウ	313		懈	カイ	58	舟	艘	ソウ	253
虫	蝦	カ	53	金	鋭	エイ	39		憙	キ	76	衣	褾	ヒョウ	349
	蝗	コウ	132		鋏	キョウ	92		憲	ケン	111	艸	薫	クン	101
衣	褒	ホウ	373		鋳	チュウ	285		憑	ヒョウ	350		薨	コウ	132
角	觭	ロク	415		鋪	ホ	368	手	擒	キン	98		蕭	ショウ	202
言	謁	エツ	42		鋒	ホウ	373		擅	セン	244		薪	シン	218
	課	カ	53	門	閲	エツ	42		操	ソウ	253		薦	セン	244
	諸	ショ	193		閻	コン	138		擁	ヨウ	398		薄	ハク	338
	諏	ス	222		閭	リョ	405	木	機	キ	76		蕣	ヒ	345
	誰	スイ	223	雨	霄	ショウ	202		槻	キ	76		薬	ヤク	390
	請	セイ	234		震	シン	218		橘	キツ	79	行	衛	エイ	39
	諍	ソウ	253		霈	ハイ	336		橋	キョウ	92	見	親	シン	218
	誕	タン	277		霊	レイ	411		樹	ジュ	178	言	諳	アン	25
	談	ダン	278	革	鞍	アン	25	水	濁	ダク	275		謂	イ	32
	調	チョウ	289	食	餓	ガ	55		濃	ノウ	333		諧	カイ	58
	諂	テン	304		餅	ヘイ	365	火	燕	エン	44		諱	キ	77
	誹	ヒ	345		養	ヨウ	397		燋	ショウ	202		諠	ケン	111
	諒	リョウ	407	馬	駕	ガ	55		燈	トウ	313		諮	シ	165
	論	ロン	415		駈	ク	99		燃	ネン	332		諷	フウ	357
豆	豌	エン	44		駟	シ	165		燔	ハン	341		謀	ボウ	374
貝	賛	サン	153	鳥	鴈	ガン	69	犬	獲	カク	61		諭	ユ	391
	賜	シ	164		鴆	チン	294		獧	ケン	111	豕	豫	ヨ	395
	質	シツ	171	黍	黎	レイ	411		獣	ジュウ	187	貝	賢	ケン	111
	賞	ショウ	202	黒	黙	モク	388	疒	瘴	ショウ	202	足	踵	ショウ	202
	賤	セン	243					皿	盧	ロ	413		蹄	テイ	297
	賓	ヒン	351		【16画】			禾	穎	エイ	39		踴	ヨウ	398
	賦	フ	354						穏	オン	47	車	輸	ユ	391
	賚	ライ	400	人	儒	ジュ	178		積	セキ	238	辛	辨	ベン	367
走	趣	シュ	176		儚	ブ	356		穆	ボク	375	辵	還	カン	68
足	踝	カ	53	八	冀	キ	76	穴	窺	キ	77		避	ヒ	345
	踞	キョ	86	冫	凝	ギョウ	94	竹	築	チク	281	金	錏	エン	44
	踏	トウ	313	又	叡	エイ	39		篤	トク	321		錦	キン	98
車	輻	シ	165	土	壊	カイ	58	米	糒	ビ	347		錯	サク	146
	輦	レン	412		壇	キョウ	92	糸	縞	コウ	132		錫	シャク	173
辛	辞	ジ	170		墾	コン	138		縦	ジュウ	187		録	ロク	415
辵	遺	イ	32		壅	ヨウ	398		繁	ハン	341	阜	険	ケン	111
	遮	シャ	173	大	奮	フン	360		縫	ホウ	373		隣	リン	407
	遵	ジュン	191	宀	寰	カン	68	网	権	リ	402	雨	霑	テン	304

漢字音訓一覧　　　　　　16〜19画

	霖	リン	407		癘	レイ	411		闌	ラン	400	衣	襖	オウ	47
面	靦	テン	304	矢	矯	キョウ	92	雨	霜	ソウ	253		襟	キン	98
頁	頸	ケイ	106	竹	篠	ショウ	202	革	鞠	キク	78	西	覆	フク	358
	頽	タイ	264	米	糜	ビ	347	韋	韓	カン	68	見	観	カン	69
	頭	トウ	313	糸	績	セキ	238	頁	顆	カ	53	角	觴	ショウ	202
	頻	ヒン	351		縵	マン	380		頻	ヒン	351	言	謳	オウ	47
食	館	カン	68	缶	罄	ケイ	106	食	餒	イ	32		謬	ビュウ	349
	餔	ホ	368	羽	翼	ヨク	398	馬	駿	シュン	190	貝	贅	シ	165
	餘	ヨ	395	耳	聲	ショウ	202	彡	鬢	ヒン	351		贈	ゾウ	255
骨	骼	カク	61		聴	チョウ	290	鳥	鴻	コウ	132	足	蹔	サン	153
	骸	ガイ	60	肉	膾	カイ	58	黒	黜	チュツ	285		蹕	ヒツ	347
鳥	鴨	オウ	46	艮	艱	カン	68	歯	齢	レイ	411	身	軀	ク	99
	鳩	ク	99	艸	藁	コウ	132					辵	邇	ジ	170
黒	黔	ケン	111		薩	サツ	147	**【18画】**				里	釐	リ	402
龍	龍	リュウ	405		蔽	ヘイ	365					金	鎰	イツ	34
				尸	屬	キ	77	人	儭	シン	219		鎧	ガイ	60
【17画】				虫	蟄	チツ	282		儲	チョ	285		鎮	チン	294
					螺	ラ	399	互	彝	イ	32		鎔	ヨウ	398
人	償	ショウ	202	衣	襄	ジョウ	207	心	懲	チョウ	290		鎌	レン	412
	優	ユウ	394	見	覬	キ	77	手	擾	ジョウ	207	門	闕	ケツ	107
厂	厳	ゲン	114		覧	ラン	400	攴	斃	ヘイ	365	隹	雞	ケイ	106
土	壓	アツ	23	言	謹	キン	98	日	曜	ヨウ	398		難	ナン	325
女	嬪	ヒン	351		謙	ケン	111	木	檳	ビン	351	頁	額	ガク	61
山	嶺	レイ	411		講	コウ	132	歹	殯	ヒン	351		顔	ガン	70
彳	徽	キ	77		謚	シ	165	水	濫	ラン	400		顕	ケン	111
心	懃	キン	98		謝	シャ	173	火	燾	トウ	313		題	ダイ	275
	懇	コン	138		謟	トウ	313	瓦	甕	オウ	46		類	ルイ	409
	懋	ボウ	375		謗	ボウ	375	目	瞻	セン	244	馬	騎	キ	77
戈	戴	タイ	264	谷	谿	カツ	62	石	礒	ギ	78		験	ケン	111
手	擬	ギ	78	貝	賽	サイ	145	禾	穢	エ	39		騒	ソウ	253
	擢	テキ	297		賣	セイ	235	竹	簡	カン	69		騈	ベン	367
	擯	ヒン	351		贖	フ	354	米	糧	リョウ	407	門	闘	トウ	319
木	檜	カイ	58	車	轂	コク	136	糸	織	ショク	208	鬼	魏	ギ	78
	檀	ダン	278		輿	ヨ	395		繞	ジョウ	207	鳥	鵤	いかるが	32
火	燭	ショク	208	辵	遽	キョ	86		繕	ゼン	246		鵠	コク	136
爪	爵	シャク	173		邀	ヨウ	398	耳	職	ショク	208		鵜	テイ	297
牛	犠	ギ	78	酉	醜	シュウ	181	臣	臨	リン	407				
玉	璵	ヨ	395	金	鍬	シュウ	181	艸	藝	ゲイ	106	**【19画】**			
瓦	甑	ソウ	253		鍛	タン	277		藪	ソウ	253				
疒	癈	ハイ	336	門	闇	アン	25		藤	トウ	313	人	儵	シュク	187
	療	リョウ	407		闊	カツ	62	虫	蟠	バン	342	女	孋	ラン	400

19〜28画　　　　　漢字音訓一覧

部首	漢字	音訓	頁
宀	寵	チョウ	290
广	廬	ロ	413
手	攀	ハン	341
日	曠	コウ	132
	曝	バク	338
木	櫺	カン	69
	櫛	シツ	171
	櫓	ロ	413
水	瀛	エイ	40
玉	璽	ジ	170
田	疆	キョウ	92
石	礙	ガイ	60
	礪	レイ	411
示	禱	トウ	319
	禰	ネ	331
糸	繋	ケイ	106
网	羆	ヒ	345
	羅	ラ	399
羊	羶	セン	244
	羸	ルイ	409
色	艶	エン	44
艸	蘇	ソ	248
	藻	ソウ	253
虫	蟻	ギ	78
言	譏	キ	77
	警	ケイ	106
	識	シキ	170
	譛	シン	219
	譜	フ	354
金	鏡	キョウ	92
門	關	キ	77
阜	隴	ロウ	414
隹	離	リ	402
雨	霧	ム	384
頁	願	ガン	70
	顛	テン	304
食	饉	キ	77
鹿	麑	キン	98
	麑	ゲイ	290

【20画】

部首	漢字	音訓	頁
山	巌	ガン	70
心	懺	ケン	112
	懺	ザン	154
水	灌	カン	69
	瀾	ラン	400
牛	犠	ギ	78
立	競	キョウ	92
竹	籍	セキ	238
	籌	チュウ	285
糸	繽	クン	101
	纂	サン	153
曰	朦	ブン	98
言	議	ギ	78
	護	ゴ	119
	譲	ジョウ	207
足	躁	ソウ	253
西	醴	レイ	411
門	闡	セン	244
雨	霰	サン	153
音	響	キョウ	92
風	飄	ヒョウ	350
食	饉	キン	98
馬	騰	トウ	319

【21画】

部首	漢字	音訓	頁
人	儺	ダ	263
	儷	レイ	411
山	巍	ギ	78
心	懼	ク	99
日	曩	ノウ	333
歹	殲	セン	244
火	爛	ラン	400
石	礰	カク	61
穴	竈	ソウ	253
糸	纈	ケツ	107
	纏	テン	304
虫	蠢	シュン	190
言	譴	ケン	112
車	轜	ジ	170
辛	辯	ベン	367
金	鐺	トウ	319
	鐫	ロウ	62
雨	霹	ヘキ	366
	露	ロ	413
頁	顧	コ	117
食	饑	キ	77
	饒	ジョウ	207
馬	驃	ラ	399
魚	鰥	カン	69
齊	齎	セイ	235

【22画】

部首	漢字	音訓	頁
心	懿	イ	32
水	灘	ダン	278
竹	籙	リョク	407
	籠	ロウ	414
米	糴	テキ	297
舟	艫	ロ	413
衣	襲	シュウ	181
	襴	ラン	400
言	讃	サン	153
貝	贖	ショク	209
	贓	ゾウ	255
車	轡	ヒ	345
食	饗	キョウ	92
馬	驚	キョウ	93
	驕	キョウ	93
	驍	ギョウ	94
魚	鰺	ソウ	253
龍	龕	カン	69

【23画】

部首	漢字	音訓	頁
糸	纓	エイ	40
虫	蠲	ケン	112
金	鑒	カン	69
骨	髑	ドク	321
言	讌	ケン	112
車	轢	ジ	170
辛	辯	ベン	367
金	鑚	トウ	319
	鑞	ロウ	62
雨	霹	ヘキ	366
魚	鱏	ベツ	366
	鱗	リン	408
鳥	鷲	シュウ	181

【24画】

部首	漢字	音訓	頁
网	羈	キ	77
虫	蠹	ト	308
行	衢	ク	99
言	讒	ザン	154
馬	驟	シュウ	181
彡	鬢	ビン	351
鬼	魘	エン	44
鳥	鷹	ヨウ	398
鹿	麟	リン	408

【25画】

部首	漢字	音訓	頁
竹	籬	リ	402
米	糶	チョウ	290

【26画】

部首	漢字	音訓	頁
馬	驢	ロ	413
黒	黶	エン	44

【27画】

部首	漢字	音訓	頁
言	讜	トウ	319
馬	驩	カン	69
鳥	鸕	ロ	413

【28画】

部首	漢字	音訓	頁
糸	纜	ラン	400
金	鑿	サク	146
鳥	鸚	オウ	47
	鸛	カン	69

漢字音訓一覧　　　　29〜30画

【29画】

鬱 ウツ　37

【30画】

鸞 ラン　400

続日本紀索引

あ

あからへ賜はむ　④$333_{10}$
あからめさす事の如く　⑤$173_4$
あげ賜ひ治め賜はく　④$35_3$
あななひ扶け奉り　②$143_3$
あまたたび奏せ　④$451_4$
あれ坐さむ　①$5_1$
阿紀(阿貴)王　②$209_6$　③$311$
阿衡の号を荷ふ　③$283_{12}$
阿縦　⑤$311_{15}$
阿縦する者　⑤$503_1$
阿閦寺　⑤$201_2$
阿閦寺の内の一隅　⑤$201_2$
阿曾美　④$407_9$
阿媚の労　③$219_8$
阿智王　⑤$331_{11}$, 333_1
阿智王が旧居　⑤$333_1$
阿智王の後　⑤$331_{10}$
阿智使主　④$381_2$　⑤$251_{14}$
阿直敬　①$185_{16}$, 187_6
阿弖流為(人名)　⑤$431_5$
阿提(阿弖)郡(紀伊国)　①$71_3$　②$247_3$
阿刀(安都)王　①$91_{16}$　②$423_9$　③$433_{12}$
阿刀氏　③$31_1$
阿刀宿禰　②$55_5$　④$247_7$
阿刀宿禰真足　⇨安都宿禰真足
阿刀宿禰智徳　①$129_{15}$
阿刀造子老　④$247_7$
阿刀連　①$77_{13}$, 225_4
阿刀連人足　②$55_5$
阿曇宿禰大足　⇨安曇宿禰大足
阿曇宿禰虫名　①$75_{14}$
阿曇宿禰坂持　②$129_1$
阿曇宿禰力　②$177_{12}$
阿奈々ひ奉り　①$121_{15}$
阿波郡(阿波国)　④$157_7$
阿波国　①$71_1$, 59_{13}, 81_2, 183_{15}　②$451_2$, 571_2, 249_8, 269_5　③$169_{14}$, 395_8, 435_6, 437_7　④$119_2$, 81_4, 157_7, 187_2, 211_3, 407_4, 449_3　⑤$301_5$, 467_6, 507_{12}
阿波国国造　⑤$283_9$
阿波国司　②$125_1$　④$407_7$
阿波国の人　⑤$283_9$
阿波国の苗　①$79_1$
阿波国の陸田　②$229_4$
阿波守　③$431_2$　④$47_8$, 195_{11}, 379_{13}　⑤$29_{12}$, 193_1, 229_5, 379_{14}, 451_3
阿波少目一員　④$449_3$
阿波大目一員　④$449_3$
阿倍安積臣　④$233_{10}$, 385_7
阿倍安積臣継守〔丈部継守〕　⑤$507_{10}$
阿倍(安倍・阿部)小東人(少東人)　④$151_{13}$, 165_1, 177_{14}, 193_{11}, 305_3
阿倍(安倍・阿部)朝臣御主人　①$29_{16}$, $37_{13\cdot16}$, 39_3, 69_{13}, 83_3
阿倍朝臣御主人が子　①$83_3$　②$255_{16}$
阿倍朝臣御主人が孫　③$375_{16}$
阿倍(安倍・阿部)朝臣広庭　①$83_3$, 157_9, 165_{10}, 193_8, 229_{11}　②$41_6$, 99_{11}, 113_4, 127_9, 153_5, 181_7, 183_{14}, 225_7, 255_{16}
阿倍朝臣広庭が子　③$377_1$
阿倍(安倍・阿部)朝臣東人　④$41_7$, 171_{13}, 177_3, 301_3, 305_9, 393_{11}　⑤$11_8$, 87_1, 123_{14}, 183_{15}, 231_{13}, $343_{1\cdot9}$
阿倍(安倍)朝臣謂奈麻呂(為奈麻呂)　④$359_3$, 425_3　⑤$49_{13}$, 99_{16}, 137_{14}, 173_{14}, 259_{12}
阿倍(安倍)朝臣家麻呂　④$365_2$, 393_5　⑤$87_2$, 141_{12}, 155_{1-2}, 191_{11}, 317_{11}, 363_2, 421_4
阿倍(安倍)朝臣御県(三県)　③$189_{10}$, 313_{10}, 419_6, 429_{14}　④$133_{11}$, 187_{10}, 233_7, 355_3, 419_{10}
阿倍(安倍)朝臣継人　③$221_6$, 313_{14}, 421_{11}　⑤$155_1$
阿倍(安倍)朝臣古美奈(子美奈・子祢奈)　④$455_9$　⑤$111_{16}$, 213_9, 215_5, $305_{5\cdot7}$, 465_{14}
阿倍(安倍)朝臣広津麻呂　⑤$287_{10}$, 319_4, 335_{16}, 343_{12}, 355_6, 361_{11}, 383_{12}, 409_{16}, 463_9
阿倍(安倍)朝臣広庭　②$109_{13}$
阿倍(安倍)朝臣黒女　⑤$261_5$, 361_3, 419_8
阿倍(安倍)朝臣宿奈麻呂(少麻呂)〔引田朝臣宿奈麻呂〕　①$87_9$, 115_{12}, 133_3, 139_{13}, 141_{10}, 143_{15}, 145_{12}, $189_{9\cdot12\cdot13}$　②$11_{10}$, 31_9, 33_{15}, 43_2, 67_6　④$251_4$
阿倍(安倍)朝臣浄成(清成)　④$41_4$, 201_{14}, 233_5, 249_2, 295_{13}, 297_6, 315_5, 319_5, 379_{11}
阿倍(安倍)朝臣浄目　④$35_{13\cdot15}$, 319_6, 347_8, 349_3, 379_7
阿倍(安倍)朝臣常嶋　④$329_2$, 339_{14}　⑤$31_3$, 87_2, 249_{10}, 377_{16}
阿倍(安倍)朝臣真君　①$93_4$, 105_{12}, 125_9, 135_8
阿倍(安倍)朝臣真黒麻呂　⑤$255_8$, 295_{10}, 363_{10}
阿倍(安倍)朝臣人成　④$417_9$, 461_4, 491_2
阿倍(安倍)朝臣石行　⑤$59_2$, 71_8, 189_1, 225_5, 233_{10}
阿倍(安倍)朝臣船道　⑤$59_3$, 229_7
阿倍(安倍)朝臣祖足　⑤$123_{16}$, 157_9, 171_{13},

あ（阿）

191_3, 225_5, 381_5
阿倍(安倍)朝臣草麻呂　④$151_6$, 195_9, 243_6, 355_9 ⑤$51_1$, 283_5, 323_9, 377_3
阿倍(安倍)朝臣息道〔息部息道〕　③$399_{11}$, 403_1, 423_7 ④$25_6$, 451_6, 67_{10}, 73_{10}, 143_3, 159_2, 223_6, 343_5, 351_1, 355_8, 379_9, 421_{15}
阿倍(安倍)朝臣虫麻呂　②$331_4$, 333_{10}, 335_{10}, 343_5, 367_4, 369_3, 371_{14}, 373_5, 379_{13}, 391_{14}, 397_5, 423_{14} ③$17_8$, 89_{12}, 109_{14}, 119_1
阿倍(安倍)朝臣弟当　④$399_7$, 425_6, 439_{13} ⑤$293_6$, 371_{12}, 379_1, 383_9, 443_3, 451_5
阿倍(安倍)朝臣豆余理（都与利）　④$54$, $691 \cdot 13$
阿倍(安倍)朝臣嶋麻呂　②$361_7$ ③$41_4$, 57_6, 79_{13}, 121_{10}, 189_2, 195_4, 319_{10}, 327_1, 355_2, 363_5, 369_{14}, 375_{15}
阿倍(安倍)朝臣枚麻呂　⑤$313_{13}$, 363_1, 423_3
阿倍(安倍)朝臣弥夫人　④$67_{10}$, 207_6, 395_4
阿倍(安倍)朝臣名継　⑤$357_{12}$, 363_3, 503_{10}
阿倍(安倍)朝臣毛人　③$271_4$, 43_3, 145_{11}, 149_{16}, 313_7, 319_{14}, 333_{14}, 401_6, 419_5, 423_7 ④$65_3$, 93_8, 101_4, 133_9, 155_6, 179_3, 295_{13}, 315_4, 343_{12}, 355_{12}, 395_3
阿倍引田臣比羅夫が子　②$67_7$
阿倍猨嶋臣墨縄　⇒安倍猨嶋臣墨縄
阿倍会津臣　④$233_{13}$
阿倍(氏)　①$177_2$
阿倍氏の正宗　①$189_{11}$
阿倍志斐連東人　⑤$59_5$, 63_4, 71_3
阿倍小殿朝臣　④$113_4$
阿倍小殿朝臣人麻呂　④$153_1$
阿倍信夫臣　④$233_{11}$
阿倍朝臣　①$83_{14}$ ④$387_7$
阿倍朝臣安麻呂　①$93_3$, 225_9, 229_{13} ②$19_5$, 53_3, 145_{11}, 197_2
阿倍朝臣意宇麻呂　③$267_9$, 345_{16}, 389_9, 425_1 ④$249_7$, 357_8
阿倍朝臣乙加志　③$257_{12}$
阿倍朝臣許智　③$319_{15}$, 327_6, 345_{15}, 401_{11} ④$159_{10}$, 339_8
阿倍朝臣継麻呂　②$289_{14}$, $301_{1 \cdot 6}$, 309_{15}
阿倍朝臣吾人　②$329_{11}$, 333_{15}, 343_6, 379_{12}
阿倍朝臣広人　③$247_4$, 371_1, 373_8
阿倍朝臣粳虫（糠虫）　②$165_{15}$, 245_{15}, 273_8, 287_{14}
阿倍朝臣粳虫が女　⑤$305_8$
阿倍朝臣綱麻呂　④$89_6$, 145_6
阿倍朝臣黒麻呂　②$377_2$
阿倍朝臣佐美麻呂（沙弥麻呂）　②$329_{12}$, 343_3, 379_{12}, 409_5, 423_{15} ③$31_2$, 27_5, 75_1, 187_{15}, 221_8, 251_{10}

阿倍朝臣子嶋（小嶋）　②$391_{15}$, 401_8 ③$33_9$, 49_{13}, 131_{10}, 145_4, 267_7, 333_{14}, 399_9, 431_3 ④$3_8$, 9_4
阿倍朝臣尓閇〔引田朝臣尓閇〕　①$207_9$ ②$17_{12}$
阿倍朝臣車借　②$299_{13}$
阿倍朝臣若足　②$67_2$, 81_3, 99_{16}
阿倍朝臣首名　①$75_{15}$, 97_9, 165_{13}, 207_8, 229_{11} ②$53_1$, 111_1, 127_{12}, 179_1
阿倍朝臣秋麻呂〔狛朝臣秋麻呂〕　①$225_8$ ②$65_{12}$
阿倍朝臣駿河　①$167_2$ ②$65_{14}$, 79_{12}, 93_{14}, 145_{11}, 165_{10}
阿倍朝臣小路（子路・少路）　③$399_{11}$, 401_{13} ④$5_{10}$
阿倍朝臣小路を斬る　④$37_{15}$
阿倍朝臣石井　③$87_{15}$, 371_5
阿倍朝臣船守　①$165_{13}$ ②$127_{13}$
阿倍朝臣帯麻呂　②$197_3$, 209_{10}, 293_{16}
阿倍朝臣仲麻呂（中満）　②$357_{10}$ ⑤$97_2$
阿倍朝臣土作　⑤$5_3$
阿倍朝臣豊継　②$311_4$
阿倍朝臣鷹養　③$53_{15}$, 91_6
阿倍内親王　②$199_{10}$, 337_7, 419_{10}, $421_{1 \cdot 3}$ ③$65_7$, 83_{16}, 85_{11} ④$257_{10}$, $259_{5 \cdot 8}$ →孝謙天皇
阿倍比等古臣　①$177_3$
阿倍普勢臣御主人　①$43_5$
阿倍陸奥臣　④$233_9$
阿閇間人臣人足　⑤$337_1$, 343_{13}, 399_4, 491_3
阿閇郡（伊賀国）　①$163_{15}$
阿閇皇女　①$119_5$ →元明天皇
阿閇朝臣大神　①$129_{13}$
阿保君　⑤$309_8$
阿保君意保賀斯　⑤$309_8$
阿保公　⑤$309_{13}$
阿保村（伊賀国）　⑤$309_6$
阿保朝臣　⑤$309_{11-12}$
阿保朝臣人上〔健部公人上・健部朝臣人上〕　⑤$373_7$, 473_{11}
阿弥陀丈六像　③$381_8$
阿弥陀浄土院　③$381_6$
阿弥陀浄土の画像　③$359_{15}$
阿弥陀仏　③$381_{11}$
阿野郡（讃岐国）　⑤$509_2$
阿野郡（讃岐国）の人　⑤$509_{12}$
阿容　⑤$285_1$
阿容して禁めず　③$149_6$
阿容の司　⑤$103_{14}$
阿り蔵す　⑤$159_{10}$

続日本紀索引

哀感 ①$69_{10}$ ⑤$255_5$
哀感の情 ⑤$227_2$
哀毀 ④$191_{11}$, 395_8
哀号 ⑤$217_8$
哀塞 ③$173_1$
哀慟 ②$89_{14}$
哀び悲しむ ②$103_9$
哀み衿む ①$189_{13}$
哀み賜ふべき物に在り ④$63_{12}$
哀憐 ③$47_{13}$
愛子に同じ ①$69_9$
愛尚 ⑤$199_{10}$
愛憎 ①$199_5$
愛知郡(尾張国) ①$149_{12}$
愛知郡大領 ①$149_{12}$
愛智王 ③$149_{10}$
愛宕郡(山背国) ⑤$143_4$
愛宕郡の人 ⑤$143_4$
愛宕郡の封 ⑤$355_8$
愛の盛 ③$221_1$
愛発関(越前国) ④$29_{7\cdot10}$ →越前関
悪逆の事を発す ③$209_{10}$
悪行彰る ④$239_{11}$
悪業を造る ④$263_5$
悪しき者 ②$179_{12}$
悪しき心無し ③$219_{14}$
悪しき風 ②$357_5$ ⑤$21_{15}$
悪しき友 ④$89_{12}$
悪しく穢き心 ④$257_{11}$
悪しく舒しきき奴 ④$33_1$
悪しく舒める忌語 ④$251_{15}$
悪しく逆に在る奴 ③$215_8$
悪しく垢く濁りて在る人 ④$253_8$
悪処 ②$357_8$
悪党 ②$17_1$
悪む ③$31_6$, 385_2
悪を為す徒 ②$49_{16}$
悪を懐く ③$279_9$
悪を簡ふ ③$293_2$
悪を断つ ③$281_9$
悪を懲し善を勧む ③$323_7$
悪を懲す ③$283_6$ ⑤$197_{11}$
圧され死ぬ ②$183_8$
圧死せる人(者) ②$277_{13}$, 441_{10}
圧略 ②$253_4$
遏絶 ⑤$305_{14}$
壓魅 ②$211_6$
安遠(道安・慧遠) ②$63_7$
安穏 ④$387_2$ ⑤$449_9$, 465_5

安穏の条例 ①$101_2$ ②$39_1$
安からず ②$325_{12}$
安からぬこと ③$307_{14}$, $309_{1\cdot5\cdot9}$
安からぬこと有り ③$307_{12}$
安閑天皇 ③$113_2$
安寛(人名) ③$163_{11}$
安きこと獲たり ③$283_9$
安きときにも危きを忘れぬ ⑤$149_1$
安きときにも必ず后を思ふ ⑤$151_3$
安きに迷ふ ②$327_{11}$
安危 ⑤$415_9$
安貴琮(高麗) ③$345_{11}$
安居 ③$175_8$
安くして危きを忘れず ③$229_{15}$
安く楽しからむ ②$91_7$
安けく通らせと告げよ ⑤$173_{11}$
安卿緒(唐) ③$297_4$
安藝(安木)守 ②$81_6$ ③$131_{12}$, 195_3, 391_1 ④$195_{10}$, 341_9, 379_{13}, 429_7, $451_{9\cdot16}$, 463_4 ⑤$91_4$, 263_8, 349_{14}, 423_{11}
安藝介 ③$359_{13}$, 429_7 ⑤$353_2$, 397_{11}, 399_9, 451_6
安藝郡(土左国) ④$167_4$
安藝郡少領 ④$167_4$
安藝国 ①$13_{11}$, 49_4, 69_4, 97_{13}, 105_3, 183_{15} ②$57_{12}$, 149_5, 273_{16}, 283_7 ③$511_5$, 155_2, 169_{13}, 349_{16}, 391_4, 395_9, 407_3 ④$353_{13}$, 453_5 ⑤$81_{13}$, 149_2
安藝(国)の国人 ②$239_6$
安藝国の糸 ①$213_1$
安藝国の田 ①$39_4$
安藝国の苗 ①$79_1$
安古山陵(大和国) ①$117_4$, 125_{10} ③$155_{12}$ →檜隈安古山陵
安康天皇 ①$225_3$
安志託(人名) ②$271_{10}$
安宿王 ②$329_8$, 331_{12}, 343_7, 379_7 ③$25_{10}$, 91_3, 109_{13}, 131_{12}, 145_9, $147_{3\cdot5}$, 159_{10}, 171_8, 199_8, 201_{11}, $203_{5\cdot13\cdot15}$, 205_{3-4}, 207_8, 223_1, $441_{11\cdot13}$ ④$413_9$
安宿王の妻子 ③$207_8$
安宿郡(河内国) ②$277_{11}$ ④$267_{12}$
安宿郡の百姓 ③$93_6$
安宿戸古足 ⑤$431_{12}$
安西節度使(唐) ③$297_6$
安積郡(陸奥国・石背国) ②$45_9$ ⑤$507_9$
安積郡大領 ⑤$507_{10}$
安積郡の人 ④$233_{10}$, 385_6
安積親王 ④$37_{4\cdot6}$ ③$415_6$
安積親王の母 ②$437_6$

あい―あん（哀・愛・悪・圧・遏・壓・安）

23

続日本紀索引

あ
（安）

安蘇郡（下野国） ⑤237₅
安蘇郡主帳 ⑤237₅
安置 ②127₆, 357₉ ③314₇, 374₇, 49₉, 259₁, 291₁₀, 387₁₅, 411₁₂, 415₂, 427₅, 433₂ ④227₁, 229₇・₁₂, 231₉, 277₇, 345₈, 389₂, 409₁ ⑤23₁, 73₂・₁₁, 75₁, 79₁₀, 331₂
安殿親王〔小殿親王〕 ⑤265₁₆, 353₁₀, 385₆, 395₅・₉, 451₁₀, 465₁₆, 475₄, 511₉・₁₄
安殿親王を立つ ⑤353₁₀
安殿（大安殿） ②439₁₅
安都（阿刀）宿禰真足 ④357₁₁, 377₁₂, 429₇ ⑤241₇, 285₅, 287₈
安都王 ⇨阿刀王
安都堅石女 ④373₁₄
安都宿禰長人 ⑤487₆, 491₉, 505₁₅
安都宿禰豊嶋 ④213₂
安堵 ②7₅ ③365₁₂ ④229₇
安堵すること能はず ①157₅
安堵せず ③253₁₆
安東都護（唐） ③299₂
安曇（阿曇）宿禰大足 ③291₁, 131₁₂
安曇王 ③111₉ →三嶋真人安曇
安曇江（摂津国） ②439₆
安曇宿禰 ④195₁₂
安曇宿禰夷女 ③401₂
安曇宿禰広吉 ⑤313₁₅, 425₅
安曇宿禰三国 ④41₂
安曇宿禰諸継 ④323₁₆
安曇宿禰清成（浄成） ⑤53, 92
安曇宿禰石成 ③369₁₆ ④207₅, 363₁₂
安曇宿禰刀自 ⑤59, 213₁₁
安曇宿禰日女虫 ⑤171₁₂
安那郡（備後国） ②65₇, 93₁₂
安那公御室 ⑤175₁
安寧 ①235₄ ②169₅, 291₁₃ ③23₆, 257₁₆ ⑤341₁
安倍狭嶋（阿倍狭嶋）臣墨縄 ⑤209₉, 241₅, 289₁₀, 399₁₀, 431₂, 437₂, 439₁₃, 443₈・₁₄・₁₆, 445₁
安倍狭嶋臣 ④401₁₀
安倍柴田臣 ④233₁₂
安倍小殿小鎌 ①113₅₋₆
安倍小殿小鎌の子 ④113₆
安倍小殿朝臣堺 ⑤395₁₅
安倍信夫臣東麻呂 ⑤237₆
安倍他田朝臣 ②31₁₁
安倍大夫（阿倍朝臣虫麻呂） ②373₅
安倍朝臣安倍刀自 ⑤261₈
安倍朝臣謂奈麻呂 ⇨阿倍朝臣謂奈麻呂
安倍朝臣家麻呂 ⇨阿倍朝臣家麻呂
安倍朝臣御県 ⇨阿倍朝臣御県

安倍朝臣御主人 ⇨阿倍朝臣御主人
安倍朝臣継人 ⇨阿倍朝臣継人
安倍朝臣古美奈 ⇨阿倍朝臣古美奈
安倍朝臣広津麻呂 ⇨阿倍朝臣広津麻呂
安倍朝臣広庭 ⇨阿倍朝臣広庭
安倍朝臣黒女 ⇨阿倍朝臣黒女
安倍朝臣宿奈麻呂 ⇨阿倍朝臣宿奈麻呂
安倍朝臣諸上 ④363₁₃, 427₅
安倍朝臣小東人 ⇨阿倍朝臣小東人
安倍朝臣浄成 ⇨阿倍朝臣浄成
安倍朝臣浄目 ⇨阿倍朝臣浄目
安倍朝臣常嶋 ⇨阿倍朝臣常嶋
安倍朝臣真君 ⇨阿倍朝臣真君
安倍朝臣真黒麻呂 ⇨阿倍朝臣真黒麻呂
安倍朝臣人成 ⇨阿倍朝臣人成
安倍朝臣石行 ⇨阿倍朝臣石行
安倍朝臣船道 ⇨阿倍朝臣船道
安倍朝臣草麻呂 ⇨阿倍朝臣草麻呂
安倍朝臣息道 ⇨阿倍朝臣息道
安倍朝臣虫麻呂 ⇨阿倍朝臣虫麻呂
安倍朝臣弟当 ⇨阿倍朝臣弟当
安倍朝臣豆余理 ⇨阿倍朝臣豆余理
安倍朝臣東人 ⇨阿倍朝臣東人
安倍朝臣嶋麻呂 ⇨阿倍朝臣嶋麻呂
安倍朝臣枚麻呂 ⇨阿倍朝臣枚麻呂
安倍朝臣弥夫人 ⇨阿倍朝臣弥夫人
安倍朝臣名継 ⇨阿倍朝臣名継
安倍朝臣毛人 ⇨阿倍朝臣毛人
安倍朝臣木屋麻呂 ⑤185₂, 227₁₆
安倍朝臣里女 ⇨阿倍朝臣黒女
安倍朝臣笠成 ⑤51₇
安八郡（美濃国） ①137₆
安八万（安八）王 ①85₅, 143₇, 197₆ ②21₁₁, 33₁₅, 53₇
安否を報せず ④409₉
安不の事 ②235₈
安撫 ②169₁₀
安保頓宮（伊賀国） ②375₁₄
安房郡（上総国・安房国） ①21₁₄ ②45₆, 171₁₁
安房郡少領 ①21₁₄
安房郡大領 ①21₁₄
安房国 ②45₇, 57₅, 149₄, 171₁₁, 301₁₀ ③395₄ ④75₆ ⑤173₁₅, 429₉
安房国言さく ②183₇ ⑤319₁₂
安房国の船 ⑤17₄
安房国部内 ⑤319₁₃
安房国を上総国に并す ④401₈
安房国を置く ②45₇
安房国を分ち立つ ③187₁

24

続日本紀索引

安房権守　⑤425$_6$
安房守　③351$_9$, 423$_9$　④195$_4$, 341$_1$　⑤83$_9$, 89$_{12}$,
　249$_{16}$, 319$_3$, 421$_1$, 457$_9$
安みす　①131$_{11}$　②115$_{16}$, 367$_8$　③413$_9$
安みせぬ所　④157$_{11}$
安め賜ひ安め賜はむ　⑤37$_2$
安らけくおだひに侍り　④103$_{11}$
安楽　①109$_3$
安禄山(唐)　③279$_3$, 297$_8$, 297$_2$, 299$_{10}$, 331$_{15}$,
　391$_6$
安禄山の子　③297$_4$
安禄山の宅　③297$_3$
安禄山の乱　⑤73$_{12}$
安禄山に通す　③299$_1$
安禄山を撃つ　③297$_{14}$
按察　②97$_2$
按察使　②57$_{2・13}$, 71$_{12}$, 79$_{10}$, 95$_{14-15}$, 135$_{10}$, 353$_8$
　③343$_{13}$　④443$_9$　⑤139$_{8・10}$, 141$_2$
按察使記事　②71$_{12}$
按察使典　②71$_{12}$
按察使の典　②59$_1$
按察使(陸奥按察使)　④389$_{15}$
按覆　①137$_{10}$
晏駕　③163$_4$　④331$_{10}$
晏子欽(唐)　③407$_{14}$　⑤299$_1$
晏如　⑤221$_{14}$
晏静　①235$_3$
晏然　①187$_{12}$　⑤393$_7$

案　②71$_1$
案記　①139$_3$　②13$_{14}$
案行　②43$_{10}$
案検　②115$_{10}$
案験　⑤347$_4$
案ず　⑤495$_{13}$
案内　②69$_{16}$　④17$_{16}$
案ふ　①99$_1$　②131$_{11}$, 139$_5$　③281$_5$, 289$_{10}$　⑤
　161$_{16}$, 427$_{12}$
案文　②121$_{11}$
案へ検しむ　④457$_8$
案を写す　⑤111$_6$
桉作磨心　①205$_8$　→栢原村主磨心
桉作磨心が子孫　①205$_9$
菴窟を造る　②49$_6$
菴美嶋　①19$_1$　→奄美嶋
暗暝　④97$_1$
鞍　④231$_6$
鞍作　③117$_{14}$
鞍手道(筑前国)　②373$_{15}$
鞍の具　①233$_{11}$
鞍馬を処む　④45$_7$
諳に誦す　④433$_4$
諳練する所　⑤411$_{14}$
闇き目明らかなる　②35$_{12}$
闇誦　②283$_{14}$
闇頭　③203$_8$

あん（安・按・晏・案・桉・菴・暗・鞍・諳・闇）

続日本紀索引

い

い（已・以・伊）

いざなひ率ゐ ③$215_9$
いつしか病止み ⑤$173_3$
いなと申す ③$341_6$
いなび奏せり ③$317_3$
いや継々に ①$5_1$
いや継に ②$419_{16}$
いや嗣に ③$85_8$
已結正 ①$215_{10}$ ②$3_{12}$, 77_7, 297_5, 397_{12} ③$9_2$, 23_{10}, 39_9, 181_{16} ④$49_{13}$, 59_2, 119_5, 175_{13}, 235_{16}, 287_5, 399_1, 405_{13}, 417_8, 445_{11} ⑤$67_3$, 103_4, 125_{12}, 169_5, 175_{10}, 205_4, 217_6, 245_7, 465_7
已に過ぐる処 ③$351_{16}$
已に訖る ②$113_{16}$, 269_{15}, 377_8 ④$151_2$, 213_{10}, 229_2
已に言上せる ③$367_6$
已に殺し訖れる ①$123_8$
已に畢る ③$331_8$ ④$17_6$, 21_{13}, 157_{10}, 231_7, 275_3, 409_{15} ⑤$431_4$
已に平く ③$311_2$
已発覚 ①$123_8$, 129_2, 215_9 ③$31_1$, 77_7, 297_5, 397_{11} ③$9_2$, 23_{10}, 39_9, 181_{16}, 367_5 ④$49_{13}$, 59_2, 119_4, 175_{12}, 235_{15}, 287_4, 399_1, 405_{13}, 417_7, 445_{11} ⑤$67_3$, 103_4, 125_{12}, 169_5, 175_{10}, 205_4, 217_5, 245_6
已発露 ⑤$465_7$
已むこと獲ず ④$437_8$
已むこと得ず成りなむ ③$197_{10}$
已むこと能はず ②$63_{14}$
已むこと無し ①$95_1$ ④$229_{10}$
以為へらく ①$131_4$, 231_{10} ③$49_{10}$, 131_3 ④$309_{14}$ ⑤$135_{2・12}$, 403_{12}
以為へり ④$437_6$
以為るに ③$15_{12}$
以金牙飾斑竹御杖 ②$395_{12}$
以みるに ④$81_{15}$, 417_4 ⑤$127_1$, 155_{11}, 217_{14}, 247_5, 325_1, 479_{15}
以有る ⑤$267_{14}$
伊尹（人名） ③$283_{11}$
伊賀近江按察使 ④$11_{12}$
伊賀近江若狭按察使 ③$373_{11}$
伊賀郡（伊賀国） ②$375_{14}$
伊賀香（伊香賀）王 ⑤$257_9$, 263_{12}, 275_{10}
伊賀国 ①$59_{13}$, 61_{16}, 83_7, 85_4, 163_{15}, 183_{13} ② 57_3, 113_5, $125_{3・5}$, 171_4, 323_{10}, 375_{13}, 399_2 ③ 7_{7-8}, 433_{11} ④$79_{11}$, 407_{11} ⑤$193_4$, 309_6, 425_{12}
伊賀国言さく ①$205_5$

伊賀国司 ①$185_{16}$
伊賀国司の目已上 ①$187_3$
伊賀国の郡司 ①$63_1$
伊賀国の国郡司 ②$411_4$
伊賀国の百姓 ①$63_1$
伊賀国の兵士 ③$185_9$
伊賀国の役夫 ④$297_3$
伊賀守 ③$327_6$ ④$53_7$, 171_6, 243_{10}, 429_{10} ⑤$59_{13}$, 89_{10}, 263_2, 379_7, 489_{15}
伊賀都臣 ⑤$205_{13・15}$
伊吉（伊岐）連博徳（博得） ①$29_5$, 45_{13}, 67_3 ③$239_{15}$
伊吉連益麻呂 ③$413_{16}$, 417_5, 422_1
伊吉連古麻呂 ①$113_{12}$, 193_{12} ②$209_8$, 265_5
伊吉連真次 ④$109_{13}$, 193_5
伊香王 ③$27_3$, 311_2, 87_6, 115_5 →甘南備真人伊香
伊香王の男 ③$115_5$
伊佐奈伎命 ④$385_{13}$
伊佐奈弥命 ④$385_{14}$
伊志麻呂 ③$377_6$
伊治公呰麻呂 ⑤$53_{10}$, 69_{12}, $139_{8・11-12・14・16}$, 141_1, 169_{12}
伊治城（陸奥国） ④$181_{15}$, 185_8, 225_{16}, 231_6 ⑤$139_9$
伊治村（陸奥国） ④$245_2$
伊勢（伊世）国 ①$131_{1・15}$, 59_{13}, 61_{15}, 77_9, 83_7, 111_7, 183_{13}, 199_{12} ②$113_5$, 125_5, 171_4, 345_{10}, $375_{10・15}$, 377_6, 399_2, 405_7 ③$41_{15}$, 127_1, 331_8, 349_{15}, 387_{15} ④$77_{11}$, 161_{11}, 175_3, 187_{10}, 231_{10}, 239_2, 353_{15}, $447_{12・15}$, 451_6, 457_{10} ⑤$41_{11}$, 251_{10}, 437_{11}, 439_1
伊勢国言さく ①$205_5$ ④$457_4$ ⑤$147_6$, 157_{16}, 175_{15}, 187_7
伊勢国司 ②$123_{16}$
伊勢国守 ②$57_2$ ④$171_{13}$
伊勢国大目 ⑤$141_8$
伊勢国に准ふ ⑤$159_4$
伊勢国の郡司 ①$63_1$
伊勢国の郡司の子弟 ③$403_{12}$, 407_9
伊勢国の高年の百姓 ②$381_7$
伊勢国の国郡司 ②$411_4$
伊勢国の人 ①$165_1$ ③$47_{15}$
伊勢国の奏 ④$131_9$
伊勢国の田 ②$161_{13}$
伊勢国の百姓 ①$63_1$ ③$403_{12}$, 407_9 ⑤$507_3$
伊勢員外介 ①$115_{10}$, 343_{13}, 381_{12}
伊勢賀茂朝臣 ④$201_5$
伊勢介 ③$279_2$ ④$177_3$, 319_8, 343_{13}, 427_3 ⑤

続日本紀索引

59_{13}, 137_{10}, 291_7, 319_2, 425_5, 457_6, 461_9, 513_{15}
伊勢関(伊勢国) ⑤$177_2$, 425_3 →鈴鹿関
伊勢月読神 ④$385_{12}$
伊勢国の諸寺 ④$457_6$
伊勢国の稲 ④$239_3$
伊勢国の民 ⑤$157_{16}$
伊勢国部内 ⑤$159_1$
伊勢国造 ④$203_{11}$
伊勢斎 ④$395_2$
伊勢斎王 ③$81_{14}$
伊勢斎宮 ④$457_7$ ⑤$167_{15}$ →斎宮
伊勢斎宮に侍らしむ ①$13_9$, 35_{11}
伊勢守 ①$11_{15}$, 61_{15}, 71_6, 89_{16}, 109_6, 135_2, 153_{15}, 217_{12} ③$7_4$, 423_8 ④$51_4$, 177_3, 301_5, 343_{12}, 347_8, 379_4, 427_3 ⑤$9_{10}$, 127_{15}, 129_{14}, 185_7, 241_{10}, 291_7, 361_7, 407_7, 473_{15}, 489_{15}
伊勢少目二員 ④$447_{15}$
伊勢神 ②$211_{13}$
伊勢神宮寺 ④$385_{14}$
伊勢神宮に向ふ ⑤$345_{10}$
伊勢大掾 ⑤$361_7$
伊勢大神 ⑤$245_{16}$
伊勢大神宮寺 ⑤$129_1$
伊勢大神宮(伊勢神宮・伊勢太神宮・大神宮・神宮) ①$19_6$, 55_{15}, 57_{12}, 59_8, 83_{13}, $97_{1\cdot 6}$, 109_8, 145_3 ②$103_3$, 237_{10}, 313_8, 341_5, 367_6, 377_1, 385_7 ③$13_8$, 69_7, 77_2, 113_{13}, 155_{14}, $159_{3\cdot 7}$, 265_{15}, 281_{16}, 283_2, $331_{8\cdot 11}$, 349_4, 415_{12} ④$25_9$, 175_1, 231_5, 293_{12}, 313_{11}, 463_6 ⑤$67_8$, 77_8, 167_{16}, 169_8, 179_{16}, 183_5, 249_7, 403_{14}, 421_{13}, 475_6, $507_{1\cdot 6}$, 511_4
伊勢大神宮に向ふ ⑤$347_6$, 511_{10}
伊勢大神宮に侍らしむ ①$107_4$ ②$251_3$, 183_3
伊勢大神宮の御門を焼く ⑤$507_1$
伊勢大神宮の財殿を焼く ⑤$507_1$
伊勢大神宮の使 ④$231_4$
伊勢大神宮の神主 ③$129_6$
伊勢大神宮の瑞垣を焼く ⑤$507_2$
伊勢大神宮の正殿を焼く ⑤$507_1$
伊勢大神宮の大物忌 ④$175_2$ ⑤$169_8$
伊勢大神宮(太神宮)の内人 ②$237_{10}$ ④$175_2$ ⑤$169_8$, 249_7
伊勢大神宮の禰宜(禰義) ②$237_{10}$ ③$75_1$ ④$175_1$, 177_4, 201_3 ⑤$169_8$, 179_{15}
伊勢大神宮の封 ⑤$145_{11}$
伊勢大神宮の幣帛使 ③$195_6$
伊勢大神宮焚かる ⑤$507_6$
伊勢大神の寺 ④$129_8$
伊勢大鹿首 ③$71_7$

伊勢朝臣 ④$145_{12}$
伊勢朝臣子老〔中臣伊勢朝臣子老〕 ④$243_{10}$, 441_2 ⑤$43_{15}$
伊勢朝臣諸人 ④$293_{12}$
伊勢朝臣水通 ⑤$185_4$, 187_{11}, 249_{16}, 289_3, 315_{13}, 361_{13}, 417_{10}, 461_7
伊勢朝臣清刀自 ⑤$69_4$
伊勢朝臣老人〔中臣伊勢連老人・中臣伊勢朝臣老人〕 ④$177_5$, 179_4, 203_8, 211_5, 329_3, 427_4 ⑤$65_9$, 187_4, 211_1, 229_{12}, 369_{14}, 397_3, 409_1, 425_2
伊勢直家大江 ②$345_{10}$
伊勢直大津 ③$47_{15}$ →中臣伊勢連大津
伊勢に向ふ ③$387_{16}$ ④$439_{1\cdot 12}$ ⑤$77_7$
伊曾乃神(伊豫国) ④$117_{15}$
伊蘇志(勤)臣東人〔楢原造東人〕 ③$105_{14}$, 109_2, 189_4
伊蘇志臣東人が親族 ③$105_{14}$
伊蘇志臣真成 ⑤$315_1$, 341_{16}
伊蘇志臣総麻呂 ④$447_8$
伊蘇志臣族 ③$105_{14}$
伊湌(新羅官位) ②$169_9$
伊太祁曾神社(紀伊国) ⑤$53_{10}$
伊都郡(紀伊国) ④$93_{14}$
伊刀王[1] ③$131_{15}$, 421_6 ④$209_7$, 293_{16}, 339_{11}, 351_9, 445_{16} ⑤$31_8$
伊刀王[2] ⑤$133_5$
伊刀宿禰 ③$113_5$
伊刀女王 ③$267_{15}$
伊豆国 ①$59_{12}$, 85_4, 149_{13}, 183_{13} ②$57_4$, 71_{14}, 73_{10}, 149_4, 323_9, 387_{10}, 411_5 ③$125_9$, 207_{11}, 395_3 ④$89_7$, 345_{13} ⑤$47_5$, 99_{13}, 143_{16}, 227_{10}
伊豆国造 ②$405_8$ ③$343_4$
伊豆守 ④$7_7$, 51_7, 283_2, 389_3, 427_6, 435_5 ⑤$29_7$, 137_{13}, 247_{16}, 303_3, 397_3
伊豆直 ②$405_8$
伊豆直平美奈 ④$343_4$
伊豆嶋 ①$17_8$ ②$109_{10}$ ③$167_9$
伊那郡(信濃国) ④$205_{10}$
伊那郡の人 ④$205_{10}$
伊の父 ⑤$291_3$
伊波乃比売命 ②$225_4$
伊美吉 ③$331_6$
伊美吉より以上 ①$59_{16}$
伊部王 ②$23_1$, 85_2
伊福部 ④$293_9$
伊福部君荒当 ①$211_9$
伊福部宿禰紫女 ④$269_6$
伊福部宿禰人 ④$365_2$
伊福部女王[1] ①$193_6$

い(伊)

い（伊・夷・衣・位）

伊福部女王² ④189₈, 221₁₀ ⑤25₈, 81₁₂
伊福部妹女 ⑤65₁₁
伊与部連家守 ⑤487₆
伊余部連馬養 ①29₅, 45₁₄ ③239₁₅
伊余部連馬養が男 ①67₄
伊豫（伊与）国 ①71₁, 11₁₅₋₁₆, 131₁, 19₇, 49₄, 97₁₃, 105₃, 125₁₂, 183₁₅, 217₈ ②15₁₀, 45₁₁, 149₅, 159₅ ③79₅, 169₁₄, 251₄, 291₁₁, 349₁₆, 395₈, 435₁₅ ④119₅, 17₁, 75₄, 113₅, 117₁₄, 155₁, 183₁₁, 201₄, 237₄, 271₁₆, 285₁₁, 435₄, 449₃ ⑤149₁₃, 301₅, 505₆, 507₁₂, 511₁₆, 513₂
伊豫国員外掾 ④283₃
伊豫国守 ②57₁₀ ④129₁, 283₅ ⑤289₁₃·₁₅, 505₉
伊豫国の人 ④53₈, 113₄, 133₄, 165₅
伊豫国の稲 ④213₆
伊豫員外介 ④321₆
伊豫掾 ④321₅
伊豫介 ③425₅ ④53₈, 195₁₂, 321₅, 351₁₀, 427₁ ⑤91₅, 229₆, 277₉, 397₁₁, 423₂, 459₃, 505₉
伊豫国の国司 ⑤505₇
伊豫国の国分寺 ③79₆ ④133₅
伊豫守 ①73₃, 135₁₃, 157₉, 217₁₂ ②111₃, 345₆ ③159₃, 89₁₃, 121₁₀, 195₄, 327₈, 425₄ ④51₁₃, 207₆, 245₁, 321₄, 347₁₃, 377₁₅ ⑤51₉, 61₇, 189₄, 229₆, 241₁₄, 291₁₄, 301₁₃, 303₆, 319₁₂, 359₇, 459₂, 469₈, 491₇
伊豫少目一員 ④449₃
伊豫神（伊豫国） ④117₁₆
伊豫大目一員 ④449₃
伊豫土左等国按察使 ④453₁₄
伊豫土佐国按察使 ④159₁₂
伊れ始めて ⑤393₁₄
夷 ②117₂ ④271₅, 391₁₁ ⑤431₅ →蝦夷
夷参駅（相模国） ④353₈
夷狄 ②135₇, 315₄ →蝦夷
夷の為に略せらる ④279₁₃
夷の姓 ⑤467₁₄
夷の性 ⑤253₁₆
夷俘 ③253₁₄, 295₁₄ ④397₉, 443₈, 463₁₀ ⑤33₁₆, 267₁₄ →蝦夷, 俘囚
夷俘の種 ⑤139₁₂
夷俘の性 ⑤195₁₀
夷俘を以て遇ふ ⑤139₁₄
夷虜 ⑤273₃
夷を征つ ④271₅
衣 ①35₁, 49₁₂, 73₆, 115₂, 155₁, 161₃ ③227₁₃ ⑤403₁₂
衣冠 ①125₁₂, 133₁₁
衣冠の形制 ②133₉

衣枳首広浪 ⑤303₂ →高篠連広浪
衣君県（人名） ①29₁
衣君弖自美 ①29₁
衣裳 ②235₇ ⑤81₉
衣食 ①227₁ ②91₈, 97₁₅, 119₃ ⑤113₁₆
衣食足れば共に礼節を知り ①209₁₂
衣食の饒 ②59₃ ④455₁₁
衣食を買ふ ②301₁₆
衣川営（陸奥国） ⑤433₁₀
衣川（陸奥国） ⑤425₁₄, 433₁₁
衣の標口 ①143₂
衣の領 ①143₃₋₄
衣被 ③225₄
衣評（薩摩国） ①29₁
衣評督 ①29₁
衣評助督 ①29₁
衣服 ①175₁₀ ②11₆, 187₁₀, 235₉, 251₈, 257₁₃ ③375₄, 409₅ ④135₁₂, 375₁₄ ⑤477₁₂
衣服の作 ①191₁
衣服の様 ②65₄
衣縫王 ①19₁₅, 125₁₁
衣縫女王 ③5₆ ④323₁₃ →衣縫内親王
衣縫造孔子 ①67₅
衣縫内親王〔衣縫女王〕 ④385₅
衣縫連 ①67₆
衣履に及ばず ④43₈
衣粮 ①103₃ ②31₄ ③37₄, 169₁₀ ⑤355₁₂
衣を求ふ ②349₁₆, 363₁₃
衣を与ふ ②303₁₆
位 ①87₆, 235₁₁ ②213₈, 223₇, 235₆ ③43₁₅, 61₁₆ ④63₉, 77₁₆, 97₁₃ ⑤47₉
位已に高きを窮む ③361₁₀
位一階給ふ ④313₁₁₋₁₂ ⑤183₅
位一階を加ふ ①129₈ ②37₉ ④11₂, 63₂
位一階を兼ぬ ②155₁₄
位一階を賜ふ ④229₁₆
位一階を授く ②37₁ ③277₆ ④11₁
位一階を叙す ①79₉, 103₃ ④85₈·₁₁, 285₈·₁₁, 405₁
位一階を進む ①47₆, 55₁·₁₁, 79₇, 91₁, 107₁₀, 173₈₋₉, 185₁, 187₄, 221₁₁ ②21₈, 23₈, 33₉·₁₃, 187₇, 237₁₀, 337₉ ④85₈·₁₂, 321₁₁
位一階を進めて叙す ①173₈
位一級を加ふ ③185₂, 249₁₁, 277₅ ⑤169₁₀
位一級を賜ふ ②381₁₂, 383₃
位一級を叙す ③95₆ ④205₈
位階を加ふ ③295₁₁
位階を加へ賜ふ ③393₆ ④39₁₂, 281₂, 463₁₃
位階を加へ授く ⑤85₈, 95₈, 211₉

続日本紀索引

位階を進む ①$173_{15}$, 211_8
位階を同じくする者 ①$197_{11}$
位冠賜はく ④$103_2$
位冠を授けまつらく ④$137_{13}$
位冠をば楽はず ④$137_{16}$
位記 ①$37_7$ ⑤$509_{16}$
位記式 ③$355_{13}$
位記に拠る ④$177_1$
位記に書す ③$257_{15}$
位記の印 ①$183_{10}$
位記を毀つ ③$295_{16}$ ④$349_{5-6}$
位記を授く ①$137_{14}$
位記を収る ⑤$171_0$
位記を叙せる者 ①$167_{10}$
位記を奪ふ ②$119_2$
位記を追ひ奪ふ ②$191_{15}$, 195_{10}
位高くして任官に便あらず ③$187_8$
位高く任大きなり ②$91_2$
位号を改制す ①$37_2$
位号を改む ①$37_{15}$
位三階を叙す ③$103_3$, 149_7
位三階を進む ①$79_8$ ②$255_5$ ③$343_{11}$
位子 ①$137_{9\cdot13}$, 139_2 ②$117_4$, 191_{13}, 355_{13} ③$301_2$
位四等を増す ③$163_1$
位十階を授く ④$451_2$
位田 ②$227_{8\cdot9\cdot13}$, 255_{14} ③$103_{10-11}$, 151_{16}, 277_{16}, 369_5 ⑤$67_{11}$, 493_{14}
位田を収む ②$167_3$ ④$187_2$
位田を奪ふ ③$149_5$
位に依る ④$403_6$
位に在り ①$137_4$ ③$243_{16}$ ⑤$411_{14}$
位に叙す ①$167_{11}$ ②$215_6$ →叙位
位に叙せらるる者 ④$263_{15}$
位に即く ①$31_1$ ②$283_3$, 297_{11}, 353_7 ③$311_4$ →即位
位に登る ①$81_{10}$
位に陪り ③$369_{12}$
位にも堪へず ④$45_1$
位に臨む ②$3_9$
位二階を加ふ ④$11_3$
位二階を叙す ③$103_3$
位二階を進む ①$47_7$, 163_8, 173_9 ②$155_8$, 167_3, 187_6, 237_{10} ③$343_{12}$
位二級を加ふ ③$183_{14}$ ⑤$169_2$
位二級を進む ②$227_1$
位避 ③$263_{13}$
位封 ①$99_1$
位封を賽す ⑤$239_2$

位封を奪ふ ④$91_7$
位分資人 ②$65_5$, 191_9
位名を継がむと念ひて在る人なり ④$33_5$
位有る ④$111_{10}$
位両階を叙す ②$285_6$
位禄 ①$91_9$ ②$193_{12\cdot15}$ ③$277_{16}$
位禄の物 ①$97_{14}$
位禄の料 ②$221_6$
位禄の列に在るべからず ①$97_{16}$
位禄を奪ふ ②$157_1$ ③$149_5$ ⑤$253_{16}$
位を継ぐ ④$423_8$
位を賜ふ ②$197_{13}$, 335_9
位を授く ①$19_2$, 109_{16}, 125_2, 159_{10}, 161_3, 173_7, 223_5 ②$29_5$, 411_4, 81_{10}, 139_1, 163_{10}, 173_8, 215_2, 305_4, 359_{16}, 367_2 ③$129_8$, 133_3, 433_7 →授く (位)
位を叙す ①$63_1$, 93_{13}, 145_{10}, 165_5, 175_7, 225_5 ②$133_6$, 185_8 ③$97_{16}$, 103_5, 111_{15} ④$153_{16}$, 401_4, 421_6 ⑤$243_{15}$, 441_7 →叙位
位を譲る表 ④$37_3$
位を進む ①$21_6$, 89_{12}, 125_4 ②$9_5$, 155_7 ③$109_4$, 113_1, 123_{16}
位を禅る ①$119_8$, 233_{15} ②$139_3$ ③$263_1$
位を退く ④$31_{14}$
位を奪ふ ⑤$47_{14}$ →奪位
位を追ふ ①$167_{12-13}$
位を定む ②$61_1$
位を得 ①$167_{13}$
位をば楽ひ求めたぶ事 ④$137_{11}$
位を与ふ ①$175_{13}$
位を歴 ⑤$101_3$
医 ①$311_{13}$, 53_7 ③$51_9$, 295_8
医家 ⑤$215_2$
医学 ③$227_{14}$
医師 ①$137_{16}$ ②$17_6$, 55_{14}, 67_5, 101_4, 135_{10}, $201_{2\cdot4-5}$, 249_{16}, 253_{11} ③$159_3$, $235_{13\cdot16}$ ④$121_{8\cdot11\cdot14}$, 123_1, 361_3 ⑤$97_{9\cdot11-13}$, 99_2
医師已下 ②$181_9$
医術 ①$73_8$ ②$87_7$, 95_{11}, $233_{3\cdot8}$ ③$251_{14}$ ④$357_1$
医生 ③$237_3$, 277_5
医卜 ②$85_{13}$
医薬 ③$131_3$, 235_5, 433_7 ⑤$101_7$, 247_3 →薬
医薬に侍らしむ ③$163_3$
医療を加ふ ④$431_8$ ⑤$65_{16}$, 175_9
医療を勤む ⑤$449_9$
医を加ふ ①$93_9$
医を給ふ ①$99$, 111, 85_4, 95_{15}, 167_{15}
医を遣す ②$169_4$ ④$407_{11}$
医を用ゐず ③$163_4$

い(位・医)

囲の一角　⑤141₃
囲を潰る　⑤167₈
依し奉りし随に　①5₂
依智王　④149₁₂, 345₁₄, 399₄
依智郡(近江国)　②33₁₃
依羅王　③3₁₂, 25₁₃
依羅我孫忍麻呂　③35₅, 107₈
依羅宿禰　③107₈
依羅造五百世麻呂　④169₁₁
依羅造里上　④169₁₁
依羅物忌(姓)　③107₉
依羅連　④169₁₂
依り稽ふ　④461₁₀
委曲　③333₄　⑤197₃
委曲を申す　⑤147₁₃, 197₃
委しく問ふ　⑤159₈
委質　⑤473₂
委せ輸す　⑤119₅
委せらるるに副ふ　②118₃
委積　⑤409₈
委任　⑤349₃
委ぬ　①227₁₄　②89₇, 315₈・₁₃, 367₁　③299₁₄　⑤101₄
委ね寄す　④61₁₀
委を受く　⑤197₁₃
怡然　③433₁₀
怡土城(筑前国)　③165₁₆　④197₁, 461₅
威きかも　①121₇
威き顔に対ふ　①151₆
威儀に備ふ　①157₄
威儀法師六員　④341₁₃
威震ふ　②305₁₄
威武を示す　⑤151₁
威福　④379, 377₃
威容有り　⑤445₉
威容を厳しくす　④433₃
威力　②199₁₁　③171₁₆
威霊　②431₁₀　③243₁₃
威を示す　②319₃　③309₁
威を振ふ　②219₉
威を宣す　③287₁₄
威を宣ぶ　④117₄
威を増す　②417₆
為さざりし間　③97₉
為さしむ　①85₁₂
為山の成らぬ　③231₅
為し定む　①87₂
為人　③181₃　④203₃　⑤445₈
為す所　⑤43₁₆

為す所を識ること無し　④139₁₅
為すに忍びぬ所　③251₂
為性　④37₉
為奈王　⇒猪名王
為奈真人玉足　④365₅　⑤207₆
為奈真人東麻呂　③111₃
為奈真人豊人　⑤252₂, 263₉, 409₁₃, 423₈
為奈(猪名)真人馬養　②329₁₄, 395₇　③27₈
為ましじき行も為ぬ　④409₁₂
為むすべも知らに　④335₂
畏じ物　③85₉
畏拙　⑤443₁₅
畏まり尊み　④273₂
畏み坐さく　①121₁₃
畏れ憚る　⑤443₁₆
帷扆に参る　③271₉
帷帳　②385₆　③3₆
惟新　⑤39₁₂
惟新の歓を受く　⑤481₁₅
惟新の号を受く　③275₁₄
惟績　③343₅
惟みるに　②35₁₅, 163₄　⑤193₈
惟楊(唐)　⑤79₁₄
惟れ新なり　④445₇　⑤125₁₀
惟れ隆なり　②185₁₄
異域　①69₉　②233₉
異事　①199₃
異常　④457₅
異心有らむことを疑ふ　③297₁₅
異姓　②31₁₀
異代に来らむ者　⑤201₉
異端　②211₅
異ならず　③325₇
異なり　③357₇
異なること無し　①189₁₂　③203₃
異なるに似たり　⑤201₅
異に奇しき験　④135₁₅
異に奇しく麗しく　②273₂
異に在り　④173₄
異にす　①99₁₄
異にな念ひそ　④259₅
異腹の奴婢　④13₁₀, 15₉
異聞を聚らかにす　②63₁₀
異方の婦女　③441₄
異有り　②47₁₂, 85₁₁
異量無し　②15₂
異を見る　②179₆, 281₁₃
異を致す　②91₁
異を弭む　②163₅

い
(囲・依・委・怡・威・為・畏・惟・異)

続日本紀索引

異を標さしむ ④$157_{14}$
移 ④$213_{10}$
移御 ③$103_7$, 185_{14} ⑤$245_{12}$, 463_6
移郷に非ぬ者 ①$123_{10}$
移幸 ②$229_{12}$ ⑤$307_{15}$
移さる ⑤$345_{15}$
移し易ふ ③$293_6$
移し改むること得ず ④$215_2$
移し建つ ⑤$439_1$
移し作らしむ ⑤$507_{13}$
移し賜はく ③$217_{12}$
移し送る ①$181_{16}$
移し造る ⑤$129_3$
移し貯ふ ①$49_7$
移し動さず ④$409_2$
移し附く ①$231_{11}$
移徙 ④$231_9$
移徙せず ⑤$155_{13}$
移す ①$39_{14}$, 211_{13}, 231_1 ③$277_{14}$, 283_4, 439_{13} ⑤$229_{14}$
移配 ⑤$227_4$
移り居り ⑤$369_{12}$
移り御します ②$395_9$
移る ③$393_{4・13}$ ⑤$421_{10}$
移を得る ④$213_{11}$
渭浜 ③$283_{12}$
葦淵(伊勢国) ③$331_9$
葦屋村主刀自女 ④$69_4$
葦原王 ③$379_{4-5}$
葦原王の男女 ③$379_5$
葦田王 ④$345_{11}$
葦田郡(備後国) ①$155_{5・7}$ ②$65_7$
葦田郡の人 ④$191_{10}$
葦北郡(肥後国) ②$441_8$ ④$391_6$
葦北郡の人 ④$215_6$, 313_5
貽す ①$235_2$
貽れる ③$307_1$
意 ①$25_8$, $141_{2・8}$, 185_{10} ②$341_{12}$ ③$207_1$ ④$37_7$, 309_8, 377_2 ⑤$13_{10}$, 45_7, 113_9
意宇郡(出雲国) ①$9_{10}$ ②$171_{11}$
意宇郡の郡司 ①$9_{10}$
意宇郡の人 ④$213_4$
意見 ③$325_{13}$
意見の表 ②$313_2$
意見を言さしむ ②$91_5$
意見を言はしむ ③$413_{13}$
意見を書す ③$311_7$
意見を陳べしむ ②$313_2$
意茲に在らず ⑤$203_{10}$, 239_7

意趣 ②$309_2$, 353_1
意に介まず ⑤$139_{13}$
意に存す ①$183_6$
意に任せて ②$49_6$, 393_4, 447_8 ③$149_2$, 253_3 ④$165_{14}$, 303_{14}
意の中 ④$137_2$
意の任に ②$439_{11}$
意能が弱児 ①$123_5$
意美佐夜麻 ⑤$205_{14}$
意美佐夜麻の子 ⑤$205_{14}$
意ふ所有るに縁り ②$375_8$
意を悉にす ④$371_{16}$
意を尽さず ⑤$147_{13}$
意を尽す ②$91_3$
意を措く ③$385_{10}$
意を存きて ②$195_{13}$ ④$391_{13}$ ⑤$143_{16}$, 161_7
意を存して ②$133_{10}$, 447_5
意を知る ②$299_1$
意を度る ④$371_{13}$
意を同じくす ③$151_{11}$
意を念ふ ③$329_1$
意を了る ③$61_{10}$
違越 ①$9_{13}$ ⑤$255_{12}$
違き難し ③$275_{11}$
違忽 ③$247_8$
違失すること勿かるべし ⑤$93_6$
違勅 ②$93_4$, 147_{16}, 329_1 ③$375_{10}$
違勅の罪 ②$195_{11}$
違勅の罪に科す ②$199_2$ ③$235_6$ ④$77_{13}$, 403_{15} ⑤$109_{16}$, 307_{11}, 311_{15}, 389_4, 425_{11}, 503_1
違勅の罪を科す ①$195_{13}$ ③$191_{10}$ ⑤$285_3$
違犯 ①$169_{14}$ ③$147_{15}$ ④$77_{13}$ ⑤$117_7$, 267_6, 425_{11}
違犯すること勿かれ ⑤$341_{12}$
違犯する者 ①$7_{13}$ ⑤$307_{10}$, 311_{15}, 503_1
違犯せる者 ⑤$165_{16}$
違犯を致す ⑤$115_{15}$
違ひ乖く ②$179_5$
違ひ乖く者 ⑤$367_{15}$
違ひ難し ④$21_4$
違ひ犯す ②$239_{14}$
違ひ犯す者 ②$211_9$
違ふ ②$111_{14}$, 195_9, 199_2, 329_1 ③$289_{13}$
違ふこと ①$195_{14}$ ③$309_{16}$
違ふ者 ④$403_{15}$
違例 ④$365_{14}$
違を計ふ ①$195_{15}$
維敬宗 ⑤$369_4$
維城 ①$109_3$

い（異・移・渭・葦・貽・意・違・維）

31

（い―いち（維・慰・遺・謂・餧・彝・懿・鵤・域・一））

維城典訓 ③321$_9$
維城の遇千年 ④367$_{11}$
維成澗 ④67$_1$
維盤 ②61$_9$
維摩会 ③231$_{2・4・9}$
慰問はしむ ②203$_{14}$
慰め喩ふ ②315$_7$
慰問 ②377$_5$, 51$_7$, 75$_3$, 77$_{10}$, 349$_8$ ③293$_5$ ⑤35$_4$
慰喩 ⑤143$_{16}$
慰労（慰め労る） ②157$_9$, 231$_4$, 417$_{13}$ ③11$_8$
遺愛 ⑤203$_7$
遺教 ④289$_{12}$, 319$_3$ ⑤201$_{10}$
遺慶 ①235$_3$
遺摯を刈る ⑤131$_6$
遺章 ③245$_9$
遺詔 ①63$_8$, 115$_{7・10}$, 119$_{11}$ ②105$_{15}$ ③159$_8$, 179$_{14}$
遺詔を示す ③177$_{11}$
遺す ②305$_{12}$
遺すこと無し ⑤81$_3$
遺せる教 ①27$_4$
遺制 ②157$_5$
遺宣を受く ④295$_5$
遺俗 ②189$_6$
遺風 ②211$_{11}$, 371$_{10}$
遺法を守る ④63$_3$
遺る ④89$_5$
遺ること無く ①181$_3$
遺れず ②169$_{13}$
遺れる ③219$_{14}$ ④117$_5$, 229$_3$
遺れる公廨 ③253$_5$
遺れる衆 ②357$_{15}$ ⑤77$_{16}$, 197$_1$
遺れる賊 ⑤129$_4$
遺れる兵士 ④397$_2$
遺れるもの ⑤141$_7$
遺老 ③283$_{12}$
遺を受く ④311$_2$
謂 ④214, 435$_{12}$
謂奈王 ⑤455$_{11}$
謂ひつべし ③279$_{11}$, 309$_8$ ⑤223$_1$
謂ひて曰はく ①23$_{13}$, 81$_{11}$
謂ふ ①81$_{12}$
謂へらく ②137$_2$ ③325$_{10}$ ④331$_2$
謂无し ①227$_5$
謂りて曰はく ③199$_5$, 207$_{14}$
餧乏 ④9$_{13}$
彝訓 ③247$_8$
彝式 ③361$_3$
彝則 ②283$_7$

彝典に違ふ ②121$_{16}$
彝倫に非ず ⑤309$_{10}$
懿きかも ⑤471$_{10}$
鵤寺 ②339$_8$ →法隆寺
域を異にす ②189$_3$
一以て千に当る ⑤195$_{12}$
一位 ②425$_{12}$ ③29$_7$
一位已下 ①39$_{16}$
一位以下 ①101$_3$ ③29$_6$
一位の者 ①37$_8$
一院 ④45$_8$, 91$_6$
一階 ①221$_{11}$
一階を加ふ ④63$_4$
一階を加へ叙す ④111$_{11}$
一階を叙す ④111$_{10}$
一階を進む ③343$_8$, 381$_{15}$, 383$_2$ ④99$_{12}$, 111$_{10}$
一階を進めて叙す ④405$_2$
一季 ②5$_{10}$
一紀を歴たり ⑤167$_{13}$
一吉飡（新羅官位） ①75$_3$, 91$_1$, 91$_6$, 93$_{14}$ ②107$_3$
一級賜ふ ④175$_{3-4}$
一級を加ふ ③21$_{15}$
一挙に在り ⑤415$_{10}$
一行の色と成す ③403$_8$
一区 ②13$_7$
一茎 ①193$_6$
一月 ②97$_{12}$
一減を為す ⑤163$_3$
一己 ③271$_4$
一交 ①233$_9$
一更 ③35$_9$
一国 ②449$_1$
一国を近くす ③277$_7$
一国を置く ①187$_{13}$
一歳 ⑤133$_{16}$
一歳を加ふ ②257$_1$
一昨 ①19$_{15}$
一子に授く ④141$_8$ ⑤169$_{10}$, 249$_9$, 505$_8$
一枝の草を持つ ②433$_4$
一寺に聚集 ③57$_{14}$
一事已上 ⑤197$_{16}$
一時 ③405$_5$ ⑤141$_6$
一時の名輩 ④417$_3$
一七箇日 ⑤449$_{10}$
一七（日） ③99$_7$, 151$_3$, 381$_{11}$ ④297$_8$, 421$_{10}$
一処に安置 ④409$_1$
一叙以後 ②117$_6$
一色 ③385$_4$
一色を用ゐる ③359$_6$

32

続日本紀索引

一食　③$441_5$
一心忠貞の応　④$205_1$
一身　④$411_7$
一身に給ふ　②$131_{16}$
一身を割く　⑤$33_1$
一真の妙覚　③$271_6$
一人に任す　③$375_8$
一人の能く致すべき所ならむや　③$181_{12}$
一人の用に非ず　⑤$145_{15}$
一人も在らむと念せ　③$197_5$
一世に伝へしむ　①$67_5$
一生を願みず　①$175_5$ ②$219_9$
一切経論　③$433_2$
一戦を労せず　③$343_3$
一箭　①$95_{4-11}$
一祖　③$287_{15}$
一祖の子孫　②$187_2$
一曹　②$121_{11}$
一たびに三子を産む(多産)　①$213_{12}$
一たびに三児を産む(多産)　⑤$211_{12}$
一たびに三女を産む(多産)　①$113_{15}$ ②$31_3$ ③$19_{15}$
一たびに三男を産む(多産)　①$81_1$, 103_3, 137_6, 169_{15} ②$71_2$, 273_2 ③$107_2$ ⑤$19_7$, 143_1
一たびに二男一女を産む(多産)　③$31_{11}$
一たびに二男二女を産む(多産)　①$15_7$ ③$125_6$
一たび任せられ　④$361_3$
一体と為り　⑤$201_5$
一朝に成り　②$319_9$
一つ事　③$197_6$
一つ二つの事も相謀りけむ人等　④$253_{14}$
一つの祖より出ず　⑤$489_2$
一つの倉　⑤$493_{11}$
一つの理　④$158・11$
一丁　②$39_1$
一斗以上　①$101_8$
一都会　④$265_2$
一度に運ぶ所　⑤$433_{15-16}$
一等　③$103_2$ ④$99_{16}$ ⑤$211_{10}$
一等軽め賜ひ　③$217_3$
一等を減す　③$131_9$, 137_9, 151_8, 155_9, 157_{15}, 183_{16} ④$59_4$, 377_9, 445_{13} ⑤$51_{12}$, 103_6, $163_{2・4-5}$, 245_9
一等を降す　②$251_1$, 121_6, 259_{10}, 291_8, 297_7, 337_9 ③$105_9$ ④$241_{15}$ ⑤$67_5$, 161_{13}
一道に志す　④$137_{11}$
一に非ず　③$63_{12}$
一日　⑤$217_{12}$
一日一夜　②$77_{11}$, 377_{14}

一日に過ぎず　③$211_2$
一日に食ふ所　⑤$433_{16}$
一日万機(一日に万機あり)　①$235_8$ ⑤$497_1$
一任の内　②$301_{15}$
一任をも得ず　③$293_{10}$
一年の内に　①$195_{10}$
一年を以て限とす　⑤$221_5$
一年を限る　②$279_{16}$
一嚢の銭　①$195_8$
一盃　⑤$95_{15}$
一倍　②$97_3$
一倍に過ぐること勿かるべし　⑤$285_3$
一倍の利　⑤$109_{15}$
一品　①$221_{11}$, 223_3, $231_{2・16}$, 235_9 ②$41_5$, 61_{14}, 73_9, 143_{16}, 205_8, 221_{14}, 247_{16}, 251_{10}, 273_{10}, $295_{5・7・13}$, 305_6, 425_{12} ③$77_{10}$, 97_6, 103_9, 111_7, 125_4, 261_5, 335_{10}, 375_4 ④$87_{13}$, 319_1
一品已下　②$151_3$
一品贈り賜ふ　⑤$173_9$
一腹　④$15_{10}$
一物　②$163_2$ ③$309_{16}$ ④$49_9$ ⑤$245_1$
一房　②$35_4$
一本　②$79_7$
一名　⑤$469_{15}$
一列　②$227_1$
一をだに廃むるは可からず　③$229_1$
一を廃すとも不可　⑤$135_9$
壱伎(壱岐)嶋　②$253_{11}$, 329_3 ③$19_8$, 307_{12}, 429_{10} ④$73_1$, 211_1, $343_{1・3}$, 395_9, 361_2 ⑤$19_8$
壱伎嶋守　④$245_2$, 343_1
壱伎嶋目　④$343_2$
壱伎嶋の官人　②$409_7$
壱伎嶋(の)司　②$113_{13}$ ③$361_{16}$
壱伎嶋掾　④$395_{13}$
壱伎嶋の医師　④$361_2$
壱伎嶋の擬郡司　②$409_9$
壱伎嶋の博士　④$361_2$
壱岐郡(壱岐嶋)　④$395_9$
壱岐史山守　③$337_8$
壱岐造　③$337_9$
壱匡せる　③$229_{12}$
壱志王　①$177_{11}$
壱志郡(伊勢国)　②$375_{15}$, 379_3
壱志濃〔壱師濃〕王　④$149_{13}$, 357_3 ⑤$49_4$, 59_8, 69_6, 71_6, 183_{10}, 215_{11}, 229_5, 233_7, 247_{11}, 351_1, 357_7, 375_{11}, 389_6, 405_2, 451_2, 463_{11}
壱師君族古麻呂　②$381_4$
壱難乙麻呂　④$135_5$
壱万福(渤海)　④$345_7$, 353_1, 361_2, 363_8,

いち(一・壱)

続日本紀索引

365$_{10-12・14}$, 367$_{2・4}$, 369$_{4・6・8・10}$, 371$_{15}$, 409$_{9・14}$ ⑤35$_{10}$
壱礼比福麻呂　⑤235$_6$
逸しび豫ぶ　①131$_9$
逸遊を念とせず　③273$_8$
逸るに乗す　⑤151$_{15}$
鎰　①53$_{12}$
允慊なるに匪ず　⑤281$_8$
允さず　③309$_{11}$
允す　③231$_{11}$ ⑤75$_5$
允に武　③269$_{12}$
允に文　③269$_{12}$
引き還す　④433$_{12}$
引き見る　⑤477$_{10}$
引き遁ぐ　④431$_6$
引き入る　②229$_{13}$
引き問ふ　③329$_2$
引きゐる　④41$_{12}$ ②185$_{10}$
引く　①151$_6$, 159$_9$ ②209$_2$, 231$_7$ ③139$_{16}$ ⑤19$_1$, 267$_9$
引し入る　②247$_{10}$
引唱　②167$_{8-9}$
引す　②163$_{14}$
引田朝臣広目　①71$_6$
引田朝臣秋庭　①105$_{13}$ ②127$_{16}$
引田朝臣宿奈麻呂　①63$_{12}$, 83$_{14}$　→阿倍朝臣宿奈麻呂
引田朝臣真人　①207$_{10}$ ②127$_{15}$
引田朝臣船人　①189$_{10}$
引田朝臣祖父　①71$_{11}$
引田朝臣虫麻呂　②189$_{16}$, 237$_{12・14}$, 245$_3$, 247$_1$, 345$_1$, 379$_{16}$, 401$_9$, 429$_6$ ③27$_{10}$, 31$_8$
引田朝臣東人　①189$_{10}$
引田朝臣迹閇（尓閇）　①51$_3$, 135$_{12}$, 189$_9$　→阿倍朝臣迹閇
引導　②439$_{15}$ ③231$_8$
引率　④89$_{12}$
印　①77$_{15}$, 183$_{11}$, 213$_9$, 227$_8$ ②17$_6$, 65$_3$, 73$_7$, 263$_{12}$, 435$_{10}$, 437$_{8・10}$ ③13$_{15}$, 17$_4$, 215$_{11}$ ④21$_8$, 23$_{12}$, 271$_{5-16}$, 31$_7$, 37$_{11}$, 185$_{13}$, 327$_{4-5}$, 349$_{10}$ ⑤39$_7$, 359$_4$　→家印、外印、官印、京職の印、治部省の印、僧綱の印、内印、法王宮職の印
印書を作る　⑤405$_8$
印す　①111$_8$, 191$_9$ ②73$_8$, 183$_1$ ③385$_{16}$ ④327$_4$
印南郡（播磨国）　⑤369$_{7・9}$
印南郡の稲　④153$_{12}$
印南野臣　④83$_{15}$
印南野（播磨国）　②173$_6$ ④83$_{12}$
印幡郡（下総国）　⑤171$_7$

印幡郡大領　⑤171$_7$
印を進る　②447$_8$
印を奪ふ　④31$_6$, 169$_6$
印を鋳しむ　①77$_{15}$
印を用ゐる　②47$_4$, 447$_8$
因循　②239$_{10}$ ⑤193$_{10}$, 249$_2$
因心　③269$_{15}$
因心至性　⑤247$_2$
因心天性　④217$_6$
因幡員外介　④249$_{12}$, 257$_3$, 347$_{11}$
因幡掾　④53$_{13}$, 87$_{14}$, 171$_8$
因幡介　④171$_7$, 379$_{10}$ ⑤139$_1$, 191$_{12}$, 295$_{12}$, 343$_5$, 491$_4$
因幡宮（大和国）　④99$_{12}$
因幡国　①9$_8$, 53$_{14}$, 95$_{15}$, 183$_{14}$ ②57$_8$, 135$_1$ ③93$_{14}$, 169$_{13}$ ④329$_5$, 355$_{4・10}$, 421$_{11}$, 449$_2$ ⑤35$_7$, 149$_2$
因幡国員外介　④251$_{14}$
因幡国言さく　⑤101$_{12}$
因幡国国司　②125$_1$ ④357$_{15}$
因幡国国造　④359$_{15}$
因幡国守　⑤225$_8$
因幡国造国富　⑤503$_2$
因幡国造浄成女（浄成）〔国造浄成女〕　④359$_{9・14}$ ⑤15$_3$, 157$_{15}$, 251$_2$, 315$_5$
因幡国造（姓）　④329$_{10}$, 421$_{12}$
因幡国の軍毅　③95$_7$
因幡国の郡司　④359$_4$
因幡国の稲　④145$_{10}$
因幡国博士　④145$_9$
因幡守　①31$_1$ ②345$_5$, 401$_{10}$ ③251$_3$, 147$_7$, 255$_4$, 403$_2$ ④51$_{12}$, 89$_2$, 233$_5$, 303$_4$, 341$_8$, 379$_{10}$ ⑤51$_7$, 91$_3$, 225$_6$, 229$_2$, 251$_1$, 293$_5$, 337$_{14}$, 339$_{15}$, 343$_5$, 361$_{12}$, 451$_4$
因幡少目一員　④449$_2$
因幡大目一員　④449$_2$
因弊　⑤157$_2$
因有り　④13$_6$
因を植う　③231$_{15}$
咽ふ　⑤217$_8$
姻戚　④27$_{10}$ ⑤229$_{15}$
胤　④39$_{11}$ ⑤427$_{14}$, 455$_1$
胤子　③231$_4$ ④81$_{13}$ ⑤309$_8$
員　①137$_2$ ②201$_2$, 253$_{12}$ ④169$_{3-4}$, 303$_9$ ⑤127$_9$, 197$_{10}$, 281$_7$
員外国司　④135$_4$, 431$_1$
員外左少弁　⑤31$_1$
員外左中弁　④237$_{14}$
員外少納言　④187$_7$, 273$_5$, 301$_{13}$, 345$_{14}$ ⑤271$_1$

いち―いん（壱・逸・鎰・允・引・印・因・咽・姻・胤・員）

34

員外中納言 ④$331_{13}$
員外の官 ③$235_{14}$
員外の任 ⑤$193_{14}$
員外右中弁 ④$249_3$, 273_7, 319_5, 379_{10}
員外を置く ⑤$193_{10}$
員数 ①$169_{13}$ ②$353_{12}$ ⑤$97_{15}$
員に依りて ②$407_4$
員弁郡(伊勢国) ④$239_2$
員弁郡の人 ④$239_2$
員を省く ②$353_{13}$
員を増す ②$219_{13}$
員を定む ②$247_5$
殷王五たび遷す ①$131_{10}$
殷周より以前 ⑤$247_{16}$
殷宗 ②$163_4$
殷湯 ③$223_8$
殷繁 ④$265_1$
殷富なる者 ⑤$495_5$
殷富の百姓 ⑤$135_{13}$, 501_5
殷富の民 ④$425_{10}$
殷有める百姓 ④$403_{14}$
院 ⑤$201_{10}$
院中 ④$91_6$, 95_5
院の限 ②$161_{10}$
院の内 ③$51_{13}$
姪 ③$323_2$
寅の時 ⑤$69_4$
淫祀を崇む ⑤$165_{13}$
淫縦 ③$177_{10}$
淫なる志を縦にせり ③$179_6$
淫奔を挟む ⑤$427_{14}$
淫迷に至る ③$149_2$
陰事 ④$225_8$
陰に謀る ⑤$227_6$
陰に上ぐ ③$441_{14}$
陰に謀る ⑤$77_{15}$
陰陽 ①$85_{10}$, 89_7, 215_5 ②$87_5$, 119_{14}, $233_{3\cdot 8}$ ③$287_7$, 295_8 ④$357_1$ ⑤$215_2$
陰陽允 ④$175_{16}$, 249_6
陰陽員外允 ④$177_1$
陰陽員外助 ④$175_{15}$
陰陽学 ③$227_{14}$
陰陽師 ②$333_{13}$
陰陽助 ④$179_2$, 249_5, 379_6 ⑤$297_{12}$, 377_{10}
陰陽序に叶ふ ④$431_{15}$
陰陽生 ③$237_5$, 277_6
陰陽大属 ④$177_2$
陰陽頭 ②$333_{13}$, 341_4 ③$91_3$ ④$179_1$, 273_{15}, 345_{15}, 429_6, $451_{9\cdot 15}$ ⑤$71_3$, 137_{11}, 231_{11}, 247_{13},

251_6, 255_{13}, 315_{13}, 459_{10}, 503_8
陰陽の書 ④$181_5$
陰陽未だ和せず ⑤$203_{16}$
陰陽寮 ③$227_{16}$, 287_7 ④$171_{15}$ ⑤$245_{15}$ →大史局
陰陽和す ②$161_{15}$
陰陽を解る者 ⑤$247_{14}$
陰陽を習ふ ④$451_{10}$
埋廃 ④$415_5$
飲酒 ⇨酒を飲む
飲食 ④$375_{15}$
飲み浴る者 ②$35_{11}$
飲む ④$89_4$
隕石 ④$385_1$
隕阻 ①$17_6$
慇懃 ②$353_2$, 445_2 ③$195_{14}$
慇懃の至に任へず ④$317_9$
殞逝 ④$415$
禋燎に備ふ ⑤$393_9$
蔭位を授く ⑤$5_4$
蔭子 ③$301_2$
蔭子孫 ②$355_{13}$
蔭贖 ①$157_2$
蔭贖を須ゐず ③$149_4$
蔭贖を問はず ②$387_5$
蔭贖を論はず ②$111_{15}$ ④$403_{15}$ ⑤$109_{16}$, 275_3, 305_{13}
蔭親 ③$375_{11}$
蔭に依りて出身す ①$45_6$
蔭に籍りて選に入る ①$99_7$
蔭有る者 ⑤$327_{14}$
蔭を取りて出身す ①$99_8$ ②$99_2$
隠岐員外介 ④$91_8$
隠岐介 ⑤$229_{10}$
隠岐(隠伎)国 ①$53_{14}$, 139_{11}, 147_{15} ②$103_1$, 149_4, 249_8, 411_6 ③$19_7$, 125_9, 441_8, 443_7 ④$31_2$, 45_{13}, 75_4 ⑤$43_7$, 235_2, 265_6
隠岐守 ③$405_{14}$ ④$47_2$ ⑤$345_8$, 387_6
隠諱 ①$141_{10}$ ③$311_8$
隠欺 ②$427_1$
隠居 ⑤$265_6$
隠し諱る ②$179_{12}$
隠し執る ①$137_{12}$
隠して申さぬ奴等 ④$373_{13}$
隠首を獲 ⑤$159_1$
隠す ①$183_6$
隠す所 ②$91_4$
隠蔵 ⑤$115_{16}$
隠蔵する者 ⑤$117_3$

いん(員・殷・院・姪・寅・淫・陰・埋・飲・隕・慇殞・禋・蔭・隠)

続日本紀索引

隠蔵　①155$_{15}$　②17$_1$　　　　　隠没田　③337$_3$
隠惻　③23$_8$

いん（隠）

続日本紀索引

う

うしろ軽く ④$335_6$
うしろも軽く ⑤$173_{11}$
うぢはやき時 ④$63_{11}$
うべなみゆるして授け賜へる人にも在らず ④$79_7$
うむがしき事 ②$223_{16}$
うむがしみ ③$341_8$
うやうやしく相従ふ事は無く ③$409_{10}$
于紀 ⑤$477_{15}$
宇漢迷公宇屈波宇 ④$297_{12}$
宇佐君 ②$95_{12}$
宇佐郡(豊前国) ③$97_9$
宇自賀(宇自可)臣山道 ③$267_{13}$, 305_3
宇治王[1] ②$329_7$, 333_{12}, 343_{10}, 345_{15}
宇治王[2] ⑤$227_7$
宇治河(宇治川)(山背国) ④$427_9$ ⑤$551_1$
宇治橋(山背国) ①$25_{15}$
宇治郡(山背国) ④$85_5$
宇治郡少領 ④$85_2$
宇治(山背国) ②$399_9$ ④$29_1$ ⑤$339_6$
宇治真人宇治麻呂 ④$41_1$
宇治部 ④$293_8$
宇治部全成 ⑤$171_8$
宇治部直荒山 ②$129_{11}$
宇太郡(大和国) ①$89_{15}$, 201_{16}
宇多(宇太)郡(陸奥国・石城国) ②$45_7$
宇多郡の人 ④$169_9$, 235_5
宇大王 ①$75_{12}$
宇智(宇知・有智)郡(大和国) ①$95_7$, 57_7, 105_{12}, 219_1 ④$93_{13}$, 413_{15}
宇智真人豊公 ②$239_{16}$
宇遅女王 ②$349_1$
宇宙 ③$311_4$, 361_6 ④$431_8$
宇奈古(人名) ⑤$155_2$
宇内 ①$131_3$ ②$101_8$, 115_7, 325_{11} ③$229_{12}$
宇尼備(大和国) ①$29_{10}$
宇摩郡(伊豫国) ④$183_{11}$
宇摩郡の人 ④$183_{11}$
宇和郡(伊豫国) ③$79_5$
宇和郡の人 ③$79_5$
羽咋郡(越前国・能登国) ②$45_5$
羽茂郡(佐渡国) ②$93_{10}$
羽毛 ②$101_9$
羽翼と作る ③$361_{10}$
羽栗翔 ③$395_1$
羽栗臣 ⑤$17_{11}$
羽栗(葉栗)臣翼〔羽栗翼〕 ④$131_1$ ⑤$73_{16}$, 93_{10}, 201_{11}, 233_5, 345_4, 373_3, 401_{15}, 421_8, 455_{14}
羽栗(葉栗)翼 ④$457_9$ ⑤$9_6$, 17_{11} →羽栗臣翼
羽林連 ②$151_9$
羽林連兄麻呂〔鯔兄麻呂・都能兄麻呂〕 ②$187_8$
迂遠 ②$309_{10}$
盂蘭盆の供養 ②$271_{15}$
雨 ②$123_9$, 137_{14}, 177_5, 179_1, 187_{15}, 409_{16} ④$227_6$
雨降 ⑤$403_{11}$
雨水に遭ふ ⑤$405_{15}$
雨水汎溢 ⑤$129_7$
雨多し ⑤$403_{15}$
雨堕る ④$93_{15}$
雨に妨げらる ⑤$433_{13}$
雨氷 ②$441_{12}$ ④$293_6$ ⑤$35_4$
雨ふらず ②$31_4$, 123_{12}, 259_1, 419_9 ③$11_9$ ⑤$55_1$, 403_9
雨ふる ②$71_3$, 229_9, 235_{16}, 241_2, 259_{14}, 261_5, 429_{11}, 431_5, 441_8 ③$305_2$ ④$97_1$, 387_{12}, 463_8 ⑤$91_{12}$, 121_5, 243_{12}, 413_{13}
雨ふること少に ②$123_{13}$, 263_1
雨夜神(越前国) ④$429_{13}$ ⑤$499_3$
雨を祈はしむ ①$116_4$, 411_4, 71_{16}, 81_{15}, 89_3, 105_8, 231_9 ②$257_{11}$ ③$131_3$, 311_1 ④$235_{13}$, 331_2, 403_4.₁₄, 467_{16}
雨を祈ふ ①$114_9$, 39_{11}, 57_{14}, 81_3, 89_1, 161_{15}, 215_5 ②$25_{15}$, 419_{10} ③$11_{10}$, 47_1 ⑤$403_5$ →雩
雨を祈る ①$231_5$
雨を請はしむ ②$257_{16}$
雨を得ず ②$257_{15}$
烏 ①$115_6$, 81_{14}, 89_{16} ②$83_5$, 265_{16}, 347_2 ③$137_3$, 155_2 ④$213_5$, 215_6.₉, 291_6, 383_{13}, 413_4, 435_9 ⑤$297_{10}$
烏安麻呂 ②$147_5$, 285_4
烏羽の表 ⑤$471_7$
烏形の幢 ①$33_6$
烏須弗(渤海) ④$409_{5\cdot6\cdot10\cdot13\cdot15}$ ⑤$272\cdot5$
烏那龍神(人名) ③$377_6$
窩内 ④$13_4$ ⑤$483_8$
窩内安息 ②$225_2$
雩 ①$151_9$ ③$45_{14}$ →雨を祈ふ
雩祭 ②$257_{15}$
雩し祈る ①$89_2$
鬱々 ⑤$45_7$
鬱結 ④$13_5$

う―うつ（う・于・宇・羽・迂・盂・雨・烏・窩・雩・鬱）

続日本紀索引

うつ―うん（鬱・云・運・雲・慍・暈）

鬱しく念ふ所　③$345_2$
鬱憂を懐く　③$311_4$
云さく　②$317_{11}$
云に畢る　④$113_{16}$, 127_{13}　⑤$255_4$
云はく　①$27_5$, $185_{13・16}$　②$69_{16}$, 89_{10}, 213_{16}, 247_{11}, 349_{10}, 371_{16}, $373_{3・5・8}$, $377_{12・15}$, 389_8　③$21_{10}$, 31_6, 133_9, 141_9, 151_4, 203_{14}, $209_{6・8・11}$, 211_1, 223_{11}, 249_3, 281_5, $289_{10・16}$, 311_{12}, 407_{13}　④$17_6$, 31_8, 255_{11}, 263_1, 371_2　⑤$75_6$, 97_{11}, 113_{15}, 119_2, 147_{13}, $161_{10・16}$, 163_{2-3}, 327_5, 433_1, 487_8
云はむすべ知らにもし在る　⑤$173_7$
云ひて在らく　④$87_8$
云ひ来らく　③$73_2$
云ひ来る人等　③$73_3$
云ふ言に在る　④$137_4$
云へらく　③$115_{11}$, 181_2　④$417_3$　⑤$439_{11・14}$
運　②$61_1$, 439_{14}
運脚　②$69_{16}$　④$199_4$
運脚の者　①$189_4$
運送　②$355_3$
運送の民　①$227_{11}$
運は時艱に属し　③$223_8$
運収む　⑤$399_{11}$, 437_{16}
運り送る　①$153_1$　②$71_2$, 301_{12}　④$125_9$
運り漕ぐ　②$439_5$　④$199_2$
運び満つる者　④$125_{10}$
運び輸す　①$227_{10}$　②$119_5$, 193_9　⑤$149_{13}$, 211_9
運夫　③$167_{14}$
運ぶ　②$119_8$, 151_1, 193_{11}, 393_2, 433_{14}, 439_4　③$19_{12}$, 147_{13}, 363_1　④$111_{10}$, 197_{12}, 219_5, 235_{13}　⑤$149_6$, 153_9, 267_1, 435_5
運ぶ所　⑤$433_{15-16}$
運ぶ物　②$69_{16}$
運べる多少に随ひて　⑤$211_9$
運を安みす　②$61_7$
運を啓く　⑤$487_{12}$
運を撫す　②$271_6$
雲　④$171_{11・16}$, $173_{1-2・13}$, 179_{12}　⑤$167_{15}$
雲雨に均し　⑤$509_3$
雲雨の施　⑤$513_{10}$
雲雨を興す　④$453_7$
雲官　②$269_8$
雲漢の詩　①$231_5$
雲漢を仰ぐ　①$169_4$
雲麾将軍（渤海）　②$355_9$, 359_{15}
雲合ふ　⑤$403_{11}$
雲梯造　③$377_{14}$
雲梯連　③$377_{14}$, 437_{10}
雲母　①$199_{12・14}$
慍色に形れず　①$3_9$
暈襴の色　①$201_9$

続日本紀索引

え

穢き奴 ④$255_1$
穢き奴等 ③$217_6$
穢く謀る ④$241_{13}$
穢さしめず ③$69_{12}$
穢雑 ②$49_8$
穢臭 ①$103_7$ ②$161_8$
永き世に門絶えず ④$257_{16}$
永く安みす ②$319_5$
永く遺す ②$305_{12}$
永く棄てらる ⑤$155_4$
永く継ぐ ③$237_8$
永く結ぶ ⑤$217_{10}$
永く結る ②$125_{13}$
永く言に ②$235_9$ ④$289_{12}$ ⑤$393_{16}$
永く言ふ ②$123_6$ ④$205_6$, 431_2 ⑤$297_1$
永く固く ③$23_6$, 49_6
永く辞る ①$69_8$
永く任用せざれ ⑤$329_{11}$
永く悲しぶ ⑤$481_{15}$
永く免す ③$79_{10}$
永く流る ②$389_{14}$
永厳(人名) ④$393_{11}$
永興(人名) ④$375_3$
永国忌寸 ⑤$299_{15}$
永淳二年 ①$81_9$
永昌を開く ②$273_9$
永世 ③$375_{14}$
永年に取ること莫かれ ②$425_{12}$ ④$77_5$
永配に象る ③$225_9$
永慕 ③$303_{13}$
永例とす ⑤$441_{11}$
曳常泉(美濃国) ②$381_9$
曳綱 ③$271_{10}$
泳ぎ来る ②$373_{11}$
英声 ③$231_{10}$
英保首代作 ④$353_{11}$, 379_{12}, 441_3
英を振ふ ②$63_{11}$
英を飛す ②$161_{16}$ ③$273_{15}$
栄叡(人名) ④$431_{10\cdot15}$
栄華凋み易し ③$229_{14}$
栄貴を受く ①$141_7$
栄号を賜はる ⑤$497_{14}$
栄山忌寸 ⑤$299_1$, 385_2
栄井宿禰 ⑤$35_1$
栄井宿禰蓑麻呂〔日置造蓑麻呂〕 ⑤$183_{16}$,
233_2, 251_5, 255_{14-15}
栄井宿禰道形〔日置造道形〕 ⑤$137_7$, 219_{10},
239_4, 247_{13}, 263_8, 381_2, 385_{14}
栄秩 ②$445_{12}$
栄寵 ③$31_5$
栄寵に沐す ④$81_{15}$
栄弁(人名) ②$343_{13}$
栄命の隆 ③$133_{11}$
栄命を保つ ①$141_2$
栄禄重し ⑤$253_{12}$
栄を後胤に示す ③$113_{10}$
栄を光す ④$157_{14}$
栄を貪る ④$367_9$
盈ちて帰る ⑤$291_2$
営丘の封 ③$283_{13}$
営構 ④$461_{11}$
営作 ⑤$273_{15}$, 299_9
営作を事とす ⑤$477_2$
営種の労 ⑤$369_7$
営修 ②$13_1$
営城監 ④$93_1$, 19_8
営繕を加ふ ③$49_{15}$
営造 ①$19_{14}$, 49_1, 59_{14}, 229_1 ③$167_2$, 329_{11} ④$231_7$
営造修理する分 ③$359_{12}$
営中 ⑤$437_3$
営厨司 ②$213_{14}$
営に堪ふる者 ②$157_6$
営兵 ②$367_{16}$
営み構ふ ①$131_{13}$
営み作らしむ ①$147_{12}$
営み造る ②$319_9$
営み難く破れ易し ②$157_5$
営陵 ②$105_{14}$
営を置く ⑤$425_{15}$
詠(人名) ④$205_{16}$
睿主 ②$229_{10}$
睿徳 ②$271_1$
鋭を尽す ②$29_{15}$
叡政 ⑤$471_{15}$
叡造 ⑤$81_{11}$
穎 ②$235_1$ ④$405_3$
穎川(唐)に高臥す ③$183_{10}$
穎稲と成す ④$403_{14}$ ⑤$425_{10}$
穎を焼く ④$409_4$, 435_{16}
衛 ③$287_8$
衛士 ①$49_8$, 103_8, 171_4 ②$61_{14\cdot16}$, 63_1, 73_6, 111_7,
117_3, 181_{10} ③$11_{15}$, $185_{1\cdot10}$ ④$131_3$
衛士已上 ②$277_7$, 403_4, 441_{16}

え―えい(穢・永・曳・泳・英・栄・盈・営・詠・睿・鋭・叡・穎・衛)

39

続日本紀索引

えい―えつ（衛・瀛・櫻・奕・疫・益・掖・駅・曰）

衛士督　①75₆
衛士の数　②45₁₅
衛府　②181₈, 219₁₁, 253₅　④27₉, 99₅
衛府の人　②181₈
衛府の府生　②203₂
衛部　②25₈
衛門員外佐　③91₁　⑤9₈, 51₄
衛門衛士　②395₁
衛門権督　⑤349₉
衛門佐　②205₄　③193₆　④193₁₁, 341₇, 379₅　⑤51₄, 61₅, 89₁₄, 105₁₄, 137₃, 191₁, 225₁₁, 317₁₀, 363₈, 461₆
衛門少尉　④29₂
衛門大尉　④193₁₁, 207₄　⑤293₁₀, 377₁, 423₇
衛門督　①133₁₀　②227₄, 265₄, 373₄　③3₇　④51₈, 169₁, 191₁₃, 223₉, 465₂　⑤9₈, 45₆, 187₃・₁₀, 231₂・₇, 241₉, 297₁₂, 365₆, 401₁₆, 461₆
衛門の衛士　③11₁₅
衛門府　①49₈　③229₅, 287₁₁　→司門衛
衛門府医師　②59₁₃
衛門府の衛士　②365₅
衛門府の門部　②365₆
衛り送る　④45₈
瀛表　④371₆
櫻　③435₁₅
奕世　①61₁₀　④371₆
奕葉（弈葉）　②189₅, 359₃
疫　①9₈, 109₁₃　③321₁₀　⑤245₂
疫旱　③43₉
疫気　②293₉, 323₁₃　④289₁₁
疫気を攘ふ　④421₁₀
疫死　③437₁₁
疫疾　①109₁₀
疫神を祭らしむ　④289₃, 337₉, 411₅, 453₅, 457₈　⑤33₅, 67₉
疫す　①11₁, 31₁₃, 53₆, 57₇, 67₁₆, 71₄, 77₁₄, 85₄, 93₉, 95₁₅, 105₄, 113₆, 125₁₂, 131₂・₁₆, 139₁₀, 147₁, 151₈・₁₂, 161₇, 167₁₅, 179₁₀, 195₁, 197₃　②131₁₁　③63₄, 351₁₋₂, 411₆, 429₁₀, 433₁₁・₁₆　④9₈, 11₅, 19₁₀, 289₄, 291₇, 383₁₄, 407₁₁　⑤143₁₆, 331₃, 483₅
疫瘡　②293₁₁, 303₁₄, 321₆, 335₁₂
疫に死ぬる者　②293₉
疫に遭ふ　④123₁₀
疫病　①97₅
疫病に臥す者　③351₁₅
疫み飢ゑたる民　②323₁₀
疫民　②293₁₂
疫める百姓　②323₉

疫癘　②297₃, 389₂　④61₈
益　④163₅
益気王　⇒夜気王
益久嶋　⇒夜久嶋
益救郡（多褹嶋）　②271₁₁
益救郡大領　②271₁₁
益州（唐）　③297₁₂
益城郡（肥後国）　④313₆
益城郡の人　④313₆
益城連　①151₁₀
益人　④11₁₆, 151₆　→紀朝臣益麻呂
益す　①77₅・₉, 113₅, 207₄・₁₄, 223₅　②35₁, 61₁₅₋₁₆, 143₁₆, 145₁　③103₉, 295₁₀, 335₁₅　④457₄
益すること無し　⑤137₃
益田縄手　③191₁　④81₅　→益田連縄手
益田連　④81₅
益田連縄手〔益田縄手〕　④55₃, 205₁₄, 237₁₀
益頭郡（駿河国）　③221₁₂, 227₁₁
益頭郡の人　②223₁₀
益麻呂〔益人〕　④15₃₋₄　→紀朝臣益麻呂　→紀益人
益無し　②353₁₂　③325₃　④303₁₀　⑤437₁₄
益有り　②89₈
益を為すこと能はず　①171₇
掖庭令（唐）　⑤79₁₃
駅　②135₁, 235₄　④353₉
駅家　②59₅, 211₁₆　③185₁₅, 331₁
駅起稲　①53₈　②211₁₆, 275₁₂, 355₄
駅起稲帳　①151₁₀
駅戸　②219₇　④401₁₁₋₁₃　⑤375₃
駅子　③185₁₆
駅子の調　⑤375₅
駅使　①205₃　③227₈
駅伝　⑤111₇
駅に乗る　②79₁₃, 125₂　④281₁₆　⑤197₃
駅に附く　⑤427₆
駅に隷く　④199₆
駅の馬　⑤153₁
駅鈴　②263₁₁, 377₁₅, 437₈, 447₁₀　→飛駅の鈴, 鈴
駅路　④353₅
駅路を承く　④123₉
駅を置く　⑤21₁
曰さく　①187₉　②209₁₄, 305₅, 317₈　③9₁₆　④315₁₁, 403₁₁　⑤19₁, 333₁₄
曰佐若麻呂　③381₄
曰す　②139₇
曰はく　①25₂・₇・₁₁, 93₁₄, 107₁₂　②49₇, 135₁₅₋₁₆, 139₅, 169₉, 179₄, 189₂, 195₁, 253₁₆, 317₁₃・₁₅,

続日本紀索引

351_{4-5}, 359_1, 415_{12}, 421_{10-12}, 447_{15} ③$83_5$, 133_5, 171_9, $211_{5\cdot8}$, 213_9, 297_{14}, 299_5, 305_{14}, 331_{14}, 365_5, 437_2 ④$131_{1\cdot14}$, 171_6, 211_{11}, 121_2, 129_{14}, 131_2, 213_{11}, $215_{9-11\cdot13\cdot15-16}$, 283_4, 295_5, 309_{11}, 331_{14} ⑤$131_4$, 37_7, 39_{10}, 41_5, 131_8, 143_{13}, 201_4, 327_8, 333_1, 335_7, $393_{3\cdot10}$, 435_{11}, $495_{13\cdot15}$
曰ひしく ⑤$201_{16}$
曰ふ ⑤$487_9$
曰理郡(陸奥国・石城国) ②$45_8$
曰理郡の人 ④$233_{14}$
悦ばしめて使ふ ⑤$269_1$
悦び服はぬ ②$43_{12}$
悦ぶ ⑤$203_6$
悦を同じくす ①$169_5$
越郷を念ふ ⑤$391_5$
越後員外守 ⑤$143_7$
越後介 ④$37_2$, 347_{10}, 427_{13}, 435_6, 441_6 ⑤$241_{14}$, 291_{10}, 383_{13}, 409_3, 505_{13}
越後国 ①$9_8$, 154, 211_5, 53_6, 57_1 ②$57_7$ ③$125_{12\cdot16}$, 169_{12} ④$199_2$ ⑤$41_8$, 145_2, 381_8
越後国掾 ②$395_2$
越後国言さく ①$143_{14}$ ⑤$303_{15}$
越後国に属く ①$55_4$
越後国に并す ②$417_{10}$
越後国の蝦夷 ①$147_{15}$
越後国の蝦狄 ①$11_8$
越後国の士 ①$153_{12}$
越後国の人 ⑤$211_8$
越後国の船 ①$153_2$
越後国の百姓 ②$19_{16}$, 23_{16}
越後国の浮浪人 ③$331_2$
越後国の民 ①$217_{10}$
越後守 ①$95_{14}$, 125_9, 135_8 ③$35_6$, 131_{11}, 309_{14}, 423_{12} ④$207_{13}$, 393_9 ⑤$11_3$, 91_2, 107_9, 263_4, 319_8, 457_{13}
越後の蝦夷 ①$17_2$
越後の蝦狄 ①$7_{10}$
越後目 ③$253_{11}$
越州(唐) ③$387_{13}$
越裳国 ④$205_5$
越前按察使 ⑤$45_4$
越前按察使に隷く ②$103_1$
越前員外掾 ④$209_{13}$
越前員外介 ③$335_{12}$ ④$177_{11}$, 325_{14}
越前掾一人 ⑤$455_5$
越前介 ③$373_8$ ④$71_1$, 351_5, 103_5, 171_7, 177_{10}, 195_7, 341_5 ⑤$11_1$, 295_6, 353_1, 361_{11}, 383_{12}, 421_4
越前関(越前国) ④$37_{12}$ →愛発関
越前国 ①$49_3$, 89_{16}, 149_1, 183_{14}, 229_4 ②$45_8$,
125_5, 149_5, 171_6, 265_{16} ③$291_{9-10}$, 375_9, 407_{8-9}, 415_1, 433_{14} ④$29_5$, 77_{11}, 81_5, 101_{12}, 103_1, 293_{15}, 353_1, 429_{12}, 449_2 ⑤$191_1$, 216, 69_{2-3}, 73_1, $165_{2\cdot10}$, 177_3, 211_{15}, 437_{11}, 455_5, $499_{3\cdot5}$, 507_{11}
越前国言さく ①$107_2$
越前国司 ②$123_{16}$
越前国守 ②$57_7$
越前国の郡司の子弟 ③$403_{11}$
越前国の戸 ④$247_{13}$
越前国の国司 ①$89_{16}$
越前国の墾田 ③$239_2$
越前国の士 ①$153_{12}$
越前国の人 ⑤$153_8$, 275_{13}
越前国の船 ①$153_1$
越前国の地 ④$203_1$
越前国の百姓 ②$191_6$, 23_{16} ③$403_{11-12}$ ⑤$507_{14}$
越前国の浮浪人 ③$331_1$
越前国の封 ⑤$407_4$
越前国の野 ①$85_{15}$
越前国部内の神 ①$107_3$
越前守 ①$135_8$ ③$171_1$, 31_9, 33_4, 49_4, 121_9, 155_{16}, 191_{12}, 195_{11}, 335_4 ④$71_0$, 251_1, 29_5, 103_4, 129_4, 293_{10}, 301_6, 337_{15} ⑤$91_3$, 19_9, 57_8, 185_{15}, 189_{10}, 237_{13}, 241_{13}, 243_5, 353_1, 361_{11}, 423_8, 459_9
越前少目二員 ④$449_2$
越智郡(伊豫国) ④$117_{15}$, 155_1
越智郡大領 ④$155_1$
越智郡の人 ⑤$149_{13}$, 511_{16}
越智山陵(大和国) ①$191_4$, 211 ②$405_{14}$, 407_1
越智池(大和国) ⑤$269_4$
越智直 ⑤$513_4$
越智直蜷淵 ④$199_{15}$
越智直広江 ②$854_{\cdot16}$, 129_4
越智直広川 ⑤$513_{1\cdot4}$
越智直広川らが七世の祖 ⑤$513_1$
越智直国益 ④$165_5$
越智直在手 ⑤$513_3$
越智直静養女 ⑤$149_{13}$
越智直南淵麻呂 ④$321_7$
越智直入立 ④$447_6$
越智直の女 ⑤$513_2$
越智直飛鳥麻呂 ①$155_2$, 321_7
越中員外介 ③$389_{13}$ ④$159_{10}$
越中介 ④$129_7$, 325_{14}, 427_{13} ⑤$11_2$, 65_2, 71_{12}, 229_2, 319_7, 421_4
越中国 ①$103_1$, 149_1, 151_8 ②$57_7$, 347_2 ③$291_{10}$ ④$81_8$, 449_2 ⑤$145_2$, 165_{11}
越中国の士 ①$153_{12}$
越中国の四郡を分く ①$55_4$

えつ（曰・悦・越）

続日本紀索引

えつ——えん（越・謁・閼・円・奄・宛・延・沿・炎・垣・怨・冤・宴）

越中国の乗田　④185$_7$
越中国の人　③47$_5$
越中国の船　①153$_2$
越中国の没官田　④185$_7$
越中国より以来の諸国　②33$_6$
越中守　②263$_9$ ③31$_{10}$, 143$_{10}$, 373$_8$ ④207$_{12}$, 381$_{13}$ ⑤111$_5$, 51$_7$, 263$_3$, 379$_{10}$, 501$_{11}$
越中少目一員　④449$_2$
越中大目一員　④449$_2$
謁見すること得る者無し　④299$_7$
謁ゆ　①27$_3$ ⑤97$_1$
閼水留め難し　③163$_4$
円興（人名）　④55$_6$, 129$_3$, 137$_{15}$, 139$_1$, 141$_3$, 225$_{14}$ ⑤59$_6$
円興の弟　④55$_7$
円性　④141$_3$
円方女王　②331$_{13}$ ③419$_{11}$ ④43$_2$, 189$_8$, 445$_4$
円満　④137$_1$
円満の妙身を証さ　③239$_5$
奄焉　②89$_{13}$
奄我社（丹波国）　④413$_6$
奄智王　②233$_3$　→豊野真人奄智
奄に至る　④453$_{12}$
奄ひ有つ　②363$_{12}$
奄美嶋　①221$_4$ ③141$_{10}$　→菴美嶋
奄美嶋の人　①219$_{15}$
宛て補ふ　②93$_3$
延引　⑤117$_5$, 209$_{14}$, 247$_3$
延英殿（唐）　⑤75$_4$
延恵（人名）　④375$_2$
延慶（人名）　⑤277$_{15}$
延尓豊成　③377$_5$
延寿の楽　③239$_4$
延秀（人名）　③363$_{10}$ ④375$_2$
延請に随ふ　④417$_5$
延遅　⑤159$_{13}$
延び焼く　③7$_8$
延べ引く　②69$_3$
延暦九年十二月廿八日　⑤481$_{13}$
延暦九年閏三月十八日　⑤465$_2$
延暦九年閏三月十六日の昧爽より以前　⑤465$_6$
延暦九年二月十六日　⑤451$_{13}$
延暦元年　⑤249$_6$, 265$_{11}$, 279$_1$
延暦元年十二月廿三日　⑤253$_6$
延暦元年閏正月十日の夜　⑤227$_6$
延暦元年の籍　⑤413$_{15}$
延暦元年六月十四日　⑤279$_9$
延暦五年　⑤405$_2$, 477$_8$
延暦三年　⑤349$_2$, 391$_9$, 501$_3$

延暦三年五月七日　⑤297$_6$
延暦三年より以往　⑤465$_8$
延暦四年　⑤359$_{12}$, 447$_{14}$
延暦四年五月十九日　⑤331$_6$
延暦四年五月十九日の勅　⑤333$_{14}$
延暦四年四月晦日　⑤327$_5$
延暦四年正月十九日　⑤319$_{13}$
延暦七年　⑤425$_7$
延暦七年三月四日　⑤409$_5$
延暦二年　⑤101$_8$, 445$_{13}$
延暦の初　⑤349$_2$, 405$_5$, 407$_{14}$, 477$_6$
延暦八年　⑤493$_8$
延暦八年三月八日　⑤425$_{15}$
延暦八年四月六日の奏　⑤425$_{14}$
延暦八年七月十日の奏状　⑤439$_3$
延暦八年六月十日　⑤435$_9$
延暦六年　⑤393$_{11}$
沿革　④455$_{15}$
炎　④449$_{16}$
炎旱　①89$_7$ ⑤467$_{16}$, 475$_{11}$, 503$_4$
炎旱月を経ぬ　⑤205$_1$
炎気　④59$_8$
炎蒸に属く　③81$_3$
垣　②385$_6$ ⑤405$_5$
垣墻　①3$_6$
垣津連比奈　②209$_{13}$
垣を築く　④407$_{13}$ ⑤345$_7$
垣を踰ゆ　④95$_4$
怨家　④91$_5$
怨気　④61$_{12}$
怨歎　③209$_2$
怨歎を抱く　③293$_{11}$
怨男女二人在り　④87$_{10}$
怨み罵る　②43$_{11}$
怨むる色無し　①219$_6$
怨無し　①219$_5$
怨めしき所　②201$_{14}$
怨を懐く　⑤205$_1$
怨を結ぶ　③253$_{15}$
怨を匿す　⑤139$_{12}$
怨をも挙ぐ　②283$_9$
冤枉　①65$_{10}$ ②253$_5$ ③311$_4$ ④119$_{12}$, 121$_2$
冤感を致す　⑤217$_3$
冤獄を録す　②121$_1$, 259$_4$, 321$_{13}$
冤无し　①181$_3$ ⑤367$_5$
冤を除く　②161$_6$
冤を消す　②163$_5$
冤を称ふ　④299$_{12}$
宴飲　②163$_{14}$, 363$_{10}$ ③59$_{10}$, 387$_4$, 391$_{14}$ ⑤

続日本紀索引

267_9, 303_9, 395_{14}, 499_{10}
宴飲談話　⑤$231_5$
宴訖りて　①$223_7$　②$189_{15}$, 257_9, 333_6, $403_{8 \cdot 15}$
　③$7_1$, 53_4　⑤$112_6$, 207_{16}, 213_7, 257_{16}, 287_{13},
　359_1, 383_1, 487_7
宴饗を設く　⑤$95_8$
宴集　③$247_8$
宴す　①$35_1$, 41_{13}, 51_{15}, 145_7, 149_{14}, 223_6　②$7_{13}$,
　65_9, 133_{16}, 137_{16}, 157_{12}, 167_{14}, 177_{7-8}, $189_{1 \cdot 14}$,
　191_2, $203_{3 \cdot 9}$, 209_1, 213_7, 229_{10-11}, 231_6, 243_5,
　251_4, $265_{7 \cdot 15}$, 273_{15}, 287_5, 299_5, 333_4, 337_5,
　361_{10}, 385_6, 395_{10}, 401_{16}, $403_{5 \cdot 13}$, 405_9, 415_8,
　419_{10}, 433_{12}　③$39_{-10}$, 19_4, $39_{5 \cdot 12}$, 51_{16}, 53_2, 93_{14},
　95_2, 101_7, 109_{11}, 129_6, $137_{3 \cdot 10}$, 295_5, 305_{11},
　337_{12}, 419_2　④$71_3$, 189_7, 227_{11}, 273_{11}, 355_{13},
　357_{12}, 363_7, 397_9, 399_{10}, 419_5, $421_{1 \cdot 5}$, $445_{6 \cdot 15}$,
　447_7　⑤$3_5$, 51_{10}, 23_5, 27_1, 33_7, $57_{6-7 \cdot 9}$, 65_4,
　$85_{6 \cdot 11}$, 91_8, 111_8, 121_5, $123_{8 \cdot 12}$, 207_{15}, 213_1,
　287_5, $289_{3 \cdot 11}$, 313_{9-10}, 323_6, 357_{5-6}, 381_{14}, 415_1,
　417_5, 485_{12}
宴餞を設く　④$113_{16}$
宴畢りて　④$463_3$
宴遊　④$275_9$
宴を賜ふ　①$35_{14}$, 85_5, 145_8, 161_2　②$59_3$, 157_{15},
　183_{16}, 185_{10}, 337_{14}, 359_{16}, 385_{11}, 403_6　③$115_1$,
　345_{12}　④$227_{14}$, 271_{13}　⑤$257_8$
宴を設く　③$405_4$, 427_9　④$455_8$　⑤$75_5$
烟　①$85_1$　②$45_{10}$, 195_{15}　③$23_{16}$, 57_{15}, 407_8　④
　39_4, 141_{16}, 209_1, 229_7, $247_{8 \cdot 13}$, 381_{15}, 407_4　⑤
　45_2, 53_{16}, 279_{14}, 431_{13}, 509_6, 513_{14}
烟塵に遇ふ　②$97_5$
烟霧の彩　②$49_7$
袁晋卿　④$141_{11}$, 153_9, 249_{13}　⑤$63_4$, 83_7　→浄
　村宿禰晋卿
婉孌　①$235_{10}$
掩口の誚を慚づ　②$189_{12}$
掩ひ蔵す　②$369_{15}$
掩ひ捕ふ　③$207_4$
淹久　①$181_{13}$
淹滞の罪　③$289_7$
堰　④$447_{12}$
堰堤　③$381_4$
媛嶋牧(摂津国)　②$9_2$
援軍を索む　③$335_8$
援神契　③$21_{10}$
援兵　①$133_{10}$　④$437_{15}$
掾　②$267_9$　③$363_4$　⑤$455_5$
掾已下　①$55_7$
淵も瀬も(歌謡)　④$279_2$

猨嶋郡(下総国)　④$247_{14}$　⑤$485_1$
猨嶋郡主帳　⑤$485_1$
猨嶋郡の人　④$401_9$
園葵を抜く　①$103_{12}$
園地　③$29_{13}$　④$217_{13}$　⑤$275_2$
園池正　④$195_{10}$, 243_6, 351_4, 425_{10}　⑤$9_4$, 111_1,
　233_8, 249_{13}, 321_{10}
塩　①$113_8$, 115_2, 179_4, 201_{10}　②$167_{15}$, 181_1,
　195_{15}, 269_8, 331_7　③$411_4$, 165_8　④$85_6$, 265_{12},
　277_{14}　⑤$255_{15}$, 279_4, 399_{12}
塩屋王　⑤$85_{16}$, 197_5, 229_1, 301_{12}, 491_{10}
塩屋連吉麻呂　②$85_6$, 87_2, 113_1, 347_{10}, 385_{14}　③
　243_5
塩汁を飲む　③$215_{13}$
塩汁を歃る　③$203_8$
塩焼王　②$267_{14}$, 361_3, 375_5, 379_6, 409_4, 411_{3-4}
　③$71_2$, 35_4, 159_{13}, 179_7, 187_{11}, 193_2, 201_{11-12},
　219_3　→氷上真人塩焼
塩焼王の子　⑤$227_4$
塩焼王の父　③$219_4$
塩焼王を立つ　③$177_{16}$
塩城県(唐)　①$81_7$　⑤$75_{15}$, 79_{16}
塩津(近江国)　④$29_9$
塩田村(美作国)　④$123_{14}$
塩を焼く　④$261_{10}$
煙　③$271_7$
煙雲晦冥　④$59_6$
猿福貴王　④$3_6$
遠賁　④$285_4$
遠夷の境　⑤$85_2$
遠珂郡(筑前国)　②$369_6$
遠珂郡の郡家　②$369_6$
遠隔　①$203_{10}$
遠闊　④$123_{14}$
遠き我が皇天皇の御世を始めて　③$67_{11}$
遠き処　③$213_4$
遠きに遷さしむ　②$369_{16}$
遠き年　④$13_{12}$
遠きもの至り　⑤$125_9$
遠きを追ふ　③$269_{15}$
遠きを能くす　③$273_{13}$
遠行を労らず　②$155_9$
遠近　②$69_{16}$, 119_8　⑤$403_{16}$
遠近の程　②$149_4$
遠近の配流　④$405_{15}$
遠近を量る　⑤$151_{12}$
遠く竄つ　③$311_2$
遠く照さしむ　⑤$231_{10}$
遠く著る　⑤$13_{15}$

え ん（宴・烟・袁・婉・掩・淹・堰・媛・援・掾・淵・猨・園・塩・煙・猿・遠）

43

続日本紀索引

えん（遠・鉛・厭・縁・豌・燕・鋺・艶・魘・黡）

遠く来る　④371$_{15}$, 411$_{2}$　⑤93$_{14}$
遠く流し賜ひ　③219$_{14}$
遠く流して在る　④87$_{9}$
遠く慮る　②321$_{1}$
遠江員外介　③347$_{12}$　④205$_{14}$
遠江介　④195$_{3}$, 243$_{11}$, 347$_{9}$, 349$_{3}$　⑤51$_{5}$, 191$_{5}$, 201$_{12}$, 269$_{8}$, 355$_{12}$, 457$_{8}$
遠江国　①49$_{3}$, 145$_{6}$, 147$_{12・16}$, 163$_{2}$, 221$_{7}$, 229$_{5}$　②71$_{13}$, 109$_{13}$, 175$_{2}$, 269$_{3}$, 273$_{2}$　③383$_{13}$, 395$_{3}$, 405$_{6}$, 407$_{2}$　④337$_{6}$, 447$_{16}$　⑤35$_{6}$, 329$_{8}$, 351$_{3}$, 467$_{8}$
遠江国守　②57$_{3}$
遠江国大目一員　④447$_{16}$
遠江国の郡司　②21$_{7}$
遠江国の戸　④247$_{13}$
遠江国の国郡司　①145$_{9}$
遠江国の国司　②123$_{16}$
遠江国の士　①153$_{12}$
遠江国の糸　②213$_{1}$
遠江守　①31$_{1}$, 135$_{3}$, 163$_{4}$　②339$_{13}$, 397$_{4}$　③121$_{6}$, 193$_{12}$, 207$_{10}$, 335$_{3}$, 405$_{12}$　④51$_{6}$, 161$_{1}$, 205$_{15}$, 209$_{10}$, 379$_{5}$, 427$_{4}$　⑤65$_{9}$, 89$_{11}$, 231$_{8}$, 291$_{8}$, 355$_{3}$, 377$_{9}$, 397$_{3}$, 409$_{2}$
遠江少目二員　④447$_{16}$
遠江大掾　④115$_{11}$
遠皇祖の御世を始めて　①123$_{3}$　②143$_{5}$　③85$_{3}$, 263$_{5}$
遠国　③125$_{9}$
遠山村（陸奥国）　④443$_{8}$
遠使　③133$_{7}$
遠戍を資く　③363$_{4}$
遠人を懐く　②81$_{10}$
遠世より始めて　⑤35$_{10}$
遠祖　②61$_{4}$　⑤131$_{10}$, 203$_{3}$, 239$_{5}$
遠長く平けく　⑤37$_{1}$
遠朝より始めて　③121$_{12}$, 123$_{1}$
遠天皇祖の御世　①3$_{14}$
遠天皇の御世　③197$_{16}$
遠天皇の御世御世　⑤35$_{15}$
遠天皇の御世を始めて　③73$_{4}$
遠田君金夜　③123$_{9}$

遠田君小抹　③123$_{8}$
遠田君雄人　②315$_{5}$
遠田郡（陸奥国）　②315$_{5}$　⑤467$_{11}$
遠田郡領　②315$_{5}$　⑤467$_{11}$
遠田公押人　⑤467$_{11}$　→遠田臣押人
遠田臣　⑤467$_{15}$
遠田臣押人〔遠田公押人〕　⑤493$_{7}$
遠道の処　⑤219$_{1}$
遠年　③163$_{9}$　④15$_{9}$
遠方　②75$_{10}$
遠明日香朝庭　⑤309$_{7}$
遠流　②149$_{5}$　⑤163$_{1}$
遠流罪に治め賜ふ　③217$_{4}$　④241$_{16}$, 373$_{15}$
遠流罪に配む　③219$_{4}$
遠流に合ふ　③151$_{11}$
遠流に処す　④239$_{11}$　⑤161$_{13}$, 227$_{3}$
遠流に配す　④119$_{11}$
鉛に似て鉛に非ず　④129$_{14}$
厭倦ること無き者　⑤341$_{3}$
厭魅　③151$_{11}$　④241$_{10}$, 349$_{6}$, 413$_{15}$　⑤165$_{14}$, 233$_{14}$
厭魅事　④241$_{13}$
縁海の諸国　⑤149$_{1}$
縁海の村邑　⑤151$_{4}$
縁坐　②207$_{10}$　④293$_{2}$
縁坐せる人等　④287$_{7}$, 291$_{16}$
縁坐の流　②271$_{8}$
縁党　④217$_{7}$
縁に随ひ　④137$_{3}$
縁辺　④17$_{15}$
縁由を尋ぬ　④433$_{11}$
縁路の諸国　②171$_{9}$
豌豆瘡　②299$_{3}$　④485$_{9}$　→裳瘡
燕（鷰）　①19$_{7}$, 81$_{14}$　②159$_{2}$　⑤297$_{15}$, 335$_{6・11}$
燕乙麻呂　⑤143$_{11}$
燕石　④49$_{1}$
鋺の器　②127$_{1}$
艶色を貪る　⑤427$_{14}$
魘魅　④383$_{5}$
黡　②153$_{12}$

続日本紀索引

お

おしとど(歌謡)　④309$_{12-13}$
おだひしみ　④333$_{16}$
おだひに在り　④47$_{10}$
おだひに侍り　④257$_8$
おほせ給ふ御命　④259$_1$
おもしき人の門　③319$_4$
おもぶけ教へけむ事　③71$_{15}$
おもぶけ賜ひ　②217$_4$
およづれかも　④333$_1$
汚穢せしめず　③95$_{12}$
於忌寸　⑤387$_9$
於忌寸人主　②331$_5$, 345$_4$
於忌寸弟麻呂　⑤387$_9$
於戯　②63$_1$
於宿禰　⑤387$_9$
於宿禰乙女　⑤495$_{11}$
於保磐城臣　④233$_{13}$
於保磐城臣御炊　⑤245$_{11}$
王　①19$_{11}$, 21$_8$, 141$_5$　②307$_{14}$, 309$_2$　③85$_{12}$, 123$_3$, 215$_6$, 249$_5$, 265$_9$, 315$_5$, 345$_3$　④105$_4$, 311$_{16}$, 323$_5$, 333$_{12}$, 371$_{16}$　⑤181$_{12}$, 193$_8$
王位に坐す　④33$_9$
王維偵(唐)　⑤385$_2$
王家に始まる　②305$_{13}$
王希庭(唐)　⑤499$_{15}$
王吉勝　②151$_7$
王狗(人名)　⑤497$_{16}$
王狗が孫　⑤499$_2$
王敬受　①77$_3$
王憲に違ふ　⑤285$_2$
王元仲(唐)　②115$_{10}$
王玄志(唐)　③299$_{2・4}$
王公　②91$_{13}$　③181$_{12-13}$, 225$_{10}$
王公已下　③247$_{10}$　⑤307$_2$
王公諸臣　①103$_{12}$
王公大臣　①131$_5$
王公の上に託く　①85$_9$　⑤249$_4$
王公の宅　②195$_8$
王侯　②103$_{14}$
王国嶋(人名)　③377$_2$
王子　③121$_{15}$, 123$_{2・15}$, 365$_{2・4}$, 429$_2$　⑤93$_2$
王者　②89$_{16}$, 135$_{16}$　④139$_{16}$, 215$_{13}$, 263$_6$　⑤327$_8$
王者の休祥　⑤307$_1$
王者の治太平を致せば見る　①185$_{16}$
王者の徳沢洽ふ　②21$_{10}$

王者百姓を事とし徳丘陵に至れば沢神馬を出す　②351$_5$
王城国　②287$_9$
王臣　①23$_1$, 121$_{14}$　②29$_{10}$, 187$_{16}$　③119$_{12}$, 123$_5$, 191$_5$, 199$_{5・7}$　④77$_{9・12}$, 187$_2$, 241$_2$
王臣以下　②183$_{12}$
王臣家　⑤311$_{13}$, 403$_7$, 501$_{5・14}$
王臣五位已上　①39$_{13}$　②213$_7$
王臣等　②221$_{15}$, 223$_6$
王臣に仕ふ　②29$_9$
王臣の教　①151$_4$
王臣の五位已上　②17$_{10}$
王臣の佃使　⑤479$_6$
王津嶋(紀伊国)の南の浜　④93$_{16}$
王進義(唐)　②99$_{4・7}$
王新福(渤海)　③415$_1$, 417$_{8・13-14}$, 425$_{15}$, 429$_4$, 439$_{13・16}$
王親　①51$_6$, 351$_4$, 411$_2$
王親の男女　②95$_{15}$
王親を衿ふ　③325$_6$
王仁(人名)　⑤499$_2$
王清麻呂　④185$_{16}$
王籍に預らしめず　③437$_4$
王族を失ふ　⑤333$_7$
王孫　②73$_1$
王たち　②143$_3$
王たちの子　③69$_{15}$
王多宝　②151$_{12}$
王大則并天下人此内任大平臣守昊命　③249$_2$
王仲文(中文)〔東楼〕　①45$_{12}$　②41$_{11}$, 87$_6$
王と偁る　⑤469$_{11}$
王とす　①101$_{12}$　④211$_{13}$
王土　③123$_4$
王等　①31$_3$　②305$_8$, 353$_1$　③87$_1$, 197$_2$　④257$_{10}$　⑤177$_5$
王に代へて首とす　③121$_{15}$
王に代りて申謝す　④367$_5$, 371$_{15}$
王の意　④371$_{13}$
王の(歌謡)　③73$_2$
王の三位　①171$_{16}$
王の四位　①173$_1$
王の姓を除く　⑤279$_{14}$
王の姓を蒙る　⑤505$_3$
王の誅　⑤477$_{15}$
王の名有り　①101$_{10}$
王の名を除く　③379$_{10}$
王の名を得　①101$_9$　③13$_6$
王の名を蒙らしめず　⑤153$_6$
王宝受　③377$_8$

お—おう(お・汚・於・王)

続日本紀索引

おう（王・応・冱・往・押・枉・始・桜・奥・横・鴨・甕）

王法正論品　④263$_4$
王民　③255$_2$　④279$_{13}$
王命に乖く　⑤75$_{10}$
王命を非る　④437$_8$
王を以て第に還らしむ　③261$_{11}$
王を以て第に帰す　③177$_{13}$
王を奴と成す　④43$_{12}$
王を立つ　③177$_{14}$, 211$_3$
応　④205$_1$
応感　④289$_{13}$
応供　③273$_{10}$
応験有らず　⑤449$_9$
応神天皇　④381$_2$　⑤331$_{16}$, 469$_{13}$　→天皇
応に当る　④283$_9$
応へ来る　②141$_{12}$
応宝〔丸子連宮麻呂〕　③81$_{12}$
応有り　④163$_4$
冱弱　①171$_6$, 199$_6$　⑤273$_6$
往意を指し宣ぶ　③133$_{15}$
往々　③427$_5$, 433$_3$
往々在り　③63$_2$
往還　①147$_{13}$, 155$_4$, 195$_8$, 203$_3$　②77$_7$, 15$_{10-11}$, 45$_{12}$, 121$_{10}$, 317$_6$　④353$_9$　⑤433$_{11-13}$
往きて学ぶ　⑤291$_1$
往きて監る　④75$_1$
往古　⑤195$_6$
往古に行ふ　⑤513$_{12}$
往古より已降　①131$_6$
往事を検ふる　③181$_7$
往時　⑤91$_{16}$
往聖の嘉訓　⑤197$_{12}$
往聖の嘉典　④303$_{10}$
往帝の仁徳　④203$_7$
往年　①125$_{14}$
往の意　①95$_2$
往の意を指し宣ぶ　①109$_5$
往来　①7$_{13}$, 227$_7$　②439$_{11}$　④409$_7$　⑤437$_{14}$
往来の親びを成す　①151$_2$
往来を空しくす　③281$_{12}$
往来を絶つ　④437$_{10}$
往来を断たざる　②195$_3$
往来を通さぬ　④91$_6$
往を改む　④373$_3$
往を改むる術を求む　③81$_5$
押衛官（渤海）　③331$_{13}$
押海連人成　⇨忍海連人成
押ししひて　④45$_4$
押し来る　②373$_9$
押水手官（唐）　③387$_{13}$

押送　⑤75$_{11}$
押領　③335$_9$, 387$_{11}$　⑤113$_2$, 273$_{14}$
押領に充つるに堪ふ　③407$_{14}$
枉激　③219$_9$
枉る　④353$_6$
始羅（始㺃）郡（日向国・大隅国）　①197$_3$　②215$_4$
始羅郡少領　②215$_5$
桜井　④309$_{12}$
桜井王　①207$_6$　②83$_{13}$, 145$_9$, 209$_6$, 243$_8$
桜井女王　④67$_{12}$
桜井頓宮（河内国）　②437$_4$
桜井に（歌謡）　④309$_{12}$
桜嶋連　④237$_7$
奥区　⑤433$_7$
奥郡（陸奥国）　⑤21$_{12}$
奥郡の百姓　⑤237$_9$
奥地　⑤443$_{11}$
奥地を究めず　⑤441$_4$
横河駅家（出羽国）　③329$_{16}$
横禍の時　④309$_9$
横行　②121$_{10}$
横川（近江国）　②381$_{13\cdot15}$
横度春山（人名）　④237$_7$
横刀の鈨　①233$_{13}$
横刀の帯の端　①233$_{12}$
横に加ふ　④143$_{14}$
横に殺す　④127$_3$
横の謀　④257$_{13}$
横斃　③243$_2$
横斃を致す　③235$_4$
鴨王　④149$_{13}$, 323$_{13}$　⑤23$_9$, 49$_9$, 147$_{16}$
鴨君梗売　①31$_{11}$
鴨首形名　①97$_{10}$
鴨川（山背国）　②429$_{15}$
鴨朝臣　⇨賀茂朝臣
鴨朝臣角足　⇨賀茂朝臣角足
鴨朝臣吉備麻呂　⇨賀茂朝臣吉備麻呂
鴨朝臣堅麻呂　⇨賀茂朝臣堅麻呂
鴨朝臣子鍬　⇨賀茂朝臣子鍬
鴨朝臣治田　②147$_4$
鴨朝臣助　⇨賀茂朝臣助
鴨朝臣石角　③55$_3$, 251$_4$, 271$_1$
鴨朝臣虫麻呂　③87$_{11}$, 161$_{13\cdot16}$
鴨田連嶋人　④25$_8$
鴨㓛宜真髪部津守　⑤143$_4$
鴨部（姓）　①171$_2$
甕　②29$_5$
甕原（離）宮（山背国）　①201$_{11}$, 211$_{10}$, 223$_{13}$, 231$_{13}$　②181$_{13\cdot15}$, 301$_2$, 349$_{14}$, 351$_{12}$, 393$_2$

続日本紀索引

甕原(離)宮より東　②$409_1$
襖　③$403_5$　④$453_1$　⑤$149_7$
襖乏しと言ふ　⑤$159_{16}$
謳訟　①$235_{10}$
鸚鵡　②$257_7$
屋　②$235_{16}$　③$405_5$
屋舎　③$333_{11}$
屋の上　⑤$19_{14}$
屋を発つ　①$203_6$, 217_9　②$183_7$, 241_2　④$385_{12}$
　　　⑤$91_{12}$
億兆　⑤$221_{12}$
憶頼子老　③$377_3$
乙訓王　④$145_4$, 163_{10}, 343_5　⑤$63_7$
乙訓郡(山背国)　①$57_{14}$　④$421_7$, 435_2　⑤$297_{13}$,
　　　391_9
乙訓郡郡司主帳以上　⑤$391_{10}$
乙訓郡の人　⑤$17_{11}$
乙訓社(山背国)　④$421_8$, 435_2　⑤$309_{14}$
乙訓神(山背国)　⑤$309_4$
乙巳(大化元年)　③$239_{7\cdot10}$, 241_1
乙代(人名)　⑤$195_{12}$
乙枚(乙平)王　⑤$485_{13}$, 495_{11}
音　①$203_2$　③$295_8$
音徽を嗣ぐ　②$189_{12}$
音声　④$409_8$
音博士　④$153_9$, 355_{15}　⑤$83_9$
音耗通はず　②$189_7$
音問　④$371_8$
音楽　③$119_{12}$
音を為す　②$277_1$
音を学び得　⑤$83_8$
音を暢ぶ　②$417_5$
恩　①$101_{11}$　②$101_9$　④$371_5$　⑤$129_{11}$
恩渥に沐す　④$57_{12}$
恩渥を承く　③$161_{13}$
恩意　⑤$309_{10}$
恩化を頼る　⑤$121_9$
恩義　①$219_4$
恩義を顧みず　⑤$131_4$
恩教を承く　①$151_6$
恩遇　②$341_{16}$　⑤$123_6$
恩幸を加ふ　⑤$447_7$
恩降を経　②$113_{16}$　⑤$109_2$
恩旨　③$353_1$
恩私　②$257_2$　④$331_8$
恩赦に会はしむ　②$253_7$
恩赦を経　②$117_{14}$
恩借に縁りて　①$179_{13}$
恩恕を施す　③$105_5$　④$119_2$
恩詔を謝す　③$203_1$
恩賞　④$217_7$
恩智神主広人　④$221_{14}$
恩寵　②$115_3$　④$459_{14}$
恩勅　②$305_9$　③$169_9$
恩盪に会ふ　②$267_5$
恩徳を布く　④$445_8$
恩に会はしむ　③$9_6$
恩に霑ふ　④$197_6$
恩に報ゆ　②$125_{14}$
恩に漏る　⑤$497_{12}$
恩の限に在らず　③$227_{10}$
恩波枉激　③$219_9$
恩免　⑤$133_7$, 169_{15}
恩有り　①$51_4$
恩を厚す　③$369_6$
恩を降す　②$251_8$　④$57_3$
恩を垂る　④$447_2$
恩を知らず　④$139_9$
恩を報いず　④$139_9$
恩を蒙る　②$307_{13}$
温給　②$43_{14}$
温清を勤む　③$269_{15}$
温泉　①$49_{11}$
温泉郡(伊豫国)　④$237_4$
温泉郡の人　④$237_4$
温ね賜はむ　④$335_5$
榲桲　④$133_9$
穏にあらず　⑤$251_{16}$
穏便にあらず　⑤$157_5$

おう—おん（甕・襖・謳・鸚・屋・億・憶・乙・音・恩・温・榲・穏）

続日本紀索引

か

か（か・下）

かくしまに在れと念ひ　③$71_{15}$
かく申さず成りなば　③$317_4$
かくの状　③$411_1$
かそび奪ひ盗まむ　③$215_8$
かたらひのぶ言を聞く　④$97_{11}$
かへすかへす念せ　③$197_4$
下　②$49_{14}$ ③$271_2$ ④$259_{11}$, 289_8, 317_8
下階　①$37_6$
下郡　②$353_{15}$
下功　③$239_{8 \cdot 16}$, $243_{3 \cdot 8}$
下国　②$201_3$, 275_2 ③$19_7$ ⑤$97_{10 \cdot 16}$, 281_{10}, 481_1
下情に任へず　③$275_7$
下臣　②$299_6$
下人の卑姓　⑤$333_7$
下す　①$183_{10}$, 205_{12} ②$15_6$, $73_{3 \cdot 5}$, 135_{14}, $213_{10 \cdot 13}$, 295_4 ③$277_{13}$ ④$39_3$, 203_{16}, 217_{10} ⑤$279_9$, 281_4
下総員外介　④$179_6$, 243_{12}
下総介　③$335_4$ ④$115_{12}$, 303_2, 351_8 ⑤$235_3$, 373_8, 461_{10}
下総国　①$13_8$, 15_3, $59_{5 \cdot 12}$, 81_{14}, 147_1 ②$57_5$, 137_{10}, 351_{15} ③$63_4$, 125_5, 331_3, 387_{16}, 395_4, 405_2 ④$77_1$, 197_{13}, 213_{15-16}, 215_1, 235_{11}, 247_{14}, 353_8, 401_9, 447_{16} ⑤$41_8$, $171_{7 \cdot 10}$, 173_{15}, 211_{12}, 351_3, 485_1
下総国言さく　④$213_8$
下総国の騎兵　②$315_3$ ⑤$15_5$
下総国の高麗人　②$15_8$
下総国の船　⑤$17_4$
下総国の糒　⑤$149_{11}$
下総国の封　④$407_4$
下総権介　⑤$73_8$
下総守　①$71_{11}$, 135_4, 137_5 ②$11_{11}$, 401_7 ③$33_7$, 121_7, 193_{13}, 285_6 ④$169_2$, 225_{15}, 427_8 ⑤$19_5$, 61_2, 89_{13}, 137_{13}, 191_7, 205_9, 257_6, 319_4, 331_9, $337_{2 \cdot 10}$, 347_{16}, 351_{14}, $359_{2 \cdot 13}$, 383_{11}, 397_5, 457_{10}
下総少目二員　④$447_{16}$
下総大掾　⑤$91_1$, 421_2
下村主　②$75_5$, 285_5
下村主白女　②$411_5$
下知　③$113_{12}$ ⑤$105_2$, 225_1, 389_4, 441_{11}
下田を上田に相易ふ　⑤$501_5$
下土　⑤$125_8$
下等　①$227_2$ ②$181_6$, 187_7, 261_{14}
下道臣色夫多　④$121_5$　→下道朝臣色夫多

下道朝臣　④$121_5$
下道朝臣乙吉備　③$59_{15}$
下道朝臣広　③$59_{15}$
下道朝臣国勝　④$459_{10}$
下道朝臣国勝の子　④$459_{10}$
下道朝臣黒麻呂　③$339_{12}$, 405_{13} ④$195_7$
下道朝臣色夫多〔下道臣色夫多〕　④$65_8$, 165_2
下道朝臣真備　②$289_4$, 299_{14}, 311_4, 335_{10}, 341_9, 379_{10}, 395_9, $423_{5 \cdot 12}$, 429_2 ③$35_{12}$　→吉備朝臣真備
下道朝臣真備を除く　②$365_{13}$
下道朝臣長人　⑤$89_7$, 101_9, 287_{12}, 291_6
下道朝臣直事　③$59_{15}$　→吉備朝臣真事
下に叶ふ　②$85_{11}$
下に在り　③$139_{14}$
下に次ぐ　③$139_{12 \cdot 16}$ ⑤$113_8$
下に接して諂ふこと多し　③$385_7$
下に列く　⑤$3_7$
下馬せしむ　④$93_{12}$
下風に従ふ　①$151_5$
下物職　①$35_{10}$
下毛郡（豊前国）　②$369_9$
下毛郡擬少領　②$369_9$
下毛野（下野）朝臣根麻呂〔吉彌侯根麻呂〕　④$427_{12}$, 433_4
下毛野公　④$81_6$ ⑤$265_{14}$
下毛野公田主　④$237_6$
下毛野静戸公　④$235_{10}$
下毛野川内朝臣　①$111_6$
下毛野朝臣□　①$159_{14}$
下毛野朝臣　④$237_6$ ⑤$265_{13}$
下毛野朝臣古麻呂　①$29_4$, 39_8, 45_{13}, 57_6, $67_{1-2 \cdot 9}$, 87_{11}, 111_6, 115_{13}, 133_5, 139_{14}, 141_{11}, 157_{11} ③$239_{14}$, 243_8
下毛野朝臣石代　④$143_{13}$, 111_6, 223_2 ②$79_{11}$
下毛野朝臣船足　⑤$25_3$, 29_2
下毛野朝臣足麻呂　④$254_4$, 329_{11}
下毛野朝臣多具比　④$101_{13}$, 193_8 ④$311_5$, 51_6
下毛野朝臣帯足　②$197_6$, 299_{10}
下毛野朝臣虫麻呂　②$65_{16}$, 83_{15}, 87_3, 99_{13}
下毛野朝臣稲麻呂　②$425_4$ ③$27_{10}$, 189_5, 339_9 ④$225_2$, 359_{11}
下毛野朝臣年継　⑤$263_{11}$, 345_1, 351_7, 397_{10}
下毛野俯見公　④$235_{10}$
下野員外介　④$53_{13}$, 301_5
下野介　④$159_{10}$, 165_{11}, 243_{13}, 433_4 ⑤$61_3$, 91_1, 179_{15}, 249_{16}, 319_6
下野国　①$111_4$, 151_4, 209_1, 217_8 ②$57_7$, 331_3, 395_4 ④$75_4$, 77_2, 353_6, 401_8, 449_1 ⑤$41_8$, 237_5,

48

続日本紀索引

441_5
下野国管内の百姓　④$391_8$
下野国言さく　④$375_8$, 391_8, 455_1
下野国使　④$391_{13}$
下野国に向ふ　④$353_8$
下野国の騎兵　②$315_3$　⑤$15_6$
下野国の高麗人　②$15_8$
下野国の国司等　④$165_{10}$
下野国の富める民　①$231_1$
下野国の兵士　④$463_1$
下野国の輸す調　①$199_{11}$
下野守　①$135_7$　②$265_6$　③$31_5$, 551_4, 127_5, 373_7
　　④$159_9$, 341_4, 427_{10}　⑤$91_3$, 105_{14}, 229_1, 381_{12},
　　393_1, 429_{11}, 443_3, 491_2, 511_1
下野少目一員　④$449_1$
下野大目一員　④$449_1$
下野薬師寺　④$89_4$, 151_{13}
下訳　②$65_1$
下吏　②$75_1$
下流に居り　④$251_5$
下留(駅)(飛騨国)　⑤$21_2$
下を撫づ　③$321_{13}$
下を率ゐるに足らず　③$407_{14}$
化　①$59_3$　②$305_{16}$, 307_{10}　③$273_{10}$　④$371_4$, 455_{16}
　　⑤$221_{13}$, 327_3
化く　②$43_{12}$
化くべからず　③$291_{15}$
化闢く　⑤$327_3$
化して三つの嶋と成る　④$59_7$
化して成る　②$181_{16}$
化して老夫と成る　④$55_9$
化主　③$431_9$
化に乖ふ　④$43_{12}$
化に帰ふ　⑤$331_{16}$
化に逆ふ　②$73_{15}$
化に従ふ　③$291_{14}$
化に馴る　⑤$335_7$
化に投す　④$17_{11}$
化に投するに非ず　④$433_{12}$
化の大御身　④$137_3$
化民　④$271_7$
化り奉る　③$67_{10}$
化を翻く　③$169_4$
化を興す　③$431_{11}$　⑤$135_8$
化を興平に致す　③$223_9$
化を施す　③$245_8$
化を垂る　②$121_{15}$, 231_3
化を崇ぶ　⑤$235_{10}$
化を布く　⑤$47_{14}$

化を闢く　②$129_{14}$
化を慕ふ　③$373_5$, 61_{11}, 295_1　⑤$105_{16}$
化を翊く　③$321_{11}$
戈を止む　③$225_6$, 285_1
火　①$105_{12}$　②$441_2$　③$76_{-7\cdot9\cdot11}$, 111_4　④$451_1$
火炎　⑤$409_6$
火紀　③$269_9$
火光　⑤$409_7$
火葬　①$27_{4-5}$, 75_8, 117_3　②$103_{11}$　③$57_{12}$, 147_4
火頭　③$185_{10}$　⑤$137_3$
火滅ゆ　②$441_3$
火雷神(山背国)　①$57_{14}$
火を救はぬ者　④$413_3$
火を救ふ　④$19_9$
火を放つ　⑤$141_8$, 305_{10}, 373_{10}
火を滅たしむ　③$111_1$
加賀郡(越前国)　③$375_9$, 415_2　⑤$23_1$, 69_3
加賀郡少領　⑤$375_9$
加給　②$37_8$
加減　③$45_3$
加古郡　⇨賀古郡
加墾せしむること勿れ　④$77_7$
加差　①$49_8$
加志君和多利　②$215_5$
加志公嶋麻呂　④$271_{10}$
加杖　①$147_6$
加豆良女王　③$321_2$
加ふ　①$67_8$, 123_{13}, 141_{16}, 189_8, 203_{14}, $205_{2\cdot 16}$,
　　207_2, 209_{16}, 215_8, 217_{14}　③$17_3$, 31_6, 67_{14}, 115_{12},
　　133_4, 185_2, 211_4　④$103_{10}$, 353_{11}, 433_{13}　④$111_{10}$,
　　127_{16}, 231_5, 369_7, 455_{13}　⑤$73_{15}$, 185_8, 199_{15},
　　231_7, 257_6, 265_{12}, 277_{13}, 349_1, 359_8, 411_{13},
　　445_{12}, 477_7
加ふる所　⑤$439_5$, 441_1
加へ給ふ　②$371_7$
加へ賜ふ　①$185_{12}$　③$393_6$　④$39_{12}$, 281_2, 463_{13}
加へ授く　⑤$85_8$, 95_8, 211_9, 457_1
加へず　②$115_{14}$
加へ置く　②$135_1$, 333_3　④$123_1$　⑤$97_{13}$, 201_7,
　　455_4
加へ附く　⑤$41_3$
加役　①$147_7$
加理伽(人名)　②$271_{11}$
可　④$285_{15}$
可きこと得ず　②$323_{14}$
可なることを見ず　②$271_5$
可否を以てす　②$307_{13}$
可否を簡ふ　③$311_8$
禾稼　①$53_{14}$, 59_6

か
(下・化・戈・火・加・可・禾)

49

続日本紀索引

か（禾・仮・何・伽・花・価・果・河）

禾津(近江国) ②$383_{2-3}$
禾稲 ②$123_{13}$
仮説 ②$27_9$
仮託(仮りて託す) ②$213_1$ ⑤$167_5$
仮に与ふ ①$175_{13}$
何鹿王 ④$345_{10}$, 349_{14} →山辺真人何鹿
伽藍 ②$313_{11}$ ③$51_{13}$ ⑤$127_4$, 201_7
伽藍院中 ④$321_{14}$
伽藍を繕ふ ④$299_{11}$
花苑司正 ④$159_7$
花厳経 ⇒華厳経
花厳講師 ⇒華厳講師
花口宮麻呂 ②$281_7$
花(人名) ②$137_{12}$
花蔵の宝刹 ③$173_1$
花綏 ③$161_9$
花葉 ②$341_{11}$
価 ①$195_{11}$ ②$301_4$ ③$429_{10}$, 435_7 ④$273_{12}$, 403_{10} ⑤$425_9$
価三文已下 ①$149_8$
価銭 ②$111_{13}$
価直 ②$203_{12}$
価同じからず ③$329_5$
価に充つ ②$235_{12}$, 261_7
価物 ④$403_{13}$ ⑤$425_9$
価を計る ④$387_4$
価を調ふ ③$313_1$
価を定む ②$111_9$
価を同じくす ④$387_5$ ⑤$103_1$
価を平しからしむ ④$429_{10}$
果毅都尉(渤海) ②$189_9$ ③$297_{13}$
果有り ④$13_6$
河 ⑤$129_5$
河(衣川) ⑤$425_{15}$
河曲駅(下総国) ④$197_{13}$
河原史 ②$161_5$
河原蔵人人成 ②$251_{10}$
河原毗登堅魚 ②$251_9$
河原連 ④$251_{10}$
河口頓宮(伊勢国) ②$375_{15}$, 379_3
河合君 ②$81_{14}$
河上忌寸 ②$151_7$
河上忌寸妙観〔薩妙観〕 ③$311_{10}$
河図の霊 ②$307_{11}$
河西(備前国) ⑤$405_{12・16}$, 407_1
河西(備前国)の百姓 ⑤$405_{12・15}$
河(泉河)の南 ②$393_{16}$
河堤所 ②$393_{15}$
河東(備前国) ⑤$405_{16}$

河頭(泉河) ②$395_{10}$
河内王¹ ①$207_6$ ②$197_{14}$
河内王² ②$329_7$ ③$281_{16}$, 319_8, 347_1, 403_2 ④$315_2$, 363_9
河内画師祖父麻呂 ③$335_{11}$ →御杖連祖足
河内画師祖父麻呂 ③$191_2$
河内介 ③$313_{11}$, 431_3 ④$99_{10}$, 223_7, 339_{14} ⑤$319_1$, 397_2
河内忌寸 ③$311_{15}$
河内忌寸広足 ③$111_4$
河内忌寸人足 ②$87_8$, 129_3
河内郡(河内国) ④$191_4$
河内郡の人 ④$191_4$
河内国 ①$151_4$, 23_4, $49_{1・7}$, 81_1, 97_{12}, $105_{3・5}$, 149_{13}, 163_{14}, 179_1, 201_8 ②$9_7$, 23_{10}, 39_7, 75_4, 81_{11}, 161_5, 177_6, 221_1, 265_{14}, 267_{12}, 275_1, 393_{14}, 399_5 ③$41_{15}$, 59_6, 93_4, 97_8, 157_2, 167_7, 381_2, 407_1, 411_2, 433_{11}, 439_7 ④$19_{11}$, $91_{13・15}$, 97_3, 99_{6-7}, $107_{2・4}$, 125_5, 161_6, 169_{10-11}, 181_8, 191_3, 249_1, 251_7, 267_{11-12}, 273_{10}, 301_{12}, 387_{12}, 415_{7-8}, 433_7, 449_{11}, 459_4 ⑤$35_5$, 145_{10}, 197_{16}, 303_8, 353_3, 387_{10}, 401_8 →河内職
河内国言さく ⑤$207_4$, 347_9
河内国司 ③$17_{16}$
河内国守 ③$21_8$
河内国に并す ②$365_{11}$
河内国の御服の絹織る戸 ④$101_6$
河内国の軍毅 ④$99_{11}$, 267_{14}
河内国の郡司 ④$101_2$
河内国の市人 ④$265_{10}$
河内国の寺 ③$93_8$
河内国の諸社の祝 ③$157_5$
河内国の諸社の禰宜 ③$157_6$
河内国の人 ③$47_5$ ④$113_1$, 135_9, 251_9, 303_6, 375_9
河内国の摂官 ②$59_9$
河内国の調 ①$187_5$
河内国の田租 ③$157_9$
河内国部内 ③$19_1$
河内権介 ④$441_{11}$
河内手人大足 ②$63_{16}$
河内手人刀子作広麻呂 ②$75_5$
河内守 ①$71_9$, 113_{11}, 135_1 ②$29_6$, 405_{10} ③$333_{15}$, 347_2, 423_8 ④$99_{10}$, 127_{16}, 223_5, 265_8, 267_3, 303_2, 423_1, 427_2, 437_3, 457_{11} ⑤$97_6$, 109_{11}, 171_{13}, 317_{13}, 373_6, 387_7, 397_2, 461_9
河内女王 ②$347_{13}$ ③$55_{16}$, 267_{14}, 351_7 ④$397_{10}$ ⑤$119_6$
河内少掾 ③$337_{16}$

50

続日本紀索引

河内少進　④$269_8$
河内職　④$267_{11}$, 301_{12}　→河内国
河内川(河内国)　⑤$401_8$
河内蔵人首麻呂　②$269_2$
河内大進　④$269_8$
河内大夫　④$269_6$, 279_5
河内鋳銭司　①$153_4$
河内の市人　④$265_{10}$
河内亮　④$269_7$, 279_9
河内連三立麻呂　④$269_{3・8}$, 441_{11}　⑤$185_3$, 227_{15}
河内和泉検税使　⑤$17_6$
河内和泉国班田次官　⑤$375_{10}$
河内和泉国班田長官　⑤$375_9$
河内和泉の事を知らしむ　②$113_5$　→知河内和泉等国事
河の精　②$253_{16}$
河伯の女　⑤$453_8$
河(板櫃河)　②$371_{13}$, 373_{11}
河(板櫃河)の西　②$371_{14}$
河(板櫃河)の東　②$371_{15}$
河辺郡(摂津国)　①$203_{10}$
河辺(出羽国)　⑤$155_{11-12}$
河辺女王　⇨川辺女王
河辺朝臣乙麻呂　①$105_5$
河辺朝臣智麻呂　②$129_1$
河辺朝臣嶋守　⑤$59_4$
河(北上川)　⑤$431_{3・14}$, 493_9
河(北上川)の東　⑤$433_1$, 435_{12}, 439_{13}
河俣連人麻呂　③$47_5$
河洛　③$21_{13}$
河陸両道　⑤$433_{14}$
苛察存らず　⑤$221_{13}$
柯　②$307_6$
珂磨郷(備前国)　④$123_{12}$
科決　①$103_9$　②$407_5$　⑤$37_8$, 117_8, 165_{16}
科条　③$243_7$
科条の禁　③$323_{12}$
科す　①$195_{13}$　②$199_2$, 387_5　③$235_6$　④$77_{13}$, 403_{15}　⑤$109_{16}$, 281_{2-3}, 285_4, 307_{11}, 311_{15}, 389_5, 425_{11}, 503_1
科すること無し　③$289_8$
科断　①$41_9$, 181_{15}, $183_{5・7}$　②$295_4$　③$127_9$　⑤$117_3$
科に居く　②$11_4$
科附　①$157_2$
科野石弓　④$115_7$
科野友麻呂　③$377_7$
科を同じくす　③$219_1$
哥舒翰(唐)　③$297_{6・9}$

夏　②$257_{14}$, 259_1, 263_1, 279_{13}, 299_3　⑤$117_6$, 159_{16}
夏景炎熱　⑤$41_3$
夏月を待つ　⑤$19_2$
夏冬の衣服　③$369_2$, 375_4
夏(日本人)　②$247_7$
夏の衣服　④$409_5$
夏の服　②$233_3$
夏より秋に渉る　④$449_7$
夏を猾す　⑤$267_{12}$
夏を経て秋に渉る　②$335_{12}$
家　①$173_{15}$　②$5_9$, 91_7, 105_8, 111_{11}　③$203_4$, 215_{10}, 245_{15}, 311_4, 319_4, 365_{14}　④$139_5$, 205_{11}, 391_5, 513_1, 153_2, 359_{10}, 473_2
家印　③$285_4$　④$27_7$
家印を用ゐる　③$285_4$　④$27_7$
家々　②$97_{16}$
家々門々の人等　③$317_{12}$
家居　④$83_{12}$, 113_{14}
家業　②$69_9$, 79_1　③$149_2$
家原音那　①$185_{8・12}$
家原河内　①$201_7$
家原寺(河内国)　①$157_4$
家原首名　①$201_7$
家原大直　①$201_7$
家原連　①$185_{12}$, 201_8
家ごと　③$183_6$, 407_{11}
家口　①$175_2$, 233_4　⑤$97_3$, $161_{11・14}$, 163_5
家司　③$61_6$
家じくも　③$319_3$
家人　④$185_1$
家声　④$423_8$
家声を墜さず　④$371_{11}$
家贍ふ　②$327_{16}$
家大宮処に入れる者　⑤$329_3$
家牒　⑤$471_3$
家道　②$67_{16}$, 231_{16}
家に還る　⑤$479_{16}$
家に帰る　④$19_{15}$, 315_{16}
家に居りて官を求む　③$175_9$
家に居りて孝無し　③$385_5$
家に尺布も無し　②$115_1$
家に餘財無し　④$127_{11}$
家の財　②$91_{14}$
家の産破る　⑤$169_{14}$
家の大宮に入れる百姓　②$403_9$
家の道　③$227_2$
家の内(中)に入らず　③$281_9$　④$431_{11}$
家の名を継ぐ　④$139_5$

か(河・苛・柯・珂・科・哥・夏・家)

51

か
（家・荷・華・假・掛・菓・貨・過・暇・瑕・禍・窠・賈・遐・嘉）

家部宮道　①$47_7$
家部国持　④$245_9$
家部人足　④$125_{11}$
家部大水　④$245_9$
家部嶋吉　④$391_6$
家部の人　④$245_{10}$
家門　③$63_{11}$, 71_{15}, 219_5　④$81_{15}$　⑤$117_{14}$
家令　②$205_{16}$, 449_5
家を挙ぐ　⑤$497_{12}$
家を康くす　④$307_{14}$
家を捨つ　⑤$201_6$
家を売る　⑤$117_1$
家を離るること遠く　③$253_4$
荷重きは堪へじ　②$141_2$
荷重く力弱く　③$263_{11}$
荷ひ負ふ　④$289_7$
華厳（花厳）経八十巻　②$125_{15}$
華夏　①$235_{10}$
華蓋　②$159_3$
華厳（花厳）経　③$83_5$
華厳（花厳）講師　③$163_{12}$, 165_1
華達（人名）　③$369_8$
華土を仰く　⑤$467_{12}$
華浪山（丹波国）　④$129_{11}$
假満つ　③$379_{14}$
掛けまくも畏き　①$111_{11}$　②$139_{15}$, 141_3, 419_{12}, 421_3　③$263_{12}$, 265_3, 315_{11}　④$109_5$, 173_8, 257_5, 259_3, 261_3　⑤$181_{5-6}$
掛けまくも恐き　④$323_8$
菓菜を樹う　②$43_9$
菓子の長上　②$307_6$
貨食に従ふ　②$5_8$
貨殖　④$357_1$
過　③$437_{14}$
過悪を聞かず　③$179_9$
過ぎ越ゆ　②$133_{12}$
過咎　②$245_4$
過ぐること得じ　②$69_{11}$, 93_1
過ぐること得ず　⑤$109_{15}$
過ぐる日　①$209_8$
過失　①$181_{13}$　③$359_6$
過失有る者　①$75_2$
過所　②$227_7$
過たず失はず　③$71_{15}$
過多　⑤$157_3$
過ち犯す事なく　①$5_8$
過つ事無く　②$141_8$
過なく仕へ奉る人　③$319_5$
過に非ず　④$411_7$

過无くも奉仕らしめてしかと念ほしめし　④$97_{11}$
過無し　②$225_1$
過有り　⑤$389_{14}$
過を悔ゆ　①$175_4$　②$71_{9-10}$, 371_6　③$385_{13}$
過を赦す　⑤$279_6$
過を知りては必ず改めよ　④$263_1$
暇間得　①$121_8$
暇景　③$247_{12}$
暇無し　④$77_6$
瑕穢を洗ふ　③$55_{11}$, 105_6　④$119_3$
瑕穢を蕩す　②$281_{15}$
瑕徳を掩はずして要す良冶を待つ　④$245_5$
禍逆の意　④$61_{11}$
禍故常無し　⑤$41_5$
禍息みて善くなり　③$67_{12}$
禍の己に及ぶ　④$271_{15}$, 451_{11}
禍福　②$239_6$
禍満つ　②$23_9$
禍を救ふ　④$393_{13}$
禍を去る　③$317_5$
禍を降す　②$125_8$
禍を転して福と為す　⑤$465_4$
窠子錦　①$83_{13}$
賈受君　②$87_9$, 151_9
賈ふこと得　④$403_{15}$
遐かに阻る　①$195_6$
遐かに暢ぶ　②$359_2$
遐きも邇きも　⑤$221_{14}$
遐く罩ぶ　⑤$95_6$
遐載を鑒る　③$273_{16}$
遐祉　③$273_9$
遐邇に布れ告げて咸く聞き知らしむべし　④$37_{16}$
遐邇に布れ告げて朕が意を知らしめよ　②$391_3$, 433_6　④$49_{16}$, 63_5
遐方を隔つること無く　②$115_6$
嘉　④$457_2$
嘉応　④$283_{15}$
嘉禾　①$61_8$　②$177_7$
嘉瓜　①$193_5$
嘉歓　②$63_{14}$　③$123_{16}$
嘉貺　②$205_4$, 283_5
嘉貺を悦ぶ　⑤$169_3$
嘉訓　⑤$197_{12}$
嘉言　③$311_5$
嘉し尚ぶ　④$127_{15}$
嘉し歓む　②$115_{11}$
嘉瑞　①$89_2$, 215_7　④$407_4$

続日本紀索引

嘉澍を祈ふ　⑤469₁
嘉尚　①95₁　③133₇, 305₁　④463₁₂　⑤39₁₃
嘉祥　⑤134, 327₁₁, 333₁₅, 335₈
嘉賞　③283₁₁
嘉辰を悦ぶ　⑤307₂
嘉す　②195₂, 249₇, 441₃　③123₃, 161₁₄, 345₃,
　　441₁₄, 443₂　⑤57₁₃, 101₁₄, 181₁₆, 185₁₅, 277₆　⑤
　　85₇, 123₅, 249₆, 411₁₀, 469₁₆, 471₁₀
嘉瑞　②3₁₀　④139₁₆, 285₄
嘉政頻に闕く　⑤177₇
嘉嘆　④267₈
嘉で賜ふ　②217₇
嘉典　④303₁₀
嘉稲　①7₂
嘉遁を尚ぶ　④321₁₅
嘉賓　②417₄
嘉符を承く　③225₉
嘉麻郡(筑前国)　④291₆
嘉麻郡の人　④291₆
嘉名を建つ　③273₁₄
嘉猷　④367₁₅
嘉令　③245₉
嘉蓮　①205₁₀
寡居　①191₇, 205₁₂
寡君　①69₇
寡徳　②291₁　③133₆, 225₉　④57₁₃, 205₅　⑤39₁₁,
　　249₃, 465₃
寡薄　②163₁　③81₁, 221₁₃, 275₉　④39₇·₁₃　⑤
　　131₉, 167₁₂, 177₆
寡昧　⑤475₉
榎井氏　②401₁₃, 439₁₃　③3₈　⑤313₈
榎井朝臣　②55₄
榎井朝臣広国　①193₁₂, 203₇　②11₁₁, 65₁₄,
　　145₁₂, 177₁₁, 221₇, 255₁₀, 263₈
榎井朝臣種人　④355₆
榎井朝臣小祖(子祖)〔榎井朝臣小祖父〕　③
　　429₁₃　④65₅, 171₄, 193₆, 237₂, 305₁₀, 351₅, 419₁₀
　　⑤23₁₃
榎井朝臣小祖父(子祖父)　③189₁₀, 195₄, 389₅
　　→榎井朝臣小祖
榎井朝臣祖足　④151₁₂, 159₈
榎井朝臣大嶋　②157₁₁
榎井朝臣魚鰤　⑤417₁₁
榎井朝臣倭麻呂　①13₁₆, 33₁₂
榎井連小君　①43₄
榎井連挟麻呂　②55₄
榎本王　③399₇, 411₃
榎本連千嶋　④95₃
樺井神(山背国)　①39₇

歌　④279₅
歌垣　②275₁₃, 277₂　④277₁₅, 279₂·₅, 281₃
歌垣の人　④279₆
歌頭　②275₁₅　③109₁₁
歌の曲折　④279₃
歌ひて曰はく　②403₇　④277₁₆, 279₂
歌斐国　①53₁₀　→甲斐国
歌儛　③119₁₃　⑤213₁
歌を弾くに任ふ　④415₁₀
稼穡　②97₁₆　⑤235₇
稼を傷ふ　①175₂
稼を損ふ　①105₁₅, 231₄
蝦夷　①75, 131₄, 17₂, 147₁₆, 159₆·₈, 161₂₋₃·₁₃,
　　221₄, 223₅　③73·₅, 79₉, 113₁₁₋₁₂, 135₄, 149₉,
　　229₁₆　④227₇·₁₂·₁₅, 297₁₂, 363₆, 367₁, 421₅
　　437₁₀　⑤83₁₀, 93₁₂, 443₉, 477₁₅　→夷, 夷狄,
　　夷俘, 俘囚
蝦夷に略せらるる　⑤375₂
蝦夷の境　②187₁₃
蝦夷の俘囚　③343₁₃　④189₉, 401₄, 421₅₋₆
蝦夷を征つ　②149₁₅　⑤373₁₁, 399₁₃, 421₁₃,
　　461₁₃, 467₃, 489₁₄
蝦夷を征つに功有る者　⑤477₁₃
蝦賊　④449₇, 461₁₅　⑤53₁₃
蝦賊を征つ　④439₇
蝦狄　①7₁₀, 11₈, 187₁₀　④437₇　⑤143₁₄
蝦狄を征つ　①153₁
蝦狄を鎮む　②153₁
蝦蟆(蝦蟇)　④211₈　②297₆
蝦䗅　⑤165₃, 439₄
課　②97₁₂
課戸　⑤107₁₂
課口　③45₂
課す　②7₁
課役　①83₉, 233₄　②173₁₆, 177₁₄, 261₁₁　③
　　163₁₀, 325₁₂　④449₈　⑤159₆
課役に従はしむ　③325₁₀
課役を科す　⑤281₂
課役を規避す　①225₁₂　②29₉　③377₁₅　⑤159₅
課役を蠲く　①65₁₃
課役を減す　②91₉
課役を避く　④391₉
課を科す　⑤281₃
課を邀む　②11₇
踝　②133₁₃
顆　②181₁　④277₁₄
牙の笏　②53₉　④157₁₆
牙を著く　②127₁
瓦　④161₁₀　⑤19₁₄

か
（嘉・寡・榎・樺・歌・稼・蝦・課・踝・顆・牙・瓦）

53

続日本紀索引

か
(瓦・我・画・臥・娥・賀)

瓦舎　②157₇
我が王祖母天皇(元明天皇)　②223₁₂
我が王朕が子天皇(文武天皇)　①121₇
我が学生　③441₁
我が吉き士　②169₁₂
我が救の兵　④127₄
我が軍威　⑤195₁₃
我が功と成さむと念ひ　④49₃
我が皇聖の太政天皇(孝謙天皇)　③315₁₂
我が皇太上天皇(元正天皇)　②217₁
我が国　③365₁
我が国家　③279₈　④127₁₅, 255₁₅
我が使　①81₆・₁₁　④277₆
我が児我が王　②225₁
我が身を草木土に交へ　③97₁₁
我が即位の事　④255₁₄
我が俗　③185₆
我が俗に施く　③325₁₃
我が村(雄勝村)　②317₁₂
我が朝　②169₁₀, 357₁₃　④459₁₂
我が朝使(遣唐使)に随ひ　⑤83₈
我が天下　③239₇
我が藩屛　③123₁₁
我が辺の岸　⑤151₈
我が法師　②221₄
我が民と為る　④433₁₃
我ご大君は(歌謡)　②421₁₃
我皇天皇　②141₃, 421₁　③85₁₄
我子　②141₈
我に賜ふ　③221₁₆
我の岸　⑤21₁₅, 39₂
我の即位　⑤21₁₄
我風に遇ふ　⑤39₁₄
我を弃つ　②377₁₆
画く　③403₇　④161₁₀
画工　①45₇
画工司　②55₁₃
画工正　③305₄　⑤63₃, 491₈
画師　②551₃
画師忍勝　①229₄
画像　③359₁₅
臥せる屋の上　④29₄
臥内　④299₈
娥英(娥皇・女英)　⑤335₅
娥皇　⑤335₅
賀久山(大和国)　①29₁₀
賀く　⑤21₁₄, 31₁₁, 39₁₁, 121₁₂, 123₄
賀古(加古)郡(播磨国)　②173₉　④83₁₂, 153₁₂
賀古郡の人　④83₁₀

賀古郡の稲　④153₁₂
賀辞を受く　②163₁₂
賀世山(山背国)　②399₈
賀世山の西の路　②399₈
賀世山の東の河(木津川)　②399₁₃
賀正　②109₇　④353₁　⑤255₅
賀正使　③387₆
賀正の宴　④267₅
賀正の礼　⑤449₇, 481₁₆
賀随駅家(紀伊国)　①51₁₅
賀祢公小津麻呂(雄津麻呂)　④343₁₂, 351₁　⑤91₆
賀の辞　①163₇
賀拝　④227₁₀
賀ひ奉る　②183₁₆, 185₇
賀美郡(陸奥国)　③317₅　⑤441₁₄
賀美郡の人　④233₈, 235₇
賀美郡の俘囚　④279₁₂
賀美能宿禰　⑤489₁₀
賀美能親王　⑤465₁₆
賀美能親王の乳母　⑤489₁₁
賀ふ　③185₁₂
賀母郡(佐渡国)　②93₁₀
賀茂伊豫朝臣　③251₄
賀茂(鴨)朝臣　③71₇, 121₆　④387₈
賀茂(鴨)朝臣角足　②425₅, 429₁　③271₃, 531₁, 87₁₀, 89₁₃, 189₂, 193₁₁, 205₁₅, 207₂・₇, 223₂　→乃呂志角足
賀茂(鴨)朝臣吉備麻呂　①35₅, 113₁₂, 125₅, 135₃, 137₄, 197₉　②9₆, 41₇, 57₁₀
賀茂(鴨)朝臣堅麻呂　①177₁₅　②11₁₅, 127₁₄
賀茂(鴨)朝臣子鮒(小鮒)　③121₃, 345₆
賀茂(鴨)朝臣助　①147₄, 299₃, 347₆, 381₁₂
賀茂君継手　③227₉
賀茂郡(播磨国)　②211₄
賀茂郡主政　②211₄
賀茂郡主帳　②211₄
賀茂県主　⑤143₅
賀茂(公)　④223₁₃
賀茂祭　①91₄
賀茂子虫　②221₂・₄
賀茂上下神社(山背国)　③355₇
賀茂神(山背国)　①55₈
賀茂神二社(山背国)　⑤185₆
賀茂(大)神社(山背国)　②171₇　③17₆　⑤299₁₁
賀茂の上下二社(山背国)　⑤309₃・₁₄
賀茂の神祭の日　①167₇
賀茂朝臣伊刀理麻呂　④53₅
賀茂朝臣塩管　③189₁₀, 373₁₂　④191₁₄

54

続日本紀索引

賀茂朝臣御笠　⑤95$_{10}$
賀茂朝臣萱草　④185$_4$, 225$_1$
賀茂朝臣高麻呂　②329$_{14}$
賀茂朝臣三月　⑤361$_4$
賀茂朝臣諸雄　④99$_{14}$, 115$_9$, 221$_3$, 225$_1$　→高
　賀茂朝臣諸雄
賀茂朝臣浄名　③189$_{12}$　④129$_7$, 301$_{13}$
賀茂朝臣人麻呂　④359$_2$, 427$_9$　⑤271$_4$, 83$_{11}$,
　　191$_8$, 271$_{14}$, 337$_{11}$, 341$_6$, 417$_9$, 489$_{15}$
賀茂朝臣清浜　④239$_1$
賀茂朝臣大川　④41$_5$, 159$_3$, 167$_{13}$, 179$_8$, 351$_3$,
　　379$_3$　⑤49$_{11}$, 187$_{13}$, 275$_8$, 429$_{13}$, 485$_{16}$, 489$_{14}$
賀茂朝臣田守　④41$_8$, 557・11, 181$_6$, 225$_1$
賀茂朝臣比売　②295$_{12}$
賀茂直人主　④201$_5$
賀茂直馬主　③251$_4$
賀茂役君　②57$_2$
賀茂役首石穂　②57$_1$
賀茂里(山背国)　①143$_{12}$
賀陽郡(備中国)　④85$_2$
賀陽郡の人　④85$_2$
賀陽臣小玉女　④69$_{11}$, 71$_2$
賀陽臣小玉女(小玉)　④85$_2$　→賀陽朝臣小玉
　女
賀陽朝臣　④85$_3$
賀陽朝臣小玉女〔賀陽臣小玉女〕　④321$_2$
賀羅国　③295$_1$
賀羅造　③295$_2$
賀礼　⑤255$_7$
衙しまさず　⑤75$_3$
雅しく閑ひ　③353$_6$
雅称　③271$_{15}$
雅楽　④93$_{16}$
雅楽員外助　④159$_6$
雅楽助　④209$_7$　⑤381$_3$, 449$_{16}$
雅楽大允　④249$_7$
雅楽頭　②273$_9$, 395$_7$　③311$_2$, 141$_{15}$, 421$_{10}$　④
　209$_7$, 293$_{16}$, 339$_7$, 389$_4$　⑤263$_{12}$, 275$_6$, 457$_6$,
　491$_9$
雅楽寮　②55$_{13}$, 247$_5$　③119$_{12}$, 227$_{13・16}$
雅楽(寮)の諸師　①45$_8$　⑤55$_{13}$
雅楽寮の楽　④189$_{14}$　⑤213$_2$
餓うる人　③311$_{12}$
駕船　③427$_6$, 439$_{14}$　⑤75$_7$
駕に従ふ　①15$_{12}$, 49$_{15}$, 63$_2$, 107$_{10}$, 153$_7$　②
　337$_{7-8・11}$, 41$_{12}$, 155$_3$, 399$_9$　④265$_{12}$
駕に従へる　③161$_{16}$
駕に従へる人　②173$_7$
駕輿丁　⑤137$_3$

駕り去る　③307$_5$
駕り去るもの無し　⑤39$_{14}$
駕り来る船　⑤107$_3$
駕を備へ　③71$_{11}$
介　②267$_9$, 293$_{13}$
介一人を加ふ　③187$_2$
介なる福　②433$_2$
介り居て　④371$_6$
会賀市司　④277$_{11}$
会賀臣　④113$_1$
会集　①55$_8$
会津郡(陸奥国・石背国)　②45$_8$
会津郡の人　④233$_{12}$
会津壮麻呂　⑤431$_{11}$
会す　④353$_1$
会ひ集ふ　②449$_{13}$　③116$_1$
会ふ　②101$_6$　⑤401$_1$, 421$_{12}$
灰骨　①27$_6$
灰の及ぶ所　⑤205$_7$
灰を雨らす　⑤205$_7$
快楽　④149$_7$
戒院　③433$_9$
戒羯磨　②391$_8$
戒行　③277$_8$, 359$_6$
戒行具足　④415$_1$
戒行缺けず　①23$_5$
戒業　②121$_{12}$
戒具　⑤489$_{14}$
戒しめ慎む　③323$_5$
戒珠　②63$_{12}$
戒定慧の行　③357$_{14}$
戒本師の田　③233$_6$
戒む　③249$_9$
戒融　④441$_2$　④17$_6$, 19$_2$
戒律　③163$_{13}$, 431$_9$
戒律闕くること無し　③277$_7$
戒律を学ばむとする者　③277$_{10}$
戒律を練らず　②123$_1$
戒を受く　④433$_6$　→受戒
改革　⑤107$_6$, 297$_2$
改元　④61$_7$, 171$_8$, 311$_4$　→元を改む, 建元
改元の詔　①231$_5$
改正　①195$_7$　③359$_7$
改制　①37$_2$
改姓　⇨姓を改む
改姓に㤀はず　③287$_{16}$
改姓を蒙る　⑤489$_6$
改張　③409$_1$　⑤271$_5$
改む　①127$_{15}$, 205$_1$, 225$_4$　②35$_{16}$, 103$_{12}$, 141$_{14}$,

か―かい
（賀・衙・雅・餓・駕・介・会・灰・快・戒・改）

55

続日本紀索引

かい（改・乖・怪・廻・悔・恢・海）

　　193_6, 217_{12}, 219_{12}, 235_9, 287_9, 335_4, 353_6　③
　　21_2, 43_7, 63_{14}, 77_{11}, 87_{15}, 113_{10}, 153_5, 225_{12},
　　$285_{10・13-16}$, $287_{1・3・5-10・12-14}$, 297_3, 325_{16},
　　$353_{14・16}$, 375_7, 381_3　④$23_{14}$, 71_9, $159_{7・11}$, 175_{10},
　　207_1, 245_{11}, 267_2, 313_9, 353_{10}, 423_6　⑤$7_{10}$, 67_{10},
　　199_{14}, 203_{11}, 207_4, $239_{9・16}$, 249_6, 277_{15}, 321_{15},
　　323_{11}, $325_{13・16}$, 327_1, 333_8, 343_7, $387_{10・14}$,
　　447_{12}, 453_2, 467_{14}, 481_{11}, 483_{11}, 513_{16}
改むべからず　②$81_{16}$
改むること無し　②$61_3$, 305_{16}
改むること勿かれ　⑤$7_{11}$
改め易ふ　①$71_9$ ②$227_8$ ③$285_8$
改め嫁せぬ　④$395_{10}$
改め悔ゆ　③$123_{14}$
改め換ふ　③$31_{16}$ ④$201_{12}$ ⑤$253_4$, 473_4
改め還すこと無し　⑤$107_{13}$
改め給ふ　④$241_4$
改め作る　③$393_4$
改め賜ひ換へ賜はく　①$127_{14}$
改め賜ひ換へ賜ふ　②$217_{11}$
改め賜ふ　④$175_{10}$
改め修る　③$185_{14}$ ④$367_5$
改め称く　①$81_9$
改め正す　①$191_8$ ②$31_{10}$ ③$113_{12}$, 135_6, 185_8 ⑤
　　99_{11}, 153_6, 241_2, 413_{16}, 501_8
改め正すこと得ず　③$113_8$
改め正すことを蒙ら　⑤$193_6$
改め葬る　③$107_{16}$ ④$387_6$ ⑤$53_{15}$, 59_9, 247_{15},
　　377_8
改め注す　④$407_6$
改め張る　②$191_{10}$
改めて号く　②$101_{15}$
改めて賜ふ　①$77_{13}$ ⑤$309_9$
改めて授け　③$433_7$
改めて俛む　④$419_5$
改めて称ふ　④$275_{15}$
改めて姓を賜ふ　①$213_{14}$ ②$19_{11}$, 75_5, $131_{6・8}$,
　　185_{16} ③$39_{11}$ ⑤$113_{13}$, 387_9
改めて立てむ事　④$259_{14}$
改め定む　②$201_3$, 353_{13} ③$59_8$
改め襍る　③$245_4$
改め動すことを願はず　②$231_9$
改め避る　⑤$325_{15}$
改め励まず　②$279_4$
改名　⇨名を改む
改るまじき常の典　①$121_4$, 123_1 ②$141_7$ ③
　　85_7
乖違　①$215_5$
乖き違はじ　③$177_{12}$

乖き違ふ　②$27_3$
怪しび喜びつつ　④$171_{12}$
怪しび賜ひ　②$217_6$
怪しびて曰はく　①$25_7$
怪しぶ所　⑤$427_5$
怪を作す　②$211_8$ ⑤$165_{13}$
怪を鎮む　②$393_7$
廻し挙ぐ　②$281_3$
廻して授く　④$141_8$ ⑤$169_{10}$, 249_9, 501_2, 505_8
廻使　④$373_5$
廻聚　③$287_4$
廻りて至る　②$317_3$
廻りて入らむと欲ふ者　①$167_{14}$
廻る日　④$461_3$ ⑤$87_{13}$
悔過　②$355_{11}$ ③$61_4$, 97_2, 223_{15}, 313_4, 323_{15}
悔過する者　④$321_{13}$
悔しかも哀しかも　⑤$173_7$
悔しかも惜しかも　④$333_5$
悔しと念す　③$341_{11}$
悔しび賜ひわび賜ひ　④$335_2$
悔しび大坐します　⑤$173_6$
悔しみ惜しみ　④$333_4$
悔ゆること無からしむ　③$299_{15}$
悔ゆる情無し　③$181_1$
恢復す　②$195_2$
海　②$379_1$ ④$59_7$
海外　③$133_7$
海漢　②$189_7$
海岸　⑤$33_1$
海行かば（歌謡）　③$73_2$
海犬養宿禰五百依　④$377_{10}$
海犬養門　①$57_9$
海原造　⑤$275_{13}$
海原連　⑤$275_{12}$
海語連　②$63_{16}$
海上郡（上総国）　④$181_9$
海上郡の人　④$181_9$
海上国造　⑤$321_6$
海上女王　②$129_6$, 145_5
海上真人　③$111_{12}$
海上真人三狩〔三狩王〕　⑤$21_6$, 77_{14}, 89_7,
　　101_{10}, 121_{13}, 123_5, 129_{15}, 131_{15}, 237_5, 269_7,
　　293_2, 299_6, 329_6
海上真人浄水（清水）〔清水王〕　④$39_{16}$, 117_7
海水　②$247_3$
海石榴油　⑤$41_2$
海賊　④$17_{14}$
海中　①$25_{6・12}$ ②$239_4$, 377_{13} ③$331_{12}$, 435_{12},
　　441_3 ④$449_{15}$ ⑤$27_7$, 79_1, 81_1, 83_1, 89_2, 95_2

続日本紀索引

海直玉依売 ③$107_2$
海直溝長 ④$243_5$
海東を掠む ③$299_{11}$
海道 ①$149_4$ ②$315_{4・6}$ ⑤$129_9$
海道(東海道)を承く ④$353_4$
海道の蝦夷 ①$149_{9・15}$ ④$437_{10}$
海道の賊 ⑤$7_4$
海内 ②$415_{14}$ ③$303_{14}$
海内晏静 ①$235_3$
海内清平 ③$269_{11}$, 283_{15}
海内の一族 ③$437_6$
海内の諸国 ④$459_1$
海に縁れる百姓 ③$117_5$
海に通す ④$401_9$
海に擲たしむ ③$441_7$
海に入る ①$57_9$ ②$357_{5・12}$ ③$443_{13}$ ④$389_1$ ⑤$73_9$, 75_{16}, 77_2, 79_5, 81_1
海に帆く ④$219_5$, 371_7
海の東 ①$81_{12}$
海浜 ②$431_2$ ⑤$133_{10}$
海浜に居む民 ③$135_{11}$
海部郡(紀伊国) ②$155_{2・6}$ ④$95_{6・16}$
海部郡(尾張国) ④$163_{15}$, 247_{11}, 251_4
海部郡(尾張国)主政 ④$163_{15}$
海部郡(尾張国)大領 ⑤$321_4$
海部郡(豊後国) ⑤$321_4$
海部公常山 ⑤$321_4$
海部直士形 ②$155_8$
海服 ⑤$131_{10}$
海辺 ⑤$319_{13}$
海浦の窟宅 ⑤$439_6$
海陵県(唐) ⑤$73_{10}$, $79_{6・16}$
海路 ①$7_8$, 227_{13} ③$411_{12}$ ④$199_3$
海路艱険 ⑤$95_2$, 109_7
海路の通ふ所 ②$307_{10}$
海路を取る ③$167_{12}$
海を航る ⑤$31_{11}$
海を渉る ④$411_2$
海を帯ぶ ③$307_{15}$
海を渡る ⑤$95_{13}$
海を渡ること得ず ①$57_{10}$
海を望む ②$155_9$ ④$93_{16}$
界 ②$15_{10}$ ④$453_7$
界を限る ③$331_8$
界を出さしむること勿かれ ②$261_4$
界を有らしむ ⑤$501_{16}$
皆人 ③$341_6$
皆知りて在り ④$261_8$
晦朔を移す ⑤$175_8$, 217_1

晦日 ⑤$465_2$
堺 ①$203_3$ ④$59_6$, 251_3 ⑤$401_8$
堺を出づ ②$279_{10}$
絵き飾る ②$105_4$
開化 ③$357_8$
開眼 ③$119_9$
開き易し ①$191_3$
開き掘る ④$251_6$
開き見る ⑤$425_3$
開き墾らず ②$117_{13}$
開き墾る ②$117_{11}$, $229_{1・4}$
開きて出す ⑤$141_3$
開基勝宝 ③$349_{13}$
開くこと得ざらしむ ⑤$425_4$
開晤 ②$335_7$
開国公(渤海) ③$291_9$, 331_{13}
開国男(渤海) ③$415_1$ ⑤$21_{13}$, 35_{12}, 37_{10}
開墾の次 ④$77_8$
開墾を営む ②$131_{15}$
開設 ⑤$325_1$
開泰の運に属く ⑤$513_5$
開田 ④$391_{16}$
開闢 ②$61_1$, 131_{14} ④$283_{15}$
開闢已来御宇しし天皇 ②$217_5$
開闢以来 ②$255_{15}$
開闢けてより已来御宇しし天皇 ④$241_{12}$
開闢より已来 ③$279_8$
開門 ④$355_8$
階 ③$357_{13}$ ⑤$169_{11}$
階一級を加ふ ③$21_{15}$ ④$141_8$
階一級を賜ふ ④$63_5$
階一級を進む ④$41_3$ ⑤$505_7$
階縁 ④$215_{13}$
階級卑き ④$125_9$
階上郡(陸奥国) ⑤$323_{15}$
階に滞る ②$197_9$
階を結ぶ ③$187_7$
階を叙す ④$85_{10}$
階を進む ①$29_{16}$, 49_{12} ⑤$259_8$, 281_{14}, 313_5, 323_3, 367_8, 477_{14}
塊 ⑤$19_{14}$
解 ③$21_8$ ④$19_1$, $123_{7・14}$
解官 ①$101_8$ ②$289_{11}$, 291_{3-4} →官を解く
解き脱る ②$199_{11}$
解き読む ⑤$471_{11}$
解却(解き却く) ①$199_5$ ②$117_{13}$, 195_{11}, 267_{11}, 395_3 ④$229_2$, 413_3, 431_3, 453_2 ⑤$159_{11}$, 193_{14}, 229_9, 243_{13}, 275_3, 329_{11}, 367_{15} →官を解く, 解任

かい(海・界・皆・晦・堺・絵・開・階・塊・解)

続日本紀索引

かい（解・誂・誠・潰・壊・懐・懈・誥・檜・膾・刈・外）

解く ⑤285$_4$, 291$_5$, 329$_{12}$, 341$_{11\cdot14}$, 387$_2$
解け散 ②135$_8$
解工 ②87$_8$
解工使 ④251$_6$
解出 ⑤435$_{14}$
解出の状 ⑤435$_{10}$
解除 ①63$_{14}$
解艶 ②181$_7$
解任 ②251$_1$ ③149$_6$, 379$_{14}$ ④385$_9$, 431$_4$ ⑤103$_{13}$, 207$_{10}$ →解却, 官を解く, 任を解く
解臂鷹（人名） ③345$_{10}$
解免 ④21$_{12}$
解由 ⑤253$_{14}$
解由に滞る ⑤253$_{10}$
解由を得ぬ者 ⑤253$_{15}$
解由を付く ②271$_2$
解由を付けず ④269$_{14}$
解由を与ふ ⑤387$_4$
解らぬ者 ②245$_8$
解る ②99$_5$
解礼 ⑤437$_8$
解を得 ②351$_2$ ④19$_1$
誂誤 ③217$_{11}$, 327$_{12}$ ⑤169$_{12}$, 329$_{15}$
誠あらず ③323$_3$
誠むる所 ②49$_3$
潰ゆ ①229$_6$ ④29$_{16}$
壊ち運ぶ ⑤507$_{13}$
壊ち損ふ ③135$_{11}$
壊つ ①229$_{15}$ ②261$_{16}$, 277$_{13}$, 409$_{16}$, 435$_1$ ④457$_6$
壊り乱る ④45$_4$
懐 ①139$_{16}$ ⑤95$_3$
懐く ②319$_4$
懐自ら安からず ④271$_2$
懐柔 ④463$_{12}$
懐生 ②163$_2$ ③273$_7$ ⑤473$_1$
懐土の心有り ⑤159$_5$
懐土の心を慰む ②111$_4$
懐に安からず ④201$_{10}$
懐に在り ③273$_9$
懐に憖づ ⑤245$_4$
懐に憖む ③183$_3$ ⑤413$_9$
懐に切なる有り ⑤433$_6$
懐に存り ②169$_6$
懐に纏ふ ②125$_{12}$ ⑤217$_{10}$
懐に忘るること無し ⑤279$_8$
懐を抜む ④289$_{12}$
懐を悉す ③245$_1$
懐を傷ましむ ⑤39$_{15}$

懐を体る ③351$_{11}$
懈怠 ②291$_{16}$, 299$_1$
懈らず ①181$_4$ ⑤259$_2$, 321$_4$
懈懶 ②51$_3$
懈り缺く ②179$_7$
誥ぐ所 ⑤335$_{12}$
誥へ賜ふ ①121$_3$
檜前（姓） ④293$_7$
檜前忌寸 ④73$_2$, 381$_{1\cdot4}$
檜前君老刀自〔檜前部老刀自〕 ④157$_2$ →上毛野佐位朝臣老刀自
檜前舎人直建麻呂 ④67$_2$, 181$_{10}$ →上総宿禰建麻呂
檜前舎人部諸国 ④337$_8$
檜前女王 ②311$_8$
檜前村（大和国） ④381$_3$
檜前部老刀自 ④145$_7$ →檜前君老刀自 →上毛野佐位朝臣老刀自
檜隈安古山陵（大和国） ①117$_4$ →安古山陵
膾にす ③379$_8$
刈り夷けく ⑤145$_7$
外位 ①37$_4$ ④179$_7$
外位の位禄 ②193$_{12}$
外位の資人 ②191$_{12}$
外一階を叙す ③171$_3$
外印 ①175$_{13}$ ②437$_8$ ④393$_1$ →太政官の印
外院・中院・内院と皮とに重ねて中る ①95$_{8\cdot11}$
外院に中る ①95$_{4-7\cdot9-10}$
外衛少将 ④71$_{13}$, 329$_{11}$
外衛将監 ④71$_{13}$, 83$_6$
外衛将曹 ④71$_{13}$
外衛大将 ④43$_7$, 71$_{12}$, 73$_5$, 129$_4$, 223$_5$, 293$_{10}$, 341$_6$ ⑤265$_{10}$
外衛中将 ④51$_3$, 71$_{12}$, 73$_6$, 203$_8$
外衛の事 ④287$_{14}$
外衛府 ④71$_{12}$, 369$_{15}$
外衛府の舎人 ④369$_{15}$
外家 ②309$_3$
外官 ③365$_6$
外記の官 ⑤271$_2$
外居の人 ⑤107$_{15}$
外教 ②121$_8$
外五位 ②191$_8$, 193$_{15}$, 197$_{8-9}$
外五位の位禄 ②191$_8$
外五位の蔭階 ②191$_8$
外五位を授くる人 ②197$_9$
外考 ②117$_6$
外国 ②227$_{15}$ ③379$_1$ ⑤331$_1$, 475$_{13}$
外国の五位已上 ④439$_2$

58

続日本紀索引

外国の民を虜す ③311$_{16}$
外散位 ②289$_{11}$ ③127$_{12}$ ④57$_{2 \cdot 4}$, 321$_6$
外散位已上 ②41$_{14}$
外従五位下 ①17$_9$, 61$_{14}$, 149$_{11-12}$, 161$_6$ ②119$_6$, 129$_{12}$, 147$_9$, 167$_1$, 197$_8$, 205$_{4-5-9}$, 207$_{7 \cdot 14}$, 209$_{9 \cdot 13}$, 213$_1$, 215$_6$, 221$_9$, 243$_{14}$, 245$_{6 \cdot 12-13 \cdot 16}$, 247$_1$, 249$_{14}$, 253$_{14}$, 263$_{2 \cdot 6 \cdot 8-9 \cdot 13}$, 265$_{1-2 \cdot 4-5}$, 267$_{16}$, 269$_{1-2}$, 273$_4$, 275$_{9-10}$, 285$_4$, 289$_{1 \cdot 3}$, 299$_{6 \cdot 10 \cdot 14}$, 311$_{3 \cdot 5 \cdot 14}$, 331$_6$, 333$_{6 \cdot 9-14}$, 335$_{1-3 \cdot 10-11}$, 339$_{5-7 \cdot 14-16}$, 341$_4$, 343$_{8-10 \cdot 12-13}$, 345$_{1-3 \cdot 5-6 \cdot 11}$, 347$_{8-9 \cdot 11}$, 353$_8$, 355$_{8-9}$, 357$_1$, 359$_{11-12}$, 361$_9$, 363$_8$, 371$_{10}$, 375$_3$, 379$_{14-15}$, 381$_{4 \cdot 16}$, 385$_{14}$, 393$_{1 \cdot 14}$, 395$_{7-8 \cdot 15}$, 397$_{2 \cdot 4-5}$, 399$_7$, 401$_{6-7 \cdot 9}$, 403$_{2 \cdot 15}$, 405$_{11 \cdot 16}$, 407$_{7 \cdot 15}$, 417$_{13}$, 425$_{2 \cdot 6}$, 427$_{13-14 \cdot 16}$, 429$_{1 \cdot 4-5 \cdot 8-10}$, 433$_{16}$, 437$_{13}$, 443$_{13-14}$, 449$_{6 \cdot 15}$ ③51$_{3 \cdot 6 \cdot 8 \cdot 11}$, 71$_{\cdot 15}$, 131$_{0-11}$, 15$_{6 \cdot 8-9}$, 25$_{2 \cdot 12 \cdot 14}$, 27$_8$, 29$_{5 \cdot 11}$, 31$_{12-13 \cdot 15}$, 35$_5$, 41$_{5 \cdot 7}$, 43$_{11 \cdot 13}$, 45$_{9 \cdot 13}$, 47$_{6 \cdot 14}$, 49$_1$, 53$_{4 \cdot 12}$, 55$_{2 \cdot 3 \cdot 5 \cdot 13}$, 57$_6$, 59$_{7 \cdot 9}$, 75$_{6 \cdot 14}$, 77$_{9-10 \cdot 14}$, 79$_{1 \cdot 3 \cdot 6}$, 81$_{11}$, 83$_{13}$, 89$_{6-8}$, 91$_{1 \cdot 8-11-12}$, 93$_{4 \cdot 9 \cdot 11-12}$, 95$_{15}$, 97$_{15}$, 101$_{12 \cdot 14}$, 103$_{5 \cdot 8}$, 105$_{4 \cdot 13}$, 107$_{4 \cdot 8}$, 109$_{7 \cdot 10 \cdot 12}$, 111$_{2 \cdot 4}$, 115$_{2 \cdot 14-15}$, 117$_{10}$, 121$_{4-5}$, 123$_9$, 129$_{6 \cdot 10}$, 131$_{13}$, 135$_9$, 139$_5$, 141$_{14}$, 143$_{2 \cdot 5}$, 145$_{4-11}$, 147$_7$, 151$_{9 \cdot 14}$, 153$_{8-9}$, 159$_{15}$, 189$_7$, 191$_2$, 233$_{15}$, 243$_5$, 257$_{12 \cdot 14}$, 267$_{14}$, 269$_2$, 277$_{14 \cdot 16}$, 279$_1$, 287$_{14}$, 295$_{12}$, 305$_{3 \cdot 4 \cdot 13}$, 309$_{14}$, 313$_{8 \cdot 10}$, 315$_1$, 327$_{5-6 \cdot 12}$, 335$_{1 \cdot 11 \cdot 14}$, 337$_7$, 339$_{2 \cdot 11-12}$, 343$_9$, 347$_{3-4}$, 349$_7$, 355$_6$, 367$_{16}$, 371$_{4 \cdot 8 \cdot 12}$, 373$_{2 \cdot 4-5 \cdot 7-8}$, 379$_{2 \cdot 14}$, 381$_4$, 383$_{3-4}$, 389$_{6-7 \cdot 12-13}$, 391$_3$, 393$_{11 \cdot 16}$, 397$_4$, 399$_{12}$, 401$_{7 \cdot 10 \cdot 12}$, 403$_1$, 405$_{7-8 \cdot 11 \cdot 13-14}$, 415$_{13}$, 417$_6$, 419$_{10 \cdot 14}$, 421$_{1 \cdot 12-13}$, 423$_1$, 425$_{1 \cdot 4}$, 427$_{12}$, 431$_{2 \cdot 5-6}$, 435$_3$, 439$_{10}$ ④54$_{\cdot 8 \cdot 10-13}$, 73$_{\cdot 8 \cdot 11-12}$, 17$_4$, 19$_7$, 23$_{1-2 \cdot 4}$, 25$_{4 \cdot 7}$, 37$_{1-2}$, 39$_{15}$, 43$_{1 \cdot 3}$, 47$_8$, 49$_8$, 53$_{2 \cdot 3 \cdot 7 \cdot 11 \cdot 13}$, 55$_3$, 57$_9$, 11$_1$, 65$_{9-10}$, 67$_{3 \cdot 11}$, 69$_{11}$, 71$_{2 \cdot 8}$, 73$_{11}$, 75$_5$, 81$_{5-6}$, 83$_9$, 85$_{2 \cdot 5}$, 91$_{10}$, 95$_{12}$, 101$_{4-5}$, 107$_{2 \cdot 4 \cdot 6}$, 109$_{14}$, 111$_{2-4 \cdot 7 \cdot 12 \cdot 15}$, 113$_2$, 115$_{10}$, 125$_{10}$, 133$_{5 \cdot 7 \cdot 9}$, 135$_1$, 143$_{7 \cdot 10}$, 145$_{1-2 \cdot 7-11-12}$, 151$_{2 \cdot 9}$, 153$_{1-3 \cdot 6-7 \cdot 10 \cdot 15}$, 155$_2$, 157$_3$, 159$_{8 \cdot 10}$, 161$_3$, 163$_{14 \cdot 16}$, 165$_{1-3 \cdot 5 \cdot 11}$, 167$_{4-8-9}$, 169$_{6 \cdot 12 \cdot 14}$, 171$_{4-5}$, 177$_{3-6 \cdot 12 \cdot 15}$, 179$_{2 \cdot 5-6}$, 181$_{2 \cdot 9}$, 183$_{6-7 \cdot 13}$, 185$_2$, 187$_{3-4 \cdot 13}$, 189$_{11 \cdot 13}$, 191$_{6 \cdot 9}$, 193$_{3 \cdot 5 \cdot 9}$, 195$_{7 \cdot 11}$, 199$_{11 \cdot 13 \cdot 15}$, 201$_2$, 203$_{10}$, 205$_{14}$, 207$_{3 \cdot 11-12}$, 209$_{3-4 \cdot 7 \cdot 9 \cdot 12-13}$, 213$_{2 \cdot 7}$, 219$_{10 \cdot 12}$, 221$_{11}$, 223$_8$, 227$_4$, 231$_{14}$, 233$_{1 \cdot 7}$, 237$_{11-12}$, 239$_{12}$, 243$_{6-10-11}$, 245$_{1 \cdot 6}$, 247$_{9-10}$, 249$_{6 \cdot 12}$, 269$_{4-6-9 \cdot 14}$, 271$_{9 \cdot 12}$, 273$_{7-10}$, 275$_{16}$, 277$_{13}$, 279$_{8-9 \cdot 11}$, 281$_{3-4 \cdot 7}$, 287$_{11}$, 289$_6$, 291$_{12}$, 293$_5$, 295$_{14-15}$, 297$_1$, 315$_9$, 319$_{9-10}$, 321$_{4-7 \cdot 10}$, 323$_{2-3}$, 325$_{2-3}$, 329$_{2 \cdot 12 \cdot 15}$, 337$_4$,

339$_{5 \cdot 11}$, 343$_{1 \cdot 4 \cdot 10 \cdot 12}$, 347$_{1 \cdot 10}$, 349$_{1 \cdot 5 \cdot 8}$, 351$_{1-2 \cdot 4}$, 353$_{12}$, 357$_{9 \cdot 12}$, 359$_4$, 365$_{2-3 \cdot 9}$, 367$_{3-4}$, 373$_{16}$, 377$_{11-12}$, 379$_{3-4 \cdot 12}$, 387$_8$, 389$_{6-7}$, 393$_{3 \cdot 6-8}$, 399$_{10-11}$, 401$_5$, 411$_{12}$, 413$_4$, 415$_{16}$, 423$_1$, 425$_{10}$, 427$_{1 \cdot 5 \cdot 8 \cdot 11}$, 429$_{1-2 \cdot 5-7-9 \cdot 11}$, 433$_4$, 435$_{5-6}$, 439$_{6 \cdot 12 \cdot 16}$, 441$_{2-3 \cdot 6 \cdot 10-11}$, 443$_{15}$, 447$_{4 \cdot 6-8-9}$, 449$_{4 \cdot 13}$, 457$_9$ ⑤55$_{\cdot 10}$, 77$_{-8 \cdot 15}$, 93$_{-4 \cdot 6 \cdot 11}$, 115$_{-7 \cdot 11}$, 15$_9$, 171$_1$, 213$_{\cdot}$, 252$_{\cdot 5 \cdot 11 \cdot 14}$, 271$_6$, 294$_{\cdot 9-10}$, 336$_{\cdot 12 \cdot 14}$, 436$_{\cdot 8 \cdot 15}$, 47$_2$, 51$_5$, 53$_{10}$, 59$_{5-6 \cdot 10 \cdot 13}$, 613$_{\cdot 8}$, 633$_{\cdot 4}$, 65$_{2 \cdot 11}$, 67$_{13}$, 69$_{12}$, 71$_{13}$, 73$_6$, 83$_{4 \cdot 12}$, 85$_{10 \cdot 14}$, 87$_{7 \cdot 10}$, 89$_{4 \cdot 6 \cdot 9}$, 91$_{1 \cdot 5-7}$, 93$_{8-9}$, 99$_{12}$, 105$_9$, 125$_3$, 137$_{7 \cdot 9-10 \cdot 13}$, 139$_{4 \cdot 6 \cdot 8}$, 153$_{5-8}$, 157$_{13}$, 171$_{8 \cdot 11}$, 175$_{2 \cdot 4 \cdot 7}$, 179$_{13 \cdot 15}$, 185$_{3 \cdot 5}$, 187$_{5 \cdot 11-12}$, 191$_{4-5 \cdot 11-12}$, 197$_{6-8}$, 199$_3$, 201$_{12}$, 209$_9$, 211$_{5-7}$, 213$_{12}$, 215$_{1-5}$, 219$_{6-10}$, 225$_{11}$, 227$_{12 \cdot 15}$, 229$_2$, 233$_{2-7-9}$, 235$_{12}$, 237$_7$, 239$_3$, 241$_{4-8-10}$, 245$_{12}$, 247$_{13-16}$, 249$_{12 \cdot 16}$, 253$_2$, 257$_{7 \cdot 15}$, 259$_{3 \cdot 5-6 \cdot 13}$, 261$_{3 \cdot 6 \cdot 11-12}$, 263$_{2 \cdot 6-7 \cdot 13}$, 267$_{10}$, 269$_{3 \cdot 6}$, 271$_{13}$, 275$_{5 \cdot 11}$, 279$_{12}$, 283$_{4-5 \cdot 7}$, 287$_{7 \cdot 13}$, 289$_{3 \cdot 9-10 \cdot 12}$, 291$_{5-6 \cdot 10}$, 293$_{1 \cdot 8-10 \cdot 12}$, 295$_{3-4 \cdot 10}$, 297$_{12}$, 299$_8$, 301$_9$, 303$_2$, 305$_6$, 307$_{14}$, 311$_{6-7 \cdot 9}$, 313$_{2-3}$, 315$_{1 \cdot 9-10}$, 317$_{2 \cdot 6}$, 319$_{9-10 \cdot 12}$, 321$_{5-6 \cdot 9 \cdot 12-14}$, 323$_{3 \cdot 12}$, 325$_5$, 337$_{1 \cdot 5 \cdot 13}$, 341$_{15-16}$, 343$_{5-6 \cdot 10 \cdot 13}$, 345$_{6-7}$, 347$_8$, 351$_{9-11 \cdot 13}$, 353$_{8-14}$, 355$_{1 \cdot 10}$, 357$_{11}$, 361$_{3-7}$, 363$_{4-6}$, 365$_7$, 375$_{8-13}$, 377$_{1-5-7}$, 379$_{7 \cdot 11}$, 381$_4$, 385$_{5 \cdot 12-14}$, 387$_5$, 395$_3$, 397$_{8 \cdot 10 \cdot 13}$, 399$_{4 \cdot 6-9-10}$, 401$_{11 \cdot 16}$, 403$_3$, 407$_{16}$, 409$_{13}$, 413$_{15}$, 419$_{1 \cdot 10 \cdot 13}$, 421$_2$, 423$_{3 \cdot 9}$, 431$_{1-2}$, 443$_{5-7-8 \cdot 14}$, 447$_7$, 449$_{2 \cdot 5-16}$, 451$_6$, 455$_6$, 457$_{2 \cdot 7-8}$, 459$_{11}$, 461$_{1 \cdot 6-9-10}$, 463$_{9-14}$, 479$_{11}$, 481$_5$, 483$_{15-16}$, 485$_5$, 487$_{2 \cdot 6-7}$, 491$_{6-9-10 \cdot 13}$, 493$_{7-8}$, 495$_{12}$, 503$_2$, 505$_{15}$, 507$_{5 \cdot 10}$, 511$_{13}$, 513$_{7 \cdot 14-15}$

外従五位上 ①149$_{11}$ ②289$_2$, 333$_{12}$, 335$_{11}$, 339$_5$, 347$_9$, 351$_{12}$, 381$_2$, 387$_9$, 397$_2$, 427$_{15}$, 429$_{6-10}$, 433$_{12}$ ③53$_{-4-8-9-11}$, 15$_9$, 21$_4$, 29$_{10}$, 41$_9$, 55$_{2 \cdot 7}$, 77$_9$, 89$_{7 \cdot 14}$, 91$_{12}$, 95$_{13}$, 109$_8$, 129$_7$, 149$_{11}$, 193$_{10}$, 233$_{16}$, 267$_8$, 349$_6$, 371$_{13}$, 383$_2$, 439$_{10}$ ④5$_{7}$, 65$_{10 \cdot 12}$, 69$_4$, 101$_5$, 145$_7$, 153$_7$, 157$_1$, 163$_8$, 167$_5$, 177$_7$, 179$_9$, 189$_{13}$, 221$_5$, 227$_2$, 233$_2$, 271$_{10}$, 277$_{14}$, 287$_{11}$, 321$_{6-7}$, 323$_4$, 327$_2$, 343$_2$, 435$_8$, 447$_4$ ⑤7$_7$, 53$_{14}$, 59$_5$, 61$_6$, 185$_3$, 199$_3$, 227$_{15}$, 311$_7$, 315$_{10}$, 355$_2$, 357$_{12}$, 377$_1$, 455$_6$, 483$_{15}$

外従七位下 ②137$_{16}$, 215$_5$, 271$_{10}$, 405$_8$ ③21$_4$, 79$_5$, 83$_{12}$ ④5$_8$, 83$_{11}$, 211$_4$, 233$_{10}$, 353$_{14}$ ⑤493$_7$

外従七位上 ②147$_{5-7}$, 213$_1$, 215$_5$, 315$_5$, 369$_8$, 391$_6$ ③79$_4$ ④187$_{12}$, 199$_{14}$, 227$_2$, 233$_{14}$

外従八位下 ②147$_6$ ③75$_5$ ④111$_4$, 155$_{15}$, 235$_{4 \cdot 8}$, 239$_5$, 243$_5$, 381$_7$ ⑤35$_6$

外従八位上 ①107$_9$, 233$_2$ ②147$_8$, 155$_7$, 159$_{14}$,

かい（外）

続日本紀索引

かい―かく（外・亥・苅・孩・害・凱・街・蓋・該・溉・骸・鎧・礙・各・角）

外 271_{12} ③$13_{11}$, 75_5 ④$83_9$, 239_{14} ⑤$67_{13}$, 467_{15}
外従六位下 ②$271_{11}$ ③$21_5$, 55_4 ④$153_{14}$, 167_4, 169_{14}, 183_{12}, 235_2, 279_{10} ⑤$35_7$, 321_3, 407_{16}
外従六位上 ②$159_{14}$, 381_{16} ④$161_5$, 213_3 ⑤$313_3$, 321_3
外書 ⑤$201_7$
外小紫 ④$143_{12}$
外少初位下 ③$81_{14}$ ④$133_5$, 141_{15} ⑤$99_8$, 429_{15}
外少初位上 ②$38_{14}$ ③$45_9$, 55_5 ④$213_4$, 235_9, 245_9, 271_3
外正五位下 ②$429_{10}$ ③$5_{10}$, 349_6 ④$5_7$, 43_4, $65_{6\cdot 10\text{–}11}$, 115_{14}, 151_2, $161_{6\cdot 12}$, 165_3, 177_4, 183_9, 193_{11}, 195_2, 207_4, 357_{10}, 439_6, 451_6 ⑤$89_6$, 185_1, 303_4, 311_6, 345_3, 357_{11}
外正五位上 ②$429_9$ ③$5_3$, 91_{11}
外正七位下 ③$45_{12}$, 83_{11} ④$155_1$, 161_{11}, 209_1, $235_{1\cdot 6\text{-}7}$, 237_6 ⑤$171_8$, 395_3
外正七位上 ②$9_3$, 129_{11} ③$293_{16}$ ④$163_{7\cdot 12}$, 233_8, 235_{10}, 381_8 ⑤$275_{13}$
外正八位下 ②$147_7$ ④$163_{15}$, 197_2, 201_{13}, 209_2, $233_{12\cdot 14}$, 277_{13} ⑤$313_1$, 437_7, 493_7
外正八位上 ②$147_{6\cdot 8}$, 369_1, 393_1 ④$199_{15}$, 227_4 ⑤$193_3$, 265_{14}, 323_2, 407_{16}, 467_{11}, 483_{16}, 507_{10}
外正六位下 ③$45_9$, 123_8, 135_1, 153_8 ④$177_5$, $235_{2\cdot 5}$ ⑤$237_6$
外正六位上 ②$197_6$, 289_2, 339_6, 391_{16}, 429_{10} ③$91_{12}$, 103_4, 153_7, 349_7 ④$5_7$, 65_{10}, $111_{2\cdot 7}$, 167_3, 169_9, 199_{13}, $233_{11\cdot 13}$, $235_{3\cdot 4}$, 271_1 ⑤$7_8$, 25_7, 53_9, 69_{11}, 171_7, 289_{12}, $321_{2\cdot 4}$, 345_6, 377_4, 483_{15}, 485_1, 491_6, 493_6
外正六位上の者 ⑤$249_9$
外戚 ③$361_4$ ⑤$455_{16}$
外戚の近臣 ④$61_{10}$
外大初位下 ③$55_4$, 79_5 ④$91_9$, 123_4, 215_3 ⑤$237_6$
外大初位上 ②$369_{10}$ ③$269_2$ ④$235_8$, 237_{11}
外宅 ⑤$75_1$, 79_{10}
外典の院を置く ⑤$201_2$
外嶋坊 ③$171_6$
外に付く ④$285_{14}$
外任 ②$39_8$
外任を望む ④$455_{12}$
外任を歴 ③$413_7$ ④$127_{11}$
外の設に作す ⑤$469_4$
外の門（難波宮）②$439_{13}$
外邦の民 ①$99_{13}$
外民 ⑤$375_4$
外命婦 ②$203_9$ ④$355_{13}$ ⑤$255_9$
外六位 ②$65_5$

外六位已下 ③$375_{11}$
外を制す ④$183_2$
亥の時 ③$217_1$ ⑤$81_{10}$, 409_6
亥陽君 ⑤$471_4$
亥陽君の子 ⑤$471_4$
苅田郡（陸奥国）②$105_2$
苅田郡の人 ④$235_3$
苅り夷ぐ ②$207_5$
孩稺 ①$219_7$
害残 ③$333_1$
害す ⑤$471_1$, 141_2
害蠹 ①$155_{13}$
害はれぬ ③$31_7$
害ひ傷る ②$211_6$
害ふ ④$287_{12}$
害を為す ②$73_{13}$, 239_{10}
害を被る ④$457_8$
害を被る者 ③$95_1$
害を免る ④$309_{10}$
凱旋 ④$31_4$ ⑤$197_1$
凱沢を播す ⑤$125_{11}$
凱表 ⑤$441_3$
街衢 ②$27_8$, 123_4
街路 ⑤$165_{13}$, 305_{10}
蓋 ④$135_{12}$, 183_{12} ⑤$7_6$
蓋高麻呂 ③$77_9$
蓋山（大和国）の南 ②$23_5$
蓋山連 ②$151_{12}$
蓋繖 ③$161_9$
蓋田蓑（人名）⑤$23_4$
蓋板 ⑤$81_3$
蓋無き者 ⑤$3_7$
蓋有るひと ⑤$3_7$
該渉 ④$459_{12}$
該達 ④$471_2$
該通 ②$121_{12}$
溉灌を広む ④$43_{13}$
骸骨を乞ふ ②$199_9$ ③$411_9$ ④$315_{11}$, 367_7, 445_3, 461_{13} ⑤$163_{12}$, 411_{16}, 419_3, 477_9
鎧作名床（人名）②$113_8$
礙滯 ①$183_3$
各自 ②$299_1$ ④$15_1$
角兄麻呂 ⇒鯨兄麻呂
角家足 ④$29_4$
角家足の宅 ④$29_4$
角山君内麻呂 ②$147_6$
角朝臣家主 ②$129_2$, 255_{12}, 259_{14}, 273_9
角朝臣広江 ⑤$419_{11}$
角（都努）朝臣筑紫麻呂 ⑤$417_{13}$, 423_7, 441_8,

続日本紀索引

457$_9$
角(都努)朝臣道守　③53$_3$, 319$_{14}$
恪勤　③283$_7$ ④357$_1$ ⑤259$_1$
恪勤みて供奉る者　⑤371$_{10}$
恪勤尤も異なる者　④163$_1$
恪勤を存せぬ　①169$_{13}$
革　⑤153$_{12}$
革帯を飾る　①179$_{11}$
革の甲　⑤463$_1$
革む　⑤371$_3$
革を用ゐるべし　⑤153$_{14}$
格　③147$_{13}$, 321$_{10}$ ④391$_{14}$, 395$_{15}$ ⑤45$_{15}$, 97$_{9・11}$, 107$_{15}$, 113$_{15}$, 161$_{10}$, 273$_1$
格言　②15$_4$ ③283$_6$, 341$_{16}$
格式　②153$_{13}$ ③323$_{12}$ →格、式
格に依る　①101$_{15}$ ②191$_{10}$, 229$_4$, 425$_9$, 427$_2$ ③187$_7$, 191$_5$, 293$_8$ ④57$_5$ ⑤97$_{12}$, 281$_1$
格に縁る　④77$_3$
格に過ぐ　①203$_{16}$
格に拠る　③13$_5$
格に在り　②193$_4$, 199$_8$, 201$_6$
格に執す　⑤427$_9$
格に准ふ　②289$_{12}$ ④375$_6$
格の外　④123$_1$ ⑤97$_{13}$
格の時を以てす　④387$_1$
格の如し　③175$_{14}$
格の中に具なり　②119$_8$
格の中に在り　②39$_6$, 149$_8$
格を停む　⑤115$_7$
格を立つ　⑤115$_1$
郭下　②7$_7$
覚地に帰す　⑤201$_9$
覚風を仰ぐ　④289$_{14}$
覚鼈柵(陸奥国)　⑤139$_{15}$
覚鼈城(陸奥国)　⑤129$_{8・10}$, 131$_3$
隔て易し　③311$_3$
閣道　②119$_{13}$
閣門　④355$_{13}$, 455$_6$
獲　②351$_2$ ②21$_9$ ④411$_{15}$ ⑤299$_{10}$, 513$_{10}$
獲し虜　②101$_7$
獲ふ　⑤225$_{12}$, 227$_5$
獲虜　②373$_{13}$
獲を争ふ　④55$_8$
骼を掩ふ　②121$_1$, 259$_4$, 321$_{14}$
礭く陳ぶ　④374$_1$, 81$_{14}$
礭く鄯はく　③201$_{10}$
学　②63$_8$ ③359$_2$
学行を褒む　①21$_7$
学業　②85$_{14}$, 283$_{12}$ ③163$_{13}$ ⑤355$_{12}$

学業を興す　④265$_5$
学業を成す者　②79$_1$
学語　③363$_{14}$
学語生　⑤121$_{14}$
学士　①231$_{14}$ ③49$_2$
学士を優す　①113$_9$ ②31$_7$
学者　④265$_2$
学習　②47$_{15}$
学術有らむ者　②113$_2$
学生　②357$_{10}$ ③295$_7$, 441$_1$ ④459$_{12}$ ⑤97$_2$, 99$_2$
学徒を催勧む　③231$_8$
学に就く　②47$_{14}$
学はす　②421$_1$
学び習ふ　②211$_5$
学び得　③251$_{14}$
学問　②233$_2$, 283$_{15}$, 355$_{14}$ ③31$_1$ ④409$_8$
学問僧　①115$_5$ ②83$_3$
学を愛す　⑤471$_{11}$
学を好む　②231$_{16}$
学を奨む　②63$_5$
額外　③301$_3$
額外の散位　②331$_{10}$ ④53$_{14}$
額題を求む　②13$_2$
額田氏(額田首)　④447$_{11}$
額田首人足〔額田人足〕　①177$_{16}$
額田首千足　②87$_1$
額田人足　①73$_{15}$ →額田首人足
額田部　④293$_9$
額田部王　①177$_{11}$ ③27$_3$, 43$_4$, 77$_7$
額田部広麻呂　②369$_1$ →額田部直広麻呂
額田部宿禰　③257$_{15}$
額田部宿禰三当　③257$_{13-14}$
額田部川田連　③257$_{14}$
額田部蘇提売　④191$_7$
額田部(大和国)が宅　③205$_{16}$
額田部直広麻呂〔額田部広麻呂〕　②393$_1$
額田部直塞守　④163$_7$
額田部湯坐連息長　③149$_{11}$
額田部連林　①29$_7$
額とす　⑤135$_{13}$
額に入る　①47$_{15}$
額には箭は立つとも背には箭は立たじ　④261$_1$
割き賜ふ　⑧81$_{14}$
割き取る　①185$_3$ ②149$_6$, 211$_{13}$, 261$_7$, 355$_3$, 443$_2$ ④457$_3$
割き出す　③311$_{15}$
割きて隷く　⑤405$_{14}$
割き配つ　①185$_5$
割き留む　②193$_{12}$ ③33$_1$

かく—かつ（角・恪・革・格・郭・覚・隔・閣・獲・骼・礭・学・額・割）

続日本紀索引

かつ─かん（割・葛・獦・豁・闊・鐞・干・刊・甘・缶・完）

割く ①155$_7$, 165$_3$, 189$_{1\cdot5}$, 197$_{1\cdot3}$, 217$_{10}$ ②15$_1$, 45$_{7-10}$, 101$_3$, 109$_{14}$ ③235$_{11}$, 363$_3$, 393$_{14}$ ④117$_5$, 123$_{12}$, 199$_4$, 439$_3$, 455$_{13}$ ⑤115$_{1\cdot4}$, 149$_{12}$, 435$_2$

葛 ②59$_{14}$

葛王 ④345$_{13}$

葛下郡（大和国） ②281$_7$ ④443$_7$

葛江我孫馬養 ⑤483$_{16}$

葛上郡（大和国） ①31$_{10}$ ③255$_5$ ④55$_6$ ⑤225$_{12}$

葛上郡の人 ④239$_1$

葛城（葛木）王 ①159$_9$, 175$_{14}$ ②211$_2$, 83$_{12}$, 127$_{11}$, 145$_8$, 209$_5$, 227$_2$, 239$_2$, 249$_4$, 255$_{10}$, 305$_{4\cdot5\cdot9}$, 307$_{12\cdot15}$, 309$_1$ →橘宿禰諸兄 →橘朝臣諸兄

葛城王が親母 ②307$_1$

葛城（葛木）山（大和国） ①17$_9$ ④55$_7$

葛城（葛木）曾豆比古（襲津彦） ②225$_4$ ⑤487$_8$

葛城曾豆比古が女子 ②225$_4$

葛城曾豆比古の第六の子 ⑤487$_9$

葛城忌寸豊人 ③55$_{13}$

葛城寺（大和国） ④309$_{11}$

葛城寺の（歌謡） ④309$_{11}$

葛城寺の金堂 ⑤125$_5$

葛城寺の塔 ⑤125$_6$

葛飾郡（下総国） ⑤211$_{12}$

葛飾郡の人 ⑤211$_{12}$

葛井王 ⑤417$_7$

葛井宿禰 ⑤489$_7$

葛井連 ②73$_2$ ③287$_{15}$ ④277$_{14}$ ⑤471$_6$, 489$_2$

葛井連河守 ④67$_2$, 73$_{11}$, 171$_5$, 243$_{10}$, 393$_7$ ⑤139$_6$

葛井連恵文 ③257$_{11}$

葛井連広見（広） ⑤175$_3$, 315$_9$

葛井連広成 ②245$_5$, 417$_{15}$, 429$_{5\cdot9}$ ③55$_6$, 59$_{11}$, 91$_4$

葛井連広成の室 ③59$_{11}$

葛井連広成の宅 ③59$_{10}$

葛井連根主 ③393$_{11}$ ④71$_2$, 47$_8$, 165$_3$, 193$_{11}$, 207$_5$, 357$_{10}$ ⑤189$_{12}$, 237$_{15}$, 241$_8$, 267$_{10}$, 319$_{11}$, 473$_{13}$, 485$_{16}$

葛井連根道 ③443$_{5\cdot7}$ ⑤87$_6$, 137$_{11}$

葛井連諸会 ②295$_3$ ③71$_4$, 43$_{11}$, 189$_7$

葛井連大成 ②197$_8$

葛井連道依 ④67$_3$, 111$_2$, 115$_{13}$, 135$_8$, 161$_2$, 177$_{15}$, 267$_{16}$, 295$_{10}$, 425$_{13}$, 441$_7$ ⑤65$_{10}$, 219$_5$, 251$_9$, 319$_7$, 473$_{14}$, 489$_{1\cdot4\cdot7}$

葛井連毛人 ②165$_{16}$

葛井連立足 ③343$_8$ ④51$_3$, 39$_{15}$, 47$_2$, 195$_6$

葛木王[1] ②205$_{12}$ ③441$_{11}$

葛木王[2] ③77$_7$

葛木宿禰 ④81$_7$

葛木宿禰戸主〔葛木連戸主〕 ③189$_4$

葛木宿禰大床〔葛木毗登大床〕 ④53$_3$

葛木神社（大和国） ②171$_1$

葛木毗登大床 ④81$_6$ →葛木宿禰大床

葛木連 ③169$_{11}$

葛木連戸主 ③41$_7$, 91$_1$, 107$_4$, 131$_{14}$

葛木連戸主 ③169$_{11}$ →葛木宿禰戸主

葛野王 ①91$_{15}$ ⑤339$_1$

葛野郡（山背国） ①39$_6$

葛野郡の人 ⑤23$_2$, 313$_1$

葛野女王 ②129$_7$

葛野臣広麻呂 ②197$_7$

獦す ④55$_8$

豁然 ④309$_8$

闊 ①209$_{11}$, 233$_7$ ②117$_3$, 213$_{15}$, 301$_9$ ③19$_2$, 21$_9$

鐞の鉱 ①11$_{16}$

干戈 ⑤267$_{4\cdot12}$

干戈の主 ①235$_1$

干禄 ④361$_5$

刊脩 ③187$_9$

甘雨降らず ②119$_{15}$

甘子 ②165$_1$

甘棠に憩ふ ①103$_{12}$

甘南備人 ②367$_5$ ③111$_{13}$, 115$_5$

甘南備人伊香〔伊香王〕 ③389$_{14}$, 425$_2$ ④51$_3$, 207$_{12}$, 363$_{10}$ ⑤23$_{13}$

甘南備真人久部 ⑤93$_9$

甘南備真人継人 ⑤313$_{13}$

甘南備真人継成 ⑤343$_3$, 379$_7$

甘南備真人浄野（清野） ⑤83$_5$, 209$_{11}$, 231$_{14}$, 251$_8$, 459$_{13}$

甘南備真人神前〔神前王〕 ②401$_{10}$ ③25$_2$

甘南備真人豊次 ⑤87$_4$, 263$_7$

甘尾雪麻呂 ④119$_9$

甘味神宝（人名） ③111$_4$

甘楽（甘良）郡（上野国） ①165$_2$ ④101$_9$

甘楽郡の人 ④101$_9$, 123$_4$, 237$_{12}$

甘良東人 ③377$_2$

甘露 ①139$_6$, 227$_9$

缶 ③167$_{16}$, 351$_5$ ⑤41$_2$

完からず ③439$_{15}$ ⑤413$_8$

完人建麻呂〔仲江王〕 ⑤239$_{15}$, 241$_1$

完人建麻呂が男女 ⑤239$_{15}$, 241$_1$

完人建麻呂の弟 ⑤239$_{16}$

完人臣国持 ①91$_2$

完人朝臣倭麻呂（和麻呂） ③267$_{12}$, 379$_2$

続日本紀索引

完人(宍人)朝臣継麻呂 ④315$_9$, 325$_{11}$, 341$_2$, 433$_4$ ⑤29$_1$, 71$_3$
旱 ①57$_{14}$ ②235$_{15}$, 321$_{10}$ ④59$_{11}$
旱疫 ⑤499$_{12}$
旱して損ふ ②267$_6$
旱す ①11$_5$ ③63$_4$, 405$_6$, 433$_{13}$, 435$_{16}$ ④11$_9$, 19$_{10}$, 77$_2$, 153$_{12}$, 201$_{16}$, 345$_6$, 369$_{14}$, 385$_3$, 403$_9$, 407$_{1\cdot3}$, 433$_2$, 435$_3$, 453$_6$ ⑤17$_1$, 483$_5$, 503$_3$
旱に遇ふ ①231$_5$
旱に遭ふ ②59$_{12}$, 269$_5$ ④75$_9$, 123$_{10}$
旱潦調らず ②91$_8$
旴けて食ふ ⑤475$_{10}$
罕に用ゐる ⑤221$_{14}$
肝衝難波(人名) ①29$_2$
肝坏郡(日向国・大隅国) ①197$_2$
函丈 ②63$_9$
官 ②167$_8$, 271$_2$, 295$_1$, 379$_4$, 399$_{12}$, 437$_{10}$ ③43$_{15}$, 91$_{14\cdot15}$, 93$_{1\cdot2}$, 325$_{15\cdot16}$, 335$_{14}$, 337$_{1\cdot3}$, 341$_6$, 355$_3$$_{\cdot6\cdot7}$, 373$_{14}$, 375$_{7\cdot8}$, 391$_3$ ④97$_{12}$, 443$_6$ ⑤19$_{11}$, 221$_{13}$, 271$_{4\cdot5}$, 299$_9$, 451$_{1\cdot6\cdot8}$, 453$_{13}$, 463$_{10\cdot13\cdot14}$, 465$_1$
官位 ①85$_{16}$, 87$_{3\cdot5}$ ②225$_{16}$ ③91$_{14}$, 187$_6$, 375$_8$ ④21$_{12}$, 87$_6$, 201$_4$, 337$_{16}$ ⑤47$_1$
官位已に軽し ③325$_{16}$
官位に准ふ ①43$_1$
官位無き者 ①79$_{13}$
官位を極む ③361$_5$
官位を賜はり昌え ④261$_{14}$
官位を定む ②95$_{15}$
官位を復す ④39$_2$
官威 ⑤155$_3$
官印 ②183$_1$ ④23$_8$ →太政官の印
官印を押す ④31$_7$
官員(官の員) ③337$_1$ ④71$_{9\cdot12}$, 359$_{14}$ ⑤133$_{14}$, 325$_3$
官員令 ①85$_{16}$
官員を省く ⑤135$_5$
官家 ③359$_{13}$
官々に仕へ奉る ②143$_{13}$
官冠をのみ取り賜ひ ⑤445$_2$
官議して奏す ④229$_8$
官議して奏聞す ④197$_9$
官議奏 ④403$_{11}$
官牛 ⑤303$_{11}$
官供 ③325$_1$
官軍 ①115$_2$, 187$_{11}$ ②317$_{12}$, 319$_3$, 369$_{10}$, 371$_{16}$, 373$_{12}$ ④23$_7$, 29$_{12\cdot16}$, 37$_{13}$, 71$_4$, 453$_{12}$ ⑤15$_5$, 53$_{14}$, 131$_1$, 425$_{13\cdot15}$, 431$_{6\cdot9\cdot11\cdot13}$, 435$_{12}$, 439$_8$, 493$_9$

官軍に従ふ ⑤493$_8$
官軍の損 ⑤439$_9$
官軍を助く ④83$_9$, 133$_1$
官戸 ②77$_{12}$
官戸と作り ①115$_3$
官戸に従ふ ②77$_{12}$
官庫に乏し ⑤365$_{12}$
官号 ③285$_8$
官裁 ①179$_8$
官司 ①125$_{16}$, 209$_6$ ②297$_{11}$ ③213$_6$, 217$_{15}$, 247$_{12}$ ⑤275$_4$, 285$_1$, 329$_{11}$, 365$_{14}$
官司に納む ②17$_4$
官司に抑屈せらるる者 ④121$_1$
官私の廬舎 ④457$_6$
官使 ⑤93$_2$
官寺 ②219$_{15}$
官寺と成す ③69$_9$
官事を乱し失ふ者 ①141$_9$
官社 ④385$_{14}$ ⑤83$_1$, 285$_5$, 483$_4$
官舎 ②441$_9$ ③329$_4$ ④131$_{10}$, 273$_{14}$
官舎の数 ④131$_{15}$
官爵 ④255$_{14}$
官主の用 ④39$_3$
官衆く事殷なり ⑤133$_{15}$
官重く位卑し ③287$_9$
官書 ④181$_5$
官少し ④121$_{13}$
官賞 ⑤75$_5$
官人 ①101$_7$, 103$_8$, 183$_8$, 189$_2$ ②83$_7$, 95$_{13}$, 97$_{10}$, 101$_{13}$, 121$_4$, 155$_{11}$, 181$_{3\cdot4}$, 199$_{15}$, 201$_{1\cdot15}$, 203$_{12}$, 235$_1$, 259$_8$, 265$_{10}$, 283$_1$, 301$_{13}$, 313$_1$, 323$_{2\cdot5}$, 329$_1$, 335$_9$, 369$_{13}$, 371$_7$, 409$_7$, 439$_{15}$, 445$_5$, 447$_1$ ③91$_2$, 149$_1$, 159$_3$, 235$_6$, 253$_3$, 289$_{6\cdot9}$, 321$_7$, 333$_{10}$ ④87$_1$, 327$_{13}$ ⑤157$_7$, 159$_{11}$, 285$_4$, 407$_{12}$
官人已下 ④281$_{14}$ ⑤441$_7$
官人数多にして給ふ所甚だ少し ③253$_3$
官人の妻子 ③61$_5$
官人の相替る ⑤157$_1$
官籍 ②153$_{12}$
官銭 ①217$_4$
官倉 ③289$_{14}$
官曹に候ふ者 ⑤407$_{13}$
官僧 ⑤105$_1$
官足らず ③361$_{11}$
官属 ①153$_4$ ④291$_4$
官長 ②395$_3$
官長に申す ①191$_8$
官長を経ず ③385$_{15}$

かん(完・旱・旴・罕・肝・函・官)

かん（官・冠）

官奴（官の奴）　②$75_{11\cdot14}$, 431_4　③$121_5$
官奴正　⑤$137_9$, 343_2, 363_6, 473_{14}
官当　①$157_2$
官稲　②$275_{12}$　④$45_9$, 75_{14}　⑤$115_{14}$, 117_3
官稲乏し　③$363_1$
官稲を貸す　②$275_1$
官にあるあらぬを論はず　①$47_{14}$
官に依る　④$403_5$
官に因りて命令す　⑤$509_1$
官に居らしむ　③$289_9$
官に居りて怠らず　⑤$485_2$
官に居りて貪濁　①$181_4$
官に居ること得ず　②$269_{16}$
官に在らしむ　③$439_1$
官に在りて　④$113_{11}$　⑤$367_9$
官に在りて氏を命す　⑤$513_{11}$
官に之かしむ　④$105_{14}$
官に仕ふ　③$183_{15}$
官に治む　②$17_3$
官に収む　②$255_{15}$
官に申す　②$79_8$, 447_9　③$289_{13}$, 439_{15}　④$11_2$, $213_{9\cdot13}$　⑤$125_{15}$, 149_{10}
官に進る　④$77_{11}$
官に卒す　④$451_{16}$
官に入る　②$355_2$
官に任せらるる者　④$223_{10}$
官に有る人　②$193_3$
官の員少し　⑤$97_{14}$
官の処分　①$161_{10}$
官の処分を聴け　①$177_1$
官の大寺　③$233_5$
官の聴許を蒙らむ　③$199_{13}$
官の奴婢　②$439_2$　③$257_{10}$
官の判補　④$43_{16}$
官の布施　③$325_2$
官の名を改む　④$35_{10}$
官の名を旧に復す　④$35_{11}$
官(の)禄(を)給ふ　②$167_7$　④$403_7$
官は解き給ふ　④$89_{16}$
官判　④$391_{12}$, 407_8
官婢　②$137_{12}$
官品　②$23_{13}$　④$371_{12}$　⑤$271_3$
官品の次　②$91_{16}$
官符　③$289_{12}$　④$39_3$, 315_{15}　⑤$279_{10}$　→太政官符
官符に依り　④$401_{11}$
官符を下す　④$325_{14}$
官符を賜はる　②$393_5$
官符を被る　④$213_{11}$, 229_2, 391_8

官物　①$209_7$　②$71_5$, 117_{12}, 261_7, 401_{15}　④$45_9$, 165_{10}　⑤$341_8$, 371_9, 479_{15}
官物(の)欠負未納　③$19_9$, 235_{11}, 277_2
官物の納めぬ　②$219_7$
官物の未納　③$367_6$
官物を欠失す　③$127_8$
官物を収む　③$11_{15}$
官物を出し納るる諸司　③$169_1$
官物を焼く　④$411_{14}$
官物を損ふ　③$437_{12}$
官物を費す　④$219_1$
官物を用ゐる　②$237_9$
官(弁官)　①$59_{11}$
官名　①$37_2$
官より給はる　②$267_7$
官より給ふ　②$325_5$　③$177_3$, 409_5　⑤$69_7$, 101_1, 117_{13}, 171_{16}
官用に堪へず　⑤$329_9$
官吏　③$323_4$
官路無し　③$375_{12}$
官禄　②$251_1$
官を解く　②$83_9$　③$289_{13}$　⑤$443_{16}$, 445_3　→解却, 解任
官を欺き為ふ　①$173_{12}$
官を去る　①$215_3$
官を曠しくすべからず　⑤$217_{12}$
官を治むる本　③$323_{11}$
官を弊す　④$367_{13}$
官を失ふ　③$387_2$
官を省く　④$303_{10}$　⑤$135_3$
官を設く　①$187_9$
官を分つ　⑤$133_{12}$
冠　②$399_{12}$　③$251_5$　④$63_9$, 139_1
冠位　①$99_2$
冠位一階上げ賜ふ　②$217_{13}$
冠位上げ賜ひ　①$127_{16}$　②$423_3$, 221_1, 265_{15}, 317_{13}, 319_2　③$35_3$, 63_{14}, 241_3, 313_{10}, 323_{10}, 327_{13}, 373_{11}, 401_2　⑤$183_{3-4}$
冠一階上げ給ふ　③$73_7$
冠一階上げ賜ふ　④$423_4$
冠纓　②$133_{12}$
冠蓋　①$97_{15}$　③$163_7$　⑤$253_{12}$
冠蓋の子弟　⑤$427_{13}$
冠蓋門を連ぬ　③$229_{13}$
冠する年　③$183_2$
冠二階上げ賜ふ　②$423_5$
冠の製　③$435_{14}$
冠を加ふ　⑤$395_8$
冠を賜ふ　①$37_6$　②$187_{10}$

冠を取る　⑤445₁
冠を取る罪　⑤445₃
姦猾　⑤367₁₀
姦宄　②27₅
姦欺の乱基　④13₁₃
姦を誅す　③241₂
奸悪を縦にす　③313₃
奸回を見る　④61₈
奸猾　①181₆
奸宄　⑤305₁₄
奸軌　⑤145₇
奸偽　②447₄　⑤107₅
奸偽の徒　④391₉
奸欺の為す所　②227₃
奸計　②69₁₃　④301₁₁
奸詐を懐く　⑤159₁₀
奸詐を肆にす　②17₂
奸作　②427₁
奸しき偽　②179₁₀
奸しき寇　⑤121₁₁
奸しき詐り　②95₁₄
奸す　③351₁₄, 365₅　④391₂
奸党　②207₅
奸盗　①147₄　②27₄
奸非　②27₂
奸非の侶　②111₁₁
奸謀　③317₁₄　④299₁₄
奸み偽る　④25₁₃
奸み諂ひて在り　④31₁₂
奸民　⑤103₁₀
奸乱を挟む　②123₆
奸乱を生す　②27₁₅
奸濫尤も著き者　⑤193₁₆
奸を窮む　②207₄
奸を施ゐる所無し　④129₁₅
巻　②183₁, 199₁₃, 289₄₋₆, 367₉　③17₁₀, 31₃, 167₁₀, 257₁₆, 259₁
巻中　②445₅
看行はさずや成らむ　④333₆
看病　③163₂　④375₄
看病に侍す　④375₁₁
看病の禅師　③163₁₀
看養を加ふ　①219₃
看量　⑤151₁₁
竿　③387₈　④331₁
宦学の徒　②131₄
桓武天皇　⑤101₅, 181₃, 225₄, 287₄, 335₃, 357₅, 393₄•₁₁, 411₁₆, 417₄, 453₅₋₆, 465₁₅
桓武天皇の外祖父　⑤483₁₀

桓武天皇の外祖母　⑤483₁₀
桓武天皇の曾祖妣　⑤325₁₂
陥り没む　①229₁₅
乾坤　③21₁₂, 271₂, 273₁, 279₁₅　④283₇　⑤335₁₀
乾坤持施　②129₁₃
乾坤相泰かにす　②431₁₀
乾坤に格る　⑤335₄
乾坤の載する所　③225₁
乾し備ふ　⑤467₃
乾政官　③285₁₀　→太政官
乾政官院　③295₄　→太政官院
乾政官処分　③427₁₅
乾政官奏す　③329₅, 375₁₁
乾政官の大臣　③341₁
乾政官の符　④19₁, 37₁₂　→太政官符
乾道は天を続ぶ　①233₁₅
乾徳を坤儀に損ふ　③269₁₄
勘過　②213₁₀　⑤449₃
勘会　①183₉
勘獲を被る者　②445₂
勘検　②135₁₄, 153₁₀　④389₉
勘験　②213₄
勘籍の日　⑤159₇
勘捜　①209₈
勘定　④15₇　⑤501₁₅
勘当　②43₁₁　④439₁₂　⑤113₄
勘ふ　④15₈, 173₂, 215₈, 217₁, 293₁
勘ふること莫く　④381₁₁
勘へ検しむ　③333₇
勘へ検ぶ　④133₁₄
勘へ賜はず　⑤443₁₃, 445₅
勘へ出せる田　③367₁₀
勘問(勘へ問ふ)　①183₁　③195₁₄, 201₁₀, 203₁₃, 207₁₁₋₁₂, 211₁₀, 217₁　④119₁₀, 373₉, 409₅　⑤289₁₄, 443₆
患苦　②199₁₁　③351₁₆
患す　③289₁₁
患ふ　④27₁₁, 267₃　⑤455₂
患ふ所　②77₆, 199₁₅
患む　②299₄
患有り　⑤167₁
患を救ふ　②321₁₃
涵育　②129₁₅
菅原宿禰　⑤203₁₁, 239₈
菅原宿禰古人　⑤355₁₂₋₁₃
菅原宿禰古人が男　⑤355₁₂
菅原宿禰真仲　⑤483₁₂
菅原宿禰道長　⑤485₅　→菅原朝臣道長
菅原(大和国)　①143₈, 145₅

かん（冠・姦・奸・巻・看・竿・宦・桓・陥・乾・勘・患・涵・菅）

菅原朝臣　⑤$485_{5\cdot 8}$
菅原朝臣道長〔菅原宿禰道長〕　⑤$487_3$
菅生王　③$267_5$, 333_{12}, 389_3, 431_6　④$129_5$, 187_6, 369_{16}, 391_1, 407_1　⑤$9_1$, 27_{13}, 57_{10}, 63_6
菅生朝臣古麻呂　②$331_3$, 333_{10}, 379_{15}　③$29_{10}$
菅生朝臣国益　①$207_{12}$
菅生朝臣国梓　①$53_{16}$
菅生朝臣息日　⑤$419_{11}$
菅生朝臣大麻呂　①$175_7$
菅生朝臣島足　③$267_9$
菅生朝臣忍人　④$3_{13}$
菅成　②$377_8$
菅田駅(美濃国)　⑤$19_{16}$
菅野朝臣　⑤$473_5$, 489_4
菅野朝臣真道〔津連真道〕　①$3_3$, 33_3, 65_3, 119_3, 159_3, 193_3　②$3_3$, 41_3, 109_3, 177_3, 243_3, 287_3, 337_3, 385_3, 415_3　③$3_3$, 39_3, 101_3, 129_3, 175_3　⑤$491_8$, 505_9
貫　①$173_{8-9}$, 177_6　②$251_{4-5}$, 407_{12}, 409_2, 441_5, $443_{6\cdot 8}$　③$47_5$　④$155_2$, 161_5, 177_{12}, 387_3　⑤$41_3$
貫き難し　⑤$153_{13}$
貫習せず　⑤$135_{11}$
貫す　①$199_{16}$, $233_{2\cdot 6}$　②$147_{10}$　③$293_{13}$, 365_{12}
喚し会ふ　②$435_{11}$
喚し賜ひて　②$223_{10}$
喚し集ふ　③$409_6$
喚し入る　②$221_{14}$　④$427_{15}$
喚す　①$149_5$　②$167_{15}$　③$315_3$　④$297_{13}$
喚ぶ　②$373_9$　③$199_5$, 215_{15}
寒えたる者　⑤$303_{16}$
寒温　③$28_{13}$
寒温気を調ふ　④$431_{15}$
寒灰更煖になり枯樹復栄る　⑤$333_9$
寒気　①$109_4$
寒寠の憂無く　③$245_{15}$
寒暑を経　②$307_7$
寒心　④$201_8$
寒川郡(讃岐国)　①$199_{16}$　⑤$513_{12}$
寒川郡の人　①$199_{16}$, 197_1　⑤$507_{15}$, 513_7
寒毛を堅つ　③$219_{11}$
敢礒部忍国　④$161_{11}$, 195_3, 451_6
敢臣　④$451_7$　⑤$193_7$
敢臣宇奈　⑤$193_5$
敢臣と為る　⑤$193_5$
敢朝臣　⑤$193_4$
敢ふましじ　③$341_3$
敢へじいなと宣りたばむ　④$97_{15}$
敢へたびなむか　④$97_{12}$
敢へて昭に　③$393_{5\cdot 13}$

敢へて申す人は在らじ　③$317_4$
敢へて知る所に非ず　③$427_{14}$
敢へて当る者　③$427_1$
敢へて命に違はじ　③$199_{14}$
款き事　②$223_{16}$
款塞　④$185_9$
款しく仕へ奉らむ人　①$5_{10}$
款して云はく　③$203_{2\cdot 14}$, $205_{7\cdot 10\cdot 15}$, 207_{12}　④$83_{11}$, 395_{16}　⑤$227_5$, 467_{11}
款して曰さく　⑤$155_3$
款して曰はく　⑤$405_{13}$
款しみ　④$333_{16}$
款す所　③$207_{11}$
款誠　①$95_1$　③$345_3$
款を得る　④$197_5$
款を輸す　④$245_3$
渙汗の恩を流す　③$81_6$
渙汗を流す　④$287_3$
酣暢　②$363_{10}$
間隙を伺ふ　③$165_8$
間人直足人　④$157_{12}$
間然すること無し　⑤$427_4$
間諜　②$369_5$
間に乗せしむること勿かれ　⑤$151_{10}$
間の人に在り　③$263_{13}$
問む事無く　⑤$35_{15}$
閑逸　①$235_6$　⑤$327_6$
閑雅　⑤$199_{16}$
閑居する者　④$321_{15}$
閑月を逐ふ　①$147_{11}$　③$329_{11}$
閑処　⑤$153_3$
閑地　②$117_{15}$　③$283_4$
閑要に随ふ　②$229_3$
勧課　②$11_1$　③$367_{15}$
勧誡　③$359_4$
勧学の津梁　③$231_{15}$
勧催　①$227_1$
勧沮　②$445_{10}$
勧奨　②$201_{14}$　④$37_5$
勧請　②$415_{14}$
勧導　②$233_5$
勧農　⇒農を勧む
勧勉　③$357_8$
勧め課す　①$181_2$, 225_{14}　②$117_1$, 123_{10}, 131_{14}　④$161_{14}$, 163_4　⑤$367_3$
勧め行はしむ　④$137_7$
勧めし所　③$353_{13}$
勧め使ふ　⑤$477_3$
勧め賜ひ　④$373_{11}$

続日本紀索引

勧め勉む　②231$_4$
勧め誘く　②433$_{10}$
勧め励す　②85$_{15}$, 95$_5$
寛恩　②319$_4$　⑤429$_3$
寛き恤を存す　②291$_4$
寛狭に随ふ　⑤493$_{12}$
寛く大きなる　④303$_{14}$
寛縦　②269$_{15}$　⑤117$_5$, 273$_{16}$
寛仁　①235$_{10}$　②131$_2$, 321$_{13}$, 363$_{15}$　③23$_8$　⑤223$_1$
寛仁敦厚　④309$_8$
寛大の沢　③275$_{15}$
寛宥　②281$_{15}$　④397$_{16}$　⑤267$_5$
寛宥の沢　④405$_{12}$
寛優に従ふ　⑤77$_{10}$
寛容　③367$_9$　⑤255$_{10}$
幹済　⑤139$_{11}$
幹に堪ふ　①181$_9$
幹勇　⑤477$_4$
幹了を用ゐる　⑤103$_{13}$
感喜交懐く　③275$_{12}$
感ける　⑤403$_{13}$
感慶　④457$_{16}$
感激　⑤145$_8$
感傷を懐く　③249$_{16}$
感神聖武皇帝　④113$_{11}$, 127$_9$
感す　①219$_4$　②49$_{16}$　③23$_8$, 279$_8$
感すこと無く　⑤217$_9$
感する攸　⑤169$_2$
感愴の懐　③143$_{13}$
感歎　①185$_{11}$　④139$_{15}$
感通　①231$_{10}$
感念　④369$_2$
感ふこと痛し　④303$_{13}$
感慕　③303$_9$
感有れば必ず通す　④141$_1$
漢　②73$_{13}$　⑤499$_{16}$
漢語を習はしむ　②233$_{11}$
漢書　④265$_5$, 459$_{14}$
漢神を祭る　⑤507$_{14}$
漢晋天文志　③237$_4$
漢晋律暦志　③237$_5$
漢人　⑤333$_6$
漢人広橋　③167$_7$
漢人刀自売　③167$_7$
漢人部乙理　④187$_{11}$
漢人法麻呂　④159$_3$
漢帝(武帝)　①231$_5$
漢の沙門　②83$_2$

漢の人　③377$_{13}$, 437$_9$
漢の祚　⑤331$_{11}$
漢武(武帝)　⑤249$_1$
漢風に拠り　③325$_{13}$
管見　③359$_2$　④15$_2$, 211$_{16}$
管叔　③223$_5$
管内　②115$_{16}$, 293$_{14}$, 301$_{13}$　③13$_{15}$, 149$_{12}$, 309$_{1・8・11}$　④27$_{13}$, 265$_4$, 305$_{13}$, 391$_8$, 421$_7$　⑤151$_7$
管む　②57$_{3・12}$
管らしむ　②101$_{16}$
管る　③385$_4$, 395$_3$　⑤509$_1$
銜む　⑤139$_{15}$
関　①79$_{12}$
関宮(河口頓宮)(伊勢国)　②375$_{15}$, 377$_1$
関くも威き　①119$_{14}$, 121$_3$
関険を設く　⑤437$_{12}$
関国司　④27$_9$
関国の百姓　④77$_{12}$
関剗　①153$_{14}$
関司　②213$_{10}$　⑤425$_3$
関東　②375$_8$　③241$_5$
関に入れむとも謀り　④45$_3$
関に奉供る　④103$_1$
関り知らぬこと莫し　⑤101$_5$
関を固めしむ　④143$_{13}$　⑤177$_3$
関を塞ぐ　③199$_{13}$
関を帯ぶ国司　①209$_8$
関を置く設　⑤437$_{11}$
関を閉づ　④31$_{10}$
歓喜　④171$_3$
歓喜を生せしむ　②389$_{11}$
歓慶に勝へず　③123$_6$　⑤35$_{12}$
歓慶を共にす　①187$_1$　②171$_{13}$
歓幸の至に任へず　⑤81$_{11}$
歓しみ　⑤37$_1$
歓しみ貴き　③97$_{12}$
歓心を同じくす　④141$_7$
歓び貴み　③315$_{11}$
歓び賜ひ　②217$_7$
歓び尊び　④173$_{15}$
歓びたてまだせ　⑤35$_{16}$
歓を極めて罷む　②65$_{10}$, 277$_2$　③391$_{15}$
歓を尽す　⑤353$_6$　④449$_9$
潤を墳す　⑤317$_5$　④391$_3$
監察(監へ察る)　①195$_{15}$, 209$_{16}$　③287$_{12}$
監使　⑤75$_{2・6}$
監主の司　⑤373$_{13}$
監巡　⑤347$_{11}$
監送　⑤79$_{12}$

かん(勧・寛・幹・感・漢・管・銜・関・歓・潤・監)

67

続日本紀索引

監撫　②195$_3$
監物　④101$_7$
監物局　④297$_2$
監物主典　③441$_{16}$
監臨して盗を犯せる　②113$_{15}$
監臨主守自ら盗せる　②121$_4$, 199$_{16}$, 259$_8$, 265$_{10}$, 291$_6$, 365$_3$
監臨守主自ら盗せる　②323$_2$
監臨する所に盗せる　②121$_4$, 199$_{16}$, 259$_8$, 265$_{11}$, 283$_2$, 291$_6$, 323$_3$, 365$_3$ ③277$_2$
監臨する所を盗せる　④119$_6$
監臨の自ら盗せる　③277$_2$ ④119$_6$
緘器　④139$_{14}$
緘器に見る　④139$_{15}$
緩急相救はず　③365$_{11}$
緩惰　②133$_{11}$
緩怠　⑤161$_4$
緩び怠る事なく　①5$_9$ ④63$_{13}$
寰宇　②161$_{14}$ ⑤249$_4$
寰区　⑤243$_{16}$, 465$_3$
寰区の表に被らしむ　①107$_{16}$
寰区を駆す　⑤475$_{10}$
舘　⑤93$_{15}$
還帰　①25$_{13}$ ②93$_{14}$, 101$_7$, 127$_6$, 161$_2$, 259$_{15}$, 375$_4$ ③31$_3$, 365$_4$ ④19$_4$
還却　④391$_{13}$
還脚　③311$_{16}$
還宮　⇨宮に還る
還御　①119$_{16}$
還幸　③387$_3$　→宮に還る
還し却く　③385$_{12}$
還し給ふ　⑤413$_{12}$
還し収む　①203$_{16}$ ②229$_{2・8}$
還し入らしむ　④381$_{10}$
還使　③307$_2$ ⑤41$_7$, 133$_3$
還す　③11$_8$ ⑤105$_7$
還すべき無き　②69$_7$
還俗　①29$_{12}$, 35$_{15}$, 45$_{10}$, 73$_{13}$, 211$_{11}$ ②285$_{14}$ ③313$_5$, 369$_9$ ④257$_4$
還到　③289$_9$
還附　①155$_4$
還報　④165$_9$
還らしむ　②71$_4$, 415$_{13}$ ③329$_2$
還らむことを願ふ者　②397$_{16}$
還らむことを願ふ侶　③159$_9$
還り参る　⑤443$_{12}$
還り住む　①27$_1$
還り出づる日　⑤439$_{10}$
還りて居る　④375$_{12}$

還りて至る　②33$_{11}$, 155$_{14}$, 173$_{10}$ ③159$_1$
還りて到る　④29$_{11}$, 95$_{16}$, 99$_{12}$, 331$_1$
還りて復天下を治め賜ふ　④103$_{10}$
還り来る　⑤431$_{16}$
還る　①95$_2$ ②23$_9$, 251$_4$, 71$_5$, 409$_{15}$, 433$_{11}$, 437$_4$, 443$_1$, 449$_{10}$ ③11$_2$, 171$_3$, 33$_2$, 93$_{10}$, 101$_7$, 125$_7$, 133$_{15}$, 297$_{10}$, 299$_{11}$, 409$_3$ ④93$_{11}$, 95$_5$, 97$_2$ ⑤19$_1$, 347$_7$
還ることを願はぬ者　②397$_{16}$
還る次　②195$_4$
還る日　⑤131$_{12}$
館　⑨7$_7$, 385$_{16}$ ⑤95$_7$
館駅　⑤73$_{12}$
館舎　①203$_{11}$ ⑤439$_1$
艱苦　②75$_3$, 111$_3$ ⑤347$_{10}$
艱苦を辞せず　③343$_{10}$
艱険　⑤95$_2$, 109$_7$, 305$_1$
艱辛　④123$_{15}$, 219$_5$ ⑤45$_{13}$, 93$_{15}$
艱辛せしむることを致す　②97$_{11}$
艱辛に難む　②71$_4$
艱難　①203$_3$
艱難無し　②317$_6$
艱有り　⑤433$_{10}$
韓阿飡（新羅官位）　③119$_6$, 121$_{15}$
韓安国（漢）　③245$_2$
韓袁哲　③343$_{10}$
韓遠知　③377$_2$
韓級郷（上野国）　①165$_2$
韓国と号す　⑤481$_9$
韓国連　⑤481$_{11}$
韓国連塩児　⑤481$_7$
韓国連塩児の父祖　⑤481$_7$
韓国連源　⑤75$_1$, 77$_{15}$, 419$_1$, 481$_5$
韓国連源らが先祖　⑤481$_7$
韓国連広足　①179$_7$
韓国連広足が師　①179$_9$
韓国連を賜はる　⑤481$_8$
韓真成　⑤149$_6$
韓人稲村　⑤143$_{13}$
韓人部　②143$_{13}$
韓鍛首広富　⑤449$_4$
韓鍛冶杭田　②113$_8$
韓鍛冶首法麻呂　②113$_7$
韓鍛冶百依　②113$_8$
韓鍛冶百嶋　②113$_6$
韓男成　⑤143$_{12}$
韓朝彩（唐）　④175$_{・9-10}$, 19$_2$
韓鐵師毗登毛人　④197$_2$
韓鐵師部牛養　④197$_2$

かん（監・緘・緩・寰・舘・還・館・艱・韓）

韓奈麻(新羅官位) ②$133_{15}$, 257_2 ⑤$123_{10-11}$
韓内常侍(韓朝彩) ④$19_2$
韓楊要集 ③$237_4$
簡易の化 ④$431_2$ ⑤$235_{10}$
簡閲 ②$27_{14}$ ⑤$373_{11}$, 489_{13}
簡試 ②$191_{13}$ ③$175_{12}$
簡択 ③$9_6$
簡点 ①$57_1$ ⑤$401_3$
簡はる ②$283_{12}$
簡ひ却く ④$117_{10}$
簡ひ賜ひ治め賜ふ ③$71_8$
簡ひ取る ②$95_3$ ⑤$273_{11}$
簡ひ定む ②$219_8$, 407_2 ③$49_{15}$, 63_{15}, 343_{13} ④$183_{11}$
簡ひ点す ①$171_9$ ②$123_{15}$, 195_{13} ③$403_{13}$ ④$135_{11}$
簡ひ補ふ ③$167_5$
簡ふ ②$289_{14}$ ③$299_{14}$ ④$413_2$
簡要を務む ⑤$133_{13}$
簡練 ⑤$149_{16}$
観察 ③$339_3$
観察使 ⑤$73_{11}$
観しむ ③$347_6$
観世音経 ②$199_{12}$
観世音経一十巻 ②$367_9$
観世音経二百巻 ②$125_{16}$
観世音寺(筑前国)〔筑紫観世音寺〕 ①$47_1$, 147_8 ②$129_{10}$, 293_{11}, 339_2 ③$19_3$, 89_4 ④$217_9$
観世音寺の墾田 ④$217_9$
観世音菩薩 ③$217_7$ ④$241_{11}$
観世音菩薩像 ②$367_9$
観世音菩薩の像 ②$199_{12}$
観成(人名) ①$187_7$
観省 ①$227_6$
観(そなは)す ②$151_3$, 281_9, 361_{12}, 393_{16} ③$45_5$
観たまふ ②$181_{14}$ ⑤$37_{15}$
観智(人名) ①$187_7$
観望 ②$33_2$
観る ①$15_2$ ⑤$269_{12}$
観るに足らず ③$385_{11}$
観るべし ④$461_{11}$
檻 ⑤$81_5$
檻の角 ⑤$81_5$
灌漑已に竭く ⑤$403_9$
灌く ④$275_5$
灌頂の幡 ②$125_{16}$ ③$169_{15}$
鰥寡惸独 ①$89_9$, 91_5, 123_{14}, 129_7, 215_{15} ②$37_6$, 219_5, 255_4, 259_5, 265_{12}, 291_9, 297_{10}, 303_7, 321_{14}, 351_8 ③$15_{14}$, 155_9, 157_{16} ⑤$103_6$, 245_3, 395_{13}

鰥寡惸独の者 ①$179_3$
鰥寡孤独 ③$79_6$, 117_7, 185_4, 351_{14} ④$175_9$ ⑤$171_1$, 353_{11}, 383_6, 391_5, 463_4
鰥寡独疾 ②$5_1$
鑒真 ③$139_6$, $163_{12\cdot16}$, 165_8, 277_8, $431_{8\cdot10-11\cdot13\cdot15}$, $433_{4-5\cdot9}$
鑒る ③$311_4$
龕 ⑤$133_9$
驩州(唐) ⑤$87_{13}$
鸛 ②$387_{12}$
丸子牛麻呂 ③$135_1$
丸子大国 ②$159_{14}$ ③$153_7$
丸子嶋足 ③$135_8$ →牡鹿連嶋足
丸子部勝麻呂 ⑤$321_{13}$
丸子豊嶋 ③$135_1$
丸子連宮麻呂 ③$81_{12}$ →応宝
丸子連石虫 ⑤$289_{12}$
丸部宿禰 ④$85_{16}$
丸部臣須治女 ⑤$175_6$
丸部臣宗人 ④$85_{16}$
丸部臣大石 ②$9_{12}$, 197_8
丸部臣董神 ⑤$323_{12}$
丸部臣豊捄 ④$337_8$
丸部(姓) ④$293_8$
丸部(和尓部)臣君手 ①$7_3$ ②$9_{12}$ ③$239_{12}$
丸部(和尓部)臣君手が息 ②$9_{12}$
丸連男事 ②$129_4$
含元殿(唐) ③$139_{11}$
含弘を事とす ④$437_6$
含生の民 ⑤$391_1$
含容 ④$37_9$
岸 ⑤$101_{13}$
岸村行宮(紀伊国) ④$95_{16}$
岸田朝臣継手 ④$39_{16}$
岸に着くこと得 ④$373_{12}$
岸野王 ③$77_6$
岸を壊つ ③$297_9$
玩好 ④$265_{10}$
玩好(の)物 ②$183_{16}$ ⑤$421_{11}$
眼 ②$427_7$
眼の当り ②$223_{10}$
頑なる奴 ②$211_{16}$
頑に無礼き心を念ひて ④$257_{12}$
甑好 ④$463_3$
甑好の物 ②$211_{16}$
鴈 ①$179_5$
鴈高宿禰 ⑤$327_1$
鴈池 ①$109_3$
顔面 ②$407_4$

かん(韓・簡・観・檻・灌・鰥・鑒・龕・驩・鸛・丸・含・岸・玩・眼・頑・甑・鴈・顔)

69

かん
（顔・願・巌）

顔面を為す　⑤117$_8$
顔を看る　③203$_{16}$
顔を承く　③269$_{15}$
顔を承くる日無し　⑤221$_3$
願　①231$_6$
願主　③231$_3$
願に依りて　⑤105$_6$
願に随ひて　②253$_1$
願の姓を蒙る　⑤505$_5$
願の任に　④231$_9$
願はくは　②307$_{15}$, 367$_8$　③171$_{15}$, 207$_{15}$,

209$_{12・15}$, 211$_{4・7}$, 279$_6$
願はず　③153$_{10}$
願ひ求むるを以て得る事は甚難し　④261$_8$
願ひ禱る　④261$_{10}$
願ふ　②147$_{11}$, 305$_8$　③181$_5$
願ふ所の姓　③9$_{11}$
願へる姓　③47$_{11}$
願を啓く　②389$_7$
願を発す　③49$_6$　⑤477$_1$
巌谷　⑤21$_1$

続日本紀索引

き

きたなく悪しき奴 ④$241_7$
きため賜ふべく在れ ⑤$443_{12}$
きらひ給はむ ④$91_3$
きらひ給はむ物 ④$257_{14}$
きらひ給ひて ④$241_7$
きらひ給ふ ④$241_{15}$
きらひ給ふべく在り ④$241_{15}$
きらひ賜ひ弃て賜ふ ③$217_6$
几杖 ④$21_4$ ⑤$199_5$, 295_7
企救郡(豊前国) ②$367_{14}$
企師部の俘 ④$99_3$
伎人堤(摂津国) ③$105_{16}$
危きこと淵に臨めるが若し ③$221_{14}$
危きこと朝の露の若し ⑤$439_4$
危き変りて全く平がむ ③$67_{12}$
危基 ③$283_{10}$
危懼に勝へず ②$317_{12}$
危峻無し ②$317_7$
危村橋 ②$135_{13}$
危に臨む ④$183_1$
気序 ①$215_5$
気色 ②$89_{15}$
気衰ふ ④$21_2$
気太(気多)君 ③$47_{15}$
気太公十千代〔気太十千代〕 ③$351_8$
気太十千代 ⑤$12$, 47_{14} →気多公十千代
気多王¹ ①$75_{12}$
気多(気太)王² ④$145_3$, 165_2, 353_{15} ⑤$91_4$, 311_2, 449_{13}, 463_7
気多(気大)神(能登国) ④$221_7$, 293_{15} ⑤$291_{15}$
気多郡(但馬国) ⑤$313_3$
気多郡の人 ⑤$321_{14}$
気多団毅 ⑤$313_3$
気長足媛皇太后(神功皇后) ③$123_{10}$
気比神(越前国) ④$293_{15}$ ⑤$19_{11}$
気比神宮司 ⑤$19_{11}$
気力 ①$199_6$ ②$99_8$
気を調ふ ③$281_{13}$
岐蘇の山道 ①$63_6$
希遇 ⑤$305_{16}$
希世の霊宝 ④$141_2$
希ひ望む所 ③$325_4$
希有 ④$273_2$
弃つる所 ②$371_2$
弃て給ふな ③$71_5$
弃て賜ふ ③$217_6$
弃てて論せず ⑤$439_{16}$
忌諱 ③$443_6$
忌諱に渉る ③$443_6$
忌景 ⑤$481_{14}$
忌語を作る ④$251_{15}$
忌斎を設く ④$345_5$, 349_4
忌序末だ周らぬ ⑤$457_3$
忌辰 ③$231_6$
忌寸 ③$331_6$
忌寸に沈む ⑤$497_{12}$
忌寸の姓 ⑤$251_{14}$
忌寸を改む ⑤$387_9$
忌に拘る所 ③$167_9$
忌日 ③$165_{10}$, 369_7, 381_{9-10} ④$361_1$
忌日に会はしむ ③$165_{12}$, 167_3
忌の斎 ③$381_7$
忌部越麻呂 ④$211_5$
忌部支波美 ⑤$99_8$
忌部首黒麻呂 ③$267_{13}$, 337_7 →忌部連黒麻呂
忌部首虫麻呂 ③$337_8$
忌部宿禰 ②$277_4$ ④$211_4$
忌部宿禰子首(子人) ①$53_{16}$, 83_{12}, 135_9, 165_9, 207_8 ④$21_6$, 59_4
忌部宿禰止美 ④$207_{15}$
忌部宿禰皆麻呂 ④$189_8$, 331_{10}, 415_{11}, 435_4
忌部宿禰色布知 ④$41_5$
忌部宿禰人上 ⑤$259_{13}$, 263_{13}, 293_1, 375_{13}, 397_{10}, 507_5
忌部宿禰人成 ③$283_1$
忌部宿禰虫名 ②$293_4$
忌部宿禰鳥麻呂 ②$293_4$ ③$75_{13}$, 77_2, 145_5, 211_{14}, 389_9, 421_4 ④$31_{10}$, 167_{11}
忌部宿禰の六位已下 ③$277_5$
忌部宿禰狛麻呂 ①$53_{16}$
忌部宿禰比良夫 ④$41_1$
忌部宿禰名代 ①$55_1$
忌部(姓) ②$293_5$, 375_{16} ①$159_6$ ⑤$99_9$
忌部造 ③$337_9$
忌部毗登隅 ④$69_3$
忌部連 ③$337_8$ ④$211_5$
忌部連黒麻呂〔忌部首黒麻呂〕 ④$401_8$
忌部連須美 ④$211_4$
忌部連方麻呂 ④$211_4$
忌みしが如くは忌まず ④$105_1$
忌み忍ぶる事に似る ①$111_{14}$
其国(唐国) ⑤$139_{9-10}$
其の官(太政大臣)を授け賜ふ物に在り ④$97_9$
奇異 ⑤$327_6$

(き・几・企・伎・危・気・岐・希・弃・忌・其・奇)

続日本紀索引

き（奇・季・祁・祈・癸・紀）

奇瓠　②163$_{13}$
奇しき藤　③249$_1$
奇しく異にある　④173$_2$
奇しく異に麗しき雲　④171$_{11}$
奇しく偉り　③119$_{14}$
奇しく喜し　④173$_{14}$
奇しく貴し　④173$_{13}$
奇しく尊き験は顕し賜へり　④137$_7$
奇珍　③279$_8$ ④285$_3$
奇謀を設く　③299$_{15}$
季夏　④133$_{15}$
季歳に逮ぶ　④371$_7$
季秋の月　④219$_5$
季冬　③229$_4$
季禄　①97$_9$ ②257$_{13}$ ③375$_{4 \cdot 6}$ ④201$_3$, 403$_5$
祁寒　④219$_4$
祈雨　⇒雨を祈ふ
祈ぎ禱む　③17$_6$
祈禱　③67$_{10}$ ⑤101$_7$
祈年の幣帛　①103$_1$
祈ふ　⑤469$_1$
祈み請ふ　⑤403$_{13}$
祈りて曰さく　③435$_{12}$
祈み禱る　②321$_{7 \cdot 11}$ ⑤239$_1$
祈り願へる書　④87$_8$
祈り祭る　②323$_{14}$
祈り請ふ　②371$_2$ ③155$_{13}$
祈る　①231$_6$ ⑤167$_8$, 403$_{10}$
祈る所　②239$_7$ ④163$_4$
癸亥（天智天皇二年）　④205$_{16}$, 443$_3$
紀伊掾　④95$_{10}$
紀伊介　④233$_7$
紀伊郡（山背国）　④455$_3$
紀伊郡の人　④455$_3$
紀伊国　①11$_1$, 49$_{1 \cdot 4 \cdot 10 \cdot 14}$, 51$_{15}$, 71$_2$, 95$_{14}$, 97$_{13}$, 151$_{12}$, 183$_{15}$, 229$_4$ ②103$_2$, 113$_8$, 125$_{3 \cdot 5}$, 137$_{10}$, 153$_{16}$, 155$_{1 \cdot 15}$, 171$_5$, 247$_3$, 267$_6$, 269$_5$ ③41$_6$, 43$_9$, 139$_5$, 167$_{14}$, 169$_{14}$, 349$_{16}$, 395$_8$ ④91$_1$, 73$_1$, 81$_4$, 91$_{16}$, 93$_{5 \cdot 14}$, 95$_6$, 167$_3$, 271$_4$ ⑤33$_8$, 99$_8$, 429$_{10}$, 459$_5$, 467$_9$, 499$_{14}$
紀伊国言さく　①47$_{15}$
紀伊国守　④97$_2$
紀伊国造　②155$_7$, 211$_3$ ③95$_9$ ④467$_{15}$
紀伊国の郡司　①49$_{12}$
紀伊国の郡領　④95$_9$
紀伊国の国郡司　①55$_4$
紀伊国の国司　④49$_{12}$ ④95$_9$
紀伊国の国分寺　④167$_3$
紀伊国の百姓　④95$_1$ ⑤507$_{14}$

紀伊国の兵士　③185$_{10}$
紀伊国の役夫　④297$_3$
紀伊守　③15$_8$, 131$_{13}$, 315$_2$ ④91$_1$, 95$_{10}$, 129$_8$, 303$_4$, 341$_{10}$, 351$_9$, 459$_8$ ⑤91$_5$, 115$_{14}$, 229$_4$, 361$_{13}$, 459$_1$
紀益人〔益人・益麻呂・紀朝臣益麻呂〕　④411$_{6-7}$
紀袁祁臣　④11$_{16}$, 13$_2$
紀袁祁臣が女　④11$_{16}$, 13$_9$
紀奥手麻呂　③105$_9$
紀忌垣直　⑤33$_{10}$
紀（紀朝臣竈門娘）　①205$_7$
紀喬容（唐）　③407$_{13-14}$
紀平麻呂　②369$_{12}$
紀粳売　④13$_1$, 15$_{10}$
紀粳売が児　④13$_{9 \cdot 11}$
紀綱　③321$_{10}$
紀綱を具ふ　③321$_{10}$
紀さしむ　④47$_{16}$
紀三十巻　②73$_{10}$
紀氏（紀朝臣橡姫）　④359$_{15}$
紀寺（京師）　④159$_{9 \cdot 16}$
紀寺の賤　④411$_7$
紀寺の奴　④11$_{16}$, 15$_{16}$
紀女王　②331$_{13}$ ③381$_{15}$
紀臣　⑤513$_6$
紀臣広前　②59$_6$
紀臣真吉　⑤251$_2$
紀臣大人　①89$_6$
紀臣大人が子　①89$_6$
紀臣大人が孫　③411$_7$
紀臣竜麻呂　②55$_2$
紀神直　⑤33$_9$
紀（姓）　④407$_9$
紀朝臣　②55$_4$, 59$_6$ ③15$_{3 \cdot 12}$ ⑤325$_{12}$
紀朝臣安可自　⑤175$_7$
紀朝臣安提　②259$_5$, 263$_{13}$, 337$_7$, 379$_{13}$
紀朝臣伊保　①115$_2$, 145$_5$, 267$_7$, 381$_1$ ④3$_9$, 5$_{12}$, 15$_5$, 353$_3$
紀朝臣意美奈　②349$_2$
紀朝臣宇美　②165$_{16}$, 341$_4$, 343$_3$, 347$_7$ ③13$_1$, 15$_9$, 41$_2$, 53$_9$, 135$_{14}$
紀朝臣宇美の子　⑤139$_{10}$
紀朝臣永名（長名）　⑤399$_1$, 401$_{13}$, 421$_3$
紀朝臣益女　④49$_8$, 69$_{12}$, 87$_{16}$, 89$_8$
紀朝臣益麻呂〔益人・益麻呂〕　④81$_8$, 175$_{16}$, 179$_1$, 273$_{15}$, 291$_{10}$　→紀益人
紀朝臣乙佐美　⑤487$_3$, 495$_9$
紀朝臣音那　①185$_9$

72

続日本紀索引

紀朝臣可比佐　②$361_8$　③$27_9$, 33_{10}
紀朝臣河内子　⑤$499_{13}$
紀朝臣家　②$135_{11}$, 137_6
紀朝臣家継　⑤$59_4$, 63_{13}, 191_{10}, 257_{12}
紀朝臣家主　⑤$495_{11}$
紀朝臣家守　④$329_1$　⑤$3_{13}$, $113_{\cdot 12}$, 51_6, 185_{12}, 187_{15}, 191_2, 205_{12}, 207_{10}, 235_4, 237_{14}, 243_3, 287_6, 291_{11}, 295_8
紀朝臣宮子　⑤$5_7$, 25_8, 259_{16}, 359_{14}
紀朝臣宮人　⑤$23_8$, 65_2, 71_{13}, 215_{10}
紀朝臣牛長　⑤$5_3$
紀朝臣牛養　③$267_{10}$, 339_3, 383_9, 389_3, 401_6, 421_3　④$17_4$, 353_3
紀朝臣兄原　⑤$287_{11}$, 349_{11}, 351_{10}, 389_9, 409_3, 449_{16}, 507_2
紀朝臣形名(方名)　④$435_{15}$　⑤$85_{12}$, 93_{11}
紀朝臣継成　⑤$93_{10}$, 219_9, 293_7, 353_3
紀朝臣犬養　④$343_8$, 347_6, 389_3, 427_{13}, 435_5　⑤$29_3$, 57_{13}, 63_9, 91_2, 183_{16}, 189_7, 219_8, 261_8, 357_8, 423_1, 473_{13}
紀朝臣古佐美　④$53_6$, 159_{11}, 339_6, 353_{16}, 427_3　⑤$61_{13}$, 123_{15}, 141_{10}, 193_3, 209_5, 215_{11}, 227_{13}, 233_6, 243_8, 247_{12}, 271_{10}, 317_9, $351_{2\cdot 6}$, 353_{12}, 355_5, 363_{12}, 371_{11}, 385_{10}, 405_4, 409_9, 411_2, 415_4, 425_{13}, $431_{\cdot 16}$, 433_7, 439_2, 441_{16}, $443_{7\cdot 10}$, 449_{13}, 453_{11}, 455_{11}, 463_7, 465_{11}, 507_4
紀朝臣古刀自　⑤$361_4$
紀朝臣古麻呂　①$91_{11}$
紀朝臣古麻呂が長子　③$411_7$
紀朝臣広継　④$325_{10}$
紀朝臣広純　③$247_2$, 419_8, 425_5　④$73_6$, 207_7, 339_3, 343_{14}, 399_6, 423_1, 427_2, 437_3, 457_{12}, 463_{14}　⑤$41_{10}$, $53_{5\cdot 8}$, 69_{10}, 127_{16}, $139_{9\cdot 13\cdot 15}$
紀朝臣広純を囲む　⑤$141_2$
紀朝臣広純を殺す　⑤$139_8$
紀朝臣広足　⑤$313_{16}$, 317_{10}, 361_8
紀朝臣広庭　④$41_5$, 51_9, 177_{14}, 223_7, $269_{1\cdot 7}$, 279_9, 303_2, 357_2, 399_5, 425_7, 459_6　⑤$43_6$
紀朝臣広名　③$381_2$, 401_7　⑤$5_1$, 25_{10}, 33_4, 91_6, 147_1, 405_9　④$133_{10}$, 159_5, 197_5
紀朝臣国益　②$99_{16}$, 441_{14}
紀朝臣国益が男　②$441_{15}$
紀朝臣作長　⑤$59_3$, 109_9, 137_{i4}, 219_6, 233_3, 241_{10}, 295_9, 313_{12}, 321_9, 325_6, 337_8, 363_3, 375_9, 383_{14}, 403_1, 417_9
紀朝臣雑物(佐比物)　②$197_5$, 205_5
紀朝臣呰麻呂　⑤$313_{16}$, 319_2, 473_8
紀朝臣若子　⑤$419_9$, 515_2
紀朝臣楫継　⑤$511_{16}$, 513_{15}

紀朝臣楫人　⑤$357_{13}$, 373_7
紀朝臣楫長　⑤$353_{15}$, 361_{10}, 373_{10}, 487_2
紀朝臣諸継　④$357_{11}$, 359_{13}
紀朝臣諸人　①$111_1$, 149_3, 153_5　⑤$111_9$, 325_{11-12}
紀朝臣諸人の女　④$309_7$
紀朝臣勝雄　④$343_9$, 425_1
紀朝臣橡姫　④$309_6$, 359_{15}
紀朝臣常　⑤$167_2$
紀朝臣真媼　③$401_2$　④$403_3$
紀朝臣真乙　④$399_7$, 429_4　⑤$29_{13}$, 87_2, 89_{13}
紀朝臣真子　⑤$59_2$, 63_5, 139_3, 243_6, 379_1
紀朝臣真人　⑤$125_1$, 189_1, 211_5, 293_{12}, 379_8, 397_4, 403_2, 503_6
紀朝臣真木　⑤$153_7$, 233_6
紀朝臣須恵女　⑤$261_4$
紀朝臣世根　⑤$71_2$
紀朝臣清人(浄人)　①$211_4$, 223_2, 231_{14}　②$31_7$, 85_4, 87_3, 127_{15}, 265_2, 395_7, 423_{15}, 437_{13}, 441_{15}, 449_{15}　③$29_{10}$, 135_3
紀朝臣鯖麻呂(佐婆麻呂)　④$41_2$, 47_3, 99_{11}, 209_{12}, 325_{13}, 349_1　⑤$11_9$, 115_{11}, 147_5, 219_5, 287_7, 291_8
紀朝臣千世　⑤$185_2$, 211_4, 263_1, 317_2, 337_{12}
紀朝臣船守　④$21_{11}$, 23_3, 111_{15}, 225_5, 233_6, 303_4, 341_7, 357_9, 459_7　⑤$29_{12}$, 63_{11}, 85_9, 157_{14}, 183_{14}, 187_1, 203_{14}, 205_{12}, 241_{12}, 243_7, 261_{14}, 277_2, 297_{11}, $299_{5\cdot 11}$, 301_7, 309_3, 311_2, 317_7, 355_3, 365_2, 395_7, 443_4, 455_{10}, 489_{11}
紀朝臣全継　⑤$379_3$
紀朝臣僧麻呂　③$189_9$, 373_6
紀朝臣竈門娘　①$51_5$, 205_7
紀朝臣多麻呂　②$245_{2\cdot 13}$
紀朝臣大純　④$321_9$, 325_{16}, 355_2, 379_{11}
紀朝臣大宅　⑤$51_1$, 91_2
紀朝臣男楫(小楫)　②$425_5$, 427_{16}　③$51_1$, 251_2, 79_{14}, 103_{15}, 145_{10}, 149_{15}, 347_3
紀朝臣男人　①$93_5$, 115_{13}, 171_{13}, 177_{14}　②$21_{15}$, 41_8, 85_3, 127_{13}, 243_9, 299_7, 325_3, 345_{14}, 441_{13}
紀朝臣男人が子　⑤$295_9$
紀朝臣男仲　⑤$257_{13}$
紀朝臣虫女　⑤$49_5$
紀朝臣猪養　②$129_1$
紀朝臣弟麻呂(乙麻呂)　⑤$45_{11}$, 51_4, 59_{14}, 89_{12}
紀朝臣田長　⑤$257_{14}$, 261_{13}, 277_9, 415_2, 483_{14}
紀朝臣登麻理(登万理)　⑤$417_{11}$, 461_3, 491_9
紀朝臣東女　⑤$133_{10}$
紀朝臣奈良　④$329_7$
紀朝臣難波麻呂　⑤$51_1$, 71_6, 63_8, 91_4, 213_5, 461_1, 493_1

き
(紀)

続日本紀索引

き（紀・軌・帰・既・耆・記）

紀朝臣馬借　⑤$125_2$, 179_{13}, 191_{10}
紀朝臣馬主　②$305_2$
紀朝臣馬守　⑤$351_{1\cdot 6}$, 379_{10}
紀朝臣白麻呂　⑤$87_5$, 115_{12}, 137_{15}, 181_2, 289_6, 319_8
紀朝臣伯　⑤$417_{10}$, 443_1
紀朝臣伯麻呂　⑤$69_1$, 213_{14}, 397_{12}
紀朝臣飯麻呂　②$209_{11}$, 221_{10}, 267_{16}, 365_{15}, 391_{13}, 395_5, 401_{14}, 405_3, 409_{12}, 411_{16}, 419_1, 437_5, 443_{10}　⑤$115$, 331_3, 57_5, 65_2, 87_7, 135_{13}, 141_{16}, 147_6, 151_1, 177_2, 193_4, 213_{11}, $221_{2\cdot 8}$, 285_7, 319_9, 331_7, 333_{15}, 347_3, 387_1, 399_7, 411_6
紀朝臣必登　②$299_{12}$, 363_8, 375_3　③$27_{13}$
紀朝臣敏久　④$329_7$
紀朝臣豊川　②$347_{11}$
紀朝臣豊庭　⑤$25_3$, 63_{12}, 89_{13}, 275_7, 295_{11}
紀朝臣豊売　④$281_9$
紀朝臣本　④$419_{12}$, 437_1　⑤$9_5$, 111_{13}, 219_6, 231_{11}, 247_{13}, 251_4
紀朝臣麻呂　①$371_5$, 391, 89_5
紀朝臣麻呂の孫　⑤$139_9$, 295_8
紀朝臣麻路（麻呂）　②$67_2$, 99_{13}, 275_5, 361_5, 375_6, 379_{10}, 395_{13}, 411_2, 425_8　③$112$, 21_3, 25_8, 27_4, 35_2, 53_6, 57_4, 77_1, $87_{6\cdot 12}$, 91_4, 125_{11}, 145_9, 171_6, 261_{10}
紀朝臣牟良自（武良士）　②$159_{13}$, 315_{13}
紀朝臣木津魚　⑤$209_8$, 243_5, $259_{1\text{-}2}$, 319_5, 441_9, 455_6, 459_{10}, 461_5
紀朝臣門守　④$177_6$, 205_{13}, 223_1, 425_7　⑤$51_2$, 139_4
紀朝臣鹿人　②$329_{14}$, 335_2, 379_{15}, 397_2
紀朝臣和比等　②$147_3$
紀直五百友　⑤$467_{15}$
紀直国栖　④$95_{12}$
紀直豊嶋　②$211_3$
紀直麿祖　②$155_7$
紀田鳥宿禰　⑤$313_7$
紀田鳥宿禰が孫　⑤$513_8$
紀田鳥宿禰より出づ　⑤$513_7$
紀忍人　⑤$513_2$
紀博世　⑤$513_1$
紀博世の孫　⑤$513_2$
紀米多臣　⑤$513_8$
紀名草直　⑤$33_9$
軌模　②$447_{15}$
帰依　②$95_2$　③$151_4$　④$119_1$
帰化　③$255_{10}$, 283_2, 327_{16}　④$207_1$, 381_3, 443_4
帰化ける新羅の人　③$351_2$
帰休　③$379_{14}$　⑤$93_{15}$

帰去　②$359_6$
帰郷に属く　④$275_{12}$
帰仰　②$121_{13}$
帰く所　①$131_9$
帰計を得しむ　④$433_{15}$
帰向ふ所を知らしむ　③$141_7$
帰降　④$279_{14}$
帰降へる夷俘　③$253_{14}$
帰国　④$277_2$
帰従　⑤$331_{14}$
帰順の語　②$317_{14}$
帰するが如し　④$183_8$
帰する攸　④$105_{11}$
帰朝　①$23_{16}$, 115_4　②$115_2$, 357_{11}, 447_{13}　③$139_6$, $387_{9\cdot 14}$, 433_2, 435_{11}, 441_3　④$459_{13}$　⑤$151$, 83_8, 87_{15}
帰田　③$439_1$
帰徳将軍（唐）　③$303_{10}$
帰服　④$463_{12}$
帰服へる情　⑤$155_8$
帰服へる狄　②$315_{6\cdot 16}$
帰服へる狄俘　②$315_{14}$
帰へる俘　⑤$143_{15}$
帰慕　②$253_{15}$
帰り去ぬ　③$211_9$
帰り去る　⑤$85_3$
帰り来る　③$351_1$
帰る計　⑤$119_2$
帰ることを忘る　②$71_8$
帰る程　②$71_4$
帰るや不や　⑤$159_8$
帰を知る　⑤$325_4$
帰を同じくす　②$121_9$
既往の幽魂　④$291_1$
既に改る　③$303_{14}$
既に訖る　②$279_8$, 295_5　③$147_{14}$
既に半ら　③$349_9$
既に畢る　③$343_4$
既に隆なり　③$335_5$
耆縉　③$275_{13}$
耆老　③$257_{2\cdot 5}$　④$215_{13}$
耆老を尊び用ゐる　②$135_{16}$　④$215_{13}$
記　②$293_4$
記験無し　④$407_7$
記事　②$71_{12}$, 95_{16}, 101_{15}
記す　①$75_1$　②$57_{15}$　③$113_4$, 181_9, 185_7, 287_8, 351_{11}, 433_9　⑤$201_4$, 251_{15}, 509_{14}
記多真玉　②$87_{11}$　→託陁真玉
記注　②$153_{15}$

続日本紀索引

記伝(紀伝)　⑤$215_2$
記文　③$239_9$
記を絶たず　②$307_{12}$
起家　③$413_7$　④$113_{10}$, 331_4　⑤$45_5$, 339_3
起居穏便ならしめむ　③$143_{15}$
起居漸まず　①$199_7$
起坐行歩　③$281_{10}$　④$431_{12}$
起し賜はむ　④$335_5$
起ち覆ひて在り　④$171_{14}$
飢う　①$7_{12}$, 59_{13}, 77_{16}, 79_9, 93_9, 97_{13}, $105_{3·14}$, 113_6, 147_{15}, 163_2, 165_4, 197_{11}, 219_2, 227_8, 229_5　②$131_{11}$, 269_3, 323_{9-10}　③$45_{10}$, 59_{6-7}, 61_7, 107_1, 349_{15}, $407_{2·9·11-12}$, 411_2, $429_{4·9·11}$, $433_{11·14-16}$, $435_{5·10·15}$, 437_1, $441_{6·15}$, 443_4　④$5_6$, 95_{6-11}, $115_{·9}$, 191_2, 73_2, $75_{4·14}$, 79_{12-13}, $81_{3-4·9-10}$, 83_6, 85_{3-4}, 117_{13-14}, 125_5, 131_5, 133_6, $153_{4·16}$, 155_1, 177_9, 211_1, 235_{12}, 281_6, $289_{4·7}$, 329_{10}, 387_{16}, 401_9, 403_7, 405_5, $421_{11·14-15}$, $429_{11·13}$, 431_5, $433_{1·5·7}$, $435_{3-4·9·16}$, 447_{11}, 451_7, 453_{15}, 455_6　⑤$33_3$, $43_{8·11}$, 101_{10}, 143_{16}, 171_{10}, 233_{12}, 241_2, 333_1, 425_{12}, 429_{10}, 439_1, 441_{5-6}, 459_5, 461_2, $467_{6·9}$, 499_{14}
飢寒　①$225_{14}$, 227_2　②$91_8$, 131_{10}　③$245_{13}$, 311_{14}, 363_1　④$455_{16}$
飢寒の苦　④$455_{11}$　⑤$113_{16}$
飢急る　④$403_{10}$
飢饉　②$175_2$, $267_{4·12}$　③$43_1$, 63_4　④$83_8$　⑤$101_{13}$, 331_5, 351_4
飢饉に苦しぶ　③$435_7$
飢饉に苦しぶ者　⑤$47_{13}$
飢苦　③$351_{14}$
飢苦を救ふ　③$311_{16}$
飢荒　①$89_7$　②$59_{12}$　④$393_{13}$
飢死を免る　③$235_3$
飢弊を免る　②$71_6$
飢乏　①$23_{10}$　③$61_6$　④$49_{15}$
飢ゑ捄す　⑤$139_7$
飢ゑ捄する者　②$273_{14}$
飢ゑたる者　③$303_{16}$
飢ゑたる人　④$405_5$
飢ゑたる民　③$437_8$　④$125_{11}$, 405_4　⑤$475_2$
飢ゑ病める徒　③$353_{13}$
飢ゑ斃るる者　③$425_7$
飢を救ふ　④$9_{12}$
鬼火　⑤$439_6$, 441_2
鬼江(近江国)　④$29_{15}$
鬼神　①$17_{11}$　②$179_6$　⑤$127_3$, 163_{16}
埼玉郡(武蔵国)　②$27_{13}$
基　④$281_{12}$

基肄城(肥前国)　①$11_7$
基きし所　①$147_9$
基真(基信)　④$133_8$, 137_{15}, 139_1, 141_{14}, $225_{7·11-13}$
基真が親族　④$305_4$
基を開かず　③$49_{10}$
基を開く　①$109_2$　②$189_4$
基を承く　③$273_6$　④$371_3$　⑤$131_9$
基を築く　⑤$275_3$
寄　⑤$197_{13}$
寄重し　②$97_3$
寄乗　⑤$75_{14}$, 77_{10}
寄せ附す　④$17_{10}$
寄落　②$123_5$
寄り乗る　③$433_1$
規避　①$225_{12}$　②$29_9$, 71_7　③$329_1$, 377_{15}　④$229_5$　⑤$103_{10}$, 159_5, 437_1
規摹を稟く　②$449_4$
規模　③$321_9$
規り求む　③$291_1$
規りて延ぶ　③$289_9$
規る　⑤$167_5$
亀　①$29_{11}$, 233_7　②$3_9$, $135_{12·14}$, 165_8, 213_{15}, 217_6　③$19_1$, $219_{·11}$, 117_4, 135_{16}　④$211_3$, 215_7, 313_{6-7}, 317_{15}, 391_7, 451_3, 459_4
亀筮　①$131_{12}$　⑤$245_{14}$
亀を獲たる人　②$221_1$
亀を出せる郡　②$137_5$　③$23_1$
亀を進れる人　③$23_1$
喜観　⑤$75_4$
喜懼　③$21_{13}$
喜びつつ在る　④$171_{13}$
喜びて遊ぶ　③$379_6$
揆一　⑤$275_2$
期限　③$289_5$
期限有り　①$227_{11}$
期す　②$61_{11}$　④$61_{11}$
期せず　②$189_{12}$　④$427_7$
期に違ふ　①$227_{11}$
期に及ぶ　②$125_{13}$
期に協ふ　②$125_{10}$
期に至る　④$433_{10}$
期日　⑤$145_6$
期日に赴かしむ　②$271_6$　⑤$227_8$
期年以内　②$249_1$
期無し　④$367_{13}$
期有り　⑤$149_{11}$
期り会ふ　②$203_3$
期を愆つ　⑤$341_{14}$

き(記・起・飢・鬼・埼・基・寄・規・亀・喜・揆・期)

続日本紀索引

き
（期・稀・貴・愧・棄・毀・跪・旗・箕・綺・器・槻・毅・畿・冀・憙・橖・機）

期を待つ ⑤19₄, 21₇
稀少 ⑤369₈
貴き御命 ③315₁₁
貴き瑞 ②217₁₁
貴き大き瑞を受け賜はらむ ③69₄
貴きも賤しきも ③131₅
貴くあるらし（歌謡） ②421₁₁
貴く奇しく ④173₄
貴く慶しき御命 ④323₇
貴く高き広き厚き大命 ①5₃
貴国 ⑤469₁₂
貴職 ④317₂
貴須王（百済） ⑤469₉・₁₄
貴須王の孫 ⑤469₁₅
貴瑞 ③181₁₂
貴賤 ②37₁₃・₁₅, 111₁₃ ③311₁₅ ⑤255₁₁
貴賤の理 ②37₁₅
貴び念はく ③65₁₃
貴ぶ所 ①187₉
貴を負む ④367₉
愧しみ ③409₁₄
愧多し ③311₁
愧ぢず ⑤441₄
愧づ ④205₅ ⑤127₅
棄と謂ふ ⑤135₁₂
毀壊 ③333₁₁
毀ち頽る ④131₁₀
跪伏の礼 ①77₁₁, 125₁₄
旗幟を巻かしむ ④93₁₃
旗を建つ ⑤91₁₃・₁₅
旗を立つ ⑤91₁₄
箕山（唐）に遺跡す ③183₁₀
綺帯 ①37₁₁
器 ②67₈ ④129₁₁
器械 ③373₁₃ ⑤431₁₃
器仗 ①229₁ ②367₁₆, 433₁₄, 439₄ ③331₄, 383₁₀ ④101₇ ⑤53₁₄ →兵器
器仗を造る料 ②269₁₀
器度有り ⑤101₃
器に随ふ ③61₁₂
器物 ④461₁₀ ⑤133₉
器量弁了 ③175₁₃
器（漏剋） ④445₁
器を奪ふ ①103₁₄
槻村（人名） ⑤279₁₅
槻本公老 ⑤59₆, 65₁₁
槻本連若子 ③51₁
毅 ④163₇
畿外 ①233₅

畿外の人を取る ①161₉, 169₁
畿県 ③393₁₄
畿内 ①15₁₆, 17₁, 51₃, 55₁₃, 99₁₂, 101₁₅, 113₁₆, 123₁₅, 151₉, 155₁₀, 197₁₆, 219₁₀ ②25₁₅, 227₁₅, 265₈, 279₅, 291₈, 333₂, 345₁₂, 405₁₃, 411₉, 443₁₀ ③23₁₄, 311₁, 371, 63₂, 153₂, 407₉ ⑤17₁₂, 235₁₃, 311₁₀, 375₄, 403₄, 451₁₁
畿内巡察使 ①443₁₀ ③149₁₄
畿内大惣管 ②251₁₀
畿内に准ふ ④31₆
畿内の員外史生已上 ④453₂
畿内の官人已下 ②203₁₂
畿内の群神 ④11₈, 201₁₆, 385₂, 407₃, 459₅
畿内の五国 ②91₁₀
畿内の国 ⑤237₂, 375₆
畿内の国郡司 ⑤497₃
畿内の十堺 ④289₃
畿内の諸界 ⑤67₉
畿内の諸国 ②213₁₄, 277₁₄, 289₁₁・₁₃, 339₁₀ ③149₈ ④149₅, 453₅ ⑤151₆
畿内の諸国の界 ④453₆
畿内の諸国の主典已上 ②233₁₃
畿内の諸国の百姓 ②303₅
畿内の諸寺 ①127₂ ③175 ⑤449₁₀
畿内の諸社 ①55₃ ②237₅ ③67₅, 113₁₄
畿内の諸の国分光明寺 ④383₁₅
畿内の諸の神社 ②419₉
畿内の惣管 ②251₉
畿内の僧尼 ③77₁₃
畿内の班田司 ②227₇
畿内の班田使 ②411₁ ⑤507₃
畿内の百姓 ①175₁₀ ②201₁₁, 259₁₁ ③215₄ ④163₉
畿内の兵士 ②49₁₁ ⑤237₄
畿内の兵馬 ②253₃
畿内の名神 ④469₁, 503₄
畿内の優婆塞 ②399₁₄
畿内副惣管 ②251₁₀
冀はくは ①107₁₆ ②163₈, 389₁₄, 417₄ ③83₇, 105₅, 231₁, 245₅・₁₃, 247₁₄, 367₉ ④415₈ ⑤509₄
冀ひ望まくは ①189₁₄
冀ふ ②179₁₆, 369₁₆ ③123₁₄ ④37₁₀
憙び慰む ①139₁₆
橖 ③351₅, 427₁₀
機急に会はず ⑤323₁₅
機に応ふ ⑤151₁₆, 427₄
機に乗る ④285₁
機に臨む者 ②61₆
機密に関る ①87₅

続日本紀索引

機密の事 ③$179_{16}$
機務 ⑤$101_5$
機要 ④$217_{14}$
機要に堪ふ ①$171_7$
機要に赴く ④$437_{16}$
機要の備 ⑤$145_1$
機要を嗣く ③$307_{14}$
機を窺ふ ⑤$195_{13}$
機を候ふ ⑤$147_{10}$
窺覦 ④$89_1$
窺覦の望 ③$63_{16}$ ⑤$325_4$
諱 ③$261_5$ ④$309_5$, 311_1 ⑤$453_2$, 465_{13}
諱(桓武天皇) ⑤$393_{11}$
諱(山部王) ④$39_{12}$, 143_2, 301_{13}, 303_1
諱(山部親王) ④$323_{12}$, 337_{13}, 399_{12}
諱(白壁王) ②$329_6$ ③$27_3$, 187_{12}, 267_4, 319_7, $355_{3 \cdot 7}$, 417_1 ④$231_4$, 67_3, 93_5, 109_{11}, 221_8, 295_4, 311_3
諱所 ②$279_1$
諱辰 ⑤$203_8$
諱むこと无かれ ②$91_3$
諱を避く ⑤$325_{14}$
徽号を崇ぶ ③$269_9$
徽猷 ③$273_4$
虧き違ふ ⑤$131_{11}$
虧く ⑤$221_4$
虧くること無し ①$93_{16}$
覬覦 ④$377_2$
覬覦を挾む ④$411_{16}$
騎 ③$297_{15}$
騎士 ①$49_{15}$, 63_2
騎舍人 ③$21_2$
騎射 ①$9_{14}$, 55_8 ②$149_{16}$, 181_{14}, 195_7, 289_9 ③$45_4$ →射騎
騎女 ④$55_2$
騎せしむ ④$45_7$
騎に奉へまつる人等 ②$213_8$
騎兵 ①$15_{13}$, 91_{10}, 107_{10}, 157_3, 159_8, 219_{10}, $221_{1 \cdot 6}$ ②$253_2$, $315_{4 \cdot 13}$, 375_6, 379_4 ③$295_{14}$ ④$95_{11}$ ⑤$15_6$, 93_{11}
騎兵一等 ④$99_{16}$
騎兵司 ④$297_5$
騎兵司次官 ④$297_6$
騎兵司主典 ④$297_6$
騎兵司判官 ④$297_6$
騎兵司を解く ④$381_{10}$
騎兵大将軍 ①$91_{11}$
騎兵に堪ふる者 ⑤$83_2$
騎兵の父 ②$379_5$

騎り用ゐる ②$93_3$
譏 ③$325_2$ ⑤$47_8$
闚ひ看る ③$211_2$
饑る ⑤$149_{11}$
饑饉を致す ②$51_2$
饑餒せる者 ⑤$425_7$
羈情を慰む ③$363_5$
宜しき所 ③$381_5$
宜しきに乖く ④$161_{15}$
宜しきを失ふ ③$131_3$
宜しきを得 ④$117_8$ ⑤$473_1$
宜しくこれを知るべし ④$277_7$, 299_{16} ⑤$133_2$
宜に適ふ ③$275_1$
宜を尽す ③$321_{11}$
偽造 ①$175_{13}$
偽濫 ③$349_9$
偽り造る ④$393_1$
偽りて誦す ②$123_5$
偽りて立つ ④$29_6$
偽る ⑤$239_{16}$, 241_1
欺くこと多し ③$147_9$
欺謾を為す ②$11_7$
義 ②$229_{14}$, 235_7 ③$269_{10}$, 321_{13} ④$91_{2 \cdot 16}$, 275_{15}, 423_7 ⑤$325_9$, 383_2, 483_{12}
義あること君臣の若く ④$371_6$
義淵(人名) ①$21_6$, 67_{16} ②$185_{13}$, 201_{15}
義淵の兄弟 ②$187_1$
義家 ①$61_{11}$
義基(人名) ①$115_6$
義治し ②$359_4$
義士 ②$371_8$
義慈王(百済) ④$125_{16}$
義慈王の子 ④$125_{16}$
義慈王の臣 ④$127_2$
義慈王の兵 ④$127_1$
義慈王より出づ ④$125_{15}$
義倉 ①$53_8$, $101_{4 \cdot 7}$, 193_{14}
義倉の物 ①$101_4$
義倉の粟 ①$229_8$
義倉を開く ②$59_{12}$
義得べからず ③$139_{14}$
義にあらずして物を欲す ③$321_{15}$
義に於きて商量す ②$45_2$
義は則ち君臣 ③$133_9$
義夫 ①$129_6$, 215_{14} ②$5_2$, 37_5, 143_{11}, 219_4, 297_9, 407_{10} ③$21_{16}$, 79_8 ④$175_6$ ⑤$171_2$, 395_{12}
義部卿 ③$333_{15}$, 433_{12}
義部省 ③$287_3$ →刑部省
義部大輔 ③$347_1$, 405_8

き（機・窺・諱・徽・虧・覬・騎・譏・闚・饑・饑・羈・宜・偽・欺・義）

77

続日本紀索引

き―きち（義・疑・儀・擬・犠・礒・魏・蟻・犠・議・巍・菊・鞠・吉）

義法(人名) ①$115_5$, 211_{11} →大津連意毗等
義理を顧みず ④$165_{14}$
義を蹈む ④$81_{12}$
義を得たる者 ②$229_{15}$
義を佩ぶ ②$195_2$
義をもちて興し ③$241_4$
義を用ゐる ③$287_2$
疑懼を懐く ②$315_5$
疑はくは ③$299_{11}$ ④$17_{12}$, 371_{13}
疑慮に労れざらしむ ③$245_1$
儀 ①$9_1$, 33_6, 221_5 ②$105_{15}$, 295_{14} ③$119_{11}$ ④$333_6$, 461_{10} ⑤$57_9$, 83_{14}, 91_{14}, 259_7, 313_8, 323_3, 363_{11}, 395_6, 465_{15}
儀衛 ①$93_{11}$ ④$93_{13}$
儀衛に擬す ①$219_{10}$ ⑤$83_{10}$
儀式 ②$133_9$ ③$59_8$
儀に依りて ③$303_6$, 337_{12}, 345_9, 369_{12}, 417_{12} ④$227_7$, 363_6, 397_9 ⑤$121_7$
儀表 ②$89_{13}$
儀鳳暦 ③$437_1$
儀容 ①$81_{13}$
擬郡司 ②$409_9$
擬充 ②$69_4$
擬つ ②$279_{12}$, 407_2
擬てて申す ③$63_9$
擬任 ③$175_{13}$
擬ふ ③$45_2$
犠斉 ⑤$393_9$
礒部王 ④$151_1$, 243_2, 441_{12} ⑤$3_8$, 71_7
礒部牛麻呂 ④$123_5$
礒部高志 ①$165_1$
礒部祖父 ①$165_1$
魏に遷る ⑤$331_{11}$
蟻のごとく結ぶ ⑤$53_5$, 273_5
蟻のごとくに聚る ⑤$195_{10}$
犠斉 ⑤$393_{16}$
議 ③$309_{12}$ ⑤$155_{12}$
議す ①$99_{11\cdot15}$ ④$197_9$ ⑤$431_3$
議す所 ⑤$435_7$
議奏 ②$39_6$
議定 ③$359_{13}$
議謀 ③$209_3$
議らしむ ①$109_{14}$ ③$223_{13}$, 249_3 ⑤$203_{16}$
議りて曰はく ②$317_{15}$ ③$441_7$
議り定む ③$239_9$, 271_3
議る ①$97_9$ ③$393_{12}$ ④$295_6$, 455_{14}
議る所 ③$439_4$
議を建つ ④$461_8$ ⑤$139_{15}$, 349_4
巍々 ③$171_{13}$

菊多郡(常陸国・石城国) ②$45_{8\cdot10}$
鞠智城(肥後国) ①$11_7$
鞠部 ⑤$437_8$
吉き士 ②$169_{12}$
吉宜〔恵俊〕 ①$29_{13}$, 207_{11} ②$87_7$, 151_8 →吉田連宜
吉凶 ②$189_7$ ③$365_{11}$ ④$451_{10}$ ⑤$41_6$, 245_{16}
吉凶相半す ⑤$203_8$
吉凶を占ふ ②$27_{14}$
吉くして利あらず ③$225_7$
吉志 ④$205_3$
吉師部楽 ②$277_6$
吉事に従ふ ③$251_1$
吉祥悔過を行ふ ④$227_{14}$, 393_{14}
吉祥悔過を停む ④$327_5$
吉祥天の悔過 ④$173_{10}$
吉祥天(の)悔過の法 ④$149_6$
吉水造 ⑤$209_3$
吉水連 ⑤$209_3$
吉井宿禰 ⑤$35_3$
吉井連 ④$121_4$
吉蘇路を通す ①$203_3$, 211_9
吉智首 ②$53_4$, 151_8
吉田連 ②$151_8$
吉田連季元 ⑤$257_{15}$, 303_2
吉田連宜〔恵俊・吉宜〕 ②$233_6$, 273_8, 329_{10}, 343_{11}
吉田連兄人 ③$77_{10}$, 91_1, 115_{14}
吉田連古麻呂 ⑤$54_4$, 61_8, 89_6, 185_1, 295_3, 361_9
吉田連斐太麻呂 ④$291_{12}$, 339_5 ⑤$11_5$, 29_9, 59_{13}, 89_5, 129_{15}, 207_8
吉にして利あらずといふこと無し ⑤$169_1$
吉に就く ⑤$247_1$
吉に従ふ ③$303_{14}$, 305_{16} ④$307_2$ ⑤$217_{15}$, 453_{14}
吉に預く ⑤$203_9$
吉日 ⑤$169_3$
吉美侯部 ③$177_9$
吉備国造 ②$229_7$
吉備臣 ④$251_8$
吉備石成別囗守 ④$239_{16}$
吉備石成別宿禰 ④$81_2$
吉備捻領 ①$31_6$
吉備朝臣 ③$35_{12}$, 59_{15} ④$139_{6\cdot10}$, 459_{14}
吉備朝臣真事(直事)〔下道朝臣直事〕 ④$151_6$, 155_5, 195_5, 347_6 ⑤$5_{12}$
吉備朝臣真備(真吉備)〔下道朝臣真備〕 ③$49_3$, 57_5, 87_8, 101_8, 115_{16}, 139_7, $143_{4\cdot 6}$, 165_{16}, 299_{13}, $309_{3\cdot 12}$, 395_{10} ④$7_3$, 211_5, 67_4, 93_1, 109_{12},

続日本紀索引

115_{4-5}, 119_{16}, $139_{6 \cdot 10}$, 177_7, 179_{12}, 221_8, 227_{12}, 231_{13}, 239_3, 283_{14}, 287_{15}, 295_2, $315_{10 \cdot 12-13}$, $459_{9 \cdot 12}$, $461_{7 \cdot 10-11}$ ⑤$291_7$, 495_1
吉備朝臣真備に就く ③$367_{15}$
吉備朝臣真備の第 ④$231_{13}$
吉備朝臣泉 ④$155_5$, 185_2, 231_{15}, 243_8, 291_{13}, 303_1 ⑤$63_{10}$, 219_7, 233_1, 241_{14}, $289_{13 \cdot 15}$, 349_{13}
吉備朝臣泉が寧 ⑤$291_4$
吉備朝臣泉の父 ⑤$291_1$
吉備朝臣枚雄 ④$185_3$
吉備朝臣由利 ④$351_4$, 69_{13}, 185_3, 219_{14}, 299_8, 419_6
吉備朝臣与智麻呂 ⑤$455_7$, 489_{16}
吉備都彦 ④$83_{11}$
吉備都彦が苗裔 ④$83_{11}$
吉備藤野宿禰牛養 ④$239_{15}$
吉備藤野宿禰子麻呂 ④$239_{14}$
吉備藤野別宿禰 ④$81_2$
吉備藤野和気真人 ④$81_1$
吉備藤野和気真人清麻呂〔藤野真人清麻呂・藤野別真人清麻呂〕 ④$239_{14}$ →輔治野真人清麻呂 →別部穢麻呂 →和気真人清麻呂 →和気公清麻呂 →和気宿禰清麻呂 →和気朝臣清麻呂
吉備内親王 ②$145_5$, $205_{11 \cdot 15}$, 207_2
吉備内親王の屍 ②$205_{14}$
吉備内親王の男女 ①$223_{11}$
吉敷郡(周防国) ②$231_{12}$
吉弥侯伊佐西古 ⑤$53_{10}$, 69_{12}, 195_{12}
吉弥侯横刀 ⑤$85_{10}$, 105_9, $259_{1 \cdot 3}$, 263_3, 265_{13}
吉弥侯間人 ⑤$265_{14}$
吉弥侯根麻呂 ④$71_7$
吉弥侯根麻呂 ④$81_6$ →下毛野公根麻呂 →下毛野朝臣根麻呂
吉弥侯総麻呂 ⑤$265_{14}$
吉弥侯部広国 ⑤$235_9$
吉弥侯部真麻呂 ④$183_7$
吉弥侯部人上 ②$235_5$
吉弥侯部石麻呂 ④$169_9$
吉弥侯部足山守 ④$235_8$
吉弥侯部大成 ④$235_7$
吉弥侯部大町 ④$401_5$
吉弥侯部念丸 ④$235_{10}$
吉弥侯部文知 ④$235_6$
吉弥侯部豊庭 ④$235_9$
吉弥侯部老人 ④$235_6$
吉弥侯夜須麻呂 ⑤$265_{13}$
吉野大兄(古人大兄皇子) ③$241_{12}$
吉野(芳野)郡(大和国) ①$57_7$, 167_5

吉野郡主政 ①$167_5$
吉野郡主帳 ①$167_5$
吉野郡少領 ①$167_5$
吉野郡大領 ①$167_5$
吉野(芳野)(離)宮(大和国) ①$29_{10}$, 35_{12-13}, 41_{15-16}, 59_1 ②$133_1$, 147_{12}, 303_1
吉野連久治良 ①$159_{12}$
訖る ②$213_{12}$, 295_{10}, 403_5 ④$279_5$, 369_6 ⑤$257_{16}$
喫ひ破る ④$397_7$
橘 ②$307_{5-6}$
橘戸(橘部)高志麻呂(越麻呂) ④$111_4$, 193_{10} ⑤$29_{10}$
橘氏 ②$307_{16}$
橘樹郡(武蔵国) ④$203_{15}$
橘樹郡の人 ④$203_{15}$
橘宿禰 ②$307_{8 \cdot 15}$, 309_4
橘宿禰御笠(三笠) ④$5_4$, 341_{11}, 365_7 ⑤$73_4$
→橘朝臣御笠
橘宿禰古那可智 ②$311_7$ ③$75_6$ →橘朝臣古那可智
橘宿禰佐為〔佐為王〕 ②$311_2$, 325_7
橘宿禰佐為が女 ③$327_9$
橘宿禰諸兄〔葛城王〕 ②$325_2$, 329_4, 337_{11}, 341_3, 347_3, 363_{10-11}, 367_2, 379_6, 381_{14}, 401_2, 415_5, $417_{12 \cdot 16}$, 419_{11}, 421_{14}, 423_7, 425_6, 429_{13}, 439_{9-10} ③$25_5$, 65_8, 77_4, 97_6, 103_1 →橘朝臣諸兄
橘宿禰諸兄の家令 ②$449_5$
橘宿禰諸兄の男 ②$363_{11}$
橘宿禰諸兄の別業 ②$363_{10}$
橘宿禰真都我〔真都我・真束〕 ③$371_7$ ④$69_4$ →橘朝臣真賀
橘宿禰通可能 ③$77_{11}$
橘宿禰奈良麻呂 ②$363_{11}$, 379_{13}, 395_6, 423_{13} ③$15_5$, 23_3, 41_1, 75_1, 79_{13}, 87_{14} ④$293_1$ →橘朝臣奈良麻呂
橘宿禰綿裳 ③$321_1$, 327_4 ④$19_7$, 237_{14}, $305_{7 \cdot 9}$, 323_{16} ⑤$73_4$ →橘朝臣綿裳
橘朝臣 ③$103_1$ ⑤$73_4$
橘朝臣安麻呂 ⑤$379_2$, 381_3, 421_8, 503_{11}
橘朝臣宮子 ③$233_1$
橘朝臣御笠〔橘宿禰御笠〕 ⑤$143_6$
橘朝臣古那可智〔橘宿禰古那可智〕 ③$231_{16}$ →広岡朝臣古那可智
橘朝臣諸兄〔葛城王・橘宿禰諸兄〕 ③$145_9$, 157_1, $177_{1 \cdot 3}$, 195_{8-10}
橘朝臣真姪 ③$233_1$
橘朝臣真都賀(麻都我・麻都賀・真都我)〔橘宿禰真都賀〕 ③$233_1$ ④$327_6$, 365_7 ⑤$5_6$, 215_3,

79

315$_3$, 359$_{14}$
橘朝臣奈良麻呂〔橘宿禰奈良麻呂〕 ③127$_6$,
　137$_{14}$, 159$_{11}$, 191$_{11}$, 195$_{16}$, 198$_8$, 201$_{11}$, 203$_{5・14}$,
　205$_{1・5・6・14}$, 207$_{13}$, 209$_{6・8・11・13・15}$, 211$_{1・9}$, 215$_9$,
　219$_{13}$, 223$_1$　④27$_4$, 87$_4$, 105$_{12}$, 181$_{12}$
橘朝臣奈良麻呂が家　③203$_4$
橘朝臣奈良麻呂が父　③205$_{13}$
橘朝臣奈良麻呂らが事　④105$_{13}$
橘朝臣入居　⑤259$_3$, 271$_{12}$, 351$_{12}$, 409$_2$
橘朝臣綿裳〔橘宿禰綿裳〕　③233$_1$　⑤293$_5$,
　421$_4$, 49$_{11}$
橘の姓を請ふ　②309$_3$
橘夫人(橘宿禰古那可智)　③75$_6$
橘浦(肥前国)　⑤73$_7$, 77$_3$
却き廻る　③365$_7$
却き還る　②373$_{10}$
却帰　②357$_4$
却く　②371$_{14}$　④29$_8$　⑤111$_7$
却け還す　②191$_{15}$
却け賜ふ　④383$_{11}$
却けて還す　③181$_{11}$
却し付く　④367$_2$
却返　④409$_8$
却り廻る　③331$_{12}$
客　③125$_{16}$, 305$_9$, 419$_2$, 427$_7$　⑤93$_{14}$, 953・7
客君狛麻呂　③281$_{15}$
客主　③425$_{14}$　④389$_2$
客星有り閣道の辺に見ゆ　④119$_{13}$
客徒　⑤93$_3$
客の館に就く　②361$_{13}$
客の姓　②19$_{11}$
客の例に預る　④369$_6$
客を喚す　③305$_{10}$
客を挽く　④141$_5$
脚　②71$_{1-2}$
脚の病　④437$_4$
脚夫　①179$_{16}$　②9$_{16}$
逆行　②153$_8$
逆魂息まず　④461$_2$
逆心　④87$_5$, 463$_{10}$
逆心を以て在り　④87$_7$
逆心を抱蔵　②41$_4$
逆臣　③311$_2$　④23$_8$, 39$_1$
逆人　②369$_{13}$, 371$_{3・16}$, 377$_{10}$, 385$_{12}$, 399$_1$　⑤
　219$_1$, 243$_{14}$　④35$_{10}$
逆人の輩　③213$_3$
逆賊　②97$_7$, 369$_{11}$, 371$_{11}$, 373$_{14}$, 377$_{2・4}$　④379$_{・15}$,
　53$_1$, 81$_{16}$　⑤165$_6$
逆徒　③283$_9$, 365$_{14}$

逆徒を結ぶ　③223$_4$, 279$_9$
逆徒を討つに預る　④39$_{11}$
逆党　③215$_9$　④31$_3$, 61$_6$, 119$_7$, 143$_{14}$, 287$_6$,
　291$_{16}$, 293$_1$, 325$_4$, 405$_{14}$
逆党の徒　④321$_{12}$
逆党を悪む　④437$_3$
逆に悪しき　④79$_8$
逆に悪しき状は知り　④31$_{11}$
逆に云へり　④253$_5$
逆に穢き心を発して在り　④89$_{13}$
逆に穢き奴　④31$_5$
逆に在る悪しき奴等　③217$_8$
逆に在る謀を起す　④257$_{11}$
逆に占ふ　②271$_{14}$
逆ふる賊　③207$_2$
逆ふる党　③207$_4$
逆風　④29$_9$　⑤19$_1$
逆風に遭ふ　④395$_{14}$　⑤77$_1$, 87$_{13}$
逆へ討つ　⑤131$_1$
逆謀　③205$_7$　④21$_7$
逆謀に渉る　④451$_1$
逆乱　⑤225$_{13}$
逆虜を討つ　⑤149$_8$
逆を起す　③299$_{10}$
逆を作す　③229$_{16}$　④21$_{12}$, 371$_1$, 49$_{11}$　⑤143$_{15}$,
　359$_4$
逆を肆にす　④81$_{16}$
九宮経　③281$_{4-5}$
九卿の末　②307$_{13}$
九月九日(天武天皇の忌日)　①63$_4$
九功を佇ふ　⑤135$_8$
九国三嶋　①105$_{15}$
九事以下　①195$_{14}$
九州　②253$_{12}$
九十(歳)　①141$_{14}$
九十(歳)已上　②143$_{10}$　⑤169$_{16}$, 383$_5$, 391$_5$,
　395$_{11}$
九十(歳)已上の者　④37$_3$
九十(歳)以上　①123$_{12}$, 129$_5$, 215$_{13}$　②297$_8$, 303$_7$
九重を隔つ　①179$_8$
九章　③237$_6$
九族を秩ふ　⑤483$_{11}$
九地　③367$_{15}$
九等　①229$_8$
九等の戸　②35$_4$
九農　①179$_{15}$
九服　③269$_{16}$　⑤205$_1$
九流を覧る　②115$_7$
久安の宅を遷す　①131$_{11}$

続日本紀索引

久しき時　③$17_{11}$
久しき年　⑤$141_3$
久しきを経　⑤$153_{12}$
久しく居む　⑤$331_{14}$
久しく居り　③$437_{15}$ ⑤$155_3$
久しく在り　⑤$437_2$
久しく住せしむ　③$83_9$
久しく照さしむ　③$279_{15}$
久しく絶ゆ　②$187_{12}$
久しく長し　②$389_{16}$
久しく屯む　⑤$435_5$
久しく留る　⑤$427_5$
久時　④$13_3$
久慈郡(常陸国)　②$71_1$
久慈郡の人　②$71_1$
久仁里(山背国)　①$143_{12}$
久須原部連浄日　④$69_9$
久須波良部　③$177_8$
久勢(久世)王　②$329_7, 343_6$ ③$33_6, 87_6, 187_{13},$
　　335_6 ④$71, 65_1$
久勢女王　②$25_{13}$ ③$41_8$
久素王(百済)　⑤$499_{1-2}$
久努朝臣御田次　①$189_{10}$
久度神(大和国)　⑤$285_5$
久奈多夫礼〔黄文王〕　③$215_8, 217_{11}$　→多夫
　　礼
久米王　④$185_{11}$
久米王の後　④$185_{11}$
久米郡(伊豫国)　④$117_{16}$
久米舎人妹女　③$45_9$
久米女王　③$5_7$
久米朝臣三阿麻呂　④$21_9$
久米朝臣子虫　④$12_4, 53_7$
久米朝臣湯守　③$53_{13}$
久米朝臣比良女　③$75_{10}$
久米朝臣尾張麻呂　①$135_{12}$
久米朝臣麻呂　①$193_{11}, 219_{12}$ ②$343_{13}, 263_{14}$
久米直　②$65_1$
久米直麻奈保　⑤$175_2$
久米奈保売　②$151_{14}$
久米儛　③$97_5$
久米儛の歌儛　③$119_{13}$
久米連　②$151_{14}$
久米連形名女　⑤$91_{10}$
久米連若売(若女)　②$351_{14-15}, 365_7$ ④$183_{14},$
　　$221_2, 365_6$ ⑤$56, 147_4$
久米連真上　⑤$87_9, 91_1, 179_{13}$
久来　④$409_6$
久良郡(武蔵国)　④$203_{15}, 205_7$

久良郡司　④$205_8$
久良と称く　④$205_2$
弓　①$19_9, 77_{16}$ ②$17_7$ ③$383_{12}, 403_{12}$
弓削　③$117_{13}$
弓削御浄(弓削御清)朝臣　④$23_4, 447_{10}$
弓削御浄朝臣塩麻呂〔弓削宿禰塩麻呂〕　④
　　$135_8, 193_{13}, 269_1$
弓削御浄朝臣乙美努久売〔弓削宿禰乙美努久
　　女〕　④$269_4$
弓削御浄朝臣広津　④$269_2$　→弓削広津
弓削御浄朝臣広方　④$151_3, 179_7, 201_2, 243_9,$
　　267_{16}　→弓削広方
弓削御浄朝臣秋麻呂　④$65_9, 73_9, 167_{12}, 243_{14},$
　　$269_1, 287_9$
弓削御浄朝臣浄人(清人)〔弓削連人・弓削宿
　　禰浄人〕　④$51_9, 67_7, 71_7, 139_{12}, 167_{14}, 191_{12},$
　　$221_8, 223_9, 225_4, 267_{14-15}, 283_6$　→弓削浄人
弓削御浄朝臣浄方　④$195_{14}$
弓削御浄朝臣等能治　④$183_{14}$
弓削御浄朝臣美努久売〔弓削宿禰美努久女〕
　　④$269_4$
弓削御浄朝臣美夜治　④$183_{14}$
弓削行宮(河内国)　④$97_4$
弓削広津〔弓削御浄朝臣広津〕　④$301_9$ ⑤
　　199_1
弓削広田　④$301_9$ ⑤$199_1$
弓削広方〔弓削御浄朝臣広方〕　④$301_9$ ⑤
　　199_1
弓削皇子　①$19_{3-4}$
弓削氏の男女　④$281_5$
弓削宿禰　④$11_4, 281_7, 447_{10-11}$ ⑤$7_{10}$
弓削宿禰塩麻呂　④$441_2, 457_{14}$ ⑤$351_{10}, 421_9$
　　→弓削御浄朝臣塩麻呂
弓削宿禰乙美努久女　④$43_4$　→弓削御浄朝臣
　　乙美努久売
弓削宿禰牛養　④$65_9, 73_5, 103_5, 177_{10}, 281_6$
弓削宿禰薩摩　④$41_7, 53_{13}, 165_{11\cdot15}, 179_1, 243_{13}$
　　⑤$71_1$
弓削宿禰浄人〔弓削連浄人〕　④$23_{2\cdot4}$　→弓
　　削御浄朝臣浄人　→弓削浄人
弓削宿禰大成　④$171_7, 237_{10}, 249_{11}$ ⑤$321_{10}$
弓削宿禰男広　⑤$47_{11}$
弓削宿禰刀自女　④$43_5$
弓削宿禰東女　④$269_5$
弓削宿禰美努久女　④$43_4$　→弓削御浄朝臣美
　　努久売
弓削女王[1]　③$321_2$ ⑤$233_{14}, 235_1$
弓削女王[2]　④$419_6$
弓削浄人〔弓削連浄人・弓削宿禰浄人・弓削御浄

きゆう(久・弓)

続日本紀索引

きゆう（弓・仇・丘・旧・休・朽・汲・玖・究・糺）

朝臣浄人〕　④$301_9$　⑤$199_1$
弓削浄人が男　④$301_9$
弓削朝臣　④$281_7$
弓削部名麻呂　②$113_7$
弓削（由義）寺（河内国）　④$97_{5・7}$, 99_2
弓削寺の塔　④$281_1$
弓削連　④$375_9$, 447_{11}　⑤$7_{10}$
弓削連耳高　④$41_{10}$, 281_7
弓削連浄人　④$11_{14}$, 375_{16}　→弓削宿禰浄人
　→弓削御浄朝臣浄人　→弓削浄人
弓矢（弓箭）　②$251_{16}$　③$415_{14}$
弓馬　③$397_1$　⑤$135_{11}$, 151_{12}, 273_7, 359_{10}
弓馬に堪ふる者　⑤$135_{13}$, 401_3
弓を作る　③$391_6$
仇の在る言のごとく　③$409_{11}$
丘園　④$367_{13}$
丘基真人　③$149_{11}$
丘基真人秋篠〔秋篠王〕　③$153_{14}$　→豊国真人秋篠
丘上連　③$377_3$
丘の体　②$105_5$
丘陵　②$351_5$
旧悪　④$49_{11}$
旧穢　④$61_{14}$
旧瑕を洗ひ滌く　③$181_{14}$
旧界に依る　⑤$311_{16}$
旧貫　②$61_{13}$
旧き好を脩む　④$423_{3・5・9}$
旧き号を除き　⑤$487_{13}$
旧き銭（和同開珎）を止む　⑤$101_{15}$
旧き物　②$261_9$
旧き例に稽ふ　②$419_5$
旧き例に行ふ　⑤$115_8$
旧きを洗ふ令　③$275_{15}$
旧記　④$217_{11}$
旧章に率はず　④$423_{13}$
旧心を忘れず　④$303_{14}$
旧人　③$291_{1-2}$
旧川　④$215_1$
旧銭　③$349_{10}$
旧俗の号　⑤$447_{12}$
旧宅　④$297_{10}$　⑤$201_2$
旧典　⑤$327_{11}$, 333_{15}
旧典に依る　⑤$279_{13}$
旧典に准ふ　④$211_{14}$
旧典に彰る　⑤$279_5$
旧典に聞く　②$89_{16}$
旧と与に並び行く　④$385_{16}$
旧道を復せしむ　④$251_6$

旧に依りて　②$13_{15}$, 237_9, 251_2, 301_{11}, 315_{12}, 385_9　③$29_{14}$, 37_1, 43_8, 117_{16}, 145_1, 187_1, 219_{12}, 409_2　④$23_{14}$, 117_6, 197_{12}, 217_{13}, 325_9, 409_2, 411_7　⑤$7_{11}$, 153_{16}, 155_4, 405_{16}
旧に依れ　⑤$271_1$
旧に随ひて　②$231_{11}$　⑤$145_{11}$
旧に復す　①$87_8$　②$47_2$
旧の位記　⑤$509_{16}$
旧の員　②$353_{13}$
旧の館　②$427_3$
旧の儀　④$189_5$
旧の溝池　②$131_{15}$
旧の如し　②$345_7$　⑤$317_{4・7}$
旧の壊　②$195_1$
旧の人　①$215_4$
旧の姓に復す　①$13_4$
旧の籍に依りて　⑤$107_{11}$
旧（の）例に依りて　④$219_3$, 411_4
旧聞　①$199_3$
旧例　④$219_1$
旧例有り　⑤$197_2$
旧例を守る　⑤$157_3$
旧老　①$185_{13}$　⑤$45_{10}$
休暇　①$39_{16}$
休気率土に布く　③$245_{10}$
休祥　⑤$307_1$
休瑞　⑤$335_{11}$
休祚　⑤$249_6$
休息安まる　④$331_{15}$
休息安ふ事無く　④$333_{14}$
休息すること得ず　⑤$273_1$
休徴　②$85_{11}$　④$205_6$, 283_{15}　⑤$335_8$
休徴臻る　②$161_{16}$
休符を戴く　③$181_{10}$
休平の楽　③$363_{14}$
休名　③$275_9$, 279_{14}
朽ち壊つ　③$141_4$
朽ちず　③$273_4$
朽ちたるを取む　②$363_{13}$
朽邁を慰む　④$367_{16}$
汲飡（新羅官位）　④$269_{12}$
玖珂郡（周防国）　②$93_{12}$
玖左佐村（摂津国）　①$203_{10}$
究め尽さず　⑤$443_{11}$
究めず　③$215_1$
糺さず　①$157_2$
糺察　①$47_{13}$　⑤$273_{16}$
糺し告ぐる人　②$211_{11}$
糺し告げらるる者　②$211_{10}$

続日本紀索引

糺し告す ①$209_7$ ⑤$307_{12}$
糺し告す者 ①$195_{12}$ ③$149_7$
糺し察る ⑤$371_6$
糺職大夫 ②$411_8$
糺す人に与ふ ⑤$307_{13}$
糺正 ①$181_{15}$ ③$287_5$
糺政臺尹 ③$327_5$, 437_2
糺政臺少疏 ④$9_{15}$
糺政臺 ③$287_6$ →弾正臺
糺政臺弼 ③$423_3$
糺弾 ①$127_1$ ②$95_{14}$, 133_{10}
咎 ③$437_{12}$
咎愆も無し ②$185_{15}$
咎徴 ②$179_5$, 291_3
咎の徴を示す ②$89_{11・16}$
咎めず ③$195_{10}$
泣く ③$365_{15}$
泣を垂る ④$405_{11}$
疚み労る ②$97_5$
穹蒼 ⑤$393_6$
急ぎ追ふ ②$393_7$
急ぐ所 ④$417_5$
急速有り ③$335_8$
急に至る ④$29_{13}$
急れるを救ふ ④$403_{11}$
急を告ぐ ④$169_6$, 437_{14}
急を周ふ ④$9_{12}$ ⑤$377_5$
急を蒙し ④$13_2$
級飡(新羅官位) ①$65_{11}$
級飡(新羅官位) ①$33_{10}$ ②$55_1$, 339_3 ③$363_{11}$, 427_{10} ⑤$121_{12}$, 123_{10}
級伐准飡(新羅官位) ②$285_4$
級別 ①$123_{13}$
級をも斬らず ②$195_{14}$
宮披 ③$287_{12}$ ⑤$359_{11}$
宮埼郡(日向国) ④$215_7$
宮埼郡の人 ②$215_7$
宮原宿禰 ⑤$489_8$
宮子王 ①$345_{12}$
宮寺 ③$11_{16}$
宮室 ①$157_3$ ③$3_6$ ⑤$235_8$, 349_4
宮室就らず ⑤$413_6$
宮室成らず ②$405_2$ ③$399_5$
宮室の基を起す ①$131_6$
宮車 ③$171_{10}$ ④$331_{10}$
宮車晏駕 ④$377_3$
宮主 ②$55_{12}$
宮処寺(美濃国) ③$381_9$
宮勝木実(人名) ①$61_{14}$

宮城 ②$49_{11}$ ③$7_9$ ⑤$331_{12}$
宮城郡(陸奥国) ④$143_{10}$
宮城を築く ⑤$313_1$
宮人 ①$91_{14}$ ②$219_3$ ③$279_3$ ④$403_5$
宮川(山背国) ②$429_{15}$
宮池駅(河内国) ③$17_{14}$
宮中 ②$159_6$, 201_{13}, 291_{12}, 321_9, 327_5 ③$17_3$, 79_{16}, 219_2, 347_{13}, 351_4, 413_2 ④$273_{13}$, 383_{15} ⑤$15_{10}$, 33_{13-14}, 227_5
宮中に入る ②$439_{15}$
宮中に入るること勿かれ ③$45_7$
宮中の屋墻 ②$409_{16}$
宮殿 ②$403_1$ ⑤$299_9$
宮内 ②$387_{12}$
宮内卿 ①$133_8$, 145_3, 157_7, 161_{16}, 167_6, 229_{11} ②$297_2$, 333_4, 409_5 ③$105_{13}$ ④$35_{16}$, 127_{16}, 179_4, 223_3, 331_{13}, 387_{15}, 393_6, 441_1 ⑤$19_9$, 57_8, 129_{13}, $187_{2・9}$, 231_5, 277_{12}, 325_6, 329_5, 337_9, 369_{11}, 371_{15}, 413_{14}, 419_4, 423_5, 449_{14}
宮内少輔 ②$81_4$, 265_1, 419_1 ③$23_4$, 33_{11}, 193_3 ④$193_7$, 347_6, 425_{10} ⑤$9_2$, 71_4, 231_{14}, 283_6, 295_{10}, 345_{12}, 363_5, 461_2, 491_{12}, 505_{11}
宮内省 ①$207_1$ ②$65_3$ ③$287_4$ ④$297_1$ →智部省
宮内大輔 ②$149_{14}$, 397_1 ③$23_4$, 33_6 ④$181_{14}$, 187_8, 193_6, 249_8, 305_9, 393_{12}, 425_9 ⑤$63_6$, 115_{10}, 189_7, 429_{15}, 461_1, 491_{12}
宮に還る ①$107_8$, 143_{14}, 201_{12} ②$23_{11}$, 33_{14}, 53_{12}, 133_1, 147_{12}, 277_{10}, 301_2, 303_3, 349_{14}, 351_{13}, $363_{6・11}$, 399_{11}, 419_3 ③$351_1$, 59_{12}, 159_2 ④$221_4$, 269_{10} ⑤$391_{16}$, 511_7 →還幸
宮の裡 ②$229_{13}$
宮(平城宮)に坐す ②$223_{11}$
宮(平城宮)に在り ④$299_4$
宮(平城宮)の南 ③$97_1$
宮門 ③$13_{12}$
宮門に入る ①$57_{11}$
宮を造る ⇨造宮
烋息ふこと無し ②$223_{15}$
笈を負ふ ②$99_4$, 115_1
躬自 ③$181_4$
躬に摂る ⑤$153_{12}$
躬ら担ふ ②$331_{15}$
躬を菲す ④$289_{10}$
躬を撫す ③$365_{16}$
救急 ⑤$425_{10}$
救済 ②$271_6$, 349_5 ③$397_1$
救の軍 ④$127_4$
救の兵 ④$127_4$

きゆう(糺・咎・泣・疚・穹・急・級宮・烋・笈・躬・救)

続日本紀索引

きゅう―きよ（救・球・給・舅・鳩・窮・牛・陸・去）

救はしむ　①$71_4$, 107_3, 161_7, 195_2, 197_3
救ひ養ふ　②$281_8$　③$239_1$
救ひ療す　②$169_5$, 293_9
救ふ　①$85_{12}$, 225_{14}　②$27_{12・16}$, 77_6, 199_{15}, 323_{16}
救ふ所　⑤$81_{11}$
救兵を待つ　⑤$151_9$
救療　③$143_{13}$, 159_4
救療に困む　⑤$99_2$
球美嶋　①$221_5$
球美嶋の人　①$219_{15}$
給す　⑤$135_{11}$, 153_{2-3}, 353_4, 355_{10}
給はく　⑤$13_{13}$
給はしむ　②$409_8$
給はらず　⑤$115_2$
給はる　①$53_{12}$　②$357_8$　③$237_7$
給ひ用ゐる日　①$185_2$
給ひ養ふ　①$101_5$
給ふ　①$11_{1・3}$, 15_{16}, 39_8, 49_{12}, 53_{12}, $57_{4・8}$, 59_1, 67_{16}, 71_4, 81_{16}, 85_4, 87_{12}, 91_1, 95_{15}, 97_9, 111_7, 113_{13}, $125_{5・12}$, $131_{2・16}$, $137_{2・7}$, 139_5, 143_{12}, 145_6, 147_1, $151_{9・12}$, 163_8, 175_9, $179_{10・16}$, 187_5, 195_{13}, 197_3, 205_7, 213_9　②$71_2$, 171_5, 59_{11}, $71_{11・14}$, 73_{11}, 77_{10}, 93_8, $97_{2・4}$, 117_{11}, $131_{3・12・15}$, $153_{13・16}$, 161_1, $167_{7・15}$, 169_{15}, 171_8, $193_{1・3-4}$, 203_{12}, 213_8, $227_{9-10・12・14}$, $229_{2・5}$, 251_{15}, $257_{11・13}$, 261_{14}, 263_{12}, 265_{13}, 267_{10}, 291_{12}, 301_{14}, 303_6, 321_8, 347_1, 357_{12}, 363_4, 409_9, 427_4, $435_{8・10}$, 437_{10}, 441_5, 447_{10}　③$13_{3-4・15}$, 19_{16}, 37_4, 61_6, 79_7, 107_3, 117_7, 119_3, 149_6, 155_{11}, 169_{10}, 285_3, 309_{10}, 343_{13}, 361_{11}, 363_3, 369_3, 375_5, 379_2, 409_2, $427_{5・7}$　④$197_{11・13}$, 227_1, 229_{12}, 265_4, 403_7, 423_{15}, 439_4　⑤$21_{13}$, 107_1, 117_{13}, 169_{13}, 237_9, $273_{1・3}$, 303_9, 341_5, 381_9, 401_{11}, 441_{13}, 493_{15-16}
給ふ所　③$43_{16}$
給ふ例に入れず　②$267_{11}$
給ぶ　⑤$355_{12}$
給稟　⑤$391_7$
給る　⑤$157_3$
舅姑に事ふ　②$219_{6・8}$
舅甥と称す　④$373_2$
舅甥の列　③$63_9$
鳩（鴿）　①$15_{14}$, 105_5, 193_5, 221_7　②$65_9$　④$239_2$
鳩摩羅什　②$63_8$
窮鞠　③$287_2$
窮寇　④$443_{10}$
窮是　②$49_8$
窮弊　④$91_5$, 197_{12}　⑤$109_1$
窮弊せる百姓　⑤$149_{14}$
窮弊を息む　⑤$47_{14}$

窮乏　①$101_7$, 179_{12}, 181_8　②$363_{16}$　④$327_{14}$, 401_2　⑤$183_7$
窮乏の人　②$337_9$
窮乏の徒　④$325_5$
窮まらずあれ　②$353_4$
窮まれるを愍む　②$291_4$
窮民　①$101_4$　⑤$109_{14}$
窮民を養ふ　④$337_8$
窮め問しむ　③$203_2$
窮問　②$205_{10}$　③$207_6$
窮らず　③$271_9$
窮り無く　③$307_{16}$
窮ること無かれ　③$309_5$
牛　②$387_2$　④$167_5$, 177_{12}　⑤$331_{11}$
牛黄　①$9_2$, 15_3
牛嶋（周防国）　②$231_{12}$
牛嶋（周防国）の西の汀　②$231_{12}$
牛に似る　④$385_8$
牛の角　③$391_{5・7}$
牛馬　②$261_{4-5}$, 279_{10}　④$457_5$
牛馬を放たしむ　①$271_2$
牛を殺す　⑤$507_{14}$
陸　②$239_{11-12}$
去歳（天応元年）　⑤$245_2$
去歳（天平十二年）　②$389_4$
去歳（天平宝字六年）　③$435_6$
去就する国　③$141_6$
去就を知らず　⑤$333_3$
去（天平七年）の冬　②$303_{14}$
去年（延暦七年）　⑤$425_7$
去年（慶雲三年）の十一月　①$121_7$
去年（神亀二年）六月三十日　②$169_{11}$
去年（天応元年）　①$57_9$
去年（天平四年）　②$267_4$
去年（天平十年）十月廿九日の表　②$351_{16}$
去年（天平十八年）　③$41_{13}$
去年（天平十六年）　③$71_6$
去年（天平宝字元年）八月より以来　③$253_{13}$
去年（天平宝字七年）十月　④$19_3$
去年（天平宝字七年）十二月十日の勅　④$11_{15}$
去年（宝亀七年）　③$31_5$
去年（宝亀十一年）　⑤$169_{15}$
去年（宝亀八年）七月　⑤$65_6$
去年（宝亀八年）六月十四日　⑤$79_5$
去年（養老四年）　②$89_{14}$
去年（養老七年）の九月　②$141_9$
去来　②$15_{13}$
去りし魂を寵び　①$17_7$
去りぬる春　②$341_{11}$

去り離る ③253$_{14}$
去る処を知らず ④211$_9$
去る日 ④353$_7$
巨き痛みに嬰り ②109$_6$
巨勢(許勢)朝臣祖父(邑治) ①35$_5$, 111$_5$, 113$_{12}$, 125$_4$, 135$_{10}$, 177$_{12}$, 221$_{12}$, 229$_{10}$ ②43$_3$, 51$_{15}$, 59$_{10}$, 83$_{10}$, 93$_7$, 145$_2$, 153$_2$ ③37$_{912}$
巨勢女王 ③5$_8$
巨勢大海 ②23$_3$
巨勢大海が孫 ②23$_3$ ③131$_1$
巨勢大臣 ③113$_9$
巨勢男人大臣 ③113$_4$
巨勢男柄宿禰 ③113$_4$
巨勢男柄宿禰が男 ③113$_4$
巨勢朝臣 ③17$_{11}$, 113$_7$
巨勢朝臣安麻呂 ①193$_{10}$ ②11$_{12}$
巨勢朝臣家成 ⑤287$_{10}$, 295$_2$, 343$_2$, 395$_5$
巨勢朝臣が祖 ③113$_6$
巨勢朝臣堺麻呂 ②403$_2$, 425$_2$ ③15$_{10}$, 35$_{15}$, 41$_3$, 53$_9$, 87$_8$, 89$_{11}$, 131$_{11}$, 171$_4$, 187$_{15}$, 193$_{12}$, 199$_{15}$, 211$_{11}$, 213$_{11}$, 221$_8$
巨勢朝臣開麻呂 ②285$_6$, 331$_9$, 379$_{11}$
巨勢朝臣開麻呂の伯父 ③379$_{12}$
巨勢朝臣久須比 ①75$_{14}$, 133$_{11}$, 177$_3$
巨勢朝臣宮人 ④69$_7$
巨勢朝臣巨勢野 ④143$_8$, 319$_{14}$ ⑤37$_{14}$, 89$_8$, 255$_2$
巨勢朝臣魚女 ④69$_6$, 71$_2$, 321$_1$
巨勢朝臣古麻呂 ③1$_2$
巨勢朝臣公成(君成) ③29$_2$, 55$_{13}$ ④115$_{11}$, 193$_1$, 207$_9$, 305$_{11}$, 319$_7$, 363$_{10}$, 419$_9$
巨勢朝臣公足 ④315$_8$
巨勢朝臣広山 ⑤125$_2$, 189$_8$, 241$_6$, 261$_{12}$, 369$_{15}$, 495$_{10}$
巨勢朝臣広足 ③345$_5$, 347$_{11}$, 351$_9$, 423$_{13}$ ④11$_8$
巨勢朝臣黒麻呂 ②153$_3$
巨勢朝臣黒麻呂が子 ②153$_3$
巨勢朝臣子祖父(児祖父・小邑治) ①93$_4$, 165$_{14}$, 217$_{11}$ ③379$_{12}$
巨勢朝臣子祖父の子 ③379$_{12}$
巨勢朝臣志丹 ②23$_4$
巨勢朝臣志丹が子 ②23$_4$
巨勢朝臣首名 ②299$_{12}$
巨勢朝臣諸主 ⑤5$_7$
巨勢朝臣少麻呂(宿奈麻呂) ②197$_4$, 205$_{10}$, 209$_{10}$, 267$_{16}$
巨勢朝臣浄成(清成) ②329$_{12}$ ③121$_7$, 193$_3$, 399$_{10}$, 405$_8$ ④123$_{13}$, 193$_5$
巨勢朝臣津麻呂 ④1$_3$
巨勢朝臣真人 ②67$_{2 \cdot 12}$, 101$_7$, 145$_{15}$, 165$_{12}$,

173$_3$, 247$_2$
巨勢朝臣人公 ⑤379$_3$, 381$_3$, 461$_4$, 493$_6$
巨勢朝臣総成 ⑤269$_8$, 377$_9$, 421$_9$, 487$_1$, 493$_5$
巨勢朝臣足人 ④11$_{10}$, 79$_{16}$
巨勢朝臣多益須(太益須・多益首) ①105$_9$, 137$_1$, 163$_5$
巨勢朝臣池長 ④151$_{12}$, 193$_{13}$, 325$_{13}$, 341$_5$ ⑤3$_{12}$, 9$_9$, 157$_8$, 191$_6$
巨勢朝臣度守 ③189$_{11}$
巨勢朝臣嶋人 ③347$_8$, 451$_7$, 457$_5$, 463$_{15}$
巨勢朝臣嶋村 ⇨巨勢斐太朝臣嶋村
巨勢朝臣道成 ⑤417$_{11}$
巨勢朝臣奈氏麻呂(奈弖麻呂) ②209$_{11}$, 243$_{14}$, 299$_8$, 327$_8$, 329$_8$, 339$_2$, 353$_9$, 391$_{12}$, 393$_{13}$, 395$_{4 \cdot 12}$, 399$_4$, 403$_{14}$, 409$_{12}$, 411$_{16}$, 419$_1$, 425$_7$, 429$_{14}$, 435$_{15}$, 437$_{10}$ ③15$_3$, 17$_{10}$, 25$_7$, 53$_5$, 73$_{15}$, 75$_{10}$, 113$_{11}$, 129$_{14}$
巨勢朝臣馬主 ④327$_{16}$, 339$_7$, 351$_7$, 385$_9$, 441$_5$
巨勢朝臣比登 ③131$_1$
巨勢朝臣比登が子 ③131$_1$
巨勢朝臣苗麻呂 ③205$_{16}$ ④151$_5$, 159$_1$, 209$_{11}$ ⑤3$_{12}$, 87$_1$, 231$_{12}$, 257$_{11}$, 271$_{10}$, 295$_{12}$, 317$_{13}$, 373$_5$, 375$_9$, 387$_7$
巨勢朝臣麻呂(万呂) ①87$_{11}$, 133$_4$, 139$_{14}$, 141$_{12}$, 149$_2$, 165$_7$, 193$_7$, 229$_9$ ②19$_{11}$, 23$_3$
巨勢朝臣野足 ④447$_{15-16}$, 503$_{14}$
巨勢朝臣又兄 ②45$_{3 \cdot 12}$
巨勢徳多(徳太古) ②153$_2$
巨勢徳多の曾孫 ③379$_{12}$
巨勢徳多の孫 ②153$_2$
巨勢斐太(巨勢斐多)朝臣嶋村 ②331$_3$ ③5$_3$, 29$_{11}$, 33$_{10}$, 437$_{14}$, 443$_{13}$
巨勢斐太臣大男 ②55$_2$
巨勢斐太朝臣 ②55$_4$
巨曾倍(巨曾部・許曾部)朝臣足人 ②245$_2$, 245$_{16}$
巨曾倍朝臣津嶋 ②263$_1$
巨曾倍朝臣難波麻呂(難破麻呂) ③221$_5$, 313$_{12}$, 393$_{10}$, 401$_{11}$, 421$_{10}$
巨多 ⑤369$_8$
巨萬朝臣大山 ⇨高麗朝臣大山
居 ②49$_5$ ⑤129$_9$, 431$_5$
居貫 ②219$_{10}$
居住 ②117$_7$ ④439$_{13}$ ④13$_2$, 409$_2$
居処 ⑤513$_{12}$
居処一に非ず ②121$_{13}$
居処に縁りて ①189$_{12}$
居諸稍く改る ⑤41$_6$
居多 ④331$_{11}$ ⑤113$_{11}$, 127$_9$

きよ（去・巨・居）

続日本紀索引

きよ（居・拒・拠・炬・挙・虚・許・渠・筥・裾・踞・遽・魚・御）

居宅定まること無し ③$209_2$
居地に因りて ⑤$481_6$, 497_6
居地の名に因りて ⑤$203_{11}$, 239_8, 253_3, 497_7
居地の名を取りて ④$83_{15}$
居と為す ②$157_3$
居に因りて ②$311_4$, 271_{12} ⑤$207_1$, 473_5, 489_{8-9}
居民 ⑤$391_8$
居む ⑤$309_6$, 331_{15}
居むに堪ふ ⑤$235_8$
居らしむ ③$179_{11}$, 261_{13} ④$381_3$
居り ②$89_6$ ④$105_{15}$, 331_7, 443_7 ⑤$471_4$, 279_3, 407_9, 477_8
居りて自ら躄伏して食はず ④$215_{12}$
居りて進まず ⑤$427_1$
居ること幾ならず ④$451_{12}$
居ること幾も無(无)くして ⑤$199_{12}$, 347_1, 359_8
居る无し ③$117$, 61_{12}
居る地に因りて ①$213_{14}$
居る地の名に因りて ①$213_{16}$
居るは逸し ①$131_4$
居る里の名に拠りて ⑤$99_{10}$
居を安せず ③$291_{13}$
拒捍 ②$371_{16}$
拒ぎ戦ふ ④$29_{16}$ ⑤$431_8$
拒く ④$29_{8\cdot10}$, 127_4
拒む ⑤$431_8$
拠とするに足る ③$365_5$
拠憑 ⑤$155_3$
拠用 ③$413_{15}$
拠る所無し ⑤$141_6$
拠る失ふ ④$29_8$
炬を照す ⑤$349_6$
挙 ②$249_2$
挙哀 ①$63_8$, $115_{8\cdot10}$ ②$79_3$, 201_{12} ③$57_8$, 107_{16}, 161_3, 359_9 ④$297_4$ ⑤$217_{16}$, $451_{10\cdot12}$, 465_2
挙ぐ ②$47_9$
挙ぐる人 ②$47_{13}$
挙げしむ ①$71_{14}$
挙式を立つ ⑤$479_{13}$
挙申 ⑤$305_2$
挙す ①$149_1$ ②$247_{12}$, 283_{13}, 407_4 ③$19_8$, 323_6, 363_1 ⑤$115_{3\cdot16}$
挙税 ③$329_{15}$ →出挙
挙税の利 ①$85_{13}$
挙稲 ②$281_1$ ③$285_3$ ④$27_7$ →出挙
挙に随ふ ③$209_1$
挙聞 ①$181_{11}$
虚しく陳ふ ④$371_{12}$
虚しく流る ⑤$115_2$

虚事 ②$297_{14}$
虚実 ④$17_{13}$, 297_{15}, 397_3
虚飾に似れ ⑤$439_{12}$
虚設を用ゐる ②$449_2$
虚の帳 ①$213_5$
虚納を避く ⑤$373_{13}$
虚薄 ①$107_{13}$ ④$141_2$, 203_{12}, 445_9 ⑤$217_1$, 391_2
虚妄 ①$211_1$
虚り多し ①$181_7$
虚る ①$213_8$
虚を去る ①$147_3$
許(許由) ①$183_{11}$
許さしむ ⑤$281_{15}$
許さず ②$15_{10}$, 387_3 ③$19_{10}$ ④$409_2$
許されず ②$271_1$
許し賜はむ ③$47_{11}$
許したまはず ②$199_9$ ④$445_3$, 461_{12} ⑤$163_{12}$, 411_{16}
許し奉り ③$69_8$
許す ①$21_{15}$, 61_6, 73_5, 111_7, 143_{15}, 161_{14}, 167_{10}, 169_2, 177_5, 189_{15}, 201_5, 203_{12}, $209_{2\cdot12}$, 233_{13} ②$7_9$, $158\cdot15$, 171_6, 191_5, 311_2, 331, 451_3, 95_7, 131_{12}, 147_{11}, 187_4, 193_7, 211_2, 229_8, 231_2, 233_{12}, 245_9, 257_9, 267_{12}, 279_{10}, 293_{15}, 313_{16}, 357_{12} ③$171_2$, 135_7, 155_1, 157_2, 161_{15}, 215_{16}, 253_1, 255_8, 277_{15}, 289_{16}, 365_{13}, 375_{13}, 411_9, 437_7 ④$15_{16}$, 77_9, 83_4, 85_1, 157_{16}, 185_{10}, 199_{10}, 219_8, 251_7, 271_8, 279_{15}, 323_1, 341_{13}, 361_5, 397_4, 461_{13} ⑤$33_3$, 451_4, 99_{11}, 119_4, 129_3, 135_4, 163_{12}, $167_{1\cdot4\cdot10}$, 199_5, 203_{12}, 239_{10}, $253_{1\cdot5}$, 281_{10}, 295_7, 309_{12}, 323_5, 325_4, 333_{11}, 355_{11}, 369_9, 375_6, 377_{12}, 385_{10}, 407_2, 413_1, 419_3, 447_{13}, 475_5, 477_9, 481_{12}, 489_7, 505_6, 511_1, 513_6
許すこと能はず ②$369_{15}$
許勢朝臣祖父 ⇨巨勢朝臣祖父
許勢部形見 ①$115_1$
許曾倍朝臣陽麻呂 ④$41_{11}$
許曾部朝臣足人 ⇨巨曾部朝臣足人
許平等 ④$69_{10}$
許由 ③$321_{15}$
許容 ⑤$289_{15}$
渠川 ④$213_{14}$
筥陶(司) ④$297_2$
裾 ①$191_6$
踞る ④$385_2$, 455_7
遽かに発る ②$325_{13}$
遽かに落つ ②$341_{11}$
魚 ①$199_1$ ④$47_{5-6}$
御衣 ④$97_4$

続日本紀索引

御位 ④$97_{16}$
御意坐す ①$111_{13}$
御宇す事 ③$315_9$
御宴 ②$307_5$
御恩 ④$173_{15}$
御冠献る事 ③$97_{13}$
御間名人黒女 ③$371_7$
御願に任す ⑤$105_5$
御願を発す ③$83_4$
御器膳 ①$35_1$, 41_{13}
御禽 ⑤$403_{12}$
御軍 ④$63_8$
御原王 ⇨ 三原王
御戸代奉り ③$69_7$
御後騎兵将軍 ④$93_9$
御後騎兵副将軍 ④$93_9$
御後次第司次官 ④$93_7$, 299_4
御後次第司主典 ④$299_4$
御後次第司長官 ④$93_6$, 299_3
御後次第司判官 ④$299_4$
御後長官 ②$375_5$
御坐ます ④$311_{12}$
御斎 ⑤$253_6$, 451_{12}
御斎会 ④$411_9$
御斎に供奉る ③$383_{4-5}$
御斎を設く ③$167_1$
御在所 ①$69_2$ ②$167_{15}$, 209_2, 367_1 ③$39$, 11_{16}, 83_{13}, 119_{16}, 201_{11}, 373_1
御山造 ⑤$143_{11}$
御します ①$7_{16}$, $33_{5\cdot8}$, 51_{12}, 55_2, 73_{15}, 75_9, 87_8, 93_{10}, 109_{15}, 119_{10}, 159_5, 161_2, 221_3 ②$29_4$, 51_{12}, 103_3, 127_8, 137_{15}, 151_3, 163_{12}, $177_{6\cdot8}$, 179_3, $181_{4\cdot7\cdot14}$, $183_{9\cdot15}$, 187_{16}, 189_{1-2}, 191_2, 201_6, 203_3, $209_{1\cdot3}$, 213_7, 215_1, 229_{10-11}, 231_6, 237_{14}, 243_5, 251_4, 255_8, 265_7, 273_{15}, 287_5, 289_9, 293_6, 331_{12}, 337_5, 341_{8-9}, 347_3, 359_{13}, $361_{3\cdot10-11\cdot15}$, $385_{5\cdot11}$, 403_5, 405_9, $415_{7\cdot9}$, 429_7, 433_8 ③$31_0$, $395_{\cdot12}$, 43_9, 45_4, 53_2, 65_6, 77_3, 101_6, 103_4, 109_{10}, 115_1, 129_5, $137_{10\cdot13}$, $157_{3\cdot7}$, 215_4, 295_{4-5}, 303_5, 315_3, 337_{11}, 339_7, 345_8, 371_{10}, 393_5, 409_{3-4}, $417_{11\cdot14}$, 425_{11} ④$61_5$, 93_{16}, 149_9, 183_{15}, 189_5, $227_{6\cdot11\cdot13-14}$, 327_1, 355_4, $359_{4\cdot6}$, 363_5, 397_8, 399_4 ⑤$7_6$, 13_6, 37_{15}, 83_3, 121_6, 181_3, 211_{15}, 257_8, $259_{8\cdot10}$, 313_7, 323_6, 395_6, 422_{10}, 451_{10}, 475_7
御史大夫 ①$89_5$ ③$285_{11}$, 341_{13}, 399_{13}, $413_{1\cdot3\cdot12}$, $415_{10\cdot16}$ ④$155_{\cdot13}$, 191_4 ⑤$407_6$ → 大納言
御史大夫(唐) ③$297_2$

御史大夫に准ふ ③$375_4$
御使王 ⇨ 三使王
御使(三使)朝臣浄足(清足)〔御使連清足〕⑤$311_8$, 365_7, 379_7
御使(三使)連人麻呂 ②$311_5$
御使朝臣 ④$219_9$
御使連清成 ④$219_8$
御使連清足 ④$219_8$ →御使朝臣浄足
御使連田公 ④$219_9$
御使連麻呂 ③$379_7$
御贄 ④$47_5$
御事法 ②$225_8$
御室王 ⇨ 三室王
御手物賜はく ④$105_5$
御手物賜ふく ④$175_7$
御酒 ②$157_{12}$ ④$273_3$
御春日宮天皇(志貴親王) ②$19_2$
御称々りて ①$5_8$
御杖 ④$435_{14}$ ⑤$323_5$
御杖連 ③$335_{12}$
御杖連祖足〔河内画師祖足〕③$373_4$
御心を感動しまつるべき事は無し ④$173_6$
御身敢へ賜はず ④$85_{10}$
御身つからしくおほまします ④$259_7$
御身労らしく坐す ①$121_8$
御津村(摂津国) ④$135_{10}$
御す ②$275_{13}$
御するに在り ⑤$247_3$
御炊朝臣人麻呂 ④$99_{14}$
御世 ②$215_{11}$ ③$113_3$ ④$381_2$
御世御世 ④$173_8$
御世御世に当りて ②$421_{15}$ ③$69_{10}$
御世重ねて ③$71_3$, 319_4
御世の年号 ①$127_{14-15}$ ②$217_{11}$
御世の年名 ②$141_{13}$
御世の名を記して ②$141_{12}$
御世累ねて ③$341_8$
御製 ④$267_9$
御製歌 ②$421_{10-12}$
御占に合ふ ④$103_1$
御船王 ③$111_{11}$ →淡海真人三船
御船を造る ①$49_2$
御前 ①$139_{15}$ ③$137_{11}$
御前騎兵軍監 ④$93_{10}$
御前騎兵軍曹 ④$93_{10}$
御前騎兵将軍 ④$93_8$
御前騎兵副将軍 ④$93_8$
御前次第司次官 ④$93_6$, 299_2
御前次第司主典 ④$93_7$, 299_2

きよ(御)

きよ―きょう（御・馭・漁・呪・凶・兇）

御前次第司長官　④$93_5$, 299_2
御前次第司判官　④$93_7$, 299_2
御前長官　②$375_5$
御葬司　①$73_9$　⑤$451_1$, 463_{10}
御葬の儀　③$161_7$
御葬礼　④$377_4$
御装司　①$117_1$
御装司史　①$73_{11}$
御装司政人　①$73_{11}$
御装司副　①$73_{11}$
御装束司　③$57_4$, 145_{11}, 159_{12}　④$295_{11}$　⑤$219_6$, 303_{13}
御装束司次官　④$93_2$
御装束司主典　④$93_2$
御装束司長官　④$93_1$
御装束司判官　④$93_2$
御装束の事を行ふ　②$105_{14}$
御装長官　①$73_9$
御孫の命の（歌謡）　②$421_{12}$
御体　③$349_2$
御体平安　③$151_3$
御体養はむ　⑤$177_9$
御代の年号に字加へ賜はく　③$69_5$
御池造　③$377_5$
御長真人　③$437_6$
御調　③$91_{10}$, $121_{14 \cdot 16}$, $123_{3 \cdot 15}$, 363_{14}　⑤$121_{10 \cdot 12}$
　→調物
御調と称さず　④$423_{11}$
御坂造　③$377_{12}$
御坂連　③$377_{10}$
御被　④$273_{11}$　⑤$415_{10}$
御病治む　①$121_8$
御巫　②$327_3$
御巫以下の人等　④$175_2$
御服　④$443_{11}$　⑤$13_{14}$
御服絹織る戸　④$101_6$
御物　④$313_{13}$
御物給はく　④$273_4$
御物賜はく　④$103_{13}$
御浦王　③$77_{16}$
御母の名を除く　③$219_{12}$
御墓　③$369_6$　④$359_{16}$　→墓
御墓と称す　⑤$53_{15}$, 65_{14}
御方王　⇨三方王
御方広名　③$391_9$　→御方宿禰広名
御方（三方）宿禰広名〔御方広名〕　⑤$287_{11}$, 295_{13}, 491_{13}, 505_{12}
御方宿禰　③$391_9$
御方大野　③$47_{11}$, 87_{11}, 91_2

御方大野が父　③$47_{11}$
御名部内親王　①$77_8$
御命　③$85_{1 \cdot 9}$, 315_6, 317_7, 409_7, 411_1　④$35_2$, $43_{11 \cdot 16}$, 45_6, $491 \cdot 7$, 63_{15}, $91_{1 \cdot 3}$, 97_{14}, 99_1, 105_2, 171_{10}, $253_{8 \cdot 10 \cdot 15}$, $255_{3 \cdot 6}$, 259_{2-3}, $261_{4 \cdot 6}$, $263_{9 \cdot 12}$, 373_8, 383_3　⑤$445_5$
御命に坐せ　③$85_{8 \cdot 16}$, 317_{14}
御命に順はず　④$257_{10}$
御命らま　③$85_{1 \cdot 13}$　④$171_{10}$, 251_{11}, 373_8, 383_3　⑤$177_5$
御命を忘れず　④$261_2$
御門　⑤$507_1$
御野郡（備前国）　②$245_7$
御野郡の人　④$245_7$
御輿丁　③$171_2$
御立連　②$151_{13}$
御立連清道　②$233_6$
御笠郡（筑前国）　①$151_{10}$
御笠郡大領　①$151_{10}$
御霊　②$261_{10}$
御鹿原（山背国）　④$323_{15}$
馭奔に駿く　④$203_{15}$
漁　③$117_6$
漁猟　②$95_{13}$, 391_9
呪施　②$3_{10}$
呪ふ所　②$249_6$, 255_2, 351_7
呪を辱くす　③$225_{10}$
呪を致す　⑤$327_{10}$
呪を表す　②$283_8$　⑤$335_{10}$
凶悪　②$369_{13}$　③$379_6$
凶儀に預る　⑤$203_{10}$, 239_6
凶逆の囚族　④$83_1$
凶酷　②$109_6$
凶事　⑤$201_{15}$
凶族より出づ　③$437_3$
凶賊　①$187_{12}$
凶痛　③$219_{11}$
凶徒　⑤$305_{11}$
凶悖　④$37_9$
凶閔　③$249_{16}$　⑤$217_{10}$
凶服　①$115_8$　④$297_7$
凶服を除く　⑤$247_4$, 457_3
凶を極む　④$81_{16}$
凶を除く　⑤$247_1$
凶を掌る　⑤$203_9$
凶を滅す　④$157_{13}$
兇逆しき事　③$213_9$
兇逆の徒　⑤$217_{13}$
兇賊　⑤$239_2$, 435_{16}, 439_{11}

続日本紀索引

兇徒　②75$_1$　③229$_{16}$
共に云はく　③205$_2$
共に悦ぶ　②255$_3$, 351$_8$　③21$_{14}$
共に喜ぶ　③317$_{12}$
共に見る　④171$_{12}$
共に作る　②449$_{12}$
共にす　⑤311$_{12・14}$
共に造る　②13$_7$
共に知る　②233$_{14}$, 235$_5$, 407$_2$　④291$_3$
共に判る　②13$_{15}$
共に謀る　②369$_{12}$
匡し弼く　③181$_{12}$
匡正さず　②15$_3$
匡難に匪ず　③243$_7$
叫呼ぶ声　②251$_6$
叫閻の儀　⑤313$_8$
狂逆を為す　②371$_1$
狂言を発す　①199$_7$
狂胡　③299$_{10}$
狂心　①187$_{11}$
狂賊　⑤145$_4$, 159$_{15}$
狂狄　②19$_{14}$
狂悖　④49$_{10}$
狂ひ言へども聖尚択ふ　③271$_{12}$
狂へる馬　④397$_6$
狂れ迷へる頑ななる奴の心　③197$_7$
京　①99$_{12}$, 101$_{15}$, 209$_9$　②97$_{10}$, 153$_{10}$, 239$_3$, 249$_7$, 259$_3$, 265$_8$, 279$_5$, 291$_8$, 309$_5$, 339$_{10}$, 345$_{12}$, 381$_{10}$　③23$_{14}$, 371$_1$, 147$_{10}$
京(新羅)　④17$_{11}$
京下　⑤103$_{10}$
京下に滞る　⑤387$_{16}$
京下の寺　③57$_{10}$
京下の七寺　⑤475$_4$
京下の僧尼　②143$_{14}$
京外　③33$_1$
京外に移す　⑤229$_{14}$
京外に出す　⑤231$_1$
京官　②171$_{10}$　④455$_{10}$　⑤113$_{15}$
京官に遷る　②39$_9$
京官に同じ　②301$_{14}$
京官の主典已上　②137$_5$
京官の文武の職事の五位以上　②193$_1$
京畿　①115$_1$, 19$_{10}$, 231$_1$, 313$_1$, 95$_{14}$, 105$_7$, 179$_3$　②3$_{14}$, 59$_{14}$, 143$_{12}$　③59$_{13}$, 213$_4$　④395$_1$　⑤225$_9$, 273$_{15}$, 307$_3$, 465$_2$, 475$_{12}$
京畿内使(問民苦使)　③247$_1$
京畿内使(問民苦使)録事　③247$_1$
京畿の寺　①113$_7$

京畿の諸国　①71$_{13}$　③117$_{13}$, 149$_3$
京畿の男女の年三十已下の者　⑤485$_9$
京畿の内　①89$_3$
京畿の兵衛　①153$_7$
京戸　④154　⑤281$_3$
京戸の百姓　②439$_{11}$　③377$_{14}$
京戸の例に同じ　⑤329$_3$
京庫　④219$_7$, 235$_{13}$
京庫の甲　⑤143$_8$
京庫の綿　④451$_{16}$
京国の官司　③235$_5$
京師　①83$_1$, 123$_{15}$, 131$_9$, 141$_{13}$　②123$_{14}$, 157$_3$　③17$_8$, 45$_{16}$, 125$_9$, 223$_6$, 407$_9$　④251$_2$, 289$_4$, 307$_1$, 385$_1$, 421$_{11}$　⑤151$_6$, 107$_{16}$
京師に還る　⑤279$_4$
京師に詣らしむ　④305$_1$
京師の四隅　④289$_3$
京師の諸寺　③9$_9$, 17$_5$　⑤221$_7$
京師の諸小寺　③359$_{14}$
京師の大小の諸寺　④383$_{15}$
京師の米　④429$_9$　④75$_7$
京城　①103$_7$　②129$_{15}$
京城の外　②251$_4$
京城の門外　⑤93$_{12}$
京職　①157$_2$, 231$_{11}$　②233$_3$, 165$_8$, 437$_1$　⑤237$_3$, 497$_3$
京職大夫　②217$_5$
京職の印　①227$_9$
京人　①7$_2$
京中　②251$_6$　③135$_{12}$, 313$_1$　④63$_5$　⑤19$_{14}$, 305$_9$
京中に在らしむること莫かれ　④239$_9$
京中の孤児　③169$_{10}$
京とす　③9$_{12・16}$
京都　②39$_{10}$, 397$_{10}$　③427$_{15}$
京都営(豊前国)　②367$_{16}$
京都郡(豊前国)　②367$_{14}$, 369$_8$
京都郡大領　②369$_8$
京都郡の人　⑤23$_3$
京都に召し上ぐ　②87$_{10}$
京都の百姓の宅地　②399$_8$
京都を作る　②383$_5$
京都を遷す　⑤369$_{12}$
京内に在るに非ず　⑤167$_1$
京内の諸寺　⑤283$_{16}$
京内の諸の大小寺　④289$_{14}$
京内の僧尼　②321$_{15}$　③183$_{12}$
京内の男女　②321$_{15}$
京内の六大寺　③351$_{13}$
京南の田　③381$_9$

きよう（兇・共・匡・叫・狂・京）

89

続日本紀索引

きよう（京・供・怯・協・挟・狭）

京に還らしむ ⑤$271_7$
京に帰る ③$289_{12}$
京に近き左側の山 ②$239_8$
京に向ふ ②$71_{12}$, 269_{13} ③$95_9$, 289_5 ⑤$197_1$
京に向ふ担夫 ②$149_8$
京に在る官人 ②$201_{11}$
京に在る見禁囚徒 ④$51_{13}$
京に在る僧尼の父 ②$219_6$
京に在る文武の官 ③$185_3$
京に住む者 ⑤$105_4$
京に准ふ ③$393_{15}$
京に進る ②$409_{10}$
京に送る ②$71_2$ ⑤$267_2$
京に入らしむ ①$53_8$, 55_{12} ②$365_7$ ③$411_{12}$ ⑤$45_9$, $73_{3\cdot12}$, 77_{11}, 79_7, 111_{12}, 457_4
京に入らしむべからず ③$41_{11}$
京に入る ①$93_7$ ②$91_6$, 116, 71_3, 77_{14}, 125_2, 187_{10}, 257_6, 267_7, 287_7, 309_{14}, 357_2, 435_7 ③$97_1$, 209_{13}, 337_{10}, 417_9 ④$315_{15}$, 361_6, 451_{15} ⑤$35_3$, 73_{14}, 93_{11}, 103_8, 197_3, 387_{15}, 427_7
京に入ること得しむ ⑤$133_7$, 277_5
京に入ること得じ ②$293_4$
京に入ること得ず ③$309_{16}$ ⑤$199_2$
京に入る者 ①$183_1$
京に入る日 ⑤$93_2$
京に入る物 ②$193_{12}$
京に入るべき官物 ②$261_7$
京の外に移さる ⑤$345_{15}$
京の官人已下 ②$203_{12}$
京の左側 ②$239_8$
京の諸寺 ②$127_2$
京の人 ①$233_5$
京の僧尼 ③$77_{13}$
京の中 ②$407_8$ ③$105_{15}$ ⑤$303_4$
京の中に在り ②$369_{15}$
京の中の死罪 ②$283_9$
京の中の数寺 ⑤$125_4$
京の土 ③$217_{11}$
京の百姓 ②$265_{12}$, 303_5 ③$215_4$
京の兵馬 ②$253_3$
京の裏 ③$191_{7\cdot9}$
京の裏の百姓 ①$163_7$
京班田司 ②$227_7$
京へ入らしむ ③$71_2$
京邑の六位已下 ②$181_1$
京より越る ⑤$79_{13}$
京を定むる事 ②$435_{16}$
供客の事 ②$417_{15}$
供給 ②$171_9$, 237_8 ③$95_{11}$, 411_{12}, 415_2, 427_5 ④$345_9$ ⑤$231$, $73_{3\cdot11}$, 75_2
供給に苦む ③$233_{11}$
供給に用ゐる ③$227_{15}$
供御 ③$287_4$
供御に擬す ④$375_{15}$
供御に准ふ ④$141_{13}$
供御の塩 ③$165_8$
供御の物 ②$401_5$
供御の米 ③$165_8$
供具 ③$161_8$
供祭 ③$247_{10}$
供斎 ②$295_9$
供承 ④$123_{15}$
供職の国に非ず ④$423_6$
供す ②$9_7$, 33_{13}
供ふ ①$9_3$, 57_{13} ⑤$151_2$
供へ祭る物 ④$413_5$
供へ助く ③$241_6$
供へ奉らしめ賜ふ ④$421_4$
供へ奉り賜ふ ②$217_5$, 421_{15}
供へ奉る ②$223_{15-16}$, 421_{15}
供幣の例に入る ③$327_3$
供奉 ①$115_{10}$ ②$185_{15}$, 197_{10}, 277_8, 305_7, 307_4, 399_{16}, 405_{16} ③$113_3$, $123_{2\cdot6}$, 287_6, 365_2, 425_{14} ④$103_9$, 245_4, 277_{15}, 411_9, 423_9 ⑤$123_{1\cdot6}$, 203_9, 235_{16}, 411_9, 501_9
供奉せる者 ②$173_8$
供奉の人等 ④$95_9$, 99_9
供奉らめ（歌謡） ④$403_8$
供奉ること絶えず ⑤$35_{10}$
供奉るべき状 ②$213_1$
供奉を闕かぬ ③$277_4$
供養 ②$99_6$, 151_4, 165_9, 361_1, 433_2 ④$415_3$
供養院 ②$331_{15}$
供養する分 ③$359_{13}$
供養料 ③$237_{11}$
供養を充つ ④$375_4$
供養を備ふ ④$271_{16}$
供る ①$83_{13}$ ②$105_{14}$, 277_{12} ⑤$255_3$
怯く劣き ③$341_5$
協ひ賛く ③$271_8$
挟侍菩薩 ②$313_5$
挟侍菩薩像 ③$381_8$
挟抄 ④$285_8$
挟蔵 ①$123_{11}$, 129_4
挟杪 ⑤$381_{7\cdot9}$
狭く小さく ①$191_1$
狭窄 ④$303_{14}$
狭山下池（河内国） ②$265_{14}$

狭山池(河内国)　③407$_1$
狭紬　②55$_7$, 209$_{15}$
狭畳　④277$_{12}$
狭井宿禰尺麻呂　①29$_7$
狭嶺山(大和国)　①105$_{12}$
矜済を祈る　④317$_9$
矜察　⑤333$_8$
矜恤　②115$_{14}$ ⑤383$_4$
矜恕　⑤291$_4$
矜び懐ふ　②97$_6$
矜び賞む　②99$_5$
矜愍　②75$_{14}$ ③311$_{14}$, 363$_2$, 393$_{14}$ ⑤205$_3$
矜憫　③329$_{15}$
矜ぶ　①69$_{12}$ ④371$_{15}$ ⑤477$_{12}$
矜み救ふ　③245$_{13}$
矜み慈む　③39$_7$
矜み宥す　③147$_{16}$
矜み量る　②67$_{16}$
矜む　②115$_3$ ③243$_2$
矜を垂る　④369$_6$
恭敬　②99$_6$ ③151$_4$
恭敬供養　②389$_2$ ③277$_9$
恭謙　⑤265$_5$
恭しからぬ　③437$_{12}$
恭しきこと無し　③179$_{16}$
恭順　④203$_3$
恭仁宮(山背国)　②383$_5$, 385$_3$, 395$_{10}$, 415$_5$, 433$_{11・14}$, 435$_{1・3}$, 437$_8$ ③9$_{14}$, 112$_{・4}$, 35$_3$
恭仁宮の垣　②385$_6$
恭仁宮の高御座　②439$_3$
恭仁宮の大楯　②439$_4$
恭仁宮の兵器　③19$_{12}$
恭仁宮の留守　②437$_{13}$
恭仁宮より南の大路の西の頭　②407$_{16}$
恭仁京(山背国)　②397$_7$, 409$_{15}$, 435$_{11}$ ③11$_3$
恭仁京の市　②435$_{15}$
恭仁京の市人　②435$_{16}$ ③11$_{12}$
恭仁京の東北道　②405$_4$
恭仁京の百姓　②439$_5$
恭仁京の便宜を陳ぶる者　②435$_{13}$
恭仁京の留守　③17$_3$
恭仁京を都とせむことを願ふ　②435$_{16}$
恭仁郷(山背国)　②381$_{14}$
恭みて行ふ　⑤147$_{10}$
恭みて奉りたまはる　⑤469$_{14}$
恐懼　②89$_{15}$
恐けれども　③97$_{13}$
恐し　③317$_{2-3}$, 341$_6$
恐じもの　②217$_1$

恐み恐みも申し賜はく　③97$_{14}$
恐み恐みも奏したまはく　③65$_{15}$
恐み坐さく　③85$_{15}$, 265$_5$ ④311$_{10}$ ⑤181$_9$
恐み坐して　①5$_4$
恐み坐す　①127$_{10}$
恐み仕へ奉り　①121$_6$
恐み持ちて　②141$_{16}$
恐り畏ぢ　④323$_7$
恐り脅す　②27$_{14}$
恐る　①195$_8$ ②7$_4$, 311$_{11}$ ④451$_{11}$
恐るらくは　①173$_{16}$, 231$_4$ ②69$_4$, 115$_{14}$, 135$_7$, 147$_{16}$, 231$_{10}$, 233$_5$, 279$_2$, 307$_9$, 319$_3$, 431$_{16}$, 447$_1$ ③81$_1$, 229$_{14}$, 349$_5$, 359$_5$, 367$_8$, 437$_5$ ④211$_{14}$, 213$_{14}$, 435$_{13}$, 439$_9$ ⑤75$_{10}$, 131$_2$, 247$_1$, 331$_{15}$, 427$_3$, 435$_9$
胸形朝臣赤麻呂　⇨宗形朝臣赤麻呂
胸節を露にす　②133$_{13}$
強幹　①79$_5$
強きを服ふ　①227$_{16}$
強く幹き人　①101$_{16}$
強く壮なる者　⑤477$_{16}$
強敵無し　⑤439$_6$, 441$_1$
強盗　①123$_9$, 187$_2$, 215$_{11}$ ②31$_3$, 121$_5$, 259$_9$, 265$_{11}$, 271$_8$, 283$_3$, 291$_7$, 297$_6$, 322$_3$, 325$_1$, 337$_8$, 365$_4$ ③9$_4$, 231$_1$, 39$_{10}$, 51$_{11}$, 105$_8$, 115$_{13}$, 131$_8$, 137$_8$, 145$_1$, 151$_7$, 155$_8$, 157$_{14}$, 183$_1$ ④59$_2$, 119$_6$, 175$_{14}$, 237$_1$, 287$_5$, 377$_8$, 399$_2$, 401$_1$, 405$_{15}$, 445$_{12}$ ⑤51$_{11}$, 67$_4$, 103$_5$, 125$_{14}$, 169$_7$, 175$_{12}$, 205$_5$, 217$_6$, 245$_8$, 465$_8$ →盗賊
強盗の財を得る　②199$_{16}$
強に勝つ　③285$_1$
強ひて効む　⑤47$_{14}$
強ひて乞ふ　②27$_9$
強ひて貢む　⑤109$_{13}$
強ふべからず　②37$_{16}$
教　②81$_{15}$ ③23$_8$, 431$_{11}$
教化　③61$_{11}$
教化を作す　②211$_7$
教戒を受く　②391$_6$
教誨を加ふ　③201$_4$
教誡　③63$_6$
教養を聞くに匪ず　③385$_9$
教訓正俗　①103$_5$
教訓へ直す　⑤179$_2$
教資の業　②237$_8$
教授を加ふ　③183$_7$
教習　②149$_{16}$
教習せず　⑤151$_2$
教習に堪ふる者　②247$_7$

きよう（狭・矜・恭・恐・胸・強・教）

続日本紀索引

きよう（教・郷・喬・兢・境・誑・鋏・壇・橋・矯・疆・鏡・競・響・饗）

教勝（人名） ③$441_{12}$
教説 ④$225_8$
教勅を加ふ ③$177_{10}$
教道を存せぬ ②$51_3$
教導宣べず ⑤$297_1$
教に依る ③$115_{12}$, 151_6
教へ ④$263_{12}$
教へいざなひ進む ④$63_{13}$
教へ給ふ ④$257_{10}$, 261_6, 263_9
教へ悟す ④$139_7$
教へ賜ひのまにま奉侍れ ④$49_6$
教へ賜ふ ②$141_6$, 217_4, 421_{7-8}
教へ授けず ②$233_5$
教へ習はす ①$79_{11}$, 169_8 ②$117_1$ ③$309_4$
教へず ③$221_{10}$
教へたまひ詔りたまはむ ④$257_7$
教へたまひ宣りたまはく ③$315_{12}$
教へたまひ宣りたまふ ③$317_6$
教へ導く ①$227_4$ ②$27_1$ ③$343_3$ ④$89_{15}$, 137_7, 263_7
教へに遵はぬ者 ②$43_{10}$
教へ喩す ①$161_5$ ⑤$385_{14}$
教へ喩ふ ②$317_{16}$
教へを抱る者 ②$63_9$
教命明らかならず ②$163_3$
教喩 ②$191_4$, 327_{14}
教喩に従ふ ②$231_1$
教喩を加ふ ⑤$161_7$
教喩を存す ②$11_2$
教律を慎まぬ ⑤$329_{15}$
教を受く ①$151_4$ ②$27_5$
教を承る ③$427_{13}$
教を設く ②$121_{15}$
教を奉く ①$23_{14}$ ④$423_3$
郷 ②$45_9$, 53_{16}, 105_2, 109_{14}
郷関を離る ③$365_{10}$
郷親に送る ④$275_{12}$
郷親に託く ⑤$271_8$
郷土 ②$39_4$, 301_3
郷土を離る ③$329_{14}$
郷に還る ①$177_7$, 189_4 ②$345_{16}$
郷に還ること得ず ③$311_{13}$
郷に還るの禄 ③$409_1$
郷に帰らむことを願ふ者 ④$427_6$
郷に帰る ②$111_3$, 133_7, 195_5 ③$235_2$, 333_4 ④$17_7$, 325_6, 367_1, 373_6, 401_4
郷に在らず ⑤$107_{11}$
郷の名 ①$197_{16}$
郷別 ③$45_2$

郷邑 ③$213_1$ ⑤$383_7$
郷里 ①$219_9$ ⑤$479_7$
郷里に還らず ②$29_{12}$
郷里の者 ②$97_9$
郷閭 ③$183_8$
郷を分く ②$93_{11}$
喬麦 ②$123_{10}$
兢々の志 ①$235_4$
兢耀 ④$141_2$
兢惶の至 ④$83_3$
境 ⑤$131_{14}$
境界 ①$103_{16}$
境土 ②$45_{12}$
境内 ④$55_{16}$, 163_3 ⑤$121_{11}$
境に在り ①$181_7$
境に入らしむること莫れ ⑤$133_2$
境の内 ②$11_3$
誑耀 ④$377_2$
誑惑 ⑤$99_{13}$
鋏 ①$233_{13}$
壇区 ②$15_1$
橋を造る ①$25_{15}$ ②$399_{13}$, 409_2 ③$61_{14}$
橋を焚く ④$437_{10}$
矯せ ⑤$495_3$
矯り託ぐ ③$153_{10}$
矯りて言はく ④$255_8$
疆を辟く ①$187_9$
鏡 ②$167_4$ ④$129_{12}$
鏡忍 ④$421_{12}$
鏡みる ③$245_7$
鏡を握る任を奉けたまはる ①$107_{14}$
競ひ往く ③$7_{10}$
競ひ起ちて争論す ③$235_8$
競ひ求む ②$91_{13}$
競ひ好む ④$303_{14}$
競ひ貸る ②$281_2$
競ひて ③$385_9$
競ひて為る ④$77_5$
競ひて求む ⑤$109_{12}$
競ひ入る ⑤$141_5$
競ひ買ふ ②$29_{13}$
響 ⑤$157_{12}$, 175_{14}
響きて止まず ⑤$187_8$
響く ⑤$409_6$
饗賜 ④$277_7$
饗す ①$69_6$, 93_{12} ②$129_9$, 169_2, 203_{10}, 257_8, 273_{16}, 287_6, 337_6, 361_{11}, 405_3, 435_4 ③$123_9$, 133_3, 295_7, 305_8, 347_6, 401_5, 425_{12} ④$227_{15}$, 327_7, 369_3, 421_6 ⑤$93_{16}$, 95_9, 215_1, 259_7, 289_4

92

続日本紀索引

饗を給ふ ③101$_8$ ⑤107$_2$
饗を賜ふ ②133$_5$, 157$_{13}$, 265$_{16}$, 341$_7$, 415$_9$, 429$_8$
　③7$_2$, 53$_1$, 95$_{2・7}$ ⑤27$_1$, 57$_7$
饗を賜ふ日 ⑤143$_{16}$
驚き悦び貴び念はく ③65$_{13}$
驚き怪しむ ③375$_{10}$
驚き賜ひ怪しび賜ひ ②217$_6$
驚き賜ひ悔しび ⑤173$_6$
驚ろしき事行 ⑤13$_{11}$
驕慢 ④409$_{14}$
驕れる胡 ②73$_{13}$
仰き願はくは ②417$_6$ ③115$_{10}$
仰きて惟る ②163$_4$
仰きて承く ①151$_6$
仰きて称ふ ②15$_7$
仰きて憑る ②49$_{13}$
仰きて頼る ⑤121$_9$, 471$_{16}$
仰き望まくは ⑤33$_2$
仰せ下す ⑤299$_{13}$, 399$_{11}$, 461$_{14}$, 501$_{7・12}$
仰せ給ふ ③315$_{11}$
仰せ賜ひ ③265$_4$
仰せ賜ひ授け賜ふ ③265$_{10}$ ⑤181$_{7・13}$
仰せて ②91$_5$, 157$_6$, 225$_{14}$, 233$_{11}$, 247$_{16}$, 437$_1$,
　447$_1$ ③7$_9$, 51$_4$, 149$_{3・8}$, 235$_6$, 337$_4$, 367$_{11}$, 383$_{12}$,
　391$_5$ ④213$_{15}$, 217$_{11}$, 277$_7$, 371$_{14}$, 431$_3$ ⑤13$_5$,
　41$_9$, 69$_3$, 73$_{12}$, 75$_7$, 77$_4$, 83$_{2・10}$, 103$_{16}$, 145$_2$,
　149$_{1・6・8}$, 159$_3$, 165$_9$, 173$_{15}$, 273$_9$, 301$_5$, 341$_2$,
　381$_9$, 399$_{13}$, 403$_7$, 467$_6$, 479$_6$, 497$_3$, 507$_{12}$,
　511$_{8・11}$
仰せる政 ④277$_2$
仰の如くすべし ④277$_4$
行^1 ①3$_2$, 33$_2$, 65$_2$, 119$_2$, 159$_2$, 193$_2$ ②3$_2$, 41$_2$,
　109$_2$, 177$_2$, 243$_2$, 287$_2$, 337$_2$, 385$_2$, 415$_2$ ③3$_2$,
　39$_2$, 101$_2$, 129$_2$, 175$_2$, 261$_2$, 291$_8$, 297$_{13}$, 303$_2$,
　357$_2$, 399$_2$, 415$_1$ ④3$_2$, 61$_2$, 109$_2$, 149$_2$, 165$_6$,
　189$_2$, 247$_2$, 309$_2$, 363$_2$, 419$_2$ ⑤3$_2$, 57$_2$, 121$_2$,
　225$_2$, 265$_2$, 287$_2$, 327$_4$, 357$_2$, 393$_{4・12}$, 417$_2$
行^2 ①61$_{12-13・15-16}$ ②33$_2$, 41$_{13}$, 155$_{1・14}$, 173$_{10}$
行下す ②73$_3$ ④27$_{15}$
行賀(人名) ⑤299$_3$
行官(唐) ⑤79$_2$, 91$_{14}$
行き経 ②449$_8$
行き越る ①19$_{12}$
行きて経 ①143$_{10}$
行きて至る ①157$_6$, 199$_{12}$
行基 ②27$_8$, 247$_{14}$, 433$_9$ ③7$_2$, 61$_{8-9・12・16}$ ④415$_1$
行基菩薩 ③63$_1$
行基の弟子 ②27$_8$ ③63$_2$
行宮 ③93$_5$, 157$_3$, 159$_2$ ⑤39$_{12}$, 511$_4$

行宮と作す ③241$_6$
行宮に共せる者 ②33$_{10}$
行宮に供せる百姓 ②33$_{13}$
行宮に供奉れる郡 ②399$_2$
行宮の側近 ②155$_4$, 173$_9$ ④95$_7$, 99$_7$ ⑤281$_{12}$
行宮を営造す ①49$_1$, 59$_{14}$
行宮を造らしむ ②31$_{12}$ ④91$_{15}$
行宮を造る郡司 ①143$_{11}$
行業の徒 ①25$_{13}$
行軍式 ③321$_4$
行幸 ①35$_{12}$, 107$_7$, 143$_{8・10}$, 185$_6$, 201$_{11}$, 211$_{10}$,
　231$_{14}$ ②33$_2$, 41$_{12}$, 53$_{11}$, 133$_1$, 173$_7$, 277$_4$, 301$_2$,
　303$_1$, 349$_{14}$, 351$_{12}$, 363$_2$, 375$_{10}$, 399$_9$, 407$_{14}$,
　409$_{11}$, 411$_{15}$, 417$_{16}$, 429$_{13}$, 437$_2$, 439$_9$, 449$_7$ ③
　11$_{15}$, 15$_2$, 35$_8$, 93$_4$, 97$_4$, 119$_{10}$, 137$_4$, 157$_2$, 207$_{13}$,
　391$_{13}$ ④93$_5$, 323$_{15}$ ⑤281$_{11}$, 345$_8$, 347$_7$, 349$_5$,
　389$_7$, 391$_{11}$, 511$_3$ →巡幸
行在所 ②33$_{4・6}$
行在所に供奉せる者 ②173$_8$
行在所に供奉る者 ⑤281$_{13}$
行視 ④447$_{13}$
行資を備ふ ②359$_7$
行事 ②233$_{14}$ ⑤127$_6$, 481$_6$
行事に重く在らむ人を ④253$_{13}$
行修 ⑤255$_{15}$
行住の科 ③357$_7$
行住を差ざず ③357$_9$
行信(人名) ②345$_1$ ③151$_{10・13}$
行人(行く人) ②71$_1$, 427$_{10}$ ③299$_8$
行善(人名) ②99$_4$
行達 ②343$_{13}$, 355$_{16}$
行程 ②193$_{11}$, 309$_{10}$ ③141$_6$ ④199$_9$ ⑤21$_1$,
　433$_{11}$
行程迂遠 ②45$_{11}$
行道 ②199$_{13}$, 303$_5$ ③105$_5$, 115$_{10}$ ④119$_2$,
　305$_{14}$, 387$_{10}$, 417$_3$, 459$_1$ ⑤329$_{13}$
行道の曲 ③161$_9$
行に於て穏にあらず ⑤115$_7$
行能 ①183$_8$
行能を紀さしむ ②47$_{16}$
行はぬ者 ③235$_6$
行ひ訖る ⑤195$_{15}$
行ひ給ひ ④409$_{10}$
行ひ賜ひ ④421$_{15}$
行ひ賜ひ敷き賜ふ ②217$_5$
行ひ賜ふ ①5$_6$ ②217$_{14}$, 225$_5$
行ひ賜ふ事 ①121$_5$
行ひ賜ふ態を見そなはせ ②421$_6$
行ひ賜へる ②421$_4$

きよう（饗・驚・驕・仰・行）

93

きょう―きよく（行・尭・暁・業・僥・澆・凝・驍・曲・勖・極・棘・跼・玉）

行ひに相応ふ ④$137_4$
行ひ用ゐる ②$89_2$ ④$393_1$ ⑤$385_9, 495_3$
行ひ来 ②$225_6$
行ひを乖く ③$31_5$
行ふ所 ④$91_6$ ⑤$145_{14}$
行方郡(陸奥国・石城国) ②$45_7$ ④$435_{15}$
行方郡の人 ④$235_2, 237_6$
行役に苦しぶ ①$195_6$
行り視しむ ③$381_5$
行り相しむ ⑤$247_{15}$
行李相属す ①$93_{16}$
行旅の人 ①$189_6$
行旅の病人 ③$235_2$
行列 ③$65_8, 77_4$ ④$135_{12}$
行列の次 ⑤$93_5$
行路 ②$63_1$ ④$191_2$ ⑤$75_9, 93_{15}, 95_6$
行を啓く ③$297_5$
行を脩む ⑤$265_7$
行を進む ③$233_8$
行を積む ⑤$305_1$
行を分く ④$277_{16}$
尭緒 ③$273_{12}$
尭の心 ③$309_{16}$
尭の力を知らむ ①$231_7$
暁 ③$11_{12}$
暁示 ①$155_{14}$
暁時 ②$223_{15}$
暁習 ⑤$445_{14}$
暁らかに習へり ②$43_7$
業 ①$227_3$ ②$17_4, 47_{13}$ ③$359_2$
業行 ③$431_{10\cdot16}$
業々の想 ①$107_{15}$
業進まず ④$361_4$
業絶ゆ ②$233_5$
業とす ③$117_6$
業を安くす ②$307_{12}$
業を安す ③$291_{14}$
業を勧め勉めしむ ②$231_4$
業を棄つ ②$27_{10}$
業を継がしむ ③$367_{12}$
業を纂ぐ ⑤$131_9$
業を失ふ ②$119_{15}, 131_4$
業を受く ①$23_9$ ④$459_{11}$
業を受くる師 ③$237_7$
業を授く ②$211_8$
業を習はしむ ②$233_7$
業を習ふ ②$231_{15}$
業を成せる者 ④$121_{11}$
業を請ふ者 ②$63_9$

業を定む ④$285_2$
業を伝ふる者 ②$449_2$
業を破る ②$103_{10}$
業を廃む ②$111_{10}$
業を分つ ④$471_6$
僥倖 ④$333_{10}$
僥倖を為さむと欲ふ ④$23_{10}$
僥倖を懐ふ ④$377_4$
澆俗を変ふ ⑤$195_5$
凝寂 ④$141_3$
凝滞の処 ④$265_{16}$
驍武 ⑤$257_2$
曲げ傾く事无く ④$333_{12}$
曲赦 ①$49_{14}, 207_1$ ②$137_4, 173_{10}, 207_{12}, 265_9, 283_9$ →赦す, 大赦
曲照 ⑤$33_2$
曲水の宴を設く ④$405_4$
曲水の詩を上らしむ ⑤$91_8$
曲水の詩を上る ④$275_{10}$
曲水の詩を賦はしむ ②$191_3$
曲水を賦する者 ④$375_1$
曲水を賦せしむ ⑤$33_8, 65_4, 289_{11}, 323_6, 383_1$
曲水を賦はしむ ②$231_7$ ④$155_{14}$
曲に察す ⑤$497_{13}$
曲に垂る ③$231_{11}$ ④$367_{16}$
曲に成す ③$273_3$
勖む ②$5_{10}$
極 ②$201_5$
極諫 ②$89_9$
極刑に合ふ ⑤$225_{14}$
極言 ②$85_{12}$
極に登る ②$3_8, 61_6$ ④$311_1$
極熱 ⑤$427_2$
極り罔し ③$143_{13}, 163_{16}$
棘を茇る ①$105_6$
跼蹐して避く ⑤$407_{14}$
玉垣勾頓宮(紀伊国) ②$155_1$
玉宮と謂ふ ④$161_{11}$
玉作金弓 ③$343_9$ ④$181_2, 205_{14}$
玉作部広公 ④$337_7$
玉条 ②$49_4$
玉津嶋(紀伊国) ④$93_{15}$
玉津嶋之神(紀伊国) ②$155_{11}$
玉津嶋頓宮(紀伊国) ②$155_2$
玉井(山背国) ②$383_4$
玉井(姓) ⑤$437_8$
玉石を治めし人 ②$431_6$
玉棗 ②$171_{14}$
玉棗の詩賦 ②$171_{15}$

続日本紀索引

玉造(玉作)郡(陸奥国) ⑤$441_{13}$
玉造郡の人 ④$235_{10}$
玉造塞 ⑤$433_{10 \cdot 12}$
玉造柵(陸奥国) ②$315_{8 \cdot 10}$
玉造の城 ⑤$161_8$
玉造の団 ②$193_6$
玉帛 ③$363_{15}$ ⑤$393_9$
玉野駅家(出羽国) ③$329_{16}$
玉野(出羽国) ②$317_{5-6}$
斤 ①$33_{10}$, 39_4, 209_{14}, 223_{15} ②$35_6$, 213_{4-5}, 353_{6-7}, 359_{10} ④$85_9$
斤両の法 ②$251_6$
均しく出す ②$71_1$
均しく分つ ③$225_{15}$
均しく輸す ②$37_{15}$
均平 ⑤$107_{15}$
均養の仁 ⑤$509_{10}$
近衛 ④$81_2$, 169_5, 239_{15}, 345_3 ⑤$151_3$
近衛員外少将 ④$179_6$, 459_8 ⑤$63_{12}$, 105_9, 179_{12}
近衛員外中将 ④$73_4$, 89_2, 379_{13} ⑤$187_1$, 205_{12}, 241_{11}, 257_5, 359_9
近衛少将 ④$71_{10}$, 73_5, 177_{10}, 209_3, 303_4, 341_{10}, 351_6, 459_7 ⑤$29_{12}$, 63_{11}, 187_2, 227_{13}, 249_{14}, 269_5, 317_8, 349_{11}, 351_{11}, 379_7, $389_{9 \cdot 12}$, $409_{2 \cdot 15}$, 457_{13}, 473_{10}
近衛将監 ④$71_{11}$, 115_9, 155_5, 201_2, 233_6, 341_7 ⑤$105_9$, $291_{6 \cdot 9}$, 319_9, 321_{12}, 351_{11}, 383_{11}, 397_3, 421_2, 489_{16}, 497_4, 509_6
近衛将曹 ④$71_{11}$, 157_{12} ⑤$263_5$
近衛大将 ④$71_{10}$, 73_7, 159_{12}, 295_3, 305_8, 453_{13} ⑤$51_9$, 65_5, 83_{15}, 203_{13}, $265_{3 \cdot 11}$, 317_7, 355_2, 365_1
近衛中将 ④$71_{10}$, 297_{14} ⑤$61_1$, 263_1, 297_{10}, $299_{5 \cdot 11}$, 301_7, 309_2, 345_2
近衛の事 ④$287_{14}$
近衛府 ④$71_9$, 369_{15} ⑤$463_5$ →授刀衛
近き護りとして ④$259_{16}$
近き代 ②$335_{13}$
近き代に至るまで ①$131_6$
近きより遠きに及ぼす ⑤$483_{12}$
近きを安くす ③$273_{13}$
近く侍る官 ②$103_{16}$
近郡 ④$111_8$
近郡(近江国) ④$125_7$
近古 ⑤$193_{10}$
近江按察使 ③$391_4$ ④$195_4$, 203_1 ⑤$277_6$, 349_1
近江員外介 ④$115_{14}$, 341_2
近江介 ③$313_{13}$, 401_{14} ④$78_$, 115_{13}, 129_6, 249_{11}, 425_1, 437_1 ⑤$15_6$, 53_7, 61_2, 191_9, 271_{12}, 339_{10}, 351_{12}, 361_{10}

近江国 ①$72$, $111_{1 \cdot 8}$, 131_{10}, 451_6, 49_3, 55_5, 61_8, 71_{15}, 139_5, 141_{15}, 183_{14}, 199_{13}, 205_{11} ②$15_6$, $33_{2 \cdot 11}$, 113_6, $125_{3 \cdot 5}$, 157_8, 171_4, 219_{15}, 263_3, 399_2, 405_4, 407_{14} ③$7_8$, 411_5, 451_0, 59_7, 255_5, 349_{15}, 393_5, 403_{16}, 407_9, 435_{10}, 439_{13} ④$191_1$, 23_7, 291_{1-2}, 371_3, 551_5, 71_4, 75_{15}, 129_9, 215_2, 381_{14}, 403_7, 433_5, 451_3, 453_{12} ⑤$47_{15}$, 255_1, 303_1, 321_2, 339_{5-6}, 361_6, 387_{12}, 467_8
近江国近郡 ④$111_8$, 125_6
近江国言さく ①$205_{16}$ ⑤$211_{14}$, 279_{14}
近江国司 ②$411_{13}$
近江国守 ②$13_{16}$
近江国十二郡 ③$361_7$
近江国の郡司 ②$151_4$, 383_3
近江国の郡司の子弟 ④$403_{11}$
近江国の穀 ①$155_4$
近江国の沙弥 ④$133_2$
近江国の雑犯死罪已下 ③$393_8$
近江国の人 ④$163_{12}$, 305_4 ⑤$355_9$
近江国の正税 ⑤$281_{14}$
近江国の僧 ④$133_2$
近江国の鉄穴 ①$73_6$
近江国の百姓 ①$155_{10}$ ③$393_7$, 403_{12} ⑤$507_{13}$
近江国の兵 ④$297_4$
近江国の兵士 ③$185_9$, 425_{10}
近江国の名神の社 ④$551_4$
近江国の役夫 ②$297_3$ ⑤$451_9$, 465_1
近江国部内の諸寺 ②$13_{16}$
近江史生 ③$443_8$
近江守 ①$135_5$, 153_{16}, 163_1 ②$21_2$, 401_{10} ③$15_7$ ④$115_{13}$, 341_2 ⑤$91_2$, 191_9, 205_{10}, 361_9, 409_{12}, 419_2, $421_{3 \cdot 14}$, 447_{10}, 507_5
近江大掾 ⑤$271_{13}$, 293_{11}
近江大津宮 ②$283_{13}$ ④$131_2$
近江大津宮に御宇しし天皇(天智天皇) ④$335_9$ ⑤$181_6$
近江大津宮に御宇しし天命開別皇帝(天智天皇) ④$309_5$
近江大津宮に御宇し大倭根子天皇(天智天皇) ①$121_3$
近江大津宮に大八嶋国知らしめしし天皇(天智天皇) ③$71_1$
近江大津の宮に御宇しし天皇(天智天皇) ③$85_6$
近江朝 ①$89_5$, 205_{15} ②$79_4$ ③$353_2$ ④$251_2$, 205_{16}
近江朝庭 ④$443_3$
近江朝の書法一百巻 ③$167_{10}$
近江の国司 ②$331_2$, 383_3

きよく—きん(玉・斤・均・近)

続日本紀索引

きん（近・困・欣・金）

近江の国民　③11$_{10}$
近江の世　②61$_2$
近侍　⑤471$_{3・12}$
近侍に陪る　④285$_4$
近者　⑤333$_2$
近肖古王(百済)　⑤469$_{11}$
近臣　②65$_9$　④61$_{10}$
近親　⑤227$_1$
近代より以来　⑤121$_{10}$
近淡海の大津宮天下知らしめしし天皇(天智天皇)　④109$_6$
近(流)　②149$_5$
困府に絶えず　④285$_4$
欣悦の情　⑤335$_1$
欣懼　①151$_7$
金　①37$_1$, 233$_{11}$　②307$_2$　③209$_{13}$, 279$_8$　④135$_{12}$
金喧(新羅)　③119$_6$
金隠居(新羅)　④275$_{11}$
金乾安(新羅)　②107$_4$
金巌(新羅)　⑤121$_{12}$, 123$_{10}$
金埼の船瀬(筑前国)　④169$_{15}$
金玉　②105$_4$
金欽英(新羅)　②405$_{1・3}$
金見出でたる人　③73$_{12}$
金軒英(新羅)　③123$_{13}$
金元吉　②151$_{11}$
金元静(新羅)　①219$_9$, 223$_{6・14}$
金五百依　⑤275$_{13}$
金口　②49$_3$
金光寺(大和国)　④305$_{13}$
金光明経　①71$_{15}$, 85$_{12}$　②161$_{11}$, 203$_{5-7}$　③61$_4$
金光明経を講く　①63$_7$
金光明最勝王経　②331$_{16}$, 389$_8$　②259$_1$　→最勝王経
金光明最勝王経を写さしむ　②389$_{12}$
金光明最勝王経を読ましむ　②415$_{11}$
金光明四天王護国之寺　③391$_5$
金光明寺(大和国)　②415$_{11}$, 417$_{2・12}$, 439$_{14}$　③49$_{7-8}$, 103$_8$, 171$_1$
金孝元(新羅)　①65$_{11}$
金剛般若経三十巻を写し奉る　③257$_{16}$
金剛般若経を転読せしむ　②179$_2$
金剛般若経を読ましむ　②293$_{11}$
金今古(新羅)　①93$_{15}$
金才伯(新羅)　④173$_{3・5}$
金財〔隆観〕　①73$_{13}$
金作　③117$_{13}$
金作部東人　②113$_5$
金作部牟良　②113$_5$

金三玄(新羅)　④421$_{16}$, 423$_{2・10}$
金刺舎人広名　⑤499$_5$
金刺舎人若嶋　④321$_4$, 367$_3$　→金刺舎人連若嶋
金刺舎人八麻呂　④67$_{2・12}$
金刺舎人麻自　③221$_{12}$, 223$_{10}$, 277$_7$
金刺(舎人)連　④367$_3$
金刺舎人連若嶋〔金刺舎人若嶋〕　⑤251$_2$
金肆順(新羅)　⑤275$_{12}$
金字金光明経を写す　③49$_8$
金字の金光明最勝王経　②389$_{13}$
金字の最勝王経　③393$_9$
金字の法華経　②393$_9$
金漆　⑤41$_2$
金儒吉(新羅)　①91$_6$, 93$_{7・11-13・15}$
金出でたりと奏して進れり　③67$_8$
金順慶(新羅)　①333$_{10}$
金順貞(新羅)　②169$_{9・11}$　④423$_7$
金順貞の孫　④423$_8$
金初正(新羅)　④269$_{12}$, 275$_{11-12}$, 277$_{1・8}$
金所毛(新羅)　①31$_9$, 33$_9$
金序貞(新羅)　②417$_{13}$
金少けむと念し憂へつつ在る　③67$_{13}$
金承慶(新羅)　③123$_{12}$
金鍾寺(大和国)　②451$_2$　③35$_8$
金上元　①129$_{16}$, 157$_9$
金城史山守　④455$_3$
金信福(新羅)　①149$_{5・14}$, 151$_8$
金(姓)　②271$_{13}$
金青　①131$_{10・12}$, 199$_{14}$
金銭(開基勝宝)の一を銀銭(大平元宝)の十に当つ　③349$_{13}$
金銭の文　③349$_{13}$
金蘇忠(新羅)　⑤123$_{11}$
金奏勲(新羅)　②169$_{9-10}$
金相貞(新羅)　②285$_4$, 287$_7$
金想純(新羅)　③339$_3$, 341$_7$
金造近(新羅)　②167$_{16}$, 169$_1$
金体信(新羅)　③427$_{11-13}$
金泰廉(新羅)　③119$_6$, 121$_{11・15}$, 123$_{2・4-5・7・15}$, 125$_{2・7}$, 365$_2$　⑤93$_2$, 123$_2$, 131$_{12}$
金宅良　②151$_{11}$
金長言(新羅)　②55$_1$, 59$_{3・5}$
金長孫(新羅)　②257$_{2・6・8}$
金貞巻(新羅)　③363$_{11-12}$, 365$_{5-6}$, 427$_{12・16}$　④277$_1$　⑤131$_{13}$
金貞宿(新羅)　②133$_{15-16}$
金貞楽(新羅)　⑤123$_{10}$
金泥　②127$_6$　④263$_{14}$

96

続日本紀索引

金堂　③51$_1$　⑤125$_5$
金銅像　②431$_{12}$
金銅の鋳像　⑤133$_9$
金任想(新羅)　①7$_6$
金の鉱　①15$_4$
金弥言(新羅)　③119$_6$
金弼(新羅)　②107$_4$
金弼徳(新羅)　①7$_5$, 91$_5$
金福護(新羅)　①65$_{11}$, 69$_{7\cdot11\cdot15}$, 71$_2$
金容(新羅)　④17$_{10}$
金蘭蓀(新羅)　⑤111$_3$, 113$_1$, 121$_{7\cdot11}$, 123$_9$, 131$_{14}$
金輪　④15$_9$
金輪幢　③161$_8$
金を懐く　④367$_8$
金を獲し人　①47$_7$ ③81$_{10}$
金を獲たる人　③109$_2$
金を出す　③279$_8$
金を出せし山の神主　③81$_{13}$
金を出せる郡　③109$_4$
金を出だす郡司　①47$_7$
金を治たしむ　①35$_{15}$, 47$_9$
金を治ちし人　③81$_{12}$
衿を開く　①141$_1$
衾　①49$_{12}$, 73$_{15}$ ②403$_3$ ③19$_4$ ④273$_{11}$, 355$_{11}$,
　397$_{10}$, 419$_5$, 445$_{15}$ ⑤57$_5$, 121$_6$, 323$_5$, 403$_{12}$,
　415$_{10}$　→被
勤位已下の号　①41$_2$
勤恪　②297$_{16}$ ⑤101$_4$, 411$_7$
勤学　④213$_7$
勤冠以下の者　①37$_{12}$
勤冠四階　①37$_{3\cdot10}$
勤欵　③123$_{16}$
勤韓　⑤299$_{10}$
勤勘　③81$_4$
勤苦　①115$_4$
勤公　③295$_8$ ④201$_{15}$
勤公の人等　②157$_{15}$
勤功　②225$_{15}$
勤広壱　①31$_2$
勤広参　①29$_6$
勤広肆　①29$_{13}$
勤産　②295$_9$
勤しきかも　⑤471$_{10}$
勤しみ労む　②387$_2$
勤臣　③103$_{13}$
勤臣東人　⇨伊蘇志臣東人
勤誠　③123$_3$, 305$_1$
勤怠　③179$_{13}$
勤大壱　①7$_3$, 29$_5$, 31$_1$

勤大肆　①27$_{15}$, 29$_6$
勤大弐　①15$_5$
勤め結る　④63$_{14}$
勤め仕へ奉れ　③197$_{11}$
勤め事へしむ　④161$_{16}$
勤めて坐さひ　④173$_{11}$
勤労　④101$_{14}$, 149$_{10}$, 277$_6$, 463$_{12}$ ⑤123$_5$
欽州(唐)　②357$_9$
欽ひ迎ぐ　③183$_8$
欽武(大欽茂)(渤海)　②359$_{1\cdot3}$
欽みて　③271$_3$, 279$_{11}$, 309$_{15}$
欽明　②305$_{14}$
琴鼓く　②403$_7$
琴を賜ふ　②415$_9$
筋骨　①199$_6$
筋力　⑤479$_1$
禁　②165$_5$
禁衛　③287$_{11}$
禁披　③161$_{13}$ ④27$_{11}$
禁戒　⑤201$_7$
禁境　⑤27$_8$
禁殺の令　④289$_{10}$
禁止を加ふ　①191$_3$ ②29$_3$ ③341$_9$
禁守　①171$_{12}$
禁書　①129$_4$
禁す　③161$_6$
禁ぜず　⑤311$_{14}$
禁制すらく　①155$_{10}$
禁制せず　④263$_6$ ⑤255$_{10}$
禁制を加ふ　②17$_2$ ③23$_{15}$ ④321$_{13}$ ⑤307$_8$
禁制を立つ　⑤427$_{13}$
禁断　①175$_2$, 181$_2$ ②27$_2$, 123$_7$, 325$_9$, 327$_{15}$,
　387$_7$, 411$_{14}$, 417$_2$, 427$_5$ ③15$_{11}$, 61$_5$, 95$_{11}$, 117$_5$,
　147$_{14}$, 149$_4$, 155$_{11}$, 165$_7$, 257$_8$, 349$_9$ ④75$_3$, 77$_7$,
　391$_{16}$, 411$_3$ ⑤165$_{15}$, 255$_{12}$, 283$_{15}$, 501$_{15}$
禁断(禁め断つ)　②239$_{11\cdot14}$, 261$_4$, 279$_{12}$, 281$_5$
　③191$_8$
禁断を加ふ　①175$_{16}$ ②13$_{13}$, 15$_{16}$ ③191$_{8\cdot10}$ ⑤
　109$_2$, 165$_2$, 275$_1$, 311$_{14}$
禁中　③261$_{11}$ ④295$_4$
禁内　④15$_7$
禁の限に在らず　①55$_9$, 105$_2$ ②261$_5$
禁不の旨　⑤91$_{15}$
禁む　①7$_{13}$, 91$_4$, 111$_4$, 55$_9$, 161$_8$, 163$_9$, 169$_2$,
　171$_{11}$, 179$_{11}$, 187$_{16}$, 189$_7$, 233$_{12}$ ②21$_3$, 45$_{14}$,
　101$_{10}$, 321$_{14}$, 387$_{10}$, 411$_3$ ③29$_{14}$ ④135$_5$, 165$_{11}$
禁むる限に在らず　②15$_{12}$ ④77$_8$
禁むる所　③23$_{13}$
禁むる色　⑤255$_{11}$

きん（金・衿・衾・勤・欽・琴・筋・禁）

禁め給へる物に在り ④139$_{10}$
禁め止む ②387$_4$ ⑤283$_{13}$
禁め進る ③213$_{10}$
禁め着く ②205$_{13}$ ③201$_7$, 203$_{13}$
禁め難し ②111$_2$
禁め防く ②91$_{12}$
禁めむ ④391$_{10}$
禁め無し ②111$_{11}$
禁喩を加ふ ②49$_9$
禁を犯す者 ③55$_9$
禽 ①199$_1$
禽獣を捕る ②239$_{11}$
擒へ獲 ②239$_6$
錦 ①73$_{16}$, 205$_9$ ②251$_6$, 307$_3$, 435$_{15}$
錦曰佐周興 ⑤387$_{13}$
錦曰佐名吉 ⑤387$_{13}$
錦冠 ③435$_{13}$
錦繡 ③225$_4$
錦部安麻呂 ②147$_5$
錦部河内 ③109$_{12}$ →錦部連河内 →錦部連河内売
錦部郡(河内国) ①15$_{15}$
錦部郡の人 ④107$_4$
錦部寺(近江国) ④133$_2$
錦部寺の檀越 ④133$_2$
錦部刀良 ①115$_{1·2·4}$
錦部毗登高麻呂 ④107$_5$
錦部毗登真公 ④107$_5$
錦部毗登石次 ④107$_4$
錦部毗登大嶋 ④107$_5$
錦部連 ④107$_6$
錦部連河内〔錦部河内〕 ③383$_2$ ④69$_3$ →錦部連河内売
錦部連河内売〔錦部河内・錦部連河内〕 ④329$_9$
錦部連家守 ⑤461$_1$

きん（禁・禽・擒・錦・懃・謹・襟・疊・麑・饉・銀）

錦部連吉美 ②177$_{12}$
錦部連姉継 ⑤361$_5$, 395$_{15}$
錦部連針魚女 ④443$_{14}$
錦部連男笠 ④395$_2$
錦部連道麻呂 ①35$_6$, 193$_{12}$
錦綾 ①169$_8$
懃懃を表す ③305$_{15}$
懃懇の誠 ⑤39$_{13}$
謹しまり奉侍れ ④26$_{13}$
謹まり ④257$_{16}$
謹みて ②131$_{11}$, 139$_5$, 147$_{14}$, 189$_9$, 321$_2$, 351$_3$ ③21$_{10}$, 275$_{2·7}$, 289$_{10}$ ④13$_8$, 289$_{14}$, 367$_{16}$, 395$_{15}$ ⑤81$_{11}$, 97$_8$, 99$_4$, 113$_{15}$, 121$_{11}$, 161$_{16}$, 335$_9$, 393$_{4·9·11·16}$, 427$_{12}$, 487$_8$, 495$_{13}$
謹みて案ふ ③225$_3$
謹みて詣で ④317$_9$
謹みて申聞す ③123$_1$
謹みて奉侍れ ④253$_9$
謹みて奉進る ③123$_7$
謹み礼まひ ④137$_3$
襟を棲ましむ ③273$_{10}$
襟を右にす ②53$_8$
疊を負ふ ③245$_2$
麑岫 ①109$_3$
饉う ①177$_8$, 195$_7$
銀 ①71$_3$, 81$_{16}$, 179$_{11}$, 199$_1$, 233$_{11}$ ②89$_2$, 213$_{4-6}$, 307$_7$ ④135$_{12}$
銀鋺 ⑤75$_{12}$
銀銭 ①139$_5$, 147$_{3·5}$, 149$_7$, 153$_3$, 163$_9$ ②89$_1$
銀銭(大平元宝)の一を新銭(万年通宝)の十に当て ③349$_{13}$
銀銭の文 ③349$_{12}$
銀銭を用る ①149$_8$
銀装の帯を用ゐる ④157$_{16}$
銀装の刀を用ゐる ④157$_{16}$

く

くすしく奇しき事 ④$137_1$
区 ①$229_7$ ②$389_{12}$, 441_9 ③$49_8$, 92_8, 135_{10} ④$163_{12}$, 391_5
区宇 ②$349_{15}$ ③$243_{11}$ ④$371_3$ ⑤$235_6$
区宇の安寧を表す ③$221_{16}$
区宇無外 ⑤$437_{12}$
区宇を再造す ④$285_1$
区寓 ④$455_{12}$
区夏 ①$235_4$ ⑤$193_{12}$
狗 ②$101_{10}$
狗盗 ④$439_8$
狗を養ふ ④$47_4$
苦 ⑤$413_7$
苦海を渡る ②$63_{13}$
苦酷を為す ③$385_7$
苦しぶ ①$195_6$ ②$321_{12}$
苦しむ ③$227_{13}$ ⑤$499_{12}$
苦に請ふ ⑤$119_2$
苦は是れ必ず脱れむ ④$289_{13}$
苦び辛む ②$205_{11}$
苦乏せしむること無からしむ ①$209_{15}$
苦楽同じからず ④$197_7$
苦楽(を)共にす ②$203_4$ ⑤$31_{16}$
苦労 ②$89_{13}$
苦を見る ②$349_5$
苦を済ふ ③$155_7$
苦を受くる雑類の衆生を救済へば病を免れて年を延ぶ ③$115_{11}$
苦を致す ④$199_6$
苦を免る ⑤$479_2$
苦を免れず ④$455_{11}$
絇 ①$39_4$, 79_8, 105_6, 149_{15}, 171_{16}, 173_4, 201_{10}, 213_2 ②$35_6$, 85_{16}, $874・10・12・14$, 95_5, 153_7, 157_{16}, 201_{16}, 335_9, 361_{1-2} ③$295_{9-10}$, 307_2, 345_{12}, 415_2 ④$277_8$, 357_2, 369_{10} ⑤$27_{10}$, 411
篳篥師 ⑤$33_{12}$
駈け率ゐる ③$241_1$
駈使 ②$29_{11}$ ④$285_9$
駈使丁 ①$147_{10}$ ②$17_{14}$
駈除 ③$95_{11}$
駈せ率ゐる ③$199_{10}$
駈役 ④$77_6$, 147_2 ⑤$135_{10}$
駈り使ふ ①$155_{11}$
鴝鵒 ②$257_7$
軀 ②$199_{12}$, 367_9, 431_{12} ③$381_8$

懼ぢ怨む ②$319_2$
懼ぢ恐る ③$315_{11}$
懼る ②$163_2$ ④$271_6$ ⑤$325_{11}$, 483_9
懼るること無からしめ ③$243_{15}$
衢に謳ふ ②$307_{12}$
具 ③$169_{15}$, 387_7, $403_{5・8}$ ④$231_{4-5}$ ⑤$511_8$
具さに記す ②$57_{15}$
具瞻 ③$81_2$
具足 ②$121_{11}$
具に言す ②$115_5$ ⑤$155_{15}$
具に載す ⑤$37_{12}$, 93_5
具に載せず ③$325_{14}$
具に示す ③$359_4$
具に奏し賜ひ ②$217_1$
具に奏す ②$201_5$
具に知る ②$195_1$, 309_2, 353_1 ⑤$195_9$
具に着る ⑤$329_8$
具に注す ②$213_{12}$ ④$213_9$, 293_3 ⑤$341_3$
具に名を薦めしむ ③$183_8$
具に列ぬ ③$359_3$
具に録す ②$229_6$ ③$299_{16}$ ④$131_{15}$
具備 ①$195_6$
愚闇 ②$135_7$
愚闇の子孫 ③$251_{15}$
愚意 ⑤$203_3$
愚管 ⑤$429_4$
愚管を陳ぶ ⑤$479_9$
愚頑 ④$443_{15}$
愚議 ⑤$435_{10}$
愚志一巻 ②$447_{14}$
愚質 ④$367_8$
愚性を稟く ③$321_8$
愚拙 ③$283_8$
愚痴に在る奴 ④$89_{11}$
愚なる民 ②$281_1$
愚昧 ②$319_{15}$
愚民 ②$271_1$, 327_{11} ④$23_{10}$ ⑤$329_{15}$, 487_{13}
虞舜 ②$223_7$
虞韶 ②$49_1$
虞多し ⑤$145_4$
空きたる地 ③$135_{12}$
空しき名 ③$325_2$
空しく遺す ④$415_5$
空しくすること得ず ③$277_{13}$
空しく置きて在る官 ③$341_2$
空しく置く ②$445_5$
空地 ①$175_{16}$
空の中 ④$411_{10}$ ⑤$233_{11}$
空有に滞ること無く ⑤$201_8$

続日本紀索引

くう―くん（偶・遇・隅・屈・堀・掘・窟・君・訓・勲）

偶語　②111$_2$
偶人　④397$_7$
遇す　③427$_{15}$
隅寺（隅院）（海竜王寺）（京師）　②339$_8$　④135$_{10}$
屈す　④171$_2$, 183$_{16}$, 387$_{10}$, 397$_5$, 463$_4$　⑤15$_{10}$, 33$_{14}$
屈請　②127$_3$　③115$_9$, 163$_{10}$　④289$_{15}$, 305$_{14}$, 417$_3$
　→請す
屈滞　④13$_4$
堀越（大和国）　②375$_{12}$
堀江（摂津国）　③157$_8$
堀る　⑤315$_{11}$
掘らしむ　④213$_{16}$
掘り防かず　④213$_{14}$
掘り防く　④213$_9$
掘ること莫からしむ　④213$_{13}$
窟宅　⑤439$_6$
君　③269$_9$, 283$_{14}$　④253$_{12}$, 311$_{13}$, 365$_{15}$
君国　①81$_{12}$
君子尺麻呂　①223$_{15}$
君子部　③177$_8$
君子部真塩女　②273$_2$
君子部立花　②147$_8$
君子部和気　③123$_8$
君子竜麻呂　②159$_{12}$
君臣　②61$_1$
君臣祖子の理　②421$_7$, 423$_1$
君臣定る　④255$_{16}$
君臣の道を顧みず　③223$_3$
君臣の明鏡　①141$_8$
君臣の理に従ふ　④43$_{14}$
君臣をも怨む　④261$_{13}$
君とある者　②63$_5$
君と為す　③215$_{12}$
君と坐す　③315$_9$
君として有てる　①111$_5$
君として臨みて　①235$_2$, 291$_6$, 101$_8$, 161$_{14}$, 253$_{12}$, 325$_{11}$, 363$_{12}$　③215$_5$, 55$_8$　④57$_{16}$, 203$_{13}$, 405$_8$, 431$_8$, 455$_{12}$　⑤235$_6$, 327$_4$, 483$_8$
君として臨む　①131$_9$　②49$_{14}$, 349$_{15}$　⑤125$_8$, 193$_{12}$, 249$_4$, 325$_{10}$, 389$_{16}$
君に仕へて禄を得る　③175$_{10}$
君に事ふ　②85$_9$, 305$_{11}$, 307$_3$　③283$_8$, 341$_{15}$　⑤279$_7$
君に事ふる臣　③361$_{14}$
君に事ふる道　⑤437$_4$
君に事ふるを勧む　③161$_{15}$
君に事へて忠ならず　③213$_{15}$
君に随ふ　④251$_{11}$

君の位　④261$_8$
君の位に昇げ奉り　③315$_7$
君の位を謀る　④49$_4$
君の諱を避く　⑤325$_{14}$
君の字を着くる者　③331$_5$
君の臣に在らずあらむ　④33$_{15}$
君の姓　①161$_{13}$
君の勅に在り　④77$_{14}$
君は儲を以て固とす　③179$_{13}$
君命に違はず　④365$_{13}$
君命を果す　④185$_{15}$
君も捨て給はず　②261$_{13}$
君を一つ心を以て護る物そ　④261$_1$
君を助け護り　④251$_{12}$
君を立つ　③211$_6$
訓導　②281$_{13}$　③55$_{10}$
訓ふ　②319$_4$
訓へ導く　②221$_4$　③321$_8$
勲位　①37$_5$　②92$_{17}$, 97$_{13}$, 113$_{12}$, 191$_{13}$, 289$_{11}$
勲位有る者　①73$_4$
勲位を叙す　②159$_8$
勲一級　②143$_9$
勲一転を加ふ　②119$_1$
勲九等　⑤211$_{10}$
勲九等以下　④173$_{15}$
勲級　①201$_{13}$
勲賢　③353$_{15}$
勲五等　②159$_{10-11}$　④67$_{10}$, 71$_1$, 203$_9$, 211$_2$, 463$_{15}$　⑤53$_{8-9-11}$, 69$_{10-11}$, 209$_{6-7-9}$, 239$_3$
勲三等　①211$_{15}$　④67$_7$, 69$_{12}$, 115$_4$, 165$_7$, 463$_{14}$　⑤17$_3$, 117$_{10}$, 299$_2$, 339$_{10}$
勲四等　①171$_7$　②159$_{10}$, 353$_9$　④67$_9$, 71$_1$, 203$_8$, 231$_2$, 237$_{13}$, 281$_5$, 445$_3$　⑤47$_{3・16}$, 53$_9$, 69$_{10}$, 209$_{5-6}$, 411$_7$, 457$_4$
勲七等　②215$_5$　④271$_5$　⑤53$_9$, 69$_{11}$
勲七等以下　①79$_{13}$
勲七等の子　②65$_5$
勲十一等　⑤393$_1$
勲十等　④169$_9$, 343$_{10}$　⑤211$_{11}$
勲十二等　②151$_{12}$, 395$_4$　③323$_{11}$, 413$_3$
勲績　③361$_6$
勲績に随ひて　②135$_9$
勲績を論ず　①197$_{14}$
勲に叙せる者　⑤401$_2$
勲二等　②159$_9$　④67$_6$, 69$_{12}$, 115$_2$, 297$_{15}$, 315$_{10}$, 381$_1$, 407$_{11}$, 453$_{9・13}$, 459$_5$, 461$_8$　⑤257$_4$, 359$_6$
勲八等　⑤211$_{10}$, 429$_{11}$, 467$_{11}$
勲庸に酬ゆ　③357$_9$
勲六等　②117$_{16}$, 159$_{15}$, 309$_{12}$　④67$_{12}$, 71$_3$, 157$_{12}$,

100

189_{12}, 345_3, 353_2, 415_{11}, 463_{15} ⑤$53_{10}$, 211_{10}
勲六等已上 ④$157_{15}$, 227_8
勲を授く ①$59_{12}$, 201_{15} ⑤$477_{14}$
勲を表す ③$285_3$
薫臭の及ぶ所 ②$391_1$
纁色を用ゐしむ ④$161_9$
纁を着る者 ④$227_9$
軍 ②$149_{16}$, 317_{10}, 365_{16} ⑤$21_7$, 53_6, 141_1, 197_3, 421_{12}, 435_3, $439_{14 \cdot 16}$, 445_3
軍威を畏る ⑤$195_{13}$
軍営 ①$171_{12}$ ②$369_6$
軍監 ②$365_{15}$ ④$93_{10}$ ⑤$141_{12}$
軍監已下 ⑤$147_{14}$
軍監已上 ⑤$433_3$
軍器 ①$123_{11}$ ②$149_{11}$
軍毅 ③$95_7$, $175_{9 \cdot 12}$, 329_{13}, 343_{12}, 371_{14} ④$99_{11}$, 267_{14}, 413_2 ⑤$135_{10}$, 193_{14}
軍毅已上 ③$95_6$ ④$183_9$
軍機 ⑤$131_6$
軍功の人 ⑤$211_{10}$
軍興 ④$49_{15}$ ⑤$401_6$
軍興を論ふ ④$439_{10}$
軍士 ①$59_{12}$ ②$321_3$, 369_3, 371_{15} ③$343_{13}$ ④$25_{12}$, 183_9 ⑤$73_{3-4}$, 129_7, 149_9, 155_7, 167_9, 373_{11}, 435_8, 489_{13}
軍士に堪ふる者 ⑤$273_{10}$
軍士の器仗 ③$331_3$
軍士を解く ⑤$195_{15}$
軍資 ③$241_6$
軍事 ②$367_4$
軍衆 ②$97_6$
軍所 ⑤$145_7$, $149_{6 \cdot 12}$
軍少く将卑く ⑤$433_4$
軍船 ⑤$439_5$
軍曹 ②$365_{15}$, 377_{10} ④$93_{10}$ ⑤$141_{12}$
軍卒 ②$147_{10}$
軍団 ①$73_4$, 79_{14} ②$59_{15}$, 193_{5-6}, 261_6
軍団の小毅 ②$11_{14}$
軍団の大毅 ②$11_{14}$
軍陣 ②$149_{16}$
軍丁を乞ふ ④$31_{11}$
軍に供ふ ⑤$479_1$
軍に至る ⑤$209_{13}$
軍に資る ④$117_3$
軍に従ふ ③$343_{12}$ ⑤$169_{13}$
軍に入る ⑤$401_2$
軍に入れる人 ⑤$441_{12}$
軍に赴く ⑤$151_{16}$, 153_2
軍に命ず ②$367_7$

軍の期 ⑤$443_{15}$
軍の主帳 ④$251_2$
軍の集へる処 ⑤$151_{10}$
軍の数 ②$375_1$
軍敗る ⑤$439_{13}$
軍兵 ⑤$151_2$
軍法 ⑤$267_6$
軍務 ④$317_1$
軍名を作る ⑤$151_{15}$
軍役に遭ふ ②$131_{10}$
軍役に属ふ ⑤$483_5$
軍役の年 ②$219_{10}$
軍役有る ⑤$273_6$
軍役を離る ⑤$479_3$
軍旅 ③$415_{14}$
軍旅を動す ⑤$267_{15}$
軍粮 ⑤$149_{10}$, 211_8, 367_6, 399_{11}
軍粮の糒 ⑤$467_3$, 511_{11}
軍粮を運ぶ ⑤$153_9$
軍粮を献る ⑤$237_7$, 289_{12}
軍粮を助く ④$401_6$
軍粮を進る ⑤$171_9$, 395_3, 507_{10}
軍粮を費す ⑤$209_{14}$
軍令 ①$149_4$
軍令慎まず ⑤$415_7$
軍を引く ②$319_{12}$
軍を解く ⑤$435_{7 \cdot 13}$
軍を興す ④$437_{12}$
軍を出す ⑤$147_{12}$
軍を助く ④$61_{13}$
軍を進む ⑤$209_{15}$
軍を損ふ ④$437_6$
軍を敗る ⑤$443_{11}$
軍を発す ②$317_{15}$ ④$437_8$ ⑤$21_7$, 45_{12}
軍を率ゐる ⑤$429_{12}$
郡 ①$209_{16}$ ②$195_{13}$, 321_{13}, 387_7
郡家 ①$155_6$ ②$74_{\cdot 8}$, 231_1, 369_6 ⑤$153_{16}$ →郡治, 郡府
郡堺 ④$215_1$
郡犬養連大侶 ⇨県犬養連大侶
郡司 ①$9_{10 \cdot 12}$, 15_2, 41_8, 47_7, 49_{12}, 55_7, 63_1, 91_1, 143_{11}, 179_{12}, $181_{1 \cdot 9}$, 195_{13}, 203_{11} ②$21_7$, 23_{11}, 41_{14}, 151_4, 193_{14}, $195_{7 \cdot 10}$, 213_3, 235_2, 253_6, 277_7, 279_{12}, 301_7, 387_6, 425_{15}, 433_5, 449_7 ③$49_{15}$, 127_{8-9}, 149_6, 225_{16}, 227_{10}, 295_{11}, 329_{13}, 343_{12}, $371_{11 \cdot 14}$, 375_{12}, 393_6 ④$99_9$, 163_1, 357_{14}, 359_4, 381_{11}, 391_{14} ⑤$103_{13}$, 159_{10}, 193_{14}, 281_{12}, 307_{12}, 329_{12}, 341_{12}, 365_{11}, 367_7, 371_{10}, 373_{14}, 389_2, 425_{10}, 497_3, 501_5

くん（勲・薫・纁・軍・郡）

くん（郡・群）

郡司已下　①157₃
郡司已上　②173₁₃
郡司主帳已上　⑤391₁₀
郡司主典以上　①47₆
郡司少領已上　②1554
郡司に堪ふる　①67₁₄
郡司に准ふ　④413₃
郡司に任ぜらる　④381₉
郡司の家を承くる者　③375₁₂
郡司の子弟　②151₅　③403₁₂　⑤273₁₀
郡司の主政　①179₆
郡司の主帳　①179₆
郡司の主帳已上　③109₄
郡司の少領已上　②407₂
郡司の少領以上　①195₃
郡司の大少領　①199₄
郡司六位已下　④85₇
郡治　⑤405₁₄　→郡家、郡府
郡中　④413₁
郡稲　①185₂₋₃、189₅
郡内　②13₉
郡の官司　②443₁₆、447₃
郡の官人　②95₁₃、445₅
郡の大領　①55₁₁
郡の伝路　④199₅
郡の内　①199₁
郡の名　①197₁₆
郡の例に准ふ　①203₁₁
郡府　⑤271₁₆　→郡家、郡治
郡別　④163₂
郡毎　②281₁、407₅
郡領　②11₁₄、353₁₆　③63₈、175₉　④95₉
郡領已下　②339・12
郡領の司　③51₂

郡を罪（な）ふ　⑤371₈
郡を立てしより以来　③63₁₄
群官　⑤367₁₄
群卿　⑤222₁、247₇、335₁₂
群卿に下す　④203₁₆
群公卿士　⑤217₁₁
群聚　②13₃
群書　⑤339₂
群書に渉る　⑤453₁₆
群臣　①35₁₄、51₁₅　②203₉、209₁、243₅、265₇、299₅、333₄、395₁₀、403₅・13、419₁₀、433₁₂　③65₇、177₇・11・14、197₁₃、249₄　④161₉、299₇、311₂、449₈、463₂　⑤75₄、111₈、201₁₆、203₁、403₁₁・14、451₁₀、471₈
群臣五位已上　①39₁₅
群臣と異なり　②97₃
群臣に異なり　②79₃
群臣に下す　③223₁₃
群臣を引く　⑤395₁₄
群臣を延く　③59₁₀
群神　③415₁₅、433₁₂　④11₈、123₄、201₁₆、385₂、407₃、449₁₂、459₅　⑤179、167₈
群人に及す　③293₁₁
群生　③83₉
群に超ゆ　④157₁₃
群馬郡（上野国）　⑤45₁
群品　⑤513₅
群方に及ぼす　②417₇
群方に決し　⑤471₁₅
群方を被ふ　④455₁₆
群明に拠る　③311₆
群有を混ず　③273₂
群を成す　②123₆　④75₃

け

袈裟　②$221_5$　④$33_8$
兄弟　②$75_{11}$　③$365_{11}$
兄弟姉妹　③$315_{10}$
兄弟と称す　④$373_1$
兄弟に友あり　①$219_2$
兄弟の子を養子とす　①$45_6$
兄弟の子を養ひて子とす　①$45_2$
兄の如く弟の如し　④$409_7$
刑憲に寘く　⑤$115_{15}$
刑獄平にす　④$285_3$
刑獄を恤む　④$299_9$
刑錯の化　②$5_9$
刑せらるる者は息ふべからず　②$165_4$
刑措く　④$205_5$
刑措に期す　③$273_7$
刑に入ること得ず　④$299_{15}$
刑の疑はしきは軽きに従ふ　④$13_{15}$
刑罰　⑤$222_{14}$
刑罰差ふ　⑤$217_3$
刑部卿　①$133_7$　②$395_{15}, 427_{15}$　③$251_1, 49_2, 193_1$　④$97_5, 125_{15}, 129_2, 339_{10}, 425_8, 427_6$　⑤$105_{15}, 163_9, 171_{14}, 189_4, 275_8, 295_3, 337_{14}, 339_{15}, 343_1, 455_2$
刑部広瀬女　④$215_7, 217_4$
刑部岡足　④$163_{15}$
刑部少輔　②$81_3, 93_6, 343_{10}, 397_1$　③$33_{10}, 213_{13}$　④$187_7, 265_{15}, 339_{11}, 425_8$　⑤$71_6, 71_8, 189_5, 351_9, 513_{16}$
刑部尚書　①$143_5$
刑部勝麻呂　③$115_2$
刑部真木　①$215_1, 29_2$
刑部省　①$75_2$　②$65_3, 75_{15}, 165_6, 441_{14}$　③$287_4$　⑤$161_{15}$　→ 義部省
刑部省奏す　⑤$161_{16}$
刑部息麻呂　④$25_4$
刑部大山　⑤$5_4$
刑部大判事　④$343_4$　④$167_7, 171_5$　⑤$65_8$
刑部大輔　②$99_{15}, 343_{10}, 427_{15}$　③$25_2$　④$187_{10}, 233_3, 347_5$　⑤$189_5, 231_{13}, 339_{13}, 343_1, 423_4, 443_2$
刑部智麻呂　④$203_4$
刑部直虫名　④$439_6$　⑤$303_4$
刑部（忍壁）親王　①$29_4, 43_{11}, 45_{12}, 63_{12}, 65_4, 77_5, 85_{15}, 87_{14}$
刑部親王の女　④$149_9$
刑部親王の孫　③$379_6$
刑部判事　①$35_5$
刑辟　④$57_{16}$
刑無きことを期す　④$405_{10}$
刑名の学を好む　④$265_{15}$
刑を恤ぶ　④$405_9$
刑を論ふに忍びず　⑤$227_2$
形　②$49_8$　③$277_{15}$　④$171_{15}$　⑤$251_{11}$
形象　③$21_9$
形勢　②$317_6$
形勢相連る　④$59_8$
形勢を察　③$321_1$
形勢を張る　⑤$433_3$
形製　②$449_4$
形貌　②$153_{12}$
形を顕すことを見ず　④$141_1$
系図一巻　②$73_{10}$
径　④$281_{12}$
径道　①$203_3$
径を塞ぐ　⑤$165_6$
契　③$215_{11}$　⑤$109_{13}$
挂けまくも畏き　②$141_6, 223_{11}$　③$65_{15}, 67_{11}, 69_{13}, 71_1, 85_{6 \cdot 13}, 217_5, 319_3, 341_9$　④$43_{10}, 241_{5 \cdot 8 \cdot 12}, 335_9$
挂けまくも恐き　④$311_6$
挂網の徒　②$363_{16}$
荊軌武　②$151_{10}$
荊義善　①$207_{11}$
荊棘生ふ　②$13_3$
計　②$77_5$
計会　②$105_9$　⑤$103_{16}, 105_4$
計策　⑤$433_5$
計帳　②$114_4$　⑤$107_{12}$
計ふ　③$359_{16}$　④$45_{11-12}$　⑤$21_6$
計みる　①$25_8$
計る　②$239_{13}, 319_6$　③$197_3, 325_1$　④$117_{11}, 439_8, 461_6$　⑤$115_5, 427_2, 479_4$
計ること已る　⑤$159_{14}$
計ること能はず　③$299_{11}$
計を為すことを知らず　④$449_{16}$
計を異にす　④$439_{10}$
計を知る　⑤$47_{12}$
恵　④$9_{13}$　⑤$509_4$
恵我宿禰国成　②$87_8$
恵我陵（河内国）　③$119_8$
恵施（人名）　①$9_{15}$
恵俊（人名）　①$29_{11 \cdot 13}$　→ 吉宜，吉田連宜
恵政を施す　④$283_{12}$
恵沢　③$225_{11}$　⑤$167_{13}$

けー けい（袈・兄・刑・形・系・径・契・挂・荊・計・恵）

恵沢を降す ⑤$217_3$
恵沢を覃す ④$217_3$
恵忠(人名) ⑤$111_{10}$
恵に霑ふ ③$137_5$ ④$445_8$
恵日(人名) ③$251_{14}$
恵び賜はく ③$73_{13}$
恵び賜ひ ③$73_{10}$
恵び賜ひ行ひ賜ふ ②$217_{14}$
恵び賜ひ治め賜はく ③$71_6$
恵び賜ひ治め賜ふ ③$85_9$
恵び賜ひ撫で給はむ ①$5_5$
恵び賜ひ撫で賜ふ ③$67_{15}$
恵び賜ひ来る ③$67_{4-5}$
恵び賜ふ ③$69_{15}$ ④$313_{14}$
恵び賜ふべき物にあり ③$87_4$
恵び治む ④$313_3$
恵美巨勢麻呂〔藤原朝臣巨勢麻呂・藤原恵美朝臣巨勢麻呂〕④$37_{15}$
恵美訓儒麻呂〔藤原朝臣浄弁・藤原朝臣久須麻呂・藤原恵美朝臣訓儒麻呂〕⑤$257_3, 359_{4\cdot 5}$
恵美刷雄〔藤原朝臣刷雄・藤原恵美朝臣刷雄〕④$385_4$ →藤原朝臣刷雄
恵美仲麻呂(仲満・仲末呂)〔藤原朝臣仲麻呂・藤原恵美朝臣押勝〕④$23_8, 31_{5\cdot 11}, 35_{10}, 37_{9\cdot 14}, 39_1, 45_{2\cdot 11}, 49_{10}, 53_1, 55_{15}, 61_{10}, 79_9, 81_{16}, 87_{5\cdot 7}, 105_{11\cdot 13\cdot 16}, 113_{13}, 143_{12}, 169_6, 201_{16}, 375_{13}, 451_{10\cdot 12}, 461_5$ ⑤$47_{15}, 339_6, 359_3, 411_7$
恵美仲麻呂が詐に在りけりと知り ④$31_{15}$
恵美仲麻呂の子孫 ④$37_{14}$
恵美仲麻呂が家の物 ④$45_{12}$
恵美仲麻呂と通はしける謀の文 ④$45_{12}$
恵美仲麻呂が支党 ④$49_{14}$
恵美仲麻呂が反 ④$207_3$
恵美仲麻呂の息 ③$359_4$
恵美の家印 ③$285_3$ ④$27_7$
恵美の二字を加ふ ③$283_{16}$ ④$27_6$
恵み賜ひ安め賜ふ ⑤$37_2$
恵を降す ③$367_4$
恵を施す ③$155_7$ ④$205_6$
淫渭 ②$445_9$
珪幣相尋ぐ ⑤$217_1$
啓す ②$189_3, 359_1$
啓を抗ぐ ④$461_{13}$
啓を上る ②$357_{16}$
啓を省る ②$195_1$
啓を奉る ④$317_9$
掲渉 ②$427_{10}$
掲厲 ⑤$55_1$
経 ②$49_7$ ③$83_5, 357_{14}$

経王 ②$389_8$
経過 ①$61_{16}$
経巻 ④$291_3$
経史 ①$3_9$ ④$459_{11}$ ⑤$199_9$
経始 ⑤$299_9$
経術の士 ④$123_1$
経術の道 ④$121_{11}$
経生(明経生) ③$237_3$
経典 ②$447_{13\cdot 16}$
経に云はく ③$151_4, 281_5$
経に云へらく ③$115_{11}$ ④$417_3$
経に勅りたまはく ④$33_9$
経に明にして ⑤$255_{15}$
経文 ②$47_{15}$
経略 ②$381_{14}$ ⑤$165_5$
経る所 ①$143_{10}$
経れ告ぐ ②$271_6$
経論 ②$23_{13\cdot 16}, 27_9$ ④$431_8, 433_7$
経論五千餘巻 ③$31_3$
経を案ふるに云はく ②$389_8$
経を見まつれば ④$103_{15}$
経を写す ③$17_{10}$
経を負ふ ②$123_4$
脛 ②$133_{13}$
脛裳 ①$109_8$
頃者 ①$103_{12}$ ②$91_7, 281_3$ ③$151_2$ ④$393_{13}$ ⑤$127_3, 215_{16}, 245_{13}$
頃年 ④$91_3$ ⑤$109_{12}, 123_3, 237_8, 371_7$
頃年之間 ③$63_6$ ⑤$329_9$
頃歟 ②$43_9$ ④$133_{14}$
卿 ②$89_7, 247_{11}$ ③$277_{13}, 391_8$ ④$15_7, 214, 267_7, 435_{11}$
卿士 ②$91_{13}$ ③$249_9$
卿相 ②$103_{14}$
卿相の宅 ②$195_8$
卿と称ぶ ②$103_5$
卿とのみは念さず ③$317_{14}$
卿等 ①$51_7, 139_{15-16}, 141_2$ ②$63_2, 217_2, 297_{13}$ ③$231_{15}, 275_8, 317_{12}, 409_7$ ④$383_5, 455_{14}$ ⑤$75_8, 95_{8\cdot 12\cdot 15-16}, 335_{13}$
卿等(唐客) ⑤$95_{14}$
卿の門に到る ②$83_9$
卿の門に到る人 ②$83_9$
惸独 ②$143_{10}$
敬愛 ①$219_4$
敬重 ③$61_{15}$
敬神の礼 ②$161_9$
敬ひ造る ②$389_{12}$
敬ひて ③$171_{15}, 279_{13}$ ⑤$393_8$

けい（恵・淫・珪・啓・掲・経・脛・頃・卿・惸・敬）

続日本紀索引

敬ひて思ふ ③$163_6$
敬ひて諾ふ ②$415_{12}$
敬ひて捨す ③$83_7$
敬ひて造る ②$199_{12}$
敬ひて白す ③$171_{10}$
敬ひて問ふ ①$93_{14}$, 107_{12} ③$133_5$, 305_{14} ④$371_3$ ⑤$39_{10}$, 131_8
敬ひて薦る ③$275_{11}$
敬ひ報いまつるわざ ④$137_{13}$
敬ひ問ふ ③$69_9$
敬み事ふ ②$125_{12}$
敬みて答ふ ②$283_{11}$
敬礼 ③$57_{14}$
景運 ①$107_{13}$
景雲 ⇒慶雲
景公(宋) ②$163_5$
景図 ②$163_1$
景迹 ①$183_8$ ②$157_1$ ③$321_7$ ⑤$341_3$
景福 ②$389_3$
景命 ②$225_{11}$
梵昧 ③$309_{15}$
軽堺原大宮に御宇しし天皇(孝元天皇) ②$305_{10}$
軽間連鳥麻呂 ④$157_3$, 393_8
軽き税 ②$97_{10}$
軽きに換ふ ②$193_{10}$
軽きに従ふ状 ④$15_{12}$
軽くす ①$99_{16}$
軽くすべからず ①$87_5$
軽忽にすること得ざれ ②$233_{16}$
軽使 ③$365_4$ ⑤$131_{12}$
軽重 ②$69_{16}$, 169_5, 251_7 ⑤$163_4$
軽重相倒 ⑤$161_{14}$
軽重に随ふ ②$271_8$
軽重の舛錯 ⑤$495_2$
軽重を問ふこと無く ②$397_{12}$
軽重を量る ②$287_7$, 291_{16}
軽重を論せず ③$213_2$
軽勘 ③$307_4$
軽嶋豊明宮に馭宇しし天皇(応神天皇) ④$381_2$
軽嶋豊明朝に御宇しし応神天皇 ⑤$469_{13}$
軽徴 ③$365_7$ ⑤$107_1$
軽部朝臣 ③$113_5$
軽部朝臣が祖 ③$113_5$
軽物 ①$97_3$ ⑤$267_2$
軽便 ⑤$153_{13}$
軽徭に入る ①$183_2$
軽羅 ②$133_{12}$
傾き覆し ②$357_{14}$

傾仰を増す ②$189_4$, 359_2
傾く事無く ①$123_1$
傾け動かさむ ④$31_6$
継ぎ坐す ①$121_{12}$ ②$423_2$
継ぎ難し ⑤$149_{11}$
継嗣無し ②$307_9$
継成王 ③$149_{10}$
継体天皇 ③$113_2$
継体の君 ②$249_2$
継とす ①$45_{5 \cdot 7}$
継は絶ち賜はじ ④$109_9$
継も絶つ ④$49_5$
詣で ③$199_{16}$ ⑤$335_{10}$
詣り ②$33_6$ ④$369_1$
詣る ②$437_{10}$ ③$17_4$
敻かに遥し ②$359_1$
熒惑 ②$151_2$, 417_{10}
熒惑逆行す ②$67_3$, 153_8
熒惑軒轅に入る ②$267_1$
熒惑太微左執法の中に入る ②$135_3$
熒惑大微の中に入る ②$215_3$
熒惑昼に見る ②$231_{14}$
熒惑東井の西亭門に入る ②$181_{10}$
熒惑の異 ②$163_5$
閨房修まらず ③$179_7$
慶雲(景雲) ①$79_3$, 205_{16}, 221_7 ④$171_{1-2}$, 173_3 ⑤$71_3$
慶雲元年 ⑤$429_6$
慶雲五年 ①$127_{15}$
慶雲三年十一月 ②$89_{14}$
慶雲三年の格 ②$221_1$
慶雲四年七月十七日昧爽以前 ①$123_7$
慶雲四年六月十五日 ①$121_{11}$
慶雲年中 ④$57_3$
慶雲を見し人 ①$79_7$
慶快とするに足る ⑤$439_{10}$
慶快に勝へず ⑤$439_7$
慶しき貴き御命 ③$317_{11}$ ⑤$183_1$
慶俊(人名) ③$163_{13}$, 165_1 ④$301_{12}$
慶賞に被らしむ ⑤$329_1$
慶賞を行ふ ⑤$307_2$
慶情 ④$459_3$
慶瑞の表 ⑤$333_{13}$
慶と称す ⑤$441_4$
慶に頼り ⑤$471_{16}$
慶の命 ①$127_{16}$ ②$217_{14}$
慶は長発に流れ ⑤$393_{15}$
慶び賀く ②$335_8$
慶躍に勝へず ④$369_7$

けい(敬・景・梵・軽・傾・継・詣・敻・熒・閨・慶)

105

続日本紀索引

けい―けつ（慶・慧・稽・頸・罄・雞・繋・警・芸・迎・羿・藝・甕・隙・劇・撃・欠・穴・血・決）

慶を受く ②249$_7$
慶を同じくす ④37$_{16}$
慶を納る ③245$_{12}$
慶を累ぬ ②417$_6$
慧苑 ③271$_5$
慧遠(人名) ②63$_7$
慧炬照す ②185$_{14}$
慧舟 ③237$_{13}$
慧燭 ②49$_2$
慧水 ②63$_{12}$
慧然 ②335$_7$
慧風 ①127$_2$
慧耀 ①45$_{10-11}$ →艅兄麻呂
稽首 ③203$_1$
稽廃を免る ⑤135$_{15}$
稽へ験る ⑤335$_7$
稽り遅る ②119$_1$
稽留の苦を致さしむ ⑤437$_{14}$
稽留を成す ⑤161$_1$
頸 ①233$_8$
罄く ②281$_2$
雞 ②101$_{11}$
雞肫 ②43$_9$
繋ぎ飼ふ ②261$_5$
繋囚 ①129$_2$, 215$_{10}$ ②312$_5$, 515$_7$, 777, 1213, 259$_7$
　③9$_2$, 231$_0$, 39$_9$, 181$_{16}$, 367$_3$ ④59$_2$, 119$_5$, 175$_{13}$,
　235$_{16}$, 287$_5$, 399$_2$, 405$_{14}$, 417$_8$, 445$_{11}$ ⑤67$_3$,
　103$_4$, 125$_{13}$, 169$_6$, 175$_{11}$, 205$_4$, 217$_6$, 245$_7$, 465$_7$
警衛 ③201$_6$
警戒 ③131$_4$
警虞 ⑤151$_{4\cdot7}$
警固 ⑤149$_{2\cdot4}$
警固式 ③307$_{12}$
警備 ④17$_{12}$
警めを加ふ ②103$_{16}$
芸亭 ⑤201$_3$
迎神使 ③95$_{10}$
迎接 ⑤77$_4$, 79$_{10}$, 93$_{12}$
迎送 ④199$_6$
迎送相尋げり ④123$_9$
迎藤原河清使 ③331$_{14}$, 387$_5$, 393$_{16}$
迎藤原河清使判官 ③331$_{11}$
迎藤原河清使録事 ③395$_1$
迎入唐大使 ③305$_{13}$
迎入唐大使判官 ③333$_1$, 337$_9$
迎馬 ⑤93$_3$
迎ふ ①91$_{10}$ ③179$_{12}$, 261$_{14}$, 299$_5$, 307$_7$ ④551$_1$,
　127$_2$ ⑤89$_8$
迎へしむ ①79$_7$, 219$_{11}$, 221$_2$ ②377$_{10}$ ④951$_6$ ⑤

13$_{16}$
迎へ奏る ②439$_{15}$
迎へ奉らしむ ⑤309$_2$
迎へ奉る ②395$_{10}$
迎へ逢ふ ⑤431$_6$
迎へ来る ③203$_{16}$
迎へ礼ふ ②439$_{15}$
羿歯浜倉 ⑤413$_4$
藝業 ②233$_1$
藝術に渉る ①73$_{14}$
藝を用ゐ ①291$_4$
甕嶋信尓村(薩摩国) ④59$_7$
隙有り ③409$_2$ ④459$_{16}$
隙を窺ふ ⑤165$_4$
隙を伺ふ ⑤129$_{10}$, 195$_{13}$
隙を得ず ④105$_{12}$
劇官 ⑤193$_{10}$
劇務 ④317$_4$
撃つ ④443$_{10}$
欠くること有り ②261$_7$
欠けたる所 ④117$_{11}$
欠失 ③127$_8$
欠少 ①213$_5$
欠倉を知らず ⑤193$_{15}$
欠負 ③289$_{14}$ ⑤115$_3$, 479$_{12\cdot 16}$
欠負すること無く ③291$_3$
欠負未納 ③19$_9$, 235$_{11}$, 277$_2$
欠負を補ふ ⑤253$_8$
欠物有り ④479$_{14}$
穴咋姶麻呂 ⑤413$_2$
穴穂天皇(安康) ①225$_3$
穴太村主真広 ⑤387$_{13}$
穴太部阿古売 ③125$_5$
穴太連 ①169$_9$
血色と成る ⑤207$_5$
血の如し ②247$_3$
決壊 ③105$_{16}$
決杖一百 ②191$_{14}$, 387$_5$ ③149$_4$ ⑤159$_{11}$, 305$_{13}$
決杖一百已下 ②253$_8$
決杖五十 ②387$_{10}$
決杖八十 ②247$_{14}$ ④385$_{10}$ ⑤275$_4$
決杖六十 ②111$_{15}$
決す ③383$_{14}$, 407$_1$, 411$_3$ ④213$_{12}$, 387$_{13}$, 391$_4$
　⑤303$_8$
決断 ④165$_{14}$
決断を経ず ②121$_{11}$
決罰 ①71$_4$, 29$_3$, 101$_8$
決罰を加ふ ②195$_{10}$ ⑤329$_{12}$
決ゆ ⑤113$_{11}$

106

続日本紀索引

決を取る　④$375_{15}$　⑤$349_3$
訣に臨み　①$23_{16}$
結営向背　③$367_{16}$
結授　②$189_7$
結象　③$273_9$
結城郡(下総国)　④$213_{16}$
結ひ告ぐ　②$99_2$
潔斎　③$57_{14}$
潔清を尽す　②$391_2$
潔誠を薦む　⑤$393_9$
闕き怠る　⑤$443_{15}$
闕く　②$279_2$　③$167_5$　⑤$97_3$
闕くること有り　③$391_7$　④$375_5$
闕くるに随ひて　②$93_2$, 227_{15}
闕け卒ぬ　②$325_{14}$
闕失　①$105_3$, 279_7
闕如くること有り　⑤$483_9$
闕状を申す　⑤$269_{16}$
闕怠　①$41_9$　⑤$401_4$
闕庭　②$181_8$　③$133_2$　④$369_7$
闕に詣る　②$247_{13}$
闕亡無し　②$51_9$
闕乏　②$11_3$　⑤$145_1$
闕有り　②$113_{13}$
纈羅　③$307_3$
月　②$49_{11}$, 303_{16}
月熒惑を掩ふ　②$417_{10}$
月熒惑を犯す　②$151_2$
月斎社の祝　③$185_3$
月次社　④$231_5$
月次の幣　①$57_{14}$
月心大星を犯す　②$177_9$
月神(山背国)　①$39_7$
月像の幡　①$33_6$
月太白を掩ふ　②$417_{11}$
月塡星を犯す　②$159_7$
月東井に入る　②$215_7$
月に順ふ　③$245_9$
月別　①$181_{15}$
月俸　②$97_{10}$
月房星を犯す　②$137_{11}$
月料　②$435_7$　③$375_4$　④$141_{12}$
月を隔てて年を移す　⑤$117_5$
月を経　④$287_{13}$　⑤$467_{16}$
月を積み日を餘して　④$91_6$　⑤$17_{16}$
月を累ぬ　⑤$403_6$
犬牙相接す　⑤$493_{10}$
犬甘女王　⑤$259_{15}$
犬上王　①$63_{10}$, $115_{9・15}$, 133_8, 145_3, 151_{12}

犬上(近江国)　②$381_{15-16}$
犬部姉女〔県犬養宿禰姉女・県犬養大宿禰姉女〕
　　　④$241_3$, 351_{11}　→県犬養宿禰姉女
犬部内麻呂〔県犬養宿禰内麻呂・県犬養大宿禰
　内麻呂〕　④$351_{11}$　→県犬養宿禰内麻呂
犬養広麻呂　①$15_{16}$
犬養部鷹手　②$19_3$
見　③$231_{11}$
見開田　④$217_{12}$
見喜ぶ　④$273_3$
見咎むるを知らず　④$89_{11}$
見行はし　②$217_7$　④$171_{12}$, 333_{9-10}
見禁囚徒　①$165_5$　③$275_{16}$　④$51_{13}$
見在　②$213_3$
見残　③$235_{11}$
見し　①$79_7$
見し賜へ　②$223_{16}$
見持たる行少み　②$215_{15}$
見住の僧尼　③$93_9$
見数　⑤$107_6$
見存る者　②$207_{15}$
見徒　①$129_2$, 215_{10}　②$31_2$, 51_5, 77_7, 121_3, 259_7
　　　③$9_2$, 231_{10}, 39_9, 181_{16}, 367_6　④$59_2$, 119_5, 175_{13},
　　　237_1, 287_5, 399_2, 405_{14}, 417_8, 445_{12}　⑤$67_4$,
　　　103_4, 125_{13}, 169_6, 175_{11}, 205_4, 217_6, 245_7, 465_7
見にある僧尼　③$359_{16}$　⑤$221_8$, 253_6, 451_{13}
見に在り　⑤$19_{15}$
見に戌に在る者　④$229_1$
見に存り　⑤$201_{10}$
見に存るひと　⑤$375_2$
見任　②$395_3$　⑤$159_{11}$, 275_3, 329_{11}, 367_{15}
見任を解かしむ　③$247_{14}$　⑤$341_{14}$
見任を解く　①$211_2$, 227_3　②$45_3$, 195_{10}, 329_2　③
　　　127_9, 149_5　④$165_{13}$, 411_{15}, 451_{14}　⑤$229_{13}$, 285_4,
　　　291_4, 307_{11}, 329_{12}, 341_{11}, 373_{15}
見聞き喜び侍り　④$421_5$
見名　②$153_{16}$
見ゆること得　②$357_8$
見来占附　②$117_7$
見る所　③$307_{12}$
肩背郷(備前国)　④$123_{12}$
肩布田　①$87_7$
肩を息む　③$293_6$, 367_{13}　⑤$157_6$
建元　⑤$249_1$　→元を建つ, 改元
建興寺(大和国)　③$83_3$, 89_4
　　　→豊浦寺
建国　⇨国を建つ
建子　⑤$161_5$
建つ　①$25_{13}$, 131_{13}, 143_{14}, 185_1, 203_{11}, 205_{14},

けつ―けん（決・訣・結・潔・闕・纈・月・犬・見・肩・建）

続日本紀索引

けん（建・県・研・倹・倦・兼）

233_3　②$7_8$, 231_1, $249_{11\cdot 13}$, 365_{10}, 401_5, 449_{11}　③$63_2$, 153_{16}　④$265_9$　⑤$271_{16}$, 325_3, 329_1, 331_{13}, 407_1, 413_6, 477_2
建てし所　⑤$155_6$
建内宿禰命　①$111_{16}$　②$305_{11}$
建部公伊賀麻呂　④$129_9$
建部公人上　⇨健部公人上
建部公豊足　③$55_1$
建部大垣　④$203_3$
建部朝臣人上　⇨健部朝臣人上
県郷邑　⑤$391_7$
県狗養橘宿禰〔犬養橘宿禰三千代〕　③$361_8$
県犬養橘宿禰三千代　②$23_2$, 85_1, 187_1, 267_1, 273_{12}, 307_2　③$71_8$, 353_4
県犬養橘宿禰三千代の第　②$273_{12}$
県犬養橘夫人（県犬養橘宿禰三千代）　③$71_8$
県犬養宿禰　②$187_4$　④$351_{12}$
県犬養宿禰安提女　⑤$59_9$
県犬養宿禰額子　⑤$487_{16}$
県犬養宿禰吉男　③$267_{10}$, 315_2　④$53_8$
県犬養宿禰橘三千代　②$95_7$
県犬養宿禰継麻呂　⑤$313_{14}$, 363_4, 397_3
県犬養宿禰堅魚麻呂　⑤$87_5$, 219_{10}, 231_{15}, 317_{10}, 377_2
県犬養宿禰古麻呂　③$29_2$, 33_8, 47_7, 111_1, 147_1, 391_1　④$39_{14}$, 53_{10}, 187_8
県犬養宿禰虎子　⑤$31_7$
県犬養宿禰広刀自　②$311_7$, 437_6　③$391_{12}$, 415_{4-5}
県犬養宿禰沙弥麻呂（佐美宿禰）　③$211_{12}$, 313_{14}, 385_{15}, 389_8, 421_4
県犬養宿禰姉女　③$419_{14}$　→県犬養大宿禰姉女　→犬部姉女
県犬養宿禰姉女〔県犬養大宿禰姉女・犬部姉女〕　④$349_{5-6}$, 365_8, 395_5
県犬養宿禰酒女　⑤$59_9$
県犬養宿禰小山守〔県犬養連小山守〕　③$41_5$, 189_5
県犬養宿禰真伯　④$279_8$, 457_{13}
県犬養宿禰須奈保　③$52_1$, 15_7
県犬養宿禰石次　②$67_1$, 81_4, 101_2, 173_3, 209_9, 263_6, 273_7, 295_2, 329_{10}, 347_6, 353_{10}, 411_4
県犬養宿禰石足　②$41_{10}$, 145_{14}
県犬養宿禰竈屋　④$365_8$
県犬養宿禰大国　②$331_4$, 425_2
県犬養宿禰大侶〔県犬養連大侶〕　①$35_7$
県犬養宿禰大侶の第　①$35_8$
県犬養宿禰筑紫　①$93_6$, 165_{15}, 225_7　②$19_1$, 53_2, 151_2
県犬養宿禰唐（大唐）　②$165_{16}$

県犬養宿禰唐が女　②$437_7$　③$415_6$
県犬養宿禰道女　④$321_2$
県犬養宿禰内麻呂　②$35_{12}$　→県犬養大宿禰内麻呂　→犬部内麻呂
県犬養宿禰内麻呂〔県犬養大宿禰内麻呂・犬部内麻呂〕　④$441_{10}$
県犬養宿禰伯　⑤$25_4$, 351_8
県犬養宿禰伯麻呂　⑤$317_1$
県犬養宿禰八重　④$403_{15}$　⑤$59_1$, 59_{11}, 351_{10}
県犬養宿禰勇耳　⑤$171_5$
県犬養大宿禰　④$35_{13}$
県犬養大宿禰姉女〔犬養宿禰姉女〕　④$69_4$, 239_{16}　→犬部姉女
県犬養大宿禰内麻呂〔県犬養宿禰内麻呂〕　④$57_8$, 159_9　→犬部内麻呂
県犬養夫人〔県犬養宿禰広刀自〕　③$391_{12}$
県犬養連大麻呂　②$187_2$
県犬養連五百依　②$187_2$
県犬養連小山守　②$187_2$　→県犬養宿禰小山守
県犬養連大麻呂　②$187_2$
県犬養連大侶　①$43_3$　→県犬養宿禰大侶
県主石前　④$71_9$
県女王　③$31_{16}$, 81_4
県女王の二親の喪　③$81_{14}$
県造　②$405_7$
県造久太良　④$379_4$
研め問ふ　⑤$111_5$
研覧　④$459_{11}$
倹約　①$63_9$　②$299_{10}$　⑤$125_8$, 235_7, 327_9
倦み怠ること無く　④$137_2$
倦むこと無く　②$47_{10}$
倦むことを忘る　③$275_{13}$
兼一階を進む　②$155_8$
兼国　⑤$253_{13}$
兼済　④$431_8$
兼作　⑤$349_5$
兼処に給はず　④$121_{15}$
兼帯　③$317_5$
兼任　④$121_{14\cdot 16}$　⑤$97_{12-13}$
兼任の国　④$123_1$
兼ぬ　①$115_3$　⑤$199_{14}$, 277_{13}, 279_1, 349_2, 407_{15}, 447_{14}
兼ね済ふ　①$147_2$
兼ね治む　②$43_8$
兼ね種う　②$51_4$
兼ね集る　④$457_{16}$
兼ねて懐く　④$369_2$　⑤$335_{14}$
兼ね得　③$325_2$

続日本紀索引

兼ね并せず　③249$_5$
兼ね用ゐる　①137$_{14}$
剣　②167$_4$
剣神(越前国)　④353$_2$
剣南(唐)　③297$_{11}$
剣を引く　②343$_2$
剣を帯かしむ　⑤385$_6$
剣を帯ぶ　②251$_{12}$ ④337$_{10}$
剣を佩かしむ　②261$_{12}$
虔み候ふ　④139$_{14}$
虔みて　②49$_{13}$ ③133$_6$ ④459$_3$
軒轅　②267$_1$
軒昊(軒轅・少昊)　③273$_{14}$
軒に臨む　②35$_7$, 145$_6$, 165$_9$, 169$_1$, 171$_{12}$ ③303$_6$, 305$_5$, 343$_{14}$, 369$_{12}$, 399$_6$ ④271$_9$, 363$_7$, 419$_7$ ⑤37$_9$
軒冕の群　①103$_{10}$
健児　②277$_{11}$, 341$_2$ ④403$_{13}$
健馬　②91$_{13}$
健部君　⑤309$_9$
健部君黒麻呂　⑤309$_{12}$
健部(建部)公人上　④43$_1$, 53$_{13}$　→健部朝臣人上　→阿保朝臣人上
健部(建部)朝臣　④53$_{14}$, 129$_8$
健部(建部)朝臣人上〔健部公人上〕　④171$_4$, 179$_1$, 209$_4$, 249$_4$, 351$_{10}$, 425$_{13}$ ⑤81$_{15}$, 211$_5$, 241$_{11}$, 289$_6$, 309$_{5\cdot12}$　→阿保朝臣人上
健部朝臣人上らが始祖　⑤309$_6$
牽丁の粮　④197$_{11}$
眷み言ふ　③343$_5$ ⑤127$_4$
険隘　①203$_3$
険悪　④391$_{11}$
険しく深し　⑤21$_1$
険阻　②317$_6$ ④443$_8$
険阻を恃む　⑤131$_4$
険を作る　⑤165$_6$
傔仗　①137$_2$, 139$_5$ ②45$_{14}$, 213$_9$, 251$_{15}$
傔杖の員　⑤197$_9$
傔人已上　②261$_{12}$ ④419$_1$
喧しく訴ふ　②231$_{10}$
堅下郡(河内国)　②81$_{11}$
堅上郡(河内国)　②81$_{11}$
堅井公三立　④133$_3$
堅蔵(人名)　③333$_1$
堅部使主人主　⇨堅使主人主
検括　①155$_{14}$ ③321$_{10}$ ④165$_{10}$, 391$_{13}$ ⑤159$_3$
検括せし使　①201$_3$
検括を加ふ　④117$_9$ ⑤159$_1$
検括を著す　③321$_{10}$

検校　①97$_2$, 183$_5$ ②13$_{14}$, 235$_{15}$, 393$_{15}$, 405$_{13}$, 417$_{15}$ ③127$_7$ ④291$_4$, 441$_{13}$
検校新羅客使　②419$_4$
検校せず　①213$_6$
検校造器司　②67$_8$
検校兵庫軍監　④225$_5$
検校兵庫軍曹　④225$_6$
検校兵庫将軍　④225$_4$
検校兵庫副将軍　④225$_4$
検校渤海人使　⑤113$_{2\cdot5}$, 119$_1$
検校を加ふ　①147$_{11}$ ②391$_9$ ③235$_5$
検校を加へず　①195$_{13}$
検催　③165$_{10}$
検察　①103$_8$, 153$_{14}$ ④11$_1$
検事(摂官)　②101$_{15}$
検習西海道使判官　③125$_{15}$
検習西海道使録事　③125$_{15}$
検習西海道兵使　③125$_{15}$
検す　②237$_7$ ③63$_9$ ⑤28$_{14}$
検税使　⑤51$_1$, 17$_6$
検税使主典　⑤7$_1$
検税使判官　⑤7$_1$
検造　⑤105$_3$
検知　③151$_{16}$
検定(検へ定む)　④49$_{14}$, 395$_{5\cdot10\cdot14}$
検ふ　②69$_{10\cdot16}$, 147$_{14}$, 253$_{16}$, 293$_5$, 351$_3$, 445$_{14}$ ③21$_{10}$, 169$_6$ ④15$_9$, 171$_6$, 55$_{10}$, 177$_1$, 219$_1$, 395$_{15}$ ⑤327$_8$, 443$_{16}$
検ぶ　④133$_{14}$ ⑤97$_8$, 107$_{7\cdot12}$, 113$_{15}$, 373$_{11}$, 487$_8$, 489$_{14}$
検へ看しむ　②277$_{15}$, 279$_1$
検へ察しむ　①17$_1$, 214, 231 ⑤305$_{12}$
検へ察よ　①167$_7$
検へ録す　⑤479$_7$
検べ問はしむ　②411$_{12}$
検問(検へ問ふ)　②443$_{16}$ ④297$_{15}$
検領　②359$_{10}$
検る　⑤45$_{15}$, 439$_7$
愆咎　③55$_{10}$
愆尤　⑤291$_3$
愆を思ふ　⑤217$_2$
嫌ひ択る者　①217$_5$
嫌ふこと有り　⑤139$_{12}$
献可大夫(渤海)　⑤21$_{13}$, 35$_{12}$, 37$_9$, 83$_{14}$
献芹の誠　①189$_{11}$
献歳　③137$_5$
献物　①19$_6$ ④407$_1$ ④355$_{10}$ ⑤85$_4$
献奉　④271$_{16}$
献らく　②217$_6$

けん(兼・剣・虔・軒・健・牽・眷・険・傔・喧・堅・検・愆・嫌・献)

けん（献・睦・絹・遣）

献らしむ　①9₄, 21₁₅, 71₃, 199₁₂　②221₅, 239₁
献る　①7₃, 9₂·₈, 118-9·₁₅, 131·₁₀·₁₄-₁₅, 153·₁₄, 19₇, 29₁₁, 31₇, 51₁₄, 53₁₀, 55₆·₉·₁₅, 59₁, 61₈, 77₁₅, 79₃·₆, 81₃·₁₄, 89₁₆, 93₁₅, 105₅·₁₄, 127₃·₁₁, 161₁·₄, 179₅, 183₁₃, 185₁₆, 193₅-₆, 201₉, 203₁, 205₁₁, 207₁, 221₇-₈, 233₇　②17₈, 59₂, 65₉, 83₅-₆, 129₁₂, 135₁₂·₁₄, 147₉, 159₂, 165₈, 167₄, 177₆-₇, 183₁₆, 213₁₅, 237₁₅, 243₆, 253₁₀, 255₉, 265₁₆, 273₁₆, 289₇·₁₁, 337₆, 347₂, 359₁₅　③65₁₀·₁₃, 79₆, 83₁₂, 103₁₃, 117₄, 135₉·₁₆, 137₃, 155₂, 167₁₆, 221₁₂, 223₁₀, 343₁₆　④91₁₀, 95₂-₃, 103₁₁, 109₁₃, 111₄, 129₁₀, 133₅·₉, 145₁₀, 155₂, 161₃·₅·₁₂, 163₈·₁₃·₁₆, 167₄-₅, 169₁₃, 177₁₂, 179₁₃, 181₃, 187₁₃, 189₁₀, 199₁₄·₁₆, 203₁₂·₁₆, 205₆, 209₃, 211₃, 213₆, 215₆-₇, 219₁₀, 221₁₄, 227₂·₅, 239₂, 247₁₁, 277₁₄, 279₁₁, 283₄, 313₆-₇, 337₆, 343₁, 345₄, 383₁₃, 385₇, 391₇, 413₅, 435₉, 451₄, 463₃　⑤43₅, 53₂, 67₁₂, 81₁₆, 85₁, 121₈, 147₁₁, 211₁₆, 237₇, 289₁₂, 325₅, 343₆, 385₄, 409₁, 421₁₁, 441₃, 449₅, 491₇, 505₆, 511₁₃

睦命を膺く　⑤393₆
睦　②163₂
絹　①149₁₅　②23₆, 371₃, 39₅, 199₉, 211₁₂, 361₁-₂　④161₁₂, 369₁₀　⑤39₁₆, 41₇
遣高麗使　③393₁　⑤73₂
遣高麗使水手已上　④417₆
遣高麗使判官已下　④417₆
遣高麗大使　③415₂, 417₅
遣高麗副使　④417₅
遣さる　⑤513₂
遣し向く　④409₉
遣し補す　①137₁₆
遣新羅国使　②375₃
遣新羅使　①73₁₅, 83₆, 189₃　②451₄, 53₁₀, 59₄·₈, 119₉-₁₀, 127₆, 161₂, 255₁₂, 257₁, 259₁₄, 301₆, 311₁₄, 363₉, 367₁₂　③117₁₀　⑤89₇, 101₉
遣新羅使船　②367₁₁
遣新羅使大判官　④309₁₃
遣新羅使副官　②313₆
遣新羅小使　①27₁₆
遣新羅少位　①27₁₆
遣新羅少史　①27₁₆
遣新羅少判官　④309₁₄
遣新羅大位　①27₁₆
遣新羅大史　①27₁₆
遣新羅大使　①27₁₅, 73₇, 83₁₁, 107₃, 109₄, 187₈　②43₄, 153₉, 301₁, 309₁₅, 363₈　③129₉
遣新羅副使　①109₈　②309₁₅
遣す　①7₈, 9₃, 11₃, 13₉, 17₁, 19₄, 21₃-₄, 23₁,
33₁₂-₁₃, 35₈·₁₁·₁₅, 39₈, 43₁₁-₁₂, 47₄·₉·₁₄, 53₇, 55₁₅, 65₆·₁₂, 69₁₄, 83₁₃, 103₈, 107₄, 109₅·₇, 145₃, 153₁₄, 169₈, 183₅, 219₉, 221₁, 227₆, 233₁　②19₁, 25₄·₁₃, 31₁₂, 67₄, 73₁₆, 81₈, 129₁₀, 153₅-₆, 157₈, 169₅, 183₃, 187₁₃, 189₁₀, 191₅, 201₁₅, 205₅·₁₀, 207₉, 231₃, 267₂, 273₁₁, 277₁₆, 287₈, 295₆-₇·₁₄·₁₆, 315₆·₁₀, 325₃·₅, 345₁₃, 367₆, 371₂·₄, 373₁₁, 375₁₆, 393₁₄, 399₇, 401₁₅, 405₁₅-₁₆, 407₁, 411₁, 415₅, 417₁₂·₁₅, 419₂, 435₁₅, 437₅·₈, 443₁₀　③91₄-₁₅, 11₅·₁₅, 13₈, 19₃, 31₁₁, 65₈, 77₂, 95₁₀·₁₆, 109₅, 113₁₃, 121₁₅, 123₂·₁₅, 125₁·₁₆, 133₂, 141₄, 151₁₂, 155₁₄, 157₄, 159₄-₆, 171₉, 177₂, 179₁₂, 201₆, 203₂, 207₅, 213₈, 281₁₅, 283₁, 293₄, 297₆·₈·₁₃, 299₄·₆, 327₁₄, 331₇·₁₁, 335₁₃, 363₁₁, 365₃, 367₁₅, 391₃, 401₄, 413₅, 415₁₁·₁₃, 427₁₁-₁₂　④17₄, 21₇-₉-₁₀, 25₉, 29₇, 43₇, 55₁₁, 113₆, 127₁, 185₁₃, 251₆, 273₈, 277₁, 293₁₁·₁₃·₁₆, 301₂, 331₁₃, 337₄, 353₁₅, 385₆, 387₉, 389₈, 413₁₂·₁₃, 427₂, 447₁₂　⑤13₁₀-₁₁, 21₁₄, 35₁₂, 37₇, 49₄, 59₈, 69₆·₁₅, 75₆, 79₁₀, 81₁₅, 83₁₄, 99₁₆, 113₁, 117₁₂, 121₁₂, 145₅, 155₇, 171₁₅, 173₁, 177₃, 201₁₁, 209₁₅, 215₁₂, 227₇, 247₁₄, 297₁₃, 299₁₂, 305₇, 309₂-₄, 333₄, 339₆, 351₂, 359₄, 393₅-₁₂, 401₁₀, 405₂-₄, 439₁₃, 443₆, 469₁₆, 489₁₃, 507₆

遣唐押使　②19₅, 25₉
遣唐使　①39₁₀, 57₉, 89₁₁　②23₅·₁₂, 35₄, 49₉, 263₄　③107₁₂, 113₁₅, 119₁　⑤13₆, 31₅, 91₁₆
遣唐使船　③391₃
遣唐使第一の船　⑤73₁₀, 75₁₄, 81₁
遣唐使第三の船　⑤73₇, 75₁₄-₁₅, 77₁-₂, 79₁₆
遣唐使第四の船　⑤75₁₅, 79₁₆
遣唐使第二の船　⑤75₁₄, 81₁
遣唐使の駕る船　③407₃
遣唐使の雑色の人　③111₁₅
遣唐使の船　⑤17₁₅
遣唐使の副使已上　③119₃
遣唐使判官　③407₅　④453₄　⑤77₉
遣唐使判官已下　⑤37₇
遣唐執節使　①35₃
遣唐使録事　④453₄
遣唐主典　③107₁₃
遣唐准判官　⑤73₁₆
遣唐小位　①35₆
遣唐少判官　②19₆
遣唐少録　①35₇
遣唐少録事　②19₇
遣唐大位　①35₅
遣唐大使　①35₄　②19₆·₉, 51₁₀, 259₁₅, 269₃·₁₁, 357₃　③31₂, 107₁₂, 119₄, 343₁₅, 345₂, 391₁₆　④

続日本紀索引

453_3 ⑤$13_{14}$, 21_5, 35_8, $37_{3\cdot 5}$, 41_{16}, 87_{13}
遣唐大使無き ⑤$43_1$
遣唐大通事 ①$39_9$
遣唐大判官 ②$19_6$
遣唐大録 ①$35_6$
遣唐大録事 ②$19_7$
遣唐中位 ①$35_5$
遣唐の四船 ②$269_{12}$
遣唐の第一の船 ⑤$79_1$
遣唐の第四の船 ⑤$77_{13}$
遣唐の第二の船 ⑤$77_{16}$
遣唐判官 ②$259_{16}$ ③$107_{13}$, $143_{6\cdot 8}$ ⑤$21_6$, 73_8, $77_{11\cdot 14}$, 79_3, 89_7, 93_7, 101_{10}, 121_{12}
遣唐判官已下 ⑤$13_2$
遣唐副使 ①$35_4$, 111_5 ②$19_6$, 259_{16} ③$107_{13}$, 119_4, 139_3, 393_1, $405_{2\text{-}3}$, 433_1 ④$453_4$ ⑤$13_{14}$, $21_{6\cdot 10\text{-}11}$, 23_6, 31_6, 37_5, 41_{15}, 43_2, 73_{16}, 81_4, 87_{11}, 89_1, 91_9, 93_6
遣唐副使を称れ ⑤$43_2$
遣唐録事 ②$259_{16}$ ④$457_9$ ⑤$73_{16}$, 77_{15}, 93_8
遣渤海郡使 ③$371_{10}$
遣渤海使 ②$237_{12}$, 363_9 ③$297_1$
遣渤海大使 ②$361_9$ ③$293_{14}$
遣渤海副使 ③$293_{14}$
遣陸奥持節大使 ②$315_1$
遣陸奥持節判官 ②$315_{10\cdot 13}$
遣陸奥持節副使 ②$315_9$
甄録 ⑤$365_{16}$
蜷淵山(大和国) ⑤$265_6$
嶮難 ①$203_{10}$
憲章 ⑤$107_5$
憲章に違ふ ②$449_1$
憲章を畏る ②$445_6$ ⑤$365_{15}$
憲典に稽ふ ⑤$267_4$
憲法に違ふ ②$239_7$
憲法に乖く ②$23_{14}$
憲法に習はず ①$211_{12}$
憲法を畏れず ③$149_1$
憲法を弄ぶ ③$385_{10}$
憲網を畏る ⑤$193_{16}$
猴犾 ⑤$267_{13}$
誼擾 ②$13_{12}$
誼訴 ④$387_5$ ⑤$159_7$
賢愚 ②$445_9$
賢憬(人名) ④$421_{12}$
賢璟(人名) ⑤$299_3$
賢佐 ④$317_{13}$
賢佐の成功 ⑤$225_{10}$
賢しき者 ③$439_1$

賢しき臣 ②$215_{12}$
賢しき臣等 ④$335_{13}$
賢しき臣の能き人を得 ④$311_{13}$
賢しき僧 ③$115_9$ ④$417_2$
賢室 ⑤$41_5$
賢臣 ②$169_{12}$
賢人の能臣を得 ③$265_7$ ⑤$181_{10}$
賢哲に非ず ③$385_2$
賢輔 ③$223_7$
賢良 ③$243_{11}$, 283_9
賢良方正の士 ①$71_{14}$
賢路を避く ④$317_7$
賢を挙ぐ ③$249_6$
険浪の下 ⑤$31_{13}$
黔首 ②$89_7$
黔庶 ③$367_4$
黔黎の産業 ⑤$307_7$
謙光 ③$275_4$ ④$317_{13}$
謙譲 ②$309_2$ ⑤$273_{15}$
謙冲の情 ②$353_1$
謙卑 ②$273_9$
謙り譲り ①$119_8$
顕栄 ③$231_2$ ④$37_6$ ⑤$365_{16}$
顕官 ⑤$195_3$
顕覩を致す ②$137_3$
顕見るる物に在らじ ②$141_{12}$
顕号を垂る ③$273_{14}$
顕在 ④$173_2$
顕しく出でたる ①$127_{12}$
顕し告げぬ ①$11_{12}$
顕し示し給ふ ③$67_{16}$, 69_3
顕し奉る ①$127_{13}$ ②$217_{11}$
顕識 ④$291_1$
顕職を歴 ③$379_{13}$
顕秩を加ふ ①$17_6$
顕に称す ①$211_2$
顕表 ②$47_9$
顕要 ⑤$101_3$, 411_6
顕要の官 ②$27_{10}$
顕要を歴 ④$105_8$
顕戮を加ふ ①$227_5$
顕る ③$299_{14}$
顕れ出づ ②$217_8$
顕れ来る ②$141_{10\cdot 12}$, 215_{13} ④$49_{11}$
顕露 ②$377_5$
験 ③$225_3$ ④$205_4$
験と為すに足れり ④$315_{13}$
験ぶ ⑤$47_{12}$
験無し ③$47_1$

けん(遣・甄・蜷・嶮・憲・猴・誼・賢・険・黔・謙・顕・験)

続日本紀索引

けん（験・懸・譴・闕・元・幻・玄・言）

験有り　②35$_{10}$　③433$_7$
験有る神　②327$_2$
験有る神祇　④163$_3$
験を彰にす　④205$_4$
験を得　③163$_3$
験を蒙る　③67$_{14}$
懸隔　④387$_4$
懸磬　④131$_{12}$
懸磬の室　⑤245$_2$
懸坐　⑤81$_9$
懸車　④19$_{16}$, 317$_{11}$, 435$_{11}$
懸象　③269$_5$
懸像　①231$_3$
懸に遠し　⑤323$_{14}$
譴責　②89$_{16}$　④439$_{11}$　⑤339$_{13}$
譴を告ぐ　②179$_6$　⑤127$_3$
闕く　②39$_2$
元悪除く　④61$_{14}$
元意に違ふ　②319$_8$
元会の旦　⑤255$_4$
元会の日　①221$_6$
元凶　③395$_4$　⑤145$_7$
元興寺　①65$_{11}$　②15$_{15}$, 291$_{12}$　③11$_8$, 81$_{15}$, 89$_3$, 171$_8$　④155$_{12}$, 301$_{10}$
元興寺の印　④349$_9$
元興寺の東南の隅　①25$_{13}$
元首に帰す　③365$_{16}$
元正　⑤121$_{12}$, 123$_4$, 169$_3$, 255$_7$, 481$_{15}$
元正天皇〔氷高内親王〕　①207$_{14}$, 223$_3$, 233$_{15}$, 235$_9$　②3$_{4-5}$, 25$_2$, 41$_4$, 79$_2$, 109$_4$, 139$_{14}$, 141$_3$, 185$_{15}$, 217$_1$, 421$_1$　③71$_2$　④257$_6$, 261$_3$　⑤41$_{11}$　→天皇, 太上天皇
元正天皇の御世　②185$_{15}$　⑤41$_{12}$
元儲に伝ふ　⑤221$_{16}$
元日　①221$_8$　②331$_{16}$　③61$_3$, 119$_{11}$
元日等の節　④157$_{16}$
元の謀　⑤443$_{11}$
元服を加ふ　①215$_8$　⑤395$_6$
元服を加へず　⑤385$_7$
元明天皇〔阿閇皇女〕　①3$_7$, 119$_{4-5・12}$, 127$_3$, 159$_{2・4}$, 193$_4$, 213$_{10}$　②223$_{11}$, 307$_{16}$　③71$_2$　→天皇, 太上天皇
元明天皇の母　①119$_6$
元由　②153$_{11}$　④38$_{12}$
元来　④197$_{10}$, 389$_{14}$, 423$_{13}$　⑤177$_8$
元を改む　①79$_4$　③297$_{12}$　⑤169$_4$　→改元
元を開く　⑤249$_2$
元を建つ　①37$_1$　→建元
幻怪の情　②27$_{13}$

幻術　②211$_6$
玄遠　②153$_{15}$
玄珪　④141$_5$
玄狐　①183$_{13}$　→黒狐
玄奘三蔵（唐）　①23$_{8-9・16}$, 25$_{10}$
玄宗　③271$_6$
玄宗（唐）　②357$_{11}$　③139$_{11}$, 297$_{6・11-12}$, 425$_{15}$
玄孫　①61$_{10}$
玄徒の領袖　③163$_{14}$
玄菟州刺史（渤海）　③331$_{13}$
玄蕃助　④243$_8$　⑤443$_1$
玄蕃頭　①137$_4$　②333$_{14}$, 343$_7$　③43$_4$, 145$_4$, 389$_4$, 421$_9$　④339$_8$, 377$_{14}$, 425$_6$　⑤63$_4$, 83$_7$, 317$_1$, 351$_7$, 375$_{15}$
玄武の幡　①33$_7$
玄風扇く　④185$_{14}$
玄昉　②299$_{15}$, 327$_9$, 335$_{5・7-8}$　③19$_{3・5}$, 291$_6$, 311　④459$_{16}$, 461$_1$
玄昉法師を除く　②365$_{12}$
玄獻　①125$_{11}$
玄憐（人名）　⑤299$_4$, 419$_4$
言　②91$_9$, 317$_{14}$　③217$_{14}$, 229$_2$　④91$_2$, 253$_4$, 261$_8$
言依さし奉るの随に　③85$_3$
言河に漱がず　②63$_8$
言行　③123$_{12}$
言語　③363$_{14}$, 443$_6$
言さく　①47$_{15}$, 61$_5$, 85$_2$, 105$_{15}$, 107$_2$, 113$_{14}$, 131$_6$, 139$_6$, 143$_{14}$, 177$_2$, 189$_9$, 199$_{15}$, 203$_9$, 205$_{5・16}$, 209$_9$, 227$_9$　②73$_{・6}$, 131$_6$, 15$_9$, 171$_3$, 19$_{11}$, 31$_{3・9・14}$, 45$_{10}$, 49$_9$, 83$_6$, 95$_{13}$, 119$_3$, 131$_9$, 135$_4$, 147$_{13}$, 149$_9$, 183$_{7-8}$, 187$_2$, 193$_{7・11}$, 225$_{15}$, 229$_{16}$, 231$_7$, 249$_{11}$, 293$_{14}$, 305$_5$, 309$_9$, 313$_{3-10}$, 315$_1$, 367$_{13}$, 369$_7$, 371$_{11}$, 377$_{2・7}$, 387$_{11}$, 403$_{10}$, 405$_1$, 411$_{10}$, 417$_{13}$, 419$_4$, 427$_{5・9}$, 429$_{11}$, 431$_1$　③9$_{13}$, 17$_{11・16}$, 113$_2$, 135$_4$, 141$_9$, 143$_8$, 153$_{16}$, 229$_8$, 251$_{11}$, 253$_{2・13}$, 287$_{15}$, 289$_5$, 293$_{16}$, 303$_7$, 307$_{11}$, 329$_3$, 343$_{15}$, 365$_{10}$, 383$_9$, 407$_{12}$, 425$_{15}$　④55$_7$, 81$_{11}$, 83$_{10}$, 113$_5$, 117$_3$, 171$_1$, 197$_{5・10}$, 199$_{1・5・9}$, 211$_{7・10}$, 213$_8$, 217$_{13}$, 229$_1$, 251$_3$, 265$_1$, 271$_3$, 275$_{11}$, 283$_{15}$, 321$_{11}$, 361$_2$, 365$_{12}$, 367$_8$, 375$_8$, 381$_1$, 387$_{14}$, 391$_8$, 395$_{13}$, 401$_{11}$, 407$_5$, 409$_{4-15}$, 417$_{10}$, 421$_7$, 437$_9$, 439$_7$, 443$_{15}$, 455$_1$, 457$_5$, 461$_{15}$, 463$_7$　⑤7$_3$, 45$_{12}$, 53$_5$, 65$_6$, 71$_3$, 73$_8$, 85$_1$, 95$_4$, 101$_{9・12}$, 105$_3$, 113$_{5-10}$, 119$_1$, 121$_8$, 129$_{1・4・16}$, 133$_9$, 147$_6$, 155$_2$, 157$_{16}$, 167$_{3-7}$, 175$_{13・15}$, 187$_7$, 193$_4$, 201$_{13}$, 205$_{6-13}$, 207$_4$, 211$_{14}$, 237$_1$, 239$_{1・5}$, 245$_{15}$, 251$_{14}$, 253$_2$, 271$_{15}$, 279$_{14}$, 281$_6$, 297$_6$, 303$_{15}$, 309$_6$, 319$_{13}$, 323$_{13}$, 331$_{10}$, 347$_9$, 369$_5$, 375$_{1・3}$, 377$_{10}$, 381$_7$, 385$_7$, 401$_7$, 405$_{12}$, 409$_5$,

続日本紀索引

447$_{10}$, 467$_{10}$, 469$_8$, 475$_2$, 481$_5$, 487$_8$, 489$_2$, 497$_{4\cdot10\cdot16}$, 499$_{13}$, 503$_{15}$, 507$_{15}$, 509$_{7\cdot12}$, 513$_{1\cdot7}$
言し上げしむ　②79$_9$
言して曰はく　②75$_8$　③177$_{15}$, 179$_{1-2}$, 195$_{13}$, 255$_{6\cdot16}$, 363$_{12}$, 427$_{13}$　④17$_5$, 129$_{10}$, 157$_7$, 267$_7$, 279$_{12}$, 297$_{13}$, 423$_2$　⑤31$_{10}$
言思　⑤113$_7$
言似ず　③205$_{14}$
言辞　③195$_9$
言上　①199$_3$, 209$_9$　②11$_9$, 57$_{15}$　④39$_{12}$　⑤99$_8$, 465$_9$
言上して曰さく　④369$_4$
言上せず　⑤465$_{10}$
言信無し　③363$_{16}$
言す　①9$_8$, 15$_7$　③121$_{12}$, 133$_1$, 269$_4$, 273$_1$
言すべき所に非ず　③429$_2$
言せらく　⑤155$_{11}$
言とす　②365$_{13}$
言に此を念ひ　②97$_6$　⑤279$_8$
言に斯を念ひ　⑤13$_4$
言に念ひて　⑤39$_{15}$, 193$_{12}$
言に念ふ　⑤391$_8$
言に非ずは　③269$_7$
言はく　④17$_{12}$
言はず　②247$_7$
言はむすべも無く　④335$_1$
言ひしこと有り　①185$_{14}$
言ひ難し　①151$_5$
言ひ畢る　③211$_9$
言畢る　③209$_7$
言ふ　②51$_2$　④435$_{11}$
言ふこと勿かれ　③211$_7$
言ふ所　②89$_{11}$　③277$_{13}$
言ふに仮あらむ　③133$_{13}$
言ふましじき辞も言ひ　③409$_{11}$
言へること有り　⑤177$_{11}$
言乱る　①125$_{14}$
言を為す　④275$_4$, 375$_{11}$
言を巧にす　⑤113$_4$, 165$_3$
言を竹帛に編む　③249$_{15}$
言を聞く　①69$_{10}$
弦朔を経たり　③51$_9$
限　②331$_{11}$　③163$_{12}$　④397$_7$
限とす　①99$_4$　②353$_7$　③45$_3$, 167$_{5-6}$, 291$_{15}$, 293$_{3\cdot11}$　④57$_{2\cdot4}$　⑤99$_1$, 297$_3$, 465$_3$, 495$_6$
限に依らず　⑤117$_5$
限に依る　⑤367$_3$
限に過多り　②427$_1$
限に在らず　①167$_{10}$　②15$_{12}$, 125$_4$　③13$_{5-6}$,

167$_{14}$, 329$_7$, 375$_{11}$　④47$_7$, 405$_2$　⑤193$_{14}$, 219$_2$, 249$_{10}$, 341$_{12}$, 451$_{12}$
限に入れず　②229$_8$　③17$_{16}$
限に満たず　③19$_9$
限の外　①155$_{16}$, 209$_6$　②219$_{14}$
限の内　③289$_{15}$
限の内に首さず　③213$_5$
限の内に首す　③213$_4$
限満つ　①99$_{11}$　②425$_{10}$　③217$_{16}$
限無し　①203$_{15}$
限有り　③191$_5$　⑤193$_9$, 255$_{4\cdot9}$
限らず　②235$_4$　⑤367$_{15}$
限り禁め　②91$_{15}$
限り置く　⑤133$_{14}$
限りとす　②295$_{10}$
限りに在らず　②195$_{12}$
限りの内に申さず　②211$_{10}$
限り亡し　②91$_{14}$
限り有り　②189$_{12}$
限りを過ぐ　②93$_5$
限りを定む　②91$_{16}$
限る　②15$_{14}$, 69$_8$, 111$_8$, 117$_{11}$, 327$_1$, 339$_9$, 393$_6$　③49$_{16}$, 217$_{16}$, 407$_5$　④181$_8$, 297$_4$, 387$_1$　⑤73$_{3\cdot15}$, 157$_1$, 197$_{10}$, 399$_{13}$, 401$_1$, 463$_2$
限るに三年を以てす　②277$_5$
限を過ぐ　③289$_{12}$
限を過ぐる以外　③191$_{5-6}$
限を改む　④57$_3$
限を定む　③89$_1$
限を立つ　②301$_{15}$　④57$_5$
限を立む　⑤145$_{14}$
原首真人糸女　⑤211$_7$
原す　②445$_1$
原すこと有ること無かれ　①169$_{14}$
原放　②271$_7$
原免　①187$_6$　②365$_3$, 437$_{16}$　③71$_6$　④125$_{14}$
原免に従ふ　②121$_3$, 207$_8$, 259$_7$, 323$_1$, 399$_1$　③117$_2$, 425$_9$　④95$_6$, 99$_6$
原野　②75$_2$
原宥に従ふ　④325$_4$
眩耀　④225$_{10}$
現御神と坐す　②141$_4$
現御神と大八嶋国知らしめす天皇(文武天皇)　①3$_{12}$
現御神と大八嶋国知らしめす倭根子天皇命(持統天皇)　①5$_2$
現在の中　④263$_4$
現し給ひ悟し給ふ　④253$_7$
現し示し給ひつる物そ　④253$_8$

けん（言・弦・限・原・眩・現）

けん（現・絃・減・源・厳）

現神大八洲知らしめす倭根子天皇（光仁天皇） ④323$_4$
現神と御宇天皇（孝謙天皇） ③263$_2$
現神と御宇倭根子天皇（元明天皇） ①127$_3$
現神と御宇倭根子天皇（聖武天皇） ②215$_8$ ③65$_{16}$, 85$_1$
現神と御大八洲我子天皇（聖武天皇） ②421$_2$
現神と坐す倭根子天皇が皇（光仁天皇） ⑤181$_5$
現神と坐す倭根子天皇我が皇（孝謙天皇） ③265$_3$
現神と大八洲国知らしめしし倭根子天皇（聖武天皇） ②223$_{12}$
現神と大八洲国知らしめす倭根子掛けまくも畏き天皇（称徳天皇） ④241$_1$
現神と大八洲知らしめす天皇（光仁天皇） ⑤35$_{14}$
現神と大八洲知らしめす倭根子天皇（淳仁天皇） ③315$_4$
現神と大八洲知らしめす倭根子天皇（聖武天皇） ②139$_{10}$
現神と八洲御宇倭根子天皇（元明天皇） ①119$_{12}$
絃纏漆角弓 ②289$_6$

減却 ⑤79$_9$
減闕 ①181$_7$
減降 ⑤161$_{14}$
減し定む ②59$_{15}$
減す ①113$_4$ ②133$_3$ ③105$_{10}$
減す例に在らず ①151$_{15}$
減省 ⑤137$_2$
減損 ①185$_5$, 195$_7$
減半 ④23$_{13}$
減耗 ⑤341$_8$
源 ②305$_{13}$
源無き氏 ③113$_9$
源流 ⑤505$_2$
厳禁 ⑤329$_{16}$
厳献る（歌謡） ②421$_{12}$
厳しき寒さ ⑤109$_6$
厳しき警め ②103$_{16}$
厳粛ならず ①125$_{15}$
厳浄 ②417$_7$
厳飾 ②391$_2$
厳切 ①109$_4$
厳断 ②29$_1$
厳勅を奉けたまはり ④13$_8$

こ

ここだく高く治め賜ふ　③$201_{14}$
この舞見れば（歌謡）　②$421_{11}$
この豊御酒を（歌謡）　②$421_{12}$
己閼棄蒙（渤海）　②$361_{14}$
己がえし成さぬ事を謀る　④$49_4$
己が怨　④$87_{10}$
己が家家　③$197_{11}$
己が口を以ても云ひ　④$261_{11}$
己が妻を愛まず　③$323_1$
己が作りて云ふ事　④$251_{16}$
己が氏門をも滅す等　⑤$179_1$
己が師　④$33_7$
己が事を納れ用ゐよ　④$253_5$
己が心　④$253_9$
己が心に念ひ求むる事　④$87_9$
己が心のひきひき　④$77_{14}$
己が瑞　④$225_{10}$
己が先祖　④$33_{16}$
己が先霊　④$87_8$
己が祖の門滅さず　⑤$179_2$
己が族　③$191_4$
己が得ましじき　④$257_{10}$
己がひきひき　④$257_{12}$
己が婢　⑤$429_7$
己が門々　③$197_{11}$
己がやけ授くる人　②$223_7$
己が欲しきまにまに行はむと念ひ　④$31_{13}$
己亥年（文武天皇三年）　⑤$509_{13}$
己珎蒙（渤海）　②$355_9$, 357_{16}, 359_{16}, $361_{1 \cdot 12 \cdot 15}$, 363_2
己独り　④$31_{12}$
己に剋つ　②$123_8$, ⑤$215_{15}$
己に奉る　⑤$327_8$
己に由し　④$377_3$
己を顧む　③$39_7$
己を罪ふ　②$389_2$
己を勉めて自らに新にせよ　③$245_5$
戸　①$15_{16}$, 17_{13}, 31_{1-2}, $43_{3 \cdot 6-7}$, $47_{8 \cdot 10}$, 59_4, $61_{13 \cdot 15-16}$, 67_{3-4}, $77_{5-7 \cdot 9}$, 83_4, 87_6, $99_{1-3 \cdot 14}$, 113_{3-4}, 153_7, 185_{11}, 187_4, 201_6, $207_{4 \cdot 14}$, $211_{7 \cdot 13}$, 217_{10}, 223_5, 225_{2-3}, $231_{1 \cdot 11}$　②$19_{16}$, 251, 59_{11}, 61_{15-16}, $63_{1 \cdot 14}$, 113_8, 133_2, 143_{16}, 145_1, 171_3, 175_2, 185_{11}, 299_{15}, 391_4, 443_6　③$451 \cdot 3$, 97_{15}, 103_{8-11}, 153_{11}, 169_{11}, 285_2, 353_{11}, $359_{8 \cdot 12-13}$, 407_8, 443_2　④$27_6$, 39_4, 57_{14}, 81_{14}, 97_7, 117_{13}, 123_{10}, 209_1, 221_7, 229_7, $247_{5 \cdot 7 \cdot 13}$, 339_1, 341_{12}, 353_2, 381_{15}, 407_4, 463_9　⑤$15_{12}$, 45_2, 49_2, 65_{14}, 107_{11-12}, 111_{11}, $145_{11 \cdot 13}$, 239_3, 279_{14}, 281_3, 355_8, 359_{12}, 407_5, 509_6, 513_{14}
戸憶志　③$257_{13}$
戸減く　⑤$135_1$
戸ごと　①$143_{12}$, 163_7
戸口　①$181_{1 \cdot 3}$　⑤$367_3$, 369_8
戸主　⑤$279_{15}$
戸浄山　③$811_3$　→松井連浄山
戸浄道　③$377_3$
戸籍　①$35_{12}$　③$185_7$　④$131_1$　→籍、属籍
戸頭　②$131_3$　④$15_4$
戸頭の人　②$181_1$
戸内　②$71_1$
戸の粟　①$101_{4 \cdot 7}$
戸の内の雑徭　④$341_{12}$
戸の内の田租　①$107_{11}$
戸別の調　①$99_{13}$
戸弁麻呂　③$71_3$
戸毎　③$451 \cdot 3$
戸徭　③$375_6$, 395_9
戸令　④$131_1$
戸を挙りて　①$61_{10}$
乎利宿禰　③$113_6$
乎留和斯知（人名）　③$293_{16}$
古き銭　⑤$101_{16}$
古き例に稽ふ　⑤$91_{14}$
古記の文　④$13_8$
古記を尋ぬ　③$229_9$
古今同じき所　⑤$497_6$
古今に知れり　④$423_{13}$
古今の恒典　③$281_2$
古今の通典　⑤$149_1$, 481_{10}
古今の不易　⑤$325_{10}$
古市王　②$329_7$
古市郡（河内国）　②$221_1$　③$19_1$, 21_8
古市郡の人　①$81_1$　④$91_3$, 107_2, 161_6
古市里（河内国）　③$19_1$
古詩　④$279_4$
古尔（姓）　⑤$437_8$
古者　③$183_5$　⑤$133_{16}$
古衆連　②$151_{12}$
古人　③$309_4$　④$435_{11}$
古人云はく　④$21_2$
古人曰はく　③$299_{12}$
古人言へることあり　③$365_{15}$
古人言へること有り　③$227_3$
古人大兄皇子　③$241_{12}$

こ（古・固・沽・股・席・虎・孤・故・狐・庫・涸・袴）

古人の貴ぶる所 ③$279_4$
古仁染思 ③$51_3$
古仁虫名 ③$51_4$ ④$69_2$
古昔 ③$137_6$
古迹に遵ふ ③$365_2$
古先哲王 ②$161_{14}$
古諜 ⑤$487_8$
古に従ふ ④$407_{10}$
古に准ふ ③$277_{13}$, 283_{15}
古に比ぶ ③$279_{12}$
古の賢王 ①$185_{14}$
古の人 ⑤$177_{11}$
古の善き政 ④$403_{11}$
古の明王 ④$445_8$
古の明主 ②$387_{16}$
古風尚存り ⑤$201_{15}$
古より尚し ①$227_{16}$
古より有り ②$73_{13}$ ⑤$267_{12}$
古例に依る ⑤$27_3$
古老 ①$199_2$ ⑤$321_1$
古を稽ふ ⑤$471_{15}$
古を変して常を改む ④$423_6$
固く（固め）守らしむ ②$105_{13}$, 205_3 ③$17_3$, 159_9 ④$21_{14}$, 93_4, 295_8 ⑤$219_{13}$, 225_9
固く辞び申す ④$335_{16}$
固く辞ぶ ①$119_9$ ②$321_5$
固く守る ①$185_{10}$ ②$119_4$
固く請ふ ③$195_{14}$
固く争ふ ④$129_{16}$
固辞 ④$81_{14}$
固執 ②$447_5$
固め造る ⑤$129_8$
固を作す ①$109_3$
沽価に随ふ ②$301_3$
股肱 ②$97_2$, 169_{12}, 445_7 ④$49_{12}$, 147_{15}
股の完 ③$379_8$
席取王 ④$349_{13}$
虎のごとくに奔る ③$287_{13}$
虎の皮 ①$233_{11}$
虎の文 ②$225_3$
孤 ③$21_{14}$
孤園（給孤独園） ④$141_4$
孤児 ③$169_{10}$
孤独 ①$175_{10}$
故 ②$239_1$, $305_{2\cdot6}$, 385_8, $441_{13\cdot14}$ ③$141_3$, 219_5 ④$203_1$, 297_{10}, 345_{10}, 415_1 ⑤$71_{11}$, 59_3, 87_{11}, 97_6, 259_{10}, 279_6, 355_{12}, 473_6, 495_1, 503_{14}
故きを温ねて新しきを知る ①$67_{12}$
故きを舎てて新しきを譜む ⑤$495_{15}$

故きを送り新しきを迎ふ ③$293_3$ ⑤$157_2$, 295_{15}
故旧を失はず ②$137_1$ ④$215_{14}$
故郷に帰る ③$293_{10}$
故殺 ②$293_{16}$ ⑤$169_6$
故殺人 ①$129_3$ ②$121_5$, 259_9, 265_{11}, 281_{16}, 291_6, 323_3, 365_4 ③$23_{11}$, 51_{11}, 105_8, 115_{13}, 137_8, 143_{16}, 151_7, 155_8, 157_{14}, 183_1, 367_7 ④$59_3$, 175_{14}, 377_7, 417_9, 445_{12} ⑤$51_{11}$, 67_4, 103_5, 125_{13}, 175_{11}, 245_8
故事に遵ふ ⑤$203_2$
故事を案ふ ②$131_{11}$
故式部卿（藤原朝臣宇合）②$369_{14}$
故臣 ③$361_9$
故太政大臣（藤原朝臣不比等）②$255_{14}$ ③$187_9$
故に隠く ①$157_1$
故に焼く に渉る者 ④$413_1$
故に人を罪に入る ③$291_5$
故の如し ②$239_3$, 339_{13}, 429_2 ③$191_{13\cdot16}$, 221_7, 327_3, 333_{15}, 345_{14}, 361_8, 393_2, $421_{6\cdot8\cdot9}$, $423_{1\cdot5}$, 431_5 ④$51_{2\cdot4}$, 57_{13}, 73_8, 155_8, $159_{2\cdot12}$, 167_6, 169_{1-3}, 177_{14-15}, $179_{4\cdot5\cdot7\cdot8}$, 181_1, 187_{10}, 191_{13-14}, $193_{2\cdot8\cdot12}$, $195_{5-6\cdot10}$, 201_2, $209_{7\cdot11}$, $211_{1\cdot6-7}$, $223_{2\cdot5}$, 237_{15}, 243_{8-9}, $249_{3\cdot5}$, 265_9, 269_7, 303_1, 305_8, 319_7, 337_{15}, 347_4, 349_{16}, 371_1, 379_1, 411_9, $425_{1\cdot5}$, 427_1, 439_{16}, 441_4, 457_{12}, 459_{7-8} ⑤$11_{12}$, $49_{7\cdot12}$, 61_{12}, $63_{2\cdot4\cdot11\cdot13}$, $65_{6\cdot10}$, $71_{7\cdot9}$, 83_{15}, $105_{10\cdot14}$, 109_9, 127_{13}, 129_{13-14}, 171_6, 181_1, $185_{11\cdot15}$, $187_{1\cdot4\cdot10-11}$, $189_{4\cdot7\cdot10}$, $191_{1\cdot8}$, $205_{8-9\cdot11}$, 229_9, 231_8, 233_{8-9}, 237_{13-14}, $241_{9\cdot12}$, $243_{4-5\cdot9}$, 249_{12}, 251_1, 263_1, 269_5, 271_{11}, 275_{15}, $277_{1\cdot6}$, 291_6, $293_{4-5\cdot11}$, 295_3, 301_7, 317_{8-9}, 319_{11}, 321_8, 323_1, 329_6, $337_{4\cdot7\cdot9-10\cdot13}$, 347_2, 351_{11-13}, 355_{6-7}, 359_{13}, 363_{13}, 365_{1-4}, $369_{2-3\cdot10}$, $371_{12-14\cdot16}$, $373_{1\cdot5-6}$, $379_{8\cdot13}$, $383_{10-11\cdot13-14}$, 385_{13}, 389_{11-12}, 393_1, 397_{10}, 399_3, 401_{14-16}, $409_{3\cdot11-12\cdot14-16}$, 411_1, 413_{14}, $421_{3\cdot6\cdot15}$, $423_{2\cdot8}$, 445_{13-14}, $457_{5\cdot11\cdot13}$, $459_{2-8-9-12}$, $461_{2\cdot6}$, 473_{11}, 477_8, $491_{9\cdot11}$, 493_5, 495_7, $503_{7\cdot10}$, 507_2, 513_{15}
故無く ④$33_{11}$
故無くして上へぬ者 ③$127_{11}$
故右大臣（吉備朝臣真備）⑤$291_1$
故老 ②$427_7$
狐 ①$183_{13}$, 185_{16}, 221_7 ②$83_6$, 359_{15} ④$385_2$, 421_8, 451_8, 455_6 ⑤$235_{13}$
狐の頭 ②$393_8$
庫物 ⑤$405_8$
涸竭 ②$427_{10}$
涸る ⑤$55_1$
袴 ①$37_{11}$, 143_{11} ②$403_4$

続日本紀索引

袴口 ②133$_{13}$
湖水 ⑤81$_3$
辜に陥る者 ⑤163$_{10}$
辜に非ず ④143$_{15}$
辜を観る ④405$_{11}$
辜を宥す ⑤291$_4$
雇はゆ ③219$_{14}$
雇民 ②177$_{14}$
痼病 ②27$_{12}$, 169$_3$
鼓 ②107$_1$ ⑤157$_{12}$
鼓吹 ①221$_6$ ②205$_{15}$
鼓吹戸 ②171$_3$
鼓吹戸人 ③185$_{10}$
鼓吹司の夫 ⑤117$_{13}$
鼓吹正 ③429$_{15}$ ④165$_1$, 193$_5$, 351$_3$ ⑤71$_6$, 29$_2$, 381$_4$, 457$_7$
鼓吹を受けず ④319$_3$
鼓鳴る ⑤157$_{12}$
顧復 ②109$_6$
顧眄 ⑤81$_6$
顧望 ⑤325$_2$
顧み惟ふ ⑤217$_1$, 391$_2$
顧み思ふ ②353$_2$
顧み念ふ ①101$_{11}$ ③121$_{14}$ ④287$_2$ ⑤205$_2$
顧み問ふ ⑤201$_{16}$
顧みる ①179$_{14}$, 225$_{15}$ ⑤391$_1$
顧み恋ふ ③329$_1$
顧命の旨 ③177$_{12}$
顧命を承く ②271$_3$
顧野王符瑞図 ②253$_{16}$, 351$_3$ ④215$_{9\cdot14}$
五位 ①91$_9$, 95$_7$, 97$_{15}$, 173$_1$, 217$_2$ ②37$_2$, 39$_8$, 93$_1$, 103$_6$, 217$_{16}$, 221$_{13}$, 225$_{11\text{-}12}$, 425$_{14}$ ③29$_7$, 95$_{15}$, 149$_5$ ④135$_2$, 177$_9$, 451$_3$ ⑤305$_4$, 331$_6$, 367$_9$, 495$_5$
五位已下 ①47$_{12}$
五位已上 ①51$_6$, 391$_{3\cdot15}$, 711$_4$, 75$_{10}$, 77$_7$, 109$_{14}$, 141$_{12}$, 169$_7$, 197$_{11}$ ②71$_3$, 337$_{7\cdot11}$, 137$_{15}$, 143$_9$, 157$_{6\cdot12}$, 163$_{13}$, 167$_{2\cdot14}$, 177$_{7\text{-}8}$, 181$_5$, 185$_{1\cdot10}$, 189$_1$, 191$_2$, 203$_3$, 213$_7$, 227$_7$, 229$_{10\text{-}11}$, 231$_6$, 237$_2$, 251$_4$, 273$_{15}$, 287$_6$, 289$_{10}$, 333$_6$, 337$_5$, 341$_{13}$, 361$_{11\text{-}12}$, 363$_7$, 371$_7$, 381$_5$, 385$_6$, 395$_{11}$, 399$_{9\cdot11}$, 401$_{16}$, 403$_3$, 415$_{10}$, 419$_3$, 433$_{13}$, 435$_{4\cdot13\text{-}14}$ ③39$_{9\text{-}10}$, 19$_3$, 39$_{12}$, 511$_6$, 73$_9$, 93$_{14}$, 95$_2$, 101$_8$, 119$_{11}$, 129$_5$, 137$_{3\cdot10}$, 247$_{13}$, 295$_5$, 305$_7$, 311$_6$, 337$_{12\cdot14}$, 345$_{7\cdot9\cdot12}$, 405$_4$, 409$_6$, 419$_{1\text{-}2}$, 325$_{12}$ ④71$_3$, 97$_4$, 99$_{16}$, 135$_{11}$, 155$_{14}$, 189$_7$, 223$_{14}$, 247$_{11}$, 263$_{14}$, 265$_{10}$, 271$_{13}$, 279$_4$, 355$_{11\cdot13\text{-}14}$, 357$_{12\text{-}13}$, 369$_3$, 375$_1$, 397$_9$, 399$_{10}$, 403$_6$, 405$_2$, 419$_{5\cdot14}$, 421$_5$, 439$_2$, 445$_{6\cdot15}$, 447$_7$ ⑤3$_{5\text{-}6}$, 51$_0$, 191$_2$, 235$_1$, 371$_6$, 576$_{7\text{-}9}$, 65$_4$, 85$_{6\cdot10}$, 91$_8$, 121$_5$, 165$_{16}$, 207$_{15}$, 213$_1$, 257$_8$, 287$_5$, 289$_{3\cdot11}$, 303$_{14}$, 313$_9$, 323$_6$, 357$_{5\text{-}6}$, 367$_8$, 381$_{14}$, 413$_{16}$, 417$_5$, 485$_{12}$, 495$_5$
五位已上の位田 ⑤67$_{11}$, 493$_{14}$
五位已上の家 ②65$_6$
五位已上の官人 ②313$_1$
五位已上の子孫 ②5$_4$ ④141$_9$ ⑤169$_{11}$
五位已上の子孫の年廿已上 ⑤327$_{16}$
五位已上の子等 ③73$_7$
五位已上の者 ②265$_{16}$
五位已上の諸王 ②227$_7$
五位已上の臣等 ②227$_7$
五位已上の卒する者 ①169$_7$
五位已上の男女 ①109$_{16}$
五位已上父の後とある者 ②143$_9$
五位已上を帯ぶ者 ②185$_2$
五位以上 ①113$_{10}$, 123$_1$, 145$_7$, 173$_{11}$ ②15$_{11}$, 25$_6$, 53$_9$, 171$_8$, 181$_5$, 189$_{14}$, 193$_1$, 203$_{10}$, 283$_6$, 393$_4$, 405$_9$, 415$_7$ ③53$_2$, 101$_7$ ④85$_{13}$ ⑤403$_{12}$
五位以上の高年 ②203$_{13}$
五位以上の子 ①45$_6$
五位以上の子孫 ②97$_{13\text{-}14}$, 99$_1$
五位以上の人等 ④175$_7$
五位以上の婦 ①51$_7$
五位以上の隷 ②25$_6$
五位に准ふ ①233$_{10}$ ②73$_1$
五位の郡司 ②173$_{14}$
五位の妻 ②71$_{15}$
五位の者 ④375$_{16}$
五位の守 ②267$_8$
五位を授けらる ②39$_8$
五位を帯ぶ ②167$_6$
五衛の督率 ①119$_{10}$
五衛府 ①113$_{10}$ ②103$_{16}$, 105$_{16}$, 181$_9$
五衛府の使部 ①59$_7$
五稼 ②179$_{16}$
五畿内 ②151$_4$ ③381$_4$, 435$_9$ ④199$_{12}$, 441$_{12}$, 457$_8$, 463$_7$ ⑤33$_5$, 331$_2$, 349$_{15}$, 403$_5$, 463$_3$, 467$_{16}$, 475$_{14}$
五畿内巡察使 ④133$_{10}$
五畿内の群神 ④123$_3$
五畿内の諸国 ⑤383$_5$
五畿内の諸国の司 ⑤479$_5$
五畿内の諸社 ⑤53$_{13}$
五畿内の風伯 ④247$_6$
五畿内の兵士 ③425$_{10}$
五畿内の役夫 ⑤451$_9$, 465$_1$
五教を習はしめ ③233$_{13}$
五行大義 ③237$_5$

続日本紀索引

こ（五・午・吾・呉・後）

五行の色　③$403_6$
五行の陳　③$397_1$
五経　④$265_2$
五月八日開下帝釈標知天皇命百年息　③$223_{11}$
五箇駅　④$353_7$
五更　⑤$81_6$
五穀　②$259_2$, 267_{12}, 269_6, 303_{15}, 389_6　③$61_5$, 425_7, 435_7　④$149_7$, 155_3, 187_{12}, 449_{11}　⑤$351_4$, 425_7
五穀成熟経　②$355_{11}$
五七（日）　③$165_4$　④$305_2$
五将　②$73_{13}$
五条の事　①$195_1$
五乗　③$273_{10}$
五常楽　①$51_{15}$
五常を稟く　②$75_{12}$
五色の瑞雲　④$171_{14}$
五色を具ふ　④$173_1$
五世王　①$57_3$, 75_4, $101_{9\cdot11\cdot15}$　⑤$327_{14}$
五世王の嫡子已上　②$219_{16}$
五節（五節田舞）　②$419_{10}$
五節田儛　②$403_5$　③$97_5$
五節の歌儛　③$119_{13}$
五宗の学　②$47_{11}$
五大寺　①$85_{12}$
五男已上を生む　③$325_9$
五等減す　①$175_3$
五道　①$91_4$　③$295_{15}$
五日の節　③$45_5$
五日の内　①$155_{15}$
五八数を双べ　③$225_8$
五比を留む　④$13_{11}$
五百原君虫麻呂　②$159_{12}$
五百枝王　⑤$173_{13}$, 207_{13}, 211_2, 229_4, 241_{13}, 243_4, 309_{14}
五百井女王　⑤$173_{13}$, 207_{13}, 309_{15}
五品已上　②$275_{14}$　⑤$123_{12}$
五品の舎人（唐）　⑤$93_1$
五府　①$103_8$
五兵の用　①$227_{16}$
五保　①$175_3$
五方朝貢の験　④$205_4$
午　④$29_{12}$
午定君　⑤$471_4$
午定君の季子　⑤$471_5$
午定君の仲子　⑤$471_5$
午定君の長子　⑤$471_4$
午の時　②$397_{11}$　⑤$175_{15}$, 297_8
午より前　②$27_7$

吾一人の私座に非ず　④$383_6$
吾家らぞ昌ゆるや（歌謡）　④$309_{13}$
吾が為に近き人　③$201_{13}$
吾が近き姪　③$197_{13}$
吾が子して　③$315_7$
吾が子みまし王　②$141_{14}$
吾が族にも在り　③$199_1$
吾志（人名）　③$293_{16}$
吾税児（人名）　⑤$299_{15}$
吾孫　②$139_{12}$　③$263_4$
吾孫の命　③$85_3$
吾を怨むべき事は念えず　③$201_{13}$
呉懐実（唐）　③$139_{15}$
呉原女王　③$111_6$
呉岡女王　⑤$487_{16}$
呉蘭胡明　②$83_{15}$, 87_7, 151_{13}
呉（の）楽　③$97_5$, 387_2　④$153_{11}$
後悔及ぶこと無し　④$439_9$
後学を勧む　④$361_5$
後学を勧め励す　②$95_5$
後患を貽す　②$115_{15}$
後漢　②$35_{13}$　⑤$331_{10}$
後漢書　④$265_5$
後漢の苗裔　③$255_9$
後騎兵大将軍　②$375_6$
後脚　①$233_8$
後宮に納る　⑤$405_6$
後宮の葬礼　⑤$203_1$
後軍　⑤$431_4$
後効を得　⑤$197_{14}$
後岡本宮（に）御宇しし天皇（斉明天皇）　①$147_9$
後岡本朝　②$67_6$　③$413_5$
後岡本朝庭　④$127_1$
後昆　①$235_2$　⑤$203_7$, 239_6
後佐保山陵（大和国）　⑤$351_2$
後歳　③$195_{11}$
後歳の使　④$373_3$
後使　⑤$131_{16}$
後次第司　②$409_6$　③$355_8$　⑤$303_{13}$, 309_2
後次第司主典　③$355_8$
後次第司判官　③$355_8$
後進　②$47_{10}$
後進の輩　⑤$255_{16}$
後人　⑤$253_{11}$, 371_1
後人に貽す　⑤$387_4$
後人に入る　⑤$371_4$
後世に示す　③$279_{13}$
後生　②$85_{15}$　③$163_8$　④$415_2$
後生の学　④$361_4$

続日本紀索引

後生の畢　②$83_1$
後善　③$367_{10}$　⑤$291_4$
後怠を致す　⑤$389_4$
後代に示すに足れり　⑤$309_8$
後徒を勧む　④$183_3$
後奈保山朝庭　⑤$217_{13}$
後に貽す　⑤$201_4$
後に加へざるべし　①$131_{15}$
後に壊れぬ　④$47_{13}$
後に尊ぶ　③$261_7$
後日　②$167_9$
後年　②$319_{14}$
後年を待つ　②$319_{12}$
後の夏　⑤$335_{11}$
後の害を顧みず　②$327_{11}$
後の毀を遺す　③$311_{10}$
後の御命　④$257_6$
後の苦しみ　②$45_2$
後の継を定めじとには在らず　④$47_{15}$
後の語　③$211_{10}$
後の号　②$149_2$
後の処分を待つべし　⑤$197_4$
後の人を勧む　②$225_{16}$
後（の）世　②$103_{13}$　②$263_8$, 383_9
後の世の聖人　②$157_3$
後の勅を待たしむ　③$79_{10}$
後の勅を待つ　②$199_1$
後の藤原大臣（藤原朝臣不比等）　④$109_7$
後判に依る　④$15_3$
後部王安成　③$377_{10}$
後部王起　②$159_{11}$, 209_{13}, 265_4
後部王吉　①$139_3$
後部王同　①$177_{16}$
後部牛養　⑤$429_{16}$
後部高呉野　③$377_{11}$
後部高笠麻呂　③$233_{15}$
後部石嶋　⑤$15_8$
後部宗守　⑤$429_{16}$
後部豊人　⑤$429_{16}$
後仏　③$357_8$
後母　①$219_5$
後門　⑤$141_5$, 227_9
後葉　②$273_4$, 361_{14}
後を栄えしむ　⑤$487_{14}$
後を承く　⑤$379_{13}$
後を絶つ　⑤$431_{10}$
悟し給ふにこそ在れ　④$253_7$
悟る　④$81_{16}$, 327_{11}　⑤$13_{10}$
悟る所　①$23_{15}$

碁子の如し　④$455_3$
碁を囲む　②$343_1$
瘖瘂　②$387_{15}$　④$431_9$
語　①$91_{15}$, 179_{16}, 195_1, 229_8　②$25_{16}$, 39_6, 119_8, $149_{2\cdot 8}$, 201_6, 213_{11}, 343_1, 447_5　③$195_{15}$, 201_3　④$181_{13}$, 377_2　⑤$359_7$
語言を得　③$203_{15}$
語らひさけむ　④$333_3$
語らひ賜ふ　②$223_{10}$
語り賜へ　②$221_{15}$
語りて云はく　③$199_{16}$
語りて曰はく　①$151_1$　③$209_{13}$, 391_6　④$255_{13}$
語りて知らす　①$123_7$
語話　②$211_1$
語を識る　③$195_{12}$
誤たる　①$47_{11}$
誤ち落すこと無く　③$87_3$
誤りて　①$201_1$　②$19_4$　⑤$413_2$, 513_3
誤りて記す　③$113_4$　⑤$251_{15}$
誤りて編まる　④$83_{14}$
誤り認む　①$201_3$
誤れる字　③$433_3$
護国　③$323_{16}$
護国の正法　⑤$127_{10}$
護寺　②$313_{15}$
護持　④$263_5$
護法善神　④$241_{11}$
護法の梵王　③$217_7$
護らしめよと念ひてなむ在る　④$259_{16}$
護り賜ひ　②$217_5$
護り助け奉侍る　④$139_8$, 259_7
護り助け奉りつる力　④$241_{13}$
護り助けまつれ　④$257_9$
護りて送る　⑤$141_3$
護りまつり尊びまつる　④$103_{15}$
護る所　④$299_{15}$
口　①$39_4$, 55_5, 79_9, 87_{12-13}, 99_{14}, 106_5　②$87_{4\cdot10\cdot13\cdot1}$, 89_1, 131_3, 441_9　③$291_{11}$, 325_{11}, 387_7　④$59_9$, 133_4, 171_2, 273_{14}, 463_3　⑤$133_9$, 279_{14}
口径　①$203_1$
口状を問ふ　③$63_{10}$
口奏を陳ぶ　⑤$131_{14}$
口勅五条　④$447_7$
口勅十三条　②$445_{13}$
口勅を宣ぶ　⑤$75_6$
口づから勅す　③$341_1$　④$15_7$
口丁　①$181_7$
口田　③$379_2$　④$185_6$, 187_2　⑤$113_{11}$
口田を給ふ　⑤$273_1$

こう―こう（後・悟・碁・瘖・語・誤・護・口）

119

こう（口・工・兀・公）

口に云ふ言　④251$_{16}$
口に我は浄しと云ひ　④263$_2$
口に閑ふ　③281$_{11}$
口分　②161$_{13}$　④213$_{15}$　⑤369$_{5-6}$
口分田　②137$_9$, 209$_{15}$
口分に斑つ　⑤501$_4$
口味　②235$_2$
口を益す　⑤159$_2$
口を極めて罵る　③313$_3$　⑤407$_{13}$
口を餬ふ　③235$_3$
工　④13$_2$
工巧　③295$_9$　④357$_1$
工巧に妙　②449$_4$
工匠　②23$_9$
工にす　⑤199$_{10}$
工夫　⑤299$_{13}$
兀旱　①89$_2$, 105$_{15}$, 169$_3$, 231$_4$　②259$_1$, 279$_{15}$　③41$_{13}$, 45$_{16}$, 227$_5$, 435$_6$, 437$_{13}$　④9$_{10}$, 75$_{12}$, 187$_{11}$　⑤403$_6$
兀陽　②237$_6$　③61$_5$
兀礼の隣　④423$_5$
公家　②297$_{15}$　⑤137$_3$
公廨　②409$_8$　③19$_5$, 237$_7$, 253$_{5\cdot 7}$　④121$_{15}$, 395$_{16}$, 455$_{13}$, 457$_3$　⑤115$_{1\cdot 3}$, 197$_{15}$, 253$_9$, 369$_{16}$, 371$_{4\cdot 9}$, 413$_{10}$
公廨処分の事　⑤369$_{16}$
公廨に供ふ　②301$_4$
公廨の銀　①81$_{16}$
公廨の設　⑤253$_8$, 479$_{12}$
公廨の銭　②441$_5$
公廨(の)田　①137$_3$　②95$_{16}$, 97$_1$, 301$_{12}$, 435$_9$　③227$_{15}$　⑤307$_9$
公廨(の)稲　②301$_{14}$　③253$_2$
公廨を割り出す　③311$_{15}$
公廨を処分する式　③235$_{10}$
公廨を奪ふ　⑤371$_9$, 427$_8$
公廨を得　⑤479$_{14}$
公廨を得むことを求む　⑤103$_{10}$, 389$_1$
公廨を貪る　②235$_8$　⑤253$_{13}$
公廨を用ゐる　⑤193$_{15}$
公儀休(公休)　①103$_{12}$
公卿　①43$_{12}$, 235$_{11}$　②91$_4$, 137$_3$, 235$_{10}$　③229$_{14}$, 275$_{13}$, 413$_{13}$　④283$_{10}$　⑤95$_{1\cdot 5}$
公卿以下　②335$_{13}$
公験　②99$_2$
公験を給ふ　②153$_{13\cdot 16}$
公験を授く　②65$_{10}$, 77$_{16}$, 79$_1$
公験を与ふ　⑤107$_7$
公戸　②113$_{10}$　③329$_6$

公戸に同じくす　②101$_{14}$
公戸の百姓　④197$_6$
公作の役　①101$_2$
公子乎刀自　⑤15$_9$
公私　①155$_{13}$　②193$_2$, 391$_7$　③349$_8$　④299$_{11}$, 353$_{10}$　⑤235$_6$, 311$_{12\cdot 14}$, 325$_{14}$, 369$_{12}$, 403$_9$, 405$_{15}$, 437$_{14}$, 469$_1$
公私の挙稲　②281$_1$
公私の債負　③117$_1$, 425$_8$
公私の使　⑤449$_3$
公私(の)出挙　①203$_{13}$　②119$_2$
公私の地　⑤501$_{15}$
公私の奴婢　①11$_{11}$
公私の負へる稲　③365$_2$
公私の物を負ふ　③227$_2$
公私弁へぬに至る者　②67$_{15}$
公私未納の稲　②249$_9$
公私を論ふこと無く　②69$_8$
公使繁多　④353$_5$
公施　①181$_6$
公事　①183$_1$　②71$_5$, 303$_{13}$
公事に縁るに非ず　③387$_6$
公事に預らず　③191$_3$
公式令　②147$_{14}$
公正　③271$_4$　⑤195$_2$
公節　⑤367$_{11}$
公銭を紛乱せる者　①147$_5$
公地　④217$_{13}$
公帳に著す　②11$_6$
公庭　①225$_{15}$
公田　②301$_3$　③229$_3$
公途　④303$_{10}$
公稲　②69$_4$, 327$_1$
公に還る　②229$_5$, 427$_1$
公に行はる　⑤367$_{12}$
公に勤し　①15$_{10}$
公に在り　②59$_1$
公に取る　③323$_2$
公に進む牧　②261$_5$
公に入る　⑤413$_{11}$
公の使　②45$_{11}$
公の字　③331$_5$
公物　③425$_9$
公文　①191$_7$　②47$_4$, 79$_8$　③385$_{16}$
公平　⑤367$_5$
公平に乖く　④165$_{13}$
公平に合ふこと無し　③385$_1$
公平を存す　①183$_6$
公平を存つ　①139$_{15}$

続日本紀索引

公輔の才　④$113_9$
公民　②$445_6$　④$333_{13}$　⑤$333_5$
公民に准ふ　④$197_7$
公民の後　⑤$427_{15}$
公務　①$181_5$　②$179_9$　⑤$367_{11}$, 405_{16}
公務の閑　③$413_{11}$
公務の餘　④$43_{14}$
公役　④$123_8$
公用　②$441_6$　⑤$313_3$
公用の日　⑤$103_{11}$
公粮　③$309_{10}$　⑤$153_2$
公廉　④$113_{11}$
勾金椅宮に御宇しし天皇(安閑天皇)　③$113_2$
勾当　②$449_4$　⑤$75_2$, 273_{13}, 401_{10}
孔王部山麻呂　⑤$485_1$
孔王部美努久咩　⑤$211_{12}$
孔子　②$101_9$
孔子曰く　③$291_{16}$
孔雀　①$31_7$
孔親　②$187_3$
孔目　③$289_6$
功　②$115_5$, 435_1　④$241_{2\cdot 6}$, 361_4　④$295_7$, 451_2, 453_{13}, 461_7　⑤$125_9$, 257_4, 335_5, 339_{10}, 341_5, 359_6
功貨を優む　⑤$413_7$
功過　①$183_8$, 205_{12}　④$114$　⑤$371_7$
功業　③$269_9$
功勲　③$277_{12}$
功勲に従ふ　④$463_{13}$
功(功田)　②$229_8$
功効　④$411_{15}$
功効顕る　②$135_4$
功賞を議る　①$67_2$
功臣　④$143_{12}$
功臣の封　①$45_1$
功遂ぐ　④$21_1$
功成る　②$73_{10}$　③$273_{13}$
功績を効す　①$185_1$
功程を計る　⑤$153_{13}$
功田　①$67_9$　②$227_8$　③$229_{11}$, 231_8, $239_{9\cdot 13\cdot 16}$, $241_{1\cdot 4\cdot 8\cdot 10\cdot 13\cdot 15}$, $243_{1\cdot 4\cdot 6}$, 285_2　④$79_{12}$, 111_{13}, 187_2
功徳　②$199_{13}$, 313_{16}　③$171_{13}$, 323_{16}　④$149_6$
功徳を廻す　④$459_3$
功徳を偹めしむ　④$387_{11}$
功の第　①$43_1$
功卑く　④$463_{16}$
功畢る　④$281_{13}$
功夫　④$461_5$

功夫早に成る　④$183_1$
功封　①$83_{3-4}$　③$285_2$　④$21_{13}$, 27_6, 83_3, 325_9
功無し　⑤$437_5$
功役に就く　③$295_{15}$
功役を費す　⑤$153_{12}$
功有りし王の墓　②$279_1$
功有りて料無くはあるべからず　⑤$371_1$
功有る郡司　②$301_7$
功有る者　①$201_{15}$　③$343_{13}$　⑤$69_9$, 477_{13}
功有るに拠る　①$201_{13}$
功力を加ふ　②$117_{15}$
功労の人　①$123_2$
功を加ふ　③$61_{14}$
功を顕す　③$273_1$
功を校ぶ　③$317_2$
功を就す　③$405_5$
功を叙す　②$279_5$
功を称す　③$243_2$, 273_5
功を償はしむ　①$11_3$
功を成す　③$243_7$, 329_{11}　④$443_6$
功を旌す　③$239_6$
功を美む　④$183_7$
功を畢へしむ　④$181_8$
功を不朽に旌すは国を有つ通規　③$229_8$
功を分つ　①$21_3$
功を欲する物には在らず　④$77_{15}$
功を立つ　③$239_8$, 241_{11}　⑤$441_3$
功を論ふ　①$43_3$
叩頭　②$75_1$
巧言　⑤$159_{16}$
巧思有り　④$443_6$
巧ならぬを恐る　⑤$307_6$
巧に写す　⑤$471_9$
巧に説く　②$123_1$
巧弁を陳ぶ　④$165_{12}$
広海造　⑤$143_{12}$, 149_7
広寛　②$19_{13}$
広く救ふ　③$271_7$
広く厚く慈る　④$333_{13}$
広く占む　⑤$307_6$
広岡造　⑤$143_{12}$
広岡朝臣　②$233_2$, 327_{10}
広岡朝臣古那可智〔橘宿禰古那可智・橘朝臣古那可智〕　③$327_8$
広崗山陵(大和国)　⑤$221_{11}$
広根朝臣　⑤$379_5$
広さ　②$135_{12}$, 405_{14}　④$211_8$　⑤$207_6$
広純　②$209_{14}$
広篠連　④$161_4$

こう(公・勾・孔・功・叩・巧・広)

121

こう（広・弘・甲・交・光）

広上王　④439₂　⑤375₁₅, 449₁₃, 463₇, 495₁₁
広井造真成　⑤507₈
広井連　⑤507₈
広川(河)王　④149₁₃, 339₆, 379₉, 429₆, 441₈
　⑤9₁, 51₇, 91₃, 251₅, 257₉
広川女王　③419₁₂
広達(人名)　④375₂
広庭(人名)　②403₁₆
広田王　④151₁₀, 325₁₂　⑤59₁₃, 91₂, 383₁₅, 399₅, 417₆
広田連　③291₇
広田連小床〔辛小床〕　③391₃, 423₁
広幡牛養　③59₁₄
広幡の八幡大神(豊前国)　③97₉
広平王(唐)　③425₁₆　⑤75₃₋₄, 77₅　→代宗
広野王　③247₆, 301₁
広野連　③153₉
広野連君足〔山田史君足〕　③189₈
広瀬曲　②277₁
広瀬(広渦)王　①63₁₂, 73₁₀, 133₇　②41₆, 109₁₁
広瀬(広背・広渦)女王　②129₆, 347₁₃　③55₁₅　④43₂, 95₁₅
広瀬社(大和国)　⑤69₁₅
広類を該ぬ　②417₇
弘益劘く　⑤297₁
弘願　③271₇
弘願を発す　④281₁₁, 443₄
弘厚　④105₁₁
弘済　④417₁
弘恕を示す　④433₁₄
弘深　④113₉
弘誓を発す　③231₅
弘沢　⑤327₁₂, 471₁₅
弘福寺(大和国)　①65₁₁, 231₈　③83₂, 89₃　→川原寺
弘福寺の印　④349₉
弘耀(人名)　⑤111₁₀, 295₆
甲　①19₉　③383₁₂, 403₁₀　④19₂, 143₈, 149₅, 153₁₂₋₁₅, 463₁, 501₁₂
甲乙　③237₃
甲賀王　④53₄, 347₁
甲賀宮(近江国)　②449₁₃　③11₁₄　→紫香楽宮
甲賀宮の辺の山　③11₁₁
甲賀宮留守　③11₂
甲賀郡(近江国)　②405₄, 407₁₄, 431₆
甲賀寺(近江国)　②433₉, 449₁₁
甲賀寺の地　②433₉
甲賀寺の東の山　③7₆
甲作　③117₁₃

甲子の年(天智天皇三年)　①59₁₅
甲辰　⑤429₆
甲冑　③387₇　⑤153₁₄
甲努村(備後国)　①155₅₋₇
甲板の形　③403₆
甲斐員外目　④85₁₆
甲斐掾　④379₆
甲斐国　①103₁, 149₁・₁₃　②57₄, 83₅, 253₁₀, 255₅　③395₃　④85₃, 203₂　⑤437₇　→歌斐国
甲斐国司の史生以上　②255₆
甲斐国守　②253₁₄
甲斐国の高麗人　②15₈
甲斐国の士　①153₁₂
甲斐国の人　⑤211₈
甲斐国の綿　④451₁₆
甲斐守　②401₇　③389₁₂　④51₇, 305₁₀, 319₇, 379₆　⑤65₁₀, 137₁₂, 227₁₆, 295₁₁, 359₇, 423₁₀, 503₁₂
甲兵　④17₁₄　⑤151₁
甲を造らしむ　⑤495₅, 497₃
甲を造るに堪ふる者　⑤479₆
甲を被る　④21₁₀
交易　①189₆　②111₉
交易すること得ざらしむ　⑤425₁₁
交懐く　③21₁₃, 223₁₂
交関　①167₁₆　②301₁₅, 327₁₁, 441₅　③147₁₃　④95₁, 265₁₁
交関の雑物　①149₇
交関物　④221₁₁
交闌く　③307₁₄　⑤365₁₀, 435₂
交錯　②289₈
交雑る　②275₁₄
交集る　②389₂
交緒れ　④317₁₂
交絶ゆ　②257₁₂
交泰　③271₃　⑤487₁₂
交替　②269₁₄, 289₄, 291₁₅, 429₆　⑤115₆
交替の訟　④133₁₃
交替の人　②271₇
交替の日　③235₇
交替の料　⑤157₅
交代の日　②289₆
交名　②213₁₂
交野(河内国)　④329₁₂　⑤281₁₁, 283₂, 353₇, 391₁₁, 393₃, 511₃
交野郡(河内国)　①163₁₄　⑤281₁₁
交り通ふ　②207₇
交りて弥積め　⑤167₁₄
光陰駐まらず　②125₁₃
光業を能くす　②387₁₆

続日本紀索引

光し宅ます　②307₁₀
光信(人名)　④375₃
光仁天皇〔白壁王〕　②329₆ ③267₄ ④309₄,
　323₄, 327₈, 363₄, 399₁₂, 419₄ ⑤34, 351₄, 57₄,
　69₈, 121₄, 181₅, 215₁₂·₁₆, 217₇, 231₆, 247₁₅,
　325₁₄, 393₁₀·₁₅, 411₁₁, 453₄　→天皇, 太上天
　皇
光仁天皇の諱　④311₁
光仁天皇の異母姉　⑤69₈
光仁天皇の外祖父　⑤111₉
光仁天皇の兄弟姉妹　④323₉
光仁天皇の御名　⑤325₁₄
光仁天皇の七七の日　⑤221₈
光仁天皇の周忌　⑤253₅, 255₃
光仁天皇の諸王子等　④323₁₀
光仁天皇の女　⑤173₁₂
光仁天皇の第三の皇子　⑤215₁₃
光仁天皇の同母の姉　④413₁₁
光仁天皇の母　④309₆
光宅　③273₇
光に競ふ　②307₇
光武帝(後漢)　②35₁₃
光有りて日を挟む　⑤251₁₁
光り照る　④135₁₆
光隆　④417₁
光を傾けしむ　③275₆
光を重ぬ　②189₅, 359₃
后　⑤453₃, 465₁₄
向き冒し　②219₉
向隅の怨　②111₆
向隅の志久し　⑤487₁₂
向ふ　②221₄ ④75₂
向ふ所　③441₃
好からぬ謀　⑤179₁
好かるらむと念ふ　④271₁₆
好学の徒　⑤201₃
好き字を着く　①197₁₆
好き処を択ぶ　②389₁₆
好き壁沈くや(歌謡)　④309₁₂
好き隣　④409₆
好去　⑤95₁₆
好みて学ぶ　②225₇
好みて詰む　⑤407₁₁
好みて自愚を是とす　③323₁
好みて用ゐる　③181₁
好みを結ぶ　①151₂
好む所　②341₁₀
好を脩む　②195₂ ④423₅
好を無窮に継ぐ　④373₄

江山　①195₅
江沼郡(越前国)　③407₈ ⑤69₂
江沼臣麻蘇比　⑤83₃
江田忌寸　⑤499₁₅
江に浮ぶ　④31₁
江の頭　④31₁
江淮の間　④31₉
江を渡ること得ず　⑤339₉
考一等を加ふ　①211₁
考賜　③285₁₄, 287₁
考状を附く　①183₈
考す　⑤273₁₂
考選　①137₃, 139₁, 153₄ ②93₈, 191₁₁, 201₂, 251₁
　③167₄
考選の例　①225₄
考選文　①155₄
考第　①79₁₆, 139₁₋₂
　②167₁₂
考第を降す　①195₁₅
考第を相隠す　①169₁₄
考に入ること得　②253₁
考に附く　①195₁₅
考に与らしむ　③301₃
考日　①181₁₆
考年を積む　②97₁₄
考へ正す　②229₁₁
考満つ日　①73₄
考無き日　①137₉
考例に預る　⑤103₁₀, 387₁₆
考労　②111₁₄
考を隔つ　③289₉
考を降す　②83₉
考を唱ふる日　②103₅
考を成す者　②97₁₆
考を得　②117₅ ③383₆
考を与ふ　③383₆
孝　②19₇ ②135₁₅ ③385₅
孝期を終ふ　⑤247₂
孝義　⑤355₁₁
孝義人　②337₉ ④327₁₄ ⑤183₇
孝義人等　④401₂
孝義の至　④191₂
孝義有る人　④313₁₄
孝義有る人其の事　③73₁₁
孝義を旌す　①219₁
孝行　③183₇
孝行闕くること有り　⑤179₇
孝行を旌す　①223₁₆ ③395₉
孝経　③183₆

こう(光・后・向・好・江・考・孝)

孝経援神契　②$135_{15}$, 253_{16}　④$215_{10\cdot 16}$
孝敬　②$75_{13}$　⑤$215_{15}$
孝謙天皇〔阿倍内親王〕　③$101_5$, 129_4, 171_{10}, 175_4, 215_8, 223_{15}, 237_{14}, 263_2, 265_3, 269_{10}, 271_{13}, 273_6, $275_{3\cdot 11}$, 315_{11}, 359_9　④$43_{11}$　→称徳天皇, 天皇, 太上天皇, 高野天皇
孝謙天皇の乳母　③$89_1$
孝元天皇　②$305_{10}$
孝元天皇の曾孫　②$305_{10}$
孝子　①$129_6$, 215_{14}　②$5_2$, 37_5, 143_{11}, 219_4, 255_4, 297_9, 351_8, 407_{10}　③$21_{15}$, 79_7, 249_{14}　④$175_6$　⑤$171_2$, 395_{12}
孝子皇帝臣諱　⑤$393_{11}$
孝順　①$61_{10}$, 219_4
孝誠　⑤$221_2$
孝悌　①$181_9$
孝悌の道　③$63_{13}$
孝道行はる　③$21_{11}$
孝道を虧く　③$149_3$
孝徳天皇　①$23_7$, 111_{15}
孝婦　④$175_6$
孝有り　④$203_4$
孝養　①$219_2$
孝を以て称へらる　②$203_2$
孝を以て聞ゆ　①$219_7$
孝を以て理む　③$183_5$
孝を移す　②$307_3$
孝を移す忠　③$175_{10}$
孝を行ふ　③$165_6$
孝を無窮に思ふは家を承ぐ大業　③$229_9$
抗拒　⑤$435_{12}$
攻む　④$29_{15}$, 127_4, 439_9　⑤$195_{11}$
攻め撃つ　④$29_{16}$
攻めて害す　⑤$141_2$
攻め伐たず　⑤$131_1$
更級郡(信濃国)　④$203_3$
更級郡の人　④$203_3$
更新　①$89_8$
更税助辺　②$117_1$
更に差す　④$409_{10}$
更に新にせむ　④$63_1$
更に生る　③$367_3$
更に然すべからず　②$193_3$　④$373_3$　⑤$127_{10}$
更に然らしむること勿(莫)し　④$239_{10}$　⑤$169_5$　⑤$135$, 107_7, 113_4
更に然ること得ず　①$103_{16}$, 199_6　②$29_2$, 83_8, 195_9　③$191_4$, 237_2　④$165_{16}$, 303_{16}　⑤$267_5$
更に然ること勿し　④$201_1$
更に来る　⑤$431_8$

更め申す　③$19_{10}$
更めて行ふ　⑤$411_8$
更めて建つ　⑤$271_{16}$
更めて遣す　⑤$209_{14}$
更めて号く　②$81_{11}$
杠谷樹　①$51_{14}$, 55_{14}
佷戻　③$181_2$
佷戻の近臣　③$243_{12}$
効験有らず　⑤$175_9$
効験を見ず　③$51_9$
効験を見ず　⑤$217_1$
効験を得ず　②$321_{12}$
効績を着す　⑤$485_2$
効無し　⑤$221_2$
効有り　③$249_5$　④$183_{10}$
効を竚つ　⑤$437_3$
岡屋王　③$111_{12}$
岡宮に御宇しし天皇(草壁皇子)　①$3_6$　③$281_2$, 409_8
岡寺(大和国)　③$407_8$
岡上連綱　⑤$251_2$, 419_{10}
岡真人　③$155_3$　④$87_{13}$
岡真人和気〔和気王〕　③$319_{11}$, 327_4, 355_5
岡成(人名)　⑤$379_5$
岡田駅(山背国)　①$163_{13}$
岡田王　⑤$377_{15}$, 401_{15}, 491_4
岡田女王　③$5_7$, 351_7
岡田臣牛養〔佐婆部首牛養〕　⑤$513_{14}$
岡田臣の姓　⑤$513_{13}$
岡田村(讃岐国)　⑤$513_{13}$
岡田毗登稲城　④$251_8$
岡田離宮(山背国)　①$143_{10}$
岡本(忌寸)の姓　②$31_{16}$
岡連　②$185_{16}$　③$47_{14}$
岡連若子　②$349_3$
幸　⇒行幸, 巡幸
幸甚　①$151_5$　③$275_7$, 335_9
幸甚(人名)　①$55_{12}$
幸甚が子　①$55_{12}$, 73_{13}
幸す　①$9_5$, 15_{11}, 41_{15}, 49_{10}, 59_1, 61_{6-7}, 85_7, 101_{14}, 153_6, 157_{10}, 223_{13}　②$23_7$, 33_7, 39_7, 147_{12}, 153_{16}, 163_9, 173_6, 181_{13}, 335_5, 337_{14}, 363_{10}, 381_{10}, $383_{3\cdot 5}$, 391_6, 401_{16}, 403_{13}, 407_{16}, 409_{15}, 429_{15}, 435_5, 437_{14}, 439_6, $441_{13\cdot 16}$, 449_{13}　③$71_1$, 59_{10}, 65_6, 77_3, 93_5, 103_7, 109_9, $157_{4\cdot 8}$, 337_{13}, 345_4, 363_7, 387_2, 391_{14}, 439_{10}　④$91_{16}$, 97_5, 99_2, 109_{14}, 145_3, $153_{5\cdot 8\cdot 11\cdot 14}$, $155_{12\cdot 14}$, 157_{2-3}, 163_6, 179_{14}, 221_3, 229_{15}, 231_{13}, 237_3, 265_7, 275_8, 287_{13}, 299_5, 329_{12}, 369_{11}, 375_{11}, $385_{3\cdot 11}$, 397_5, 439_5, 443_{13}　⑤

こう（孝・抗・攻・更・杠・佷・効・岡・幸）

続日本紀索引

19_{12}, 33_{10}, 67_{15}, $303_{9 \cdot 14}$, 305_4, 499_9
幸せらる　③$295_{16}$ ④$89_1$
幸多し　⑤$97_1$
幸み願はくは　③$431_{11}$
幸民　⑤$31_{15}$
庚寅年籍　①$171_2$
庚寅の校籍　①$201_1$
庚寅の歳より以降　⑤$253_3$
庚寅編戸の歳　④$13_2$
庚午籍　②$183_1$ ④$13_9$, 15_8, 407_8
庚午(天智天皇九年)より以来　①$199_{16}$
庚午年籍　①$71_8$, 213_{16} ④$131_2$, 157_8 ⑤$193_5$, 253_4, $509_{2 \cdot 15}$, 513_3
庚午の年(天智天皇九年)　④$83_{14}$, 407_5 ⑤$99_9$, 509_{12}
庚子の年(文武天皇四年)　①$45_{16}$
庚申の年(養老四年)　②$89_{11}$
拘執　③$357_6$
昊穹に則る　②$49_{14}$
昊天　③$249_6$
昊天上帝　⑤$393_{5 \cdot 15}$
肯にす　②$293_1$, 447_4 ③$139_5$ ④$15_{13}$, 131_1, 297_{13}, 391_{12} ⑤$161_6$, 289_{15}
肯はず　③$19_9$
肯へてせず(肯にす)　③$169_2$, 215_1
肯へて陳べず　③$311_9$
肱禁を加ふ　③$213_{10}$
苟得　⑤$267_2$
厚恩　④$299_{15}$
厚き恩　③$315_{13}$
厚き広き徳　②$217_8$
厚き礼　①$109_2$
厚狭郡(長門国)　④$199_7$
厚く存り　②$353_2$
厚見王　③$77_7$, 145_{10}, 155_{14}, 187_{13}
厚見郡(美濃国)　⑤$413_4$
厚見郡の人　⑤$413_4$
厚見連　④$91_{14}$
厚さ　④$275_1$
厚載　⑤$335_5$
厚地　④$275_{10}$
厚秩　⑤$115_6$
厚寵　④$23_9$
厚命　②$307_{16}$
巷　③$61_{12}$
恒科に寘く　⑤$291_1$
恒規を伝ふ　②$81_{15}$
恒祀　⑤$245_{15}$
恒情に万す　④$285_5$

恒情を百にす　④$457_3$
恒数を闕く　①$195_7$
恒典に允ふ　②$255_3$, 351_8
恒に思ふ　③$171_{12}$
恒に守る　①$131_{10}$
恒に修めしめむ　③$49_6$
恒に新なり　③$273_4$
恒に澄む　⑤$127_2$
恒に念はく　②$363_{14}$
恒に満つ　②$389_{15}$
恒の貢物　③$343_{16}$
恒(の)式　②$111_{13}$ ③$29_8$ ⑤$99_4$
恒の如くす　②$103_{15}$
恒の道　②$85_9$
恒(の)法　②$61_4$, 261_6
恒の礼を闕失けり　③$123_{12}$
恒(の)例　①$185_6$ ②$31_{15}$, 103_6, 167_{13}, 191_8, 271_3, 313_{16} ④$393_{15}$ ⑤$111_4$, 147_1, 159_{11}
恒範　⑤$483_8$
恒品に倍す　⑤$335_1$
恒無し　②$317_{14}$
洽からぬ　③$311_1$
洪胤を輔く　②$61_{10}$
洪基　⑤$249_3$
洪基を継ぐ　③$221_{13}$
洪基を嗣ぐ　⑤$39_{11}$
洪基を承く　④$397_{13}$ ⑤$215_{14}$
洪基を奉く　④$203_{13}$, 283_4
洪業　③$231_9$
洪業を揚げ奉らず　③$279_{12}$
洪緒　②$61_5$
洪水　④$213_{13}$ ⑤$347_9$
洪誓を発す　③$279_5$
洪沢に霑ふ　②$257_3$
狡堅　③$299_{10}$
皇位に即かしむ　④$255_8$
皇位には定めつ　④$31_7$
皇位を掠ふ　④$31_6$
皇王　②$129_{13}$ ③$275_1$ ⑤$383_3$
皇化　②$221_4$ ③$253_{15}$, 343_3
皇化を汚す　③$385_{10}$
皇家　④$17_6$ ③$361_4$
皇が朝　②$143_3$ ③$201_{14}$
皇が朝を助け仕へ奉る　③$199_{1 \cdot 3}$
皇我朝　②$223_{14}$
皇駕を奉る　③$443_1$
皇渙に沐す　④$197_7$
皇基　③$23_6$
皇基の永昌　③$273_9$

こう（幸・庚・拘・昊・肯・肱・苟・厚・巷・恒・洽・洪・狡・皇）

続日本紀索引

こう（皇）

皇宮　⑤$335_7$
皇極　④$309_8$
皇憲　⑤$253_{15}$
皇憲を軽みす　②$49_4$
皇后　②$223_{13}$, 267_3, 271_4, 349_4, 383_5　③$35_8$, 65_7, 223_{15}　④$327_{10}$　⑤$305_9$, 307_{16}, 309_{13}, 395_6, 453_4, 463_5, 465_{13}
皇后宮　②$229_{12}$, 335_{4-5}, 403_{13}, 405_9　③$11_{16}$　⑤$327_{2 \cdot 5}$, 331_6, $407_{5 \cdot 15}$, 501_9
皇后宮員外亮　②$333_{11}$
皇后宮司　⑤$331_7$
皇后宮司の主典已上　⑤$331_8$
皇后宮少進　⑤$335_{16}$, 343_{13}, 355_6
皇后宮少属　⑤$337_1$
皇后宮職　②$235_{11}$　③$35_{14}$
皇后宮大進　⑤$319_4$, 335_{16}, 343_{13}, 363_2, 399_5
皇后宮大属　⑤$337_1$, 343_{14}
皇后宮大夫　②$227_4$　③$33_8$　④$329_2$　⑤$269_4$, 305_6, 311_9, 327_4, 335_{14}, 337_7, 369_2, 371_4, 389_{11}, 405_3, 409_{11}, $477_{6 \cdot 8}$
皇后宮亮　②$333_{10}$, 345_3, 405_{10}　③$49_1$　④$329_3$　⑤$269_5$, 335_{15}, 351_{13}, 363_8, 393_1, 399_4, 461_8
皇后坐さぬ事　②$223_3$
皇后殿下(藤原朝臣乙牟漏)　⑤$335_5$
皇后と御相坐す　②$225_5$
皇后とす　②$221_{13}$　③$355_{10}$　⑤$267_8$, 467_1
皇后と定む　②$223_2$　④$323_{11}$
皇后の位を授く　②$225_3$
皇后廃せらる　④$373_7$
皇后を朕に賜へる日　②$223_{13}$
皇綱　②$61_4$
皇子　②$183_{6 \cdot 9 \cdot 11 \cdot 16}$, 185_7　③$199_6$
皇子とす　③$179_{14}$
皇子等　①$3_{13}$
皇子の列に在り　③$47_{12}$
皇子命宮　①$201_3$
皇子を誕む　②$185_5$
皇嗣とす　③$177_{14}$
皇嗣立つること無し　③$207_{15}$
皇嗣を絶つ　③$269_{13}$
皇室　③$283_{14}$
皇室を傾く　②$229_{16}$
皇緒を立つ　④$257_1$
皇女　①$19_{12}$, 21_9, 271_4
皇城門　①$159_8$
皇親　①$33_{14}$, 47_{14}, 75_4　③$13_3$, 85_2, 215_7, 263_4
皇親の限　①$101_9$
皇親の限に在らしむ　①$101_{12}$
皇親の限に入る　②$219_{16}$

皇親の三世以下　①$233_{10}$
皇親の籍　①$101_{10}$　⑤$281_4$
皇親の二世　①$233_{10}$
皇親の年十三已上　③$73_9$
皇親の服制　②$73_1$
皇祖母と坐す　②$141_3$
皇祚　⑤$31_{11}$
皇宗を奉翼　③$231_7$
皇族　②$309_3$
皇孫の例に入る　①$223_{11}$
皇太后　①$81_{10}$　③$131_2$, 197_{13}, 231_{10}, 237_{14}, 257_5, 261_9, 271_1, 273_{10}, $275_{3-4 \cdot 12}$, 349_2, 351_5, 353_4, $359_{9 \cdot 14}$, 369_6, $381_{6 \cdot 9}$, 383_4, 433_6　⑤$449_{11}$, $453_{2 \cdot 8}$
皇太后宮を傾く　③$203_{10}$
皇太后と曰す　④$309_7$　⑤$453_7$
皇太后と称す　④$359_{16}$
皇太后の朝　③$263_{12}$
皇太后の朝を傾く　③$215_{10}$
皇太子　①$215_8$, $221_{4 \cdot 8}$, 235_7　②$51_{13}$, 55_9, 61_5, 103_4, 109_{10}, 139_3, 185_{10}, 199_{10}, $201_{7 \cdot 9}$, 419_{10}　③$83_{16}$, 171_3, 177_9, 261_8, $263_{1 \cdot 15-16}$, 283_3, 297_{11}, 353_8　④$299_{4 \cdot 13}$, 383_2　⑤$31_2$, 57_5, $65_{12 \cdot 15}$, 67_{7-8}, 77_7, $179_{5 \cdot 16}$, 385_6, 395_{5-9}, 451_{10}, 465_{16}, 475_4, $511_{9 \cdot 14}$
皇太子(唐)　⑤$77_6$
皇太子学士　①$3_2$, 33_2, 65_2, 119_2, 159_2, 193_2　②$3_2$, 41_2, 109_2, 177_2, 243_2, 287_2, 337_2, 385_2, 415_2, 429_2　③$3_2$, 39_2, 101_2, 129_2, 175_2　⑤$355_5$
皇太子宮の官人　②$423_4$
皇太子斯の王　②$421_1$
皇太子と為る　①$3_{10}$　②$139_8$　③$353_9$
皇太子と侍り　②$223_1$
皇太子とす　②$185_6$, 337_7　③$159_9$, 179_{13}, 261_{14}　④$295_4$, 311_3, 327_{8-10}, 399_{12}　⑤$179_6$, 353_{10}
皇太子と定む　③$315_7$
皇太子と定め賜ふ　③$317_1$　④$383_4$, 399_{15}　⑤$177_{10}$, 179_9
皇太子の位　④$383_{7 \cdot 10}$
皇太子の師　⑤$471_1$
皇太子の乳母　⑤$395_{16}$
皇太子傅　③$261_2$, 303_2, 357_2, 399_2　④$3_2$, 61_2, 109_2, 149_2, 189_2, 247_2, 309_2, 363_2, 419_2　⑤$3_2$, 57_2, 117_{15}, 121_2, 199_{14}, 225_2, 265_3, 287_2, 355_4, 357_2, 395_7, 417_2
皇太子を退く　③$203_9$, 215_{10}
皇太子を置き定む　④$47_9$
皇太子を廃す　③$177_{13}$, 261_{11}　④$383_2$　⑤$351_3$
皇太妃　①$43_8$

続日本紀索引

皇太夫人 ②$147_{15}$, 149_2, 335_{4-5} ⑤$185_7$
皇太夫人と称す ⑤$183_3$
皇太夫人とす ⑤$453_7$
皇儲 ③$271_3$
皇朝 ③$31_3$ ④$81_{12}$ ⑤$471_{14}$, 513_4
皇直 ⑤$507_{16}$
皇直の裔 ⑤$509_2$
皇朕 ②$221_{16}$
皇朕が御身 ②$223_2$
皇朕が御世に当りて ②$141_{11}$ ③$71_9$
皇朕が政 ②$217_7$
皇朕御世に当りて ①$127_9$ ②$215_{14}$
皇弟 ⑤$179_6$
皇帝 ②$103_{13}$, 337_{14}, 381_{10}, 383_4, 433_8 ③$171_{10}$, 223_{15}, 237_{14}, 359_9
皇帝の位 ①$235_{11}$ ③$297_{11}$
皇帝陛下 ②$307_9$ ③$269_{10}$, 273_6 ④$285_1$ ⑤$335_3$
皇天 ③$143_{14}$, 221_{15}
皇天遠からず ③$211_{16}$
皇と坐して天下治め賜ふ君 ③$265_7$ ⑤$181_{10}$
皇と坐す ②$215_{15}$ ③$263_{10}$ ③$311_{13}$
皇都 ②$439_{11}$ ⑤$329_1$
皇統 ④$87_{16}$
皇の字を失ふ ②$147_{15}$
皇甫昇女 ④$141_{11}$
皇甫東朝 ②$305_3$ ④$141_{11}$, 159_6, 247_{12}, 325_{14}
皇法を顧みず ④$225_{13}$
皇民 ①$187_{12}$ ⑤$273_8$, 479_4
皇献を虧く ②$123_2$
皇献を翼く ②$291_2$
紅の長紐 ④$277_{16}$
胛巨茂(人名) ②$151_{14}$
荒穢 ②$155_{11}$
荒墟と為る ⑤$439_{4·12}$
荒御玉命(伊勢国) ④$385_{13}$
荒玉河 ⇨亀玉河
荒祭神に准ふ ④$385_{13}$
荒散 ③$307_{16}$
荒し穢す事无く ③$71_{10}$
荒俗 ①$161_5$
荒田別(人名) ⑤$469_{13}$
荒廃 ②$227_2$ ②$13_3$ ④$213_{16}$, 449_7
荒びる蝦夷等 ⑤$443_9$
荒ぶる夷 ③$343_3$
荒ぶる俗 ②$73_{14}$
荒ぶる賊 ①$61_4$
荒弊 ④$75_{13}$
荒む ④$425_{11}$
荒木臣道麻呂 ④$163_{11·14}$

荒木臣道麻呂の男 ④$163_{11}$
荒木臣忍国 ④$163_{12·14}$, 213_8, 411_{12} →大荒木臣忍国
荒乱 ④$427_3$
荒凉 ④$415_5$
荒陵(摂津国)の南 ⑤$401_8$
荒れたる野 ②$117_{14}$
荒れたるを開く ②$229_7$
荒れ廃れたる田 ⑤$141_{15}$
虹 ⑤$251_{11}$
虹有りて日を繞る ④$383_{16}$ ⑤$233_{12}$
郊禋に事ふ ⑤$393_{14}$
郊野 ②$129_{15}$
香 ③$161_8$
香河村(陸奥国) ②$7_4$
香山薬師寺(大和国) ③$83_3$ →新薬師寺
香山連 ③$151_{10}$
香山連賀是麻呂 ④$67_1$
香しき気 ①$27_2$
香取郡(下総国) ②$137_{10}$
香取神(下総国) ⑤$43_{14}$
香取連五百嶋 ②$147_7$
香川郡(讃岐国) ②$265_6$
香川郡の人 ④$265_6$
香椎宮(筑前国) ②$313_8$
香椎廟(筑前国) ③$327_{14}$, 415_{13}
香登郷(備前国) ④$123_{11}$
香登臣 ①$11_2$
香幢 ③$161_8$
香炉 ⑤$133_9$
候を失ふ ②$319_{10}$
校猟 ②$393_{16}$
校勘 ①$229_3$
校正 ④$433_3$
校田 ⇨田を校ふ
校ふ ②$93_4$ ⑤$509_{15}$
校ぶ ①$59_4$
校べ収む ⑤$501_4$
耕耘に勤む ②$5_8$
耕営を教ふ ②$43_9$
耕さず ①$231_4$
耕作 ③$385_{12}$ ⑤$303_{13}$
耕し種う ②$51_6$
耕し種うること得ず ⑤$435_6$
耕し佃ること能はず ④$401_{12}$
耕種 ①$103_{13}$ ②$319_{6·10}$
耕種すること得ず ⑤$403_6$
耕種に宜しき地 ④$447_{13}$
耕種に入ること得ず ②$319_8$

こう(皇・紅・胛・荒・虹・郊・香・候・校・耕)

127

続日本紀索引

こう（耕・貢・降・高）

耕殖すること得　⑤$403_{16}$
耕す　③$309_3$
耕農を妨ぐ　①$227_{11}$
貢　②$59_7$, 307_{11}　→朝貢，来貢，来朝
貢挙　①$99_8$　④$407_4$
貢献　②$7_6$　④$187_{13}$, $199_{14 \cdot 16}$, 209_3, 219_{10}, 227_5,
　　　247_{11}, 263_{15}, 281_{10}, 283_{12}　⑤$143_{14}$, 343_6, 409_1
貢進　②$195_{14}$, 235_4, 407_5　③$121_{14}$, 251_{13}, 363_{14}
　　　⑤$329_8$, 367_3
貢人　①$137_8$, 139_2
貢人の例に従はむと欲ふ者　①$137_{16}$
貢人の例に預る　①$137_9$
貢す　①$57_1$, 229_3　②$171_{11}$
貢するに堪ふ　①$139_2$
貢せしむること勿し　①$57_2$
貢調　①$209_{10}$　②$9_{16}$, 55_7, 293_{15}　④$423_6$　⑤$341_{13}$
貢調使大使　③$119_6$
貢調（の）使　②$169_{10}$, 213_3　④$423_{10}$　⑤$111_{12}$
貢物　①$9_3$　⑤$329_9$
貢奉　⑤$121_{10}$
貢用　①$137_{13}$
貢る　①$7_5$, 9_2, 19_2, 37_1, 93_{12}, 149_{14}, 161_{4-5}, 221_5
　　　②$15_{12}$, 29_8, 39_{10}, 169_1, $215_{1 \cdot 4}$, 291_{11}, 293_4,
　　　301_{10-11}, 395_1, 421_1, 433_8　③$63_7$, 77_{15}, 79_3, 91_{10},
　　　$121_{11 \cdot 16}$, $123_{3 \cdot 15}$, 131_{16}, 155_3, 303_7, 343_{15}, 391_5,
　　　417_{13}, 427_{13}　④$55_2$, 127_{15}, 275_{14}, 363_8　⑤$35_9$,
　　　41_{13}, 93_{14}, 111_4, 121_{12}, 145_9, 297_{15}, 365_9, 475_{15},
　　　499_2
貢れるもの　①$93_{16}$
貢を闕かず　②$7_9$
貢を修む　⑤$123_4$
貢を修めず　⑤$123_2$
貢を輸す　④$279_{15}$
降して授く　④$395_6$
降す　①$165_8$, 167_{10}, 271_8　⑤$197_9$
降に会ふ　⑤$161_{13}$
降服　②$373_{11}$
降服へる隼人　②$373_{12-13}$
降らず　⑤$13_4$
降らむことを請ふ　②$317_{13}$
降り　②$61_2$　⑤$469_{11}$
降る者　④$443_{11}$
高　②$17_8$
高安王　①$193_8$　②$21_{12}$, 57_{11}, 83_{12}, 145_8, 177_{10},
　　　265_4, 267_2, 295_6, 329_5, 351_{16}　→大原真人高安
高安忌寸伊可麻呂（伊賀麻呂）　②$269_{3 \cdot 8}$
高安郡（河内国）　④$273_{12}$
高安郡の人　②$145_{10}$
高安城（河内国）　①$134_4$, 19_8, 185_6

高安城を廃む　①$49_6$
高安造　④$135_9$
高安烽（河内国）　①$179_1$
高位卑官　④$403_6$
高椅津（山背国）　⑤$389_6$
高鬱琳（渤海）　⑤$37_{10}$
高叡（人名）　⑤$111_{11}$
高益信　②$151_8$
高円朝臣　③$347_8$
高円朝臣広世〔石川朝臣広成〕　③$381_1$,
　　　389_{11}, 405_{10}　④$31_1$, 71_1, 195_{11}, 245_1, 283_5, 321_4
高円朝臣広成〔石川朝臣広成〕　③$347_{10}$
高鴨神（大和国）　④$55_6$
高鴨神（大和国）を祠る　④$55_6$
高屋連賀比　④$65_{12}$
高屋連赤麻呂　④$151_8$
高屋連並木　④$95_4$, 115_{11}
高屋連薬女　①$81_1$
高下　②$15_{11}$
高下を問はず　②$229_5$
高賀茂朝臣　④$225_2$, 239_1
高賀茂朝臣諸魚　⑤$63_5$, 241_{11}, 375_{13}
高賀茂朝臣諸雄〔賀茂朝臣諸雄〕　④$221_3$,
　　　273_5, 291_{10}, 345_{14}　⑤$49_6$, 419_{14}
高階真人　④$413_9$
高鶴林（唐）　⑤$111_{12}$, 121_7
高額真人　③$153_1$
高官　②$23_{15}$
高官卑位　④$403_5$
高き位　④$37_5$
高き貴き行に依りて顕る　②$217_8$
高き名　②$309_3$
高丘王　②$423_{10}$, 427_{12}　③$29_{15}$, 65_4
高丘（高岳・高岡）連河内〔楽浪河内〕　②$245_5$,
　　　249_{11}, 399_7, 407_{15}　③$54$, 291_1, 331_3, 109_{16}, 137_{16}
高丘宿禰　④$161_7$, 207_4
高丘宿禰比良麻呂〔高丘連比良麻呂〕　④
　　　205_{16}, 207_2
高丘宿禰比良麻呂の祖　④$205_{16}$
高丘宿禰比良麻呂の父　④$207_1$
高丘連　②$151_{10}$　④$207_2$
高丘連比良麻呂　③$373_7$　④$51_{10}$, 23_2, 271_5, 67_8,
　　　93_1, $161_{1 \cdot 6}$　→高丘宿禰比良麻呂
高宮村主真木山　⑤$301_{14}$　→春原連真木山
高宮村主田使　⑤$301_{14}$　→春原連田使
高牛養　③$377_5$
高御座　②$141_{14}$, 439_3
高御座天の日嗣の座　④$383_6$
高御座に坐す　①$123_3$, 127_7　②$139_{14}$, 143_6, 221_{16}

続日本紀索引

こう（高）

高御座の業　②$141_5$　③$263_5$
高橋王　③$51_5$
高橋女王　②$347_{14}$
高橋朝臣　④$195_{12}$
高橋朝臣安麻呂　②$41_9$, 81_3, 145_{13}, 149_{14}, 159_{10}, 263_5, 295_2, 329_9, 337_{13}, 345_{15}
高橋朝臣御坂（三坂）　⑤$313_{15}$, 315_{13}
高橋朝臣広人　④$3_{13}$, 43_3, 193_2
高橋朝臣広嶋　②$93_6$
高橋朝臣国足　②$425_5$　③$271_1$, 35_6
高橋朝臣三綱　③$93_{16}$
高橋朝臣子老　③$189_{10}$, 335_1, 405_9, 423_{11}
高橋朝臣若麻呂　①$75_{13}$
高橋朝臣首名　②$197_4$, 221_{10}
高橋朝臣上麻呂　①$111_3$
高橋朝臣人足　③$221_5$, 305_4, 373_7
高橋朝臣船麻呂　⑤$257_{13}$
高橋朝臣祖麻呂　⑤$25_5$, 99_7, 459_2, 505_{10}
高橋朝臣男河　③$93_{16}$
高橋朝臣男足　①$175_8$
高橋朝臣嶋主　②$129_2$, 243_{13}
高橋朝臣嶋麻呂　①$11_{15}$
高橋朝臣毛人　①$167_3$
高橋朝臣笠間　①$35_3$, 59_4, 73_{12}, 159_{11}
高橋朝臣老麻呂　③$295_{15}$, 405_{10}
高橋連牛養　③$141_3$
高橋連波自米女　④$191_1$
高橋連波自米女の夫　④$191_1$
高橋連波自米女の父　④$191_1$
高橋連鷹主　⑤$54$, 63_2
高金蔵〔信成〕　①$45_{12}$　②$129_4$
高く張る　④$49_{11}$
高勲を賞す　④$157_{14}$
高見烽（河内国）　①$179_1$
高元度　③$305_{13}$, 307_{10}, 333_2, 347_3, $387_{5\cdot6\cdot8\cdot10\cdot11\cdot14}$, 391_5, 393_{16}, 401_{13}, 435_2
高原連　⑤$481_{11}$
高広成　③$441_1$
高向女王　④$67_{13}$
高向臣国忍　①$143_5$
高向臣国忍が子　①$143_5$
高向村主老　③$105_3$
高向朝臣家主　④$41_4$, 133_{12}, 199_9, 325_{15}, 447_2, 457_{14}
高向朝臣諸足　②$269_2$
高向朝臣色夫智（色夫知）　①$111_1$, 133_{12}, 157_8
高向朝臣人足　②$67_1$, 81_5
高向朝臣大足　①$65_7$, 207_{11}　②$111_1$, 81_2, 145_{14}
高向朝臣麻呂　①$57_5$, 87_9, 129_{12}, 133_{12}, 143_5

高岡女王　④$67_{13}$
高興福　③$345_{10}$
高さ　①$203_1$　②$367_9$, 389_4　③$17_9$　④$281_{12}$
高氏¹　③$441_1$
高氏²（高句麗王家の姓）　④$371_{5\cdot7}$, 373_1
高市郡（大和国）　④$93_{10}$, $381_{1\cdot3\cdot4}$
高市郡郡司　④$381_1$
高市郡少領　④$381_{7-8}$
高市郡大領　④$381_{7-9}$
高市岡本宮に馭宇しし天皇（舒明天皇）　④$125_{16}$
高市皇子（高市親王）　②$207_2$
高市皇子の子　②$207_2$　③$15_5$
高市皇子の女　③$15_2$　⑤$119_6$
高市（姓）　②$137_{12}$
高市大国　⑤$59_7$　→高市連大国
高市連　③$59_7$
高市連屋守　④$447_6$　⑤$94$, 111_1
高市連真麻呂　③$95_{14}$, 109_7
高市連大国〔高市大国〕　③$55_2$, 77_9, 95_{13}, 109_7
高市連豊足　④$233_{1\cdot7}$　⑤$9_3$
高志氏　③$61_8$
高志内親王　⑤$465_{16}$
高志毗登若子麻呂　④$43_1$, 145_2
高志連　④$145_2$
高志連恵我麻呂　②$129_5$
高志連村君　①$111_3$, 135_8
高爵　③$209_9$
高淑源（渤海）　⑤$39_{2-3}$
高渚院（和泉国）　④$415_7$
高庄子　①$129_{15}$
高昌武　②$151_{11}$
高松連笠麻呂　③$373_8$, 435_3　④$295_{14}$
高紹天皇（光仁天皇）　⑤$393_{10\cdot13\cdot15}$
高篠連　⑤$303_2$
高篠連広浪〔衣枳首広浪〕　⑤$311_9$, 341_{15}, 457_8, 463_9
高城王　③$115_5$
高津内親王　⑤$473_7$
高津宜（渤海）　⑤$37_{11}$
高仁義（渤海）　②$187_{12-13}$, 189_9
高正勝　②$151_7$
高斉徳（渤海）　②$183_4$, $187_{9-10\cdot14}$, $189_{2\cdot13-14}$, 193_{16}, 195_4
高清水の岡（出羽国）　②$273_6$
高説昌（渤海）　⑤$113_{6-7}$
高善毗登久美咩　④$119_{11}$
高宗（殷）　②$163_4$
高宗（唐）　①$81_9$

129

続日本紀索引

こう（高）

高草郡（因幡国）　④$329_9$
高草采女　④$329_{10}$
高倉王　④$149_{14}$
高倉朝臣　⑤$91_{11}$, 447_{12}
高倉朝臣石麻呂〔高麗朝臣石麻呂〕　⑤$323_9$, 379_6, 421_6
高倉朝臣殿嗣（殿継）〔高麗朝臣殿嗣〕　⑤$85_3$, 137_6, 189_6, 235_3, 375_{14}, 389_{11}, 397_1
高倉朝臣福信〔肖奈福信・肖奈公福信・肖奈王福信・高麗朝臣福信〕　⑤$185_{14}$, 219_7, 275_9, 323_4, 447_1, 447_3
高倉朝臣福信の祖　⑤$447_2$
高倉朝臣福信の伯父　⑤$447_3$
高村忌寸　⑤$323_{11}$
高大　③$273_1$
高代造　③$377_6$
高帝（漢）　⑤$497_{16}$
高帝（漢）の後　⑤$497_{16}$
高天原広野姫天皇（持統）　①$3_9$
高天原に事始めて　①$3_{14}$　②$139_{13}$
高天原に神積み坐す　③$85_2$, 215_7, 263_3
高天原に神留坐す皇親　②$139_{12}$
高天原ゆ天降り坐しし天皇　①$127_5$, 215_{10}
高天原ゆ天降り坐しし天皇が御世を始めて　③$67_2$
高田王　②$145_7$, 297_2
高田公刀自女　④$349_7$
高田寺　③$443_2$
高田寺の僧　③$443_2$
高田首久比麻呂　①$233_6$　②$5_5$
高田首新家　①$73_1$, 83_4
高田首新家の子　①$83_4$
高田首名　①$83_4$
高田臣　⑤$321_{15}$
高田道成　⑤$431_{11}$
高田毗登足人　③$441_{16}$
高田毗登足人が祖父　③$441_{16}$
高嶋王　③$77_8$, 369_{13}
高嶋郡（近江国）　③$403_{16}$　④$29_{3\cdot11}$, 71_4　⑤$303_1$, 339_{10}
高嶋女王　④$365_5$　⑤$495_4$
高徳　②$47_9$
高内弓　③$441_1$
高内弓の妻　③$441_{1\cdot6}$
高内弓の男　③$441_1$
高南申（渤海）　③$331_{13}$, 379_{9-10}, $343_{14\cdot16}$, $345_{3\cdot10}$, 347_{13}
高年　①$29_{15}$, 49_{12}, 79_4, 91_4, 123_{12}, 129_5, 179_3　②$51_1$, 203_{13}, 255_4, 291_8, 351_8, 449_7　③$35_{14}$　④$95_7$, 99_8, 327_{14}, 329_{15}, 401_2　⑤$183_7$, 281_{12}, 353_{11}, 463_3
高年七十已上　②$155_5$, 173_9　④$267_{11}$
高年の者　②$265_8$
高年（の）人　②$337_9$　③$73_{10}$　④$313_{13}$　⑤$477_{10}$
高年の僧尼　①$179_4$　③$363_{10}$　⑤$395_{10}$
高年の徒　①$121_2$, 259_5, 321_{14}
高年の百姓　②$381_7$
高年の老人　①$51_4$
高年八十已上　①$83_1$　②$219_4$　③$183_{16}$
高年百歳以上　②$143_9$, 297_8, 303_6　⑤$391_4$
高年を優む　①$21_{13}$　③$379_4$　④$265_{14}$　⑤$243_{15}$
高麦太　②$331_5$, 333_{13}, 341_4, 381_1
高班　⑤$113_8$
高尾忌寸　⑤$145_{10}$
高福子　③$139_4$
高分部福那理　④$391_6$
高明を屈ふ　④$417_5$
高野山陵（大和国）　④$297_4$, 299_1
高野朝臣　⑤$453_6$
高野朝臣乙継〔和乙継〕　⑤$483_{10}$
高野朝臣（高野朝臣乙継）　⑤$483_{10}$
高野朝臣（高野朝臣新笠）　⑤$59_{11}$, 185_8
高野朝臣新笠〔和新笠〕　⑤$59_{11}$, 183_3, 185_8, 307_{16}, 309_{13}, 395_9, $449_{8\cdot11}$, $453_{1-4\cdot8}$, 481_{13}, 485_4, 499_{16}
高野朝臣新笠の七七の御斎　⑤$451_{12}$
高野朝臣新笠の周忌　⑤$481_{13}$, 485_4
高野朝臣新笠の周忌の斎会　⑤$501_1$
高野朝臣新笠の先　⑤$453_3$
高野朝臣新笠の母　⑤$453_3$
高野朝臣新笠の母の家　⑤$485_7$
高野天皇紀　④$377_2$
高野天皇（孝謙天皇）　③$261_9$, 263_1, 339_7, 341_1, $345_{4\cdot8}$, $353_{8\cdot11\cdot14}$, 387_2, 409_{2-3}, 441_{14}　④$15_7$, 21_7, 23_7, 271_2, 43_6, 61_4, 185_{13}, 459_{13}
高野天皇（称徳天皇）　④$109_4$, 149_4, 189_4, 247_4, 297_{16}, 311_2, 331_8, 349_4　⑤$411_8$
高野夫人（高野朝臣新笠）　⑤$183_3$
高郵県（唐）　⑤$79_8$
高洋粥（洋弼）　⑤$113_3$, 119_1
高瀬神（越中国）　⑤$165_{11}$
高里連　③$377_{11}$
高麗　②$187_{11}$　④$371_5$, 413_{10}　⑤$333_2$
高麗王（姓）　①$69_3$
高麗（巨萬）朝臣大山〔肖奈大山〕　①$143_7$, 389_{12}, 393_1, 415_2, 417_5
高麗郡（武蔵国）　②$15_9$
高麗郡の人　⑤$447_1$

高麗国　①177₃　②35₂, 187₁₁　③345₉　④19₃　⑤471₇
高麗(国)王　③303₇・₁₁, 305₁₄, 345₃　④371₃・₅
高麗国に遣せし舶　③435₁₁
高麗使　③303₇, 305₁₅, 333₆, 337₉, 345₉, 417₈・₁₃, 419₁, 429₄
高麗使主浄日　③253₁₂　→多可連浄日
高麗使主馬養　③253₁₁
高麗使の鞏　⑤69₂
高麗使判官　③305₆, 345₁₀, 417₁₅
高麗使品官　③417₁₅
高麗使副使　③305₅, 345₁₀
高麗使録事　③305₆
高麗使録事已下　③345₁₁
高麗若光　①69₃
高麗大使(渤海大使)　③305₅, 345₉, 417₁₄, 425₁₅
高麗大使已下　③305₇, 345₁₂
高麗朝臣　③103₂　④447₈・₁₂
高麗朝臣広山〔肖奈広山〕　③407₇　④5₃
高麗朝臣石麻呂　④403₁, 439₁₄　⑤61₁　→高倉朝臣石麻呂
高麗朝臣殿嗣(殿嗣)　⑤39₉, 73₁・₃・₅, 85₂　→高倉朝臣殿嗣
高麗朝臣福信〔肖奈福信・肖奈公福信・肖奈王福信〕　③159₁₄, 187₁₅, 201₆, 205₁₅, 345₁₅, 423₁₂　④51₁₁, 63₁₆, 159₁₄, 295₉, 303₂, 401₁₆　⑤91₁, 91₁₀　→高倉朝臣福信
高麗朝臣福信の男　④403₁
高麗に遁る　④127₅
高麗の客　③427₉
高麗の旧記　③133₈
高麗の旧居　②189₆
高麗(の)人　①15₉　③185₅, 251₁₂, 377₉
高麗の蕃客　③303₆, 417₁₂, 425₁₄
高麗(の)楽　②247₆, 395₁₁　④97₅, 99₃, 183₁₆
高麗は除かれず　⑤447₁₂
高麗副使　③305₁₂, 417₁₄
高麗より転る　③255₁₀
高麗楽生　②247₈
高禄思(渤海)　⑤37₁₀
高禄徳　②151₁₂
寇賊を被る　②115₁₃
寇党　②75₁
寇の道を塞く　⑤129₆
寇掠　⑤165₈, 273₅
寇を斬る　④157₁₃
康王(周)　③273₁₃
康哉の歌　②85₁₀
康楽　②417₇　⑤393₇

梗をすること已まず　⑤273₄
淆乱　⑤97₁₅
袷衣　③427₁₀
黄　③403₇
黄河(唐)　③297₉
黄金　①47₄　③63₇, 65₁₀, 77₁₅, 117₁₁　④127₁₄₋₁₅　⑤41₁
黄金在りと奏して　③65₁₂
黄金を獲　③103₁₃
黄昏　③203₁₄
黄地　③403₇
黄帝金匱　③237₅
黄の絁　②169₁₃
黄樊石　①199₁₃・₁₅
黄文伊加麻呂　③41₇
黄文王　②331₁₃, 347₄, 379₈, 395₆　③57₃, 159₁₁, 199₈, 201₁₁, 203₅・₁₄, 205₅, 207₆, 223₁, 441₁₂₋₁₃　→久奈多夫礼, 多夫礼
黄文王を立てて君とす　③207₁₆, 211₄
黄文造大伴　①43₄　→黄文連大伴
黄文連益　①159₁₂
黄文連許志　②311₁₂　③5₁₀
黄文連梗麻呂　②9₁₃
黄文連真白女　③269₂
黄文連水分　③139₅, 143₅
黄文連大伴〔黄文造大伴〕　①71₁₀, 163₁₀　③241₉
黄文連大伴が息　②9₁₃
黄文連備　①29₆, 167₄
黄文連本実　①63₁₁, 115₁₀, 117₁
黄文連牟祢　④289₆　⑤61₃
喉舌を掌く　④367₉
惶え遽つ　④449₁₆
絞る　④89₈₋₉
絳闕を隆にす　②307₁₄
搆合ひ　⑤165₁₂
溝　④441₈, 447₁₂, 463₇　⑤165₆
溝壑　①177₈
溝洫　③381₅
溝地　②131₁₄₋₁₅　⑤403₆
煌灼　③81₄
粳売　④13₉
遑あらず　①131₅
鉤　②195₅
鉤匙　③429₆
鉤取王　②205₁₂　③441₁₁
雛雉の冤　②163₄
構作　②449₄
構堂の墜ちむとす　③231₄

こう(高・寇・康・梗・淆・袷・黄・喉・惶・絞・絳・搆・溝・煌・粳・遑・鉤・雛・構)

続日本紀索引

こう（構・綱・菁・閤・膠・蝗・縞・興・薨・藁・講・鴻・曠・号・合）

構ふ ④353₁₂
構へ成す ②13₅
構へ立つ ②157₇
綱 ③167₁₃
綱維 ⑤285₁
綱紀 ③285₈
綱紀に懲ること無く ②123₃
綱帳 ②153₁₁
綱とするに堪へず ③439₃
綱務 ④433₇
綱目を彰さず ②61₂
綱を差す ⑤159₉
菁雨 ①169₄
菁沢 ②179₁₅
菁沢降らず ①215₅
菁腴 ②19₁₃
菁腴の地 ②117₁₀, 227₁₆
閤門 ②215₁, 361₁₅ ③295₅, 345₈, 417₁₄, 425₁₁ ⑤257₈, 259₈
膠痒の餘烈を覧る ④211₁₁
蝗 ①49₄, 53₁₄, 83₇ ③63₄ ⑤17₁₂
縞素 ⑤245₁₆
興言 ⑤481₁₅
興言に此を念ひ ④405₁₀, 431₉ ⑤325₁₁, 483₉
興作 ⑤235₇, 413₆
興し築く ②43₁₃
興す ①231₅ ④297₄
興福寺 ②291₁₂ ③11₈, 81₁₅, 89₂, 165₁₅ →山階寺
興福寺の印 ④349₉
興平 ③223₉
興り隆ゆ ③231₉
興隆 ③23₅
興る ①215₅ ②5₁₀
薨し逝く ②247₁₁
薨す ①19₃・₁₁, 21₈, 27₁₃, 33₁₁, 43₉, 51₉, 69₈・₁₃, 87₁₄, 89₅, 139₈, 143₅, 205₁₅, 211₁₅, 213₁₀, 231₂・₁₂ ②17₁₆, 23₃, 25₂, 53₁₀, 67₆, 79₂, 153₂・₅, 191₅, 201₉, 221₁₁, 237₁₅, 247₄, 249₁₂, 255₁₆, 267₂, 277₃, 295₆・₉・₁₄, 321₄, 323₇・₁₁, 325₄・₁₀, 327₈, 353₅, 391₁₀, 411₈, 437₅ ③15₁・₄, 19₁₄, 59₁, 63₃, 83₁₄, 107₁₀, 111₇, 125₄, 129₁, 135₁₅, 161₃, 177₁, 327₉, 335₁₀, 339₄, 347₇, 353₉, 355₁₀, 379₁₁, 389₂, 411₄・₆, 413₃, 415₄・₇, 441₉ ④11₁₁₋₁₂, 95₅・₁₅, 105₆・₁₆, 113₈, 115₃, 125₁₅, 129₂, 131₇, 149₂, 185₁₀・₁₆, 319₁, 331₃・₁₁, 385₅, 387₁₅, 413₁₁, 419₆, 437₂, 445₄, 453₉・₁₅, 459₁₀, 461₁₃ ⑤15₁₄, 41₁₀・₁₃, 45₃・₁₀, 47₃, 49₃, 67₁₁, 69₆, 87₁₅, 99₁₅, 101₇, 117₁₀・₁₆, 119₁・₆, 163₈・₁₃, 171₁₄, 173₁₃,

175₅, 199₈, 201₁₀・₁₆, 215₁₁・₁₃, 231₂・₇, 235₁₄₋₁₆, 265₃・₁₂, 277₁₀, 279₄, 305₅, 337₂, 347₁₂, 349₇, 359₂・₁₃, 373₁, 405₁・₇, 407₆・₁₅, 411₃, 413₁, 445₆・₁₅, 447₁・₁₅, 449₆, 453₁₅, 455₃, 467₁, 475₁₆, 477₉
薨逝 ②89₁₃
薨せし日 ①111₉
薨卒 ②167₂
藁園寺（近江国） ④133₂
藁園寺の檀越 ④133₂
講かしむ ①47₁₄, 63₇ ③175₇, 219₂
講く ①59₂ ③23₇, 237₂
講師 ②333₁ ③171₉
講肆を践まず ②63₈
講す ②213₁₄, 331₁₆ ③105₁₁, 129₁₂
講ぜしむ ④381₉
講説 ③45₈, 83₆, 105₁₂, 129₁₃
講宣 ②389₇
講堂 ④385₂
講読 ④173₁₀
講復を受くる者 ⑤127₈
講論 ②47₁₅
講を為す ③231₇
鴻恩を布く ②363₁₆
鴻基 ③269₁₄ ⑤393₆
鴻貺を荷ふ ④217₂
鴻業 ②123₈ ③275₈ ④323₆ ⑤413₅
鴻名 ③271₁₄, 279₄
曠古の殊貺 ⑤335₈
号 ④359₁₅
号く ①81₁₀, 213₁₆ ②401₃ ③251₁₅ ⑤277₁₅
号けて曰ふ ③63₁
号して曰す ③277₁₁, 277₉
号諡 ②139₆
号びて曰ふ ⑤203₆
号ふ ①81₁₀
号慕すれども追ふこと無し ③171₁₁
号令 ②107₁ ③203₁₀
号を改む ④41₂ ⑤249₃
号を賜ふ ④127₅
号を除く ②113₉
号を貶す ①205₇
号を問ふ ③275₅
合院 ⑤493₁₁
合蚕田浦（肥前国） ⑤17₁₅
合せ構ふ ②27₉
合せ葬ふ ①75₈
合せて成す ②13₇
合ひ順はず ⑤443₁₁

続日本紀索引

合ふ者　①$181_{10}$
劫殺　⑤$381_8$
劫す　④$21_{11}$
劫賊　②$121_4$, 259_8, 265_{10}, 283_1, 323_2
劫奪　②$253_4$
劫掠　②$239_4$
劫略　④$23_{10}$ ⑤$305_{13}$
拷掠　②$207_5$
豪強の家　①$175_{15}$
豪宗　④$27_3$
豪富の家　①$195_9$ ②$151_4$
豪富の民　②$91_{13}$
克く獲る　⑤$367_{13}$
告帰を知る　④$317_{11}$
告ぐ　②$13_9$, 419_7 ③$51_4$, 63_8, 119_8, 165_6, 187_{10}, $191_{8\cdot 10}$, 201_3, 213_2, 231_{15}, 233_8, 237_9, 257_4, 279_{16}, $281_{10\cdot 14\cdot 16}$, 293_7, 311_{10}, 323_8, 349_5, 361_{15}, 367_{13}, 385_{14} ④$151_4$, 59_4, 119_8, 141_9, 175_{15}, 287_7, 291_2, 405_{16}, $431_{12\cdot 16}$, 445_{14} ⑤$173_2$, 195_6, 299_{12}, 351_3
告ぐる人　②$207_{13}$ ⑤$111_1$
告げ言す者　③$349_{10}$ ⑤$67_6$
告げ乞ふ　②$27_7$
告げ示す　②$445_3$
告げ愬ふ　④$13_3$
告げたる人　②$349_{13}$
告げ知らしむ　②$269_{15}$ ④$31_8$, 409_{14}
告げて云はく　③$195_9$, 199_4
告げて云へらく　②$201_1$
告げて曰はく　③$365_7$, 427_{14} ④$211_{12}$, 365_{10} ⑤$331_{13}$
告げて知らしむ　③$429_3$ ④$277_5$
告げて白さく　②$47_8$
告げらえぬ　②$219_3$
告げらる　③$387_1$
告げられたる人等　②$203_{12}$
告さく　③$195_{15}$
告さしむ　⑤$179_{16}$, $393_{5\cdot 13}$
告朔の儀　①$33_8$
告朔の文　①$59_{10}$
告示を加ふ　②$133_{14}$
告人　①$147_6$ ③$351_{12}$, 443_8
告す　④$227_{10}$ ⑤$421_{13}$
告す者　①$175_5$, 195_{12}, 209_7
告訴　⑤$289_{14}$
告る　①$119_{11}$
谷　⑤$101_{13}$
谷忌寸　⑤$333_{12}$
谷宿禰　⑤$333_{12}$

谷那庚受　②$151_{15}$
谷を跨ぶ　①$103_{16}$
刻膚　②$123_3$
刻み鏤む　②$105_4$
国　①$209_{16}$ ②$95_{13}$, 195_{13}, 271_1, 321_{13}, 387_4 ③$245_{15}$, 269_{13}, 277_{12} ④$75_{10}$, 205_2, 219_7, 431_{15} ⑤$97_{14}$, 111_4, 157_2
国医師　①$137_{16}$ ②$17_6$, 135_{10}, $201_{4\cdot 5}$, 253_{11} ③$235_{13\cdot 16}$ ④$121_{8\cdot 11\cdot 14}$, 123_1 ⑤$97_{9\cdot 11}$, 99_2
国医師の兼任の国　⑤$97_{13}$
国王　①$65_{12}$, 149_{15} ②$59_3$ ③$121_{13}$, 125_1, 343_{15}, 419_1, 429_3 ④$33_9$, 275_{12}, $277_{5\cdot 8}$ ⑤$37_{12}$
国家　①$71_7$, 147_2, 225_{16} ②$57$, 85_{13}, 89_{12}, 137_2, 161_{12}, 203_7, 233_4, 291_{13}, 327_2, 339_{10}, 363_{15} ③$23_5$, 49_6, 123_2, 237_9, 283_{10}, 287_7 ④$127_{15}$ ⑤$123_1$, 447_2
国家護り仕へ奉る事　③$69_{11}$
国家護るがたには勝れ　③$67_9$
国家全平ならむ　②$225_2$
国家に重し　②$61_9$
国家に奉る　③$121_{13}$
国家の恒祀　⑤$245_{15}$
国家の資　⑤$341_7$
国家の事　②$89_8$
国家の政を行はずあること得ず　④$33_8$
国家の設　④$17_{15}$
国家の大害　⑤$437_6$
国家の大事　④$409_{16}$
国家の大平　③$181_9$
国家の鎮　⑤$167_{16}$
国家の難を冒す　①$17_6$
国家の要とする所　③$227_{14}$
国家を傾く　②$205_2$
国家を寧みす　②$105_{10}$
国家を乱り給ひ　④$241_7$
国華　②$389_{16}$
国衙に向ふ　⑤$151_6$
国界に到らぬ　③$337_6$
国看連　②$151_{11}$
国看連高足　④$65_{14}$
国忌　③$167_1$ ⑤$495_{16}$
国忌に入る　①$111_9$
国忌の例に入る　③$369_7$ ④$361_1$
国諱に触る　①$213_{14}$
国擬　②$289_{13}$
国境の内　①$95_2$
国君麻呂　③$71_4$, 53_{12}, 77_8
国郡　①$225_{15}$, 227_{12} ②$13_{12}$, 29_{11}
国郡司　①$145_9$, 195_9, 211_2, 213_6, 227_4 ②$11_7$,

こう―こく（合・劫・拷・豪・克・告・谷・刻・国）

続日本紀索引

こく（国）

117$_{13}$, 121$_1$ ④267$_{14}$, 403$_{14}$
国郡司等 ③437$_{12・14}$
国郡図 ②345$_8$
国郡の官司 ⑤371$_6$
国郡の官人 ②329$_1$
国郡の功過 ⑤371$_7$
国郡を経 ②29$_{15}$
国継の名 ④201$_8$
国見真人阿曇(安曇) ④41$_6$, 129$_7$
国見真人真城 ③39$_{11}$
国見真人川曲 ⑤67$_{14}$
国見連今虫 ④177$_2$
国故を通す ③299$_4$
国庫 ④403$_{13}$ ⑤425$_9$
国ごと ③291$_{11}$ ④441$_{13}$ ⑤281$_7$
国号 ①81$_8$
国号に随ふ ③295$_2$
国々の宰等 ①5$_7$
国骨富(百済) ④443$_3$
国宰 ①41$_8$ ②345$_{13}$ ⑤95$_{3・6}$, 365$_{11}$, 367$_7$
国土 ②85$_8$
国子監 ④211$_{11}$
国子の学生 ④211$_{12}$
国司 ①29$_{15}$, 39$_{11}$, 49$_{12}$, 53$_{12}$, 79$_{16}$, 89$_{16}$, 151$_{14}$, 155$_{13}$, 157$_2$, 167$_7$, 177$_9$, 179$_{6・12・15}$, 181$_{10}$, 183$_{1・8}$, 195$_{15}$, 199$_4$, 213$_4$, 227$_{11・14・16}$ ②51$_3$, 11$_1$, 13$_{8・14}$, 39$_7$, 41$_{14}$, 45$_{14}$, 57$_{12}$, 123$_{10}$, 125$_2$, 171$_4$, 179$_{13}$, 195$_{7・10}$, 207$_5$, 233$_{14}$, 235$_2$, 253$_6$, 267$_7$, 269$_{13・15}$, 275$_1$, 277$_7$, 297$_{13}$, 301$_{3・12}$, 327$_{14}$, 387$_6$, 391$_{2・9}$, 407$_4$, 433$_5$ ③49$_{14}$, 57$_{14}$, 63$_9$, 95$_7$, 127$_7$, 147$_{8・13}$, 149$_6$, 165$_{13}$, 225$_{16}$, 227$_{10}$, 235$_{10}$, 289$_{5・8}$, 295$_{11}$, 335$_8$, 343$_{12}$, 351$_{15-16}$, 385$_3$ ④75$_2$, 77$_{13}$, 83$_{16}$, 131$_{12}$, 163$_1$, 229$_6$, 291$_3$, 357$_{14-15}$, 391$_{10}$, 437$_{11}$, 455$_{11}$ ⑤17$_{13}$, 103$_{13}$, 113$_{16}$, 115$_{15}$, 135$_{10}$, 141$_4$, 143$_{15}$, 155$_{9・11}$, 159$_{10}$, 165$_8$, 269$_{13}$, 273$_{13}$, 281$_{12}$, 307$_{5・9}$, 329$_{11}$, 341$_{8・10}$, 373$_{14}$, 389$_2$, 401$_4$, 425$_{10}$, 479$_{15}$, 497$_3$, 501$_{3・5}$, 505$_7$
国司已下 ⑤69$_9$
国司已上 ⑤151$_{16}$
国司交替 ③291$_{14}$
国司主典已上 ②279$_9$
国司に経れ ①177$_1$
国司に同じくす ⑤341$_{13}$
国司任に在る日 ②427$_2$
国司の公廨 ⑤371$_9$
国司の交替 ②289$_4$, 429$_6$
国司の史生已下 ④407$_2$ ③393$_5$
国司の史生以上 ②351$_{10}$
国司の状跡 ②187$_5$

国司の長官 ②161$_9$
国司の目以上 ①143$_{10}$
国司目已上 ①55$_{10}$
国史 ①211$_5$ ⑤471$_{13}$
国使(遣渤海使) ③307$_5$
国師 ①53$_9$, 151$_{15}$ ②138$_{・13}$ ③49$_{14}$ ④281$_{16}$, 291$_3$ ⑤127$_8$, 281$_{10}$
国師の員 ⑤281$_6$
国師の遷替 ⑤295$_{14}$
国社の神等 ④103$_8$
国主 ⑤469$_{14}$
国主の名 ④201$_8$
国守 ③385$_1$
国城(美濃国府) ②381$_{10}$
国信 ④423$_6$ ⑤351$_3$, 75$_3$
国信の物 ④423$_3$
国神 ③437$_{12}$ ④551$_6$
国人 ②163$_{10}$ ④263$_5$
国人の男女 ①145$_9$
国政絶え乱る ③121$_{15}$
国政を行ふ ③385$_{16}$
国政を顧む ③123$_{14}$
国栖小国栖 ④325$_2$
国祚 ④417$_1$
国ぞ昌ゆるや(歌謡) ④309$_{13}$
国造記 ①551$_6$
国造浄成女 ④327$_3$
国造浄成女 ④329$_{10}$ →因幡国造浄成女
国造人の姓 ①213$_{15}$
国造千代 ①137$_6$
国造千代が妻 ①137$_6$
国造の氏 ⑤551$_6$
国造の葉 ⑤507$_{16}$
国造宝頭 ④421$_2$
国造雄万 ④209$_2$, 279$_{11}$
国泰し ②387$_{16}$
国大小と無く ④121$_9$ ⑤97$_8$
国中 ②43$_{12}$ ④451$_3$
国中村(大和国) ④443$_7$
国中連公麻呂 ③381$_{14}$, 389$_{10}$ ④153$_5$, 225$_3$, 443$_{2・5}$
国中連公麻呂の祖父 ④443$_3$
国中連三成 ⑤345$_5$, 363$_6$
国典 ⑤411$_{14}$
国典に稽ふ ⑤291$_7$
国土 ②189$_3$, 359$_1$, 389$_8$
国土安寧 ③327$_4$
国土厳浄 ④417$_6$
国土の微物 ③123$_7$

続日本紀索引

国土の宝貨　⑤$79_{13}$
国土を護る　②$449_1$
国内　①$49_{12}$, 61_5, 109_3, 183_5　②$235_4$, 297_{15}, 369_6
　③$223_{12}$, 359_{15}　④$45_9$　⑤$95_1$, 247_8
国内の儲物　③$235_{11}$
国内より出す　②$235_2$
国に益有らしむ　③$349_{11}$
国に下す　②$73_3$
国に還る　①$151_8$　②$363_2$　③$135_5$　⑤$87_{10}$, 381_8
国に還る期　⑤$95_{12}$
国に帰らず　④$127_5$
国に帰る　②$71_4$, 169_9　③$391_8$　④$365_{15}$　⑤$97_4$
国に在りて忠無し　③$385_5$
国に侚ふ　④$183_8$
国に申す　⑤$151_5$
国に到る　③$435_{13}$
国に入りて諱を問ふ（礼記）　④$201_6$
国に付く　②$39_4$
国に奉る　④$81_{12}$
国に立つ　④$289_{11}$
国の哀　⑤$465_3$
国の哀に属ふ　⑤$469_3$
国の堺　②$283_8$
国の官司　②$443_{16}$, 447_3
国の官人　②$445_5$
国の旧老　⑤$411_{13}$
国の境に居り　①$109_1$
国の信物　③$133_2$
国の人　②$261_{13}$
国の大事　⑤$147_{12}$
国の大小　①$213_3$
国の大小に依りて　②$149_6$
国の大小に准ふ　①$185_3$　④$403_{12}$
国の大小に随ひて　②$409_1$　③$235_{15}$, 311_{14}　④$121_{10}$, 437_{15}　⑤$97_{15}$, 135_{13}, 273_{10}, 479_{13}
国の大典　⑤$13_2$
国の中に入らず　④$431_{10}$
国の儲を割く　⑤$253_8$
国の鎮　④$47_9$
国の銅　②$431_{12}$
国の平ぎし日　③$139_9$
国の宝　②$417_4$
国の法　①$5_8$　③$197_{10}$
国の民　①$217_{10}$
国の名　⑤$481_7$
国の輸す絹・絁　②$37_{12}$
国の裏に入らず　②$281_8$
国は君を以て主とす　③$179_{13}$
国博士　①$67_{11}$, 137_{16}　②$17_5$, 135_{10-11}, $201_{2\cdot4-5}$

　③$235_{13\cdot16}$　④$121_{8\cdot10\cdot13\cdot16}$, 361_5　⑤$97_{8\cdot10-11}$, 99_2
国博士の兼任の国　⑤$97_{13}$
国府　②$7_7$, 45_3　④$251_5$, 463_1　⑤$147_9$, 323_{16}, 437_{16}
国府の兵庫　②$355_5$
国富む　③$321_6$
国分金光明寺（国分寺）　③$89_{2-3}$, 359_{16}　④$149_6$, 383_{16}
国分寺　②$385_{10}$, 391_{3-4}　③$353_{12}$　④$393_{14}$
国分寺（伊勢国）　④$457_6$
国分寺（伊豫国）　③$79_6$　④$133_5$
国分寺（紀伊国）　③$167_3$
国分寺（佐渡国）　④$199_1$
国分寺（山背国）　③$35_3$
国分寺（上野国）　③$79_6$, 83_{12}
国分寺（但馬国）の塔　⑤$43_{11}$
国分寺の僧　⑤$269_{14}$
国分（寺）の僧尼　⑤$105_4$
国分寺の名　②$391_5$
国分寺（飛驒国）　③$83_{12}$
国分寺（尾張国）　③$79_6$　④$457_6$
国分寺（美濃国）　④$47_6$, 279_{11}
国分僧寺　③$259_1$
国分二寺　④$131_{16}$　⑤$221_8$, 253_6, 451_{13}
国分二寺の図　③$335_9$
国分二寺（山背国）　④$405_7$
国分二寺（尾張国）　④$163_{15}$
国分二寺（美濃国）　④$251_5$
国分尼寺　②$391_{4-5}$, 443_3　⑤$51_{2-3}$, 259_1, 381_8
国分尼寺の名　②$391_6$
国分の丈六仏像　③$165_3$
国へ還る　⑤$123_2$
国覓忌寸勝麻呂　②$159_{14}$
国覓忌寸八嶋　①$111_4$
国別　②$45_{15}$, 203_5, 289_{12}, 367_8, 409_{10}, 443_2　③$49_7$, 79_{11}, 155_2, 169_{15}, 253_5, 257_{16}, 335_8　④$123_1$　⑤$97_{13}$, 463_2, 501_{13}
国宝　②$421_3$
国毎　②$201_5$, 313_5　③$17_{15}$, 175_7, 359_{15}, 371_{15}　④$27_{13}$, 121_{11}, 305_{13}, 457_3　⑤$97_{8\cdot11}$, 99_3, 115_{14}, 137_2, 269_{10}
国民　③$11_{10}$
国邑　⑤$331_{12}$
国憂　③$305_{15}$
国用　②$69_4$　④$303_9$
国用足らず　④$299_{11}$
国用足りて廉恥興らむ　⑤$135_5$
国用を闕く　⑤$365_{10}$

こく（国）

こく—こつ（国・剋・哭・斛・黒・穀・酷・糓・鵠・獄・乞・忽・笏・骨）

国を安す ③$183_5$
国を為む ①$185_9$
国を為むる道 ①$185_9$
国を為むる本 ④$111_8$
国を益し人を利くる道に非ず ⑤$203_4$
国を益す ③$311_5$
国を開きてより以降 ⑤$121_9$
国を開く ⑤$469_{10}$
国を挙ぐ ②$307_4$ ⑤$45_{12}$
国を建つ ①$187_9$ ②$231_8$
国を兼ぬ ⑤$99_2$
国を護る ④$61_{13}$
国を号く ①$81_{10}$
国を坐せず ⑤$371_8$
国を治む ②$117_9$ ③$229_1$
国を治むる要 ③$321_5$
国を守る ②$169_{12}$
国を惣ぶ ④$121_{13}$ ⑤$97_{12}$
国を鎮む ③$287_8$
国を覓む ①$11_3$
国を有つ ①$93_{15}$ ③$247_7$ ④$367_{15}$
国を有つ者 ②$63_5$
国を憂ふ ⑤$195_5$
国を歴たる人 ②$267_{10}$
剋 ②$71_{13-14}$, 73_{11}
剋字の碑 ②$105_7$
哭叫 ③$209_2$
斛 ①$83_{15}$, 113_{15}, $123_{12-13\cdot15}$, $129_{5-6\cdot8}$, 141_{14}, 155_1, 163_8, 195_{10}, 201_{10}, $213_{7\cdot13}$, 215_{13} ②$31_7$, 111_{10}, $119_{6\cdot10}$, 129_{12}, 131_3, 193_8 ③$167_{16}$, $363_{7\cdot6}$, 407_{11} ④$75_6$, $119_{9\cdot11}$, $125_{7\cdot9}$, 143_{11}, 155_4, 163_{16}, 249_1, 275_4, 401_8, 435_{16} ⑤$145_2$, 149_{12}, 169_{16}, 171_1, 173_{15}, 383_{5-6}, 391_{4-5}, 395_{11-12}, 399_{11-12}, 433_{15-16}, 435_8, 467_3, 511_{11}
黒 ③$403_8$
黒烟 ⑤$409_7$
黒革舃 ①$37_{11}$
黒き身 ②$253_{10\cdot15}$, 337_6
黒紀（黒記）の御酒 ④$103_{11}$, 105_4, 273_3
黒狐 ①$185_{16}$ →玄狐
黒山の俘 ④$99_3$
黒紫 ①$37_8$
黒川郡（陸奥国）②$403_{11}$ ④$441_{14}$, 483_3
黒川郡の人 ②$235_2$
黒川郡の俘囚 ②$279_{12}$
黒川郡より北の十一郡 ③$403_{11}$
黒鼠 ④$455_1$
黒地 ③$403_8$
黒馬を奉る ④$453_6$ ⑤$403_4$, 503_2

黒毛の馬 ③$433_{13}$
黒毛の馬を奉る ④$345_6$, 369_{14}, 403_9, 407_1, 433_2, 435_2 ⑤$17_1$
穀 ①$83_{15}$, $113_{8\cdot13\cdot15}$, 115_2, 145_6, 155_1, 163_7, 201_{10}, 213_{13}, 215_{13}, 231_{14} ②$31_7$, 55_{11-12}, 69_3, 119_8, 129_{11}, 143_9, 173_9, 181_1, 195_{15}, 235_1, 249_7, 291_{10}, 297_8, 303_6, 449_9 ③$13_2$, 79_7, 407_{11}, 429_{10} ④$83_5$, 143_{11}, 155_4, 163_9, 247_{12}, 395_{14}, 403_{13}, 405_3 ⑤$173_{14}$, 267_{1-2}, 383_5, 391_4, 395_{11}
穀の価 ③$313_1$, 429_{10} ④$403_9$
穀帛 ⑤$133_{15}$
穀六升を以て銭一文に当て ①$167_{16}$
穀を賜ふ ②$169_6$
穀を出す ④$119_4$
穀を焼く ④$247_{14}$, 401_8, 409_4, 435_{16}
穀を積む ④$117_9$
穀を貸す ④$163_9$
穀を貯ふ ②$97_{16}$, 319_6
酷苛 ④$165_{10}$
酷痛を増す ③$305_{16}$
糓を推す ⑤$415_6$
鵠 ②$167_4$
獄 ②$251_6$, 387_{10}
獄囚 ③$207_5$, 439_{13}
獄訟 ①$181_3$ ⑤$367_4$
獄中に死ぬ ③$207_9$
獄に下す ③$387_{10}$, 411_3 ③$207_3$
獄に下る ③$439_{13}$, 443_3 ⑤$347_3$
乞告 ②$49_7$
乞索児 ③$417_8$
乞食 ②$123_5$
乞食する者 ②$27_6$
乞はくは ②$377_{16}$ ④$197_{14}$, $199_{4-6-7-9}$, 361_4
乞ひて曰はく ④$367_7$
乞徴を脱る ②$363_{16}$
乞ふ ②$27_{7\cdot10}$ ③$181_4$, 309_4 ④$461_3$ ⑤$163_{12}$, 411_{16}
乞ふ所に従ひ ③$275_{13}$
乞を陳ぶ ④$317_9$, 369_1
忽ちに起る ②$357_5$
忽に発す ④$437_{10}$
笏を執る ⑤$395_8$
笏を把らしむ ②$53_9$ ⑤$185_7$
笏を把る ②$53_9$, $55_{10\cdot15}$, 171_{10}, 345_{10}
笏を把る者 ⑤$249_8$, 327_{13}
骨 ①$27_6$
骨完 ⑤$31_{16}$
骨肉 ②$187_3$
骨肉を存らしめむ ②$75_{14}$

続日本紀索引

骨名 ③$113_9$
骨立 ④$191_{11}$
今往く前 ③$201_{15}$
今夏 ②$123_9$
今間 ②$321_2$
今御宇しつる天皇(文武天皇) ①$121_2$
今月(延暦九年閏三月)十八日 ⑤$465_2$
今月(延暦元年十二月)廿三日 ⑤$253_6$
今月(延暦元年閏正月)十日 ⑤$227_6$
今月(延暦三年五月)七日 ⑤$297_6$
今月(延暦四年正月)十九日 ⑤$319_{13}$
今月(延暦八年七月)十日 ⑤$439_3$
今月(延暦八年六月)十日 ⑤$435_9$
今月(神亀二年九月)廿三日 ②$163_7$
今月(天応元年三月)十二日 ⑤$175_{13}$
今月(天応元年三月)十六日 ⑤$175_{15}$
今月(天応元年七月)十八日 ⑤$207_4$
今月(天応元年十二月)廿五日 ⑤$217_{16}$
今月(天平十五年五月) ②$419_9$
今月(天平十五年六月)廿四日 ②$427_9$
今月(天平十四年十月)廿三日未時 ②$411_{10}$
今月(天平十二年九月)廿一日 ②$369_2$
今月(天平十二年九月)廿二日 ②$369_4$
今月(天平十二年十一月)一日 ②$377_7$
今月(天平十二年十一月)三日 ②$377_9$
今月(天平十二年十月)廿三日丙子 ②$377_2$
今月(天平十二年十月)の末 ②$375_8$
今月(天平宝字八年九月)十一日 ④$37_{11}$
今月(天平宝字八年九月)廿八日 ④$37_3$
今月(天平宝字八年十月)十六日 ④$49_{12}$
今月(天平六年四月)七日 ②$277_{15}$
今月(宝亀九年九月)十六日 ⑤$77_2$
今月(宝亀九年十月)十五日 ⑤$77_9$
今月(宝亀十一年十月) ⑤$161_7$
今月(宝亀十一年十一月)廿二日 ⑤$159_{12}$
今月(宝亀十一年六月)下旬 ⑤$147_9$
今月(宝亀十一年六月)十六日己酉 ⑤$147_6$
今皇朕が御世に当りて坐せ ③$67_6$
今皇帝(桓武天皇) ⑤$225_4$, 287_4, 357_4, 417_4
今皇とす ④$37_{12}$
今歳 ②$89_{14}$, 91_{10}, 249_6 ③$133_{14}$, 367_8
今載(天宝十五載)十月 ②$297_{14}$
今者 ③$357_{10}$ ⑤$125_{10}$, 135_1, 169_2, 235_8, 249_5
今秋 ②$171_{12}$
今春 ②$319_7$, 389_5
今上(桓武天皇) ⑤$101_5$, 411_{16}, 453_{5-6}, 465_{15}
今世 ④$263_7$
今朕が御世に当りても ③$73_4$
今帝とす ④$29_6$

今に至るまで ⑤$177_{12}$
今に至れり ④$211_{14}$ ⑤$333_6$
今に絶えず ②$449_3$
今に存り ④$461_{12}$
今に値ふこと得たり ⑤$307_1$
今に無けむ ②$61_{13}$
今日 ②$393_6$, $421_{5\cdot15}$, 423_1
今日か有らむ ⑤$173_3$
今日今時 ②$223_{10}$
今日に在り ②$417_8$
今年 ①$85_{13}$, 123_{16}, 129_9, 187_5 ②$5_3$, $33_{10\cdot13}$, 39_7, 97_{15}, 123_{13}, 137_5, 143_{12}, 155_5, 171_{13}, $219_{6\cdot15}$, 249_8, 255_5, 261_7, 269_6, $277_{8\cdot11}$, 303_{15}, 309_6, 325_{16}, 345_{12}, 351_{10}, 355_1, 377_6, 399_3, 411_9, 433_7 ③$21_{16}$, 23_2, 47_2, 79_{12}, 105_7, 109_4, 137_{1-2}, 159_7, 175_8, 185_{11}, 225_{14}, 227_5, 249_{11}, 267_1, 329_{15}, 333_9, 365_{14}, 371_{11}, 393_7, $435_{6\cdot9}$ ④$49_{16}$, 99_6, 171_{10}, 175_8, 205_8, 217_3, 267_{12}, 313_{14}, 463_9 ⑤$103_7$, 125_{14}, 159_{15}, 169_{14}, 183_8, 245_2, 281_{11}, 299_{12}, 311_1, 329_{1-2}, 391_3, 413_9, 441_{12}, 475_{14}, 483_5
今年(慶雲四年)六月十五日 ①$121_7$
今年(天平十五年)正月十四日 ②$415_{14}$
今年の間 ②$293_{15}$
今年の調 ①$143_{13}$
今年の内を限り ⑤$479_8$
今年(養老七年)九月七日 ②$135_{13}$
今年(和銅四年)十二月 ①$173_{13}$
今年(和銅七年)十二月以前 ①$209_5$
今の間 ④$79_1$
今の帝(淳仁天皇) ③$409_{16}$
今の帝として侍る人 ④$43_{16}$
今の帝と立ててすみひくる間 ③$409_{10}$
今聞かく ①$161_7$ ⑤$273_5$
今木大神 ⑤$251_{12}$
今良 ③$387_{15}$ ④$267_9$, 293_6
困窮 ②$231_{16}$
困乏 ②$299_{16}$
困乏人 ③$73_{10}$ ④$313_{13}$
困む ⑤$303_{14}$ ③$343_2$
坤宮官 ③$285_{13}$, 353_{16} →紫微中臺
坤宮少忠 ③$345_{15}$
坤宮大忠 ④$267_2$
坤宮大弼 ③$345_{14}$
昏凶 ④$49_{10}$
昏荒 ①$211_{12}$
昏心転虐 ③$223_3$
昆解宮成 ④$129_{10\cdot15}$, 221_{11}
昆解沙弥麻呂 ④$151_8$, 209_7, 367_4

こつ―こん (骨・今・困・坤・昏・昆)

こん（昆・恨・根・婚・崑・混・闇・墾・懇・権）

昆解沙弥麻呂　④455$_7$　→昆解宿禰沙弥麻呂
昆解宿禰　④455$_7$
昆解宿禰沙弥麻呂（佐美麻呂）〔昆解宿禰沙弥麻呂〕
　⑤69$_5$, 327$_1$
昆蚊に及ぶ　⑤509$_4$
昆弟　①69$_{16}$
昆布　②7$_6$
恨しかも悲しかも　④333$_3$
恨む　③311$_1$
根　③249$_1$
根源を研む　④217$_{10}$
根足（人名）　③121$_{5-6}$
根本　④13$_{13}$, 28$_{12}$
根連靺鞨　③257$_{13}$
根を食む　④455$_2$
婚姻　④409$_1$
崑崙王　②357$_8$
崑崙国　②357$_6$
混雑　④303$_{12}$ ⑤245$_{16}$
混し入る　③329$_7$
混ぜ合す　②275$_{12}$, 355$_4$
混濁　②49$_6$
闇外の寄　⑤437$_6$
闇を分つ　⑤415$_6$
墾開　③51$_4$
墾田　②231$_9$, 425$_2$, 427$_2$　③291$_3$, 237$_{10}$, 239$_2$　④77$_{3\cdot 6}$, 133$_4$, 161$_3$, 163$_{12-13}$, 179$_{13}$, 185$_5$, 217$_9$ ⑤43$_5$
墾田（の）地　③69$_8$, 81$_{16}$, 83$_{2-4}$, 89$_1$
墾闢　⑤307$_9$, 401$_9$
墾闢の田　⑤307$_{11}$
墾り開く　①175$_{16}$
懇誠　③133$_{10}$
懇に至る　③269$_{15}$, 431$_{12}$
権威　④27$_{10}$
権衡　①197$_4$
権左中弁　⑤27$_{13}$
権参議　②205$_7$
権少納言　⑤321$_8$
権知平盧節度（唐）　③299$_3$
権に居る　④395$_2$
権に建つ　④265$_9$
権に施す　①91$_{13}$
権に充る　①205$_{13}$
権に造る　②401$_{12}$
権に置く　④95$_1$ ⑤323$_{15}$
権に入る　⑤145$_{13}$
権に任す　④277$_{10}$
権に播種せしむ　⑤403$_7$
権に補す　①113$_{14}$
権に立つ　①171$_{12}$, 175$_1$
権右少弁　⑤173$_{14}$
権を握る　③211$_6$
権を専にす　④105$_{10}$
権を擅にす　④299$_{10}$

138

続日本紀索引

さ

さきはへ奉り ③$67_{15}$
さぶしき事 ④$333_8$
さぶしき事のみし弥益さる ④$333_8$
左衛士 ②$365_5$, 395_1 ⑤$51_4$
左衛士員外佐 ④$223_6$, 449_5 ⑤$59_{14}$, $89_{5\cdot11}$, 129_{13}, 157_9
左衛士権督 ⑤$349_{10}$
左衛士佐 ②$205_4$ ③$193_6$ ④$51_3$, 107_6, 115_{10} ⑤$187_{11}$, 191_2, 249_{15}, 307_{14}, 317_{11}, 451_7, 457_5
左衛士大尉 ⑤$461_7$
左衛士督 ①$133_{10}$, 229_{12} ②$339_{12}$ ③$13_8$, 109_1, 161_{12}, 213_8 ④$57_{11}$, 73_{10}, 91_{15}, 113_{10}, 169_2, 223_5, 243_8, 339_{14}, 425_3 ⑤$49_7$, 59_{12}, 139_7, 191_8, 205_{10}, 277_6, 349_1, 365_6, 409_{15}, 421_6, 445_{10}
左衛士の事 ④$287_{15}$
左衛士府 ②$55_{14}$, 205_{13} ③$161_5$, $201_{7\cdot9}$, 229_5, 287_{12} →左勇士衛
左官掌 ④$435_1$
左京 ②$151_4$, 163_6, 169_4, 207_{12}, 219_6, 273_{14}, 399_8, 411_9 ③$47_2$, 57_7, 105_{11}, 159_3, 393_7, 435_9 ④$79_{13}$, 125_{12}, 199_{12}, 297_2, 405_5 ⑤$83_2$, 163_{14-15}, 165_{12}, 237_2, 383_4, 463_3, 475_{13}
左京少進 ④$293_{11}$
左京職 ①$81_{14}$, 143_1, 193_5 ②$3_9$, 177_6, 213_{15}, 249_{11}, 255_9, 331_9 ③$387_{15}$ ⑤$387_2$
左京大夫 ①$53_1$, 71_5, 97_7, 133_9, 143_7 ②$411_4$, 429_1 ③$131_9$ ④$159_{12}$, 193_8, $209_{6\cdot9}$, 237_3, 249_9, $441_{1\cdot5}$, 453_{13} ⑤$9_4$, 63_8, 137_{13}, 189_{10}, 205_{10}, 277_9, 293_9, 295_2, 301_{11}, 337_{10}, 347_{16}, 351_{14}, $359_{2\cdot12}$, 363_7, 389_{11}, $407_{5\cdot15}$, 409_{15}, 421_5, 423_6, 473_6
左京の穀 ③$429_9$ ④$83_5$
左京の司 ②$407_{10}$ ⑤$479_5$
左京の諸寺 ③$161_{11}$
左京の人 ①$233_6$ ②$135_{11}$, 205_1 ③$81_{11\cdot13}$, 135_3, 301_1, 327_{11} ④$75_{16}$, 81_9, 83_6, $85_{3\cdot16}$, 111_{16}, 113_2, 115_8, 117_1, 131_7, 135_5, 153_{13}, 155_{15}, 161_4, 163_{11}, 167_1, 199_{10}, 207_{13}, 219_8, 231_{11}, 239_{12}, 247_7, 251_9, 269_{13} ⑤$231_{4\cdot8}$, $431_{0\cdot12}$, 51_{14}, $143_{1\cdot9-10}$, 209_2, 269_6, 275_{12}, 325_8, $369_{4\cdot13}$
左京の男女 ④$175_4$
左京の百姓 ④$195_{15}$, 279_{13}, 397_9
左京の夫 ⑤$101_1$
左京の兵士 ③$185_2$, 425_{10}
左京の糓 ④$75_5$, $851_{\cdot6}$, 87_1

左京の役夫 ⑤$451_9$, 465_1
左京亮 ②$79_{11}$, 263_7, 335_3, 437_{13} ③$331_2$, 143_2, 313_9, 401_{10} ④$407_{13}$, 441_2 ⑤$63_8$, 211_4, 225_{10}, 249_{14}, 263_{14}, 337_{11}, 381_5, 389_{12}, 401_{15}, 461_4, 493_5
左京六条四坊 ②$151_5$
左金吾衛大将軍(渤海) ④$371_9$
左虎賁衛 ②$287_{14}$ →左兵衛府
左虎賁衛督 ③$399_3$, 405_2
左虎賁翼 ④$75$
左降 ③$101_9$, 215_3 ④$39_2$, 105_{14}, 461_3 ⑤$45_8$, 229_{10}, 303_7, 349_{13}, 387_2 →左遷
左執法 ②$135_3$
左少史 ⑤$303_1$
左少弁 ③$89_9$, 245_{15}, 421_3, 427_{11}, 429_{12} ④$51_0$, 167_{12}, 243_{14}, 249_2, 319_{12}, 339_4, 347_{10}, 425_1, 437_1, 465_1 ⑤$81_{14}$, 83_{12}, 187_{14}, 237_{12}, 249_{14}, 269_7, 349_{11}, 383_9, 443_3, 451_4
左将軍 ①$159_6$, 219_{12}
左遷 ③$351_{12}$, 443_7 ④$61_7$, 73_7, 105_{14}, 451_{14} ⑤$239_{14}$, 455_3 →左降
左大史 ③$125_{15}$ ④$51_1$, 245_5, 275_{16} ⑤$337_6$, 341_{15}, 497_9
左大舎人 ②$137_6$, 183_{12}, 219_1 ③$153_1$, 247_6 ④$71_8$, 391_{16}
左大舎人助 ③$327_4$ ④$233_2$ ⑤$63_1$, 231_{10}, 293_3, 381_2, 407_3
左大舎人頭 ②$343_5$ ③$65_4$, 79_{14}, 281_{16}, 347_9 ④$193_1$, 207_8, 333_9 ⑤$49_9$, 229_5, 237_{13}, 301_8, 363_2, 423_1, 473_9, 495_8, 503_7
左大舎人寮 ②$55_{12}$
左大臣 ①$21_{12}$, 37_{12}, 43_9, 133_1, 139_{12}, 161_{11}, 163_6, 185_8 ②$25_2$, 35_5, 145_3, 147_{13}, 153_2, 179_4, 205_2, 207_3, 237_{16}, 323_8, 325_4, 331_{11}, 353_5, 425_7, 429_3, 439_{9-10}, 449_5 ③$25_4$, 65_8, 77_4, 97_6, 101_{14}, 107_{10}, 157_1, 177_1, 195_8, 285_{10}, 339_5, 441_9 ④$155_4$, 177_7, 221_8, 227_{12}, 229_{15}, 239_3, 283_{14}, 287_{14}, $295_{1\cdot5}$, 325_8, 329_{13}, $331_{3\cdot7}$, 445_4 ⑤$199_8$, 203_{13}, 239_{12}, 279_1, 349_8, 389_{13} →大傅
左大臣の位 ④$139_6$
左大弁 ①$35_3$, 87_{10}, 133_4, 139_{14}, 149_1, 229_9 ②$25_3$, 79_{14}, 89_4, 99_{12}, 205_7, 207_8, 221_{11}, 227_2, 249_4, 325_2, 339_1, 395_{4-11}, 409_{12}, 411_{16}, 417_{16}, 425_7 ③$113_{13}$, 141_{13}, 159_6, 171_8, 179_1, 191_{12}, 193_8, 231_1, 285_7, 327_1, 331_7, 411_8, 413_6, 421_2, 429_{16} ④$109_{12}$, 177_{13}, 233_5, 287_{16}, 301_1, 355_7, 387_{15} ⑤$49_1$, 59_{12}, 69_{14}, 115_9, 121_{14}, 171_{16}, 185_{11}, 207_9, 229_{11}, 231_7, 237_1, 241_9, 269_4, 297_{10}, 299_5, 305_5, 311_9, 327_4, 337_4, 345_{14}, 365_1, 369_1,

139

さ（左・佐）

371$_{12}$, 405$_3$, 407$_9$, 409$_9$, 411$_6$, 445$_{11}$, 449$_{13}$, 465$_{11}$, 477$_6$, 507$_3$
左中軍別将　⑤431$_1$
左中弁　②409$_4$　③25$_9$, 351$_4$, 145$_3$, 191$_{12}$, 313$_6$, 327$_2$, 401$_6$, 413$_{10}$, 421$_2$　④155$_9$, 195$_6$, 199$_5$, 223$_2$, 231$_3$, 265$_8$, 301$_5$, 305$_6$, 371$_1$, 423$_{16}$　⑤21$_{10}$, 83$_{11}$, 185$_{12}$, 187$_{14}$, 191$_2$, 205$_{11}$, 231$_5$, 243$_8$, 247$_{12}$, 271$_{10}$, 321$_8$, 337$_{12}$, 345$_{13}$, 373$_5$, 387$_6$, 389$_{10}$, 399$_3$, 411$_5$, 459$_6$, 461$_2$, 469$_6$, 505$_{15}$
左道　④225$_7$
左道を学ぶ　②205$_2$
左の眼白し　①233$_7$
左の弁官　①189$_8$
左馬監　②249$_{16}$
左馬頭　④223$_7$, 243$_{10}$　⑤105$_{12}$
左馬寮　②551$_4$
左馬寮の馬部　④303$_5$
左副将軍　①159$_6$, 219$_{13}$
左平準署　③313$_1$　④351$_{12}$
左平準令　④239$_{12}$
左兵衛　②137$_6$, 183$_{12}$, 365$_5$　③381$_2$, 439$_{11}$　⑤61$_{11}$
左兵衛員外佐　⑤31$_1$, 105$_{11}$, 179$_{13}$
左兵衛佐　④37$_1$, 51$_{12}$, 73$_9$　⑤191$_3$, 193$_1$, 209$_1$, 243$_4$, 307$_{15}$, 355$_4$, 397$_{11}$, 407$_3$, 423$_2$, 443$_5$, 459$_2$, 469$_8$, 491$_8$
左兵衛大尉　④329$_{12}$
左兵衛督　①3$_2$, 33$_2$, 65$_2$, 119$_2$, 159$_2$, 193$_2$　②3$_2$, 41$_2$, 109$_2$, 177$_2$, 243$_2$, 287$_2$, 337$_2$, 385$_2$, 415$_2$　③3$_2$, 39$_2$, 101$_2$, 129$_2$, 175$_2$, 193$_7$　④43$_6$, 185$_{10}$, 193$_{13}$, 223$_6$, 439$_{16}$　⑤127$_{14}$, 143$_3$, 191$_2$, 205$_{11}$, 227$_{14}$, 233$_6$, 243$_9$, 271$_{11}$, 317$_{11}$, 337$_{13}$, 365$_3$, 369$_{10}$, 397$_7$, 421$_{3\cdot14}$, 507$_5$
左兵衛の事　④287$_{14}$
左兵衛府　②101$_4$, 205$_{13}$　③229$_5$, 287$_{13}$　④369$_{16}$　→左虎賁衛
左兵衛率　①133$_{11}$　②345$_2$　③89$_{13}$
左兵庫助　④213$_6$, 411$_{12}$　⑤423$_8$
左兵庫少属　⑤34$_{14}$
左兵庫頭　②265$_5$　③193$_8$　⑤251$_8$
左兵庫の鼓　⑤157$_{12}$
左兵庫の兵器　⑤177$_1$
左右　①33$_7$　③81$_4$　⑤81$_2$, 91$_{13}$
左右京尹　③375$_8$, 411$_{13}$, 431$_5$
左右京職　②31$_6$
左右京大夫　②101$_1$
左右京の百姓　②279$_{16}$
左右京班田使　②411$_1$
左右京部内の諸寺　②163$_7$

左右京を管る　③375$_7$
左右鎮京使　⑤305$_4$
左右の雑使　②63$_1$
左右両京　②91$_{10}$
左勇士衛　③287$_{13}$　→左衛士府
左勇士佐　③415$_{10}$
左勇士率　④7$_4$
佐位郡（上野国）　④157$_1$
佐位郡（上野国）の人　④157$_1$
佐位采女　④203$_{10}$
佐為王　①207$_7$　②83$_{13}$, 85$_2$, 145$_9$, 177$_{10}$, 243$_8$, 305$_5$　→橘宿禰佐為
佐益郡（遠江国）　②109$_{14}$
佐貴郷（大和国）　④299$_1$
佐藝郡（志摩国）　②53$_{16}$
佐佐貴山君親人　④443$_5$　③161$_1$, 327$_3$
佐佐貴山君足人　④443$_7$
佐佐貴山公賀比　⑤385$_4$
佐佐貴山公人足　④65$_{13}$
佐佐貴山公由気比　⑤321$_3$
佐須岐君夜麻等久々売　②215$_5$, 429$_{10}$
佐太忌寸　⑤333$_{12}$
佐太忌寸味村　④65$_{13}$, 239$_{12}$, 297$_1$, 319$_9$
佐太忌寸老　①77$_2$, 163$_1$, 177$_{13}$
佐太宿禰　⑤333$_{12}$
佐渡権守　⑤349$_{13}$
佐渡（佐度）国　①21$_6$, 49$_3$, 165$_4$　②93$_{10}$, 103$_1$, 149$_4$, 397$_6$, 411$_6$　③127$_2$, 207$_8$, 291$_{10}$, 313$_4$　⑤353$_7$, 507$_{11}$
佐渡国の国分寺　④199$_1$
佐渡国の船　①153$_2$
佐渡国の田租　④199$_4$
佐渡国を越前国に并す　②417$_{10}$
佐渡守　③127$_3$, 305$_4$, 349$_{14}$, 379$_2$　⑤61$_3$
佐渡嶋　②109$_{11}$　③125$_{13}$
佐渡目　③127$_3$
佐波郡（周防国）　④75$_{16}$
佐波郡の人　④75$_{16}$
佐婆部首　⑤513$_9$
佐婆部首牛養　⑤487$_6$, 513$_{7\cdot10\cdot12\text{-}13}$　→岡田臣牛養
佐婆部首牛養らが先祖　⑤513$_7$
佐伯郷（備前国）　④123$_{12}$
佐伯君麻呂　⑤429$_7$
佐伯宿禰　③71$_6$, 197$_{16}$, 211$_4$
佐伯宿禰伊益　②245$_4$, 263$_8$
佐伯宿禰伊多智（伊多知・伊太智・伊達）　④25$_3$, 29$_{2\cdot5\cdot10}$, 391$_4$, 67$_5$, 111$_{14}$, 193$_{11}$, 219$_{15}$, 341$_4$　⑤339$_8$

続日本紀索引

佐伯宿禰乙首名　③$53_{13}$
佐伯宿禰瓜作　⑤$87_9$, 105_8, 179_{14}
佐伯宿禰果安　①$177_{16}$
佐伯宿禰家継　④$41_8$, 133_6
佐伯宿禰家主　④$151_6$
佐伯宿禰葛城　⑤$311_7$, 323_{10}, 349_{10}, 373_9, 379_9, $381_{1\cdot12}$, 391_{16}, 403_3, 429_{11-12}
佐伯宿禰久良麻呂　④$41_3$, 171_8, 347_2, 419_{12}, 437_1 ⑤$15_7$, $537_{\cdot9}$, 63_8, 69_{11}, 171_3, 183_{15}, 187_2, 233_4, 241_8, 297_{12}, 343_9, 363_6, 375_8
佐伯宿禰牛養　⑤$59_4$, 61_4
佐伯宿禰継成　⑤$313_{14}$, 461_6
佐伯宿禰古比奈　③$205_{15}$
佐伯宿禰岡上　⑤$487_3$, 505_{13}
佐伯宿禰高岳　⑤$65_7$
佐伯宿禰国益　④$25_2$, 209_4, 315_7, 343_{11}, 389_6, 457_{11} ⑤$97_6$
佐伯宿禰国守　④$95_{11}$, 209_{12}, 447_3
佐伯宿禰今毛人　③$95_{13}$, 109_6, 145_{14}, 159_{14}, 187_{16}, 335_2, 355_5, 413_4, 423_4 ④$9_2$, 19_8, 79_{14}, 155_8, 177_{13}, 233_5, 237_8, 287_{16}, 295_{12}, 301_1, 337_3, 355_8, 359_6, 413_{11}, 453_3 ⑤$13_8$, 21_5, 35_8, 37_3, 41_{16}, 47_{10}, 105_{12}, 183_{12}, $197_{10\cdot16}$, 235_{16}, 241_9, 243_6, 269_4, 297_{10}, 299_5, 305_6, 311_{10}, 327_4, 335_{15}, 337_7, 369_3, 419_3, 441_{10}, 475_{16}, 477_3
佐伯宿禰沙弥麻呂(沙美麻呂)　①$193_{10}$, 217_{13} ②$165_{13}$
佐伯宿禰三方(御方)　③$267_9$ ④$65_5$, 207_{10}, 363_{11}
佐伯宿禰三野(美濃)　④$25_2$, $29_{11\cdot13}$, 73_6, 111_{15}, 159_9, 315_6, 339_3, 341_4, 289_{10} ⑤$89_4$, 339_7
佐伯宿禰志賀麻呂　⑤$357_{12}$
佐伯宿禰児屋麻呂　②$149_{12}$
佐伯宿禰児屋麻呂を殺す　②$149_9$
佐伯宿禰式麻呂　②$87_{13}$
佐伯宿禰首麻呂　②$159_{12}$
佐伯宿禰諸成〔佐伯直諸成〕　⑤$491_{10}$
佐伯宿禰助　②$25_{11}$, 47_3, 73_{13}, 95_4, 115_9, 223_7, 273_6, 351_{11}, 363_{10}, 449_{12} ⑤$77_3$
佐伯宿禰乗麻呂　①$75_{14}$, 133_{11}
佐伯宿禰垂麻呂　⇨佐伯宿禰乗麻呂
佐伯宿禰浄麻呂(清麻呂)　②$299_{13}$, 311_4, 339_{12}, 361_6, 379_{11}, 423_{14}, 429_8 ③$13_8$, 33_8, 53_8, 73_6, 109_1
佐伯宿禰常人　②$329_{15}$, 339_{14}, 347_9, 367_3, 369_2, 371_{14-15}, $373_{2\cdot4\cdot8}$, 379_{11}, 391_{14}, 423_{12} ③$37_7$, 53_8, 73_{16}
佐伯宿禰真守(麻毛流)　④$41_4$, 153_6, 171_6, 339_{12}, 363_{10}, 389_{10}, 393_4 ⑤$109_{10}$, 213_5, 257_{10},

317_6, 417_7, 503_9, 511_{12}
佐伯宿禰人足　②$245_3$, 247_2
佐伯宿禰人足の子　⑤$477_1$
佐伯宿禰石湯　①$61_{16}$, 149_2, 153_5, 159_7
佐伯宿禰全成　③$29_3$, 81_9, 121_8, 193_9, 195_{13-14}, $207_{11\cdot13}$, $209_{4\cdot9\cdot13-14}$, 211_8, 223_2
佐伯宿禰全成が先祖　③$209_4$
佐伯宿禰太麻呂(大麻呂)　①$115_{12}$, 135_2, 153_{15}, 171_1
佐伯宿禰大成　③$139_2$, 147_7, 207_8
佐伯宿禰男　①$93_4$, 133_{13}, 153_8
佐伯宿禰智連　②$65_{16}$
佐伯宿禰虫麻呂　②$21_{16}$
佐伯宿禰弟人　⑤$257_{13}$
佐伯宿禰東人　②$263_2$
佐伯宿禰稲麻呂　②$425_2$ ③$55_3$
佐伯宿禰藤麻呂　④$365_1$, 379_7, 381_{16}, 449_5
佐伯宿禰の族　③$209_1$
佐伯宿禰馬養　②$53_6$, 147_1
佐伯宿禰美努麻女　⑤$75_{10}$
佐伯宿禰美濃麻呂　③$127_{2\cdot5}$, 155_{16}, 195_{11-12}, 221_4, 395_{11}, 423_9 ④$39_8$, 121_7
佐伯宿禰百足　①$63_{11}$, 115_9, 137_4, 165_{12}, 221_{16} ②$71_5$, 43_6
佐伯宿禰浜足　③$29_1$
佐伯宿禰豊人　②$145_{14}$, 209_8, 221_8, 263_7, 309_{12}
佐伯宿禰麻呂　①$27_{15}$, 31_6, 135_{11}, 177_{12} ②$131_7$
佐伯宿禰鞦鞋　③$75_4$
佐伯宿禰毛人　②$425_4$, 429_4 ③$7_4$, 75_3, 87_9, 89_{13}, 109_{15}, 171_6, 187_{16}, 213_{12}, 255_3, 267_5 ④$9_1$, 61_6
佐伯宿禰木節　④$5_2$
佐伯宿禰鷹守　⑤$125_2$, 227_{14}, 243_4, 307_{14}, 319_7
佐伯宿禰老　④$293_{13}$ ⑤$287_{11}$, 291_9, 317_8, 353_{14}, 379_8
佐伯諸魚　③$115_7$
佐伯沼田連　⑤$275_5$
佐伯(船名)　①$101_{13}$
佐伯大夫(佐伯宿禰常人)　②$373_5$
佐伯直諸成　⑤$171_{11}$, 321_{10}, 413_{15}　→佐伯宿禰諸成
佐伯部三国　⑤$187_4$, 227_{15}, 275_5
佐伯豊石　②$369_{10}$
佐伯連　③$115_7$
佐伯連古麻呂　③$241_1$
佐伯連大目　①$43_6$
佐伯連の姓　⑤$413_{16}$
佐平(百済官位)　④$127_2$
佐平福信(百済)　④$127_2$
佐平福信を殺す　④$127_3$

さ（佐）

続日本紀索引

さ（佐・沙・砂・差・詐・坐）

佐保山(大和国) ③$355_{10}$ →蔵宝山
佐保山陵(大和国) ③$571_1$, 611_1, 1474_4, 1617_7
佐保真人 ③$51_5$
佐保川(大和国) ④$241_9$
佐味朝臣伊与麻呂 ③$371_1$, 411_{15} ④$9_3$
佐味朝臣乙麻呂 ③$105_3$
佐味朝臣賀佐麻呂(加佐麻呂・笠麻呂) ②$65_{12}$
佐味朝臣賀佐麻呂(加作麻呂・笠麻呂) ①$27_{15}$, 93_2, 225_8
佐味朝臣宮 ⑤$15_8$
佐味朝臣宮守 ③$195_8$, 211_{12}, 313_9, 423_8 ④$207_{13}$
佐味朝臣継人 ⑤$5_3$, 9_2
佐味朝臣広麻呂 ③$55_1$, 161_1
佐味朝臣山守 ⑤$25_3$, 71_1
佐味朝臣真宮 ④$365_8$
佐味朝臣足人 ②$245_3$, 247_1
佐味朝臣虫麻呂 ②$163_{16}$, 165_2, 205_4, 425_1 ③$17_1$, 47_8, 55_6, 187_{16}, 327_2, 333_5
佐味朝臣稲敷 ③$5_8$, 111_6
佐味朝臣比奈麻呂 ⑤$109_{11}$
佐利翼津(出羽国) ③$415_3$
佐魯牛養 ③$377_7$
佐和良臣静女 ⑤$215_4$
沙 ②$431_5$ ⑤$77_1$
沙雨る ⑤$409_7$
沙金(砂金) ③$103_{13}$ ⑤$15_1$
沙石 ④$59_7$ ⑤$409_8$
沙石郷(備前国) ④$123_{12}$
沙飡(新羅官位) ②$405_1$ ④$421_{16}$
沙汰を詳にす ⑤$367_1$
沙宅万福 ④$211_2$
沙弥 ②$333_1$ ③$93_9$, $165_{4\cdot16}$ ④$133_2$, 279_{16} ⑤$33_{13}$
沙弥勝満(聖武天皇) ③$83_8$
沙弥尼 ③$411_1$, 93_9
沙弥尼已上 ②$331_7$
沙門 ①$23_{11-12}$, 73_1, 211_{11} ②$31_6$, 95_{10}, $99_{4\cdot7}$ ③$31_5$, 271_{16}, 275_7 ④$205_{16}$ ⑤$163_{10}$ →桑門
沙良真熊 ⑤$143_{12}$
砂金 ⇨沙金
差違を矯す ⑤$495_2$
差科 ④$123_{15}$ ⑤$159_1$
差科に従はしむ ③$313_5$
差科に労す ③$393_{13}$
差課を逃る ②$193_2$
差し加ふ ②$395_1$
差し科す ④$123_8$
差し遣る ②$155_{11}$ ③$385_8$
差し降す ①$99_{1\cdot3}$

差し使す ⑤$107_{14}$
差し点す ②$261_8$
差し入る ⑤$437_4$
差し発さしむ ②$253_3$ ⑤$83_3$
差し発す ①$147_{11}$, 219_{10} ②$117_{10}$, 253_9, 399_5 ③$95_{10}$, 117_{16}, 335_8 ④$437_{15}$ ⑤$129_7$, 451_9, 465_1
差使 ②$149_7$
差す ①$183_2$, 205_2 ②$49_{11}$, 219_{10}, 315_{5-6}, 329_3, 359_8, $369_{1\cdot3}$, 377_{10}, 445_{14} ③$49_{13}$, 195_6, $233_{10\cdot12}$, 303_{10}, 307_6, $345_{1\cdot3}$, 387_{14} ④$229_4$, 275_{13}, $297_{5\cdot15}$, $409_{9\cdot11}$, 441_{13}, 463_2 ⑤$75_{11}$, 79_{13}, 85_3, 155_9
差つ ②$293_5$
差点 ④$117_{11}$
差点せず ⑤$273_8$
差ふ ①$101_{16}$ ②$195_5$ ③$43_{16}$ ⑤$147_{14}$
差を作す ③$369_2$ ⑤$253_8$
差を作る ③$235_{12}$ ⑤$115_5$
詐覚 ④$135_3$
詐釬を益す ②$369_{14}$
詐偽 ②$27_4$
詐欺 ①$47_{10}$
詐り釬む ④$31_5$
詐り偽す ①$71_8$
詐り造る ③$327_{11}$
詐りて作る ⑤$405_8$
詐りて譃ぢ奏し賜へる ④$31_{14}$
詐りて称す ②$27_{10}$ ③$199_{12}$, 385_8 ⑤$429_7$
詐りて称ふ ④$377_1$
詐りて称ぶ ③$311_9$
詐りて称る ④$75_2$
詐りて注す ⑤$253_{10}$
詐りて勅と称ひて在る事を承り用ゐること得ざれと云ひ ④$31_9$
詐りて禱る ②$271_3$
詐り誘る ②$123_2$
詐る ②$27_{13}$, 117_{13}, 283_{16} ④$225_8$
坐墪の閑 ④$317_{14}$
坐す ②$351_{14}$ ③$379_4$ ④$241_1$, 395_6 ⑤$329_{10}$
坐す間 ②$141_9$
坐せず ⑤$371_8$
坐せらる ②$75_7$, 109_9, 207_7, 295_4 ③$161_5$, 339_6, 351_{11}, 439_8, $443_{3\cdot7}$ ④$31_3$, 61_6, 87_3, 373_7, 385_9, 391_2, 413_{14} ⑤$47_4$, 133_6, 229_{14}, 233_{14}, 239_{13}, 265_5, 345_{15}, 353_6, 387_1, 455_3
坐せられず ④$239_{10}$
坐席を給ふ ①$57_4$
坐席を設く ④$189_6$
坐禅 ①$27_1$

142

続日本紀索引

坐禅の跡　④415$_5$
坐て旦に達る　④317$_{12}$
坐ながら見る　⑤437$_3$
坐に従ふ　③441$_{12}$
坐に復る　①151$_3$
坐摩御巫　②327$_3$
坐を避る　①151$_3$
座　③263$_8$　④311$_{12}$
座主　④153$_8$
座に坐せ　③263$_{11}$
座に就く　②191$_7$　④369$_4$
座を下る　②211$_{15}$
才　①67$_{14}$, 137$_{15}$　⑤135$_{13}$
才幹　⑤45$_4$, 235$_{11}$
才伎　②251$_1$　④263$_{15}$
才伎(才藝)長上　①9$_6$　②59$_7$, 173$_{12}$
才行　②283$_{11}$
才藝　⑤333$_2$
才子　②341$_{10}$
才色有り　④205$_{11}$
才人　③25$_{13}$
才長上已上　③41$_{14}$
才に非ず　③237$_1$
才能の士　⑤215$_3$
才を量る　②121$_8$　⑤133$_{14}$
再駕を労す　②73$_{14}$
再生　⑤81$_{11}$
再征の労　③343$_{10}$
再拝　④365$_{15}$　⑤93$_4$
再拝両段　⑤219$_2$
犲狼の怪　④435$_2$
災　②235$_{16}$, 279$_{2・6}$　③281$_6$, 439$_6$　④19$_5$, 247$_{14}$, 397$_1$, 401$_8$, 409$_3$, 431$_{15}$, 435$_{15}$, 457$_{10}$　⑤125$_4$, 127$_4$, 243$_{12}$
災異　①71$_{12}$　②85$_{10}$, 89$_{14}$, 291$_3$, 365$_{12}$　③491$_1$　④405$_9$　⑤134$_2$, 245$_{13}$
災異を除く　②159$_7$, 163$_8$
災異を銷す　②179$_2$
災殃　②325$_{15}$
災害　②291$_{13}$, 313$_{13}$　③281$_8$　④431$_{10}$
災害除る　②161$_{16}$
災旱　②119$_{14}$
災気　②179$_5$, 325$_{13}$
災気を消ち除く　③81$_5$
災事　②313$_{11}$
災事十条　③351$_{11}$
災除る　②387$_{16}$
災祥　④397$_{14}$
災障　②389$_{10}$

災眚　②163$_4$
災は則ち能く除かれむ　④289$_{13}$
災変　②297$_3$　⑤151$_{10}$, 465$_4$
災を為す　⑤475$_{11}$
災を銷す　③157$_{12}$
災を致す　③321$_{12}$
災を被る　①105$_{16}$
災を免る　③281$_{14}$
災を蒙る　④261$_{12}$
妻子　②151$_4$, 123$_2$, 157$_{14}$, 307$_{14}$, 373$_1$　③365$_{12}$
妻子に徴る　②281$_4$
妻子を養ふ　②13$_{11}$
妻女　②101$_5$
妻す　③261$_{12}$
采女　①57$_1$, 161$_4$　②117$_4$, 171$_{11}$, 219$_3$, 405$_{7・15}$, 407$_5$　③155$_3$　④203$_{9-10}$, 237$_5$, 329$_{10}$, 407$_8$　⑤41$_{12-13}$, 175$_1$, 377$_6$, 385$_{3-4}$
采女王　④349$_{12}$
采女司　④73$_{12}$, 119$_{15}$
采女臣阿古女　⑤419$_{12}$
采女臣家足　④73$_{12}$
采女臣家麻呂　④73$_{12}$
采女正　③335$_2$
采女朝臣　④73$_{13}$
采女朝臣若　②349$_2$
采女朝臣首名　②349$_2$
采女朝臣浄庭　③221$_6$, 439$_5$　④39$_{10}$, 79$_{15}$
采女朝臣人　③29$_1$
采女朝臣宅守　⑤87$_5$, 389$_{13}$
采女朝臣枚夫(比良夫)　④75$_{15}$, 115$_{16}$, 149$_6$, 163$_1$, 165$_{13}$
采女の肩巾田　①87$_7$
采女の養物　②73$_7$　④119$_{15}$
采女部　④293$_9$
采女部宅刀自女　⑤19$_7$
采帛　⇨綵帛(采帛・彩帛)
采部　④73$_{12}$
宰相　②191$_7$　③311$_8$, 321$_8$
宰輔　③221$_{11}$, 249$_7$
宰輔の胤　⑤455$_1$
宰輔の任　③215$_2$
柴原　⇨栗原
柴原宿禰　⇨栗原宿禰
柴原勝　⇨栗原勝
柴草を採る者　①103$_{14}$
柴田郡(陸奥国)　②105$_1$
柴田郡の人　④233$_{11}$, 235$_4$
柴を積む　④275$_4$
彩色　①199$_1$

さ―さい（坐・座・才・再・犲・災・妻・采・宰・柴・彩）

143

続日本紀索引

さい（彩・採・済・猜・祭・細・菜・斎・最・裁・歃・催・債）

彩帛　⇨綵帛（采帛・彩帛）
彩綾　②$133_{11}$
採刈　⑤$135_{11}$
採択を事とす　③$359_2$
採訪　③$289_3$　④$133_{13}$　⑤$195_4, 339_{12}$
採り訪ふ　②$345_{13}$
採り治つ　②$231_{13}$
採り用ゐ得ぬ　②$411_{14}$
採り用ゐる　①$67_{13}$　②$367_{12}$　⑤$163_{16}, 385_8$
済し難り　④$117_6$
済すこと得たり　④$415_4$
済すに堪ふ　②$49_{15}$
済はるること得　⑤$485_3$
済ひ治む　②$95_{11}$
済ふ者　④$191_8$
済民の務　⑤$107_{14}$
済る攸を知ること罔きが若し　⑤$39_{12}$
猜疑　④$61_{11}$
猜防　②$27_{10}$
祭祀　⑤$13_2$
祭祀を絶えず　④$259_{11}$
祭日　⑤$203_9$
祭文　⑤$393_3$
祭酹を加ふ　①$155_9$
祭る　①$59_6, 89_{15}$　②$219_{14}, 239_1$　③$349_3$　④$337_{10}, 411_5, 453_6, 457_3$　⑤$33_5, 67_9$
祭るに用ゐる　⑤$507_{14}$
祭る日　①$55_8$
祭礼　⑤$31_7$
祭礼の供を闕く　⑤$117_6$
祭を致す　②$219_{13}$
細しき綾　②$133_{13}$
細旨を知らず　③$365_6$
細貲　②$301_{10}$
細川王　③$155_3$
細に勘ふ　④$173_3$
細に録す　②$441_7$
細布　①$209_{10}$　②$301_{10}$　⑤$15_1$
細布衣　④$277_{15}$
細務　②$121_{11}$
菜色　①$85_{11}$　②$11_6$　⑤$133_{16}$
斎　②$295_{10}$　③$35_{914}$　→設斎
斎王　③$31_{16}, 281_{15}$
斎会　⑤$501_{1 \cdot 9}$
斎会の儀　③$119_{15}$
斎戒　①$55_3$　②$293_{13}$
斎宮　②$237_8$　③$81_{14}$　④$353_{15}$　→伊勢斎宮
斎宮司　①$47_2$
斎宮長官　②$345_2$　③$37_2$　④$439_2$　⑤$51_1$
斎宮頭　①$53_2, 71_6, 91_8$　②$251_5$　③$331_6, 435_4$　④$461_{15}$　⑤$341_6, 489_{15}$
斎宮の宮人　①$91_{14}$
斎宮の大神司　③$129_{10}$
斎宮の南北二門　②$157_{11}$
斎宮寮　③$31_{14}$
斎宮寮官　③$31_{14}$
斎宮寮の官人　②$183_2$
斎宮寮の公文　②$47_4$
斎宮寮の主典已上　⑤$169_7$
斎宮寮の大神司　③$129_{10}$
斎供を設く　②$127_3$
斎事　②$167_3$
斎食　④$191_2, 395_8$
斎す　②$9_{3 \cdot 5}$
斎内親王　②$103_4$　③$387_{16}$
斎内親王（酒人内親王）　④$439_{1 \cdot 12}$
斎内親王（朝原内親王）　⑤$347_6$
斎の期　⑤$345_9$
斎ひ居り　⑤$345_9$
斎を設く　③$359_{15}, 381_{6-7}$　→設斎
最勝王経　②$161_{12}, 283_{14}, 339_{11}, 391_7$　③$9_{10}$　④$173_{10}, 241_{10}, 263_4$　→金光明最勝王経
最勝王経を坐せ　③$67_9$
最勝王経を転せしむ　②$327_5$
最勝王経を読ましむ　②$325_9$
最上郡（陸奥国・出羽国）　①$189_1$　②$19_{15}, 317_5$
最も貴しとす　④$417_4$
最も上れたる　②$181_4$
最を与ふ　②$11_2$
裁ち成す　④$285_2$
裁を請ふ　②$135_8$　③$289_{13}$
裁を聴く　④$35_9$
歃大伴連　④$235_2$
歃負御井（大和国）　④$375_1$
歃負宿禰嶋麻呂　④$41_{11}$
催勧　②$227_1$　③$221_8$
催検　①$165_4$　⑤$477_3$
催し課す　②$327_{10}$
催し検っ　⑤$349_6$
催し発つ　②$393_6$
催すことを忘る　⑤$103_{11}$
催す所　④$163_4$
催造宮長官　②$255_{15}$
催造司　②$149_3$
催造司監　②$239_2$
催鋳銭司　①$131_7$
催領せず　⑤$427_9$
債負　③$117_1, 425_8$

続日本紀索引

塞　⑤$209_{15}$
塞を去る　⑤$323_{14}$
塞を保つ　④$449_7$
歳月　③$303_{14}$　⑤$155_{13}$
歳月を延ぶ　③$289_9$
歳月を経　②$69_7$, 231_{15}　③$39_6$　⑤$249_4$
歳月を経ず　②$281_8$
歳ごとに弊ゆ　②$445_6$
歳穀　④$75_9$
歳次　④$205_{16}$, 443_3　⑤$393_{3\cdot11}$, 429_6
歳事と為す　②$161_{10}$
歳時積り往くまにまに　④$333_8$
歳序を経　③$211_2$　⑤$155_6$
歳申に在る年は常に事故有り　②$89_{10}$
歳稔　⑤$125_{10}$
歳星　②$123_{12}$, 163_{11}
歳中　④$131_{15}$
歳百(歳)以上　④$215_{13}$
歳役　①$99_{16}$
歳を積む　②$71_8$　⑤$131_{11}$
載せ佇る　①$235_{10}$
載ち惶り載ち懼ぢ　②$389_7$
載を欣ぶ　⑤$221_{15}$
絲帛(采帛・彩帛)　②$149_{16}$, 193_{16}, 195_4　③$307_4$
　④$443_{12}$　⑤$39_1$, 323_8, 415_{10}　→帛
蔡叔　③$223_5$
賽す　①$61_4$　④$57_1$　⑤$239_3$
賽ふ　⑤$353_8$
賽ゆ　⑤$77_8$
在外の国司　⑤$115_{15}$, 193_{15}
在京　②$71_5$, 149_7
在京の見禁囚徒　②$165_5$
在京の諸司　⑤$395_{10}$
在京の僧尼　②$121_{16}$
在京の俸禄　④$455_{13}$, 457_3　⑤$115_1$
在後　②$383_5$
在国　⑤$427_{10}$
在国の司　⑤$427_9$
在所　③$379_1$
在前　②$381_{14}$, 383_4, 415_5
在唐　②$277_6$
在唐大使　③$347_9$, 423_9　④$3_5$, 275_{11}, 423_4
在唐の学生　④$275_{11}$
在らぬ由　⑤$107_{11}$
在りや不や　⑤$105_1$
在るべき状の任　③$315_{16}$
在るべき物に有れ　②$225_9$
材　②$47_{10}$
材識　①$181_9$

材を得　③$385_3$
材を量る　⑤$193_8$
財　①$147_6$　⑤$235_7$, 479_6
財貨　⑤$285_4$
財田直常人　④$227_4$
財殿　⑤$507_1$
財に准ふ　②$35_5$
財に臨みては恥を忘る　③$385_6$
財部字代　④$291_6$
財部里土　④$245_7$
財物　②$139_{9\cdot13}$, 159_{16}, 257_6　③$163_7$, 287_3
財を受けて法を枉ぐ　②$323_2$　④$119_5$
財を殫す　①$157_6$
財を通す　①$173_5$
財を理む　②$235_7$
罪　①$99_{11}$, 137_{12}, 179_{15}　②$73_6$, 119_{16}, 205_{10},
　　211_9, 373_1, 377_5, 387_5　③$151_{11}$, 289_8, 291_4　④
　　89_{16}, 239_8　⑤$67_6$, 133_7, $161_{12\cdot14}$, 225_{14}, 457_3
罪辜に伏す　③$223_5$
罪一等減す　①$175_4$
罪一等(を)降す　①$187_3$, 215_{12}
罪科　⑤$161_{15}$
罪科す　①$227_{15}$
罪過　⑤$437_1$
罪軽し　④$293_2$
罪軽重と無(无)く　①$89_9$, 123_8, 129_2, 215_9　②
　　311, 51_4, 77_7, 297_4　③$9_2$, 23_9, 39_8, 181_{15}, 275_{16},
　　367_5　④$49_{13}$, 59_2, 119_4, 175_{12}, 235_{15}, 287_4, 399_1,
　　405_{13}, 417_7, 445_{11}　⑤$67_3$, 103_3, 125_{12}, 169_5,
　　175_{10}, 205_4, 217_5, 245_6, 465_6
罪愆を犯す　②$447_1$
罪五等減す　①$175_3$
罪辜に堕す　④$243_1$
罪在るべし　④$373_{10}$
罪死に至る　②$337_8$
罪死に入る者　②$291_8$
罪疾　③$65_1$
罪状　③$379_8$
罪辱を被る　①$141_7$
罪人　①$49_{14}$　②$115_7$, 155_6, 397_{11}　③$73_{11}$, 289_{14}
　　④$73_{14}$
罪人等　①$51_5$
罪人に准ふ　②$207_1$
罪せる家　②$211_{12}$
罪雪む　④$349_6$
罪同じくす　①$157_1$
罪(な)ひ廃せらるる者　④$309_9$
罪(な)ふ　①$123_{11}$, 129_5, 169_{14}, 175_3　②$37_8$,
　　195_{11}, 349_{11}, 389_2　④$91_3$　⑤$67_6$, 267_6, 371_8

さい(塞・歳・載・絲・蔡・賽・在・材・財・罪)

145

続日本紀索引

さい—さつ（罪・作・削・柵・朔・窄・索・策・錯・鑿・殺）

罪（な）ふこと勿れ　②$349_{13}$
罪に科す　⑤$329_{12}$, 481_3
罪に陥る　②$17_2$
罪に泣く　④$119_2$, 287_2
罪に順ひて行ふ　⑤$13_{12}$
罪に入る　②$281_{14}$ ⑤$229_7$
罪に入れる者　②$399_1$
罪に伏す　③$217_{2・8}$
罪に罹る　③$15_{13}$
罪に罹れる徒　③$131_4$
罪の疑はしきは軽きに就く　④$15_{11}$
罪の軽重　④$367_1$
罪は免し賜ふ　③$201_{15}$
罪罰に合ふ　⑤$267_4$
罪福　②$27_8$ ⑤$127_8$
罪福の因果　②$123_1$
罪法に軽し　①$175_1$
罪無き民　④$229_9$
罪無く有り　②$225_1$
罪無し　②$205_{15}$
罪免し給ふ　③$219_6$
罪網に陥る　①$89_8$
罪有り　③$55_{10}$, 291_3, 441_{10}
罪有る者　①$19_{13}$
罪有るひと　④$175_{12}$
罪有るべし　④$365_{16}$
罪有るを顧る　⑤$245_4$
罪有るを聞る　③$311_1$
罪を以て罪ふ　②$349_{10}$
罪を科す　①$137_{12}$, 157_1 ②$29_{13}$, 235_4, 275_3,
　　　　285_1, 427_1, 447_6 ③$127_9$, 147_{16} ④$167_1$ ⑤$479_{14}$
罪を寛す　③$213_5$
罪を原さる　④$451_{15}$
罪を原す　④$395_6$
罪を己も他も同じく致す　④$261_{12}$
罪を救さる　②$113_{16}$
罪を救す日　①$51_4$
罪を贖ふ　②$75_{11・14}$
罪を請ふ　③$379_9$
罪を断す　④$165_{12}$
罪を知る　①$137_{11}$
罪を定む　③$287_2$
罪を討つ　⑤$135_8$
罪を犯す者　②$191_{13}$, 253_8
罪を犯せる者　⑤$163_2$
罪を犯せる徒　③$131_5$
罪を免さる　⑤$47_5$
罪を免す　①$55_{12}$, 137_{12}, 175_5 ②$75_{15}$ ④$337_6$
罪を問はしむ　③$123_{13}$

罪を問ふ　④$17_{13}$
罪を宥さる　⑤$265_6$, 345_{15}
罪を宥す　④$239_8$ ⑤$45_9$, 199_2, 279_6
罪を与ふべからず　①$103_9$
罪を論はず　⑤$109_2$
作山陵司　④$295_{14}$
作す　①$147_5$ ②$283_{16}$ ③$119_{14}$ ⑤$37_{16}$
作すは労し　①$131_4$
作成　①$127_{10}$
作殯宮司　①$63_{11}$
作物　③$183_{13}$
作方相司　⑤$219_{12}$
作らしむ　②$437_2$
作り備ふ　②$399_{12}$
作り了る　④$181_{16}$
作る　①$99_{11・15}$, 101_3, 109_{10} ②$79_7$, 221_4, 239_{12},
　　　　319_{12} ④$225_9$, 461_5
作れる状　③$491_4$
作路司　④$295_{15}$ ⑤$219_{13}$, 451_8, 463_{15}
削刻　④$275_3$
削り除く　⑤$509_{15}$
柵　②$315_{12}$
柵戸　①$217_{10}$ ②$25_1$, 123_{15} ③$217_{12}$, 293_{13},
　　　　327_{12}, 331_2, $365_{10・12}$, 369_{10}, 439_8 ④$125_3$, 229_5
柵を建つ　①$61_5$
朔旦の冬至　⑤$305_{16}$
窄く狭し　②$131_{13}$
索め獲る　④$89_7$
索め捕ふ　①$95_{16}$
策　③$279_4$ ⑤$161_6$, 435_{15}
策す　③$275_{14}$, 279_{13}
策を設く　②$117_9$
策を定む　③$261_{11}$ ④$295_4$, 331_{11}
錯誤　①$191_8$, 197_5 ④$37_{14}$
錯失すること無し　①$213_3$ ③$433_5$
錯謬　①$85_{10}$ ④$119_{14}$
鑿つこと無く　②$105_5$
殺　⑤$205_5$
殺害（殺し害ふ）　②$187_{14}$, 239_{13}
殺獲　②$97_7$, 367_{15}
殺さしむ　④$21_{10}$
殺さむと謀る　③$199_6$
殺さる　②$357_7$, 371_8
殺し劫す　③$203_9$
殺し賜へ　④$87_{11}$
殺し傷る　②$29_{14}$
殺し略く　⑤$433_8$
殺傷する所　④$437_{12}$
殺す　②$67_9$, 79_{10}, 149_{10}, 369_{11} ③$15_{11}$, 81_8, 369_9,

146

続日本紀索引

379[4], 439[8] ④127[3], 279[14] ⑤133[6], 139[9], 141[2], 257[4], 347[3], 359[6], 507[14]
殺すこと莫からしむ ③201[4]
殺す罰 ⑤305[14]
殺生すること得ざれ ②391[9]
殺生せず ③321[12]
殺生を禁断す ②325[9], 417[2] ③61[4], 95[11], 117[5], 155[11], 165[7], 257[8]
殺生を禁む ②101[10]
殺父母 ⇨父母を殺す
殺戮妄に加ふ ④299[12]
察しむ ③49[14]
察す ⑤131[16]
察ぬ過 ①137[10]
察らず ④75[2]
察る ②11[1], 447[16] ③323[6]
撮取り ②313[14]
薩弘恪 ①29[5]
薩飡(新羅官位) ①31[9], 33[10], 65[11], 69[7], 93[15] ②107[4], 167[16], 169[10], 417[13] ⑤113[4], 121[7・11], 123[9]
薩仲業(新羅) ⑤123[10]
薩摩公宇志 ④5[8]
薩摩公久奈都 ④271[11]
薩摩公豊継 ⑤7[8]
薩摩公鷹白 ④5[8], 271[10]
薩摩国 ①59[3], 61[5], 161[5] ②15[12], 107[2] ③19[6], 143[9], 395[13] ④59[6], 125[3], 463[8] ⑤77[14], 79[1]
薩摩国国師の僧 ①151[5]
薩摩国司 ①151[14] ②113[13], 257[12]
薩摩国の医師 ④361[2]
薩摩国の官人 ②409[7]
薩摩国の軍 ②373[15]
薩摩国の司 ③361[16]
薩摩国の隼人 ②29[4], 133[4], 293[3・7] ③91[9] ④5[7]
薩摩国の土卒 ②131[9]
薩摩国の博士 ④361[2]
薩摩国の百姓 ②231[8]
薩摩守 ③347[4] ④9[4], 73[7]
薩摩の隼人 ①59[11], 61[2], 157[3] ②113[11], 213[16] ④271[9] ⑤7[6], 259[7]
薩末久売 ①29[1]
薩末波豆 ①29[1]
薩末比売 ①29[1]
薩妙観 ②129[8], 151[6] →河上忌寸妙観
雑伎 ②33[6] ④93[16]
雑燻 ②49[7]
雑戸 ①71[1], 205[10] ②19[10], 437[15] ③117[4]
雑戸の号 ②75[6]
雑戸の号を除く ②63[16], 65[1]

雑戸の色 ②113[9]
雑戸の人 ②437[15]
雑戸の籍 ②81[13]
雑戸の名 ①47[6]
雑工 ②113[8], 405[15] ③185[1] ④281[1]
雑工已上 ⑤441[7]
雑工舎人 ①183[13]
雑工の将領 ③383[5]
雑穀 ②7[1], 117[15] ④179[13]
雑彩を着る ⑤247[9]
雑菜 ③167[16]
雑使に供ふ ②63[1]
雑事 ②121[14], 235[4] ③299[16]
雑色 ②33[9・12], 275[11]
雑色已上 ④19[9]
雑色人 ①101[4]
雑色の袷衣 ③427[10]
雑色の匠手 ②199[5] ⑤235[10]
雑色の人 ②173[12] ③111[15] ④411[10] ⑤313[5], 501[1・10]
雑色の長上 ⑤243[13]
雑色の輩 ⑤273[7]
雑食を断たしむ ②417[2]
雑太郡(佐渡国) ②93[10]
雑畜を放つ ②161[8]
雑沓繽紛 ④283[16]
雑稲 ②55[12]
雑に使ふ ①79[12]
雑任已上の者 ④85[11]
雑任以上 ②133[11]
雑の官物 ④165[10]
雑の儲物 ①49[7]
雑の宍 ④47[5]
雑の楽 ②439[15]
雑犯 ③393[8] ④235[15]
雑物 ②71[2] ④43[15], 187[6] ④21[13], 23[13] ⑤367[3], 431[13]
雑物一事已上 ③151[16]
雑務 ⑤197[15]
雑務公文 ①203[11]
雑木 ②43[12]
雑薬 ③351[5]
雑徭 ①51[2], 153[7] ②39[5], 45[4], 177[14], 207[13] ③225[16], 309[10] ④341[12] ⑤107[14]
雑徭の半 ②279[11] ③403[14]
雑楽生 ②247[5]
雑乱 ⑤151[13]
雑類の衆生を放すべし ③151[5]
雑類の衆生を放つべし ④417[3]

さつ（殺・察・撮・薩・雑）

147

続日本紀索引

雑類の中　④417$_4$
三位　①95$_5$　②103$_5$, 217$_{16}$, 225$_{11-12}$, 251$_{16}$, 425$_{13}$
　　　③29$_7$　④177$_8$
三位已下　①77$_7$
三位已上　②93$_1$, 249$_{11}$　④441$_{13}$
三位已上の妻子　②71$_{15}$
三位已上の陸田　②229$_6$
三位以上　①97$_{14}$　②283$_6$
三椅　①221$_2$
三影王　③111$_8$
三衛の衛士　④131$_3$
三衛府の火頭　⑤137$_3$
三河国　⇨参河国
三河守　⇨参河守
三界　②185$_{14}$
三開王　⇨三開王
三階を進む　③343$_{11}$
三学　③357$_{12}$
三関　②105$_{13}$, 205$_3$　③159$_9$　④21$_{14}$, 31$_{10}$, 93$_4$,
　　　295$_8$　⑤135$_{12}$, 219$_{13}$, 225$_9$
三開王　④39$_{12}$, 339$_{12}$, 419$_8$　⑤57$_{10}$
三関の国司　②45$_{13}$
三関の国守　①137$_{2-3}$
三関の諸国　④37$_{12}$
三関の人　②191$_{15}$
三関の人を取り　①187$_{15}$
三関の兵司　②219$_8$
三韓の新来　⑤481$_9$
三橋　⑤93$_{12}$
三空に達し　②63$_8$
三空の玄宗に体す　③271$_5$
三形王　③77$_6$
三経　③237$_3$
三月以上経る者　①225$_{12}$
三賢　③357$_7$
三元　⑤125$_{10}$
三原(御原)王　②21$_{11}$, 33$_{16}$, 209$_5$, 335$_2$, 367$_5$　③
　　　23$_{15}$, 27$_2$, 39$_{13}$, 53$_5$, 57$_5$, 91$_3$, 93$_{15}$, 125$_4$
三原王の子　④87$_{13}$
三原王の男　④345$_{10}$
三五(三皇五帝)を軼ぎ　③273$_{14}$
三五の術　②99$_5$
三公の下に在り　③375$_3$
三公を著す　①233$_8$
三考　⑤197$_{11}$
三更　③35$_{11}$
三綱　②276$_{6\cdot16}$　④13$_3$　⑤127$_8$
三合に会す　②281$_5$
三合の歳は水旱疾疫の災有り　②281$_5$

三国志　④265$_5$
三国真人　③71$_6$
三国真人広見　⑤185$_8$, 189$_9$, 241$_{14}$, 291$_9$, 353$_6$
三国真人広庭　②275$_7$, 299$_{10}$　③31$_4$
三国真人人足　①93$_1$, 225$_8$　②65$_{12}$
三国真人千国　③111$_2$
三国真人大浦　②209$_{12}$
三国真人百足　③189$_9$
三国川(摂津国)　⑤315$_{12}$
三国湊(越前国)　⑤73$_1$
三国の関　⑤437$_{16}$
三財部毗登方麻呂　④141$_{16}$
三山　①131$_{12}$
三史　③237$_3$
三史の正本　④265$_3$
三四国を惣ぶ　②201$_5$　④121$_{10}$　⑤97$_{10}$
三使(御使)王　③31$_{12}$　⑤77$_6$, 319$_7$, 333$_{16}$, 351$_9$
三使王の女　④349$_{13}$
三使王の男　④349$_{13}$
三使朝臣浄足　⇨御使朝臣浄足
三使連浄足　③109$_3$
三使連人麻呂　⇨御使連人麻呂
三始朝臣努可女　④69$_7$
三七(日)　③119$_2$, 161$_{11}$　④301$_{10}$
三室王　③111$_8$
三室(御室)王　②423$_9$　③77$_5$
三狩王　③111$_{12}$　→海上真人三狩
三種の楽　③369$_4$
三周　②111$_4$
三重塔　②393$_{10}$
三重の小塔一百万基　④281$_{11}$
三春　④445$_7$
三旬に満たず　④181$_{16}$
三昭　⑤495$_{14}$
三上王　③111$_{11}$
三乗　③357$_8$
三色　②261$_{13}$
三色の師位　③357$_{12}$
三色簿讃　③237$_4$
三真王　④349$_{13}$
三世一身　②425$_{11}$　④77$_4$
三世に伝ふ　④131$_{15}$　⑤241$_{3\cdot7}$, 243$_1$
三世の王已下　③325$_5$
三声　⑤175$_{16}$
三姓と為る　⑤471$_5$
三千石已上　②117$_{15}$
三川(三河)王　⇨参河王
三匝　③35$_{10}$
三蔵の教へ　②47$_{11}$

続日本紀索引

三たび定めて　①$131_{11}$
三代　④$455_{14}$
三宅王　④$349_{13}$
三宅忌寸大目　①$107_9$
三宅寺(河内国)　③$157_3$
三宅臣藤麻呂　①$211_4$
三宅連笠雄麻呂　⑤$303_{15}$
三端以下の者　②$121_7$, 259_{11}
三檀の福田　②$239_3$
三長真人　④$345_{12}$
三長真人藤野　④$387_6$
三田塩籠　②$367_{15}$, 369_{11}
三田兄人　②$377_{10}$
三田首五瀬　①$474_{4\cdot5\cdot9\cdot11}$
三田毗登家麻呂　④$285_{16}$
三冬　③$311_{11}$
三等　①$213_7$　②$219_8$, 261_{13}　③$103_3$　④$101_1$　⑤$211_{10}$
三等已上の親　①$9_{10}$, 67_{15}, 77_{10}　②$137_{10}$
三等以上の親　②$11_{14}$, 95_{12}
三嶋(伊豆国)　②$387_{11}$, 411_5　⑤$227_{10}$
三嶋王　②$127_{10}$
三嶋王の女　④$345_{13}$
三嶋王の男　④$349_{13}$
三嶋県主広調　④$231_{12}$
三嶋県主宗麻呂　②$293_5$　→三嶋宿禰宗麻呂
三嶋宿禰　④$231_{13}$, 293_5
三嶋宿禰広宅　⑤$261_5$, 361_2
三嶋宿禰宗麻呂〔三嶋県主宗麻呂〕　④$273_6$ ⑤$11_7$
三嶋女王　④$213_1$　⑤$315_{2\cdot10}$
三嶋真人　③$111_{11}$
三嶋真人安曇〔安曇王〕　④$379_2$　⑤$61_8$
三嶋真人大湯坐〔大湯坐王〕　⑤$59_2$, 71_{10}, 189_2, 283_6, 295_{12}, 343_3, 411_2
三嶋真人嶋麻呂　④$151_3$, 163_{10}　⑤$115_{10}$, 233_5
三嶋真人名継　⑤$259_4$, 311_5, 317_{12}, 319_2, 365_7, 453_{12}, 469_5
三嶋真人廬原〔廬原王〕　③$319_{15}$, 327_7
三嶋部　④$345_3$
三嶋路(摂津国)　②$439_8$
三年の間　①$175_9$
三年を限りて　②$175_2$
三農の利益　④$229_{11}$
三比の籍　⑤$509_{14\cdot16}$
三尾埼(近江国)　④$29_{11}$
三尾神(近江国)　⑤$303_1$
三品　①$43_{11}$, 45_{12}, 63_{12}, 65_{14}, 77_5, 85_{15}, 87_{14}, 95_5, 107_4, 115_8, 129_{11}, 139_8, 207_3, 221_{11}, 223_4　②$145_4$, 197_{14}, 311_6, 327_7, 391_{10}, 425_{13}　③$319_7$, $327_{5\cdot14}$, 341_{14}, $355_{1\cdot3}$, 375_5, 379_6, 391_{10}, 399_6, 437_2　④$149_9$, 323_{13}, 383_1, 407_{10}, 413_6, 443_{14}　⑤$5_5$, 69_6, 163_7, 171_{14}, 183_9, 213_7, 215_{11}
三品に准ふ　③$31_2$
三腹　④$381_{10}$
三方王　④$363_9$, 387_8, 419_8, 429_5　⑤$231_{10}$, 85_{15}, 229_{10}, 233_{13}, 235_1
三方王の妻　⑤$235_1$
三方(御方)王　③$319_7$, 327_5
三方宿禰広名　⇨御方宿禰広名
三宝　②$95_2$, 199_{11}　③$23_5$, 65_{15}, 67_{14}, 181_4, 325_2, 359_{12}　④$103_8$, 119_1, 173_{12}
三宝の威霊　②$431_{10}$
三宝の御法を隆えしむ　④$259_{10}$
三宝の奴と仕へ奉る天皇　③$65_9$
三宝より離れて触れぬ物そ　④$103_{14}$
三穆　⑤$495_{14}$
三野郡(讃岐国)　④$337_8$
三野郡の人　④$337_8$
三野城　①$21_9$
三野臣広主　⑤$343_6$
三野臣浄日女　⑤$377_6$
三野真人三嶋　②$53_4$
三野真人馬甘(馬養)　④$41_1$　⑤$377_{10}$
三陽既に建つ　③$245_{11}$
三立王　④$151_{10}$
三流　⑤$163_3$
三笠王　③$111_9$
三笠連　②$151_7$
三笠連秋虫　⑤$175_4$
三林公　⑤$141_9$
三列　②$227_2$
三論　④$447_{13}$
山　④$325_8$
山陰道　②$33_3$　③$313_2$
山陰道検税使　⑤$51_3$
山陰道使(問民苦使)　③$247_3$
山陰道(巡察)　①$65_8$
山陰道巡察使　②$443_{12}$　③$149_{16}$, 339_1　④$133_{12}$
山陰道節度使　②$261_1$
山陰道節度使判官　②$263_1$
山陰道鎮撫使　②$251_{11}$
山陰道の軍　②$365_{16}$
山陰道の国　②$261_3$
山陰道の諸国　②$279_{10}$, 341_2　③$329_9$, 391_4
山陰道(覆使)　④$389_7$
山於億良　①$35_7$　→山上臣憶良
山下寺(河内国)　③$157_3$

さん (三・山)

続日本紀索引

さん（山）

山河　②189$_3$, 359$_1$
山河の清　②49$_6$
山科(山背国)　②399$_9$
山科(山)陵(山背国)　①19$_{14}$, 21$_2$　③119$_7$, 141$_8$, 155$_{12}$　⑤349$_{16}$
山海　⑤323$_{14}$
山海二道　⑤7$_4$
山海の両路(東海道・東山道)　④197$_{14}$
山海両の賊　⑤45$_{12}$
山階王　④349$_{12}$
山階(山科)寺　②339$_7$　③57$_9$, 171$_9$, 231$_{2\cdot9}$, 381$_9$, 439$_2$　④153$_{11}$, 305$_{13}$　→興福寺
山階寺の施薬院　③239$_2$
山階寺の僧　④225$_7$
山岳　②429$_{12}$
山埼院(河内国)　④415$_8$
山埼橋(山背国)　⑤301$_5$
山郷(上野国)　①165$_2$
山行かば(歌謡)　③73$_2$
山形女王　②145$_6$　③15$_1$
山口伊美伎大麻呂　①29$_8$
山口王　④345$_{11}$　⑤211$_2$, 293$_7$, 311$_2$, 399$_2$
山口忌寸　⑤333$_{12}$
山口忌寸家足　⑤245$_{11}$
山口忌寸兄人　①211$_8$
山口忌寸沙弥麻呂(佐美麻呂)　③277$_{16}$, 389$_{11}$　④269$_2$, 277$_{10}$, 379$_1$, 393$_{10}$
山口忌寸人麻呂　③117$_9$
山口忌寸田主　②85$_5$, 87$_5$, 233$_6$
山口宿禰　⑤333$_{12}$
山口宿禰家足　⑤361$_3$
山口臣犬養　④181$_9$
山口朝臣　④181$_9$
山岡　③149$_{12}$
山谷険難　②45$_{12}$
山谷阻遠　①155$_6$
山谷の巣穴　⑤439$_6$, 441$_1$
山作司　③57$_6$, 159$_{15}$, 355$_5$　⑤219$_2$, 451$_6$, 463$_{13}$
山宿禰子虫　⑤261$_5$
山上王　⑤87$_7$, 109$_3$, 385$_{16}$
山上臣憶良〔山於憶良〕　①207$_{10}$　②111$_2$, 85$_4$
山上臣船主　④203$_{11}$　→山上朝臣船主
山上朝臣　④177$_1$, 203$_{11}$
山上朝臣船主〔山上臣船主〕　④175$_{16}$, 249$_5$, 379$_6$　⑤31$_3$, 71$_3$, 137$_{11}$, 183$_{16}$, 229$_{10}$, 233$_{13}$, 235$_1$
山(姓)　⑤325$_{16}$
山精社(陸奥国)　⑤483$_3$
山川　①203$_{10}$　②193$_8$, 219$_{14}$, 321$_{11}$
山川原野　①199$_2$

山川藪沢の利　⑤311$_{11}$
山川造魚足　④169$_{10}$
山川の浄き所　④333$_9$
山川連　④169$_{10}$
山前王　①91$_{16}$　②137$_{13}$
山前王の女　⑤153$_5$
山前王の男　③379$_6$
山藪　⑤195$_{11}$
山賊　⑤129$_9$
山村王^1　②74$_{14}$, 187$_{13}$, 315$_2$, 439$_9$　⑤59$_1$, 217$_1$, 357$_7$, 43$_{6\cdot10}$, 67$_4$, 73$_{11}$, 111$_{13}$, 185$_{10\cdot13\cdot14}$
山村王^2　⑤279$_{16}$
山村王^{2}の孫　⑤279$_{15}$
山村王^{2}の名無し　⑤281$_4$
山村忌寸　⑤43$_{13}$
山村許智人足　④191$_{6\cdot9}$, 321$_9$
山村許智大足　⑤43$_{13}$
山村臣伎波都〔華達〕　③369$_8$
山代忌寸　③59$_4$
山代忌寸越足　④419$_{12}$
山代女王　③107$_6$
山代小田　①15$_5$
山代直大山　③59$_4$
山沢に亡命す　①123$_{10}$, 129$_4$　②37$_8$
山沢を占む　①103$_{13}$
山田御井(山田三井)宿禰　③153$_6$, 219$_9$
山田御井(山田三井)宿禰広人〔山田史広人〕　④41$_2$, 51$_5$
山田御井(山田三井)宿禰比売嶋〔山田史比売嶋女〕　③219$_8$
山田御井宿禰公足　④69$_9$　→山田連公足 → 山田宿禰公足
山田郡(尾張国)　③79$_4$
山田郡の人　③79$_4$　④227$_3$
山田史　③219$_{12}$
山田史御方(三方)　①113$_8$, 159$_{14}$, 163$_2$　②65$_{14}$, 85$_3$, 87$_3$, 113$_{15}$, 115$_1$
山田史銀(白金)　③257$_{14}$, 337$_7$　→山田連銀
山田史君足　③117$_{10}$, 153$_9$　→広野連君足 → 長野連君足
山田史広人　③153$_6$　→山田御井宿禰広人
山田史広名　③337$_8$
山田史比売嶋女(日女嶋)　③87$_{15}$, 153$_6$　→山田御井宿禰比売嶋
山田寺(大和国)　①17$_{13}$, 67$_7$
山田宿禰　④323$_3$
山田宿禰公足〔山田御井宿禰公足・山田連公足〕　④323$_3$
山田造　③337$_9$

150

続日本紀索引

山田造吉継　④$181_{10}$
山田連　③$337_8$　④$181_{10}$
山田連銀〔山田史銀〕　③$389_6$, 431_2
山田連古麻呂　③$325_8$, 371_3, 405_7
山田連公足〔山田御井宿禰公足〕　④$323_3$
　→山田宿禰公足
山稲主　④$313_6$, 317_{16}
山道　②$315_{4\cdot6}$　④$29_{10}$
山道(東山道)に属る　④$353_4$
山道の賊　⑤$7_4$
山に就く　②$105_5$
山に梯す　④$219_5$, 371_7
山に登る　②$155_9$
山に入る　②$49_6$
山の火　①$71_{15}$
山の原　②$239_8$
山の災　①$105_{10}$, 107_2
山背王　②$379_8$　③$335$, 159_{15}, 171_5, 187_{12}, $195_{1\cdot15}$, 211_{11}, $441_{12\cdot14}$　→藤原朝臣弟貞
山背介　③$327_6$, 405_{11}, 439_{10}　④$53_{12}$, 115_9　⑤$47_2$, 191_4, 319_2, 423_{10}
山背忌寸　③$167_8$
山背忌寸諸上　④$111_7$
山背忌寸品遅　①$107_9$
山背郷(越前国)　③$407_8$
山背甲作客小友　②$19_{10}$
山背甲作の四字を除く　②$19_{10}$
山背(山代)国　①$9_{14}$, 25_{15}, 35_5, 39_6, 57_{13}, 97_{10}, 131_{16}, 143_9, 149_{13}, 163_{13}, 169_{15}, 201_5　②$159_2$, 229_5, 381_{14}, 383_4, $399_{2\cdot5}$　③$7_8$, 387_{15}, 393_7, 433_{16}, 439_{10}　④$191_1$, 73_1, 85_5, 89_8, 155_1, 325_8, 397_5, 435_2, 451_4, 455_3　⑤$171_2$, 23_2, 143_4, 297_{13}, 313_1, 329_1, 385_4, 499_6, 501_{15}
山背国管内　④$421_7$
山背国言さく　②$427_3$　④$387_{14}$, 421_7　⑤$237_1$
山背国司介　③$397_5$
山背国造　①$107_9$
山背国の国分寺　③$35_3$　④$405_7$
山背国の国分二寺　④$405_7$
山背国の諸寺の浮図　⑤$499_6$
山背国の乗田　④$185_7$
山背国の人　④$133_3$
山背国の正税　⑤$301_3$
山背国の摂官　②$59_{10}$
山背国の調　①$187_5$
山背国の田　④$247_{13}$
山背国の没官田　④$185_7$
山背国の陸田　②$229_4$
山背国班田次官　⑤$375_{12}$

山背国班田長官　⑤$375_{11}$
山背国部の諸寺　⑤$499_6$
山背権介　④$441_{11}$
山背守　①$71_{10}$, 135_1, 157_8　③$91_8$, 103_{15}, 405_{10}　④$7_6$, 29_2, 55_4, 223_8, 237_2, 305_9, 323_{15}, 351_6, 459_7　⑤$91_0$, 191_4, 319_1, 321_8, 337_{13}, 365_7, 445_9, 457_5
山部王　④$39_{12}$, 303_1　→山部親王
山部親王〔山背王〕　④$143_2$, 301_{13}, 323_{12}, 337_{13}　⑤$53_{12}$, 57_5, $65_{12\cdot15}$, 67_{7-8}, 77_7, $177_{10-11\cdot15}$, $179_{5-6\cdot16}$
山部親王を立つ　④$399_{14}$
山部(姓)　⑤$325_{16}$
山辺王　④$143_2$, 427_5　⑤$23_{10}$, 99_7, 123_{13}, 139_2, 213_{13}
山辺郡(大和国)　②$375_{12}$
山辺県主男笠(小笠)　③$267_{12}$, 313_{11}, 371_{12}
山辺真人　④$349_{15}$
山辺真人何鹿〔何鹿王〕　⑤$19_{13}$
山辺真人猪名〔為奈王〕　⑤$19_{13}$
山辺真人笠〔笠王〕　④$363_{13}$, 425_6, 445_2　→笠王
山崩る　①$229_5$　②$183_8$, 277_{13}, 441_{10}　③$391_3$　⑤$101_{12}$
山房　②$203_4$　④$385_{14}$
山本駅(山背国)　①$163_{14}$
山名郡(遠江国)　②$109_{14}$
山門郡(筑後国)　①$115_1$
山野　②$317_6$, 319_2　③$511_4$　⑤$195_{13}$
山野に捨つ　③$153_{11}$
山野に放つ　②$259_{12}$
山野を占む　①$175_{15}$　⑤$501_{14}$
山陽道　①$65_8$, 91_4　②$33_3$　③$313_2$, 391_4　④$199_5$
山陽道検税使　⑤$51_3$
山陽道使(問民苦使)　③$247_4$
山陽道巡察使　②$443_{13}$　③$151_1$, 339_2　④$133_{12}$, 199_5
山陽道節度使　③$437_1$
山陽道鎮撫使　②$251_{11}$　③$25_8$
山陽道の軍　②$365_{16}$
山陽道の諸国　②$211_{15}$, 341_2, 345_7　③$167_{11}$, 329_{10}, 435_{16}　④$19_9$
山陽道(覆損使)　④$389_7$
山陽の駅路　④$123_9$
山梨郡(甲斐国)　⑤$437_7$
山梨郡の人　⑤$437_7$
山陵　②$239_1$, 255_1, 407_1　③$155_{13}$, 163_5　④$215_{16}$, 377_4
山陵と為す　④$297_{10}$

さん(山)

さん（山・刪・芟・参・剗・竿・蚕・産）

山陵と称す ③$369_7$ ④$361_1$ ⑤$65_{13}$
山陵の地 ⑤$247_{15}$
山陵未だ乾かず ⑤$227_2$
山陵を守らむことを乞ふ ④$57_{12}$
山陵を動す ②$277_{16}$
山林 ②$211_7$ ⑤$311_{13}$
山林寺院 ④$321_{12}$
山林樹下 ④$321_{14}$
山林に隠る ③$277_3$
山を繋ぐ ③$297_{10}$
山を伐つ ②$441_3$
山を伐る ③$5_6$
刪定 ⑤$495_2$
刪り定む ③$243_7$
芟り除く ③$241_{16}$
参河員外介 ④$207_{11}$
参河掾 ④$115_{10}$, 177_7
参河介 ④$51_6$, 177_6 ⑤$139_6$, 179_{14}, 343_4, 373_7, 379_7, 457_7
参河国国司 ②$123_{16}$ ④$357_{15}$
参河国の郡司 ④$359_4$
参河権介 ④$44_{12}$
参河（三河）守 ①$35_4$, 107_5, 203_7 ②$11_{10}$, 263_8, 401_2 ③$15_6$, 131_{10}, 193_{11}, 313_{12}, 373_4, 401_{13}, 435_2 ④$51_5$, 177_5, 195_2, 203_8, 341_1, 347_4, 379_5, 441_{12} ⑤$71_7$, 89_{11}, 239_1, 339_4, 381_{11}, 419_{15}
参河（三川・三河）王 ③$77_7$, 373_{11} ④$39_8$, 347_8, 445_{16} ⑤$115_{10}$, 137_8
参河（参川・三河）国 ①$49_3$, 59_{14}, 61_{6-7}, 63_2, 95_{15}, 163_2, 183_{13}, 199_{12}, 205_5, 229_{14} ②$57_6$, 171_6 ③$107_2$, 387_{16}, 405_5 ④$77_1$, 81_4, 83_7, 171_1, 213_5, 215_5, $355_{4\cdot10}$, 383_{13}, 405_5, 429_{13}, 447_{15}, 453_{15} ⑤$149_6$, 425_7, 459_5, 461_{12}, 467_8
参河少目一員 ④$447_{15}$
参河少目二員 ④$447_{15}$
参河大目二員 ④$447_{15}$
参河目 ④$177_6$
参議 ①$57_6$, 87_3 ②$35_1$, 103_7, 109_{13}, 181_7, 249_5, 321_4, 323_{11}, 325_{10}, 327_7, 339_3, 353_{11}, $411_{4\cdot8}$, 425_9 ③$11_2$, 25_{6-8}, 87_{14}, 89_{10}, 95_9, 113_3, 127_5, 221_8, 255_3, 277_{12}, 285_{5-7}, 321_4, 323_{14}, 325_4, 363_5, 375_{15}, 379_{13}, $401_{1\cdot4}$, 411_8, 413_{10}, 415_{12}, 417_4, 431_4, 441_9 ④$15_6$, 27_8, 87_{15}, 89_2, 109_{12-13}, 115_{12}, 129_5, 139_{11}, 185_{10}, 191_{14}, 291_8, 293_{10}, 295_{2-3}, 301_8, 345_6, 355_{5-12}, 377_{10}, 395_3, 433_9, 453_{9-10}, 459_6, 461_8, 463_{16} ⑤$15_{13}$, 172, 214, 43_6, $473\cdot9$, $491\cdot6-11$, 51_5, 57_8, 69_{14}, 99_{14}, 101_2, $105_{8\cdot15}$, 115_9, 119_8, $121_{14\cdot16}$, $129_{12\cdot14}$, 133_{12}, 139_8, $171_{5\cdot16}$, 185_{12-13}, $187_{2\cdot9}$, 195_7,

$197_{4\cdot12}$, 199_{12}, 203_{15}, 229_5, $231_{2-3\cdot5}$, 235_3, 237_{15}, 243_3, $265_{4\cdot9}$, $277_{8\cdot12}$, 293_6, 295_7, 297_{10-11}, $299_{5\cdot11}$, 311_{10}, 327_4, $337_{2\cdot4-6}$, $345_{14\cdot16}$, 347_{15}, 351_6, 355_5, 369_3, 389_6, $405_{1\cdot3}$, 407_9, 409_9, 411_6, 413_{14}, $419_{2\cdot4}$, 441_{10}, $445_{8\cdot11}$, $449_{5\cdot12-13}$, 451_2, $455_{2\cdot10}$, 457_{10}, 465_{11}, 477_7, 507_{3-4}
参議已上 ③$369_1$ ⑤$21_9$, 245_{13}, 301_2
参議（権） ②$205_7$
参議に准ふ ④$141_{14}$
参議の封戸 ⑤$441_{10}$
参議を拝す ④$113_{15}$
参向 ③$359_{10}$
参出 ④$331_{16}$
参出来仕ふ ④$331_{15}$
参上 ③$227_8$
参渡る ④$365_{16}$
参入 ⑤$173_3$
参謀 ④$317_1$
参らず ②$235_{14}$
参来 ④$277_3$
参り会ふ ⑤$255_3$
参り迎ふ ③$241_5$
参り入る ②$211_{15}$
参る ①$97_6$, 109_8 ④$17_9$ ⑤$395_9$
剗を置く ③$205_{11}$
竿 ③$295_8$
竿学 ②$227_{14}$
竿師 ①$45_8$ ②$55_{14}$
竿術 ②$87_4$ ④$355_{15}$
竿生 ③$237_5$
竿を学ぶ ④$25_{14}$
竿を習ふ ②$245_8$
蚕 ③$225_3$
蚕産みて字を成す ③$221_{12}$ ④$345_4$
蚕児の字を成す ③$223_{10}$
蚕食する者 ⑤$133_{15}$
蚕文 ③$275_{10}$
蚕を養ふ ①$211_5$ ④$199_7$
産業 ①$49_9$, 181_8, 227_1 ②$237_7$, 387_7, 405_{13} ③$153_2$, 233_{11}, 287_4 ④$163_4$, 395_1 ⑤$65_7$
産業に擬つる者 ①$209_4$
産業に赴かしむ ②$327_{16}$
産業を継がしむ ②$69_1$, 71_{11}
産業を顧みず ③$329_{14}$
産業を催す ③$287_4$
産業を資け ①$209_{15}$
産業を治め ③$41_{13}$
産業を助く ②$91_{10}$
産業を続がしむ ②$269_6$

続日本紀索引

産業を妨ぐ　②$387_7$　⑤$307_7$
産術を尽さず　②$51_１$
産る　⑤$335_6$
散位　①$151_{12}$, 159_{11}, 207_{13}, 223_{13}　②$53_9$, 59_4, 109_{11}, 131_7, 137_{12}, 155_{16}, 181_{12}, 191_{13}, 219_1, 257_2, 277_4, $323_{6-7・9・12}$, 331_{10}, 333_4, 399_6　③$7_7$, 9_8, 17_2, 59_{10}, 95_{15}, $135_{3・14}$, 221_{11}, 253_{12-13}, 281_{16}, 337_6, $339_{4・6}$, 347_{14}, 379_{11}, $381_{2・4}$, $411_{3・6}$, 415_{13}　④$53_{14}$, 75_{16}, $95_{2・11}$, 129_{10}, 167_1, 177_{12}, 179_{10}, 355_6, 359_{11}, 407_{11}, 415_{13}, 433_{15}, 443_2　⑤$37_8$, 77_{13}, 89_4, 97_4, $147_{4・16}$, 177_2, 201_{12}, $229_{12・14}$, 275_{12}, 299_{6-7}, 305_6, 351_1, 445_{16}, $449_{6・12・15}$, 451_3, 475_{16}
散位助　④$193_2$, 289_7　⑤$363_4$, 399_6, 495_9
散位大属　③$253_{12}$
散位として奉仕れ　④$91_1$
散位頭　②$93_6$, 263_{14}, 333_{13}, 343_6, 395_4　④$319_7$, 347_1　⑤$29_1$, 49_{13}, 189_2, 297_{16}, 301_9
散位に同じくし　①$73_5$
散位の子　⑤$273_9$
散位の例に同じくす　①$79_{15}$
散位寮　①$81_{16}$
散位寮に在く　②$251_3$
散位六位已下　②$17_{10}$
散位六位以下　②$97_{13}$
散位を以て第に還る　④$267_4$
散位を以て第に帰る　⑤$447_{15}$
散一位　②$295_{12}$
散一位に准ふ　②$267_3$
散一位の葬儀　②$295_{12}$
散事　④$131_6$, 237_5　⑤$15_7$, 81_{12}, 93_{11}, 237_{10}, 241_5, 255_2, 279_{11}, 383_2, 437_{10}
散事の五位　①$217_2$
散事の五位已上の者　④$403_6$
散失　②$71_9$
散ち使ふ　②$181_9$
散ち擲げしむ　②$371_4$
散民　⑤$271_{16}$
散楽戸　⑤$243_{13}$
散り去る　⑤$141_6$, 297_8
散り落つ　②$393_8$
散れ去る　②$387_{13}$
筭暦を知る　①$73_{14}$
蒜　④$47_6$
賛引(賛け引く)　②$51_3$　④$153_{10}$
賛歎供養　③$35_{10}$
塹く移る　③$393_{13}$
塹くの間も罷り出づ　④$333_{14}$
簒基　④$127_3$

簒ぎ承く　⑤$249_3$
簒脩　④$371_{11}$
霞雨る　②$9_{15}$
讃岐員外介　④$179_9$, 325_{15}, 347_{12}
讃岐介　③$425_4$, 427_{12}　④$237_{16}$, 383_1, 457_{13}　⑤$61_7$, 291_{13}, 353_3, 421_7
讃岐公　⑤$509_5$
讃岐国　①$71_1$, 49_4, 77_{16}, 97_{13}, 105_3, 113_{16}, 131_2, 183_{15}, 197_{10}　②$57_{11}$, 249_8, 267_4　③$41_{16}$, 45_{10}, 169_{14}, 187_2, 349_{16}, 395_8, 405_6, 437_7　④$11_9$, 19_{11}, 73_1, 197_1, 265_6, 337_8, 383_{14}, 421_{15}, 447_{11}　⑤$21_8$, 33_3, 301_5, 429_5, 507_{15}, 509_{12}, $513_{6・9}$
讃岐国介　③$395_2$
讃岐国司　②$125_2$
讃岐国守　④$129_1$
讃岐国の人　④$91_9$
讃岐国の稲　④$155_3$
讃岐国の糒　③$363_6$
讃岐国部下　④$199_{16}$
讃岐国より已来　②$33_3$
讃岐守　①$135_{12}$, 199_{15}, 203_8　②$245_{11}$, 429_6　③$15_9$, 171_8, 213_{14}, $415_{3・5}$, 425_4　④$193_8$, 209_6, 343_{16}　⑤$61_{6・12}$, 109_9, 129_{13}, 229_5, 233_8, 379_{14}, 473_{16}
讃岐直　⑤$509_3$
讃岐目一人　③$187_2$
讃め賜ふ　⑤$51_1$
残害を除く　⑤$193_{13}$
残賊　③$387_{10}$
残体　④$317_5$
残ひ害る　②$319_1$
残りの物を廻す　②$73_6$
斬　①$175_2$　②$211_6$　⑤$161_{11}$, 163_1, 347_{14}, 353_6
斬獲せる賊首　⑤$439_8$
斬刑　②$109_9$　⑤$161_{12}$, 443_{16}, 445_2
斬決　⑤$415_9$
斬殺　②$371_6$
斬の罪　④$373_{14}$
斬りし首　②$101_7$
斬る　②$369_{12}$, 377_8　③$299_3$　④$25_{12}$, 29_6, 31_1, 37_{15}　⑤$439_9$
斬れる首級　⑤$195_{16}$
慙づらくは　①$107_{13}$
慙　④$405_{10}$
慙懼　②$389_2$
慙嘆　⑤$391_2$
慙ぢ惶る　②$325_{15}$
慙づ　②$387_{16}$　⑤$39_{11}$, 125_9
慙悒　⑤$13_5$, 217_2

さん（産・散・筭・蒜・賛・塹・簒・霞讃・残・斬・慙・慴）

続日本紀索引

さん（暫・懺・讒）

暫く移り ③371₉, 393₄
暫くの間も ⑤173₈, 177₉
暫くも空しくすべからず ④317₄
暫労永逸の心を忘る ④131₁₃

懺悔 ③105₅ ④119₂
讒詐 ④39₂
讒ち乱す ②369₁₅
讒づ ①17₁₀, 219₅

し

しが仕へ奉る状に随ひ　④$313_9$
しのひことの書に勅りたまひて在らく　④$109_7$
しのび賜ひ　⑤$173_8$
しりへの政　②$223_4$
之　④$311_2$, 33_3
士　①$153_{13}$　②$75_{12}$
士已上　②$151_6$
士衆　⑤$433_5$
士庶　③$657$, 774, 181_{13}, 225_{15}　④$127_{10}$
士女　②$277_1$
士卒　①$201_{15}$　②$35_2$, 131_9
士馬　⑤$149_{16}$
子　①$33_{14}$
子午足　④$121_4$
子細　④$13_7$
子々孫々　①$141_2$
子子相承く　③$353_3$
子子の負ふ物　②$281_4$
子人(人名)　③$293_{16}$
子人の六世の祖父　③$293_{16}$
子孫　①$205_{10}$　②$73$, 371_8, 439_1　③$51_2$, 251_{15}　④$109_8$, 279_{14}　⑤$165_1$, 239_6, 281_1, 467_{13}
子孫に及ぶ　④$81_{15}$
子孫に伝ふ　①$113_4$
子孫に伝へ習はさず　②$439_1$
子孫に伝へず　④$381_{10}$
子弟　②$379_4$　③$395_{5\cdot10\cdot14}$　⑤$367_{12}$
子弟の徒　④$265_2$
子弟を導く　④$323_3$
子姪　②$69_{13}$
子姪の下に在り　⑤$47_9$
子として育ふ　③$243_{11}$, 309_{16}
子として育む　④$203_{13}$, 405_8, 431_9　⑤$327_3$
子に授く　⑤$501_2$
子に伝ふ　①$43_8$, 83_4　②$239_6$, $243_{3\cdot9}$
子に伝へしむ　①$83_3$　③$443_2$　④$111_{16}$
子二人と云ふ言は無し　②$259_6$
子の愆尤　⑤$291_3$
子のその考を尊ぶ　③$279_3$
子の年に穀実宜からず　①$185_{13}$
子は祖の心成すいし子には在るべし　③$73_5$
子は祖を尊しとす　③$361_2$
子は父に順ふこと無く　②$149_2$
子波(陸奥国)　⑤$433_{9\cdot11-12}$, 435_1
子部宿禰小宅女　②$411_5$

子無(无)き者　②$97_9$　⑤$493_{15}$
子無(无)し　①$452-3$　⑤$493_{16}$
子有り　⑤$493_{15}$
子来の義　①$131_{14}$
子を結ぶ　②$165_2$
子を知るは親と云へり　⑤$177_{11}$
子を知るは父に若くは莫し　③$179_3$
子を知る明截ち遠く　⑤$221_{16}$
尸羅　③$233_4$
尸禄の臣無けむ　④$367_{15}$
巳　⑤$207_5$
巳(の)時　②$205_8$　⑤$147_7$, 481_{12}
支擬　⑤$435_8$
支子袍　④$403_4$
支証　①$201_2$
支ちて在く　④$199_2$
支度　①$97_4$　②$39_3$　⑤$433_{16}$
支度闕く　⑤$435_2$
支度等の物　⑤$365_9$
支度の用　⑤$117_6$
支党　②$385_{12}$　④$53_1$　⑤$229_8$, 235_2
支党の人等　②$207_9$
支半干刀(人名)　①$201_8$
支ふ　③$217_{14}$　⑤$435_1$
支ふること久し　②$51_5$
支ふること能はず　④$437_{11}$
支弁　④$123_{11}$
支母末吉足　④$115_7$
止まず　①$107_2$, 171_{11}
止む　①$99_{2-3}$, 189_{15}
止むことを得ず　④$137_{16}$
止む事を得ず　③$97_{13}$, 319_1
止むること能はず　④$391_{10}$
止ることを知れば殆からず　④$21_3$, 435_{12}
氏　①$55_{16}$, 59_{16}
氏々　③$205_{12}$　④$135_{10}$
氏々の人　②$205_{11}$
氏々の祖の墓　①$105_1$
氏々の門は絶ちたまはず　④$35_2$
氏助　①$137-8$
氏上　①$71_4$, $137-8$, 59_{16}, 211_3, 223_{10}
氏神　⑤$43_{14}$
氏姓　④$407_8$
氏姓の根本　④$13_{13}$
氏族　③$303_{12}$
氏族の胤　⑤$427_{14}$
氏長　①$125_6$　②$21_1$　③$191_3$
氏直果安　①$219_6$
氏直果安が妻　①$219_6$

続日本紀索引

し（氏・仕・司・史・四）

氏を以て字と作す　④$201_9$
氏を改む　②$73_2$
氏を定む　②$307_{14}$
氏を被れり　②$31_{15}$
氏を命ず　②$31_{14}$, 305_{12}　④$443_8$　⑤$207_2$, 471_6, 497_6, 513_{11}
氏を命令す　⑤$509_1$
仕官の労　⑤$479_{15}$
仕女　②$117_4$
仕女已上　④$265_{12}$
仕進の心を息む　④$315_{16}$
仕丁　②$73_6$, 95_{16}, 97_1, 111_7, 117_4, 301_{14}, 345_{16}, 409_{10}　③$73_9$, 77_{12}, $185_{1\cdot10}$　④$277_{12}$　⑤$137_2$
仕丁已上　②$257_4$　④$265_{12}$, 281_{14}
仕丁の斷　③$19_{10}$, 29_{14}
仕丁の例　②$29_{11}$
仕ふ　③$411_7$　④$83_{13}$, 127_{12}, 143_{13}, 267_2
仕へぬ者　③$185_2$
仕へ奉らしむ　④$173_{11}$
仕へ奉らむ状の随に　①$51_1$
仕へ奉らむ相のまにまに　④$33_3$
仕へ奉りける事　⑤$443_{13}$
仕へ奉りける事と同じ事ぞ　①$111_{16}$
仕へ奉りける状　①$111_{16}$
仕へ奉り継ぐ　⑤$179_3$
仕へ奉りし儀　④$333_6$
仕へ奉りし次にも有り　④$335_{15}$
仕へ奉りし事　④$335_4$
仕へ奉り侍る　①$121_7$
仕へ奉りつつ侍り　④$137_3$
仕へ奉りまさへる事　④$335_{13}$
仕へ奉り来し状　④$335_8$
仕へ奉り来る業　⑤$35_{15}$
仕へ奉る　①$5_9$, 111_{11-12}　③$71_{16}$, 73_6, 85_{14}, 219_{15}, $265_{4\cdot11}$, 341_4　④$63_8$, 139_6, 311_8, 313_1, 327_{11}, $333_{1\cdot16}$, 335_{11-13}, 369_2, 399_{15}　⑤$177_{12}$, $179_{3\cdot9}$, $181_{7\cdot14}$, 445_1, 501_1
仕へ奉る間　①$67_{13}$
仕へ奉る事　⑥$5_{15}$
仕へ奉る状　①$111_{10}$　④$335_{15}$
仕へ奉る状に随ひ　④$265_{14}$　④$35_3$　⑤$183_4$
仕へ奉る状の随に　④$63_8$
仕へ奉る心　⑥$7_{12}$
仕へ奉る人等　③$265_{14}$　④$63_7$, 313_9　⑤$183_4$
仕へ奉るに堪へず　④$389_{13}$
仕へ奉るべき官には在らず　③$341_5$
仕へ奉るべき人無き時　③$341_2$
司宰を樹つ　①$187_{13}$
司存　⑤$401_5$

司に准ふ　①$43_{15}$
司に直る　④$277_{12}$
司に赴く　③$281_{12}$
司賓少令(渤海)　⑤$21_{13}$, 351_2, 37_{10}, 83_{14}
司兵　③$407_{14}$
司別　②$441_5$
司毎　②$407_3$　⑤$135_6$
司門衛　③$287_{12}$　→衛門府
司門衛督　③$373_{12}$
史　①$35_{12}$　②$307_{12}$　④$139_{16}$, 355_{10}
史家(史思明の家)　③$425_{16}$, 427_2
史記　④$215_{11}$, 265_5
史戸(姓)　②$255_{13}$
史思明(唐)　③$299_1$
史生　②$25_{10}$, 55_{10}, 171_{9-10}, $201_{2-3\cdot6}$, 219_2, 235_5, 255_6, 267_9, 283_1, 403_7　③$235_{13}$, 293_8, 363_4　④$85_{15}$, 121_{8-16}　⑤$97_{8-9\cdot13}$, 297_{15}
史生已上　①$137_{11}$　②$185_9$, 235_{13}　③$323_7$, 371_{10}, 375_1, 439_{15}
史生以上　②$351_{11}$
史生三人　②$171_1$
史生四員　④$139_{10}$, 201_{11}　②$31_6$, 47_2, 75_4, 119_{12}
史生四人　①$205_{13}$
史生十員　①$205_{16}$, 207_1
史生十員を加ふ　①$67_8$
史生に准ふ　①$137_4$
史生二員　①$191_7$
史生二人　⑤$31_3$, 115_{12}
史生の員　①$121_{10}$
史生の例に准ふ　①$139_1$　②$235_{13}$
史生六員　①$141_{16}$, 203_{14}, 205_1, 217_{14}　②$333_3$
史生六人　①$189_8$
史籍に載す　①$199_3$
史朝儀(唐)　③$425_{16}$
史通仙(渤海)　⑤$37_{11}$
史都蒙(渤海)　⑤$21_{13}$, $27_{2\cdot6}$, $31_{9-10\cdot15}$, $35_{3-4\cdot9\cdot12}$, $37_{10\cdot12\cdot15}$, $39_{1\cdot8\cdot10\cdot13}$, 41_1
史の字を改む　③$255_{11}$, 289_1
史の姓　④$303_{11}$
史筆に停むること無し　④$285_4$
史部虫麻呂　②$147_8$
四阿殿　②$401_{12}$
四阿の屋に似たり　④$59_9$
四位　①$95_6$, 97_{15-16}　②$93_1$, 103_6, 217_{16}, 225_{11-12}, 251_{16}, 425_{14}　③$29_7$　④$177_8$, 443_6
四位已下　②$129_8$
四位已上　①$113_5$　③$149_5$　⑤$253_{12}$
四位以下　①$97_{14}$
四位十三階　③$357_{11}$

四位の妻 ②$71_{15}$
四位の守 ②$267_8$
四位の当色 ③$137_{12}$
四位の列 ③$137_{12}$
四王 ②$389_9$
四王の中に簡ふ ③$215_{12}$
四王の列に預る ③$219_3$
四海 ①$131_9$ ②$91_6$, 305_{14} ③$21_5$, 55_8 ④$405_8$ ⑤$325_{10}$, 389_{16}, 393_7, 473_1
四海晏如 ⑤$221_{14}$
四季帳の式 ②$29_{16}$
四畿 ②$169_4$, 331_6
四畿内 ①$41_{14}$, 63_7 ②$235_{15}$, 237_7, 257_{16}, 309_6, 325_8, 327_6, 397_9, 407_{10}, 443_2 ③$57_8$, $105_{7·12}$, 159_4, 185_9, 433_{12} ②$297_3$
四畿内の群神 ③$433_{12}$
四畿内の諸国 ②$367_6$
四畿内の百姓 ②$279_{16}$
四級 ③$359_4$
四凶の群類 ③$223_6$
四禽 ①$131_{12}$
四句の偈 ③$281_7$
四考 ④$57_3$
四考終る毎に ②$445_8$
四時 ②$99_9$
四時色を変す ④$215_{11}$
四時に順ふ ①$125_6$
四時和協 ③$245_{10}$
四七(日) ④$303_8$
四序に叶ふ ②$161_{15}$
四世 ④$381_{10}$
四世(王) ⑤$327_{14}$
四体を失ふ ⑤$33_2$
四大寺 ①$63_{13}$, $67_{7·9}$, 71_{15}, 115_{11} ②$449_{12}$ ③$91_5$
四大天王 ③$217_7$ ④$241_{11}$
四大の極を崇ぶ ③$273_3$
四天王寺(摂津国) ①$67_7$ ②$277_5$ ③$83_2$, 89_4 ④$185_1$, 247_8, 401_{11} ⑤$369_6$
四天王寺の印 ④$349_9$
四天王寺の家人 ④$185_1$
四天王寺の墾田 ④$185_5$
四天王寺の飾磨郡の水田 ⑤$369_5$
四天王寺の奴婢 ④$185_1$, 267_9
四天王寺の内に入る ⑤$297_8$
四等の戸 ①$99_{15}$
四道の兵士 ②$261_8$
四徳を修む ③$305_{15}$
四の王の中を簡ひ ③$203_{11}$
四比河守 ④$115_6$

四比信紗 ①$219_{1·6}$
四比忠勇 ②$151_{10}$
四比の籍 ⑤$99_9$
四品 ①$73_{6·11}$, 77_5, 95_5, 109_7, 129_{11}, 223_4 ②$311_5$, 425_{13} ③$321_2$, 335_{10}, 375_5, 391_{12}, 419_{11} ④$323_{12·14}$, 337_{13}, 383_1, 385_4, 397_{10}, 399_{12}, 407_{10}, 443_{14}, 447_{14} ⑤$5_5$, 163_7, 183_9
四府経略判官(唐) ③$297_{13}$
四腹 ⑤$485_6$
四方 ②$29_9$, 139_{13}, 141_{10}, 185_{14} ④$203_{13}$
四方の食国 ①$5_7$
四民 ②$27_{10}$, 307_{12}
四民の徒 ①$227_3$
四溟を環る ②$273_7$
市往氏 ②$185_{13·16}$
市往泉麻呂 ③$47_{14}$
市原王 ②$423_{10}$ ③$77_6$, 109_6, 355_4, 423_4, 431_2
市原王に適ふ ⑤$173_{13}$
市人 ③$11_{12}$ ④$265_{10}$
市鄽(市廛) ①$89_3$ ④$95_1$
市の人 ②$435_{16}$ ⑤$369_{13}$
市の頭 ②$111_9$ ④$9_{13}$
市辺 ③$311_{12}$
市里 ②$49_7$
矢 ①$19_9$ ③$387_8$
矢口王 ③$39_{12}$, 399_5 ⑤$57_{10}$
矢作 ③$117_{13}$
矢作造辛国 ④$281_8$
矢集宿禰大唐 ④$41_{12}$ ⑤$11_2$
矢集宿禰虫麻呂 ⇒箭集宿禰虫麻呂
矢尽く ⑤$167_7$
矢石 ②$97_8$
矢代女王 ③$311_8$ ③$295_{15}$
矢釣王 ⇒八釣王
矢庭王 ⑤$377_{14}$, 423_5
矢田郷(上野国) ①$165_2$
矢田池(大和) ②$131_5$
矢田部黒麻呂 ④$395_7$
矢田部老 ④$21_{10}$
矢に中る ⑤$431_{14}$
示顕し給ふ ④$173_7$
示顕し賜へる瑞 ④$175_9$
示現し賜ふ ④$173_{5·13}$
示現し賜ふ ④$135_{16}$
示す ③$181_9$ ④$131_1$
弛綱を張る ②$15_7$
弛張 ②$61_2$ ④$455_{15}$
旨 ③$357_{14}$
旨に違ふ ②$83_8$

し(四・市・矢・示・弛・旨)

続日本紀索引

し（旨・此・死・糸・至）

旨に合はず ⑤$407_{12}$
旨を希ふ ④$255_7$
旨を告ぐ ④$15_{14}$
旨を失ふ ①$125_{14}$
旨を承る ⑤$27_6$
旨を問ふ ②$287_8$
此に過ぎたるは莫し ③$281_{10}$
此に准ふ ④$197_{10}$ ⑤$125_{16}$
此の位は避りて ⑤$177_9$
此の岸に及ぶ ⑤$39_{13}$
此の月頃の間 ⑤$173_2$
此の事を知りて ④$253_{11}$
此の状悟りて ③$197_9$ ④$261_3$, 327_{11}, 399_{15} ⑤$179_9$
此の心失はず ③$73_5$
此の心知りて ④$259_7$, 261_2
此の人を復立てむと念はむ ④$79_{10}$
此の人を立てて ④$49_3$
此より増れるは無し ④$253_6$
死 ④$143_{15}$, 191_2
死一等を減ず ②$109_{10}$ ③$39_{10}$ ⑤$227_{10}$, 233_{15}, 353_7
死刑罪に当る ④$241_{14}$
死闘 ③$403_{13}$ ⑤$269_{14}$
死闘の替 ⑤$269_{15}$
死罪 ②$165_5$, 283_9, 385_{12}
死罪已下を救除す ①$89_8$ ③$393_8$
死罪已下を救す ②$155_6$
死罪已下を犯す ④$99_8$, 267_{13} ⑤$13_{12}$
死罪已下を免す ②$251_8$
死罪以下 ②$323_1$
死罪以下を犯す ④$95_8$
死罪に当る ②$445_1$ ③$217_3$
死罪に入る ②$297_7$ ③$151_8$ ④$377_8$ ⑤$103_6$, 245_9
死罪の者 ③$39_{10}$
死罪を犯す ⑤$415_8$
死罪を犯せる者 ⑤$37_7$
死す ④$375_8$, 377_5 ⑤$493_{10}$
死せる者は生くべからず ②$165_3$
死損 ②$133_3$
死に坐す ①$215_{12}$
死に入る ②$259_{10}$ ③$131_8$, 157_{15}
死に入る者 ③$9_3$, 105_9, 137_9, 155_9 ④$59_4$, 445_{13} ⑤$51_{12}$, 67_5
死ぬ ①$109_{10}$ ②$103_9$, 237_1, 321_6 ③$31_{1\cdot 6}$ ④$91_{7\cdot 8}$, 261_{14}, 395_8 ⑤$31_{15}$, 345_{11}, 347_2, 485_{10}
死ぬる魂 ②$239_7$
死ぬる者 ①$177_9$

死ぬる者を冒す ⑤$107_5$
死亡 ②$7_3$, 97_5, 325_{14}, 357_7 ③$435_8$
死亡せる者 ⑤$439_8$
死亡を致す者 ①$227_2$
死を緩ふ ②$291_3$
死を致す ⑤$311_2$, 151_9
死を冒す ②$75_{10}$
死を昧す ②$305_{10}$
死を免す ③$9_3$ ⑤$227_3$
死を免る ②$187_{14}$, 357_8 ③$431_{14}$ ④$31_2$ ⑤$341_{11}$
死を免るることを得 ④$389_2$
糸 ①$39_4$, 71_3, 79_8, 97_3, 105_6, 149_{15}, 171_6, 173_4, 201_{10}, 209_{13-14}, 213_1, 233_{14} ②$35_6$, 37_{15}, 85_{16}, $87_{4\cdot 10\cdot 12\cdot 14}$, 95_5, 153_7, 157_{16}, 195_5, 201_{16}, 229_{15}, 335_9, 361_{1-2} ③$295_9$, 307_2, 345_{12}, 415_5 ④$19_9$, 85_9, 277_8, 355_{14}, 357_2, 369_{10} ⑤$27_9$, 41_1, 215_3
糸井部表胡 ④$237_{12}$
至化 ⑤$489_5$
至款 ③$151_2$
至公 ②$85_8$, 129_{13}
至懇 ③$271_{15}$
至治 ③$273_{13}$
至心 ③$49_6$
至心の信 ③$279_7$
至真に双ぶ ③$273_{11}$
至誠 ③$471_1$ ⑤$403_{13}$
至誠感すること無く ②$163_3$
至誠感すること有るときは幽に在るも必ず達す ⑤$335_2$
至誠に感づ ③$223_{15}$
至誠の心 ④$135_{14}$
至誠を竭す ⑤$205_2$
至誠を乗る ①$109_2$
至節 ③$341_{16}$
至道 ②$49_{16}$ ④$141_3$, 283_{11} ⑤$449_9$
至徳 ③$359_2$ ⑤$31_{13}$
至徳元載 ③$297_{12}$
至徳元載十二月丙午 ③$297_{16}$
至徳三載四月 ③$299_3$
至徳の世 ④$139_{16}$
至望の誠に勝へず ⑤$333_{10}$
至明 ③$133_7$
至り促れる ④$367_{16}$
至りて孝 ④$395_7$
至りて深く ③$271_6$
至る ①$25_6$, 31_7, $49_{11\cdot 14}$, 61_{15}, 87_{16}, 93_{15}, 115_6, 183_6, 203_5, 219_{16} ②$23_{10}$, $33_{5\cdot 11}$, 51_9, 155_{1-2}, 173_{13}, 181_{15}, 287_{10}, 379_4, $381_{6\cdot 13}$, 383_5, 409_{14}, 415_6, $439_{3\cdot 14}$, 449_{14} ③$171_7$, 33_1, 139_{10}, 157_2,

158

続日本紀索引

203$_{16}$, 209$_{16}$, 291$_8$, 297$_{10\cdot12}$, 369$_1$, 373$_1$, 387$_5$, 413$_{16}$, 431$_{10}$, 439$_{12}$ ④29$_3$, 163$_7$, 173$_5$, 281$_5$, 413$_{10}$ ⑤79$_{8\cdot12\cdot15}$, 91$_9$, 199$_6$, 279$_2$, 283$_2$, 309$_{13}$, 339$_9$, 347$_{7\cdot13}$, 431$_{5\cdot7}$, 433$_6$, 441$_{16}$, 493$_9$, 499$_1$, 511$_{15}$
至れる誠 ②433$_2$
至和 ⑤47$_{10}$
芝蘭幾と敗はれむとす ③231$_1$
伺候 ②103$_{16}$
志 ①119$_8$ ②307$_{13}$, 309$_2$ ③177$_{10}$, 353$_{12}$ ④45$_{13}$ ⑤125$_8$, 215$_{15}$, 467$_{12}$
志我山(志賀山)寺(近江国) ①45$_{16}$ ②383$_2$ ⇨崇福寺
志我閇(志我戸)造東人 ④399$_9$ ⑤33$_{14}$
志我閇連 ⑤33$_{15}$
志我閇連阿弥陁(阿弥太) ②87$_7$, 129$_4$
志賀忌寸 ⑤387$_{14}$
志賀(志我)郡 ⇨滋賀郡
志賀団大毅 ④129$_9$
志願 ③185$_6$
志紀郡(河内国) ①201$_8$ ②277$_{11}$ ③93$_5$ ④267$_{12}$, 387$_{13}$
志紀郡の人 ③381$_2$ ④169$_{10-11}$, 181$_8$, 251$_7$, 273$_{10}$ ⑤387$_{10}$
志紀(志貴)親王 ①73$_{6\cdot11}$, 77$_6$, 115$_8$, 129$_{11}$, 207$_3$, 221$_{11}$ ②17$_{16}$, 19$_2$ ③309$_6$, 323$_9$, 345$_3$, 385$_5$
志紀親王の第六の皇子 ④309$_6$
志紀真人 ③111$_{13}$
志紀親王の忌斎 ④345$_5$
志紀親王の皇女 ④385$_5$
志紀の陵(河内国) ④291$_{14}$
志貴連広田 ②295$_3$
志愚 ④79$_8$
志士 ③245$_4$
志す ③321$_7$
志性 ⑤269$_{12}$
志存し ②431$_8$
志存り ③271$_4$
志太郡 ⇨信太郡
志奪ふべからず ②353$_2$
志努太王 ②127$_{11}$
志に従ふ ⑤505$_5$
志に遵ふ ②351$_{11}$
志に慕ふ ⑤41$_{11}$
志波村(出羽国) ⑤15$_5$
志波村の賊 ⑤15$_5$, 53$_5$
志斐連三田次 ⇨悉斐連三田次
志摩国 ①125$_9$, 195$_1$, 229$_4$ ②53$_{16}$, 57$_3$, 171$_5$ ③19$_8$, 41$_{16}$, 331$_9$, 351$_2$ ④9$_8$, 133$_6$, 177$_9$, 235$_{12}$, 287$_{12}$, 401$_9$, 435$_3$ ⑤439$_1$
志摩国司 ②123$_{16}$
志摩国の百姓 ②161$_{13}$
志摩国の兵士 ②59$_{16}$
志摩守 ④195$_3$, 379$_4$
志有り ②341$_{10}$
志良須(人名) ⑤155$_2$
志良須の俘囚 ⑤155$_2$
志を改む ②295$_{16}$
志を改めず ④191$_1$
志を言ふ ②435$_{12}$
志を守る ①219$_7$ ④205$_{12}$ ⑤235$_{15}$
志を遂ぐるに堪へず ②233$_1$
志を存ふ ②85$_{12}$
志を得 ⑤49$_2$
志を属す ②233$_7$
私家原 ④69$_9$
私吉備人 ④113$_1$
私業に向ふ ②297$_{15}$
私業を破る ⑤137$_4$
私事 ④277$_2$
私愁 ②349$_{11}$
私小田 ①69$_{16}$
私真綱 ④113$_1$
私すること無し ③271$_5$
私第 ③261$_{13}$ ④319$_2$
私鋳 ①175$_1$ ③349$_9$
私鋳銭 ①175$_3$, 187$_3$, 215$_{11}$, 221$_9$ ②313$_3$, 51$_5$, 77$_8$, 121$_5$, 259$_9$, 265$_{11}$, 297$_6$, 323$_3$, 325$_1$, 337$_8$ ③9$_4$, 231$_{11}$, 51$_{11}$, 105$_7$, 183$_1$, 367$_7$ ④119$_5$, 175$_{14}$, 237$_1$, 287$_6$, 377$_7$, 399$_3$, 401$_7$, 419$_9$, 445$_{12}$ ⑤51$_{11}$, 67$_4$, 103$_5$, 125$_{13}$, 169$_7$, 175$_{11}$, 205$_5$, 217$_6$, 245$_8$, 465$_7$ ⇨濫銭, 濫に鋳る
私鋳銭の作具既に備れる ②365$_4$
私鋳銭の人 ②291$_8$ ④185$_{16}$
私鋳の銭用ゐる ①175$_4$
私長嶋 ①69$_{16}$
私朝臣長女 ④69$_7$
私田を営む ⑤267$_3$
私度 ⑤105$_2$ →得度
私度の沙弥 ③81$_{12}$
私稲 ①175$_{11}$ ②69$_{11}$, 327$_1$ ③375$_9$ ④133$_4$, 203$_5$, 279$_{11}$, 403$_{16}$
私稲を散す ②281$_7$
私稲を糶る者 ④429$_{12}$
私に懐ふ ③243$_{14}$
私に作す ①147$_4$
私に作り備ふ ④399$_{12}$

し(至・芝・伺・志・私)

159

続日本紀索引

し
（私・使）

私に使ふ　①155₁₁
私に聚む　④321₁₂
私に請ふ　②313₁₁
私に銭を鋳する人(者)　①147₅, 175₂　④147₂
　⑤161₁₀・₁₂
私に造る　②233₁₅
私に帯ぶ　⑤227₅
私に畜ふ　②259₁₂
私に鋳る者　④131₂
私に定む　⑤329₁₄
私に貪る　⑤307₉
私に犯す　①101₈
私に立つ　⑤275₂
私の家の内　④77₁₀
私の玩好　④265₁₀
私の穀　②129₁₁, 147₉
私の財　②425₁₁　④77₄
私の使　②45₁₁
私の第　③241₅
私の父母兄弟に及ぶ事得ず　③317₂
私の兵を備ふ　③197₃
私の米　④75₈
私の門　⑤367₁₂
私の力　⑤211₈
私の粮　①219₃　⑤355₁₀
私馬　③443₁　⑤151₁₆
私比都自　①69₁₆
私部首石村　②87₅, 233₇
私物　③363₁, 425₉　④125₁₁, 337₈　⑤149₁₃, 313₃,
　377₄, 485₂
私無し　②85₈　③283₈
私門　①225₁₅　②445₇
私利　④131₁₂
私粮　⑤151₉
私を忘る　②131₄
使　①115₄, 151₄　②75₃, 183₄, 287₉, 359₆, 443₁₆
　③491₄, 337₅, 387₉, 407₆, 427₁₆, 431₆　④197₈,
　411₁　⑤13₉, 15₁, 19₄, 39₁₀, 159₁₂, 199₇
使院　⑤75₂
使下　①89₁₂　②315₁₃　③121₁₆, 143₇　⑤37₇
使工　③165₁₀・₁₃
使者　①55₁₅, 183₆　②237₇, 257₁₀, 279₇　④43₈,
　365₁₁　⑤339₆, 475₉
使人(使の人)　①25₄, 81₅・₁₃, 93₁₄, 95₂, 151₃,
　183₂・₄　②51₉, 445₁₅, 447₅　③133₁₅, 365₇, 407₅,
　427₁₅　④37₁₁　⑤13₇・₁₁, 31₆, 73₁₂, 95₂
使人に付く　⑤111₇
使人を煩はす　⑤427₉
使す　①177₃　②341₄　④115₅　⑤205₁₅, 373₁₀,

469₁₄
使(節度使)已下　②261₁₂
使と為る人　③429₁
使に就く　⑤103₈
使に充つ　①183₂　②237₃, 359₈　③345₁
使に従ふ　④459₁₁
使に随ふ　①23₈・₁₅　②171₈, 447₁₂　④211₁₀　⑤
　79₁₄, 121₁₃, 123₅, 333₅, 469₁₆
使に附く　②209₈　③13₉, 229₆　④291₄
使の旨　②315₆　④423₁₁
使の旨を受けず　②313₁
使の旨を遂ぐ　①69₁₂
使の旨を奉けたまはる　⑤469₁₅
使の次　③391₈　④275₁₃, 423₁₀　⑤13₁₀
使の事行はず　③365₄
使の所に下さしむ　⑤93₆
使の船　④453₅
使の奏する状　②187₆
使ひ賜ひ　②225₂
使ふこと得ざれ　①79₁₂
使部　②185₁, 219₂, 249₁₆, 365₆
使部已下　②199₅・₇
使部已上　①79₆　②191₄
使部に准ふ　②219₄
使別　⑤375₁₂
使命　③427₄
使命絶えず　④123₉
使命繁多　④197₁₄
使命を賜はぬ　③133₁
使を遣る　①115-6, 13₁₆, 171₄・₁₆, 23₃, 27₁₃,
　31₇・₁₀, 41₉, 47₁₆, 49₁・₉, 59₆・₁₃, 67₇, 71₁₆, 73₁,
　81₁₅, 85₁₄, 87₁₄, 91₄, 105₄・₁₀・₁₄・₁₆, 107₂・₅, 109₁₃,
　113₁₆, 125₂・₇, 139₁₁, 147₁₆, 151₉, 211₆, 219₁₁,
　231₈　②103₃, 105₁₂, 169₆, 179₃, 183₄, 187₅・₁₀,
　201₇, 203₁₃, 205₃・₁₄, 237₅・₁₆, 241₁, 251₇, 263₃,
　277₁₄, 279₅, 293₁₂, 313₃・₈, 333₂, 341₆, 361₁₃,
　385₇, 387₁₄, 393₂, 405₁₃, 411₁₂, 439₄　③13₁₃,
　17₄, 31₁₁, 61₁, 113₁₄, 119₇, 123₁₃, 125₇, 141₈-9,
　155₁₂, 157₉, 159₂・₉, 165₃, 207₁₀, 281₃, 283₂,
　299₇, 305₁, 351₄, 407₁₀, 415₅, 427₉, 437₇, 439₂・₇
　④11₈, 15₁₆, 19₁₁, 21₄, 55₁₄, 91₁₅, 93₄, 101₁₀,
　129₈, 143₁₃, 247₆, 295₈, 319₄, 353₁₃, 371₉, 387₁₆,
　391₁₁, 401₁₅, 405₃, 409₁₂, 415₁₄, 437₂・₁₆,
　441₉・₁₂, 443₁₁, 445₁, 447₁₂, 449₁₁, 453₅・₇, 457₇,
　459₄, 461₁₄, 463₇・₁₀　⑤179・₁₂, 27₁, 33₅, 35₄,
　53₁₃, 67₇, 77₁₁, 101₄, 107₂, 123₄, 139₇, 179₁₆,
　219₁₃, 225₉, 227₈, 235₁₃, 269₁, 289₁₄, 305₅,
　309₁₃, 311₁₀, 315₁₁, 331₂, 333₃, 347₁₁, 349₁₅,
　351₄, 403₄, 421₁₂, 425₈, 451₁₄, 467₁₆, 471₇,

続日本紀索引

し（使・刺・始・姉・枝・祉・祀・姿・屍・屎・思・指）

499₁・₇, 501₁₅, 507₇
使を遣る ④31₁₀
使を差す ②15₁₁, 219₁₂, 357₁₃ ③171₁₅, 245₁₆, 333₃₋₄ ④17₈, 297₁₃, 409₅ ⑤39₁₆, 95₁₄, 151₅, 155₉, 403₁₄
使を差ふ ①69₁₁
使を請ふ ④255₁₃
使を馳す ②389₃
使を通はす ②189₈
使を別つ ③245₁₂
使を奉く ②125₂
使を奉けたまはる ①83₁₅, 113₁₄ ③243₂, 387₆ ⑤13₁₅, 387₁₅, 427₇, 481₇
刺し殺す ③379₇
刺松原 ②409₁₅
始終変ること無し ⑤269₁₂
始祖 ⑤309₆
始め賜ひ造り賜へる ②421₃
始め賜ふ ②419₁₅
始めて ①11₁₂, 21₁₀, 31₃, 35₁₀₋₁₁, 37₁・₆, 51₂・₁₅, 53₆・₉・₁₂・₁₄, 59₂・₇, 63₆, 75₄, 77₁₀, 83₁₆, 107₆, 109₁₀, 119₉, 113₁₀, 119₈, 125₃, 131₁, 137₂, 139₅・₁₀, 141₁₆, 161₁₁, 163₁₃, 167₅, 169₂・₇・₈, 171₁₅, 175₇, 179₁, 183₁₅, 187₁₅, 191₇, 193₁₄, 197₁₋₃・₁₁, 201₅・₁₁, 203₁₁, 205₁₅, 207₁, 209₁, 211₅, 221₄・₈, 227₉, 233₂ ②91₅, 13₂, 151₅, 171₁, 29₈, 39₈, 45₆, 47₂・₄, 49₁₁, 53₁₃・₁₆, 57₂, 59₅・₁₃, 61₇, 65₄₋₅・₁₀, 67₅, 75₄, 79₈, 81₆, 93₁₀₋₁₁, 97₁₅, 101₃・₅, 109₁₄, 113₁₂, 115₁₁, 119₁₂, 125₃・₆₋₇, 131₅, 135₇, 149₃, 161₁₃, 171₁₀, 173₁₅, 191₁₁, 197₈, 199₃, 235₁₀, 251₉, 253₁₁, 255₈, 259₁₄, 263₁₂, 271₁₅, 273₁, 289₁₂, 317₃, 319₁₂, 345₉, 347₁, 383₅, 385₅, 401₄₋₁₃, 405₄, 431₅, 433₉・₁₄₋₁₅, 441₄, 449₁₁ ③63₇, 119₉, 161₂, 165₁₆, 195₅, 231₆, 235₁₄, 283₄, 291₁₀, 329₁₆, 407₇, 437₁ ④71₁₄, 75₁₁, 119₁₄, 159₁₃, 161₈, 167₁₄, 177₁, 181₇, 201₃, 223₁₂, 227₈・₁₄, 235₁₃, 247₅, 249₁₃, 251₂, 281₁₆, 303₇, 341₁₂, 345₅, 371₉, 375₆, 385₁₅, 435₁, 447₁₅, 455₈, 461₁₀ ⑤3₆, 19₁₁, 185₆, 187₉, 249₁, 255₁₄, 313₈, 361₆, 373₄, 387₄, 421₁₀, 427₁₀, 429₈, 469₁₂, 471₁・₅, 477₂, 495₃, 509₁₃
始めて啓く ②131₁
始めて遣す物には在らず ⑤13₉
始めて興る ⑤469₉
始めて出づ ④127₁₅
始めて着る ①51₁₃
始より畢に至るまで ④181₁₆
始来 ②387₁₃
姉妹 ②101₅

枝族 ⑤163₁₀
祉とする攸 ⑤333₁₂
祉を効す ⑤335₆
祉を降す ④283₇
祉を錫ふ ⑤393₁₄
祀 ⑤13₃
祀る ②293₁₄ ⑤353₇, 393₃
姿儀有り ⑤199₉
屍 ②205₁₄ ⑤347₂
屎 ②393₈
思恭(新羅) ③123₁₂
思さず ④445₉
思し行さく ②217₇
思し行す ②225₉ ④383₆
思し坐す ②225₉, 419₁₅ ④335₁₄
思しめさく ①5₅
思しめす ②421₇・₉
思す ③47₁₁ ④333₁₆
思罩 ④371₄
思はずあるべし ②417₉
思ひ議り奏したまひ ④333₁₅
思ひ議る ④137₂
思ひ慎む ⑤179₃
思ひ量る ②237₆ ③63₁₄
思ひ量るべからず ③281₇
思ひわく事も無く ④89₁₁
思ふ ①17₇, 69₈, 139₁₆, 185₁₁, 187₂ ②51₃, 77₅, 95₂, 111₆, 115₅, 171₁₃, 249₇, 279₆, 291₃, 321₁₃, 415₁₄ ③163₆, 225₁₁, 243₁₁, 257₆ ④397₁₅, 417₆ ⑤215₁₄, 217₃, 249₆, 307₁, 327₁₃, 333₁₆, 391₃, 437₁₅, 449₁₀, 465₅
思ふこと有るに縁りて ③105₄
思ふ所有り ②197₁₆ ③393₁₂ ④287₃ ⑤449₇
思ふ所有るが為に ③153₅ ④139₁₃
思ふ所有るに縁り ②257₉ ④235₁₄, 239₈
思ふ所を述ぶ ③209₆
思文 ⑤393₁₅
思ほし坐さく ②419₁₃
思ほす大御心坐す ④373₁₄
思明 ③331₁₅
思欲 ②51₁, 91₇, 293₁₀, 303₄ ④431₁₂, 435₁₃, 455₁₄ ⑤193₁₃
思を寄す ③307₄
指意 ④451₁₁
指麾部分 ④461₇
指し授く ③207₂
指し宣ぶ ①95₂
指して此に懐を示す ④373₅
指多く及ばず ④317₁₅ ⑤15₂

続日本紀索引

し
（指・施・柿・茨・師・恣・祇・祠・紙・脂・舐・徙・梓・絁）

指臂　②$27_9$
施行　①$87_4$　②$79_7$, 105_9, 207_6, 235_4, 371_8, 445_3
　　　③$183_4$, 187_{10}, $231_{12・16}$, 239_7, 325_{12}, 413_{14}　④
　　　35_5, 37_8, 197_{16}, 285_{14}, 387_5　⑤$219_1$, 269_{16}
施主　③$325_3$
施す　①$17_{13}$, 21_7, 25_{10}, 31_3, 73_8, 91_{13}, 123_{14}, 179_4
　　　②$13_2$, 27_{12}, 63_{14}, 95_5, 221_6, 277_6, 299_{16}, 303_{12},
　　　331_7, 335_9, 339_{8-9}, 391_4　③$31_4$, 51_4, 61_{16}, 97_{16},
　　　183_{12}, 231_9, 237_{11}, 239_2, 275_{15}, 351_5, 363_{10},
　　　387_3, 433_{8-9}　④$37_6$, 99_4, 445_9　⑤$111_{11}$, 145_{13},
　　　281_{14}, 295_7, 299_{11}, 303_{16}
施す所　⑤$147_1$
施入（施し入る）　②$277_5$, 385_{10}　③$35_3$, 167_{10},
　　　407_8　④$265_{12}$　⑤$407_5$
施入の田　④$415_3$
施の例に預らず　④$415_4$
施薬院　②$235_{11}$　③$239_2$, 353_{13}
施用　②$235_9$
施ゐること無き　⑤$103_1$
柿井造　③$377_{12}$
柿本小玉　③$95_{14}$, 109_7
柿本朝臣建石　②$177_{12}$
柿本朝臣佐留　①$139_4$
柿本朝臣市守　③$53_{14}$, 79_{15}, 195_3, 389_6　④$31_0$
柿本朝臣浜名　②$331_2$, 339_{15}
茨城（備後国）　②$65_7$
茨田王　②$347_5$, 379_9, 437_3　③$33_6$, 49_4
茨田弓束　④$45_{13}$　→茨田宿禰弓束
茨田郡（河内国）　⑤$303_8$
茨田宿禰　④$45_{13}$
茨田宿禰弓束（弓束女）〔茨田弓束〕　③$51_4$,
　　　93_9
茨田宿禰弓束の宅　③$93_4$
茨田宿禰枚麻呂　③$71_4$, 91_8
茨田宿禰枚野〔茨田枚野〕　③$279_1$, 315_1,
　　　373_3, 401_{10}
茨田女王　②$347_{14}$
茨田足嶋　①$13_2$, 67_5
茨田（の）堤（隄）（河内国）　③$105_{16}$　④$291_{14}$,
　　　381_2
茨田枚野　④$45_{13}$　→茨田宿禰枚野
茨田連　①$13_2$, 67_6
茨田連刀自女　②$87_{11}$
茨田連稲床　④$247_{10}$
師　①$23_8$　④$89_{10}$, 97_9, 139_7
師位已上　③$311_6$
師位に入る　③$81_{12}$
師位の僧　③$323_9$
師位の等級　③$359_7$

師子座の香　③$161_8$
師主　④$225_{14}$
師出づ　⑤$437_5$
師とあるに堪ふる者　②$95_4$
師とす　③$433_6$　④$459_{14}$
師に継ぐ　②$47_{10}$
師の位の僧尼　③$265_{16}$　④$313_{12}$
師範　②$47_9$　③$231_{15}$
師範とあるに堪ふる者　②$85_{14}$
師を率ゐる　⑤$493_9$
恣に行ふ　③$385_{16}$
祇畏　③$275_9$
祇供　⑤$77_4$, $95_{4・6}$
祇供堪へ難し　④$353_5$
祇燿　⑤$335_{14}$
祇承（祇みて承く）　②$253_1$　③$225_9$
祇承の人　③$195_8$
祇みて　③$21_{13}$　⑤$393_{8-9}$
祇みて承りたまはる　①$131_3$
祇みて奉く　④$283_4$
祇み奉る　①$235_{11}$
祠る　②$23_5$, 43_{16}　④$55_{11}$
紙に臨む　③$173_1$
脂燭を撃ぐ　③$35_{10}$
舐梗の心　④$299_{13}$
徙し建つ　①$27_8$　②$151_5$
徙所　③$31_6$
徙す　④$229_9$, 385_{15}
徙り居る　④$403_2$
徙り御します　②$281_9$
徙る　③$11_{12}$
梓弓　①$53_{10}$, 55_6
梓宮　④$299_5$　⑤$201_{16}$
梓江（摂津国）　⑤$315_{11}$
絁　①$15_8$, $31_{3・11}$, 33_9, 39_3, $47_{5・8}$, 73_{16}, 79_8, 81_2,
　　　91_2, 97_3, 105_5, 113_{13}, 125_8, 145_8, 163_8, 169_{16},
　　　171_{16}, 173_{1-3}, 179_3, 185_1, 199_{11}, 201_{10}, 209_{13}　②
　　　5_5, 23_6, 35_6, $37_{2・4・13-14}$, 39_5, 41_{13}, 85_{16},
　　　$87_{4・9・12・14}$, 99_9, 137_{7-8}, 149_{12}, 151_1, 153_7, 163_{16},
　　　167_5, 169_{13}, 171_{16}, 173_{1-2}, 181_5, 185_2, 191_3,
　　　195_5, 199_{10}, 201_{16}, $203_{3・10・15}$, 209_{15}, 211_{13},
　　　217_{15}, 219_1, 221_2, 225_{10}, 229_{15}, 231_7, 265_8, 277_6,
　　　333_7, 335_8, 341_{13}, 355_6, 361_{1-2}, 381_5, $403_{1・4}$,
　　　407_{12}, 443_{6-7}　③$81_{16}$, 83_{1-2}, 93_9, 103_6, 109_3,
　　　125_7, 149_8, $227_{7・9}$, 249_{12}, 333_{10}, 337_{13}, $345_{11・12}$,
　　　363_{10}, 371_{14}, 411_5, 413_9, 415_5, 435_{15}　④$85_9$, 97_2,
　　　155_2, 205_9, 217_5, 277_8, 285_7, 317_{16}, 343_2, 355_{10},
　　　369_{10}, 391_7　⑤$13_{16}$, 17_3, 27_9, $41_{1・7}$, 83_6, 109_4,
　　　255_{14}, 279_4, 323_8　→東絁，美濃の絁

162

続日本紀索引

絁の調　①209$_1$　②29$_8$
絁を出す郷　②301$_{10}$
視量　⑤165$_9$
斯の地には無き物と念へ　③65$_{11}$
斯の道に率ひ由る　⑤383$_3$
斯の道を墜す　②115$_3$
斯より甚しきは莫し　③349$_8$
斯より美なるは莫し　③283$_{16}$
斯蘒行麻呂　⑤143$_{10}$
斯蘒国足　③377$_7$
粢盛　⑤393$_{9\cdot16}$
紫　④135$_{12}$
紫宮　②89$_6$　③225$_8$
紫宮の尊きに処り　①131$_4$
紫郷山寺(近江国)　②219$_{15}$
紫極　⑤327$_2$
紫香楽宮(近江国)　②409$_{11\cdot14}$, 411$_{15}$, 415$_6$, 417$_{16}$, 429$_{13}$, 433$_{7\cdot8\cdot11}$, 435$_2$, 439$_{9\cdot14}$　→甲賀宮
紫香楽宮の市の西の山　③7$_6$
紫香楽宮の西北の山　②441$_2$
紫香楽宮の辺の山　②443$_8$
紫香楽宮を営む　②441$_4$
紫香楽山(近江国)　③7$_9$
紫香楽山の東の山　③7$_9$
紫香楽村(近江国)　②407$_{14}$
紫綬大夫　③413$_{16}$
紫色　③97$_3$
紫の袈裟　③31$_{2\cdot4}$
紫の組　③435$_{15}$
紫の綾　④263$_{13}$
紫微少疏　③93$_2$
紫微少忠　③91$_1$, 93$_1$, 169$_{11}$
紫微少弼　③89$_{12}$, 91$_{15}$, 193$_{12}$, 213$_{10}$　⑤447$_8$
紫微大疏　③93$_1$
紫微大忠　③89$_{14}$, 93$_1$, 191$_{13}$
紫微大弼　③89$_{11}$, 91$_{14}$, 285$_{6\cdot7}$
紫微中臺　③269$_3$, 285$_{11}$, 353$_{14\cdot16}$, 371$_3$　→坤宮官
紫微中臺少忠　③141$_{14}$
紫微中臺の官位　③91$_{14}$
紫微中臺の奴婢　③257$_{10}$
紫微内相　③187$_{3\cdot5}$, 229$_7$, 283$_5$　④27$_5$　⑤45$_7$
紫微令　③89$_{10}$, 91$_{14}$　④27$_2$
紫驃馬　②17$_8$
紫を抱く　④367$_8$
紫を着る　⑤43$_2$
歯を埋む　①121$_1$, 259$_4$, 321$_{14}$
詞　②9$_4$, 189$_2$, 359$_1$, 415$_{12}$　③171$_9$　⑤333$_{14}$

詞情　①131$_8$
歯　①199$_6$
歯名　⑤341$_3$
嗣がしむ　③409$_9$
嗣ぎ坐さむ御世の名　②141$_{12}$
嗣ぎ守る　⑤393$_6$
嗣ぎ鷹く　②415$_{13}$
嗣ぎ鷹る　②163$_1$
嗣天子臣　⑤393$_4$
嗣無し　④87$_{16}$
詒ひ難し　⑤247$_3$
詒ふ　④105$_{13}$　⑤45$_7$
詒罔　④119$_{10}$
實く　⑤255$_{12}$, 291$_1$
肆觴(肆塵)　④265$_{9-11}$　⑤255$_{10}$
肆に漁る　⑤193$_{16}$
肆に行ふ　①181$_6$　⑤367$_{10}$
肆にせしむること勿かるべし　⑤267$_7$
試兵の法　④27$_{13}$
試み加ふ　②231$_{12}$
試み賜ひ　②223$_9$
試み賜ひ使ひ賜ひて　②225$_2$
試み定む　②223$_8$
試む　②261$_{15}$
試練　①179$_8$　②149$_{16}$
試練を精しくせず　⑤269$_{13}$
詩　⑤91$_8$
詩賦　⑤201$_1$
詩賦を作る　②171$_{15}$
詩を作る　③305$_{12}$
詩を上る者　③295$_{10}$
詩を賦す　②281$_{10}$　③305$_{12}$
詩を賦ふ　②191$_3$
資　①131$_{13}$　②117$_1$
資家　②17$_{10}$
資けて給ふ　②231$_{16}$
資け養ふ　④9$_{16}$, 125$_{11}$　⑤149$_{14}$
資財　②281$_2$　③225$_{15}$
資財帳　④15$_9$
資産豊に足る者　①227$_1$
資人　①87$_6$, 167$_{9\cdot11}$, 169$_1$, 187$_{15}$　②95$_8$, 117$_4$, 183$_{13}$, 191$_{12}$, 195$_{12}$, 273$_{13}$　③369$_5$　④77$_{13}$　⑤227$_4$
資人に宛つべからず　④77$_{12}$
資人に用ゐる　①161$_9$
資人の考選　②191$_{11}$
資人を望む　②29$_{10}$
資とす　①189$_6$
資扶　②61$_{10}$

し（絁・視・斯・粢・紫・歯・詞・歯・嗣・詒・實・肆・試・詩・資）

続日本紀索引

し
（資・貲・飼・緇・誌・雌・廝・賜）

資服　②351₄
資物　②213₂　③83₇
資无き者　④325₆
資无し　⑤479₁₆
資養を煩はしむ　②427₅
資粮　①195₆
資を納る　②97₁₄・₁₆、289₁₂
資を発すことを須ゐず　②97₁₅
貲布　④217₅
飼丁　①201₃₋₄
飼丁の色　①201₁
飼馬　④303₇　→馬飼
飼馬の帳を除く　④303₈
飼養　⑤313₂
緇徒　③311₆、359₄　④37₅、289₁₅　⑤329₁₆、339₁₆
緇侶　②121₁₂　③325₁₃、357₁₀　④171₃　⑤107₆、127₆
誌　②153₁₂
雌黄　①15₁₄
雌黄を下す　③433₄
廝丁　⑤137₃
賜　①115₅
賜姓　⇨姓を賜ふ
賜田　②227₈　→田を賜ふ
賜田の人　②227₁₂
賜はく　①113₃
賜はしむ　③183₁₅
賜はむと思ほし坐しながら　④337₁
賜はり往かむ物ぞ　①113₂
賜はる　①13₃　②31₁₁、373₉、393₅　③135₃　④27₆、207₄、273₄、369₇　⑤111₁、497₁₄
賜ひて在る　④109₇
賜ふ　①5₁₄、71・₃・₁₀、9₇、152・₉、21₁₃、29₁₃・₁₅、31₁₂₋₁₃、35₁・₁₄・₁₆、39₅、41₁・₁₃、43₂₋₇、47₆・₈・₁₀、49₁₂、51₇、55₁₂、61₁₆、673・₉、69₁₂、73₆・₁₆、79₉、81₂、83₁₄₋₁₅、85₁・₁₅、91₂、103₄、105₆、113₄・₈・₁₅、115₂、123₁₂₋₁₃、125₅・₈、129₅・₈、141₁₄、145₈・₁₀、149₁₆、151₁₃、153₁₃、155₁、161₃₋₄、163₈、169₉・₁₆、175₁₁、179₄、185₁・₁₁₋₁₂、201₁₀、211₇・₉、213₁₃、215₁₃、223₇₋₉・₁₅、225₅、231₁₄₋₁₅　②5₆、91₄、23₆、259₋₁₀、31₄・₇、339・₁₂、35₇、37₃、39₉、41₁₃、555₋₇、59₆、61₁₅、77₃、87₁、95₁₆、97₈、111₁₆、117₂・₁₆、119₁₀、131₈、137₁₂・₁₆、143₁₁₋₁₄、151₇、157₁₃₋₁₆、159₁₅、161₆、163₁₆、169₉、173₉・₁₃₋₁₅、181₁、183₅・₁₃、185₁・₁₂、187₁₀、189₁₄₋₁₅、191₂、193₁₆、195₁₅、199₁₀、203₃・₁₀、207₁₄、211₄、217₁₅、225₁₀、229₁₃、231₇、233₃、251₄・₈、261₁₅、265₈、267₃、269₈、271₁₂、273₇、277₇、281₈・₁₀、297₈、307₅、309₄、331₁₁、333₇、335₉、337₁₀・₁₄、341₇・₁₄、351₁₀、355₇、

361₁・₁₁、363₁、367₃、371₇・₈、379₅・₆、381₅・₇、385₁₁₋₁₂、395₁₁・₁₃、399₁₂、403₂・₉・₁₅₋₁₆、405₈₋₉、407₁₃、409₄、415₈₋₁₀、429₈、435₉、441₃・₁₅、443₁・₆、449₇　③3₉、71₋₂、13₂、23₁、25₁、35₁₂、39₁₂₋₁₃、41₁₄、47₄・₁₄₋₁₆、51₆・₁₆、53₁₋₂・₄、57₁₆、59₃₋₅・₈・₁₄₋₁₅、73₁₀、77₁₂、93₆・₈・₁₃、95₂₋₃・₇、103₁・₆・₁₃₋₁₄、107₁₂、109₃・₁₁、111₈、113₁、115₂・₆₋₇、121₆、123₁₆、125₆・₈・₁₂、127₁、133₅・₁₆、135₁・₈、137₃・₁₂、149₇・₁₁、153₁・₇・₉・₁₄、157₆、167₈、177₄、185₄、209₉、219₉、227₈・₁₀₋₁₁、229₁₂、233₂₋₃、249₁₂、251₉、255₁₃、289₁、291₇、295₃・₆₋₇・₉・₁₁、299₈、301₁、305₇・₉・₁₂・₁₄、307₄、327₁₀₋₁₁、333₁₀、337₉・₁₃₋₁₄、341₁₃、345₇・₁₃、363₉、371₁₁・₁₄、377₁、379₃・₅・₁₅、381₃・₁₃₋₁₄、391₁₀・₁₅、393₆、397₄、401₅、405₁・₄、407₆・₁₁、409₅、413₁₀、419₁₋₂、425₁₅、427₁₀、437₆・₉、441₃・₁₅、443₂　④11₁₄、17₂、19₉、21₅、23₅、25₁₀、35₁₂、43₆、45₉、53₉・₁₄、57₁₄、639₋₁₀、71₃・₉、73₄・₁₃、75₁₆、79₁₃、81₁・₅・₁₀、83₃・₈、85₃₋₅・₁₆、87₁₃、89₁₄、91₁₄、95₉・₁₃、97₂・₄、99₅・₈₋₉・₁₆、101₁₋₃・₁₀、105₅、107₃・₆、111₁₂₋₁₃、113₂₋₃・₅、115₃・₆・₈、117₂、119₉、121₅、123₅₋₆、129₉、131₄・₈、133₃、135₉、141₁₆、145₃・₈・₁₂・₁₄₋₁₅、147₁、149₁₁、153₁₀₋₁₁・₁₄・₁₆、155₄・₁₃₋₁₅、157₁・₅₋₇、161₄・₇、167₂、169₉₋₁₀、175₃・₇₋₉、177₁、181₃・₉・₁₃、183₇₋₉、187₁・₄・₁₁、189₇・₁₂・₁₄、191₄・₆・₁₂、197₃、201₃・₅・₁₄、203₁₂、205₁₀・₁₃、207₁₄、211₂・₄₋₅、213₅₋₆、215₃、217₅₋₆、221₁₂₋₁₃、223₁₂₋₁₄、225₂・₁₁、227₄・₁₃・₁₅₋₁₆、229₁₆、231₁₃・₁₅、233₁₀、237₅₋₇・₁₂、239₂₋₃・₅・₁₃₋₁₄、243₃₋₄、245₅・₈・₁₁、247₅・₇・₁₂、249₂、251₂・₈・₁₀、263₁₁・₁₅₋₁₆、265₆₋₇・₁₃、267₂・₁₀₋₁₄、271₁₂₋₁₃、273₄・₁₀₋₁₁、277₈、279₇・₁₆、281₅・₇・₈・₁₄、285₇₋₈・₁₀・₁₆、291₇、293₉、319₇、323₇、325₉、327₇・₁₃、329₁₀、337₉、339₁、343₂・₁₁、345₄・₁₂、355₁₁・₁₄、357₂・₁₃、359₄、363₇、367₂・₄・₆、369₄・₁₀、375₂、381₃、385₃・₇、391₇、395₁₁、397₁₀、399₁₀、401₄・₁₀、411₂・₁₀、413₉、419₅、421₁・₆・₁₂、429₁₂、435₁₄、443₁・₁₁、445₈・₁₅、447₇、449₉・₁₀、451₃、455₄・₇、459₂・₁₅、463₃・₁₆、465₃　⑤3₆、51₁、136・₁₄、151・₉・₁₃、17₁₁、19₇・₁₂、232・₄₋₅・₉、27₁・₁₀、336・₈₋₉・₁₁・₁₅、35₁・₈、37₁₂、39₁・₅₋₉、43₁₀・₁₂、45₁₆、49₂、53₁、57₇、61₁₁、65₄、69₁₀・₁₃、73₄、83₇、85₆・₈・₁₁、87₁₀、91₈・₁₁、93₃、95₈・₁₀、97₄・₇、111₈、113₁₄、119₃、121₆、123₈・₁₂₋₁₃、125₆、131₈、141₉・₁₅、143₂・₅・₁₀・₁₆、145₁₀、149₇・₁₅、163₉、193₇、195₇、197₁₅、199₆・₁₃₋₁₅、207₁・₄・₁₆、209₃、211₁₃、213₁・₇、215₁・₃、235₅、237₈、239₁₁、249₉、255₂・₁₅、257₅₋₆・₈・₁₆、265₁₄₋₁₅、267₉、269₆、275₅・₁₂₋₁₄、279₅、281₁₃、287₁₃、289₄・₁、297₁₆、299₁・₁₅、301₂・₄・₁₅、303₂・₁₅、309₉・₁₂、313₅・₉、321₂・₁₅、

続日本紀索引

$323_{5・7-8・11}$, 325_8, $327_{1・13}$, 331_7, 333_{12}, 339_3,
343_8, 357_5, $359_{1・6・12}$, 363_{12}, $369_{4・13}$, 373_{16},
379_5, $383_{1・5}$, 385_2, $387_{9-10・14}$, 389_{14}, 391_5,
$395_{10-11・14}$, 403_{12}, 405_8, 411_{11}, $413_{2・4}$, $415_{5・11}$,
429_{16}, $441_{8・11}$, 447_9, 467_{15}, 473_6, 477_{12}, $481_{8・10}$,
485_{5-7}, $487_{7・10・15}$, $489_{4・7-10}$, $497_{6・9}$, $499_{3・15}$,
$501_{1・3・10}$, 505_9, 507_8, $509_{1・5-6・11}$, $513_{6・11・14・16}$
賜ふ限に在らず ④$263_{15}$
賜ふ例に在らず ②$181_6$
賜ふ例に入る ②$227_{12}$
賜物 ⑤$95_{16}$
賜へりし姓は取り ④$255_2$
賜へる ②$141_2$, 223_{13}
賜緑 ③$387_{14}$ ⑤$299_1$
賜禄 ①$153_4$ ③$167_4$ →禄(を)賜ふ
輜重 ⑤$433_{10・12・14}$, 435_{2-3}
駉 ②$93_1$
諡 ①$75_7$, 117_2 ③$147_3$, 279_{14} ⑤$465_{12}$
諡号 ②$103_{12}$
諡を上る ⑤$453_1$
諡を奉らず ②$139_6$ ③$101_5$, 161_{11}
諡を奉る ⑤$453_9$
諮請息まず ③$431_{12}$
諮ふ ②$415_{12}$
贄田物部首年足 ⑤$269_3$
贄土師連沙弥麻呂 ③$419_{10}$
字育 ①$225_{14}$
字育和恵 ②$11_2$
字す ③$285_2$
字と作す ④$201_9$
字に随ふ ②$229_{14}$
字び撫ふ ③$385_4$
字養 ②$253_{13}$
字を改む ③$253_1$
字を作る ②$225_5$
字を立つ ④$201_9$
寺 ①$113_8$ ②$77_{11}$, 389_{15} ③$411_1$, 57_{10}, 93_8, 359_{11}
　④$77_8$ →四大寺, 七大寺
寺家 ②$131・9-10$, 275 ③$23_{13}$, 359_{10} ④$13_2$, 217_{12}
　⑤$311_{13}$, 501_{14}
寺家の地 ②$227_8$
寺官 ①$43_{15}$
寺間臣大虫 ④$123_6$
寺寺 ②$291_{16}$ ③$69_8$
寺社の賤 ⑤$429_2$
寺浄麻呂 ⑤$145_{10}$
寺人が姓 ①$213_{15}$
寺人小君 ①$131_5$
寺人(姓) ①$213_{16}$

寺人を除く ①$215_1$
寺賤 ④$13_{14}$
寺賤の名 ④$13_9$
寺地 ③$49_{13}$
寺鎮 ②$119_5$ ③$163_{13}$ ⑤$41_9$, 127_8
寺とす ⑤$201_6$
寺と成す ③$69_9$
寺に就く ②$417_{13}$
寺に入らず ③$325_1$
寺に与ふ ⑤$275_3$
寺の戸 ④$463_9$
寺の租 ⑤$475_{14}$
寺の地 ③$29_{13}$
寺の奴婢 ④$411_7$
寺の稲 ⑤$125_{16}$, 465_{10}
寺の封 ②$227_6$ ④$197_6$
寺の封戸 ④$181_7$, 197_5
寺の封租 ⑤$169_{15}$
寺物 ③$171_1$
寺別 ③$89_{2・4-5}$
寺毎 ⑤$351_5$
寺を処く ③$49_{10}$
寺を造る ⑤$163_{16}$
寺を造る用 ②$443_4$
寺を并す ②$291_{15}$
次官 ③$235_{12}$
次官以上 ②$83_7$
次々に賜はり住かむ ①$113_2$
次侍従已上 ④$273_{11}$, 363_6 ⑤$251_4$, 33_7, 57_6
次第司 ②$375_4$
次丁 ②$279_{14}$
次に上れたる ②$181_5$
次無し ③$63_{12}$
次を以て行列す ④$77_4$
次を恪まず ①$125_{16}$
耳中 ④$407_9$
耳目とす ②$107_2$ ④$415_2$
耳目の渉る所 ⑤$407_{10}$
耳目を驚かすこと得ず ④$133_1$
自 ②$265_{14}$ ⑤$183_4$
自外 ②$171_{7-8}$, 251_5 ③$207_9$, 357_{13}, 429_1 ⑤
　123_{11}, 323_3
自外は知らず ④$423_{11}$
自頃 ⑤$267_{14}$
自在 ④$77_6$
自首 ①$175_{4-5}$
自首し申す ④$373_9$
自首し申せらく ④$373_{11}$
自新の路 ②$447_2$

し（賜・輜・駉・諡・諮・贄・字・寺・次・耳・自）

続日本紀索引

し（自・児・事）

自然　①$127_{10}$　②$133_{10}$　④$261_{11}$
自存すること能はぬ　②$51_6$
自存すること能はぬ者　①$89_9$, 123_{14}, 129_7, 175_{10}, 215_{15}　②$51$, 376, 77_9, 143_{10}, 219_5, 255_4, 259_5, 265_{13}, 291_9, 297_{10}, 303_8, 321_{15}, 349_7, 351_9　③$151_5$, 79_7, 117_7, 155_{10}, 157_{16}, 185_4　④$175_9$　⑤$103_7$, 171_1, 245_{10}, 353_{11}, 391_6, 395_{13}, 463_4
自存するに堪へず　⑤$425_8$
自負　④$255_9$
自餘　①$101_{13}$　②$7_1$, 71_2, 79_1, 207_8, 215_6, 221_1, 229_3, 247_{16}, 265_{15}, 277_8, 289_{12}, 291_{10}, 315_{12}, 333_5, 351_{10}, 357_7, 359_{11}, 361_2, 393_6　③$79_{10}$, 89_5, 93_7, 101_8, 103_5, 143_7, 175_{14}, 183_{16}, 301_3, 337_5, 343_{11}　④$95_{13}$, 153_{15}, 183_9, 271_{12}　⑤$7_8$, 169_9, 235_2, 275_3, 281_3, 329_{11}, 375_8
自餘の行事　⑤$221_5$
自ら安せず　③$243_{14}$
自ら縊る　④$91_8$
自ら衛る　④$271_3$
自ら観る　④$315_{13}$
自ら願ふ　④$229_{11}$
自ら休む　②$283_{15}$
自ら響く　⑤$187_8$
自ら経る　②$205_{12}$　③$211_{10}$, 441_{11}　⑤$241_1$, 405_{10}
自ら顧る　④$317_6$, 405_{10}
自ら効む　⑤$145_8$
自ら告す　④$227_{10}$
自ら止まむ　⑤$105_2$
自ら止むること能はず　⑤$217_8$
自ら恣に　⑤$135_{10}$
自ら辞す　④$267_5$
自ら守る　⑤$411_{10}$
自ら首さしむ　①$155_{16}$
自ら首す者　①$137_{11}$　③$337_6$
自ら聚く　④$59_7$
自ら倹む　④$37_{10}$
自ら称ふ　⑤$99_{12}$
自ら称る　③$297_3$, 299_3
自ら訟ふ　③$365_{16}$
自ら償ふ　⑤$283_{12}$
自ら新ならしむ　③$105_6$　⑤$245_3$
自ら新にす　②$251_8$, 281_{15}　③$385_{13}$　④$373_3$
自ら新にせしむ　③$55_{11}$
自ら尽なしむ　②$205_{11}$
自ら尽ぬ　③$441_{10}$
自ら生る　③$177_6$
自ら誓ふ　④$395_{10}$
自ら折る　④$33_{12}$
自ら瞻ふこと無けむ　③$309_9$

自ら全くす　⑤$163_{10}$
自ら独りのみ　④$323_8$
自ら入らず　②$319_{14}$
自ら入る　②$319_{12}$
自ら忍ぶること能はず　⑤$481_{16}$
自ら寧きこと無し　②$389_7$
自ら備ふ　③$123_6$
自ら焚く　①$71_{15}$
自ら勉む　①$123_9$
自ら鳴る　②$89_3$　⑤$175_{16}$, 177_1
自ら滅ゆ　①$105_{11}$
自ら理せしむ　①$201_2$
自ら率ゐる　②$373_{15}$
自ら領る　⑤$203_5$
児嶋郡（備前国）　⑤$303_{11}$
事　①$185_4$　②$11_3$, 369_1, 445_4　③$215_{16}$, 243_7, 299_3, 343_1　④$27_4$, 335_4, 437_8, 455_{15}　⑤$135_7$, $255_{5 \cdot 13}$
事已むこと獲ず　⑤$131_5$, 247_7, 267_{15}, 341_4
事已むこと能はず　②$375_9$
事依さし奉りの任に　③$263_4$
事一時に美く　③$245_3$
事覚れし日　④$105_{13}$
事機　③$319_{15}$
事機を失はざれ　⑤$273_{14}$
事宜を尽す　②$43_{10}$
事業　②$65_6$, 191_9
事故に縁りて　⑤$425_{16}$
事故を発す　②$105_8$
事願みなき人等　③$73_1$
事細小　②$445_2$
事始めて　①$3_{14}$
事条　②$443_{16}$, 445_{16}
事状　①$183_2$
事状を具にす　①$181_{16}$
事成り難し　③$343_1$
事成る　②$319_{15}$, 431_{16}　③$209_5$, 211_8
事卒然に有り　④$295_5$
事多くは穏にあらず　③$325_{13}$
事とす　⑤$329_{13}$
事とせず　①$103_{13}$
事に　④$163_2$　⑤$411_9$
事に違はず　④$263_{12}$
事に縁りて　②$253_2$　⑤$139_{12}$
事に於て穏にあらず　④$57_5$, 303_{12}
事に於て准量す　⑤$281_7$
事に於て商量す　②$289_{10}$　⑤$157_4$, 253_{11}
事に於て便あらず　②$211_1$, 251_1
事に応ふ　⑤$151_6$

166

続日本紀索引

事に堪ふる国司　⑤$273_{13}$
事に供ふ　③$241_{10}$
事に供る　①$15_2$　④$267_{14}$, 281_{14}
事に供れる者　③$393_5$　④$63_4$
事に坐す　⑤$239_{13}$, 279_1, 303_6, 387_1, 455_3
事に死せる　②$149_{13}$
事に従ふ　①$233_6$　⑤$401_{6·11}$
事に触れて皆正し　③$321_{15}$
事に触れて相違ふ　②$233_{16}$
事に随ひて　①$41_9$, 103_9, 131_{13}　②$349_{12}$, 407_5　③$171_1$, 289_3, 429_7　⑤$195_1$, 365_{15}, 481_3
事に随へ　⑤$131_7$
事に属りて　⑤$151_2$
事に託せて　⑤$165_{14}$
事に便あらず　②$89_{16}$, 91_2
事に預りて　②$235_5$
事に臨む　①$229_2$　④$183_{10}$　⑤$151_{12}$
事の故有り　②$393_4$
事の状　②$223_{10}$
事の状を録す　②$321_2$
事の勢　④$371_{13}$　⑤$439_{12}$
事の動静　④$75_1$
事の務　⑤$193_9$
事はじめ　②$139_{13}$
事発覚　⑤$347_3$
事必ず成る　③$209_3$
事畢る　①$153_5$　②$357_4$　③$235_1$, 305_9, 339_{15}, 387_7, 417_{12}, 441_1　④$45_6$, 99_2, 317_5, 353_7, 419_{14}, 447_7　⑤$51_0$, 131_3, 39_1, 75_8, 89_2, 207_{13}, 339_{12}
事ふ　①$125_2$, 219_6
事別きて詔りたまはく　④$335_4$
事別きて宣りたまはく　③$217_{11}$
事謀る　④$45_{14}$
事毎　③$203_2$, 217_1, 365_2　⑤$401_4$
事密く　①$87_1$
事無し　②$321_2$　③$269_{11}$　④$373_2$
事勿からしむ　①$215_{14}$, 219_1, 223_{16}　②$117_6$, 297_9　③$79_8$　⑤$171_3$, 395_{13}
事勿からしめよ　②$143_{12}$
事理に合はず　③$323_1$
事力　①$137_3$, 151_{14}　②$17_{13}$, 97_{11}, 301_{12}　④$121_{15}$
　→事
事立つに有らず　②$223_5$　③$97_{11}$
事了る　②$71_3$
事露る　⑤$225_8$, 413_{16}
事を挙ぐ　⑤$479_4$
事を行ふ　⑤$17_{13}$, 43_3, 469_3, $497_{1·11}$
事を言ふ者　④$299_{12}$
事をし云はば　④$43_{12}$

事を視る　②$103_{15}$　③$413_8$　⑤$411_{14}$
事を受く　④$165_8$
事を処す　①$181_5$　⑤$195_2$, 367_9
事を申すべき人　④$277_4$
事を親らす　④$299_7$
事を泄す　④$89_6$
事を奏す　③$371_9$
事を知らしむ　③$297_4$
事を知るに堪ふる者　①$183_1$
事を致す　④$317_7$
事を聴く　⑤$407_{13}$
事を通す　②$233_{10}$
事を撫む　⑤$217_2$
事を奉けたまはらしめむ　④$255_{11}$
事を謀る　③$203_3$
事を用ゐる　⑤$117_{16}$
事を理む　②$279_3$
事を量る　③$427_7$　④$411_{16}$, 433_{14}, 437_{12}　⑤$43_2$, 367_8
侍医　④$429_{11}$　⑤$71_9$, 129_{15}, 295_{3-4}, 361_8, 373_3, 401_{15}, 421_8
侍衛　④$43_8$
侍謁の期　⑤$221_3$
侍従　①$141_4$　②$99_{13}$　③$79_{14}$, 91_2, 95_9, 195_5, 285_6, 421_{8-9}　④$115_{4·12}$, $155_{7·9}$, 159_2, 165_7, 191_{16}, 193_2, 195_5, 207_8, 223_3, 225_{15}, 303_1　⑤$49_7$, 57_7, $61_{9·12}$, 105_{10-11}, 109_8, 117_{10}, 191_8, 197_{12}, 205_9, 211_3, $229_{4·9}$, 237_{12}, 241_3, 243_6, 277_{11}, 301_7, 315_{12}, 337_2, 339_{11}, 457_{11}, $459_{7·12}$, 461_2, $491_{7·11}$, 499_9
侍臣　①$41_{12}$　②$163_{13}$, 265_{15}, 273_{15}, 287_5, 337_5, 361_{10}　③$39_5$　④$227_{14}$　⑤$267_8$
侍童に通す　③$179_{15}$
侍読の労　⑤$355_{13}$
侍立　①$189_6$
侍る諸の人等　④$171_{12}$
侍を給ふ　①$123_{11}$
治郡　①$123_{14}$
治迹　②$179_{13}$
治績　②$253_6$
治体に習ふ　③$413_7$
治定まる　⑤$273_{13}$
治道　③$15_{13}$
治道に乖く　⑤$103_{12}$
治能に随ふ　①$29_{16}$
治能有る者　①$75_1$
治擵　④$263_6$
治不　②$445_{14}$
治部卿　①$133_6$, 143_7　②$99_{14}$, 253_{14}, 349_{16}, 367_5

し（事・侍・治）

167

続日本紀索引

し（治・持・茲・時）

③$21_7$, 25_{10}, 43_3, 191_{14} ④$185_{10}$, 209_6, 345_6, 359_{13}, 413_{12}, 422_5 ⑤$9_7$, 233_8, 247_{11}, 349_{16}, 389_6, 405_1, 451_2
治部少輔 ①$43_{10}$ ②$343_7$ ③$33_9$, 47_9, 191_{14} ④$198_8$, 355_1, 425_6 ⑤$31_3$, 49_{13}, 99_{15}, 137_6, 189_2, 199_{11}, 283_6, 323_{10}, 383_{15}, 459_{11}, 469_6, 473_{12}, 491_8
治部省 ②$65_3$ ③$113_{12}$ ⑤$105_3$, 281_6, 285_{15} → 礼部省
治部省の印を用ゐる ④$327_4$
治部省の官人 ②$201_{15}$
治部省(の)奏 ②$77_{15}$, 153_{10} ⑤$103_{14}$
治部大輔 ②$333_{14}$, 395_7, 437_3 ③$47_8$ ④$319_7$, 377_{14} ⑤$117_{11}$, 143_2, 247_{12}, 251_6, 293_3, 315_{14}, 383_{14}, 401_{13}, 423_{13}, 443_1, 449_{15}, 473_{12}
治部の処分 ⑤$105_2$
治むる機に暗く ②$291_2$
治むることを掌る ③$285_9$
治むる国 ②$135_{10}$
治むるに依れ ⑤$155_{12}$
治むる物に在るらし ③$265_8$ ④$311_{14}$ ⑤$181_{11}$
治め易し ⑤$155_{12}$
治め給はく ④$63_{15}$
治め給はむ物そ ④$257_{15}$
治め給ふ ②$421_{16}$ ④$241_4$, 255_1, 323_{10}
治め給ふ人も在り ④$63_{8-9}$
治め給ふべく在り ④$89_{14}$
治め賜はく ②$143_{8\cdot14}$, 423_5 ③$71_6$, 221_1 ④$337_2$, $373_{12\cdot15}$
治め賜はず在らむ ③$319_2$
治め賜はな ④$421_9$
治め賜はむ ①$51_1$ ②$217_3$ ③$317_{15}$ ④$35_2$, 109_8, 327_{14}
治め賜はむと念しし位 ⑤$173_9$
治め賜ひ哀み賜ふ ④$63_{12}$
治め賜ひ諸へ賜ふ ①$121_3$
治め賜ひ行ひ賜ふ ②$225_5$
治め賜ひ恵み賜ひける ①$113_1$
治め賜ひ恵み賜ひ来る ①$123_5$, 127_8 ③$67_{4-5}$
治め賜ひ恵み賜ふ ③$87_4$
治め賜ひ慈しび賜ひ ②$143_7$
治め賜ひ調へ賜ふ ②$215_{11}$
治め賜ひ平げ賜ふ ④$419_{13}$
治め賜ひ養ひ賜ふ ⑤$183_7$
治め賜ふ ①$121_9$, $127_{7\cdot16}$ ④$241_{16}$, 423_3 ③$69_{5\cdot9\cdot10\cdot12\cdot16}$, $71_{11\cdot16}$, $73_{6-8\cdot10-13}$, 85_9, 265_{15}, 315_{13}, 317_{12}, $319_{2\cdot5}$ ④$87_{7\cdot12}$, 139_6, 241_{16}, 311_{13}, 313_{10}, 327_{13}, 383_8 ⑤$173_{10}$, 183_5, 445_4
治め賜ふ人 ③$219_{16}$

治め賜ふ日 ③$319_2$
治め賜ふべき人 ③$71_7$
治め奉る ①$57_7$ ⑤$183_3$
治めまつる ④$259_{10}$
治る所 ⑤$141_4$
治を佐く ④$283_{10}$
治を敗る ③$169_3$
持戒 ④$375_3$
持戒第一 ③$163_2$
持節遣唐副使 ⑤$73_{15}$
持節使主典 ②$149_{15}$, 309_{13}
持節使の頭 ⑤$37_8$
持節使判官 ②$149_{15}$, 309_{13}
持節将軍 ②$73_{15}$
持節征夷軍監 ②$79_{12}$
持節征夷軍曹 ②$79_{12}$
持節征夷将軍 ②$79_{11}$
持節征夷副将軍 ②$79_{12}$
持節征東将軍 ⑤$289_9$
持節征東大使 ⑤$157_{10}$, 195_8
持節征東大将軍 ④$439_2$, 441_6
持節大使 ②$157_8$, 309_{11}
持節大将軍 ②$149_{14}$
持節鎮狄将軍 ②$79_{12}$
持節副使 ②$309_{11}$
持節副将軍 ②$149_{14}$
持たむとすれば利無し ⑤$435_4$
持ち参り入り来て ④$241_{10}$
持統天皇 ①$31_4$, 52_1, 119_{14} ②$127_5$ → 天皇, 太上天皇
持統天皇の七七日 ①$67_6$
茲に臻れる ⑤$169_2$
茲に由らむ ③$49_{11}$
茲より尚きは莫し ④$403_{12}$
茲より先なるは莫し ④$183_6$
茲より要なるは莫し ③$237_9$
茲を念ふこと茲に在り ⑤$167_{14}$
時雨 ②$131_1$
時雨降らぬ ④$41_{13}$, 81_{15}
時価に拠らず ③$385_{16}$
時艱 ③$223_8$
時機 ①$187_{13}$
時宜を失ふ ⑤$159_{13}$
時宜を得 ②$309_4$
時行 ③$321_6$
時候を失ふこと莫からしむ ②$7_1$
時刻を記す ④$443_{16}$
時々状々に従ひて ②$143_6$
時々の記 ②$293_4$

168

続日本紀索引

時政　②253$_4$
時政の得失　②365$_{12}$
時節に随ふ　④435$_{14}$
時俗を斉ふ　②235$_8$
時と与に　③367$_4$
時ならず　④437$_{11}$
時に応りて　④437$_9$
時に冠る　②47$_8$
時に順ひて　②129$_{14}$
時に順ふ　④415$_9$
時に乗して首として出づ　③269$_5$
時に随ひて　②117$_8$ ③247$_7$, 275$_1$, 281$_{13}$, 305$_{16}$ ④455$_{15}$
時に遭へる恩　②307$_{12}$
時に伏す　⑤279$_8$
時に名有り　⑤199$_{16}$
時に臨みて　②69$_{12}$ ③429$_8$
時日を延ぶ　②121$_{10}$
時の忌諱　③443$_6$
時の貴賤　③311$_{15}$
時の事に預らず　⑤265$_7$
時の事由　③393$_{12}$
時の人　①277$_7$, 231$_9$ ③31$_5$, 63$_1$ ④161$_{10}$, 225$_{10}$, 331$_2$ ⑤21$_7$, 201$_{11}$
時の政　②179$_5$
時の便に随ひて　④435$_8$
時の和む布く　③137$_6$
時服　②183$_5$, 233$_8$, 303$_{12}$ ③427$_5$
時望の帰する攸　④105$_{11}$
時務　⑤437$_{14}$, 44$_{514}$
時務に益无し　①199$_8$
時務に堪ふ　①137$_{15}$, 195$_4$
時務に堪ふべき者　①79$_{16}$
時務に堪ふる者　①141$_9$ ④413$_2$
時務に堪へず　③65$_1$
時有り　①95$_{13}$, 475$_{11}$
時邕げ　⑤125$_{10}$
時来れる　⑤513$_{10}$
時涼　④317$_{15}$
時令に順ひて　④397$_{15}$, 417$_6$
時を過さず　④137$_4$
時を空しくすること無く　②307$_{11}$
時を佐く　③209$_4$
時を失ふ　①83$_9$, 85$_{10}$ ③437$_{14}$ ⑤427$_3$, 435$_7$
時を取る　②253$_6$ ⑤129$_7$
珥　②89$_4$
滋賀(志賀・志我)郡(近江国)　②33$_{13}$, 383$_2$ ④71$_5$, 381$_{14}$ ⑤361$_5$
滋賀郡の戸　④381$_{15}$

滋く起る　①101$_{16}$
滋彰る　③313$_5$
滋り栄ゆ　②129$_{16}$
慈　③23$_8$
慈哀　④97$_{11}$
慈蔭　⑤221$_2$
慈教　⑤127$_{6-7}$
慈訓(人名)　③163$_{11-12・14}$, 165$_1$, 323$_{15}$, 357$_5$, 439$_3$ ④301$_{12}$
慈しび賜はく　①123$_6$ ②143$_6$
慈しび賜ひ治め賜はく　②143$_8$
慈しび賜ひ来る　①127$_{7-8}$
慈しび賜ひ来る業　①123$_5$ ②143$_7$
慈しび賜ふ事　①123$_4$
慈心　④281$_{13}$
慈石　①199$_{13}$
慈定(人名)　①115$_6$
慈の政は行ふに安く　③197$_7$
慈悲　④431$_{11}$
慈悲の雲　④289$_{16}$
慈悲の音　②417$_5$
慈び救ひ賜ふ　④137$_4$
慈び給ひ愍み給ふ　④257$_{15}$
慈び給へる物なり　④173$_9$
慈び悟り正し賜ふべき物なり　③197$_8$
慈び示し給へる物なり　④173$_8$
慈び賜はむ　④103$_{10}$, 335$_5$
慈び賜ひ護り賜ふ　③217$_5$
慈び賜ひ治め賜ふ　③319$_5$
慈び賜ひ上げ賜ひ来る　③319$_4$
慈び賜ひ福へ賜ふ　③65$_{13}$
慈び賜ふ　①113$_1$ ③197$_{10}$, 217$_3$ ④241$_{15}$
慈び愍み給ふ　④253$_{12}$
慈び愍み賜ふ物に坐す　④175$_1$
慈びを懐く　②109$_7$
慈ぶ　④333$_{13}$
慈風遠洽　②225$_2$
慈命を施す　③137$_6$
慈有り　③321$_{13}$
慈令　⑤67$_1$
慈令を施す　③143$_{14}$ ④445$_9$
慈を以て行ひ給ふ物にいませ　④253$_{12}$
慈を以て治めよ　④259$_9$
慈を先とす　③165$_{13}$
辞　⑤71$_4$, 205$_6$
辞屈り　③205$_{14}$
辞見　①189$_3$ ②45$_{15}$, 269$_{11}$, 363$_9$ ⑤35$_8$, 95$_{11}$, 415$_4$
辞し了り　⑤79$_{11}$

し（時・珥・滋・慈・辞）

169

辞旨　③431$_{12}$
辞訟　①57$_3$
辞譲　④317$_2$
辞び啓す　②141$_{16}$
辞び申したぶ　③341$_{10}$
辞び申す　③341$_4$
辞びて受けず　①113$_3$
辞び白す　①121$_{10}$
辞不敬に渉る　⑤289$_{14}$
辞別き　②217$_{10}$
辞別きて詔りたまはく　②143$_5$　④313$_5$
辞別きて宣りたまはく　③69$_7$、265$_{14}$　④373$_{13}$　⑤183$_1$
辞容　⑤199$_{15}$
辞立つに在らず　①123$_4$
辞を以て奏すべし　③125$_1$
辞を正す　②235$_7$
爾云ふ　③203$_{15}$、205$_4$
爾雅　⑤83$_8$
辤して受けず　③151$_9$
辤び申す　③317$_{16}$
辤別きて宣りたまはく　③317$_{11}$
辤り去る　③209$_7$
迹きもの安く　⑤125$_9$
璽書　②169$_6$、193$_{16}$　③133$_5$　⑤87$_{10}$、131$_8$
輀車　②105$_4$
式　②31$_1$、111$_8$、193$_4$　③235$_{10}$、321$_{10}$　⑤371$_4$、481$_4$　→別式
式に依りて　③233$_{12}$、253$_6$　⑤93$_6$、151$_4$
式に依る　⑤149$_{3・5}$
式に准ふ　①179$_8$
式の如くす　④361$_1$
式の如し　③369$_7$
式の例に依る　⑤73$_{11}$
式部員外少輔　②47$_6$、79$_{16}$、99$_{14}$　④89$_3$
式部員外大輔　④37$_1$　⑤109$_8$、345$_{13}$
式部卿　①53$_1$、105$_9$、133$_5$、139$_{14}$、157$_{10}$、161$_{15}$　②25$_3$、47$_5$、149$_{13}$、173$_{11}$、205$_3$、249$_2$、273$_{10}$、325$_{10}$、339$_2$、375$_{11}$、379$_2$　③15$_4$、213$_1$、225$_6$、89$_{10}$、91$_5$、285$_5$　④115$_3$、221$_{10}$、295$_3$、297$_{10}$、305$_7$、331$_5$、337$_{14}$、355$_5$、413$_{13}$、453$_{10}$　⑤47$_3$、491$_2$、631$_3$、991$_4$、1012$_{・4}$、117$_{16}$、199$_{7・13}$、203$_{14}$、259$_{10}$、265$_4$、277$_5$、339$_1$、347$_{12・15}$、349$_2$、365$_2$、445$_{12-13}$
式部散位　③301$_2$
式部史生　⑤251$_{13}$
式部少丞　①79$_7$　⑤339$_3$
式部少輔　②25$_5$、47$_6$、79$_{16}$、99$_{13}$、339$_{13}$、375$_5$、427$_{14}$　③15$_{10}$、351$_6$、91$_5$、145$_4$　④53$_{11}$、159$_6$、193$_2$、249$_9$、319$_6$、353$_{15}$、425$_4$、459$_{16}$　⑤71$_4$、111$_1$、

191$_5$、249$_{12}$、339$_4$、345$_1$、361$_{12}$、383$_{12}$、409$_{16}$、473$_{10}$
式部省　①39$_{14}$、45$_1$、67$_{13}$、73$_4$、75$_{2・5}$、79$_{15}$、81$_{16}$、103$_8$、137$_{10-11・14}$、139$_3$、155$_4$、167$_9$、181$_{16}$、183$_9$、195$_{15}$　②65$_3$、133$_{9・14}$、251$_1$、291$_1$、355$_{13}$　③63$_{10}$、285$_{14}$　④173$_2$　→文部省
式部省に下す　①205$_{12}$
式部省に留まる　②245$_9$
式部省に留む　①215$_3$
式部省の省掌　④223$_{11}$
式部省の任　①197$_{13}$
式部省符を下す　②213$_{10}$
式部大輔　②47$_6$、353$_{10}$、395$_{13}$　③23$_3$、351$_5$、89$_{11}$、411$_7$　④51$_{11}$、89$_2$、113$_{10}$、159$_6$、179$_3$、197$_4$、243$_7$、287$_8$、301$_6$、329$_2$、339$_6$、341$_1$、425$_4$　⑤49$_{12}$、249$_{11}$、271$_{10}$、317$_9$、351$_5$、355$_6$、369$_9$、397$_7$、421$_{2・14}$、445$_{10}$、507$_5$
式部大録　②119$_9$
式部長官　①197$_{14}$
式部の省掌　④223$_{11}$
式部の判補　②213$_{10}$
式を立つ　③235$_{10}$
識者　④309$_{14}$
識らず　③175$_{10}$
竺紫物領　⇒筑紫惣領
竺紫府　⇒筑紫府
舳　⑤79$_4$、81$_8$
舳の檻　⑤81$_5$
舳艫去る　⑤81$_7$
舳艫絶えず　③327$_{16}$
舳艫百里　⑤439$_5$
舳艫分る　⑤79$_2$
七位　①95$_9$、173$_2$　④157$_{15}$、227$_8$
七位を有つ　④157$_{15}$、227$_8$
七載　③431$_{14}$
七々の御斎　⑤451$_{12}$
七々の日　⑤221$_8$
七七（日）　①67$_6$、115$_{11}$　②417$_{1-2}$　③61$_3$、115$_8$
七七日の斎　②295$_{10}$
七七の斎　③359$_{14}$
七十歳已上の者　②203$_{15}$、381$_7$　④99$_8$、267$_{11}$
七十（歳）以上　②303$_7$
七十（歳）以上の者　④95$_7$
七重塔　②365$_{10}$、389$_{12}$　③49$_8$
七条の事　①99$_3$
七色相交り　④171$_{11}$
七姓の民　⑤331$_{16}$
七星を負ふ　①233$_8$
七夕の詩　②281$_{10}$

し―しち（辞・爾・辤・迹・璽・輀・式・識・竺・舳・七）

170

続日本紀索引

七大寺　③161$_{1\cdot4\cdot7}$　⑤221$_6$
七代を経　②99$_4$
七道　①41$_9$, 107$_5$, 219$_{10}$　②59$_{15}$, 187$_5$, 333$_2$,
　　443$_{10}$　④395$_1$　⑤225$_9$, 311$_{10}$, 465$_2$
七道諸社　①55$_3$, 97$_1$
七道の按察使　②93$_{15}$
七道の国郡司　⑤497$_3$
七道の巡察使　③367$_{10}$
七道の巡察使の奏状　③383$_{16}$
七道の諸国　①197$_{16}$, 211$_6$　②31$_1$, 91$_{11}$, 149$_{5\cdot11}$,
　　161$_6$, 179$_{13}$, 213$_{14}$, 277$_{14}$, 289$_{11\cdot13}$, 325$_8$, 327$_6$,
　　339$_{11}$, 345$_{13}$, 367$_6$, 411$_1$, 443$_2$　③41$_{11}$, 57$_8$, 59$_{13}$,
　　105$_{12}$, 149$_{3\cdot8}$, 165$_3$, 435$_9$　④119$_{14}$, 149$_5$, 405$_3$　⑤
　　159$_3$, 383$_5$
七道の諸国の司　②407$_{10}$　⑤479$_6$
七道の諸国の主典已上　②233$_{13}$
七道の諸国の百姓　②303$_5$
七道の諸寺　⑤449$_{10}$
七道の諸社　②237$_5$, 385$_7$　③63$_7$, 113$_{14}$
七道の諸の国分金光明寺　④383$_{16}$
七道の鎮撫使　③37$_1$
七道の名神　⑤403$_{14}$
七徳に資る　⑤135$_8$
七日七夜　②355$_{12}$
七日に値ふ毎　⑤221$_7$
七日(日)　③165$_{15}$　④305$_{13}$
七曜　②233$_3$
失火　④449$_{15}$　⑤493$_{11}$
失すること無し　②245$_4$
失はず　②421$_8$
失ひ賜はず　④335$_5$
失無し　⑤41$_{13}$
失有り　②235$_5$　③15$_{13}$
失れる所　⑤433$_5$
失礼の状　②419$_7$
室　③225$_4$
室家　②97$_5$, 123$_3$
室女王　③321$_2$　→室内親王
室内親王〔室女王〕　③335$_{10}$
柒　②75$_9$, 359$_{10}$
柒部司　②75$_{7\cdot9}$
柒部司直丁　②75$_7$
柒部司令史　②75$_6$
柒部正　③389$_8$
疾疫　②389$_{10}$　③281$_{6\cdot9}$, 351$_{14}$, 435$_8$　④431$_{11}$
疾疫咸く却く　③245$_{14}$
疾疫に苦しぶ者　⑤475$_{13}$
疾疫の災　②281$_{14}$　④431$_{15}$
疾疫の者　④431$_7$

疾く走る　④169$_6$
疾く馳る　⑤257$_4$
疾苦　②279$_{5\cdot7}$　③289$_2$　④133$_{13}$
疾疹の徒　③79$_7$
疾に臥す　②321$_{15}$
疾に臥す者　⑤485$_{10}$
疾に患ふ　②323$_5$
疾病の徒　②37$_6$　③239$_1$
疾む　①69$_8$
疾を済ふ　③257$_6$
疾を存す　④367$_{15}$
疾を抱く　④317$_4$
執事(新羅)　④17$_{16}$
執事の卿等　②247$_{11}$
執事の牒　④17$_9$
執掌　⑤157$_1$, 365$_{16}$
執する所　②309$_3$, 353$_2$
執政　④331$_2$
執政大夫　③429$_2$
執政の大臣　①151$_1$
執奏　⑤247$_7$
執奏すらく　⑤217$_{11}$
執り持つ　②253$_6$　③227$_8$
悉斐(志斐)連三田次　②87$_5$, 233$_7$
湿損　①227$_{14}$　③429$_7$
漆　②75$_7$　⑤41$_2$
漆冠　①37$_{11}$
漆の几　②127$_1$
漆部駒長　②207$_{14}$
漆部宿禰道麻呂　④41$_9$
漆部正　④439$_{16}$
漆部造君足　②205$_1$, 207$_{13}$
漆部造道麻呂　①31$_2$, 77$_2$
漆部直伊波　③55$_5$, 349$_{14}$, 405$_8$　④39$_{15}$, 67$_{11}$,
　　107$_7$, 145$_9$, 189$_{12}$　→相模宿禰伊波
質財を責む　⑤109$_{13}$
質す　④267$_1$
質とす　⑤283$_{12}$
質に取る　⑤283$_{16}$
質を償ふ　⑤283$_{12}$
質を表す　④141$_4$
櫛見山陵(大和国)　①225$_2$
実帰を知る　②63$_9$
実数　①213$_5$
実地無し　②227$_{13}$
実と申す　③217$_1$
実に過ぐ　⑤441$_2$
実に慳はず　③45$_1$
実に就く　①147$_3$

しち—しつ（七・失・室・柒・疾・執・悉・湿・漆・質・櫛・実）

続日本紀索引

実无し ①$181_7$
実有り ③$407_{16}$ ④$73_{15}$, 83_{16}, 217_{10}
実録(実を録す) ①$183_8$ ④$11_2$
実を検ぶ ①$137_{10}$
実を収る ②$43_{11}$
実を吐く ②$447_4$
写一切経次官 ④$179_6$
写し備へ ②$203_7$
写し奉る ③$59_5$, 257_{16}
写す ②$125_{16}$, 127_6, 313_6, 365_{10}, 367_9, $389_{5\cdot13}$ ③$179_{9-10}$, 49_9, 171_{14}, 359_{16}
社 ①$103_1$ ③$349_3$ →神社
社吉酒人 ④$25_7$
社稷 ②$255_2$, 351_7 ④$299_{15}$ ⑤$247_{4\cdot7}$
社稷の急に赴く ①$17_5$
社稷を安す ④$333_{11}$
社稷を危くせむ ③$279_{10}$
社稷を復す ④$127_2$
社稷を保つ ②$3_8$
社を立つ ④$413_6$
車駕 ①$9_5$, 15_{12}, 35_{13}, 41_{16}, $49_{11\cdot14}$, 63_2, 85_7, 101_{14}, 143_{14}, $153_{6\cdot9-10}$, 157_{10}, 223_{13} ②$3_9$, 33_{14}, 39_6, 43_2, 53_{12}, 133_1, 147_{12}, 155_{15}, 173_{13}, 181_{14}, 251_5, 277_{9-10}, 301_2, 303_2, 349_{14}, 351_{13}, $363_{6\cdot11}$, 375_{13}, 377_1, 399_{11}, 407_{16}, 409_{14-15}, 415_6, 419_2, 433_{11}, 439_3, 443_1 ③$11_{2-4}$, 171_3, 59_{10}, 93_{10}, 101_7, 159_1, 371_{16}, 409_3 ④$93_{11}$, 221_4, $265_{7\cdot11}$, 269_{10}, 275_{8-9}, 281_4, 329_{12-4} ⑤$283_1$, 307_{16}, 345_{10}, 347_{12}, 499_9, 511_7
車持君長谷 ②$309_8$
車持(姓) ⑤$275_{14}$
車持朝臣 ②$309_8$
車持朝臣益 ①$159_{14}$ ②$65_{14}$, 81_2, 209_7
車持朝臣塩清 ③$401_3$
車持朝臣国人 ②$361_8$, 397_2 ③$159_1$, 271_1
車持朝臣諸成 ⑤$25_4$
車馬乏し ⑤$79_8$
舎屋 ①$49_7$
舎航(渤海) ②$189_2$
舎人 ①$161_5$, 163_6 ②$63_1$, 295_7 ③$95_{15}$, 185_1 ④$369_{15}$
舎人親王 ①$77_4$, 207_3 ②$41_5$, $61_{8\cdot11\cdot14}$, 73_9, 79_5, 143_{16}, 205_8, 211_{14}, 221_{14}, 247_{10}, 273_{10}, 295_{14}, 297_1, 305_6 ③$179_4$, 317_8 ④$87_{14}$
舎人親王の子 ③$125_4$
舎人親王の子の中より択ふ ④$179_6$
舎人親王の女 ③$335_{11}$
舎人親王の孫 ④$87_{13}$
舎人親王の第 ②$295_{16}$

舎人親王の第七子 ③$261_5$
舎宅 ②$437_2$
舎に帰る ③$181_2$
舎利 ②$231_6$ ④$135_{10}$, 139_{15}, 141_1
舎利の会 ④$141_{11}$
舎を作る ②$427_3$
舎を修る ③$333_8$
洒掃を勤めず ⑤$17_{10}$
射 ⑤$125_6$
射 ②$117_1$ ⑤$37_{15}$ →騎射
射騎田 ③$229_4$
射藝を善くす ①$3_9$
射甲箭 ②$289_7$
射殺す ④$21_{11}$
射場に会せしむ ⑤$37_{15}$
射水郡(越中国) ⑤$165_{11}$
射て殺す ④$21_{10}$ ⑤$359_6$
射田 ④$149_9$
射の列に在り ①$223_8$ ⑤$85_{11}$
射了る ②$361_{12}$
射る ②$361_{13}$, 371_{14} ③$305_{10}$ ⑤$257_4$, 347_{12}
射るに堪ふる者 ③$427_8$
射礼 ③$347_6$
射を賜ひ ②$133_{16}$
紗抜大押直 ⑤$509_1$
捨し入る ④$185_8$, 203_2, 217_{13}, 247_{14}
捨施 ⑤$275_2$
捨す ③$83_{1\cdot7}$, 381_{9-10} ④$97_7$, 155_{13}, 157_4, 209_1, 221_3, 401_{12}, 405_7, 415_7 ⑤$15_{12}$, 45_2
捨てきらひ賜ふ ④$31_6$
捨て給ひきらひ賜ふ ④$257_{14}$
赦原すこと在らず ④$119_7$
赦降 ⑤$217_7$
赦し賜ふ ④$73_{11}$
赦除 ①$89_9$, 123_8, 129_2, 215_{11} ②$3_{12}$, 51_5, 77_8, 207_{11}, 291_5, 297_6, 323_{16}, 349_7, 365_2 ③$9_3$, 151_4, 231_9, 51_{10}, 55_{12}, 75_{12}, 81_7, 131_7, 181_{16}, 367_7, 393_9 ④$49_{14}$, 53_1, 95_8, 99_8, 119_7, 175_{13}, 205_7, 237_1, 267_{13}, 287_5, 399_2, 405_{14}, 417_8, 445_{12} ⑤$67_4$, 103_4, 125_{13}, 169_6, 175_{11}, 205_5, 245_7, 465_8
赦す ①$15_{16}$, 19_{13}, 29_{13-14}, 59_2 ②$119_{16}$, 155_6, 183_{10}, 259_6 ③$9_1$, 39_9 ④$59_{1\cdot3}$, 225_{11}, 377_7, 417_6 ⑤$103_3$, 353_{11}, 395_9 →曲赦, 大赦
赦に会ふ限に在らず ⑤$371_{10}$
赦に逢ふ ⑤$341_{12}$
赦の限に在らず ①$191_4$, 291_4, 51_1, 55_{10}, 89_{10}, 129_4, 187_2, 215_{12}, 221_{10} ②$31_4$, 201_1, 291_7, 297_7, 325_2, 337_8, 365_{6-9} ③$95_3$, 231_2, 391_1, 51_{12}, 105_8, 115_{13}, 151_8 ④$49_{14}$, 53_2, 59_4, 95_8, 99_9, 175_{14},

しつ―しや
(実・写・社・車・舎・洒・射・紗・捨・赦)

続日本紀索引

237_2, 287_6, 377_8, 399_3, 401_2, 445_{13} ⑤$511_2$, 67_5, 103_6, 125_{14}, 175_{12}, 205_6, 245_9
赦の限に入る ②$121_7$, 259_{11}
赦の後 ④$165_{12}$
赦の書 ②$349_{10\cdot13}$
赦(の)前の事 ②$349_{10}$ ⑤$67_6$
赦の令 ①$51_6$
赦の例に在らず ①$123_9$ ②$283_3$, 323_4 ③$137_9$, 145_1, 155_9, 157_{15} ④$405_{15}$, 417_9 ⑤$169_7$
奢淫 ②$91_{12}$
榭 ②$181_{14}$
遮る ④$461_6$
謝恩使 ④$17_{10}$
謝時和(唐) ③$387_{11}$, 407_{16}
謝せしむ ⑤$507_7$
邪説を誦す ②$123_5$
邪嶺を壊る ④$289_{16}$
尺 ①$99_{16}$, 203_1, 209_3 ②$17_8$, 37_{13-14}, 55_8, 117_3 ③$17_9$ ④$263_{14}$ ⑤$321_1$, 409_8
尺度池(河内国) ⑤$207_4$
尺牘 ②$121_{10}$
尺の様 ②$73_8$
灼くが如し ③$367_1$
灼然 ③$181_6$, 289_{13} ⑤$367_7$
斫り殺す ②$341_{15}$, 343_2
斫り損ふこと得ざれ ⑤$311_{16}$
借す ②$117_{12}$
借貸 ①$175_9$ ②$269_6$, 281_1, 301_{12}, 345_7 ③$117_2$
借に住むことを願ふ ⑤$105_6$
借緋 ③$415_9$
借問 ⑤$43_2$
借りて言ふ ④$251_{16}$
釈かず ⑤$225_7$
釈迦 ②$101_{10}$
釈迦像 ②$127_5$, 171_2
釈迦仏の像 ②$313_5$
釈迦牟尼仏尊像 ②$389_4$
釈教 ②$15_5$ ④$171_1$ ⑤$339_{16}$
釈教に違ふ ②$271_1$
釈く ⑤$217_{16}$, 247_9
釈衆 ④$321_{15}$
釈す ④$397_{12\cdot14}$
釈典 ⑤$265_7$
釈典の道 ②$81_{14}$
釈奠 ①$35_{10}$ ②$231_3$ ④$153_8$, 297_7
釈奠の器 ②$67_8$
釈奠の儀(式) ③$59_8$ ④$461_{10}$
釈奠の服器 ③$59_8$
釈奠の礼 ①$35_{11}$

釈奠を停む ④$461_{10}$
釈道 ②$99_8$
釈服 ⇒服を釈く
釈門 ②$447_{14}$
錫 ①$21_{15}$ ④$129_{11}$
錫紵を服す ⑤$451_9$
錫に弱らず ④$129_{12}$
錫ふ ④$81_{13}$
錫ふ(姓) ⑤$309_8$, 509_9
錫命す ⑤$125_8$
錫類の徳 ③$273_8$
爵 ②$337_{10}$ ④$99_{14}$, 367_2, 369_7
爵位 ⑤$457_1$
爵位を辞す ④$277_{15}$
爵一階を賜ふ ③$371_{11}$
爵一級 ③$371_{13}$
爵一級を賜ふ ②$379_5$, 403_9, 449_7 ③$349_5$, 381_{14} ④$73_3$, $101_{1\cdot3}$, 131_4, 153_{10}, 181_3, 189_{14}, 251_2, 267_{14}, 359_4, 429_{12} ⑤$237_8$, 249_8, 327_{13}, 331_7, 391_{10}
爵一級を授く ③$371_{14}$
爵一級を進ぐ ⑤$331_9$
爵九級を賜ふ ②$449_8$
爵級を賜ふ ④$149_{11}$
爵五級を賜ふ ②$351_9$
爵三級を賜ふ ④$267_{10}$
爵四級を賜ふ ④$95_{13}$
爵十六級を賜ふ ④$315_{16}$, 317_{16}
爵二級を賜ふ ②$379_5$ ④$101_{1-2}$, 125_{11}, 191_{11}, 205_{13}, 239_2, 291_7, 337_9, 395_{11} ⑤$149_{15}$, 297_{15}, 505_8
爵六級を賜ふ ②$449_8$
爵禄(を)賜ふ ④$369_7$
爵を加ふ ⑤$281_{14}$
爵(を)賜ふ ①$17_2$ ②$293_8$, 301_7, 327_4 ③$383_5$ ④$95_9$, 99_9, 153_{11}, 155_{13}, 157_5, 163_6, 185_1, 225_{11}, 227_{15}, 281_{14} ⑤$69_{10}$, 309_{16}, 313_5, $501_{1\cdot10}$
爵を賜ふに預らぬ者 ⑤$69_{13}$
爵を進む ①$37_{16}$ ⑤$259_2$
若桜部 ④$293_7$
若桜部臣五百瀬 ①$43_6$
若桜部朝臣伊毛 ④$69_8$
若桜部朝臣上麻呂 ④$41_6$
若桜部朝臣比麻呂 ④$321_8$
若狭遠敷朝臣長売(長女) ④$291_{12}$, 345_2
若狭彦神(若狭国) ④$293_{13}$
若狭国 ①$199_{13}$ ②$171_5$, 323_9 ③$349_{15}$, 407_9 ④$435_8$
若狭国司 ②$123_{16}$

しゃーしゃく(赦・奢・榭・遮・謝・邪・尺・灼・斫・借・釈・錫・爵・若)

若狭国の稲　④345₄
若狭国の百姓　⑤507₁₄
若狭国の兵士　②59₁₆
若狭国目　④293₁₂
若狭守　③373₇, 381₁₂, 403₁, 423₁₂　④195₇, 207₅, 351₈, 433₅　⑤29₈, 191₁₁, 229₁, 275₁₀, 301₁₂, 379₁₀
若犬養宿禰東人　②425₅　③53₁₂
若犬養宿禰槇榔　①75₁₃
若江王¹　④39₁₂, 143₂, 179₅
若江王²　⑤259₁₂
若江郡（河内国）　②75₅　④99₇, 267₁₂, 273₁₂
若江郡の人　⑤199₁
若忽州都督（渤海）　③359₈
若女（人名）　⑤429₅
若女が子孫　⑤429₈
若女が孫　⑤429₈
若帯日子（成務天皇）　①213₁₄
若帯日子の姓　①213₁₄
若湯坐宿禰　②55₅
若湯坐宿禰継女　③51₂
若湯坐宿禰子人　④65₁₂
若湯坐宿禰子虫　④365₉　⑤261₄
若湯坐宿禰小月　②197₇
若湯坐部龍麻呂　④337₇
若湯坐連家主　②55₄
若麻続部牛養　⑤237₆
弱冠　③415₇
弱浜（紀伊国）　②155₁₀　→明光浦
寂居　②27₅
寂しく絶ゆ　④371₈
寂として無し　④17₇
雀　②177₆, 255₉　④283₇, 285₆·₉　⑤327₂·₅·₈, 331₆, 333₁₅, 335₇·₁₁, 505₆
雀鼠風雨の恤を致す　④131₁₃
雀部大臣　③113₁₀
雀部朝臣　③113₇
雀部朝臣が祖　①113₅
雀部朝臣広持　⑤15₄
雀部朝臣真人　③113₂
雀部朝臣真人らが先祖　③113₄
雀部朝臣男人　③113₃
雀部朝臣虫麻呂　⑤313₁₄
雀部朝臣東女　③339₁₃
雀部朝臣道奥（陸奥）　④41₈, 53₁₂, 351₈
雀部直兄子　④41₁₃, 207₁₁, 249₆
雀を獲し人　⑤505₈
椊田勝愛比　⑤23₂　→大神椊田朝臣愛比
椊田勝麻呂〔椊田勢麻呂〕　②393₁

椊田勢麻呂　②369₈　→椊田勝麻呂
手　①23₁₁　④451₁
手伎　②439₁
手書　①199₉
手人　②155₁₃
手人造石勝　④81₉
手嶋王　①75₁₂
手を加ふる者無し　④443₅
手を拍つ　④171₃
主　②191₁₂, 253₁　③419₂, 425₁₄　⑤301₄
主鎰　①53₁₂
主客　①217₆
主計助　③389₆　④51₃, 171₄, 193₄, 351₂, 415₁₆　⑤137₈, 295₁₀, 301₁₀, 341₁₆, 363₄, 409₁₂, 423₃
主計少允　⑤455₅
主計少属　⑤455₅
主計頭　②333₁₅, 343₈　③214, 91₆, 389₆　④51₂, 193₄, 325₁₁, 347₃　⑤71₅, 271₂, 63₅, 261₁₃, 277₇, 283₆, 305₃, 351₈, 371₁₃, 429₁₄
主計寮　①143₁　②55₁₃　⑤455₄
主計寮の笋師　①45₈
主司　②29₁　③289₁₆, 291₂
主者に下す　③231₁₂
主醬（司）　②401₅
主上　④211₁₃
主神　③97₁₅, 151₁₀　⑤79₂
主神司　③93₁₂
主人　⑤391₁₂
主帥　①173₃　②219₃, 365₆　③185₁
主政　②43₁₆, 53₁₅, 55₁₀, 353₁₄₋₁₅, 425₁₅
主税助　③405₇　④51₄, 233₇, 351₂　⑤71₅, 317₃, 381₄, 399₅, 459₁₁, 491₁₀
主税大属　⑤489₁
主税頭　②81₂, 263₁₄, 335₁, 343₈, 395₈, 399₇　③31₃, 43₁₃, 91₇, 141₁₆, 145₅, 191₁₅, 421₁₁　④51₃, 167₆, 233₂, 339₉, 377₁₅, 425₇, 439₁₅　⑤29₁, 71₈, 247₁₂, 261₁₄, 301₁₀, 345₁, 351₈, 443₂
主税寮　②55₁₄, 115₁₂
主税寮助　①109₁₄
主税寮の笋師　①45₈
主船正　③421₁₃　④249₇　⑤343₁
主帳　②43₁₆, 55₁₀, 353₁₄₋₁₆, 425₁₅　④251₂
主帳已下　③109₄　④411₁₄
主帳に任する者　④251₂
主典　①191₆, 21₂　②229₁₂　③235₁₃　④93₇　⑤373₁₁, 375₁₂
主典已下　⑤117₇
主典已上　①47₆　②33₈, 53₈, 111₁₄, 129₉, 137₅, 157₁₃, 179₄·₉, 217₁₃, 233₁₃, 235₄, 247₁₀·₁₃,

しゃく—しゅ（若・弱・寂・雀・椊・手・主）

174

385_{11}, 393_{11}, 403_3 ③$7_1$, 39_{13}, 95_3, 109_{11}, 115_1, 183_{16}, 295_{6-7}, $305_{7 \cdot 9}$, 315_3, 337_{14}, 347_5, 363_9, 369_{12}, $425_{12 \cdot 14}$ ④$135_{13}$, 227_{15}, 327_7, 357_{13-14} ⑤$169_{8-9}$, 215_1, 275_3, 289_4, 313_5, 331_8
主典以上 ①$59_{11}$, 181_{12} ②$209_2$
主典の禄 ②$25_{10}$
主殿助 ④$121_5$, 165_2
主殿頭 ②$247_1$, 335_2, 397_3 ③$25_{14}$ ④$167_{10}$, 319_8, 355_1, 381_{12} ⑤$197_6$, 233_1, 317_5, 343_2, 399_7, 401_{15}, 493_5
主当 ③$49_{16}$
主当の官人 ②$235_1$
主稲 ③$441_{16}$
主に違ふ ①$167_{12}$
主に給ふ ②$355_2$
主に賜ふ ②$355_3$
主馬助 ⑤$191_3$, 225_{11}
主馬頭 ⑤$187_4$, 225_{11}, 249_{15}, 317_{13}, 343_3, 381_6, 441_9, 503_{10}
主油正 ③$423_3$ ④$187_9$, 379_2 ⑤$189_9$, 249_{13}, 263_{13}, 293_8
主鷹正 ⑤$409_{13}$
主らしむ ②$211_4$
主礼 ①$65_{12}$ ③$345_9$
守¹ ②$293_{13}$ ③$363_3$ ④$219_1$
守² ①$35_3$
守衛 ②$49_{12}$ ④$73_3$, 297_5
守屋 ⑤$187_7$
守関の国 ④$77_{11}$
守戸 ②$155_{10}$
守山王 ⑤$485_{13}$
守山戸 ①$161_7$
守山真人綿麻呂 ④$39_{16}$
守節 ④$205_{12}$
守冢 ⑤$53_{16}$
守備 ①$79_{13}$ ⑤$135_{16}$
守部垣麻呂 ③$399_{12}$
守部王 ②$361_4$, 379_7
守部王の男 ④$345_{10}$, 349_{14}
守部連 ②$191_1$
守部連牛養 ②$381_3$, 401_7
守部連大隅〔鍛冶造大隅〕②$199_8$
守らしむ ⑤$65_{14}$
守り易くす ②$319_5$
守りたび助け賜ぶ ④$97_{10}$
守りつつ在らし事 ③$71_{10}$
守りて違はず ②$307_1$
守り奉る ④$377_4$
守陵 ①$225_2$

守る ①$61_5$, 79_{12}, 185_{10} ②$355_5$ ④$229_3$
守を失ふ ⑤$145_5$, 267_{15}
朱 ③$403_7$ ④$135_{12}$
朱軒 ③$245_2$
朱砂(朱沙) ①$13_{11}$ ④$113_6$
朱雀の幡 ①$33_6$
朱雀の路の東西 ①$159_8$
朱雀門 ①$221_5$ ②$275_{13}$, 439_7
朱雀より以前 ②$153_{14}$
朱雀路 ②$451_2$
朱政(唐) ⑤$385_2$
朱牟須売 ③$81_{11}$
侏儒 ①$11_1$
取らし賜ひ治め賜はく ②$143_{14}$
取り持ちて(歌謡) ②$421_{12}$
取り惣べ持つ ③$317_6$
取りて給ふ ②$319_{11}$
取り用ゐる ①$67_{11}$
狩高造 ③$377_{13}$
首¹ ②$369_{12}$ ④$25_{12}$
首² ②$211_{6 \cdot 11}$ ③$39_{10}$, 121_{16} ④$183_6$, 241_5 ⑤$161_{13}$, $163_{2 \cdot 4}$, 195_{12}, 201_1, 349_3
首級 ⑤$195_{16}$
首さず ①$123_{11}$, 155_{16} ②$37_8$, 211_{10} ③$217_{15}$, 219_1
首さぬ者 ①$137_{12}$
首し訖れ ②$211_{10}$ ③$213_4$
首し尽さしむ ③$217_{16}$
首従の法 ⑤$161_{14}$
首親王(首皇子) ①$51_{11}$, 215_8, $221_{4 \cdot 8}$, 235_7 ②$51_{13}$, 55_9, 85_7, 109_{10}, 139_3 →聖武天皇
首親王の女 ②$103_4$
首す ③$213_6$
首す人 ③$213_6$
首鼠の要害 ⑤$165_6$
首と号す ⑤$49_{11}$
首の姓 ④$303_{11}$
首尾 ④$439_{10}$
首尾の差違 ⑤$495_2$
首伏せず ②$447_5$
首麻呂(人名) ⑤$487_{10}$
首勇(人名) ④$375_3$
首領(渤海使) ②$183_4$, 195_4, 361_{14}
首路 ⑤$79_{11}$
首を傾く ③$269_{16}$
株 ①$205_{11}$
殊異 ⑤$157_1$
殊恩 ③$133_{11}$
殊恩を望む ④$317_8$

しゆ（主・守・朱・侏・取・狩・首・株・殊）

しゆ（殊・珠・酒・娶・種・趣・戌・寿・受）

殊眈 ⑤$335_8$
殊厚に近く ④$83_2$
殊勝の会 ②$417_3$
殊琛 ④$285_4$
殊等 ⑤$211_{10}$
殊ならず ⑤$201_6$
殊なり ③$275_1$
殊なること無し ⑤$255_{11}$
殊に遠し ⑤$21_1$
殊名を流ふ ②$307_{16}$
殊隣を隔つること無し ④$371_5$
珠玉 ②$307_7$
珠子 ④$225_9$
珠洲郡（越前国・能登国） ②$45_6$
珠毛 ④$283_8$
酒 ②$203_{12}, 229_{13}$ ④$275_5, 291_2$
酒飲むこと得ざれ ③$247_{11}$
酒飲む庭 ③$195_9$
酒酣 ②$403_5$
酒肴 ③$39_{13}, 125_8$
酒肆に遊ぶ ③$379_7$
酒色を好む ④$127_9$
酒食 ②$157_{14}, 403_3$ ④$463_3$ ⑤$421_{11}$
酒人忌寸刀自古 ⑤$215_4$
酒人内親王 ④$323_{13}, 395_2, 439_{1\cdot 12}$
酒波酒人麻呂 ②$381_4$
酒波長歳 ③$443_8$
酒部王 ②$21_{11}, 331_6, 239_{16}$
酒部君粳麻呂 ①$171_2$
酒部君石隅 ①$171_2$
酒部君大田 ①$171_2$
酒部公家刀自 ④$95_{14}$ →酒部造家刀自
酒部造家刀自〔酒部公家刀自〕 ⑤$175_6$
酒部造上麻呂 ⑤$85_{14}$
酒部連相武 ②$53_5$
酒幣の物 ④$103_{12}, 273_4$
酒を飲ましむ ③$205_{16}$
酒を飲む ③$443_6$ ⑤$247_9$
酒を禁む ②$121_1, 259_5, 321_{14}$
酒を嗜む ⑤$367_{11}$
酒を賜ふ ⑤$75_{12}$
酒を縦にす ④$309_{10}$
酒を用ゐず ③$95_{12}$
娶る ④$113_6$ ⑤$205_{15}, 513_2$
種藝を得ず ③$11_9$
種子 ②$131_3$ ③$255_1$
種に宛つ ④$9_{11}$
種に充つ ④$155_4$
種子無し ⑤$169_{15}$

種々の法の中 ③$67_8$
種々の楽 ②$449_{12}$ ⑤$391_{12}$
種樹 ②$123_{11}$
種稲乏し ④$153_{12}$
種稲無し ④$155_3$
種無し ④$9_{10}$
種落を称す ⑤$441_4$
種を殖う ②$165_2$
趣 ③$183_4$
趣く ②$51_1, 441_2$
趣け賜ふ ②$421_{7-8}$
趣を成す ①$173_{16}$
戌 ④$229_{10}$ ⑤$133_1$
戌候を遠さく ⑤$139_{15}$
戌卒 ⑤$367_{13}$
戌に在る者 ④$229_1$
戌に配す ④$117_{7\cdot 9}$
戌に赴く ①$205_2$
戌る ③$329_3$ ⑤$15_6$
戌る者 ⑤$21_{12}$
戌を減す ④$183_2$
戌を置く ①$61_5$ ②$15_{10}$
寿応 ④$169_{15}$
寿詞 ④$227_{10}$
寿命延長 ③$83_8$
寿命終有り ①$69_9$
寿を上る ④$449_9$
寿を得 ②$363_{16}$
受戒 ③$41_{11}$ →戒を受く
受く ①$213_7$ ④$459_{14}$
受くるに堪ふ ②$255_3, 351_7$ ③$21_{14}$
受け給はる ③$317_7$ ④$323_8$
受け坐さず ①$121_{10}$
受け賜はず成り ④$335_{16}$
受け賜はらくは ②$217_2$
受け賜はらむ ③$317_{11}$ ⑤$183_1$
受け賜はり歓び ③$67_{16}$ ④$313_8$
受け賜はり歓ぶる ③$69_4$
受け賜はり貴び ③$69_1$
受け賜はり貴ぶ物に在り ④$313_8$
受け賜はり恐み ⑤$181_8$
受け賜はり恐み坐し ①$5_4$
受け賜はり恐り ③$65_{14}, 71_5$
受け賜はり行かむ物と ②$419_{16}$
受け賜はり懼ぢ ③$311_9$ ⑤$181_8$
受け賜はり坐し ①$121_{5\cdot 10}$
受け賜はり持ち ②$421_8$
受け賜はりたばず成りにし事 ③$341_{10}$
受け賜はりて ③$85_{14}$

続日本紀索引

受け賜はりまして ③$85_9$
受け賜はる事得じ ③$315_{16}$
受け賜はるべき物 ③$341_4$
受け賜はれる事 ⑤$35_{16}$
受け賜ふ ①$121_{12}$
受け賜り懼り坐す ②$141_1$
受けず ①$119_9$ ②$321_5$
受けたまはり懼ぢ ③$265_5$
受けても全く坐す物にも在らず ④$47_{12}$
受持 ③$281_7$
受津村(常陸国) ④$213_{16}$
受禅 ⇨禅を受く
受禅の主 ⑤$249_2$
受朝 ⇨朝を受く
受納 ⑤$433_{10}$
受理 ①$57_4$
受領 ③$289_8$ ⑤$253_{11}$
呪 ①$17_{12}$
呪禁師 ④$177_2$
呪術 ①$17_9$
呪咀 ②$211_6$
呪縛 ④$225_8$
授位 ⇨位を授く, 授く(位)
授く ①$23_{16}$, 25_2, 39_{16}, 137_{15}, 149_4 ②$54$, 51_{14}, 65_{10}, 77_{16}, $79_{1\cdot 13}$, 137_9, 225_{16}, 269_{11} ③$81_{12}$, 385_2, 433_8 ④$331_7$, 333_2 ⑤$113_8$, 195_3, 253_{12}, 299_{10}, 345_5, 369_7, 501_2
授く(位) ①$15_{10}$, 21_{12}, 29_{13}, 31_1, 35_{16}, 37_{13}, $47_{5\cdot 8}$, 53_4, 59_4, 61_{14}, 75_{11}, 85_6, 89_{12}, $91_{2\cdot 16}$, 101_{13}, 111_4, 125_5, 129_{11}, 137_8, 141_{11}, 145_{13}, 149_{12}, 153_8, $159_{10\cdot 12}$, 161_6, 165_6, 175_8, 177_{11}, 187_7, 193_8, 197_6, 201_{10}, 207_6, $211_{11\cdot 14}$, 217_7, 221_{11}, 223_3, 225_6 ②$19_7$, 23_2, 37_{12}, 41_5, 53_1, 65_{12}, 83_{10}, 85_2, 115_{11}, 119_6, 125_{7}, $129_{5\cdot 12}$, 137_7, 143_{16}, $145_{5\cdot 7}$, 147_9, $165_{1\cdot 9}$, 177_{10}, 187_9, 189_{13}, 193_{15}, $197_{1\cdot 9\cdot 15}$, 207_{14}, 209_4, 213_2, 215_6, $221_{2\cdot 7}$, 243_7, 255_{10}, 263_2, 267_{14}, 275_3, 287_{12}, $299_{6\cdot 7}$, 305_2, $311_{1\cdot 6}$, 325_4, 329_5, 331_{13}, 333_6, 335_{10}, 337_{12}, $339_{5\cdot 7}$, 345_{11}, 347_3, 351_{13}, 355_7, 355_8, 359_{11}, 361_3, $363_{5\cdot 11}$, 379_6, $381_{13\cdot 16}$, 391_{12}, 395_{12}, $403_{3\cdot 14}$, $405_{10\cdot 12}$, 407_{12}, 411_2, 423_7, 429_8, 431_4, 433_{13}, 439_7, 443_5, $449_{6\cdot 15}$ ③$31_1$, 57, 71_5, 131_2, 215, 272, $291_{2\cdot 10}$, 354_{-5}, 391_3, $432_{\cdot 11}$, 45_9, 477, $533_{\cdot 5}$, $556_{\cdot 13\cdot 14}$, $599_{\cdot 12}$, 611_6, 731_5, 751_3, $775_{\cdot 6\cdot 10\cdot 14\cdot 16}$, $793_{\cdot 6}$, 811_0, 831_3, 876, $891_{\cdot 6}$, 911_1, $933_{\cdot 10\cdot 11\cdot 15}$, $954_{\cdot 8\cdot 15}$, 971_5, 1019, $1035_{\cdot 8}$, 1054, $1075_{\cdot 14}$, $1092_{\cdot 6\cdot 10\cdot 12\cdot 13}$, $1152_{\cdot 14}$, 1171_0, 1194, 1212_{-5}, 1239, 1255, 1272, $1297_{\cdot 8\cdot 10\cdot 11}$, 1311_{4-15}, $1359_{\cdot 13}$, $1371_{2\cdot 13}$, 1412, 1436, 1453, 1491_2, 151_8,

153_8, 155_4, 187_{11}, $211_{11\cdot 14}$, 221_2, 233_{15-16}, 253_9, 257_{12}, 261_7, $267_{3\cdot 14}$, 279_1, 293_{14}, 295_{12}, $305_{5\cdot 13}$, 307_9, 319_7, 327_{13}, 335_{14}, 339_8, $343_{6\cdot 9}$, $345_{5\cdot 8\cdot 10}$, 347_5, 349_6, 351_7, 353_8, $369_{1\cdot 13}$, 371_{12}, 379_{16}, 381_{16}, 387_4, $393_{9\cdot 16}$, 397_3, 399_6, 401_2, 403_{10}, 407_6, 411_8, $413_{8\cdot 11-12}$, 415_{16}, $417_{6\cdot 13-14}$, 419_3, 433_7, 435_{14}, $439_{7\cdot 11}$, 443_8 ④$3_5$, $5_{5\cdot 7}$, 9_6, 11_1, 21_{15}, 23_{15}, $25_{5\cdot 11}$, 27_1, $35_{6\cdot 9\cdot 14}$, 37_2, $39_{7\cdot 13}$, 43_3, 49_8, $53_{3\cdot 5\cdot 10}$, $55_{3\cdot 12}$, $57_{8\cdot 11\cdot 13}$, 63_{16}, 67_{13}, 71_7, 75_5, $81_{4\cdot 8}$, 83_9, 87_{15}, 91_{10-11}, 95_2, 97_{10}, $99_{10\cdot 13\cdot 15}$, $101_{4\cdot 15}$, 103_3, 105_7, 107_4, 109_{14}, 111_{2-7}, 113_{15}, 115_1, 117_{15-16}, 119_{14}, 125_2, 127_{16}, $129_{6\cdot 12}$, 131_6, $133_{5\cdot 7\cdot 9}$, $135_{1-2\cdot 4\cdot 7}$, 137_9, $139_{1-2\cdot 12}$, $141_{11\cdot 15}$, 143_2, $145_{1\cdot 4\cdot 11\cdot 14}$, $151_{1\cdot 10}$, $153_{2\cdot 5\cdot 8\cdot 15}$, 155_3, 157_3, $161_{3\cdot 6\cdot 8\cdot 12}$, $163_{8\cdot 15-16}$, 165_{4-5}, 167_{4-5}, $169_{7\cdot 13\cdot 15}$, 177_{13}, 179_{15}, 181_{12}, $183_{4\cdot 13-14}$, $185_{2\cdot 12-13\cdot 15}$, 187_{13}, $189_{7-8\cdot 10-11\cdot 14}$, $191_{6\cdot 9}$, 197_1, 199_{14-15}, $201_{1\cdot 15}$, 203_7, 205_9, 207_{3-4}, $209_{1\cdot 3\cdot 5}$, 211_3, $213_{1\cdot 7}$, 217_{5-6}, $219_{10\cdot 12-14\cdot 16}$, $221_{4-6\cdot 11}$, 225_3, $227_{2\cdot 5-6\cdot 16}$, 229_{15}, $231_{2\cdot 13-15\cdot 16}$, 233_1, 237_8, 243_6, $247_{10\cdot 12}$, 265_{14}, $267_{4\cdot 9\cdot 15}$, 269_{11}, $271_{7\cdot 10\cdot 13}$, $273_{7\cdot 9}$, $277_{9\cdot 13-14}$, $279_{8\cdot 11}$, $281_{3\cdot 4\cdot 9-10}$, 289_{5-6}, $291_{9\cdot 13}$, $297_{9\cdot 11}$, $301_{11\cdot 13}$, 313_1, 315_9, 319_{13}, $321_{5\cdot 11}$, $323_{2\cdot 4\cdot 12\cdot 16}$, 325_{1-3}, $327_{2\cdot 6\cdot 16}$, $329_{6-7\cdot 15}$, 331_{5-6}, $337_{5\cdot 11}$, 339_3, 341_{11-12}, $343_{1-2\cdot 4-9\cdot 11}$, 345_2, $349_{7\cdot 11}$, 351_{13}, 353_{12}, $357_{2\cdot 4}$, $359_{1\cdot 5}$, 365_{3-5}, 367_4, 369_{8-11}, 375_1, 383_1, 389_{16}, 395_{5-6}, $397_{6\cdot 10-12}$, $399_{4\cdot 11}$, $401_{5\cdot 7}$, 403_{2-3}, 407_{10}, $413_{7\cdot 9}$, 415_{15}, 419_{6-7}, $421_{2\cdot 5-13}$, $431_{1\cdot 8\cdot 9}$, $433_{1\cdot 9}$, 435_{15}, $439_{5\cdot 13}$, $443_{6\cdot 14-15}$, 445_{15-16}, $447_{1-8-9-14}$, $449_{6\cdot 12-14}$, 451_3, $453_{3\cdot 8\cdot 11-13}$, 455_{4-8-9}, 457_9, 459_{13}, 461_{4-8-9} ⑤$3_{6-8}$, $7_{2\cdot 8}$, $15_{3\cdot 9-16}$, 17_{14}, 21_4, $23_{7\cdot 10}$, 25_6, 31_{8-9}, $33_{4\cdot 7\cdot 12}$, $37_{10\cdot 14}$, 39_6, $43_{9\cdot 15}$, $45_{1\cdot 10-11}$, 47_6, $49_{1\cdot 5}$, $53_{3\cdot 9\cdot 15}$, 57_{11}, $59_{7\cdot 10-11}$, 65_{12}, 67_{13-15}, $69_{1\cdot 4\cdot 10}$, $71_{2\cdot 6\cdot 14}$, 73_{5-7}, $83_{4\cdot 12}$, $85_{5-9-10-12-15}$, 87_{8-9}, $89_{4-6-8-9}$, $91_{7\cdot 10}$, $93_{7\cdot 9-10}$, 95_{10}, 97_5, 109_{12}, 111_{13-16}, $123_{9\cdot 13}$, 125_4, 127_{12}, 129_4, 131_8, $133_{5\cdot 8\cdot 10-12}$, 139_6, 141_{14}, 143_4, 145_{12}, $147_{4\cdot 6}$, 153_{7-9}, 155_1, $157_{10\cdot 14-15}$, $163_{6-7\cdot 9\cdot 13\cdot 15}$, 165_{10}, 167_{2-3}, $171_{4-5\cdot 7-9\cdot 13}$, $175_{2\cdot 4-6-8}$, 179_{15}, 183_9, 185_{9-10}, 187_{5-6}, 197_{7-9}, $199_{4\cdot 11}$, $207_{8\cdot 10-12-15}$, $209_{1\cdot 4-5-11-12}$, $211_{1\cdot 2-7\cdot 11}$, $213_{3\cdot 8\cdot 13}$, $215_{2\cdot 4-5\cdot 7\cdot 10}$, $231_{4\cdot 7}$, $235_{4\cdot 12}$, $237_{5\cdot 7}$, 239_4, 241_3, 243_7, 245_{12}, 251_3, 255_9, 257_{7-9}, $259_{3-6-7\cdot 11}$, 261_{8-10}, 263_{10-11}, $265_{8-10-12}$, 267_9, $269_{3\cdot 9}$, 271_9, 275_{11}, $277_{2\cdot 11-13\cdot 16}$, 279_{12-13}, 281_{15}, 283_8, 287_6, $289_{1\cdot 3\cdot 5\cdot 8\cdot 12}$, 293_1, 297_{14}, $303_{4\cdot 10}$, 305_2, 309_{15}, 311_1, $313_{2\cdot 4\cdot 10}$, $315_{2\cdot 11}$, $321_{5\cdot 13}$, $323_{2-3\cdot 8\cdot 12}$,

しゅ (受・呪・授)

続日本紀索引

しゆーしゆう（授・堅・澍・儒・樹・収・囚・州・舟）

325_5, 331_4, 335_{15}, $339_{4\cdot10\cdot14}$, $343_{6\cdot8}$, $345_{7\cdot12\cdot14}$, $347_{8\cdot15}$, 349_{2-3}, $353_{5\cdot9\cdot12}$, 355_{11}, 357_{6-7}, $359_{9\cdot10\cdot12\cdot14}$, 367_9, 369_1, $377_{5-7\cdot14}$, $385_{5\cdot10\cdot12}$, 389_8, 391_{13}, $395_{3\cdot15}$, 399_1, 401_{12}, 405_6, $407_{7-8\cdot14}$, 409_1, $411_{5\cdot10\cdot12-13}$, 415_1, 417_6, 419_6, 445_{9-10}, $447_{7\cdot9\cdot16}$, $449_{2\cdot5}$, $455_{6\cdot11}$, 457_3, 467_5, 475_5, $477_{5\cdot7}$, 479_{11}, $483_{3-4\cdot15}$, 485_{13}, 489_1, 491_6, $493_{3\cdot7}$, $495_{4\cdot12-13}$, $499_{8\cdot10\cdot13}$, $503_{2\cdot5}$, 505_9, 507_{10}, $511_{5\cdot13\cdot16}$, 515_1

授く（勲）　①$201_{13\cdot16}$　②$113_{12}$, 143_9, 159_2　④$67_6$, 69_{12}, 463_{14}　⑤$47_{16}$, 53_9, 69_{10}, 211_{11}, 257_5, 339_{10}, 359_6

授く（姓）　④$451_{13}$

授く限に在らず　②$37_2$

授け給はず　③$341_7$

授け給はぬ物に在れ　④$261_{10}$

授け給ふ　④$43_{11}$

授け賜はく　②$263_{15}$

授け賜ふ　①$5_3$, 121_2　②$141_{6\cdot9\cdot15}$, 225_3　③$85_{11}$, $265_{4\cdot10}$, 341_2　④$139_{6\cdot10}$, 311_8, 313_1, 335_{16}　⑤$181_{7\cdot13}$

授け賜ふ位に在り　④$77_{16}$

授け賜ふ人は出でなむと念ひて在り　④$79_1$

授け賜ふ物にいまし　④$135_{15}$

授け奉る　②$141_4$　⑤$239_3$

授けまつらむと申す　④$97_{15}$

授刀　②$117_3$　④$211_1$, 29_8

授刀衛　③$337_1$　④$71_9$　→近衛府

授刀佐　③$337_1$　④$7_4$

授刀資人　②$67_{14}$

授刀舎人　①$231_{15}$　②$137_6$, 167_{14}, 183_{12}　③$21_2$, 161_{16}, 167_6, 183_{13}, 367_{14}

授刀舎人の考選　③$167_4$

授刀舎人の賜禄　③$167_4$

授刀舎人の人数　③$167_5$

授刀舎人の名籍　③$167_4$

授刀舎人寮　①$125_3$　②$67_5$

授刀助　②$67_{11}$

授刀少尉　③$337_2$　④$21_9$　⑤$359_3$

授刀少志　③$337_3$　④$111_4$

授刀少将　④$51_7$　⑤$257_5$

授刀将曹　④$21_9$　⑤$257_2$

授刀大尉　③$337_2$, 411_{15}　④$17_4$

授刀大志　③$337_3$

授刀大将　④$115_2$

授刀中将　④$51_{11}$

授刀督　③$337_1$, 373_{10}, 387_3　④$111_2$

授刀寮　②$105_{16}$, 181_9

授有り　②$165_2$　⑤$485_3$

堅子　③$183_{13}$

堅子卿等　③$197_{14}$

堅子等と侍り　④$43_{16}$

堅部（堅部）使主人主　④$151_7$, 245_6, 277_1, 287_{11}, 393_3　⑤$29_{10}$, 59_5, 61_6

堅部使主石前　②$23_8$, 87_9, 129_4

澍雨　①$231_9$

澍雨を祈る　④$123_4$

儒範を崇ぶ　④$211_{13}$

儒風を闡く　⑤$471_2$

樹　②$181_{15}$

樹木　①$29_{10}$

樹を栽う　①$105_1$

樹を殖う　②$105_7$

樹を伐る　③$317_4$

樹を抜く　①$105_{15}$　④$385_{12}$

収穫の実　⑤$307_{10}$

収授（収め授く）　②$211_1$, 227_{15}, 425_{10}

収集　③$169_{10}$

収納（収め納る）　②$233_{16}$　③$169_2$, 363_8　⑤$371_{1\cdot3}$

収納する前に有る所の公廨　⑤$371_4$

収納せし後（の公廨）　⑤$371_4$

収む　①$85_{13}$, 97_4, 99_{16}　②$97_{12}$, 167_3, 211_2, 229_7, 331_9, 431_6　③$111_5$, 19_5　④$21_{8\cdot14}$, 271_6, $185_{6\cdot13}$, 187_2, 217_9　⑤$39_7$, 493_{15}

収むること莫かれ　⑤$67_{12}$

収むること勿（莫）からしむ　①$7_{12}$　②$273_{13}$　④$125_4$

収め給はむ物そ　④$253_{13}$

収めず　①$51_3$　③$277_{16}$

収め置く　④$43_{14}$　③$171_1$　④$219_7$

収め貯ふ　①$97_{1\cdot3}$　⑤$425_9$

収め斂む　④$433_6$

収め斂る　②$97_{10}$

収り獲る　②$117_{15}$

収り勘む　④$61_{10}$

収る　⑤$17_{10}$

収ること勿かれ　②$399_3$

囚　②$251_6$

囚族　④$83_1$

囚徒　①$211_6$　⑤$205_2$

州（州治）　⑤$73_{10}$

州（州治）を発つ　⑤$73_{14}$

州柔（百済）　④$127_4$

舟楫乾くときなし　⑤$121_{10}$

舟楫を連ぬ　⑤$123_1$

舟檝相尋ぐ　④$423_7$

舟檝相望めり　⑤$149_{16}$

舟檝並め連ぬ　③$121_{13}$

178

続日本紀索引

舟連秦勝　⇨船連秦勝
舟を造る　⑤39₁₆
舟を並ぶ　①109₁
秀才　②157₁₅
秀でたる者　④447₁₄
秀南(人名)　④375₂
周　②73₁₄
周衛　②103₁₆, 199₈
周易　③237₅
周王(宣王)　①231₄
周忌　③185₁₃, 223₁₄　⑤255₃₋₄, 481₁₃, 485₄
周忌御斎会司　⑤453₁₃
周忌の御斎(会)　③169₁₆, 183₁₃, 383₄　④411₉　⑤253₆
周忌の斎(会)　③381₆　⑤501₁・₉
周行に廁ふ　③271₁₀
周くあらぬ　④317₁₁
周く行ふ　①227₇
周くし難くして　③311₄
周く匝る　⑤403₁₆
周く流る　③287₄
周公　②101₉
周公の才　③385₁₁
周孔の風　②101₉
周后三たび定む　①131₁₁
周髀　②245₈　③237₆
周敷伊佐世利宿禰　④53₉
周敷郡(伊豫国)　④17₁
周敷郡の人　④17₁
周敷連　④17₂
周敷連真国〔多治比連真国〕　④53₈
周防員外掾　④379₁₂
周防掾　④441₄
周防郡(周防国)　⑤99₁₁
周防郡の人　⑤99₁₁
周防国守　①105₁₃
周防国前守　②113₁₄
周防国の戸　④247₇
周防国の国人　②239₆
周防守　①163₂　③315₁　④9₁, 55₁₃, 195₁₁, 245₁, 301₈, 393₁₀, 429₈　⑤29₁₁, 91₄, 291₁₃, 345₄, 403₂
周防(周芳)国　①71₁, 131₀, 31₇, 49₄, 83₇　②57₁₂, 93₁₂, 101₁₆, 231₁₁・₁₃, 283₇　③169₁₄, 349₁₆, 395₉　④75₁₆　⑤99₁₁, 149₂, 331₃, 513₉
周防惣領　①31₅
周防凡直葦原　④277₁₃　⑤99₁₂
周防凡直葦原が賤　⑤99₁₂
周防目　②187₈
周遊　③61₁₀

周り遊ぶ　②251₄・₁₆
周礼　③187₄
周礼に准ふ　③361₅
秋稼　②5₁₂, 89₁₂, 183₇, 263₁, 309₆, 389₆　③137₂　⑤69₁₆
秋稼を傷ふ　①83₇, 205₆
秋稼を損ふ　①49₅
秋時　④75₁₁, 403₁₄
秋収　①131₁₄　②117₁₂　⑤425₉
秋篠王　③95₁, 141₁₂, 149₁₀　→丘基真人秋篠　→豊国真人秋篠
秋篠王の男　③149₁₀
秋篠王の姪　③149₁₀
秋篠寺(大和国)　⑤145₁₃
秋篠宿禰　⑤239₉・₁₁, 343₈
秋篠宿禰安人〔土師宿禰安人〕　⑤419₁, 443₅, 461₈, 485₅　→秋篠朝臣安人
秋篠朝臣　⑤485₅・₈
秋篠朝臣安人〔土師宿禰安人・秋篠宿禰安人〕　⑤487₃, 493₄, 495₇
秋節　⑤17₁₆, 19₁
秋田城　⑤155₃
秋田城(出羽国)　⑤155₄₋₅・₁₁
秋田村(出羽国)　②273₆
秋田の道　⑤155₁₀
秋冬　⑤485₉
秋冬の服　①13₄
秋に値ふ　⑤513₅
秋の季　③329₁₄
秋の熟　②69₁
秋野女王　⑤5₅
臭　⑤207₅
酋帥　②75₁, 133₅
修営　①21₁₆
修行　②99₆　③323₁₆　⑤341₃
修行位　③359₅
修行進守　④133₇
修行する分　③359₁₃
修行の院　④415₂
修成　④183₆
修善　②449₂
修造(修め造る)　①21₃　②313₁₀　③51₁, 407₁, 411₃, 429₇　④441₉・₁₃, 463₇　⑤77₂, 107₃, 339₅, 507₇
修築(修め築く)　③383₁₄　⑤113₁₂, 353₄
修道　②47₁₅
修ふ　④291₁₄　⑤153₁₆
修む　②73₉　⑤39₁₂
修め樹つ　③141₅

179

しゅう（修・袖・終・習・脩・就・衆・集）

修め習ふ ③$323_5$
修め緝ふ ②$405_{15}$
修理（修り理む・修め理る） ①$13_5$, 15_5, 19_8 ② 261_9 ③$359_{12}$, 439_{16} ④$117_7$, 131_{15}, 457_7 ⑤ 153_{11}, 309_{14}, 367_6, 499_7, 501_{13}
修理次官 ④$211_7$, 245_6, 393_8, 441_4
修理水城専知官 ④$79_{15}$
修理長官 ④$211_6$ ⑤$65_9$
修る ①$21_{10}$
袖領 ②$99_8$
終始 ⑤$41_{13}$
終始闕けず ④$395_9$
終身 ①$47_8$ ④$191_{3・8・12}$, $203_{3・6}$
終身の痛 ⑤$221_4$
終身の憂 ②$125_{13}$ ⑤$217_{10}$
終身を以て限とす ①$199_4$
終に行はる ③$237_8$
終日 ②$163_{14}$
終へ了る ③$231_7$
終誉の儀一会 ④$367_{11}$
終る日 ③$433_9$
習宜阿曾麻呂 ②$255_7$, 377_1 →中臣習宜朝臣阿曾麻呂
習宜連諸国 ①$7_8$
習俗に迷ふ ①$173_6$
習はしむ ②$233_{12}$ ③$367_{16}$ ⑤$273_{11}$
習はず ②$211_{12}$
習ひて常とす ③$379_1$
習ひて俗を成す ④$303_{16}$
習ふ ①$23_{15}$ ②$261_{13}$ ③$175_{10}$ ④$451_{10}$
習を積む ③$291_{13}$
脩行 ②$249_1$ ④$321_{16}$
脩行進守 ④$141_{14}$
脩行する者 ②$247_{15}$
脩好 ④$423_{14}$
脩造 ⑤$305_1$
脩造を加ふ ②$291_{16}$
脩道 ②$123_{16}$
脩む ⑤$31_7$
脩めず ⑤$13_3$
脩め省し ③$23_{14}$
脩る ⑤$475_{11}$
就きて閲せむと欲ふ者 ⑤$201_3$
就日の輝を承く ③$269_{16}$
衆 ①$121_5$ ②$47_8$, 207_5, $371_{12・14}$, 373_{12}, 375_2 ③$199_9$, 203_5, 265_{12}, $297_{6・7}$, 439_4 ④$313_2$ ⑤$141_2$, 181_{15}
衆願に従ふ ⑤$275_{11}$
衆議 ①$131_8$ ③$309_{11}$

衆御 ③$353_6$
衆藝 ④$459_{11}$
衆庶 ①$187_1$ ②$123_2$, 433_{10} ④$141_7$
衆諸 ⑤$177_{15}$
衆諸に告げてこの意を知らしむべし ④$149_{12}$
衆諸聞きたまへと宣る ④$171_{10}$, $253_{3・10・15}$, $255_{4・6}$, 259_2, 261_6, $263_{9・13}$ ⑤$179_5$
衆情を慰す ④$395_4$
衆人 ③$67_{13}$, 205_2, 359_6
衆人に異に ③$441_5$
衆人をいざなひ率ゐ ③$67_{11}$
衆生 ③$61_{11}$, 239_3, 357_7
衆星交雑り乱れ行く ②$289_8$
衆僧 ②$13_{8・13}$ ③$9_{15}$, 11_6 ④$387_9$ ⑤$329_{14}$
衆僧に供せず ②$13_{12}$
衆智に馮りて ③$311_5$
衆に聞ゆ ②$289_{15}$
衆の為に推さる ②$447_{12}$
衆の為に推し仰かる ⑤$297_2$
衆の僧 ②$415_{11}$, 417_{13}, 449_{12}
衆の僧尼 ③$69_8$
衆の敗る ④$29_{14}$
衆聞きたまへと宣りたまはく ④$241_3$
衆聞きたまへと宣る ①$119_{14}$, $121_{6・13}$, 123_2, 125_1, $127_{5・8・14}$, 129_{10} ②$139_{11}$, 141_2, $143_{4・15}$, $215_{10・14}$, $217_{9・14}$, $423_{4・6}$ ③$67_{2・5}$, $69_{6・12}$, 71_6, 73_{14}, $85_{2・12・13}$, 87_5, 197_{12}, 215_6, $217_{9・13}$, $263_{3・6・15}$, $265_{2・6・13}$, 267_2, 315_5, $317_{9・13}$, 319_6, 341_{12}, 411_1 ④$243_1$, $311_{6・10}$, $313_{4・15}$, $323_{6・11}$, $327_{10・15}$, $373_{8・12・16}$, $383_{4・11}$, $399_{14・16}$, 401_3 ⑤ 177_6, $179_{8・10}$, $181_{5・9・16}$, 183_8, 445_5
衆聞きたまへと勅る ③$85_{5・16}$ ④$63_7$
衆理 ②$47_{15}$
衆侶に越ゆ ①$205_9$
衆を引きて退く ④$29_{13}$
衆を会ふ ⑤$145_6$
衆を会む ①$9_{14}$
衆を喚し賜ひ ②$223_{10}$
衆を恵び賜ふ ③$69_5$
衆を恃む ④$117_4$
衆を集む ②$253_3$
衆を聚む ⑤$227_6$
衆を抜く ④$157_{13}$
衆を服すること得じ ④$37_5$
衆を率る ②$75_1$
衆を労はして帰集する ②$391_1$
衆を惑す ②$239_8$
集注の本草（本草経集注） ⑤$385_8$
集ふこと聴す ③$247_{12}$

続日本紀索引

集り議る　⑤151_6
集り侍る　①3_12
愁　③209_6
愁鬱　⑤95_7
愁へ怨む　②179_6
葺く　④161_10
酬い賞ふ　②119_1
酬い尽し奉る事　③315_14
酬叙の法　④125_8
酬賞霑はず　②135_4
酬賞を加へ　④183_3
酬償　⑤109_14, 283_14
酬ひ給ふ　④273_12
酬ゆ　③435_13　⑤279_9
聚宿　②123_5
聚め集ふ　②239_8
醜事は聞えじ　③199_2
醜声　③313_5
鍬　①39_4, 47_{5・8}, 79_9, 91_2, 105_6, 113_{8・13}　②85_16, 87_{4・10・13}, 89_1, 131_3, 167_15　④133_4
襲　①73_16, 115_2, 155_1, 161_3
鷲座道(出羽国)　⑤165_5
驟雨　③105_15
十悪　①19_13, 29_14　④95_8, 99_8
十一月卅日　①155_14
十月十三日(光仁天皇の誕生日)　④457_15
十月十日　③231_6
十考　②191_12　④57_4
十号の尊を標す　③273_3
十三階の中に就けむ　③357_12
十事以上　①195_14
十七県の人夫　④381_{3-4}
十室にして九なり　⑤365_14
十身の薬樹　③239_3
十禅師　④375_5
十地　③357_7
十帝を歴　③283_14
十二月一日　②289_16
十二月三日(天智天皇の忌日)　①63_4
十二月卅日　③257_7
十二月の晦　②101_5
十二考　①99_5　④57_2
十二大寺　④279_16
十二年(歳)已上の者　②137_9
十方　④149_7
十方衆僧　③237_11
十羊を以て更に九牧を成す　⑤193_11
十を挙するに三を取らしむ　③147_11
廿騎以上集り行くこと得　③191_9

廿年已上経る者　①225_3
充員　①87_1
充ち斥つ　③111_14
充つ　①53_10, 55_6, 77_16, 147_11, 161_{8・10}, 169_{1・13}, 185_3, 205_{13}, 215_4, 225_2, 227_9　②17_{6-7・10}, 51_{12}, 63_1, 65_4, 67_8, 149_8, 211_{16}, 213_{4-5}, 231_{14}, 251_{15}, 253_1, 263_{11}, 269_{10}, 291_{12}, 313_{14}, 385_{10}, 409_2, 441_6　③165_9, 169_{16}, 233_{12}, 253_8, 255_2　④39_4, 117_{16}, 199_4, 221_7, 335_2, 381_{15}, 407_4　⑤65_{14}, 101_2, 109_5, 117_{13}, 153_1, 247_5, 339_5, 355_8
充て給ふ　⑤157_4
充て塞ぐ　②307_{10}
充て使ふ　①79_{16}
充てたる者　②195_{12}
充て奉る　③103_{10}
充て用ゐる　①185_4　②13_{14}
充て用ゐること得ざれ　②237_9
充満　③439_{13}
戎器　①11_3
戎器の設　③383_9
戎具　②23_1　⑤373_{11}
戎場　③241_{10}　⑤477_{16}
戎役　②97_5
住屋　③181_5
住吉郡(摂津国)　③107_8
住吉郡の人　③107_8
住吉女王　③311_9
住吉(神)社(摂津国)　①83_2　②171_1
住吉(神)社(筑前国)　③313_8
住吉神(摂津国)　④293_{16}　⑤299_2, 313_4
住吉朝臣　⑤497_8
住居　②121_{14}
住持　③63_3
住持する徒　④415_5
住処　⑤105_1
住ふこと莫く　②13_{10}
住まず　②427_3
住まむと楽ふ者　④225_{16}
住む　①79_4, 251_3　②95_{10}
住める処　②415_{14}
柔婉　⑤465_{14}
柔きを懐く　①229_1
重阿飡(新羅官位)　②219_9
重位　①121_{12}
重引の限に在らず　②167_{10}
重閣の中院　④399_3
重閣の中門　②151_3
重閣門　①161_1　⑤37_{15}, 235_{13}
重き科に擬つ　②387_8

しゅう（集・愁・葺・酬・聚・醜・鍬・襲・鷲・驟・十・廿・充・戎・住・柔・重）

続日本紀索引

しゅう（重・従）

重き契を期る　⑤$109_{13}$
重き軽きに随ひ　⑤$445_4$
重き罪に合ふ　②$751_1$　⑤$227_1$
重き任を承けたまはる　②③$387_{15}$
重き病（重病）　①$199_7$, 215_{15}　②$271_5$, 169_3
重きを以て論す　①$227_{13}$
重きを承くるに堪へず　③$181_3$
重きを尽りて　⑤$141_7$
重基を承く　④$287_1$
重く禁むる所　②$49_4$
重く賞す　④$231_1$
重く募る　④$255_{14}$
重刑　①$175_1$
重光照臨の符　④$205_1$
重しき労しき事　①$111_{13}$
重しみ　①$121_{13}$, 127_{10}　④$335_{15}$
重する所　③$287_7$
重大の譜第　③$127_{10}$
重担の労　①$189_7$
重任（重き任）　③$299_{14}$　④$289_7$　⑤$247_4$
重ぬること得ず　③$375_{14}$
重ねて挙げ　②$69_{13}$
重ねて仰す　⑤$103_{16}$
重ねて乞ふ　④$435_{10}$, 445_3　⑤$163_{12}$, 411_6
重ねて惰む　⑤$31_7$
重ねて制す　①$91_{15}$
重ねて中る　①$95_9$
重ねて臨む　④$101_{11}$
重負　①$195_7$
重ぶる所　②$165_4$
重望有る者　④$331_9$
重みす　⑤$101_7$
重みする所　②$85_{13}$
重明に嚮ふ　②$235_7$
重陽に准ふ　②$251_3$
重禄　③$209_9$
重禄の下に忠節の臣を致す　②$135_6$
重を以て罪なひ　①$169_{14}$
重を以て論す　①$179_{15}$
重を尽す　⑤$19_{12}$
従　②$211_{6 \cdot 11}$　⑤$161_{14}$
従一位　②$254_1$, 35_6, 273_{12}, 423_7, 425_6　③$254_1$, 774_1, 1071_1, 339_8, 403_{10}　④$356_1$, 81_{11}, 105_5, 229_{15}, $295_{1 \cdot 5}$, 313_{16}, 331_7, 445_4　⑤$49_3$, 119_1, 117_{14}, 197_5, 199_8, 235_{15}, 305_8, 325_{12}, 373_1, 445_7, $465_{13 \cdot 14}$
従官　②$25_{13}$　⑤$33_{11}$
従官の主典已に　③$337_{14}$
従五位　④$453_{11}$　⑤$47_6$
従五位已上　①$161_3$
従五位下　④$43_{10}$, 451_3, 49_5, 51_3, $532_{-3 \cdot 15}$, 59_4, 61_3, 63_{11-12}, $67_{2 \cdot 4}$, 69_2, $71_{5 \cdot 10-11 \cdot 16}$, $73_{6 \cdot 10}$, 77_4, 91_7, $93_{1 \cdot 7}$, 97_9, 101_{13}, $105_{9 \cdot 12}$, $107_{3 \cdot 5}$, $109_{4 \cdot 6}$, 111_{4-5}, 113_{12}, $115_{5 \cdot 13 \cdot 15-16}$, $125_{4-5 \cdot 9}$, 129_{16}, 133_{12}, $135_{1-5 \cdot 7-8}$, $137_{4-5 \cdot 8}$, 143_{16}, 145_1, 147_1, $149_{3 \cdot 6}$, $153_{5 \cdot 8-9 \cdot 13}$, 157_{8-9}, $159_{6-7 \cdot 10}$, 161_1, $163_{1 \cdot 4}$, 165_{14}, 167_4, 171_{13}, $175_{8 \cdot 14}$, $177_{2 \cdot 12}$, 179_1, 187_8, $193_{8 \cdot 13}$, 197_9, $203_{5 \cdot 7-8}$, $207_{7 \cdot 13}$, $211_{3 \cdot 11 \cdot 13}$, $217_{7 \cdot 12-14}$, $219_{12 \cdot 14}$, $223_{1 \cdot 3 \cdot 10}$, 225_8, 229_{13}, 231_{14}　②$91_1$, 110_{10-13}, $197_{\cdot 9}$, $211_{2 \cdot 15}$, 231_1, 251_4, $317_{\cdot 12}$, 371_2, $416_{\cdot 11}$, 47_6, 53_6, 55_6, 57_9, 65_{13}, $67_{3 \cdot 12}$, $79_{11-12 \cdot 15-16}$, $81_{1-3 \cdot 5}$, $83_{13 \cdot 15}$, 85_{2-3}, $87_{3 \cdot 6-7}$, 93_6, 99_{13-16}, $101_{2 \cdot 6-7}$, 115_{11}, $127_{11 \cdot 15}$, $129_{5 \cdot 8}$, $145_{9 \cdot 13}$, 147_4, 149_{12}, $151_{8-9 \cdot 13}$, 155_{16}, 157_{10}, 159_{11}, $165_{1 \cdot 13}$, 167_1, $173_{3 \cdot 5}$, $177_{11 \cdot 13}$, 187_{8-9}, 197_3, 205_4, $209_{6 \cdot 8-11}$, $221_{5-9 \cdot 11}$, $243_{9 \cdot 12}$, $245_{1 \cdot 13 \cdot 15}$, 247_2, 255_{10-12}, 259_{14-15}, 267_{15}, 269_1, 273_{7-9}, $275_{5-6 \cdot 15}$, 287_{14}, 289_1, 293_{16}, $299_{8-9 \cdot 11}$, 301_1, 305_3, 309_{15}, $311_{2 \cdot 4 \cdot 9-12}$, $329_{8 \cdot 11 \cdot 13}$, 331_{12-13}, $333_{11-13 \cdot 15}$, $335_{1 \cdot 10-11}$, 339_{12-14}, 341_4, $343_{3-8 \cdot 10-11}$, $345_{4-5 \cdot 15-16}$, $347_{4-5 \cdot 7-9 \cdot 14-15}$, $349_{1 \cdot 3}$, 351_1, 353_7, 355_{6-7}, $361_{5-7 \cdot 14}$, $363_{5-6 \cdot 11}$, 365_{11}, 367_{3-4}, 369_3, 375_{16}, $379_{8-11 \cdot 15}$, 391_{14-16}, 393_{13}, 395_{5-14}, 397_{3-4}, 401_{8-10}, 403_2, 405_{11}, 417_{13}, 419_2, $423_{10 \cdot 15}$, $425_{1 \cdot 4}$, 427_{10-14}, $429_{1 \cdot 4-5 \cdot 9}$, 433_{12}, 437_8, 439_8, 441_{14}, $443_{5 \cdot 12}$, 449_{16}　③$311_{-12 \cdot 14}$, 53_{-9}, 74_1, 131_5, $157_{-8 \cdot 16}$, 231_{-4}, $252_{-3 \cdot 9-10 \cdot 12-13}$, $273_{-4 \cdot 7}$, $293_{-2 \cdot 9 \cdot 15-16}$, $317_{-9 \cdot 12-14}$, $332_{-6 \cdot 8-11 \cdot 13}$, $352_{-4 \cdot 6-14 \cdot 15}$, $413_{-4 \cdot 6-9-10}$, $432_{-5 \cdot 11-13}$, 477_{-8}, $493_{\cdot 12}$, 51_7, $53_{3 \cdot 11}$, $552_{-6-7 \cdot 13}$, 59_{11}, 65_2, $75_{2-3 \cdot 5 \cdot 10-13-14}$, $77_{2 \cdot 6-8-9}$, 79_{14-15}, $81_{9 \cdot 11}$, $87_{6 \cdot 10-11}$, $89_{1 \cdot 6-8-9 \cdot 13}$, $91_{2-4-6-11}$, $93_{11 \cdot 16}$, $95_{1 \cdot 6-9 \cdot 14}$, $101_{2 \cdot 14-16}$, $103_{2 \cdot 12-14-16}$, 105_3, $107_{4 \cdot 6-7 \cdot 12}$, $109_{2 \cdot 6-11}$, 111_{4-6}, $115_{2 \cdot 14}$, 119_5, $121_{2-4 \cdot 6-9}$, 127_{2-5}, $129_{9 \cdot 11}$, 131_{10-15}, $137_{11 \cdot 16}$, 139_3, $141_{2 \cdot 12-15}$, $143_{1 \cdot 3-4 \cdot 7-10}$, $145_{3-7-9-10}$, 147_7, $149_{10-11 \cdot 14-16}$, 151_1, $153_{6-7 \cdot 14}$, $155_{4 \cdot 14-16}$, $159_{4 \cdot 11-14 \cdot 16}$, $177_{2 \cdot 4}$, $187_{13-14 \cdot 18}$, $189_{4 \cdot 13}$, 191_{13-15}, $193_{1-3-5-8 \cdot 11}$, $195_{1-3-5 \cdot 11}$, $211_{3 \cdot 13-15}$, 213_{13-14}, 219_8, $221_{4 \cdot 7}$, 233_2, 239_{15}, 243_4, 247_1, 251_5, 253_{8-12}, 257_{12}, $267_{5-7 \cdot 12}$, 269_1, 279_1, 281_{16}, 289_2, 293_{14-15}, 295_{11-12}, 305_{2-4-6}, 307_9, 313_{6-14}, 315_{1-2}, $319_{7-8-11-14}$, 321_{1-3}, 327_{3-6-7}, $331_{6 \cdot 10}$, $333_{12-13-16}$, $335_{1-6 \cdot 12-14}$, 337_{15}, $339_{1 \cdot 3 \cdot 10-12-15}$, 343_7, $345_{5-8 \cdot 11-13-16}$, $347_{1-2-4-5-8-12}$, 351_{7-9}, 355_{6-8}, $369_{1 \cdot 13-15}$, $371_{3 \cdot 5-7}$, $373_{1-2-4-9-11-13}$, $381_{1 \cdot 11-14}$, 383_{3-8}, 385_{15}, 389_{3-12}, 391_2, $393_{1 \cdot 3 \cdot 10}$, 395_7, 397_4, 399_{8-9-12}, $401_{3 \cdot 5-8-9 \cdot 11-14}$,

続日本紀索引

403_{2-4}, $405_{9-10\cdot 13}$, 407_6, $411_{9\cdot 15}$, 413_8,
$415_{2\cdot 5\cdot 10-11}$, $417_{5\cdot 15}$, $419_{3-4\cdot 6\cdot 9\cdot 14}$,
$421_{2\cdot 4\cdot 6-7\cdot 9-13}$, $423_{2\cdot 3\cdot 5-8\cdot 11-13}$, $425_{1\cdot 3\cdot 5-6}$,
427_{11}, 429_{11-16}, $431_{1\cdot 3\cdot 5-6}$, $435_{2\cdot 4\cdot 14}$, $439_{5\cdot 11}$,
443_5 ④$37_{7\cdot 10}$, $5_{2\cdot 5\cdot 9\cdot 11-14}$, $7_{1-2\cdot 5-6\cdot 8-11\cdot 13}$, $9_{1\cdot 3\cdot 6}$,
11_7, 17_3, 19_{6-7}, $23_{3\cdot 16}$, $25_{1\cdot 4-6\cdot 8-10-11}$, $27_{1\cdot 9}$,
29_{12}, 31_4, $35_{9\cdot 13-15}$, 37_1, $39_{8-9\cdot 13-14}$, 41_9, $43_{2-3\cdot 5}$,
$47_{1-3\cdot 7}$, 49_8, $51_{2-6\cdot 8-9}$, $53_{5-7\cdot 10-12}$, $55_{3-5\cdot 7\cdot 11-14}$,
57_8, $65_{1\cdot 4\cdot 6\cdot 9}$, $67_{9-11\cdot 13}$, $69_{2-3\cdot 8\cdot 14}$, 71_1,
$73_{4-6\cdot 9\cdot 13}$, 79_{14}, $81_{3\cdot 5\cdot 8}$, 83_6, 89_3, 91_7, $93_{6-7\cdot 9}$,
$95_{2\cdot 11}$, $99_{11\cdot 13\cdot 15}$, 101_4, 103_{4-5}, 105_7, 107_7,
$111_{1-2\cdot 5\cdot 15}$, $115_{9\cdot 11\cdot 13-14}$, 117_{16}, 121_{5-7}, 123_7,
125_2, 129_{6-7}, $133_{6\cdot 10-12}$, $135_{4\cdot 8}$, 141_{10-11},
$143_{2-4\cdot 6\cdot 9\cdot 12}$, $145_{4-6\cdot 9}$, $151_{1\cdot 7\cdot 10-11\cdot 14}$, $153_{2\cdot 6\cdot 9}$,
$155_{5\cdot 7-8}$, 157_6, $159_{1\cdot 3-13}$, $163_{10\cdot 16}$, 165_{1-2},
$167_{6-8\cdot 10-13}$, $169_{2-3\cdot 15}$, $171_{5-8\cdot 13}$, 175_{15-16},
$177_{3\cdot 6\cdot 11\cdot 14}$, $179_{1\cdot 5\cdot 7-8\cdot 14-15}$, $181_{1\cdot 6}$, $183_{5\cdot 15}$,
$185_{2\cdot 4\cdot 12}$, 187_{7-9}, 189_{10-11}, $191_{9\cdot 15-16}$,
$193_{1-2\cdot 4\cdot 6-7\cdot 10\cdot 12-13}$, $195_{1\cdot 3\cdot 5-6\cdot 8-11}$, $197_{1\cdot 4}$,
199_8, $201_{1\cdot 14-15}$, $203_{7\cdot 9}$, 205_{13-14}, $207_{5\cdot 6-9\cdot 11\cdot 13}$,
$209_{1\cdot 3-4\cdot 7\cdot 8\cdot 11\cdot 13-14}$, $211_{3\cdot 6}$, 213_1, 219_{13-15},
$221_{2\cdot 3-5\cdot 6\cdot 15}$, $223_{1-2\cdot 5-7}$, $225_{1\cdot 5}$, $227_{1\cdot 6}$, $229_{1\cdot 6}$,
$231_{1\cdot 3\cdot 16}$, $233_{1\cdot 3-6}$, $237_{9\cdot 13\cdot 15}$, 239_{13},
$243_{2\cdot 6-7\cdot 9\cdot 11-14}$, 245_5, $247_{1\cdot 2}$, $249_{1-5\cdot 7-8\cdot 10\cdot 12}$,
251_{14}, 265_{13}, 267_{16}, $269_{2\cdot 5\cdot 11}$, 271_{13}, 273_9,
277_{9-10}, 279_8, 281_{9-10}, 283_1, 287_9, $289_{1\cdot 5}$,
$291_{11-12\cdot 14}$, 293_{16}, $295_{10\cdot 13-14}$, $297_{9\cdot 12}$, 299_{2-3},
$301_{2\cdot 5\cdot 7\cdot 13}$, 303_{1-4}, $305_{2\cdot 3-6\cdot 7-9\cdot 11}$, $315_{2\cdot 7-9}$,
$319_{6-8\cdot 10\cdot 12-14}$, $321_{1\cdot 3\cdot 5-8-9}$, $323_{12\cdot 16}$, $325_{1\cdot 9-15}$,
$327_{3\cdot 6}$, $329_{1\cdot 6\cdot 8\cdot 10-11}$, 331_5, 339_{2-14},
$341_{2\cdot 5-7\cdot 10-12\cdot 14}$, $343_{4-5\cdot 8-9\cdot 13-14}$, $345_{2\cdot 14-16}$,
$347_{1-3\cdot 5-13}$, $349_{3\cdot 7\cdot 11-15-16}$, $351_{2\cdot 3-6\cdot 10-13}$,
$355_{3\cdot 15-16}$, $355_{1-2\cdot 9}$, $357_{3-4\cdot 8\cdot 11}$, $359_{1\cdot 3-8-9\cdot 13}$,
363_{10-11}, $365_{1\cdot 3\cdot 5-7\cdot 9}$, 367_{4-5}, 369_9, $375_{1\cdot 7}$,
$377_{6\cdot 10-12\cdot 14}$, $379_{1-3\cdot 6-9\cdot 11\cdot 13}$, 381_{12-16}, 383_{14},
385_9, 387_8, 389_{3-5}, 393_{5-10}, 395_6, $397_{6\cdot 12}$,
$399_{4\cdot 6\cdot 9\cdot 11}$, $401_{7\cdot 16}$, $403_{1\cdot 3-4\cdot 8}$, $407_{7\cdot 12-13}$, 415_{15},
$419_{6-7\cdot 11\cdot 13}$, 421_{13}, 423_{16}, $425_{1\cdot 4-6\cdot 8\cdot 10-12-13}$,
$427_{2-3\cdot 5\cdot 7\cdot 9-13}$, $429_{1-2\cdot 4-6\cdot 8-9\cdot 13}$, $431_{1\cdot 5}$,
$433_{1\cdot 3-4\cdot 7\cdot 10\cdot 16}$, $435_{5-6\cdot 15}$, 437_1, $439_{2\cdot 13-15}$,
$441_{1\cdot 4-5\cdot 8\cdot 10\cdot 12\cdot 14}$, $445_{2\cdot 15-16}$, $447_{2\cdot 6-8}$, 449_{4-5},
451_4, $453_{3-4\cdot 8\cdot 16}$, $455_{5\cdot 7}$, $457_{12-13\cdot 12}$, 459_{16}, 461_{15},
463_3 ⑤$3_{8-9\cdot 11}$, $53_{7-8\cdot 10\cdot 12\cdot 14}$, $7_{1\cdot 11\cdot 14\cdot 16}$,
$9_{1-2\cdot 5\cdot 8-10\cdot 12}$, $11_{1-3\cdot 6-7\cdot 10\cdot 13}$, $15_{4\cdot 16}$, 17_{5-7},
$23_{8\cdot 10}$, $25_{1\cdot 5\cdot 7\cdot 11-12}$, 27_{11-16}, $29_{1-3\cdot 5-9\cdot 11-13}$,
$31_{1-3\cdot 7\cdot 9}$, $33_{4\cdot 7\cdot 12}$, 37_{11}, $39_{3\cdot 6}$, 41_{15}, $43_{8\cdot 15}$,
$45_{1\cdot 11}$, $49_{5\cdot 9-11-14}$, $51_{1-4\cdot 7-8\cdot 10}$, 53_{2-3}, 57_{12},
$59_{5\cdot 7-9\cdot 13-14}$, $61_{1-5\cdot 7-9\cdot 13}$, $63_{1-2\cdot 5-7\cdot 8\cdot 10-12-13}$,
65_{1-2}, 67_{14-16}, $69_{1\cdot 4-5\cdot 15}$, $71_{3-6\cdot 8-12}$, 73_{5-6},

$81_{12\cdot 14}$, $83_{4\cdot 11}$, $85_{5\cdot 9\cdot 12-13\cdot 15-16}$, $87_{1\cdot 6\cdot 8-9}$,
$89_{3\cdot 5\cdot 10-13}$, $91_{1\cdot 3-6\cdot 9-10}$, $93_{6-8\cdot 10}$, 95_{10}, 97_5,
$99_{6-7\cdot 16}$, $105_{8\cdot 10-14}$, 107_{8-9}, $109_{3-9\cdot 12}$, 113_7,
115_{9-13}, $123_{9\cdot 15}$, 125_{2-3}, 127_{12}, $129_{4\cdot 13\cdot 15}$, 133_{11},
$137_{5-10\cdot 12\cdot 14-15}$, 139_{1-6}, $141_{11\cdot 16}$, $143_{3\cdot 5}$, 145_{12},
$147_{3-4\cdot 6}$, 153_7, 155_1, 157_{8-9}, $163_{6\cdot 14}$, 167_{2-3},
$171_{4-5\cdot 12-13}$, 173_{14}, 175_7, 177_{2-3}, 179_{1-14}, 181_2,
$183_{11\cdot 16}$, $185_{1\cdot 3\cdot 8\cdot 10}$, $187_{1\cdot 5\cdot 10\cdot 12\cdot 14}$,
$189_{1-3\cdot 5-8-9\cdot 12-13}$, $191_{1-3\cdot 6-8\cdot 10-12-13}$, 193_{1-2},
$197_{5\cdot 8}$, $199_{4\cdot 6\cdot 10}$, 201_{11-12}, $207_{8\cdot 11\cdot 14}$,
$209_{1\cdot 4\cdot 6-8\cdot 10-11}$, $211_{2\cdot 4-5\cdot 11}$, $213_{3-5\cdot 7-13}$,
$215_{2\cdot 4-6\cdot 7\cdot 10}$, $219_{5\cdot 8-10-12}$, $225_{5-6\cdot 8-10-11}$,
$227_{11-14\cdot 16}$, $229_{1-3-4\cdot 6\cdot 12-13}$, $231_{4-8\cdot 9\cdot 11\cdot 13-15}$,
$233_{1\cdot 3-5-6-9}$, 235_3, $237_{5\cdot 11-15}$, $239_{1\cdot 4-14}$,
$241_{3\cdot 6-7\cdot 10-11\cdot 13}$, 243_{4-6-9}, 247_{13}, 249_{11-15},
$251_{4-5\cdot 8-10}$, 255_8, $257_{8-9\cdot 11-14}$, $259_{2-4-5\cdot 12\cdot 15}$,
$261_{2-6\cdot 8-10\cdot 12-13}$, $263_{1-3-4-6-13}$, $265_{1\cdot 8\cdot 13}$,
267_{10-11}, 269_{5-9}, $271_{8\cdot 12-14}$, 275_{7-11},
$277_{2\cdot 4-7\cdot 9\cdot 11}$, 279_{13}, 281_{16}, $283_{1-3-5-6}$, 285_5,
$287_{5\cdot 7-12-13}$, $289_{1-3-5-8}$, $291_{7\cdot 9-12-14}$, 293_{2-6-13},
$295_{1-3-5-9-12}$, 297_{14}, 299_{7-8}, $301_{6-8-10-12-13}$,
$303_{1-4-6-10}$, 305_{2-3}, 307_{13}, 309_4, 311_{2-4-7},
$313_{2-10-11-16}$, $315_{2-3-6-7-9-12-14}$, $317_{1-3-5-8-11-13}$,
$319_{2-4-7-9}$, 321_{7-8}, 323_{9-10}, 325_{16}, 329_7, 331_4,
335_{16}, $337_{7-10-12}$, 339_4, 341_{6-15}, $343_{2-5-10-11-14}$,
$345_{1-4-5-7-12}$, 347_{8-15}, $349_{10-11-13}$, $351_{1-6-8-10-11}$,
$353_{1-3-6-8-14}$, 355_{1-4-12}, 357_{6-7-10}, 359_{1-15},
$361_{2-3-5-7-10-12-13}$, $363_{1-5-7-9-10}$, 365_{5-7}, 369_{15},
371_{11-14}, 373_{6-10}, $375_{7-10-11-14-16}$, $377_{2-3-9-12-15}$,
$379_{1-4-6-11-13-14}$, $381_{1-3-5-6-10-13}$, $383_{9-11-13-15}$,
385_{13-15}, $389_{9-11-13}$, 391_{14-16}, $395_{5-15-16}$,
$397_{1-6-8-12}$, $399_{1-2-5-8}$, 401_{11-15}, 403_2, 407_{2-3-7},
$409_{2-3-10-13-15}$, 411_{1-2-5}, 413_{1-4}, $417_{6-7-9-13}$,
$419_{8-12-14}$, $421_{1-3-6-7-9-15}$, $423_{1-3-6-8-12}$,
425_{1-5-6}, $429_{1-13-14}$, 431_2, 441_{8-9}, $443_{1-2-8-14}$,
445_9, 447_{16}, 449_{13-16}, 453_{1-5-8}, 453_{12},
$455_{7-11-14-15}$, $457_{5-6-9-10-12-14}$, $459_{2-4-7-10-13-14}$,
$461_{2-6-8-10-11}$, $463_{7-11-13-15}$, 469_{6-7},
$473_{8-10-12-14-16}$, 475_5, 477_{1-5-12}, 483_4, 485_{13-16},
487_5, $489_{1-12-13-15-16}$, $491_{1-5-7-9-13}$, $493_{1-3-6-13}$,
$495_{4-7-10-12}$, 497_4, $499_{4-5-8-10-13}$, 501_{11},
$503_{5-6-8-10-11-13-14}$, $505_{9-11-14}$, 507_{2-11},
$511_{5-7-14-15}$, 513_{15}

従五位下の階に擬ふ ②$221_5$
従五位下の官 ③$93_1$
従五位上 ①$41_{11}$, 61_{14-15}, 63_{12}, 71_{6-9}, 73_{1-3},
77_{13}, $83_{2-3-6-12}$, 89_{15}, 95_{14}, $115_{9-14-15}$, 131_1,
133_{10-11}, $135_{3-5-6-9-12}$, 137_4, 149_5, 151_{16},
153_{8-16}, 155_7, 163_1, $165_{6-9-11-12}$, 167_1, 177_{13-15},

しゅう（従）

続日本紀索引

しゅう（従）

189_9, $197_{7-8\cdot10}$, 207_9, 211_{14}, 217_{11-12}, 219_{12-13}, $221_{14\cdot16}$, 223_2, $225_{7\cdot10}$, 229_{12-13}, 231_{16} ②$19_5$, $21_{12\cdot14\cdot16}$, 25_6, 29_5, 31_{14}, 41_8, 51_{10}, 53_3, $57_{3\cdot10}$, $65_{12\cdot15}$, 79_{15}, $81_{1-2\cdot6}$, $83_{12-13\cdot16}$, $85_{2-3\cdot15}$, $87_{3\cdot5\cdot7}$, 93_{14}, 99_{12}, 113_{15}, $127_{14\cdot16}$, 129_8, 145_{9-12}, 147_2, 149_{14}, $151_{6\cdot8\cdot16}$, 153_9, 155_{13}, $159_{1\cdot9-11}$, $165_{11\cdot14}$, 177_{12}, 185_3, 197_{2-3}, $209_{7\cdot9}$, 221_{8-9}, $243_{9\cdot11\cdot14}$, 245_{12}, 255_{11}, $263_{5\cdot9-10\cdot14}$, $265_{1-2\cdot5}$, 267_{16}, 273_7, $275_{6\cdot10}$, 287_{14}, 295_2, $299_{7\cdot9}$, 303_{10}, 305_1, 309_{12}, $311_{3\cdot9-11}$, 315_9, 329_{10-11}, 335_{10}, 343_9, $347_{6\cdot8}$, 349_2, $361_{4\cdot6}$, 363_5, $365_{13\cdot15}$, 367_3, 369_2, $379_{9-10\cdot14}$, 391_{12-14}, 395_{6-7}, $397_{1\cdot3}$, 401_{10}, 403_{14}, 405_{10}, $409_{3\cdot5-6}$, $423_{9\cdot13\cdot15}$, 425_2, 437_{11}, 439_7 ③$3_{11\cdot13}$, 5_1, 13_{10}, 15_{10}, 17_1, $27_{3\cdot7-8}$, $33_{6\cdot14}$, $35_{1\cdot5\cdot15}$, $41_{3\cdot5}$, 45_{14}, 47_8, 49_{3-4}, 51_7, $53_{10\cdot12}$, $55_{3\cdot6}$, 57_6, 59_{10}, 65_{12}, 73_{15}, $75_{2-3\cdot7\cdot13}$, $77_{1\cdot6\cdot8}$, 79_{13}, 81_{10}, $87_{6\cdot9\cdot11}$, $91_{5\cdot7\cdot8}$, 93_{15-16}, 95_4, 101_{12}, 103_{16}, 105_{13}, $109_{2\cdot5\cdot15}$, 111_1, 115_5, 119_4, 121_9, 131_{14}, 137_{16}, 139_2, $141_{12\cdot15-16}$, $145_{3\cdot7}$, 147_1, 149_{16}, 161_{13}, 169_{11}, 171_6, 187_{13}, $189_{2\cdot7}$, $191_{14\cdot16}$, $193_{6\cdot9\cdot12}$, 221_4, 239_{15}, 241_3, 251_7, 255_4, 261_6, 267_8, 293_{14}, 295_{12}, 307_9, 313_{11-12}, 315_2, $319_{8\cdot11\cdot13\cdot15}$, 327_2, $333_{11\cdot13-14}$, $339_{9\cdot11\cdot13}$, 343_7, 345_6, $347_{1\cdot11}$, 351_{7-8}, $369_{13\cdot16}$, 371_{5-6}, $373_{4\cdot6}$, 379_{12}, $381_{12\cdot14}$, 383_1, $389_{5\cdot13-14}$, $391_{1-2\cdot16}$, $393_{10\cdot16}$, $395_{2\cdot7\cdot11}$, 399_{9-10}, $401_{6-7\cdot10-11\cdot13}$, 403_{1-2}, $405_{2-3\cdot7-8\cdot12}$, 413_4, 417_9, $419_{3\cdot5-6}$, $421_{2-3\cdot7-8\cdot10}$, $423_{3\cdot9-10}$, $425_{2\cdot4}$, 429_{12-14}, 435_{2-3}, $439_{9\cdot11}$ ④$3_{7\cdot9\cdot12}$, $7_{7\cdot11}$, 9_{2-3}, 11_{6-7}, 23_{15}, $25_{2\cdot7}$, 27_9, $35_{7\cdot11\cdot14}$, $39_{7-8\cdot14-15}$, 43_3, $51_{6\cdot12}$, 53_5, 57_7, $65_{1\cdot3\cdot6}$, 67_{11}, $69_{4\cdot12}$, $73_{6\cdot8\cdot10}$, 91_{14}, 93_2, 95_{10}, 99_{11}, 101_4, 103_{4-5}, $111_{2\cdot6\cdot14}$, 115_4, 117_1, 121_7, 123_{13}, 127_{12}, 129_5, 131_{6-7}, 133_{11}, 135_8, 141_{10}, $143_{2\cdot4-5}$, 145_{5-6}, $151_{1\cdot11}$, $153_{6-9\cdot15}$, 155_7, 159_9, 161_{2-3}, 167_{11}, 169_7, 171_{4-6}, $177_{3\cdot10\cdot15}$, $179_{2\cdot10\cdot14}$, $183_{6-7\cdot14}$, 185_2, $187_{6-7\cdot9}$, 189_{10}, 191_{14-15}, $193_{1\cdot3-5-6}$, $195_{1\cdot10}$, 201_{15}, $203_{9\cdot11}$, $207_{8-9\cdot12}$, 209_{12}, 211_4, 219_{15}, $221_{2\cdot4-6}$, $223_{7-8\cdot12}$, 225_1, 229_{15}, $231_{1\cdot15}$, $233_{3-4\cdot7}$, $237_{2\cdot9-10}$, $243_{9\cdot14}$, 245_1, $247_{10\cdot12}$, $249_{9\cdot11-13}$, 263_{16}, 265_{15}, 267_{16}, $269_{1\cdot4\cdot7-11}$, 273_{5-6}, 279_9, 281_6, $283_{2\cdot5}$, 287_{9-10}, 289_2, 291_{10}, 295_{12-13}, $297_{6-9\cdot11}$, 301_{3-4}, $305_{6\cdot9-10}$, $315_{2\cdot5\cdot8}$, $319_{5\cdot7\cdot9}$, $321_{1\cdot4\cdot9}$, 323_{16}, 325_{11}, $327_{5\cdot15}$, $329_{5\cdot9}$, $339_{8\cdot12}$, 341_{14}, $343_{6\cdot11}$, $347_{4\cdot11}$, $349_{1\cdot11}$, $351_{5\cdot11}$, 355_{3-6}, $357_{2\cdot4\cdot7\cdot9\cdot15}$, $359_{2\cdot7\cdot10-14}$, $363_{9-10\cdot13}$, 365_{4-6-7}, $369_{13\cdot16}$, $379_{5\cdot10}$, $381_{5\cdot13}$, $389_{3-4\cdot8-11}$, 391_1, $393_{7\cdot11-12}$, 397_{11-12}, $399_{4-5\cdot7}$, 403_3, 407_1, $419_{8-9\cdot12}$, $423_{1\cdot16}$, $425_{4-5\cdot9\cdot11}$, $427_{1-2\cdot10}$, 429_4,

$437_{1\cdot3}$, 439_5, $441_{2\cdot6}$, $447_{1\cdot3}$, $457_{11\cdot14}$, 459_7, 463_{14}, 465_1 ⑤$3_{8\cdot11\cdot14}$, $5_{9\cdot13}$, 7_{12-13}, $9_{1\cdot6\cdot9\cdot13}$, $11_{1\cdot3\cdot8-10\cdot12\cdot4}$, $15_{3\cdot6}$, $23_{6\cdot10-11\cdot14}$, $25_{1\cdot6\cdot9\cdot11}$, 27_{13-14}, $29_{5\cdot7\cdot12}$, $31_{1\cdot9}$, 35_1, 41_{15}, 47_{10}, $49_{8\cdot14}$, $51_{6\cdot9}$, $53_{7\cdot9\cdot14}$, 57_{10}, $59_{1\cdot14}$, $61_{2\cdot4-5\cdot14}$, $63_{4\cdot8-9\cdot11}$, 65_8, 69_{11}, $71_{2\cdot7\cdot10}$, 81_{14}, $83_{7\cdot11}$, $85_{9\cdot15-16}$, $87_{3\cdot11}$, $89_{9\cdot11-12\cdot14}$, 91_2, 99_7, $111_{9\cdot13}$, 115_{10-12}, 117_{11}, 123_{13-15}, 125_4, 133_{11}, $137_{6\cdot8\cdot11-12}$, 141_{12}, $143_{2\cdot4-6}$, $147_{2\cdot5}$, 153_{16}, 157_8, 167_6, 175_5, 183_{11}, $185_{1\cdot11}$, 187_{13-14}, $189_{5\cdot11-12}$, $191_{1-3\cdot6}$, 193_3, 205_{11}, $207_{8\cdot10-11}$, $209_{5\cdot7}$, $213_{3-4\cdot6\cdot9\cdot11\cdot14}$, 215_7, 225_6, 229_{1-2}, $231_{10\cdot15}$, $237_{5\cdot9-13}$, 241_{12}, 247_{12}, 249_{10}, $251_{4\cdot6}$, 257_{9-12}, $259_{3\cdot12}$, $261_{3\cdot12}$, $263_{2-4\cdot10}$, 265_1, 267_{10-11}, 269_7, 271_9, $275_{5-6\cdot10}$, $277_{3\cdot6-7}$, 281_{15-16}, $283_{4\cdot7}$, 287_7, $289_{1\cdot6\cdot9}$, 291_8, $293_{2-5\cdot7}$, 295_4, 299_6, $301_{11\cdot13}$, 305_{6-7}, 309_{4-5}, $311_{3-4\cdot6}$, $313_{1\cdot11-12}$, $315_{2\cdot5\cdot7-8\cdot10\cdot14}$, 317_{4-12}, $319_{2\cdot4-6\cdot8-10-11}$, $321_{6\cdot9-11\cdot15}$, 323_7, 325_6, 329_{4-6}, 335_{15-16}, 337_8, 339_2, $343_{1\cdot10-12}$, 345_{2-3}, $349_{14\cdot16}$, $351_{7\cdot10\cdot14}$, $353_{1\cdot10-13-14}$, 355_6, 357_{7-9-10}, 359_{16}, $361_{3\cdot11-12}$, 363_{3-8}, 365_7, 369_{10}, 371_{10}, 373_7, 375_9, $377_{2\cdot16}$, $379_{2\cdot8-13}$, 381_{9-11}, $383_{8-9\cdot12-4\cdot16}$, 385_{14}, 387_{5-6}, 389_{9-10}, $391_{13\cdot15}$, 395_{15}, $397_{6\cdot11}$, 399_4, 401_{15}, 403_{1-2}, 407_4, 409_{16}, 415_{1-2}, $417_{6\cdot8\cdot10}$, $419_{7\cdot10-15}$, $421_{4\cdot6\cdot8-9}$, $423_{2\cdot4-5\cdot12}$, 429_{13}, 441_9, $443_{1-3\cdot5}$, $449_{12\cdot15}$, 451_{3-5}, 453_{12}, $455_{6-13-14}$, $457_{8\cdot12\cdot15}$, 459_1, $461_{1\cdot7}$, $463_{6\cdot8}$, $469_{5\cdot7}$, $473_{9\cdot11-13\cdot15}$, 475_5, 483_{13}, 485_{15}, 487_2, 489_{14-15}, $491_{5\cdot8\cdot11}$, $493_{1\cdot3-5}$, $495_{4\cdot8\cdot10-11}$, 499_8, $503_{7-8\cdot13}$, 505_{9-10}, 511_6, 515_1

従五位上の官　④$71_{13-14}$
従五位に准ふ　④$415_{13}$
従五位の官　②$435_6$
従五位の官に准ふ　②$435_6$
従五品下　⑤$123_{11}$
従坐の者　②$115_9$
従三位　①$51_{16}$, 57_{4-7}, 89_{12-13}, 91_{11}, 97_8, 99_2, 101_{14}, 129_{12}, 133_{12}, 135_{13}, 145_{13}, 157_7, 161_{15}, 189_9, 193_7, 205_{14}, $207_{4\cdot6}$, 211_{15}, 225_5, $229_{9\cdot14}$ ② 7_{14}, 19_{11}, 21_{10}, $23_{2-3\cdot6}$, 43_3, $83_{11\cdot16}$, 85_1, 93_7, 103_7, 105_{13-14}, 127_8, $145_{1\cdot6}$, 153_5, 159_9, 173_{11}, 181_7, 183_{14}, 185_{11}, 205_4, 209_4, 217_5, 221_{11}, 225_7, 249_2, 251_{10-11}, $255_{10\cdot12-15}$, 257_3, 261_1, 273_{10-11}, 275_3, 295_4, 305_4, $309_{1\cdot11}$, 311_7, 315_1, 323_{11}, 325_2, 329_{3-5}, 331_{14}, 337_{11-12}, 339_2, 347_{12}, 353_5, 391_{11}, 393_2, 403_{14}, 409_{12}, $411_{8\cdot16}$, 419_1, 423_8, 425_7, 435_{15}, 437_9 ③$3_{11}$, 15_2, 17_{10}, 25_{5-7}, 27_1, 39_{13}, 53_{5-6}, 55_{14-15}, $57_{2\cdot5}$, 65_{16}, 73_{15-16}, 75_7, $77_{10\cdot14}$, $87_{6\cdot12}$, 91_{3-4}, 93_{14}, 101_{10}, 105_{12},

続日本紀索引

$107_{10\cdot14}$, 109_{13}, 111_5, 121_7, $125_{5\cdot11}$, $135_{13\cdot14}$, 137_{13}, 143_2, $145_{9\cdot12}$, $159_{10\cdot12}$, $171_{6\cdot7}$, 187_3, $191_{11\cdot14\cdot15}$, 195_2, 207_4, 211_{11}, 213_{11}, $221_{7\cdot8}$, 255_3, 261_{10}, $267_{3\cdot4\cdot14}$, 281_{15}, 285_6, 305_6, $319_{6\cdot7}$, 323_{14}, 325_4, 327_8, 331_9, $333_{13\cdot14}$, $339_{4\cdot9}$, 341_{14}, $345_{5\cdot14}$, 351_7, $355_{1\cdot3\cdot7\cdot10}$, 369_{12}, 375_{16}, 379_{11}, $381_{14\cdot16}$, 389_2, 393_9, 395_6, $399_{7\cdot13}$, 405_{14}, $411_{6\cdot8}$, $413_{6\cdot11}$, 415_{12}, $417_{1\cdot3\cdot7}$, 421_{11}, 425_3, 441_9 ④$3_6$, 5_5, 111_2, 19_5, $21_{14\cdot15}$, 23_{14}, $35_{7\cdot9}$, 43_2, 51_{10}, 63_{16}, $67_{3\cdot4}$, 69_{11}, $73_{7\cdot11}$, 79_{12}, $87_{3\cdot15}$, 91_{11}, 93_7, 95_{15}, 97_6, 101_{15}, 105_8, 111_{13}, 115_1, 125_{15}, 127_{16}, 129_3, 131_6, 139_{11}, 143_1, 149_8, $159_{11\cdot14}$, $185_{10\cdot15}$, $189_{8\cdot9}$, $191_{13\cdot14}$, 195_4, 203_1, $219_{1\cdot14\cdot16}$, $221_{9\cdot10\cdot12}$, $223_{3\cdot4}$, 249_8, 287_{10}, 291_8, $295_{2\cdot4\cdot8\cdot11}$, 297_5, $299_{1\cdot8}$, 301_8, $303_{2\cdot3}$, $305_{7\cdot8\cdot11}$, 313_{16}, 319_{13}, 327_2, 329_4, 331_5, $337_{13\cdot14}$, 345_1, $355_{5\cdot11}$, 359_5, 369_8, 371_1, 387_{15}, 393_6, $401_{15\cdot16}$, 413_{13}, 419_6, $433_{5\cdot9}$, 437_2, 439_{15}, 445_{16}, $453_{9\cdot13}$, 461_8, 463_{16}, 465_3 ⑤$3_6$, 9_{11}, $15_{3\cdot14}$, 17_3, 21_4, 25_8, 27_9, 41_{10}, 43_{16}, $45_{2\cdot10}$, $49_{1\cdot4\cdot8\cdot11}$, 59_{11}, 63_{12}, 71_{15}, 85_{15}, 87_{11}, 91_{10}, 93_{16}, 95_{11}, 99_{15}, 101_3, $105_{8\cdot9}$, 113_{13}, $117_{10\cdot15}$, 119_6, $127_{13\cdot14}$, 141_9, $149_{3\cdot4}$, 175_5, 181_1, 183_9, $185_{5\cdot8\cdot12\cdot14}$, $197_{9\cdot12}$, $199_{9\cdot12}$, 205_9, 207_{15}, 211_7, 213_2, 215_5, $219_{3\cdot7}$, 229_{11}, $231_{2\cdot7}$, 235_{14}, 237_{15}, 241_4, 243_7, $259_{13\cdot14}$, 261_7, 265_{10}, 267_9, 269_4, 275_9, $277_{1\cdot5\cdot12}$, $289_{7\cdot8}$, 291_{15}, $297_{9\cdot10}$, $299_{4\cdot5}$, $305_{5\cdot6}$, $311_{1\cdot2\cdot9}$, 317_7, $323_{2\cdot4\cdot13}$, 327_4, 331_9, 335_{14}, $337_{2\cdot4\cdot9}$, $345_{11\cdot14}$, 349_2, 351_{14}, 353_9, $355_{2\cdot3}$, $359_{2\cdot12\cdot14}$, 361_5, 363_{13}, 365_2, 369_2, 371_{14}, 373_1, 377_{14}, $389_{8\cdot10}$, 395_7, 397_1, $405_{2\cdot6}$, $407_{5\cdot14}$, 409_{12}, 411_{10}, 419_2, 443_4, $445_{8\cdot11}$, $447_{1\cdot9}$, 449_5, $453_{15\cdot16}$, $455_{2\cdot10}$, 473_6, 477_6, 515_1

従三位に准ふ ④$221_{12}$
従三位の官 ③$325_{16}$, 375_7
従四位 ①$99_3$, 223_9 ③$413_{10}$ ④$181_{12}$, 221_{13} ⑤$277_{11}$, 411_6, 447_8
従四位下 ①$3_2$, 33_2, 39_8, 45_{13}, 57_5, 61_2, 63_{12}, 65_2, $67_{1\cdot9}$, 73_{10}, 75_{12}, 83_{14}, 85_6, $87_{10\cdot11}$, 89_{13}, $91_{12\cdot16}$, 105_8, 111_5, 115_{12}, 119_2, $125_{7\cdot10}$, $133_{4\cdot6\cdot9}$, $135_{2\cdot7\cdot10}$, $139_{4\cdot6}$, $143_{7\cdot15}$, 145_{14}, 149_9, $153_{15\cdot16}$, $159_{2\cdot11\cdot12}$, 161_{16}, 163_{16}, $165_{8\cdot9}$, $167_{6\cdot15}$, $171_{1\cdot13}$, $177_{11\cdot12}$, 187_6, $193_{2\cdot6\cdot8\cdot10}$, $197_{7\cdot8}$, $203_{6\cdot9}$, $207_{6\cdot7\cdot9\cdot13}$, 211_7, 217_{11}, $219_{11\cdot13}$, $221_{12\cdot15}$, 223_{10}, $229_{10\cdot11}$, 231_{16} ③$2_3$, 7_{15}, 11_9, $17_{9\cdot12\cdot16}$, 19_5, $21_{1\cdot2\cdot11\cdot13}$, 25_9, 29_6, 31_1, 33_{15}, 35_1, 37_{11}, $41_{2\cdot6\cdot7}$, 43_6, 49_{10}, $51_{13\cdot16}$, 53_1, 55_{15}, 57_9, 83_{12}, $99_{14\cdot15}$, 101_1, 109_2, $127_{10\cdot11\cdot13}$, 129_7, 131_7, 133_8, 137_{13}, $145_{5\cdot8\cdot11}$, 151_2, 159_{10}

$165_{9\cdot11}$, 173_4, $177_{2\cdot10}$, 181_{12}, $197_{1\cdot2\cdot14}$, 203_1, $205_{7\cdot11}$, $209_{5\cdot6}$, 221_7, 225_{15}, 227_3, $239_{2\cdot16}$, $243_{2\cdot8\cdot10}$, 255_{10}, 257_2, 265_3, $267_{2\cdot14}$, 273_9, $275_{5\cdot9\cdot14}$, 277_4, $287_{2\cdot12\cdot14}$, 295_6, 297_2, $311_{1\cdot8\cdot9}$, $323_{6\cdot10\cdot12}$, 325_4, $329_{5\cdot6\cdot9}$, $331_{13\cdot14}$, $333_{3\cdot9}$, 335_3, $337_{2\cdot13}$, $339_{1\cdot2}$, $341_{3\cdot6}$, $343_{6\cdot7\cdot12}$, 345_{15}, $347_{4\cdot6\cdot12}$, 349_1, $353_{9\cdot10}$, 355_{16}, $361_{3\cdot4}$, 375_5, $379_{7\cdot8}$, 381_{12}, $385_{2\cdot14}$, $391_{12\cdot13}$, 393_{13}, $395_{5\cdot8}$, 399_6, 401_{14}, 405_{11}, 407_{12}, $409_{12\cdot13}$, $411_{2\cdot4\cdot16}$, 415_2, 419_1, $423_{8\cdot10\cdot12}$, 425_8, 427_{15}, $429_{2\cdot8}$, 431_4, 433_{15}, $437_{5\cdot12}$, 439_7, 443_{10}, 449_{15} ③$2_{\cdot7}$, 5_7, 7_7, 9_{14}, $11_{2\cdot5}$, $13_{8\cdot9}$, 17_2, 19_{14}, 21_3, $25_{8\cdot9\cdot11}$, $27_{2\cdot4\cdot6}$, $29_{10\cdot15}$, $33_{5\cdot8\cdot13}$, $35_{12\cdot16}$, $39_{2\cdot14}$, $41_{2\cdot8\cdot10}$, $43_{2\cdot3\cdot6\cdot7}$, 45_{11}, $49_{2\cdot3\cdot12}$, $53_{3\cdot7\cdot9}$, $57_{3\cdot5}$, $65_{2\cdot4}$, $75_{1\cdot2}$, 77_{16}, $87_{7\cdot9\cdot14}$, $89_{11\cdot12}$, 91_9, 93_3, 95_5, 97_{14}, $101_{2\cdot11}$, 103_{15}, $107_{5\cdot6\cdot12}$, $109_{13\cdot15}$, 119_1, 121_1, 129_2, 131_{11}, $135_{3\cdot14}$, $137_{12\cdot14\cdot16}$, $145_{9\cdot10}$, 151_{13}, $159_{11\cdot13}$, $161_{12\cdot16}$, $171_{3\cdot4}$, 175_2, 177_3, $187_{12\cdot15}$, 189_1, 193_{10}, 211_{12}, 213_{12}, 221_3, 241_{15}, 247_{16}, $267_{5\cdot6\cdot15}$, 295_{15}, 313_{13}, $319_{8\cdot10\cdot12}$, $321_{1\cdot3}$, $327_{1\cdot2\cdot4}$, $333_{5\cdot16}$, $335_{2\cdot5}$, 337_6, 343_6, $347_{2\cdot8\cdot14}$, $351_{9\cdot10}$, $355_{2\cdot5}$, 363_{11}, $369_{14\cdot15}$, $371_{5\cdot12}$, 373_3, 379_6, 381_{15}, 383_1, 387_4, 391_{16}, $393_{1\cdot3}$, 395_1, 397_3, $399_{7\cdot9}$, $401_{6\cdot8\cdot9}$, $405_{11\cdot12}$, $411_{3\cdot14\cdot15}$, 413_4, 415_3, 417_3, $419_{4\cdot11\cdot12}$, $421_{1\cdot5}$, 423_4, 425_4, 429_{16}, 431_4, 433_{12}, 441_{10} ④$3_{6\cdot8}$, 7_4, $9_{2\cdot4\cdot8}$, 15_6, 19_8, 21_6, 23_3, 25_1, 27_8, 35_{16}, $39_{4\cdot6\cdot10\cdot13}$, $51_{5\cdot7\cdot9\cdot11}$, 53_9, 57_{11}, $65_{1\cdot2}$, $67_{5\cdot6\cdot8\cdot9}$, $69_{1\cdot12}$, 71_7, $73_{4\cdot8}$, 79_{14}, $87_{1\cdot15}$, 89_2, 91_5, 93_1, 95_{14}, 101_4, $103_{3\cdot4}$, $111_{1\cdot6\cdot7\cdot13}$, 113_{15}, 117_{15}, 119_{14}, $129_{4\cdot5}$, 133_9, 135_7, 143_3, $145_{4\cdot14}$, 151_9, 153_5, $155_{6\cdot8\cdot10}$, 159_2, $161_{1\cdot6}$, $177_{5\cdot13}$, $179_{3\cdot4\cdot10}$, 181_{11}, 183_4, 189_6, $193_{8\cdot11}$, 205_{15}, $207_{3\cdot5}$, $209_{6\cdot9}$, $219_{13\cdot15}$, 221_{14}, $223_{1\cdot4\cdot6}$, $225_{2\cdot4}$, $231_{2\cdot4}$, $233_{4\cdot5}$, $237_{5\cdot8\cdot9\cdot13\cdot14}$, 249_2, 251_8, 265_8, $267_{4\cdot15}$, 273_7, 285_{15}, $291_{8\cdot10\cdot13}$, 293_{10}, $295_{9\cdot13}$, $297_{9\cdot11}$, 299_3, $301_{2\cdot4\cdot6\cdot13}$, $303_{1\cdot4}$, $305_{3\cdot11}$, $315_{3\cdot5}$, $319_{4\cdot14}$, $323_{2\cdot12\cdot13\cdot15}$, 329_5, 337_3, $339_{3\cdot4\cdot10}$, 341_4, $343_{6\cdot14}$, 345_{13}, 347_8, $349_{13\cdot16}$, 351_6, 353_2, 355_8, $357_{3\cdot5\cdot7}$, 359_{11}, 365_5, 371_1, $379_{2\cdot9}$, 385_5, $389_{10\cdot11}$, 395_5, 397_{12}, 399_6, 405_4, $407_{11\cdot13}$, 411_5, $413_{7\cdot8\cdot11}$, $415_{11\cdot13}$, 421_5, $425_{7\cdot9\cdot11}$, $427_{6\cdot8}$, 429_4, 433_{15}, 435_{15}, 439_4, $441_{1\cdot5}$, 443_2, 449_{12}, 453_{16}, 455_9, 459_6, 465_2 ⑤$3_{10}$, 5_6, 7_2, $9_{7\cdot8\cdot10}$, 11_8, $15_{7\cdot15}$, $17_{2\cdot14}$, $19_{5\cdot6}$, $23_{9\cdot11\cdot13}$, 25_{10}, 27_{10}, 29_4, 33_{15}, $37_{6\cdot8\cdot14}$, 43_6, 45_4, $47_{10\cdot16}$, $49_{4\cdot9\cdot12}$, $51_{1\cdot2\cdot5}$, $53_{3\cdot8}$, $57_{11\cdot12}$, $59_{8\cdot11}$, $61_{6\cdot7\cdot9\cdot11\cdot12}$, 63_{10}, 65_1, 67_{16}, $69_{6\cdot10}$, $71_{6\cdot14}$, 77_{13}, $85_{11\cdot15}$, 87_{12}, $89_{1\cdot4\cdot8}$, 99_{15}, $109_{8\cdot9}$, $111_{14\cdot16}$, 117_{11}, 119_7,

しゅう（従）

続日本紀索引

しゅう（従）

127_{15-16}, $129_{12\cdot14}$, 131_8, $133_{4\cdot8\cdot11}$, $139_{8\cdot10}$, 141_{14}, 147_4, 153_5, $157_{14\cdot16}$, $163_{8\cdot15}$, $171_{9\cdot15}$, $183_{10\cdot13\cdot15}$, 185_7, $187_{2\cdot6}$, $189_{4\cdot11}$, 191_{13}, 197_7, $207_{6\cdot14}$, $209_{5\cdot12\cdot16}$, 211_{2-3}, $213_{4\cdot8\cdot10}$, $215_{2\cdot5\cdot11}$, $219_{4\cdot7\cdot11}$, 227_{13}, $229_{4-5\cdot10}$, $231_{4\cdot13}$, $233_{1\cdot4\cdot6\cdot13}$, 235_4, $237_{10\cdot14}$, 239_{12}, $241_{5\cdot8\cdot12-14}$, $243_{2-4\cdot8}$, 247_{12}, $251_{1\cdot3}$, $257_{4\cdot10}$, 259_{14}, 261_1, $263_{11\cdot14}$, 265_9, $271_{9-11\cdot13}$, 275_7, 279_{11}, 281_{15}, 287_6, 289_{15}, 293_4, 297_{16}, $299_{2\cdot6}$, $301_{8\cdot11}$, $309_{1\cdot14}$, 311_3, 315_4, $317_{3\cdot6\cdot9}$, 337_{11}, 339_{14}, $343_{1\cdot9}$, $345_{2\cdot13}$, $349_{1\cdot9\cdot13}$, $351_{2\cdot5\cdot9}$, 353_{12}, 357_8, $359_{6\cdot14}$, 361_1, 365_5, 373_5, 375_9, $377_{12\cdot15}$, $385_{3\cdot12}$, 387_7, 393_1, 397_7, 403_1, 407_8, 409_{14}, 417_{7-8}, 419_7, $421_{2\cdot5\cdot14}$, $423_{1\cdot5-7}$, 445_{10}, $449_{1\cdot6\cdot14}$, $455_{9\cdot11\cdot13}$, 459_{8-9}, $463_{6-7\cdot11}$, $473_{8\cdot13}$, 477_5, 483_3, 485_{14-15}, $499_{4\cdot16}$, $503_{7\cdot12}$, 505_{15}, $507_{4\cdot9}$, 511_5, 515_{1-2}

従四位下の官 ③$93_1$ ④$71_{10}$

従四位上 ①$41_5$, 53_2, 57_5, 63_{10}, 71_5, 73_{11}, 75_6, 87_{9-11}, 97_7, 105_9, 115_{12}, 117_2, 131_{16}, $133_{3-5\cdot7}$, 137_1, 141_{10-11}, 163_5, 165_{7-8}, 189_3, 197_{6-7}, 207_7, 209_2, 221_{13}, 223_{13}, 229_{9-11}, 233_5 ②$131_6$, $211_{0\cdot13}$, 23_2, 25_3, 37_{11}, $41_{5\cdot7}$, 43_3, 45_{15}, 47_5, $51_{12\cdot14}$, 53_2, 55_9, 57_5, 59_4, 79_{14}, $83_{11-12\cdot15}$, 95_6, 101_{1-2}, 111_1, $127_{10\cdot12}$, 129_{10}, 145_7, 165_{9-10}, 199_6, 207_9, 209_{4-5}, $243_{8\cdot10}$, 253_{14}, 255_{11}, 259_{15}, 263_7, 269_3, 283_{10}, $287_{10\cdot13}$, 299_7, 305_5, $311_{1-2\cdot7-8\cdot10}$, 315_2, 329_6, 335_2, $347_{4\cdot13}$, 349_{16}, 351_{16}, 353_9, 361_3, 365_{14}, 367_5, 375_4, 379_{6-8-9}, 391_{11-12}, 393_{13}, $395_{4\cdot6\cdot11\cdot14}$, 405_{12}, 409_5, $423_{8-9\cdot11}$, 425_8, 427_{16}, 435_{15}, $437_{3\cdot11}$, 443_{14} ③$37_{\cdot10\cdot12}$, 71_2, 131_4, 21_7, 23_{15}, $25_{3\cdot10-11}$, 27_{2-5}, 35_2, 39_{14}, 49_1, 53_{6-8}, $55_{3\cdot16}$, 57_{3-5}, 73_{16}, $75_{2\cdot7}$, 79_{13}, $87_{8\cdot13}$, 89_{10}, 91_3, $95_{5\cdot9}$, $101_{8\cdot10-11}$, 107_{5-6}, 109_{13-14}, 113_{13}, 115_{16}, 119_{4-5}, 121_8, $127_{3\cdot6}$, 129_8, 135_{12-13}, 137_{13-15}, $139_{5\cdot7}$, $141_{3\cdot13\cdot16}$, $143_{4\cdot6}$, 145_{13}, 147_{5-6}, 149_{14}, 151_1, $159_{8\cdot10\cdot14}$, 161_4, 171_7, 177_1, $187_{11-12\cdot14\cdot16}$, $193_{4\cdot12}$, $195_{1\cdot15}$, 211_0, 213_{11}, 221_2, 229_7, 255_3, 267_6, 319_{9-10}, 323_1, 331_7, 355_1, 369_{14}, 371_2, 373_{10}, 387_3, $401_{1\cdot4}$, 415_{16}, 419_{11-12} ④$3_{6\cdot8}$, 9_1, 21_{16}, 23_{15}, 25_5, $35_{6\cdot16}$, 51_{12}, 55_5, 61_6, 67_5, 71_7, 79_{13}, 83_{10}, 89_3, 91_7, 109_{12}, 111_{13}, 135_7, 141_{15}, 145_4, 169_1, 177_6, 181_4, 189_{8}, 203_7, 211_5, 219_{16}, 221_1, $223_{2\cdot10}$, 225_{14}, 237_8, 267_{15}, 269_6, 279_6, 287_{16}, 291_9, 295_{12}, $301_{5\cdot10\cdot14}$, $315_{3\cdot5}$, $325_{3\cdot12}$, $329_{2-3\cdot7}$, 333_7, 339_6, 341_{2-3}, $343_{12\cdot15}$, $345_{7\cdot10\cdot15}$, 349_{13-14}, $355_{7\cdot12}$, $357_{4\cdot6}$, 359_6, 377_9, 393_5, 395_3, 399_5, 421_2, 425_5, 427_4, 429_6, 439_{16}, 447_1, $451_{9\cdot12}$, 459_{15} ⑤$23_{10\cdot12}$, 25_8, 45_6, 51_{10}, 57_{11-12}, 65_9,

67_{16}, 105_{15}, 147_{16}, 157_{10}, $183_{10\cdot14}$, $185_{12\cdot14-15}$, 187_4, 189_{9-10}, 191_8, 197_4, 203_{14}, 205_{10-12}, 211_1, $213_{8\cdot10\cdot13}$, $215_{6\cdot11}$, 219_4, 229_5, 233_7, 235_2, 243_7, 247_{11}, $251_{7\cdot13}$, 259_{15}, 261_1, 281_{16}, 287_6, $291_{7\cdot11}$, 295_7, 297_{11-12}, 309_{15}, 311_3, 313_{10}, 315_{3-5}, 325_7, 329_{4-5}, $337_{5\cdot9}$, 343_{8-9}, 351_1, $353_{5\cdot12}$, 355_5, 357_{7-8}, 359_{15-16}, $363_{6\cdot12}$, 369_1, 371_{11}, 373_6, $375_{8\cdot10}$, 377_{15}, 383_2, 385_{10}, 397_4, 399_2, $401_{7\cdot13\cdot16}$, 405_{11}, 417_7, 419_6, 437_{10}, 453_{11}, 455_{9-12}, 459_{11}, 461_{13}, 467_{10}, 485_{14}, 499_{11}, 503_9, 511_{12}

従四位上の官 ③$287_{10}$, 325_{15}, 337_1 ④$71_{12}$

従四位に准ふ ④$221_{13}$, 415_{12}

従七位 ④$201_4$

従七位下 ①$43_{13}$, $55_{1\cdot14}$, 65_7, 67_5, 69_3, 105_{13}, 107_9, 151_{13}, 189_{10}, 193_{11}, 215_{16} ②$85_6$, $87_{2\cdot13}$, 113_1, 147_5, 151_7, 159_{11-12}, 205_1, 207_{14}, 305_3, 311_{13} ③$75_{14}$, 327_{10}, 401_3, 443_9 ④$23_3$, 41_8, $69_{5\cdot9\cdot11}$, 81_9, 115_8, 123_5, 153_3, 191_4, 215_2, 251_7, 271_2, 293_{12}, 343_3 ⑤$143_{11}$, 175_3, 209_3, 215_4, 261_9, 279_{11}, 323_{11}, 355_9, 385_4, 387_8

従七位下の官 ③$337_3$ ④$71_{11\cdot14}$

従七位上 ①$65_{7-8}$, 69_{16}, 79_8, 107_8, 113_{12}, 125_5, 151_{11}, 189_{10}, 201_7 ②$99_{\cdot11\cdot13}$, 55_2, 67_4, 87_1, 111_{16}, 147_4, 151_{11}, 157_{11}, 199_6, 275_{10}, 311_{12}, 315_{13}, 331_4 ③$55_5$, 79_1, 153_6, 257_{11}, 327_{12}, 371_8, 383_3, 441_{16} ④$21_{16}$, 69_{10}, 113_4, 115_6, 129_{10}, 143_9, 161_4, 343_3, 355_6, 373_{16} ⑤$23_8$, 251_3, 245_{11}, 283_9, 345_6, 357_{13}, 377_5, 479_{11}

従七位上の官 ④$71_{16}$ ⑤$271_5$

従七位に准ふ ④$201_4$

従七位の官 ②$435_6$

従七位の官に准ふ ②$435_6$

従者 ①$175_2$ ③$9_4$ ⑤$161_{11}$, 163_4

従人 ③$95_{11}$

従人已上 ②$377_8$

従二位 ①$39_3$, 69_{13}, 75_{10}, 77_{6-7}, 83_3, 129_{11}, 185_9, 213_{11} ②$83_{10\cdot16}$, 93_7, 103_7, 105_{13}, 129_5, 145_1, 177_9, 185_9, 205_8, 237_{15}, 243_7, 247_4, 255_{16}, $275_{3\cdot11}$, 347_3, 361_{13}, 379_6, 423_7, $437_{3\cdot11}$ ③$15_4$, 191_4, 255_{14}, 273_{15}, $75_{6\cdot10}$, 77_5, 101_9, 111_5, 113_{11}, 129_{14}, 145_{12}, 159_9, 171_{4-5}, 177_{3-4}, $187_{2\cdot10}$, 261_{2-9}, 285_4, 303_2, 335_{15}, 339_7, 347_7, 357_2, 361_8, 375_{16}, 399_2 ④$3_{2-5}$, 111_5, 15_6, 191_4, 61_2, 91_{16}, $109_{\cdot11}$, 149_2, 179_{12}, 189_2, 247_2, 267_{15}, 283_6, 297_{10}, 309_2, 315_{10}, 319_1, 331_6, 337_{11}, $359_{7\cdot12}$, 363_2, 367_7, 375_{16}, 413_{12}, $419_{2\cdot7}$, 425_2, 435_{10}, 443_{13}, 461_9 ⑤$3_2$, 23_{6-7}, 43_{13}, 47_3, 51_9, 57_2, 65_5, 67_9, 71_5, 83_{15}, 87_{11}, 101_1, 117_{12}, 147_5, 163_{11},

186

続日本紀索引

171_6, 235_{14}, $265_{3\cdot12}$, 277_{13}, 289_5, 309_3, 313_4, 333_{13}, 345_{11-12}, 369_{1-2}, 371_{16}, 389_7, 391_{11}, $393_{4\cdot12}$, 395_7, 403_{16}, 405_5, 411_{13}, 443_4, $445_{6\cdot16}$, $449_{6\cdot11}$, 453_{10}, 455_8, 463_6, 495_1

従八位下 ①$91_2$, 113_{12}, 201_9, 215_{16} ②$55_4$, 147_5, 289_4, 341_{14} ③$79_2$, 93_{12}, 227_9, 283_1, 443_8 ④ 35_{11}, 81_2, 113_2, 145_{15}, 153_8, $169_{5\cdot12}$, 205_9, 209_2, 213_7, 217_5, 239_{15}, 247_{10}, 251_9, 271_1, 305_4 ⑤ 149_6, 175_3

従八位下階 ①$37_6$

従八位下に入らむ ①$173_{10}$

従八位下の官 ④$73_1$

従八位上 ①$107_9$, 183_{16}, 211_8 ②$55_3$, 75_6, 151_8, 159_{12}, 367_{14} ③$45_{12-13}$, 47_{11}, 59_9, 79_2, 199_4, 211_{11-12}, 255_5, 343_{10} ④$111_4$, 23_2, 53_6, 83_7, 107_4, 135_5, 163_{11}, 167_1, 245_9, 381_6, 401_{10}, 421_{11}, 455_3 ⑤$245_{11}$, 265_{15}, 305_2, $387_{9\cdot13}$

従八位上の官 ④$71_{16}$

従八位の官に准ふ ⑤$19_{11}$

従ひ往く ③$203_{15}$

従ふこと罔し ②$125_8$

従ふ所を知る ③$291_{13}$

従へる官 ①$49_{11}$ ③$391_{15}$

従六位以下 ①$173_8$

従六位下 ①$53_{16}$, $75_{13-14\cdot16}$, 77_{1-2}, $93_{3\cdot6-7}$, 109_5, $111_{1\cdot3}$, 129_{14-15}, 145_{15}, 153_8, 167_2, 175_7, 177_{16}, 193_{10}, 207_{12}, 219_{16}, 223_2, 229_3 ②$9_8$, 53_5, 59_4, 85_5, $87_{7\cdot11}$, 111_{16}, 151_{15}, 159_{13}, 189_{16}, 197_4, 275_{7-8}, 295_3, 309_{15}, $329_{12\cdot15}$, 333_5, 425_4 ③$109_3$, 117_{10}, 121_3, 247_4, 249_{12}, 253_{10}, 339_{14}, 379_3, 419_{13} ④$5_4$, 23_2, 25_4, $41_{8\cdot12}$, 65_8, $69_{6\cdot8-9}$, 75_5, 81_3, 107_3, 113_1, 133_7, $143_{8-9\cdot15}$, 145_{10-11}, 153_8, 157_{12}, 161_8, 169_{11}, 207_{13}, 221_6, 227_3, 277_9, 393_1, 399_7 ⑤$23_1$, 251_3, 413_2, 835, 85_{10}, 143_9, 153_7, 171_{12}, 175_{6-7}, 325_8, 419_{11-12}, 457_2, 467_7, 489_2

従六位上 ①$65_6$, $75_{12\cdot15}$, $77_{1\cdot3}$, 93_2, 109_{15}, 111_1, 129_{14}, 145_{15}, 159_{9-13}, $167_{2\cdot4}$, 177_{15}, 207_{11}, $211_{4\cdot9}$, 223_2 ②$5_5$, 91_2, 121_6, 55_3, 57_1, 137_7, 147_4, 149_9, 151_{11}, 157_{10}, 163_{16}, 165_{16}, 167_3, 197_7, 199_6, 221_2, 309_{14}, 311_{12}, 329_{13}, 331_2, 339_7, 425_3 ③$43_{10}$, 47_{15}, 87_{15}, 89_7, 95_{14}, 227_7, 267_{11}, 269_2, 337_{16}, 343_9, 401_2, 419_{6-7} ④$151_5$, 41_7, 43_3, $53_{3\cdot6}$, 67_{12}, 79_{16}, 81_8, 99_4, 133_8, 141_{11}, 143_6, $151_{6\cdot8\cdot13}$, 153_9, 169_{11}, 185_4, 221_{11}, 283_3, 315_9, 399_7, 463_{15} ⑤$21_3$, 331_1, $351\cdot_5$, 594, 85_{12}, 87_3, 93_7, 143_{10}, 153_8, $175_{1\cdot3}$, 185_8, 275_{12}, 379_3, 387_{12}, 419_{11}

従六位上の官 ③$93_2$, 337_2 ④$71_{1\cdot13}$

従六位の官 ②$435_6$

従六位の官に准ふ ②$435_6$

渋河路（河内国）③$159_1$

渋川の隄（河内国）④$291_{14}$, 387_{12}

渋綻 ⑤$153_{10}$

獣 ①$199_1$ ④$283_{13}$

縦横 ⑤$161_1$

縦恣 ②$121_9$

縦心 ①$199_6$

縦にす ①$187_{11}$

縦に覧す ②$277_2$

儵忽 ②$125_{13}$

夙く彰る ③$61_9$

夙く著る ⑤$255_{15}$

夙に興きて求む ②$89_6$

夙に興き夜に寐 ③$55_8$ ⑤$215_{14}$

夙に着す ⑤$453_4$

夙夜 ③$307_3$

夙夜公に在り ⑤$259_1$

夙夜怠らず ③$183_{14}$

夙夜怠ること無し ⑤$245_7$

夙夜に怠らず ①$235_4$

祝 ②$139_1$, 167_4 ③$151_{15}$, 157_6, 185_4, 265_{16} ⑤ 171_0, 157_{13}, 183_5, 185_6, 249_{8-9}, 323_3

祝長月 ③$107_9$

祝部 ②$5_1$, 9_5, 167_5, 219_{14}, 327_4 ③$59_9$, 103_5, 349_{3-5} ④$153_{15}$, 175_3, 189_{14} ⑤$363_{12}$

祝部治め賜ふ ③$69_8$

宿衛 ②$181_8$ ④$73_2$ ⑤$359_{11}$

宿衛王子 ④$275_{11}$

宿債を償ふ者 ④$387_2$

宿侍 ④$355_9$

宿殖 ②$415_{13}$

宿心 ③$433_1$

宿禱に縁る ③$435_{14}$ ⑤$511_{10}$

宿禱を賽す ④$57_1$

宿禱を賽ゆ ③$393_{10}$ ⑤$77_8$, 353_8

宿徳 ⑤$111_{11}$

宿徳を冒る ③$313_4$

宿禰 ④$407_9$ ⑤$333_{12}$, 509_{10}

宿禰に登る ⑤$497_{12}$

宿禰の姓 ②$219_{9\cdot12}$

宿禰の姓を除く ④$451_{14}$

宿負 ②$327_1$

宿憤 ⑤$487_{13}$

宿る ②$277_9$, 375_{14}, 379_3, 383_1 ③$171_4$ ④$29_4$

淑茂 ⑤$453_4$

菽敬 ②$111_6$ ④$163_3$

菽清（菽め清む）①$181_2$ ②$11_2$, 57_{15}, 95_{15} ③ 287_6 ⑤$367_4$

しゅう―しゅく（従・渋・獣・縦・儵・夙・祝・宿・淑・菽）

187

粛清すること能はず　⑤$305_{10}$
粛宗(唐)　③$297_{11}$, 299_5, 425_{15}
粛まず　②$445_{16}$
粥　①$25_5$
熟崑崙　②$357_9$
熟思　③$133_{15}$
熟せず　②$123_{13}$
熟と為す　②$229_7$
熟らず　③$435_7$ ④$75_{10-11}$
出羽員外守　④$39_9$
出羽掾　③$343_8$
出羽介　③$343_7$ ④$121_7$, 427_{12}
出羽郡(越後国)　①$143_{14}$
出羽国　①$187_{15}$, 211_5 ②$19_{14\cdot16}$, 103_1, 183_4, 301_6, 315_{15}, 317_5, 357_{15} ③$37_3$, 183_9, 217_{12}, $329_{12\cdot16}$, 429_4, 439_8 ④$185_9$, 187_1, 293_6, 345_8, 403_7 ⑤$74_1$, 15_5, 53_7, 83_{10}, 107_1, $109_{4\cdot6}$, 129_{11}, 143_{13}, 165_7, 169_{13}, 331_5
出羽国言さく　①$205_5$ ④$461_{15}$ ⑤$271_{15}$, 375_1
出羽国国司　②$135_3$ ④$375_6$
出羽国国司已下　⑤$69_9$
出羽国国府を遷す　④$463_1$
出羽国守　②$315_{16}$
出羽国鎮狄将軍　⑤$155_2$
出羽国と相戦ふ　⑤$15_5$
出羽国に隷く　①$189_1$ ②$19_{16}$
出羽国の夷俘　④$397_9$
出羽国の蝦夷　①$221_4$ ④$363_6$, 367_1, 421_5
出羽国の蝦夷の俘囚　④$401_4$
出羽国の蝦賊　⑤$53_{13}$
出羽国の蝦狄　②$153_1$
出羽国の軍　⑤$53_2$
出羽国の国司　⑤$143_{15}$, 155_{11}, 165_8
出羽国の柵戸　①$217_{10}$ ②$25_1$ ③$327_{12}$
出羽国の人　②$191_{15}$ ④$401_5$
出羽国の鎮　⑤$41_9$
出羽国の俘囚　⑤$21_8$
出羽国部下　⑤$375_2$
出羽国部内　②$315_{16}$
出羽国部内の兵　②$315_{16}$
出羽国を建つ　②$19_{12}$
出羽柵(出羽国)　①$153_1$ ②$57_1$, 273_6, 309_3
出羽守　③$343_7$, 423_{11} ④$71_{10}$, 121_6, 427_{11} ⑤$17_8$, 107_{10}, 349_{11}
出羽鎮狄将軍　⑤$141_{12}$, 143_{15}, 165_8
出雲員外介　④$55_5$
出雲掾　⑤$11_6$
出雲王　③$77_7$, 233_2　→豊野真人出雲
出雲屋麻呂　④$45_{13}$　→出雲臣屋麻呂

出雲介　③$423_1$, 425_1 ④$429_2$, 435_6, 453_{10} ⑤$11_5$, 363_{10}, 457_{14}
出雲郡(出雲国)　②$429_{11}$
出雲国　①$9_{10}$, 49_3, 97_{13}, 105_3, 113_7, 183_{14}, 199_{15} ②$71_{14}$, 171_{11}, 347_2 ③$41_{16}$, 59_6, 127_6, 169_{13}, 187_2, 291_{10}, 439_6 ④$91_1$, 79_{12}, 213_3 ⑤$133_9$, 149_2
出雲(国)按察使　②$155_{16}$ ④$129_3$
出雲(国)按察使に隷く　②$103_1$
出雲国員外掾　③$251_{10}$
出雲国国造　②$9_3$ ④$189_{13}$ ⑤$323_2$, 363_{11}
出雲国司　②$429_{11}$
出雲国守　②$57_9$ ③$161_4$, 171_4 ④$129_1$
出雲国造　②$137_{16}$, 167_3, 339_6 ③$21_5$, 103_4, 113_1 ④$5_9$, 153_{14}, 413_4 ⑤$467_7$
出雲国の稲　④$413_9$
出雲守　①$135_9$ ②$111_2$, 355_6 ③$103_{16}$, 145_7, 195_2, 207_4, 255_4, 285_6, 323_{14}, 389_{14}, 413_8 ④$135_6$, 243_{14}, 283_2, 393_9 ⑤$11_4$, 33_{15}, 45_6, 51_8, 61_5, 191_{13}, 309_1, 319_9, 409_4, 449_{16}, 507_2
出雲宿禰　⑤$509_{11}$
出雲諸上　⑤$431_{15}$
出雲臣　①$59_{15}$ ③$45_{14}$
出雲臣益方　④$5_8$, 153_{15}, 189_{13}
出雲屋麻呂［出雲臣屋麻呂］　③$29_5$, $89_{7\cdot14}$
出雲果安　②$9_{3\cdot5}$
出雲広嶋　②$137_{16}$, 139_1, 167_{3-5}, 339_6
出雲国上　④$413_4$
出雲国成　⑤$323_{2-3}$, 363_{11-12}
出雲人長　⑤$467_7$
出雲人麻呂　⑤$511_{13}$
出雲祖人　⑤$509_7$
出雲祖人の本系　⑤$509_7$
出雲臣弟山　③$214_1$, 103_{4-5}, 113_1
出雲臣嶋成　⑤$259_4$, 295_4
出雲臣麻呂　⇨出雲臣屋麻呂
出雲大目　④$95_{11}$
出雲狛(人名)　①$59_{4\cdot15}$
出雲目一人　③$187_2$
出家　①$63_7$ ②$67_{13}$, 95_6, 139_5, $283_{12\cdot16}$ ③$17_7$, $619_{\cdot6}$, 101_5, 151_9, 161_{10}, 163_7, 175_6, 409_{15} ④$33_{10-12}$, 321_{15} ⑤$67_7$, 463_3　→入道
出家して在る大臣も在るべし　④$33_{12}$
出家せし人も白衣も相雑はりて供奉る　④$103_{16}$
出家せし道人　④$259_{10}$
出家せる衆　②$415_{14}$
出家入道　②$163_6$
出家の人　⑤$329_{13}$
出挙　①$175_{11}$, 185_4, 203_{13} ②$69_{5\cdot11-12}$, 149_7,

327_{11}, 345_7, 355_1, 443_3 ③$171_5$, 253_6, 375_{10} ④$45_9$, 153_{13} ⑤$1154\cdot14$, 283_{11}, $371_{1\cdot3}$, 413_9 →挙税, 挙稲
出挙の未納 ⑤$391_9$
出し躍る ④$403_{16}$
出し売る ①$209_6$ ④$85_{13}$
出し付く ②$13_{15}$
出し用ゐしむ ③$171_1$
出身 ①$45_6$, 99_8 ②$45_1$, 99_2, 245_8 ③$375_{13}$ ④$391_{15}$
出身せぬ者 ③$383_6$
出身の条 ①$99_7$
出身の法 ②$45_3$
出身を得るに臨みて ⑤$159_6$
出塵の輩 ⑤$285_2$
出す ②$97_6$
出水郷(山背国) ④$325_8$
出水郡(薩摩国) ⑤$79_1$
出水川(山背国) ⑤$55_1$
出水連 ⑤$15_8$
出世 ④$289_{12}$
出世の良因 ③$237_{15}$
出だす ①$229_8$ ②$77_5$, 133_{14}, 219_6, 231_{12} ④$127_{14}$, 203_5, 257_3, 391_{12}
出づ ①$17_6$, 27_2, 149_4 ④$129_{11}$ ⑤$19_{12}$, 199_{12}, 271_3, 339_{12-13}, 347_{11}, 359_8, 477_8
出づる日 ①$229_3$
出でて ③$271_{10}$, 365_5 ④$113_{14}$, 459_{16} ⑤$139_{10}$, 279_2, 331_{12}, 407_8
出で来 ②$357_{10}$, 373_3
出入 ③$287_{11}$ ④$299_8$ ⑤$329_{15}$
出納 ③$287_3$ ④$101_{7-8}$
出部直佩刀 ①$159_{12}$
戌 ②$427_9$
戌の時 ⑤$409_5$
恤刑 ②$165_5$
恤み済ふ ①$179_{12}$
恤み養ふ ③$235_3$
恤む ②$11_8$ ③$245_{13}$
恤を加ふ ①$51_4$
術数に習ふ ⑤$455_1$
術に乖ふ ⑤$245_3$
術に精し ④$25_{15}$
悛い改む ④$371_{16}$
悛い改めぬ者 ①$227_{15}$
悛む ④$37_{10}$
悛めず ④$437_7$
悛らず ③$313_5$
俊乂 ④$367_{13}$

春 ②$259_1$, 335_{12} ⑤$117_6$
春夏の服 ③$13_4$
春夏を経渉り ⑤$435_3$
春階王 ④$149_{14}$ ⑤$231_{11}$, 261_{10}, 353_2
春宮 ③$181_2$ →東宮
春宮員外大進 ④$441_{10}$
春宮員外亮 ③$33_{13}$, 351_4 ④$329_4$, 355_6
春宮少進 ⑤$385_{13}$, 411_1
春宮少属 ③$47_{10}$
春宮大進 ④$113_{10}$ ⑤$461_5$, 49_{14}
春宮大夫 ②$353_9$, 395_4, 429_2 ③$43_7$, 49_2, 213_{12}, 413_{10} ④$329_4$, 425_3 ⑤$49_7$, 59_{12}, 181_2, 185_{11}, 207_9, 237_{16}, 241_3, 277_1, 323_{13}, 345_{16}, 347_2, 355_5, 363_{13}, 371_{12}, 405_3, 409_4, 411_2, 445_{11}, 507_4
春宮(坊) ②$65_3$ ③$317_9$
春宮坊少属 ②$81_{12}$
春宮亮 ②$429_3$ ③$329_5$ ⑤$9_5$, 111_2, 63_9, 181_2, 319_8, 355_6, 361_{11}, 383_{12}, 411_1, 447_7, 473_{14}, 489_1
春景韶和 ⑤$133_2$
春景漸く和ぐ ④$373_4$
春原連 ⑤$301_{15}$, 323_{11}
春原連真木山 ⑤$323_{11}$ →高宮村主真木山
春原連田使 ⑤$323_{10}$ →高宮村主田使
春秋 ②$105_{12}$, 155_{11} ③$57_2$, 353_{16} ④$295_1$ ⑤$217_8$, 325_9, 467_2
春秋の季禄 ③$375_4$
春秋の義 ⑤$483_7$
春秋の祀 ⑤$13_3$
春秋の服 ③$13_3$
春秋の麗しき色 ④$333_9$
春秋の禄 ③$325_5$
春日王¹ ①$17_{15}$
春日王² ②$127_{11}$, 243_8, 423_8 ③$9_8$
春日王³ ④$271_{13}$
春日宮に御ましし皇子(志紀親王) ④$323_9$
春日戸村人人足 ④$145_{10-11}$
春日戸村主人足の父 ④$145_{10}$
春日戸村主大田 ④$145_{11}$
春日斎宮 ④$395_2$
春日山の下 ⑤$31_5$
春日女王 ②$347_{14}$ ③$107_5$, 161_3
春日真人 ④$111_{13}$
春日倉(春日椋)首老〔弁紀〕 ①$35_{16}$, 207_{10}
春日蔵毗登常麻呂 ④$115_8$
春日朝臣 ④$115_8$
春日朝臣家継女 ④$211_6$
春日朝臣方名 ⑤$39_6$
春日の酒殿 ③$103_7$
春日部奥麻呂 ④$233_{14}$

続日本紀索引

しゆん（春・峻・隼・舜・駿・蠢・巡・旬・准・殉）

春日部三開　③367$_{14}$
春日烽（大和国）　①179$_2$
春日離宮（大和国）　①143$_{12}$
春の意　②341$_{12}$
春の月　③329$_{13}$
春の事　②179$_{15}$
春の首　①95$_1$
春の初　②69$_1$
春は蒼く夏は赤く秋は白く冬は黒し　④215$_{12}$
春野連　③377$_5$
春を登く　③137$_5$
峻遠　②193$_8$
峻き嶺を淩く　③343$_4$
隼人　①59$_{11}$, 61$_3$, 159$_{5\cdot 8}$, 161$_{2\cdot 3\cdot 5}$, 211$_{12}$ ②15$_3$, 29$_4$, 67$_9$, 77$_{14}$, 113$_{11}$, 133$_{4\cdot 5\cdot 7}$, 193$_{15}$, 215$_{1\cdot 2}$, 293$_{3\cdot 7}$, 367$_1$, 369$_3$, 371$_{15}$, 373$_{1\cdot 10\cdot 13}$, 429$_8$ ③91$_{10}$ ④5$_7$, 181$_3$, 271$_{9\cdot 12}$, 337$_{10}$ ⑤7$_6$, 259$_7$
隼人司の隼人　④181$_3$
隼人正　④449$_{4\cdot 13}$ ⑤293$_{11}$
隼人の軍　②371$_{12}$
隼人楽　③425$_{13}$
隼賊　①201$_{14}$ ②131$_9$
隼の賊を討つ将軍　②201$_{14}$
舜浜　③273$_{12}$
駿河員外介　④205$_{14}$
駿河介　④427$_5$ ⑤69$_5$, 227$_{15}$, 457$_9$
駿河郡（駿河国）　⑤499$_5$
駿河郡大領　⑤499$_5$
駿河国　①59$_{5\cdot 12}$, 95$_{15}$, 149$_1$, 179$_{10}$, 183$_{13}$ ②57$_4$, 73$_{10}$, 323$_{10}$ ③221$_{12}$, 223$_{10}$, 395$_3$ ④83$_6$, 447$_{16}$ ⑤101$_{10}$, 139$_7$, 499$_5$
駿河国言さく　⑤113$_9$, 205$_6$
駿河国守　③103$_{12}$, 109$_2$
駿河国造　⑤499$_6$
駿河国の高麗人　②15$_8$
駿河国の士　①153$_{12}$
駿河国部内　③103$_{12}$
駿河国より以東　⑤463$_1$
駿河守　③43$_6$, 131$_{10}$, 145$_6$ ④169$_8$, 209$_{11}$, 389$_3$, 427$_5$ ⑤59$_{14}$, 225$_5$, 361$_8$, 411$_3$, 457$_8$
駿河少目一員　④447$_{16}$
駿河大目一員　④447$_{16}$
蠢く　④437$_7$ ⑤165$_3$
蠢爾　⑤435$_5$
巡行　①179$_{16}$
巡検　①39$_{11}$ ③169$_4$　→巡察
巡幸　①143$_9$ ②251$_6$　→行幸
巡察　①183$_9$ ③365$_{15}$ ④165$_8$　→巡検
巡察使　①17$_1$, 213$_{1\cdot 6}$, 29$_{15}$, 75$_1$, 183$_5$, 227$_6$, 229$_3$ ②345$_{13}$, 349$_{12}$, 411$_1$, 443$_{10\cdot 15}$, 445$_{2\cdot 4\cdot 9\cdot 14}$ ③7$_{15}$, 149$_{14}$, 293$_4$, 351$_{16}$, 367$_{10}$, 383$_{16}$
巡察使主典　②443$_{15}$
巡察使判官　②443$_{15}$
巡察使録事　①65$_9$ ③151$_2$, 339$_3$
巡察を遣す　⑤195$_4$
巡撫　①153$_9$
巡り監しむ　①117$_7$ ②179$_{14}$
巡り監る　④47$_{16}$
巡り観す　②381$_{10}$
巡り行く　②71$_{13}$
巡り検しむ　②187$_5$
巡り検ふ　②447$_1$
巡り察しむ　①51$_4$
巡り察る　③181$_{15}$ ②253$_6$
巡り祀らしむ　⑤17$_{12}$
巡り省しむ　①49$_9$, 85$_{14}$, 105$_{16}$, 153$_{14}$
巡り省る　①65$_9$ ②57$_{13}$, 93$_{16}$
巡り問はしむ　③245$_{12}$
巡り問ふ　③183$_{11}$
巡り歴る　④93$_{11}$
巡る　①219$_3$ ②129$_{15}$ ⑤391$_7$
旬月に延く　③131$_3$, 143$_{13}$, 157$_{12}$
旬月を延ぶ　②75$_2$
旬月を経る　④125$_8$
旬に弥る　①89$_7$, 231$_4$
旬日　④461$_7$ ⑤247$_3$, 327$_7$
旬日に盈たず　④61$_{13}$
旬日に延く　③15$_{12}$
旬日を延く　③169$_2$
旬日を経る　⑤449$_8$
旬を経る　⑤503$_4$
旬を累ぬ　②7$_7$
准擬　⑤77$_5$
准拠　④271$_4$
准正　①45$_{15}$
准則　③163$_8$
准判官　④457$_9$
准ふ　①173$_4$ ②213$_6$ ③9$_5$, 257$_2$, 289$_{11}$, 357$_{13}$ ④85$_{13}$, 131$_{16}$, 177$_9$ ⑤217$_{13}$, 475$_{15}$
准へ拠る　⑤93$_5$
准へ検ふ　⑤147$_1$
准へて行ふ　⑤367$_{16}$
准へ度す　②97$_4$
准へ量る　②153$_{13}$ ④43$_{16}$ ⑤439$_{12}$
准无し　⑤75$_9$
准量　⑤281$_8$, 329$_{10}$
殉人に代ふ　⑤203$_6$, 239$_5$
殉埋　⑤201$_{16}$

190

続日本紀索引

殉埋の礼　⑤$203_3$
純陀太子(百済)　⑤$453_4$
淳化を洽くす　⑤$391_1$
淳化を布く　②$131_2$
淳仁天皇〔大炊王・大炊親王〕　③$261_{4-6}$, 265_1, $303_{4\cdot6}$, 305_6, 315_{3-4}, 339_7, 343_{14}, 345_4, 357_4, 369_{12}, 379_9, 387_2, $399_{4\cdot6}$, $409_{2-3\cdot16}$, 417_{14}, 425_{11}　④$3_4$, 43_8, 45_6, 53_1, $95_{3\cdot6}$, 101_{11}, 331_8, 375_{11}, 387_9　⑤$65_{13}$　→天皇、廃帝
淳仁天皇の兄弟姉妹　③$317_9$
淳仁天皇の先妣　⑤$65_{14}$
淳仁天皇の母　③$261_6$　④$45_6$
淳仁天皇の墓　⑤$65_{13}$
淳に還す　②$15_7$
淳風黷く　④$203_{14}$
淳風を扇ぐ　④$49_{16}$
淳風を追はしむ　⑤$195_5$
淳風を靡かしむ　①$127_1$
淳朴　②$157_2$
淳和　①$109_4$
循陵の恋　⑤$255_6$
順序　②$389_6$
順孫　①$129_6$, 215_{14}　②$5_2$, 37_5, 143_{11}, 219_4, 255_4, 297_9, 351_8, 407_{10}　③$21_{15}$, 79_8　④$175_6$　⑤$171_7$, 395_{12}
順はぬ　①$227_{15}$
順ふ　②$105_5$
順風　④$449_{15}$
順風を得　⑤$37_6$
順服　②$319_1$
楯　②$401_{13}$, 439_{13}　③$3_7$, 131_2　④$355_7$
楯座道　⑤$165_5$
楯波池(大和国)　②$181_{15}$
楯伏の歌儛　③$119_{13}$
楯縫郡(出雲国)　④$429_{11}$
楯桙を堅つ　①$15_1$
楯桙を立つ　③$355_7$
楯を堅つ　⑤$313_8$
楯を樹つ　②$401_{15}$
詢る　③$311_5$
馴服　③$279_{11}$　④$183_8$
馴れ従はしむ　③$343_3$
馴れず　②$19_{12}$
馴れ難し　①$147_{16}$
馴れ服はしむ　①$161_1$
潤利を得　②$111_{12}$
遵ひ行はず　②$269_{16}$　⑤$253_9$
遵ひ行ふ　⑤$389_3$
遵ひ承く　②$81_{15}$

遵ひ奉る　②$297_{14}$
遵奉　②$171_1$　④$319_3$
且つ行き且つ奏し　④$437_{15}$
且つ守り且つ耕し　⑤$367_5$
且つ戦ひ且つ焼き　⑤$431_6$
且つ戦ひ且つ焚き　⑤$439_{15}$
且つ奏し且つ行ふ　⑤$435_{10}$
且つ奏し且つ放す　⑤$79_7$
且つ奏り且つ行く　②$229_{12}$
且つは行き且つは奏す　⑤$151_7$
且つ放ち且つ奏す　②$321_3$
処決　②$377_5$
処処　②$261_{16}$
処す　②$445_{12}$　④$239_{11}$　⑤$163_{4-5}$, 235_2, 347_5
処断　⑤$225_{14}$
処置　⑤$33_1$
処置を為す　③$437_5$
処に触れて在り　⑤$501_6$
処の寛狭　⑤$493_{12}$
処分　①$179_7$　②$227_{13}$, 249_{12}, 301_{13}　③$127_8$, 147_{12}, 235_{12}, 289_3, 301_4　④$13_2$, 411_{16}　⑤$105_2$, 115_5, 253_9, 371_1
処分訖る　①$155_4$
処分すらく　⑤$269_{10}$
処分する式　③$235_{10}$
処分有らず　②$71_3$　③$229_3$
処分を取る　⑤$105_2$
処分を請ふ　①$67_{14}$　⑤$91_{15}$
処分を待つ　①$161_{10}$, 199_{10}　⑤$197_4$
処分を知らず　②$153_{13}$
処分を得　⑤$73_{11}$
処る　②$385_{14}$
処る所　⑤$487_{15}$
初位　①$95_{10}$, $173_{2\cdot10}$
初位已下　②$425_{14}$
初位以下　①$173_9$
初位以上　③$29_6$
初夏　④$219_4$
初元　③$137_5$
初更　⑤$81_2$
初七　①$115_{11}$　③$57_9$, 161_3　⑤$221_6$
初に帰りて終日を待つ　④$367_{14}$
初に返る　④$367_{14}$
初任　②$59_8$
初の日　⑤$219_2$
初め　③$435_{11}$　④$287_{13}$
初め賜ひ定め賜ひつる法　③$85_7$
初めて　①$149_5$, 161_7, 179_{15}　②$53_8$, 55_{16}, 433_{16}　③$279_8$　④$349_8$　⑤$329_1$

しゅん─しょ（殉・純・淳・循・順・楯・詢・馴・潤・遵・且・処・初）

続日本紀索引

しょ（初・所・沮・胥・書・庶）

初めて開く　⑤$169_3$
初めて啓く　④$445_7$
初陽　④$397_{14}$
所願　②$389_{11}$　③$83_9$
所行く処　③$61_{12}$
所見　①$183_9$　④$229_6$
所在に續無し　⑤$47_6$, 455_1
所在の官司　①$125_{16}$　②$239_5$, 297_{10}
所在の処　⑤$151_{14}$
所司　①$51_6$, 103_7, 191_3, 197_5, 199_9, 203_2, 215_{15}
　②$91_6$, $391 \cdot 3$, 99_9, 153_{15}, 163_6, 169_6, 191_{14}, 213_3,
　227_{13}, 283_{12}, 285_1, 303_8　③$51_4$, 161_{11}, 175_{11},
　187_{10}, 191_{8-9}, 231_{15}, 237_9, 245_{15}, 367_{11}　④$11_1$,
　35_5, 37_7, 287_7, 291_{16}, 349_8, 431_3, 433_{14}　⑤$95_{15}$,
　117_7, 165_{16}, 169_{15}, 195_2, 227_5, 255_{10}, 273_{16},
　311_{15}, 329_{16}, 341_2, 367_1, 391_6, 403_6, 501_7, 503_1
所司に委す　②$117_{10}$
所司に下す　②$135_{14}$, 295_4, 385_{13}　③$151_{11}$　⑤
　281_4, 327_7
所司に告ぐ　②$445_{12}$
所司に申す　②$93_3$
所司に付く　③$325_{12}$
所司に付す　④$215_8$
所住める処　④$123_{15}$
所出に随ふ　②$39_4$
所職を守る　①$141_8$
所職を勉む　③$309_{13}$
所石頓宮（和泉国）　②$153_{14}$
所任　①$81_7$
所部　①$105_{15}$, 155_{14}　②$11_2$, 301_{15}　③$21_8$, 147_{13}
　⑤$367_4$, 475_2, 485_2
所部の界　⑤$507_{16}$
所部の国　①$55_7$
所部の百姓　⑤$451_{11}$
所分を与ふ　①$57_4$
所望　⑤$427_{16}$
所由　①$199_2$
所由奏聞す　⑤$75_{14}$
所由に下す　④$217_{10}$
所由に仰す　⑤$103_{16}$
所由の官人　①$183_4$
所由の司　②$247_{16}$
所由の長官　①$183_8$
所由を勘ふ　④$173_2$
所由を申す　④$381_6$
所由を尋ぬ　⑤$415_8$
所有　③$309_6$
所を失ふ　②$163_2$　④$91_4$, 61_9, 287_2　⑤$245_1$
所を失ふ民　③$437_5$

所を得　④$353_{10}$
所を得しむ　②$445_9$
沮る　⑤$401_5$
胥要徳（渤海）　②$357_{15}$, 359_8, 361_{13}
書　②$195_4$, 419_5　③$323_5$　④$45_{12}$, 87_{11}, 423_4　⑤
　147_{13}
書き写す　④$171_{15}$
書記　④$251_4$, 207_2　⑤$45_4$
書く　②$229_{13}$　④$177_1$
書くことを絶たず　④$139_{16}$
書作る　④$45_{11}$
書首尼麻呂　①$43_4$
書（書経）　③$367_1$
書す　③$257_{15}$　④$13_9$
書迹　①$27_9$
書籍伝る　⑤$47_{11}$
書籍の載せぬ所　③$181_8$
書籍を甓ふ　④$113_{14}$
書多く云はず　③$173_1$
書直知徳　①$43_4$
書に因りて意を遣せども指多く云はず　④$21_5$
書尾　④$371_{12}$
書符　②$211_8$
書法　③$167_{10}$
書を甓ふ　③$413_{12}$
書を遣せども指多く及ばず　⑤$133_3$
書を遣せども指多く及ばず　③$307_8$
書を散つ　③$1_8$
書を賜ふ　③$305_{14}$　④$371_2$　⑤$13_{14}$, 39_9
書を上る　⑤$93_{13}$, 447_{10}
書を進る　④$277_6$
書を送らしむ　④$275_{13}$
書を投ぐ　③$63_5$
書を附す　④$275_{12}$
書を報りて曰はく　④$409_6$
庶官の紀綱　③$321_{10}$
庶幾　②$391_3$
庶子　①$137_{13-14}$
庶事を知る　③$321_{14}$
庶人　②$93_2$, 157_6, 181_1, 191_{13}, 425_{15}　③$281_9$　④
　431_{10}
庶人とす　④$383_2$, 411_6
庶人を以て葬る　④$377_6$
庶政　①$235_5$
庶政を聴く　②$273_1$
庶の寮　②$279_3$
庶はくは　①$109_2$, 215_7　②$189_8$　③$131_6$, 143_{14},
　233_7, 275_5, 281_{13}, 293_6, 311_5, 323_7, 349_{11}, 359_1,
　361_{13}, 365_{12}　④$431_{14}$, 459_2　⑤$19_2$, 135_{15}, 195_4,

192

続日本紀索引

庶 201_7
庶品 ⑤$393_9$, 395_1
庶ふ ①$227_7$
庶物 ③$285_{12}$
庶民 ②$151_5$ ③$325_{11}$
庶務 ①$417_7$, 235_8
庶僚 ④$455_{12・16}$
署置 ③$297_6$
署を取る ②$233_{15}$
緒一に非ず ③$63_{12}$
緒を絶つ ③$113_9$
諸衛 ③$207_3$
諸衛の人等 ③$207_5$
諸王 ①$37_{2・15}$, 51_7, 75_6, 79_6, 99_1, 113_5, 119_{13}, 127_4 ②$137_3$, 139_{11}, 185_{11}, 277_{16} ③$67_1$, 263_3, 265_2 ④$149_{10}$, 173_{15}, 227_9, 295_6, 311_5, 327_9, 399_{13} ⑤$3_6$, 179_7, 181_4
諸王五世の者 ④$161_8$
諸王四世の者 ④$161_8$
諸王臣 ①$27_{10}$, 91_8, 95_4, 109_{13}
諸王臣已下 ①$51_{13}$
諸王とす ④$45_{15}$
諸王と成す ④$45_{13}$
諸王等 ②$215_9$, 305_7
諸王の一位の者 ①$37_8$
諸王の飢乏ゑたる者 ②$269_7$
諸王の三位已上 ②$93_1$
諸王の二位以下 ①$37_8$
諸葛亮 ③$367_{15}$
諸義 ②$47_{15}$
諸君鞍男 ②$67_4$
諸軍 ④$183_9$ ⑤$435_{10}$
諸郡(諸の郡) ③$93_7$, 225_{14}
諸郡を尽さしむ ③$79_{11}$
諸卿 ③$179_9$
諸卿に超え ①$85_{16}$
諸県儛 ②$247_7$
諸県儛生 ②$247_9$
諸絞(人名) ⑤$195_{12}$
諸国 ①$5_{15}$, 11_{5-6}, 13_{16}, 15_{13}, 21_3, 27_{11}, $49_{7・9・15}$, $53_{8-9・15}$, $55_{13・16}$, 61_7, $79_{10・13}$, 87_7, 89_{11}, 91_{10}, 93_9, 97_3, 99_{13}, 105_{14}, 107_{10}, 109_{13}, 137_{16}, $151_{9・16}$, 169_8, 171_{10}, 175_9, 177_7, 179_{11}, 181_{12}, 185_2, 187_5, 189_4, 191_5, 197_6, 211_{16}, 213_5, 225_{11}, $227_{7・10}$ ②$5_{10}$, 111_4, 13_1, 29_7, 47_1, $55_{7・10}$, 59_{15}, 67_{16}, 69_5, 73_8, 79_5, $97_6・10$, 101_{11}, 115_7, 153_{10}, 161_8, 169_5, 171_{7-9}, 193_{14}, 201_2, 203_{5-6}, 209_{14}, 213_2, 219_{13}, 235_{11}, $239_{3・12}$, 249_8, 259_3, 273_{14}, 275_{11}, 291_{10}, 297_{12}, 301_8, 313_{13}, $327_{2・10}$, 355_4, 371_4, 393_{16} ③$17_{6・8・15}$, $19_{5・10}$, 29_{14}, 37_1, 59_2, 79_{10}, 147_{10}, 153_2, $235_{1・14・16}$, $253_{5・7}$, 267_1, 311_{13}, 383_9, 391_5, 405_5 ④$27_{13}$, 47_5, 63_2, 121_8, 131_{15}, 161_{15}, 175_3, 197_{16}, 217_{15}, 251_2, 281_{16}, 305_{13}, 429_{12}, 457_8 ⑤$13_5$, 105_2, 115_6, 153_{14}, 247_8, 253_9, 299_{13}, 329_2, 333_6, 365_9, 369_{16}, 389_4, 451_{11}, 461_{14}, 501_{12}
諸国国造 ①$53_7$
諸国司(諸国の司・諸の国司) ①$53_{11}$ ②$123_{15}$, 193_{11}, 227_{16}, 409_1, 427_3 ③$49_9$, 235_7 ⑤$479_{6・14}$
諸国司等(諸国の司等) ①$91_1$ ②$33_{4・6}$ ⑤$427_7$
諸国人 ①$231_{11}$
諸国に下す ①$183_{10}$ ②$15_6$, 73_5, 213_{12}
諸国の印 ①$77_{15}$
諸国の駅戸 ⑤$375_3$
諸国の介 ②$293_{13}$
諸国の騎兵 ①$157_3$
諸国の軍 ⑤$421_{12}$
諸国の軍士 ④$183_9$
諸国の郡司 ①$91_1$, 129_8 ②$201_{12}$, 353_{12} ③$375_{12}$ ④$411_4$ ⑤$217_{16}$
諸国の郡司の少領已上 ④$391_{14}$
諸国の群神 ④$449_{12}$
諸国の公廨 ④$455_{13}$ ⑤$115_1$
諸国の公田 ②$301_3$
諸国の甲 ⑤$143_8$
諸国の甲冑 ⑤$153_{10}$
諸国の国師 ①$53_9$ ⑤$127_8$
諸国の国分寺 ②$385_{10}$
諸国の史生 ②$213_9$ ②$293_8$ ⑤$97_9$
諸国の寺 ①$113_7$
諸国の寺家 ②$13_{10}$
諸国の守 ②$293_{13}$
諸国の神社 ③$111_{10}$
諸国の正税 ⑤$115_3$, 301_1
諸国の倉庫 ⑤$493_{10}$
諸国の地 ①$195_5$
諸国の調 ①$97_2$
諸国の百姓 ⑤$169_{13}$, 341_5, 479_2
諸国の仏像 ③$165_{10}$
諸国の兵士 ⑤$135_9$, 237_1
諸国の法華寺 ③$89_5$
諸国の名神の杜 ②$241_1$
諸国の名帳 ⑤$103_{16}$
諸国の勇士 ③$287_{12}$
諸国の優婆塞 ②$399_{14}$
諸塞 ④$229_3$
諸山の木 ①$161_8$
諸氏 ③$119_{13}$

しよ（庶・署・緒・諸）

続日本紀索引

しょ（諸）

諸氏の氏人等　④$33_2$
諸氏の人　③$97_4$
諸氏の人等　④$39_{11}$
諸氏の冢墓　⑤$311_{16}$
諸司　①$59_{10}$, 63_5, 97_2, 103_6, 169_{12}, $181_{12\cdot15}$, 205_{12} ②$73_3$, 157_{14}, 209_1, 211_{15}, 313_2, 437_9 ③$11_{15-16}$, 13_{15}, 33_1, 39_{12}, 41_{14}, 93_8, 127_{11}, 215_4, 285_{12}, 315_3, 375_1 ④$101_7$, 201_7, 355_9 ⑤$21_9$, 311_{13}, 395_{10}, 407_{13}, 501_{14}
諸司長官　②$163_{14}$
諸司の駕輿丁　⑤$137_3$
諸司の官人　②$83_7$ ③$9_{12}$ ④$87_1$
諸司の挙　②$249_2$
諸司の雑色の人　⑤$313_5$
諸司の仕丁　③$73_9$ ⑤$137_2$
諸司の仕丁以上　③$77_{12}$
諸司の史生　②$403_7$
諸司の主典已上　②$247_{10}$ ③$95_2$, 115_1 ⑤$215_1$
諸司の人　①$141_6$, 191_1 ④$281_1$
諸司の男女　③$183_{14}$
諸司の長官　②$157_{15}$, 179_8, 221_{13}
諸司の長上　②$219_2$
諸司の直丁　⑤$237_7$
諸司の丁　④$131_3$
諸司の陪従せる者　⑤$281_{12}$
諸司の番上の六位已下　④$63_3$
諸司の本　①$141_5$
諸司の六位已下　④$85_{11}$
諸史　⑤$471_8$
諸使　④$165_8$
諸寺　①$83_{12}$, 91_{13}, 139_9, 197_5, 203_{15} ②$31_4$, 131_6, 93_{16}, 99_6, 105_{11}, 161_{10}, 163_7, 437_2 ③$11_6$, 29_{13}, 57_{14}, 83_7, 89_1, 119_{12}, 161_{12}, 265_{16}, 277_{10} ④$281_{13}$, 313_{12}, $457_{6\cdot16}$ ⑤$183_6$, 451_4
諸寺の三綱　⑤$127_8$
諸寺の鎮　⑤$127_8$
諸寺の奴　④$133_2$
諸事　④$49_{15}$
諸社　①$9_3$, $115_{\cdot9}$, 19_6, 39_{11}, $81_{3\cdot15}$, 85_2, 89_1, 113_7, 161_{14}, 215_6, $231_{6\cdot8}$ ②$51_1$, 385_7 ③$471_1$, 113_{14}, 265_{16}, 349_5 ④$313_{12}$ ⑤$13_3$, 183_5, 249_8
諸将（諸の将）　④$29_{15}$, 443_9
諸勝（人名）　⑤$379_5$
諸臣　①$37_{3\cdot15}$, 39_9, 75_6, 99_1, 119_{13}, 127_4 ②$139_{11}$ ③$67_2$, 263_3, 265_2 ④$311_6$, 327_9, 399_{13} ⑤$3_7$, 179_7
諸臣等（諸の臣等）　②$215_9$ ④$173_{11}$, 273_2, 295_6
諸臣の一位の者　①$37_8$
諸臣の三位已上　②$93_1$

諸臣の三位以上の者　①$37_8$
諸臣の例　①$101_{10}$
諸臣の例に従ふ　⑤$505_4$
諸神　①$61_6$ ③$69_7$
諸神の祝部　②$327_4$
諸人　①$25_{10}$ ④$31_{10}$
諸人と異なり　③$369_4$
諸人等　④$75_2$
諸人に異なり　⑤$45_{16}$
諸井公　④$133_3$
諸生　③$227_{15}$
諸姓　③$331_5$
諸聖　④$261_{10}$
諸聖等　④$253_6$
諸姪　③$221_{10}$
諸天　②$391_2$ ④$173_{12}$, 263_5
諸殿（保良宮）　③$405_4$
諸同じ心にして　③$199_1$
諸道　②$239_{14}$ ③$63_2$ ⑤$157_1$
諸道節度使　②$263_{11}$
諸道の健児　②$279_{10}$
諸道の巡察使　③$337_5$
諸道の節度使　②$279_8$
諸道の選士　②$279_{11}$
諸道の儲士　②$279_{11}$
諸道の鎮撫使　②$251_9$
諸徳　②$417_3$
諸の意　③$315_8$
諸の衛府　②$219_{11}$
諸の家　②$355_1$
諸の韓を惣す　⑤$469_{11}$
諸の器　④$129_{11}$
諸の国郡司　①$75_1$
諸の穀　②$51_5$
諸の才子　③$341_9$
諸の塞　⑤$209_{15}$
諸の産業　③$287_4$
諸の事　③$175_{14}$
諸の神社　⑤$245_{16}$
諸の神たちにいましけり　④$103_{15}$
諸の人に聞かしめる　④$261_5$
諸の大陵　②$219_{12}$
諸の天皇が朝庭　③$87_2$
諸の仏寺　①$95_{16}$
諸の本　④$433_3$
諸の陵　②$201_7$ ③$11_{13}$
諸泊魚　⑤$321_1$
諸蕃　②$233_9$ ③$139_{11}$, 307_{15} ⑤$111_4$, 149_{16}
諸蕃を惣ぶ　②$189_6$

諸府の衛士　②$111_2$
諸仏の母　③$281_7$　④$431_{10}$
諸仏擁護　③$83_8$
諸聞きたまへ　④$257_8$
諸聞きたまへと詔る　①$3_{13}$, $56_{6\cdot9\cdot12}$
諸聞きたまへと宣る　④$31_{16}$, 33_{13}, 63_{15}, 97_{14},
　　99_1, 105_2, 109_{10}, $137_{10\cdot14}$, $139_{3\cdot11}$, 173_{16}, 175_{11},
　　327_{12}
諸聞きたまへと勅る　④$35_2$, $49_{1\cdot7}$
諸方の楽　①$93_{12}$, 145_7, 161_2, 223_6　②$135_1$
諸奉侍る　④$47_9$
諸門　③$287_{11}$
諸陵司　②$219_{12}$
諸陵助　①$193_3$, 347_2
諸陵頭　②$245_{16}$, 273_9, 333_{15}　③$31_{13}$　④$209_8$,
　　347_1　⑤$31_9$, 317_1, 377_1, 495_{10}
諸陵寮　②$219_{12}$　④$119_{12}$
女　②$5_8$, 223_{13}, 247_{15}　③$73_6$, 169_{10}, 283_4, 369_3
　　④$161_{13}$, 177_9, 377_1　⑤$429_6$
女医の博士　②$125_7$
女英　⑤$335_5$
女王　①$43_9$
女官　①$141_{12}$　②$37_{11}$
女子の継には在れ　③$409_9$
女孺　①$183_{13}$, 219_3, 405_{16}, 411_3　③$109_{11}$, 115_2,
　　339_{13}　④$54_9$, 96_1, 95_{14}, 201_1, 211_2, 219_{13}, 279_5,
　　367_3, 411_{10}, 435_8　⑤$59_{10}$, 67_{14}, 71_2, 83_3, 93_9,
　　95_{10}, 123_8, 171_5, 245_{11}, 257_7, $289_{2\cdot8}$, 479_{11}
女則に閑ふ　⑤$465_{15}$
女の神服　④$231_5$
女はいはれぬ物にあれ　③$71_{14}$
女は治め賜はず　③$71_{13}$
女楽　③$395_{10}$　③$305_{8\cdot11}$
如し我を用ゐること有らば三年にして成すこと
　　有らむ　③$29_{16}$
如此在らむと知らませば　⑤$173_6$
如此の時に当り　⑤$177_{16}$
如此の状悟りて　⑤$177_{15}$
如此の状を聞きたまへ悟りて　①$5_{10}$
如此有らむ人　⑤$179_2$
如是在らむ人等　④$257_{13}$
如是女(人名)　①$137_6$
如是の状悟りて　④$253_{14}$
如聞らく　①$103_7$　②$123_{13}$, 179_5, 195_7, 249_6,
　　293_8, 303_{13}, 327_{10}, 425_9　③$147_8$, 157_{12}, 169_1,
　　233_4, $235_{1\cdot16}$, 243_{16}, 281_6, 291_{12}, 321_5, 333_7,
　　351_{13}, 425_7, 435_6　④$125_{12}$, 131_{12}, 217_2, 299_{13},
　　431_7, 455_{10}　⑤$133_5$, 65_{16}, 127_6, $165_{7\cdot12}$, 253_9,
　　267_1, 305_9, 311_{12}, 415_7

如来　④$135_{16}$
如来の座に坐せ　②$417_8$
汝　①$111_{10}$, 141_5　②$89_9$, 91_1, 221_{15}, 279_7, 307_8
　　③$199_6$, 201_2, $209_{11\cdot15}$, 211_6, 213_9, 429_3　④$75_1$,
　　255_{12}, 259_{13}, 277_5, $389_{12\cdot14}$　⑤$13_{15}$, 47_{11}
汝が国王　⑤$123_7$
汝が本国　③$365_8$
汝卿　②$105_9$, 169_{10}　③$285_2$　④$19_{15}$
汝たち　②$143_3$　③$71_{5\cdot16}$, 319_2　④$101_{16}$
汝たち諸　③$197_{13}$
汝たちの祖ども　③$73_1$
汝たちの能からぬに依り　③$199_2$
汝たちを召し　③$197_{14}$
汝つかへ　④$261_2$
汝等　①$141_{5\cdot8}$　②$223_6$, 423_1　③$201_{13\cdot15}$　④$89_{16}$,
　　103_{11}, 261_6, 263_7　⑤$13_8$, 47_{13}
汝等の心　④$263_{11}$
汝等を召しつる事　④$257_7$
汝の為むまにまに　④$43_{12}$
汝の近き護り　④$259_{16}$
汝の志　⑤$173_8$
汝のために　④$43_{13}$
汝の父　①$111_{15}$
汝ら　②$437_{15}$, 439_1
助河駅家(出羽国)　③$329_{16}$
助け給ひ　④$173_9$
助け仕へ奉り　③$71_9$
助け仕へ奉りたぶ事　③$341_8$
助け仕へ奉るに依りて　③$87_3$
助け仕へ奉れ　③$265_{12}$　⑤$181_{15}$
助け造らむ　②$433_4$
助け奉侍らむ　④$43_{15}$
助け奉侍れ　④$257_{10}$
助け奉り仕へ奉る　①$111_{12}$　④$335_{11\text{-}12}$
助け養ふ　①$181_8$
助ひ奉り輔奉る　②$223_{14}$
序を贈く　⑤$255_{12}$
叙位　①$45_6$　③$359_2$　→位に叙す, 位を叙す
叙位すべき者　④$183_{10}$
叙勲に及ばぬ者　④$463_{16}$
叙す　①$99_{10}$, $167_{10\text{-}11}$, 173_9　②$197_{10}$　③$23_1$, 79_9,
　　95_6, $103_{3\cdot5}$, 111_{15}, 149_7, 161_{16}, 171_2, $227_{7\cdot9}$,
　　249_{12}, $251_{5\cdot8}$　④$85_{8\text{-}10\cdot12}$, 95_{14}, 141_9, 175_{16},
　　181_4, 205_9, $285_{6\cdot8\cdot10\text{-}11}$, 359_7, 405_1, 421_6, 429_{13}
　　⑤$43_{14}$, 69_{14}, 165_{11}, 169_{12}, $251_{10\text{-}13}$, 285_5, 291_{15},
　　299_2, 303_1, $309_{3\cdot5}$, 313_4, $327_{15\text{-}16}$, 377_{13}, 499_4,
　　507_{11}
叙すべき式　①$99_{11}$
叙すべき条　①$99_{11}$

しょ（諸・女・如・汝・助・序・叙）

続日本紀索引

しょー しよう（叙・徐・恕・除・舒・小）

叙と為す　②117$_6$
叙の限　②201$_2$
叙ふ　④175$_{2\cdot3}$
叙用せず　⑤341$_{11}$
徐帰道（唐）　③297$_{12\cdot16}$
徐帰道（唐）を斬る　③299$_3$
徐公卿（唐）　⑤299$_1$
徐に進む　④277$_{16}$
恕す　④217$_7$
恕の字を書き　④263$_{14}$
除き弃つ　②369$_{14}$
除き却く　②111$_{14}$
除き滅す　②207$_5$
除く　②77$_{12}$, 365$_{13}$　③403$_{15}$　④13$_{12}$, 343$_4$
除く已外　③51$_3$
除く以外　②275$_{12}$　③175$_{12}$, 247$_{11}$
除く外　②694, 97$_{13}$, 289$_{13}$, 301$_{12}$　③323$_7$　④125$_{14}$, 303$_{11}$, 391$_{15}$　⑤129$_2$, 135$_{13}$, 281$_2$
除くことせず　④13$_{12}$
除差　②389$_{10}$
除す　④187$_{12}$
除す（官）　⑤231$_4$, 339$_{11}$, 347$_{16}$, 407$_7$, 477$_4$
除姓　⇨姓を除く
除籍　⇨籍を除く
除補　②93$_4$
除名　②187$_9$　③151$_{14}$　④257$_4$, 391$_2$　⑤347$_4$　→名を除く
除名の罪　①99$_{11}$
除名の人　①99$_{10}$
除免　①113$_{15}$, 447$_4$　②227$_5$　④285$_{12}$
舒明天皇　④125$_{16}$
小花下　②221$_{12}$
小家内親王　③391$_1$
小家内親王を銔す　④391$_2$
小葛（女）王　③371$_5$
小槻山君広虫　②311$_{13}$　③51$_0$, 89$_6$
小錦下　①234, ②241$_9$, 243$_1$, 251$_8$
小錦上　②239$_{13}$
小錦中　①211$_{16}$　②153$_3$
小郡　②353$_{16}$
小けき過も在らむ人に率はる　④91$_2$
小けき事　②73$_3$
小月王　④369$_{13}$
小功も有る人　⑤445$_4$
小孝　⑤247$_4$
小寇　⑤435$_5$
小さき鳥大き鳥を生む　②83$_6$
小塞宿禰　⑤43$_{10}$, 253$_4$
小塞宿禰弓張〔小塞連弓張〕　⑤125$_3$, 197$_6$,

253$_2$　→尾張宿禰弓張
小塞宿禰弓張が二世の祖　⑤253$_2$
小塞宿禰近之里　⑤253$_3$
小塞宿禰の姓に従へ　⑤253$_3$
小塞連弓張　⑤43$_{10}$　→小塞宿禰弓張
小罪有る人　⑤445$_5$
小罪を赦つ　②51$_2$
小子門　④45$_7$
小紫　③239$_{11}$　④127$_7$
小寺　③359$_{14}$, 363$_8$
小児已上　③93$_6$
小治田王　②255$_{10}$
小治田宮（大和国）　③363$_7$, 369$_{11}$, 371$_{16}$　④93$_{10}$
小治田岡本宮（大和国）　③371$_9$
小治田女王　④143$_7$
小治田朝臣安麻呂　①111$_2$, 165$_{15}$, 225$_7$　②53$_2$
小治田朝臣月足　①177$_{16}$
小治田朝臣古刀自　⑤261$_{10}$
小治田朝臣広千　②269$_2$, 347$_8$, 397$_3$, 429$_6$
小治田朝臣諸人　②209$_{12}$, 333$_{13}$, 345$_6$　③29$_{12}$, 139$_1$
小治田朝臣諸成　④447$_5$　⑤11$_2$
小治田朝臣水内　④3$_{12}$, 7$_1$
小治田朝臣宅持　①111$_2$, 135$_5$
小治田朝臣当麻　①21$_2$
小治田朝臣豊足　①207$_{10}$
小治田朝（廷）　①211$_{15}$　②23$_3$　③129$_{14}$, 251$_{14}$　⑤411$_4$, 513$_2$
小勝　⇨雄勝
小勝柵　⇨雄勝柵
小勝城　⇨雄勝城
小乗の経　③83$_5$
小垂水女王　④67$_{13}$, 231$_1$
小節を抑ふ　②275$_4$
小川造　③377$_7$
小倉王[1]　③111$_{10}$
小倉（雄倉）王　⑤287$_5$, 311$_3$, 321$_7$, 379$_{13}$, 451$_3$
小僧　②27$_8$
小虫神（越前国）　⑤165$_2$
小長谷（少長谷）女王　②347$_{14}$　③371$_4$, 381$_{15}$　④149$_8$
小長谷常人　②367$_{14}$
小庭（人名）　⑤429$_8$
小田王　②275$_4$, 343$_{11}$, 437$_{11}$　③251$_3$, 273, 95$_{4\cdot7}$
小田（少田）郡（陸奥国）　③65$_{12}$, 67$_7$, 79$_{10}$, 81$_3$　④127$_{14}$, 271$_5$　⑤321$_{13}$, 441$_3$
小田郡大領　③321$_{13}$
小田郡の人　③81$_{12}$
小田臣根成　③75$_6$

続日本紀索引

小田臣枚床　③129$_{10}$, 335$_1$
小殿親王　⑤265$_{16}$　→安殿親王
小豆嶋（備前国）　⑤303$_{11-12}$
小徳　②23$_3$　③129$_{14}$
小徳冠　⑤411$_4$
小年　⑤447$_3$
小麦　②123$_{10}$
小本臣　⑤205$_{16}$
小縵（女）王　⑤213$_9$
小野王　②365$_8$
小野社（近江国）　④381$_{14}$
小野（少野）朝臣滋野　⑤73$_{8-9}$, 77$_{11}$, 93$_7$, 139$_4$
小野朝臣滋野らが乗る船　⑤77$_{10}$
小野（少野）朝臣石根　③221$_6$, 395$_7$, 425$_3$　④51$_2$, 249$_{11}$, 295$_{13}$, 419$_{11}$, 423$_{16}$, 465$_1$　⑤211$_1$, 23$_6$, 31$_6$, 37$_5$, 411$_5$, 43$_2$, 73$_{16}$, 81$_4$, 87$_{12・15}$, 89$_2$
小野（小野）朝臣竹良（都久良）　③139$_2$, 343$_7$, 421$_2$　④39$_{14}$, 67$_9$, 103$_3$, 209$_9$, 237$_{13}$
小野臣妹子が孫　①211$_{16}$
小野朝臣河根　⑤313$_{14}$
小野朝臣牛養　②71$_6$, 151$_{16}$, 159$_1$, 197$_2$, 205$_9$, 221$_7$, 227$_4$, 239$_2$, 355$_{16}$
小野朝臣広人　①143$_{16}$
小野朝臣綱手　②381$_2$, 427$_{13}$　③271$_{・13}$
小野朝臣小贄（少贄）　③121$_2$, 127$_5$, 421$_6$, 431$_1$　④9$_1$, 65$_6$, 73$_{10}$, 95$_{10}$, 97$_2$, 249$_4$, 289$_3$, 351$_4$
小野朝臣小野虫売　④345$_1$
小野朝臣沢守　⑤415$_2$, 423$_9$
小野朝臣田守　③41$_6$, 79$_{15}$, 129$_2$, 143$_5$, 159$_{14}$, 213$_{13}$, 291$_{7・9}$, 293$_{14}$, 297$_1$, 365$_{3・5}$
小野朝臣田刀自　④143$_9$
小野朝臣東人　②331$_3$, 345$_2$, 387$_9$　③271$_2$, 47$_8$, 145$_7$, 189$_5$, 199$_{5・7・10}$, 201$_{1-2・6・9-10}$, 203$_2$, 205$_1$, 207$_{7・16}$, 215$_{14}$, 223$_2$
小野朝臣馬養　①65$_8$, 79$_8$, 129$_3$, 137$_5$, 145$_1$, 159$_7$, 197$_{10}$, 231$_{16}$　②211$_{15}$, 43$_4$, 53$_{11}$, 57$_8$
小野朝臣毛人　①211$_{16}$
小野朝臣毛人が子　①211$_{16}$
小野朝臣毛野　①31$_4$, 57$_6$, 91$_7$, 115$_9$, 133$_3$, 139$_{13}$, 145$_{12}$, 211$_{15}$
小野朝臣鎌麻呂　②275$_8$
小野朝臣老　②53$_5$, 79$_{15}$, 209$_9$, 243$_{12}$, 267$_{15}$, 275$_5$, 323$_6$　③141$_3$
小野朝臣老が子　⑤89$_1$
小来　②369$_{13}$
小両　⑤41$_1$
升　①167$_{16}$　②59$_{12}$　③117$_7$
升降自由　⑤49$_2$
升平　④205$_5$

升粮　②357$_8$
少塩郷（下総国）　④213$_{16}$
少外記　⑤271$_4$, 489$_9$
少き銭を挙ぐ　⑤109$_{13}$
少毅　②23$_{11}$, 53$_{14}$, 55$_{10}$
少毅（小毅）　②59$_{15}$
少谷直五百依　④203$_2$
少国師　⑤281$_9$
少治田連薬　④227$_3$
少雀部朝臣道奥　→雀部朝臣道奥
少主鈴　④25$_8$
少初位下　①189$_{10}$, 219$_{15}$　②63$_{16}$, 163$_{10}$　③437$_9$　⑤235$_5$
少初位下階　①37$_5$
少初位上　②63$_{16}$, 81$_{12}$, 159$_{13}$, 281$_8$　③227$_9$, 251$_4$　④113$_{1・3}$, 129$_9$, 145$_9$, 167$_1$, 217$_6$, 245$_7$　⑤23$_4$, 61$_{10}$, 255$_1$
少初位の官禄　②25$_{11}$
少女らに（歌謡）　④279$_1$
少（小）僧都　①91$_5$, 53$_5$, 187$_7$　②31$_6$, 227$_6$, 345$_1$, 355$_{16}$　③113$_6$, 163$_{12・16}$, 165$_1$, 323$_{15}$, 357$_5$, 439$_{3・5}$　④301$_{12}$　⑤59$_6$, 111$_{10-11}$, 299$_4$, 419$_4$
少僧都の贈物　④415$_{12}$
少長谷部宇麻呂　④237$_{11}$
少丁　②279$_{15}$
少丁已上　②9$_{15}$
少帝（粛宗）　③425$_{15}$
少嶋村（下総国）　④213$_{16}$
少内記　⑤239$_4$
少年　②403$_6$　③371$_{15}$
少年の如し　⑤477$_{11}$
少納言　①191$_8$　②43$_4$, 205$_9$, 221$_{12}$, 273$_7$, 343$_3$, 375$_{16}$, 427$_{11}$, 437$_8$　③33$_4$, 43$_{13}$, 47$_7$, 51$_7$, 89$_9$, 141$_{13}$, 155$_{14}$, 171$_6$, 305$_3$, 345$_{14}$, 389$_3$, 401$_6$, 421$_7$, 429$_{12}$　④59$_1$, 21$_7$, 159$_2$, 167$_8$, 185$_{12}$, 187$_6$, 189$_6$, 237$_{14}$, 243$_{12}$, 305$_6$, 319$_8$, 369$_{16}$, 377$_{11}$, 391$_1$, 423$_{16}$, 439$_{13}$, 453$_{11}$　⑤27$_{11}$, 99$_6$, 107$_8$, 115$_9$, 137$_5$, 187$_{13}$, 227$_{12}$, 237$_{10}$, 261$_{11}$, 293$_4$, 319$_1$, 321$_7$, 371$_{11}$, 379$_8$, 381$_1$, 383$_9$, 385$_{15}$, 389$_9$, 397$_9$, 409$_{10・16}$, 423$_1$, 473$_8$, 495$_7$, 503$_{6・14}$
少判官　②23$_{13}$
少判事　③413$_7$　④47$_5$
少領　②353$_{14-15}$, 425$_{15}$　④29$_4$
少領已上　①77$_{10}$　②137$_{10}$
少領已上の嫡子　③375$_{13}$
召見　①153$_6$　②89$_5$
召さず　④411$_1$
召さる　③317$_1$　⑤279$_3$
召し将ゐる　⑤227$_7$

しょう（小・升・少・召）

197

しょう（召・匠・庄・抄・肖・妾・尚・承・招・昇・昌・松・牀・昭・宵・将）

召し入る ②$103_8$, 179_4, 269_8 ③$197_{13}$ ④$15_6$
召す ①$119_{10}$, 139_{15}, 141_4 ②$157_{12 \cdot 15}$, 191_3, 257_2, 297_{12}, 305_8, 313_2, 365_7, 367_2, 399_{14}, 419_7 ③$9_{12}$, 119_3, 137_{11}, $177_{7 \cdot 11 \cdot 14}$, 195_{12}, 201_{12}, 203_{10}, 215_{11}, 341_{13}, 347_6 ④$151_4$, 129_{15}, 173_{15}, $257_{6 \cdot 8}$, 259_1, 261_6 ⑤$31_{10}$, 37_{15}, 323_6, 331_{13}, 383_1, 415_4, 447_5
召伯（周） ①$103_{11}$
匠 ①$211_9$
匠手 ②$199_5$, 449_5 ⑤$235_{11}$, 349_5
匠丁 ③$185_8$
庄 ④$163_{12}$
抄 ③$83_6$
抄士 ②$77_1$
抄略 ②$74$
抄録 ①$39_{14}$
肖奈王（姓） ③$45_{12}$
肖奈王福信〔肖奈福信・肖奈公福信〕 ②$423_{16}$, 429_3, ③$53_{10}$, 87_8, 89_{12}, 95_5, 103_1
→高麗朝臣福信 →高倉朝臣福信
肖奈公行文 ②$87_1$, 187_9 ⑤$447_3$
肖奈公福信〔肖奈福信〕 ②$339_7$, 355_8 →肖奈王福信 →高麗朝臣福信 →高倉朝臣福信
肖奈広山 ③$45_{12}$ →高麗朝臣広山
肖奈（姓） ⑤$447_1$
肖奈大山 ③$45_{12}$ →高麗朝臣大山
肖奈福信 ③$45_{11}$ →肖奈王福信
妾 ④$443_{14}$
妾が子 ①$219_7$
尚舅 ③$285_2$
尚侍 ③$369_4$, 411_4 ⑤$45_{15}$, 47_1, 175_4, 235_{14}, 301_2, 305_5, 465_{14}
尚侍の従四位の者 ①$223_9$
尚膳 ④$149_8$, 437_2
尚掃 ④$203_9$ ⑤$437_{10}$
尚蔵 ③$369_4$, 411_4 ④$419_5$ ⑤$45_{16}$, 175_4, 305_5
尚蔵に准ふ ⑤$47_1$
尚はくは饗けたまへ ⑤$393_{10}$, 395_1
尚ふること無し ③$233_4$
尚縫 ⑤$373_1$
承け行はず ③$147_{14}$ ⑤$131_{14}$
承け纂ぐ ②$61_5$
承け付く ①$213_4$
承け用ゐるべからず ④$23_{12}$
承塵の帳 ③$181_5$
承塵の裏 ③$177_6$
承前 ①$51_4$ ③$253_2$ ④$411_3$ ⑤$415_7$, 443_{13}
承前の例に依りて ⑤$281_9$
承知 ②$371_5$ ④$19_4$ ⑤$111_5$

承伏 ②$295_4$ ⑤$289_{14}$, 347_{14}, 443_9
承り聞かく ②$317_{11}$ ③$303_8$
承り聞く ⑤$351_1$
承る ②$373_4$ ⑤$33_1$
招く ③$179_{11}$
招集 ⑤$273_1$
招提寺 ③$443_9$ ⑤$15_{12}$
昇げ賜ふ ③$315_{13}$, 317_2 ④$87_7$
昇げ進む ③$323_6$
昇げ奉り畢へ ③$315_8$
昇降 ②$445_{10}$
昇降階ならず ⑤$339_{12}$
昇進 ⑤$271_3$
昇進を与ふ ②$179_{11}$
昇す ③$179_{11}$
昌運に遇ふ ⑤$489_3$
昌運に逢ふ ③$473_3$
昌化を戴く ③$271_{11}$
松檟未だ茂らず ⑤$41_6$
松桂 ②$61_8$
松原倉（近江国） ④$111_9$, 125_7
松井村（山背国） ④$89_9$
松井連 ③$377_3$
松井連浄山〔戸浄山〕 ④$179_2$ ⑤$91_1$
松井連浄山（戸浄山） ⑤$305_7$
松尾山寺 ⑤$243_{14}$
松尾神（山背国） ③$309_4$, 377_{12}
松尾（神）社（山背国） ③$17_6$ ⑤$309_{14}$
松浦郡（肥前国） ②$377_{3 \cdot 8}$ ⑤$17_{15}$, 73_7, 77_3
松浦郡外主帳 ④$451_{2 \cdot 3}$
松浦郡の人 ④$449_{14}$
松林 ②$439_6$
松林（苑） ②$209_1$, 213_7, 337_{14}
松林（苑）の倉廩 ④$13_2$
松林宮 ②$231_6$
牀に召す ④$255_{10}$
昭著 ③$181_6$
昭に升り ⑤$393_{16}$
昭にす ④$37_7$
昭穆 ②$61_9$, 97_9
宵に衣きる ⑤$475_{10}$
将 ②$319_{16}$ ③$187_4$
将監 ⑤$257_3$
将軍 ①$171_{14}$, 201_{14} ②$75_2$, 107_1, 367_{12} ③$139_{15}$, 291_8, 297_8, 299_4, 331_3 ④$437_4$ ⑤$93_{11}$, 159_{13}, 161_4, 195_{14}, 339_8, 435_{15-16}
将軍已下 ②$113_{11}$
将軍（星） ②$451_1$
将軍に任す ⑤$415_6$

続日本紀索引

将軍の為す所　⑤$161_1$
将帥　⑤$145_6$
将相　⑤$155_6$
将曹　⑤$359_5$
将ち来る　①$25_2$, 27_{10}
将来　③$361_{14}$
将来を禁む　③$63_6$
将来を懲す　④$165_{13}$ ⑤$253_{16}$
将吏　⑤$267_2$
将領　④$383_5$
将る　②$205_6$ ⑤$471_6$
将ゐる　②$315_{16}$, $369_{2\cdot 4\cdot 5\cdot 10}$ ③$297_{5-7}$ ④$29_{13}$, 45_6, 453_{12}
将を拝す　⑤$415_6$
悚息　③$223_{12}$
悚れ悼む　①$127_4$
消除　②$291_{13}$ ③$83_8$
消息　③$141_9$, 211_2, 297_1 ④$17_8$, 185_{15}, 277_5 ⑤$13_{16}$, 77_5, 111_7, 147_{13}
消息を知る　⑤$195_9$
消息を問はしむ　③$125_{16}$
消殄　②$389_{10}$
祥瑞　①$33_8$ ③$269_{11}$ ④$385_8$ →瑞
祥瑞の出づる処　⑤$331_7$
祥瑞の美も豊年に加ふること無し　①$185_{15}$
祥符に叶ふ　②$235_9$
祥を獲る　③$281_9$
祥を祈る　②$161_6$
祥を薦む　③$275_{10}$
祥を頂戴く　③$223_{12}$
祥を呈す　③$21_{13}$, 271_8 ④$205_2$, 283_8
称　①$81_{10}$
称挙　①$75_2$
称く　③$285_2$ ⑤$249_1$
称さく　②$205_2$, 253_{14}, 351_1 ③$427_{16}$
称賛　③$271_{11}$
称讃浄土経を写さしむ　③$359_{16}$
称して曰す　②$275_3$
称し奉る　③$271_{13-14}$
称首と為す　①$161_{16}$
称す　②$103_{13}$, 147_{14} ③$427_1$ ④$119_{10}$, 223_{11}, 225_9, 359_{16}, 361_1, 375_5, 423_6
称すべき者　⑤$269_{11}$
称歎　④$115_1$
称徳天皇〔阿倍内親王・孝謙天皇〕　④$171_9$, 241_1, 285_1, 311_7, 377_4 →天皇, 高野天皇
称徳天皇の一七日　②$297_8$
称徳天皇の忌斎　④$349_4$
称徳天皇の五七日　④$305_2$

称徳天皇の三七日　④$301_{10}$
称徳天皇の四七日　④$303_8$
称徳天皇の七七日　④$305_{13}$
称徳天皇の二七日　④$297_{15}$
称徳天皇の六七日　④$305_5$
称の首　②$43_{15}$
称はく　⑤$45_{15}$
称ふ　①$205_9$ ③$101_5$
称ふこと無し　③$133_8$
称ふ所　③$205_{12}$
称へ奉る　③$281_2$
称へらる　③$203_2$ ⑤$235_{16}$
称む　④$319_4$, 411_{16}
称むるに足る　④$375_3$
称むること得ざらしむ　①$205_7$
称を致す　④$263_3$
俑さく　②$317_{11}$ ③$21_8$ ⑤$505_1$
俑す　①$3_7$
俑はく　②$351_2$ ③$249_1$, 255_7 ④$19_{1-2}$, 123_{14} ⑤$283_{11}$, 439_3
俑ふ　②$213_{11}$
俑へらく　③$21_7$ ⑤$425_{14}$
俑へらる　⑤$139_{11}$
唱歌の師　②$87_{10}$
唱更の国司　①$61_4$
唱誦　②$47_{15}$
唱導　⑤$481_9$
唱へ導ふ　⑤$251_{16}$
唱誘　⑤$141_1$
唱礼　②$81_{15}$, 83_3
唱和　②$275_{15}$
商人　④$75_2$
商布　①$209_3$ ②$269_9$ ④$85_{10}$, 155_{13}, 157_4, 161_5, 279_6 ⑤$43_4$
商旅　②$209_8$
商量　①$79_{16}$, 87_4, 101_2, 147_{10} ②$154_4$, 45_2, 193_{13} ③$231_4$, 235_9, 289_{10}, 363_2, 407_{15} ④$197_8$, 285_{13}, 353_{10}, 457_3 ⑤$97_{15}$, 103_{11}, 135_{16}, 157_4, 271_5, 367_2, 435_1
捷を献す　④$31_4$
渉く覧る　②$447_{13}$
渉覧　④$207_2$ ⑤$339_2$
渉覧する所　⑤$199_{10}$
渉り歴　②$71_8$
渉猟するに非ず　③$359_2$
渉猟の人　④$265_3$
猖狂　⑤$267_{14}$
章　③$83_6$
章程　②$43_{10}$, 121_{15}, 239_{14} ③$229_{11}$

しょう（将・悚・消・祥・称・俑・唱・商・捷・渉・猖・章）

199

しょう（紹・舂・菖・訟・勝・掌・椒・焼・焦・稍・翔・証・詔）

紹ぎ興す　③231$_3$　④127$_3$
紹ぎ承く　②123$_8$
舂き運ぶ　④217$_{16}$
舂米　③167$_{12}$　④197$_{16}$
舂米を運ぶ者　④197$_{10}$
菖蒲の縵　③45$_6$
菖蒲を縵とす　③45$_6$
訟　④133$_{13}$
勝筵を闢く　③231$_6$
勝縁　⑤127$_{10}$
勝間田（姓）　④369$_{13}$
勝暁　②83$_3$
勝げて記すべからず　③119$_{14}$
勝げて計ふべからず　②335$_{13}$, 435$_2$　⑤141$_4$
勝げて数ふべからず　②277$_{13}$　④457$_6$
勝首益麻呂　③355$_9$
勝首益麻呂の父　⑤355$_{11}$
勝首真公　⑤355$_{11}$
勝田郡（美作国）　④123$_{14}$
勝田郡の戸　⑤45$_2$
勝田郡の人　④245$_9$
勝に乗る　②97$_7$
勝否　③63$_{10}$
勝部鳥女　②365$_8$
勝浦郡（阿波国）　④407$_4$
勝浦郡領　④407$_{4・6}$
勝母　④201$_{11}$
勝宝感神聖武皇帝（聖武天皇）　②139$_4$　③279$_{13}$, 353$_5$
勝宝の金　③279$_8$
勝宝の際　④299$_9$
勝宝の初　④113$_{14}$
勝宝より以来　④309$_8$
勝野（近江国）　④29$_{15}$
勝流を益す　④21$_5$
勝れたる臣たちの侍る所　③69$_{11}$
勝れたる地　④49$_{14}$
勝れて神しき大御言　③67$_{14}$
勝れる業を鑒みる　③223$_{16}$
掌握より出づ　④27$_3$
掌侍　⑤385$_3$
掌膳　④203$_{8・10}$
掌らしむ　②251$_2$　③187$_6$
掌り知らしむ　②279$_9$
掌る　②251$_{14}$　③287$_7$, 313$_2$　⑤387$_2$, 473$_4$
掌ることを止む　①211$_2$
椒庭　⑤333$_{15}$
焼塩戸　②19$_3$
焼かる　②159$_{16}$　④461$_{11}$　⑤373$_{12}$

焼き却つ　④39$_3$　⑤279$_{10}$
焼き断つ　⑤339$_9$
焼き亡す　⑤431$_{12}$
焼く　③105$_{15}$　④29$_3$, 249$_1$, 401$_8$, 409$_4$, 411$_{14}$, 435$_{16}$　⑤131$_1$, 141$_8$, 371$_7$, 507$_2$
焼け失せたる官物　⑤371$_9$
焼け尽く　⑤125$_5$, 493$_{11}$
焼けたる穀　④143$_{10}$
焼け爛る　④451$_1$
焦損　⑤469$_1$
稍く久し　⑤143$_{14}$, 365$_{10}$
稍く止む　④409$_7$
稍く盛なり　②237$_6$
稍く遷さる　⑤265$_9$, 277$_{11}$, 407$_7$
稍く多し　④113$_{10}$　⑤347$_{16}$, 447$_6$
稍く多し　⑤305$_{10}$, 413$_6$
稍く退く　⑤431$_9$
稍く繁し　②303$_{13}$　⑤193$_9$
翔る　⑤327$_6$, 335$_7$
証覚　④291$_1$
証真の識　③357$_9$
証明　③113$_{11}$
詔　①9$_{15}$, 11$_{10}$, 13$_{13}$, 27$_{10}$, 35$_{10}$, 41$_5$, 43$_{10}$, 47$_4$, 49$_5$, 53$_4$, 55$_{15}$, 57$_{15}$, 59$_{15}$, 65$_{14}$, 67$_{1・10}$, 71$_{12・14}$, 73$_{15}$, 75$_{10}$, 79$_3$, 81$_{16}$, 89$_{14}$, 91$_4$, 97$_8$, 109$_{14・16}$, 113$_{4・6}$, 119$_{10}$, 139$_8$, 147$_2$, 161$_6$, 163$_{11}$, 165$_5$, 179$_3$, 189$_{15}$, 211$_5$, 213$_{11}$, 225$_5$, 231$_8$, 233$_{10}$　②9$_8$, 25$_3$, 41$_5$, 59$_{11}$, 77$_{15}$, 79$_{5-6}$, 81$_{7・12}$, 85$_6$, 159$_8$, 163$_9$, 179$_3$, 181$_4$, 187$_{4・6}$, 201$_{16}$, 203$_{13}$, 219$_5$, 221$_{12}$, 231$_3$, 233$_{12}$, 249$_2$, 257$_9$, 259$_{11}$, 269$_8$, 295$_6$, 303$_2$, 305$_1$, 309$_{5・12}$, 321$_6$, 371$_{11}$, 379$_4$, 407$_{11}$, 417$_{12}$, 435$_{11}$, 439$_7$, 443$_5$　③10$_{10}$, 72$_{・15}$, 49$_7$, 59$_{13}$, 61$_{16}$, 75$_{13}$, 77$_4$, 81$_{15}$, 91$_{10}$, 107$_{14}$, 113$_{15}$, 119$_3$, 137$_{13}$, 157$_8$, 161$_6$, 203$_1$, 251$_{13}$, 277$_{15}$, 315$_5$, 333$_9$, 345$_9$, 411$_9$, 413$_4$, 427$_9$, 437$_7$　④39$_{11}$, 55$_1$, 77$_2$, 83$_4$, 93$_{12}$, 97$_2$, 99$_{1・6}$, 113$_{12}$, 119$_1$, 125$_3$, 135$_{13}$, 199$_{10}$, 223$_{11}$, 265$_5$, 267$_{10}$, 279$_{5・16}$, 323$_1$, 329$_{14}$, 331$_{12}$, 337$_{10}$, 353$_1$, 375$_4$, 381$_3$, 391$_5$, 395$_1$, 411$_5$, 413$_{15}$, 421$_6$, 449$_7$, 463$_7$　⑤65$_8$, 69$_{14}$, 73$_4$, 99$_{15}$, 101$_8$, 119$_{9-10}$, 117$_{11}$, 199$_{5・8}$, 209$_{4・15}$, 227$_{10}$, 233$_{15}$, 239$_{10}$, 243$_1$, 255$_{14}$, 259$_{8・10}$, 267$_8$, 271$_2$, 275$_{14}$, 279$_{4・10}$, 281$_{11}$, 295$_7$, 299$_3$, 303$_5$, 309$_{7・11・16}$, 313$_{10}$, 321$_5$, 333$_{11}$, 349$_8$, 353$_{10}$, 355$_7$, 369$_{13}$, 395$_9$, 405$_1$, 413$_1$, 415$_4$, 419$_3$, 429$_{10}$, 445$_7$, 447$_{13}$, 455$_8$, 469$_1$, 475$_5$, 477$_9$, 483$_5$, 489$_7$, 499$_{7・12}$, 505$_7$, 507$_3$
詔訖りて　③201$_{16}$
詔し曰はく　②75$_{12}$
詔したまはく　①9$_{9-11}$, 15$_{9・12・14}$, 19$_{8・13}$, 57$_{12}$,

続日本紀索引

61_9, 77_8, 167_6, 179_6, 195_5, 203_{12}, $205_{2\cdot 8}$ ②$161_6$, 295_9, 297_3, 339_{10}, 405_2 ③④$1_{13}$, 79_{16}, 123_{16}, 383_4 ④$77_9$, 95_5, 131_3, 141_{12}, 415_{12}, 435_{10}

詔して云はく　⑤$177_4$

詔して曰はく　①$3_{11}$, 13_2, 17_3, 69_6, 71_7, 85_9, 89_7, $103_{4\cdot 10}$, 111_{10}, 119_{12}, 125_{13}, 127_3, 131_2, 147_8, 157_4, $169_{3\cdot 11}$, 171_4, 173_5, $175_{8\cdot 14}$, 177_7, 179_{11}, 181_{12}, $185_{8\cdot 12}$, 189_4, 195_3, 201_{13}, 209_{12}, 215_4, 221_8, 227_{10}, 233_{15} ②$3_7$, 5_7, 9_{16}, 11_{16}, 27_1, 29_9, 35_7, 37_{12}, 49_{13}, 59_{16}, 63_4, 73_{12}, 77_3, 81_{14}, $85_{8\cdot 12}$, $89_{5\cdot 10}$, 91_{11}, $95_{1\cdot 10}$, 97_2, 99_4, 101_8, 103_8, $105_{2\cdot 7}$, $109_{5\cdot 14}$, 111_9, 113_{14}, 115_4, 119_{14}, $123_{8\cdot 13}$, 125_7, 129_{12}, 135_{13}, 139_9, 149_1, 155_9, 161_{14}, 165_3, $169_{2\cdot 14}$, 171_{12}, 179_{14}, 185_4, 197_{16}, 215_8, 235_6, 237_8, 239_3, 247_{14}, 249_5, 253_{12}, 259_1, 277_{15}, $279_{2\cdot 5}$, 281_{11}, $303_{3\cdot 12}$, 309_1, 313_5, 321_{10}, 323_{13}, 325_{11}, 327_{10}, $349_{4\cdot 15}$, 351_{16}, $353_{12\cdot 16}$, 355_{10}, $387_{2\cdot 14}$, 393_3, 407_{14}, 425_9, 431_8, 443_2, 447_7 ③$45_{5\cdot 16}$, 49_5, 83_{16}, 115_8, 123_{10}, 131_2, 143_{12}, $165_{5\cdot 9}$, 175_8, 187_3, $197_{2\cdot 13}$, 215_4, $219_{2\cdot 13\cdot 16}$, 243_{10}, 245_8, 247_6, 249_{14}, 263_2, 265_1, 303_{11}, 315_3, 333_7, 345_1, 349_2, 371_8, 393_4, 409_6, 425_7 ④$31_5$, 45_{10}, 47_8, 63_6, 77_{14}, 87_3, 97_8, $101_{13\cdot 15}$, 103_5, 105_3, 109_5, 135_{13}, 149_9, 179_1, 239_6, 241_1, 245_3, 251_{10}, 257_5, 271_{14}, 311_5, 323_4, 327_8, 373_7, 383_3, 393_{12}, 399_{12} ⑤$13_6$, 35_{13}, 85_7, 93_{14}, 125_6, 127_1, 167_{11}, 175_8, 179_6, 181_3, 193_8, 203_{16}, 215_{13}, 217_9, 225_{13}, 235_5, 243_{15}, 247_{16}, 253_7, 255_4, 279_5, 307_3, 311_{11}, 325_9, 327_2, 365_9, 383_2, 389_{16}, 403_{14}, 413_5, 443_9, 455_{15}, 465_3, 475_9, 483_7

詔して曰ひ　⑤$471_{10\cdot 12}$

詔し報へたまはく　③$123_7$ ④$369_1$

詔し報へて曰はく　②$153_{14}$, 377_3 ③$123_1$, 275_8 ④$191_5$, 317_{10} ⑤$247_5$, 335_{10}

詔旨　③$117_{14}$ ④$323_5$, 409_{11}

詔旨らま　①$111_{10}$, 119_{13}, 127_4 ②$139_{10}$, 215_9, 225_8 ③$67_1$, 263_2, 265_1, 315_4 ④$311_5$, 323_5, 327_8, 399_{13} ⑤$179_7$, 181_4

詔使　④$21_{11}$

詔畢りて　③$197_{12}$

詔報して曰はく　②$421_2$

詔命　①$121_{12}$

詔有り　①$21_{12}$, 83_9, 91_8, 97_{12}, 125_{14}, 141_{13} ②$195_8$, 295_5 ③$257_3$, 267_5 ⑤$163_{12}$, 259_2, 345_{15}

詔り賜ひつらく　②$141_6$

詔り賜ふ　②$141_9$

詔りたまはく　①$127_{16}$ ②$139_{15}$ ④$251_{11}$, 253_4, 257_5, 259_3, 263_{11}, 295_5, 331_5, 335_8 ⑤$13_8$, 177_{16}

詔りたまはむ　④$257_8$

詔りたまひしく　③$85_6$, 197_{14}

詔りたまふ　②$215_{14}$, 223_{11} ③$197_{15}$, 219_7 ④$79_3$

詔りたまふ御命　②$253_{2\cdot 10\cdot 15}$, $255_{3\cdot 6}$, $263_{9\cdot 12}$

詔りたまふ大命　①$3_{12}$, 5_9 ②$141_1$, $421_{5\cdot 9}$, 423_1 ④$45_{16}$, 79_{11}, 331_{14}, $333_{4\cdot 11}$, $335_{2\cdot 7}$, 337_2 ⑤$137_{7\cdot 13}$, 35_{14}, 173_2, 177_5

詔りたまふ勅　②$223_{10}$, 225_6

詔りたまふ天皇が御命　①$143_{15}$ ④$173_{16}$, 175_{11}, 327_{11} ⑤$179_4$

詔りたまふ天皇が大命　①$55_{\cdot 11}$, 123_{16} ②$141_{15}$ ⑤$37_2$, 173_{12}

詔りたまふ天皇が勅旨　⑤$179_{10}$

詔りたまふ天皇が勅命　④$399_{16}$

詔りたまふ天皇が命　②$217_{14}$

詔りたまふ天皇命　①$129_{10}$

詔りたまふ命　①$121_{6\cdot 13}$, 123_2, $127_{8\cdot 14}$ ②$143_4$, 215_{13}, 217_9

詔る　①$3_{13}$, 5_6

詔を下して曰はく　④$89_9$

詔を下す　③$63_6$ ⑤$495_3$

詔を宣ぶ　④$151_6$

詔を宣らしむ　①$33_{13}$, 35_8, 125_7 ②$81_8$, 153_7, 273_{12}, 295_{16} ③$151_{12}$ ④$463_{10}$ ⑤$99_{16}$, 117_{12}, 405_4

詔を宣らしめて曰く　⑤$37_7$

詔を宣らしめて曰はく　②$421_{14}$ ③$439_2$ ④$43_{10}$ ⑤$173_1$

詔を伝ふ　②$201_{12}$

詔を奉けたまはる　②$341_{13}$, 419_{11} ③$97_6$ ⑤$47_{15}$, 257_3, 359_5

象徳　②$49_2$

象竜　②$63_{11}$

象を鎔る　②$431_{13}$

傷害せらるる者　⑤$439_8$

傷惻　④$435_9$

傷を被ふ　⑤$349_7$

奨め賁く　②$71_1$

奨め導く　③$385_4$

奨め励す　④$415_6$

照赤　②$201_{13}$

照臨　③$133_6$, 273_2 ④$13_5$ ⑤$489_5$

詳に議ふ　④$455_{14}$

詳に載す　⑤$471_{14}$

詳に定む　④$397_3$

詳に問はしむ　③$299_7$

詳りて道ふ　②$211_7$

鉦　①$107_1$

鉦鼓を用ゐる　①$221_6$

摺衣　②$361_{11}$, 415_{10} ④$227_{12}$

しよう（詔・象・傷・奨・照・詳・鉦・摺）

201

しょう（裳・誦・障・賞・霄・燋・瘴・蕭・踵・償・聳・篠・觴・丈・上）

裳 ①35₁
裳咋臣船主 ⑤193₄・₇
裳咋臣船主の祖父 ⑤193₅
裳咋臣船主の曾祖 ⑤193₅
裳咋臣足嶋 ④373₇-₉-₁₀・₁₆
裳咋臣と為る ⑤193₆
裳咋臣得麻呂 ⑤193₅
裳瘡 ②299₃ ⑤485₁₀ →豌豆瘡
誦経 ③57₉-₁₀, 157₅・₁₀, 161₂・₄・₇・₁₂, 351₁₃, 359₆ ④297₈・₁₆, 301₁₀ ⑤65₁₂, 221₆-₇, 253₇, 451₁₄, 475₄ →読経
誦持位 ③359₅
誦す ④391₈
誦み習ふ ③183₇
障る事は在らじと念ひて ④105₁
障る事無くなさむ ④97₁₂
障るべき物には在らず ④33₁₁
賞 ①43₇
賞翫 ②341₁₁
賞紫金魚袋 ③387₁₃
賞賜 ②85₁₄ ④127₉, 343₃ ⑤307₂
賞爵 ②135₉
賞す ④213₇
賞歎 ⑤471₁₀
賞づ ⑤209₁₀
賞の疑はしきは重きに従ふ ④13₁₄
賞罰 ④409₁₆ ⑤31₁₃
賞ふ ①209₈ ②211₁₂
賞む ①15₁₀ ②355₇ ③283₆
賞有り ②443₉ ⑤255₁₆
賞を酬ゆ ③341₁₆
霄構に憑る ②49₁₃
霄分くるまで寝ぬることを輟め ①107₁₅
燋萎 ②119₁₆
燋巻 ①89₂
燋け萎ゆ ②259₃, 321₁₁
燋彫 ③47₁
瘴に着かる ②357₇
蕭墻に輟む ③223₆
踵を継ぐ ②47₁₀
償期に至る ⑤283₁₄
償ひ上らぬ者 ①203₁₃
償ふ ②281₃ ④203₅ ⑤117₁
償ふべき無し ②69₁₂
聳立 ④15₁
篠原王 ③131₁₅, 233₂ →豊野真人篠原
篠嶋王 ④149₁₂ ⑤107₈, 191₁₂, 355₇, 495₈, 503₇
觴を行ふ ③251₂
觴を侑ぐ ④449₈

丈 ①99₁₆, 209₃・₁₁ ②37₁₃-₁₄, 55₈, 117₃, 201₁₃, 209₁₄-₁₅ ③383₁₄, 387₁₂ ④215₁, 273₁₆, 413₆, 443₅ ⑤207₆, 251₁₂, 321₁, 493₁₂
丈部(姓) ④293₈
丈部賀例努 ④233₉
丈部継守 ③385₆ →阿倍安積臣継守
丈部国益 ④233₉
丈部細目 ④69₈
丈部山際 ④233₁₃
丈部子老 ④233₈
丈部善理 ④43₁₁, 433₅, 493₇-₈
丈部造広庭 ④187₁₃
丈部造智積 ①223₁₅
丈部大庭 ④233₁₁
丈部大麻呂 ③81₁₁ ⑤261₉, 299₈, 311₆, 317₄, 387₆
丈部直牛養 ⑤171₈
丈部直継足 ④233₁₀
丈部直刀自 ②311₁₃
丈部直不破麻呂 ④41₁₃, 179₆, 187₄ →武蔵宿禰不破麻呂
丈部庭虫 ④233₁₂
丈部嶋足 ④233₁₂
丈部麻呂 ③331₆
丈部龍麻呂 ④291₆
丈部路忌寸安頭麻呂 ②75₈, 77₂
丈部路忌寸乙麻呂 ②75₈
丈部路忌寸石勝 ②75₆・₉・₁₅
丈部路忌寸石勝の男 ②75₈
丈部路忌寸石勝らの父 ②75₁₁・₁₃
丈部路忌寸祖父麻呂 ②75₈・₁₀・₁₃, 77₂
丈部路忌寸並倉 ④49₈
丈六の仏像 ②385₁₀ ③165₃ ④129₈
上 ①85₉, 183₄ ②307₂ ③271₁₄ ④259₁₀, 367₁₄ ⑤101₆-₇, 127₆, 335₁₃
上下事に触る ②233₁₆
上下心を同じくす ⑤135₃
上下す ②251₃ ④117₅
上下に通す ④291₁
上下の序を失ふ ③235₈
上下の飛駅 ⑤425₃
上下れる諸使 ③185₁₅
上下を斉へ和ぐ ④419₁₃
上願 ②15₅
上忌寸生羽 ④199₁₅
上宮太子 ④83₁₃
上ぐ ③441₁₄
上郡 ②355₁₄
上げ給ひ治め賜ふ ④323₁₀

202

続日本紀索引

上げ給ひ治め賜はく ④63$_{14}$
上げ賜ひ治め賜はく ②423$_3$ ③317$_{13}$ ④337$_2$, 373$_{11}$
上げ賜ひ治め賜ふ ①51$_1$ ②423$_5$ ③265$_{15}$, 319$_2$ ④313$_{10}$, 327$_{13}$ ⑤183$_4$
上げ賜ひ治め賜ふ事 ③315$_{16}$
上げ賜ひ授け賜ふ ④335$_{16}$
上げ賜ふ ②217$_{13}$, 423$_4$ ④401$_2$
上げ賜ふべき人々 ①127$_{16}$
上げ奉る ⑤183$_3$
上啓 ④315$_{11}$, 461$_{12}$
上県郡(対馬嶋) ④191$_1$
上県郡の人 ④191$_1$
上玄 ①131$_3$ ④61$_{12}$ ⑤125$_7$, 393$_{13}$
上玄に答ふ ②363$_{14}$ ③181$_{13}$ ④283$_{11}$ ⑤327$_{12}$
上古 ②157$_2$ ③181$_7$
上功 ③239$_8$, 241$_{3\cdot7}$, 243$_1$
上考 ②167$_{10}$
上国 ②201$_3$, 275$_1$ ③19$_6$ ⑤97$_{10\cdot16}$, 281$_9$, 481$_1$
上宰 ④423$_7$
上策 ③319$_3$ ③299$_{16}$
上三年 ①79$_{14}$
上糸小 ②213$_4$
上紵 ②213$_4$
上治郡(陸奥国) ⑤139$_7$
上治郡大領 ⑤139$_7$
上瑞 ④285$_5$
上瑞に叶ふ ⑤327$_{11}$, 333$_{15}$
上瑞に合ふ ①185$_{16}$
上正六位上 ④181$_4$, 271$_{11}$
上制に合ふ ①21$_1$
上奏 ②219$_{11}$, 229$_6$ ③71$_5$ ⑤159$_{14}$, 439$_7$
上奏して言さく ⑤73$_8$, 79$_5$
上総員外介 ③327$_7$ ④243$_{11}$ ⑤143$_1$
上総介 ④51$_9$, 209$_{12}$, 351$_7$, 389$_4$, 427$_8$ ⑤191$_7$, 293$_{12}$, 421$_1$
上総国 ①151$_8$ ②29$_8$, 45$_6$, 57$_5$, 301$_{10}$, 411$_5$ ③61$_7$, 331$_3$, 395$_4$ ④181$_9$, 385$_7$, 435$_9$ ⑤173$_{15}$
上総国言さく ①209$_9$ ②183$_8$
上総国司 ①211$_4$ ②431$_1$
上総国司介 ④385$_9$
上総国の騎兵 ②315$_3$
上総国の高麗人 ②15$_8$
上総国の人 ③81$_{10}$
上総国の船 ⑤17$_4$
上総国の富める民 ①229$_{16}$
上総国部内 ②431$_2$
上総守 ①135$_5$ ②245$_{13}$, 273$_5$, 401$_7$ ③25$_3$, 33$_2$, 91$_8$, 143$_4$, 261$_6$, 335$_3$, 373$_5$, 391$_{16}$, 431$_3$ ④9$_4$,

11$_6$, 51$_9$, 169$_1$, 191$_{13}$, 205$_{15}$, 305$_{10}$, 351$_7$, 439$_4$, 441$_5$ ⑤29$_7$, 89$_{13}$, 137$_{12}$, 269$_9$, 421$_1$
上総宿禰 ④181$_{10}$
上総宿禰建麻呂〔檜前舎人直建麻呂〕 ④449$_4$
上村主 ④293$_9$
上村主五十公 ④65$_{11}$, 101$_5$, 179$_9$, 221$_5$ →上村主五百公
上村主五百公〔上村主五十公〕 ④221$_5$, 249$_1$
上村主大石 ①77$_3$
上村主虫麻呂 ⑤91$_7$, 137$_{13}$, 363$_6$
上村主通 ②225$_4$
上村主刀自女 ④265$_{13}$
上村主百済 ①77$_{13}$
上村主墨縄 ④395$_{13\cdot16}$
上臺 ②269$_3$, 271$_3$
上達 ②305$_9$
上中下の人等 ④47$_9$
上陳 ②75$_{11}$
上つ方 ④103$_8$
上天 ①85$_{10}$, 231$_6$, 235$_3$ ③181$_7$, 275$_9$
上田 ②227$_{15}$ ⑤501$_5$
上田を以て上田に易ふ ②227$_9$
上といます ④137$_6$
上都(長安) ⑤79$_8$
上等 ①227$_1$ ②187$_6$, 261$_{14-15}$
上道 ②269$_{13}$ ④17$_9$, 219$_5$, 301$_2$
上道王 ①177$_{10}$ ②181$_{12}$
上道郡(備前国) ③215$_{15}$ ④123$_{12}$ ⑤405$_{13}$
上道臣広羽女 ③269$_2$
上道臣千若女 ⑤279$_{11}$, 495$_{12}$
上道臣息長借鎌 ④83$_{12}$
上道臣息長借鎌の六世の孫 ④83$_{13}$
上道臣斐太都 ③199$_{4\cdot6\cdot9\cdot14}$, 203$_3$, 211$_{11\cdot13}$ → 上道臣斐太都 →上道朝臣正道
上道臣牟射志 ④83$_{13}$
上道朝臣 ③211$_{13}$ ④181$_{13}$
上道朝臣正道〔上道臣斐太都・上道臣斐太都〕 ③335$_5$, 411$_{15}$, 421$_5$ ④71$_3$, 181$_{11}$
上道朝臣斐太都〔上道臣斐太都〕 ③213$_{12}$, 215$_{15}$, 229$_7$, 241$_{15}$ ④91$_5$ →上道朝臣正道
上に交りて礼に違ひ ③385$_6$
上に坐す ⑤113$_6$
上に次ぐ ③139$_{12}$, 141$_1$
上に事ふ ③321$_{13}$
上に准ふ ①183$_4$ ④85$_{10}$
上に消ゆ ②85$_{10}$
上に列す ①139$_{14}$
上日 ①39$_{13}$, 113$_{10}$ ②23$_{15}$ ③13$_{3-4}$, 325$_{6-7}$
上の三条に准ふ ①181$_{10}$

しょう(上)

203

続日本紀索引

しょう（上・仍・仗・条）

上の如し ①95$_{12}$
上の例に准ふ ⑤429$_2$
上は昇り下は済はる ③271$_1$
上表 ②247$_{13}$ ③133$_{14}$, 343$_{16}$ →表を上る
上表せし文 ③133$_9$
上部王虫麻呂 ③377$_9$
上部王弥夜大理 ③377$_{11}$
上部乙麻呂 ③19$_{15}$
上部乙麻呂が妻 ③19$_{15}$
上部君足 ③377$_{12}$
上部真善 ③5$_{13}$
上部木 ④153$_3$
上聞 ①103$_{10}$ ⑤505$_1$
上毛郡（豊前国） ②369$_{11}$
上毛郡擬大領 ②369$_{11}$
上毛野君難破〔田辺史難波〕 ③139$_2$
上毛野公我人 ⑤291$_{16}$, 293$_{10}$, 355$_1$, 377$_1$
上毛野公牛養 ③373$_5$, 389$_{12}$
上毛野公（君） ③103$_{14}$ ⑤23$_9$
上毛野公（君）広浜〔田辺史広浜〕 ③189$_8$, 295$_{12}$, 391$_3$, 401$_{10}$ ④7$_7$
上毛野公（君）真人 ③191$_2$, 355$_6$, 425$_2$ ④153$_2$, 193$_9$
上毛野公薩摩 ⑤185$_4$, 187$_{12}$, 261$_{12}$, 291$_{11}$, 459$_{11}$
上毛野公石瀧 ④37$_2$
上毛野公息麻呂 ④399$_9$, 429$_7$
上毛野公大川 ⑤73$_{16}$, 93$_8$, 191$_4$, 219$_6$, 311$_7$, 357$_{12}$, 371$_3$
上毛野佐位（上野佐位）朝臣老刀自〔檜前部老刀自・檜前君老刀自〕 ④203$_{10}$, 327$_2$
上毛野氏の遠祖 ⑤469$_{13}$
上毛野氏の先 ⑤497$_5$
上毛野鍬山公 ④235$_8$
上毛野中村公 ④235$_9$
上毛野朝臣安麻呂 ①135$_3$, 151$_{16}$, 165$_{12}$
上毛野朝臣堅身 ①111$_2$
上毛野朝臣広人 ①129$_{14}$, 211$_{14}$, 219$_{13}$ ②25$_5$, 29$_5$, 65$_{13}$, 79$_{10}$
上毛野朝臣荒馬 ①145$_{14}$
上毛野朝臣今具麻呂 ②289$_2$, 403$_2$
上毛野朝臣宿奈麻呂 ②197$_7$, 207$_7$, 407$_7$
上毛野朝臣小足（男足） ①31$_5$, 71$_{11}$, 135$_7$, 149$_9$
上毛野朝臣足人 ③83$_{12}$
上毛野朝臣稲人 ④151$_{12}$, 183$_5$, 389$_{11}$, 427$_{11}$ ⑤71$_8$, 143$_6$, 263$_4$, 443$_2$
上毛野朝臣馬長 ④51$_3$, 71$_0$, 51$_{10}$, 223$_6$ ⑤17$_8$, 251
上毛野朝臣鷹養 ⑤257$_{14}$
上毛野坂本君 ③135$_5$
上毛野坂本君登与 ③135$_4$

上毛野坂本君登与の子孫 ③135$_5$
上毛野坂本公黒益 ④155$_{16}$
上毛野坂本公男嶋〔石上部君男嶋〕 ④155$_{15}$
→上毛野坂本朝臣男嶋
上毛野坂本朝臣 ④157$_1$
上毛野坂本朝臣男嶋〔石上部君男嶋・上毛野坂本公男嶋〕 ④325$_{12}$, 399$_{11}$, 407$_{12}$
上毛野名取朝臣 ②235$_7$
上毛野陸奥公 ④169$_9$, 235$_6$
上野員外介 ④19$_7$, 193$_{12}$
上野介 ④167$_9$, 319$_{11}$, 427$_{10}$ ⑤91$_3$, 263$_3$, 283$_7$, 293$_{13}$, 397$_6$, 505$_{13}$
上野国 ①57$_7$, 67$_{16}$, 149$_1$, 165$_2$, 199$_{14}$, 207$_{15}$ ②23$_{16}$, 57$_6$, 83$_5$ ③79$_4$, 83$_{11}$, 137$_3$, 331$_3$, 349$_{15}$, 395$_4$ ④77$_2$, 81$_3$, 101$_9$, 121$_4$, 123$_4$, 155$_{15}$, 203$_{10}$, 237$_{11}$, 353$_{5-6}$, 409$_3$ ⑤45$_1$, 467$_8$
上野国造 ④203$_1$
上野国の騎兵 ②315$_3$
上野国の国分寺 ③79$_6$, 83$_{12}$
上野国の士 ①153$_{12}$
上野国の百姓 ②19$_{16}$
上野国の富める民 ①229$_{16}$
上野国の兵士 ④463$_1$
上野国の民 ①217$_9$
上野国の輸す調 ①199$_{10}$
上野国より以東の諸国 ⑤467$_2$
上野佐位朝臣 ④157$_1$
上野守 ①135$_6$, 157$_8$, 217$_{14}$ ③27$_1$, 121$_8$, 127$_4$, 305$_4$, 373$_6$, 423$_{5\cdot11}$, 431$_4$ ④79$_5$, 51$_{10}$, 343$_{15}$ ⑤89$_{14}$, 115$_{13}$, 191$_{11}$, 231$_4$, 319$_6$, 373$_9$, 403$_1$, 505$_{12}$
上る ②15$_1$, 171$_{16}$, 175$_4$, 181$_3$, 189$_2$, 199$_9$, 357$_{16}$, 407$_{11}$ ③101$_5$, 269$_4$, 275$_{12}$, 353$_{15}$ ④275$_{10}$ ⑤91$_8$, 221$_{11}$
上れる書 ⑤93$_{14}$
上れる表 ④365$_{11}$, 369$_2$
上れる表の文 ④369$_5$
上連 ④249$_2$
上連五百公 ⇒上村主五百公
上を安し民を治むる ③321$_{11}$
上を安し民を治むるは礼より善きは莫し ③227$_{11}$
仍旧の調 ③365$_8$
仍見る ②291$_3$
仍に臻る ⑤249$_6$
仗身 ②65$_6$
仗帯する者 ②251$_1$
仗を執る ①55$_8$
仗を帯ぶ ⑤91$_{13\cdot15}$
条 ①131$_{13}$ ②445$_8$ ⑤367$_{15}$

続日本紀索引

条式を記す ⑤$201_4$
条章 ②$297_{13}$
条章に閑はず ②$71_7$
条条 ②$57_{14}$
条奏すらく ⑤$91_{15}$
条例 ①$99_{15}$, 101_3 ②$91_{15}$ ⑤$367_{1-2}$
条録 ②$13_9$
杖 ②$395_{12}$
杖うたしむ ①$217_5$
杖罪 ②$385_{13}$
杖足(人名) ⑤$141_9$
杖の下に死ぬ ③$207_7$
杖を策く ③$413_2$
状 ②$5_{16}$, 219_{10}, 289_{16}, 317_{10} ③$51_{15}$, 407_{13}, 429_3 ④$213_9$, 277_5, 409_{14} ⑤$123_7$, 329_{10}, 351_3
状迹 ①$183_3$ ⑤$195_4$
状迹に随ふ ②$279_4$
状迹を量る ⑤$365_{15}$
状に随ふ ②$179_{12}$ ③$293_5$ ④$149_{11}$
状に副ふ ③$299_9$
状無き者 ②$299_1$
状を揆る ②$29_{13}$
状を具にす ①$181_{11}$ ②$135_8$, 349_{12} ④$19_3$, 117_{10}, 213_{12} ⑤$137_1$, 43_{14}
状を告ぐ ①$145_4$
状を告す ②$313_9$, 385_8
状を齎す ②$189_{10}$
状を奏す ②$101_{12}$, 213_1 ③$201_5$
状を知る ②$271_1$, 371_9, 439_{11} ③$299_{14}$ ④$35_5$ ⑤$43_1$
状を陳ぶ ③$205_9$ ⑤$105_1$
状を問はしむ ②$305_8$
状を量る ②$57_{13}$
状を録す ①$103_{10}$, 173_{13} ②$57_{14}$, 93_3
乗潴駅(武蔵国) ④$197_{14}$
乗田 ③$367_{12}$ ④$185_7$
乗輿 ③$97_3$
乗輿を厭魅す ④$349_6$ ⑤$233_{14}$
乗輿を指斥す ②$109_9$
乗る船 ①$101_{14}$ ④$409_5$ ⑤$85_2$, 119_2
乗路 ③$209_2$
城下 ⑤$141_4$
城下郡(大和国) ③$249_1$
城下郡の司 ②$249_{21}$
城下郡の人 ①$115_6$
城下(紫香楽宮) ②$441_2$
城郭(城墎) ②$319_{5\cdot 9\cdot 12}$ ④$229_7$
城隍 ⑤$367_6$
城塞 ⑤$195_{11}$

城柵 ④$117_7$
城柵を侵す ④$297_{14}$
城飼郡(遠江国) ④$337_7$
城飼郡主帳 ④$337_7$
城篠連 ④$115_7$
城上連 ②$151_{15}$
城上連真立 ②$289_3$
城石 ②$61_9$
城中の粮 ⑤$161_2$
城の下 ④$229_6$ ⑤$155_3$
城の中に保る ⑤$141_5$
城の門 ⑤$187_7$
城北の苑 ④$401_{15}$
城を作る ③$309_2$
城を守る ②$319_9$
城を築く ②$317_{16}$ ③$309_4$ ④$183_2$
城を復す ⑤$161_3$
浄冠十四階 ①$37_2$
浄き心を以て奉れ ④$257_{16}$
浄き明き心 ①$121_{14}$ ②$223_{15}$
浄御原宮に御宇しし天皇(天武天皇) ②$127_4$
浄御原朝廷 ①$45_{15}$ ②$307_2$ ③$47_{12}$, 113_6 →飛鳥浄御原朝庭
浄御原朝庭の制 ①$7_{14}$
浄御原に御宇しし天皇 →飛鳥浄御原大宮に大八洲御宇しし天皇
浄橋(清橋)女王 ④$323_{14}$ ⑤$213_8$, 461_{13}
浄行三年以上の者 ②$283_{14}$
浄行の者 ②$7_{16}$
浄行の僧 ①$89_3$ ③$131_{11}$
浄行の男女 ②$95_3$
浄行有る者 ④$387_{10}$
浄く貞かに明き心 ④$251_{11}$
浄く明き心 ①$109_8$, 313_2
浄原王 ⇒清原王
浄原女王 ④$67_{13}$
浄原臣 ⑤$255_1$
浄原真人 ④$43_5$
浄原(清原)真人浄貞(清貞)〔大原真人都良麻呂〕 ④$43_6$, 145_5, 193_6, 339_{13}, 375_7 →大原真人清貞
浄広壱 ③$15_1$ ⑤$119_6$
浄広参 ①$15_{11}$, 17_{13}
浄広肆 ①$19_{3\cdot 15}$, 21_1, 27_{13}, 35_8
浄広弐 ①$19_3$, $21_{8\cdot 12}$
浄岡(清岡)連広嶋 ③$419_{10}$ ④$429_{11}$, 447_4 ⑤$71_9$
浄処 ③$17_5$
浄上王 ④$53_4$ ⑤$9_2$

しよう(条・杖・状・乗・城・浄)

続日本紀索引

しょう（浄・常）

浄上連　④135$_5$
浄人　③11$_6$
浄水王　④149$_{13}$
浄村宿禰晋卿〔袁晋卿〕　⑤319$_3$
浄大参　①29$_3$
浄大肆　①17$_{15}$
浄達（人名）　①115$_6$
浄地に置く　④275$_7$
浄庭王　⑤499$_{10}$
浄名王　④151$_1$
浄野造　③377$_5$
常¹　①191$_6$　②131$_3$, 227$_2$
常²　①209$_4$
常額の外　②395$_1$
常見奉る　④135$_{16}$
常憲に寓く　②49$_{15}$
常荒の田　⑤501$_3$
常貢の物　③303$_{10}$
常祀に預る　③277$_4$
常赦の許さぬ　④287$_6$
常赦の原さぬ　①221$_{10}$　②31$_3$, 51$_5$　③137$_8$　④59$_3$
常赦の免さぬ　①89$_{10}$, 123$_9$, 129$_3$, 187$_2$, 215$_{11}$　②77$_8$, 121$_5$, 201$_1$, 259$_9$, 265$_{11}$, 271$_7$, 283$_5$, 291$_7$, 295$_5$, 323$_3$, 325$_1$, 349$_6$　③9$_5$, 231$_2$, 391$_0$, 51$_{11}$, 105$_8$, 115$_{13}$, 145$_1$, 151$_7$, 155$_8$, 157$_{15}$　④91$_4$, 119$_7$, 175$_{14}$, 237$_1$, 377$_3$, 399$_3$, 401$_1$, 417$_9$, 445$_{13}$　⑤51$_{12}$, 67$_5$, 103$_5$, 125$_{14}$, 169$_7$, 175$_{12}$, 205$_5$, 217$_5$, 245$_8$, 465$_8$
常赦の免さぬ者　③131$_7$　④405$_{14}$
常赦の免さぬ所　③15$_{13}$
常赦の免さぬを犯す　②447$_3$
常住の僧　③359$_{12}$
常城（備後国）　②65$_7$
常人の念ひ云へる所に在り　④47$_{10}$
常世連　③474, 107$_{11}$　⑤35$_7$
常選に入る　①137$_9$
常選の限　①99$_7$
常耽県（唐）　⑤79$_{15}$
常典に彰なり　⑤483$_{11}$
常道頭　⑤45$_3$
常に依り　②207$_6$, 409$_8$
常に異なり　①93$_{11}$, 203$_1$　②279$_6$, 429$_{12}$　③137, 219$_4$　④97$_1$, 385$_{11}$
常に云はく　④259$_{16}$
常に警む　⑤155$_{16}$
常に侍ふ　④27$_{11}$
常に殊なり　②277$_{15}$
常に念し　③281$_{12}$
常に来り　②389$_9$

常年より倍す　②319$_7$
常の科を以てす　⑤255$_{13}$
常の儀は行はず　⑤475$_8$
常の貢　③427$_{16}$　⑤123$_2$
常の祀小事　③409$_{16}$
常の事には有らず　②225$_8$
常の所無し　②289$_8$
常の如くす　①63$_9$　②277$_5$
常の如し　①9$_1$　③427$_{15}$　④189$_6$, 369$_2$　⑤57$_{10}$, 83$_{14}$, 259$_7$, 313$_8$, 323$_3$, 363$_{11}$
常の情　④229$_9$
常の制　④161$_{15}$
常の年　⑤475$_7$
常の風　②85$_8$
常の礼　③311$_{15}$, 419$_6$
常の例　②99$_2$, 243$_7$
常の例に依る　④45$_{10}$　⑤121$_{13}$
常の例に違はず　④397$_1$
常の例を乖く　④369$_5$
常班　②445$_{11}$
常布　①209$_4$　②229$_{15}$
常平倉　③311$_{15}$
常平の義　④403$_{11}$
常も賜ふ　④103$_{12}$, 273$_3$
常も聞し行す　④173$_5$
常より異に在り　①63$_9$
常より違ふ　②89$_{15}$
常より別に在り　④103$_7$
常葉の樹　②105$_7$
常陸員外介　④55$_{12}$, 319$_{10}$
常陸王　③111$_{13}$
常陸介　③423$_{10}$　④171$_6$, 319$_{10}$, 441$_4$　⑤51$_6$, 141$_2$, 191$_8$, 241$_{13}$, 283$_7$, 381$_{11}$, 457$_{11}$
常陸国　①131$_1$, 207$_{15}$　②71$_1$, 45$_{8-9}$, 71$_{13}$, 129$_{11}$, 131$_7$, 137$_{10}$, 149$_4$, 411$_6$　③23$_6$, 291$_6$, 331$_3$, 395$_4$　④77$_1$, 81$_{10}$, 157$_6$, 161$_5$, 203$_9$, 213$_{16}$, 291$_5$, 345$_8$, 407$_{16}$, 413$_4$, 449$_1$　⑤157$_{13}$, 171$_8$, 173$_{15}$, 351$_3$, 377$_4$, 483$_{14}$
常陸国言さく　⑤167$_3$
常陸国守　②57$_4$
常陸国造　④203$_{11}$
常陸国の移　④213$_{10}$
常陸国の騎兵　②315$_3$　⑤15$_6$
常陸国の高麗人　②15$_8$
常陸国の士　①153$_{12}$
常陸国の神賤　⑤401$_3$
常陸国の人　⑤211$_8$
常陸国の船　⑤17$_4$
常陸国の調の絁　⑤109$_4$

常陸国の曝布　②301$_{10}$
常陸国の糒　⑤149$_{12}$
常陸国の百姓　②159$_{16}$
常陸国の富める民　①229$_{16}$
常陸国の輸す調　①199$_{10}$
常陸守　①31$_6$, 135$_4$, 217$_{11}$　②309$_{12}$　③25$_4$, 33$_{13}$, 121$_7$, 125$_{14}$, 255$_3$, 423$_9$　④39$_8$, 53$_{12}$, 73$_8$, 129$_1$　⑤51$_6$, 119$_7$, 171$_6$, 195$_8$, 241$_{12}$, 263$_1$, 301$_7$, 317$_8$, 355$_3$, 365$_2$
常陸少掾二員　④449$_1$
常陸少目二員　④449$_1$
常陸大掾　⑤319$_4$, 355$_7$, 361$_9$, 373$_9$, 459$_8$, 491$_1$, 497$_4$
常粮　②257$_{12}$
常倫に殊なり　⑤329$_2$
常礼　⑤123$_6$
常労しみ重しみ　①111$_{14}$
常を乱す　⑤145$_4$
常を乱ることを作す　③331$_{15}$
情　①139$_{15}$, 199$_5$　②49$_8$　③23$_8$, 171$_{10}$, 311$_4$, 427$_6$, 435$_9$　④149$_{11}$　⑤135$_5$, 235$_6$
情願に任す　②191$_{12}$
情深し　②309$_2$, 359$_4$, 363$_{13}$
情篤し　④203$_4$
情に安せぬ　④157$_{10}$
情に懐く　②447$_4$　⑤159$_{10}$
情に願ふ　①195$_{16}$　②39$_{16}$, 433$_4$　④465$_3$　⑤105$_6$, 109$_7$, 145$_8$, 199$_{14}$, 437$_8$, 499$_{15}$
情に願ふ者　②227$_{10}$, 439$_5$　③51$_{13}$, 301$_4$　④325$_5$
情に願ふに任す　④225$_{16}$
情に挟む　②27$_4$　④411$_{16}$
情に競る　④203$_{14}$
情に矜憫　③329$_{15}$
情に好む　④231$_8$
情に称ふ　②99$_9$
情に深し　③155$_6$, 127$_4$, 193$_{12}$, 383$_4$
情に軫む　④91$_4$, 287$_2$
情に惻隠　②349$_5$
情に存つ　⑤475$_{10}$
情に任す　②27$_3$
情に抱く　④229$_5$
情に愍惻　④75$_{10}$
情より願ふ者　③329$_2$
情を慰む　②75$_{10}$
情を懐く　②305$_9$
情を原ぬ　②217$_{15}$, 291$_4$
情を飢らしむる事勿かれ　⑤155$_8$
情を存く　⑤383$_7$
情を存す　④13$_7$

情を存つ　⑤155$_{14}$
情を知らず　②281$_4$　③205$_4$
情を知らぬ者　①175$_3$
情を知りて許容す　③289$_{15}$
情を知りて故に隠す　①157$_1$
情を知りて告さぬ　①147$_7$
情を知る　③197$_1$
場を開く　②105$_6$
蒸民　②415$_{14}$
縄床　①27$_3$
縄を引く　④449$_{12}$
裏陽(唐)　③427$_2$
擾しきこと无し　①187$_{12}$
擾し乱す者　②13$_2$
擾乱　②27$_{10}$, 95$_{14}$, 371$_1$　④171$_4$, 387$_4$　⑤367$_{11}$
繞す　②385$_6$　③6$_6$
譲り賜ふ　①121$_{9\cdot 11}$　②141$_{6\cdot 15}$
饒益　③273$_2$
饒有り　②179$_{16}$　⑤113$_{16}$
饒らず　②303$_{15}$
色　①97$_2$, 137$_{10}$　②195$_{13}$, 247$_3$, 301$_{15}$　③323$_6$, 437$_{15}$　④11$_1$, 159$_1$, 227$_9$, 433$_{13}$　⑤107$_{12}$, 251$_{11}$, 327$_6$
色黒し　⑤297$_7$, 409$_8$
色都嶋(肥前国)　②379$_1$
色に形る　⑤101$_6$
色別　①99$_{5-6}$　④57$_2$
色麻郡(陸奥国)　⑤441$_{14}$
色麻柵(陸奥国)　②315$_{15}$
色毎　③117$_{16}$
色目一に非ず　⑤387$_2$
色目を録す　①199$_2$
色養を尽す　④395$_8$
色を改む　④285$_3$
色を見知る　③139$_{15}$
色を失ふ　②9$_3$
食　②117$_8$, 203$_{12}$, 229$_{13}$, 319$_{10}$　③223$_9$, 227$_{13}$　④325$_6$
食国　①5$_4$, 127$_{10}$　②139$_{12-13\cdot 15}$, 141$_{5\cdot 10\cdot 14}$, 225$_5$　③85$_4$, 263$_5$, 265$_{10\cdot 12}$
食国天下　①123$_4$　②143$_6$　③69$_{15}$, 85$_{3\cdot 9}$, 263$_4$
食国天下の業　①121$_1$, 127$_7$　③67$_4$　④311$_7$
食国天下の諸国　③67$_9$
食国天下の政　②217$_4$　④313$_1$　⑤181$_{13\cdot 15}$
食国天下の政事　①121$_{16}$
食国の政　③87$_2$　④313$_2$, 333$_{14}$
食国の中の東の方　①127$_{10}$　③65$_{11}$
食国の東の方　③67$_7$
食国の法　①123$_1$

しょう――しょく（常・情・場・蒸・縄・裏・擾・繞・譲・饒・色・食）

続日本紀索引

食朝臣三田次　③189₁₄, 327₅, 339₁₁
食（播美）朝臣息人（奥人）　③155₄, 189₇
食ふ所　⑤433₁₆, 435₈
食封　①5₁₆, 431-2, 91₁₃, 97₁₄, 99₂, 207₅・14　②63₁₄, 95₈, 185₁₁, 273₁₃, 277₅, 331₁₁, 339₈-9, 385₉, 443₆　④57₁₄, 97₇, 339₁, 353₂　→封戸
食封賜はく　①113₂
食封の限に入る　①97₁₆
食封有り　①91₉
食封を加ふ　①91₈
食封を奪ふ　⑤253₁₆
食封を入る　①145₁₃
食物　①175₁₁
食む　④449₁₁
食料　②233₃・8
食糧　①177₇　②257₁₂, 303₆
食を給せず　②171₅
食を給ふ　②71₁₃, 171₇
食を乞ふ　②327₁₂
食を造る　④13₂
食を与ふ　⑤305₁
埴輪　⑤203₆
埴を取る　⑤203₅
殖貨　①231₁₁
殖槻連　②151₁₁
殖村駅（摂津国）　①163₁₅
殖栗占連咋麻呂　④15₁₅
殖栗物部名代　①151₁₃
殖栗連　①151₁₃　④157₅
蜀　③299₅
蜀狗　②257₇
触れ犯す　⑤325₁₄
飾騎　②181₁₄
飾磨郡（播磨国）　④185₅, 401₁₁　⑤369₅・8
飾る　②233₁₂
嘱請　②29₁₁, 283₁₂・15
嘱を受く　③291₂
燭下　⑤349₇
燭す　⑤489₅
燭龍の地　③275₅
織裳郷（上野国）　①165₂
織部正　③423₁　⑤317₄, 387₅, 461₁
織り成す　①205₉
織る　①169₈
職　①87₄　③149₆, 217₁₅, 229₃　⑤107₁₂・16, 479₉
職員　⑤119₄, 193₉
職員を殺く　④121₁₂
職員を増す　③279₃
職貢を修む　④371₉

職貢を偕む　④423₈
職貢を偕めず　③363₁₃
職司　⑤305₁₀
職事　②59₇, 321₁₆　③29₈　④403₅　⑤229₁₃
職事已上　①9₆
職事官　③289₁₁
職事正六位上已上　③185₃
職事の官人　①47₁₁
職事の官の主典以上　②111₁₄
職事の五位以上　②193₁
職事の主典已上　②53₈
職事の正六位　②217₃
職事の二位　①171₁₅
職事の二品　①171₁₅
職事の六位已下　④63₃
職事六位以下　①145₈
職事を帯ぶる者　④157₁₅, 227₈
職掌　①85₁₆, 87₃　②103₁₄, 199₈, 233₁₄, 253₃　④337₁₆　⑤367₁₄, 371₆
職掌既に重し　③369₄, 375₆　⑤45₁₆
職制律　③289₁₆
職田　②227₁₄, 255₁₄　④121₁₅
職として此に由れり　⑤157₂, 307₈, 341₉
職どる所を勤む　②85₉
職に揆る　②121₈
職に居りて懈らず　⑤321₄
職に供へぬ者　②179₁₀
職に在り　①181₄　②195₃, 367₅
職に在りて事を視る　⑤139₁₁
職に准ふ　①43₁₄
職に称ふ　⑤365₁₃
職に称へしむ　③385₅
職に苾む　④131₁₄
職封　②235₁₁　⑤49₂
職分　②167₁₀　③187₆　④21₁₃, 23₁₃
職分雑物　④337₁₆
職分資人　①215₂
職分の資人に准ふ　②93₇
職分封戸　④35₅
職務　⑤271₂
職務滞らず　⑤133₁₅
職用既に闕く　①181₅
職る所　②235₉　⑤471₆
職を去る　④267₅
職を失ふ　①227₄
職を守る　③283₇
職を修む　③249₁₀
職を偕む　③245₇, 439₁
職を述ぶ　④371₁₁

しょく（食・埴・殖・蜀・触・飾・嘱・燭・織・職）

208

続日本紀索引

職を設く ⑤133₁₂
職を置く ②27₁
職を内外に歴 ④319₂
職を免さる ③339₆
職を理む ②279₃
職を歴 ⑤47₆, 455₁
贖貨 ②157₁
辱けなみ歓しみなも ⑤37₁
辱しと念し行し ③341₈
辱み愧しみ思し坐す ②215₁₆
辱み愧しみなも ②143₂
辱み愧しみなも念す ③69₃
辱み恐み坐す ①127₁₀ ③67₇
心 ①85₁₁, 225₁₅ ②89₇, 95₁₀, 221₃ ③261₈, 271₄ ④315・10, 101₁₃, 205₄
心改めて ④253₁₅
心肝裂くるが如し ②95₂
心至り難し ④431₁₆
心浄くして仕へ奉ら ④33₁₅
心性 ⑤297₄
心性常無く ④225₇
心善からず ④79₈
心素 ①199₈
心礎 ④273₁₆
心逮ばずして極る者は必ず悟し ④315₁₂
心大星 ②177₉
心置きても談ひ賜ひ ⑤173₆
心とす ②445₁₀
心に穢き ④263₂
心に栄とすること無し ④289₉
心に懐く ②349₁₁ ⑤333₂
心に害ふ ④113₁₃
心に記す ⑤407₁₀
心に疑ひ ④89₆
心に挟む ②179₁₀ ④89₁ ⑤107₅
心に殉ふ ③313₃
心に遂ぐ ②389₁₁
心に惻隠 ②77₅
心に属く ③385₁₀
心に存つ ①225₁₄
心に継ふ ②109₇ ③171₁₁
心に能からずと知り目に見てむ人を ④259₁₄
心に弁了ふること無く ④321₁₆
心に迷ふ ④15₁
心の中 ④253₈
心の中のことはなも遣す ③73₄
心のまにまにせよ ④259₁₄
心は一つに在り ④255₅
心は定めています ④137₂

心无く ⑤401₄
心も安く ④47₁₀
心もおだひに念ひ ④335₆
心力を尽す ③163₁₅ ⑤101₇
心を改む ②369₁₆, 371₆ ④261₁₃
心を帰す ②201₆
心を驚かす ③251₂ ④141₄
心を係る ④423₉
心を係くる所無し ⑤325₂
心を執る ④77₁₀
心を俟む ②229₁₆ ⑤109₁₆
心を洗ふ ③245₃
心を属す ⑤101₆
心を存つ ⑤159₃
心を存す ④165₉
心を宅す ②269₁₆ ⑤393₁₄
心をととのへ直し ④263₁₁
心を同じくす ②371₅ ④45₂, 79₉ ⑤31₁₆, 135₃
心を披くこと得ず ④165₁₅
心を標す ④205₄
心を遊ばす ③273₁₀
心を労す ⑤215₁₅
心を労ふ ⑤179₉
申 ④29₁₂
申さく ④365₁₅
申さしむ ①61₁ ②441₇ ⑤479₈
申さず ④97₁₆
申さむ ①173₁₃
申し訖らしむ ⑤479₈
申し賜はくと申す ③97₁₄
申し賜ふ ③97₁₀
申し賜ふと申さく ③97₇
申し上ぐ ②409₁₀ ④19₃, 163₃ ⑤481₂
申し上る ⑤147₁₄
申し請ふこと莫からしむ ⑤167₆
申し訴ふ ④121₁・3 ⑤429₈
申し送らしむ ①75₅, 155₅, 169₇ ⑤341₄
申し送り訖れ ①173₁₄
申し送る ①39₁₄, 113₁₁, 179₇, 183₉, 205₁₂ ② 213₁₂, 271₂, 289₁₆ ⑤103₁₃
申し知らしむ ①137₁₁
申して云はく ②369₅, 373₆・13, 377₁₁ ③365₂
申して在り ④87₆
申し報ふること無し ④277₂
申し理らしむ ①65₁₀
申時 ④171₁₁
申謝 ④367₅, 371₁₅
申す ①67₁₃, 183₁₁, 191₈ ②93₃ ③51₁₅, 247₁₂, 341₆, 439₁₅

しょく―しん（職・贖・辱・心・申）

209

続日本紀索引

申す事　④373$_9$
申す所　③407$_{15}$　④83$_{16}$, 197$_8$, 397$_2$
申す所无し　③427$_{16}$
申訴　②295$_1$
申聞　④13$_7$
申報　①155$_{15}$
臣　①19$_{11}$, 21$_8$　②15$_3$, 305$_{5・9}$, 307$_{12・15}$, 319$_{15}$　③181$_2$, 187$_4$, 195$_{13}$, 215$_6$, 229$_{8・11・13}$, 231$_{11}$, 249$_3$, 269$_4$, 271$_9$, 315$_5$, 323$_{11}$, 325$_{5・8・10}$, 361$_{11}$, 437$_3$　④103$_9$, 283$_{15}$, 323$_5$, 367$_{8-9・11}$, 439$_9$, 455$_{14}$　⑤73$_9$, 77$_{3-4}$, 81$_5$・$_{10}$, 121$_2$, 331$_{10}$, 333$_{1・4・6・10・13}$, 335$_{1・9}$, 393$_{6・13}$, 447$_{10}$, 505$_2$, 513$_{13}$
臣下　④251$_{11}$
臣家の稲　②327$_{10}$
臣が愚意　⑤203$_3$
臣が族に出づ　④81$_{16}$
臣子一の猶し　①165$_5$
臣子に非ず　⑤217$_{15}$
臣子の義　③271$_{11}$
臣子の業を守る　①141$_6$
臣子の恒の道　②85$_9$
臣子の道を失ふ　①141$_7$
臣子の礼　⑤325$_{13}$
臣氏に終る　②305$_{13}$
臣宗を滅す　③231$_1$
臣曹司　④293$_1$
臣たち　②143$_3$　④173$_{15}$
臣達　⑤427$_{16}$
臣と為る道　④365$_{13}$
臣として義しからず　③213$_{15}$
臣と称し　④423$_{13}$
臣と成さむ　④87$_{10}$
臣等　①141$_5$　②9$_{11}$　③85$_{12}$, 87$_2$, 197$_2$, 265$_9$　④257$_{6・12}$, 311$_{16}$, 333$_{12}$, 457$_{2-3}$　⑤19$_2$, 177$_5$, 181$_{12}$
臣ながら　④373$_{11}$
臣ならず　②445$_1$
臣の三位　①173$_1$
臣の姓　②305$_7$　③325$_7$
臣の名　③133$_8$
臣の力　②293$_3$
臣服　②73$_{14}$
臣ら　②147$_{14}$　④81$_{11・15}$, 83$_1$, 283$_{15}$, 285$_{4・13}$, 353$_{10}$, 365$_{15}$, 439$_7$　⑤73$_{13・15}$, 91$_{14}$, 95$_5$, 97$_{1・15}$, 115$_7$, 135$_{2・12・16}$, 157$_5$, 203$_2$, 239$_5$, 271$_5$, 309$_6$, 333$_{16}$, 429$_3$, 433$_9$, 435$_{7・10}$, 479$_3$, 509$_{7・9}$
臣を以て君とすることは未だ有らず　④255$_{16}$
臣を改む　⑤387$_{10}$
臣を知るは君に若くは莫し　③179$_2$
身　①147$_5$, 173$_{12}$, 209$_{13}$, 225$_{15}$　②89$_6$, 167$_6$, 221$_3$, 249$_{12}$, 289$_{16}$, 307$_{14}$, 409$_9$　③177$_9$, 253$_{15}$, 361$_{16}$, 403$_{14}$　④439$_3$　⑤103$_7$, 273$_{10}$
身既に亡す　⑤43$_5$
身薨す　②229$_3$
身才の能不　③63$_9$
身材強幹　①79$_{15}$
身殺さる　②371$_8$
身死　④163$_{14}$　⑤297$_3$
身死去れる者　②97$_8$
身終ふるまで　②117$_{16}$　④163$_{12}$
身衰ふ　④389$_{13}$
身早く亡す　③251$_9$
身卒す　②173$_{15}$
身体安からず　⑤177$_8$
身体に労有り　②323$_{14}$
身退く　④21$_1$
身に官位無き者　①79$_{13}$
身に止む　①67$_5$
身に七位を有つ　①157$_{15}$, 227$_8$
身に随ふ　④181$_5$
身に帯ぶ　④421$_3$
身に纏ふ　④317$_3$
身に病あり　⑤103$_9$
身の才　②289$_{15}$
身の才勇健なる者　③175$_{13}$
身の終に至るまで　④175$_7$
身の装を備へしめ　⑤273$_{12}$
身の庸　⑤135$_{10}$
身は二つに在れ　④255$_5$
身病　⑤41$_{16}$
身亡す　③117$_2$
身歿す　⑤493$_{14}$
身無し　③393$_8$
身命を顧みず　④463$_{11}$
身命を惜まず　④63$_{11}$
身命を保つ　②363$_{16}$
身も安けむ　④261$_{14}$
身も敢へずある　④139$_8$
身も滅びぬる物そ　④259$_{13}$
身労す　⑤173$_2$
身を傮む　③321$_{10}$
身を以て免る　⑤87$_{14}$
身を掩ふに足れり　②11$_5$
身を改めて猶作らむ　③279$_6$
身を許す　④81$_{12}$
身を禁む　⑤415$_9$
身を乞ふ　⑤199$_5$, 323$_5$, 447$_{14}$
身を殺すことを難しとせず　③343$_{10}$
身を終ふるまで　①215$_{14}$, 219$_1$, 223$_{16}$　②99$_{11}$,

しん（申・臣・身）

210

143_{11}, 297_9 ③$79_8$ ④$361_3$ ⑤$171_2$, 395_{12}
身を終ふるまで極り罔し ③$249_{14}$
身を終ふるまで事勿からしむ ②$53_6$, 376
身を終へしむ ②$35_3$ ④$375_4$, 395_{12}
身を潤す ①$179_{14}$ ⑤$365_{13}$
身を捕ふ ⑤$47_{12}$
身を没む ②$75_{13}$
身を滅す ②$371_{16}$ ④$261_{11}$
身を容るる処無し ④$317_6$
身を立つ ①$181_4$ ⑤$195_2$, 367_5
辛 ④$291_2$
辛勤 ①$69_{12}$
辛苦 ①$103_{15}$, 147_{13} ②$7_8$, 171_5, 169_3 ③$165_{13}$, 169_3, 235_4
辛巳年(天武天皇十年) ⑤$487_{10}$
辛小床(男床) ③$267_{13}$, 291_7 →広田連小床
辰 ④$457_{15}$
辰尓(王辰爾) ⑤$471_{5 \cdot 8 \cdot 13}$
辰星 ②$293_6$
辰孫王 ⑤$469_{15}$
辰孫王の長子 ⑤$471_3$
辰年(天平十二年) ③$97_8$
辰(の)時 ②$387_{13}$ ⑤$481_{12}$
侵漁 ②$57_{12}$ ⑤$307_6$, 365_{13}
侵漁の徒 ⑤$267_6$
侵く免す ②$117_1$
侵し驚かす ⑤$165_1$
侵し擾す ②$433_5$ ⑤$143_{15}$, 145_4, 167_5
侵し損ふ ②$353_{13}$ ④$251_4$
侵し奪ふ ②$239_4$
侵し掠む ⑤$195_{11}$
侵す ④$437_{11}$, 463_{11}
侵損 ⑤$127_9$
侵蛑 ①$225_{16}$
侵没 ①$181_6$
侵掠 ④$439_8$
信 ②$229_{14}$ ③$321_{15}$
信覚嶋 ①$219_{15}$, 221_5
信覚嶋の人 ①$219_{15}$
信し難し ③$299_7$
信受 ④$15_{13}$
信重 ③$163_3$
信す ④$451_{10}$
信すべからず ②$317_{14}$
信成 ①$45_{10-11}$ →高金蔵
信太郡(常陸国) ②$131_7$ ⑤$377_4$, 483_{14}
信太郡(常陸国)大領 ⑤$377_4$, 483_{14}
信太(志太)郡(陸奥国) ①$115_1$ ⑤$441_{13}$
信太連 ②$131_8$

信任 ⑤$101_4$
信濃員外介 ④$249_{11}$, 319_{11}
信濃介 ③$373_6$ ④$167_8$, 209_{13} ⑤$361_{10}$, 451_6, 457_{12}
信濃国 ①$49_3$, 55_6, 67_{15}, 77_{14-15}, 103_1, 149_1, 161_7, 175_{14}, 199_4, 203_3 ②$29_8$, 57_6, 337_6 ③$407_{10}$, 429_9 ④$203_3$, 205_{10}, 367_3, 369_{13}, 453_{15} ⑤$429_{15}$
信濃国守 ③$207_8$
信濃国に并す ②$245_9$
信濃国の士 ①$153_{12}$
信濃国の百姓 ②$191_5$, 23_{16}
信濃国の民 ①$217_{10}$
信濃国より以東 ⑤$463_1$
信濃国より以来 ②$33_5$
信濃国を割く ②$101_3$
信濃守 ①$135_6$, 217_{13} ②$245_{12}$ ③$31_9$, 49_3, 211_{15} ④$79$, 39_8, 129_7, 251_9, 369_{16}, 389_4, 391_1, 427_9 ⑤$61_3$, 71_{11}, 191_{10}, 295_{12}, 321_{11}, 377_3, 457_{11}, 459_{12}
信夫郡(陸奥国・石背国) ②$45_9$
信夫郡の人 ④$233_{10}$, $235_{7 \cdot 9}$
信部卿 ③$341_{14}$, 399_{13}, 405_{14}, 417_2 ④$113_{15}$
信部少輔 ③$345_{16}$, 389_4, 401_5, 421_4
信部省 ③$285_{14}$ →中務省
信部大輔 ③$345_{15}$, 401_7, 413_4, 429_{13} ⑤$447_9$
信風を得ず ⑤$17_{16}$
信風を得る ⑤$81_1$
信物 ②$195_4$, 237_{15-16}, 241_1 ③$131_{16}$, 141_8, 307_1 ④$367_2$, 369_5 ⑤$87_{10}$, 93_{13}, 95_{14}
信物と称し ④$423_{14}$
信無し ③$365_4$
信有り ③$285_{14}$
信用 ⑤$139_{13}$
信を得たる者 ②$229_{15}$
津軽津司 ②$67_4$
津済 ①$25_{15}$
津史 ③$287_{15}$
津史主治麻呂 ②$119_{9-10}$, 127_6
津史秋主 ③$53_4$, $287_{14 \cdot 16}$ →津連秋主
津史馬人 ③$29_3$
津守王¹ ①$149_{14}$
津守王² ④$345_{11}$
津守宿祢国麻呂 ⑤$79_2$
津守宿祢真常 ⑤$133_{11}$
津守宿祢真宗 ④$75_6$
津守宿祢夜須売 ④$277_9$
津守部 ④$293_7$
津守連(道) ①$207_{13}$, 217_{14} ②$87_6$, 127_{16}, 155_{13}

しん(身・辛・辰・侵・信・津)

続日本紀索引

津宿禰　⑤489$_9$
津朝臣　⑤473$_4$
津嶋　⇨対馬嶋
津嶋朝臣家虫　③55$_1$
津嶋朝臣家道　②197$_6$, 205$_5$, 245$_1$
津嶋朝臣堅石〔対馬連堅石〕　①129$_{15}$
津嶋朝臣小松　③129$_{10}$ ④447$_7$
津嶋朝臣真鎌　①207$_{12}$, 217$_{12}$
津嶋朝臣雄子　③95$_6$
津連　③289$_1$ ④277$_{14}$ ⑤471$_6$, 473$_4$, 489$_{2-3}$
津連吉道　⑤489$_8$
津連巨津雄　⑤489$_9$
津連巨津雄の兄弟姉妹　⑤489$_9$
津連秋主〔津史秋主〕　③335$_{14}$, 431$_3$ ④25$_6$, 35$_7$, 51$_4$, 67$_{11}$, 119$_{14}$, 407$_{13}$, 415$_{11}$
津連真道　⑤259$_5$, 271$_{13}$, 293$_{11}$, 307$_{15}$, 353$_{14}$, 355$_5$, 397$_{11}$, 407$_3$, 417$_{10}$, 423$_2$, 443$_5$, 459$_1$, 469$_8$, 473$_3$ →菅野朝臣真道
津連真道が本系　⑤469$_8$
津連真道らが先祖　⑤473$_2$
津連真麻呂　④41$_{13}$, 159$_8$, 273$_{8-9}$
神　③153$_{10}$, 269$_{12}$ ④103$_{14}$
神依田公名代　④223$_{13}$
神威　①61$_3$
神異　③225$_6$ ④131$_{16}$
神叡(人名)　②31$_7$, 63$_6$, 227$_6$, 447$_{14}$
神王　④151$_{10}$, 323$_{13}$, 339$_5$, 429$_4$ ⑤19$_5$, 51$_1$, 133$_{11}$, 293$_6$, 329$_6$, 357$_6$, 375$_7$, 449$_{12}$, 453$_{11}$, 457$_{10}$, 463$_6$
神王の女　⑤499$_{10}$
神王の第　⑤499$_9$
神からし(歌謡)　②421$_{11}$
神下(摂津国)　⑤315$_{11}$
神化の丹青　③273$_{11}$
神火　③437$_{11}$
神家の地　②227$_8$
神我　③97$_{10}$
神賀事(神賀辞)　②94, 139$_1$ ③113$_1$ →神吉事, 神斎賀事, 神事^1, 神寿詞
神官　③277$_4$
神願　④117$_{13}$
神埼(神前)郡(近江国)　②443$_7$ ③255$_5$
神埼郡大領　②443$_7$
神亀　③21$_1$
神亀元年　②141$_{14}$ ③353$_7$ ④105$_7$, 207$_1$
神亀元年二月四日の勅　④147$_{13}$
神亀五年　③353$_9$
神亀五年八月九日の格　⑤97$_9$
神亀五年八月九日の格に　④121$_9$

しん (津・神)

神亀三年より已前　②219$_7$
神亀四年　④371$_8$, 411$_{13}$
神亀二年九月廿三日　②163$_7$
神亀二年六月三十日　②169$_{11}$
神亀の二字　②141$_{13}$
神亀は天下の宝なり　④215$_{11}$
神亀六年　②217$_{12}$
神器　①235$_7$ ②185$_5$ ④377$_2$
神祇　①97$_5$, 105$_{11}$ ②23$_5$, 119$_{15}$, 293$_{10}$, 321$_{11}$, 323$_{14}$ ③415$_{15}$ ④163$_3$, 299$_{14}$ ⑤13$_1$
神祇員外少史　④293$_{14}$
神祇官　①77$_{12}$, 145$_9$ ②55$_{12}$, 75$_4$, 211$_{13}$, 237$_4$ ④245$_4$, 357$_{14}$ ⑤129$_1$, 245$_{14}$, 411$_9$, 483$_2$
神祇官記　①103$_2$ ③169$_6$
神祇官人　①15$_1$
神祇官奏　②243$_6$
神祇官大副　①141$_3$
神祇官に奉る　④101$_{14}$
神祇官の屋　③235$_{16}$
神祇官の人　③295$_{10}$
神祇官の曹司　②235$_{15}$ ③169$_6$ ⑤469$_3$
神祇少副　③77$_2$, 331$_{10}$, 415$_{11}$ ⑤375$_{13}$, 507$_5$
神祇大副　②9$_4$, 333$_{10}$, 427$_{11}$ ③43$_{12}$, 77$_1$, 91$_5$, 141$_{12}$, 143$_{11}$, 331$_{10}$, 415$_{10}$ ④191$_{15}$, 377$_{10}$ ⑤49$_6$, 187$_{13}$, 275$_6$, 323$_9$, 383$_8$, 411$_5$, 429$_{13}$, 445$_9$, 493$_4$
神祇大祐　⑤293$_1$
神祇の社の内　②161$_8$
神祇の祐　②185$_4$
神祇伯　①133$_1$, 169$_{10}$ ②263$_5$, 341$_3$, 395$_4$ ③129$_{14}$, 191$_{11\cdot16}$, 221$_7$, 285$_5$, 323$_{11}$, 413$_{3\cdot11}$, 417$_1$ ④101$_{13}$, 191$_{14}$ ⑤27$_{11}$, 49$_{12}$, 251$_7$, 297$_{11}$, 329$_5$, 337$_5$, 365$_4$, 371$_{15}$, 411$_{6\cdot9}$, 413$_{14}$, 419$_4$, 421$_{14}$, 507$_4$
神礒部国麻呂　③109$_{10}$
神吉事　⑤323$_2$, 363$_{11}$ →神賀事
神宮　②389$_3$ ③97$_1$
神宮　⇨伊勢大神宮
神宮司　④135$_2$ ⑤19$_{11}$
神牛の教　⑤331$_{11}$
神御の物　①57$_{12}$
神郷　⑤451$_{12}$
神郡　⑤129$_2$, 219$_2$
神郡二郡の司　④175$_3$
神験　①25$_3$
神戸　③291$_6$ ④47$_7$, 117$_{15-16}$
神戸に編る　⑤167$_4$
神戸の籍帳　②133$_7$
神戸の調　①59$_9$

212

続日本紀索引

神戸の庸調　②$237_9$
神語　④$245_3$
神護景雲元年　④$175_{10}$, 207_4, 409_1
神護景雲元年七月十日　④$171_{16}$
神護景雲元年七月廿三日　④$173_1$
神護景雲元年六月十七日　④$171_{14}$
神護景雲元年六月十六日　④$171_{10}$
神護景雲三年　④$285_{11}$, 395_5　⑤$43_4$
神護景雲三年三月廿八日の昧爽より以前　④$235_{14}$
神護景雲四年　④$313_8$
神護景雲四年六月一日の昧爽より以前　④$287_3$
神護景雲と改元す　④$171_8$
神護景雲二年　④$177_1$, 267_5　⑤$117_{15}$, 199_{12}, 347_{15}, 411_{10}
神護中　⑤$231_4$
神護の初　④$129_2$
神功　④$417_2$
神功開宝　④$91_{12}$
神功皇后　③$123_{10}$
神功皇后摂政の年　④$469_{12}$
神功皇后の御世　⑤$205_{15}$
神今食　⑤$469_3$
神災　⑤$373_{14}$
神斎　②$213_1$
神斎賀事　③$103_5$　→神賀事
神司　⑤$167_4$
神祉　②$167_4$
神事¹　④$153_{15}$, 189_{13}　→神賀事(神賀辞)
神事²　①$57_{13}$
神事に供る　①$13_4$
神識　①$199_7$　②$3_6$
神社　①$95_{16}$　②$277_{15}$, 333_2, 419_9　③$11_{10}$, 17_6, 283_2　④$213_{12}$, 453_7　→社
神社忌寸河内　①$159_9$
神社女王　②$275_9$, 443_2, 131_7
神社を修造らしむ　④$101_{10}$
神社を造らしむ　②$333_2$
神主　③$81_{13}$, 129_6, 363_9
神主礒尋(礒守)　⑤$179_{15}$
神主首名　③$75_{14}$, 129_7, 349_6　④$177_4$
神主忍人　④$177_5$
神主枚人　③$349_7$
神寿詞　④$355_{10}$　→神賀事
神呪を持つ　②$27_{12}$
神祝　①$63_2$　⑤$395_{10}$
神楯を立つ　②$157_{11}$
神真人土生　⇒美和真人土生
神人為奈麻呂　⑤$321_2$

神人公五百成　④$213_4$
神人公人足　④$213_4$
神人大(人名)　①$57_{16}$
神積り坐す　③$215_7$
神宣　②$333_6$　③$153_{12}$
神睦　④$161_{12}$, 407_{16}　⑤$167_{3\cdot5}$, 401_3
神前王¹　②$329_7$, 333_{14}, 367_4　→甘南備真人神前
神前王²　④$53_4$
神前連　②$151_9$
神掃石公久比麻呂　④$213_4$
神造の新嶋　④$125_4$
神虫　③$225_5$
神田　③$153_{12}$
神奴　②$91_6$
神奴意支奈　①$107_9$
神奴(姓)　⑤$99_{10}$
神奴百継　⑤$99_8$
神奴百継の祖父　⑤$99_8$
神稲　①$39_7$
神道　⑤$247_3$
神ながら思しめさく　①$5_5$
神ながら知らしめす　⑤$177_{13}$
神ながら念し行さく　①$127_7$　②$215_{13}$　③$85_4$, 263_6
神ながら念し行す　①$123_5$, 127_{13}　②$143_7$　③$263_9$
神ながら念し坐さく　③$87_4$
神ながら念し坐す　②$143_2$
神ながらも思し坐して　②$419_{15}$
神ながらも念し行さく　③$67_4$
神ながらも念し行す　①$141_{11}$　③$217_9$　④$383_{10}$
神ながらも念し坐して　③$69_5$
神ながらも念し坐す　③$69_{15}$
神に由らず　⑤$373_{12}$
神の咎を貽せる　⑧$81_3$
神の教　③$249_9$　④$293_{16}$
神の験　⑤$239_2$
神の戸　④$463_9$
神の祭　①$211_3$
神の楯桙　③$355_7$
神の租　⑤$475_{14}$
神の稲　⑤$125_{16}$, 465_{10}
神の封　③$227_6$　④$197_6$
神の封戸　④$181_7$, 197_5
神の封租　⑤$169_{15}$
神の力　⑤$167_9$
神は神を襲ぬ　③$273_7$
神馬　①$55_9$, $79_{3\cdot6}$　②$253_{10\cdot15}$, 255_1, 337_6,

しん（神）

213

続日本紀索引

しん（神・宸・晋・疹・真・秦）

神 351₂・₄-₆ ④215₁₅-₁₆, 217₁
神馬は河の精なり ②253₁₆
神馬を献りし国司 ①79₆
神馬を出せる郡 ①79₅
神武 ④271₇
神部 ①91₁₄ ②139₁ ④25₈
神服 ②231₃-₅
神服宿禰毛人女〔神服連毛人女〕 ④341₁₄ ⑤213₁₁
神服連毛人女 ④321₃ →神服宿禰毛人女
神宝 ②341₄-₅
神本駅家（淡路国） ④199₉
神麻加牟陀君児首 ①43₅
神麻続宿禰 ④231₁₃
神麻続宿禰広目女〔神麻続連広目〕 ④269₁₃
神麻続宿禰足麻呂〔神麻続連足麻呂〕 ④269₁₃
神麻続連 ④269₁₄
神麻続連広目 ④231₁₂ →神麻続宿禰広目女
神麻続連子老 ④231₁₁
神麻続連足麻呂 ④231₁₁ →神麻続宿禰足麻呂
神名 ①103₂
神命 ④411₁₂ ③153₁₀
神明 ②371₂ ③181₄
神明の標す所 ③181₇
神野郡（伊豫国） ③251₄ ④117₁₅
神野郡の人 ④201₄
神野真人浄主 ⑤239₁₅
神野真人真依女 ⑤239₁₅
神有り ⑤83₁
神力 ②377₁₆ ⑤341₁
神霊 ②377₁₅ ④61₁₃
神魯岐（神魯棄・神魯弃）命 ②139₁₂ ③85₂, 215₇, 263₄
神魯美（神魯弥）命 ②139₁₂ ③85₂, 215₇, 263₄
神を敬ふ ②161₇
神を将ちて仁を合す ③245₁₃
神を暢ぶ ③269₇
神を遊ばす ③271₅
宸幄に浮く ③271₇
宸輝 ⑤33₂
晋書 ④265₅
疹疾 ②77₄, 219₅ ⑤463₄
疹疾の徒 ②169₅ ③151₄, 159₄ ④383₆, 391₆
真偽 ③433₅
真弓（檀）山陵（大和国） ③155₁₂ ④93₁₂
真玉女（人名） ④15₄
真郡とす ⑤325₃

真朱 ①13₁₂
真如 ③237₁₃
真城史 ④455₄
真神宿禰真糸 ⑤279₁₂
真人 ②277₁₆, 305₁₃ ④201₉ ⑤239₁₆, 241₂
真人の姓 ⑤281₅
真粋 ③61₉
真筌 ④415₈
真俗 ②121₁₂
真嶋郡（美作国） ②193₈
真に帰す ③163₆
真の姓に非ず ①177₄
真髪部 ④293₇ ⑤325₁₆
真風を仰ぐ ②125₁₄
真妙の深理 ③239₅
真木山（伊賀国） ③7₇
真立王 ④25₅, 51₆, 283₁
真を示す ④141₃
秦下嶋麻呂 ④207₁₂
秦漢 ②63₁₁
秦忌寸波多気（石竹） ④41₁₂, 427₉ ⑤11₆
秦忌寸（伊美吉） ②53₁₄, 375₇ ③57₁₅ ④73₃, 145₈, 239₅, 271₂ ⑤413₂
秦忌寸箕造 ⑤23₂
秦忌寸公足 ④67₁
秦忌寸広庭 ①55₁₄
秦忌寸貲字 ④151₈, 165₁, 429₉
秦忌寸首麻呂 ③101₁₄
秦忌寸真成 ④177₁₂, 209₁₀, 297₁, 429₅
秦忌寸足国 ②165₁₆
秦忌寸足長 ⑤313₁, 351₇
秦忌寸大魚 ③31₁₅
秦忌寸大宅 ②275₁₀
秦忌寸智麻呂 ④41₁₀, 177₇, 179₅, 233₃
秦忌寸長足 ⑤287₁₂, 319₁₂
秦忌寸長野 ⑤23₁ →奈良忌寸長野
秦忌寸朝元〔秦朝元〕 ②245₅, 289₂, 333₁₂ ③214
秦忌寸弟麻呂 ④199₁₄
秦忌寸嶋麻呂〔秦公嶋麻呂〕 ③43₆, 45₁₁
秦忌寸馬長 ⑤315₁, 337₁₄
秦忌寸百足 ①77₂
秦犬麻呂 ②75₇・₁₅
秦原公 ④265₆
秦公嶋麻呂 ③91₄ →秦忌寸嶋麻呂
秦首伊豫麻呂 ④113₆-₇
秦首が女 ④113₆
秦女王 ③5₇, 419₁₂
秦勝古麻呂 ④145₈

続日本紀索引

秦勝倉下 ④265₆
秦神嶋(人名) ④239₅
秦人広立 ④239₅
秦人部武志麻呂 ⑤275₁₃
秦井手乙麻呂 ②425₅, 429₄
秦井手忌寸 ④239₄
秦(姓) ③59₁₄, 219₁₄
秦姓綱麻呂 ④271₂
秦前大魚 ②381₃, 401₆
秦倉人咋主 ④271₂
秦造子嶋 ⑤307₁₄, 457₂
秦大兄 ①11₂
秦大麻呂 ②289₁₁
秦長田三山 ④271₁
秦朝元 ②233₁₁, 53₁₄, 87₈ →秦忌寸朝元
秦刀良 ④277₁₁
秦毗登浄足 ④113₄₋₅₋₇
秦忩期(唐) ⑤93₁₃
秦部(姓) ③127₁ ②293₈
秦老(人名) ③57₁₅
針 ③295₈
針学 ③227₁₄
針経 ③237₄
針生 ③237₃, 277₅
晨昏怠らず ③283₇
晨夕 ⑤327₇
深遠 ⑤339₁₆
深奥に在り ⑤433₉
深き怨を犯す ③243₁₅
深き慈び ②109₆
深きに臨み薄きを履む ③231₁₃
深宮を離れず ①235₈
深く遠し ⑤473₂
深く懐ふ ③353₁
深く喜ぶ ④255₉
深く懼る ⑤483₉
深く思ふ ②321₁
深く入る ⑤433₂, 43₁₂₋₁₃
深刑に陥る ④23₉
深隍に納る ④61₉
深津郡(備後国) ②93₁₂
深仁 ④49₁₆ ③271₂, 273₁₂ ④131₁₁ ⑤125₇
深日行宮(和泉国) ④95₁₆
深日行宮の西の方 ④97₁
深緋 ①37₉
深縹 ①37₁₀
深理 ③239₅
深緑 ①37₁₀
進冠 ①37₅

進冠四階 ①374•10
進御ることを得ざらしむ ③257₈
進広参 ①7₈
進広肆 ①13₇
進し渡す ⑤13₁₀
進士 ②377₂ ⑤431₁₁
進士を募る ⑤145₇
進止を垂る ③407₁₅
進止を待つ ⑤153₂
進止を聴く ②149₁
進仕の途を用ゐる ④57₆
進上 ②359₁₀ ⑤111₆
進退 ①125₁₅ ②107₂, 133₁₁, 217₁, 219₉ ④29₈, 171₃, 267₆ ⑤133₁, 147₁₂, 427₄, 443₁₅
進退の礼 ⑤93₅
進退を知らず ④223₁₂
進大壱 ①7₇, 29₇, 35₅
進大参 ①35₆
進大肆 ①35₆
進大弐 ①29₈
進討せず ④443₉
進物 ④409₁₂
進まざりしことを責む ⑤209₁₆
進ましむ ⑤121₁₃
進まず ①25₆ ⑤425₁₃
進まむとすれば危きこと有り ⑤435₄
進み行かず ②377₁₃
進み赴く人 ④229₁₀
進みて ②307₁₃ ②299₃ ④265₇ ⑤265₁₁, 277₁₅, 405₆
進みて至る ②379₃
進みて奏す ⑤203₃
進みて到る ④93₁₄₋₁₅, 329₁₃
進みて入る ①173₁₀ ⑤147₉
進みては ②27₁₁ ③69₁₃
進み渡ること得ず ⑤431₈
進み入らず ⑤435₁₅
進み入る ⑤443₁₁
進み発つ ②269₁₂ ③139₈
進みも知らに ③69₁, 85₁₅, 265₅, 317₃ ④311₉, 323₇ ⑤181₈
進む ①49₁₂, 159₇, 211₉ ⑤433₁₄, 471₈, 505₇
進むも知らに ②143₁
進むる限に在らず ①129₉
進めつかはす ④33₂
進めて賜ふ ④183₈
進め用ゐ賜はむ ④33₃
進らしむ ①151₁₀, 199₁₂ ②225₁₄, 235₁₂, 345₈ ③291₁₄, 429₆ ⑤37₁₆, 113₃, 299₁₃

しん(秦・針・晨・深・進)

215

進らず ②235₂₋₃
進らぬ戸 ⑤107₁₂
進り訖る ④315₁₄
進り納む ④219₇
進り納むること得ず ④75₁₃
進る ①141₉, 155₄ ②39₄, 51₉, 115₁₁, 163₁₃, 195₉, 235₁, 253₁₅, 257₈, 287₁₁, 313₁₃, 331₁₅, 409₁₁ ③55₄, 75₅, 213₁₀, 299₉, 363₁₅, 433₆ ④45₁₁, 47₅, 77₁₁, 171₁₅, 283₆₋₇, 409₁₄・₁₆, 423₁₁, 459₄ ⑤21₆, 75₄, 121₁₄, 153₁₅, 171₉・₁₁, 199₇, 203₅, 253₁₀, 309₁₆, 313₃, 329₃, 355₁₀, 395₄, 413₉, 441₁₆, 507₁₀
進れる表 ⑤113₃
祲霧を払ふ ④289₁₄
軫悼を加ふ ⑤39₁₅
嗔 ③323₁
寝疾 ⑤77₇
寝膳 ②95₁ ③39₆, ⑤65₁₂, 475₄
寝膳安からず ②77₄, 303₃, 349₄ ③131₂, 257₆
寝膳穏にあらず ②323₁₅
寝膳宜しきに乖けり ③207₁₃
寝膳宜しきに乖へり ③155₆
寝膳常の如く ③143₁₅
寝膳に忘るること無し ②111₆
寝膳豫に乖へり ③81₄
寝膳和に乖けり ③351₅
寝殿 ③57₂, 159₈, 177₆ ④295₁
寝と食とを廃む ③223₉
寝ぬるを忘る ②363₁₃
寝病 ②199₁₁
寝を廃む ④405₉
寝を忘る ②271₅
慎むこと氷を履めるが如し ③221₁₅
斟酌 ②79₁₂, 189₁₃, 201₄
斟量 ②13₆
新意 ④423₁₄
新家駅（伊賀国） ①163₁₅
新家（女）王 ②275₁₀
新開 ②317₄
新格 ①197₄
新旧の銭 ⑤103₁
新旧両銭 ④387₅
新宮 ②395₉₋₁₀ ③369₁₁
新宮の正殿 ①55₂
新京 ①27₈ ②47₇, 405₂ ③3₅, 363₁₀
新京に遷れる状 ②385₈
新京の宮内に入る ③301₃
新京の諸の大小寺 ③363₈
新京の宅 ⑤301₁

新京の百姓 ①153₉
新号を施さず ⑤249₄
新歳 ⑤481₁₄
新しき印の様 ①41₁₀
新しき（歌謡） ②403₈
新しき格を停む ⑤115₇
新しき舎 ②427₃
新しき姓の栄 ⑤447₁₁
新しき政 ②225₆
新しき銭已に贍し ④387₁
新しき銭一を以て旧き銭十に当つ ④385₁₆
新しき銭の文 ③349₁₁
新しき道 ③319₁₄
新しき様 ③349₁₀ ⑤101₁₆, 501₁₂
新しき例を建つ ④121₁₄ ⑤97₁₂
新しきを競はしむ ③367₄
新しく造る ⑤493₁₅
新しく造れる寺 ③69₉
新司 ②291₂
新治行宮（和泉国） ④97₃
新治郡（常陸国） ④161₅, 213₁₆ ⑤483₁₅
新治郡大領 ④161₅ ⑤483₁₅
新治直子公 ④161₅
新治直大直 ⑤483₁₆
新修本草 ⑤385₇
新嘗 ④223₁₃ ⑤483₁
新嘗会の事を行ふ ③169₆
新嘗会を廃む ③169₅
新嘗の事を行ふ ⑤483₂
新嘗のなほらひ ②271₁₄
新嘗の豊楽を設く ④223₁₄
新城宮（大和国） ④439₅
新城の大宮（大和国） ④257₆
新城の大宮に天下治め給ひし中つ天皇（元正天皇） ④257₆
新城連 ②151₇
新城連吉足 ②355₈
新人 ②291₂・₄
新銭（新しき銭） ③363₉ ④21₄, 91₁₁, 99₅, 385₁₆
新銭（万年通宝）の一を旧銭の十に当て ③349₁₂
新撰陰陽書 ③237₅
新長忌寸 ⑤405₇
新田駅（上野国） ④353₅
新田郡（陸奥国） ⑤441₁₃
新田郡の人 ④235₈
新田柵（陸奥国） ③175₁₀
新田部皇女 ①19₁₁
新田部親王（新田部皇子） ①21₁₂, 77₅, 115₁₂,

しん（進・祲・軫・嗔・寝・慎・斟・新）

続日本紀索引

207_3　②$61_{8\cdot11\cdot15}$, 79_5, 143_{16}, 197_{14}, 205_8, 237_4, 251_{10}, $295_{5\cdot7\cdot9}$, 305_6　③$179_4$, 219_4
新田部親王の旧宅　③$433_8$
新田部親王の第　②$295_7$
新殿を造る　③$97_1$
新嶋　④$125_4$
新に成る　④$161_9$
新に遷る　②$397_{10}$
新に造る　⑤$95_{14}$
新に度す　⑤$269_{16}$
新に来る　③$253_{16}$
新任の国司　②$171_4$　③$289_8$
新美　④$49_{12}$
新福を蒙らしむべし　③$181_{14}$
新豊(唐)　③$297_{10}$
新薬師寺(香山薬師寺)　③$89_4$, 115_9
新薬師寺の印　④$349_9$
新薬師寺の西塔　⑤$125_5$
新邑　⑤$327_{11}$
新邑の嘉祥　⑤$333_{15}$
新様　②$235_9$　③$403_6$
新羅　①$9_2$, 31_7, 83_6, 87_{16}, 115_6, 203_5　②$313_9$　③$139_{13}$, 327_{16}, 363_{16}　④$179_{\cdot16}$, 275_{14}, 423_{12}　⑤$121_9$
新羅王　①$73_{16}$, 93_{14}　②$257_{10}$
新羅王子　③$121_{11}$
新羅が女　①$15_7$
新羅学語　②$359_{14}$
新羅郡(武蔵国)　③$283_4$
新羅郡の人　⑤$143_{12}$
新羅語を習はしむ　③$371_{15}$
新羅貢朝使　⑤$111_{12}$
新羅貢調使　①$91_6$　②$55_1$, 285_3
新羅貢調使大使　②$107_3$
新羅貢調使副使　②$107_4$
新羅国　①$65_{11}$, 219_9　②$17_8$, 287_9, 311_{15}　③$121_{12}$, $123_{1\cdot10}$, 363_{11}, 427_{10}　⑤$123_1$
新羅国王　①$93_{14\text{-}15}$, 107_{12}, 109_1, 149_{15}　②$59_3$　③$121_{12\text{-}13}$, 125_1, 363_{13}, 427_{13}, 429_3　④$275_{12}$, $277_{5\text{-}8}$　⑤$121_8$, $131_{9\text{-}10}$
新羅国使　①$69_7$, 151_1　④$421_{16}$　⑤$113_1$
新羅国の牒　④$19_1$
新羅使(新羅の使)　①$75_{\cdot8}$, 91, 31_9, 91_{10}, $93_{7\cdot10\text{-}11}$, $149_{5\cdot14\cdot16}$, $219_{1\cdot16}$, $223_{6\cdot8}$　②$133_{15}$, 135_1, 167_{16}, 169_1, 255_{13}, $257_{2\cdot6\cdot14}$, $287_{7\text{-}8}$, 339_3, 341_7, 405_1, 417_{13}, 419_5　③$123_9$, $139_{12\cdot16}$　④$17_2$, 269_{12}, 273_8, 275_{10}　⑤$111_3$, $121_{7\text{-}8}$, $123_{8\text{-}9\cdot12}$, 125_6, 131_8
新羅使少判官　⑤$123_{10}$

新羅使大通事　⑤$123_{11}$
新羅使大判官　⑤$123_{10}$
新羅使副使　①$7_6$　⑤$123_{10}$
新羅小使　①$33_{10}$
新羅入朝の由を問ふ使ら　④$423_{12}$
新羅の王子　③$119_{6\cdot8}$
新羅の客　①$69_6$
新羅の交関物　④$221_{11}$
新羅の貢物　①$9_{2\text{-}3}$
新羅(の)使人　②$59_2$, 257_{10}
新羅(の)人　①$71_1$, 233_2　②$271_{13}$　③$185_5$, 351_2, 377_{12}, 437_8　④$121_4$
新羅の僧　③$283_3$
新羅(の)大使　①$33_9$　④$277_8$
新羅(の)朝貢使　①$9_1$　⑤$93_2$
新羅の調を奉る　①$97_1$
新羅の蕃人　④$433_{11}$
新羅副使　②$133_{15}$
新羅邑久浦(備前国)　②$427_6$
新羅楽　②$247_6$, 289_9, 381_{11}
新羅楽生　②$247_8$
新羅を征つ　③$329_{11}$, 371_{15}
新羅を征む　④$415_{14}$
新羅を伐たむとす　③$321_4$
新羅を伐つべき状　③$327_{14}$
新来　⑤$481_9$
新律　①$53_6$
新良木舎姓県麻呂　③$377_{13}$
新良木舎姓前麻呂　④$437_9$
新令　①$37_1$, 39_9, $41_{7\cdot10}$, 57_{16}　③$187_5$
新令に依る　③$187_8$
新令を講く　①$47_{14}$
新を履む　③$307_1$
蓁原郡(遠江国)　②$273_2$　④$337_7$
蓁原郡主帳　④$337_7$
蓁原郡の人　②$273_2$　⑤$35_6$
賑給　①$71_2$　②$255_4$, 263_3, 267_6, 293_{12}, $323_{9\cdot11}$, 351_9　③$43_9$, 59_7, 61_7, $63_{4\text{-}5}$, 107_1, 349_{15}, $351_{1\text{-}2\cdot16}$, 353_1, $407_{2\text{-}3\cdot10\cdot12}$, 411_2, 413_1, $429_{4\cdot9\text{-}11}$, $433_{11\cdot14\text{-}16}$, $435_{1\cdot5\cdot11\cdot16}$, $437_{2\cdot8}$, 441_{15}, 443_4　④$5_6$, $95_{\cdot7\text{-}8\cdot10\cdot12}$, $115_{\cdot10}$, $191_{0\cdot12}$, $75_{4\text{-}15}$, $79_{12\text{-}13}$, $81_{3\text{-}4\cdot9\text{-}10}$, $83_{6\cdot8}$, $85_{3\text{-}5}$, 117_{14}, 125_6, 131_5, 133_7, 143_{11}, $153_{4\cdot16}$, 155_1, 177_{10}, 211_1, 235_{12}, 273_{14}, 281_6, 287_{12}, $289_{1\cdot4\cdot7}$, 291_8, 329_{11}, 383_{15}, 387_{16}, 401_9, 403_8, $405_{5\text{-}6}$, $421_{11\cdot14\text{-}15}$, $429_{12\text{-}13}$, 431_5, $433_{2\cdot6\cdot8}$, $435_{3\text{-}4\cdot9\text{-}16}$, 447_{12}, 451_7, 453_{16}, 455_6　⑤$33_4$, $43_{8\cdot11}$, 101_{11}, 139_7, 145_1, 171_{10}, 233_{13}, 241_2, 303_6, $331_{3\cdot5}$, 351_5, 425_{12}, 429_{10}, 439_2, $441_{5\text{-}6}$, 459_5, 461_{12}, $467_{7\cdot9}$, 499_{14}

しん(新・蓁・賑)

217

続日本紀索引

→賑恤
賑給を加ふ ①$165_5$ ②$259_6$, 267_{13}, 321_{16} ④$391_6$ ⑤$65_8$, 347_{11}
賑恤(振恤) ①$49_9$, 77_{16}, 79_9, 91_5, 93_9, 97_{13}, $104_{4・14}$, 123_{15}, 125_9, 139_{11}, 147_{15}, 177_9, 197_{11} ②$59_{13}$, 169_6, 269_3, 321_7 ③$45_{10}$, 59_6 ⑤$101_{14}$, 485_2
⇒賑給
賑恤の恵 ②$115_6$
賑恤を加ふ ①$79_{1・4}$, 83_1, 89_{10}, 113_6, 163_3, 215_{16} ②$5_2$, 37_7, 51_6, 77_9, 183_9, 291_9, 297_{11}, 303_8, 337_{10}, 349_8, 441_{11} ③$15_{15}$, 43_1, 117_8, 135_{11}, 153_3, 155_{10}, 159_1, 185_5, 245_{16}, 351_{15} ④$71_6$, 73_2, 125_5, 403_{10} ⑤$171_2$, 245_{10}, 353_{12}, 391_6, 395_{14}, 425_7, 463_4, 475_3
賑瞻 ⑤$383_8$
賑貸 ①$113_{16}$, 179_{12}, 227_8, 229_5 ②$267_5$
賑貸を加ふ ②$175_3$, 273_{14}
賑む ④$405_4$
審に訪ふ ⑤$195_3$
審らかに録す ②$259_4$, 321_{13}
震極 ①$233_{16}$
震死 ⑤$243_{13}$
震(地震) ②$85_7$ ③$19_{16}$, 105_{15}, 125_{14} ⑤$69_5$, 481_{12}
震動 ④$125_5$
震に出で乾に登る ③$269_5$
震ひ動く ④$411_{11}$
震ふ ②$305_{14}$
震(落雷) ①$57_9$, 59_6 ②$235_{16}$ ④$145_{15}$, 381_{14} ⑤$17_7$, 35_5, 43_{11}
薪 ②$331_{14}$
薪草 ⑤$135_{11}$
親王 ①$37_2$, 39_9, 51_{12}, 57_{11}, 79_6, 91_8, 95_4, 119_{13}, 121_{14}, 127_4 ②$65_9$, 91_{16}, $137_{3・5}$, 139_{11}, 141_2, 163_{12}, 217_{15}, 225_{10}, 227_7, 251_4, 425_{12} ③$67_1$, 177_7, 215_6, 263_3, 265_2, $315_{5・10}$, 317_6 ④$103_9$, 241_2, $311_{5・16}$, 323_5, 327_9, 399_{13} ⑤$179_7$, 181_4
親王已下 ①$51_4$, 41_{16}, 65_5, 109_{16}, 113_5, 175_{15} ②$31_4$, 216_1, 203_3, 265_7 ④$355_{14}$ ⑤$303_{14}$
親王以下 ①$55_{13}$
親王たち ③$319_1$
親王たちを始めて ③$265_9$
親王と作す ④$323_{10}$
親王と称す ③$317_9$
親王等 ②$143_2$, 215_9, 221_{15} ③$85_{11}$, 87_1 ⑤$177_5$
親王等の子等 ②$421_{15}$
親王の位賜ふ ④$45_5$
親王の胤 ④$39_{11}$
親王の四品已上 ①$37_7$

親王の名は下し賜ふ ④$45_{15}$
親王の名は下す ④$45_{13}$
親王の名を削る ④$239_6$
親王の礼を降す ③$375_3$
親王を始めて ⑤$181_{12}$
親しきこと兄弟の如し ④$371_6$
親しく臨む ⑤$345_{10}$
親しむ ①$101_{11}$
親子の道を成さしむ ③$169_{12}$
親自 ②$371_{12}$ ⑤$391_7$
親情 ③$247_{11}$, 365_{10}
親仁 ②$189_7$
親尽の忌 ⑤$497_1$
親尽の祖を舎てて新に死ぬる者を諱む ⑤$495_{15}$
親世 ⑤$495_{16}$
親族 ①$27_5$ ②$73_{・9}$, 99_{10}, 369_{15}, 373_1 ④$305_4$
親党 ③$243_{14}$
親に視る ③$319_{14}$
親に事ふ ④$203_4$
親に対ふ ①$151_6$
親の為にとなり ③$317_5$
親の如し ①$219_4$
親の情 ③$199_{12}$
親の道 ②$31_{10}$
親びを顕す ②$309_2$
親夫を顧みず ②$123_4$
親母 ③$315_{10}$ ⑤$183_3$
親无し ③$131_6$
親ら祈る ⑤$403_{10}$
親ら至り ⑤$383_7$
親ら申さしむ ⑤$479_8$
親ら庭に来る ③$123_{14}$
親ら儀ふ ④$419_{10}$
親ら問ふ ③$351_{16}$
親ら来朝す ③$121_{14}$
親ら来る ③$125_1$
親ら率ゐる ⑤$61_{13}$, 119_{10}
親ら臨みて ①$167_7$ ②$11_1$, 319_{16}, 449_{11} ③$13_1$
親り覧る ②$91_4$
親を弃てて疎を挙ぐ ③$271_4$
親を貴ぶ ②$61_{13}$
親を思ふ ③$249_{14}$
親を親しむ ①$101_{11}$
親をも降す ③$283_8$
儭施 ②$449_{13}$ ③$157_{5・10}$
譜 ④$127_3$
人烟 ⑤$439_6$
人火 ⑤$373_{14}$

しん(賑・審・震・薪・親・儭・譜・人)

218

続日本紀索引

人家　②239$_4$　⑤305$_{10}$
人間　③351$_{11}$
人間を絶つ　③163$_5$
人置乏し　①181$_2$
人苦しむ　④123$_{10}$
人君　①231$_6$
人ごと　②303$_6$, 363$_4$, 379$_5$, 441$_3$, 449$_9$　③295$_9$,
　　371$_{13}$, 379$_3$, 381$_{14}$　④73$_3$, 95$_{13}$, 99$_{14・16}$, 101$_{1-2}$,
　　131$_4$, 153$_{10}$, 177$_7$, 225$_{11}$, 227$_{12}$, 247$_{12}$, 267$_{10}$,
　　291$_7$, 317$_{16}$, 337$_9$, 355$_{11}$, 357$_2$, 359$_4$, 391$_7$　⑤
　　391$_{4-5・10}$
人功によりて刻む　④385$_8$
人国　③65$_{10}$
人参　②359$_9$
人士　④89$_6$　⑤47$_8$
人子の懐を慰む　②111$_7$
人事　④161$_{16}$
人事を廃む　②335$_6$
人衆　②239$_{7・12}$
人庶を育ふ　⑤331$_{13}$
人少し　④123$_{11}$
人臣　④23$_9$
人臣の節を致す　②305$_{11}$
人臣の礼無し　③161$_5$
人神の心　④61$_{12}$
人人己がひきひき　④49$_3$
人数　③43$_{14}$, 117$_6$　⑤73$_5$, 79$_9$
人多し　④121$_{13}$
人畜　②235$_{16}$　⑤13$_3$, 65$_7$, 101$_{13}$
人稠く田少し　⑤135$_1$
人天合応　⑤127$_2$
人天の勝楽を受く　④263$_8$
人と成る　⑤169$_{11}$
人に依りて継ぎひろむる物に在り　④137$_5$
人に云ひ聞かしむる事得ず　④261$_5$
人に過ぐ　③163$_3$
人に君とある　⑤223$_1$
人に言告げらる　③219$_1$
人に告げ言はる　③213$_5$
人に随ふ　③205$_4$
人に代る　②387$_2$
人に通ゆ　③183$_7$
人に侮しめず　③69$_{12}$
人にもいざなはれず　④79$_2$
人に由て　④415$_6$
人の安く楽しからむ　②91$_7$
人の過を詰る　⑤407$_{12}$
人の見咎むべき事わざ　③197$_9$
人の好む所　②307$_6$

人の子　③317$_5$　⑤183$_2$
人の子の理　③263$_{12}$
人の師　②417$_4$
人の字を除く　①213$_{15}$
人の授くるに依りても得ず　④47$_{13}$
人の従ふべきもの無し　④43$_9$
人の情　②15$_5$　④125$_9$
人の心　③315$_7$
人の心定まること無し　③211$_3$
人(の)身ごと　①99$_{12-13}$　③329$_{15}$
人の善を成す　②247$_{15}$
人の祖　①123$_4$
人の奏して在るにも在らず　④253$_4$
人の聴を驚かす　⑤481$_{10}$
人の念ひて在る　④103$_{14}$
人の命を亡ふ　④131$_{10}$
人の憂　③205$_{14}$
人の与へぬ所　③323$_2$
人能く道を弘む　①25$_1$
人は親在りて成る物に在り　④105$_3$
人・馬　②193$_9$　④275$_7$
人馬　②317$_6$, 375$_{14}$　④353$_{11}$　⑤161$_6$
人馬疲る　①205$_3$
人夫　①147$_{11}$　②116$_7$, 117$_{10}$
人夫を益す　④275$_2$
人阜かに　②327$_{16}$
人・物　①173$_{16}$　④265$_1$　⑤81$_3$
人物　①197$_{13}$　②253$_4$
人物多く附く　④427$_1$
人物を撫で　②431$_9$
人兵を足らす　③323$_{16}$
人兵を発す　②239$_{13}$
人別　①19$_2$, 123$_{15}$　②17$_{10}$　③61$_6$　④197$_{10・13}$
人乏し　④121$_{12}$
人望　③271$_{15}$, 361$_7$
人没む　④395$_{14}$, 397$_2$
人毎　①209$_{14}$　⑤115$_5$
人民　①81$_{12}$, 99$_{16}$, 109$_1$　②319$_5$, 363$_{14}$, 371$_1$,
　　417$_7$　③205$_{11}$
人民相食む　③425$_{16}$
人民に利あらず　②449$_1$
人民の男女　⑤333$_1$
人無(无)し　③11$_{14}$　⑤159$_6$
人も申し顕し　④261$_{11}$
人目賜はむ　④335$_6$
人有り　③367$_{12}$, 371$_5$
人より重きは莫し　⑤217$_2$
人欲すれば天必ず従ふ　③271$_{11}$
人楽しぶ　②387$_{16}$

しん（人）

219

続日本紀索引

しん（人・刃・仁・壬）

人倫の大期　①$69_{10}$
人倫の鎔範　①$103_4$
人をいざなふ　④$257_{11}$
人を以てす　②$319_{10}$
人を海に擲つ　③$439_{12}$
人を勧むる道　③$175_{11}$
人を簡ふ　③$321_6$
人を簡ふに如かず　③$321_6$
人を救ふ　③$151_6$
人を挙ぐ　②$47_9$
人を教へずして戦はしむ是れ棄つと謂ふ　①$171_8$
人を訓ふ　②$121_{16}$
人を済ふ　③$105_6$
人を殺す　③$379_4$　⑤$133_6$
人を聚む　③$387_6$
人を傷ふ　④$131_{11}$
人を傷れる　②$283_1$
人を存す　②$319_{10}$　④$451_2$
人を損ふ　⑤$39_{14}$
人を択ふ　④$389_{14}$
人を度し導く　④$137_{12}$
人を逼り悩ます　③$321_{16}$
人をもともなはず　④$79_2$
人を養ふ　②$387_2$
人を利す　③$311_6$　④$455_{15}$
人を労ふ　②$431_{16}$
刃　③$379_4$
仁　①$85_{10}$　②$101_9, 179_{16}, 229_{14}$　③$321_{12}$　④$455_{16}$　⑤$509_3$
仁あらず　③$385_7$
仁愛を先にす　②$101_9$
仁王　⑤$127_1$
仁王会を設く　③$347_{13}$　④$273_{13}, 383_{15}$
仁王経を講かしむ　③$219_2$
仁王経を講す　②$13_{14}$　③$45_8, 105_{11}, 129_{12}$
仁王経を講説す　③$45_8$
仁王経を転読せしむ　③$169_9$
仁王般若経を講く　②$23_7$
仁恩　⑤$465_5$
仁化滂流す　③$225_2$
仁岐河（河内国）　②$441_{16}$
仁宜に軫く　②$273_7$
仁義　①$103_5$　②$61_{10}, 75_{12}$
仁義礼智信の善　③$323_4$
仁恵无し　④$267_3$
仁后　⑤$167_{12}$
仁孝厚き王に在り　⑤$177_{13}$
仁孝は百行の基なり　⑤$177_{13}$

仁厚し　④$367_{10}$
仁慈　③$353_{11}$
仁慈に如（若）くは莫し　③$257_7$
仁寿　②$281_{15}$　③$223_9$　⑤$193_{13}$
仁寿群生に致す　③$245_{10}$
仁恕　②$431_9$　③$427_1$
仁恕の襟　③$393_{13}$
仁恕の典　①$115_6$
仁正皇太后（藤原朝臣光明子）　③$351_4, 355_9$
仁政に乖く　⑤$203_4$
仁迹　④$119_2$
仁徳　⑤$203_7$
仁徳天皇　②$225_3$　③$225_3$　⑤$471_{2-3}, 513_8$
仁に帰る　⑤$489_5$
仁に馴る　④$285_3$
仁に漏る　⑤$509_{10}$
仁部卿　③$393_2, 423_9$　④$15_6$
仁部少輔　③$313_8, 337_{15}, 347_{11}, 389_5, 429_{14}$
仁部省　③$287_1$　→民部省
仁部大輔　③$333_{14}, 389_5, 421_{10}$　④$51_2$
仁風　②$279_{11}$　④$417_5$
仁風に如（若）くは莫し　③$157_{12}$
仁を懐ふ　②$195_3$
仁を貴しとす　③$285_{16}$
仁を行ふ　②$163_5$　③$137_5$　④$445_7$
仁を施す　③$367_3$　④$397_{15}$
仁を覃す　①$107_{16}$
仁を得たる者　②$229_{14}$
壬寅の年　①$79_5$
壬申の功臣　①$7_4$
壬申の年　③$239_{12-13}, 241_{4\cdot 8-10}$
壬申の年（天武天皇元年）　③$239_{11}$
壬申の年の軍役　①$17_5$
壬申の年の功　①$11_{10}, 35_9, 41_6, 73_2, 97_7, 125_8, 163_{11}$　③$251_8$
壬申の年の功臣　①$43_1$　②$9_8$　④$143_{12}$
壬申の兵乱に属す　③$443_1$
壬生　③$73_{11}$
壬生公少広　②$213_2$
壬生広主　④$75_7$
壬生使主宇太麻呂（宇陀麻呂）　②$309_{14}$　③$29_4, 31_{13}, 105_{13}, 145_4$
壬生宿禰　④$157_6$
壬生宿禰小家主（少家主）〔壬生直小家主女・壬生連小家主〕　②$203_9$　⑤$15_3$
壬生真（直）根麻呂　④$199_{13}$
壬生直国依　②$147_6$
壬生直小家主女　③$371_7$　④$71_1$　→壬生連小家主　→壬生宿禰小家主

220

続日本紀索引

壬生美与曾　④75₇
壬生部　④293₉
壬生連小家主〔壬生直小家主女〕　④69₅, 157₆
　→壬生宿禰小家主
尽く出づ　③117₇
尽く備ふ　②281₂
尽く来る　⑤333₅
尽し竟へしむ　③83₆
尽るに垂りなむ　④367₁₂
甚恐　③315₁₆
甚深　②134, 81₁₅
衽　①191₂
陣列　①221₆
尋検を煩す　⑤159₇
尋ね検む　③117₁₆
尋ね思ふ　②309₃
尋ね念ふ　⑤203₁₀, 239₇

尋ね訪ふ　③141₉
尋ね問ふ　③311₁₂
尋ね要む　②113₉
尋問　②153₁₅
尋来津公開麻呂　③439₇
紙織を倩む　②5₉
靱大伴部継人　④235₁
靱大伴部弟虫　④235₂
稔むことを得　④75₁₀
稔らず　①83₉ ②263₁, 299₃ ③411₃, 439₇ ④61₉, 187₁₂ ⑤425₇
稔ること無し　⑤245₂
稔を失ふ　⑤475₁₂
塵穢を蒙る　②134
塵区を薩ふ　③239₄
塵労　⑤201₉
塵を遺す　①235₇

しん（壬・尽・甚・衽・陣・尋・紙・靱・稔・塵）

221

続日本紀索引

す

すーすい（須・諏・図・水・垂・炊・帥・祟）

須賀君古麻比留　②$7_5$
須機（須岐・須伎）国　②$21_7$, 157_{10}　③$93_{14}$, 295_5
　④$101_{12}$, 103_{11}, 355_5　⑤$211_{16}$
須機（須岐・須伎）国の国郡司　③$295_{10}$
須機（須岐・須伎）国の国司　③$95_4$　⑤$213_{14}$
須機（須岐・須伎）国の国守　④$101_{15}$
須機（須岐・須伎）国の厨　④$359_6$
須祢都斗王　⑤$309_7$
須祢都斗王の胤子　⑤$309_8$
須布呂比満麻呂　③$377_{13}$
須ゐる軍粮　⑤$149_{10}$
須ゐる所　②$105_3$　③$177_2$
須ゐる調度　②$117_{11}$
須ゐるもの（所）　②$325_5$　⑤$69_7$, 101_1, 117_{13}, 171_{15}
諏方国　②$101_{3\cdot16}$, 149_5
諏方国を廃む　②$245_9$
図　③$207_2$, 335_{10}
図勲の義　①$17_3$
図書助　④$205_{13}$, 249_5, 351_{10}, 425_3　⑤$49_{11}$, 407_3, 459_8
図書頭　②$245_{16}$, 273_8, 333_{12}, 427_{13}　③$91_2$　④$193_1$, 301_4, 425_2　⑤$49_{10}$, 63_2, 249_{10}, 423_2, 459_1, 469_7, 495_9
図書寮　③$287_6$　→内史局
図書寮の西北の地　④$43_9$
図書（寮）の蔵　③$203_4$
図籍　⑤$501_7$
図諜　②$135_{14}$　④$215_8$　⑤$327_7$, 335_7
図に叶ふ　①$131_{12}$
図負へる亀　②$217_6$
図る　⑤$163_{11}$
水　①$25_5$, 229_6　②$427_{10}$　③$153_2$　⑤$81_3$, 207_4
水異　③$311_3$
水溢る　⑤$101_{13}$
水海毗登清成　④$111_{12}$　→水海連浄成
水海連　④$111_{12}$
水海連浄成〔水海毗登清成〕　④$69_{10}$　⑤$25_{12}$
水旱　①$83_9$, 85_{10}　②$89_{12}$　③$281_6$, 437_{11}　④$91_3$, 49_{15}
水旱に備ふ　②$117_{10}$
水旱の備　⑤$341_7$
水旱の厄　③$281_{13}$
水行に備ふ　①$49_2$
水銀　①$199_{12}$　⑤$41_2$

水口に入らぬ　⑤$81_9$
水候に違ふ　⑤$17_{16}$
水児船瀬（播磨国）　⑤$449_4$, 511_{13}
水手　①$125_5$　③$387_{13}$, $395_{5\cdot10\cdot14}$, 411_{13}, 427_6, $443_{3\cdot6}$　④$285_9$　⑤$194$, 381_9
水手已上　①$133_{10}$　②$35_4$, 197_{12}, 359_{11}, 419_7
水主内親王　①$223_4$　②$311_5$, 327_7
水精の念珠　⑤$41_2$
水泉　③$13_7$
水沢の種　②$51_1$
水漲る　②$317_9$
水田　②$229_1$, 235_{15}, 391_4　③$51_2$, 433_8　⑤$369_5$, 435_6
水田を営むこと得ざれ　⑤$307_9$
水道　④$213_{11}$
水内郡（信濃国）　④$203_4$
水内郡の人　④$203_{4-5}$, 367_3
水難を避く　⑤$407_1$
水に害せらる　②$175_2$
水に随ふ　④$215_1$
水の精　②$35_{15}$
水乏し　⑤$403_6$
水無き苦を致す　③$437_{13}$
水有る処　③$141_6$　⑤$403_7$
水雄岡（山背国）　④$397_5$　⑤$347_7$
水雄造　③$377_6$
水陸　⑤$413_5$
水陸の便ある　⑤$391_8$
水陸万頃　⑤$439_3$
水陸両道　④$29_{15}$
水流れず　④$391_4$
水路を取る　②$439_4$
水潦　③$105_{16}$
水を汲む　①$171_1$
水を減す　②$259_1$
水を被る　②$441_{10}$
垂拱　①$141_1$
垂仁天皇　⑤$201_{14\cdot16}$, 203_5
垂仁天皇の皇后（日葉洲媛命）　⑤$201_{16}$
垂仁天皇の陵　①$225_2$
垂水王　③$111_8$
垂水王の甥　③$111_8$
垂水王の男　③$111_8$
垂水君　①$39_{10}$
垂水女王　②$267_{15}$　⑤$213_8$
垂典　⑤$483_8$
炊き曝す　⑤$145_3$
帥ゐる　②$97_7$, $315_{9\cdot15}$　⑤$297_8$, 299_2
祟　④$275_{4\cdot6}$, 381_{15}, 385_{12}　⑤$129_{1-2}$, 245_{16}

222

続日本紀索引

衰ふるに向ふ ④$367_{11}$
衰へ老ゆ ②$233_5$
衰邁 ⑤$477_{11}$
衰耄 ②$99_8$
衰耗 ①$199_6$
彗星月を守る ②$49_{11}$
彗星南の方に見る ④$397_4$
彗星北斗に入る ④$307_3$
推勘(推し勘ふ) ②$11_5$ ③$151_{11}$ ④$13_7$ ⑤$405_9$
推鞫 ⑤$347_{13}$
推検 ③$293_4$
推さるる所 ③$241_2$
推し仰かるる者 ⑤$297_2$
推し仰がる ④$415_2$
推し譲る ②$3_8$, 121_{12}
推譲 ②$47_8$
推せども居らず ③$273_{15}$
推断 ①$75_3$ ⑤$347_{14}$
推服 ②$407_3$
推問 ③$219_{14}$ ⑤$227_5$
推捏 ⑤$255_{16}$
酔乱 ③$247_9$
遂げまく欲す ④$317_{13}$
穂積親王 ①$63_{10}$, 73_9, 77_5, 89_{14}, 97_9, 139_{12}, 221_{11}, 231_{16}
穂積朝臣賀祐 ⑤$257_{14}$, 261_{14}, 301_9
穂積朝臣山守 ①$75_{13}$, 177_{13}
穂積朝臣小東人(少東人) ③$267_9$, 315_1 ④$7_2$, 65_5
穂積朝臣多理 ③$41_{10}$
穂積朝臣老 ①$65_8$, 145_{16}, 159_7, 197_{10} ②$21_{14}$, 25_6, 41_8, 47_5, 109_{9-10}, 365_6, 437_{12}
穂積朝臣老人 ②$331_1$, 335_2 ③$27_{12}$, 33_5
穂積部 ④$293_8$
誰しの奴 ③$197_4$
随近の国の民 ②$19_{13}$
随近の百姓 ⑤$65_{14}$
随従 ⑤$163_2$
随身 ⑤$225_{16}$
随身契 ③$341_{13}$
随身の兵 ③$191_6$ ④$225_{12}$ ⑤$151_{14}$
随身の兵を執る ⑤$151_8$
随ち至れば随ち附く ④$391_9$
随ち修へば随ち破る ⑤$153_{11}$
随ち附く ④$391_9$
随逐 ②$247_{14}$
随ひ住かしむ ③$333_4$
随ひて漂ふ ⑤$81_3$
瑞 ①$91_1$, 169_5 ④$175_{10}$, 225_{10} →祥瑞, 大瑞,

中瑞
瑞羽 ④$283_8$
瑞雲 ①$221_9$ ④$171_{14}$
瑞垣 ⑤$507_2$
瑞応図 ④$215_{13}$
瑞亀 ②$3_9$
瑞蚕 ③$273_9$
瑞式 ④$217_1$
瑞書 ④$173_3$
瑞図 ③$21_{10}$
瑞 ⇨嘉禾, 甘露, 奇しき藤, 慶(景)雲, 玄狐, 神亀, 神虫, 神馬, 瑞雲, 赤鳥, 赤雀, 地亀, 白鳥, 白燕, 白鴈, 白亀, 白鳩, 白狐, 白雀, 白雉, 白鷲, 白鹿, 木連理, 霊亀, 醴泉, 和銅
瑞鳥 ⑤$327_8$
瑞の字 ③$177_7$, 185_{12}
瑞の出でたる郡 ④$217_4$
瑞物 ④$283_{12}$
瑞宝 ①$127_{13}$
瑞有るに縁りて ⑤$333_6$
瑞を獲し僧 ①$55_{12}$
瑞を獲たる人 ①$15_{15}$, 91_1, 187_4 ②$54$, 255_6
瑞を慶ぶ ②$137_4$
瑞を献れる人 ③$227_7$
瑞を貢りし国郡司 ④$321_{10}$
瑞を貢る人 ③$249_{11}$
瑞を貢れる人 ②$337_{10}$
瑞を錫はる ⑤$249_2$
瑞を出す所の郡司 ④$285_{10}$
瑞を出せる郡 ①$55_{10}$, 187_4 ②$337_{11}$ ④$285_{12}$
瑞を出せる郡司 ⑤$505_7$
瑞を進める国司 ④$285_{10}$
枢機の政 ④$27_2$
枢要に参る ⑤$479_9$
崇敬に乖く ②$13_6$
崇道尽敬皇帝(舎人親王) ③$317_8$ ④$87_{14}$
崇徳の情に乖く ②$211_{15}$
崇表 ②$47_{16}$
崇ぶ ②$85_{13}$
崇ぶ所 ①$187_{10}$
崇福寺(近江国) ③$83_3$, 89_4, 167_{10} →志我山寺
崇福寺の印 ④$349_9$
崇法の師範 ③$231_{15}$
崇む ④$375_{14}$
崇め飾る ②$11_{16}$
崇めず ⑤$325_{11}$
嵩山忌寸 ⑤$299_{14}$

すい―すう (衰・彗・推・酔・遂・穂・誰・随・瑞・枢・崇・嵩)

続日本紀索引

すう―すん（数・菆・寸）

数 ①$203_{15-16}$ ②$59_{15}$, 301_{15} ③$29_6$, 383_{12}, 393_{15} ④$291_4$, 315_{13} ⑤$113_{11}$, 157_3, 479_7, 495_5, 497_3
数烟と為る ⑤$281_1$
数廻る ⑤$113_7$
数関 ④$279_5$
数月 ④$139_{15}$
数月を経 ④$199_3$ ⑤$65_{16}$
数歳の間 ⑤$269_{12}$
数寺を併す ②$13_6$
数旬を経 ⑤$147_{13}$
数少し ⑤$159_1$, 367_{13}, 435_2
数寔に繁し ④$431_1$
数職 ④$317_5$
数人重ねて奏し賜へ ③$197_6$
数姓に分る ③$255_{11}$
数多 ③$435_8$
数多し ③$437_{11}$ ⑤$367_{13}$
数朝に歴事す ⑤$359_{11}$, 411_{13}
数等しからず ③$43_{15}$
数に依りて ①$209_{16}$ ②$69_2$ ③$307_1$
数に過ぐ ②$275_2$
数に限り有り ⑤$273_{15}$
数に随ひて ④$117_{10}$
数日 ⑤$141_6$
数日を経ずして ①$231_9$
数年 ③$413_8$
数の官を帯する者 ②$23_{14}$
数の内 ③$395_6$ ④$293_2$
数輩 ④$43_8$
数繁し ③$379_1$
数有り ②$149_{11}$, 213_2 ③$17_{15}$ ⑤$115_{15}$, 135_7, 145_3, 463_2, 501_{13}
数粒 ③$441_5$ ④$225_9$
数を益す ④$271_4$
数を計る ②$227_{10・14}$
数を校ふ ④$13_3$
数を増す ⑤$495_6$
菆狗の設 ⑤$165_{13}$
寸 ①$209_{11}$, 233_7 ②$17_9$, 55_8, 117_3, 135_{12}, 213_{15} ③$17_{10}$ ④$281_{12}$

せ

是とす　④15$_1$
是に始まる　①19$_3$
是に託け彼に依りつつ　④257$_{12}$
是の位(太政大臣禅師)　④97$_{15}$
是の歳　②299$_3$
是の状知りて　④257$_{14}$
是の夕　⑤403$_{15}$
是の冬　⑤55$_1$
是の年(天平五年)　②273$_{14}$
是非　②253$_4$　③321$_{14}$
是より始まる　①222$_1$　②65$_7$, 83$_2$
井　④309$_{14}$
井於連　①119$_9$
井手宿禰　⑤389$_{14}$
井手少足　④239$_4$
井上駅(下総国)　④197$_{13}$
井上忌寸蜂麻呂　④269$_3$
井上忌寸麻呂　②425$_6$　③15$_8$
井上女王　②103$_4$　→井上内親王
井上(人名)　⑤279$_{15}$
井上直牛養　⑤341$_{16}$, 361$_8$
井上内親王〔井上女王〕　②183$_3$　③35$_8$, 41$_7$, 391$_{11}$, 415$_7$　④221$_{12}$, 309$_{14}$, 323$_{11}$, 327$_{10}$, 373$_7$, 383$_5$, 413$_{14-15}$, 451$_5$　⑤315$_5$, 59$_3$
井上内親王の御子　④327$_{10}$
井上内親王の墳　⑤53$_{15}$
井上内親王の名　④309$_{14}$
井の水　⑤55$_1$
井を穿つ　①25$_{15}$
世　①109$_1$　③283$_{14}$　④205$_{11}$, 451$_{10}$　⑤123$_1$, 201$_{15}$, 279$_7$, 359$_{10}$
世間　④137$_{11\cdot16}$
世間の栄福を蒙る　②263$_7$
世業を相伝ふる者　③329$_7$
世々に絶えず　③121$_{13}$, 123$_2$, 229$_{12}$, 239$_{10}$
世世　⑤121$_9$
世に行はれず　③325$_{14}$
世に行ふ　④91$_{12}$
世に君臨有り　④283$_{15}$
世に相伝ふ　③31$_6$
世に伝誦す　⑤201$_2$
世の諺　②89$_{10}$
世を以てこれを言ふ　⑤505$_3$
世を奕ぬ　③229$_{14}$
世を済ふ　③321$_{11}$　⑤135$_7$

世を卜ふ　①131$_7$
世を累ぬ　④335$_{13}$
正位　⑤221$_{12}$
正一位　①99$_{1-2}$　②81$_9$, 145$_4$, 321$_5$, 325$_3$, 331$_{10}$　③77$_5$, 101$_{14}$, 145$_8$, 157$_1$, 177$_1$, 339$_5$, 347$_7$, 353$_{3-4}$, 355$_{10}$, 361$_{4\cdot8}$, 403$_{10}$, 409$_4$　④11$_{13}$, 19$_{13}$, 81$_{13}$, 105$_6$, 113$_9$, 313$_{16}$, 325$_8$, 331$_3$　⑤277$_{10}$, 325$_{12}$, 337$_3$, 349$_8$, 405$_4$, 445$_7$, 453$_{2-3\cdot16}$, 483$_{10}$
正冠　①37$_5$
正冠六階　①37$_3$
正議　③277$_{13}$
正月　①7$_{13}$　②203$_{11}$
正月王　⇨牟都岐王
正月の悔過　③323$_{15}$
正五位下　①43$_{12}$, 51$_2$, 53$_{1\cdot15}$, 63$_{10}$, 71$_{10-11}$, 73$_{10\cdot12}$, 75$_5$, 79$_7$, 83$_2$, 87$_{15}$, 113$_{11}$, 115$_{14}$, 125$_6$, 133$_{8\cdot13}$, 135$_{1\cdot4\cdot6\cdot9}$, 145$_{14}$, 149$_2$, 153$_{5\cdot15}$, 157$_9$, 159$_7$, 165$_{6\cdot9\cdot14}$, 177$_{14}$, 197$_{7\cdot9}$, 199$_{15}$, 203$_6$, 207$_{8-9}$, 221$_{14-15}$, 223$_1$, 225$_{6-8}$　②11$_{12}$, 19$_1$, 216$_{13\cdot15}$, 25$_5$, 41$_{7-8}$, 43$_{4-6}$, 53$_{2\cdot4\cdot11}$, 57$_{7-8\cdot11}$, 65$_{11\cdot13}$, 83$_{13}$, 127$_{11\cdot13-14}$, 145$_{8-9\cdot11\cdot13}$, 159$_{10}$, 165$_{10-11\cdot13}$, 173$_{3-4}$, 177$_{10-11}$, 189$_{16}$, 197$_2$, 199$_8$, 205$_9$, 209$_{6-8}$, 221$_{6-7\cdot9}$, 231$_3$, 243$_{11-12}$, 245$_{11}$, 247$_2$, 263$_{5-7}$, 267$_{15}$, 273$_4$, 275$_{9-10}$, 295$_2$, 299$_{8-9}$, 311$_{7\cdot10}$, 327$_8$, 329$_{8-10}$, 343$_{11}$, 345$_4$, 347$_{5-7}$, 349$_1$, 361$_{4-5}$, 375$_{5-6}$, 379$_{9\cdot11}$, 391$_{12-13\cdot15}$, 395$_9$, 397$_5$, 403$_{15}$, 405$_{10}$, 423$_{9\cdot12\cdot14}$, 425$_1$, 429$_3$, 437$_{13}$, 439$_8$, 441$_{15}$, 443$_{11-12}$, 449$_{15}$　③12$_{1\cdot4}$, 7$_4$, 15$_{5\cdot8}$, 21$_8$, 23$_3$, 25$_{4\cdot9}$, 27$_{6-7}$, 33$_4$, 35$_{13}$, 41$_{1-3}$, 45$_{11}$, 49$_4$, 53$_{9\cdot11}$, 55$_6$, 75$_{3\cdot8}$, 79$_{14}$, 87$_{9-10}$, 89$_{7\cdot13}$, 91$_7$, 93$_2$, 95$_{1\cdot4\cdot7}$, 101$_{11}$, 109$_{6-7\cdot15-16}$, 111$_{6-7}$, 131$_9$, 137$_{10\cdot16}$, 143$_{1\cdot4\cdot11}$, 187$_{13\cdot16}$, 189$_{1\cdot4}$, 191$_{12}$, 195$_3$, 221$_3$, 267$_6$, 279$_2$, 313$_6$, 319$_{10\cdot13-14}$, 335$_6$, 339$_{10\cdot13}$, 341$_2$, 345$_7$, 355$_{4-7}$, 371$_6$, 379$_{15}$, 381$_{16}$, 383$_1$, 389$_{10}$, 395$_2$, 399$_9$, 417$_5$, 417$_{5-6}$, 419$_{4-5}$, 423$_{4\cdot7\cdot10}$, 431$_{2-3}$, 439$_9$　④3$_{8-9}$, 59$_{\cdot11}$, 7$_{1\cdot4}$, 11$_6$, 21$_{15}$, 23$_{16}$, 25$_2$, 35$_{6-7}$, 39$_{13-14}$, 51$_{1\cdot3-4}$, 53$_{9-10}$, 55$_1$, 63$_{16}$, 65$_{2\cdot4}$, 67$_{9\cdot11\cdot14}$, 69$_{1\cdot3}$, 95$_{10}$, 99$_{10}$, 103$_3$, 113$_{10}$, 117$_1$, 119$_{14}$, 131$_6$, 133$_{12}$, 143$_{3-4}$, 145$_{5\cdot7\cdot14}$, 151$_{11}$, 153$_5$, 155$_{10}$, 169$_4$, 175$_{16}$, 179$_1$, 183$_4$, 185$_{12}$, 187$_8$, 195$_5$, 199$_{1\cdot5}$, 203$_7$, 207$_{1\cdot6}$, 221$_4$, 231$_{2\cdot15}$, 237$_9$, 243$_8$, 249$_{4\cdot10}$, 267$_{2\cdot16}$, 269$_{5\cdot10}$, 273$_{15}$, 289$_3$, 291$_{10-11\cdot13}$, 295$_{10}$, 297$_{8-9}$, 315$_{2\cdot5-6}$, 319$_5$, 321$_{5\cdot8}$, 327$_{6-15}$, 339$_{3\cdot11}$, 341$_{1\cdot3-5}$, 343$_{11\cdot15}$, 345$_{14}$, 347$_4$, 351$_{4-5}$, 355$_3$, 357$_{2\cdot4\cdot6\cdot8}$, 359$_{1\cdot7-8}$, 363$_{9\cdot11}$, 365$_{4-6-7}$, 369$_{9\cdot12}$, 377$_{13\cdot15}$, 379$_{4-5}$, 389$_{6-7\cdot10}$, 393$_4$, 397$_{11}$, 399$_{4-5}$, 401$_7$, 413$_8$, 419$_{9\cdot11}$, 425$_{12-13}$, 439$_5$, 441$_7$, 447$_2$, 449$_{12}$, 455$_{4\cdot7}$, 457$_{11}$, 463$_{14}$　⑤37$_{\cdot10-11}$, 56$_{-7\cdot11-13}$,

せ—せい (是・井・世・正)

続日本紀索引

せい（正）

7_{15}, 11_5, 15_4, $23_{10\cdot13\cdot14}$, $25_{6\cdot8\cdot10}$, 27_{15}, 29_3, 31_5, $37_{11\cdot14}$, 41_9, 49_6, 51_6, 53_{8-9}, 57_{10}, 61_{13}, 63_{5-7}, 65_{10}, 67_{16}, 69_{10-11}, 71_{11}, $85_{13\cdot15-16}$, 87_1, 93_7, 97_6, 109_{10}, 111_{13-14}, 113_1, 123_{13-15}, 131_7, 137_{13}, 139_2, 147_5, 157_{15}, 165_{10}, 171_3, 173_{13}, 183_{15}, 185_1, 187_{14}, $189_{2\cdot6-7}$, 191_5, 207_{12}, $209_{1-2\cdot6\cdot10}$, 211_3, $213_{3-5\cdot11\cdot13}$, 215_{10}, $219_{4\cdot8}$, $231_{12\cdot14}$, $233_{2\cdot13}$, $241_{3\cdot10}$, $249_{11\cdot15}$, $251_{5\cdot9}$, 255_{14}, 257_{10}, 259_{11}, $261_{1-2\cdot7}$, 269_8, 281_{15}, 287_6, 289_5, 291_{12}, 311_4, 313_{11}, $315_{2\cdot6-7\cdot11}$, $317_{1\cdot12}$, $319_{1\cdot7}$, 321_8, 323_8, 335_{15}, 337_{12}, 351_{12}, $353_{10\cdot13-14}$, 357_{9-10}, 359_{15}, $361_{1\cdot3}$, $373_{3\cdot9}$, $375_{13\cdot15}$, 379_1, 383_{10}, 391_{13-14}, 397_5, $399_{2\cdot9}$, 401_{12}, 415_1, 417_{6-9}, $419_{7-8\cdot14}$, $423_{11\cdot13}$, $429_{11\cdot15}$, 449_{15}, 451_3, 453_{11}, $455_{6\cdot12\cdot14}$, $457_{7\cdot11}$, $459_{1\cdot3\cdot6\cdot10\cdot12}$, $461_{5\cdot7\cdot9}$, $463_{8\cdot12}$, 467_5, 473_{14}, 483_2, $485_{12\cdot15-16}$, 489_1, 491_{12}, $505_{9\cdot12}$, 511_{5-6}

正五位下の官　③$93_1$, 287_{11}　④$71_{11}$

正五位上　①$41_{5\cdot11}$, 49_5, 53_1, 59_4, 67_3, $71_{11\cdot16}$, 73_{12}, 91_{10}, 115_{14}, 133_{8-10}, $135_{9\cdot11}$, 143_8, 145_{13}, 159_6, $165_{8\cdot11}$, 177_{12}, 193_8, 197_{8-9}, 207_7, $221_{4\cdot16}$, 225_7, 229_{12}　②$71_4$, 211_{3-14}, 41_8, 47_5, 53_3, 57_{3-4}, 65_{12}, 79_{10}, 81_1, 83_{14}, 85_3, 109_9, $127_{1\cdot13-14}$, 129_7, $145_{8-10\cdot12}$, 165_{10-11}, 177_{10-11}, 185_3, 195_{16}, 197_1, 199_6, 209_{6-7}, 221_{7-8}, $243_{8\cdot10-11}$, $263_{5\cdot6-14}$, 265_3, 267_{14-15}, $275_{5\cdot10}$, 287_{13}, 299_8, 309_{11}, $311_{3\cdot8}$, 329_{8-10}, 337_{13}, 347_6, 359_{11}, 361_4, 379_{10}, 381_{12}, 391_{13-14}, 395_{13}, 411_2, $423_{11\cdot14}$, 427_{15}, 429_8, 431_4, 437_{12}, 443_{11}, 449_{14}　③$13_3$, 15_5, 17_7, 23_{2-3}, $27_{5\cdot7}$, 33_{12}, 35_{14}, 39_{14}, $41_{1\cdot3}$, $53_{3\cdot8\cdot10}$, 59_{12}, 87_{8-9}, 89_{12-13}, 91_4, $93_{10\cdot15}$, 95_7, 101_{12}, 105_1, $107_{7\cdot14}$, $109_{6\cdot14-15}$, 137_{15}, 145_{14}, 159_{14}, 171_5, 187_{16}, 189_2, 191_1, 193_{11}, 221_{3-4}, 239_{14}, 243_2, $267_{6-7\cdot14}$, 313_9, 319_{13}, 335_3, 339_9, 345_6, 351_8, 369_{15}, 371_4, 373_{12}, 379_{16}, 397_3, 399_8, 417_{15}, 419_{4-8}　④$76_1$, 11_7, 23_3, $251_{6\cdot6}$, $358_{\cdot14}$, 397, 451_6, 651_{-8}, 67_{10}, $69_{2\cdot13}$, $73_{5\cdot10\cdot9}$, 85_{14}, 95_{14}, 99_{10}, 101_3, $111_{1\cdot14}$, $133_{8\cdot10}$, 135_6, 143_3, 145_5, 151_2, 155_9, 159_7, 165_6, 169_8, $179_{3\cdot9}$, 183_5, 193_4, 195_2, 209_{10}, 219_{12}, 223_5, 225_2, 237_8, $243_{7\cdot12}$, 249_{11}, 269_{11}, 283_2, 287_8, $291_{9\cdot12-13}$, 319_{13}, 321_8, 333_9, 341_5, 345_2, $347_{2\cdot5}$, 351_{10}, 355_5, $357_{4\cdot6-7}$, $359_{7\cdot9}$, 365_{5-6}, $369_{8\cdot12}$, 377_{13}, 379_{10}, 385_5, 393_9, 397_{11}, 413_7, 419_5, 421_4, 429_3, 447_2, 453_4, 455_{4-8}　⑤$38_{9-11}$, $55_{\cdot7}$, 72_9, $94_{\cdot11}$, 171_3, $231_{2\cdot14}$, 251_{10}, 271_2, 29_2, 31_2, 37_{11}, 39_3, 49_{14}, 57_{12}, $63_{3\cdot13}$, 71_{13}, $85_{9\cdot16}$, 97_6, 107_9, 111_{14}, 123_{14}, $133_{4\cdot8\cdot10}$, $141_{10\cdot13-14}$, $143_{3\cdot6}$, 155_1, 157_{14-15}, 165_{10}, $171_{4\cdot9}$, 175_6, $183_{14\cdot16}$, 187_6, 189_2, $191_{9\cdot11}$, 207_{10}, 209_6,

$213_{5\cdot10\cdot13}$, 215_9, 229_{10}, 233_{14}, 235_4, 251_2, $257_{9\cdot11}$, 259_{11}, 261_8, 263_{12}, 271_{9-11}, 281_{15}, 287_7, 289_5, 291_7, 295_{11}, 301_6, 315_6, $317_{11\cdot13}$, 337_8, 339_{10}, 349_{10}, 351_2, 353_{13}, 357_{8-9}, $361_{1-2\cdot10}$, $363_{2\cdot8}$, $365_{1-2\cdot4\cdot6}$, 369_{10}, 379_{14}, 385_{10}, 387_1, 391_{15}, 397_8, 417_8, 419_{6-7}, $421_{1\cdot4}$, 449_{12}, 455_{11-13}, 457_4, 459_6, 461_2, 467_5, 469_6, 473_6, 485_{13-14}, 489_{12}, 491_1, 503_{12}, 511_2

正五位上階　①$37_4$
正五位上の官　③$337_2$　④$71_{13}$
正五位に准へ　④$415_{12}$
正五位の官に准ふ　②$95_{15}$
正五位の官に准へ　②$95_{16}$
正五品下　⑤$123_{10}$
正五品上　⑤$123_9$
正広参　①$31_1$, 33_{11}, 35_8, 37_{13}　④$127_6$
正広弐　①$33_{13}$, 37_{12}
正国に給ふ　④$121_{15}$
正朔の施す所　⑤$437_{12}$
正三位　①$37_5$, 43_{11}, 45_{13}, 59_8, 69_{13}, 89_5, 133_2, 213_{10}, 225_6　②$71_4$, 21_{10}, 25_3, 31_9, 33_{15}, 43_2, 53_{10}, 67_6, 81_7, 83_{10}, 85_2, 95_7, 127_8, $145_{1\cdot3}$, $153_{2\cdot4\cdot6}$, 163_{15}, 177_9, 187_1, 205_9, 209_{13}, 221_{13}, 227_3, 243_7, 249_{14}, 251_5, 259_{16}, 267_1, 273_{10}, 275_{3-4}, 287_7, 295_{15}, 311_6, 321_4, 323_7, 325_{10}, 331_{10}, 337_{12}, 341_3, 347_3, 363_3, 375_{11}, 405_{15}, 409_{11}, 411_5, 423_7, 437_6　③$15_1$, 19_{13}, 53_5, 55_{15}, 59_1, 73_{14-15}, $75_{6\cdot11}$, 77_{11}, 83_{14}, 87_{11}, 89_9, 93_{15}, 101_9, 111_5, 125_4, 261_7, 267_{3-15}, 285_5, 305_6, 323_{10}, 341_{13}, $345_{6\cdot10}$, 351_7, 369_{13}, 379_{12}, 391_{11-12}, 399_{13}, $411_{4\cdot6}$, $413_{3\cdot12}$, $415_{4\cdot10}$, $417_{1\cdot14}$　④$35_1$, 111_1, 211_5, 231_5, 27_2, 67_{3-4}, 87_{13}, $93_{1\cdot5}$, 109_{11-12}, 113_8, $115_{2\cdot5}$, 119_{16}, 139_{12}, 167_{14}, 189_8, 191_{12}, 221_1, 223_9, 225_3, 267_{15}, 315_1, $329_{3\cdot13}$, 331_{12-13}, 337_{11-13}, 345_{10}, 347_6, 359_6, 387_{14}, 397_{10}, 419_7, 437_2, 439_{13}, 445_4, 453_{10}　⑤$23_7$, 27_{10}, 43_{14}, 47_3, $71_{5\cdot15}$, 101_2, 119_5, 129_1, 175_4, 183_{10}, 185_8, 199_{7-15}, 203_{13-14}, 207_{13-15}, 219_3, 221_{10}, 233_3, 243_{1-2}, 259_{14}, 261_7, 265_4, 267_8, 275_{14-15}, 277_{8-12}, $289_{4\cdot6}$, 291_{15}, 295_8, 297_9, 299_2, 311_1, 335_{15}, $337_{6\cdot11}$, 347_{11-15}, $349_{2\cdot16}$, 355_3, 367_{16}, 369_3, 379_{12}, 405_1, 407_6, 409_{10}, 411_{12}, 441_{10}, 443_4, 445_{12}, $451_{2\cdot16}$, 453_{10}, $455_{8\cdot10}$, 463_{10}, 475_{16}, 477_7, 489_{11}

正三位の官　③$91_{14}$, 287_{10}　④$71_{10}$
正しく対ふ　③$311_7$
正しく直き言　④$313_2$
正子に同じくす　①$45_4$
正四位下　①$57_5$, 81_4, 83_{14}, 85_7, 87_9, $115_{9\cdot13\cdot15}$,

226

続日本紀索引

133_7, 141_{12}, $145_{3\cdot12}$, 149_2, 151_{12}, 157_{10}, 163_{11}, 165_{6-7}, 193_7, 197_8, 207_5 ②$211_1$, 331_5, 416_1, 511_6, 537, 576, $591_{\cdot9-10}$, 671_1, 731_5, 791_1, 818, $831_{0\cdot13}$, 991_1, $109_{11\cdot13}$, 113_4, $127_{9-10\cdot12}$, 145_{6-7}, 153_5, 179_1, 191_5, 197_1, $209_{5\cdot7}$, 227_{2-4}, 239_2, 249_4, 251_{11}, 255_9, 265_2, 273_{11}, 275_{14}, 287_{12}, 295_1, 299_7, 311_8, 323_7, 325_3, 345_{14}, $347_{4-5\cdot11-12}$, 363_3, 375_{11}, $379_{7\cdot9}$, 393_3, 397_1, $399_{3\cdot6\cdot10}$, 401_{16}, 407_{15}, 411_{14}, 423_{7-8}, 441_{13} ③$98_{\cdot15}$, $272_{\cdot4}$, 337, 354, 391_3, 536_{-7}, 551_5, 571, 751, $877_{\cdot13}$, 891_0, 954, 101_{10}, 103_{14}, 107_5, $109_{1\cdot13}$, 119_4, 125_5, 131_{12}, 137_{14}, 143_6, 145_{13}, $147_{3\cdot5}$, $159_{6\cdot10-11\cdot13}$, 171_8, $187_{11\cdot12\cdot15}$, 191_{11}, $193_{4\cdot8\cdot13}$, 197_1, 207_5, $221_{2-3\cdot8}$, 239_{14}, 241_9, 251_0, 267_4, 285_7, 319_{8-9}, 333_{16}, 339_8, $345_{10\cdot15}$, 347_{10}, 371_4, 375_{15}, 381_{13}, 387_5, 395_{10}, 401_2, 411_7, 417_{12}, $423_{9\cdot12}$ ④$3_5$, 73, 211_5, 231_5, 25_6, 35_8, $511_{\cdot10}$, 631_6, 65_2, 67_7, $91_{9\cdot11}$, $93_{6\cdot8}$, 101_{13}, 111_6, $115_{4\cdot12}$, 135_6, 139_{12}, 141_{15}, 143_1, 151_9, 183_4, 185_3, 189_{7-9}, $221_{1\cdot10}$, 229_{16}, 249_7, 265_{14}, 267_9, 289_2, 295_{12}, $301_{1\cdot11}$, 305_{12}, 315_3, 323_2, $337_{2\cdot14}$, $341_{1\cdot9}$, 347_3, 355_{12}, 357_5, $359_{1\cdot6}$, 369_8, 377_9, $379_{13\cdot7}$, 389_{16}, 399_5, 401_{14}, 411_8, 413_{11}, 419_8, 421_{1-2}, $425_{3\cdot8}$, 427_6, 433_9, 437_4, 445_{16}, 447_2, 449_6, 453_3, 459_6, 461_4, 463_{13} ⑤$3_9$, 15_2, 19_9, 23_{11}, 49_7, 51_8, 53_{11}, $57_{8-9\cdot11}$, 89_8, 93_{11}, 105_{12}, 111_{16}, 115_9, 121_{14}, 127_{15}, 129_{12}, 133_{12}, 157_{10}, $171_{5\cdot14\cdot16}$, 181_2, 183_{11}, 185_{13}, 195_8, 197_8, 205_8, 207_{12}, 211_1, $213_{9\cdot13}$, 229_{12}, 231_3, 237_{12}, 239_{13}, 243_8, 251_2, 255_2, 259_{15}, $261_{1\cdot14}$, 263_5, 267_9, $277_{2\cdot4}$, $283_{1\cdot8}$, $293_{6\cdot9}$, 295_9, 297_5, 315_3, 329_6, 343_8, 357_{6-8}, $359_{7\cdot16}$, 361_9, 365_3, 369_{14}, 371_5, 375_{11}, 377_{14}, 385_{10}, 389_6, 397_2, 405_{2-3}, $409_{1\cdot9}$, 411_2, 413_{14}, $419_{4\cdot6}$, 425_2, 437_{10}, $443_{7\cdot10}$, 449_{13}, 451_2, 453_{11}, 455_{11-12}, 463_{11}, 495_1

正四位下の官 ③$91_{15}$
正四位上 ①$75_{11}$, 87_6, $91_{7\cdot15}$, 115_9, 125_8, 129_{12}, 133_3, 141_{11}, 143_{15}, 145_{12}, 165_7, 169_9, 193_7 ② 83_{14}, 93_{13}, 99_{12}, 109_8, 127_9, 145_{6-7}, 149_{13}, 157_{16}, 159_9, 165_{10}, 173_2, 197_1, 203_{10}, 205_{6-7}, 207_8, 209_{3-4}, 249_4, 255_9, 287_{13}, 295_{12}, 311_2, 327_7, 329_4, 347_{12}, 395_{12}, 399_4, 403_{14}, 409_4 ③$31_2$, 15_6, 21_3, 25_6, 271_{-2}, 391_{3-14}, 419, 53_{5-6}, 55_{16}, 57_3, $77_{1\cdot11}$, $87_{5\cdot7\cdot12}$, 95_5, 101_{10}, 107_6, 109_{12}, $161_{3\cdot16}$, 187_{11}, 193_{1-2}, 221_2, 239_{11}, $267_{3\cdot5\cdot14}$, 319_7, 327_9, 333_{15}, 339_8, 347_3, 355_4, 371_4, 375_6, 381_{15}, $387_{1\cdot4}$, 389_{14}, 393_9, 399_7, 415_{16}, $417_{2\cdot13\cdot15}$, 419_{11}, 423_6 ④$5_5$, 27_8, 35_{15}, $39_{7\cdot9}$, 43_2, $57_{8\cdot13}$, 63_{16}, 135_7, 139_{13}, 141_{14}, 143_1, 185_3, 187_5, 189_9,

219_{14}, 221_1, 297_{14}, 319_{13}, 327_1, 329_7, 341_6, $359_{1\cdot5}$, 365_4, 419_8, 421_1, 433_8, 449_6, 463_{14} ⑤ $35_{\cdot9}$, 97, 17_2, 23_{11}, 25_{7-8}, 43_{14}, 49_{5-6}, 59_{12}, 61_1, 69_{14}, 81_{12}, $85_{12\cdot14}$, 139_1, 183_{12}, 185_{11}, $187_{2-3\cdot9}$, 191_7, 197_{10}, 205_9, 207_8, 211_6, $213_{2\cdot9}$, 215_5, 229_{12}, 231_6, 235_{16}, 237_{11}, 241_9, 243_6, 255_{16}, 257_6, 259_{16}, 277_2, 283_8, 291_{13}, 297_{10-11}, $299_{5\cdot11}$, $301_{7\cdot12}$, 309_3, 311_1, 313_{11}, 315_4, 319_3, 323_1, 339_1, 353_5, 357_7, $359_{3\cdot9\cdot13}$, 369_{14}, 375_7, 389_7, 411_4, 441_6, 449_{12}, 453_{10}, 455_{12}, 457_{10}, 463_{6-7}, 465_{11}, 507_3

正四位上に擬ふ ①$87_6$
正四位の官に准ふ ③$375_8$
正七位下 ①$41_4$, 53_{16}, 111_2, 151_{10}, 193_{11}, 211_8 ②$91_2$, $89_{7-9\cdot12-13}$, 119_9, 151_{11}, 197_6, 295_3, 315_{11}, 395_2 ③$71_4$, 59_{14}, 95_1, 117_9, 129_{10}, 211_{12}, 371_7, 439_{11} ④$35_{12}$, 91_{13}, 145_{13}, 181_{10}, 271_1, 321_{2-3} ⑤$65_{11}$, 209_2, 369_4
正七位下の官 ④$71_{15}$
正七位上 ①$65_9$, 69_{15-16}, 93_5, 167_3, 175_8, 189_9, 193_{10-11}, 205_8, 207_{13}, 217_6, 221_1 ②$17_8$, 19_{10}, 23_8, 31_9, 85_5, 87_1, 151_{10}, 197_3, 309_{14}, 311_{13}, 331_4 ③$93_{11}$, 135_1, 253_{11}, 339_{14} ④$21_6$, 23_4, 57_7, 67_2, 69_{7-8}, 95_{12}, 115_6, 167_2, 177_{12}, 213_6, 219_8, 239_4, 293_{14}, 421_{13}, 449_{10}, 457_9 ⑤$175_1$, 185_5, 261_6
正七位上の官 ③$93_2$, 337_2 ⑤$271_{4-5}$
正七位の官に准ふ ②$95_{16}$, 97_1
正従三位 ①$37_{15}$, 39_1
正従二位 ①$37_{13\cdot16}$
正身 ①$179_8$ ②$251_2$ ③$293_4$
正身を禁む ②$377_9$
正親正 ③$335_1$, 389_{10}, 423_2 ④$25_8$, 155_7, 163_{11}, 265_1, 339_{12} ⑤$71_{10}$, 189_8, 283_7, 383_{15}, 423_5
正すこと莫し ④$433_4$
正正三位 ①$37_{14}$, 39_1
正正二位 ①$37_{12}$
正税 ①$105_6$ ②$275_{12}$, $355_{4\cdot6}$, 443_2 ③$17_{15}$, $19_{8\cdot16}$, 93_7, 107_3, 109_3, 157_6, 227_8, 249_{12}, 253_5, 343_{12} ④$75_{13}$, 165_{10}, 205_{10}, 217_{5-6}, 319_1, 439_3 ⑤$103_{11}$, 115_3, 169_{15}, 281_{14}, 297_{16}, $301_{1\cdot3}$, 341_7, 413_{10}, 465_9 →税, 大税
正税の穀 ④$403_{13}$
正税の未納 ④$205_7$, 285_{12} ⑤$125_{16}$
正税の利 ④$49_{13}$ ③$355_1$ ③$147_{11}$
正倉 ①$183_{16}$, 229_{15} ③$9_7$, 147_{10}
正倉院(肥後国) ④$211_8$
正倉焼かるる ⑤$373_{12}$
正倉を焼く ④$401_8$, 409_4 ⑤$371_7$
正俗 ①$103_5$

せい (正)

続日本紀索引

せい（正）

正大弐已下 ①$19_8$
正調 ②$39_2$
正丁 ②$279_{14}$ ③$45_1$, 117_{12}, 183_5, 257_{1-2}, 367_{11}
正丁の歳役 ①$99_{16}$
正丁の百姓 ③$325_9$
正典 ②$61_4$
正殿 ②$181_4$ ⑤$507_1$
正殿を避く ⑤$451_{10}$
正南の風 ⑤$75_{16}$
正二位 ①$43_9$, 129_{12}, 133_{1-2}, 161_{11}, 185_8 ②$25_2$, 67_{14}, 77_{3-4}, 79_2, 145_{1-3}, 147_{13}, 153_7, 179_4, 205_2, 207_3, 237_{16}, 323_8, 353_5, 379_6, 417_{15}, 423_6 ③$187_{11}$, 231_{16}, 327_8, 441_9 ④$25_9$, 35_6, 109_{14}, 231_{13}, 295_2, 331_4, 369_{11}, 443_{13}, 445_2, 459_9 ⑤$121_2$, 141_{15}, $163_{7·13}$, 171_7, $199_{4·8}$, 203_{12}, 225_2, 239_{12}, 265_{12}, 271_7, $277_{9·16}$, 279_6, 287_2, 357_2, $411_{3·13}$, 417_2, 419_5
正任 ④$121_{16}$
正八位 ④$201_4$
正八位下 ①$163_6$, 211_4 ②$9_{10·14}$, 55_5, $87_{5·11·14}$, 113_1, 147_{17}, 155_7, 161_5, 309_8, 311_{13}, 405_7, 407_{11}, 443_7 ③$59_3$, 79_1, 253_{13} ④$91_{13}$, 107_5, 145_8, 237_7, $243_{2·4}$, 277_{10} ⑤$35_2$, 51_{14}, 83_3, 251_{13}, 265_{13}, 297_{15}, 343_6
正八位下の官 ③$337_3$
正八位上 ①$47_8$, 55_1, 65_8, 201_7 ②$75_5$, 87_5, $151_{7·15}$, $159_{11·13}$, 211_2, 351_2, 403_{15}, 443_5 ③$135_3$, 381_2, 391_9 ④$91_5$, 85_{15}, 95_2, 199_{14}, 219_{10}, 231_{10}, 237_4, $281_{8·10}$, 321_3 ⑤$143_{11}$, 175_1, 239_4, 485_1, 497_{10}
正八位に准ふ ④$201_4$
正法 ②$415_{13}$ ⑤$127_{10}$
正本 ④$265_3$
正門 ①$33_6$
正役に当つ ③$183_3$
正理に順せず ④$263_6$
正慮 ③$273_{12}$
正六位 ①$173_{11}$, 217_3
正六位下 ①$65_6$, 75_{15-16}, 93_1, 113_8, 129_{13}, $145_{14·16}$, 159_{13}, 167_1, 177_{16}, 193_{10}, 207_{10} ②$9_{10}$, 19_{6-7}, 37_{12}, 53_4, 57_1, 67_2, 85_5, $87_{3·9}$, 129_3, 147_3, $151_{9·14}$, $197_{3·5}$, 209_{12}, 257_5, 275_{6-7}, 295_2, 299_{14}, 315_{16}, 331_{2-3} ③$51_2$, 271_3, 29_2, 59_3, 75_4, 87_{16}, 111_3, 113_2, 247_1, 267_{11}, 293_{14}, 339_{12}, 351_{10}, 371_{13}, $381_{2·4}$ ④$5_2$, 25_3, 69_6, 79_{15}, 99_{14}, 177_3, 201_1, $213_{1·9}$, 269_5, 279_8, 289_4, 327_3, 365_8, 419_{13}, 453_8, 459_{13} ⑤$175_3$, 299_{15}, 321_6, 365_4, 379_3, 405_8, 449_4, 509_7
正六位下の官 ④$71_{15}$

正六位上 ①$47_5$, 53_3, 73_1, 75_{13}, $77_{2·4}$, 83_{10}, $93_{1·5-6}$, 111_3, $129_{12·15}$, 145_{15-16}, 147_1, 159_{12}, 163_{10}, 167_3, 177_{15}, 187_6, 193_{12}, 207_{10} ②$71_5$, 211_6, 25_6, 41_9, 53_4, 65_{16}, $85_{4·16}$, $87_{2·4·6·8}$, 111_{15}, 127_{16}, 135_3, 147_2, 151_{13}, 163_{16}, 165_{14}, 167_1, 177_{12}, 187_9, 189_{13}, $197_{4-5·7}$, 209_{11-12}, 219_1, 221_{10}, 237_{12}, 245_{1-2}, 269_1, 275_{6-7}, 287_{14}, 289_2, $299_{6·10-11·14}$, 305_2, $311_{3-4·12}$, 313_7, 315_{10}, $329_{11·14}$, $331_{1-3·5}$, 333_4, 347_{10}, 353_{7-8}, 355_8, 359_{12}, 361_{6-7}, 363_5, 379_{14}, 381_2, 391_{15-16}, 395_2, $425_{3·5}$, 443_7, 449_6 ③$51_{4·11}$, 71_3, 211_6, 271_4, 29_{2-3}, 35_5, 41_{5-6}, 43_{10}, $47_{4·14}$, $53_{3-4·12}$, $55_{2·13}$, 57_{15}, 73_8, $75_{4·13}$, $77_{9·13}$, 79_1, 81_{10}, $87_{11·15}$, 89_6, 93_{15}, $95_{6·13-14}$, 101_{13}, 103_7, 105_3, $107_{4·11}$, 109_9, $111_{2·4}$, $115_{2·14}$, 121_2, 125_{16}, 127_2, 129_9, $139_{2·4}$, 141_2, 143_{7-8}, 145_2, 155_4, $189_{8·14}$, 211_{14}, 213_{13}, 221_5, $233_{1·15}$, 243_6, $247_{2·4}$, 251_{11}, $253_{8·12}$, 255_{15}, 257_{11-13}, $267_{9·12}$, 269_1, 279_1, 291_7, 305_{13}, $319_{11·15}$, 325_8, $339_{1·11-13}$, $343_{7-9·12}$, 345_5, 347_4, 369_{16}, $371_{3·7}$, 393_{11}, 399_{10-12}, 401_2, 407_6, 413_{16}, 415_9, 417_5, $419_{7·9·4}$, 443_5 ④$31_2$, 5_2, 11_3, 23_1, $25_{2·4·6-7·11}$, 31_3, 35_{13}, 37_2, 39_{15}, $41_{9·12}$, 43_5, 49_7, $53_{5·10}$, 63_4, $65_{7·12}$, 67_2, 69_7, 71_7, 85_{14}, 95_{10-12}, $99_{10·12}$, 103_3, 107_2, 109_{13}, $111_{5·11}$, 125_2, 129_6, 135_8, 141_{11}, $143_{5·7·11}$, 145_6, 147_1, $151_{2·6-8·11·14}$, $153_{1-2·7·13}$, 155_{15}, 157_3, 161_8, 169_{10}, 175_{16}, $177_{1·6}$, $181_{4·8}$, 189_{11}, 191_6, 201_{15}, 207_{15}, $211_{2·10}$, $219_{9·12}$, 221_{14}, $231_{11-12·14-15}$, $233_{1·9}$, 237_{10}, $239_{1·5-13}$, 243_5, $269_{3·14}$, 271_{10}, 273_6, 277_{11}, $281_{2·4}$, 289_6, 291_{11}, 293_{11}, 297_{11}, 315_8, $321_{5-6·9}$, 323_{16}, 325_{1-2}, 327_{16}, $329_{1·6·15}$, 337_4, 341_{11}, $343_{8·12}$, 345_1, 349_7, 351_{13}, 353_{11}, 357_{10-11}, 359_{2-3}, 363_{13}, $365_{2·7-9}$, 397_6, 399_{8-9}, 401_5, 403_3, 413_{10}, 419_{12}, 439_{12}, $447_{4·6·8-9}$ ⑤$3_{8·14}$, 5_4, $15_{4·8}$, $23_{3·7}$, $25_{2·5-6·12-13}$, $31_{7·9}$, 33_{12}, 35_6, $39_{4·9}$, 43_{10-12}, 45_{11}, $59_{1·5·7}$, 67_{15}, 69_1, 71_{15}, $73_{5·8}$, $83_{4-5·12}$, $85_{14·16}$, $87_{3·6-7·9}$, $89_{3·7·9}$, 91_7, $93_{7-8·10}$, 95_{10}, 97_4, 109_{11}, 123_{16}, 125_2, 129_3, 139_6, 141_8, 143_{4-5}, 147_3, 157_{13}, 163_6, 167_2, 171_4, 175_6, 179_{15}, $185_{2-3·10}$, 187_4, 197_6, 205_{13}, $209_{7-8·11}$, 211_{11}, $213_{6·12·15}$, 215_3, 235_{12}, 255_8, $257_{9·12·15}$, $259_{3-6·13}$, 263_{11}, 265_2, 267_{10}, $269_{3·9}$, 275_{13}, 277_3, $283_{1·9}$, 287_{8-12}, 289_1, 291_{16}, 297_{14}, 299_{14}, 301_{14}, 303_2, 311_{7-8}, 313_{10-12}, 321_{13}, 323_{10-12}, 331_3, 333_7, 343_{11}, 345_5, 347_8, 353_{15}, 357_{12-13}, 361_4, $377_{6-7·10·15}$, $379_{2·4}$, 385_{12}, $387_{8·11-12}$, 391_{14}, 397_{13}, 413_2, 415_2, $417_{10·13}$, 419_{11-12}, 447_{15}, 449_2, $455_{7·15}$, 457_2, $485_{6·13}$, $487_{3·5·16}$, 489_8, 493_3, 497_9, $499_{5·15}$, 503_2,

続日本紀索引

$507_{8\cdot15}, 509_{12}, 511_{6\cdot16}, 513_1$
正六位上已上　③$185_3$
正六位上以上　①$129_9$ ③$185_2$
正六位上に過ぐること勿れ　④$111_{11}$
正六位上の官　⑤$271_4$
正六位上の三選以上を重ねたる者　④$175_5$
正六位上の者　⑤$169_{10}, 249_9, 327_{16}, 501_2, 505_8$
正六位に准へ　①$217_3$
正六位の官の禄　②$167_7$ ④$403_7$
正を賀す　⑤$111_4$
生　②$103_8$
生育　③$285_9$
生王五百足　①$115_1$
生河内(人名)　③$377_4$
生活難し　③$253_4$
生業を勧む　②$43_8$
生業を治む　②$269_8$
生業を同じくす　②$147_{11}$
生江臣安久多　③$79_5$
生江臣智麻呂　③$257_{13}, 305_4$
生江臣東人　④$189_{11}$
生じ難し　⑤$133_{15}$
生す　②$5_9, 249_1$
生存ふること得ぬ者　③$117_6$
生長　③$225_4$ ④$405_{11}$
生徒　③$115_2, 233_8$
生徒の多少　③$261_{13}$
生嶋御巫　②$327_3$
生に在る　③$275_6$
生年　④$315_{13}$ ⑤$243_{14}$
生馬院(大和国)　④$415_7$
生馬山(大和国)　②$205_{14}$
生ふ　②$171_{14}$
生部直清刀自　⑤$175_3$
生みの子　③$315_{14}$
生民　⑤$203_8, 235_6, 239_6$
生民を睦む　⑤$383_4$
生民を念ふ　⑤$193_{12}$
生む　③$353_8, 415_{7\cdot8}, 441_{13}$ ④$131_7, 113_6$ ⑤$173_{13}, 205_{16}, 405_7, 453_5, 467_1, 471_4, 473_8, 513_3$
生む所　④$119_{10}$
生める所　⑤$453_8$
生める男女　②$219_{16}$
生命を害ふ　②$239_{13}$
生命を惜まず　④$217_{14}$
生目入日子伊佐知天皇(垂仁天皇)　①$225_2$
生理　②$189_{12}$ ⑤$81_6$
生虜　②$367_{16}$
生る　①$199_1$ ②$99_{10}, 221_3$ ⑤$333_{16}, 473_3$

生れし日　④$457_{15}$
生れたる子　⑤$429_1$
生霊を庇ふ　②$125_{10}$
生を仮る　③$235_3$
生を乞ふ者　④$91_4$
生を傷ふ　④$103_{10}$
生を損ふ　④$289_{11}$
生を忘る　④$183_1$
生を楽しむ秋　⑤$513_5$
成王(周)　③$273_{13}$
成会王　①$75_{12}$
成会山陵(大和国)　①$29_{10}$
成康(成王・康王)　③$273_{13}$
成熟　②$355_{10}$ ④$149_7$
成人ならず　④$263_{16}$
成選　②$191_{12}, 201_4$ ④$57_{3-4}$
成選の者　①$165_5$
成選(の)人　①$109_{16}, 225_5$ ②$409_9$
成湯(殷)　③$283_{12}$
成童の歳　③$183_2$
成敗　⑤$437_4$
成物の主有り　④$367_{14}$
成務天皇　①$213_{14}$
成らじかと疑ひ　③$67_{13}$
成り易し　⑤$153_{13}$
成り立たぬ　②$17_4$
成るに随ひ　②$399_{15}$
西　⑤$277_7, 401_9$
西域　①$23_{10}, 25_2$
西海　⑤$149_{15}$
西海道　①$47_{13}, 65_9, 91_4, 105_{14}$ ②$261_6, 269_{10}$ ③$313_2$ ④$133_{14}, 389_9$
西海道検税使　⑤$71_?$
西海道使(問民苦使)　③$247_5$
西海道巡察使　②$443_{14}$ ③$151_2, 339_3, 383_8$
西海道巡察使次官　②$443_{14}$
西海道節度使　②$261_2$ ③$395_{11}, 403_4$ ④$55_{13}$
西海道節度使判官　②$263_2$ ③$395_{12}$
西海道節度使副　③$395_{12}$ ⑤$265_8$
西海道節度使録事　③$395_{12}$
西海道の七国の兵士　③$233_{11}$
西海道の諸国　②$341_2$ ③$137_2$ ④$75_8$
西海道問民苦使　②$289_2$
西海の諸国　③$383_{10}$
西海の達道　④$123_9$
西閣　①$51_{15}$
西宮　⑤$421_{10}$
西宮の寝殿　④$171_2, 295_1$
西宮の前殿　④$223_{14}, 227_{10}$

せい（正・生・成・西）

229

西京　④$267_{11}$　⑤$303_5$
西京(長安)(唐)　③$299_5$
西隅等の賊　②$73_{14}$
西高殿　①$41_{12}$
西市員外令史　④$277_{10}$
西市正　③$327_6$　④$7_3$　⑤$9_4$, 11_{12}, 321_{10}, 377_2
西市の人　⑤$369_{13}$
西席の職　⑤$473_3$
西廂　⑤$451_{10}$
西津(新羅)　④$17_{10}$
西す　③$299_{11}$
西成郡(摂津国)　②$277_8$　④$239_5$
西成郡の人　④$239_5$
西大寺(京師)　④$145_3$, 163_{13}, 167_5, 209_1, 237_8, 297_8, 305_5, 349_4　⑤$434_5$, 651_2
西大寺の西塔　④$381_{13}$　⑤$17_7$
西大寺の東塔　④$273_{15}$
西大寺の兜率天堂　④$353_{12}$
西大寺の嶋院　④$179_{14}$
西大寺の法院　④$155_{13}$
西池宮　②$341_8$
西仲嶋(肥後国)　⑤$81_{10}$
西朝　②$29_4$
西亭門　②$181_{11}$
西殿　①$63_{13}$
西塔　④$381_{13}$　⑤$17_7$, 125_5
西なるや(歌謡)　④$309_{11}$
西の川　④$265_9$
西の都は(歌謡)　④$279_1$
西畔第二　③$139_{12 \cdot 16}$
西風　②$37_{14}$
西文首　⑤$497_{11 \cdot 12}$
西文部　①$63_{14}$　②$375_7$
西辺　④$117_{12}$
西方　②$109_{11}$　④$59_5$
西法東流　④$141_6$
西北の角　④$171_{16}$
西北の空の中　④$383_1$
西隆寺(京師)　④$203_2$　⑤$651_2$
西隆寺の印　④$349_9$
西楼　①$79_3$
声　②$427_7$　④$359_{10}$　⑤$177_1$, 187_8
声教　②$57_{14}$
声曲を雑へず　②$49_1$
声有り　②$89_3$, 411_{10}　④$59_5$, 383_2　⑤$233_{11}$
声誉　②$116_7$, 297_{14}　④$353_5$　⑤$453_4$
声を著す　④$375_4$
声を聴く　③$275_6$
声を発す　③$119_{13}$

せい(西・声・制・姓)

制　①$203_1$　②$387_3$
制作有らず　③$323_{13}$
制して曰はく　②$23_{12}$　④$285_{14}$
制してのたまはく　③$191_3$
制条を為る　②$43_9$
制す　①$59_{10}$, $99_{4 \cdot 15}$, 177_5, 195_1　②$55_7$, 65_4, 71_{15}, 191_6, 203_2, 237_2, 245_8, 251_{12}, 283_7, 289_{13}, 409_6　③$13_2$, 19_5, 41_{10}, 91_{14}, 127_{11}　⑤$133_{14}$, 395_1
制すらく　④$51_7$, 65_{12}, 137_8, 143_2, 149_7, 155_3, 159_{10}, 161_9, 167_9, 191_1, $197_{11 \cdot 12}$, 199_3, 203_{15}, 209_3, 211_{16}, $217_{2 \cdot 4}$, 223_9, 233_4　②$11_{14}$, $174 \cdot 9$, 25_9, 29_7, 53_{14}, 55_{11}, 73_1, 83_7, 113_{13}, 133_2, $167_{2 \cdot 6}$, 269_{12}, 399_{15}, 407_1　③$195_6$　⑤$369_{16}$, 427_{10}
制度　③$229_{11}$
制度に依らず　④$447_8$
制度の宜　①$131_{14}$
制度無し　③$29_6$
制に違ふ　②$133_{11}$
制に拠らず　⑤$481_2$
制に同じくす　④$291_4$
制む　③$235_{15}$
制有り　⑤$41_6$
制る　①$11_{13}$　③$357_{11}$
制を下す　①$67_{10}$
制を停む　④$391_{16}$
制を立つ　②$27_2$, 115_{15}　③$247_7$, 275_1　④$409_1$　⑤$273_{16}$
制を立つらく　⑤$387_{15}$
姓　①$29_{12 \cdot 13}$, $45_{11 \cdot 12}$, 151_{11}, 211_{11}, 229_4　②$113_8$, 271_{13}, 309_3, 333_6　③$23_{16}$, 283_{16}, 353_2　④$27_6$, 157_8, 205_3　⑤$99_{10}$, 207_2, $253_{3 \cdot 4}$, 453_2, $465_{13 \cdot 14}$
姓字　③$295_2$　⑤$251_{16}$
姓字を着けず　③$295_1$
姓とす　③$251_{15}$
姓に従はしむ　②$155_{13}$
姓名　②$143_{14}$, 219_{10}　④$371_{12}$　⑤$479_7$
姓名易ふ　③$217_4$
姓名を賜ふ　④$239_9$
姓名を抄ふ　②$213_7$
姓名を録す　①$177_{10}$
姓も賜ひ　④$255_1$
姓を加へ賜ふ　①$185_{12}$
姓を改む　①$83_{14}$, 111_6　②$59_{14}$　③$177_8$, 207_7　④$303_{12}$　⑤$239_8$, 255_1, 257_6, $325_{13 \cdot 16}$, 437_7, 447_8, 453_6, 509_{11}
姓を改め正す　③$117_{14}$
姓を給はる　③$185_6$
姓を給ふ　①$205_{10}$　②$187_4$
姓を後にす　②$103_6$

続日本紀索引

姓を賜はず　③47$_{13}$
姓を賜はらず　③251$_{8}$
姓を賜はる　①161$_{14}$　②31$_{11}$, 305$_{7}$, 307$_{15-16}$　③113$_{7}$, 135$_{5}$　④181$_{13}$, 207$_{4}$, 225$_{11}$　⑤163$_{9}$, 199$_{13-14}$, 339$_{3}$, 359$_{6}$, 509$_{5}$
姓を賜ふ　①11$_{2}$, 13$_{2}$, 15$_{10}$, 35$_{16}$, 39$_{10}$, 59$_{15}$, 61$_{12-13}$, 67$_{6}$, 69$_{3}$, 83$_{11}$, 109$_{15}$, 151$_{11-13}$, 165$_{1}$, 169$_{9}$, 171$_{3}$, 201$_{8}$, 205$_{10}$, 217$_{1}$　②19$_{11}$, 53$_{14}$, 55$_{4-6}$, 57$_{2}$, 59$_{6}$, 63$_{16}$, 65$_{1}$, 73$_{2\cdot12}$, 75$_{5}$, 81$_{13-14}$, 95$_{13}$, 131$_{6-8}$, 137$_{12}$, 151$_{6}$, 159$_{3}$, 161$_{3\cdot6}$, 187$_{1}$, 191$_{1}$, 257$_{5}$, 271$_{11-12}$, 283$_{5}$, 285$_{5}$, 305$_{12}$, 307$_{8\cdot14}$, 309$_{8}$, 333$_{5}$, 353$_{3}$, 367$_{5}$, 403$_{16}$, 405$_{8-9}$, 407$_{12}$, 431$_{5}$　③9$_{12}$, 35$_{12}$, 39$_{12}$, 45$_{12-14}$, 47$_{4\cdot14-16}$, 51$_{5}$, 53$_{2}$, 57$_{15}$, 59$_{3-5\cdot8\cdot14-15}$, 93$_{13}$, 103$_{1\cdot13-14}$, 105$_{14-15}$, 107$_{8-9\cdot12}$, 111$_{8}$, 115$_{6-7}$, 125$_{12}$, 127$_{1}$, 135$_{1\cdot8}$, 149$_{11}$, 151$_{3\cdot7\cdot9\cdot14}$, 155$_{3}$, 167$_{8}$, 169$_{11}$, 177$_{4}$, 211$_{13-14}$, 219$_{9}$, 233$_{3}$, 247$_{6}$, 251$_{4\cdot9}$, 253$_{11}$, 255$_{13-14}$, 257$_{15}$, 289$_{1}$, 291$_{7}$, 295$_{2}$, 301$_{1}$, 327$_{10-11}$, 335$_{12}$, 337$_{8-9}$, 347$_{8}$, 377$_{1}$, 379$_{5\cdot15}$, 381$_{3}$, 391$_{9-10}$, 397$_{4}$, 437$_{6\cdot9-10}$, 441$_{14}$　④11$_{4}$, 13$_{3}$, 15$_{3}$, 17$_{2}$, 23$_{4}$, 35$_{12}$, 43$_{5}$, 53$_{9\cdot13}$, 71$_{9}$, 73$_{2}$, 75$_{7\cdot16}$, 81$_{5\cdot10}$, 83$_{8}$, 85$_{3-5\cdot15-16}$, 87$_{13}$, 91$_{14}$, 101$_{9}$, 107$_{3\cdot6}$, 111$_{12}$, 113$_{1\cdot3-4}$, 115$_{6\cdot8}$, 117$_{2}$, 119$_{9}$, 121$_{4-5}$, 123$_{5-6}$, 129$_{9}$, 131$_{7}$, 133$_{3}$, 135$_{5-9}$, 141$_{16}$, 145$_{2\cdot8\cdot12-13\cdot15}$, 147$_{1}$, 153$_{14}$, 157$_{1\cdot5-6}$, 161$_{4\cdot6}$, 167$_{2}$, 169$_{9-10}$, 181$_{9}$, 185$_{16}$, 187$_{4\cdot11}$, 189$_{12}$, 191$_{4-5}$, 197$_{2}$, 199$_{11}$, 201$_{5\cdot14}$, 203$_{11}$, 207$_{14}$, 211$_{2\cdot4-5}$, 213$_{5}$, 215$_{3}$, 219$_{5}$, 223$_{13}$, 225$_{2}$, 227$_{3}$, 231$_{13-15}$, 233$_{9}$, 237$_{4\cdot6-7\cdot12}$, 239$_{1\cdot4-13-14}$, 243$_{3-4}$, 245$_{4\cdot8\cdot11}$, 247$_{7}$, 249$_{1}$, 251$_{8\cdot10}$, 265$_{6}$, 271$_{2}$, 273$_{10}$, 281$_{7-8}$, 285$_{16}$, 293$_{5}$, 323$_{3}$, 329$_{10}$, 343$_{10}$, 345$_{3\cdot12}$, 349$_{14-15}$, 353$_{14}$, 367$_{3\cdot6}$, 369$_{13}$, 385$_{7}$, 401$_{10}$, 411$_{6}$, 413$_{9}$, 421$_{2}$, 443$_{1}$, 449$_{10}$, 451$_{6-7\cdot13}$, 455$_{4\cdot7}$, 459$_{14}$　⑤15$_{8\cdot13}$, 17$_{11}$, 23$_{2-3\cdot9}$, 33$_{9\cdot15}$, 35$_{1\cdot7}$, 39$_{5}$, 43$_{10\cdot12}$, 51$_{15}$, 61$_{11}$, 73$_{4}$, 83$_{7}$, 91$_{11}$, 141$_{9}$, 145$_{10}$, 149$_{6}$, 163$_{14}$, 193$_{7}$, 195$_{7}$, 209$_{3}$, 235$_{5}$, 239$_{11}$, 257$_{5}$, 265$_{13\cdot15}$, 269$_{6}$, 275$_{5\cdot12}$, 299$_{1\cdot14}$, 301$_{14}$, 303$_{2}$, 321$_{12}$, 333$_{12}$, 369$_{4}$, 373$_{16}$, 379$_{5}$, 385$_{2}$, 387$_{9}$, 389$_{14}$, 405$_{7}$, 411$_{11}$, 413$_{2\cdot4}$, 429$_{16}$, 467$_{15}$, 473$_{5}$, 481$_{10}$, 485$_{5-6}$, 489$_{7\cdot10}$, 497$_{6}$, 499$_{3\cdot15}$, 507$_{8}$, 509$_{1\cdot11}$, 513$_{11\cdot16}$
姓を錫ふ　⑤309$_{8}$
姓を授く　④139$_{2}$
姓を除く　⑤47$_{14}$
姓を称ぶ　②103$_{6}$
姓を請ふ表　⑤503$_{15}$
姓を奪ふ　③219$_{12}$
姓を負ふ　⑤513$_{4}$
姓を別つ　③113$_{8}$

姓を冒す　④201$_{10}$
姓を望む　⑤513$_{13}$
姓を蒙り訖る　③287$_{16}$
姓を蒙り賜はる　⑤309$_{11}$, 505$_{4}$, 509$_{13}$, 511$_{1}$
姓を蒙る　③251$_{16}$, 255$_{12}$　⑤505$_{3\cdot5}$
姓を与ふ　⑤281$_{3}$
姓を与へず　⑤281$_{5}$
征夷持節大使　②157$_{16}$
征夷将軍　②93$_{13}$
征夷将軍已下　②159$_{8}$
征夷大使　⑤503$_{12}$
征夷の便宜　④437$_{5}$
征夷の労　⑤209$_{10}$
征夷副使　⑤503$_{14}$
征越後蝦夷将軍　①149$_{3}$
征越後蝦夷副将軍　①149$_{3}$
征蝦夷将軍　①153$_{5}$
征蝦夷副将軍　①153$_{5}$
征期を愆つ　⑤209$_{13}$
征軍　⑤433$_{15}$, 435$_{2-3}$
征隼人持節将軍　②77$_{13}$
征隼人持節大使　②67$_{11}$
征隼人持節副将軍　②67$_{12}$
征隼人持節副将軍已下　②77$_{14}$
征隼人副将軍　②101$_{6}$
征西将軍已下　②77$_{1}$
征戦　⑤69$_{9}$
征戦を経　⑤21$_{2}$, 321$_{13}$
征箭を作らしむ　⑤511$_{8}$
征つ　②309$_{10}$　④439$_{7}$　⑤373$_{11}$
征狄所　①153$_{2}$
征狄将軍　①153$_{11}$
征東軍監　⑤289$_{10}$
征東軍監以下　⑤415$_{9}$
征東使　⑤145$_{5}$, 149$_{5\cdot7}$, 159$_{12}$, 165$_{3}$
征東主典　⑤141$_{11}$
征東将軍　⑤415$_{10}$, 425$_{13}$, 427$_{4}$, 431$_{1\cdot16}$, 433$_{7}$, 443$_{6}$
征東大使　⑤141$_{10}$, 209$_{14}$, 409$_{9}$
征東大将軍　⑤415$_{4}$, 443$_{6\cdot10}$
征東判官　⑤141$_{10}$
征東副使　⑤141$_{10\cdot12\cdot14}$, 197$_{2}$, 209$_{12}$, 403$_{3}$
征東副将軍　⑤283$_{8}$, 289$_{9}$, 415$_{8}$, 429$_{10}$, 431$_{1}$, 443$_{7}$
征討　①59$_{3}$　②113$_{11}$, 131$_{10}$　⑤145$_{6}$, 161$_{7}$, 433$_{8}$
征討すべからず　⑤159$_{15}$
征討するに足らず　⑤435$_{2}$
征伐　①149$_{4}$　②313$_{4}$
征伐の事　⑤207$_{13}$
征兵を割く　⑤435$_{2}$

せい（姓・征）

せい（征・性・青・斉・政・星・省・栖・悽・旌）

征む　⑤433₂, 435₁₂
征役　①153₁₃
性　②447₁₂　③427₁　④127₁₂　⑤411₁, 199₉, 265₅, 339₂, 407₁₁
性識　①195₃　②233₁
性と為る　⑤195₁₀
性分　②47₁₃
性分に随ふ　②47₁₄
性命を遂げしむ　②259₁₂
性を究む　①23₅
性を遂ぐ　②101₁
性を養はしむ　③183₁₂
青衣　④407₈
青揩の細布衣　④277₁₅
青き身　②351₃
青綬大夫（渤海）　④345₇, 351₁₄, 363₈
青組を紆ふ　③245₂
青馬にして白き髦と尾とある　②215₈
青馬にして白き髦と尾とあるは神馬なり　②351₄　④215₁₅
青樊石　①199₁₃
青苗簿　②29₁₆
青竜の幡　①33₆
斉成　②161₁₅
斉整　①79₁₁, 141₆
斉の太公（呂尚）　③361₇
斉明天皇　①147₉
政　③187₄, 205₁₀, 219₁₆, 309₁₂, 409₉, 413₁₄　④215₁₆, 267₃, 277₂, 299₁₀, 333₂·₆·₁₄　⑤125₈, 235₇, 307₅, 327₃
政化　②387₁₅, 389₁　②285₂　⑤335₄·₁₃
政教　②47₂
政刑日に峻しくす　②299₁₁
政事　②279₂　③277₉, 409₁₆
政事闕く　③81₂
政事の隙　②343₁
政事の量　④127₁₂
政事を廃せしむ　①169₁₃
政治　③131₃　⑤367₇
政す　①41₁₀
政迹　②345₁₃　②294　⑤289₁₆
政績（政の績）　①65₉, 155₁　②445₁₄　⑤365₁₅
政奏さひ　④313₂
政堂左允（唐）　③415₁
政道　③273₇
政道に閑はず　②61₅
政道を求む　⑤215₁₄
政に従ふ　④411₁₅
政にも在らず　④383₉

政に苾む　⑤365₁₂
政の巨細　④375₁₅
政の善悪　③181₄
政の柄を執る　④33₁
政は民を養ふに在り　③367₂
政令　②89₁₆, 91₂
政路　④165₉
政を為す　①147₂　②91₁₂
政を為す規模　③321₉
政を為す宗　③323₁₂
政を害す　①179₁₃
政を議るに預る者　③375₃
政を行ふ　③205₈, 439₃　④33₁₁
政を勤め　①227₆
政を弘む　②283₁₁
政を施す　③81₆, 385₇
政を執る　③35₁₀, 105₁₀, 423₈
政を申す　④407₁₂
政をする道　①125₁₃
政を専とす　⑤49₂
政を損ふ　②237₁
政を民に施す　③285₁₆
政を領む　③385₁
星異を示す　②163₃
星隕ること雨の如し　④395₁₂
星河女王　②129₆
星　⇒華蓋，客星，熒惑，軒轅，歳星，将軍，辰星，心大星，彗星，西亭，太白，大徴，塡星，東井，房星，北斗，流星
星廻り日薄り　③269₅
星光有り　②303₁₆
星川建日子　③113₅
星川臣黒麻呂　②9₉　③241₈
星川臣麻呂　②9₉
星川臣麻呂が息　②9₉
星（太白星）昼に見る　①63₅
星有り華蓋に孛ふ　②159₃
星有りて将軍星に孛へり　②451₁
星有りて西南に隕つ　④359₁₀
星有りて南と北とに隕つ　④407₁₄
星落つ　④29₄
星を瞻る　①131₆
省除に従ふ　⑤497₂
省掌　④223₁₁
省風　④165₉
栖息む　⑤327₇
悽愴　⑤95₃
悽び歎く　④131₁₂
旌異　②61₁₃

続日本紀索引

清化を欽ふ ⑤467$_{12}$
清海宿禰 ⑤163$_{14}$
清海宿禰惟岳〔沈惟岳〕 ⑤425$_1$
清海造 ③377$_7$ ⑤143$_{11}$
清き明き心を以て仕へ奉る ③219$_5$
清き明き心を持ちて仕へ奉る ③219$_{15}$
清き明き正しく直き心 ②143$_3$
清きを揚ぐ ⑤195$_5$
清議に叶ふ ②49$_5$
清橋女王 ⇨浄橋女王
清行の近士 ③277$_3$
清行の者 ④375$_5$
清謹 ⑤195$_2$
清く勤む ②179$_9$
清く慎む ⑤255$_{15}$, 367$_5$, 411$_9$
清く爽けし(歌謡) ④279$_2$
清く直き心 ⑤177$_{15}$
清く直き心を持ちて仕へ奉る ⑤179$_3$
清潔 ③163$_2$
清顕を歴 ⑤117$_{14}$
清原(浄原)王 ④145$_3$, 159$_5$, 343$_5$, 393$_6$ ⑤63$_7$, 99$_6$, 107$_9$, 213$_3$, 329$_4$
清原真人清貞 ⇨浄原真人浄貞
清原連 ②151$_{12}$
清原連清道(浄道) ③29$_5$, 131$_{13}$
清岡連広嶋 ⇨浄岡連広嶋
清住造 ③377$_{13}$, 437$_9$
清粛 ⑤367$_6$
清粛を崇ぶ ⑤221$_{13}$
清篠連 ③377$_2$
清浄 ②325$_8$ ③163$_{13}$ ④375$_3$
清浄を先とす ②131$_1$, 161$_7$
清津造 ⑤143$_{10}$
清慎 ①181$_4$ ④101$_{14}$
清水王 ③111$_{12}$ →海上真人浄水
清水王の男 ③111$_{12}$
清静 ②307$_1$
清川忌寸 ⑤373$_{16}$
清掃を致す ②161$_{10}$
清村宿禰 ⑤83$_7$
清淵連 ③377$_4$
清淵連雷 ④243$_6$, 249$_7$
清直 ②61$_9$
清田造 ③377$_7$
清道造岡麻呂 ⑤487$_6$, 513$_{16}$
清道連 ⑤513$_{16}$
清売(人名) ④157$_5$
清白の吏 ③385$_2$
清白の吏道 ④165$_{15}$

清貧 ④127$_{10}$
清風に変ふ ③293$_6$
清平の使 ③245$_{16}$
清め掃く ③95$_{12}$
清野造牛養 ④145$_{13}$
清野連 ④145$_{13}$
清廉 ①195$_3$
清廉の風を顕ふ ③235$_9$
逝く者を資く ③171$_{13}$
盛秀 ②355$_{10}$
盛徳 ③271$_{10}$, 279$_9$
盛熱に属く ②75$_3$
勢 ②431$_{15}$ ④105$_{10}$, 437$_{11}$ ⑤129$_{10}$, 425$_{15}$
勢官 ③385$_8$
勢強し ⑤431$_6$
勢多橋(近江国) ⑤339$_9$
勢多橋を焼く ④29$_3$
勢多(近江国) ⑤339$_7$
勢多郡(上野国) ③83$_{11}$
勢多郡小領 ③83$_{11}$
勢内外に振ふ ④33$_{18}$
勢に乗る ③211$_6$
勢力ある家 ④77$_6$
勢凌ぐ ④37$_{10}$
勢を仮る ②253$_4$
勢を合す ⑤431$_7$
勢を妬む ④27$_3$
勢を有つ ②431$_{15}$
聖 ③269$_{12}$
聖胤の繁息 ③225$_1$
聖運 ③113$_8$
聖王 ②115$_{15}$
聖化 ①161$_6$
聖化に投す ②35$_3$ ⑤447$_{11}$
聖化の内 ④437$_5$
聖化を非る ③247$_9$
聖化を慕ふ ③185$_6$ ⑤469$_{12}$
聖願に乖く ③323$_{16}$
聖願に称ふ ②15$_7$
聖忌 ④317$_{11}$
聖躬 ④299$_6$ ⑤217$_4$
聖教 ②447$_{16}$
聖教を顕す ②123$_2$
聖境 ③255$_{10}$
聖君 ③229$_{10}$
聖賢の号 ④201$_{10}$
聖皇 ⑤35$_{11}$
聖裁を聴く ⑤135$_6$
聖旨を承奉 ④457$_2$

せい(清・逝・盛・勢・聖)

233

続日本紀索引

せい（聖・誠・精・製・誓・静・請）

聖上　③$283_6$, 341_{16}, 361_3　⑤$331_{14}$, 489_5
聖上の遺章　③$245_9$
聖寿の遐祉を鷹む　③$273_9$
聖上　③$249_6$
聖神皇帝　①$81_{10}$
聖人　②$157_3$, 235_6, 351_4　⑤$125_7$, 167_{12}
聖人政して資服制有れば神馬出づ　②$351_4$
聖世に逢ふ　①$123_6$
聖体　②$95_1$　③$115_{10}$, 157_{11}　⑤$215_{16}$, 247_1
聖体宜しきに乖ける　③$211_1$
聖体をして安穏平復せしむる　③$349_4$
聖代の鎮護　③$163_{14}$
聖代の棟梁　③$361_{10}$
聖沢に霑はず　①$189_{14}$
聖沢頻に流る　④$437_4$
聖朝（聖の朝）　①$69_8$　②$15_5$, 313_{15}　③$25_{13}$, 277_9, 363_{14}　④$205_1$, 271_6, 317_7, 369_6　⑤$31_{13}$, 121_9, 473_1, 487_{12}, 499_1, 509_3
聖朝に還帰る　④$19_4$
聖朝に帰る　⑤$205_{16}$
聖朝に在り　④$365_{16}$
聖朝に入る　①$151_5$
聖朝に逢ふ　④$367_8$
聖朝の使　⑤$85_2$
聖聴を垂る　⑤$333_9$
聖聴を煩す　②$73_4$　③$231_{13}$
聖哲　③$305_{16}$
聖典の重する攸　③$239_6$
聖殿　③$359_2$
聖と謂ふ　③$269_6$
聖道　②$27_{10}$
聖徳　①$231_{10}$　③$311_9$　⑤$403_{13}$
聖に感く　②$433_1$
聖の御法　④$139_9$
聖の君と坐す　②$215_{12}$
聖の皇が御世　④$173_5$
聖の天皇　③$19_3$
聖の天皇が朝　③$341_9$
聖は聖を継ぐ　③$273_6$
聖は無名を以て道に体す　③$269_7$
聖武　③$297_4$
聖武皇帝　③$353_7$, 413_9, 415_6, 425_{16}, 433_5　④$57_{10-11}$, $127_{13 \cdot 15}$, 443_4　⑤$447_7$, $477_{1 \cdot 3}$
聖武皇帝の皇子　④$119_3$
聖武天皇〔首親王〕　②$139_{4-5 \cdot 10}$, 177_4, 215_8, 223_{12}, 243_4, 287_{4-5}, 307_9, $337_{4 \cdot 14}$, 381_{10}, 383_4, 385_4, 415_{4-5}, 421_2, 433_8　③$34_4$, 39_4, 61_{15}, 65_{10}, 83_8, $85_{1 \cdot 5 \cdot 14}$, 163_{10-15}, 177_{11}, 179_{14-16}, 183_3, 207_{12}, 237_{11}, 249_{16}, $279_{5 \cdot 13-14}$, 295_{16}, 303_8,

341_{16}, 353_5, 359_8　④$43_{10}$, 113_{11}, 127_9, 257_9, 259_3, 261_3　→天皇，太上天皇
聖武天皇の外祖母　②$295_{13}$
聖武天皇の五七日　③$165_4$
聖武天皇の皇子　②$437_6$
聖武天皇の皇太子　③$317_1$
聖武天皇の三七日　③$161_{11}$
聖武天皇の七七日　③$165_{15}$
聖武天皇の周忌　③$185_{13}$, 223_{14}
聖武天皇の徳　③$279_{12}$
聖武天皇の二七日　③$161_6$
聖武天皇の六七日　③$165_{15}$
聖法　③$49_6$
聖法の盛　③$389_{14}$
聖祐　②$367_8$
聖暦　③$283_{10}$
聖烈を承く　③$309_{15}$
誠敬　③$269_{14}$　⑤$13_2$
誠惶を忘る　②$163_6$
誠に嘉ぶ　③$181_{10}$
誠に躍る　③$181_{10}$
誠を献す　④$371_{11}$
誠を徴す　③$389_7$
誠を表す　③$189_{11}$
精鋭　⑤$151_1$
精華　①$235_5$
精幹なる者　③$335_9$
精簡を須ゐる　③$385_5$
精勤　②$121_{12}$　③$183_7$　⑤$411_{15}$
精勤の士　③$233_8$
精好　②$51_6$
精舎　②$49_5$　③$359_{12}$　④$415_5$
精進　⑤$269_{11}$
精誠　②$125_7$　⑤$215_{15}$, 217_9
精亀　②$37_{15}$, 39_5
精兵　②$369_1$　③$199_{10}$, 297_5, 299_2　④$29_7$, 45_3
精務　①$181_8$
製　③$403_6$
製衣冠司　①$31_3$
誓願　①$147_9$
誓はく　③$163_5$
誓ひて曰はく　③$203_8$
誓ふ　③$215_{13}$　④$191_1$, 395_{10}
静鑒を廻らす　②$49_5$
静処　⑤$437_3$
静に言に念を興す　③$365_{16}$
静に此を言ひて　⑤$245_3$, 413_9
静まり了てなむ後　③$315_8$
請益　②$289_{10}$　④$265_{16}$

234

続日本紀索引

請求 ③291$_2$
請求する所有 ③289$_{16}$
請く ②313$_{14}$, 327$_5$, 333$_1$ ③205$_{16}$
請屈 ③171$_{15}$
請け進る ⑤39$_7$
請け聞く ②411$_{12}$
請し奉る ④135$_{10}$
請す ②27$_{16}$, 159$_6$, 179$_2$, 415$_{11}$, 439$_{16}$, 441$_1$ ③17$_{13}$, 57$_{14}$, 97$_{1\cdot4}$, 169$_9$, 381$_{11}$ →屈請
請せ奉る ④173$_{10}$
請託 ①181$_6$ ⑤127$_9$, 367$_{12}$
請に依らず ③309$_{11}$
請に依りて ②257$_{13}$, 263$_{11}$, 271$_{13}$ ③113$_{12}$, 157$_1$ ④19$_2$ ⑤203$_{12}$, 207$_3$, 275$_{14}$, 481$_{12}$, 487$_{15}$, 497$_9$, 509$_6$, 513$_{14}$
請に縁りて ⑤41$_1$
請はく ①73$_3$ ②373$_7$
請はくは ①87$_6$, 89$_2$, 177$_4$ ②74$_{\cdot8}$, 151$_4$, 171$_5$, 191$_3$, 311$_{1\cdot16}$, 451$_2$, 75$_{11}$, 95$_{15}$, 187$_3$, 211$_1$, 225$_{16}$, 231$_1$, 309$_{10}$, 313$_{13}$ ③45$_1$, 287$_{16}$ ⑤131$_2$, 167$_9$, 237$_3$, 369$_8$, 375$_5$, 377$_{11}$, 385$_9$, 405$_{16}$, 475$_3$, 479$_5$, 497$_1$, 505$_5$, 509$_{5\cdot16}$, 513$_5$
請ひ取る ③153$_{11}$
請ひ受く ③429$_8$ ⑤405$_9$
請ひ集ふ ③9$_{16}$
請ひ入る ⑤243$_{14}$
請ふ ②21$_{15}$, 111$_7$, 161$_{14}$, 179$_8$, 183$_{10}$, 201$_4$, 203$_{11}$, 209$_{10}$, 231$_6$ ②47$_{10}$, 73$_4$, 79$_6$, 95$_7$, 191$_{13}$, 193$_6$, 309$_3$, 313$_{11}$, 317$_{13}$, 321$_9$, 357$_{11}$, 359$_{7\cdot10}$ ③17$_{12}$, 105$_{11}$, 119$_{12}$, 171$_9$, 185$_{13}$, 199$_{13}$, 205$_9$, 231$_{11}$, 435$_{13}$ ④15$_{16}$, 341$_{13}$, 423$_{3\cdot5\cdot10}$, 461$_{16}$ ⑤73$_{15}$, 149$_{5\cdot7}$, 167$_4$, 197$_2$
請ふ所 ②193$_{13}$, 353$_3$ ③161$_{14}$, 257$_3$, 275$_8$, 309$_5$ ④235$_{11}$ ⑤75$_5$, 487$_{14}$
請ふ所に依らず ④317$_{12}$
請ふ所に依る ②75$_{14}$ ③163$_6$, 361$_{12}$ ④21$_4$, 439$_7$
請を許す ②319$_1$
賷す ③125$_2$, 303$_{10}$, 363$_{14}$ ⑤79$_{14}$, 95$_{15}$, 131$_{16}$
賷ち来れり ③131$_3$
賷つ ③133$_2$, 209$_{13}$, 345$_3$, 429$_1$ ④131$_1$ ⑤151$_9$
齋つ ①219$_3$ ④17$_9$
齋粮に労み ⑤99$_2$
税 ①205$_7$ ②55$_{11}$, 117$_2$ →正税, 大税
税司 ①53$_{12}$
税帳 ④233$_{15}$, 235$_1$ ⑤253$_{10}$, 481$_3$
税稲 ②149$_6$
税(の)布 ④41$_{14}$ ⑤109$_5$
税を挙ぐ ③147$_9$
税を出す ②69$_1$

税を徴す ②117$_7$
蛻く ③225$_3$
夕 ②281$_9$
夕撮 ⑤81$_3$
夕に愓若として属む ②163$_1$
夕に愓れ属ぐが如し ③229$_{15}$
夕まで愓兢る ④49$_{10}$
斥候 ⑤145$_5$
石¹ ①231$_{14}$ ②37$_{3-5}$, 143$_{10}$, 213$_5$, 291$_{10}$, 297$_{8-9}$, 303$_7$ ③415$_5$ ④83$_5$, 851$_{\cdot6\cdot8\cdot11-12}$, 871$_1$, 265$_{12}$
石² ④273$_{16}$, 275$_1$ ⑤19$_{14}$, 163$_{16}$
石淵王 ⑤171$_4$, 189$_8$, 283$_3$, 379$_{10}$, 503$_6$
石橋連 ④115$_7$
石凝院(河内国) ④415$_7$
石見介 ⑤239$_{14}$
石見国 ①113$_7$ ②57$_9$, 101$_{16}$ ③63$_4$, 127$_7$, 169$_{13}$, 291$_{10}$, 349$_{15}$, 407$_{11}$, 439$_6$ ④9$_6$, 19$_{10}$, 73$_1$, 81$_4$, 117$_{13}$, 191$_6$, 329$_{10}$ ⑤149$_2$
石見国介 ⑤277$_4$
石見守 ③439$_5$ ④209$_{14}$, 319$_{12}$, 429$_3$ ⑤31$_4$, 229$_3$, 345$_4$, 421$_5$
石原宮(山背国) ④407$_{16}$, 429$_7$
石原宮の楼 ②415$_8$
石ごと ④59$_{11}$
石上宇麻乃が子 ②25$_8$
石上宇麻乃〔物部宇麻乃〕 ②25$_8$
石上衞(大和国) ⑤447$_4$
石上氏 ④401$_{13}$, 439$_{13}$ ③3$_8$ ⑤313$_8$
石上神(大和国) ④221$_7$
石上大朝臣 ⑤113$_{14}$, 199$_{14}$
石上大朝臣宅嗣〔石上朝臣宅嗣・物部朝臣宅嗣〕 ⑤127$_{13}$, 183$_9$, 199$_{7-8-15}$, 201$_1$
石上朝臣奥継(息継・息嗣) ③337$_{16}$, 399$_{11}$, 403$_2$, 429$_{11}$ ④55$_{12}$, 109$_9$, 223$_5$, 243$_{12}$, 341$_5$, 355$_5$, 357$_7$, 425$_9$ ⑤9$_7$, 231$_2$, 511$_0$
石上朝臣乙麻呂(弟麻呂) ②147$_3$, 157$_{10}$, 255$_{11}$, 263$_9$, 299$_9$, 329$_9$, 337$_{13}$, 339$_1$, 351$_{14}$, 365$_8$, 423$_{11}$, 443$_{14}$ ③21$_7$, 25$_3$, 27$_4$, 33$_7$, 53$_6$, 57$_3$, 65$_{16}$, 87$_{12}$, 107$_{10}$
石上朝臣乙麻呂(弟麻呂)の子 ⑤199$_9$
石上朝臣乙名 ⑤417$_{13}$, 423$_{13}$
石上朝臣家成 ④41$_6$, 205$_{15}$, 221$_{15}$, 315$_7$, 329$_5$, 355$_6$, 389$_8$ ⑤31$_1$, 51$_2$, 63$_6$, 189$_3$, 213$_4$, 229$_6$, 243$_1$, 271$_{12}$, 301$_8$, 349$_9$, 365$_5$, 403$_1$, 423$_5$, 449$_{14}$, 463$_7$, 485$_{14}$
石上朝臣継足 ③365$_1$, 377$_{14}$
石上朝臣国守 ④75$_8$, 351$_8$
石上朝臣糸手 ④419$_{12}$
石上朝臣志斐弓 ④119$_{10}$

せい―せき (請・賷・齋・税・蛻・夕・斥・石)

235

石上朝臣諸男　②$157_{10}$
石上朝臣勝雄(堅魚・勝男)　②$53_6$, 157_{10}, 165_{13}, 243_{11}, 299_8
石上朝臣真家　⑤$419_{11}$
石上朝臣真足　④$151_4$, 159_4, 167_{12}, 195_3
石上朝臣宅嗣　③$111_3$, 189_6, 193_{12}, 313_{12}, 373_5, 391_{16}, 405_2, 421_8　④$9_2$, 39_{7-8}, 65_2, 73_8, 109_{13}, 141_{15}, 189_9, 221_{10}, 295_3, 305_{12}, 337_{14}, $355_{5\cdot11}$, 413_{13}, 465_3　⑤$47_{10}$　→物部朝臣宅嗣　→石上大朝臣宅嗣
石上朝臣宅嗣　④$465_3$
石上朝臣等能能古　④$183_{13}$
石上朝臣豊庭　①$77_1$, 115_{14}, 165_9, 171_{13}, 219_{13}, 221_{12}, 231_{16}　②$45_{16}$
石上朝臣麻呂　①$31_4$, 37_{13}, 39_1, 43_{11}, 59_8, 69_{13}, 75_{10}, 77_6, 129_{11}, 133_1, 139_{12}, 161_{11}　②$252_{\cdot7}$, 35_6
石上朝臣麻呂の子　③$107_{11}$
石上朝臣麻呂の舎人　①$163_6$
石上朝臣麻呂の孫　⑤$199_9$
石上朝臣麻呂の第　②$25_4$, 35_6
石上部　④$293_7$
石上部君　③$135_5$
石上部君諸弟　③$79_4$
石上部君男嶋　③$135_4$　→上毛野坂本公男嶋
石上部君男嶋の親父　③$135_4$
石城王　④$143_2$, 207_{10}, 345_{15}　⑤$31_3$, 137_6, 183_{11}, 229_2
石城郡　⇨磐城郡
石城国　②$45_8$, 59_5
石城国に属く　②$45_{10}$
石津王　③$93_{11}$, 131_{13}, 177_4
石神社(陸奥国)　⑤$483_3$
石生別公　④$245_8$
石成宿禰　④$239_{16}$
石成神社(大和国)　②$171_1$
石川王　②$165_9$, 333_3, 375_5, 379_7, 409_5　③$57_5$
石川(河内国)　③$93_5$
石川女王　③$57_1$
石川(石河)郡(河内国)　①$105_5$
石川郡の人　①$105_5$　③$167_7$
石川(石河)朝臣小老(子老)　①$111_6$, 61_{15}
石川(石河)朝臣足人　①$167_2$　②$145_{13}$
石川朝臣　③$71_7$
石川朝臣安麻呂(蘇我臣安麻呂)　②$221_{12}$
石川朝臣安麻呂の子　②$221_{12}$
石川朝臣永成　⑤$379_4$, 381_2
石川朝臣永年(長年)　④$41_6$, 53_{11}, $89_{4\cdot10}$, 91_7
石川朝臣垣守(恒守)　④$25_7$, 67_{11}, 193_7, 291_{10}, 295_{10}, 341_1, 377_{15}, 419_9　⑤$3_9$, 11_9, 29_4, 59_8, 61_7, 189_4, 215_{12}, 219_{11}, 299_6, 301_{11}, 311_3, 325_7, 337_9, 353_5, 369_{14}
石川朝臣乙麻呂　②$275_6$
石川朝臣加美(賀美)　②$245_1$, 343_4, 347_7, 361_5, 423_{13}, 431_4, 433_{15}　③$13_9$, 35_{16}, 43_7
石川朝臣宮麻呂　①$73_{10}$, 91_{12}, 133_4, 165_7, 193_7, 205_{14}
石川朝臣牛養　②$329_{11}$, 335_1, 343_8
石川朝臣魚麻呂　⑤$287_9$, 293_3, 375_7, $381_{5\cdot13}$
石川朝臣君子　①$193_{10}$, 229_{13}　②$99_{12}$, 145_{13}, 165_{11}
石川朝臣君成(公成)　③$189_{11}$, 191_{15}, 337_{15}
石川朝臣公足　⑤$185_2$, 305_3, 351_8, 423_{11}
石川朝臣広成　③$267_{12}$, 347_8　→高円朝臣広成
石川朝臣在麻呂　④$399_8$, 425_8, 457_{11}
石川朝臣氏人　④$31_3$, 9_1
石川朝臣氏人を斬る　④$37_{15}$
石川朝臣若子　②$65_{15}$, 81_1
石川朝臣宿奈麻呂　⑤$5_2$, 11_2, 109_{10}, 277_7, 301_{10}, 345_4
石川朝臣諸足　④$329_1$, 347_7, 435_6, 457_{13}
石川朝臣浄継　⑤$257_{13}$, 291_{13}
石川朝臣浄足　⑤$141_5$
石川朝臣真永　④$325_{11}$, 339_8, 347_{13}, 419_{11}, 441_6　⑤$31_1$, 51_3
石川朝臣真守　④$129_6$, 167_8, 223_2, 305_6, 357_9, 379_5, 381_{13}　⑤$71_2$, 111_1, 123_{14}, 191_6, 249_{11}, 257_{10}, $271_{9\cdot13}$, 455_9, 473_9, 485_{14}, 503_9
石川朝臣真人　④$151_4$, 195_9
石川朝臣人公　③$189_{13}$, 193_7
石川朝臣人成　③$111_2$, 313_8, 347_{11}, 389_7, 399_9, 429_{12}　④$11_7$, 193_3
石川朝臣人麻呂　④$151_5$, 155_8, 209_8, 243_{13}, 425_4　⑤$17_5$, 25_1, 29_7
石川朝臣清成　⑤$417_{12}$
石川朝臣清浜　⑤$417_{12}$, 421_1
石川朝臣清麻呂(浄麻呂)　④$151_{12}$, 159_3, 187_7, 237_{16}, 439_{14}　⑤$31_2$, 11_1, 137_6, 187_{13}
石川朝臣石足　①$133_{13}$, 165_{10}, 207_8　②$53_1$, 79_{14}, 101_2, 127_{12}, 153_5, 191_5, 197_1, 205_7, 207_9, 209_3, 221_{11}
石川朝臣石足が長子　③$413_6$
石川朝臣石足の子　④$387_{15}$
石川朝臣樽　②$129_2$
石川朝臣太祢(多祢)　⑤$5_1$, 397_{12}
石川朝臣大蕤娘　①$77_8$
石川朝臣大蕤比売　①$153_4$
石川朝臣長継　④$393_1$
石川朝臣弟人(己人)　③$371_1$, 389_4, 423_{12}　④

続日本紀索引

石川朝臣奴女　⑤$59_7$
石川朝臣刀子娘　①$51_6$, 205_7
石川朝臣東人　②$299_{11}$, 443_{12}
石川朝臣奈保　④$69_2$
石川朝臣難波麻呂　①$165_{10}$, 207_8, 217_{11}　②$21_{12}$, 51_{15}
石川朝臣年足　②$287_{14}$, 355_6, 361_5, 423_{16}, 443_{11}　③$25_4$, 27_6, 33_{12}, 35_{14}, 39_{14}, 43_6, 49_{12}, 87_7, 89_{10}, 95_9, 113_3, 135_{12}, 171_7, $191_{1\cdot 16}$, 221_7, 267_3, 285_5, 323_{11}, 341_{13}, 391_{11}, $413_{3\cdot 5}$
石川朝臣年足の子　⑤$407_6$
石川朝臣美奈伎麻呂（弥奈支麻呂・美奈岐麻呂）　⑤$87_5$, 105_{11}, 179_{14}, 249_{15}, 499_8
石川朝臣夫子　②$67_1$, 243_{13}, 263_{10}, 299_7
石川朝臣豊人　③$53_{14}$, 89_8, 141_{16}, 143_{10}, 177_2, 423_6, 431_1　④$311_1$, 187_7, 295_{14}, 319_5, 351_7, 419_{10}　⑤$31_{10}$, 17_{13}, 37_6, 65_1, 99_{15}, 117_{11}, 171_{15}, 191_{13}, 219_8, 309_1, 337_{11}, 343_9, 369_1, 397_4, 401_{13}, 467_{10}, 499_{11}
石川朝臣豊成　③$139_3$, 141_{14}, 145_{11}, 149_{15}, 159_{12}, 247_1, 267_7, 327_2, 339_{10}, 355_7, 379_{16}, 399_8, 401_7, 405_{11}, 417_4　④$37_7$, 25_5, 51_1, $91_{9\cdot 11}$, 223_4, 287_{10}, 295_{11}, 315_1, 331_{13}, 335_8, 337_{13}, 387_{15}
石川朝臣豊麻呂　②$221_6$, 423_6　④$403_2$, 407_{13}, 427_3, 433_3　⑤$57_{13}$, 63_9, 189_{11}
石川朝臣望足　④$99_{10}$, 233_3, 349_{16}, 427_9
石川朝臣麻呂　②$129_3$, 245_{15}, 329_{11}, 343_9　③$31_3$, 23_3, 33_4, 41_2, 53_8, 137_{15}, 147_6
石川朝臣枚夫（比良夫）　②$147_2$, 243_{12}, 263_7
石川朝臣名継　④$151_4$, 171_6, 177_{11}, 319_{11}, 363_{12}, 425_6
石川朝臣名主　④$363_{13}$　⑤$71_6$
石川朝臣名人　③$52$, 31_7, 43_{12}, 53_{11}, 91_8, 141_{15}, 171_6, 189_3, 319_{11}, 347_2　④$9_8$
石川朝臣名足　③$371_1$, 373_6, 423_8　④$53_5$, 57_7, 123_7, 131_6, 169_5, 183_4, 195_2, 215_4, 249_{12}, 339_9, 347_2, 413_7, 453_{16}　⑤$51_2$, 61_{12}, 127_{15}, 129_{14}, 183_{13}, 185_{12}, 189_{10}, 219_4, 243_7, 251_2, 265_3, 277_2, 311_2, 337_4, 355_2, 363_{14}, 369_2, 371_{14}, 389_{10}, 397_1, 405_3, $407_{6\cdot 10\cdot 13}$
石川朝臣毛比　④$403_4$　⑤$67_{16}$, 131_7, 279_{11}
石川朝臣連子（牟羅志）（蘇我臣連子）　②$221_{12}$
石川朝臣連子の孫　②$221_{12}$
石川夫人（石川朝臣大蕤娘）　①$77_8$
石占（伊勢国）　②$381_6$
石船柵（越後国）　①$155$, 21_{16}
石村村主（石村主）押縄　④$83_7$
石村村主（石村主）石楯　④$25_{12}$, 31_1, 41_9, 67_9,
83_7　→坂上忌寸石楯
石村池辺宮に御宇し聖朝（用明天皇）　①$177_2$
石沢道　⑤$165_5$
石田郡　⇒磐田郡
石田女王　⇒磐田女王
石の巣　④$275_4$
石背郡　⇒磐瀬郡
石背国　②$45_9$
石部女王　④$349_{14}$
石浦王　⑤$287_5$, 343_3, 381_1, 501_{11}
石野連　③$377_4$　④$245_{10-11}$
石離浦（薩摩国）　③$143_9$
石流黄　①$199_{13-14}$
石を引く　④$275_1$
石を剋る　②$317_4$
石を焼く　④$275_4$
石を練る才　①$107_{13}$
赤　①$233_9$
赤烏　①$11_{15}$, 89_{16}　②$83_5$, 347_2　⑤$299_{10}$
赤き眼（赤眼）　④$215_7$, 451_4　⑤$81_{16}$, 475_{15}
赤県　②$63_{11}$
赤紫　①$37_9$
赤雀　⑤$327_{2\cdot 5\cdot 8}$, 333_{15}, $335_{7\cdot 11}$
赤雀の瑞　⑤$331_6$
赤雪雨れ　④$403_{11}$
赤染高麻呂　③$47_4$, 107_{11}
赤染国持　⑤$35_5$
赤染人足　⑤$35_6$
赤染造広足　③$47_4$, 107_{11}
赤染造長浜　④$337_7$　⑤$35_7$
赤染帯縄　⑤$35_7$
赤丹のほにたまへゑらき　④$103_{12}$
赤地　③$403_7$
赤白　②$157_7$
赤白の両点　①$233_9$
赤坂郡（備前国）　②$93_{11}$　④$123_{12}$　⑤$405_{13}$
赤坂郡の人　④$245_9$
赤坂頓宮（伊勢国）　②$379_3$, 381_5
赤幡　②$401_4$
赤文を茺渚に浮ぶ　③$273_{12}$
赤毛の馬を奉る　④$293_{12}$
昔　①$23_{10}$, 131_{10}　②$163_4$　③$239_9$, 341_{16}　④$55_7$, 201_{11}
昔王　③$247_8$
昔時　③$355_{14}$
昔者　①$231_4$, 235_1　②$305_{10}$　③$45_5$, 183_3, 245_1, 279_5　④$205_5$, 271_4　⑤$201_{14}$
昔楊節（新羅）　②$133_{15}$
昔を以て今に准ふ　④$423_{14}$

せき（石・赤・昔）

237

続日本紀索引

せき—せつ（席・迹・隻・惜・責・跡・碩・惑・積・績・籍・折・拙・窃・接・設）

席田君迩近　①$233_2$
席田郡(美濃国)　①$233_2$　③$293_{15}$
席田郡大領　③$293_{16}$
席を設く　③$251_2$
席を避る　④$267_7$
迹事　②$225_6$
迹を晦す　④$309_{10}$
迹を降す　③$271_5$
迹を竄す　⑤$195_{13}$
隻　②$289_7, 367_{15}$　③$307_{13}, 387_{8 \cdot 12}, 391_{4-5}, 395_{5 \cdot 9 \cdot 13}, 407_3$　④$345_8, 453_5$　⑤$327_5$
惜しかも　④$333_5$
惜む　①$251_1$　②$341_{12}$
責元首に帰す　③$365_{16}$
責朕が身に在り　⑤$217_2$
責(の)深きこと予に在り　⑤$245_4, 475_{12}$
責は予一人に在り　②$281_{14}$
責む　③$179_8, 217_{15}, 291_4$　⑤$209_{16}$
責めず　⑤$253_{14}$
責め徴る　②$281_2$
責め問ふ　④$365_{10}$
責予に在り　①$163_4, 291_3$
責を塞ぐ　④$83_3$
跡とす　①$113_1$
跡を参ふ　②$63_{11}$
跡を垂らしむ　③$361_{14}$
跡を絶つ　④$141_4$
碩　③$47_6$
碩学　③$299_{13}$
惑む　③$261_8$
積悪止まず　④$239_7$
積実　⑤$367_3$
積習　②$69_{14}$　⑤$365_{10}$
積殖王　④$149_{14}$　⑤$251_8, 263_4$
積雪　④$219_4$
積徳　④$283_8$　⑤$327_{10}$
積年　①$219_7$
積み習ふ　②$83_1$
積みて能く散つ　④$191_7$
積みて能く施す　⑤$303_{16}$
積む数　①$213_3$
績　②$169_{13}$　⑤$47_6, 455_1$
績を考ふ　③$293_2$
績を賞す　③$283_6$
績を褒め歎ぐ　②$229_{12}$
籍　③$385_4$　④$157_8, 407_5, 411_3$　⑤$99_9, 107_{11}, 509_{14-16}$　→戸籍, 属籍
籍貫　①$201_3$
籍帳　①$71_7, 181_{3 \cdot 7}$　②$133_2$　③$117_{16}, 135_5$

籍を除く　②$81_{13}, 147_{10}$　④$119_{13}$　⑤$389_{14}$
籍を絶つ　①$101_{11}$
籍を造る日　④$83_{14}$　⑤$509_{14}$
籍を編める日　④$157_{10}$
折き留む　②$97_1$
折ぎ当つ　①$79_{15}$
折衝　③$287_{13}, 387_{13}$
折ち役ふ　②$39_5$
折中　③$329_6$
拙き者　③$437_{16}$
拙く愚にして　③$181_3$
拙く弱くあれども　③$265_9$　④$311_{15}$
拙くたづかなき朕が時に　③$69_2$
拙く劣き朕に賜はり　②$265_4$　④$311_7$
拙く劣く在れども　③$87_1$
拙く劣くて　②$141_{16}$
拙吏　⑤$103_{11}$
拙劣あれども　⑤$181_{12}$
拙を以て却く　③$63_{11}$
窃盗　①$123_9, 187_2, 215_{11}$　②$31_3, 121_{5-6}, 259_9, 265_{11}, 271_8, 283_3, 291_7, 297_6, 323_3, 325_1, 337_8, 365_5$　③$9_4, 231_1, 39_{10}, 51_{11}, 105_8, 115_{13}, 131_8, 137_8, 145_1, 151_7, 155_8, 157_{14}, 183_1$　④$59_2, 119_6, 175_{14}, 237_1, 287_5, 377_8, 399_2, 401_7, 405_{15}, 445_{12}$　⑤$51_{11}, 67_4, 103_5, 125_{14}, 169_7, 175_{12}, 217_6, 245_8, 465_8$　→盗賊
窃盗一度　②$259_{10}$
窃盗の財を得る　②$199_{16}$
窃に以みるに　③$151_5$
窃に惟みるに　③$275_{10}$
窃に往く　②$241_6$
窃に懐ふ　④$377_3$
窃に疑ふ　③$273_{16}$
窃に恐らくは　③$311_3, 367_8$
窃に計る　③$181_3$
窃に見る　③$325_8$
窃に思ふ　③$361_6$　④$19_{16}$
窃に取る　③$322_3$
窃に心を通はして人をいざなひすすむこと莫かれ　④$49_4$
接引　③$353_6$
接ぎ作る　①$143_3$
接遇を加へず　⑤$123_3$
設く　①$69_2$　②$107_1$　③$353_{13}$
設け奉る　④$417_3$
設斎　①$63_3, 65_{11}, 67_7, 115_{11}, 231_8$　②$171_3$　③$115_{10}, 165_{4 \cdot 15}, 185_{13}, 219_2, 223_{14}, 369_7$　④$171_2, 303_8, 305_{2 \cdot 5 \cdot 13}, 361_1, 387_{10}, 397_5, 417_3$　⑤$221_8, 255_3, 485_4$　→斎を設く

238

続日本紀索引

設斎大会 ③$119_{10}$
雪消ゆ ②$317_2$ ⑤$129_7$
雪深し ②$317_2$
雪む ④$119_{13}$, 303_7
雪むることを得 ⑤$429_9$
摂官 ②$101_{15}$
摂官記事 ②$101_{15}$
摂行 ④$329_{14}$
摂受を辞す ③$171_{16}$
摂津国 ①$49_1$, 97_{12}, 111_7, 149_{13}, 163_{14}, 229_4 ② 9_2, 23_{10}, 393_{14}, 399_5 ③$411_5$, $107_{2\cdot 8}$, 135_{10}, 433_{16}, 443_4 ④$99_1$, 133_8, 231_{12}, 239_4, 243_4, 449_{11} ⑤$67_{12}$, 143_{13}, 243_{10}, 279_2, 315_{11}, 321_2, 401_8, 507_8
摂津国の国人 ②$163_{10}$
摂津国造 ①$107_8$
摂津国の穀 ④$163_9$
摂津国の諸寺 ③$157_9$
摂津国の乗田 ④$185_7$
摂津国の人 ④$119_8$
摂津国の摂官 ②$59_{10}$
摂津国の潮に遭ひし諸郡 ③$137_1$
摂津国の田租 ③$157_9$
摂津国の百姓 ②$363_4$
摂津国の没官田 ④$185_7$
摂津国班田次官 ⑤$375_{11}$
摂津国班田長官 ⑤$375_{10}$
摂津山背検税使 ⑤$17_7$
摂津守 ②$81_5$
摂津職 ②$277_6$ ④$73_{11}$ ⑤$374$, 449_3, 475_{15}
摂津職言さく ①$203_9$ ②$387_{11}$ ⑤$297_6$, 375_3
摂津職史生 ⑤$297_{15}$
摂津職に准ふ ⑤$387_4$
摂津職の正税 ⑤$297_{16}$
摂津大進 ④$159_9$, 273_8, 281_3
摂津大夫 ①$53_2$, 89_{13}, 133_{12}, $143_{5\cdot 8}$, 203_7 ② 265_3, 343_{12}, 353_{10}, 409_{13} ③$15_5$, 33_{12}, 103_{15}, 121_1, 143_3, 177_{16}, 193_{10}, 261_{10}, 281_{15}, 335_2, 413_4, 423_4, 431_1 ④$47_1$, 179_3, 351_5, 425_{12}, 465_1 ⑤$15_{14}$, 214, 109_{10}, 189_{11}, 265_1, 309_1, 373_6, 399_3, 401_7, 405_{11}, 477_5
摂津亮 ②$273_4$, 343_{13}, 345_4, 367_5, 401_9, 429_2 ③ 25_3, 65_2, 143_3, 381_1, 401_{11} ④$47_1$, 127_8, 279_9, 339_{14}, 393_7, 425_{12} ⑤$9_5$, 29_5, 109_{10}, 227_{15}, 293_{12}, $381_{5\cdot 10}$, 423_9
摂政 ③$425_{16}$
摂知 ④$287_{15}$
摂り断す ②$103_{13}$
節宴を停む ③$305_2$ ⑤$457_3$, 499_{12}

節義 ④$191_7$
節級 ①$173_7$, 227_{15} ②$213_3$ ③$369_2$ ⑤$329_{12}$
節す ②$107_2$
節制有り ③$287_3$
節度使 ②$263_{12}$, 279_8 ⑤$79_7$, 149_{3-4}
節度使医師 ②$261_2$
節度使陰陽師 ②$261_2$
節度使主典 ②$261_2$
節度使の管れる諸国 ②$261_6$
節度使判官 ②$261_2$
節刀 ①$39_{16}$, 149_4 ②$25_9$, 51_9, 79_{13}, 269_{11}, 287_{10} ③$119_3$, 407_6 ⑤$13_{6\cdot 12}$, 21_6, 199_7, 415_5, 441_{16}
節ならず ⑤$133_{16}$
節幡の竿 ④$333_1$
節婦 ①$129_6$, 215_{14} ②$5_2$, 37_5, 143_{11}, 219_4, 297_9, 407_{11} ③$21_{16}$, 79_8 ④$175_6$ ⑤$171_2$, 395_{12}
節部卿 ③$333_{16}$, 393_3
節部少輔 ③$313_8$, 347_{11}
節部省 ③$287_4$, 337_{13} ④$195_{\cdot 9}$ →大蔵省
節部大輔 ③$389_7$, 429_{15}
節無し ③$247_9$ ⑤$201_{15}$
節目 ③$359_3$
節を為す ④$279_3$
節を持す ③$367_1$ ⑤$37_5$, 43_3
節を制す ②$91_{12}$
節を励す ③$245_3$
説かしむ ①$41_4$ ④$171_{14}$
説く ③$431_{16}$
説経竟らず ③$129_{13}$
絶域 ①$83_{15}$, 113_{13} ③$35_3$ ⑤$13_{15}$
絶えたるを継ぐ ⑤$471_{16}$
絶えて無し ⑤$147_{13}$
絶えなむとす ④$409_8$ ④$33_9$
絶え乏し ①$177_7$ ⑤$347_{10}$
絶境 ②$63_{10}$
絶統 ④$127_2$
絶ゆべき事はなく有り ②$421_4$
絶ゆること無し ③$353_3$ ③$11_{13}$, 51_2, 133_{12}
絶ゆる事無し ②$419_{16}$
千哀骨を貫く ③$171_{11}$
千羽三千石(人名) ②$57_2$
千古刊らず ③$249_{15}$
千歳を待ちて(歌謡) ④$279_2$
千載を想ふ ②$115_6$
千秋に冠す ②$353_4$
千秋に揚ぐ ③$271_{15}$, 279_{15}
千秋万歳 ②$309_5$
千尋葛藤高知天宮姫之尊(藤原朝臣宮子) ③$147_3$

せつ—せん(設・雪・摂・節・説・絶・千)

239

せん（千・川・占・先）

千代連　②283$_5$
千代連玉足　④65$_{12}$
千務悉く理る　③385$_3$
千葉　②307$_{16}$
川原史石庭　②187$_8$
川原寺（大和国）　④345$_5$　→弘福寺
川原女王　⑤487$_{16}$
川原椋人子虫　②161$_5$
川原連凡　③191$_1$
川上忌寸宮立　③321$_2$
川上女王　③371$_5$
川人部広井　⑤313$_3$, 321$_{14}$
川村王　⑤53$_2$, 115$_9$, 229$_5$, 399$_5$, 425$_6$, 475$_5$
川田（川曲）郷（常陸国）　④213$_{16}$
川に臨む　③7$_{10}$
川部酒麻呂　④449$_{13-14}$, 451$_{11}$
川辺（河辺）女王　③321$_2$ ④345$_{13}$, 403$_8$ ⑤315$_2$
川辺朝臣勝麻呂　④303$_6$
川辺朝臣杖代　④303$_6$
川辺朝臣浄長　⑤167$_2$, 249$_{13}$, 293$_8$, 353$_1$
川辺朝臣宅麻呂　④303$_{6-7}$
川辺朝臣宅麻呂の男　④303$_6$
川辺朝臣東女　②411$_6$
川辺朝臣東人　④151$_6$, 319$_{12}$
川辺朝臣母知　①129$_{13}$
川擁る　②277$_{13}$
川を掘る　④213$_{11}$ ⑤401$_8$
占術　①211$_{12}$
占著　③379$_1$
占の字を除く　④15$_{15}$
占ひ求む　⑤245$_{14}$
占附　②117$_2$
占部御蔭女　②71$_1$
占部少足　④291$_6$
占部（姓）　③23$_{16}$
占む　①175$_{15}$, 203$_{15}$
占め着かしむ　③293$_{13}$, 417$_8$ ⑤21$_{12}$
占め買ふ　③23$_{14}$
先王　③23$_5$
先王の嘉令　③245$_9$
先格に依る　③275$_{16}$
先軌　②305$_{16}$
先行を継ぐ　③231$_6$
先後の逆党　④119$_7$, 325$_4$
先後の奏状　⑤195$_{16}$, 435$_{11}$, 439$_7$
先功　⑤279$_9$
先考　③315$_{10}$ ④371$_9$
先歳　④365$_{14}$
先慈に奉る　④459$_3$

先者　④303$_{13}$
先脩　④9$_{13}$
先臣の遺愛　⑤203$_7$
先聖　④15$_{11}$, 299$_{15}$
先聖の遺風　④211$_{11}$
先聖の仁迹　④119$_2$
先迹を失ふ　③209$_5$
先祖　②7$_6$ ③209$_4$, 255$_9$ ④33$_4$, 83$_{11}$ ⑤333$_7$
先祖の業に因り　⑤509$_5$
先祖の主れる神　④55$_9$
先祖の名を興ぎ継ぎひろめむと念ずあるは在らず　④33$_{16}$
先祖の門も滅ぶ　④9$_5$
先代　④83$_2$, 415$_2$
先代の寵臣　③161$_{15}$
先達　③131$_{11}$
先朝に用ゐらる　④61$_{10}$
先朝の定むる所　③241$_1$
先づ発つ　⑤37$_5$
先帝　①63$_4$ ②185$_{15}$, 307$_{16}$ ③163$_{15}$, 177$_{11}$, 179$_{14\cdot16}$, 183$_3$, 249$_{16}$, 279$_5$, 295$_{16}$, 341$_{16}$ ④377$_4$ ⑤325$_{14}$
先帝陸下（聖武天皇）　③163$_{10}$, 207$_{12}$, 237$_{11}$
先哲　②15$_4$
先典　②165$_4$
先典に違ふ　⑤145$_{14}$
先典に順ふ　④217$_2$
先とす　③23$_8$
先に廻る　③133$_{13}$
先に帰る　③387$_{11}$
先に居る　①147$_2$ ⑤465$_4$
先にす　②63$_5$, 91$_{12}$ ③287$_9$
先に聞くこと有り　④201$_6$
先入の勇　③343$_{11}$
先の恩を報いず　③231$_1$
先の賢しき人云ひて在らく　④261$_{15}$
先の皇が御霊　④173$_8$
先の人　④261$_9$
先の制　①227$_{14}$
先の太政大臣（藤原朝臣不比等）　④139$_4$
先の朝　①43$_2$ ②239$_{11}$ ③133$_{11}$, 251$_8$, 303$_{11}$, 361$_{3-4}$ ④239$_6$, 371$_{10}$, 415$_3$
先の朝の過　④241$_6$
先の勅　②149$_2$ ③225$_{13}$ ④23$_{13}$
先の帝の功　④295$_7$
先妣　④359$_{15}$
先符　③253$_7$
先鋒を争ふ　④217$_{15}$
先より給ひし地　②425$_{16}$

240

続日本紀索引

先より著きこと有る者 ④$201_{12}$
先例 ②$251_1$
先を争ふ ④$183_8$
舛錯を弁ふ ⑤$495_2$
苫田郡(美作国) ⑤$175_{13}$
宣化天皇 ①$43_{13}$
宣化天皇の玄孫 ①$43_{13}$
宣旨 ①$87_3$
宣政殿 ⑤$75_3$
宣べ慰ましむ ④$443_{11}$
宣べ告ぐ ①$41_{10}$
宣べ告げしめて曰はく ④$277_1$
宣べ告げて曰はく ④$409_{13}$
宣べず ③$359_{11}$
宣べ伝へしむ ④$411_{16}$
宣命 ②$191_6$ ⑤$93_3$
宣揚 ④$415_{13}$ ④$123_2$
宣らく ③$65_{16}$
宣り給ふ ④$295_7$
宣り覚り ②$191_7$
宣り賜ふ ②$217_4$, 225_2
宣りたまはく ③$197_2$, 219_{13}, 265_9, 315_6, $317_{4\cdot14}$, 409_7 ④$35_3$, 89_{10} ⑤$181_{11}$
宣りたまひ ③$409_9$
宣りたまひし ③$71_5$
宣りたまふ ①$111_{14}$ ③$197_8$, 199_3, 201_{16}, 217_{12}, 219_{15}, 221_1, 317_1 ④$89_{16}$, $103_{2\cdot13}$, 105_5
宣りたまふ御命 ③$85_1$, 317_7, 411_1 ④$63_{15}$, 105_1, 373_8 ⑤$445_5$
宣りたまふ詔 ③$315_4$
宣りたまふ詔旨 ④$323_5$
宣りたまふ大命 ③$67_{1\cdot5}$, 69_{12}, 71_6, 197_9
宣りたまふ勅 ③$263_2$, 265_1 ⑤$181_4$
宣りたまふ天皇が御命 ③$85_{16}$, $317_{9\cdot13}$, 319_5 ④$323_{11}$, $373_{12\cdot15}$, $383_{3\cdot11}$
宣りたまふ天皇が大命 ③$69_6$, 73_{14}, 197_{11}, 217_9, 263_{15} ④$241_{16}$
宣りたまふ天皇が勅 ③$263_6$, $265_{5\cdot12}$, 267_2 ④$313_{15}$ ⑤$181_{9\cdot15}$, 183_8
宣りて曰はく ③$201_{12}$ ④$335_8$
宣り伝ふ ③$285_{13}$
宣る ①$127_8$ ②$225_{10}$ ④$35_4$, 87_{12}, 273_4, 295_8, 331_{14}, $335_{5\cdot11}$, $335_{3\cdot7}$, 337_2 ⑤$173_{2\cdot12}$, 177_6
専使 ①$205_2$ ②$219_{10}$
専恣 ⑤$37_8$
専住 ③$167_8$, 313_3
専制に非ず ④$241_{16}$
専対の人 ③$365_8$
専知 ⑤$273_{13}$

専当 ②$23_{10}$ ③$167_1$, 351_{16} ④$163_2$ ⑤$155_9$
専当の官人 ③$289_6$
専当の国司 ⑤$329_{11}$
専当の人 ④$163_5$
専に事とす ⑤$127_9$
専に占ふ ⑤$501_{14}$
専に知る ④$403_1$
専め精し ②$233_2$
専ら習はしむ ⑤$273_{11}$
専ら制すること得ざれ ②$13_{15}$
専ら任す ⑤$415_6$
染沈 ②$169_3$
染め作る ①$201_9$
洗滌 ③$131_6$ ④$49_{12}$, 61_{14}
浅近 ③$359_2$
浅口郡(備中国) ②$19_3$
浅紫 ①$101_{15}$
浅識軽智 ②$123_1$
浅井王 ⑤$183_{11}$, 317_1, 375_{15}, 397_6, 503_{10}
浅井郡(近江国) ③$403_{16}$ ④$29_9$, 71_5
浅井郡の人 ④$215_2$ ⑤$387_{12}$
浅緋 ①$37_9$
浅縹 ①$37_{10}$
浅茅原曲 ②$277_1$
浅緑 ①$37_{10}$
泉河(山背国) ②$395_{10}$
泉河の南 ②$393_{16}$
泉橋(山背国) ③$11_3$
泉途に赴く ⑤$505_1$
泉内親王 ①$35_{11}$, 97_6, 223_4 ②$277_3$
荐に彰る ⑤$335_{11}$
荐に臻る ②$121_{14}$, 179_5 ③$269_{12}$ ④$61_9$ ⑤$134$, 245_{13}
扇く ④$449_{15}$ ⑤$19_2$
扇を持つ ③$413_2$
剪除 ④$23_{11}$
剪り除く ④$37_{16}$
剪り掃ふ ②$75_1$
船 ①$25_{6\cdot8\cdot11\cdot12\cdot15}$, 101_{13}, 153_2, 223_{15} ②$37_{11}$, 371_{13}, 377_{13} ③$139_7$, $141_{5\cdot6}$, $307_{5\cdot14}$, 309_{10}, 329_8, 387_{12}, $395_{4\cdot9\cdot13}$, 407_3, 431_{13}, 433_1, 439_{16} ④$29_9$, 453_5 ⑤$174_{4\cdot15}$, 391_4, $737_{\cdot10}$, 751_{3-15}, $771_{2-10\cdot14\cdot16}$, 791_6, $811_{\cdot13}$, 95_{14}, 107_3, 119_{2-3}, 151_6, 381_9
船王 ②$177_{10}$, 423_8 ③$25_{11}$, 179_7, 187_{12}, 207_5, 221_2, 267_3, 299_{13}, 319_6 →船親王
船王〔船親王〕 ④$53_1$
船王の孫 ④$345_{11}$
船王の男 ④$345_{11}$

せん(先・舛・苫・宣・専・染・洗・浅・泉・荐・扇・剪・船)

241

せん（船・僉・戦・践・僭・銭）

船史 ③$255_{13}$
船師 ③$439_{16}$
船（舟）連秦勝（甚勝） ①$149_6$
船城王 ③$149_{10}$ →豊国真人船城
船親王〔船王〕 ③$327_{14}$, 341_{14}, 355_1, 391_{10}, 399_6 ④$45_{10}$ →船王
船人 ②$357_6$
船井王 ③$187_{14}$, 305_3 ④$65_1$, 207_8, 233_3, 339_8, 347_{11}, $359_{1\cdot 7}$, 379_{10} ⑤$31_2$
船断たる ⑤$89_2$
船直 ③$255_{13}$
船底 ⑤$81_6$
船に駕す ④$345_8$
船に駕る ②$171_8$ ④$127_5$
船に乗る ③$119_7$ ④$29_{8\cdot 14\cdot 16}$ ⑤$347_9$, 375_1
船に満つ ⑤$81_3$
船の上 ③$415_2$, 441_4
船の上の人 ②$377_{12}$
船の上の物 ②$367_{11}$
船の内 ④$409_{12}$
船破る ④$395_{14}$, 397_1, 433_{14}
船尾 ④$407_5$ ④$449_{15}$
船漂る ⑤$39_3$
船木直馬養 ④$169_{12}$, 209_{13}, 425_{10} ⑤$191_{11}$
船瀬 ④$171_1$ ⑤$325_5$
船粮を給ふ ②$357_{12}$
船霊 ④$435_{12}$
船連 ①$23_4$ ③$287_{15}$ ④$277_{14}$ ⑤$471_6$, 489_2
船連吉麻呂 ②$29_4$
船連恵釈 ①$23_4$
船連今道 ⑤$489_{2\cdot 4\cdot 7}$
船連住麻呂 ⑤$87_7$, 137_9
船連小楫（男楫） ③$399_{12}$ ④$51_3$
船連浄足 ④$281_2$
船連秦勝（甚勝） ①$31_1$, 93_6, 149_6, 207_9 ②$11_{12}$
船連大魚 ②$85_4$, 129_3
船連虫麻呂 ④$281_2$
船連庭足 ④$151_7$
船連田口 ⑤$185_4$, 297_{13}
船連東人 ④$281_{2\text{-}3}$
船連稲船 ⑤$287_{12}$, 295_{10}
船連夫子 ③$151_9$
船連薬 ②$245_5$
船連腰佩 ④$25_7$, 371
船路を取る ⑤$129_4$
船を還す ②$377_{14}$
船を合せて害はる ⑤$87_{14}$
船を造る ②$261_{10}$ ⑤$85_3$
船を置く ③$307_{13}$

船を通すこと得ず ⑤$129_5$
船を買ふ ③$431_{12}$
船を発つ ⑤$75_{16}$
船を用ゐる ②$317_9$
僉議 ⑤$155_6$
戦 ⑤$479_2$
戦士已上 ⑤$151_{13}$
戦死 ⑤$431_{12\text{-}13}$
戦死せる父子 ⑤$69_{13}$
戦術を練る ⑤$161_9$
戦場に渉る ③$253_{15}$
戦場を経 ⑤$437_2$
戦陣 ①$201_{15}$
戦陣に堪ふ ⑤$273_7$
戦々兢々 ②$163_1$, 291_3 ③$231_{13}$
戦陳を習ふ ③$309_2$
戦に赴かしむ ⑤$135_{12}$
戦はぬに殄す ③$283_9$
戦ひて死す ⑤$493_9$
戦ふ ③$309_3$
戦ふに堪へず ⑤$273_6$
戦兵 ②$97_7$
戦亡 ⑤$433_5$
戦を経 ⑤$401_2$
戦を習ふ ④$217_{14}$
践祚 ⑤$39_{11}$, 411_{11}
践祚を賀ぶ ③$133_{10}$
践ましめず ④$275_7$
僭号 ④$371_{12}$
僭差すること得ず ⑤$255_{10}$
銭 ①$171_{16}$, $173_{1\text{-}4\cdot 12}$, 191_6 ②$41_{13}$, 89_2, 97_{12}, 111_{12}, 213_8, 251_4, 407_{12}, 409_2, 441_5, $443_{6\cdot 8}$ ③$47_5$, 79_3, 135_9, 345_7 ④$91_{10}$, 95_2, 109_{13}, 111_4, 133_9, 145_{10}, 155_2, $161_{5\cdot 11}$, 163_8, 177_{12}, 183_{12}, 277_{13} ⑤$101_{15\text{-}16}$, 109_{13}
銭価既に賤し ⑤$235_9$
銭五文を以て布一常に准ふ ①$191_6$
銭財 ⑤$283_{11}$
銭賜ふ ②$393_{12}$
銭調 ②$125_6$
銭の用 ①$173_5$ ③$349_7$
銭を以て価とす ①$195_{11}$
銭を以て換ふ ①$191_5$
銭を齎つ ①$189_6$
銭を択ること得ざれ ①$217_4$
銭を蓄ふ ①$173_7$
銭を蓄ふる者 ①$173_7$
銭を輸す ③$301_3$
銭を用ゐる ①$189_7$, 195_{15}

続日本紀索引

銭を用ゐる便　①189₇
銭を録す　①173₁₄
銓擬　①9₁₂, 45₁, 55₇
銓擬を得ること勿れ　④413₁
銓衡　①197₁₃
撰す　①3₃, 33₃, 49₆, 65₃, 119₃, 159₃, 193₃, 211₅
　②3₃, 41₃, 109₃, 177₃, 243₃, 287₃, 337₃, 385₃,
　415₃　③3₃, 39₃, 101₃, 129₃, 175₃, 261₃, 303₃,
　357₃, 399₃　④3₃, 61₃, 109₃, 149₃, 189₃, 247₃,
　309₃, 363₃, 419₃　⑤3₃, 57₃, 121₃, 225₃, 287₃,
　357₃, 417₃
撰択　①199₁₀
撰ひ成す　①27₁₁
撰ひ定む　①29₉, 45₁₄
撰令所処分　①47₁₁
潜運　⑤489₅
潜き行く　⑤81₅
潜行　④61₁₂
潜通を謝す　⑤125₉
潜に運る　③271₇
潜に出づ　③241₅ ⑤141₅
潜に通す　③299₁
潜に謀る　③217₁₄ ⑤225₁₃
潜龍宮　③297₄
箭　③383₁₂
箭口朝臣真弟　④9₆
箭集(矢集)宿禰虫麻呂(虫万呂)　②87₂, 111₁₅,
　245₄, 263₆·₁₃　③243₅
箭集宿禰堅石　③51₁
箭田郷(大和国)　①219₃
箭に中る　④29₁₀ ⑤153₁₃
箭の動く声　①157₁₂
箭を着く　②367₁₅
箭を発たず　②373₂
翦り除く　⑤433₈
賤　④411₇
賤き時の価　④403₁₃·₁₆ ⑤425₈
賤き日の新銭一貫を貴き時の旧銭十貫に当つ
　④387₃
賤しき人　③365₆
賤しむ所　③365₁
賤と為る　④13₆
賤とす　⑤21₉
賤の多少　②35₅
賤の幼長　②35₅
賤の例に入る　②19₄
賤隷　①215₁ ④279₁₃ ⑤427₁₅
賤を免す　⑤429₉
遷化　③61₈, 433₁₀

遷御　③83₁₃, 95₈
遷さる　④57₁₅, 135₃, 453₁₁·₁₄, 461₃ ⑤45₆,
　339₁₁·₁₄, 349₁, 407₈, 445₁₂, 447₉·₁₄, 477₇
遷し建つ　⑤129₁
遷し造る　②435₁, 449₃
遷し置く　②273₆ ③135₁₂ ⑤407₁
遷す　①15₅, 55₅, 145₆ ②15₉, 47₇, 57₁, 397₈ ③
　331₂·₉ ④463₁ ⑤297₁₄, 303₁₂, 349₄, 369₉·₁₁-₁₂
遷善　④49₁₂
遷善に帰せしむ　④61₁₄
遷替　③437₁₅ ⑤253₁₄, 295₁₄
遷替する国司　②267₆ ⑤253₁₅
遷替の司　⑤387₄
遷代　①179₁₆
遷代の任に非ず　①199₄
遷都　②397₉ ⑤309₅　→都を遷す
遷都の事　①109₁₄, 131₅
遷都の由　⑤299₁₂
遷都を擬る　②381₁₄
遷任すること得ざれ　①195₅
遷任の国司　③289₅
遷任の人　②269₁₆
遷附　⑤281₃
遷らしむ　②19₁₄
遷り易す　⑤291₁₂, 293₈
遷り替へしむ　⑤99₃
遷り替る　④361₄
遷り替ること得ぬ者　②229₃
遷り代る　①99₄
遷り代る法　⑤97₁₆
遷る　②39₉ ③3₅ ④27₁, 101₁₁, 127₁₆, 129₁,
　267₃, 461₅ ⑤199₁₁·₁₃, 231₅, 359₁₀, 447₆, 513₇
遷ることを重る　④229₉ ⑤155₁₃
遷ることを楽はしむ　④229₁₃
遷ることを楽はしめ　⑤231₁₀
選　①79₁₅ ②201₅
選撰　①67₁₃
選士　②279₁₁
選叙に預る　①73₅
選叙の日　②191₆
選叙令　③289₁₀
選人　②167₈ ③187₇
選に応す　④165₈
選に入る　①99₇
選に豫る　①167₉·₁₃
選に豫ること得ず　①167₁₃
選に豫る式　①99₈
選任　③63₁₀
選任の人　①43₁₆

せん（銭・銓・撰・潜・箭・翦・賤・遷・選）

243

続日本紀索引

せん（選・擅・薦・瞻・癉・闐・殱・全・前）

選の限とす　①99₅
選の限を定む　①99₆
選ひ給ひ治め給ふ　②421₁₆
選ひ入れらる　⑤473₇
選ふ　②113₁₄, 233₂, 297₁₃　③175₁₃
選を得　①99₅　③237₁
選を得る限　①99₆
選を破る　②187₇
擅にす　④27₁₀
擅に発す　②239₁₂₋₁₃
薦挙を求む　②17₅
薦む　⑤393₉
瞻奉る　②125₁₂
癉し　⑤207₅
闐く　⑤335₅
闐揚　②154　③269₉
殱す　②169₁₃
殱殄に従ふ　③243₁₄
全き戸　⑤107₁₁
全く給ふ　③369₅
全く賜ふ　②355₃　④23₁₄　⑤45₁₆
全く存り　⑤21₁₆
全く納む　④119₁₅, 403₁₃
全く輸す　③147₁₁
全身の舎利　④141₁
全盛　④371₅
全て給ふ　①207₄₋₅
全免　⑤329₂
全野女王　⑤483₂, 507₉
全輪の正丁　③367₁₁
前俯　⑤383₃
前悪を懲す　⑤291₅
前悪を停む　③367₁₀
前幄　⑤355₁₃
前王　③123₁₂　⑤267₁₃
前王の通典　⑤197₁₁
前下野介　④165₁₁
前過を悛めず　⑤389₄
前学生　⑤97₂
前監物主典　③441₁₆
前軌を贈る　②163₅
前記　④55₁₀
前徽を察す　⑤273₁₆
前騎兵大将軍　②375₆
前業　④371₁₀
前君（公）平佐　②429₁₀　③91₁₁　④57
前軍　⑤431₇
前軍別将　⑤431₂
前経に叶ふ　②189₈

前経より著る　⑤279₆
前賢に謝す　③245₄
前古を歴　③273₄
前後　③95₁₁　④391₁₀　⑤81₆, 91₁₄, 431₁₀
前後一に非ず　⑤405₉
前後交替の訟　④133₁₃
前後相続　⑤433₃
前後の逆党　④287₆, 291₁₆
前後の司　⑤371₂
前後の戦　⑤479₂
前後の燈　③35₉
前後の流人　①123₁₀
前考　①159₁₀
前高嶋郡少領　④29₄
前号を称す　④211₁₄
前墾　④391₁₅
前左大臣　③177₁
前史　③375₂
前使　②277₁, 409₁₃
前次第司　②409₅　③355₈　⑤303₁₃, 309₂
前次第司典　③355₈
前次第司判官　③355₈
前者　④15₇
前修　①17₃
前所に達らず　②397₁₃
前所に達る　②397₁₃
前将　③343₁
前勝浦郡領　④407₆
前人　⑤253₁₀, 371₁
前人に入る　⑤371₅
前大納言　④23₁₂　⑤163₇
前代　⑤155₅
前代に聞かぬ所　③181₈
前殿　③65₆, 77₃　④61₅, 223₁₄, 227₁₀　⑤3₅, 13₆, 23₅, 271, 395₆
前なるや（歌謡）　⑤309₁₁
前に准へて　②293₁
前に通して　①143₁, 189₈, 217₁₅　②61₁₅₋₁₆, 115₁₂, 333₃　③103₉, 335₁₅, 409₅
前に敵無からむ　③209₁
前に入る数　③51₃
前日　④437₅　⑤7₁₀
前入唐大使　⑤13₁₄, 79₃
前任の日　②227₁₆
前の一条已上に当る者　⑤367₁₄
前の過　③123₁₃
前（の）格　②427₂　③301₄　④121₁₄
前（の）格（神亀五年八月九日格）　⑤97₁₂
前の紀（天武紀）に在り　①91₁₅

続日本紀索引

前の脚　①233₈
前の咎を悔ゆ　④371₁₅
前の銀　①147₃
前の経　③229₂
前の首法　①175₆
前の春　⑤335₁₁
前の如し　①177₆
前の新しき銭(万年通宝)　④91₁₂
前の姓に降る　②439₂
前の勅　②105₃
前の勅に依る　⑤221₅
前の二条已上に当る者　③367₈
前(の)年　②389₃　③307₇, 367₈
前の弊　⑤437₁₅
前の例に依る　②447₉　④409₃　⑤153₁₅
前の例に准ふ　⑤501₁₀
前の例を改む　③63₁₄
前般　⑤401₂
前部安人　③377₁₂
前部高文信　③377₁₀
前部選理　③377₁₁
前部虫麻呂　④161₄
前部白公　③377₁₀
前部宝公　③45₉
前部宝公の妻　③45₉
前仏　③357₈
前分を貪る　③169₂
前鋒　②371₁₃
前むことを貪ふ　②359₆
前名草郡少領　④95₃
前右大臣　④459₉　⑤411₃
前陸奥守　④219₁
前綸に准ふ　④283₁₁
前例に依りて　③411₁₁
前例を革む　⑤371₃
前路　④367₁₆
前労(前の労)　②45₁, 167₁₂　⑤101₈
前を光す　⑤487₁₄
善悪　②253₇, 445₈　③357₁₁
善悪の業を造る　④263₄
善悪の状　②181₃
善悪の報を示さしむ　④263₅
善栄(人名)　④65₁₁, 393₁₁
善栄(人名)の父　④65₁₁
善住(人名)　①91₅, 53₄
善からぬこと有り　②91₁
善化　④57₁₆
善きかな　②95₁₁
善き計に非ず　⑤155₇

善きこと無く　⑤167₁₃
善き者　②179₁₁
善き政の官人　②181₄
善き政を褒む　①31₂
善き名を遠き世に流し伝ふ　④261₁₅
善き誘を加ふ　②233₂
善行　③361₃
善行を悋む　③321₁₃
善業　③239₃
善くあらぬ行に在り　②223₃
善く誘ふ　⑤201₅
善く誘ふ　④169₁₅
善根を殖う　②63₁₃
善最　②57₁₅
善三野麻呂　⑤209₃
善しと称ふ　③309₄
善事　④273₁
善謝(人名)　⑤475₆
善上(人名)　⑤299₄
善神　④241₁₁
善神(人名)　③313₃
善す　③413₉　⑤21₇
善政(善き政)　①225₁₅, 227₁₂　②23₇, 355₇　③221₁₄　④203₁₄, 283₆, 403₁₁　⑤197₁₂, 253₁₃
善藻(人名)　⑤353₂
善唐(人名)　⑤209₃
善道を守る　④21₁
善に趣かしむ　③61₃
善に遷る　②51₁
善らぬ国司　①199₄
善を勧む　②63₅　⑤197₁₁
善を表す　③293₂
善を襄む　③239₆
善を褒む　③283₆
然為む　③201₁₅
然為る人　③197₅
然しては(歌謡)　④309₁₃
然な為そ　③201₁₆
然るべからず　⑤161₁₅
禅位　⇒位を禅る
禅院　①25₁₃, 271・8・9
禅行　②47₁₅　③31₂, 375₉
禅広王　④125₁₆, 127₅
禅広王の子　④127₆
禅枝　②95₁₀, 185₁₃
禅師　③159₃, 163₁・4・10, 165₈　④334・6・13, 354, 37₆, 137₁₅, 139₁, 375₁₀
禅迹を絶つ　④321₁₄
禅定　①23₁₅

せん(前・善・然・禅)

245

続日本紀索引

禅の命 ②3₈	漸く熱し ②195₆
禅林 ③271₆	漸く留る ②77₄
禅林の定影に蔭はれ ③237₁₂	漸漸に現れなむと念ひ ④47₁₆
禅を学ぶ ①23₁₄, 25₁₄	膳臣大丘 ④211₁₀·₁₂·₁₅ ⑤25₅, 27₁₆, 91₇
禅を受く ①3₁₁ ②3₇, 139₉ ③83₁₆, 261₆, 263₁₆, 353₁₄ ⑤179₅	膳東人 ②369₉
漸 ⑤201₅	膳夫王 ②145₈, 205₁₂ ③441₁₁
漸久し ⑤221₁₅	膳を撤てて身を菲くす ④289₁₀
漸く異なり ④165₉	膳を忘る ②349₁₆
漸く衰ふ ①235₆	繕治 ①11₇, 55₄
漸く動く ⑤175₁₄	繕写の才 ④121₁₂
	繕ひ修む ④447₁₂

せん（禅・漸・膳・繕）

そ

その国その郡の朝庭取字し天皇　②103$_{12}$
その処を知らず　①27$_7$
その身に止む　④343$_{11}$
そらみつ(歌謡)　②421$_{10}$
疋　①15$_8$, 311$_{11}$, 33$_9$, 39$_3$, 79$_8$, 81$_2$, 105$_5$, 145$_8$,
　149$_{15}$ ②5$_5$, 23$_6$, 35$_6$, 37$_{3-4}$, 85$_{16}$, 874・10・12・14,
　99$_9$, 137$_{7-8}$, 149$_{12}$, 151$_7$, 153$_7$, 167$_5$, 169$_{13}$,
　171$_{16}$, 173$_{1-2}$, 181$_{5-6}$, 185$_2$, 191$_3$, 195$_4$–$_5$,
　199$_{9-10}$, 201$_{16}$, 203$_{15}$, 211$_{12-13}$, 213$_4$, 217$_{15-16}$,
　219$_1$, 221$_2$, 225$_{10-13}$, 403$_1$, 407$_{13}$, 443$_6$ ③81$_{16}$,
　83$_4$, 109$_3$, 149$_8$, 227$_{7・9}$, 249$_{12}$, 307$_{2-4}$, 345$_{11-12}$,
　411$_5$, 413$_9$, 415$_5$ ④85$_9$, 97$_2$, 155$_2$, 161$_{12}$, 197$_{15}$,
　205$_9$, 217$_5$, 277$_8$, 285$_7$, 343$_2$, 355$_{11}$, 369$_{10}$, 391$_7$
　⑤174$_7$, 279$_1$, 391$_6$, 411$_{・7}$, 83$_6$, 97$_3$, 415$_{11}$
疋²　①17$_8$, 59$_2$, 93$_{1-2}$, 267$_{8-9}$ ④293$_{12・14}$ ⑤243$_{13}$
疋庶に殊ならず　⑤505$_3$
疋と成す　②29$_7$
疋を以て限とす　④303$_{13}$
徂征を加ふ　⑤267$_{13}$
阻険を憑む　①187$_{11}$
阻とす　④29$_{15}$
祖業　⑤203$_{10}$, 239$_7$
祖業を観る　⑤203$_8$
祖業を継ぐ　②359$_3$
祖宗　①235$_3$ ④371$_6$
祖孫兄弟　⑤163$_1$
祖等　④335$_{15}$
祖の勲に因藉る　②229$_{13}$
祖の名を失はず　③197$_{11}$
祖の名を戴き持つ　④423$_2$
祖は子あるを以て貴しとす(春秋)　③361$_2$ ⑤325$_9$, 483$_7$
祖父大臣(藤原朝臣不比等)　③71$_{10}$, 341$_7$
祚　⑤331$_{11}$
祚に登る　④57$_{10}$ ⑤249$_2$
祚を降す　⑤393$_6$
祚を履む　②3$_8$
租　①49$_{13}$, 157$_6$, 217$_9$ ②5$_3$, 331$_{1・14}$, 249$_9$, 355$_{1・3}$,
　377$_7$ ③21$_{16}$, 23$_2$, 367$_6$ ④49$_{16}$ ⑤329$_1$, 475$_{14}$
　→大租, 田租
租税　②69$_3$ ④187$_{12}$
租倉　①213$_3$
租調　①181$_7$ ②137$_5$, 219$_7$
租賦　②219$_6$, 325$_{16}$
租役　①15$_{15}$

租を復す　④191$_3$
租を輸す　③147$_9$
租を輸すに堪へず　⑤501$_4$
素き薄　②105$_5$
素繒　②447$_{15}$
素衆　②121$_{13}$
素性仁斯(人名)　②31$_3$
素服　①63$_8$ ②201$_{11}$ ③57$_{11}$, 107$_{16}$, 161$_2$ ⑤465$_2$
素服の者　③205$_1$
素服を釈かず　⑤225$_7$
素木　①233$_{14}$
素問　②237$_3$
措く所を知らず　④289$_{12}$, 367$_{10}$
粗略　②153$_{15}$
曾君細麻呂　①161$_5$
曾県主岐直加祢保佐　③91$_{12}$
曾県主岐直志日羽志　③91$_{12}$
曾公足麻呂　④271$_{11}$
曾参(曾子)　②201$_{11}$ ⑤247$_4$
曾乃君多理志佐(多利志佐)〔贈啼君多理志佐〕
　②391$_{16}$, 429$_9$ ③91$_{11}$
曾乃峯(大隅国)　⑤409$_{6・8}$
曾て改め悔ゆること无し　③177$_{10}$
曾て避くること無し　④201$_7$
曾て聞かず　③195$_{13}$
曾禰連五十日虫(伊賀牟志)　②311$_{11}$ ③389$_2$
曾禰連足人　①77$_1$, 165$_{14}$, 221$_{15}$
曾閔(曾参・閔損)　⑤247$_4$
疏　③83$_6$
疏(き)網に陥る　②111$_4$, 207$_4$
疏(き)網に挂る　②49$_{15}$
疏親　②73$_1$
疎外　⑤45$_7$
訴詞至りて重く　③359$_7$
訴状　④121$_3$, 165$_{15}$
訴人の事を理らぬ　②295$_4$
訴ふ　①71$_1$ ②13$_3$, 194・10 ③17$_{11}$ ④15$_{15}$
訴へ申す　②293$_4$
訴へて云はく　④11$_{16}$
訴を停む　③17$_{12}$
楚州(唐)　①81$_7$ ⑤75$_{15}$, 79$_{16}$, 93$_1$
楚璞　②49$_1$
麁悪　⑤297$_4$, 329$_9$
麁狭絹　②55$_7$
麁玉(荒玉)河(遠江国)　①229$_5$ ③383$_{13}$
麁玉河の堤　③383$_{13}$
麁細　②47$_{13}$
鼠　②165$_8$ ④221$_{14}$, 449$_{11}$, 455$_1$ ⑤67$_{12}$, 81$_{16}$,
　475$_{15}$

続日本紀索引

そ―そう（鼠・踈・蘇・双・爪・争・壮・早・宋・走・宗・念・奏）

鼠窃　④$439_8$
踈緩　③$183_{15}$
蘇我山田石川麻呂　①$119_6$
蘇我山田石川麻呂の大臣が女　①$119_6$
蘇我臣安麻呂（石川朝臣安麻呂）　②$221_{12}$
蘇我臣連子（牟羅志）（石川朝臣連子）　①$205_{15}$
蘇我臣連子（牟羅志）が曾孫　③$413_6$
蘇敬（唐）　⑤$385_7$
蘇敬が説に合ふ　⑤$385_9$
蘇州刺史　③$409_1$
蘇州刺史（唐）　③$387_{12}$
蘇州（唐）　③$357_5$　③$387_{12}$, 427_2　⑤$79_{15}$
蘇判（新羅官位）　④$17_{10}$
蘇芳　②$71_{15}$
蘇芳の色　①$189_2$
双疑　④$13_{16}$
双倉　④$19_5$, 461_{11}
双林（沙羅双樹林）　④$141_4$
双六　③$149_2$
爪工宿禰飯足　③$269_2$
争訟の源を絶つ　③$63_{16}$
争ひ求む　②$227_{16}$
争ひ行く　③$11_{13}$
争ひて求む　②$13_2$
争ひて坐す　⑤$113_5$
争ひて取る　⑤$141_7$
争ひて避く　④$391_9$
争ひて寵す　②$75_2$
争ひ来る　③$11_6$, 61_{12}
壮士の節　①$17_4$
壮年　②$111_3$
壮麗　②$157_4$
早く亡す　③$251_9$
早く茂る　②$185_{13}$
早朝　⑤$403_{10}$
早良親王　⑤$179_6$, 349_5, 351_3, 453_5
早良親王を立つ　⑤$179_8$
宋景　②$163_5$
走ぐ　⑤$141_6$
走馬　③$39_{15}$　③$45_4$　⑤$37_{16}$
走り拠る　④$55_{15}$
走り赴く　⑤$151_9$
走る　②$23_7$, 29_3, 453_{12}, 461_6　⑤$47_{15}$, 339_6
宗何部池守　④$235_1$
宗我嬪　①$119_6$
宗我部虫麻呂　④$385_{10}$
宗義　②$47_{12}$
宗形（胸形）朝臣赤麻呂　②$87_9$, 361_8, 379_{15}　③$53$
宗形郡（筑前国）　①$9_9$, 149_{11}　②$213_1$　③$13_{11}$　④

169_{14}　⑤$67_{13}$
宗形郡大領　①$149_{11}$　②$213_1$　③$13_{11}$　④$169_{14}$　⑤$67_{13}$
宗形郡の郡司　①$9_{10}$
宗形神社（筑前国）　②$339_5$
宗形神社神主　②$339_5$
宗形（宗方）王　③$319_8$, 401_8　④$363_9$　⑤$49_9$, 91_4, 263_{10}, 293_7, 473_{16}
宗形朝臣深津　④$169_{14}$
宗形朝臣深津の妻　④$169_{15}$
宗形朝臣大徳　⑤$67_{13}$
宗形朝臣鳥麻呂　②$213_1$, 339_5
宗形朝臣等抒　①$149_{11}$
宗形朝臣与呂志　③$13_{11}$
宗形部加麻麻伎　①$169_9$
宗形部堅牛　①$151_{10}$
宗師と称す　②$47_{12}$
宗室　②$61_{12}$, 157_{13}　③$179_4$, 379_9　④$331_9$　⑤$163_{10}$
宗社　③$21_{12}$, 243_{13}　④$283_8$　⑤$215_{16}$, 249_5, 327_{10}, 335_{12}
宗社の永固　③$181_9$
宗社を傾く　③$223_4$
宗匠と成る　②$63_{10}$
宗族　⑤$469_{15}$
宗廟　②$255_2$, 351_7　⑤$247_7$
宗廟軽からず　⑤$217_{12}$
宗廟の霊を蒙る　②$185_5$
宗毎　②$47_{13}$
宗を継がしむ　③$375_{14}$
念劇　④$123_8$　⑤$45_{13}$
奏　②$109_{10}$, 165_6　④$197_{15}$, 293_4, 443_{16}　⑤$425_{14}$
奏言さく　③$123_4$
奏さく　②$401_2$　③$65_{10}$, 119_5　④$171_{13}$, 173_2
奏さずて在れ　④$253_7$
奏し賜はく　②$419_{12}$, 421_{10}
奏し賜ふ　②$143_4$, 217_6, $421_{5\cdot9}$　③$65_9$
奏し請ふ　②$319_{13}$
奏したまひし事　④$333_{13}$
奏したまひし政　④$333_5$
奏したまふ事　④$33_1$
奏して云さく　③$177_{12}$
奏して云いく　③$223_{13}$, 281_4　④$203_{16}$　⑤$75_8$
奏して曰さく　②$115_{13}$, 193_7　③$43_{14}$, 323_{11}　④$11_{15}$, 121_8, 123_6　⑤$85_1$, 91_6, 97_7, 103_{14}, 121_8, 155_{15}
奏して曰ししく　⑤$203_3$
奏して曰はく　②$419_{11}$　③$121_{11}$, 139_{10}, 179_{10}, 239_6, 297_1, 303_7, 343_{15}, 357_6, 375_{11}　④$229_8$,

続日本紀索引

455$_9$ ⑤35$_{10}$
奏して献れり ①127$_{11}$
奏して言さく ②67$_9$, 79$_9$, 111$_1$, 115$_7$, 121$_{8\cdot15}$, 153$_{10}$, 157$_2$ ⑤91$_{13}$, 161$_{16}$, 165$_3$, 427$_{12}$, 477$_{15}$, 495$_{13}$
奏して俾さく ①181$_1$ ②135$_{14}$, 231$_{14}$, 279$_{13}$ ④215$_9$ ⑤113$_{14}$, 133$_{12}$, 135$_7$, 245$_{13}$, 271$_2$, 433$_7$
奏して俾はく ③131$_{16}$, 255$_{16}$
奏して称さく ②169$_{11}$
奏して請ひて ⑤333$_1$
奏し来る ④117$_{11}$ ⑤427$_6$
奏事 ⑤79$_{11}$
奏授の位記式 ③357$_{13}$
奏書 ⑤147$_8$
奏上 ⑤57$_{14}$, 73$_{10}$ ③213$_{7\cdot16}$, 227$_{10}$ ④291$_4$ ⑤19$_1$, 111$_7$, 415$_9$, 435$_{14}$
奏状 ①29$_{15}$ ③359$_7$ ⑤77$_9$, 439$_{3\cdot7}$
奏状を見る ③383$_{16}$ ⑤195$_{16}$
奏状を省 ⑤159$_{12}$, 425$_{13}$, 435$_{11}$
奏状を得 ⑤77$_9$, 195$_9$, 439$_3$
奏す ①131$_{13}$, 163$_7$, 191$_9$ ②9$_4$, 115$_9$, 139$_1$, 313$_2$, 349$_{12}$, 421$_{1\cdot5\cdot10}$ ③65$_{16}$, 103$_5$, 113$_1$, 125$_1$, 139$_7$, 225$_7$, 315$_{12}$, 317$_1$, 327$_{15}$, 379$_9$, 387$_9$ ④17$_8$, 33$_5$, 35$_{10}$, 39$_2$, 73$_{15}$, 75$_1$, 119$_{16}$, 153$_{15}$, 171$_{15}$, 173$_{1\cdot4}$, 189$_{13}$, 251$_{15}$, 253$_7$, 257$_2$, 283$_{14}$, 295$_7$, 315$_{14}$, 333$_{12}$, 359$_{9-10}$, 437$_5$ ⑤79$_{11}$, 323$_3$, 363$_{11}$, 429$_4$, 441$_3$
奏すことを聞す ③123$_8$
奏すべき事を云ふ ④299$_8$
奏すらく ①191$_7$ ②73$_3$, 105$_{16}$, 167$_8$, 243$_6$, 283$_{11}$, 285$_3$, 301$_3$, 311$_{14}$, 339$_3$ ③323$_{15}$, 325$_{5\cdot8}$ ④15$_7$, 291$_{15}$, 353$_4$, 385$_{15}$ ⑤95$_{16}$, 159$_{15}$, 167$_{15}$, 367$_2$, 431$_1$
奏する所を見て ④181$_{15}$
奏する状 ②187$_6$
奏するに可としたまふ ①87$_7$, 89$_4$, 181$_{11}$, 187$_{14}$ ②71$_{11}$, 73$_8$, 99$_3$, 107$_2$, 119$_7$, 123$_7$, 131$_{16}$, 157$_7$, 167$_{13}$, 193$_{14}$, 281$_5$, 285$_2$, 301$_4$, 435$_{10}$ ③45$_4$, 329$_8$, 375$_{15}$ ④123$_{3\cdot16}$, 197$_9$, 229$_{13}$, 353$_{11}$, 387$_6$, 405$_2$, 457$_1$ ⑤99$_5$, 115$_8$, 135$_6$, 137$_1$, 157$_7$, 163$_5$, 271$_6$, 367$_{16}$, 429$_4$, 479$_{10}$, 497$_2$
奏せる罪人 ②115$_9$
奏請 ②257$_8$
奏宣 ④113$_{12}$
奏任以上の者 ①43$_{16}$
奏の状を得 ②367$_{10}$
奏聞 ①27$_8$, 195$_{10}$ ②9$_4$, 13$_9$, 89$_8$, 179$_{11}$, 219$_{11}$, 253$_{7\cdot9}$, 377$_6$, 445$_8$ ③277$_{13}$, 343$_{13}$ ④27$_{14}$, 131$_{16}$, 183$_{11}$, 197$_9$, 283$_{13}$, 287$_7$, 291$_{16}$, 455$_{14}$ ⑤

75$_{14}$, 99$_4$, 117$_8$, 147$_{12}$, 165$_{16}$, 367$_1$
奏る ①51$_{16}$, 93$_{12}$, 145$_7$, 161$_3$, 223$_7$ ②29$_4$, 33$_{4\cdot6}$, 133$_5$, 135$_1$, 215$_2$, 277$_6$, 289$_{10}$, 293$_7$, 361$_{16}$, 363$_5$, 381$_{11}$, 395$_{11}$, 403$_5$, 439$_7$ ③91$_{10}$, 119$_{14}$, 161$_9$, 305$_8$, 387$_3$, 419$_2$, 425$_{13}$ ④93$_{16}$, 97$_{5-6}$, 99$_3$, 141$_{12}$, 153$_{11}$, 185$_1$, 271$_9$, 279$_6$ ⑤7$_7$, 39$_1$, 213$_{1-2}$, 391$_{13}$, 471$_9$, 511$_4$
奏を見る ④131$_9$
奏を上る ⑤435$_8$
奏を省みる ②77$_{16}$
奏を省 ⑤433$_1$
奏を得 ②253$_{14}$, 351$_1$ ③21$_7$, 247$_{16}$, 361$_9$ ④437$_7$ ⑤327$_5$
奏を聞く ②115$_8$
奏を覧る ②377$_4$
相あななひ奉り ③265$_9$ ④311$_{16}$ ⑤181$_{12}$
相違ふ ②233$_{16}$
相うづなひ奉り ①127$_{12}$ ②217$_{10}$ ③67$_{15}$, 263$_8$ ④311$_{11}$
相過ぐ ①191$_2$
相諧る ⑤169$_2$
相換ふ ⑤267$_2$
相勧む ①185$_{10}$
相勧め導かしむ ①211$_{13}$
相救ひ援く ③335$_9$
相救ふこと得ず ⑤81$_5$
相去りて ②391$_6$
相去ること ②7$_7$ ⑤19$_{16}$, 493$_{12}$
相驚く ②411$_{11}$
相継ぎて供奉る ①141$_2$
相継ぎて事を用ゐる ⑤117$_{16}$
相継ぎて没死 ②335$_{13}$
相継ぐ ②309$_6$ ⑤63$_3$
相結ぶ ④241$_7$
相見えず ②335$_7$
相見えむと欲す ③93$_{15}$
相見てまし物を ⑤173$_7$
相見むこと賺きに非ず ⑤15$_2$
相見ゆ ③199$_{12}$, 209$_{14\cdot16}$
相見ゆること得ず ③209$_{14}$
相検察 ⑤341$_{12}$
相検ぶ ⑤385$_8$
相言ふ ⑤13$_{11}$
相婚ふ ④409$_3$
相(宰相) ③187$_4$
相殺す ⑤13$_1$
相資く ③307$_7$
相次ぐ ①233$_9$
相似 ③287$_5$

そう（奏・相）

続日本紀索引

そう（相・草）

相失ふ ②$327_{13}$
相酬ゆ ③$307_3$
相従ふ ③$209_5$ ④$371_4$, 239_{10}
相助く ⑤$155_{10}$
相承く ①$101_{12}$ ②$231_9$
相招く ④$29_1$
相焼く ⑤$373_{13}$
相嘗の幣帛 ⑤$475_7$
相仍る ⑤$217_7$
相尋ぐ ④$147_2$ ⑤$465_4$
相随はしむ ③$379_5$
相随ひて帰朝 ③$441_3$
相随ひて去る ③$307_{10}$
相随ひて来朝 ③$415_1$
相随ふ ③$209_3$, 331_{13} ⑤$227_{11}$
相折ぐ ②$435_8$
相接ぎて ③$11_{13}$
相戦ふ ④$29_{12}$, 437_{12} ⑤$15_5$, 53_6, 151_9, 431_6, 433_{13}
相訴ふ ④$441_{14}$
相争はず ③$225_4$
相争ふ ②$91_{14}$, 393_{15} ③$331_9$
相贈る ③$391_8$
相対ひて検校す ②$13_{14}$
相対ひて出納す ④$101_7$
相対ひて破る ①$217_6$
相待たず ③$303_{14}$
相待つ ②$317_1$
相待つべからず ⑤$37_6$
相替ふ ②$15_{14}$ ③$79_{11}$
相替る ②$111_4$ ④$57$ ⑤$31_6$
相替る日 ①$213_4$
相代りて往く ④$255_{12}$
相代る ②$269_{13}$
相知らしむ ①$97_2$
相知りて出納せしむ ④$101_7$
相知りて容れ隠す ⑤$307_{12}$
相逐ふ ④$55_8$
相中り得ず ④$375_{12}$
相聴く ④$15_{14}$
相追ひ訪ふべき者 ③$247_{12}$
相通す ①$185_4$
相伝ふ ①$199_2$ ②$309_1$
相伝へて云はく ①$185_{13}$ ③$31_6$ 321_1
相当らぬ ②$153_{12}$
相当る ②$97_9$ ④$37_3$
相比ぶ ⑤$499_{11}$
相扶け奉らむ事に依りて ③$265_{10}$ ④$311_{16}$
相扶け奉る事に依りて ③$263_8$ ④$311_{11}$

相扶けむ事に依りて ⑤$181_{13}$
相並ふ ④$277_{16}$
相望ましむ ④$443_{11}$
相謀りけむ人在り ④$253_{11}$
相撲 ②$195_7$, 341_8 ⑤$447_4$
相撲の戯 ②$281_9$
相模介 ③$373_4$ ④$51_8$, 319_9 ⑤$61_1$, 129_{15}, 229_1, 263_3, 291_9, 317_8, 379_5, 397_4, 489_{16}
相模国 ①$49_3$, 71_4, 199_{13}, 207_{15}, 223_{15} ②$57_6$ ③$331_3$, 395_4 ④$75_4$, 353_8 ⑤$41_8$, 173_{15}
相模国団造 ④$189_{12}$
相模国の高麗人 ②$15_8$
相模国の人 ⑤$211_8$
相模国の富める民 ①$229_{16}$
相模国の兵士 ④$463_1$
相模国の綿 ④$453_1$
相模国の輸す調 ①$199_{10}$
相模国の庸の綿 ⑤$109_4$
相模国より以東の諸国 ⑤$467_2$
相模国より以来 ②$33_5$
相模守 ②$429_4$ ③$43_{11}$, 127_4, 193_{12}, 381_2 ④$7_7$, 51_8, 297_{15}, 427_6 ⑤$89_{12}$, 137_{12}, 257_7, 291_9, 379_8, 397_4, 489_{16}
相模宿禰 ④$189_{12}$
相模宿禰伊波〔漆部直伊波〕 ④$211_7$, 243_7, 351_5, 433_3
相門 ③$31_4$
相容れ隠す ④$391_{11}$
相楽郡（山背国）①$35_5$, 97_{10}, 143_9, 163_{13}, 169_{15} ②$363_{10}$, 381_{14}, 383_4 ④$89_8$, 325_8
相楽郡郡令 ①$35_5$
相量 ③$409_1$
相輪 ④$281_{13}$
草 ①$199_1$
草舎 ②$157_5$
草上駅（播磨国）④$401_{11}$
草生ゆ ②$317_3$
草創 ②$405_2$ ⑤$349_4$, 369_{12}
草堂を闢く ②$13_7$
草壁皇子 ①$3_{5-6}$, 119_7, 121_1, 201_3 ②$3_5$, 207_2 ③$281_{1-2}$, 409_8
草壁皇子の皇女 ②$3_5$, 207_3
草壁皇子の第二の子 ①$3_5$
草むす屍（歌謡）③$73_2$
草茂しと称ふ ⑤$159_{16}$
草木 ①$129_{16}$, 305_{16} ④$449_{11}$, 455_2
草薬 ②$235_{12}$ ⑤$385_8$
草隷 ⑤$199_{10}$
草鹿酒人宿禰水女 ④$69_{10}$, 71_2, 365_3 ⑤$261_2$

250

続日本紀索引

荘飾　　　③$169_{16}$
送壱万福使　④$413_{10}$
送王子使　　③$119_6$
送高南申使　③$367_{16}$
送高麗客使　⑤$71_{15}$, 83_6
送高麗人使　③$415_9$
送使　　　　③$411_{12}$ ⑤$39_9$, 71_{15}
送人　　　　②$371_3$
送唐客使　　⑤$83_4$, 199_6, 209_{10}
送唐客使判官　⑤$83_5$, 209_{11}
送唐人使　　③$411_{9・12}$
送納　　　　⑤$367_4$
送別　　　　③$305_{12}$
送渤海客使　②$189_{16}$, 195_5 ④$387_{16}$ ⑤$39_9$
送渤海使使判官　③$439_{14}$
送らしむ　　①$153_2$ ②$213_3$, 295_{13}, 359_9 ③$237_7$, 383_{13}, 403_{15} ⑤$41_9$, 149_{10}
送り還さしむ　③$307_6$
送り至らしむ　⑤$39_{16}$
送り出づ　　③$33_1$
送り葬る　　②$205_{15}$
送り納むる物　⑤$115_4$
送り奉る　　②$189_{10}$ ③$317_6$
送り来る　　⑤$123_5$, 131_{15}
送る　　①$45_1$, 53_9, 59_{11}, 73_4, 79_{15}, 191_5, 217_6 ②$25_{14}$, 71_2, 301_4, 321_4 ③$33_1$, 331_3, 387_{14}, 439_{16} ④$17_6$, 395_{14} ⑤$143_8$
送る使　　　②$195_5$
倉　　　　　②$89_3$
倉垣忌寸子人　⇨椋垣忌寸子人
倉垣根猪　　①$69_{15}$
倉垣連子人　①$69_{15}$ →椋垣直子人
倉垣連子人の高祖　①$69_{15}$
倉橋王　　　②$329_6$
倉橋部広人　④$203_5$
倉橋離宮(大和国)　①$85_7$
倉庫　　　　④$131_{12}$ ⑤$367_3$, $493_{10・12}$
倉庫令　　　③$289_5$
倉首於須美　③$93_{11}$ →蔵毗登於須美
倉人水守　　④$243_4$
倉蔵　　　　③$289_5$
倉別　　　　②$235_1$
倉粟実つ　　③$293_6$
倉粟に盈つ　⑤$235_7$
倉粟実たず　⑤$341_8$
倉粟実りて礼義行はる　⑤$135_5$
倉粟を開く　⑤$425_8$
倉を開く　　⑤$269_1$
倉を造る　　①$213_6$

捜し聘はしむ　⑤$469_{14}$
捜し捕ふ　　⑤$225_9$
捜り求む　　②$17_3$ ④$217_{11}$ ⑤$123_5$
捜り索む　　②$195_8$
捜り捕ふ　　②$253_5$
桑　　　　　④$125_3$, 463_8 →農桑
桑原王　　　③$419_3$ ④$243_{12}$, 299_2, 301_5, 303_2, 323_{12}, 351_6, 385_5, 413_{11}, 439_4
桑原加都　　①$15_9$
桑原公　　　④$113_3$, 215_3
桑原公足床〔桑原連足床・桑原村主足床〕④$153_6$, 287_{11} ⑤$53_{14}$, 71_{10}, 189_{12}, 263_5, 449_{16}, 463_9
桑原公足嶋　④$101_5$
桑原公嶋主〔桑原連嶋主〕④$321_2$ ⑤$71_2$
桑原史　　　③$255_{12}$
桑原史戸　　③$255_{13}$
桑原史人勝　③$255_6$
桑原史人勝の先祖　③$255_8$
桑原史年足　③$255_5$
桑原史年足の先祖　③$255_8$
桑原(姓)　　④$293_8$
桑原村主岡麻呂　④$113_3$
桑原村主足床〔桑原連足床〕④$113_2$ →桑原公足床
桑原直　　　③$255_{13}$
桑原直訓志必登　②$215_3$
桑原直新麻呂　④$215_2$
桑原毗登安麻呂　④$111_3$
桑原毗登宅持　④$69_{10}$
桑原連　　　①$15_{10}$
桑原連真嶋　④$113_2$
桑原連足床　④$43_1$ →桑原村主足床
桑原連嶋主　④$69_{11}$, 71_2 →桑原公嶋主
桑氏連鷹養　④$227_2$
桑田王　　　②$205_{12}$ ③$441_{11}$
桑田朝臣弟虫売　⇨桑内朝臣弟虫売
桑内朝臣　　④$131_8$
桑内朝臣弟虫売〔桑内連乙虫女〕④$221_4$
桑内連乙虫女　④$131_7$ →桑内朝臣弟虫売
桑名郡(伊勢国)　②$381_6$ ⑤$251_{10}$
桑門　　　　②$274$, 63_{13} ⑤$127_5$ →沙門
桑楡　　　　④$367_{12}$
巣居を尽さしむ　②$73_{16}$
巣許(巣父・許由)　④$321_{15}$
巣穴　　　　⑤$439_6$, 441_1
巣穴を攫ふ　⑤$439_{15}$
巣穴を覆す　④$443_{10}$
巣父　　　　③$183_{11}$

そう（荘・送・倉・捜・桑・巣）

そう（巣・掃・捻・曹・爽・創・喪・惣・捴・葬・装・僧）

巣伏村（陸奥国）　⑤431₇
巣を構ふ　⑤335₁₁
掃守王　③187₁₄ ④7₂, 231₃, 315₂, 319₈, 325₁₂, 393₁₂, 397₁₁, 425₁₂ ⑤3₈, 71₁₄
掃守王の男　④369₁₃
掃守宿禰阿賀流　①35₆
掃守宿禰広足　④41₁₂, 53₁₂
掃守連族広山　②163₁₀
掃除めしむ　③9₁₄, 11₆
掃浄を加ふ　②161₁₀
掃ひ除く　④257₁
掃ひ浄む　①95₁₆
掃ひ清む　②241₅
掃部女王　④419₁₂
捻べ計る　③235₁₀
曹司　②235₁₅, 287₈ ③169₆, 209₁₆ ④397₇ ⑤19₁₄, 33₁₀, 443₆, 469₃
曹に赴く　④431₁₄
曹（弁官の曹司）に留る　③211₉
爽ふこと無からしむ　⑤127₃
創建　③353₁₂
創功の賞　①17₃
創めて為る　②305₁₁
創めて作る　④461₄
創り立つ　③229₁₁
喪　①35₂, 65₁₂ ⑤21₁₄, 41₄
喪事を監護しむ　①19₄, 33₁₂, 43₁₁, 87₁₄, 233₁ ②19₁, 191₅, 201₁₅, 267₂ ④337₄, 385₆, 413₁₂ ⑤69₆, 171₁₅, 215₁₂, 305₇, 405₂
喪処　②105₆
喪葬の事　①63₉
喪に会はしむ　①17₁₅
喪に居る礼　①165₅, 179₁₆
喪に遇ふ　②249₁
喪に遭ふ　③81₁₄
喪の儀を用ゐず　②105₁₅
喪の事　②105₃
喪の車　②103₁₅
喪の礼を具へず　②201₁₁
喪乱に属く　④443₃
喪を赴ぐ　⑤21₁₄
惣管　②251₉・₁₄, 253₂
惣管主事　②251₁₃
惣管典　②251₁₄
惣管判官　②251₁₄
惣管判吏　②251₁₃
惣べ持つ　③285₉
惣べ掌る　③285₁₄, 287₁
惣べて知る　①183₃

捴集　①115₆
捴て知る　②133₁₀
葬　④115₃
葬に会はしむ　①19₁₂, 21₈
葬（の）儀　②267₃, 295₁₂, 321₄
葬の事に須ゐるもの　⑤101₁, 117₁₂
葬（の）事を監護らしむ　②153₅, 295₆・₁₄, 325₅, 437₅ ③177₂
葬の処に会はしむ　②295₁₅
葬埋を加へしむ　⑤69₃
葬らしむ　②205₁₄
葬られぬ　⑤347₂
葬り奉る　①117₄ ③161₇
葬る　①125₁₀ ②105₁₅, 201₉ ③355₁₀ ④299₁, 377₆ ⑤221₁₁, 453₂, 465₁₃
葬礼　①97₃, 201₁₅, 203₁
葬を厚くす　②103₁₀
葬を醜くす　②207₁
装飾に堪ふる者　②151₅
装束司　②173₄, 409₃ ③355₃
装束次第司　②435₅
装束物　⑤303₁₄
装刀　④89₆
装馬　⑤3₇, 37₁₆
僧　①3₁₃, 29₁₁, 35₁₅, 45₁₀, 55₁₂, 73₇・₁₃ ②95₁₂, 99₁₁, 129₁₀, 159₆, 169₈・₁₆, 179₂, 277₆, 295₉, 313₁₁・₁₄, 321₉, 327₅, 377₈, 439₁₆, 441₁ ③17₁₃, 19₅, 29₁₆, 35₁₀, 61₈, 97₁・₄, 105₁₁, 117₈, 119₁₂, 145₂, 163₁₂, 165₄・₁₅, 167₈, 169₈, 185₁₃, 277₇・₁₅, 313₃, 323₉, 359₁₃, 369₈₋₉, 381₁₁ ④17₆, 19₂, 132, 169₁₅, 171₂, 183₁₆, 225₇, 279₁₆, 393₁₁, 397₄, 417₃, 463₄ ⑤15₁₀, 33₁₃, 243₁₄, 269₁₄₋₁₅, 299₁₀, 341₁
僧綱　②17₆, 271₆, 47₈, 49₅, 63₄, 99₇, 121₉・₁₁, 185₇, 447₈ ③69₈, 167₈, 183₁₂, 233₈, 265₁₆, 269₃, 277₁₀, 363₉ ④99₄, 313₁₂, 321₁₁・₁₃, 341₁₃ ⑤127₇, 183₆
僧綱所　④13₈
僧綱の印　④349₈
僧綱の政　②447₉
僧綱の表　③271₁₆
僧照（人名）　①53₅
僧正　①9₁₅, 53₄, 67₁₆ ②185₁₃, 201₁₅, 239₁₆, 327₉, 335₅, 365₁₂ ③31₄, 113₁₆ ④415₁₄
僧正已下　②331₆
僧正の贈物　④415₁₂
僧徒　②47₁₄
僧都已下　④265₁₂
僧尼　①5₁₁, 123₁₄, 141₁₃ ②3₁₄, 13₁₀, 27₅・₁₁・₁₃,

続日本紀索引

29$_{13}$, 37$_5$, 51$_7$, 65$_{10}$, 77$_{10\cdot16}$, 81$_{16}$, 123$_1$, 127$_2$, 143$_{14}$, 153$_{10}$, 161$_{11}$, 185$_7$, 219$_6$, 283$_{11}$, 303$_6$, 321$_{15}$, 325$_8$, 349$_9$, 391$_7$ ③57$_{14}$, 61$_1$, 77$_{13}$, 93$_9$, 183$_{12}$, 265$_{16}$, 285$_{15}$, 359$_{16}$, 363$_{10}$ ④305$_{13}$, 327$_4$, 457$_{16}$ ⑤103$_{15}$, 105$_4$, 107$_5$, 221$_8$, 253$_7$, 395$_{10}$, 451$_{13}$ →尼
僧尼の児　②283$_{16}$
僧尼の事　②447$_{15}$
僧尼の数　④291$_3$
僧尼の道　③323$_{16}$
僧尼の本籍　⑤105$_3$
僧尼令を説く　①41$_4$
僧尼を集む　④277$_{10}$
僧(の)寺(国分寺)　②391$_{3-4\cdot6}$, 443$_3$ ③51$_{2\cdot3}$ ⑤269$_{10}$
僧(の)寺の名　②391$_5$
僧坊　③51$_1$
僧を屈す　③151$_3$
僧を殺す　③443$_3$
想ふに王佳からむ　④373$_4$ ⑤133$_3$
想ふに王常の如しや　③307$_8$
想ふに知る所ならむ　③133$_{12}$
想ふに平安にして好からむ　②195$_6$
想ふに和適ならむ　④317$_{15}$
滄海を渉る　③305$_{15}$
滄波を隔つ　②195$_3$
滄波を渉る　②221$_4$ ③277$_8$ ⑤111$_3$, 113$_7$
滄溟に泛く　②63$_{12}$
滄溟を渡る　⑤39$_{10}$
蒼生　①169$_4$ ②389$_3$ ④371$_4$ ⑤131$_9$, 327$_3$
蒼生の便宜　⑤307$_7$
蒼波を渉る　①69$_{11}$ ②63$_{10}$
搃べ摂む　②13$_{11}$
槍　②401$_{14}$, 439$_{13}$ ③3$_8$, 387$_7$
槍を樹つ　②401$_{15}$
漕ぎ送らしむ　⑤173$_{16}$
漕ぎ送る　③167$_{12}$
漕ぐ　①227$_{13}$
漕送の期　④395$_{16}$
漕送の物　②301$_{15}$
漕ぶ　④75$_8$
聡恵　④165$_7$
聡慧　②233$_1$ ③353$_4$
聡悟　②447$_{12}$
聡敏　④251$_3$ ⑤339$_2$
聡明　②229$_{10}$
評訟を作す　②13$_{12}$
操履　⑤269$_{11}$
艘　①49$_2$, 153$_2$ ②51$_{11}$ ③35$_{11}$, 119$_7$, 329$_{9-10}$ ④

409$_5$ ⑤81$_{13}$, 85$_3$, 381$_9$
甑隼人麻比古　④271$_{11}$
甑嶋郡(薩摩国)　⑤77$_{14}$, 79$_3$
霜雪を凌ぐ　②307$_6$
霜葉を慕ふ　⑤221$_3$
霜露既に変る　⑤255$_5$
霜露変らず　⑤247$_6$
霜露未だ変らず　⑤217$_{14}$
藪沢　⑤311$_{11}$
騒き荒ぶ　③331$_{16}$
騒擾　③349$_{10}$
騒然　②89$_{12}$ ⑤391$_9$
騒動　④449$_7$
藻繢の文　④161$_{10}$
藻文　②273$_9$
躁煩　②277$_9$
竈を作る　②105$_6$
竈を造る　②103$_{11}$
鯵生野(摂津国)　⑤315$_{11}$
造伊勢国行宮司　②375$_4$
造意を首とす　⑤163$_2$
造下野国薬師寺別当　④299$_{16}$, 377$_5$
造伎楽長官　④237$_{15}$
造器司　②81$_6$
造偽りて死に至る　②283$_2$
造客館司　②263$_{12}$
造宮　②399$_4$
造宮官　①43$_{14}$
造宮卿　①133$_8$, 203$_9$, 229$_{12}$ ②151$_2$, 399$_4$, 401$_{16}$, 407$_{15}$ ③129$_{14}$, 347$_2$ ④159$_{14}$, 303$_2$, 401$_{16}$ ⑤9$_{11}$, 185$_{15}$, 189$_9$, 205$_{11}$, 447$_9$
造宮使　③393$_6$ ⑤421$_{11}$
造宮少輔　②81$_4$ ③143$_1$, 423$_6$, 431$_2$ ④339$_{13}$, 351$_6$, 441$_3$ ⑤9$_6$, 29$_6$, 63$_{10}$, 189$_{12}$
造宮将領已上　①153$_{10}$
造宮職　①51$_{14}$
造宮省　②217$_{14}$ ④23$_{12}$, 55$_{13}$ ⑤235$_9$
造宮省の雑色の匠手　⑤235$_{10}$
造宮大工　⑤449$_2$
造宮大丞　①153$_8$
造宮大輔　④401$_{12}$, 423$_5$, 431$_2$ ④51$_2$, 249$_9$, 351$_5$, 427$_1$ ⑤29$_5$, 63$_9$, 91$_2$, 189$_{12}$
造宮長上　④27$_1$
造宮に役使す　③425$_{10}$
造宮に労有る者　⑤309$_{16}$
造宮の官人已下　⑤441$_7$
造宮の雑工已下　⑤441$_7$
造宮の務　③41$_4$
造宮の役夫　⑤413$_8$

そう(僧・想・滄・蒼・搃・槍・漕・聡・評・操・艘・甑・霜・藪・騒・藻・躁・竈・鯵・造)

続日本紀索引

そう（造）

造宮輔　②$407_{15}$　③$9_{14}$, 335_{12}
造宮録　②$407_{11}$
造御竈司　①$115_{13}$
造御竈司史　①$73_{13}$
造御竈司政人　①$73_{12}$
造御竈司副　①$73_{12}$
造御竈長官　①$73_{11}$
造行宮司　②$23_{10}$
造興福寺仏殿司　②$81_7$
造斎宮長官　⑤$325_6$
造作　②$435_3$　⑤$239_5$
造雑物法用司　①$149_5$
造山司　③$147_1$
造山房司長官　②$203_1$
造山陵司　①$115_{15}$
造山陵司の役夫　③$185_8$
造寺工　④$153_7$
造寺大工　④$157_2$
造写　②$171_2$
造酒司　②$401_5$　④$297_2$
造酒正　④$283_1$, 407_{12}　⑤$9_3$, 31_3, 141_{16}, 191_6, 399_8, 421_9, 495_{11}
造丈六官　①$43_{15}$
造西大寺員外次官　④$393_8$
造西大寺次官　④$155_9$, 169_8, 209_{11}, 237_{14}, 249_3, 407_{13}, 415_{11}　⑤$63_{11}$, 71_{10}
造西大寺大判官　④$193_{10}$
造西大寺長官　④$155_9$, 177_{13}
造西隆寺次官　④$179_{15}$, 209_{15}
造西隆寺長官　④$179_4$, 203_8, 211_6
造船瀬所(播磨国)　⑤$171_{11}$
造大幣司長官　①$51_3$
造大安寺司　①$43_{15}$
造大安寺司　①$59_5$
造大殿垣司　①$63_{13}$
造大幣司　①$51_2$
造池使　⑤$339_5$
造池使判官　⑤$339_7$
造長岡宮使　⑤$299_9$
造長岡宮使の官人以下　⑤$441_7$
造都に労き　①$171_{11}$
造東大寺工手　④$271_2$
造東大寺司長官　⑤$393_{5 \cdot 12}$
造東大寺司の官人已下　③$103_2$
造東大寺司の優婆塞已上　③$103_2$
造東大寺司を廃む　⑤$423_{12}$
造東大寺次官　③$389_{11}$　④$179_4$, 393_4, 443_6　⑤$115_{13}$, 189_{12}, $232_{2 \cdot 9}$, 265_1, 299_7, 317_5, 319_{11}, 351_{10}

造東大寺大判官　④$193_9$
造東大寺長官　③$423_4$, 431_2　④$74$, 571_3, 315_{15}, 461_5　⑤$97$, 51_2, 63_{10}, 233_2, 271_{12}, 317_6, 349_8, 371_{16}
造東大寺判官　③$335_{11}$, 443_5
造東内次官　④$187_9$
造塔　③$51_{13}$
造塔官　①$43_{15}$
造塔の寺　③$389_{15}$
造頓宮司　①$173_5$
造難波宮司　②$277_7$
造難破宮司長官　②$263_7$
造仏像司長官　②$327_8$
造平城京司　①$155_8$
造平城京司次官　①$145_1$
造平城京司主典　①$145_1$
造平城京司大匠　①$145_1$
造平城京司長官　①$143_{16}$
造平城京司判官　①$145_1$
造兵司　②$441_4$
造兵正　⑤$385_{14}$, 409_{13}, 429_{15}, 491_{10}
造餅戸　①$101_6$
造方相司　③$159_{16}$
造法花寺司　⑤$235_9$
造法華寺官　⑤$211_6$
造法華寺長官　④$223_4$, 301_8, 305_8　⑤$233_3$
造法華寺判官　③$253_{10}$　④$209_{10}$
造薬師寺官　①$43_{15}$
造薬師寺司　①$41_{12}$　②$53_{13}$
造薬師寺大夫　②$265_3$
造薬師寺別当　④$375_8$
造由義大宮司次官　④$279_{10}$
造らしむ　①$31_8$　②$127_4$, 129_{10}, 149_{11}, 263_4, 393_{10}　③$19_3$, 35_{11}, 49_8, 293_{12}, 295_{15}, 321_4, $329_{9 \cdot 12}$, 335_{13}, 387_{12}, 391_4, 397_2, 403_5　④$91_6$, 129_8, $281_{1 \cdot 12}$, $353_{13 \cdot 15}$, 443_4, $453_{1 \cdot 5}$　⑤$75_7$, 81_{13}, 301_5, 463_1, 467_6, 495_5
造らず　③$383_{10}$
造り偽る　④$37_{12}$
造り訖らしむ　⑤$463_2$
造り訖る　②$293_1$
造り建つ　②$74$
造り賜ひ　②$419_{15}$
造り賜へる　②$421_3$
造り倫めず　②$15_1$
造り成す　②$293_1$　③$343_3$
造り送らしむ　⑤$149_8$
造りて進らしむ　②$345_8$
造り備へしむ　②$117_{12}$　③$165_{11}$, 383_{12}

続日本紀索引

造り畢ふ ③$165_{12}$
造り奉る ②$431_{12}$, 433_9 ③$97_9$, 183_{13}, 279_5, 359_{15}, 381_8
造り了ふ ③$359_{11}$
造り了らしむ ③$165_{10}$
造り了ること得ぬ ③$279_6$
造離宮司 ②$155_4$, 407_{15}
造る ①$25_{15}$ ②$67_8$, 115_{11}, 127_2, 131_{14}, 133_2, 135_{13}, 155_3, 177_{14}, 199_{13}, 211_{16}, 269_{10}, 313_6, 367_9, 369_6, 403_1, 409_{1-2}, 431_5, 433_3, 435_3 ③$3_6$, 17_{10}, 49_8, 51_1, $97_{1\cdot 16}$, $165_{3\cdot 12}$, $205_{11\cdot 13}$, 207_2, 309_{10}, 349_{10}, 381_7, 393_{12}, 403_{11}, 405_3 ④$13_2$, 171_1, 181_7, 199_1, 277_{12}, 385_{16} ⑤$95_{14}$, 129_{11}, 131_3, 139_{15}, 153_{14-15}, 269_{11}, 299_{13}, 301_1, 313_4, 361_6, 493_{12}
造るべき数 ⑤$479_8$
造る料 ②$385_{10}$
造を改む ⑤$513_{16}$
像 ⑤$331_{12}$
像教季へむとし ③$357_{10}$
像法の中興 ②$417_8$
増益 ①$181_1$ ②$119_1$, 133_3 ④$417_1$ ⑤$367_3$
増減 ②$133_2$ ⑤$97_{16}$
増し加ふ ⑤$281_7$
増し飾る ②$389_4$
増す ⑤$159_3$, 385_8
増損 ②$61_3$
臧否 ②$253_4$
蔵隠 ③$217_{15}$
蔵垣忌寸家麻呂 ④$381_{6-7}$
蔵忌寸 ⇨内蔵忌寸
蔵禁 ②$37_8$
蔵司に准ふ ⑤$119_5$
蔵毗登於須美〔倉首於須美〕③$383_1$
蔵宝山(大和国) ②$103_{11}$ →佐保山
蔵む ①$197_5$ ②$367_{12}$ ③$183_6$
蔵めしむ ①$203_2$
蔵め置く ②$123_{11}$
贈於郡(日向国・大隅国) ①$197_2$ ⑤$409_5$
贈外小紫 ④$143_{12}$
贈左大臣 ⑤$389_{13}$
贈従一位 ②$307_1$ ③$107_{10}$ ⑤$305_8$, 325_{12}, 465_{13-14}
贈従五位上 ①$83_4$ ②$91_3$
贈従二位 ②$247_5$ ③$191_4$, 177_3 ⑤$345_{11}$
贈小錦下 ②$9_{10}$ ③$241_9$
贈小錦上 ②$9_{10}$ ③$239_{13}$
贈小紫 ③$239_{11}$
贈少紫 ②$9_8$

贈正一位 ②$321_5$ ③$347_7$, 353_{3-4}, 355_{10} ④$11_{13}$, 113_9, 309_6 ⑤$277_{10}$, 453_{2-3}
贈正五位上 ①$67_3$ ③$239_{14}$
贈正三位 ③$411_6$
贈正四位下 ②$9_{13}$ ③$241_9$
贈正四位上 ②$9_{12}$ ③$239_{11}$
贈太政大臣 ②$139_7$, 321_5, 323_{11}, $325_{6\cdot 10}$ ③$59_1$, 125_4, 347_7, 353_3, 355_{11}, 411_5 ④$11_{13}$, 25_{13}, 105_6, 113_9, 309_6, 325_9, 331_3 ⑤$151_4$, 45_5, 87_{12}, 277_{10}, 337_2, 445_7, 453_{15}
贈大雲 ③$241_8$
贈大錦下 ②$9_9$ ③$241_8$
贈大錦上 ③$241_1$
贈大錦中 ④$83_{14}$ ⑤$45_3$
贈大紫 ②$9_9$
贈直大壱 ②$9_{11-12}$ ③$239_{11-12}$
贈内大紫 ⑤$231_3$
贈妃(藤原朝臣旅子) ⑤$373_2$
贈右大臣 ①$35_2$, $479_{\cdot 11}$, 185_9 ⑤$147_4$, 373_2, 405_5
贈有り ④$143_{15}$ ⑤$89_3$, 429_{12}, 493_{10}
贈哦君多理志佐 ②$373_{13}$ →曾乃君多理志佐
贈る ①$11_{10}$, 15_6, 17_7, 33_{13}, 35_9, 41_5, 49_6, 73_1, 83_2, 97_8, 125_8, 163_{11}, 213_{11} ②$25_4$, 81_9, 149_{12}, 153_7, 169_{13}, 273_{12}, 305_3, 331_{11}, 361_{14} ③$55_3$, 105_3, 157_7, $361_{5\cdot 9}$, 417_5 ④$127_{6-7}$, 143_{12}, 163_{14}, 401_{15}, 437_3 ⑤$17_3$, 39_4, 41_7, 49_3, 87_{11}, 97_6, $101_{1\cdot 9}$, 119_1, 117_{12}, 199_8, 259_{11}, 279_8, 349_8, 405_5, 429_{11}, 445_7, 493_8
贓汚 ③$407_{13}$
贓汚を懲す ⑤$117_4$
贓瀆正 ③$405_8$
贓に随ふ ①$101_8$
贓物 ⑤$341_{11}$
贓を以て死に入る ②$121_6$, 259_{10} ③$157_{15}$
贓を計ふ ②$121_7$, 259_{10}
贓を奪ふ ⑤$111_1$
贓を徴る ②$115_4$
贓を備ふ ②$113_{16}$
即位 ①$119_{12}$ ②$3_7$, 139_7 ③$83_{16}$ ⑤$21_4$, $179_{5\cdot 16}$, 411_{16}, 453_6, 467_1 →位に即く
即位の事を告げむが為なり ④$255_{14}$
束 ①$15_8$, 21_7, 31_{12}, 59_1, 105_6, 107_6, 137_7, 143_{12}, 169_{16} ②$56_6$, 69_5, 119_{10}, 137_7, 149_6, 183_{12}, 211_{16}, 221_3, 273_3, 355_6, 443_2 ③$19_{6-8\cdot 16}$, 45_3, 81_{16}, $83_{1\cdot 3-4}$, 107_3, 109_3, 227_8, 249_{12}, 253_{2-3}, 363_4, 375_{9-10}, 379_3, 381_{13}, 391_{10-13}, 413_9 ④$95_{2-3}$, 133_4, 145_{10}, 153_{13}, 155_3, 161_{12}, $163_{8\cdot 12-13}$, 179_{13}, 183_{12}, 199_2, 203_5, 205_{10}, 213_6, $217_{5-6\cdot 16}$, 239_3, 279_{11}, 285_{7-10}, 291_7, 319_1, 343_2, 345_4,

そう—そく (造・像・増・臧・蔵・贈・贓・即・束)

255

続日本紀索引

そく（束・足・促・則・息・捉・速・側・惻・測・俗・族）

403$_{16}$, 409$_4$ ⑤43$_5$, 97$_7$, 281$_{14}$, 297$_{16}$, 299$_{11}$, 301$_{2・4}$, 413$_{10-11}$, 449$_4$, 481$_1$, 505$_9$
束ね治めむ表　④263$_{12}$
束帛の施　②99$_8$
足羽郡（越前国）　④81$_5$
足羽郡の人　④81$_5$
足羽臣黒葛　④435$_8$ ⑤25$_{11}$
足羽臣真橋　④349$_7$ ⑤26$_{13}$
足羽神（越前国）　⑤499$_5$
足上郡（相模国）　①223$_{15}$
足尼　④407$_9$
足禰　⑤487$_5$
足らざらむを補ふ　①87$_2$
足らず　①101$_2$ ②39$_4$ ⑤153$_1$
足らぬこと有り　③361$_6$
足らぬ国　③367$_{12}$
足利駅（下野国）　④353$_6$
足立郡（武蔵国）　⑤385$_3$
足立郡（武蔵国）の人　④187$_3$
足立采女　⑤385$_3$
足ることを知る心を遂ぐ　④317$_8$
足ることを知れば辱められず　④21$_3$, 435$_{11}$
足るに止る　④367$_{14}$
足るを取る　①185$_4$
促して之かしむ　④105$_{14}$ ⑤45$_8$, 239$_{15}$
促す　④43$_8$
則天武后　①81$_{10}$
息安まるべき事　④333$_{15}$
息速別皇子　⑤309$_6$
息速別皇子の四世の孫　⑤309$_7$
息長王　①73$_{12}$ ②127$_9$
息長真人　④85$_{15}$
息長真人広庭　④69$_6$
息長真人子老　①53$_3$
息長真人浄継（清継）〔息長連清健〕　④133$_7$ ⑤377$_1$, 449$_{16}$, 46$_{10}$
息長真人臣足　①207$_{11}$ ②57$_9$, 155$_{16}$
息長真人長人　⑤59$_1$
息長真人道足　④143$_5$, 289$_1$, 351$_9$ ⑤17$_7$
息長真人麻呂　②129$_2$, 209$_8$
息長真人名代　②245$_2$, 269$_1$, 345$_5$
息長真人老　①87$_{11}$, 133$_6$, 143$_7$, 165$_8$, 189$_3$
息長丹生真人国嶋　③399$_{10}$
息長丹生真人大国　④5$_3$, 53$_2$, 111$_1$, 169$_7$, 223$_8$, 237$_9$, 351$_5$
息長連清健　④85$_{15}$　→息長真人浄継
息ふ　④353$_{11}$
息ふこと有らむ　②365$_1$
息部息道　④387$_7$　→阿倍朝臣息道

息まず　④125$_5$
息麻呂（人名）　④157$_5$
息む　⑤273$_2$, 439$_4$, 475$_{14}$
息利　①185$_4$ ②443$_3$
息利を減す　⑤413$_{10}$
息利を取る　②149$_7$
息を取る　②441$_6$
捉獲　②385$_{12}$
捉搦を加ふ　①103$_9$ ②239$_5$, 247$_{16}$ ⑤159$_8$, 267$_6$, 305$_{14}$
捉搦を勤めず　⑤329$_{16}$
捉縛　⑤339$_8$
捉ふ　②205$_{13}$
捉へ害ふ　③371$_2$
捉へ獲る　③201$_7$ ⑤227$_9$
速見郡（豊後国）　④391$_3$
速鳥（船名）　③251$_5$
速に進ましむること難し　④37$_6$
側近　④123$_{14}$
側近の高年　②155$_5$
側近の百姓　①173$_9$, 303$_2$
側に聞かく　⑤315$_{11}$
惻隠　②77$_5$, 91$_9$, 303$_4$, 323$_{15}$, 349$_5$ ③155$_6$
惻怛　①85$_{11}$ ⑤41$_5$
惻怛の情　⑤433$_6$
測影鉄尺　②289$_5$
俗　②63$_6$
俗官に同じくす　⑤295$_{14}$
俗伎　④271$_9$ ⑤7$_7$
俗士　④321$_{14}$
俗人　④171$_3$, 229$_9$
俗姓　①23$_4$ ②185$_{13}$, 447$_{11}$ ③31$_1$, 61$_8$ ④375$_9$
俗と別ならず　⑤127$_6$
俗に異なる　③277$_{15}$
俗に云ふ　⑤485$_9$
俗に曰ふ　②299$_3$
俗務　④37$_7$
俗名　③369$_8$
俗網を結ぶ　⑤285$_2$
俗を厭ふ　③163$_6$
俗を粛ましむ　②445$_{11}$
俗を成す　②69$_{14}$, 83$_1$ ③147$_{14}$ ④303$_{16}$
俗を導く　②121$_{16}$
俗を乱す　③385$_{11}$
族　③211$_3$ ⑤473$_3$
族の字を記す　③185$_7$
族の字を除く　②163$_{11}$
族（の）人　②295$_1$, 333$_5$
族の中の長老　④281$_2$

256

続日本紀索引

族は惟れ兄弟　③133$_9$
族門　③63$_{12}$
族を弊る　②353$_1$
族を集む　③191$_4$
属官　①47$_3$　②17$_{15}$
属くる所　②61$_1$
属国　②71$_{13}$
属して習はしむ　③277$_{11}$
属司　②91$_5$
属籍尽きむとす　⑤505$_2$
属籍を削る　④391$_2$
属籍を復す　④87$_{15}$, 345$_{13}$, 349$_{12}$, 369$_{14}$, 387$_6$, 395$_{12}$, 445$_2$　⑤19$_{13}$
属文を解る　②115$_2$
属文を好む　⑤199$_{10}$
粟　①141$_{14}$, 203$_{13}$, 229$_8$　②5$_{15}$, 7$_2$, 373$_{3-4}$, 59$_{12}$
粟原(大和国)　①27$_4$
粟人道足　⑤15$_{13}$
粟直　⑤15$_{13}$
粟田乙瀬　④75$_{15}$
粟田女王　②129$_6$, 347$_{13}$　③55$_{15}$, 381$_{15}$, 391$_{12}$　④11$_{11}$
粟田臣乎奈美麻呂　④167$_2$
粟田臣広上　④373$_{13}$
粟田臣種麻呂　④167$_2$
粟田臣真瀬　④75$_{15}$
粟田臣池守　④75$_{15}$
粟田臣弟麻呂　④167$_1$
粟田臣道麻呂　③327$_{10}$　→粟田朝臣道麻呂
粟田臣斐大人　④75$_{15}$
粟田朝臣　③327$_{11}$　④75$_{16}$, 167$_2$
粟田朝臣堅石　③5$_4$, 27$_9$
粟田朝臣公足　④159$_5$, 237$_{10}$, 287$_{10}$, 393$_7$
粟田朝臣広刀自　④445$_{14}$
粟田朝臣黒麻呂　④3$_{13}$, 7$_2$
粟田朝臣諸姉　③261$_{12}$, 269$_1$
粟田朝臣真人　①21$_1$, 29$_4$, 35$_3$, 39$_{16}$, 57$_5$, 81$_4$, 83$_{10\cdot15}$, 87$_9$, 89$_{11}$, 101$_{14}$, 115$_4$, 135$_{13}$, 225$_5$　②53$_{10}$　⑤91$_{16}$
粟田朝臣深見　③339$_{13}$, 381$_{16}$　④363$_8$
粟田朝臣人上　①207$_{12}$　②65$_{15}$, 145$_{12}$, 209$_7$, 265$_3$, 287$_{13}$, 341$_6$
粟田朝臣人成　③139$_8$, 141$_{13}$, 147$_1$, 369$_{15}$, 389$_5$, 421$_3$　④7$_7$, 359$_8$, 393$_7$　⑤7$_{12}$, 11$_{10}$
粟田朝臣人(必登)　①167$_2$, 171$_{13}$, 219$_{14}$　②147$_1$
粟田朝臣足人　③369$_{16}$, 373$_2$
粟田朝臣道麻呂〔粟田臣道麻呂〕　④5$_3$, 17$_4$, 23$_1$, 51$_{11}$, 67$_7$, 89$_{2\cdot4-5\cdot9}$, 91$_4$
粟田朝臣道麻呂〔粟田臣道麻呂〕夫婦　④91$_5$

粟田朝臣奈勢麻呂(奈世麻呂)　③53$_{14}$, 121$_9$, 189$_3$, 191$_{12}$, 267$_6$, 313$_{10}$, 373$_{13}$, 399$_8$, 405$_{12}$　④179$_{10}$
粟田朝臣馬養　②165$_{15}$, 233$_{10}$　③27$_7$, 35$_1$, 49$_4$
粟田朝臣鷹主　④363$_{14}$, 379$_8$
粟田朝臣鷹守　④143$_6$, 195$_3$, 341$_7$, 359$_2$, 379$_6$　⑤51$_6$, 209$_1$, 231$_{14}$, 249$_{15}$, 317$_1$, 373$_9$, 401$_{12}$, 423$_{11}$, 459$_3$
粟凡直　④157$_{9\cdot11}$
粟凡直若子　③51$_2$
粟凡直豊穂　⑤283$_9$
粟麻呂(人名)　②271$_{12}$
続命の幡　③151$_4$
続命の法　③115$_2$
続労　①79$_{14}$　→労
続労銭　②331$_{10}$　④53$_{14}$
賊　②253$_{15}$　④453$_{12}$, 461$_7$　⑤7$_4$, 15$_5$, 21$_8$, 53$_6$, 129$_{5-6\cdot16}$, 151$_{5\cdot10}$, 271$_{16}$, 325$_4$, 339$_9$, 431$_{8-9}$, 433$_1$, 435$_{12}$
賊悪　②207$_5$
賊害を生す　⑤305$_{11}$
賊軍の消息　⑤427$_6$
賊使　⑤339$_8$
賊衆　⑤195$_{16}$, 431$_{6\cdot8\cdot11}$
賊臣　③223$_1$, 279$_9$　④49$_{10}$, 61$_{10}$
賊帥　⑤431$_5$
賊と居を接し　④441$_{14}$
賊と相戦ふ　④73$_2$
賊徒　②367$_{13}$　③221$_{10}$, 225$_{15}$, 299$_6$　⑤141$_7$, 431$_{5\cdot9}$
賊徒が首　②369$_{12}$
賊奴　⑤433$_7$
賊党に附く　③213$_{15}$
賊盗　①129$_3$
賊盗律　⑤161$_{16}$
賊に射らる　⑤347$_{12}$
賊に逢ひし日　⑤381$_7$
賊に逢ふ　④433$_{13}$
賊の為せる　④439$_8$
賊の為に囲まれ　⑤167$_7$
賊の為に欺かる　⑤161$_4$
賊の肝胆を奪ふ　③343$_5$
賊の機を伺ひ　⑤147$_9$
賊の居　⑤431$_{12}$
賊の境に臨む　⑤319$_{16}$
賊(の)首　⑤439$_8$
賊(の)首を斬る　⑤439$_9$
賊の洲　③243$_2$
賊の船　⑤151$_{5\cdot7}$

そく(族・属・粟・続・賊)

257

そく—そん（賊・卒・存・村・孫・湌・尊）

賊の巣穴　⑤$439_{15}$
賊(の)地　②$317_{2\cdot7\cdot10}$, 319_6　④$297_{12}$, 345_8　⑤$129_8$, 437_2
賊(の)地に屯み　⑤$435_5$
賊(の)地に入らず　⑤$161_8$
賊(の)地に入る　②$317_{1\cdot16}$, 319_{13}　⑤$421_{12}$
賊(の)地に入る期　⑤$159_{14}$
賊の中の首　⑤$195_{12}$
賊の要害　⑤$155_{10}$, 165_8
賊の来る　⑤$151_{13}$
賊ふ心　②$229_{16}$
賊兵　②$357_6$
賊を棄てて来る者　⑤$169_{12}$
賊を掃ふ　⑤$439_{16}$
賊を誅す　⑤$161_3$
賊を討つ　⑤$131_3$, 147_{12}, 431_3
賊を伐つ　⑤$21_8$
賊を平ぐ　③$297_{15}$　⑤$441_3$
賊を防ぐ　④$117_3$
卒　②$117_2$
卒かに起る　②$377_{14}$
卒す　①$11_{10}$, 15_{11}, 17_{14-15}, 33_9, 35_8, 41_5, 61_2, 85_8, 91_{16}, 97_7, 105_8, $125_{7\cdot11}$, $139_{4\cdot7}$, 149_9, 151_{13}, 157_{11}, 159_{11}, $163_{5\cdot10\cdot16}$, $167_{6\cdot15}$, 169_{10}, 171_1, 189_3, 193_6, 203_9, 207_{14}, 209_2, $223_{11\cdot14}$　②$171_2$, $436_{7\cdot15}$, 45_{16}, 53_7, $55_{9\cdot15}$, $59_{1\cdot4}$, 109_{12}, 131_7, 133_8, 137_{13}, 151_2, 169_{11}, 173_{15}, 179_1, 181_{12}, 197_{14}, 201_{15}, 203_{11}, 241_1, 257_3, 277_4, 295_{12}, 297_3, 309_{15}, $323_{6\cdot7\cdot10\cdot12}$, 325_7, 341_6, 345_{14}, 355_{16}, $411_{4\cdot15}$, 447_{11}, 449_5　③$77_{\cdot13}$, 9_8, 131_4, 17_2, 43_7, 45_{11}, 65_5, 91_9, 109_1, 119_2, 129_8, $135_{3\cdot14}$, 251_{10}, 333_5, 337_7, 349_1, 351_{10}, 375_{16}, 411_4, 415_{3-4}, 433_{12}　④$94_{\cdot9}$, $579_{\cdot15}$, 127_{6-7}, 179_{11}, 181_{11}, 205_{16}, 231_2, $237_{5\cdot13}$, 265_{15}, 285_{16}, 345_7, 359_{11}, 395_3, 401_{14}, 407_{12}, $415_{11\cdot14}$, 421_{16}, 433_{16}, 439_4, 443_2, $451_{5\cdot9\cdot16}$　⑤$15_{8\cdot15}$, 17_{2-3}, 37_9, 43_7, 57_9, 61_9, 67_{11}, 77_3, 81_2, 89_4, 93_{11}, $147_{4\cdot16}$, 157_{16}, 197_4, 207_7, 237_{10}, 239_{12}, 241_6, 255_2, 257_1, 279_{11}, 295_8, 297_5, 299_3, $339_{1\cdot15}$, 369_{14}, 383_2, 385_3, 387_7, 393_2, 419_5, 425_2, 429_{12}, 437_{11}, 441_6, 449_1, 461_{13}, 467_{10}, 473_6, $499_{11\cdot16}$, 505_{15}, 511_{12}
卒先　①$139_{15}$
卒に応ふ　③$309_1$
卒に教ふ　⑤$273_5$
卒に成り難し　⑤$75_{13}$
卒に来る　⑤$151_8$
存慰　⑤$269_1$
存活　①$181_9$　⑤$31_{12}$
存済　②$17_{15}$, 71_9　④$123_{10}$

存済すること得しむ　②$325_{16}$
存済せず　④$403_{10}$
存恤　①$59_{13}$
存心　④$163_3$
存生　⑤$311_4$, 439_4
存撫を加ふ　④$121_2$
存亡　⑤$487_{14}$
存亡を知らず　⑤$103_{15}$
存亡を論はず　④$119_{15}$
存問　①$49_1$　②$183_4$
存りし日　⑤$503_{15}$
存り難からむ　②$67_{16}$
村君東人　①$201_{16}$
村国連子虫　②$347_{11}$, 381_1
村国連子老　②$395_2$　③$419_{10}$, 421_{12}　④$19_7$, 315_8, 351_4, 427_6, 435_6
村国連志我麻呂(志賀麻呂)　②$9_9$, 41_{10}, 173_5, 243_{13}
村国連小依(男依)　①$43_3$　③$239_{11}$, 241_{11}
村国連小依が息　②$9_8$
村国連小依の孫　④$143_{12}$
村国連虫麻呂(武志麻呂)　③$371_3$, 431_5　④$71_1$, 145_{12}
村国連等志売　①$113_{14}$
村国連嶋主　④$31_3$, $143_{11-12\cdot14}$
村上造大宝　④$329_{15}$
村長以上　③$215_4$
村邑　②$123_5$　⑤$433_8$
村里　②$29_3$
孫王等　③$17_3$
孫王の例に預る　⑤$507_9$
孫王を娶る　②$219_{16}$
孫孝哲(唐)　③$297_{8\cdot10}$
孫興進(唐)　⑤$93_{13}$, $95_{4\cdot11\cdot16}$, 974
孫子　③$367_{15}$
孫氏が瑞応図　⑤$327_8$
孫孫永く継ぐ　②$353_4$
孫等　③$71_{11}$
孫に貽す業　⑤$223_1$
孫謀を貽す　⑤$497_{15}$
湌を忘る　②$271_5$　④$405_9$
尊き像　②$431_{15}$
尊き霊の子孫　④$87_9$
尊鏡(人名)　⑤$243_{14}$
尊くうれしき事　④$137_8$
尊敬(人名)　④$375_3$
尊号(尊き号)　①$3_6$　③$101_5$, 269_4, 275_{12}, 279_{13}, 281_1, 353_{15}　⑤$453_7$
尊号を上る　③$271_{12}$, 275_2

続日本紀索引

尊師の道　③$237_8$
尊諡を上る　⑤$221_{11}$
尊に居り　①$233_{16}$
尊卑　②$151_1$　④$291_1$
尊びて称す　②$145_4$
尊び拝む　④$263_3$
尊び用ゐる　②$135_{16}$　④$215_{14}$
尊ぶ　③$353_{10}$　⑤$453_6$
尊む　③$31_{2\cdot 4}$　⑤$325_{13}$
尊名　③$269_9$
尊霊　③$231_8$
損　⑤$439_9$
損えず　⑤$37_4$
損え難し　④$317_4$
損益　④$455_{15}$
損壊　④$395_1$
損害　②$387_7$　④$353_9$　⑤$101_{13}$
損決　④$213_{14}$
損失　②$159_{16}$
損失を致すこと勿かれ　⑤$145_3$

損傷　①$215_6$　③$35_7$, 153_2　⑤$65_7$, 351_4
損得　④$133_{14}$
損はる　②$193_2$, 195_{15}　④$131_{10}$, 213_{12}, 273_{14}, 289_1, 293_6
損はるる者　③$407_{11}$
損はるる物　①$227_{16}$
損はれ壊る　⑤$77_1$
損はれる費　②$193_9$
損ひ穢す　⑤$13_3$
損ひ壊つ　①$89_6$　⑤$107_3$, 119_2
損ひ失ふ　②$91_{14}$　⑤$53_{14}$
損ひ失ふこと得ざらしむ　②$441_6$
損ひ尽く　④$125_3$, 463_8
損ひ破る　②$183_8$
損ふ　①$53_{14}$, 59_6, 169_4　②$309_6$　③$137_2$, 437_{12}　⑤$19_8$, 303_{12}
損有り　④$431_2$
遜る　③$297_{11}$
撙節　③$407_5$　⑤$73_{15}$

そん（尊・損・遜・撙）

た

た（た・太）

たのもしみ　④$333_{16}$
たはこと　④$333_1$
たび重ねて　③$317_4$
たやすく行はむ　②$223_9$
たやすく退けまつらむと念ひて在り　④$33_7$
たりまひてややみ賜へば　①$111_{13}$
太阿郎王　⑤$471_3$
太阿郎王の子　⑤$471_3$
太衍暦経　②$289_4$
太衍暦立成　②$289_4$
太行天皇（光仁天皇）　⑤$221_6$
太極殿　②$33_{16}$
太公（斉）　③$361_7$
太公の故事　③$361_7$
太后（藤原朝臣光明子）　③$97_3$, 201_{12}, 353_{11-12}
太后（藤原朝臣光明子）に能く仕へ奉り助け奉れ　③$197_{15}$
太皇后に能く奉侍れ　④$259_4$
太皇太后　③$145_8$, 315_6, 369_6
太皇大夫人　⑤$325_{13}$
太子　②$201_{10}$ ③$65_7$ ④$257_{10}$, 259_8 ⑤$349_5$, 385_6
太子一人朕が子は在る　④$259_6$
太子と坐しし時　④$139_7$
太子と定め　②$295_7$
太子を定め賜はず在る人　④$47_{11}$
太子を立てむと念ひ　④$77_{15}$
太者（人名）　④$13_{9-10}$
太上皇　③$425_{15}$ ⑤$217_7$
太上天皇　③$83_8$
太上天皇（元正）　②$169_{7-8\cdot14}$, 171_2, 217_8, 303_3, 351_{12}, 383_5, 395_9, 419_{11}, 421_2, 439_9, 441_{13}, $449_{6\cdot9\cdot13}$ ③$45_5$, 51_8, $572_{\cdot11\cdot13}$, 107_{15}
太上天皇（元明）　②$51_3$, 93_{15}, $95_{1\cdot6}$, 103_7, $105_{2\cdot11\cdot15}$, 107_4, $125_{9\cdot15}$, 305_{16}
太上天皇（玄宗）　③$299_5$
太上天皇（光仁）　⑤$215_{16}$, 253_5, 255_4, 377_7
太上天皇（孝謙）　③$59_5$, 409_6
太上天皇（持統）　①$41_{14}$, 617, $636_{\cdot8}$, $655_{\cdot10}$, 67_6, 69_2, 73_9, 75_7, 83_{12} ②$305_{15}$
太上天皇（聖武）　②$139_5$ ③$35_8$, 97_3, 115_8, 117_9, 155_7, $157_{8\cdot11}$, 159_8, $161_{3\cdot7\cdot10}$, 163_3, 165_8, 171_2, 179_8, 185_{13}, $195_{8\cdot10}$, 223_{14}
太上天皇の御所　③$315_{12}$
太神宮　⇨伊勢大神宮
太政官　①$39_{14}$, 41_6, 43_{16}, 113_{11}, 183_{10} ②$39_5$, 47_8, 183_{15}, 301_4, 441_7 ③$9_{12}$, 285_8 ④$435_1$ ⑤$35_4$, 39_8, 367_2　→乾政官
太政官院　④$355_3$ ⑤$211_{15}$　→乾政官院
太政官院成る　⑤$373_3$
太政官院の垣　⑤$345_7$
太政官院の庭　③$203_5$
太政官院の内　③$203_{15}$
太政官議奏　①$87_4$, 173_{14}, 187_8 ②$201_2$
太政官処分　①$39_{13}$, 43_{14}, 45_{16}, 51_4, 75_1, 153_3, 183_{10}, 185_2, 205_{11}, 215_2 ②$39_8$, 43_{16}, 103_5, 133_9, 171_4, 175_3, 211_{14}, 213_9, 233_{13}, 235_{13}, 249_{16}, 355_{13}, 419_6 ③$23_{12}$, 165_7, 167_{11}, 235_7 ④$409_{13}$ ⑤$27_3$, 105_5, 113_6
太政官奏　④$477_{14}$
太政官奏す　①$89_1$, 181_1, 229_7 ②$251_5$, 73_3, 95_{13}, 105_{16}, 115_{13}, 121_8, 131_{12}, 157_2, 167_8, 193_7, 209_{14}, 227_7, 231_{14}, 267_6, 279_{13}, 283_{11}, 301_3, 435_5 ③$43_{14}$, 239_6 ④$121_8$, 123_6, 291_{15}, 353_4, 385_{15}, 455_9 ⑤$97_7$, 101_{15}, 113_{14}, 133_{12}, 155_{15}, 271_2, 427_{12}, 495_{13}
太政官奏すらく　①$213_2$, 231_3 ②$67_{14}$
太政官の印　②$73_7$ ④$231_1$ ⑤$39_7$　→官印, 外印
太政官の印を用ゐる　④$27_{15}$
太政官の事を知らしめたまふ　①$65_{14}$, 89_{14}　→知太政官事
太政官の少弁　①$141_3$
太政官の政　④$333_2$
太政官の曹司　⑤$443_5$
太政官の大臣　④$97_8$
太政官の庁　⑤$35_4$
太政官の庭　②$387_{13}$
太政官の諌　②$25_5$
太政官符　⑤$283_{11}$, 369_6　→官符, 乾政官の符
太政官坊　③$215_{13}$
太政大臣　②$81_9$, 185_{10}, 239_1, 321_5, 323_{11}, $325_{6\cdot10}$, 385_8 ③$59_1$, 125_4, 155_{13}, 187_9, 231_4, 255_8, 285_{10}, 347_7, 353_3, 355_{11}, $361_{3\cdot5}$, 411_5 ④$11_3$, 251_3, 81_{13}, 105_6, 113_9, 139_4, 329_5, 331_3, 335_{11} ⑤$151_4$, 45_5, 87_{13}, 277_{10}, 325_{12}, 337_2, 445_7, 453_{15}　→大師
太政大臣家の資人　②$183_{13}$
太政大臣禅師　④$99_{2-3\cdot15}$, 137_6, 375_{13}
太政大臣禅師の（御）位を授けまつる　④$97_{13\cdot16}$
太政大臣朕が大師　④$137_8$
太政大臣として仕へ奉れ　③$341_9$
太政大臣に准ふ　②$295_{15}$
太政大臣の位　④$335_{16}$, 337_1
太政大臣の官を授けまつるには　④$97_{12}$

続日本紀索引

太政大臣を贈る ②295$_{16}$ ③361$_{13}$
太政の始 ③315$_6$
太前 ③65$_{15}$
太祖の廟 ⑤495$_{14}$
太宅朝臣諸姉 ⇨大宅朝臣諸姉
太宅朝臣大国 ⇨大宅朝臣大国
太(多)朝臣犬養 ④81$_3$, 115$_{13}$, 129$_6$, 249$_3$, 295$_{11}$, 319$_6$, 355$_1$ ⑤71$\cdot_{14}$, 110$_1$, 49$_4$, 197$_2$, 209$_7$, 343$_1$
太朝臣安麻呂 ①75$_{15}$, 165$_{10}$, 221$_{14}$ ②21$_1$, 133$_8$
太朝臣遠建治 ①219$_{15}$
太朝臣国吉 ②331$_2$, 335$_3$
太朝臣徳足 ③5$_5$, 271$_1$
太なる宝 ②235$_6$
太白(大白) ③163$_{11}$, 417$_{11}$
太白(大白)月に入る ②303$_{16}$
太白(大白)歳星を犯す ②123$_{12}$
太白(大白)辰星相犯す ②293$_6$
太白(大白)大微の中に入る ②237$_{12}$
太白(大白)昼に見る ②123$_7$, 161$_3$, 195$_{16}$ ⑤15$_{12}$, 199$_7$, 203$_{15}$, 303$_7$, 387$_{11}$
太白(大白)天を経ぐ ②201$_8$
太白(大白)填星を犯す ②175$_1$
太白(大白)東井に入る ②271$_{14}$
太微 ⇨大微
太平の治 ②61$_{10}$
太平の称を致す ①131$_{11}$
太平の風 ②5$_{10}$
太平を致す ②61$_7$
太野郡 ⇨大野郡
太羊甲許母(人名) ②87$_8$
他界 ④123$_{14}$
他郷 ①225$_{12}$ ④71$_8$ ⑤117$_2$, 159$_5$
他郷に竄る ⑤109$_1$
他境の人 ②117$_6$
他戸王 ④383$_{2\cdot10}$, 413$_{15}$, 451$_5$ →他戸親王
他戸王の母 ④383$_5$
他戸王を廃す ④383$_4$
他戸親王(他戸皇子)〔他戸王〕 ④327$_7$ ⑤99$_{12}$
他戸親王を立つ ④327$_{7\cdot10}$
他国 ④229$_{12}$
他国の鎮兵 ④219$_{2-3}$, 229$_1$
他国の百姓 ④225$_{16}$
他妻に奸す ②365$_5$
他し国 ⑤283$_{13}$
他し処 ②103$_{12}$ ⑤129$_1$
他氏に先にす ③211$_5$
他処 ①167$_{13}$ ②181$_9$, 261$_4$
他所 ②327$_{12}$

他所に散在れたる者 ②393$_6$
他人 ⑤47$_{13}$
他人に尊ふこと莫れ ③209$_7$
他田王 ④345$_{11}$
他田舎人千世売 ④205$_{11}$
他田舎人直刀自売 ②129$_7$
他田舎人直枚女 ⑤261$_6$
他田舎人部常世 ③75$_5$
他田臣万呂 ②31$_9$
他田朝に御宇しし敏達天皇の御世 ⑤471$_6$
他田日奉直徳刀自 ⑤321$_6$
他に尊ふこと莫れ ③209$_{12}$
他に用ゐること得れざ ①101$_7$
他(の)氏 ②211$_3$ ④195$_{13}$
他の女を犯すことを喜ぶ ③323$_2$
他の色の徒 ③175$_{14}$
他の姓の者(人) ③195$_6$ ④381$_4$
他の省 ①197$_{13}$
他の銭を借る ①173$_{12}$
他の道 ⑤441$_1$
他の物 ④47$_6$, 85$_{12}$
他の物に仮る ④127$_{10}$
他の物を以て価とす ①195$_{11}$
他を使ふ ⑤97$_{11}$
多可連 ②253$_{12}$
多可連浄日(浄日女)〔高麗使主浄日〕 ③383$_2$ ④69$_1$, 145$_{14}$ ⑤157$_{16}$
多珂郡(常陸国) ②45$_9$
多賀王 ⑤313$_{10}$
多賀郡(陸奥国) ③117$_{11}$ ⑤323$_{15}$
多賀郡以南の諸郡 ③117$_{12}$
多賀郡以北の諸郡 ③117$_{11}$
多賀柵(陸奥国) ③315$_{2\cdot9\cdot12}$, 317$_3$, 319$_{13}$
多賀城(陸奥国) ⑤141$_3$, 147$_9$, 149$_9$, 161$_8$, 399$_{11}$, 401$_1$, 421$_{12}$
多き少き有るに縁りて ③43$_{14}$
多き日を経ず ⑤95$_{12}$
多き年を歴 ②325$_{12}$
多き利を貪り得 ⑤109$_{13}$
多伎(多藝)郡 ⇨当耆(多伎・多藝)郡
多伎(多藝)女王 ②311$_8$, 347$_{12}$ ③111$_5$
多気郡(伊勢国) ①77$_9$ ④447$_{13}$ ⑤169$_8$
多気郡郡司 ⑤169$_8$
多気郡の人 ④161$_{11}$, 451$_6$
多気宿禰乙女 ⇨竹宿禰弟女
多気大神宮(伊勢国) ①15$_5$
多紀内親王 ⇨当耆皇女
多く及さず ①109$_6$
多く滞る ⑤497$_1$

た(太・他・多)

261

続日本紀索引

た
(多)

多くの士　④$455_{12}$
多くの人　②$239_8$
多く発る　②$323_{13}$
多く亡す　③$391_6$
多く有り　③$391_7$
多褹後国造　②$271_{10}$
多褹直　②$271_{11}$
多褹(多禰)嶋　①$19_1$, 59_3, 213_8　②$271_{10}$, 283_{10}
　③$17_{15}$, 151_{15}, 379_5　④$19_{12}$, 73_1, 131_5, 361_2
多褹嶋掾　③$35_{11}$
多褹嶋国師の僧　①$151_{15}$
多褹嶋司　①$151_{14}$　②$113_{13}$　③$361_{16}$
多褹嶋守　④$61_6$, 301_3
多褹嶋の官人　②$409_7$
多褹嶋の擬郡司　②$409_9$
多藝連国足　⑤$51_{14}$　→物部多藝宿禰国足
多胡吉師手　②$167_1$
多胡郡(上野国)　①$165_3$
多胡古麻呂　②$375_{1-2}$
多胡浦(駿河国)の浜　③$103_{12}$
多歳を経　⑤$285_2$
多産の記事　⇨一たびに…産む
多士に負ふ　⑤$115_6$
多治比王¹　④$43_{14}$
多治比王²　③$77_7$
多治比王¹の子　④$43_{14}$
多治比真人伊止　④$207_{14}$
多治比真人宇美(海)　⑤$143_5$, 147_3, 209_7, 261_{13},
　275_7, 319_6, 321_{15}, 323_7, 399_{10}, 459_6, 505_{12}
多治比真人屋嗣　⑤$345_5$, 409_{13}
多治比真人屋主　②$147_2$　③$31_4$, 35_1, 53_{10}, 79_{14}
多治比真人乙安　④$201_{15}$　⑤$176_1$, 107_{10}, 219_{12},
　243_9, 291_{14}, 477_{12}, 485_{16}
多治比真人乙兄　④$347_9$, 349_3
多治比真人乙麻呂　④$65_7$, 93_6
多治比真人家主　②$135_3$, 311_3, 379_{11}, 397_3　③
　109_{15}, 137_{11}, 347_{14}
多治比真人家主が子　⑤$449_6$
多治比真人賀智(賀知)　⑤$357_{13}$, 361_{10}, 451_6,
　463_{14}, 505_{11}
多治比真人吉提　①$165_{12}$
多治比真人吉備　①$135_{11}$, 165_{12}
多治比真人牛養　②$329_{12}$, 343_4, 379_{12}, $409_{3·6}$　⑤
　13_{10}, 45_{14}
多治比真人継兄　⑤$123_{16}$, 137_7, 193_2, 233_{10},
　375_{11}, 399_1, 461_{11}
多治比真人犬養　③$189_9$, 193_3
多治比真人県守　①$93_3$, 161_{16}, 165_{15}, 221_5,
　229_{11}　②$19_5$, 25_9, 49_{10}, $51_{8·13·16}$, 57_6, 79_{11}, 83_{13},

93_{14}, 99_{12}, 205_6, 209_3, 249_3, 251_{10}, 255_{12}, 261_1,
　275_4, 287_7, 295_{16}, 297_{12}, 323_7　⑤$149_3$
多治比真人乎婆売　③$75_8$
多治比真人古奈祢(古奈弥)　④$222_1$, 365_7, 369_{12}
　⑤$5_6$, 67_{16}, 359_{16}
多治比真人公子　④$327_{16}$, 429_8　⑤$371_5$
多治比真人広成　①$129_{14}$, 135_7, 177_{14}, 219_{12}　②
　21_{14}, 57_7, 65_{11}, 145_{10}, 243_9, 259_{15}, $269_{3·11}$,
　283_{10}, $287_{10·13}$, 327_7, 329_{4-5}, 339_2, 353_5, 357_3　③
　31_2
多治比真人広足　②$71_5$, 31_{12}, 165_{12}, 173_5, 273_4,
　345_4, 361_4, 423_{11}　③$251_1$, 391_4, 49_1, 53_7, $87_{7·13}$,
　101_{10}, 145_{12}, 151_2, 159_{12}, 221_9, 261_{10}, 339_{4-5}
多治比真人広足の子姪　③$339_6$
多治比真人広足の父　③$339_4$
多治比真人国人　②$299_{11}$, 343_7　③$27_7$, 87_9,
　105_1, 109_{14}, 145_{10}, 159_{11}, 193_{10}, $207_{10·15}$, 223_2
多治比真人国成　⑤$343_{11}$
多治比真人黒麻呂　④$419_{12}$　⑤$29_{11}$
多治比真人歳王　⇨多治比真人歳主
多治比真人歳主(年主)　④$363_{14}$, 377_{12}　⑤$9_5$,
　29_5, 115_{11}, 213_5, 237_{13}, 251_6, 319_8
多治比真人三上　⑤$51_{1·14}$, 117_1, 177_2, 211_4, 225_{10},
　249_{14}, 271_8
多治比真人三宅麻呂　①$65_6$, 77_3, 115_{16}, 131_1,
　149_6, 165_{11}, 193_9, 221_{13}, 229_9　②$25_4$, 51_{15}, 59_9,
　83_{14}, $109_{8·10}$
多治比真人若日売(若日女・若日)　③$75_8$　④
　145_7　⑤$72_1$, 241_5
多治比真人小耳　③$415_9$　④$41_3$, 55_4, 151_{11}
多治比真人人足　⑤$59_1$, 71_8, 185_1, 191_3, 311_4,
　317_{13}
多治比真人水守　①$61_{13}$, 71_{10}, 113_{11}, 135_4,
　145_{14}, 153_{16}, 161_{16}, 167_6
多治比真人石足　③$53_{13}$
多治比真人占部　②$67_1$, 197_3, 265_1, 347_7, 423_{13}
　③$27_5$, 49_2, 75_1, 101_{10}, 103_{15}
多治比真人祖人　②$365_7$
多治比真人多夫勢　②$221_{10}$
多治比真人池守　①$133_6$, 143_{15}, 197_7, 205_7, 229_{14}
　②$23_6$, 43_3, 83_{16}, 127_8, 145_1, 163_{15}, 177_9, 185_9,
　205_8, 237_{15}
多治比真人池守の孫　⑤$449_6$
多治比真人長野　④$65_7$, 171_5, 187_9, 249_{10}, 269_{11},
　357_8, 379_4　⑤$3_{10}$, 114_1, 49_{14}, 57_{12}, 109_5, 185_7,
　275_8, 287_6, 291_7, 313_{11}, 361_9, 377_{14}, 409_{12}, 419_2,
　449_{5-6}
多治比真人土作　②$361_7$, 417_{14}, 419_4, 429_1　③
　25_{10}, 89_{14}, 143_3, 189_5, 395_{11}, 419_5　④$116_1$, 143_3,

262

続日本紀索引

193_8, 209_6, 291_{8-9}, 345_7
多治比真人東人　②$365_7$
多治比真人嶋(志麻)　①$21_{13}$, 37_{12}, $43_{9\cdot13}$　③$339_4$
多治比真人嶋が妻　①$185_8$
多治比真人嶋の子　②$323_8$
多治比真人嶋の第　①$43_{12}$
多治比真人嶋の第一子　②$237_{16}$
多治比真人嶋の第五子　③$353_5$
多治比真人犢養　②$391_{15}$　③$33_{11}$, 91_5, 121_6, 137_{16}, 203_6, 205_5, $207_{7\cdot16}$, 223_2
多治比真人年持　⑤$87_3$, 231_{10}, 295_2
多治比真人伯　②$289_1$, 351_1
多治比真人浜成　⑤$83_5$, 209_{11}, 219_9, 225_{10}, 249_{12}, 311_5, 343_{12}, 381_{11}, 403_2, 439_{16}, 457_{12}, 503_{13}
多治比真人豊継　⑤$315_8$
多治比真人豊長　⑤$385_{13}$, 411_1
多治比真人豊浜　④$289_5$, 339_7, 353_{16}, 389_4, 429_9, 453_{16}　⑤$187_{14}$, 239_1
多治比真人名負　②$365_7$　④$329_6$, 339_{10}, 427_{12}
多治比真人木人　②$379_{14}$, 395_{14}, 419_2, 427_{11}　③$33_7$, 145_{10}, 151_1, 347_4　④$3_{10}$, 5_{12}, 343_6, 419_{10}, 447_2
多治比真人夜部　①$93_1$
多治比真人邑刀自　⑤$419_9$, 515_1
多治比真人鷹主　③$203_6$
多治比真人林　④$399_8$
多治比真人礼麻呂　③$203_6$
多治比連真国　④$17_1$　→周敷連真国
多緒　⑤$159_7$
多少　②$111_{13}$
多少に随ひ　①$173_7$
多少に随ひて　①$173_7$
多少の軍士　⑤$155_7$
多少を限らず　②$131_{15}$
多端　①$235_8$
多朝臣犬養　⇒太朝臣犬養
多度郡(讃岐国)　⑤$429_6$
多度山(美濃国)　②$337_2$, 35_8
多度神(伊勢国)　⑤$251_{10}$
多年　④$75_{12}$
多年を経　②$69_{15}$
多年を歴　④$13_4$
多の年歴　④$139_7$
多の遍重ねて　③$341_3$
多夫礼〔黄文王〕　③$207_6$　→久奈多夫礼
多米王　③$153_1$
多米連福雄　⑤$407_{16}$

梅　③$407_4$
梅師　③$441_3$　④$449_{15}$　⑤$381_{7\cdot9}$
梅折れ帆落ちて　⑤$211_5$
梅を廻す　④$451_1$
梅を把る　④$451_1$
梅を拠ぐ　⑤$81_8$
鈦に着く　④$147_3$
鈦を着く　③$9_4$
駄馬　②$353_6$
打射　③$295_9$
打ち破る　③$299_2$, 431_{13}　⑤$81_2$
陀羅尼(無垢浄光大陀羅尼経)　④$281_3$
儺　①$109_{11}$
体骨柱　②$449_{11}$
体は灰と共に地に埋る　④$261_{16}$
体貌雄壮　⑤$257_2$
体力　④$435_{13}$
体を継ぎ基を承く　①$235_1$　④$371_3$
対越　④$205_5$　⑤$393_{16}$
対顔　⑤$79_{11}$
対見　⑤$75_5$
対馬王　③$111_9$
対馬守　⑤$489_8$
対馬(津)嶋　①$154_5$, 371_1, 47_4　②$253_{11}$, 329_3　③$17_{16}$, 307_{13}, 331_{12}, 395_6　④$189_{14}$, 269_{12}, 281_6, 395_{14}　⑤$27_7$
対馬嶋司　①$47_6$　②$113_{13}$, 257_{11}　③$361_{16}$
対馬嶋守　⑤$413_2$
対馬嶋の官人　②$409_7$
対馬嶋の墾田　④$179_{13}$
対馬嶋の戍　⑤$133_1$
対馬嶋目　②$351_2$
対馬嶋郡司の主典已上　①$47_6$
対馬嶋(津嶋)　②$309_{15}$
対馬嶋の擬郡司　②$409_9$
対馬連堅石　①$109_5$　→津嶋朝臣堅石
対へて曰ししく　⑤$203_1$
対へて曰はく　①$151_4$　④$17_{14}$, 423_7　⑤$27_5$, 47_{13}
対へて言さく　④$275_{15}$
佇の様　①$51_7$
待す　③$133_{11}$　④$277_4$　⑤$123_6$
待ひ賜ふ　④$331_{15}$　⑤$173_4$
待問　①$87_3$
怠緩　①$141_9$, 227_{11}　③$235_6$
怠緩して行はず　③$49_9$
怠慢　①$169_{12}$　③$123_{12}$　④$161_{16}$　⑤$13_3$, 117_8, 365_{11}
怠慢の徒　③$233_7$
怠らず　⑤$485_2$

た―たい（多・梅・鈦・駄・打・陀・儺・体・対・佇・待・怠）

263

たい（怠・退・帯・替・貸・隊・滞・碓・頽・戴・乃・大）

怠り緩ふ ③$167_3$
怠り緩ふ事無く ③$71_9$ ④$333_{11}$
怠り倦む ②$425_{10}$
怠る ③$215_1$, 321_8, 357_{10}
怠ること莫かれ ②$197_{10}$
怠る事無く ⑤$177_{12}$
怠るに匪ず ⑤$411_{15}$
退き出づ ③$81_{15}$
退きて ③$311_{10}$
退きては ②$271_1$ ③$69_{14}$
退きも知らに ③$69_1$, 85_{15}, 266_5, 317_3 ③$311_9$, 323_7
退居 ④$319_2$
退く ④$435_{11}$ ⑤$431_9$
退くも知らに ②$143_1$ ⑤$181_8$
退け給ふ ④$253_2$, $255_{2\cdot6}$, 257_{14}
退け賜ふ ④$33_5$, 45_5
退譲を陳ぶ ④$37_4$
退食すること公よりす ②$85_9$
退朝の後 ②$85_6$
退り帰る ②$393_5$
退り出づ ③$201_{16}$
帯 ④$157_{16}$, $263_{11\cdot13}$
帯剣寮長官 ①$137_5$
帯刀 ④$25_{10}$
帯刀資人 ②$93_7$ ③$335_{15}$, 409_4
帯方郡 ⑤$331_{12}$, 333_1
帯を賜はく ④$263_{12}$
替へ宛つ ④$47_6$
替へず ④$361_3$
替へ補ふ ①$199_{10}$
替らしむ ②$65_6$
替る人 ②$269_{13}$
替を差す ②$73_6$
替を与ふ ②$201_{4\cdot6}$
貸し与ふ ②$69_1$
貸食 ⑤$117_1$
貸す ②$275_1$ ⑤$109_{16}$, 413_{10}
隊伍 ⑤$151_{15}$
隊を結ぶ ⑤$151_{12}$
滞る ⑤$425_{14}$
滞ること無（无）し ⑤$407_{11}$, 445_{14}
滞る由 ⑤$427_6$
碓氷郡（上野国） ③$79_4$
碓氷郡の人 ③$79_4$ ④$155_{15}$
頽髪更に生ひ ②$35_{11}$
頽崩 ②$429_{12}$
頽れたる法 ②$13_7$
戴き荷つ ⑤$35_{13}$, 85_4

戴き持つ ③$65_{14}$, 87_2
乃が誠を嘉す ③$161_{14}$
乃年 ②$359_6$
乃の誠を竭せる ③$183_{14}$
乃（の）祖 ③$283_{13}$ ⑤$279_7$
乃父 ⑤$279_7$
乃呂志角足〔賀茂朝臣角足〕 ③$207_7$
乃呂志比良麻呂 ④$387_7$
大安寺（京師） ①$41_4$, 65_{10} ②$291_{12}$, 313_{10}, 449_3 ③$11_8$, 57_8, 81_{15}, 89_2, 125_3, 165_4, 171_5 ④$157_2$, 303_8 ⑤$255_3$, 485_4
大安寺の印 ④$349_8$
大安寺の講堂 ④$385_2$
大安寺の東塔 ④$145_{14}$
大安寺の封 ⑤$145_{11}$
大安殿 ①$33_8$, 55_2, 73_{14} ②$163_{12}$, 229_{11}, 403_5, 415_7 ③$310$, 151, 101_6, 103_4, 137_{13}
大位を承く ②$431_8$ ③$243_{10}$
大雨 ②$375_{14}$ ③$157_5$ ⑤$113_{10}$, 403_{15}
大雲 ③$131_1$, 241_8
大衍暦 ③$437_1$
大衍暦議 ③$237_6$
大燕聖武皇帝（唐）（安禄山） ③$297_3$
大王天朝 ②$189_4$
大押の字を改む ⑤$509_2$
大屋朝臣 ④$123_6$
大屋都比売神社（紀伊国） ①$53_{11}$
大化元年 ②$239_{7\cdot10}$, 241_1
大河（吉井川） ⑤$405_{15}$
大家郷（上野国） ①$165_2$
大華（花）上 ①$97_8$, 143_5 ②$25_8$
大歌 ⑤$213_2$
大外記 ②$59_3$, 333_5 ③$421_1$ ④$5_{10}$, 271_5, 161_1, 181_1, 205_{15}, 207_2, 209_{14}, 245_5, 377_{11}, 393_3, 423_1, 441_6 ⑤$9_5$, 271_2, 191_4, 227_{12}, 247_{13}, 271_3, 283_4, 291_{10}, 355_4, 371_{13}, 443_5, 461_8, 493_4
大害を為す ⑤$437_6$
大害を致さず ④$439_7$
大学 ④$153_7$
大学員外助 ④$155_5$, 243_8, 351_1
大学助 ④$339_7$, 345_{16}, 377_{13}, 459_{13} ⑤$241_7$, 283_5
大学助教 ④$211_9$ ⑤$513_{15}$
大学少允 ④$271_1$, 153_9 ⑤$39_9$
大学生 ②$17_4$, 231_4 ③$277_5$ ④$275_{10}$
大学生に准ふ ②$233_8$
大学大允 ④$151_5$ ⑤$45_5$
大学直講 ④$213_6$
大学頭 ②$263_{13}$, 395_6 ③$25_{10}$, 33_6 ④$207_1$, 301_{13}, 303_1, 377_{13}, 425_5 ⑤$271_5$, 63_3, 83_9, 189_1,

続日本紀索引

211_3, 251_1, 293_5, 315_{14}, 339_{14}, 341_{16}, 363_3, 383_{13}, 407_4, 473_{11}
大学に下す ②$355_{14}$
大学に遊ぶ ④$207_2$
大学の音博士 ⑤$83_9$
大学の釈奠 ④$461_{10}$
大学の生徒 ②$231_{14}$ ③$63_6$
大学博士 ②$163_{14}$, 231_4, 233_4 ⑤$271_6$, 91_6, 241_7, 399_6, 513_{14}
大学寮 ①$81_{16}$ ②$231_3$ ③$227_{13・15}$
大菅屋道 ⑤$165_5$
大監物 ③$47_8$, 191_{14}, 333_{12}, 389_4, 421_5 ④$159_3$, 167_{13}, 191_{16}, 243_2, 289_1, 349_{16}, 441_{12} ⑤$231_9$, 269_7, 283_3, 295_3, 351_7, 363_1, 399_2, 423_{13}, 495_8, 503_6
大願を発す ②$431_{12}$
大きさ ④$273_{16}$, 385_1, 407_{14}
大(き)楯 ②$439_4$
大(き)楯を堅つ ①$15_1$
大(き)楯を樹つ ②$401_{13}$, 439_{13} ③$13_{12}$
大き瑞 ②$215_{13}$ ④$173_{4・13・14}$, 313_7 →大瑞
大き瑞(の)物 ②$141_{10}$, 217_{9-10}
大(き)槍を樹つ ②$401_{14}$, 439_{13}
大きなる河を跨ゆ ③$343_4$
大きなる鼓 ②$411_{11}$
大きなる楯を樹つ ③$3_7$
大きなる信 ①$71_7$
大きなる瑞に合ふ ③$21_2$ →大瑞に合ふ
大きなる槍を樹つ ③$3_7$
大きなる宝を位と曰ひ ②$233_{16}$
大きなる憂 ③$205_{12}$
大きに雨ふる ⑤$303_5$
大きに熾に ④$409_6$
大きに震る ②$283_8$
大きに稔る ①$185_{14}$ ②$171_{12}$
大きに吹く ③$135_{10}$, 329_4
大きに長し ①$191_2$
大きに怒る ④$257_2$
大きに同じ ③$205_6$
大きに発る ②$335_{12}$
大きに風ふく ④$403_7$ ⑤$351_4$
大きに祓す ②$207_{11}$
大き福 ③$317_6$
大期 ①$69_{10}$
大毅 ②$23_{11}$, 53_{14}, 55_{10}, 59_{14}
大逆の事 ④$383_5$
大逆を犯す ②$447_3$
大丘野(近江国) ③$7_{11}$
大宮 ②$407_{13}$ ③$197_2$

大宮主 ①$77_{12}$ ②$327_3$
大宮処 ⑤$329_3$
大宮の内 ④$241_9$
大宮を改め修る ③$185_{14}$
大魚 ②$427_6$ ⑤$319_{13}$
大魚(人名) ⑤$279_{15}$
大御泣哭かし坐す ④$333_4$
大御泣哭かす ⑤$173_9$
大御形 ④$137_1$
大御舎人 ④$135_{16}$
大御手物 ②$143_{14}$
大御手物賜ふ ⑤$73_{10}$ ④$327_{13}$
大御色 ④$135_{16}$
大御神の宮(等由気宮) ④$173_7$
大御祖 ②$149_2$
大御髪 ④$241_9$
大御物賜はく ②$225_{10}$
大御物賜ふ ③$265_{16}$
大御命らま ④$63_7$
大御陵守り仕へ奉る人等 ③$69_{10}$
大御霊 ③$217_6$
大橋を造る ②$409_1$
大極殿 ①$71_6$, 33_5, 51_{12}, 75_9, 87_8, 93_{10}, 109_{15}, 119_{12}, 159_5, 221_3 ②$3_7$, 51_{12}, 137_{14}, 139_9, 177_5, 187_{15}, 209_2, 215_8, 229_7, 255_8, 293_6, 359_{13}, 385_{11}, 415_6, 433_{16} ③$35_3$, 83_{16}, 263_{16}, 305_5, 337_{11}, 417_{11} ④$183_{15}$, 189_5, 227_6, 311_4, 327_1, 363_5, 397_7 ⑤$83_{13}$, 121_6, 181_3, 259_{10}, 313_7, 475_7
大極殿成らぬ ②$401_{12}$
大極殿の閤門 ②$215_1$ ⑤$257_8$
大極殿の南院 ③$109_{10}$
大極殿の南門 ③$361_{11}$
大斤 ③$353_6$
大欽茂(渤海) ②$357_{13}$ ③$303_7$, 343_{15}
大錦下 ③$241_{8・12}$
大錦上 ②$67_6$ ③$241_1$
大錦中 ③$83_{14}$ ⑤$45_3$
大隅忌寸三行 ⇒大住忌寸三行
大隅郡(日向国・大隅国) ①$197_2$
大隅国 ①$197_3$ ②$15_{12}$, 411_{12} ③$19_6$, 153_{16}, 395_{13} ④$59_6$, 125_3, 257_4, 305_1 ⑤$83_1$, 409_5, 499_{14}
大隅国司 ②$113_{13}$, 411_{10}
大隅国守 ②$67_9$
大隅国の医師 ④$361_2$
大隅国の官人 ④$409_7$
大隅国の軍 ②$373_{14}$
大隅国の士卒 ②$131_9$
大隅国の司 ③$361_{16}$

た(大)

265

続日本紀索引

た い （大）

大隅国の隼人　②29$_4$, 113$_{11}$, 133$_4$, 215$_4$, 293$_{3・6}$
　③91$_9$　④5$_6$, 271$_9$　⑤7$_6$, 259$_7$
大隅国の神造の新嶋　④125$_4$
大隅国の博士　④361$_2$
大隅国の百姓　②231$_8$
大隅守　③443$_7$　④383$_{14}$
大隅牧（摂津国）　②9$_2$
大軍　②371$_8$　⑤433$_8$, 439$_{10}$, 477$_{15}$
大郡　②353$_{14}$
大郡宮（摂津国）　③93$_{10}$, 95$_8$, 101$_7$, 103$_6$
大計帳の式　②29$_{16}$
大穴持神（大隅国）　⑤83$_1$
大県郡（河内国）　②81$_{11}$, 277$_{11}$　③97$_8$　④99$_7$, 267$_{12}$, 273$_{12}$
大県郡の人　④249$_1$　⑤35$_6$
大県郡の百姓　④93$_5$
大県史　②161$_3$
大県連百枚女　④213$_1$
大県駅（摂津国）　①163$_{14}$
大原郡（出雲国）　②365$_8$
大原采女　②365$_8$
大原史遊麻呂　③101$_{14}$
大原真人　②353$_3$　④375$_8$
大原真人越智麻呂　⑤287$_9$, 293$_{10}$
大原真人桜井　②437$_{12}$
大原真人魚福　④85$_3$
大原真人継麻呂（嗣麻呂）　③339$_{12}$, 345$_{15}$, 355$_8$, 423$_{13}$　④143$_4$, 325$_{10}$, 379$_{10}$　⑤23$_{14}$
大原真人高安〔高安王〕　②379$_9$, 411$_{15}$
大原真人黒麻呂　⑤89$_3$
大原真人今城（今木）　③189$_{11}$, 191$_{14}$, 421$_3$, 427$_{11・14}$, 431$_4$　④31$_1$, 343$_6$, 347$_5$, 389$_3$
大原真人室子　④415$_{14}$　⑤241$_3$, 261$_1$, 449$_1$
大原真人宿奈麻呂　④5$_1$, 7$_5$, 33$_5$　⑤113$_1$
大原真人清貞（浄貞）〔大原真人都良麻呂・浄原真人浄貞〕　④39$_{10}$, 425$_{12}$　⑤9$_9$, 61$_2$
大原真人長浜　⑤379$_2$, 399$_6$
大原真人都良麻呂　④43$_5$　→浄原真人浄貞　→大原真人清貞
大原真人年継　④151$_5$
大原真人美気　④453$_8$　⑤7$_{13}$, 29$_9$, 71$_{12}$, 229$_{13}$, 365$_5$, 419$_{14}$, 457$_6$, 485$_{16}$
大原真人麻呂　②425$_3$, 427$_{14}$　③15$_8$, 89$_8$
大原真人明　⑤289$_2$, 419$_9$
大原真人門部〔門部王〕　②405$_{11}$　④7$_{13}$
大原（大和国）　④93$_{11}$
大原連家主　④41$_{13}$, 65$_9$, 115$_{14}$, 151$_2$, 167$_6$
大鼓　⑤175$_{16}$
大鼓鳴ら　⑤147$_7$

大工　①19$_{16}$, 21$_2$
大功　③239$_{8・10}$
大功と称ふこと能はず　③241$_2$
大功に准ふ　③241$_6$
大后（藤原朝臣光明子）　③195$_{14}$
大江皇女　①21$_8$
大岡忌寸　④239$_{13}$
大岡（人名）　⑤279$_{15}$
大皇大后（藤原朝臣宮子）　③143$_{12}$
大荒木臣　④411$_{13}$
大荒木臣押国〔荒木臣忍国〕　⑤51$_5$, 225$_{11}$
大荒木臣忍山　⑤153$_8$
大綱　③229$_1$
大綱を挙ぐ　⑤221$_{13}$
大興寺（播磨国）　⑤429$_{5・7}$
大興寺（播磨国）の賤　⑤429$_5$
大国　②201$_3$, 275$_1$　③19$_6$　⑤97$_{9・16}$, 281$_9$, 481$_1$
大国師　⑤281$_9$
大坐し坐し　①121$_9$
大坐し坐す　④333$_{10}$, 335$_{1-2}$
大坐します　⑤173$_{6・9}$
大宰員外少弐　③425$_5$
大宰員外帥　②215$_3$　④25$_9$, 105$_{14}$　⑤197$_{9・14}$, 229$_{7・9}$, 453$_{15}$
大宰員外大典　④233$_7$
大宰陰陽師　②253$_{10}$
大宰史生　②367$_{14}$
大宰主神　④255$_7$, 377$_1$
大宰少監　⑤89$_7$
大宰少弐　①97$_{10}$　②247$_2$, 345$_{16}$, 351$_1$, 365$_{11}$　③13$_{10}$, 25$_{12}$, 79$_{16}$, 105$_1$, 127$_5$, 143$_5$　④9$_2$, 39$_{10}$, 73$_6$, 79$_{14}$, 179$_{10}$, 289$_3$, 347$_{13}$, 351$_{10}$, 441$_7$, 455$_1$, 459$_{16}$　⑤29$_{13}$, 51$_{11}$, 129$_{15}$, 225$_6$, 233$_{10}$, 263$_9$, 301$_{14}$, 329$_6$, 339$_{13}$, 397$_{12}$, 423$_{12}$, 461$_{11}$, 505$_{14}$
大宰帥　①59$_8$, 91$_{12}$, 135$_{13}$, 137$_{1-2}$, 229$_{14}$　②23$_5$, 249$_{15}$, 325$_{10}$　③25$_5$, 105$_{14}$, 125$_{11}$, 135$_{13}$, 171$_7$, 207$_4$, 299$_{13}$, 327$_{14}$, 341$_{15}$, 417$_3$　④39$_9$, 91$_9$, 113$_{15}$, 223$_9$, 283$_6$, 301$_9$, 305$_{12}$, 335$_{11}$, 345$_1$, 433$_5$, 453$_{9-10・14}$　⑤47$_4$, 51$_{10}$, 65$_6$, 83$_{15}$, 101$_2$, 185$_6$, 197$_{9・12・15}$, 199$_{12}$, 203$_{13}$, 239$_{12}$, 243$_{10}$, 265$_4$, 271$_7$, 277$_9$, 279$_{1・6}$, 337$_{12}$, 347$_{15}$, 369$_4$, 419$_2$, 477$_8$
大宰帥以下　②17$_{13}$
大宰大弐　①91$_{12}$, 137$_{1-3}$, 163$_5$, 233$_5$　②57$_{15}$, 101$_2$, 205$_6$, 323$_6$, 345$_{14-16}$　③13$_9$, 35$_{13}$, 135$_{13}$, 141$_1$, 143$_4$, 165$_{16}$, 299$_{13}$, 309$_3$, 367$_{15}$　④9$_2$, 61$_6$, 79$_{14}$, 155$_{11}$, 223$_{10}$, 303$_5$, 453$_{16}$, 461$_4$　⑤51$_{10}$, 89$_1$, 105$_{13}$, 197$_{10}$, 243$_1$, 265$_{10}$, 271$_{13}$, 295$_8$, 407$_8$, 459$_3$, 477$_6$
大宰典已上　②373$_9$

続日本紀索引

大宰府(大宰) ①$11_7$, 21_9, 53_{10}, 55_6, 73_3, 77_{16}, 85_2, 87_{12}, 105_{15}, 125_2, 137_1, 147_{10}, 161_1, 223_{14} ②$15_9$, $17_{7\cdot13}$, 49_9, 51_{12}, 65_9, 93_{16}, 107_4, 131_9, 171_7, 225_{14}, 231_7, 253_{11}, 257_2, $293_{9\cdot14}$, 307_{11}, 341_6, 369_{12}, $405_{1\cdot3}$ ③$117_4$, $141_{2\cdot8}$, 143_8, 149_{12}, 151_{16}, 233_{13}, 253_2, 289_3, $299_{9\cdot13}$, $307_{11\cdot15}$, 321_4, 327_{16}, 329_3, 333_6, 367_{15}, 383_{13}, 387_{14}, 401_5, 403_5, $407_{7\cdot12}$, 411_{11}, 427_3 ④$173_{\cdot9\cdot16}$, $193_{\cdot4}$, 117_3, 133_{14}, 211_7, 217_9, $249_{\cdot11}$, 251_1, 265_1, 273_8, 277_7, 315_{14}, 337_6, 359_{14}, 361_2, 391_2, 395_{13}, 397_2, 421_{16}, 433_{10}, 443_{15-16}, 463_7 ⑤$215_{\cdot6}$, $774_{\cdot9\cdot11}$, 81_6, 101_9, $113_{3\cdot5\cdot11}$, 113_1, $149_{\cdot4\cdot5}$, 155_{16}, 157_2, 229_7, 409_5, 467_5, 475_2, 499_{13}
大宰府(大宰)管内の諸国 ①$71_{13}$ ②$293_{6\cdot14}$, 301_{13}, 321_6, 369_{13} ③$149_{12}$, 155_2 ⑤$19_{10}$
大宰府(大宰)管内の百姓 ③$309_8$
大宰府(大宰)管内の防人 ③$309_{2\cdot11}$
大宰府(大宰)奏 ②$67_9$, 285_3, 339_3 ③$119_5$, 139_6
大宰府(大宰)に委す ④$389_9$
大宰府(大宰)に向ふべし ⑤$27_4$
大宰府(大宰)に准ふ ⑤$151_4$
大宰府(大宰)に置く ②$377_9$
大宰府(大宰)に到る路次 ②$219_7$
大宰府(大宰)の解 ④$19_1$
大宰府(大宰)の官人 ①$233_4$ ②$113_{14}$, 301_{13}
大宰府(大宰)の管内 ②$113_{13}$ ④$265_4$, 273_{13} ⑤$21_8$
大宰府(大宰)の管内の諸司 ③$13_{15}$
大宰府(大宰)の管れる諸国 ②$303_{13}$ ③$363_3$
大宰府(大宰)の国司 ②$45_{14}$
大宰府(大宰)の史生 ①$67_7$
大宰府(大宰)の所部 ①$101_1$
大宰府(大宰)の所部の国 ②$47_1$
大宰府(大宰)の所部の諸国 ①$123_{15}$
大宰府(大宰)の所部の神 ①$61_3$
大宰府(大宰)の大寺(観世音寺) ②$293_{11}$
大宰府(大宰)の佰姓 ②$15_{16}$
大宰府(大宰)の報牒 ④$17_{10}$
大宰府(大宰)の防人 ③$233_9$
大宰府(大宰)の綿 ④$221_{8\cdot12}$, 235_{13}
大宰府(大宰)を廃む ②$401_{14}$
大宰府(大宰)を復置 ③$13_9$
大宰府に貯ふ ③$403_{11}$
大宰府部下の諸国 ②$171_8$
大宰府管内の諸社 ③$321_7$
大宰率より已上 ①$151_{13}$
大山忌寸 ⑤$265_{15}$
大山上 ④$113_5$
大山積神(伊豫国) ④$117_{15}$
大山を削る ②$431_{13}$
大氏(渤海王家の姓) ④$373_2$
大史 ③$281_4$
大史局 ③$287_8$, 371_9 →陰陽寮
大市王[1] ⑤$75_{11}$, 109_6
大市王[2] ②$347_4$, 427_{15}, 437_5 ③$25_9$, 57_3, 109_{13} →文室真人大市
大市女王 ②$275_9$
大私造虎 ①$147_1$
大使の事を行へ ⑤$37_5$
大枝山陵(山背国) ⑤$453_2$
大枝朝臣 ⑤$483_{11\cdot13}$, 485_{6-7}
大枝朝臣真妹 ⑤$453_3$
大師(太師) ③$285_{10}$, 341_{13}, 345_4, 361_9, $391_{10\cdot14}$, 403_{16}, 409_4, 427_9 ④$19_{13}$, $216_{\cdot11}$, 27_7, 185_{14}, 299_{10}, 375_{13} ⑤$476_{\cdot11-12}$ →太政大臣
大師(太師)の任 ③$361_{11}$
大師の官に仕へ奉れ ③$341_{11}$
大紫 ①$33_{14}$, 205_{15}, 213_{11} ②$221_{12}$, 247_4 ④$413_6$
大寺 ②$293_{11}$ ③$363_8$ ④$173_7$
大事に非ぬ ②$73_5$
大事に臨む ①$171_7$
大事を云ふ ③$241_{14}$
大事を記す ③$287_8$
大慈 ③$271_6$
大室駅(出羽国) ②$315_{15}$, 317_1
大室塞(出羽国) ⑤$165_7$
大舎人 ①$65_{13}$, 97_{12} ②$61_{14\cdot16}$, 167_{14}, 183_{12} ③$73_9$
大舎人に准ふ ②$219_3$
大射 ①$223_7$ ②$189_{14}$, 361_{12}, 385_{10}
大射の禄法 ①$95_3$
大射を廃む ①$35_2$
大赦 ①$51_1$, 55_{10}, 59_{15}, 63_7, 69_6, 79_4, 89_8, 187_2, 215_8, 221_9 ②$351_6$, 512_{-3}, 77_6, 93_{15}, 105_{11}, 139_9, 143_8, 169_{15}, 199_{15}, 217_{12}, 255_3, 271_6, 281_{16}, 291_4, 297_4, 321_{16}, 323_{15}, 337_7, 365_1, 397_{10} ③$151_3$, 39_7, 51_9, 55_{11}, 75_{11}, 81_6, 105_7, 115_{12}, 131_6, 137_7, 143_{16}, 151_6, 155_8, 157_{14}, 181_{14} ④$49_{12}$, 119_3, 235_{14}, 287_3, 313_{10}, 327_{12}, 397_{16}, 399_{16}, 405_{12}, 445_{10} ⑤$511_1$, 67_2, 169_4, 175_9, 217_4, 245_5, 465_5 →曲赦, 赦す
大周 ①$81_{7-8\cdot10}$
大集経六十巻を写す ②$125_{15}$
大集経を読ましむ ③$11_9$
大繡 ②$153_2$ ③$379_{11}$
大住(大隅)忌寸三行 ②$271_{12}$, 449_{13} ⑤$7_7$
大住直倭 ④$271_{11}$ ⑤$7_7$
大春日朝臣果安 ②$147_3$

た(大)

続日本紀索引

た
（大）

大春日朝臣家主　②129$_8$, 311$_{11}$
大春日朝臣五百世　④151$_{13}$
大春日朝臣諸公　⑤287$_{10}$, 295$_1$
大春日朝臣清足　⑤417$_{12}$, 473$_{14}$
大春日朝臣赤兄　①145$_{15}$
大初位下　①233$_6$ ②5$_5$, 55$_4$, 159$_2$ ③47$_5$, 135$_8$
　④41$_9$, 53$_8$, 71$_8$, 75$_{16}$, 101$_5$, 107$_5$, 135$_9$, 211$_5$,
　293$_{13}$ ⑤151$_3$, 39$_5$, 611$_1$, 143$_9$, 145$_{10}$, 171$_{10}$,
　325$_5$, 387$_{13}$, 511$_{12}$
大初位上　①173$_{10}$, 175$_{13}$, 201$_{7\cdot16}$ ③81$_{13}$, 283$_1$
　④115$_7$
大将軍　①157$_{10}$, 213$_{10}$ ②197$_{14}$, 305$_6$, 365$_{15}$,
　367$_{10\cdot13}$, 369$_7$, 371$_{10}$, 375$_7$, 377$_{1\cdot7}$
大将軍(唐)　③297$_7$
大嘗　①13$_{16}$, 145$_6$ ②21$_6$, 157$_9$, 307$_4$ ④93$_{13}$,
　281$_3$
大嘗の歳　③209$_7$
大嘗の事に供奉る　①145$_6$
大嘗の事を行ふ　③295$_4$ ④101$_{12}$, 355$_4$ ⑤
　211$_{15}$, 411$_8$
大嘗の政事を取り以て奉供る　④103$_2$
大嘗を聞し行ず　④105$_1$
大乗　③163$_5$
大乗金光明最勝王経　②417$_1$
大乗の経　③83$_5$
大食国　③139$_{12}$, 141$_1$
大織(大織冠)　②79$_4$ ③239$_{10}$, 353$_3$ ④81$_1$
大臣　①43$_{13}$, 47$_{10}$, 205$_{15}$ ②25$_7$, 79$_4$, 91$_{16}$, 221$_{12}$,
　223$_{14}$ ③71$_3$, 113$_8$, 177$_3$, 195$_{9-10}$, 201$_3$, 379$_{11}$,
　413$_6$ ④105$_{12}$, 331$_{15}$, 333$_{5-6}$, 335$_{10\cdot12}$, 421$_3$,
　459$_{12}$, 461$_{6\cdot10-11}$ ⑤235$_{15}$
大臣已下　③33$_1$, 41$_{14}$, 115$_1$, 369$_1$ ④227$_{10}$
大臣以下　③77$_{3\cdot12}$
大臣家　②235$_{11}$
大臣禅師　④37$_3$, 89$_{10}$, 97$_9$
大臣禅師と位は授けまつる事　④33$_{13}$
大臣禅師とす　④35$_4$
大臣禅師の位　④37$_6$
大臣として供奉る　③113$_3$
大臣として仕へ奉へる臣たちの子等　③71$_{12}$
大臣として仕へ奉り　④33$_4$
大臣等の子等　②421$_{16}$
大臣に准ふ　③187$_6$ ④35$_5$
大臣に比ふ　①85$_{16}$
大臣の位に仕へ奉らしむる事　④31$_{16}$
大臣の胤　④39$_{11}$
大臣の子等　③69$_{16}$
大臣の事　④329$_{14}$
大臣の所　②447$_9$

大臣の葬の儀　②321$_4$
大臣の葬を以てす　④115$_3$
大臣の力　④331$_{11}$
大臣を帯ぶ　④317$_{14}$
大臣を免せらる　⑤239$_{13}$, 279$_1$
大辛刀自売　③19$_{15}$
大津宿禰　④23$_5$, 451$_{13}$
大津宿禰大浦［大津連大浦］　④35$_{16}$, 51$_{12}$,
　79$_{13}$, 89$_{3\cdot10}$　→大津連大浦
大津造已休　①215$_{16}$
大津造広人　①39$_{10}$
大津造船人　①215$_{16}$　→大津連船人
大津連　①217$_1$
大津連意毗登(首)〔義法〕　①211$_{11}$ ②87$_6$,
　233$_6$
大津連広刀自　⑤377$_5$
大津連船人〔大津造船人〕　②331$_6$
大津連大浦　④21$_{16}$, 23$_5$　→大津宿禰大浦
大津連大浦〔大津宿禰大浦〕　④91$_7$, 181$_4$,
　345$_{15}$, 429$_6$, 451$_{9-10}$
大神　①173$_7$
大神引田公足人　④191$_5$
大神宮　⇒伊勢大神宮
大神宮司　⑤169$_8$
大神司　③129$_{10}$
大神私部公猪養　④191$_5$
大神社女　③59$_9$
大神社女　③93$_{12}$　→大神朝臣社女
大神楉田朝臣　⑤23$_4$
大神楉田朝臣愛比〔楉田勝愛比〕　⑤311$_8$
大神主　③43$_{10}$
大神(神)社(大和国)　②313$_8$ ③43$_{10}$
大神(神)主　③43$_{10}$
大神掃石朝臣　④213$_5$
大神大網造百足　①7$_2$
大神大網造百足が家　①7$_2$
大神宅女　③59$_9$
大神朝臣　③93$_{13}$ ④191$_5$
大神朝臣安麻呂　①125$_6$, 143$_8$, 145$_{13}$, 207$_7$, 209$_2$
大神朝臣伊可保　③43$_{10}$
大神朝臣奥守　④5$_2$
大神朝臣乙麻呂　②209$_{11}$, 263$_{14}$, 267$_{16}$
大神朝臣高市麻呂　①53$_2$, 71$_5$, 97$_7$
大神朝臣興志　①193$_{11}$, 203$_7$
大神朝臣三支　⑤87$_4$
大神朝臣社女(毛理売)〔大神社女〕　③97$_{2\cdot14}$,
　151$_{13-14}$ ④135$_{2-3}$
大神朝臣人成　⑤59$_3$, 461$_3$
大神朝臣船人　⑤185$_{10}$, 187$_1$, 319$_5$

268

続日本紀索引

大神朝臣仲江麻呂　⑤$487_4$, 491_7, 503_{11}
大神朝臣田麻呂(多麻呂)〔大神田麻呂〕　③$97_{15}$, $151_{10 \cdot 14-15}$　④$133_{15}$, 135_1
大神朝臣東公　④$221_6$
大神朝臣東方　④$143_8$
大神朝臣道守(通守)　②$147_3$, 173_4
大神朝臣忍人　①$177_{15}$, 223_{10}
大神朝臣狛麻呂　①$75_{14}$, 135_9, 165_{13}, 225_6, 229_{12}
大神朝臣豊嶋　②$311_9$
大神朝臣麻呂　③$29_2$
大神朝臣妹(伊毛)　③$339_{14}$　④$69_3$
大神朝臣末足　⑤$5_2$, 11_6, 21_{11}, 41_{15}, 73_{16}, 91_9, 93_7, 187_{14}, 219_8
大神朝臣利金　①$97_8$
大神朝臣利金が子　①$97_8$
大神田麻呂　③$93_{13}$
大神田麻呂　③$93_{13}$　→大神朝臣田麻呂
大神東女　③$379_3$
大神の御命　④$251_{16}$
大神の御命には在らず　④$253_1$
大神波多公石持　④$191_5$
大秦忌寸宅守　⑤$345_6$, 409_{11}, 423_8
大秦公　②$407_{12}$
大秦公忌寸浜刀自女　⑤$489_{10}$
大新嘗のなほらひ　④$103_6$
大水　④$247_{11}$, 251_3
大炊王　③$179_{8 \cdot 11-12}$, 181_4, 199_6, 203_9, 215_{10}, $261_{5 \cdot 12 \cdot 13}$, $263_{1 \cdot 16}$, 283_3　→淳仁天皇
大炊王を立てむと欲ふ　③$179_9$
大炊助　⑤$385_{14}$, 399_7, 451_1
大炊親王〔大炊王・淳仁天皇〕　④$45_8$
大炊頭　②$397_2$　③$251_3$, 145_5, 389_9, 423_2　④$7_1$, 231_3, 319_8, 325_{12}　⑤$63_7$, 115_{12}, 293_7
大炊寮　②$47_2$, 67_8, 401_4　④$297_2$
大瑞　②$137_2$, 221_5　→大き瑞
大瑞に合ふ　②$35_{15}$, 255_1, 351_6　④$173_3$, 217_2, 313_7　⑤$167_{15}$　→大きなる瑞に合ふ
大井王　②$41_6$, 243_9, 329_7, 343_5, 375_{16}, 379_8, 391_{12}　③$49_4$, 111_8
大井(姓)　⑤$437_8$
大井連　③$377_{11}$
大生部直三穂麻呂　②$147_7$
大聖の徳　③$293_1$
大税　①$41_8$, 79_5, 175_9, 179_{11}, 185_3, 222_{13}, 233_{16}, 269_6, 273_3, 279_{16}, 345_7, 381_7　→正税, 税
大税の利　①$51_3$
大石王　①$19_3$, 21_1, 71_9, 133_8, 197_7, 203_7　②$127_{10}$, 347_4

大石村主広嶋　③$51_3$
大石村主真人　③$101_{14}$
大石村主男足　⑤$265_{15}$
大石林男足　⇒大石村主男足
大石を地に投ぐる如し　⑤$177_1$
大雪　②$319_7$
大川　②$259_3$
大川を渉る　⑤$39_{11}$
大前　②$217_1$, 421_1　③$65_9$
大禅師　④$133_8$, 141_{13-14}
大漸に至る　③$207_{14}$
大膳員外亮　④$163_{10}$
大膳職　①$201_{11}$　②$67_8$, 101_{10}, 271_{15}, 401_4　④$297_2$
大膳職の塩　④$85_6$
大膳職の長上　②$101_{13}$
大膳膳部　③$39_5$
大膳大夫　③$91_5$, 333_{16}, 351_9　④$155_7$　⑤$63_6$, 99_7, 137_8, 189_8, 263_{13}, 301_{11}, 349_{16}, 473_{13}
大膳亮　③$193_4$, 389_8, 405_9, 429_{16}　④$393_6$　⑤$63_7$, 115_{11}, 231_{15}, 293_7, 353_8, 461_3, 473_{14}
大租　①$53_8$
大租を給ふ　①$41_{10}$
大素　③$237_3$
大物管　②$251_{12-13 \cdot 15}$
大僧正　③$7_2$, 61_8, 433_7　④$415_1$
大僧正の位　③$61_{16}$
大僧都　①$53_4$, 187_7　②$227_5$, 239_{16}, 327_9, 355_{16}　③$163_{16}$, 277_8, 357_5　④$129_3$, 141_{13}　⑤$111_{10}$, 295_6, 299_3
大僧都の贓物　④$415_{12}$
大蔵忌寸　⑤$333_{11}$
大蔵忌寸家主　③$191_1$
大蔵忌寸広足　②$299_{14}$, 381_1　③$101_{12}$, 139_1
大蔵忌寸国足　②$21_{16}$
大蔵忌寸麻呂　②$309_{14}$　③$139_5$, 159_{15}, 295_{12}, 355_6, 421_9　④$93_9$, 101_4, 363_{11}
大蔵忌寸老　①$193_{12}$　②$147_1$
大蔵卿　①$133_7$　②$249_4$, 273_{11}, 437_2　③$7_{12}$, 231_5, 143_1, 147_6, 193_2　④$51_2$, 155_6, 191_{14}, 249_8, 303_3, 371_2, 393_5, 425_9, 465_1　⑤$151_4$, 51_1, 293_6, 329_5, 351_9, 401_{14}, 467_{10}, 499_{11}, 503_9, 511_{12}
大蔵宿禰　⑤$333_{11}$
大蔵少輔　②$81_3$, 99_{16}, 247_1, 265_1, 335_1, 343_{11}　③$33_{11}$, 193_3　④$209_8$, 287_{10}, 347_6　⑤$29_3$, 63_6, 137_8, 275_8, 293_6, 371_{15}, 401_{14}, 459_{14}, 495_{10}
大蔵省　①$47_{12}$, $97_{1 \cdot 4}$, 203_{14}　②$65_3$, 341_8, 401_4　③$287_3$　④$385_3$　⑤$19_{11}$　→節部省
大蔵省の双倉　④$461_{11}$

たい（大）

269

続日本紀索引

大蔵省の倉　②$89_3$
大蔵省の東の長蔵　⑤$243_{12}$
大蔵大輔　②$343_{11}$, 437_{12}　③$43_5$　④$155_7$, 193_6, 325_{12}, 393_{12}　⑤$9_1$, 29_3, 189_7, 231_{14}, 251_7, 321_9, 337_9, 365_5, 457_{11}, 473_{13}
大村直池麻呂　⑤$259_6$, 301_9, 343_5
大だ浄し　①$81_{13}$
大宅王　④$39_{12}$, 187_9
大宅真人　③$39_{11}$
大宅真人真木　④$397_6$, 425_{10}
大宅(太宅)朝臣諸姉　②$129_7$, 311_{10}, 349_1　③$13_{14}$
大宅(太宅)朝臣大国　①$207_{12}$, 217_{13}　②$81_5$, 145_{11}, 197_1, 323_6
大宅朝臣吉成　⑤$59_4$, 63_1
大宅朝臣金弓　①$43_{10}$, 135_1, 153_{15}, 165_{10}
大宅朝臣君子　②$333_{11}$, 339_{15}, 449_{15}
大宅朝臣兼麻呂　②$85_5$
大宅朝臣広江　⑤$313_{14}$, 363_9, 365_8, 379_{11}, 399_7, 401_{14}, 457_{14}
大宅朝臣広大　④$151_{13}$
大宅朝臣広麻呂　②$165_{15}$
大宅朝臣小国　②$53_6$
大宅朝臣人成　③$189_9$, 193_8
大宅朝臣宅女　④$69_6$　⑤$261_2$
大宅部　④$293_8$
大竹河(安芸国)　②$283_8$
大中臣　④$245_3$
大中臣朝臣　②$245_4$　⑤$411_{11}$
大中臣朝臣安遊麻呂　⑤$185_2$, 189_{13}, 275_{10}
大中臣朝臣継麻呂　④$291_{11}$, 339_4, 393_7, 429_5, 449_5　⑤$9_{10}$, 87_2, 191_1, 225_7, 251_6, 369_{11}, 397_6
大中臣朝臣今麻呂　⑤$67_{15}$, 105_{10}, 179_{11}, 231_{13}
大中臣朝臣子老〔中臣朝臣子老〕　④$343_{13}$, 377_{10}, 397_{12}, 419_{10}　⑤$3_{10}$, 23_{13}, 27_{10}, 49_{12}, 183_{13}, 203_{14}, 251_7, 297_{11}, 329_5, 337_5, 357_4, 365_3, 371_{15}, 413_{14}, 419_5
大中臣朝臣宿奈麻呂　④$293_{11}$, 357_{10}, 427_{10}　⑤$29_{11}$, 57_{13}, 123_{15}
大中臣朝臣諸魚　⑤$5_1$, 9_8, 51_3, 61_5, 91_1, 105_{13}, 157_9, 227_{11}, 287_7, 293_4, 299_7, 309_4, 311_4, 319_1, 321_8, 337_{13}, 353_{13}, 365_3, 369_{10}, 385_{11}, 397_7, $421_{2\cdot 14}$, 455_{10}, 507_5
大中臣朝臣清麻呂〔中臣朝臣清麻呂〕　④$313_{16}$, $329_{3\cdot 14}$, 337_{11}, $355_{9\text{-}10}$, 445_3　⑤$67_{14}$, 95_9, 141_{16}, 199_4, $411_{3\cdot 5\cdot 8\cdot 13}$
大中臣朝臣清麻呂が第二の子　⑤$419_5$
大中臣朝臣清麻呂の室　④$369_{12}$　⑤$67_{15}$
大中臣朝臣清麻呂の曾祖　⑤$411_4$

大中臣朝臣清麻呂の第　④$369_{11}$　⑤$67_{15}$, 95_9
大中臣朝臣清麻呂の第六の息　⑤$67_{15}$
大中臣朝臣清麻呂の父　⑤$411_4$
大中臣朝臣弟成　⑤$415_2$, 421_{15}, 491_5
大虫神(越前国)　⑤$165_{10}$, 499_4
大虫の皮　②$359_9$
大鳥　②$449_8$
大鳥郡(河内国・和泉国)　②$9_{15}$　④$99_7$
大鳥郡の百姓　②$449_8$
大鳥連大麻呂　③$29_4$, 121_4
大直氏山　④$133_5$
大直足山　④$133_4$
大直足山の男　④$133_5$
大庭王　⑤$377_{15}$, 451_3, 463_{11}, 491_7
大庭郡(美作国)　②$193_7$
大庭郡(美作国)の人　④$201_{13}$
大庭臣　④$145_{15}$, 201_{14}
大典　⑤$13_2$
大田王　④$53_4$, 363_9
大田首豊縄　⑤$457_2$, 461_6
大田部君若子　②$311_{12}$
大殿を囲む　③$203_9$, 215_{10}
大都督府(唐)　⑤$79_6$
大䰂　①$225_{16}$
大度　⑤$223_1$
大豆鯛麻呂　④$303_5$
大唐　①$81_8$　②$447_{16}$　③$139_{10}$, 307_6, 331_{14}, 333_2
大唐学問生　③$151_9$
大唐に遣さる　③$251_{14}$
大唐の僧　③$163_{13}$
大唐の楽　③$97_5$
大唐楽　②$247_6$
大唐楽生　②$247_7$
大湯坐王　③$111_{10}$　→三嶋真人大湯坐
大徳　②$415_{12}$　③$83_{14}$, 163_{14}, 171_{15}, 431_8
大徳冠　①$211_{16}$
大奈麻　④$17_3$
大内　②$199_8$
大内山陵(大和国)　①$9_3$, 75_8, 125_1　③$119_7$
大内東西山陵(大和国)　③$155_{12}$
大に切にあり　⑤$65_6$
大尼　③$363_9$　④$221_{12\text{-}13}$
大の字を著く　④$411_{14}$
大の字を著けず　④$411_{13}$
大納言　①$33_{11}$, $37_{13\cdot 16}$, 39_2, 75_{10}, 77_7, 85_{16}, $87_{2\cdot 5}$, $89_{5\cdot 13}$, 91_{11}, 133_2, 139_{13}, 213_{10}　②$43_3$, 67_6, 81_7, 83_{16}, 85_1, 163_{15}, 185_9, 205_8, 209_{14}, 217_{16}, 225_{10}, 235_{14}, 237_{15}, 247_4, 249_{14}, 251_4, 273_{10}, 329_4, 337_{11}　③$55_{14}$, 75_{11}, 77_5, 87_{12}, 89_9,

270

たい(大)

続日本紀索引

109_5, 113_{11}, 119_{16}, 129_{14}, 167_{15}, 171_5, 177_4, $179_{2\cdot11}$, 187_2, 201_3, 211_6, $261_{9\cdot12}$, 285_{11}, 411_6 ④ 23_{12}, 251_4, 27_2, 105_{9-10}, 109_{11-12}, 113_8, $115_{2\cdot6}$, 119_{16}, 191_{12}, 221_8, 223_9, 319_2, $329_{3\cdot13}$, 331_6, $337_{10\cdot12}$, 359_{12}, 367_7, 375_{16}, 413_{12}, 425_2, 435_{10}, 439_{13}, 451_8, 461_9 ⑤$33_{10}$, 51_9, 65_5, 117_{12}, 127_{13}, 139_9, $163_{7\cdot11}$, $199_{7\cdot15}$, 203_{13}, 243_{1-2}, 265_{11}, 275_{14}, $277_{1\cdot13}$, 295_8, 337_{11}, 345_{11}, 355_3, 369_2, 371_6, 389_7, 391_{11}, $393_{4\cdot12}$, 395_6, 411_{12}, 443_3, $445_{13\cdot16}$, $449_{6\cdot11}$, 455_{8-9}, 489_{11} →御史大夫
大納言已下　④$227_{13}$
大納言已上　①$41_1$, 51_{13}
大納言に准ふ　④$141_{13}$
大納言に同じくす　④$337_{16}$
大納言二員を廃め省く　①$87_1$
大白　⇨太白(大白)
大伯内親王　①$51_9$
大泊瀬天皇(雄略天皇)　④$55_7$
大狛連　①$231_{15}$
大麦　②$123_{10}$
大八嶋国　①$5_1$　②$141_4$
大八嶋国知倭根子天皇(元正天皇)　②$139_{14}$
大判官　②$23_{13}$
大判事　②$99_{16}$, 263_6, 397_1　③$193_2$, 373_2, 421_{13}
　④$187_8$, 325_{14}, 339_{11}　⑤$9_1$, 29_3, 51_1, 71_9, 189_6, 231_{13}, 237_{15}, 295_3, 339_{14}, 421_4, 423_5, 459_{13}, 491_{11}, 493_4
大坂王　③$77_7$, 389_{10}
大坂(大和国)　②$431_5$
大般若経　②$313_{14}$, 439_{14}
大般若経を写さしむ　②$313_6$, 389_5
大般若経を写す　③$17_9$
大般若経を転誦せしむ　⑤$449_{10}$
大般若経を転す　②$327_5$
大般若経を転せしむ　②$313_{12}$
大般若経を転読せしむ　②$291_{13}$　③$351_4$　④$183_{16}$, 289_{15}　⑤$331_4$
大般若経を読誦せしむ　②$159_6$
大般若経を読ましむ　①$67_{10}$　②$321_9$, 441_3
　111_1, 171_3　④$463_4$　⑤$15_{10}$
大伴王[1]　①$207_6$
大伴王[2]　④$349_{12}$　⑤$213_4$, 231_9, 283_6, 381_6, 423_{10}
大伴苅田臣　④$235_4$
大伴行方連　④$235_3$
大伴兄人　③$203_6$
大伴五百継　⑤$431_{12}$
大伴柴田臣　④$235_4$
大伴宿禰　③$71_{16}$, 197_{15-16}, 211_4
大伴宿禰安麻呂　①$37_{14}$, 51_{16}, $57_{5\cdot8}$, 89_{13}, 91_{11}, 133_2, 139_{13}, 213_{10-11}　⑤$345_{11}$
大伴宿禰安麻呂が第一子　②$247_5$
大伴宿禰永主　⑤$287_9$, 305_3, 347_4
大伴宿禰益立　③$343_9$, 373_9, 405_{13}　④$151_{11}$, 183_5, 193_4, 243_7, 283_2, 351_{10}, 453_4　⑤$13_8$, $21_{6\cdot10}$, 27_{12}, 63_{13}, 107_9, $141_{10\cdot13-14}$, 147_8, $209_{12-13\cdot15}$, 271_{11}
大伴宿禰家持　③$52$, 234, 31_9, 75_3, 141_{16}, 149_{16}, 191_{16}, 255_4, 401_7, 413_5　④$9_3$, 179_{10}, 289_2, 305_6, 315_5, 357_7, 371_1, 427_6, $441_{1\cdot5}$, 465_2　⑤$9_{10}$, 23_{12}, 47_{10}, 57_{11}, 127_{15}, 129_{12}, 171_{14}, 181_2, 183_{12}, 185_{11}, 207_9, 213_2, 219_7, 229_{11}, 237_{16}, 241_4, 277_1, 289_8, 323_3, 345_{11-12}, 347_4
大伴宿禰家持の祖父　⑤$345_{11}$
大伴宿禰家持の息　⑤$347_4$
大伴宿禰家持の父　⑤$345_{11}$
大伴宿禰家持の母　⑤$207_9$
大伴宿禰義久　⑤$123_8$
大伴宿禰牛養　①$145_{15}$, 163_4, 211_{14}　②$65_{13}$, 329_9, 337_{13}, 343_{12}, 353_{10}, 409_{13}, 423_{10}, 437_{11}　③$37_{\cdot11}$, 25_7, 73_{15}, 75_{11}, 83_{14}
大伴宿禰御依(三依)　③$53_{15}$, 145_5, 193_{11}, 313_7, 319_{14}, 335_2, 405_7　④$65_3$, 135_6, 315_5, 433_{15}
大伴宿禰御行　①$31_1$, $33_{11\cdot14}$, 43_5, $479_{\cdot11}$
大伴宿禰御行が妻　①$185_9$
大伴宿禰御行の子　①$47_{10}$
大伴宿禰御行の喪　①$35_2$
大伴宿禰御助　②$245_3$, 265_4
大伴宿禰御笠　①$143_7$, 193_2
大伴宿禰兄麻呂　②$245_{1\cdot13}$, 335_1, 339_{14}, 391_{14}　③$7_4$, 27_6, 53_7, 87_{13}, 89_{10}, 95_4, 109_{12}
大伴宿禰形見　④$39_{16}$, 233_1, 363_{12}
大伴宿禰継人　③$79_{3\cdot5}$, 93_8, 109_{11}, 139_1, 177_2, 191_9, 269_7, $347_{3\cdot13}$
大伴宿禰潔足　②$247_3$　④$51_{\cdot11}$, 167_7, 171_7, 303_4, $359_{2\cdot8}$, 377_{14}, 389_7　⑤$11_1$, 116, 123_{14}, 143_3, 191_9, 257_{10}, 317_3, 345_2, 351_9, 377_{15}, 401_{16}, 455_9, 459_{11}
大伴宿禰犬養　②$361_{8-9}$, 371_{10}　③$27_{12}$, 35_{16}, 51_7, 87_{10}, 91_7, 105_1, 131_{10}, 189_3, 279_2, 313_6, 319_{10}, 327_1, 415_4
大伴宿禰古慈斐(祜信備・祜志備・古慈備)　②$331_2$, 347_8, 379_{12}, 405_{10}　③$21_8$, 41_1, 95_5, 161_4, 207_8, 223_2　④$325_{3\cdot12}$, 355_7, 357_5, 445_{16}　⑤$45_3$
大伴宿禰古慈斐に妻す　⑤$45_6$
大伴宿禰古珠瑠河　④$183_{15}$
大伴宿禰古麻呂　③$5_2$, 89_9, 107_{13}, 111_1, 119_4, $139_{6\cdot9-10\cdot13\cdot15}$, 141_{13}, 143_6, 145_{13}, $159_{6\cdot13}$, 171_8, 179_1, $193_{9\cdot13}$, 197_1, $199_{8\cdot11}$, $201_{1\cdot11}$, 203_6, 205_5,

たい(大)

271

207$_6$, 209$_{14\cdot 16}$, 211$_{5\cdot 9}$, 215$_9$, 223$_1$
大伴宿禰古麻呂が船 ③433$_1$
大伴宿禰蓑麻呂 ⑤313$_{15}$, 319$_1$, 397$_2$, 473$_{15}$
大伴宿禰三原 ③75$_9$
大伴宿禰三中（御中） ②309$_{15}$, 313$_7$, 361$_8$, 395$_{15}$, 427$_{14}$, 443$_{13}$ ③13$_{10}$, 25$_{12}$, 27$_9$, 43$_4$
大伴宿禰山守 ①207$_{11}$ ②19$_9$, 53$_2$, 57$_4$
大伴宿禰子虫 ②341$_{14\cdot 16}$
大伴宿禰矢代 ③351$_{12}$
大伴宿禰呰麻呂 ④65$_8$
大伴宿禰手拍 ①15$_1$, 87$_{15}$, 133$_8$, 145$_{13}$, 203$_9$
大伴宿禰首 ②41$_{10}$, 221$_9$
大伴宿禰首麻呂 ②197$_5$
大伴宿禰首名 ②305$_3$
大伴宿禰宿奈麻呂 ①129$_{14}$, 177$_{14}$, 229$_{12}$ ②21$_{14}$, 57$_{11}$, 65$_{11}$, 145$_{10}$
大伴宿禰駿河麻呂 ②425$_3$ ③33$_3$, 223$_3$ ④283$_2$, 315$_6$, 321$_8$, 357$_6$, 389$_{11-12\cdot 14}$, 411$_8$, 437$_4$, 443$_9$, 459$_6$, 463$_{11\cdot 13-14}$ ⑤17$_3$
大伴宿禰諸刀自 ③397$_3$
大伴宿禰小薩（古薩） ③419$_8$, 421$_{11}$
大伴宿禰小薩を斬る ④37$_{15}$
大伴宿禰小室 ②269$_1$, 273$_4$
大伴宿禰上足 ③351$_{11}$ ④447$_5$ ⑤9$_{12}$
大伴宿禰上足の弟 ③351$_{12}$
大伴宿禰浄麻呂（清麻呂） ④41$_8$, 233$_2$ ⑤115$_{13}$
大伴宿禰真綱 ⑤25$_6$, 29$_8$, 141$_{2\cdot 5\cdot 11}$
大伴宿禰真身 ③339$_{13}$
大伴宿禰真麻呂 ⑤257$_{12}$, 263$_9$, 301$_{10}$, 345$_1$
大伴宿禰人成 ④95$_{11}$
大伴宿禰人足 ⑤59$_3$, 61$_3$
大伴宿禰是成 ⑤487$_5$
大伴宿禰祖父麻呂（邑治麻呂） ②71$_6$, 79$_{16}$, 127$_{15}$, 165$_{12}$, 221$_8$, 243$_{10}$
大伴宿禰祖父麻呂が子 ⑤45$_4$
大伴宿禰村上 ④343$_8$, 355$_2$, 379$_{13}$
大伴宿禰大沼田 ①65$_9$, 93$_5$
大伴宿禰男人 ①71$_5$, 133$_{10}$, 197$_8$, 221$_{14}$ ②31$_1$
大伴宿禰池主 ③203$_6$
大伴宿禰竹良 ⑤347$_{3\cdot 13}$
大伴宿禰中主（仲主） ⑤87$_4$, 229$_4$
大伴宿禰弟麻呂 ⑤85$_{12}$, 137$_9$, 187$_{10}$, 191$_1$, 207$_{11}$, 241$_{13}$, 283$_7$, 381$_{10}$, 389$_9$, 399$_4$, 415$_6$, 461$_9$, 485$_{15}$, 503$_{12}$
大伴宿禰田麻呂 ③399$_{11}$, 435$_2$ ④357$_2$, 429$_8$
大伴宿禰東人 ③267$_{10}$, 389$_7$, 419$_{14}$ ④287$_9$, 301$_8$, 425$_{11}$
大伴宿禰稲君（稲公） ②401$_{10}$, 425$_1$ ③75$_2$, 91$_7$, 143$_4$, 189$_1$, 221$_3$, 247$_{16}$

大伴宿禰道足（通足） ①77$_1$, 135$_{12}$, 177$_{13}$, 199$_{15}$, 203$_6$ ②65$_{11}$, 81$_1$, 127$_{13}$, 205$_7$, 209$_6$, 227$_3$, 249$_5$, 251$_{12}$, 273$_{11}$, 295$_1$ ⑤231$_3$
大伴宿禰の族 ③209$_1$
大伴宿禰伯麻呂 ③107$_4$, 127$_4$, 159$_{15}$ ④7$_6$, 51$_3$, 65$_5$, 93$_2$, 115$_5$, 143$_4$, 145$_5$, 155$_9$, 169$_8$, 209$_{10}$, 237$_{9\cdot 14}$, 249$_2$, 273$_7$, 319$_4$, 329$_5$, 337$_3$, 357$_6$, 441$_1$, 447$_1$ ⑤19$_9$, 57$_8$, 115$_9$, 121$_{14}$, 171$_{16}$, 183$_{11}$, 187$_{3\cdot 9}$, 219$_3$, 231$_{2\cdot 3}$
大伴宿禰伯麻呂の祖 ⑤231$_2$
大伴宿禰伯麻呂の父 ⑤231$_3$
大伴宿禰美濃麻呂 ②315$_{10}$
大伴宿禰百世 ②343$_9$, 397$_5$, 433$_{16}$ ③27$_{10}$, 35$_2$, 41$_3$
大伴宿禰不破麻呂 ③189$_{12}$, 193$_5$ ④249$_8$, 299$_3$, 347$_{11}$, 363$_{11}$ ⑤23$_{14}$, 29$_3$, 71$_{11}$, 189$_6$, 289$_5$
大伴宿禰子古（?） ②275$_7$, 343$_{12}$ ③27$_8$, 137$_{11}$, 337$_6$
大伴宿禰名負 ③5$_5$, 27$_9$
大伴宿禰旅人（多比等） ①159$_6$, 165$_8$, 219$_{12}$, 221$_{12}$, 229$_{10}$ ②43$_4$, 51$_{15}$, 59$_{10}$, 67$_{11}$, 73$_{16}$, 77$_{14}$, 81$_8$, 83$_{11}$, 93$_8$, 105$_{14}$, 145$_2$, 153$_6$, 243$_7$, 247$_4$ ⑤345$_{12}$
大伴宿禰老人 ②275$_7$
大伴親王 ⑤405$_6$
大伴人益 ④215$_7$, 217$_4$
大伴人益の父 ④217$_7$
大伴村上 ④217$_7$
大伴大田宿禰 ④153$_{14}$
大伴大田連沙弥麻呂 ④153$_{13}$
大伴直宮足 ②147$_9$
大伴直国持 ②147$_6$
大伴直奈良麻呂 ⑤493$_6$
大伴直南淵麻呂（蜷淵麻呂） ②147$_5$, 265$_5$, 345$_5$
大伴部 ④237$_{12}$
大伴部押人 ④271$_{3-4}$
大伴部押人の先祖 ④271$_4$
大伴部三田 ④235$_3$
大伴部人足 ④235$_3$
大伴部直 ④271$_4$
大伴部直赤男 ⑤43$_4$
大伴部直の子孫 ④271$_5$
大伴部福麻呂 ④235$_4$
大伴櫟津連子人 ②155$_7$
大伴連咋子 ③83$_{14}$
大伴連咋子が孫 ③83$_{14}$
大伴連小吹負（少吹負） ③83$_{15}$ ⑤45$_3$
大伴連小吹負が孫 ⑤45$_3$
大伴連小吹負が男 ③83$_{15}$
大伴連長徳 ①33$_{14}$

た
い
（
大
）

続日本紀索引

たい（大）

大伴連長徳が子　①33₁₄
大伴連長徳が第六子　①213₁₁
大伴連長徳の孫　②247₄
大伴連馬来田　①43₄　⑤231₂
大悲　④417₂
大徴(太徴)　②135₃, 215₃, 237₁₂
大不敬　⑤47₁₄
大夫　②137₃　③123₁₂
大夫人　②147₁₄　③353₁₀
大夫人と曰す　③261₇
大夫人と称す　②145₄　④317₈
大夫人とす　③315₁₀, 353₈, 361₉
大夫に列す　④225₁₂
大傅　③285₁₀　→左大臣
大風　①13₈, 47₁₆, 49₄, 59₅, 83₇, 85₃, 89₆, 105₁₅, 139₁₁, 203₅, 205₅, 217₈　②51₁₁, 179₁, 183₇, 241₂, 259₁₄, 261₁₆, 409₁₆, 431　③333₇　④125₃, 273₁₃, 287₁₂, 387₁₂, 393₁₅, 405₅　⑤17₁₂
大祓　①13₁₆, 55₂, 63₁₄, 109₁₃　②101₆　③281₃, 387₁₆　④307₁, 457₁₀, 463₅　⑤15₉, 17₁, 33₁₂, 67₇, 225₇, 311₁₀, 453₁₄, 467₄
大祓の刀　②175₄
大仏殿の歩廊　③167₂
大物忌　④175₈　⑤169₈, 249₇₋₈
大平　③249₆
大平元宝　③349₁₂
大平楽　①51₁₅
大兵一挙　⑤439₄・₁₁
大幣　①53₇, 57₁₄
大辟已下　②271₇, 397₁₁　③551₂, 81₇　④49₁₃, 51₁₄, 59₁, 119₄, 399₁, 405₁₃, 417₇, 443₁₁　⑤67₃, 103₃, 125₁₂, 205₃, 245₆, 465₆
大辟已下の罪　②173₁₀
大辟以下　②365₂　③23₉　⑤169₅, 175₁₀, 217₅
大辟罪已下　①129₁　②31₁, 514, 183₁₀, 207₁₂, 291₅, 323₁₆　③91, 71₂, 181₁₅　④175₁₂
大辟罪以下　①123₇, 215₉　②77₆, 297₄, 349₆　③51₁₀　④235₁₅, 287₄
大保(太保)　②285₅・₇, 285₄・₁₁, 305₁₀, 317₁₄, 335₁₅, 337₁₃, 339₇, 341₂・₁₁　④27₅　→右大臣
大保已下　③333₉
大菩薩蔵経二十巻を写す　②125₁₆
大宝元年　①37₁, 47₁, 203₁₀　②447₁₂　③135₄
大宝元年より以降　⑤103₁₅
大宝二年　②239₁₅　⑤99₉
大法師　④137₁₅, 421₁₂　⑤59₆, 243₁₅, 299₁₀
大法師位　③357₁₂
大法師等　④173₁₀₋₁₁
大法師等をひきゐて　④137₆

大本臣(人名)　⑤205₁₆
大命　①3₁₂, 5₉, 121₉　②139₁₁, 141₁, 225₂, 421₅・₉, 423₃　③67₁・₅, 69₁₂, 71₂・₅・₆　④45₁₆, 79₁₁, 241₂, 331₁₄, 333₅・₁₁, 335₂・₇, 337₂　⑤137・₁₃, 351₄, 173₂, 177₅
大命に坐せ　①121₉　②139₁₅, 215₁₄, 419₁₂　③265₈　④311₁₅, 331₁₄, 335₈　⑤181₁₁
大命に従はず在らむ人　④197₉
大命らま　①3₁₂　②221₁₅, 421₁₄　③215₅　⑤13₇, 351₄, 173₁
大明南に至り　⑤393₇
大網公広道　⑤83₅, 419₁, 423₃
大目秋麻呂　④293₇
大目東人　④293₆
大目東人の子　④293₇
大野王　①177₁₁　②11₁₀, 323₁₀
大野我孫麻呂　④237₁₁
大野(太野)郡(飛騨国)　①57₁₆　③83₁₁　⑤19₁₆
大野郡大領　③83₁₁
大野郡の人　①57₁₆
大野女王　②347₁₂　③55₁₅
大野城(豊後国)　①11₇
大野朝臣横刀　③41₆, 81₉
大野朝臣果安　②411₉
大野朝臣果安が子　②411₉
大野朝臣平婆々　⑤33₄
大野朝臣広立　③267₁₁, 313₁₁, 345₁₃, 381₁₂, 403₃
大野朝臣姉　⑤25₁₁
大野朝臣真本　④25₃, 29₁₁, 115₁₂, 315₇
大野朝臣石主　⑤5₂, 29₆
大野朝臣石本　④151₃, 183₅, 207₈
大野朝臣中千(仲智・仲千)　③419₁₃　④69₁・₁₃, 111₁, 221₁, 229₁₆, 319₁₃　⑤71₁₅, 175₅
大野朝臣仲男　④417₁₃, 425₆, 457₉
大野朝臣東人　①221₁　②53₅, 145₁₄, 159₁₀, 225₁₅, 241₃₀, 309₉, 315₂・₁₂, 317₁・₃・₁₃, 319₅₋₆・₁₂・₁₅, 353₉, 365₁₄, 367₁・₁₀・₁₃, 369₄・₇, 371₁₁, 375₇, 377₂・₇, 391₁₁, 393₃, 411₈
大野朝臣東人の女　⑤175₅
大友国麻呂　③55₅
大友史　②431₅　③255₁₂
大友親王　⑤339₁
大友親王の曾孫　⑤339₁
大友桑原史　③255₁₂
大友村主広公　③419₁₀
大友村主広道　⑤387₁₁
大友村主人主　④163₁₃₋₁₄
大友部史　③255₁₂
大友民曰佐龍人　⑤387₁₂

続日本紀索引

たい（大）

大養徳忌寸　②$403_{16}$
大養徳忌寸佐留　③$29_3$
大養徳恭仁大宮　②$401_3$
大養徳国　②$335_4$, $399_{2\cdot 5}$, 417_2　③$43_7$　→大倭国
大養徳国守　②$393_3$
大養徳守　②$339_{13}$, 353_9, 429_3
大養徳宿禰麻呂女　③$29_{16}$
大賁を享く　⑤$391_3$
大乱　③$311_2$
大乱を構ふ　③$213_{16}$
大里寺（河内国）　③$157_3$
大律師　④$139_1$, 141_{14}, 393_{11}
大両　⑤$15_1$, 41_2
大陵　②$219_{12}$
大領　②$353_{14-15}$, 425_{15}
大暦十三年　⑤$77_6$
大連　②$25_8$
大路　②$249_{11}$
大鹿臣子虫　③$383_3$ ⑤$5_{10}$
大和乙人　⑤$227_{5\cdot 7}$
大和介　③$313_{11}$, 371_{12}, 423_7　④$53_3$, 145_9, 249_{10}, 269_{11}, 379_3, 427_2　⑤$179_{14}$, 241_{10}, 291_6, 369_{15}, 397_1, 477_4
大和忌寸　④$267_1$
大和検税使　⑤$17_6$
大和国　①$197_3$ ②$103_{11}$, 105_3 ③$249_{10}$, 255_4, 355_9, 387_{15}, 393_7, 433_{15}　④$191_1$, 55_6, 71_8, 91_5, 93_{10}, 123_3, 125_{12}, 237_7, 239_1, 299_1, 381_1, 413_{15}, 415_6, 429_{11}, 443_7　⑤$225_{12}$, 247_{14}, 285_6, 377_8
大和国介　③$381_2$
大和国司守　④$269_{10}$
大和国司の史生巳上　③$371_{10}$
大和国守　②$103_2$ ③$247_{16}$
大和国造　④$265_{14}$ ⑤$495_1$
大和国の堺　⑤$347_7$
大和国の軍毅　③$371_{14}$
大和国の郡司　③$371_{11\cdot 14}$ ④$101_2$
大和国の乗田　④$185_7$
大和国の人　②$59_{14}$ ④$113_3$, 119_{11}, 123_5, 145_8, 191_4
大和国の調　①$187_5$
大和国の田　④$247_{13}$
大和国の没官田　④$185_7$
大和国班田左次官　⑤$375_8$
大和国班田左長官　⑤$375_7$
大和国班田右次官　⑤$375_9$
大和国班田右長官　⑤$375_8$
大和国部下　②$249_1$

大和雑物　③$249_{11}$
大和史生巳上　③$371_{13}$
大和守　③$371_{12}$, 373_3, 423_7　④$57_{8\cdot 15}$, 73_{11}, 113_{14}, 185_{10}, 195_2, 215_4, 249_{10}, 325_{13}, 355_7　⑤$45_2$, 59_{12}, 65_2, 99_{15}, 117_{11}, 241_{10}, 269_5, 311_{10}, 327_4, 337_7, 369_{11}, 397_1, 407_6, 411_2, 507_4
大和宿禰　④$267_2$
大和宿禰西麻呂　④$269_{14}$, 379_3, 415_{16} ⑤$25_2$
大和宿禰長岡〔大倭忌寸小東人・大倭宿禰小東人〕　③$243_4$, 313_9, 419_4　④$189_7$, 265_{15}, $267_{1\cdot 7}$　⑤$495_1$
大和宿禰弟守　③$253_8$
大和宿禰斐太麻呂　③$267_{13}$
大和上　③$277_9$, 431_8　→和上
大和上の号　③$433_7$
大和神山（大和国）　③$249_{1\cdot 7}$
大和赤石連　④$243_5$
大和大掾　③$371_{13}$
大和の国は（歌謡）　②$421_{10}$
大和連　④$243_4$
大倭忌寸果安　①$217_{16}$, 219_2
大倭忌寸五百足　①$77_7$, 159_{13}, 211_3 ②$137_8$, 165_{14}, 185_3
大倭忌寸五百足の子　④$265_{15}$
大倭忌寸小東人　②$111_{16}$, 333_4　→大倭宿禰小東人　→大和宿禰長岡
大倭忌寸水守　②$333_5$　→大倭宿禰水守
大倭忌寸東人　③$189_6$
大倭御手代宿禰　③$59_5$
大倭御手代連麻呂女　③$59_4$
大倭国部内の諸寺　②$163_7$
大倭根子天之広野日女尊（持統）　①$75_7$
大倭守　①$71_6$, 105_{13}, 133_{13}, 153_8　②$29_5$, 263_8 ③$65_3$, 127_3
大倭宿禰　②$333_5$ ⑤$53_1$, 115_6
大倭宿禰水守〔大倭忌寸水守〕　②$333_7$ ③$43_{10}$
大倭宿禰清国　②$333_{14}$
大倭神社　③$43_{10}$
大倭神主　③$43_{10}$
大倭（大養徳）宿禰小東人〔大倭忌寸小東人〕　②$333_{6-7}$, 343_{10}, 387_1, 443_{14}　③$25_2$, 41_5, 65_2, 101_{12}, 109_{16}, 131_9, 189_1, 191_{13}　→大和宿禰長岡
大倭連　②$333_5$
大倭連魚名　⑤$53_1$
大倭連古人　③$115_6$
大倭連深田　⑤$53_1$
大倭連田長　③$115_6$

274

続日本紀索引

大倭(倭)国　①$31_{10\cdot13}$, 47_3, 49_7, 55_4, 57_7, 81_{12}, $89_{6\cdot15}$, 105_{12}, 143_{13}, 165_4, 167_5, 179_1, 199_{12}, 201_{16}, 205_{10}, 217_{16}, 231_3　②$163_7$, 165_8, 267_{12}, 281_7, 323_9, 335_4　③$41_{15}$, 43_8, 65_{10}, 89_{2-3}, 103_8, 115_6　→大養徳国
大倭国国造　②$137_8$
大倭国の十四郡　②$281_1$
大倭国の田　①$83_{15}$
大倭国の百姓　②$265_{12}$
大窪史五百足　②$87_{11}$
代　⑤$267_2$
代易　①$171_9$
代耕の禄　①$103_{11}$
代宗(唐)〔広平王〕　③$425_{16}$　④$17_8$　⑤$77_5$, 95_8
代に襲ぐ　⑤$145_{15}$
代ふ　①$91_9$, 147_4, 209_{10}　②$19_9$, 157_3　④$199_8$
代へ度す　①$29_{12}$, 35_{16}, 45_{11}
代る　①$123_{15}$　④$223_{11}$
代を議りて権を行ふ　③$247_7$
代を権る　③$275_1$
代を入れず　④$185_6$
代を累ぬ　⑤$333_6$
代を歴　④$271_6$　⑤$497_{13}$
第　②$185_{10}$　③$177_{13}$, 213_9, 337_{13}, 345_4, 387_7, 391_{14}　④$109_{14}$, 229_{13}, 231_{13}, 267_4, 369_{11}, 385_{11}, 443_{13}　⑤$67_{15}$, 95_9, 99_{16}, 117_{12}, 173_1, 349_7, 389_7, 405_4, 499_9
第一修行進守　④$141_{13}$
第三等　②$7_3$
第に還る　④$267_4$
第に帰る　②$221_{11}$, 339_6　⑤$447_{15}$
第に就く　①$17_{15}$, 33_{13}, 35_8, 43_{12}　②$25_4$, 81_8, 153_6, 203_{14}, 273_{12}, $295_{7\cdot16}$, 325_3　③$213_9$　⑤$99_{16}$, 117_{12}, 173_1, 405_4
第二等　⑤$53_{10}$, 69_{12}
臺忌寸少麻呂(宿奈麻呂)　①$153_9$, 223_1　②$31_{14\cdot16}$
臺忌寸少麻呂(宿奈麻呂)の子弟　②$31_{16}$
臺忌寸八嶋　①$77_4$
臺司　③$353_{15}$
臺の氏　②$31_{16}$
題し曰ふ　④$211_{12}$
題して曰はく　④$121_7$
題す　⑤$199_{16}$
宅　③$59_{10}$, 93_5, 199_{16}, 203_9, 205_{16}　④$89_4$, 213_{12}, 273_{12}, 413_{16}　⑤$283_{16}$, 431_{13}
宅地　②$283_5$, 399_6　③$375_1$
宅地を質とす　⑤$283_{12}$
宅に就きて　②$205_{10}$, 207_9

宅に幽む　④$413_{16}$
宅の宮中に入れる　①$83_{16}$
宅門　②$249_{11-13}$
宅を囲む　②$205_6$
宅を起つ　⑤$47_6$
択ひ差す　①$163_2$
択ひ採り　⑤$469_{15}$
択ひ賜ひ　②$223_9$
択ひて補す　④$375_5$
択ひ補す　⑤$297_3$
択ふ　②$179_{11}$, 203_4, 223_8　③$335_9$　⑤$195_1$, 341_3
沢　②$305_{16}$, 351_6　④$215_{16}$　⑤$335_4$
沢を仰ぐ　③$275_6$　④$397_{15}$
沢を降す　②$51_3$
卓昊智(人名)　③$377_5$
卓絶　②$63_7$
坼き裂く　①$13_7$
託請　③$237_1$
託宣　②$95_8$
託宣して曰はく　③$153_{10}$　④$255_{15}$
託施真玉　②$7_{13}$　→記多真玉
濁濫　⑤$195_4$, 267_7
濁れる俗を洗ふ　④$467_{11}$
濁れるを激る　⑤$195_5$
達沙牛養　③$381_3$
達沙仁徳　③$377_9$, 381_2
達道を帯ぶ　④$123_9$
達能信(人名)　④$417_{15}$
達理山(周防国)　②$231_{12}$
達る　②$309_9$　③$307_7$　④$215_1$, 353_6　⑤$157_{13}$
達ること得る　①$189_5$
達るや不や　④$19_2$
脱却　⑤$81_9$
脱屣　①$235_7$
脱漏　⑤$167_3$
奪位　⇨位を奪ふ
奪ふ　④$21_9$, 185_{14}　⑤$209_{16}$
奪ふ限に在らず　⑤$427_{11}$
丹羽臣真咋　③$77_{14}$
丹款の誠に勝へず　③$275_2$
丹款を嘉す　④$371_{10}$
丹後介　④$429_{11}$　⑤$233_5$, 365_8
丹後国　①$227_8$　②$57_8$, 171_6　③$169_{12}$, 437_1　④$345_{12}$, 453_{15}　⑤$19_6$, 265_2, 467_8
丹後国国造　⑤$265_3$
丹後国司　②$125_1$
丹後国の五郡を割く　①$197_1$
丹後国の兵士　①$185_9$
丹後守　②$187_8$　③$15_7$, 79_{15}, 147_7, 335_5, 389_{14}　④

たい―たん（大・代・第・臺・題・宅・択・沢・卓・坼・託・濁・達・脱・奪・丹）

275

続日本紀索引

たん（丹・旦・但・坦・担・単・胆・耽・淡）

47$_8$, 159$_{11}$, 341$_6$ ⑤61$_4$, 91$_2$, 189$_7$, 263$_4$, 379$_{11}$, 381$_{13}$, 457$_{14}$
丹懇 ④21$_4$
丹取郡（陸奥国） ①205$_{14}$ ②193$_6$
丹取の軍団 ②193$_6$
丹心至明 ③133$_7$
丹心を効す ⑤143$_{14}$
丹生郡（越前国） ④429$_{13}$ ⑤165$_{2・10}$
丹生女王 ②347$_{13}$ ③107$_5$
丹生川上（河上）神（大和国） ③433$_{13}$ ④123$_3$, 345$_6$, 369$_{14}$, 403$_9$, 407$_{1・3}$, 433$_2$, 435$_2$, 453$_6$, 459$_5$ ⑤17$_1$, 39$_5$, 43$_{16}$, 403$_4$, 503$_3$
丹青 ②105$_4$ ③273$_{11}$
丹誠 ④81$_{14}$
丹誠を奉らず ③219$_{10}$
丹埠 ③225$_7$
丹波員外介 ④305$_2$, 355$_1$, 379$_9$
丹波王 ①91$_{16}$
丹波介 ①403$_1$ ④159$_{11}$, 319$_{12}$, 429$_1$, 441$_8$ ⑤137$_{14}$, 233$_5$, 379$_{11}$, 451$_8$, 491$_3$
丹波郡（丹後国） ⑤265$_2$
丹波郡の人 ⑤265$_2$
丹波国 ①7$_3$, 211$_5$, 39$_2$, 105$_{10}$, 113$_6$, 183$_{14}$, 207$_1$, 221$_7$, 227$_8$ ②113$_7$, 125$_{3・5}$, 171$_4$, 263$_3$ ③41$_6$, 169$_{12}$, 295$_4$, 435$_{15}$ ④19$_{11}$, 83$_8$, 129$_{11}$, 413$_5$ ⑤32$_{13}$, 33$_{15}$, 507$_{11}$
丹波国守 ②57$_8$
丹波国の五郡を割く ①197$_1$
丹波国の人 ④125$_{11}$
丹波国の兵士 ③185$_9$
丹波国の役夫 ④297$_3$ ⑤451$_9$, 465$_1$
丹波史千足 ①175$_{13}$
丹波守 ①135$_9$, 163$_1$ ②11$_{11}$, 263$_9$, 339$_{14}$ ③49$_4$, 131$_{12}$, 295$_{12}$, 403$_2$, 431$_4$ ④51$_{10}$, 129$_4$, 223$_{12}$, 301$_7$, 341$_5$, 355$_5$, 429$_1$ ⑤113$_{12}$, 531$_2$, 187$_4$, 235$_5$, 241$_9$, 359$_9$, 393$_1$, 397$_6$, 503$_{10}$
丹波直広麻呂 ⑤321$_3$
丹波直真養 ⑤265$_2$
丹波直人足 ⑤345$_6$
丹比間人宿禰若麻呂 ③57$_7$
丹比間人宿禰足嶋 ①53$_3$
丹比間人宿禰和珥麻呂 ③71$_4$
丹比郡（河内国） ②265$_{14}$ ④97$_3$
丹比郡の人 ①23$_4$ ②161$_5$ ③439$_7$ ④169$_{11}$
丹比宿禰 ⑤39$_5$
丹比宿禰乙女 ④349$_{5-6}$
丹比宿禰真継（真嗣） ④153$_7$, 195$_7$, 441$_3$
丹比宿禰真浄（真清） ⑤47$_2$, 293$_8$, 299$_8$, 311$_6$, 345$_3$, 357$_{11}$, 379$_{11}$, 451$_8$, 463$_{15}$

丹比宿禰人足 ②299$_{13}$
丹比宿禰稲長〔丹比新家連稲長〕 ⑤287$_{12}$, 295$_5$, 379$_{12}$
丹比新家連東麻呂 ⑤39$_5$
丹比新家連稲長 ⑤39$_4$ →丹比宿禰稲長
丹比連大倉 ④199$_{13}$
旦夕夜日と云はず ④333$_{15}$
但馬因幡按察使 ③127$_6$
但馬員外介 ④115$_{14}$, 167$_6$, 225$_3$, 347$_{11}$, 355$_2$, 443$_7$
但馬員外史生 ③443$_9$
但馬介 ③347$_{12}$, 423$_{13}$ ④11$_8$, 55$_{14}$, 179$_8$, 341$_7$, 429$_2$ ⑤81$_{13}$, 137$_{14}$, 291$_{11}$, 423$_{11}$, 451$_4$, 501$_{12}$
但馬介一人 ③187$_1$
但馬国 ①49$_3$, 103$_1$, 105$_{10}$, 139$_{10}$, 145$_6$, 183$_{14}$, 205$_{11}$ ②57$_8$, 171$_6$, 273$_6$ ③169$_{12}$, 439$_6$ ④29$_1$, 449$_2$ ⑤313$_3$, 321$_{14}$, 507$_{12}$
但馬国司 ②125$_1$
但馬国の郡司 ②21$_7$
但馬国の国郡司 ①145$_9$
但馬国の国分寺 ⑤43$_{11}$
但馬国の人 ②131$_5$
但馬国の田 ①39$_4$
但馬国の兵士 ③185$_9$
但馬守 ①229$_{13}$ ③397$_4$ ④105$_{14}$, 195$_1$, 345$_{14}$, 423$_{13}$ ④51$_{11}$, 159$_{14}$, 303$_3$, 341$_7$, 379$_9$, 421$_5$, 431$_5$ ⑤61$_4$, 233$_6$, 243$_9$, 271$_{11}$, 317$_9$, 351$_5$, 355$_6$, 363$_{13}$, 371$_{12}$, 397$_7$
但馬女王 ②55$_{15}$
但馬少目一員 ④449$_2$
但馬大目一員 ④449$_2$
但馬内親王 ①139$_8$
但馬目 ③351$_{12}$
坦然 ③243$_{15}$
担脚 ③169$_3$
担夫 ①49$_{15}$ ④99$_4$
単功 ③383$_{14}$, 407$_1$, 411$_3$ ④129$_{13}$, 291$_{15}$ ⑤113$_{12}$, 303$_8$, 353$_4$, 401$_{10}$
単使 ③307$_6$
単貧 ②15$_{14}$
胆沢（陸奥国） ⑤439$_3$, 493$_9$
胆沢の賊 ⑤21$_7$, 433$_1$
胆沢の地 ⑤433$_7$
胆沢の地を得べし ⑤129$_{11}$
耽羅（𨂻羅）嶋 ②377$_{12}$ ⑤77$_{14}$, 95$_2$
淡海（近江国） ②33$_2$
淡海公（藤原朝臣不比等） ⑤361$_8$
淡海真人 ③111$_{11}$ ⑤339$_3$
淡海真人三船（御船）〔御船王〕 ③161$_5$, 339$_1$,

続日本紀索引

371_2, 373_4, 401_8 ④$19_8$, 25_1, 111_{14}, 133_{11}, 159_7, 165_7, 179_9, 347_5, 377_{13} ⑤$29_2$, 63_3, 133_4, 201_1, 211_3, 219_4, 251_1, 293_4, 337_{14}, $339_{1-2\cdot 7}$
淡海真人三船の祖　⑤$339_1$
淡海真人三船の父　⑤$339_2$
淡海大津宮に御宇しし皇帝(天智天皇)　③$229_{10}$
淡海大津宮に御宇しし天皇(天智天皇)　①$147_8$
淡海大津宮に御宇しし倭根子天皇(天智天皇)　②$141_7$
淡海朝　②$222_{11}$　③$131_1$, 411_6
淡海朝廷七年十月　②$187_{11}$
淡海朝庭　③$241_4$
淡路掾　④$95_4$
淡路公(淳仁天皇)　⑤$53_1$, $95_{3\cdot 5}$
淡路国　①$7_{11}$, 105_3 ②$57_{10}$, 171_6, 249_8, 267_4, $269_{3\cdot 5}$ ③$19_7$, 41_{16}, 349_{16}, 441_{15} ④$9_{10}$, 11_5, 45_8, 73_1, 101_{11}, 117_{13}, $153_{12\cdot 16}$, 199_9, 387_5 ⑤$227_3$, 233_{12}, 459_5, 467_9
淡路国言さく　①$47_{15}$
淡路国公(淳仁天皇)　④$45_6$
淡路国司　②$125_1$
淡路国守　④$73_{13}$
淡路国の公(淳仁天皇)　④$45_5$
淡路国の衆僧　④$387_9$
淡路国の兵士　②$59_{16}$
淡路守　④$47_3$, 95_4, 249_{13} ⑤$11_8$
淡路親王(淳仁天皇)　⑤$65_{13-14}$
淡路に侍り坐す人(淳仁天皇)　④$79_5$
湛然　④$141_3$
短褐　⑤$413_8$
短絹　②$55_7$
短籍　②$229_{13}$
短折を救ふ　④$431_{12}$
短乏　①$227_1$
覃ぶ所に由る　⑤$327_{10}$
端　①$15_8$, 31_{12}, 79_8, 81_2, 95_{4-11}, 105_6, 123_{13}, 163_8, 169_{16}, 185_1, 201_{10}, 209_{11} ②$55_5$, 23_6, 35_7, $373_{3-4\cdot 16}$, 85_{16}, $87_{4\cdot 10\cdot 12}$, 89_1, 99_{10}, 117_3, 137_{7-8}, 149_{13}, 151_1, 153_7, 167_5, 173_{1-2}, 183_{11}, 191_4, 199_{10}, 201_{16}, 203_{15-16}, 219_{2-3}, 221_2, 301_9, 335_9, 355_6, 361_{14}, 407_{13}, $443_{6\cdot 8}$ ③$81_{16}$, $83_{1\cdot 3-4}$, 149_8, $227_{8\cdot 10}$, 249_{12}, 411_5, 413_9, 415_5 ④$85_{10}$, 183_{12}, 205_{10}, 217_5, 285_7, 343_2, 391_7 ⑤$151_1$, 174_1, 27_{10}
端揆　④$317_5$ ⑤$291_2$
端五　③$251_1$
端午の節　③$251_3$
端坐　①$27_3$ ③$433_{10}$
端の限　②$39_1$

歎き賜ひ　④$333_{10}$
歎服　②$449_5$
誕育す　②$183_{16}$
誕す　①$51_{11}$
誕生　②$183_{6\cdot 10}$, 185_7
誕る　②$335_6$ ③$353_9$
鍛師連大隅　⇒鍛冶造大隅
鍛冶司　①$77_{15}$ ②$441_4$
鍛冶正　④$165_2$, 353_{15} ⑤$189_9$, 293_8, 383_{15}, 399_8, 49_{11}
鍛冶(鍛・鍛師)造大隅(大角)　①$29_7$, 167_4 ②$65_{15}$, 81_2, 85_{15}, 165_{12}, 191_1　→守部連大隅
団　②$193_6$
団別　①$79_{10}$
男捄連　②$151_8$
男公　⑤$99_{12}$
男子　④$119_9$
男女　②$95_3$, 271_{13}, 275_{13}, 277_2, 283_{16}, 303_{14}, 321_{15}, 441_2, 449_9 ③$253_{14}$, 255_{5-6}, 281_{10} ④$175_4$, 189_{14}, 199_{11}, 277_{15-16}, 431_2 ⑤$207_3$, 333_5
男女別無く　①$103_6$
男女を問はず　②$207_{11}$
男女を問ふこと無(无)く　②$403_{10}$, 441_{16}
男女を論はず　③$251_{15}$
男女を論ふこと無く　③$149_4$
男勝　⇒雄勝
男勝柵　⇒雄勝柵
男勝の柵　⇒雄勝の柵
男の神服　④$231_4$
男のみ父の名負ひ　③$71_{13}$
男は仕へ奉る状に随ひて治め賜ひ　③$71_{12}$
男夫　②$51_4$
男立ち添ひ(歌謡)　④$279_1$
段¹　①$33_{10}$, 39_4, $209_{4\cdot 14}$ ②$213_5$, 361_{15} ④$85_{10}$, 155_{13}, 157_4, 161_5, 279_7, 319_1 ⑤$27_{10}$, 43_5
段²　②$51_4$, 59_{12}, 261_{14} ③$241_7$ ④$179_{13}$, 217_{12-13}
段の常布　②$229_{15}$
断決　③$321_{14}$
断証　③$357_7$
断す　②$253_6$
断せらる　②$75_7$
断絶　②$393_8$
断つ　④$291_2$ ⑤$507_{15}$
断に依りて　②$75_{15}$
断む　①$57_{11}$ ④$459_1$
断り決む　②$57_{14}$
断れ散る　②$201_{13}$
弾正尹　①$125_{10}$, 133_8, 203_6 ②$11_{10}$, 205_7, 239_{16}, 335_2 ③$251_{11}$, 171_7, 193_4, 325_{15} ④$301_1$, 347_7,

たん（淡・湛・短・覃・端・歎・誕・鍛・団・男・段・断・弾）

277

たん（弾・談・檀・灘）　　　　379_2, 427_8 ⑤$19_6$, 185_{14}, 275_9, 323_4, 329_6,　　弾正弼以上　①$141_4$
　　　447_{14}, 449_{12}, 455_2, 457_{10}, 499_9　　談説　③$209_{12}$
　弾正史生　④$271_1$　　談話　①$151_2$
　弾正臺　①$47_{13}$, 51_3, 181_{15} ②$133_{9 \cdot 14}$ ③$169_4$,　　檀越　②$13_{8 \cdot 14-15}$ ④$133_2$ ⑤$329_{14}$
　　　287_5 ④$121_3$　→糺政臺　　檀越の子孫　②$13_{11}$
　弾正弼　②$81_5$, 427_{16} ④$155_8$, 209_9, 249_8, 379_3,　　檀山陵　⇨真弓山陵
　　　425_{11} ⑤$115_{12}$, 365_5, 423_6, 451_5, 461_4, 491_{13}　　灘に着く　③$407_4$

ち

地界　①147₁₂
地亀　②135₁₅　③21₁₁
地宜を失はざらしむ　②327₁₆
地祇　②219₁₃, 259₃, 373₈　③97₁₀　④253₆, 259₁₁, 261₁₀　⑤31₅, 311₁₁
地久し　⑤145₁₅
地形　①143₉　③319₁₄
地坐祇　①127₁₁
地子　②59₁₁　③363₃
地子の稲　③253₇
地震　①39₂, 183₁₂, 229₅・₁₄, 231₁₃　②71₄, 53₁₃, 85₇, 89₃, 105₁₆, 259₁₃, 265₁₄, 277₁₄₋₁₅, 279₂, 331₁₂, 345₁₀, 405₆, 411₁₃, 429₁₃, 441₈　③9₆・₉・₁₃₋₁₄, 111・₃・₅・₈・₁₀₋₁₁, 131・₇・₁₃₋₁₄, 151・₃₋₄, 19₁₃₋₁₆, 29₁₅, 33₂, 35₆, 45₇, 125₁₄, 407₁₁　④403₄, 413₈₋₃, 447₁₀, 451₇, 461₁₄, 463₅　⑤212・₅, 69₅, 175₂, 185₁₀, 187₆, 199₃, 211₆・₁₄, 215₇・₁₀, 219₁₄, 225₁₂, 227₁₁, 241₃, 245₁₁, 259₆, 331₃, 347₆, 363₁, 481₁₂, 483₁₄
地震動る　②281₁₃
地成の徳　③271₉
地勢　②317₇　⑤151₁₁, 165₉
地大きに震る　②277₁₂, 283₈
地坼裂く　②277₁₃
地として寺にあらぬこと無し　⑤275₁
地動　③117₈　④401₁₄, 413₃　⑤197₇, 233₁₁
地に因(由)りて姓を賜ふ　⑤481₁₀
地に因(由)りて姓を錫ふ　⑤309₇
地に因りて氏を命す　④443₈
地に愧づ　④317₆
地に坐す祇　③67₁₀, 263₇
地に坐す神　②217₁₀　③67₁₄　④311₁₁
地に山川在る如　②223₅
地に承く　③367₃
地に背く　③371₂
地に満ちて居り　③381₄
地の寛さ狭さに随ひて　②227₁₄
地の多少に随ひて　③367₁₁
地の民　①145₅
地の利を保たしむ　②19₁₄
地の利を妨ぐ　①103₁₃
地闢く　⑤135₁
地も潤ふ　④271₁₅
地利に就く者　④231₈
地を緯にす　②305₁₅

地を開く　②425₁₀, 433₉　③3₅
地を賜はる　①103₁₅
地を失ふ　⑤101₁₃
地を相す　⑤297₁₃
地を買ふ　③23₁₃
地を略す　⑤439₁₆
池　②43₁₃₋₁₄　③381₄　④441₉・₁₃, 463₇　⑤43₇, 339₅
池原王　④149₁₄
池原公永守　⇨池原公禾守
池原公禾守　③425₄, 427₁₂　④7₈, 151₂, 179₁₅, 209₁₄, 245₅　⑤71₄, 271₂
池原公綱主　⑤347₈, 351₁₁, 355₁, 421₂, 455₆, 491₁, 497₄
池原公綱主の兄弟　⑤497₈
池原氏の先　⑤497₄
池原女王〔栗前連枝女〕　⑤153₇
池上王　③115₅
池上君　②81₁₃
池上君大歳〔朝妻金作大歳〕　③41₇
池上女王　③41₉, 345₆, 371₄, 439₉　④35₈, 69₁₂
池上真人　③247₆, 301₁
池亭　③405₃
池田王　②287₁₂　③137₁₄, 145₁₃, 149₁₄, 171₇, 179₇, 187₁₁, 193₁, 267₃, 281₁₅, 319₆　④53₁　→池田親王
池田王を立つ　③179₁
池田親王〔池田王〕　③327₅, 355₃, 391₁₀, 437₂　④45₁₄
池田親王の男女　③437₃
池田朝臣子首　①167₁
池田朝臣真枚　④53₆, 225₅, 319₁₁, 423₁₆　⑤27₁₁, 99₆, 139₅, 381₁₃, 431₂, 439₁₃, 443₈・₁₄・₁₆, 445₂
池田朝臣足継　③189₁₂, 193₆, 335₃, 391₂, 429₁₂
池辺王　②177₁₁, 333₁₁　⑤339₂
池辺双槻宮に御宇しし橘豊日天皇(用明天皇)　④185₁₁
池を築く　②265₁₄　④19₁₁
知安藝守事　②263₁₀
知委　③217₁₅
知河内和泉等国事　②255₁₅　→河内和泉の事を知らしむ
知賀嶋　⇨値嘉(知賀)嶋
知見　②417₉
知五衛及授刀舎人事　②79₅
知せ聞かしむべし　②185₆, 195₁₄
知造難波宮事　②173₁₁, 257₃
知太政官事　①97₈, 231₁₅　②79₅, 221₁₄, 295₁₃, 305₆, 329₄, 363₂, 375₁₁, 405₁₄, 409₁₁, 411₁₅,

続日本紀索引

ち（知・値・恥・致・答・智・痴・置）

429$_{14}$, 437$_{3・10}$ ③154 →太政官の事を知らしめたまふ
知識（智識）　②431$_{13}$ ③47$_6$
知識（智識）寺（河内国）　③93$_4$, 97$_8$, 157$_3$ ④97$_7$, 267$_9$
知識寺の行宮　③159$_1$
知識寺の南の行宮　③157$_3$
知識（智識）に預かる者　②433$_2$
知識（智識）の物　③83$_{12}$
知識の物進る人　③55$_4$, 75$_5$
知識の物を献る　③79$_6$
知物人　③73$_{12}$
知友　⑤229$_{15}$
知らさむ次　①5$_1$
知らしむ　②141$_5$ ④287$_{15}$ ⑤435$_{10}$
知らしむる事得ず　③341$_7$
知らしめして在り　④253$_{11}$
知らしめす　④253$_1$, 255$_5$ ⑤177$_{13}$
知らしめす物に在る　④311$_{12}$
知らす　②139$_{12}$ ③85$_3$, 263$_4$
知らまく欲す　④19$_2$
知り訖る　③213$_7$
知りて禁めぬ者　⑤275$_4$
知りて告さず　①175$_{3・5}$
知りて正さず　②285$_1$
知りて相縦す　⑤159$_6$
知り聞ける者　②407$_3$
知る者無し　③36$_{14}$
知る所　③133$_{12}$
知る所に非ず　③429$_1$
知る所の務　②247$_{12}$
知るべからず　③299$_8$
知るべし　③161$_{11}$
知るを待ち　③359$_7$
知れること無し　②143$_1$
知れることも無し　③341$_6$
値嘉（知賀）嶋（肥前国）　②377$_{3・11}$
恥　③385$_6$
恥づること無し　⑤267$_2$
恥づる所　②437$_{16}$ ⑤437$_5$
恥を貽す　⑤467$_{13}$
致敬　②83$_7$
致敬の理を失ふ　④211$_{15}$
致仕　①199$_5$ ③157$_1$, 195$_{11}$ ④19$_{14・16}$, 231$_3$, 319$_2$, 435$_{10}$, 461$_{12}$ ⑤163$_{11}$, 411$_{15}$, 441$_{10}$
致事の表　④31$_{14}$
答の法　①11$_{12}$
智　②63$_8$, 229$_{14}$ ③321$_{14}$
智淵（人名）　①9$_{15}$, 53$_4$

智海　③237$_{13}$
智鑒　②47$_8$
智行　②63$_{13}$
智行具足　⑤105$_6$
智行の人　⑤183$_6$
智行の僧　②203$_4$
智行の輩　⑤107$_6$
智恵の力　④289$_{16}$
智識　⇒知識
智水　③287$_4$
智宗王〔辰孫王〕　⑤469$_{15}$
智努宮　⇒珍努（智努）宮
智努（智奴）女王　①129$_7$, 145$_5$
智努（茅野）王　②21$_{11}$, 33$_{16}$, 125$_{11}$, 203$_1$, 209$_5$, 351$_1$, 379$_6$, 397$_1$, 399$_{3・6}$, 403$_1$, 407$_{15}$ ③27$_2$, 39$_{13}$, 57$_3$ →文室真人智努
智努離宮　⇒珍努（珎努・智努）（離）宮
智徳　②47$_{16}$, 121$_{11}$
智徳兼ね備る　④415$_2$
智部少輔　③405$_9$, 429$_{16}$
智部省　③287$_5$ →宮内省
智部大輔　③405$_9$
智を崇ぶ　②63$_4$
智を得たる者　②229$_{15}$
痴　③323$_1$
痴民無し　②223$_7$
置かしむ　①105$_2$, 389$_{14}$ ③149$_9$ ④445$_1$ ⑤53$_{16}$
置き賜ひ授け賜ふ　④77$_{16}$
置き奉る　④439$_{15}$
置く　①21$_{10}$, 314, 51$_{15}$, 59$_4$, 87$_2$, 89$_{15}$, 125$_3$, 131$_1$, 139$_{10}$, 149$_5$, 163$_{13}$, 165$_3$, 167$_5$, 179$_2$, 187$_{15}$, 191$_7$, 195$_9$, 197$_{1-3}$, 201$_{11}$, 203$_{12}$ ②15$_{9-10}$, 171$_1$, 45$_{6-9}$, 47$_3$, 53$_{13・16}$, 55$_{16}$, 57$_2$, 59$_{6・13}$, 67$_5$, 75$_4$, 81$_7$, 93$_{10-12}$, 95$_{14}$, 101$_{3-4・15}$, 109$_{14}$, 119$_{12}$, 125$_7$, 149$_3$, 155$_{10}$, 193$_6$, 199$_{4-5}$, 235$_{10}$, 251$_9$, 263$_{12}$, 297$_{11}$, 433$_{15}$, 447$_9$ ③13$_9$, 311$_4$, 227$_{15}$, 229$_{3-4}$, 233$_6$, 283$_5$, 331$_1$, 337$_1$, 351$_3$, 407$_7$ ④39$_6$, 71$_{14}$, 159$_{13}$, 167$_{14}$, 185$_8$, 197$_{15}$, 245$_2$, 251$_1$, 281$_{13}$, 341$_{13}$, 447$_{15}$ ⑤17$_5$, 191$_1$, 21$_1$, 97$_9$, 99$_3$, 119$_4$, 131$_3$, 187$_9$, 369$_9$, 493$_{13}$
置始女王^1　③111$_5$ ④421$_4$ ⑤17$_2$
置始女王^2　⑤145$_{12}$, 359$_{16}$
置始女王^3　③371$_4$
置始部　④293$_8$
置始連宇佐伎（莬）　③239$_{13}$
置始連宇佐伎（莬）が息　②9$_{10}$
置始連志祁志女　②87$_{12}$
置始連首麻呂　②87$_{14}$
置始連秋山　①167$_4$ ②165$_{14}$

280

続日本紀索引

置始連虫麻呂　②9$_{10}$
置賜郡(陸奥国・出羽国)　①189$_1$　②19$_{15}$
置酒　④375$_1$, 449$_8$　⑤33$_6$
雉　①205$_{11}$, 207$_1$　②181$_{16}$, 359$_{15}$, 411$_{11}$　④203$_{16}$, 205$_1$, 291$_7$, 337$_6$, 343$_1$, 451$_4$　⑤53$_2$, 385$_4$
雉を献る人　④205$_9$
馳駅　①53$_7$　④127$_{14}$　⑤147$_{14}$, 441$_4$
馳射を善くす　⑤257$_2$, 359$_{11}$
馳す　⑤359$_5$
馳せて到り　④29$_5$
竹谿村(大和国)　②375$_{12}$
竹原井行宮(河内国)　④33$_{11}$
竹原井頓宮(河内国)　②23$_9$, 277$_9$・$_{11}$
竹原井離宮(河内国)　②449$_7$
竹志麻呂　③377$_4$
竹室の津(対馬嶋)　⑤27$_7$
竹首乙女　③87$_{16}$　→竹宿禰乙女
竹(多気)宿禰乙女(弟女)〔竹首乙女〕　③383$_2$　④67$_{14}$, 69$_{12}$, 231$_3$
竹生王　④169$_{15}$
竹田王　①133$_7$, 223$_{13}$
竹田部荒当　④237$_{12}$
竹野女王　②347$_{11}$　③77$_{11}$, 111$_5$
竹笠　④183$_{12}$
畜ふ　②91$_{13}$
逐繼の趣を成す　①173$_{16}$
逐ひ捕へしむ　①31$_{10}$, 101$_{16}$
筑後掾　④249$_5$
筑後介　⑤65$_3$, 91$_6$
筑後国　①115$_1$　③9$_{10}$, 169$_{14}$, 383$_{11}$, 395$_{12}$
筑後国の軍　②373$_{16}$
筑後国の陂池　②43$_{13}$
筑後守　①203$_8$　②43$_{6\cdot 8}$　③15$_{10}$, 131$_{13}$, 391$_2$　④167$_{10}$, 207$_7$, 325$_{15}$, 457$_{14}$　⑤61$_7$, 139$_3$, 263$_9$, 271$_{14}$, 295$_{13}$, 493$_1$
筑紫　①7$_8$, 57$_9$, 147$_8$, 219$_{11}$　②97$_4$, 107$_4$, 129$_{10}$, 159$_5$, 191$_{15}$, 313$_8$, 335$_{12}$, 339$_5$, 433$_{15}$　④117$_9$
筑紫営大津城監を罷む　④395$_3$
筑紫観世音寺(筑前国)　①19$_3$, 89$_4$
筑紫史広嶋　⑤259$_4$, 263$_6$, 291$_5$, 319$_9$, 321$_{12}$
筑紫(竺志)捴領　①31$_4$
筑紫(竺志)惣領　①29$_3$
筑紫(竺紫)府(大宰府)　②369$_{12}$　⑤133$_1$
筑紫七国　①57$_1$
筑紫大宰帥　②67$_6$
筑紫大弐　①31$_5$
筑紫道　④411$_4$
筑紫に就かず　⑤113$_2$
筑紫尼寺　①47$_1$

筑紫の境　②367$_7$
筑紫の諸国　②183$_1$
筑紫の人　②329$_3$
筑紫の大宰(大宰府)　⑤149$_{15}$, 155$_{16}$
筑紫の兵　④117$_4$
筑紫の兵士　②261$_{10}$
筑紫の防人　②329$_2$
筑紫儛　②247$_7$
筑紫儛生　②247$_9$
筑城郡(豊前国)　②369$_{10}$
筑城郡擬領　②369$_{10}$
筑前国　①9$_9$, 149$_{11}$, 151$_{10}$　②211$_{16}$, 409$_9$, 417$_{15}$　③9$_{10}$, 131$_1$, 383$_{11}$, 395$_{12}$　④169$_{14}$, 197$_1$, 291$_6$, 461$_4$　⑤67$_{13}$
筑前国司　④401$_{15}$, 409$_7$, 417$_{13}$
筑前国の官員を罷む　④359$_{13}$
筑前国の軍　②373$_{15}$
筑前国の兵士　④117$_4$
筑前守　②339$_{15}$　③35$_1$, 101$_9$　④233$_8$, 461$_2$
筑波郡(常陸国)　④157$_6$
筑波郡采女　④203$_9$
筑波郡の人　④157$_6$
筑摩郡(信濃国)　⑤429$_{15}$
筑摩郡の人　⑤429$_{15}$
蓄銭　①195$_4$
蓄銭一十貫以上有る者　①173$_8$
蓄銭叙位の法　①177$_5$
蓄銭の状　①173$_{13}$
蓄銭の心　①173$_{15}$
蓄銭の心を存す　①173$_{15}$
蓄銭の人　①175$_7$
蓄銭六貫に満たず　①195$_4$
蓄銭を出さしむ　①173$_{14}$
蓄貯　④111$_8$
蓄ふ　②209$_4$　④265$_2$　⑤101$_{16}$, 303$_{16}$
蓄ふること得ざれ　③191$_7$
蓄ふる物の数　⑤479$_7$
蓄へ積む　②211$_6$
蓄粮を出す　④91$_{15}$
築怡土城専知官　④79$_{14}$
築かしむ　⑤303$_9$
築きし城　①13$_5$
築く　②131$_5$　③165$_{16}$, 309$_4$　⑤269$_4$, 313$_1$, 345$_7$
築城　⇒城を築く
築城郡(豊前国)　②369$_9$
築造　④183$_7$
秩父郡(武蔵国)　①127$_3$
秩父郡の調　①129$_9$
秩満たず　⑤195$_1$

ち—ちつ（置・雉・馳・竹・畜・逐・筑・蓄・築・秩）

続日本紀索引

ちつ—ちゆう（秩・蟄・着・嫡・丑・中）

秩満たぬ者　④431$_4$
秩満つる期　⑤297$_3$
秩満つる日　②257$_{11}$
秩を加ふ　②219$_{13}$
蟄蟲　②131$_1$
着きて泊つ　⑤79$_6$
着く　②187$_{13}$, 379$_2$　③125$_{13}$, 139$_9$, 141$_5$, 441$_8$　④345$_8$　⑤27$_8$, 39$_2$, 79$_{3-4}$, 81$_5$, 151$_8$
着く処を知らず　③141$_{10}$
着しむ　③31$_2$　④421$_3$
着す　①101$_{15}$, 191$_4$　③31$_4$
着緋　③417$_{15}$
着服　①115$_{10}$
着る　①51$_{13}$　②51$_{14}$, 171$_{10}$　③119$_{11}$　④135$_{12}$, 159$_1$　⑤21$_{15}$
着ること得ざれ　①51$_9$
嫡子　①121$_2$, 137$_{13}$　②185$_2$　③65$_1$　④391$_{14}$
嫡孫を継とす　①45$_{5\cdot 7}$
嫡々相継ぐ　③63$_{15}$
嫡を承く　⑤327$_{14}$
嫡を承くる戸　⑤281$_3$
嫡を承くる者　①101$_{12}$　⑤281$_2$
嫡を承けたる王　③13$_5$
丑山甘次猪養　⑤325$_8$
中安殿　②105$_{12}$
中院に中る　①95$_{4-7\cdot 10}$
中衛　②199$_7$, 393$_{11}$　③179$_{12}$, 293$_{16}$, 437$_8$　④101$_9$, 181$_{12}$
中衛員外少将　③103$_{14}$, 193$_5$, 287$_{11}$　→鎮国衛次将
中衛員外中将　④211$_6$, 329$_3$, 427$_4$
中衛権大将　⑤119$_7$
中衛舎人　②365$_5$　③167$_6$, 199$_4$, 215$_{15}$, 227$_9$, 367$_{14}$
中衛少将　②199$_6$, 247$_2$　③89$_{12}$, 171$_5$, 213$_{13}$, 287$_{10}$　④51$_7$, 341$_3$, 425$_1$, 465$_2$　⑤51$_3$, 65$_{10}$, 105$_{13}$, 157$_8$, 189$_{13}$, 263$_2$, 275$_9$, 295$_5$, 317$_{10}$, 323$_{10}$, 345$_3$, 351$_{12}$, 359$_7$, 363$_7$, 385$_{15}$, 397$_5$, 409$_{16}$, 461$_5$, 469$_7$, 473$_{15}$, 507$_2$　→鎮国衛驍騎将軍
中衛将監　②199$_6$　④21$_{10}$, 55$_7$, 179$_7$, 433$_{16}$　⑤441$_8$
中衛将曹　②199$_6$
中衛大将　②199$_6$, 375$_{11}$　③261$_2$, 285$_4$, 287$_9$, 303$_2$, 357$_2$, 399$_2$　④3$_2$, 27$_2$, 61$_2$, 105$_8$, 109$_2$, 149$_2$, 189$_2$, 247$_2$, 309$_2$, 315$_{10}$, 363$_2$, 419$_2$, 461$_{8\cdot 12}$　⑤3$_2$, 57$_2$, 63$_{12}$, 99$_4$, 101$_3$, 105$_{10}$, 121$_2$, 203$_{14}$, 225$_2$, 275$_{15}$, 287$_2$, 333$_{13}$, 357$_2$, 417$_2$, 445$_{6\cdot 12-14\cdot 16}$　→鎮国衛大尉

中衛大将を解く　④317$_{14}$
中衛中将　④73$_8$, 179$_5$, 341$_{3\cdot 9}$　⑤21$_{10}$, 53$_{11}$, 65$_9$, 139$_1$, 187$_2$, 233$_4$, 317$_9$, 351$_{2\cdot 5}$, 355$_5$, 363$_{13}$, 371$_{12}$, 405$_2$, 409$_9$, 411$_2$, 507$_4$
中衛の事　④287$_{15}$
中衛の舎人　③185$_1$
中衛府　②199$_5$　③167$_4$, 229$_5$, 287$_8$　④369$_{15}$　→鎮国衛
中衛府生　②199$_7$
中調者　③387$_{11}$
中科宿禰　⑤489$_{10}$
中外　⑤131$_{10}$
中外隔絶　⑤437$_{13}$
中外の事　⑤349$_3$
中間　③253$_5$　⑤21$_1$
中宮　②127$_8$, 129$_2$, 137$_{15}$, 157$_{15}$, 179$_2$, 183$_{9\cdot 15}$, 189$_1$, 203$_9$, 237$_{14}$, 243$_5$, 265$_{15}$, 273$_{15}$, 287$_5$, 333$_4$, 337$_5$, 347$_3$, 361$_3$　③17$_{13}$, 145$_8$　⑤307$_{16}$, 309$_{13}$, 395$_9$, 449$_8$, 451$_{12}$, 481$_{13}$, 485$_{4\cdot 7}$, 499$_{16}$
中宮院　③11$_{16}$, 409$_3$, 411$_{16}$　④21$_8$, 27$_{16}$, 185$_{13}$
中宮院を囲む　④43$_7$
中宮卿　③91$_3$, 125$_4$
中宮舎人　②183$_{12}$
中宮少進　②335$_{10}$　⑤187$_{12}$, 191$_{12}$, 229$_1$
中宮少輔　③91$_4$
中宮職　⑤187$_9$
中宮職の官人　②335$_9$
中宮職の舎人　②219$_2$
中宮職の奴　②403$_{16}$
中宮大進　⑤187$_{11}$, 261$_{11}$, 373$_8$
中宮大夫　②325$_7$　③327$_3$, 333$_5$, 421$_5$　⑤187$_{10}$, 231$_{2\cdot 7}$, 237$_{12}$, 243$_3$, 291$_{11}$, 295$_7$, 301$_7$, 317$_7$, 355$_3$, 363$_{14}$, 369$_1$, 397$_3$, 399$_3$, 401$_{7\cdot 14}$, 405$_{11}$
中宮大輔　③91$_3$
中宮の安殿　③105$_{11}$
中宮の供養院　②331$_{15}$
中宮の閤門　②361$_{15}$
中宮亮　②335$_{10}$, 427$_{12}$　③327$_3$　⑤187$_{11}$, 191$_1$, 251$_9$, 375$_{14}$, 423$_2$
中軍　⑤431$_4$
中郡　③353$_{15}$
中古　②61$_1$, 157$_5$
中功　③239$_{8\cdot 13}$, 241$_{7\cdot 12\cdot 14}$
中考に居り　②167$_{10}$
中興の号を受く　①131$_{10}$
中国　①19$_2$　②115$_{15}$, 201$_3$, 275$_2$　③19$_6$　⑤97$_{10\cdot 16}$, 281$_{10}$, 481$_1$
中・今に至るまで　①3$_{14}$, 127$_8$　②143$_5$　③67$_3$
中山寺（大和国）　③105$_{15}$

282

続日本紀索引

中山連 ③377$_2$
中使 ⑤75$_{2・6・9・13}$
中紫 ④421$_3$
中書門下の(勅)牒 ⑤73$_{14}$, 79$_8$
中傷 ④105$_{11}$
中臣伊勢朝臣 ④23$_5$
中臣伊勢朝臣子老 ④143$_7$ →伊勢朝臣子老
中臣伊勢朝臣老人〔中臣伊勢連老人〕④51$_5$ →伊勢朝臣老人
中臣伊勢連 ③47$_{16}$
中臣伊勢連大津〔伊勢直大津〕③79$_1$ ④145$_{11}$
中臣伊勢連老人 ④23$_{2・5}$ →中臣伊勢朝臣老人 →伊勢朝臣老人
中臣葛野連 ③59$_3$
中臣葛野連広江 ⑤25$_{13}$
中臣葛野連飯麻呂 ④29$_{14}$
中臣丸朝臣 ①117$_2$
中臣丸朝臣馬主 ⑤25$_7$, 141$_{16}$, 191$_7$, 397$_6$
中臣丸連浄兄 ⑤405$_8$
中臣丸連張弓 ③29$_4$, 49$_1$, 91$_1$, 147$_7$, 189$_8$, 335$_{12}$, 393$_{10}$, 425$_3$ ④51$_{13}$, 654, 117$_1$
中臣宮処連東人 ②205$_1$, 207$_{13}$, 341$_{15-16}$, 343$_2$
中臣氏 ①39$_7$
中臣志斐連 ①151$_{11}$ ②159$_3$
中臣酒人宿禰虫麻呂 ③139$_4$, 405$_{14}$
中臣習宜朝臣 ②55$_4$
中臣習宜朝臣阿曾麻呂 ①125$_2$, 181$_1$, 301$_2$, 383$_{14}$ →習宜朝臣阿曾麻呂
中臣習宜朝臣山守 ④65$_8$, 447$_3$
中臣習宜連笠麻呂 ②55$_3$
中臣小殿連真庭 ③5$_{10}$
中臣殖栗連豊日 ③49$_1$
中臣真麻伎 ④443$_8$
中臣(姓) ②375$_{16}$ ③159$_6$
中臣朝臣 ②211$_{14}$ ③195$_6$, 277$_4$
中臣朝臣伊加麻呂 ③399$_{11}$, 401$_9$, 443$_{5・7}$
中臣朝臣伊加麻呂が男 ③443$_6$
中臣朝臣意美麻呂 ①13$_3$, 21$_{10}$, 53$_{15}$, 87$_{10}$, 133$_{1・3}$, 139$_{14}$, 141$_{11}$, 165$_6$, 169$_{10}$ ③411$_4$
中臣朝臣益人 ③29$_2$, 31$_{13}$, 43$_{12}$, 75$_{13}$, 77$_1$, 91$_6$, 93$_{16}$, 143$_{1・11}$
中臣朝臣広見 ②129$_3$, 159$_{11}$, 221$_8$, 231$_3$, 243$_{11}$, 263$_5$
中臣朝臣子老 ④151$_{12}$, 191$_{15}$, 233$_6$ →大中臣朝臣子老
中臣朝臣楫取 ③327$_{11}$
中臣朝臣松成 ⑤87$_4$
中臣朝臣常 ④41$_4$, 195$_{11}$, 377$_{14}$, 399$_7$, 425$_9$ ⑤61$_2$, 277$_6$, 315$_{14}$, 383$_8$, 415$_1$, 423$_{13}$, 429$_{15}$, 459$_1$
中臣朝臣真助 ③443$_{6-7}$
中臣朝臣真敷 ③59$_9$
中臣朝臣人足 ①111$_3$, 143$_{16}$, 167$_1$, 223$_1$ ②9$_4$, 21$_{13}$, 33$_{16}$
中臣朝臣清麻呂 ②425$_3$, 427$_{10}$ ③43$_{13}$, 111$_1$, 141$_{12}$, 145$_3$, 189$_3$, 319$_{13}$, 399$_8$, 411$_{14}$, 417$_4$, 421$_2$, 429$_{16}$ ⑤3$_7$, 23$_{15}$, 67$_8$, 93$_6$, 101$_{13}$, 191$_{13}$, 245$_3$ →大中臣朝臣清麻呂
中臣朝臣石根 ③321$_5$
中臣朝臣石木 ①53$_{16}$, 93$_2$
中臣朝臣宅守 ②365$_9$ ③419$_7$
中臣朝臣池守 ②283$_1$ ⑤5$_2$, 71$_1$
中臣朝臣竹成 ④25$_8$
中臣朝臣東人 ①167$_3$ ②47$_6$, 65$_{15}$, 79$_{15}$, 145$_{12}$, 165$_{11}$, 263$_{14}$, 267$_{14}$
中臣朝臣の六位已下 ③277$_5$
中臣朝臣必登(比登) ⑤213$_6$, 373$_6$, 379$_6$
中臣朝臣麻呂 ③189$_{10}$
中臣朝臣名代 ②197$_4$, 209$_{10}$, 259$_{16}$, 267$_{15}$, 303$_{10}$, 305$_1$, 325$_4$, 341$_3$, 385$_{14}$ ③17$_2$
中臣朝臣毛人 ②267$_{10}$, 331$_{10}$, 415$_{11}$ ④3$_{10}$
中臣朝臣鷹主 ④407$_6$, 411$_{10}$, 425$_6$ ④19$_6$, 401$_{15}$ ⑤189$_6$, 233$_1$, 257$_{12}$, 275$_6$, 321$_{10}$, 493$_3$
中臣殿来連竹田売 ③121$_4$
中臣の遠祖 ⑤205$_{14}$
中臣部 ③23$_{16}$
中臣部加比 ①151$_{11}$
中臣部干稲麻呂 ③59$_3$
中臣片岡連五百千麻呂 ④41$_{11}$
中臣卜部 ③105$_9$
中臣熊凝朝臣 ②55$_4$
中臣熊凝朝臣五百嶋 ②331$_4$, 333$_{11}$, 343$_{13}$, 345$_3$, 405$_{11}$ ③15$_{15}$
中臣熊凝連古麻呂 ②55$_3$
中臣栗原連 ⑤207$_2$
中臣栗原連子公〔栗原勝子公〕⑤377$_7$, 385$_{14}$, 399$_7$, 451$_1$, 463$_{10}$
中臣連国子 ⑤411$_4$
中臣鹿嶋連 ③23$_{16}$
中臣鹿嶋連大宗 ⑤157$_{13}$
中臣を除く ③13$_6$
中人 ③29$_2$
中壬生門の西 ④119$_{16}$
中瑞 ④217$_1$
中瑞に合ふ ④285$_6$
中井(姓) ⑤437$_8$
中村王 ④149$_{14}$
中第 ①43$_7$

ちゆう(中)

283

続日本紀索引

ちゅう（中・仲・虫・沖・忠）

中臺（紫微中臺）　③269$_3$, 271$_{13}$
中臺（省）（渤海）　③331$_{14}$
中男　②39$_2$　③45$_{1-2}$, 183$_4$, 257$_{1-2}$
中男作物　④47$_6$
中男の正調　②39$_4$
中断　⑤79$_1$
中々以上の戸の粟　①101$_6$
中朝　②229$_{10}$
中つ天皇　④257$_6$
中田　②227$_{15}$
中田を以て上田に換ふ　②227$_{10}$
中途　③431$_{13}$　⑤429$_{12}$
中等　①227$_2$　②167$_{10\cdot 12}$, 181$_6$, 187$_7$, 261$_{14}$
中等に居り　②167$_{11}$
中等を得たる人　②261$_{15}$
中嶋郡（尾張国）　④247$_{11}$, 251$_4$
中嶋郡（尾張国）の人　⑤193$_3$
中に居り　③285$_{11}$
中に侍り　②399$_{16}$
中の門（難波宮）　②439$_{13}$
中納言　①37$_{13}$, 39$_1$, 87$_{2\cdot 10}$, 133$_4$, 139$_{13}$, 169$_9$, 211$_{15}$, 229$_9$　②191$_1$, 23$_3$, 43$_4$, 67$_{11}$, 73$_{15}$, 81$_8$, 85$_1$, 93$_7$, 152$_{2-3\cdot 6}$, 183$_{14}$, 205$_9$, 209$_{13}$, 225$_{7\cdot 11}$, 255$_{12\cdot 15}$, 287$_7$, 295$_{15}$, 297$_{12}$, 323$_7$, 329$_5$, 339$_1$, 353$_5$, 425$_8$, 429$_{14}$, 437$_9$　③15$_2$, 17$_{10}$, 25$_{5-6}$, 75$_{11}$, 83$_{14}$, 87$_{13}$, 91$_4$, 107$_{10}$, 125$_{11}$, 131$_1$, 151$_{12}$, 171$_6$, 187$_3$, 201$_9$, 203$_1$, 213$_7$, 221$_{7\cdot 9}$, 261$_{10}$, 285$_7$, 323$_{10}$, 339$_5$, 341$_{13-14}$, 375$_{6\cdot 16}$, 379$_{12}$, 399$_{13}$, 413$_{11}$, 417$_{2\cdot 7}$　④19$_5$, 105$_9$, 109$_{11-12}$, 115$_5$, 139$_{12}$, 169$_1$, 191$_{13}$, 287$_{10}$, 331$_{5\cdot 12}$, 337$_{13}$, 347$_6$, 355$_{12}$, 387$_{14}$, 413$_{13}$, 461$_8$　⑤491$_{\cdot 3\cdot 8}$, 93$_{16}$, 95$_{11}$, 105$_9$, 113$_{13}$, 117$_{10\cdot 15}$, 127$_{13\cdot 15}$, 141$_9$, 181$_1$, 185$_{12}$, 199$_{9\cdot 13}$, 205$_9$, 207$_{16}$, 243$_2$, 265$_{10}$, 275$_{15}$, 277$_1$, 289$_7$, 297$_9$, 299$_4$, 323$_{12}$, 337$_6$, 345$_{10}$, 347$_{2\cdot 11}$, 349$_{2\cdot 6\cdot 15}$, 355$_3$, 363$_{13}$, 365$_1$, 369$_1$, 371$_{13}$, 379$_{12}$, 389$_{10}$, 395$_{7\cdot 16}$, 405$_{1-2}$, 407$_{5\cdot 14}$, 409$_{10}$, 411$_{4\cdot 10}$, 443$_4$, 445$_{12}$, 451$_{2\cdot 16}$, 455$_8$, 489$_{11}$
中納言に准ふ　③375$_5$
中納言の官　①39$_2$
中納言の官を罷む　①39$_2$
中納言を解く　③221$_{11}$
中務員外少輔　④325$_{10}$, 377$_{12}$, 439$_{15}$　⑤27$_{14}$
中務卿　①91$_7$, 211$_{15}$, 229$_{10}$　②73$_{15}$, 99$_{12}$, 227$_3$, 409$_4$　③65$_{16}$, 107$_{10}$, 135$_{14}$, 159$_8$, 177$_{15}$, 251$_{10}$, 285$_7$　④105$_8$, 229$_9$, 331$_{12}$, 337$_{13}$, 399$_{11}$, 425$_2$, 439$_{14}$　⑤49$_9$, 105$_8$, 119$_5$, 139$_7$, 181$_1$, 185$_{13}$, 277$_{1\cdot 13}$, 295$_8$, 337$_6$, 355$_3$, 379$_{13}$, 405$_1$, 409$_{11}$
中務少丞　②163$_{16}$　④43$_5$
中務少輔　②343$_5$, 395$_5$, 427$_{12}$　③351$_5$　④159$_3$

191$_{15}$, 223$_2$, 305$_{7\cdot 9}$, 377$_{12}$, 439$_{14}$　⑤71$_2$, 111$_{10}$, 271$_4$, 71$_6$, 231$_9$, 293$_2$, 351$_6$, 379$_6$, 421$_8$, 503$_6$
中務省　①59$_{11}$, 205$_{16}$　③285$_{13}$　→信部省
中務大輔　②343$_5$, 345$_{15}$　③33$_5$, 119$_1$　④53$_{11}$, 159$_2$, 223$_1$, 249$_4$, 301$_3$, 305$_6$, 369$_{16}$, 391$_1$　⑤119$_2$, 271$_3$, 63$_1$, 89$_{14}$, 231$_8$, 263$_{12}$, 299$_2$, 301$_6$, 305$_7$, 339$_{11}$, 351$_1$, 399$_2$
中務大録　⑤405$_8$
中務南院　③129$_5$
中務の監物　④101$_7$
中門　①223$_6$　②151$_3$
中野造　③377$_8$
中律師　④129$_3$, 393$_{11}$
中流　②149$_5$　③105$_{10}$
中路　⑤271$_7$
中路に准ふ　④197$_{14}$
仲江王〔完人建麻呂〕　⑤241$_1$
仲津郡（豊前国）　②369$_8$
仲津郡擬少領　②369$_8$
仲真人石伴　③319$_{11}$, 347$_2$, 391$_{16}$, 393$_3$　④7$_4$
仲真人石伴を斬る　④37$_{15}$
虫　①199$_1$　③271$_8$
虫の彫り成す文十六字　③249$_1$
沖虚を守る　④37$_4$
忠　③385$_6$
忠概の餘封　④83$_1$
忠款の懇誠　③133$_{10}$
忠義を尽す　⑤279$_7$
忠勤　②75$_3$　⑤113$_8$
忠しき情を蓄さず　②91$_2$
忠しく浄き名を顕す　④263$_8$
忠事　②169$_{10}$
忠浄　①141$_6$
忠臣　②377$_{15}$　③341$_{15}$　⑤67$_{10}$, 83$_{15}$, 277$_{15}$
忠臣義士　②371$_8$
忠臣として侍り　④87$_5$
忠信に副ふ　④363$_{16}$
忠信の礼　③365$_8$
忠正　②85$_{12}$
忠誠　⑤131$_5$
忠誠の至　②307$_5$, 353$_2$
忠赤　③283$_8$
忠に赤き誠　②265$_{12}$
忠武将軍（渤海）　②361$_{13}$
忠明之誠を以て　⑤181$_{14}$
忠勇　①157$_{12}$, 183$_1$　⑤145$_8$
忠を以て君に事ふ　②85$_8$
忠を為す　②307$_3$
忠を嘉す　②307$_3$

284

続日本紀索引

忠を懐ふ　④81₁₂
忠を尽さしむ　③361₁₄
忠を尽す　②305₁₁, 307₁₃　③181₁₂, 245₃, 249₄, 321₁₃
忠を輸す　③241₁₀
抽く　②251₁₅, 315₇
抽出す　⑤431₄
注　⑤495₁₅
注さず　④371₁₂
注す　②167₁₂, 419₅　③135₅　④213₉, 293₃　⑤99₉₋₁₀, 251₁₅, 253₁₀, 341₃, 385₇, 509₂
冑　③403₅・₁₁　⑤467₆
昼に思ひ夜に想ひ　③223₉
昼に太白と歳星と芒角相合ふ　②163₁₁
昼も夜も倦み怠ること無く　④137₂
昼も夜も念し持ちて在れ　④261₄
昼夜　①103₆　②169₃　③163₁₅　④33₄
柱を樹つ　④119₁₆
厨　③359₄・₆
厨真人厨女〔不破内親王〕　④239₈, 241₆, 247₅, 395₁₂　⇒不破内親王
厨物　⑤157₃
誅す　④31₃, 87₃, 299₁₀
誅に伏す　④57₁, 105₁₆, 375₁₃, 461₂
誅に伏ふ　②207₁
誅罰　②73₁₆
誅戮　④143₁₄　⑤145₇
誅戮に伏す　④49₁₁, 61₄
誅を通ふ　⑤165₄, 477₁₅
鋳　①141₁₅, 215₁₂
鋳工　④129₁₅, 131₁, 443₆
鋳銭　②17₁, 231₁₃　③115₁₃, 137₈, 145₁, 151₇, 155₈, 157₁₄, 285₃　④27₇
鋳銭員外次官　④155₆
鋳銭司　①21₁₀　②297₁₁, 333₃　③9₄　④147₂　⑤235₉, 475₁₆
鋳銭司長官　①21₁₁
鋳銭次官　③373₃　④201₁₅, 347₇, 441₃　⑤51₃
鋳銭人の首　③39₁₀
鋳銭長官　②397₃　③193₁₁, 423₆　④201₁₄　⑤21₁₀, 233₁, 477₁₂
鋳銭部　④187₁
鋳像　⑤133₉
鋳の徒　②297₇
鋳る　①147₅　④91₁₁, 129₁₂, 349₁₀
籌略有り　④461₇
黜けらる　④331₉
黜降　⑤195₄
黜陟　①197₁₃　②11₄, 57₁₃, 445₉・₁₅　③293₂・₅　⑤197₁₁
佇みて望む　②359₁
佇りて待つ　⑤147₁₁
猪　②101₁₁, 239₁₃, 259₁₂　③257₈
猪名(為奈)王　④345₁₀, 349₁₄　→山辺真人猪名
猪名真人石楯　②65₁₆
猪名真人石前　①71₁₂, 79₇, 133₉, 165₈, 207₁₄
猪名真人大村　①73₁₀, 95₁₄
猪名真人馬養　⇒為名真人馬養
猪名真人法麻呂　②71₅, 251₅
猪名部王¹　③111₁₀
猪名部王²　③233₃
猪名部王¹の男　③111₁₀
猪名部百世　④153₇
猪名部文麻呂　④239₂
紵布　④183₁₂
著し述ぶ　②447₁₄
著し了る　①191₈
著せる詩賦　⑤201₁
著明　②269₅
著らかに聞ゆる者　②179₉
著る　②277₁₆
著れ聞ゆ　④191₇
貯積　②209₅
貯ひ納む　④111₉, 125₇
貯ふ　①189₅　③331₄, 363₇
貯へ積む　②91₇
貯へ置く　④41₈
貯へ備ふ　②71₅
貯み蓄ふ　②327₁₀
儲宮に在しまししとき　⑤465₁₅, 473₇
儲く　①209₁₄
儲け賜へる　④383₇
儲けず　⑤161₃
儲け積む　②123₁₁
儲けて着す　②21₃
儲け備ふ　①101₅, 209₁₆
儲士　②279₁₁
儲蓄有り　⑤135₁
儲弐とありし日　③353₅, 415₆
儲備　③299₁₅
儲法　③191₆
儲有り　③391₉　⑤367₆
儲粮　②119₄
儲を闕く　⑤157₄
弔ふ(吊ふ)　②295₇　③305₁₅　④115₅, 401₁₅, 413₁₃, 415₁₄　⑤414, 49₄
弔賻(吊賻)　①17₁₄・₁₆, 23₃, 27₁₃, 43₁₂, 69₁₁・₁₄,

ちゆう―ちよう（忠・抽・注・冑・昼・柱・厨・誅・鋳・籌・黜・佇・猪・紵・著・貯・儲・弔）

ちょう（弔・庁・兆・町・帖・長）

73_1, 163_{11}　②$25_4$　③$413_5$　④$319_4$, 331_{14}, 387_{16}, 437_2, 461_{14}
弔贈(吊贈)の礼　②$79_3$
庁　⑤$35_5$
庁(皇后宮)の上　⑤$327_6$
庁の前　②$191_7$　⑤$217_{16}$
兆庶　②$281_{14}$
兆庶の具瞻　③$81_2$
兆民　③$21_6$, 55_9, 237_{15}, 243_{12}, 309_{16}　④$405_8$
兆民快楽　③$83_{10}$　④$149_7$
兆民子来の心　④$205_3$
町　①$39_5$, 47_{10}, 67_{3-4}, 73_7, 83_{15}, 85_{15}, 107_6, 155_1, $211_{7\cdot 9}$　②$59_{11}$, 95_{16}, 97_1, 111_{16}, 113_1, 117_{11}, 149_{13}, 159_{15}, 261_{14}, 283_{6-7}, 291_{12}, 299_{15}, 391_4, 425_{13-14}, 435_9, 441_9　③$7_8$, 51_{3-4}, 81_{16}, 83_{2-4}, $89_{3\cdot 5}$, 103_{10-11}, 153_{11}, 227_{16}, $229_{6\cdot 11}$, 233_6, 237_{10}, $239_{2\cdot 10\cdot 13\cdot 16}$, $241_{1\cdot 4\cdot 8\cdot 10\cdot 13\cdot 15}$, $243_{2\cdot 5-6}$, 285_3, 337_4, 381_{9-10}, 433_8　④$27_6$, $77_{9\cdot 12-13}$, 111_{15-16}, 133_5, 161_3, 163_{12-13}, 179_{13}, 185_5, 203_{1-2}, 217_{12-13}, $221_{3\cdot 7}$, $247_{5\cdot 14}$, 325_9, 353_2, 405_7, 415_{7-8}　⑤$43_5$, 141_{15}, 207_6, 297_7, 301_3, 369_5
町段　②$229_6$
帖　③$307_4$
長　①$209_{10}$　④$443_5$
長暑初めて昇る　⑤$393_8$
長安(城)(唐)　⑤$75_1$, 79_9
長安(唐)　⑤$79_8$
長住の徒　④$321_{16}$
長屋王　①$75_{11}$, 157_7, 161_{15}, 207_4　②$71_4$, 25_3, 43_2, 81_7, $83_{10\cdot 16}$, 93_7, 103_7, 105_{13}, 119_{10}, $145_{1\cdot 3}$, 147_{13}, 179_4, $205_{2\cdot 11-16}$, $207_{2-3\cdot 7}$, 341_{16}, 343_1　③$441_{10}$
長屋王の家内の人等　②$205_{13}$
長屋王の昆弟　②$207_{10}$
長屋王の子　③$441_9$
長屋王の子孫　②$207_{10}$
長屋王の姉妹　②$207_{10\cdot 15}$
長屋王の屍　②$205_{14}$
長屋王の事　②$207_{12}$, 343_2
長屋王の室　②$205_{11}$
長屋王の女　③$441_{12}$　④$445_4$
長屋王の妾ら　②$207_{10}$
長屋王の宅　②$205_{6\cdot 10}$
長屋王の男　②$205_{11}$　③$441_{10}$
長屋王の男女　②$207_{15}$
長屋王の弟　②$207_{9\cdot 15}$
長下郡(遠江国)　①$229_6$
長官　①$171_9$　②$37_7$, 51_6, 77_9, 219_{13}, 235_{14}, 349_8

③$235_{12}$, 375_8
長官以下　⑤$151_6$
長久　③$115_{10}$
長久平好　①$141_1$
長丘連　②$151_{14}$　⑤$23_4$
長狭郡(上総国・安房国)　②$45_7$
長く違ふ　⑤$221_2$
長く遠く仕へ奉れ　②$423_3$
長く禁む　②$283_1$　③$9_3$
長く坐して(歌謡)　②$421_{13}$
長く施す　③$279_{15}$
長く承ぐ　③$23_6$
長く扇ぐ　⑤$127_2$
長く全く在る可き政　④$383_9$
長く伝はらしむ　③$231_{10}$
長く役ふ　③$9_4$
長く養ふ　⑤$165_{15}$
長岡王　④$349_{12}$
長岡忌寸　⑤$43_{12}$
長岡宮(山背国)　⑤$299_{13}$, 303_{14}, 307_{15}, 507_{13}
長岡宮(山背国)を造る　⑤$299_{13}$
長岡宮(山背国)を造るに預る　⑤$313_4$
長岡京(山背国)　⑤$305_4$
長岡京(山背国)の市の人　⑤$369_{13}$
長岡郡(陸奥国)　⑤$441_{13}$
長岡(山背国)　③$349_4$, 413_6
長岡(大和国)　④$93_{11}$
長岡山陵(山背国)　⑤$465_{13}$
長岡村(山背国)　⑤$297_{13}$
長岡村の百姓　⑤$329_3$
長岡朝臣　⑤$379_5$
長岡野　①$203_1$
長岡(陸奥国)　⑤$129_{16}$
長谷寺(大和国)　④$221_3$
長谷真人於保　④$207_{11}$, 347_1, 367_5　→文室真人於保
長谷旦倉朝廷　⇒泊瀬朝倉朝廷
長谷旦倉朝庭　⑤$309_9$
長谷部公真子　④$69_5$
長谷部内親王　①$223_4$　②$311_5$, 391_{10}
長谷部文選　④$215_5$, 217_6
長谷部木麻呂　④$65_{13}$
長さ　①$233_7$　②$117_3$, 135_{12}, 201_{13}, 213_{15}, 301_{8-9}, 405_{14}, 427_6, 431_2　③$19_1$, 21_9, 387_{12}　④$263_{14}$　⑤$207_5$, 251_{12}, 297_6, 319_{13}
長史　⑤$73_{11}$
長沼造　③$377_6$
長上　②$307_6$　③$109_7$　⑤$243_{13}$
長上官　①$99_4$　④$57_{2-3}$

続日本紀索引

長上工以下 ④$157_4$
長上に准ふ ①$47_3$
長上の官に任する者 ②$173_{15}$
長上の例に入る ①$77_{12}$
長津王 ④$345_{11}$ ⑤$357_6$, 399_8, 495_8
長井忌寸 ⑤$369_4$
長壮 ③$179_8$
長蔵 ⑤$243_{12}$
長大 ⑤$445_8$
長短 ②$37_{13}$
長短広闊の法 ②$39_6$
長短の法 ②$25_{16}$
長直 ④$407_{5-6}$
長直救夫 ④$407_6$
長田王[1] ①$165_6$, 225_6 ②$71_4$, 212, 145_7, 209_4, 227_4, 265_3, 275_{14}, 323_7
長田王[2] ②$287_{12}$, 379_7, 395_{14}
長田郡(遠江国) ①$147_{12}$
長田朝臣太麻呂 ①$189_{11}$
長田朝臣多祁留 ①$189_{11}$
長嶋王 ③$77_7$
長嶋(備前国) ③$303_{12}$
長(那我)親王 ①$77_4$, 207_3, 231_2
長親王の子 ③$135_{15}$ ④$319_1$
長親王の第七の子 ⑤$163_8$
長親王の女 ④$95_{15}$
長背連 ③$253_{13}$
長発 ⑤$393_{15}$
長費 ④$407_7$
長費人立 ④$407_5$
長尾王 ④$151_1$
長尾忌寸金村 ④$329_1$, 429_{10} ⑤$241_7$, 357_{11}
長柄女王 ③$41_8$ ④$365_4$
長門按察使 ②$101_{15}$
長門介 ④$223_9$
長門国 ①$131_2$, 29_{11}, 49_4, 87_{12} ②$273_{16}$, 323_{10}, 367_{11}, 369_1 ③$169_{14}$ ④$163_7$, 199_7, 205_6 ⑤$53_2$, 149_2
長門国言さく ①$139_6$
長門国守 ③$45_{11}$
長門国より以還 ②$293_{13}$
長門守 ①$53_3$, 135_{12} ②$31_2$ ③$25_{12}$, 43_6, 103_{16}, 425_3 ④$179_9$, 305_{11}, 351_9 ⑤$117_2$, 139_5, 295_1, 349_{14}, 423_{11}, 483_{14}
長門の鋳銭(司) ②$231_{13}$
長野村(肥前国) ②$377_3$
長野連公足(君足) ②$335_{13}$, 381_{14}, 389_{13}, 403_2
長幼の序 ③$63_9$
長瀬隄(河内国) ③$411_2$

長瀬連広足〔狛連広足〕 ④$67_1$ ⑤$9_3$, 11_{12}
→広野連君足
長楽駅(唐) ⑤$93_1$
長り ②$369_{14}$
長老 ④$281_3$ ⑤$277_{14}$
長を争ふ ④$15_1$
挑文師 ①$169_8$
冢墓 ⑤$311_{16}$
帳 ①$213_4$
帳字 ⑤$275_{10}$
帳内 ①$167_{9-10}$, 169_1, 187_{15} ②$117_4$, 195_{12}, 205_{13}
帳内に用ゐる ①$161_9$
帳に附く ⑤$103_{13}$, 481_2
帳を立つ ①$213_5$
張 ①$53_{10}$, 55_6, 77_{16} ②$17_7$, 189_{10}, 289_{6-7}, 359_9
張元澗(唐) ③$297_{13}$
張敞(漢) ③$245_2$
張仙寿(渤海) ⑤$83_{14}$, $851_{3\cdot6\cdot7}$
張道光(唐) ⑤$299_{14}$
張り設く ①$169_{11}$
張禄満 ④$41_9$
彫萎 ⑤$205_7$
彫喪 ④$299_{11}$
彫弊 ⑤$213_3$, 73_{12}, 235_6, 271_{16}, 307_7
彫み枯る ①$29_{11}$
悵望 ⑤$95_{13}$
悵恋するに勝へず ⑤$97_1$
頂き荷しむ ②$421_1$
頂に恐る ②$223_{14}$
頂に受け給はり ③$315_{11}$ ④$173_{14}$
頂に受け賜はり ④$261_7$
頂に受け賜はり恐み ②$141_{15}$ ③$265_4$ ④$311_9$ ⑤$181_8$
頂に受け賜はり恐り ③$85_{15}$
鳥取部与曽布 ④$65_{11}$
鳥取連大分 ④$65_{14}$, 269_9
鳥獣 ④$215_{10}$
鳥井宿禰 ⑤$35_2$
鳥池の塘 ②$191_2$
鳥のごとく散る ⑤$273_4$
鳥は獲易し ④$283_{13}$
鳥坂寺(河内国) ③$157_4$
朝 ①$137_{16}$ ③$133_{14}$ ④$423_{14}$ ⑤$13_9$
朝夷郡(上総国・安房国) ②$45_6$
朝委称はず ①$131_{12}$
朝委に乖く ⑤$115_{15}$, 193_{15}, 365_{13}
朝委に副ふ ③$309_{13}$
朝委を奉けたまはり ④$463_{11}$
朝威を仮る ④$373_1$

ちょう(長・挑・冢・帳・張・彫・悵・頂・鳥・朝)

287

続日本紀索引

ちょう（朝）

朝恩　⑤95$_6$, 119$_3$
朝賀　②187$_{16}$, 359$_{13}$, 401$_{12}$, 415$_7$　③139$_{11}$　⑤83$_{14}$
朝会の日　①51$_8$, 233$_{12}$
朝儀　⑤411$_{14}$
朝儀の礼　①13$_5$
朝議　④121$_{13}$
朝議平章　③375$_{13}$
朝見　⑤93$_{13}$
朝憲　②95$_{14}$
朝憲を畏れぬ　⑤165$_{14}$
朝原忌寸　⑤23$_3$
朝原忌寸道永　⑤213$_{15}$, 227$_{12}$, 247$_{14}$, 283$_4$, 291$_{10}$, 343$_{11}$, 355$_4$, 383$_{13}$
朝原内親王　⑤345$_9$, 347$_6$
朝貢　①109$_2$, 219$_{10}$　②133$_5$, 187$_{12}$　③139$_{13}$, 363$_{11}$, 427$_{11}$　⑤149$_{16}$　→貢、来貢、来朝
朝貢使　⑤93$_2$
朝貢相続ぐ　④371$_7$
朝衡〔阿倍朝臣仲麻呂〕　④275$_{11}$, 459$_{12}$
朝座　④451$_8$
朝座に就く　⑤373$_4$
朝妻金作河麻呂　②81$_{13\cdot 14}$
朝妻金作大歳　②81$_{12\cdot 13}$　→池上君大歳
朝妻金作大歳の男女　②81$_{13}$
朝妻手人竜麻呂　②63$_{15}$
朝妻造綿売　④221$_6$
朝宰　①19$_1$
朝祭の服　③225$_5$
朝参　①113$_{10}$　④409$_{10}$, 435$_{14}$
朝旨に乖く　⑤339$_{12}$
朝使　⑤83$_8$
朝集　④281$_{16}$
朝集使　①181$_{12}$, 225$_{11}$　②149$_7$, 269$_{15}$, 437$_9$　③403$_{15}$
朝集使等　②297$_{12}$
朝集使に附(付)く　①181$_{11}$　②289$_{16}$　④131$_{15}$
朝集使の主典已上　②209$_2$
朝章　⑤167$_5$
朝賞　③361$_6$
朝臣　②305$_{13}$　④407$_9$　⑤447$_{11}$, 497$_6$
朝臣を取りて字を立つ　④201$_9$
朝する所　②157$_4$
朝せず　⑤131$_{12}$
朝政　①57$_6$　②35$_1$, 59$_3$, 109$_3$
朝夕　①253$_1$　③161$_3$
朝夕と朕に従ひ　⑤177$_{12}$
朝夕に在り　②371$_2$
朝倉君時　②311$_{13}$　③5$_{10}$
朝倉公家長　⑤395$_3$

朝庁　②211$_{15}$
朝聴に聞ゆ　②49$_2$
朝廷　①93$_{11}$　②35$_3$, 109$_7$
朝廷に返し奉る　③153$_{12}$
朝廷に奉侍らむ　④109$_8$
朝廷の儀式　②133$_9$
朝廷を動かし傾けむ　④79$_9$
朝庭　①51$_5$　②89$_{13}$, 305$_7$, 373$_{11}$, 401$_2$　③63$_5$, 209$_9$, 269$_{11}$, 341$_8$, 435$_{13}$　④316, 55$_{15}$, 157$_9$, 297$_5$　⑤289$_{14}$
朝庭安寧　③257$_{16}$
朝庭に帰す　④143$_{14}$
朝庭に仕へ奉れ　③219$_6$
朝庭に召さず　④409$_{16}$
朝庭に奉侍らむ状　④257$_7$
朝庭に奉る　③123$_{10}$
朝庭の儀　②331$_{16}$
朝庭の咎　④45$_{11}$
朝庭の御奴と奉仕らしめ　④89$_{15}$
朝庭の護り　④101$_{16}$
朝庭の勢力を得て　④31$_{13}$
朝庭無事　③28$_{14}$
朝庭乱す人　②373$_7$
朝庭を捍む　②373$_8$
朝庭を傾く　⑤227$_7$
朝庭を傾け奉り　④241$_7$
朝庭を護り仕へ奉るを見る　④33$_4$
朝庭を護り奉える　④63$_{11}$
朝庭を助け奉り　④139$_6$
朝庭を動かし傾けむ　④87$_5$
朝庭を誹謗す　③161$_5$
朝堂　①33$_{14}$, 85$_5$, 93$_{12}$, 149$_{14}$　②7$_{13}$, 133$_{16}$, 157$_{12\cdot 13}$, 169$_2$, 177$_7$, 185$_1$, 203$_{10}$, 213$_{14}$, 257$_8$, 265$_{16}$, 273$_{16}$, 287$_6$, 337$_6$, 359$_{16}$, 361$_{10}$, 435$_{4\cdot 11}$　③7$_1$, 53$_1$, 123$_9$, 133$_3$, 223$_7$, 295$_6$, 305$_8$, 347$_6$, 409$_6$, 425$_{12}$　④227$_{15}$, 327$_7$, 357$_{13}$, 369$_{1\cdot 3}$, 421$_6$, 463$_4$　⑤15$_{10}$, 27$_1$, 57$_6$, 85$_{6\cdot 11}$, 93$_{16}$, 123$_{8\cdot 12}$, 259$_7$, 289$_4$, 335$_9$
朝堂に詣づ　③185$_{11}$, 269$_3$, 271$_{16}$
朝に堪へぬ者　②203$_{13}$
朝に帰す　④127$_7$
朝に向ひて　③281$_{12}$　④201$_8$, 431$_{13}$
朝に斑ふ　④289$_{11}$
朝に臨みたまふ　②159$_8$, 273$_1$, 297$_{12}$, 299$_6$, 305$_1$, 311$_1$, 391$_{11}$
朝日連　③377$_9$, 381$_7$
朝服　①51$_{13}$, 95$_{12}$, 101$_{15}$　②21$_3$, 51$_{14}$, 171$_{10}$　④161$_9$
朝服の袋　②21$_3$

続日本紀索引

朝聘　②187₁₃　③363₁₅　④409₇　⑤39₁₂
朝聘の恒式　③133₁₀
朝聘の路　③427₂
朝法　④361₄
朝命を捍まず　②373₇
朝明郡(伊勢国)　②381₅
朝野　②171₁₄
朝野宿禰　⑤487₁₃・₁₅
朝右を空しくすること勿かれ　④317₁₄
朝来直賀須夜　②23₁, 85₄
朝礼　④113₁₆
朝を受く　③139₁₁
朝を受けたまはず　②109₅
朝を受けたまふ　①7₁₆, 33₅, 51₁₂, 75₉, 93₁₀,
　159₅, 221₃　②51₁₂, 137₁₅, 177₆, 229₁₀, 255₈,
　385₅, 401₁₃　③101₆, 303₅, 337₁₁, 417₁₁　④61₅,
　189₅, 227₇, 327₁, 363₅, 397₈　⑤83₁₃, 121₆, 313₇
朝を拝す　④19₁₅　→拝朝
朝を罷む　①65₅　②71₃, 51₁₁, 79₃, 137₁₄, 177₅,
　187₁₅, 201₁₀, 229₉, 323₅, 435₄　③35₁, 19₁₃, 39₅,
　51₁₆, 61₃, 129₅, 153₄, 175₅, 369₁₁, 399₅　④227₂
　⑤57₅, 69₇, 121₅, 255₈, 485₁₂
朝を寵む　②25₃
朝を聘ふ　②357₁₃
甌玉大魚売　③107₂
貂の皮　②189₁₀
超え授く(位)　④125₁₀
超え出づ　⑤201₉
超群に給ふ　②229₄
牒　③331₁₄　④17₉, 19₂　⑤73₁₄　→勅牒, 麻牒
牒す　②47₁₁　⑤77₄, 435₁₀
牒を下す日　⑤43₁
牒を得　④19₂
誂ひ求むる者　②195₁₁
誂へて云はく　③215₁₅
跳び梁ぬ　⑤327₆
徴　④311₁, 331₂
徴験　①57₁₄　③181₅
徴し還さる　⑤265₆
徴し求む　⑤253₁₃
徴し召く　⑤499₁
徴し填む　⑤481₂
徴し填めしむ　③19₁₀
徴し入る　⑤359₈, 407₉
徴し納るる者　⑤413₁₂
徴し発す　①91₁₀　③295₁₄　⑤151₂, 477₂
徴し発つ　⑤273₈, 413₆
徴し免す　④397₃
徴収を勤めず　⑤387₃

徴祥　⑤249₅
徴す　①157₄　②387₁　③7₁₂, 167₁₄, 333₆　④199₄,
　305₁, 353₁
徴発(徴り発す)　②207₁₂, 365₁₆, 369₇, 375₇　④
　17₁₄　⑤135₁₄, 323₁₄, 479₃
徴らしむ　③297₁₄
徴り索む　②69₁₂
徴り収む　⑤117₁
徴り納む　④75₁₁　⑤465₁₀
徴り納めしむ　②69₂
徴り発さしむ　①149₁
徴る　①227₁₆　②211₁₂
徴ることを致す　②69₇
徴を騰ぐ　⑤393₇
肇めて　⑤193₁₂
肇めて啓く　⑤481₁₅
趙宝英(唐)　⑤75₆・₁₁, 79₁₀・₁₃, 81₄, 83₆, 89₂
澄什(仏図澄・鳩摩羅什)　②63₈
澄める川かも(歌謡)　④279₃
潮水　③135₁₀
潮漲る　①47₁₆
潮に遭ひし諸郡　③137₁
調　①41₁₄, 49₁₃・₁₅, 63₃, 79₅, 123₁₆, 129₁₀, 143₁₁,
　157₆, 187₆, 205₆, 211₁₋₂, 217₉　②25₁₆, 37₁₀, 39₇,
　69₁₆, 71₂, 91₁₀, 97₆, 115₁₆, 255₆, 261₁₁, 277₈,
　313₁₃, 351₁₀, 397₇, 399₂, 419₅, 431₆, 433₇, 435₈
　③23₂, 35₇, 79₉・₁₁, 105₇, 117₁₁, 147₁₂, 225₁₃,
　249₁₁, 293₁₃, 309₆₋₇, 363₈, 367₆, 371₁₁　④45₉,
　71₄, 77₂, 95₆₋₇, 99₆, 125₄, 217₄, 219₇, 267₁₂,
　391₅, 423₁₄, 463₉　⑤19₈, 45₁₃, 117₄, 137₃,
　237₂₋₄, 375₆
調阿気麻呂　③377₈
調忌寸　⑤333₁₁
調忌寸(伊美伎)老人　①29₈, 49₅　③239₁₄
調忌寸(伊美伎)老人が男　①67₃
調忌寸古麻呂　②87₁
調脚　③311₁₃
調使王　④149₁₃　⑤213₃, 231₁₀, 237₁₀, 263₃,
　429₁₃, 473₉, 495₁₀
調使部　④293₈
調習　③397₁
調宿禰　⑤333₁₁
調租　②397₉
調租等の物　⑤387₂₋₃
調と称はず　④275₁₆
調度　②117₁₂
調の脚夫　③235₁
調の絁　②211₁₃　⑤109₄
調の銅　④199₇

ちょう(朝・甌・貂・超・牒・誂・跳・徴・肇・趙・澄・潮・調)

続日本紀索引

ちょう―ちょく〈調・聴・懲・寵・耀・直〉

調の半　①$71_{13}$, 89_{11}, 91_5　②$143_{12}$
調(の)布　②$269_9$, 301_8, 361_{14}　③$227_{8\cdot10}$　④$85_9$
　⑤$27_{10}$
調(の)物　①$9_2$, 93_{15}　②$59_2$, 97_1, 169_1, $215_{1\cdot4}$,
　293_3　→御調
調(の)綿　②$225_{14}$, 361_{1-2}　③$227_{8-9}$, 345_{12}　④
　85_9, 157_4, 369_{10}
調発に疲れしむ　⑤$267_{16}$
調ひ暢ぶ　②$179_{15}$
調へ賜ひ平げ賜ひ　①$5_4$
調へ賜ふ　②$215_{11}$
調へ習はしむ　③$415_{14}$
調へ発す　⑤$149_9$
調へ発つ　⑤$339_7$, 401_1
調役　①$15_{13}$, 107_1
調庸　①$181_1$, 191_5, 193_{14}　②$155_5$　⑤$159_3$, 273_1,
　299_{13}, 329_8, 465_9
調庸の貢　④$279_{15}$
調庸の民　④$271_8$
調庸を運ぶ　②$149_7$
調連牛養　③$257_{13}$　④$65_{10}$
調連淡海　①$145_{16}$, 197_{10}　②$127_{14}$, 185_3
調連馬養　②$381_{16}$　③$101_{13}$, 195_3　④$65_6$
調和　②$355_{10}$　⑤$69_{16}$
調を運び輸す　①$227_{10}$
調を運ぶ　①$193_{11}$　④$219_5$
調を貢る　①$93_{12}$　③$121_{11}$, 427_{13}　④$275_{14}$, 423_{13}
　⑤$111_4$, 131_{10}
調を徴る　①$211_2$
調を輸さしむ　①$225_{13}$　③$325_{10}$
調を輸さぬ者　②$29_{14}$
調を輸す　①$99_{12-13\cdot15}$, 209_{14}　③$329_5$, 393_{15}　⑤
　237_1, 375_4
調を輸す国　①$209_{13}$
調を輸す式　①$99_{14}$
調を用ゐしむ　①$59_2$
聴許　②$83_8$, 227_{11}, 249_{12}　③$185_7$, 199_{13}　④$213_{10}$
聴く　③$179_{10}$, 311_3
聴さしむ　①$79_{14}$
聴さず　②$239_{12}$
聴さる　④$27_7$
聴されず　②$125_2$　④$317_3$
聴衆　②$333_1$
聴す　①$71_5$, 9_{10}, $45_{3-4\cdot7}$, 51_9, 55_7, 67_{15}, 77_{10},
　99_{10}, 137_{16}, $167_{11\cdot14}$, 195_{16}, 199_9, 233_{13}　②$7_2$,
　9_3, 17_{11}, 27_{13}, 29_{14}, 53_9, 71_{16}, $95_{4\cdot8}$, 97_9, 99_1,
　125_3, 137_{11}, 191_{12}, 219_{14}, 227_{10}, $229_{3\cdot7}$, 247_{16},
　253_2, 275_1, 289_{13}, 295_3, 301_6, 349_{12}, 393_5, 399_1,
　433_5, 439_6　③$51_{13}$, 285_4, 383_7, 413_2　④$135_{13}$,

281_{16}, 321_{16}, 325_5, 371_{16}, 381_{11}, 391_{15}　⑤$33_3$,
　37_8, 91_{15}, 103_2, 105_6, 107_{16}, 109_7, 201_4, 269_{13},
　279_3, 429_1, 493_{16}, 503_1
聴すべからず　②$29_{15}$
聴の限に在らず　①$41_1$
聴容　③$291_2$
聴覧　③$277_{14}$
懲し革めしむ　⑤$307_8$
懲し革めず　⑤$283_{15}$
懲し粛ましめず　⑤$197_{13}$
懲粛を加へず　①$155_{13}$
懲す　⑤$305_{14}$
懲り改むること無し　③$367_9$
寵愛　②$27_{11}$, 331_{10}
寵極る　④$23_9$, 37_{10}
寵遇　④$113_{11}$　⑤$359_{11}$
寵遇を加ふ　④$127_9$
寵幸　④$375_{11}$　⑤$231_6$
寵臣　③$161_{15}$
寵　④$57_{10}$
寵待　④$371_{10}$
寵命を加ふ　⑤$469_{16}$
耀り与ふ　④$403_{13}$　⑤$425_9$
耀る　③$429_{10}$　④$75_6$, 83_5, $85_{1\cdot6\cdot8\cdot11}$, 87_1, 405_3,
　429_{12}
直　⑤$497_{10}$
直乙麻呂　⑤$33_9$
直冠　①$37_4$
直冠已下　①$17_{14}$
直冠以上の者　③$37_{11}$
直冠の下の四階　①$37_9$
直冠の上の四階　①$37_9$
直冠八階　①$37_3$
直貴し　③$37_{14}$
直玉主売　④$395_9$
直く言ふ　③$311_7$
直く浄く在る　④$261_{13}$
直見王　①$111_1$
直広壱　①$73$, 111_0, 17_7, 29_4, 33_{12}, 35_7, 37_{14}
直広参　①$9_3$, 11_9, $19_{3\cdot15}$, 21_1, 29_4, 31_{4-6}, 35_3
直広肆　①$111_{5-16}$, 131_6, $151_{6\cdot9}$, 212_1, 271_5, 295_{8},
　31_6, 33_{12}, 35_4　②$411_8$
直広弐　①$37_{14}$
直広弐已上の者　①$35_1$
直講　④$153_8$
直山陵　⇒奈保山陵
直秋人　⑤$33_{10}$
直諸弟　⑤$33_9$
直す　①$73_4$, 79_{14}　④$131_4$　⑤$41_{12}$

290

続日本紀索引

直(姓)　②$71_2$
直賤し　②$37_{14}$
直大壱　①$19_{15}$, 314, 37_{13-14}　③$239_{11-12}$
直大参　②$234$
直大肆　①$19_{16}$, 21_{10}
直大弐　①$22_1$, 294, 35_3
直丁　①$225_3$　④$99_4$　⑤$237_7$
直に言す　②$91_3$
直に告す　①$183_6$
直に指す　②$451_1$　④$29_{10}$
直に衝く　⑤$431_9$
直に進む　②$319_2$　④$443_{10}$　⑤$129_8$
直に入る　③$297_5$
直に赴く　⑤$151_{14}$
直路を通す　②$309_{10}$
勅　①$223_{14}$　②$223_{11}$, 225_6　③$225_{13}$, 255_1, 263_2　④$23_{13}$, 31_9　⑤$43_3$, 99_1, 181_4, 271_2, 279_{10}, 413_{11}
勅あり　②$295_{12}$　③$173_2$, 413_{13}
勅教　③$181_1$
勅教に順はず　③$179_5$
勅禁　②$211_8$
勅五条　③$191_2$
勅語　③$285_{13}$
勅裁を聴ふ　②$321_2$
勅したまはく　①$19_{10-12}$, 39_{16}, 41_7, 43_2, 57_3, 79_{10}, 85_{15}, 97_1, 151_{13}, 155_7, 171_{10}, 173_{15}　②$15_{16}$, 77_{13}, 135_{10}, 191_{9-16}, 199_{10-14}, 203_{11}, 211_{5-12}, 221_3, 237_6, 249_{13}, 261_3, 269_{5-9}, 271_4, 291_1, 349_9, 397_{10}, 399_{11}　③$15_{12}$, 29_5, 51_{8-12}, 55_8, 105_4, 115_{16}, 127_7, 141_3, 147_8, 149_1, 151_2, 153_4, 163_{1-9}, 167_{1-4}, 169_1, 175_6, 177_8, 219_8, 221_9, 237_{10}, 239_1, 255_{15}, 257_{5-9-15}, 281_{1-4}, 291_{12}, 293_8, 309_{10}, 321_5, 325_{15}, 327_{16}, 329_{12}, 335_7, 349_7, 351_{13}, 361_{15}, 365_{14}, 369_{3-6}, 375_{2-5}, 411_{11}　④$237_{-12}$, 354_{-10}, 37_8, 73_{13}, 75_9, 77_3, 85_7, 111_8, 117_7, 119_1, 125_{6-12}, 131_9, 139_{13}, 149_5, 157_{11}, 161_{13}, 165_6, 181_{15}, 195_{12}, 201_6, 203_{12}, 215_5, 217_8, 225_{15}, 231_6, 235_{13}, 325_4, 337_{16}, 359_{15}, 389_{12}, 405_4, 415_{1-16}, 431_5, 439_2, 445_7, 457_{15}　⑤$7_{10}$, 13_1, 19_3, 37_5, 41_{16}, 45_{15}, 65_{13}, 67_{11}, 73_2, 77_9, 101_{14}, 103_{2-8}, 105_{16}, 107_4, 109_{4-6}, 111_3, 113_{2-13}, 119_4, 133_5, 145_{13}, 147_{8-16}, 153_9, 159_{4-12}, 161_{12}, 163_{15}, 165_{12}, 197_{16}, 229_7, 243_{10}, 253_5, 255_9, 269_{14}, 283_{15}, 303_{11}, 341_4, 371_{2-5}, 401_4, 403_5, 441_2, 449_8, 493_{11}
勅して曰はく　①$63_4$, 139_{15}, 141_4, 225_{11}　②$91_6$, 185_{13}, 195_7, 197_9, 205_{14}, 207_3, 291_{15}, 293_8, 341_{10}, 363_{12}, 367_{7-10}, 369_{13}, 375_8, 401_3, 437_{15}, 443_{15}, 445_{4-13}　⑤$21_5$, 234, 39_6, 47_{10}, 63_8, 137_4, 155_5, 157_{11}, 161_{10-12}, 179_{4-13}, 185_{14}, 187_7, 211_{15}, 213_{3-14}, 217_{13}, 221_{13}, 227_{11}, 229_1, 233_{3-9}, 235_{1-16}, 247_{16}, 277_{11}, 279_3, 283_5, 299_9, 309_{15}, 311_{11}, 341_{1-15}, 359_8, 361_2, 383_{16}, 393_{12}, 427_3, 435_6, 437_{11}　④$91_2$, 157_7, 211_{11}, 37_3, 39_1, 45_8, 47_4, 49_9, 51_{13}, 53_{14}, 57_{1-15}, 61_7, 255_{10}, 283_4, 287_1, 289_7, 397_{12}, 405_7, 423_{12}, 431_7, 433_{11}, 437_{4-14}　⑤$65_{15}$, 95_7, 107_{10}, 109_{12}, 115_{14}, 131_4, 143_{13}, 145_{1-4}, 149_{8-15}, 165_7, 195_9, 197_{10}, 221_1, 265_{16}, 267_{11}, 271_6, 273_{3-15}, 295_{14}, 305_{9-16}, 329_{7-13}, 331_6, 339_{15}, 341_7, 373_{12}, 425_{13}, 431_6, 437_{11}, 439_2, 449_7, 451_{12}, 479_{12}, 481_{13}
勅して曰ひしく　②$307_5$
勅して答ふらく　⑤$75_{10}$
勅し報へて曰はく　③$231_{14}$, 359_3　⑤$435_{11}$
勅旨　③$411_{16}$
勅旨員外少輔　④$177_{15}$, 427_1　⑤$81_{14}$
勅旨員外大輔　⑤$51_{11}$, 89_2
勅旨宮　⑤$245_{12}$
勅旨卿　⑤$105_{10}$, 117_{10-15}
勅旨少丞　④$115_{13}$
勅旨少輔　④$177_{14}$, 221_{15}, 329_5, 339_4, 355_6, 425_{13}　⑤$65_{10}$, 111_{16}, 211_5
勅旨少録　⑤$39_4$
勅旨省　⑤$235_9$
勅旨省の雑色の匠手　⑤$235_{10}$
勅旨大丞　④$161_1$, 179_1, 223_1, 249_4　⑤$9_6$, 73_8, 201_{11}
勅旨大輔　①$115_{4-12}$, 195_4
勅旨に乖く　⑤$161_5$
勅至る日　⑤$219_{13}$
勅使　②$369_2$, 373_{3-4-6}　③$205_6$, 407_{16}　④$17_5$, 143_{14}　⑤$227_9$
勅使に寄す　③$213_{10}$
勅使を劫す　⑤$257_3$
勅賜(賜田)　②$229_8$
勅授の位記式　③$357_{13}$
勅出でて(以)後　②$211_9$　③$217_{16}$
勅処分を待つ　④$75_{12}$
勅書　③$255_7$, 299_9, 327_{11}　④$39_3$　⑤$37_{12}$, 149_{14}
勅書を賜ひて曰はく　①$93_{14}$, 107_{12}　⑤$415_5$
勅書を賜ふ　③$133_{13}$
勅書を奉げたまはる　③$255_7$
勅詔を奉げたまはり　②$91_5$
勅す　①$23_1$, 29_{3-9-11}, 39_6, 41_{16}, 45_{10}, 57_6, 59_8, 97_5, 137_1, 171_{15}, 203_2, 217_{7-9}, 223_{11}　②$67_{13}$, 93_7, 95_7, 127_4, 139_6, 145_4, 169_{10}, 171_{14}, 191_{1-8}, 197_{15}, 199_3, 227_1, 237_4, 267_{4-12}, 275_{11}, 313_{16}, 325_2, 365_{14}, 367_4, 393_{11}, 445_3, 449_3　③$57_{7-11-13}$,

ちよく(直・勅)

291

続日本紀索引

ちょく―ちん
（勅・陟・沈・枕・珍・朕）

65$_8$, 125$_7$, 157$_1$, 165$_3$, 171$_3$, 175$_5$, 177$_{7\cdot11}$, 195$_{11}$, 201$_9$, 207$_{11}$, 289$_3$, 305$_{11}$, 335$_{15}$, 407$_7$ ④71$_4$, 211$_{16}$, 287$_{14}$, 401$_{13}$, 463$_1$ ③7$_4$, 27$_9$, 79$_{11}$, 95$_9$, 97$_3$, 111$_{12}$, 141$_{15}$, 161$_{15}$, 203$_{12}$, 221$_8$, 227$_8$, 237$_{4\cdot9}$, 239$_3$, 243$_{13}$, 269$_{10}$, 273$_3$, 277$_4$, 297$_9$, 333$_4$, 341$_{14}$, 379$_5$, 425$_4$, 443$_3$, 461$_{13}$, 467$_2$, 473$_5$, 485$_4$, 495$_4$, 497$_8$, 509$_6$

勅すらく　⑤133$_1$
勅請　①251$_6$
勅牒　⑤79$_8$
勅に依りて　③255$_{11}$ ④37$_8$
勅に契ふ　③51$_1$
勅に准へて　②105$_9$, 195$_{11}$ ③255$_1$ ④285$_{13}$
勅に准りて　②445$_3$
勅に非ぬことを疑ふ　④15$_{5\cdot13}$
勅の号に依る　②147$_{15}$
勅の処分を聴け　②261$_{12}$
勅符　②371$_{2\cdot4}$, 373$_8$
勅命　③179$_{10}$
勅有り　①3$_6$, 57$_{11}$, 59$_7$, 109$_8$ ②67$_{13}$, 135$_8$, 301$_{11}$, 415$_9$ ③137$_{10}$, 277$_{16}$, 309$_6$, 327$_{10}$, 433$_2$ ④239$_6$, 321$_{10}$ ⑤277$_{15}$, 279$_2$, 301$_1$, 339$_{13}$, 355$_{11}$, 385$_6$, 395$_8$, 463$_2$, 497$_{15}$, 505$_6$
勅り賜ひ定め賜ふ　⑤181$_7$
勅り賜ひながら　③97$_{12}$
勅りたまはく　①111$_{10}$ ②221$_{15}$, 421$_{14}$ ③87$_1$, 97$_{10}$ ④331$_{\cdot15}$, 49$_3$, 87$_4$, 89$_{10}$, 91$_1$, 97$_{8\cdot15}$, 103$_{5\cdot14}$, 109$_5$, 135$_{14}$, 137$_{11}$, 139$_4$, 271$_{14}$, 295$_8$, 311$_{15}$
勅りたまひ　①111$_{16}$
勅りたまひおほせ給ふ御命　④259$_1$
勅りたまひし御命　④261$_2$
勅りたまひしく　④43$_{11}$, 257$_7$, 259$_{3\cdot9\cdot11\cdot15}$
勅りたまひつらく　②223$_{13}$
勅りたまひて在らく　④109$_7$
勅りたまひて在り　④33$_{10}$, 109$_9$
勅りたまふ　③17$_{16}$, 341$_{3\cdot10}$ ④31$_{15}$
勅りたまふ御言法　②225$_8$
勅りたまふ御命　③85$_{9\cdot11}$ ④35$_2$, 45$_5$, 49$_{1\cdot7}$, 91$_{1\cdot3}$, 97$_{13\cdot16}$, 171$_{10}$
勅りたまふ大御命　④63$_7$
勅りたまふ大命　②139$_{10}$, 423$_3$
勅りたまふ勅　①113$_3$
勅りたまふ天皇が御命　③87$_4$ ④109$_{10}$, 379$_{14}$, 139$_{2\cdot11}$
勅りたまふ天皇が詔旨　③11$_8$
勅りたまふ天皇が大命　②423$_5$ ③85$_5$
勅りたまふ天皇が命　③13$_3$, 327$_{14}$, 401$_3$
勅りたまふ命　①113$_3$, 119$_{13}$, 127$_4$ ②215$_9$ ③

85$_{13}$ ④311$_{5\cdot10}$, 327$_9$, 399$_{13}$ ⑤179$_7$
勅を下して曰はく　⑤129$_8$, 289$_{15}$
勅を下す　④125$_8$, 439$_{11}$ ⑤399$_{14}$, 501$_{14}$
勅を承け用ゐる　④31$_8$
勅を宣らしむ　②231$_4$ ③213$_9$
勅を宣りたまはく　⑤93$_{16}$
勅を宣りて云はく　②247$_{10}$, 439$_{10}$
勅を宣りて曰はく　②179$_4$, 181$_7$, 207$_{10}$, 221$_{14}$, 225$_8$, 297$_{13}$, 305$_6$ ③387$_8$ ⑤95$_{11}$, 123$_1$
勅を宣る　②367$_2$ ⑤93$_1$
勅を待つ　②101$_{12}$, 199$_1$, 251$_3$
勅を聴く　①173$_{12}$
勅を奉けたまはる　①3$_3$, 33$_3$, 65$_3$, 119$_3$, 159$_3$, 193$_3$ ②3$_3$, 41$_3$, 73$_9$, 109$_3$, 177$_3$, 181$_3$, 243$_3$, 287$_3$, 337$_3$, 385$_3$, 415$_3$ ③3$_3$, 39$_3$, 101$_3$, 129$_3$, 175$_3$, 187$_9$, 261$_3$, 285$_{8\cdot12}$, 303$_3$, 323$_{10}$, 357$_3$, 399$_3$ ④3$_3$, 111$_{15\cdot16}$, 152, 61$_3$, 109$_3$, 149$_3$, 189$_3$, 197$_{15}$, 217$_{12}$, 247$_3$, 291$_{15}$, 293$_3$, 309$_3$, 321$_{12}$, 363$_3$, 381$_{11}$, 419$_3$, 455$_{10}$ ⑤3$_3$, 57$_3$, 121$_3$, 225$_3$, 287$_3$, 333$_{14}$, 357$_3$, 417$_3$
勅を放つ　③229$_2$
陟岵の悲を増す　⑤255$_6$
沈惟岳（唐）　③387$_{13}$, 401$_4$, 407$_{13}$, 411$_{11}$, 427$_4$ ⑤163$_{6\cdot14}$　→清海宿禰惟岳
沈痾　②105$_8$
沈深　②3$_6$
沈静　①235$_{10}$
沈とす　④15$_8$
沈湎　⑤367$_{11}$
枕席安からず　②271$_4$ ③15$_{12}$, 51$_8$, 143$_{12}$, 155$_5$, 207$_{14}$ ⑤57$_5$, 175$_8$, 511$_9$
枕席穏にあらず　③115$_8$
珍奇　②235$_2$
珍しき物　①31$_7$
珍贄　②163$_{13}$
珍努（智努）宮（和泉国）　②9$_7$
珍努（珎努）県主諸上　⑤175$_3$, 199$_3$
珍努（珎努・智努）（離）宮（和泉国）　②441$_{13}$, 449$_6$　→和泉（離）宮
朕　①69$_{8\cdot12}$, 85$_9$, 87$_1$, 107$_{13}$, 111$_{12}$, 121$_{8\cdot10}$, 131$_2$, 139$_{16}$, 141$_6$, 157$_6$, 185$_{10\cdot13}$, 235$_2$ ②3$_7$, 11$_8$, 357$_{\cdot15}$, 49$_{13\cdot15}$, 51$_3$, 61$_{12}$, 63$_{4\cdot14}$, 77$_4$, 91$_{4\cdot6}$, 103$_{8\cdot10\cdot11}$, 109$_5$, 111$_5$, 115$_{1\cdot5\cdot9}$, 123$_8$, 125$_7$, 129$_{15}$, 161$_{14}$, 163$_1$, 169$_4$, 179$_6$, 185$_4$, 195$_2$, 197$_{16}$, 215$_{15}$, 249$_7$, 253$_{12}$, 255$_2$, 281$_{11}$, 291$_7$, 297$_{13}$, 303$_4$, 321$_{12}$, 323$_{15}$, 325$_{11}$, 327$_4$, 341$_{10}$, 349$_{\cdot15}$, 351$_7$, 363$_{12}$, 369$_{15}$, 375$_8$, 387$_{15}$, 389$_{13}$, 407$_{14}$, 431$_{8\cdot15}$ ③15$_{12}$, 21$_5$, 39$_6$, 47$_{2\cdot13}$, 49$_{5\cdot11}$, 55$_8$, 63$_{14}$, 67$_{13}$, 81$_1$, 87$_1$, 97$_8$, 123$_{3\cdot15}$, 133$_6$, 137$_7$,

続日本紀索引

143_{14}, 147_{15}, 151_2, 155_6, 161_{14}, 163_6, 171_{10}, $181_{3\cdot5\cdot12}$, 187_4, 197_{10}, 221_{13}, 225_9, 231_{15}, 235_4, 239_3, 243_{10}, 245_8, $249_{8\cdot14\cdot16}$, 257_6, 265_9, 275_8, 309_{15}, $311_{8\cdot14}$, 317_1, 329_{14}, 375_2, $385_{2\cdot11}$, 393_{12}, $409_{13\cdot16}$, 435_8 ④$33_8$, 431_6, $49_{9\cdot11}$, 57_{15}, 61_7, 75_9, 77_{16}, 97_{10}, 101_{14}, 103_7, 131_{11}, 137_{13}, $139_{7\cdot15}$, 141_2, 157_{13}, 173_4, 181_{16}, 203_{12}, 205_4, 217_2, $257_{10\cdot13}$, $259_{6-7\cdot15}$, 261_6, 263_3, $283_{4\cdot9}$, 287_1, 289_7, 311_{15}, 323_6, $371_{3\cdot15}$, 397_{13}, 405_8, 417_4, 431_8, 437_6, 441_9, 455_{12} ⑤$75_{11}$, 85_7, 93_{14}, 95_3, 103_2, 123_5, 125_7, 127_1, 131_9, 167_{12}, 169_1, 173_8, 175_8, 177_6, 181_{12}, 193_{12}, 197_2, 203_{16}, 205_1, 215_{13}, 217_{14}, 235_6, 243_{16}, 245_3, 247_5, 249_3, 255_5, 269_1, 307_1, 325_{10}, 327_2, 335_{12}, 389_{16}, 391_8, 413_5, 427_5, 449_7, 465_3, 475_9, 483_8

朕一人 ①$131_9$ ③$69_3$, 315_{13}
朕一人のみ ③$317_{11}$ ⑤$183_1$
朕り貪りて ④$47_{15}$
朕が意に称ふ ①$235_{11}$ ③$165_{14}$ ④$29_{15}$
朕が意に称へむ ③$245_{16}$
朕が意に当る ③$21_{15}$
朕が意に副ふ ②$63_2$, 179_{12}
朕が意を悉せ ⑤$269_2$
朕が意を知らしむべし ②$445_{12}$ ③$233_8$
朕が意を知らしめよ ②$51_8$ ⑤$127_{11}$
朕が意を知るべし ②$279_8$
朕が懷 ②$447_6$ ③$163_{16}$, 245_1
朕が外戚 ⑤$455_{16}$
朕が外祖(藤原朝臣不比等) ③$187_9$
朕が外祖父(高野朝臣乙継) ⑤$483_{10}$
朕が外祖父(藤原朝臣不比等) ④$139_4$
朕が外曾祖(紀朝臣諸人) ⑤$325_{11}$
朕が諱 ⑤$325_{14}$
朕が躬に在り ②$35_{10}$ ⑤$217_2$
朕が躬に由れり ③$81_3$
朕が舅 ③$285_1$
朕が御祖太皇后(藤原朝臣光明子) ③$409_7$
朕が教へ ④$263_{11}$
朕が訓導 ②$281_{13}$
朕が卿 ①$111_{12}$
朕が股肱 ②$97_2$, 169_{12}, 445_7
朕が後 ③$197_{15}$
朕が孝誠 ⑤$221_2$
朕が子いまし(孝謙天皇) ④$43_{11}$
朕が子王(阿倍内親王) ③$85_{11}$
朕が子太子(阿倍内親王) ④$259_5$
朕が子天皇(聖武天皇) ④$257_9$
朕が志 ②$35_{11}$
朕が私の父母はらから ③$315_{15}$

朕が師 ④$89_{10}$, 97_9
朕が時 ②$225_3$ ③$279_6$ ⑤$123_4$
朕が情 ③$263_{13}$ ④$149_{11}$
朕が心 ②$89_{13-15}$
朕が心に簡ふ ④$75_1$
朕が心に在り ③$299_{14}$
朕が心に称ふ ②$169_6$ ④$389_{14}$
朕が心も慰めまさむ ⑤$173_3$
朕が臣 ④$335_{15}$
朕が臣と為て供へ奉る人等 ②$215_{16}$
朕が臣には在らむ ④$33_{16}$
朕が身 ③$131_4$
朕が親に在り ④$105_4$
朕が親母 ⑤$183_3$
朕が世 ③$315_{13}$
朕が生れし日 ④$457_{15}$
朕が精誠 ⑤$217_9$
朕が大臣(藤原朝臣永手) ④$333_{3\cdot8}$
朕が代 ②$185_{15}$ ③$183_{11}$
朕が智識 ②$431_{13}$
朕が頂 ④$261_4$
朕が朝を背き ③$197_4$
朕が朝を離り ④$335_1$
朕が天の御門天皇(聖武天皇) ④$259_3$
朕が天の先帝(聖武天皇) ④$43_{10}$
朕が徳 ②$89_5$ ④$173_6$
朕が念して在るが如く ④$253_1$
朕がはは ②$263_{12}$
朕がはらからに在る ③$319_1$
朕が薄徳 ②$119_{15}$
朕が不徳 ②$137_2$, 259_2, 325_{15} ⑤$127_4$
朕が父と念す ③$317_{15}$
朕が撫育の化 ②$279_6$
朕が菩提心 ③$409_{14}$
朕が庸虚 ⑤$327_{10}$
朕が力の致す所 ②$225_{10}$
朕が立てて在る人 ④$259_{13}$
朕自ら ④$171_{12}$
朕に語らひて ③$315_6$
朕に告りたまひ ④$409_8$
朕に賜はりて ④$311_8$
朕に授け賜ひ譲り賜ひて ②$141_6$
朕に宣りたまひしく ③$71_3$
朕に奏し給はむ ④$253_7$
朕に対ひ ④$251_{15}$
朕に勅り賜ひしく ④$43_{11}$, 259_7
朕には在らず ③$409_{12}$
朕に奉侍らむ諸の臣等 ④$259_4$
朕のみや嘉でむ ④$137_8$

ちん
(朕)

293

ちん（朕・陳・賃・鴆・鎭）

朕を君と念はむ人 ④259$_4$
朕を掃はむと謀る ④45$_2$
朕を置きて罷る ⑤173$_5$
朕を導き護り ④33$_7$
朕を念ひて在るが如く ④259$_5$
陳懐玉(唐) ②283$_5$
陳少遊(唐) ⑤73$_{11}$, 79$_7$
陳牒 ①199$_9$
陳答 ①125$_{15}$
陳び列る ④211$_8$
陳ぶ ②91$_3$ ④81$_{14}$, 423$_{11}$
陳べぬこと得ず ⑤487$_{13}$
陳べ聞ゆ ⑤487$_{11}$
陳列 ①33$_7$, 159$_8$ ③345$_9$
賃租 ②301$_3$
鴆す ③299$_1$
鴆毒 ④61$_{11}$
鎭 ②119$_4$
鎭護 ③163$_{14}$
鎭國 ②313$_{15}$
鎭國衛驍騎将軍 ②287$_{10}$, 399$_{14}$ →中衛少将
鎭國衛次将 ②287$_{11}$, 327$_7$ →中衛員外少将
鎭國衛大尉 ②287$_{10}$ →中衛大将
鎭國衛 ③287$_9$ →中衛府
鎭國衛の府 ③403$_{11}$
鎭國驍騎将軍 ③373$_9$
鎭守とす ⑤155$_8$
鎭守の兵 ④437$_{11}$
鎭戍 ③233$_{12}$ ⑤131$_3$

鎭所 ②151$_1$, 375$_2$ ④229$_3$ ⑤267$_1$
鎭小長(板櫃) ②367$_{14}$
鎭将 ⑤367$_7$
鎭す ③299$_3$
鎭西府 ②433$_{15}$, 435$_{6・10}$, 447$_{10}$
鎭西府主典 ②433$_{16}$, 435$_{6・9}$
鎭西府将軍 ②433$_{15}$, 435$_{6・9}$
鎭西府判官 ②433$_{16}$, 435$_{6・9}$
鎭西府副将 ②435$_9$
鎭西府副将軍 ②433$_{16}$
鎭大長(板櫃) ②367$_{15}$
鎭長(京都郡) ②367$_{14}$
鎭狄軍監 ②79$_{13}$, 153$_1$
鎭狄軍曹 ②79$_{13}$, 153$_1$
鎭狄将軍 ②93$_{14}$, 151$_{16}$, 157$_{16}$ ⑤143$_8$, 145$_5$
→持節鎭狄将軍, 出羽鎭狄将軍
鎭とある所 ⑤167$_{16}$
鎭に在る兵人 ②225$_{15}$
鎭撫 ①157$_5$ ②315$_7$
鎭撫使 ②251$_{9・13}$, 253$_9$ ③37$_1$
鎭撫使の三位 ②251$_{16}$
鎭兵 ②315$_{14}$ ③185$_{10}$, 267$_1$, 295$_{14}$, 329$_{13}$ ④217$_{15}$, 219$_{2-3}$, 229$_{1・8}$, 461$_{16}$ ⑤267$_3$
鎭む ①55$_2$ ②315$_{9-11}$, 319$_{13}$, 369$_4$ ③287$_8$ ④461$_{16}$ ⑤53$_8$, 95$_{15}$
鎭め祭る ①61$_6$, 145$_{11}$ ③61$_1$, 149$_{12}$
鎭め謝す ②387$_{14}$
鎭め守る ②315$_{12}$
鎭を作す ①131$_{12}$

続日本紀索引

つ

つつむ事無く　⑤173₁₁
追遠　④191₁₁
追遠の孝　③273₈
追冠　①37₆
追冠四階　①37₃・₁₀
追広肆　①35₆
追さしむ　⑤83₁₀
追し集ふ　③3₈, 215₄
追し責む　③219₁₁
追思　⑤101₈
追従する者　③61₁₁
追召(追して召す)　①139₄　③207₁₀　⑤227₈, 333₃
追尋　④423₉
追す　①53₈, 137₁₅　②315₄, 399₁₀　③174, 135₁₂, 203₁₂
追崇　①3₆　③281₁
追せず　①167₁₃
追贈　⑤43₆, 325₁₂, 483₁₀
追尊　②19₂　④309₇
追尊せず　④359₁₅
追尊の典　⑤325₁₁
追尊の道　⑤483₉
追大壱　①29₆₋₇, 35₁₆
追大肆　①35₁₄
追討　④23₇, 453₁₂
追入を蒙る　⑤31₁₄
追ひ改む　④211₁₃
追ひ収む　②149₂
追ひ従ふ　②103₁₅
追ひ上る　②139₆
追ひ侵す　⑤439₁₁
追ひ尋ぬ　②31₁₀
追ひ尊び　④87₁₄
追ひ奪ふ　②191₁₅, 195₁₀
追ひて　③359₁₂, 361₇　⑤47₁₆, 347₄

追ひて継ぐ　③231₅
追ひて皇とす　③315₁₀, 317₈　④323₉
追ひて上る　③279₁₃　⑤453₇
追ひて奪ふ　②119₂
追ひて注す　④157₁₀
追ひ討つ　④37₁₄
追ひ捕へしむ　③201₇
追福　⑤221₉, 451₁₅
追捕　④147₃
追慕　②25₇
椎山陵(大和国)　②105₁₅
椎野連　②151₁₀　④115₆
通規　③247₇, 305₁₆
通計すること得じ　①159₁₀
通憲　⑤127₇
通顕　④27₂
通し易からず　③427₃
通し取る　②191₁₃
通し難し　③427₄　⑤405₁₅
通商　①195₁₆
通状　⑤111₄
通せしむ　①179₂　②405₄
通旦　②281₁₂, 325₁₂
通典　⑤149₁, 197₁₁, 481₁₀
通途に合ふ　⑤203₉
通道　②317₄
通徳(人名)　①29₁₁・₁₂　→陽侯史久尔曾
通ひ難し　③363₂
通報　③333₄
通夜　③9₆　④93₁₅, 317₁₂
通融　②435₈
通利　⑤305₁
通利の便　⑤443₁₃
通路　②45₁₃　③297₉
痛酷の情　②125₁₂　⑤217₁₀
痛惜　④33₁₂
痛に勝へず　①101₁₁
痛み酸しむ　④333₄
痛み惜まず　②25₇

つ─つう(つ・追・椎・通・痛)

て

て（丁・呈・廷・弟・定・亭・剃・帝・貞・庭・逓・停）

丁 ①99$_{14}$, 209$_{11}$, 213$_{1-2}$ ③17$_5$, 117$_3$ ④131$_3$, 219$_7$
丁壮 ②131$_1$
丁男五口已上を生む者 ③325$_{11}$
呈る ④129$_{12}$
廷 ③411$_5$
廷興徳 ⑤331$_{15}$
弟子 ②415$_{12}$, 433$_9$, 449$_2$
弟子等を率ゐる ③61$_3$, 433$_1$
弟子を取る ②233$_{7\cdot 11}$
定影 ③237$_{12}$
定額 ②97$_{13}$ ③301$_3$
定額の員 ②253$_{12}$
定額の散位 ②219$_1$ ④53$_{14}$
定額(の)寺 ③89$_5$ ⑤331$_1$
定額の諸寺 ⑤273$_{15}$
定額を作す ②289$_{12}$
定准無し ⑤97$_{15}$
定水 ②49$_2$, 63$_7$
定数を立つ ①121$_9$
定省を承く ②125$_{10}$
定剔の基 ①131$_7$
定天論 ③237$_6$
定とす ①71$_8$ ④215$_1$, 407$_8$
定まれる数 ③45$_2$
定む ①13$_5$, 55$_{16}$, 67$_2$, 83$_{16}$, 95$_3$, 99$_6$, 107$_6$, 171$_{15}$, 179$_{16}$, 229$_8$ ②25$_{16}$, 35$_5$, 39$_1$, 45$_{15}$, 65$_4$, 93$_2$, 95$_{15}$, 153$_{16}$, 171$_3$, 191$_9$, 223$_7$, 247$_6$, 253$_{12}$, 439$_{11}$, 447$_1$ ③113$_6$ ④71$_{12}$, 253$_2$ ⑤79$_9$, 135$_{16}$, 161$_{16}$, 329$_{14}$
定むる所 ③243$_9$, 409$_1$
定むる所を知らず ②149$_1$
定むる地 ④77$_8$
定め賜はぬ ④74$_{14}$, 49$_1$
定め賜ふ ①127$_{15}$ ②223$_2$ ③215$_7$ ④383$_7$ ⑤181$_7$
定めたまひ ③85$_7$
定めて都とす ②435$_{12}$
亭育の慈 ③245$_{14}$
亭毒 ②161$_{15}$ ③133$_6$, 285$_{13}$
亭毒の仁 ②129$_{13}$
剃髪 ②123$_3$
帝 ①33$_{11}$, 213$_{10}$ ②25$_2$, 79$_2$ ③261$_6$, 303$_6$, 305$_5$, 315$_3$, 339$_7$, 343$_{14}$, 345$_{4\cdot 8}$, 369$_{12}$, 379$_7$, 387$_2$, 399$_6$, 409$_{2-3}$, 417$_{14}$, 425$_{11}$ ④43$_8$ ⑤145$_{15}$,

201$_{16}$, 203$_5$
帝王 ②157$_3$
帝王の恒範 ⑤483$_8$
帝畿 ⑤335$_6$
帝皇の邑を建つ ①131$_7$
帝釈 ③217$_7$, 223$_{15}$ ④241$_{11}$
帝と在ることは得む ④43$_{15}$
帝と立ちて在る人 ④43$_{13}$
帝と立つ ④79$_5$
帝の位と云ふ物は ④259$_{12}$
帝の位に置くこと得ず ④43$_{14}$
帝の位をば退け賜ふ ④45$_5$
帝の業 ②105$_{10}$
帝の出家しています世 ④33$_{11}$
帝の尊き宝位を望み求む ④257$_{11}$
帝利(劉帝利) ③255$_9$
帝を廃 ③215$_{12}$
帝を廃す ④203$_{11}$
貞かに能く浄き心を以て奉仕れ ④79$_3$
貞かに明く浄き心を以て ④101$_{16}$
貞潔を慕ふ ⑤41$_{11}$
貞固 ⑤235$_{16}$
貞しく浄き心 ④43$_{15}$, 89$_{15}$
貞しく明く浄き心 ④63$_{11}$, 257$_8$
貞浄ならず者 ④77$_{10}$
貞節 ①185$_{11}$ ③133$_{11}$
貞明 ③271$_2$, 273$_2$
庭火御竈の四時の祭祀 ②243$_6$
庭に会す ④223$_{10}$
庭に奏る ①93$_{12}$, 145$_7$ ③305$_8$, 387$_3$, 419$_2$ ④97$_5$ ⑤213$_{1-2}$
庭に来る ③123$_{14}$
庭を分けて奏る ③119$_{14}$
逓送 ①205$_3$ ④377$_5$ ⑤159$_9$
逓に任す ④381$_{10}$
停却 ④199$_{10}$
停止 ①47$_2$ ②257$_{13}$ ③19$_{11}$ ④219$_2$ ⑤449$_3$, 481$_{16}$, 505$_{10}$
停住(停まり住む) ②211$_7$ ⑤95$_{13}$
停む ①37$_7$, 71$_3$, 77$_{11}$, 87$_8$, 125$_{14}$ ②17$_{15}$, 59$_{16}$, 65$_7$, 79$_1$, 83$_3$, 91$_{11}$, 97$_{11}$, 101$_{13}$, 109$_7$, 135$_{11}$, 171$_{11}$, 205$_{15}$, 209$_{15}$, 239$_3$, 257$_{12}$, 293$_{15}$, 295$_{10}$, 329$_2$, 331$_{9-10}$, 341$_2$, 345$_7$, 349$_{11}$, 355$_5$, 385$_{11}$, 435$_3$ ③37$_1$, 45$_6$, 149$_6$, 251$_3$, 305$_2$, 309$_2$, 325$_3$, 393$_{15}$, 437$_1$, 439$_{16}$ ④47$_{5-6}$, 55$_1$, 101$_6$, 199$_8$, 219$_4$, 297$_7$, 307$_1$, 327$_5$, 337$_{10}$, 371$_{14}$, 391$_{16}$, 421$_7$ ⑤21$_{10}$, 115$_7$, 157$_5$, 255$_7$, 313$_9$, 449$_7$, 457$_3$, 499$_{12}$
停め賜ひ却け賜ふ ④383$_{10}$
停め廃る ③329$_6$ ⑤437$_{16}$

続日本紀索引

停り御します ②377$_1$
停留 ③289$_{13}$
堤(隄) ③383$_{13}$, 407$_1$, 411$_3$ ④291$_{14}$ ⑤303$_8$, 347$_{10}$
堤王 ③111$_{10}$
堤防(隄防) ⑤353$_4$
堤防を決ゆ ⑤113$_{11}$
堤を築く ⑤401$_8$
程 ⑤151$_{12}$, 433$_{13}$
程期有らず ③289$_4$
程賢(人名) ④211$_{12}$
程に准る ②71$_6$
程の遠近 ②119$_8$
程の内 ⑤433$_{14}$
程粮 ②347$_1$
程を准ふ ⑤147$_{11}$
程を定む ②149$_4$
隄 ⇒堤
隄隈を修ふ ③437$_{14}$
禎祥に叶ふ ④285$_2$
禎文 ③271$_8$
禎を表す ⑤335$_7$
綴喜郡(山背国) ①163$_{12}$ ④89$_9$
鼎祚を隆りにす ①235$_2$
鼎足の如し ⑤425$_{15}$
鄭音 ②49$_1$
蹄 ④385$_8$
鵜 ③17$_6$ →鸕鶿
鵜沼川(美濃国) ④251$_3$
鵜を養ふ ④47$_4$
泥滓を拯ふ ⑤429$_3$
狄 ②315$_{6・16}$ ⑤155$_2$
狄徒 ②74$_7$, 191$_2$ ④183$_8$
狄俘 ②315$_{14}$, 317$_{8・13}$ ⑤155$_{14}$
狄部 ①187$_{12}$
的く知る ⑤435$_{16}$
的然 ①201$_2$
的門 ④397$_6$
荻田王 ③399$_7$, 423$_2$ ④25$_8$, 47$_7$
惕に在り ④141$_2$
笛人 ③161$_9$
適きに乖く ⑤475$_4$
敵に勝つ ⑤447$_5$
敵に対ふ ④217$_{14}$ ⑤161$_6$
敵に臨む ②219$_9$
敵を禦く ⑤155$_6$
敵を殺す ④279$_{14}$
敵を受く ④431$_{10}$
敵見郷(豊後国) ④391$_3$

擢ぐ ②249$_5$ ⑤457$_1$
擢す ②85$_{14}$
擢づ ③343$_6$ ⑤145$_9$, 257$_4$, 365$_{16}$, 367$_9$
擢でて取る ④121$_{12}$
耀耀 ⑤311$_{15}$
溺る徒 ②27$_{12}$
溺るる軍 ⑤445$_3$
溺れ死ぬ ⑤39$_3$, 69$_2$, 431$_{14}$, 433$_6$
溺れ死ぬる軍 ⑤439$_{14・16}$
滌蕩 ⑤245$_5$
姪 ③149$_{10}$, 197$_{13}$
哲王 ⑤269$_2$
哲后 ⑤125$_7$
鉄 ①39$_4$ ②193$_{10}$ ③411$_5$
鉄印 ①111$_7$
鉄穴 ①73$_6$ ②411$_{13}$ ③403$_{16}$
鉄工 ③117$_{13}$
鉄如方響写律管声 ②289$_5$
鉄の甲 ⑤153$_{15}$, 501$_{12}$
鉄の冑 ⑤467$_3$
鉄利 ③37$_3$ ⑤105$_{16}$, 113$_8$
鉄利の官人 ⑤113$_5$
鉄利の禄 ⑤109$_5$
天 ②3$_{10}$, 163$_3$, 281$_{13}$ ③131$_4$, 279$_7$, 285$_9$ ④175$_1$
天闇く ⑤403$_{11}$
天位 ⑤419$_9$
天意 ③275$_{11}$
天意の択ひたまふ者 ③179$_3$
天羽郡(上総国) ④385$_{10}$
天羽郡の人 ④385$_{10}$
天雨る ④271$_{15}$
天王貴平知百年 ②213$_{16}$
天応 ⑤169$_4$
天応元年 ①57$_9$ ⑤245$_2$, 277$_{15}$, 359$_9$, 445$_{11}$, 447$_{13}$, 455$_3$
天応元年五月廿四日の奏状 ⑤195$_9$
天応元年三月十二日 ⑤175$_{13}$
天応元年三月十六日 ⑤175$_{15}$
天応元年三月廿五日の昧爽より以前 ⑤175$_9$
天応元年七月五日の昧爽より以前 ⑤205$_3$
天応元年七月十八日 ⑤207$_4$
天応元年十二月廿五日 ⑤217$_{16}$
天応元年十二月廿日の昧爽より以前 ⑤217$_4$
天応元年正月一日の昧爽より以前 ⑤169$_4$
天応元年の例 ⑤477$_{14}$
天応二年 ⑤249$_6$
天応二年七月廿五日の昧爽より已前 ⑤245$_6$
天恩 ③231$_{11}$ ⑤135$_4$, 333$_{3・8}$, 473$_4$, 489$_6$
天恩を降す ②131$_{11}$

て
ぃ
ー
て
ん
(停・堤・程・隄・禎・綴・鼎・鄭・蹄・鵜・泥・狄・的・荻・惕・笛・適・敵・擢・耀・溺・滌・姪・哲・鉄・天)

297

続日本紀索引

てん（天）

天恩を望めり ②$135_5$
天恩を蒙り ①$189_{13}$
天下 ①$5_4$, 19_{13}, 25_{14}, 27_4, 31_9, 53_6, 71_{13}, 91_{14}, 97_5, 109_8, 113_6, 121_3, 123_6, 127_{16}, 163_9, 221_9, 225_{11}, 227_6, 235_2 ②$31_4$, 53^{-16}, 29_{11}, 37_1, 49_{14}, 53_8, 59_{11}, 63_{12}, 99_6, 111_5, 123_{10}, 131_{14}, $139_{13\cdot 15}$, $143_{8\cdot 12}$, 147_{14}, 171_3, 183_{10-11}, 249_7, 255_3, 299_3, 307_9, 325_{16}, 335_8, 351_8, 389_4, 403_6, 417_1, 419_{13}, 421_4, 437_{15} ③$15_{11}$, 21_5, 23_6, 57_{11}, 61_4, 79_{12}, 87_3, 107_{16}, 117_5, 183_6, 185_4, 209_2, 225_4, 265_7, 269_{11}, 271_4, 275_{16}, 281_3, 331_5, 351_{14}, 353_{13}, 367_5 ④$43_{11}$, 49_{16}, 61_{11}, 161_{16}, 175_{12}, 265_1, 303_{14}, 307_2, 311_{12-14}, $313_{11\cdot 14}$, 391_{15}, 403_9, 407_8 ⑤$181_{10}$, 183_7, 217_{15}, 221_1, 245_{15}, 333_{16}, 339_{16}
天下治めしし御世 ⑤$331_{16}$
天下申し給ふ ③$341_8$
天下太平 ①$139_9$ ②$327_4$ ③$83_{10}$, 257_{16} ④$149_7$, 255_9
天下大平の四字 ③$177_6$, 221_{16}
天下大平の字を現す ③$181_6$
天下と共に頂く ③$69_4$
天下得治めず成りぬ ⑤$177_7$
天下に高し ③$361_4$
天下に号令せしむ ③$215_{11}$
天下に告ぐ ②$51_6$
天下に赦す ①$29_{14}$, 119_{16}, 259_6 ③$9_1$ ④$59_1$, 225_{10}, 377_7, 417_6 ⑤$103_2$, 353_{11}, 395_9
天下に大赦す ①$51_1$, 55_{10}, 59_{15}, 63_7, 69_6, 79_3, 89_8, 123_7, 129_1, 187_2, 215_8 ②$35_{16}$, 51_3, 77_5, 93_{15}, 105_{11}, 139_9, 143_8, 169_{15}, 199_{14}, 217_{12}, 255_3, 271_6, 281_{16}, 291_4, 297_4, 321_{16}, $323_{13\cdot 15}$, 337_7, 349_5, 365_1, 397_{10} ③$15_{13}$, 39_7, 51_9, 55_{11}, 75_{11}, 81_6, 105_7, 115_{12}, 131_6, 137_7, 143_{15}, 151_6, 155_7, 157_{13}, 181_{14} ④$49_{12}$, 119_3, 235_{14}, 287_3, 313_{10}, 397_{16}, 399_{16}, 405_{12}, 445_{10} ⑤$51_1$, 67_2, 169_4, 175_9, 217_4, 245_5, 465_5
天下に被らしむ ③$225_{12}$
天下に布れ告ぐ ②$51_7$, 199_2
天下に臨みたまひしこと ⑤$35_{11}$
天下の挙哀 ④$297_4$
天下の凶服 ④$297_7$
天下の行業の徒 ①$25_{13}$
天下の業 ②$141_{1\cdot 14}$
天下の君と坐す ②$223_3$
天下の群神 ③$415_{15}$ ⑤$17_9$
天下(の)公民 ①$3_{13}$, 5_4, 119_{14}, 123_6, 127_5 ②$139_{11}$, 143_4, 215_{10} ③$67_2$, 85_{12}, 215_6, 265_2, 315_5 ④$241_2$, 311_6, 313_3, 323_6, 327_9, 333_{15}, 399_{14} ⑤$177_5$, 179_8, 181_5

天下の幸民 ⑤$31_{15}$
天下の高年 ③$183_{16}$
天下の高年百歳已上 ⑤$39_{14}$
天下の国分寺 ③$353_{12}$
天下の罪人 ①$59_2$ ②$397_{11}$ ④$327_{12}$
天下の士女 ⑤$427_{13}$
天下の事 ②$223_8$
天下の愁 ③$209_6$
天下の諸国 ①$53_{15}$, 61_9, 85_{13-14}, 109_{10}, 123_{16}, 187_5, 197_4 ②$93_{13}$, 123_{14}, 137_9, 165_5, 169_7, 345_7, 353_6, 355_1, 365_{10}, 389_{11}, 445_{13}, 451_1 ③$71_6$, 45_8, 49_7, 51_{12}, 57_{13}, 159_7, 165_6, 225_{13}, 227_6, $257_{4\cdot 7}$, 277_3, $281_{3\cdot 10}$, 335_{10}, 355_8, 359_{15}, 363_7, 381_7, 429_6 ④$31_8$, 47_4, 85_7, 101_{10}, 175_8, 307_1, 327_5, 337_9, 411_5, 421_{10}, $431_{7\cdot 12}$, 437_{16}, 441_{8-9} ⑤$17_{12}$, 221_7, 253_6, 391_2, 499_{11}
天下の諸国往々に在り ⑤$485_{10}$
天下の諸国の国分寺 ④$393_{14}$
天下の諸国の国分二寺 ⑤$451_{13}$
天下の諸国の神社 ③$283_2$
天下の諸寺 ②$355_{11}$ ③$61_4$, 323_{15}
天下の諸社 ④$231_3$ ⑤$17_9$
天下の諸神 ⑤$67_8$
天下の諸人 ④$77_5$
天下の諸人民 ④$259_{11}$
天下の神祇 ③$415_{15}$
天下の神宮 ②$389_3$
天下の人 ②$199_1$, 421_6 ④$33_{15}$
天下の人民 ④$103_9$
天下の政 ②$139_{13}$, 141_5, 223_4, 225_3 ⑤$265_{10\cdot 12}$ ④$77_{14}$, 253_{12}
天下の政事 ④$173_{12}$, 259_9
天下の政は授け賜ふ ⑤$177_{10}$
天下の政を聞こし看す事 ③$263_{10}$
天下の勢 ②$431_{15}$
天下の責 ④$83_3$
天下の難き事に在れ ③$197_7$
天下の百姓 ②$89_1$, 211_5, 219_4, 277_{12}, 325_{15}, 335_{13} ③$183_2$ ④$373_8$, $383_{3\cdot 8}$ ⑤$125_{14}$, 159_4, 177_{15}, 465_9
天下の百姓衆 ③$73_{13}$
天下の婦女 ②$235_8$
天下の富 ②$43_{14}$
天下の物 ⑤$145_{15}$
天下の宝 ④$215_{11}$
天下の民 ③$165_5$
天下の撰 ④$417_3$
天下の有位 ⑤$249_7$, 327_{13}, 331_7
天下の老人 ⑤$169_{16}$

298

続日本紀索引

天下は知らしめす物に在る ③$263_9$
天下平けく ②$215_{12}$
天下平民 ①$141_1$
天下奉し賜ふ ③$69_{10}$
天下乱る ③$211_2$
天下を化く ②$89_7$
天下を治むるに足らず ④$79_8$
天下を治めしめむと念ひて在る人も在るらし ④$79_5$
天下を守り王の大なる則并す内をこの人に任せば昊命大平ならむ ③$249_3$
天下を守る ③$249_5$
天下を撫で恵で賜ふ事 ③$69_1$
天下をも乱る ⑤$179_1$
天崖 ②$189_6$
天官 ④$317_4$
天官御座に坐す ②$215_{11}$
天官書 ③$237_4$
天渙に沐す ⑤$335_1$
天鑒 ④$367_{16}$
天休に悩ふ ③$271_{14}$
天休に答ふ ⑤$335_{13}$
天休を奉けたまはりて倍惕る ④$283_9$
天休を奉けたまはる ⑤$327_{11}$
天宮 ③$303_{8\cdot 12}$
天御中主命の廿世の孫 ⑤$205_{14}$
天呪 ③$21_{13}$, 181_{13}, 249_8
天闕 ⑤$31_{14}$, 35_{13}, 97_1
天皇 ①$3_{14}$, 5_6, 111_{10} ②$221_{15}$, 225_8, 415_{12}, 419_{12}, 421_{14} ④$63_6$, 311_5, 373_8, 383_3 ⑤$121_9$, 173_1, 475_7
天皇(応神) ⑤$469_{16}$
天皇(桓武) ⑤$181_3$, 217_8, 245_{12}, 257_8, $259_{8\cdot 10}$, 303_9, 307_{15}, 313_7, 345_8, $349_{3\cdot 7}$, 359_{11}, 391_{11}, 395_6, 403_{10}, 451_9, 463_5, 473_7, 499_{11}
天皇(元正) ②$3_6$, 23_7, 29_4, 33_1, 35_7, 51_{12}, 103_3, 109_5, 115_{11}, 127_8, 137_4, 139_3
天皇(元明) ①$119_{8\cdot 10\cdot 12}$, 159_5, 161_1, 221_3, 233_{15}
天皇(光仁) ③$309_{5\cdot 8\cdot 9}$, $311_{1\cdot 4}$, 331_{12}, $363_{5\cdot 7}$, 371_2, 403_2, 413_{11}, 419_7, $439_{6\cdot 10}$ ⑤$379_{1\cdot 14}$, 39_{10}, 45_9, 51_{14}, 69_7, 83_{13}, 101_4, 121_6, 131_8, 177_4, 221_{12}, 411_9
天皇(孝謙) ③$89_1$, 97_3, 101_6, $103_{4\cdot 6}$, $109_{9\cdot 10}$, 115_1, $119_{10\cdot 16}$, 129_5, 133_5, $137_{10\cdot 13}$, 157_3, $177_{6\cdot 14}$, 185_{14}
天皇(淳仁) ③$35_8$, 301_{14} ④$21_9$
天皇(称徳) ③$55_{10}$, 57_{13}, 101_{11}, 185_{15}, 225_{10}, 241_9, 255_{10}, $267_{7\cdot 8}$, 271_9, 275_6, 281_{11}, 287_{13}, 293_{16}, 297_{10}, $299_{5\cdot 9}$, 375_{12}

天皇(聖武) ②$145_6$, 147_{12}, 151_3, 153_{16}, 159_7, $163_{9\cdot 12}$, 165_8, 169_1, 171_{12}, 177_5, 179_3, $181_{4\cdot 7\cdot 14}$, $183_{9\cdot 15}$, $187_{15\cdot 16}$, 189_1, 191_2, 195_1, $201_{6\cdot 10}$, 209_{1-2}, 213_7, $215_{1\cdot 8}$, $229_{9\cdot 11}$, 231_6, 237_{14}, 243_5, $251_{3\cdot 7}$, 255_8, $265_{7\cdot 15}$, 273_1, 275_{13}, 281_9, 287_5, 289_8, 293_6, 295_{13}, 297_{12}, 299_{5-6}, 305_1, 307_5, 311_1, 331_{12}, 335_{5-7}, 337_5, 341_8, 347_3, 349_{14}, 351_{12}, $359_{2\cdot 13}$, $361_{3\cdot 10-11\cdot 15}$, 363_{10}, 385_5, 391_{11}, 393_{16}, 395_{10}, $401_{3\cdot 15}$, $403_{4\cdot 13}$, 405_9, 415_{6-7}, 429_7, 433_{11}, 437_2, 441_3, 449_{11} ③$310$, 7_{10}, 13_1, 17_2, 39_5, 43_9, 45_4, 53_2, 65_6, 77_3, 83_{13}
天皇(敏達) ⑤$471_9$
天皇(文武) ①$3_8$, 7_{16}, 23_3, $33_{5\cdot 8}$, 39_{15}, 49_{10}, 51_{12}, 55_2, 59_1, 73_{14}, 75_9, 87_8, $93_{10\cdot 14}$, 107_{12}, 109_{15}, 115_7
天皇(雄略) ④$55_8$
天皇が御子 ①$3_{14}$
天皇が御世 ①$127_6$
天皇が御世御世 ①$111_{11}$, 123_3, 127_6 ②$423_2$ ③$67_3$, 85_4, 263_5
天皇が御世重ねて ③$71_8$
天皇が御命 ②$143_{15}$ ③$85_{5\cdot 11\cdot 13\cdot 16}$, 87_5, 263_{15}, $317_{9\cdot 13}$, 319_5, 341_{12} ④$109_{10}$, $137_{9\cdot 14}$, $139_{2\cdot 11}$, 173_{16}, 175_{11}, 251_{11}, 257_5, 323_{11}, 327_{11}, $373_{12\cdot 15}$, 383_{11} ⑤$177_4$, $179_{4\cdot 7}$
天皇が御命に坐せ ③$97_7$
天皇が詔旨 ④$311_8$
天皇が大御名を受け賜はる ③$69_{14}$
天皇が大命 ①$55_{\cdot 12}$, 125_1 ②$141_{15-16}$, 423_6 ③$69_6$, 73_{14}, $197_{11\cdot 14}$, $217_{9\cdot 12}$ ④$241_{16}$ ⑤$13_7$, 37_3, 173_{12}
天皇が朝 ③$71_{16}$ ④$333_{14}$, $335_{10\cdot 12}$
天皇が朝守り仕へ奉る ③$73_1$
天皇が朝庭 ①$5_6$ ②$421_3$ ⑤$181_{15}$
天皇が朝に仕へ奉る ③$69_{16}$
天皇が朝を置く ④$333_{16}$
天皇が勅 ②$263_6$, $265_{6\cdot 13}$, 267_2 ④$313_{15}$ ⑤$181_{9\cdot 16}$, 183_8
天皇が勅旨 ⑤$179_{10}$
天皇が勅命 ④$399_{16}$
天皇が(の)御霊 ③$67_{15}$ ④$241_{12}$
天皇が命 ②$217_{14}$ ④$313_3$, 327_{14}, 401_3
天皇太帝(高宗) ①$81_9$
天皇と称さず ③$281_1$
天皇と奉称る ④$323_9$
天皇の位に即く ③$263_{16}$
天降り坐す ①$127_5$
天高けども卑ききに聴く物そ ⑤$179_4$
天高知日之子姫尊(高野朝臣新笠) ⑤$453_1$

て ん (天)

続日本紀索引

てん（天）

天災 ③$311_2$
天裁 ②$193_{14}$ ⑤$99_4$
天裁を聴く ②$153_{14}$, 193_{14} ③$329_7$ ④$152$, 293_3
　⑤$99_4$, 137_1, 157_7, 271_5, 429_4
天噴を受く ③$223_5$
天之高藤広宗照姫尊（藤原朝臣乙牟漏）⑤$465_{12}$
天之真宗豊祖父天皇（文武天皇）①$34$-5, 33_4, 65_4 ②$139_7$
天子 ②$135_{15}$, 357_{11} ③$139_{11}$, $297_{6\cdot 11\text{-}12}$, 299_5 ④$17_8$, 431_{10} ⑤$75_{3\text{-}4}$, 77_5, $95_{1\cdot 5}$
天子座の金輪幢 ③$161_8$
天子念す ③$281_8$
天子の七廟 ⑤$495_{14}$
天子を撃つ ③$299_1$
天資 ④$105_{11}$
天時に応ふ ⑤$327_9$
天璽国押開豊桜彦尊（聖武天皇）③$279_{14}$
天璽国押開豊桜彦天皇（聖武天皇）②$139_{4\text{-}5}$, 177_4, 243_4, 287_4, 337_4, 385_4, 415_4 ③$34$, 39_4
天社の神 ④$103_8$
天序を承く ⑤$393_{13}$
天翔り給ひ見行し ④$257_{13}$
天心に順ふ ③$81_4$
天心に達らず ②$123_9$
天心を賀す ①$169_5$
天津日嗣高御座の業 ①$5_2$
天神 ⑤$353_7$
天神地祇 ②$219_{13}$, 259_3, 373_8 ③$97_{10}$, 349_3 ④$253_6$, 259_{11}, 261_{10} ⑤$31_5$, 311_{11}
天神を祀る ⑤$393_3$
天真宗豊祖父天皇（文武天皇）①$119_7$
天人 ④$37_{16}$
天穂日命の十四世の孫 ⑤$201_{14}$, 509_8
天穂日命より出づ ⑤$201_{13}$, 509_7
天性 ③$379_6$
天晴る ④$59_7$, 93_{15}
天宗高紹天皇（光仁天皇）②$329_6$ ④$309_4$, 363_4, 419_4 ⑤$34$, 57_4, 69_8, 121_4, 215_{12}, 221_{11}, 231_6, 247_{15}, 411_{11}, 453_4
天宗を滅す ③$215_2$
天草郡（肥後国）②$441_8$ ⑤$79_4$, 81_{10}
天孫の僣号 ④$371_{12}$
天尊を人願に降す ③$269_{13}$
天地 ①$185_{14}$ ②$3_{10}$, 89_{16}, 137_2, 179_6, 249_3 ③$137_5$ ④$77_{16}$, 79_6, $173_{5\text{-}6\cdot 15}$, 253_8, 397_{15}, 445_7
天地開闢けしより以来 ③$65_{10}$
天地四方を礼拝 ③$203_7$
天地四方を礼む ②$215_{13}$
天地と共に ①$121_{16}$ ②$419_{16}$, 423_2 ③$69_{12}$
天地と共に長く ①$121_4$
天地と与に ②$389_{14}$ ③$231_{10}$
天地の ②$215_{13}$
天地の逆と云ふ ④$253_6$
天地の貺へる ②$141_9$ ④$313_7$
天地の経義 ①$103_4$
天地の恒理 ①$141_8$
天地の災 ②$279_6$
天地の災異 ③$49_{11}$
天地の災異を陳ぶ ②$365_{12}$
天地の諸神 ③$181_9$
天地の心 ①$121_{13}$, 129_7 ②$143_1$ ③$67_6$
天地の神 ①$127_{13}$ ③$217_5$
天地の神たち ④$173_{12}$, 241_{12}
天地の福も蒙らじ ④$257_{14}$
天地の覆ひ載するが若く ③$237_{15}$
天地の理 ②$103_9$
天地八方 ②$215_{11}$
天地も憎み給まはず ④$261_{13}$
天地を括し ④$285_2$
天地を恨む ④$261_{12}$
天地を拝む ③$205_3$
天智天皇 ①$3_7$, 63_4, 121_3, 147_8 ②$141_7$ ③$71_1$, 85_6, 229_{10} ④$109_6$, 309_5, 335_9 ⑤$181_6$
天智天皇五年 ①$13_5$
天智天皇二年 ④$205_{16}$, 443_3
天智天皇の忌日 ①$63_4$
天智天皇の皇女 ①$19_{12}$, 21_9, 27_{13} ②$277_3$, 327_8
天智天皇の孫 ④$309_6$
天智天皇の第四の皇女 ①$119_6$
天智天皇の第四の女 ①$3_7$
天智天皇の第七の皇子 ②$19_2$
天誅を行ふ ⑤$147_{10}$
天誅を逭る ⑤$435_6$
天長く ⑤$145_{15}$
天長節 ④$59_2$
天長（節）④$463_2$
天長節 ⑤$111_8$
天朝 ②$189_4$ ④$13_4$, 81_{14} ⑤$85_4$
天聴を煩はす ⑤$479_{10}$
天勅を奉けたまはりて ②$313_{10}$
天つ位に嗣ぎ坐すべき次 ②$223_1$
天つ神（歌謡）②$421_{11}$
天つ神の御子 ①$5_1$
天（つ）日継高御座の継ては授けまつる ④$259_8$
天（つ）日継の位 ④$47_{15}$
天（つ）日嗣 ①$123_3$, 127_6 ②$139_{14}$, $141_{5\cdot 14}$, 143_6

③$71_4$ ⑤$35_{16}$
天(つ)日嗣高御座に坐す ③$67_3$
天(つ)日嗣高御座の業 ③$85_{4\cdot 8\cdot 10\cdot 14}, 263_7$ ④$311_{10}$
天(つ)日嗣高御座の業と坐す事 ③$69_{13}$
天(つ)日嗣高御座の坐 ③$317_2$
天(つ)日嗣高御座の次 ③$215_7$
天(つ)日嗣高座の業 ③$265_3$ ⑤$181_6$
天(つ)日嗣と為む ④$241_8$
天(つ)日嗣の位 ①$121_9$
天(つ)日嗣の業 ①$127_9$ ③$67_6$
天帝 ⑤$469_{11}$
天挺 ③$61_9$
天渟中原瀛真人天皇(天武天皇) ①$3_5$ ②$3_5, 191_5, 295_7, 297_1$
天渟中原瀛真人天皇(天武天皇) ③$261_5$
天田郡(丹波国) ④$129_{11}, 413_5$ ⑤$321_3$
天田郡大領 ⑤$321_3$
天と謂ふ ③$269_5$
天と事を通はす ③$245_{14}$
天とする所なり ②$117_8$
天道 ③$367_3$ ④$161_{15}$
天に違く ③$299_{10}$
天に違ふ ②$371_1$ ③$209_{10}$
天に坐す神 ①$5_2, 127_{11}$ ②$217_{10}$ ③$67_{10\cdot 14}, 263_7$ ④$311_{11}$
天に慚づ ④$317_6$
天に順ふ ③$367_3$
天に承く ③$285_{12}$
天に先ちて時に奉ふること能はず ④$289_8$
天に則り ③$245_8$ ⑤$471_{14}$
天に代りて ②$129_{14}$
天に日月在る ②$223_5$
天年の寿を遂ぐ ④$431_{15}$
天の恩 ①$187_3$
天の御門帝皇(聖武天皇) ④$259_3$
天の呪 ②$35_{16}$
天の教に従ひ ④$181_{11}$
天の時 ②$319_8$
天の授け給はぬ人に授く ④$259_{12}$
天の授け賜はむところ ④$47_{16}$
天の授けぬを得て在る人 ④$47_{12}$
天の縦せる ①$235_9$ ③$229_{10}$
天の縦せる寛仁 ①$3_8$
天の先帝(聖武) ④$43_{10}$
天の日嗣 ④$255_{16}, 383_7$
天の福も蒙る ④$257_{16}$
天の覆はず地の載せぬ所と成り ④$263_2$
天のゆるして授くべき人は在らむと念ひ ④$47_{14}$
天は不言を以て徳とす ③$269_6$
天府に帰せず ⑤$135_{10}$
天武天皇 ①$3_5$ ②$3_6, 127_4, 295_7, 297_1$ ③$261_5, 443_1$
天武天皇の皇女 ①$51_9, 139_8$ ②$391_{10}$ ③$111_7$
天武天皇の孫 ①$3_5$ ②$3_5, 207_2$ ③$261_5$
天武天皇の第九の皇子 ①$87_{14}$
天武天皇の第五の皇子 ①$233_1$
天武天皇の第三の皇子 ②$297_1$
天武天皇の第四の皇子 ①$231_2$
天武天皇の第七の皇子 ②$295_8$
天武天皇の第六の皇子 ①$19_4$
天文 ③$295_8$ ④$357_1$
天文学 ③$227_{14}$
天文生 ③$237_4, 277_6$
天文の書 ④$181_5$
天文博士 ①$177_2$ ⑤$71_4, 137_{11}$
天平応真皇太后(藤原朝臣光明子) ③$353_{16}$
天平応真仁正皇太后(藤原朝臣光明子) ③$271_{13}, 275_{3\cdot 14}, 353_2$
天平感宝元年 ③$71_2, 77_{12}, 87_{14}$ ④$105_9$
天平感宝元年閏五月十日昧爽より已前 ③$81_7$
天平九年五月十九日の昧爽より以前 ②$323_1$
天平九年四月 ②$321_{10}$
天平九年四月一日 ②$315_{13}$
天平九年四月三日 ②$317_1$
天平九年四月十一日 ②$317_3$
天平九年七月廿二日の昧爽より以前 ②$323_{16}$
天平九年十九年 ④$413_{10}$
天平九年二月十九日 ②$315_2$
天平九年二月廿五日 ②$315_{12}$
天平元年 ②$217_{12}, 447_{11}$ ③$353_{10}, 441_{10}$
天平元年十一月十五日 ④$381_5$
天平元年二月十二日 ②$207_6$
天平元年より以住 ②$249_9$
天平五年 ②$305_5, 357_3$
天平五年五月廿六日の昧爽より以前 ②$271_6$
天平三年 ②$269_{14}$ ④$381_6$
天平四年 ②$267_4, 279_{15}$
天平四年七月五日の昧爽より已前 ②$259_6$
天平四年十一月廿七日の昧爽より已前 ②$265_9$
天平四年の節度使 ⑤$149_{3-4}$
天平四年八月廿二日 ③$309_6$
天平七年 ②$357_9$ ③$31_2, 141_3, 413_8$ ④$459_{13}$ ⑤$83_8$
天平七年五月廿日昧爽より已前 ②$291_4$
天平七年閏十一月十七日の昧爽より已前 ②$297_4$

続日本紀索引

てん（天）

天平七年の格　③147₁₃
天平七年の冬　②303₁₄
天平十一年　④381₇
天平十一年以前　②365₂
天平十一年二月廿六日　②349₉
天平十一年二月廿六日の戌時より以前　②349₆
天平十九年十二月十四日昧爽より以前　③51₁₀
天平十九年正月一日昧爽已前　③39₈
天平十九年六月　④45₁₆
天平十五年　⑤477₁
天平十五年五月　②419₉
天平十五年歳癸未に次る十月十五日　②431₁₁
天平十五年三月　②419₉
天平十五年七月　②431₁
天平十五年正月十四日　②415₁₅
天平十五年の格　④77₃
天平十五年より以前　③117₁₅
天平十五年六月廿四日　②427₉
天平十三年　②415₇
天平十三年九月八日午時より以前　②397₁₀
天平十三年七月　②399₁₄
天平十三年二月　⑤269₁₀
天平十三年二月十四日　③49₅
天平十三年六月　②397₆
天平十四年　④105₈　⑤47₅, 265₆
天平十四年十月廿三日未時　②411₁₀
天平十四年十月廿八日　②411₁₀
天平十四年の図籍　⑤501₇
天平十七年　③207₁₂　⑤345₁₂
天平十七年四月廿七日の昧爽より以前　③9₁
天平十七年の式　⑤481₄
天平十二年　②389₄　④97₈　④303₅　④47₄, 265₅
天平十二年九月廿一日　②369₂
天平十二年九月廿二日　②369₄
天平十二年十一月一日　②377₇
天平十二年十一月三日　②377₉
天平十二年十月十九日の奏　②377₄
天平十二年十月廿三日丙子　②377₂
天平十二年十月の末　②377₈
天平十二年六月十五日の戌時より以前　②365₁
天平十年五月　②357₁₂
天平十年三月　②357₁₂
天平十年十月廿九日の表　②351₁₆
天平十年閏七月十四日の勅　③255₁
天平十八年　③41₁₃　④185₁₁　⑤47₅
天平十八年三月十五日昧爽より以前　③23₉
天平十六年　③71₆
天平十六年二月十三日の詔旨　③117₁₄
天平廿一年　③77₁₁

天平廿一年四月一日昧爽より以前　③75₁₂
天平廿年　④57₁₁, 105₉
天平廿年三月八日昧爽より已前　③55₁₁
天平勝宝以後　⑤163₉
天平勝宝九歳　③339₅　④57₁₃, 303₁₁, 331₅
天平勝宝九歳五月廿六日の勅書　③255₇
天平勝宝九歳歳丁酉に次る夏五月八日　③223₁₃
天平勝宝九歳三月十九日辛丑　③261₈
天平勝宝九歳四月四日の恩詔　③255₁₆
天平勝宝九歳四月四日昧爽より以前　③181₁₅
天平勝宝九歳の記の中に在り　④181₁₃
天平勝宝九歳の逆党　④29₃₁
天平勝宝九歳八月十八日　③225₁₂, 327₉
天平勝宝九年　④181₁₂
天平勝宝元年　③87₁₅, 353₁₄　④27₂
天平勝宝元年より已前　③117₁
天平勝宝五年　③331₇, 413₁₀　⑤87₁₃
天平勝宝五年十二月七日　③139₇
天平勝宝五年二月十五日の勅　⑤161₁₁
天平勝宝三年　⑤199₁₀
天平勝宝三年九月の太政官符　⑤283₁₀
天平勝宝四歳　⑤163₉
天平勝宝四年　③431₁₆　④127₁₆, 211₁₀, 449₁₄, 461₃
天平勝宝七歳　③153₅　④87₁₃
天平勝宝七歳冬十一月　③195₇
天平勝宝七歳の図籍　⑤501₇
天平勝宝七年　③153₅
天平勝宝二年　④461₂
天平勝宝二年二月十三日　③359₉
天平勝宝年中　②267₁　⑤45₆
天平勝宝の初　②231₃, 447₈, 477₄
天平勝宝八歳　③261₇, 441₁₃　④57₁₁
天平勝宝八歳五月　③249₁₅
天平勝宝八歳四月　③209₁₂
天平勝宝八歳の勅　②139₅
天平勝宝八歳の乱　⑤45₉
天平勝宝八年　④461₅
天平勝宝八年より已前　③227₄
天平神護　④61₇
天平神護元年　④63₁, 125₁₂, 381₈, 391₁₅, 451₁₃
　⑤411₇, 447₉
天平神護元年十一月　⑤411₈
天平神護元年正月　④173₉
天平神護元年より以来　④327₃
天平神護三年　④175₁₀
天平神護中　⑤81₁₆
天平神護二年　④115₂, 199₁₂, 331₆, 461₈　⑤

302

続日本紀索引

277$_{12}$, 405$_{14}$, 445$_{10}$
天平神護二年四月廿六日の格 ⑤97$_{11}$
天平神護二年四月二十八日の昧爽より巳前 ④119$_3$
天平神護二年二月廿日 ④125$_6$
天平神護二年より已往 ④205$_7$
天平神護二年六月 ④139$_{13}$
天平神護年中 ⑤107$_{15}$
天平神護の初 ⑤265$_9$
天平中 ⑤163$_8$, 447$_7$
天平年中 ④127$_{12}$, 443$_4$
天平の化 ③271$_9$
天平の末 ④113$_{14}$ ⑤277$_{10}$, 411$_5$
天平八年 ④57$_{10}$
天平八年五月の符 ③167$_{13}$
天平宝字九年 ④63$_1$
天平宝字元年 ③225$_{12}$, 241$_{15}$ ④273・5, 57$_{14}$ ⑤133$_5$, 339$_3$
天平宝字元年四月四日乙巳 ③261$_{13}$
天平宝字元年七月二日 ③203$_8$, 215$_{14}$
天平宝字元年十月十一日の式 ⑤371$_3$
天平宝字元年八月より以来 ③253$_{13}$
天平宝字元年・八年両度の逆党 ④405$_{14}$
天平宝字元年より已前 ③277$_1$
天平宝字元年六月 ③203$_3$
天平宝字元年六月廿九日 ③203$_{14}$, 215$_{12}$
天平宝字五年 ③425$_7$ ④375$_{10}$
天平宝字(五年三月十日の格 ④391$_{14}$
天平宝字五年十月十六日の昧爽より已前 ③393$_8$
天平宝字三年 ③281$_5$
天平宝字三年五月九日の勅 ③323$_9$
天平宝字三年十月 ③333$_7$
天平宝字三年の符 ③229$_4$
天平宝字三年八月廿九日 ③329$_4$
天平宝字四年 ④27$_7$, 115$_1$, 267$_3$
天平宝字四年三月十六日 ④385$_{15}$
天平宝字四年十一月六日の昧爽より巳前 ④367$_4$
天平宝字四年の格 ④395$_{15}$ ⑤45$_{15}$
天平宝字七年 ④453$_{11}$, 461$_5$
天平宝字七年十月 ④19$_3$
天平宝字七年十二月十の勅 ④11$_{15}$
天平宝字中 ⑤257$_2$, 265$_7$, 277$_{11}$, 339$_4$, 359$_3$, 407$_6$, 411$_6$, 445$_9$, 477$_5$
天平宝字二年 ①3$_6$ ②139$_6$ ③101$_5$, 353$_{15}$, 413$_{12}$ ④27$_5$, 87$_{14}$, 157$_{10}$, 213$_8$, 407$_6$, 443$_7$
天平宝字二年十月廿五日の勅 ⑤99$_1$
天平宝字の初 ④267$_2$

天平宝字八年 ④75$_{13}$, 87$_{15}$, 115$_2$, 143$_{13}$, 169$_5$, 185$_{12}$, 207$_3$, 267$_4$, 315$_{13}$, 345$_{12}$, 375$_{12}$, 395$_4$, 411$_6$, 447$_{10}$ ⑤257$_2$, 339$_5$, 359$_3$
天平宝字八年九月 ④331$_5$
天平宝字八年九月五日 ④45$_{10}$
天平宝字八年九月十一日 ④37$_{11}$
天平宝字八年九月十八日 ④37$_{14}$
天平宝字八年九月廿八日 ④37$_3$
天平宝字八年三月廿二日の勅書 ⑤149$_{14}$
天平宝字八年十月十六日 ④49$_{12}$
天平宝字八年十月十六日の昧爽より已前 ④49$_{12}$
天平宝字八年十二月廿八日の昧爽より已前 ④59$_1$
天平宝字八年正月 ④315$_{14}$
天平宝字八年の中 ④375$_{16}$
天平宝字八年の勅 ④321$_{12}$
天平宝字八年の乱 ③439$_{13}$ ④453$_{11}$ ⑤39$_7$
天平宝字八年の乱 ④281$_{11}$
天平宝字より後 ⑤201$_1$
天平宝字六年 ③425$_{11}$
天平六年 ④27$_1$
天平六年四月七日 ②277$_{15}$
天平六年四月廿一日の勅に准へ ③403$_{14}$
天平六年十月 ②357$_4$
天兵 ⑤439$_5$, 441$_1$
天宝十五載 ③297$_8$
天宝十五載七月己卯 ③297$_{12}$
天宝十五載七月甲子 ③297$_{11}$
天宝十五載十月 ③297$_{14}$
天宝十五載六月六日 ③297$_{10}$
天宝十四載歳乙未に次る十一月九日 ③297$_1$
天宝十四載十二月 ③297$_5$
天宝十二載歳癸巳に在れる正月の朔癸卯 ③139$_{10}$
天宝二載 ③431$_9$
天命開別天皇(天智) ①3$_7$, 119$_5$
天網 ④49$_{11}$
天門を開き通す ③223$_{15}$
天野女王 ⑤127$_{12}$
天よりこれに応へ ⑤167$_{16}$
天より祐く ③225$_7$
天竜降る ②135$_{15}$
天を感ずこと能はず ⑤215$_{16}$
天を仰ぐ ②325$_{15}$
天を経にす ②305$_{15}$
天を大としこれに則る ⑤167$_{11}$
典 ③361$_{14}$
典経の垂範 ⑤325$_{10}$

てん（天・典）

303

続日本紀索引

てん（典・珍・点・畋・添・転・奠・塡・謟・霑・靦・顛・纒・田）

典故 ⑤$39_{12}$
典策に拠る ③$271_{12}$
典冊 ④$13_{15}$
典侍 ③$13_{14}$ ⑤$41_{10}$, 47_1, 157_{16}
典章に昧し ③$269_8$
典章に率ふこと靡し ③$385_9$
典籍を持す ③$287_6$
典膳 ③$113_2$ ④$323_{16}$
典掃 ⑤$385_3$
典蔵 ④$299_8$ ⑤$207_6$
典蔵に准ふ ①$223_9$ ⑤$47_2$
典鋳（正） ②$163_{16}$
典薬員外助 ④$351_4$
典薬生 ②$174$
典薬頭 ②$265_2$, 343_{12}, 427_{16} ③$145_6$, 313_8, 339_2 ④$7_2$, 379_1 ⑤$71_9$, 277_8, 317_6, 353_9, 409_{14}, 487_7
典薬寮 ②$551_4$ ③$227_{16}$ ⑤$385_7$
典礼 ②$3_6$
典礼に膺ふ ③$275_{11}$
珍く滅す ③$299_6$
点さしむ ①$107_6$
点差 ③$37_2$
点し加ふ ④$219_{2-3}$
点す ③$355_5$ ④$117_{10}$ ⑤$399_2$
点せしむ ①$201_6$
点ふ ②$409_{10}$ ⑤$135_{14}$
畋猟すること得ず ④$47_4$
畋遊 ①$181_7$ ⑤$367_{10}$
添下郡（大和国） ①$143_{13}$, 217_{16} ④$71_8$, 299_1
添下郡（大和国）の人 ②$447_{12}$
添県主 ④$71_9$
添上郡（大和国） ①$143_{13}$, 217_{16} ②$103_{11}$, 105_{15} ③$355_{10}$
添上郡（大和国）の人 ④$237_7$
転禍の勝縁を弘む ⑤$127_{10}$
転経 ①$139_9$ ②$81_{15}$, 83_3, 105_{11}, 163_7, 199_{13} ④$305_{14}$, 457_{16} →転読
転さる ④$461_9$ ⑤$139_{11}$, 445_{13}
転し運ばしむ ⑤$399_{13}$
転し授く ①$45_4$
転写 ⑤$107_{11}$
転餉 ⑤$479_1$
転す ②$7_2$, 11_{15}, 161_{12} ③$361_{13}$, 363_7 ④$9_{11}$, 27_8, 105_9, 153_{13}, 155_4, 325_1, 381_7 ⑤$265_{11}$, 411_{12}
転せしむ ②$313_{12 \cdot 14}$, 327_6
転た潔くす ③$277_8$
転読 ②$179_2$, 203_7, 291_{13}, 339_{11}, 355_{11}, 391_8, 417_1, 439_{16} ③$91_{10}$, 61_4, 83_6, 163_5, 169_9, 259_2, 351_4 ④$183_{16}$, 289_{15} ⑤$33_{14}$ →転経, 読経

転び壙る ①$177_8$
転輪に倦ましむ ⑤$267_{16}$
転りて買ひ得し家 ②$229_1$
転る ③$413_{12}$, 441_2 ④$331_{6-7}$ ⑤$199_{15}$, 257_5, 497_{16}
奠祭 ②$119_{15}$, 155_{12}, 321_{11}
塡す ⑤$371_9$
塡星 ②$159_7$, 175_1
塡ち溢る ⑤$165_{13}$
塡つ ④$117_{11}$
塡て償ふ ⑤$169_{16}$
塡て納む ⑤$341_{11}$
塡て備ふ ②$261_8$ ④$395_{16}$ ⑤$373_{15}$
塡て補ふ ⑤$479_{12}$
塡む ③$235_{11}$ ⑤$481_{2 \cdot 4}$
謟曲を心とす ②$445_{10}$
謟ひ欺く心無し ③$265_{11}$ ⑤$181_{14}$
謟ひ曲れる心无し ④$251_{13}$
霑潤 ④$457_2$
霑潤を蒙らしむ ④$123_2$
霑はず ①$189_{14}$ ②$51_2$
靦顔 ④$317_6$
顛躓 ⑤$75_{10}$
纒き造る ①$233_{14}$
纒向珠城宮に御宇しし垂仁天皇 ⑤$201_{14}$
田 ①$39_5$, $475 \cdot 10$, 673_{-5}, 83_{15}, 155_1, 195_{12}, $211_{7 \cdot 9}$ ②$111_{16}$, 149_{13}, 159_{15}, 161_{13}, 207_{14}, 231_9, 261_{14}, 291_{12}, 299_{15}, 441_9 ③$153_{11}$, 367_{11}, 381_{9-10} ④$276$, $221_{3 \cdot 7}$, $247_{5 \cdot 13}$, 353_2, 401_{12}, $415_{3 \cdot 7}$ ⑤$107_{13}$, 141_{15}, $307_{9 \cdot 11}$, 403_7, 501_3 →水田, 陸田
田夷 ②$315_5$
田夷村（陸奥国） ②$229_{16}$, 231_1
田夷の姓 ⑤$467_{13}$
田園 ①$471_6$, 89_2 ②$13_{13}$, 15_2 ③$385_{12}$ ④$415_3$
田園を営む ⑤$307_7$
田可臣真束 ③$55_4$
田河造 ⑤$429_{16}$
田河道（豊前国） ②$375_1$
田家 ③$19_1$
田家に就く ④$21_2$
田猟 ②$387_6$
田記 ①$197_5$
田形内親王 ①$107_4$ ②$145_4$, 191_4
田原山陵（大和国） ⑤$355_1$
田原鋳銭長官 ④$187_{10}$, 233_5
田原天皇（志紀親王） ③$309_6$, 345_5, 385_5
田原道（山背国） ④$29_2$
田原陵（大和国） ⑤$377_8$

304

続日本紀索引

田後部　④411$_6$
田口朝臣安麻呂　④143$_5$, 159$_{13}$, 169$_3$, 195$_1$
田口朝臣益人　①75$_{16}$, 135$_6$, 157$_7$, 225$_6$
田口朝臣家主　②165$_{15}$, 221$_9$
田口朝臣牛養　④25$_3$
田口朝臣御直(水直)　③189$_{11}$, 191$_{13}$, 335$_6$ ④319$_{10}$
田口朝臣広麻呂　①93$_4$
田口朝臣三田次　②299$_{12}$ ③27$_8$
田口朝臣清麻呂(浄麻呂)　⑤287$_{11}$, 293$_9$
田口朝臣祖人　⑤25$_3$, 271$_5$, 89$_{10}$
田口朝臣大戸(大万戸)　③339$_{11}$, 403$_4$, 421$_2$ ④7$_9$ ⑤25$_1$
田口朝臣大立　⑤257$_{14}$
田口朝臣年足　②197$_5$, 263$_9$
田口朝臣飯麻呂　⑤87$_3$
田口朝臣養年富　②305$_2$
田熟らず　③147$_{12}$
田少し　④187$_3$
田上王　③419$_4$ ④283$_1$, 447$_1$ ⑤123$_{13}$
田真高(人名)　④153$_3$
田数　⑤369$_8$
田井(姓)　⑤437$_8$
田租　①51$_2$, 49$_{15}$, 55$_{13}$, 61$_7$, 83$_{10}$, 123$_{16}$, 187$_5$, 207$_5$ ②33$_{10・13}$, 123$_{14}$, 155$_6$, 171$_{13}$, 219$_{6・15}$, 277$_{8・11}$, 279$_{11}$, 303$_{15}$, 309$_6$, 345$_{12}$, 397$_{7・9}$, 411$_9$, 431$_7$ ③71$_6$, 45$_3$, 47$_2$, 59$_3$, 79$_{12}$, 109$_4$, 137$_{1-2}$, 147$_{10}$, 157$_9$, 159$_7$, 185$_{11}$, 267$_2$, 333$_9$, 393$_7$, 397$_1$, 403$_{14}$, 425$_{11}$, 435$_9$ ④95$_7$, 99$_7$, 125$_{13}$, 175$_{7-8}$, 191$_{8・12}$, 199$_4$, 203$_{3・6}$, 205$_8$, 267$_{12}$, 285$_{13}$, 313$_{15}$, 343$_3$, 395$_{1・11}$, 449$_8$ ⑤21$_3$, 45$_{14}$, 103$_7$, 125$_{15}$, 169$_{14}$, 183$_8$, 281$_{12}$, 307$_3$, 311$_1$, 329$_2$, 441$_{12}$, 475$_{14}$, 483$_5$
田租の半　②249$_8$ ③227$_6$ ④267$_{12}$
田租の法　①107$_6$
田村記に具なり　③195$_{15}$
田村旧宮(大和国)　④449$_8$ ⑤33$_6$
田村宮(大和国)　③185$_{14}$
田村宮(大和国)の図　③207$_2$
田村宮(大和国)を囲む　③195$_{16}$, 199$_{11}$
田村後宮(大和国)　⑤251$_{12}$
田村第(大和国)　③119$_{16}$, 179$_{11}$, 261$_{13}$, 305$_{11}$ ⑤303$_9$
田宅　②281$_3$ ④251$_4$ ⑤101$_{13}$, 275$_2$
田地　③51$_3$
田池　②131$_{13}$
田中王[1]　①177$_{12}$
田中王[2]　④149$_{13}$, 207$_9$, 341$_6$ ⑤23$_{11}$, 31$_8$, 51$_9$, 61$_4$

田中朝臣吉備　⑤315$_7$
田中朝臣広根　④399$_8$
田中朝臣三上　②299$_{12}$, 339$_{16}$
田中朝臣少麻呂　③53$_{14}$
田中朝臣浄人(清人)　⑤415$_2$, 425$_5$, 461$_{10}$
田中朝臣浄足　②275$_8$
田中朝臣足麻呂　①11$_9$
田中朝臣多太麻呂(太多麻呂)　③189$_{12}$, 193$_5$, 327$_7$, 339$_{10}$, 395$_2$, 405$_{12}$, 417$_9$ ④11$_7$, 231$_6$, 39$_4$, 183$_4$, 249$_7$, 289$_2$, 295$_{12}$, 337$_3$, 343$_{14}$, 379$_8$ ⑤49$_8$, 51$_8$, 57$_9$
田中朝臣大魚　⑤417$_{11}$
田中朝臣稲敷　②67$_2$
田中朝臣難波麻呂　④447$_5$
田中朝臣飯麻呂　①39$_3$
田中朝臣法麻呂　①19$_{16}$
田疇　①11$_6$, 227$_2$ ②131$_{14}$ ④449$_7$ ⑤475$_{11}$
田疇開かず　①181$_6$
田疇に赴く　②179$_{14}$
田佃ること得しむ　③255$_2$
田に帰る　①199$_8$ ②97$_{15}$
田の数　②227$_{14}$
田苗　②321$_{11}$
田部王　③111$_{13}$
田部宿禰足嶋　④65$_{13}$, 249$_{13}$
田部宿禰男足　④41$_{10}$, 185$_2$, 193$_4$, 351$_3$
田部直息麻呂　④219$_9$, 245$_1$, 343$_1$
田儛　⑤37$_{16}$
田辺公吉女　④69$_{11}$, 71$_3$
田辺史広足　②245$_5$, 253$_{15}$
田辺史広浜　③89$_7$　→上毛野公広浜
田辺史広本　⑤23$_9$
田辺史高額　③5$_6$, 15$_6$
田辺史首名　①29$_8$
田辺史浄足　⑤83$_{12}$, 241$_8$, 247$_{16}$
田辺史難波(難破)　②159$_{13}$, 315$_{16}$, 317$_{10・15}$, 319$_4$, 353$_8$, 449$_{15}$
田辺史難波(難破)　③103$_{14}$　→上毛野君難破
田辺史比良夫　①159$_{13}$
田辺史百枝　①29$_7$
田猷　②13$_{3・11}$, 429$_{12}$
田野　②19$_{13}$
田野を占ふ　①203$_{15}$
田圃　①215$_6$
田領を罷む　①39$_{11}$
田を検しむ　⑤349$_{15}$
田を検ふ　③337$_5$
田を校ふ　③339$_4$
田を賜ふ　②9$_{14}$, 113$_2$

てん(田)

てん（田・伝・佃・殿）

田を種うること得ぬ者 ④163$_9$
田を売買す ①195$_{11}$
田を売る ⑤117$_2$
田を班たず ②231$_8$
田を班つ ⑤501$_8$ →班田
伝 ②235$_4$
伝駅 ②267$_7$
伝駅戸 ③267$_1$
伝授する無し ③431$_{11}$
伝誦 ⑤201$_2$
伝世の賜 ③285$_3$
伝生（紀伝生） ③237$_3$
伝灯 ⑤341$_3$
伝に乗る ②71$_{13}$
伝の馬 ⑤153$_1$
伝ふ ①45$_2$, 235$_{11}$ ②187$_1$, 447$_{16}$ ④251$_2$
伝ふること勿かれ ①45$_3$
伝ふる者 ⑤339$_{16}$
伝ふる所 ④15$_{11}$
伝符 ①87$_{12}$
伝符を給ふ ②171$_{7-8}$
伝へ ④81$_{15}$

伝へ行ふ ③351$_{11}$
伝へ授く ②115$_2$
伝へ習はしむ ④265$_4$
伝へ習ふ ②211$_7$
伝へ聞かく ④271$_3$
伝りて今に至る ③229$_{13}$
伝路 ④199$_5$
伝（論語） ①171$_7$
佃使 ⑤479$_6$
佃らず ②257$_{14}$
佃り食む ②9$_2$
佃る ②229$_3$, 231$_{9·11}$
殿 ②341$_9$ ④161$_{10}$
殿上 ②65$_9$ ④189$_6$ ⑤395$_{14}$
殿上に侍らしむ ④267$_6$
殿上に昇ら ⑤415$_4$
殿中 ⑤471$_{11}$
殿の後 ③65$_8$
殿の上 ②387$_{12}$
殿の前 ②89$_5$, 269$_8$
殿（仏殿） ③165$_{11}$
殿門 ③71$_{10}$

と

としとど(歌謡) ④$309_{12-13}$
斗 ①$123_{12}$, 141_{14} ②$374$, 143_{10-11}, 181_1, 291_{10} ③$79_7$ ④$247_{12}$ ⑤$383_{6-7}$
斗ごと ④$75_6$
吐号浦(渤海国) ⑤$27_6$
吐納 ②$61_9$ ④$113_{12}$
吐蕃 ③$139_{12 \cdot 16}$
吐羅楽 ⇨度羅(吐羅)楽
徒以下 ②$165_6$
徒一年 ①$173_{12}$
徒罪 ②$385_{13}$
徒罪已下 ①$151_6$ ②$57_{13}$, 265_9
徒衆 ①$55_8$ ③$199_8$ ④$437_{10}$ ⑤$139_8$
徒衆を聚む ③$149_1$
徒族 ④$297_{12}$
徒に従ふ ②$165_6$
徒に処す ⑤$163_{4-5}$
徒に設く ⑤$437_{12}$
徒に当つ ①$147_7$
徒に費す ④$219_1$, 303_9 ⑤$209_{13}$
徒有り ⑤$165_3$
徒を結ぶ ②$253_3$
徒を免る ③$245_2$
荼毒昨の如し ⑤$247_6$
荼毒尚深し ②$217_{14}$
荼毒より深し ③$171_{10}$
途窮る ④$129_{15}$
途中 ③$235_4$ ⑤$433_{13}$
途泥む ②$375_{14}$
途に触れて ①$123_8$
途に触れて著る ②$207_4$
途に進む ⑤$37_4$
途を進むに堪へず ⑤$41_{16}$
途を進ままく欲す ⑤$75_{13}$
途を進む ⑤$19_4$
途を進むに堪へず ⑤$243_{10}$
菟原王 ③$111_{10}$
菟原郡(摂津国) ④$243_4$
菟原郡の人 ④$243_4$
都下の四十八寺 ②$77_{11}$
都下の四大寺 ③$303_4$
都下の諸寺 ①$139_9$ ②$105_{11}$
都下の男女 ③$7_{10}$
都賀郡(下野国) ④$455_1$
都祁山の道 ①$231_3$

都座 ②$121_9$
都城 ⑤$299_9$
都亭の駅 ①$163_{13}$
都督衙 ④$27_{14}$
都督四畿内三関近江丹波播磨等国兵事使 ④$19_{13}$
都督使 ④$27_{12}$
都督使管内の兵士 ④$27_{13}$
都督府(唐) ③$297_{11}$
都努朝臣筑紫麻呂 ⇨角朝臣筑紫麻呂
都努朝臣道守 ⇨角朝臣道守
都に近き両郡を割く ③$393_{14}$
都に入る ⑤$447_4$
都の下の諸寺 ①$91_{13}$
都の中の士女 ②$277_1$
都の内に入れる者 ②$403_{10}$
都鄙 ③$61_{10}$
都慕王(百済) ⑤$453_8$
都慕大王(百済) ⑤$469_{10}$
都麻都比売神社(紀伊国) ①$53_{11}$
都邑を建つ ①$131_{13}$
都裏 ②$123_2$
都を建つ ⑤$413_6$
都を遷す ①$27_7$, 157_4, 161_{11} ③$391_{13}$ ⑤$29_{13}$, 349_4, 391_8 →遷都
屠り殺す ③$387_{3-4}$
屠りを断つ ②$121_1$, 259_5, 321_{14}
屠る ③$379_8$
屠ることを断む ④$459_1$
渡海 ③$431_{15}$
渡海すること得 ③$19_2$
渡海すること得ず ③$411_{10}$ ⑤$31_6$
渡会郡 ⇨度会郡
渡海の料 ④$423_{15}$
渡相神主(姓) ①$165_1$
渡嶋津軽津司 ②$67_4$
渡嶋の蝦狄 ⑤$143_{14}$
渡り去く ①$123_2$
登退 ②$107_4$ ③$249_{16}$, $303_{9 \cdot 12}$
登時 ①$25_{12}$
登州(唐) ①$25_4$ ③$357_{12}$
登美院(大和国) ④$415_6$
登美営(豊前国) ②$367_{16}$
登美郷(大和国) ①$219_3$
登美真人 ⑤$505_4$
登用 ③$437_{16}$
登らず ①$71_{12}$, 85_{11} ②$89_{12}$, 123_9, 131_{10}, 237_6, $267_{4 \cdot 12}$, 269_6 ③$61_5$, $425_{7 \cdot 16}$ ④$75_9$, 125_{13}, 155_3, 161_{15} ⑤$133_{16}$, 331_5

と
（登・塗・蠹・土・奴・努）

登る ②$249_7$
塗金足らず ③$279_7$ ④$127_{13}$
塗に迷ひて返らず ③$388_{14}$
蠹 ②$353_{13}$
蠹害 ②$239_5$
土 ④$231_7$
土宜 ②$189_{11}$
土牛 ①$109_{10}$ ④$397_7$
土左介 ⑤$239_{14}$
土左郡（土左国）④$223_{13}$
土左郡の人 ④$223_{13}$
土左守 ②$429_6$ ③$31_{16}$, 335_7, 373_{12} ④$207_6$, 305_4, 319_{13}, 341_{11}, 349_{15}, 429_8 ⑤$29_{12}$, 45_8, 63_{11}, 193_2, 243_6, 295_1, 337_{14}
土左少目一員 ④$449_3$
土左大目一員 ④$449_3$
土左（土佐）国 ①$9_2$, 103_1 ②$45_{11}$, 57_{11}, 149_4, 351_{14}, 411_7 ③$125_9$, 167_8, 169_{14}, 395_8, 443_7 ④$45_{15}$, 55_9, 167_4, 223_{12}, 239_{11}, 289_6, 301_9, 435_9, 449_3 ⑤$45_9$, 199_1, 233_{12}
土左国介 ⑤$277_4$
土左国言さく ②$45_{10}$ ⑤$65_6$
土左国司の目已上 ⑤$341_{14}$
土左国守 ③$207_8$
土左国の貢調 ⑤$341_{13}$
土左国の人 ①$213_{12}$
土師氏 ⑤$483_{10}$, 485_6
土師氏の人 ⑤$509_8$
土師氏の先 ⑤$201_{13}$
土師宿禰 ②$277_{16}$ ④$273_{10}$ ⑤$203_{11}$, 509_9
土師宿禰開成 ③$367_{14}$
土師宿禰安人 ⑤$239_4$, 239_8 →秋篠宿禰安人
土師宿禰安人の兄弟男女 ⑤$239_{10}$
土師宿禰安人らが遠祖 ⑤$203_2$, 239_5
土師宿禰位 ④$151_{14}$, 193_3, 349_1
土師宿禰冠 ④$67_1$
土師宿禰菅麻呂 ⑤$483_{13}$
土師宿禰牛勝 ②$29_4$, 31_{12}, 111_2, 139_1
土師宿禰御目（三目）③$331_5$, 333_{15}
土師宿禰犬養 ③$191_1$, 415_{13}
土師宿禰古人 ⑤$87_7$, 191_6, 197_8, 201_{12}, 239_7
　→菅原宿禰古人
土師宿禰五百村 ②$289_3$
土師宿禰公足 ⑤$257_{15}$, 345_8
土師宿禰根麻呂 ①$19_{16}$
土師宿禰諸士 ⑤$485_6$
土師宿禰諸主 ⑤$343_7$
土師宿禰真月 ④$219_{12}$
土師宿禰真妹 ⑤$483_{10}$

土師宿禰甥〔土部宿禰甥〕①$145_{15}$
土師宿禰千村 ②$245_{4・16}$, 263_{10}
土師宿禰祖麻呂 ②$299_{13}$
土師宿禰樽 ④$41_{10}$
土師宿禰大麻呂 ①$7_8$ ②$71_6$, 147_1
土師宿禰淡海 ⑤$343_7$
土師宿禰淡海の姉 ⑤$343_7$
土師宿禰虫麻呂 ⑤$89_9$
土師宿禰弟勝 ③$191_1$
土師宿禰田使 ④$153_1$
土師宿禰嶋村 ④$91_5$
土師宿禰道長 ⑤$185_4$, 201_{13} →菅原宿禰道長
土師宿禰馬手 ①$9_3$, 21_1, 73_{12}, 115_{14}, 145_{13}, 163_{16}
土師宿禰百村 ②$85_6$
土師宿禰豊麻呂 ①$223_3$ ②$127_{16}$, 153_9, 161_2
土師宿禰和麻呂 ④$281_4$, 347_2, 387_8, 427_2
土師の字 ⑤$239_9$
土師連智毛智 ④$273_{10}$
土人 ①$139_1$ ②$229_2$ ⑤$87_{14}$, 479_6
土生王 ③$111_{12}$ →美和真人土生
土地 ①$199_2$
土に因りて姓を賜ふ ⑤$513_{11}$
土部 ⑤$203_4$
土部宿禰甥 ①$29_6$ →土師宿禰甥
土風の歌儛 ②$33_4$ ③$91_{10}$ ⑤$211_{16}$
土物を寄す ①$95_3$
土民を教ふ ③$323_4$
土毛 ②$419_5$ ④$275_{13・15}$, 423_{11}
土毛絹 ③$307_2$
土を懐ふ ②$229_8$
土を懐ふ情 ③$427_6$
土を持つ ②$433_4$
土を胙ゆ ⑤$309_{10}$
土を相る ①$131_7$
奴 ②$403_{16}$ ③$97_{15}$, 349_1 ④$11_{16}$, 13_9, 133_2, 157_5, 345_3 ⑤$429_9$ →官奴、神奴
奴と為り ②$75_{13}$
奴に為る ④$89_{12}$
奴に嫁す ⑤$429_1$
奴に通す ⑤$427_{14}$
奴婢 ①$11_{11}$, 69_4, 215_{10} ②$77_{12}$, 439_2, 441_{14} ③$17_{11}$, 257_{10} ④$133_{・10}$, 15_9, 153_{11}, 155_{13}, 163_6, 185_1, 267_{10}, 411_7 →奴、婢
奴婢已上 ④$157_4$
奴婢と作る ⑤$427_{15}$
奴婢の口分田 ②$137_9$
奴を王と云ふ ④$43_{12}$
努力 ①$141_3$ ②$197_{10}$, 299_2 ⑤$15_1$

308

弩師　③$407_7$
弩を発つ　②$371_{14}$
度　②$77_3$
度縁　④$327_4$
度会宮の禰儀　④$201_4$
度会(度合・渡会)郡(伊勢国)　①$155_5$, 77_9 ④$171_{14}$, 385_{14}, 447_{12-13} ⑤$169_8$
度会郡の司　⑤$169_8$
度感嶋　①$19_{1-2}$, 221_5
度し導く　④$137_{4 \cdot 12}$
度者　②$393_{10}$
度人　②$283_{11 \cdot 13}$
度す　①$63_7$, 67_{10} ②$67_{13}$, $169_{8 \cdot 16}$, 303_4, 327_6, 451_2 ③$17_7$, 61_1, 79_{16}, 117_9, 145_2, 175_6 ④$387_{11}$ ⑤$67_7$, 269_{12}, 463_3
度すること得ず　⑤$269_{16}$
度に協ふ　③$21_{13}$
度に合ふ　④$125_9$
度の色　②$95_4$
度無し　①$181_7$ ⑤$367_{10}$
度羅(吐羅)楽　②$247_6$ ③$425_{13}$
度羅(吐羅)楽生　②$247_9$
度瀬山(伊勢国)　④$385_{14}$
度量　①$53_{15}$, 193_{14}, 197_4 ④$113_9$
度を謹む　②$91_{12}$
度を失ふ　①$89_7$, 125_{15}, 231_3 ⑤$443_{15}$
怒る　④$55_9$
怒を作さるる者　④$225_{12}$
怒を発つ　③$379_7$
刀　②$341_{15}$ ③$383_{12}$ ④$89_5$, 157_{16}
刀筆　③$243_6$
刀母離余叡色奈(人名)　①$201_9$
刀利甲斐麻呂　③$377_3$
刀利康嗣　①$159_{13}$
刀利宣令　②$85_6$
冬　②$299_3$ ③$231_6$ ⑤$159_{16}$, 403_9
冬穴夏巣　②$157_2$ ⑤$269_8$
冬至　②$163_{12}$, 203_3, 251_3, 265_7 ④$271_{15}$ ⑤$305_{16}$
冬の衣服　③$409_5$
冬の服　②$233_3$
当位の次に立つ　①$95_{12}$
当蔭の階　④$141_9$ ⑤$169_{11}$, 327_{16}
当界　④$387_9$ ⑤$151_8$
当階の色　④$159_1$, 227_8
当官の考を得　③$383_7$
当耆皇女(多紀内親王)　①$139_7$, 109_7 ②$311_5$ ③$77_{10}$, 117_7
当耆(多伎・多藝)郡(美濃国)　①$55_5$ ②$337_{\cdot 10}$, 35_8, 37_{10}, 381_6

当耆郡郡司　②$37_9$
当耆郡の人　⑤$53_1$
当耆郡の民　①$55_5$
当郡　①$129_2$ ②$201_{12}$, 407_3 ③$249_{11}$ ④$381_{15}$, 415_7, 451_2 ⑤$281_{11}$
当郡に見在の郡司　②$213_2$
当戸　③$21_{16}$, 163_{10} ⑤$169_{14}$, 327_{16}
当国　②$231_{13}$, 315_{14}, 367_{12}, 377_6 ③$79_6$, 393_7, 413_9 ④$95_1$, 133_5, 163_{15}, 167_3, 199_4, 217_{16}, 219_2, 229_{12}, 239_3, 267_{12-13} ⑤$69_3$, 297_{16}, 301_3
当国に貫す　①$233_6$
当国に考す　⑤$273_{12}$
当国の印　①$227_8$
当国の国分寺　③$83_{12}$
当国の穀と穎　④$405_3$
当国の寺　③$41_{11}$
当国の諸寺　②$291_2$
当国の正税　④$439_3$
当国の田　①$155_1$
当国の法　①$225_{13}$
当今　②$239_{12}$ ③$243_9$, 249_7, 357_{14}
当今の嘉祥　⑤$335_8$
当今の急　⑤$135_2$
当今の要務　③$321_{10}$
当時　②$407_4$ ③$295_1$, 309_7 ④$375_5$, 443_5 ⑤$155_{12}$, 373_{14}
当処　④$387_{10}$ ⑤$159_9$
当色　③$119_{11}$ ⑤$123_{12}$
当色に准ふ　②$235_{14}$
当色に選ぶ　②$191_{11}$
当色の服　①$189_{13}$, 367_3
当色を賜ふ　③$137_{12}$
当代　③$299_{13}$, 305_{12} ④$319_4$
当団　④$413_2$
当土　②$193_{12 \cdot 15}$ ④$77_8$ ⑤$157_{16}$
当土の出せる　②$213_5$
当土の僧　⑤$269_{15}$
当土の百姓　②$229_5$
当土の物　②$97_3$
当嶋　②$409_9$ ④$343_3$
当道の巡察使　③$351_{15}$
当年　①$41_{14}$, $49_{13 \cdot 15}$, 83_{10}, 91_5, 157_6, 211_1 ②$69_{3 \cdot 6}$, 91_{11}, 97_6, 111_{14}, 123_{14}, 167_{10}, 337_{11}, 397_7, 431_7 ③$235_{10}$, 363_8 ④$449_8$ ⑤$19_8$, 21_3, 195_5, 307_3, 481_3, 493_{15}
当番毎　⑤$135_{14}$
当麻王　④$39_{12}$, 167_8, 243_{13}, 319_9, 357_4 ⑤$89_{11}$, 213_3, 231_8, 259_{11}, 263_{13}, 301_6, 351_2, 397_9, 449_{12}, 455_{11}, 463_6, 503_7

続日本紀索引

当麻公国見　①$43_3$　⇒当麻真人国見
当麻氏　③$261_6$　⑤$65_{14}$
当麻真人永嗣　④$319_{12}$
当麻真人永嗣(永継)　④$151_5$, 167_7, 249_2, 341_{10}, 349_{15}, 399_7　⑤$51_3$, 49_{15}, 61_5, 189_5, 305_6
当麻真人永副　⇒当麻真人永嗣
当麻真人桜井　①$89_{15}$, 135_6, 221_{14}, 223_{10}
当麻真人乙麻呂(弟麻呂)　⑤$59_3$, 61_7
当麻真人吉嶋　③$419_7$, 423_2
当麻真人橘　①$53_2$
当麻真人鏡麻呂　②$275_7$, 299_{10}, 345_4, 427_{11}　③$41_4$, 51_7
当麻真人広人　②$245_2$, 265_1, 269_1
当麻真人広名　②$381_2$　③$27_9$, 307_9, 313_{11}, 347_{11}　④$65_4$
当麻真人高庭　③$371_1$, 429_{14}　④$433_7$
当麻真人国見〔当麻公国見〕　①$19_{15}$
当麻真人山城　③$315_{10}$
当麻真人山背　③$261_6$, 267_{14}, 317_8
当麻真人山背の墓　⑤$65_{14}$
当麻真人子老　③$95_1$, 141_{15}
当麻真人楯　①$91_7$
当麻真人浄成　③$221_5$, 267_8
当麻真人千嶋　⑤$87_3$
当麻真人多玖比礼　③$401_3$
当麻真人大名　①$223_2$　②$11_{13}$, 99_{15}
当麻真人智徳(智得)　①$75_6$, 117_2, 167_{15}
当麻真人東人　②$25_6$, 41_9
当麻真人得足(徳足)　④$41_7$, 357_9, 389_5　⑤$265_1$
当麻真人比礼　③$107_7$　④$69_1$
当麻真人枚人　⑤$25_5$, 31_2
当麻真人老　②$67_2$, 81_4, 145_{14}
当麻真人老が女　③$261_6$
当麻夫人(当麻真人山背)　③$317_8$
当炉の給と作す　①$195_8$
灯一万坏を燃す　②$451_3$
灯を燃す　①$137_4$, 151_5
投ぐ　②$379_1$
到らず　②$167_9$, 375_3
到らぬ以前　②$269_{13}$
到らぬ者　②$167_9$
到来　②$373_3$, 375_2
到り着く　②$357_{15}$　③$337_{10}$　④$17_3$, 269_{13}
到りて泊つ　⑤$73_7$, 77_{10}, 79_1
到り泊る　④$423_1$
到る　①$25_8$　②$203_7$, $315_{2\cdot15}$, 357_{13}, 371_{12}, $375_{12\text{-}15}$, 379_3, $381_{6\text{-}7\cdot9\cdot15}$, $383_{1\text{-}2\cdot4}$　③$95_1$, $113_{3\text{-}4}$, 289_{12}, 407_3, 415_3　④$45_7$, 89_8, $93_{10\cdot13\text{-}14}$, $97_{1\cdot3\text{-}4}$, 105_{15}, 271_5, 353_7　⑤$17_5$, 35_9, 37_4, 73_{10}, $75_{1\cdot13}$,

とう(当・灯・投・到・東)

77_3, $79_{6\cdot9\cdot14}$, 93_1, 209_{15}, 227_9, 243_{10}
到る所を知らず　⑤$81_7$
到るに随ひて　①$189_5$　④$227_1$
到るを待ちて　⑤$247_8$
東安殿　①$35_{14}$
東院　③$137_{10}$　④$149_9$, 153_{14}, 227_{14}, 273_{11}
東院の玉殿　④$161_9$
東海東山道使(問民苦使)　③$247_2$
東海東山道使(問民苦使)判官　③$247_2$
東海東山道使(問民苦使)録事　③$247_2$
東海東山道問民苦使　③$255_{15}$
東海東山二道節度使　②$259_{16}$
東海道　①$65_6$, 153_{14}　②$33_5$, 55_{16}, 433_7　③$255_{16}$, 313_1, 391_4　④$197_{5\cdot14}$, 353_8　⑤$373_{10}$, 463_1, 467_2, 489_{13}
東海道検税使　⑤$51_1$
東海道巡察使　②$443_{11}$　③$149_{15}$, 337_{15}　④$133_{10}$, 197_4
東海道節度使　③$395_2$, 403_4　④$17_2$
東海道節度使判官　③$395_3$
東海道節度使副　③$395_3$
東海道節度使録事　③$395_3$
東海道鎮撫使　③$25_5$
東海道に准ふ　④$197_{16}$
東海道に属る　④$353_{10}$
東海道の軍　②$365_{16}$
東海道の国　②$261_3$　④$55_2$　⑤$399_{12}$
東海道の諸国　②$279_5$, 341_2　④$149_7$, 399_{14}, 511_7
東海道(覆損使)　④$389_5$
東海道問民苦使　②$213_8$
東宮　②$85_7$, 201_6　③$353_{11}$　⑤$101_5$, 421_{10}　⇒春宮
東宮学士　③$395_9$　④$425_5$　⑤$233_9$, 263_7, 317_7, 319_{10}, 383_{13}, 397_{11}, 407_3, 423_2, 459_2, 469_7, 491_8
東宮舎人　②$137_6$
東宮傅　④$329_4$　⑤$181_1$, 369_3, 371_{16}, 411_{12}
東京　⑤$303_5$
東戸　⑤$327_3$
東侯　②$129_{16}$
東皐　①$231_4$
東国　④$117_{12}$
東国に聖主有り　⑤$331_{14}$
東国の軍　④$117_3$
東国の人等　④$261_3$
東国の防人　③$309_{10}$　④$117_{6\cdot9}$
東国の防人を罷む　③$307_{15}$
東国の力役　④$117_8$
東国の六腹の朝臣　⑤$497_6$
東国楽　③$425_{13}$

続日本紀索引

東作に属く ⑤$383_3$
東作に臨む ②$179_{14}$
東山道 ①$21_{16}$, 65_7, 149_3, 153_{14} ②$33_5$, 55_{16}, 433_7 ③$255_{16}$, 313_1, 391_4 ④$353_{5・10}$ ⑤$373_{10}$, 463_1, 467_2, 489_{13}
東山道検税使 ⑤$51_2$
東山道巡察使 ②$443_{11}$ ③$149_{15}$, 337_{16} ④$133_{11}$, 165_6 ⑤$339_{11}$
東山道鎮撫使 ③$25_6$
東山道の軍 ②$365_{16}$
東山道の国 ②$261_3$ ④$55_2$ ⑤$399_{12}$
東山道の諸国 ②$279_9$, 341_2 ⑤$149_7$, 399_{14}, 511_8
東山道(覆損使) ④$389_6$
東市 ②$387_{10}$
東市正 ③$401_{11}$ ⑤$29_4$
東市の人 ⑤$369_{13}$
東絁 ②$403_1$ ⑤$97_3$
東舎人 ②$199_7$
東人 ④$117_{11}$, 259_{16}
東人に刀授けて侍らしむる事 ④$259_{15}$
東井 ②$181_{10}$, 215_7, 271_{14}
東生郡(摂津国) ②$277_8$
東西 ③$119_{13}$ ⑤$47_7$
東西市 ②$387_{10}$ ④$9_{13}$, 75_6, 83_5, 85_{13} ⑤$369_{13}$
東西市司 ①$217_6$
東西に適く ②$115_{14}$
東西二郡(東生郡・西成郡) ②$277_8$
東西二市 ①$191_6$
東西の諸史 ⑤$471_2$
東大寺 ③$65_6$, 77_3, 81_{15}, $97_{3・4・15}$, 109_9, 119_9, 129_{12}, 137_4, $167_{2・15}$, 169_9, 171_4, 185_{13}, 205_{10}, 237_{11}, 347_{13}, 353_{12}, $359_{10・14}$, 433_2 ④$153_5$, 161_3, 297_8 ⑤$65_{12}$, 477_2
東大寺人の等 ③$73_8$
東大寺に就く ③$109_5$, 125_3
東大寺の印 ④$349_8$
東大寺の匠丁 ③$185_8$
東大寺の内の東南の隅 ④$275_7$
東大寺の封 ③$359_8$
東大寺より以東 ④$275_1$
東大寺を造る ④$205_{13}$
東大寺を造ることに預りし人 ③$97_{16}$
東土 ①$23_{14}$ ⑤$269_2$
東塔 ④$145_{14}$, 273_{16}
東内 ④$227_{13}$
東南の角 ④$171_{11}$, 173_1
東に帰る ③$119_{15}$
東畔 ③$139_{14}$
東畔第一 ③$139_{12}$, 141_1

東風扇く ②$377_{13}$
東風を得 ②$377_{11}$
東文忌寸 ②$175_3$
東文直 ⑤$497_{10・12}$
東文部 ①$63_{14}$ ②$375_7$
東辺 ⑤$405_{13}$
東方王 ④$53_4$ ⑤$23_{10}$
東遊 ③$431_{11}$
東流に治し ④$415_8$
東楼 ①$119_{10}$
東楼(人名) ④$45_{10・12}$ →王中文
逃帰 ③$169_3$
逃ぐ ④$95_4$
逃げ還る ④$29_{713}$ ⑤$439_{13}$
逃げ去る ④$23_8$
逃げ竄る ④$89_7$
逃げ失す ⑤$367_{12}$
逃げ走る ④$73_6$
逃げ入る者 ④$391_{8・10}$
逃走 ⑤$225_8$, 227_9
逃走に備ふ ④$147_3$
逃亡 ①$155_{15}$, 157_1 ②$71_7$, 112_1, 327_{12} ④$217_{16}$, $229_{6・10}$ →浮逃
逃亡せる仕丁 ①$155_{10}$
逃亡を致す ④$73_{14}$
逃る ②$71_{10}$
逃れ竄る ②$367_{15}$
党逆 ③$339_6$ ④$105_{13}$
党す ④$451_{14}$ ⑤$229_{11}$
党も無く ④$445_{11}$
党与 ④$29_1$ ⑤$229_{14}$, 347_{13}
党を樹つ ②$253_3$
唐 ①$81_4$ ③$391_5$, 431_{16}
唐王 ③$299_8$
唐客 ③$407_{13}$ ⑤$77_3$, $83_{3・10}$, 93_4, 111_{12}
唐客を饗す ⑤$95_9$
唐客を送る ⑤$95_9$
唐客を領す ⑤$93_{11}$
唐国 ①$81_4$, 111_5 ②$51_{9・14}$, 287_{10}, 357_9 ③$139_9$, 243_2, 387_5, 427_3 ④$17_4$ ⑤$91_9$, 95_1, 199_6
唐国勅使 ④$17_5$
唐国に往く ③$387_7$
唐国に帰る ②$357_{10}$
唐国に遣す ⑤$137_{7-9}$
唐国に薨す ⑤$87_{15}$
唐国に留る ⑤$87_{15}$
唐国の消息 ③$297_1$ ④$277_5$
唐国の信物 ③$141_8$
唐国の新様 ③$403_6$

とう(東・逃・党・唐)

311

とう（唐・桃・討・兜・悼・盗・逗・陶・塔・棟・湯・答）

唐国の南辺　⑤$87_{13}$
唐国より来る　②$165_1$
唐国楽　②$289_9$　→唐（の）楽
唐使　⑤$77_{10}$, $814·15$, 836, $93_{13-14·16}$, 95_{11}, 974, $123_{8·12}$, 125_6
唐使大使　③$401_5$, $407_{13·16}$
唐使の行　⑤$91_3$
唐使判官　⑤$95_4$, 121_7
唐使副使　③$407_{13-14·16}$
唐将　②$187_{11}$　⑤$447_2$
唐禅院　③$237_{11}$
唐送使　⑤$89_2$
唐僧　②$221_3$, 303_{12}　④$139_6$
唐朝の書　⑤$93_{13}$
唐帝　③$391_6$
唐に降る　④$127_2$
唐に在り　⑤$97_2$
唐に在りて帰らず　②$331_1$
唐に到る　⑤$43_1$
唐に入る　②$23_8$　②$447_{13}$　④$211_{11}$, 459_{11}　⑤$87_{13}$, 89_1　→入唐
唐の行官　⑤$79_2$
唐の錫　④$129_{11}$
唐の消息　⑤$77_5$
唐（の）人　①$81_{11}$　②$115_{10}$, 283_5, 289_9, 303_{10}, 305_3　③$103_7$, 397_4, 401_4, 411_{11}　⑤$83_7$, $163_{6·14}$, $299_{1·14}$, 373_{16}, 385_2, 405_7, 499_{15}
唐の天子　③$31_1$
唐の兵　①$115_3$　④$127_3$
唐（の）楽　③$419_2$, 425_{12}　④$97_3$, 99_3, 141_{12}, 183_{16}　→唐国楽
唐礼　②$289_4$
唐和上　③$165_8$
桃生郡(陸奥国)　③$355_{14}$
桃生郡の郡神　⑤$167_8$
桃生郡の人　④$353_{14}$
桃生柵(陸奥国)を作る　③$343_5$
桃生城(陸奥国)　②$293_{12}$, 295_{14}, 329_{12}, 331_4　④$231_6$, 437_{11}, 463_{10}
桃生城西郭　④$437_{11}$
桃の柵戸(陸奥国)　③$369_{10}$　④$229_4$
桃生(陸奥国)　③$183_9$　④$225_{16}$
討治（討ち治む）　④$463_{12}$　⑤$443_{10}$
討賊将軍　④$31_4$
討ち撥む　⑤$239_2$
討ち滅す　④$437_9$
討つ　②$367_1$　④$437_{12}$, 461_1　⑤$45_{13}$, 471_6, 131_3, 149_8
討伐たす　②$367_8$

兜率天堂（西大寺）　④$355_{12}$
悼惜（悼み惜む）　①$23_3$, 33_{11}　②$25_2$, 79_2, 201_{10}　⑤$101_8$, 349_7
悼む　①$213_{11}$　⑤$201_{11}$
盗　①$215_{12}$　②$297_7$　③$323_3$　④$95_8$, 99_9, 413_5　⑤$507_1$
盗財を窺ふことは主自ら来すことあり　③$365_{15}$
盗人　①$29_{14}$, 51_1, 55_{10}, 221_9　②$51_5$, 77_8
盗窃　⑤$205_5$
盗賊　①$31_{10}$, 95_{16}, 101_{16}, 181_2　②$239_4$, 253_5　③$111_4$　⑤$305_9$, 367_4　→強盗, 窃盗
盗鋳　①$173_{16}$
盗み給はる　④$241_9$
盗み取る　④$23_8$
盗み用ゐる　②$75_9$
盗む　②$75_7$
逗關　⑤$415_7$
逗留　②$167_{11}$, 225_{12}　②$29_1$　⑤$209_{13}$, 435_{16}, 443_6
逗留を為す　①$117_{13}$　③$169_2$　⑤$117_5$, 151_9
逗留を致す　⑤$161_4$
陶隱居(人名)　⑤$385_8$
陶甄の鎔範　③$273_{11}$
塔　③$49_{16}$, 105_{15}　④$281_1$, 457_6　⑤$43_{11}$, 125_5　→三重塔, 七重塔
塔志郡(志摩国)　②$53_{16}$
塔寺　③$359_{12}$
塔の裏　③$49_9$
塔毎　②$389_{14}$
塔を構ふ　④$381_{14}$
塔を造る　③$165_{12}$
塔を造る地　⑤$51_{13}$
棟梁　②$99_8$, 121_{12}　③$361_{10}$
湯（殷）　③$223_8$
湯原造　⑤$325_8$
湯坐曰理連　④$235_1$
湯坐部　④$293_9$
湯の責を想ひ　③$311_7$
湯沐　③$353_{10}$
湯薬　②$27_{12}$, 37_7, 51_7, 77_{10}, 169_{15}, 293_{12}, 303_6, 321_8, 349_9　③$155_{11}$
答謝　⑤$93_3$
答他伊奈麻呂　③$377_8$
答の信物　⑤$75_{7·11}$, 133_7
答ふ　②$389_7$
答へ曰しつらく　①$121_{10}$
答へ賜はむ　②$217_3$
答へ賜はらくは　②$217_2$
答へ賜ひ宜り賜ふ　②$217_4$

続日本紀索引

答へず　②373₂
答へて云はく　②373₄　③199₇・₁₀・₁₄, 201₃, 205₃
答へて云へらく　③201₂
答へて曰はく　①81₅・₇　③209₄・₉・₁₄
答へむ言无し　④317₁₂
答本忠節　③115₁₅, 199₁₆, 201₃・₇, 223₃
答本忠節が宅　③199₁₆
答本陽春　②151₁₅　→麻田連陽春
等覚の真如に契る　③237₁₃
等級　③359₇
等差の序を齲く　⑤255₁₁
等しみ　②223₁₃
等第　②171₁₆　③403₁₅　④183₁₁
等定(人名)　⑤475₆
等に随ふ　②371₇
等美王　③111₁₁
等保知賀嶋(肥前国)　②379₁
等由気宮(伊勢国)　④171₁₄, 177₅
等由気宮(伊勢国)の禰宜　④177₅
統摂　⑤367₁₃
統摂の帰　⑤325₄
統領の人　⑤325₂
嶋　④59₉
嶋院　④179₁₄　⑤323₆
嶋下郡(摂津国)　①163₁₅　④73₁₂
嶋郡(筑前国)　①151₁₁
嶋郡少領　①151₁₁
嶋古刀自　⑤213₁₂
嶋根郡(出雲国)　④213₃
嶋根郡の人　④213₃
嶋上郡(摂津国)　①163₁₄
嶋上郡の人　④231₁₂
嶋人　⑤77₁₅
嶋田臣宮成　⑤259₄, 283₇, 351₉, 375₈, 401₁₁, 403₂
嶋田村(陸奥国)　④271₅
嶋の儲　④179₁₃
嶋の名　④141₅₋₆
嶋野王　⑤53₄
嶋野連　③381₃
嶋を見る　②377₁₂
嶋を造る　⑤83₁
榻上に升す　①151₆
榻を設く　①75₁₀
稲　①15₈, 21₆, 31₁₂, 49₁₂, 59₁, 137₇, 143₁₂, 169₁₆, 203₁₃　②5₆, 7₂, 69₂・₁₂・₁₅, 119₁₀, 137₇, 183₁₂, 249₉, 327₁₀, 409₈　③81₁₆, 83₁・₃・₄, 253₂・₇, 379₃, 381₁₃, 391₁₀, 413₉　④9₁₁, 95₂₋₃, 145₁₀, 153₁₃, 155₃, 161₁₂, 163₈・₁₂₋₁₃, 167₃・₅, 183₁₂, 199₁, 213₆, 239₃, 285₇₋₈・₁₀, 291₇, 343₂, 345₄　⑤19₇,

43₅, 97₇, 125₁₆, 143₂, 171₁₁, 267₂, 299₁₀, 303₁₆, 325₅, 449₄, 505₉, 511₁₃
稲禾　④293₆
稲穀　④111₉, 125₇, 131₁₃
稲積城(大隅国)　①21₉
稲田　①169₄
稲の籾　②363₄
稲蜂間首醜麻呂　③379₁₅　→稲蜂間連醜麻呂
稲蜂間宿禰　④35₁₂
稲蜂間宿禰仲村女〔稲蜂間連仲村女〕　④35₁₄, 69₁₃
稲蜂間連　③379₁₅
稲蜂間連醜麻呂〔稲蜂間首醜麻呂〕　④35₁₂
稲蜂間連仲村女(仲村売)　③371₈, 379₁₄, 419₁₄, 439₁₁　④35₁₁　→稲蜂間宿禰仲村女
稲蜂間連仲村女の親族　③379₁₄
稲を負ふ者　②69₆
穏民　④227₁₄
蕩滌の政を施す　③81₆
踏歌(蹋歌・踏歌)　②229₁₂, 403₆　③305₈, 425₁₃₋₁₄　④185₁　⑤125₆
踏歌の歌儛　③119₁₃
踏歌の歌頭　③109₁₁
踏み平らす(歌謡)　④279₁
鄧言興(劉元興)　③255₉
鄧州(唐)　③427₂
鄧帝利(劉帝利)　③255₉
燈　③35₉
頭　②393₈　⑤37₈
頭首(迎入唐大使)　③333₂
頭数　②239₁₃
頭を仰ぐ　②135₅
頭を尽す　③255₁₆　④245₁₁
諂ふ　③385₇
藁戴の徳　②129₁₃
藤　③249₁・₇
藤原伊良豆売〔藤原朝臣袁比良女〕　③317₁₅
藤原宮に御宇しし太上天皇(持統天皇)　②127₅
藤原宮に御宇しし天皇(持統天皇・文武天皇)が御世　④335₁₁
藤原宮に御宇し倭根子天皇(持統)　①119₁₄
藤原宮に天下知らしめししみましの父と坐す天皇(文武)　②139₁₆
藤原宮の地　①83₁₆
藤原郷(讃岐国)　⑤429₆
藤原郡(備前国)　②173₁₄
藤原恵美朝臣押勝〔藤原朝臣仲麻呂〕　③285₁・₅, 305₁₀, 317₁₄, 335₁₅, 339₇, 341₅・₁₁・₁₃, 361₉, 391₁₄, 403₁₀・₁₆, 409₄, 427₉　④19₁₃,

とう（答・等・統・嶋・榻・稲・慇・蕩・踏・鄧・燈・頭・諂・蕭・藤）

続日本紀索引

$216_{8\cdot10\cdot12}$, 23_6, 251_2, $276_{\cdot11}$, $293_{-4\cdot6\cdot8\cdot11\cdot14-15}$, 185_{14}, 299_{10} ⑤$476$ →恵美押勝
藤原恵美朝臣押勝が衆 ④$29_{16}$
藤原恵美朝臣押勝の妻子 ④$29_{16}$
藤原恵美朝臣押勝の妻子を斬る ④$31_1$
藤原恵美朝臣押勝の子ども ③$319_1$
藤原恵美朝臣押勝の叔 ③$361_{10}$
藤原恵美朝臣押勝の男 ④$21_8$, 27_8 ⑤$47_8$
藤原恵美朝臣押勝の徒党三十四人を斬る ④$31_1$
藤原恵美朝臣押勝の父 ③$361_9$
藤原恵美朝臣押勝を獲 ④$31_1$
藤原恵美朝臣押勝を斬る ④$251_2$, 31_1
藤原恵美朝臣押勝に告ぐ ⑤$47_{12}$
藤原恵美朝臣押勝の子孫 ④$21_{12}$
藤原恵美朝臣押勝の首 ④$251_2$
藤原恵美朝臣押勝の第 ③$337_{13}$, 345_4, 391_4
藤原恵美朝臣押勝を殺さむとす ⑤$47_{11}$
藤原恵美朝臣額 ③$371_6$
藤原恵美朝臣訓儒麻呂(久須麻呂)〔藤原朝臣浄弁・藤原朝臣久須麻呂〕 ③$313_{13}$, 319_{12}, 355_2, 373_3, 411_{14}, 417_3, 431_4 ④$21_8$, 27_8 ⑤$359_{4-5}$ →恵美訓儒麻呂
藤原恵美訓儒麻呂を殺す ⑤$257_4$
藤原恵美朝臣刷雄〔藤原朝臣刷雄〕 ④$31_2$ →恵美刷雄
藤原恵美朝臣薩雄〔藤原朝臣薩雄〕 ③$321_1$, 335_4 ④$7_5$, 27_9
藤原恵美朝臣児従〔藤原朝臣児従〕 ③$321_3$, 387_4
藤原恵美朝臣執掉(執棹) ③$419_7$ ④$7_8$, 27_9
藤原恵美朝臣小弓麻呂(小湯麻呂・少湯麻呂) ③$319_{16}$ ④$31_2$, 27_9
藤原恵美朝臣辛加知 ③$369_{16}$, 393_3 ④$7_{10}$, 27_9
藤原恵美朝臣辛加知を斬る ④$29_5$
藤原恵美朝臣真先〔藤原朝臣真先〕 ③$319_{12}$, 371_2, 373_{10}, $401_{1\cdot4}$, 415_{16}, 417_2 ④$27_8$, $29_{6\cdot13}$
藤原恵美朝臣朝獦(朝狩)〔藤原朝臣朝獦〕 ③$319_{14}$, $343_{2\cdot6}$, 363_{12}, 393_1, 395_1, 417_4 ④$15_{6\cdot14}$, 27_8, 29_6
藤原恵美朝臣東子 ③$371_6$
藤原恵美朝臣の大保(藤原恵美朝臣押勝) ③$341_{11}$
藤原左大臣(藤原朝臣永手) ④$331_{14}$
藤原氏 ①$51_{11}$ ②$335_4$ ③$353_2$ ④$263_{16}$ ⑤$465_{13}$
藤原太政大臣(藤原朝臣不比等) ③$441_{12}$
藤原大宮 ②$307_2$
藤原大臣 ①$111_{15}$ ②$89_{13}$ ④$109_6$, 139_4
藤原大保(藤原朝臣仲麻呂) ③$283_7$

藤原朝 ②$61_3$ ③$339_4$, 375_{16}
藤原朝臣 ①$13_2$, 111_{10} ④$77_4$, 239_1, 385_8 ③$177_4$, 361_3 ④$139_6$, 385_4
藤原朝臣伊久治 ④$69_5$
藤原朝臣蔭(影) ③$269_1$ ④$327_6$, 359_9
藤原朝臣宇合(馬養) ②$19_{6-7}$, 53_3, 57_4, 83_{14}, 149_{14}, $157_{8\cdot16}$, 159_9, 173_{11}, 205_4, 249_3, 251_{10}, 257_3, 261_2, 273_{11}, 275_4, 325_{10}, 369_{14} ⑤$149_4$
藤原朝臣宇合が第一子 ②$379_2$
藤原朝臣宇合が第九子 ④$453_{10}$
藤原朝臣宇合の孫 ⑤$347_{15}$
藤原朝臣宇合の第五の子 ⑤$265_4$
藤原朝臣宇合の第二の子 ⑤$47_4$
藤原朝臣宇合の第八の子 ⑤$101_2$
藤原朝臣宇都古 ⑤$289_2$
藤原朝臣宇比良古 ③$411_4$
藤原朝臣永手 ②$329_{13}$ ③$75_2$, 101_{11}, 127_3, 137_{13}, 145_{13}, 159_{10}, 177_{15}, 187_3, 201_9, 203_1, 213_8, 355_1, 421_{11} ④$21_{15}$, 67_4, 91_6, $109_{9\cdot11}$, 139_6, 155_4, 177_7, 221_8, 227_{12}, 229_{15}, 239_3, 283_{14}, 287_{14}, $295_{1\cdot5}$, 313_{16}, 325_8, 329_{13}, $331_{3\cdot14-15}$, $333_{3\cdot5-6\cdot8\cdot11}$, $335_{6\cdot8\cdot10}$
藤原朝臣永手の家の内の子等 ④$335_4$
藤原朝臣永手の室 ④$111_1$, 229_{16}
藤原朝臣永手の祖父 ④$335_{11}$
藤原朝臣永手の曾祖 ④$335_{10}$
藤原朝臣永手の第 ④$109_{14}$, 229_{15}
藤原朝臣永手の第一の子 ⑤$337_3$
藤原朝臣永手の男 ④$229_{15}$
藤原朝臣永手の母 ④$331_4$
藤原朝臣延福 ③$315_6$, 419_6
藤原朝臣袁比良女(袁比良) ③$75_7$, 93_2, 345_5
藤原朝臣園人(薗人) ⑤$85_8$, 89_{13}, 193_1, 261_{11}, 321_9, 349_{13}, 417_9, 421_6, 423_{12}, 491_5
藤原朝臣乙叡 ⑤$297_{14}$, 301_6, 321_7, 357_{10}, 371_{10}, 383_{16}, 385_{15}, 391_{13}, 397_5, 457_{11}, 459_{12}, 461_8, 511_5
藤原朝臣乙縄(弟縄) ③$213_{9\cdot14}$ ④$41_6$, 105_{12}, 155_7, 187_8, 189_{10}, 297_{11}, $305_{3\cdot11}$, 379_2, 427_8 ⑤$19_6$, 57_{11}, 105_{15}, 197_4
藤原朝臣乙倉 ⑤$5_8$
藤原朝臣乙刀自 ③$419_{12}$ ④$67_{14}$
藤原朝臣乙麻呂(弟麻呂) ②$329_{13}$ ③$17_1$, 33_9, 41_4, 93_{15}, 105_1, 107_{14}, 195_2, 333_{14}, 355_{10}
藤原朝臣乙麻呂の第一の子 ⑤$445_8$
藤原朝臣乙牟漏 ⑤$259_{13}$, 261_7, 267_8, 305_9, 307_{16}, 309_{13}, 335_5, 395_6, 463_5, 465_{12-14}, 501_9
藤原朝臣乙牟漏の周忌の斎会 ⑤$501_9$
藤原朝臣乙牟漏の母 ⑤$465_{14}$

とう(藤)

314

続日本紀索引

藤原朝臣乙牟漏の母氏　⑤$307_{16}$
藤原朝臣乙牟漏を生む　⑤$305_8$
藤原朝臣河清(藤原朝臣清河)　③$307_7$, 343_{16}, 345_{2-3}, 387_9　④$275_{11・13}$, 277_6　⑤$13_{14}$
藤原朝臣河清が所　③$395_1$
藤原朝臣河清が書　④$423_4$
藤原朝臣河清が女　⑤$79_3$
藤原朝臣河清を迎へしむ　③$333_2$
藤原朝臣家依　④$103_4$, 191_{15}, 193_2, 229_{16}, 249_{10}, 269_{11}, 287_8, 291_{13}, 295_{10}, 301_7, 315_4, 329_2, 339_6, 341_2, 425_5, 447_1　⑤$39$, 9_7, 49_5, 191_7, 205_9, 211_7, 219_3, 337_2
藤原朝臣家子(家児)　③$75_9$, 107_7, 397_3　④$151_9$, 221_1, 327_2, 437_2
藤原朝臣家刀自　⑤$483_4$
藤原朝臣家野　⑤$315_8$, 391_{15}
藤原朝臣葛野麻呂　⑤$313_{13}$, 375_{10}, 381_{12}, 503_5, 511_{14}
藤原朝臣甘刀自　⑤$261_4$
藤原朝臣菅継(菅嗣)　④$399_8$, 441_4　⑤$29_1$, 177_3, 189_3, 257_{11}, 277_7, 283_4, 293_3, 301_{13}, 357_{10}, 417_7, 423_6, 449_{14}, 459_{10}, 463_{11}, 499_{16}
藤原朝臣喜娘　⑤$79_4$
藤原朝臣吉子　⑤$259_{14}$, 261_7
藤原朝臣吉日　②$311_{11}$, 347_{15}　③$75_7$
藤原朝臣久須麻呂〔藤原朝臣浄弁〕　③$267_{11}$
　　→藤原恵美朝臣訓儒麻呂　→恵美訓儒麻呂
藤原朝臣久米刀自　③$345_7$
藤原朝臣弓主　⑤$87_6$, 105_{14}, 179_{12}, 191_3, 193_1, 227_{13}, 229_6
藤原朝臣宮子　①$5_{15}$, 51_1　②$129_5$, 139_7, 145_4, 335_{4-5}　③$143_{12}$, 145_8, $147_{3・14}$
藤原朝臣宮子の忌日　③$369_7$
藤原朝臣宮子の墓　③$369_6$
藤原朝臣巨勢麻呂(許勢麻呂)　②$361_6$, 427_{12}　③$31_4$, 53_{10}, 101_{11}, 137_{15}, 267_5, 313_{13}, 319_9, 339_8, 415_{12}　→藤原恵美朝臣巨勢麻呂　→恵美巨勢麻呂
藤原朝臣魚名　③$53_{13}$, 95_9, 189_6, 251_7, 319_{13}, 335_3, 369_{15}　④$35_{16}$, 65_1, 143_1, 191_{14}, 249_9, 295_9, 299_1, 303_3, 315_1, 337_{12}, 439_{13}　⑤$23_7$, 51_9, 65_5, 67_9, 83_{15}, 171_7, 203_{12}, 239_{13}, 243_{10}, 271_7, 277_{9-10}, 279_6
藤原朝臣魚名が朝座　④$451_8$
藤原朝臣魚名の曹司　⑤$33_{10}$
藤原朝臣魚名の男　⑤$33_{11}$, 239_{13}
藤原朝臣御楯　③$267_6$, 319_{10}, 321_3, 355_1, 373_{11}, 387_4, 393_9　④$11_{12}$
藤原朝臣御楯が第　③$387_3$, 391_{14}

藤原朝臣御楯が地　④$203_1$
藤原朝臣教貴(教基)　⑤$5_8$, 25_9, 197_8, 259_{16}, 441_6
藤原朝臣勤子　④$453_2$　⑤$215_6$, 315_7, 361_1, 419_6
藤原朝臣兄倉　⑤$261_5$
藤原朝臣恵子　⑤$419_{10}$
藤原朝臣継彦　⑤$129_3$, 189_4, 229_{13}, 429_{14}
藤原朝臣継縄　③$261_3$, 303_3, 357_3, 399_3, 419_8　④$3_3$, 7_9, 25_{10}, 61_3, 65_4, 103_4, 109_3, 129_5, 149_3, 189_3, 223_4, 247_3, 293_{11}, 299_3, 309_3, 315_4, 329_7, 341_6, 359_5, 363_3, 371_2, 393_6, 419_3, 439_{15}　⑤$3_3$, 57_3, 121_3, 127_{14}, 141_9, 185_{13}, 205_{10}, 207_{15}, 225_3, 275_{15}, 287_3, 337_{11}, 355_4, 357_3, 367_{16}, 369_3, 371_{16}, 391_{12}, $393_{5・12}$, 395_7, 417_3, 443_4, 445_{16}, 449_{11}, 453_{10}, 455_8, 463_6, 511_{3-4}
藤原朝臣継縄の室　⑤$389_7$
藤原朝臣継縄の第　⑤$389_7$
藤原朝臣継縄の別業　⑤$391_{11}$, 511_3
藤原朝臣玄信(元信)　④$35_8$, 69_{14}　⑤$111_{14}$
藤原朝臣広嗣(広継)　②$329_{13}$, 339_{12}, 345_{16}, $365_{11・14}$, $369_{6・13}$, $371_{5-6・12・14・16}$, $373_{1-3・5・7・10・14}$, $377_{4・15}$, 379_2, 385_{12}, 399_1　④$459_{16}$　⑤$47_4$
藤原朝臣広嗣が事　⑤$265_5$
藤原朝臣広嗣が従　②$377_{10}$
藤原朝臣広嗣が船　②$377_{11}$
藤原朝臣広嗣が霊　③$1_6$
藤原朝臣広嗣の衆　②$373_{12}$, 375_2
藤原朝臣広嗣の父　②$369_{14}$
藤原朝臣広嗣を斬る　②$377_8$
藤原朝臣広嗣を捕獲　②$377_2$
藤原朝臣光明子　②$185_{11}$, 221_{13}, $223_{2・13}$, 267_3, 271_4, 349_4, 383_5　③$65_7$, 97_3, 131_2, 195_{14}, 197_{13-15}, 203_{10}, 215_{10}, 223_{15}, 231_{10}, 257_5, 261_9, 263_{12}, $271_{1・13}$, 273_{10}, $275_{3・12}$, 315_6, 349_2, 351_{4-5}, $353_{2・4・10-12・16}$, 355_9, 359_3, 375_4, 433_6　④$259_4$
藤原朝臣光明子の忌日　③$369_7$, 381_9
藤原朝臣光明子の御墓　③$369_6$
藤原朝臣光明子の七七の斎　③$359_{14}$
藤原朝臣光明子の周忌　③$381_6$, 383_4
藤原朝臣光明子の詔　③$201_{12}$
藤原朝臣光明子の父　②$223_{14}$
藤原朝臣光明子の母　②$267_3$　③$353_4$
藤原朝臣岡継　⑤$417_{12}$, 459_{13}, 491_4
藤原朝臣綱手　②$373_{16}$, 375_2
藤原朝臣綱手を斬る　②$377_8$
藤原朝臣黒麻呂[1]　③$371_2$, 415_{10}　④$47_2$, 55_4, 65_4, 73_9, 91_{14}　→藤原朝臣是公

とう(藤)

315

続日本紀索引

と
（藤）

藤原朝臣黒麻呂² ④$419_{13}$, 427_7 ⑤$29_7$, 57_{14}, 143_2, 247_{12}, 251_4, 291_8, 423_4, 443_1, 449_{15}, 453_{12}, 457_8, 463_9
藤原朝臣今子（今児） ③$419_{13}$ ⑤$5_9$
藤原朝臣今女 ⑤$73_6$
藤原朝臣今川 ⑤$379_2$, 457_6, 473_{15}, 491_1
藤原朝臣根麻呂 ⑤$215_3$, 407_2
藤原朝臣最乙麻呂 ⑤$487_4$
藤原朝臣刷雄 ③$119_5$ →藤原恵美朝臣刷雄
藤原朝臣刷雄〔藤原恵美朝臣刷雄・恵美刷雄〕 ④$377_6$, 429_2, 431_6 ⑤$713$, 65_8, 117_{11}, 137_{12}, 407_4, 473_9, 503_8
藤原朝臣薩雄 ③$179_{12}$ →藤原恵美朝臣薩雄
藤原朝臣産子 ⑤$5_8$, 25_9, 259_{16}
藤原朝臣支子 ⑤$85_5$
藤原朝臣姉 ③$347_5$ ⑤$361_4$
藤原朝臣児従 ③$121_2$ →藤原恵美朝臣児従
藤原朝臣慈雲 ⑤$315_6$, 419_7
藤原朝臣執弓 ③$189_{12}$ →藤原朝臣真先 →藤原恵美朝臣真先
藤原朝臣種継 ④$143_6$, 195_8, 341_{10}, 351_6, 419_{11}, 459_7 ⑤$25_6$, 63_7, 137_{13}, 165_{10}, 171_9, 183_{14}, 191_9, 205_{10}, 235_2, 243_7, 267_9, 277_5, 289_7, 297_{10}, 299_4, 311_1, $347_{12·14}$, 349_6
藤原朝臣種継の第 ⑤$349_7$
藤原朝臣種継の男 ⑤$389_{13}$
藤原朝臣種継を殺す ⑤$347_3$
藤原朝臣鷲取 ④$327_{16}$, 343_{13}, 379_4, 427_3, 447_3 ⑤$9_6$, 29_5, 63_1, 89_{14}
藤原朝臣宿奈麻呂 ③$271_4$, 31_9, 33_2, 127_4, 189_6, 191_{15}, 333_{11}, 373_6, 423_5 ④$231_5$, $39_{6·9}$, 143_1, 223_4, 291_8, $295_{2·9}$, 297_5, 301_8, 305_7 →藤原朝臣良継
藤原朝臣春蓮（春連） ⑤$215_7$, 315_6, 361_1, 419_6, 437_{10}
藤原朝臣駿河古 ③$75_7$
藤原朝臣緒継（緒嗣） ⑤$493_3$, 499_8
藤原朝臣諸姉 ④$269_5$, 359_9, 439_5, 455_4 ⑤$25_9$, 213_{10}, 261_1, 315_3, 359_{14}, 373_1
藤原朝臣小黒麻呂（少黒麻呂） ④$41_6$, 51_4, 93_7, 159_6, 195_{10}, 315_7, 327_{15}, 341_3, 343_{15}, 413_8 ⑤$9_8$, 33_{15}, 51_5, 57_{11}, 119_8, 157_{10}, 171_5, 185_{13}, 195_8, 205_8, 207_{12}, 209_{14}, 219_3, 221_{10}, 233_3, 277_8, 289_6, 297_9, 337_6, 349_{16}, 379_{12}, 405_1, 409_{10}, 443_4, $451_{2·16}$, 453_{10}, 455_9, 463_{10}
藤原朝臣浄岡 ⑤$213_6$
藤原朝臣浄子 ④$219_{15}$ ⑤$511_6$
藤原朝臣浄弁 ③$247_1$, 255_{15} ④$213_9$ →藤原朝臣久須麻呂 →藤原恵美朝臣訓儒麻呂 →恵美訓儒麻呂

藤原朝臣縄主 ⑤$269_9$, 275_8, 291_7, 319_5, 363_7, 381_6, 383_9, 385_{15}, 397_9, 409_{15}, 473_{10}, 487_1
藤原朝臣縄麻呂 ⑤$75_4$, 91_2, 193_1, 195_5, 335_6, 369_{15}, 421_8 ④$3_9$, 21_{16}, 67_6, 93_8, $115_{4·12}$, 135_7, 189_9, 195_4, 295_3, 337_{13} ⑤$105_9$, $117_{10·13}$
藤原朝臣真葛（真綬） ④$419_{13}$ ⑤$271_5$, 49_{13}, 91_3, 213_{14}, 295_4
藤原朝臣真作 ⑤$287_8$, 335_{16}, 345_3, 473_{12}
藤原朝臣真鷲 ⑤$213_6$, 239_{14}, 341_{15}, 361_{12}, 459_7, 463_{13}, 489_{13}, 505_{14}
藤原朝臣真従 ③$75_4$, 91_4
藤原朝臣真従が婦 ③$261_{12}$
藤原朝臣真楯〔藤原朝臣八束〕 ③$285_8$, 319_9, 339_8, 341_{15}, 417_2 ④$231_4$, 67_4, 109_{12}, $113_{8·9·13·16}$, 115_1
藤原朝臣真楯の従兄 ④$113_{13}$
藤原朝臣真先〔藤原朝臣執弓〕 ③$267_8$ →藤原恵美朝臣真先
藤原朝臣真男女 ⑤$53_3$
藤原朝臣真貞 ⑤$419_8$
藤原朝臣真友 ⑤$125_1$, 137_5, 225_{11}, 295_5, 313_{12}, 351_{14}, 377_{16}, 383_{10}, 399_2, 451_3, 463_{12}, 485_{15}
藤原朝臣人数 ③$419_{13}$ ④$359_9$ ⑤$25_{10}$, 187_6, 315_4
藤原朝臣数子 ⑤$419_9$
藤原朝臣是公 ⑤$303_9$
藤原朝臣是公〔藤原朝臣黒麻呂〕 ④$91_{14}$, 111_7, 135_7, 169_1, 223_3, 225_{15}, 399_5, 425_3, 433_9 ⑤$231_1$, 49_7, 59_{12}, 69_{14}, 85_{14}, 183_{10}, 203_{14}, 207_{16}, 243_2, 275_{14}, 289_5, 333_{13}, 335_9, 349_6, $445_{6·7·14}$
藤原朝臣是公の第三の男 ⑤$303_{10}$
藤原朝臣是人 ④$297_{11}$, 345_{16}, 425_2 ⑤$69_{15}$, 237_{15}, 293_2, 343_{10}, 349_{14}, 473_{11}, 505_{11}
藤原朝臣清河（藤原朝臣河清） ②$379_{14}$, 395_5, 423_{15}, 429_3 ③$31_3$, 27_5, 87_{14}, 107_{12}, 119_4, 347_{10}, 423_9 ④$3_6$ ⑤$871_{1·12·14}$
藤原朝臣清主 ③$357_{13}$, 491_3
藤原朝臣千尋 ③$75_4$, 87_{10}, 105_{13}, 189_2, 221_4 →藤原朝臣御楯
藤原朝臣祖子 ⑤$59_7$, 315_7
藤原朝臣宗嗣（宗継） ⑤$125_1$, 137_{10}, 317_{10}, 343_4, 361_7, 379_1
藤原朝臣曹子（曹司） ④$365_4$ ⑤$25_7$, 431_6, 259_{13}
藤原朝臣蔵下麻呂（倉下麻呂） ③$247_3$, $419_{8·15}$ ④$71_2$, 291_2, 31_4, 35_9, 45_7, 67_5, 73_7, 159_{11}, 295_4, 305_8, 329_4, 345_1, $433_{5·9}$, $453_{9·12}$
藤原朝臣大継 ⑤$271_1$, 91_5, 423_4, 491_{12}, 505_{14}
藤原朝臣宅美 ③$357_{11}$, 429_1 ⑤$31_2$, 91_3

316

続日本紀索引

藤原朝臣仲継　④$433_1$　⑤$29_{12}$, 51_8, 315_{13}
藤原朝臣仲成　⑤$353_{15}$, 363_7, 457_{14}
藤原朝臣仲男麻呂(中男麻呂)　④$351_{13}$, 379_{12}
藤原朝臣仲麻呂(仲満)　②$275_6$, 347_8, 361_5, 375_6, 379_{10}, 391_{13}, 393_{13}, 395_8, 399_6, 409_{13}, 413_1, 423_{11}, 425_8, 427_{16}, 435_{15}, 437_3　③$3_{12}$, 15_7, 21_3, 25_6, 27_1, 55_{15}, 87_{12}, 89_9, 101_9, 109_5, 119_{16}, 167_{15}, 171_5, $179_{2 \cdot 11}$, 187_2, $201_{3 \cdot 5 \cdot 11}$, 205_8, 211_6, 229_8, $261_{9 \cdot 12 \cdot 13}$, 269_4, 277_{11}, $283_{5 \cdot 7}$　④$105_{10}$　⑤$45_7$　→藤原恵美朝臣押勝　→恵美仲麻呂
藤原朝臣仲麻呂の子　③$177_5$
藤原朝臣仲麻呂の曾祖　③$229_{11}$
藤原朝臣仲麻呂の亡男　③$261_{12}$
藤原朝臣仲麻呂を劫さむとす　③$201_1$
藤原朝臣仲麻呂を除かむと欲ふ　④$27_4$
藤原朝臣仲麻呂に告ぐ　③$199_4$
藤原朝臣仲麻呂の家を囲む　③$215_9$
藤原朝臣仲麻呂の私第　③$261_{13}$
藤原朝臣仲麻呂の宅を囲む　③$203_9$
藤原朝臣仲麻呂を忌む　③$213_{16}$
藤原朝臣仲麻呂を劫さむとす　③$201_1$
藤原朝臣仲麻呂を殺さむと謀る　③$199_6$
藤原朝臣仲麻呂を殺す　③$215_{10}$
藤原朝臣長河(長川)　⑤$23_8$, 51_3, 105_{14}, 137_{12}
藤原朝臣長娥子　②$145_5$
藤原朝臣長継　④$365_1$, 451_4
藤原朝臣長山　⑤$31_4$, 63_2, 89_{11}
藤原朝臣長道　④$151_4$, 193_{12}, 325_{15}, 343_{15}, 439_{15}
藤原朝臣鳥養　②$221_{10}$
藤原朝臣朝獦(朝狩)　③$211_{14 \cdot 15}$　→藤原恵美朝臣朝獦
藤原朝臣弟兄子　③$75_9$
藤原朝臣弟貞〔山背王〕　③$345_{14}$, 355_1, 417_3, $441_{9 \cdot 15}$
藤原朝臣弟友(乙友)　⑤$303_{10}$, 315_{12}, 363_5, 459_7, 461_2, 491_{11}
藤原朝臣田麻呂　③$37_{12}$, 373_{13}, $393_{6 \cdot 10}$, 395_7, 405_3, 423_{10}, 435_3　④$3_9$, $51_{1 \cdot 3}$, 65_2, 73_5, 129_4, 145_4, 223_{10}, 315_3, 341_1, 347_3, $359_{1 \cdot 5}$　⑤$21_4$, 105_8, 119_6, 127_{14}, 181_1, 183_9, 203_{13}, 243_1, $265_{3 \cdot 4}$
藤原朝臣田麻呂の兄　⑤$265_5$
藤原朝臣殿刀自　③$41_9$
藤原朝臣湯守　③$389_{14}$
藤原朝臣等　④$105_4$
藤原朝臣道継　⑤$487_4$, 495_8, 503_8
藤原朝臣内麻呂　⑤$211_{11}$, 227_{16}, 295_{11}, 343_{10}, 345_2, 353_1, 357_9, 361_{11}, 385_{11}, 423_7, 459_8, 463_8
藤原朝臣の二人　②$311_6$
藤原朝臣八束　②$361_7$, 379_{13}, 401_{11}, 423_{13}, 449_{14} ③$43_3$, 57_4, 121_1, 137_{15}, 221_3　④$115_2$　→藤原朝臣真楯
藤原朝臣百川〔藤原朝臣雄田麻呂〕　③$337_{14}$, 355_{12}, 419_8, 433_8　⑤$49_{11}$, 63_{12}, 99_{15}, $101_{2 \cdot 6}$, 117_{16}, 259_{10}, 373_2
藤原朝臣百川の女　⑤$405_5$
藤原朝臣百川の母　⑤$147_5$
藤原朝臣百能　③$75_9$　④$35_8$, 219_{16}　⑤$71_5$, 235_{14}
藤原朝臣浜成〔藤原朝臣浜足〕　④$393_5$, 421_2, 425_8, 427_7, 449_6　⑤$3_5$, 185_6, $197_{9 \cdot 12}$, 229_8, 453_{15}
藤原朝臣浜成が女　⑤$229_8$
藤原朝臣浜成の男　⑤$229_8$
藤原朝臣浜足　③$111_3$, 193_3, 373_2, 429_{15}　④$35_7$, 39_{13}, 67_8, 339_{10}, 357_5, 377_9　→藤原朝臣浜成
藤原朝臣不比等　①$13_3$, 29_4, 371_4, 39_1, 45_{13}, 77_7, 111_{10}, 129_{12}, 133_2, 139_{12}, 149_{16}　②$67_{14}$, $77_{3 \cdot 4 \cdot 13}$, $79_{2 \cdot 4}$, 81_8, 89_{13}, 185_{10}, 239_1, 255_{14}　③$187_9$, 231_4, 255_8, 341_4, $361_{3 \cdot 8}$, 441_{12}　④$81_{13}$, 109_7, 139_4, 325_9, 335_{11}　⑤$45_5$
藤原朝臣不比等家の封戸　②$235_{11}$
藤原朝臣不比等の家　②$385_{8-9}$　④$139_5$
藤原朝臣不比等の継室　③$361_8$
藤原朝臣不比等の女　②$139_8$　③$353_3$, 441_{13}　⑤$45_5$
藤原朝臣不比等の孫　⑤$453_{16}$
藤原朝臣不比等の第　①$331_2$　②$81_8$, 185_{10}
藤原朝臣不比等の第一子　②$325_6$
藤原朝臣不比等の第三子　②$325_{10}$
藤原朝臣不比等の第四子　②$323_{12}$
藤原朝臣不比等の第二子　②$321_5$
藤原朝臣不比等の墓　②$239_1$　③$155_{13}$
藤原朝臣武智麻呂　①$93_1$, 165_{14}, 193_9, 221_{13}　②$13_{16}$, 47_5, $51_{13 \cdot 16}$, 83_{11}, 85_1, 93_8, 105_{13}, 145_2, 205_9, 209_{13}, 249_{14}, 273_{10}, $275_{3 \cdot 11}$, 323_{14}, $325_{3 \cdot 5}$　③$361_{12}$
藤原朝臣武智麻呂の女　③$59_1$
藤原朝臣武智麻呂の孫　⑤$445_7$
藤原朝臣武智麻呂の第　②$325_3$
藤原朝臣武智麻呂の第四の子　③$355_{11}$
藤原朝臣武智麻呂の第二子　④$25_{13}$
藤原朝臣武智麻呂の長子　④$105_6$
藤原朝臣武良志(武良士・武良自)　①$139_3$, 143_1, 149_{15}, 195_1, 335_4
藤原朝臣楓麻呂　③$247_4$, 267_{11}, 289_2, 333_{13}, 337_{15}, 347_{12}, 421_{13}　④$23_{16}$, 39_{10}, 67_8, 87_1, 155_{10}, 221_{15}, 251_8, 295_9, $301_{2 \cdot 4}$, 315_4, 343_{16}, 357_5, 377_9, 421_1, 433_8, 465_1　⑤$15_{14}$
藤原朝臣豊成　②$147_4$, 255_{11}, 311_3, 329_8, 333_9, 347_5, 363_3, 375_{11}, 399_3, 399_{10}, 423_7, 425_7　③

とう（藤）

317

とう（藤）

15_3, 25_5, 55_{14}, 77_5, 145_{12}, 159_{10}, 171_4, 177_{15}, 187_{10}, $201_{3\cdot8}$, 203_{10}, 211_6, 213_{15}, 261_9 ④$25_9$, 311_4, 35_6, 39_1, 81_{11}, $105_{5\cdot10-11\cdot15}$ ⑤$235_{10}$
藤原朝臣豊成が第 ③$213_8$
藤原朝臣豊成が男 ③$213_9$
藤原朝臣豊成に適く ⑤$235_{15}$
藤原朝臣豊成の曾祖 ④$81_{11}$
藤原朝臣豊成の第三子 ④$105_{12}$ ⑤$197_5$
藤原朝臣豊成の第四の子 ⑤$117_{14}$
藤原朝臣豊成の弟 ④$105_{10}$
藤原朝臣房前 ①$65_6$, 93_2, 115_{15}, 153_{14}, 165_{14}, 221_{15} ②$35_1$, 53_1, 83_{11}, 103_8, 105_9, 145_2, 227_3, 259_{16}, 321_{4-5}, 331_{10} ③$361_{13}$
藤原朝臣房前の家 ②$321_5$, 331_{11}
藤原朝臣房前の女 ③$347_7$, 411_5
藤原朝臣房前の第五の子 ⑤$277_{10}$
藤原朝臣房前の第三子 ④$113_9$
藤原朝臣房前の第四の子 ⑤$87_{12}$
藤原朝臣房前の第七の子 ⑤$151_5$
藤原朝臣房前の第二の子 ④$331_4$
藤原朝臣房前の第六の子 ④$111_3$
藤原朝臣麻呂 ②$37_{12}$, 83_{15}, 101_1, 165_{10}, 173_3, 209_3, 217_5, 249_3, 251_{11}, 309_{11}, $315_{1\cdot8}$, 319_{15}, 323_{11}
藤原朝臣麻呂の子 ⑤$453_{16}$
藤原朝臣麻呂の女 ⑤$235_{14}$
藤原朝臣末茂 ⑤$33_{11}$, 49_{10}, 61_{10}, 89_5, 91_6, 129_{13}, 157_8, 239_{14}, 277_4, 301_{13}, 303_6, 401_{12}, 455_{14}, 457_{15}
藤原朝臣綏麻呂 ⑤$353_{15}$, 363_2, 397_4, 489_{16}
藤原朝臣明子 ⑤$213_{12}$, 361_2, 391_{14}
藤原朝臣綿手 ④$455_5$ ⑤$267_{11}$, 315_5
藤原朝臣夜志芳古 ⑤$207_{14}$
藤原朝臣薬子 ③$339_{14}$
藤原朝臣雄依 ④$151_4$, 159_{12}, 169_2, 177_{11}, 195_8, 229_{16}, 315_6, 341_8, 419_9, 429_3 ⑤$94_1$, 231_2, $616_{6\cdot11}$, 109_8, 129_{12}, 183_{13}, 209_5, 343_8
藤原朝臣雄田麻呂（雄田丸） ③$319_{16}$, 429_{15} ④$133_{12}$, 155_{10}, 195_5, 199_5, 219_{13}, 223_1, 225_4, 231_4, 233_4, 265_8, 267_{15}, 269_6, 279_6, $301_{6\cdot14}$, 315_3, 337_{14} →藤原朝臣百川
藤原朝臣雄友 ⑤$257_{13}$, 263_6, 317_3, 343_{10}, 349_{10}, 357_9, $365_{4\cdot6}$, 385_{11}, 409_{14}, 421_5, 455_{10}, 463_8
藤原朝臣鷹子 ⑤$361_4$
藤原朝臣鷹取 ④$341_{12}$, 377_{11}, 389_5, 441_2, 453_4 ⑤$57_{13}$, 81_4, 83_{11}, 111_{13-14}, 157_{14}, 183_{13}, 185_{14}, 189_9, 205_{11}, 213_{13}, 237_{12}, 239_{13}, 277_4, 293_9, 297_5
藤原朝臣里麻呂 →藤原朝臣黒麻呂²
藤原朝臣旅子 ⑤$353_9$, 361_5, 373_2, 403_{16}, 405_5

藤原朝臣旅子を生む ⑤$373_2$
藤原朝臣良継〔藤原朝臣宿奈麻呂〕 ④$315_1$, 337_{12}, 419_7 ⑤$23_6$, 43_{13}, $47_{3\cdot9\cdot13}$
藤原朝臣良継に適ふ ⑤$305_8$
藤原朝臣良継の兄 ⑤$47_4$
藤原朝臣良継の女 ⑤$373_2$, 465_{14}
藤原朝臣鎌足 ①$13_2$, 111_{15} ③$229_{12}$, $231_{3\cdot9}$, 239_{10}, 255_8, 283_{13} ④$109_6$, 335_{10}
藤原朝臣鎌足の胤子 ④$81_{13}$
藤原朝臣鎌足の忌辰 ③$231_6$
藤原朝臣鎌足の曾孫 ④$25_{12}$
藤原朝臣鎌足の孫 ③$353_3$
藤原朝臣鎌足の第二の子 ②$79_4$
藤原朝庭 ③$231_4$ ④$127_5$
藤原内大臣（藤原朝臣鎌足） ③$229_{12}$, 239_{10} ④$335_{10}$
藤原の卿等 ③$319_3$
藤原の姓字を除く ④$21_{13}$
藤原夫人 ②$139_7$, 145_4, 185_{11}, 221_{13}, 223_2 ③$59_1$, 347_7 ⑤$267_8$
藤原夫人（藤原朝臣宮子） ②$147_{14}$
藤原部 ③$177_8$
藤原法壱 ⑤$227_{10}$
藤枝を彫る ③$271_8$
藤津王 ⑤$503_{15}$
藤津王の父 ⑤$505_5$
藤朝臣光明子 ③$275_{14}$
藤朝臣御楯の室 ③$387_4$
藤野駅家（備前国） ⑤$407_1$
藤野郷（備前国） ⑤$405_{14}$
藤野郡（備前国） ②$93_{11}$, 173_{14} ④$81_1$, 123_7, 245_{11}
藤野郡大領 ④$81_1$
藤野郡に隷く ④$123_{13\cdot16}$
藤野郡の人 ④$79_{15}$, $245_{6\cdot8}$
藤野真人広虫女（広虫） ④$69_5$ →藤野別真人広虫女 →法均 →別部広虫女 →和気広虫 →和気公広虫 →和気宿禰広虫
藤野真人清麻呂 ④$67_{12}$ →藤野別真人清麻呂 →吉備藤野真人清麻呂 →輔治能真人清麻呂 →別部穢麻呂 →和気清麻呂 →和気公清麻呂 →和気宿禰清麻呂 →和気朝臣清麻呂
藤野別公子麻呂 ④$81_1$
藤野別真人広虫女（虫女）〔藤野真人虫女〕 ④$71_1$, 79_{16} →法均 →別部広虫女 →和気広虫 →和気公広虫 →和気宿禰広虫
藤野別真人清麻呂〔藤野真人清麻呂〕 ④$79_{16}$ →吉備藤野和気真人清麻呂 →輔治能真人清

続日本紀索引

麻呂　→別部穢麻呂　→和気清麻呂　→和気公清麻呂　→和気宿禰清麻呂　→和気朝臣清麻呂
闘争を致す　③247₉
闘乱を致す　②91₁₅
禱　①61₄
禱み祈る　①61₃　②293₁₁
禱み祀る　④163₃
禱み請ふ　④55₁₆
禱り祈はしむ　①97₅
禱り祀る者　⑤167₁
禱る　③181₄, 349₃　⑤215₁₆
騰貴　④403₁₀
鐺子　①25₂・₄・₉・₁₁₋₁₂
謙言に従ふ　③275₅
同悪　④37₁₄
同悪相済す　③243₁₃
同悪相聚る　③247₉
同悪に相招かる　③219₁₀
同悪の徒　⑤339₈
同軌に輯る　④37₁₄
同月(天平九年四月)十一日　②317₃
同月(天平宝字八年九月)十八日　④37₁₄
同罪　①173₁₃　②289₁₆
同しくする所　③383₉
同じき志を以て入る者　⑤201₈
同じき姓を蒙る　③255₁₁
同じき籍　②99₁₀
同じき道を取り　④353₇
同じき日に産まれたる者　②183₁₁
同じく一つの祖の後と　⑤509₉
同じく栄ゆ　④291₂
同じく坐す　⑤341₁₀
同じく奏す　③177₁₂
同じく発つ　⑤81₁
同じく謀る　④47₁₁, 233₁₄
同じく沐す　④217₇
同じ時　⑤89₃
同じ時に集りて在る　④273₁
同じ心の友　③209₁₁
同じ心を以て相従ふ　④137₁₅
同時　⑤81₄
同心　④253₁₄
同姓　⑤265₁₄
同前　④197₁₀　⑤367₁₄
同祖(同じき祖)　③113₇, 255₁₀　⑤193₄
同族(同じき族)　②31₁₀, 81₁₃　④29₇₁₄
同等　④43₁₅　⑤47₁
同等にすべからず　⑤441₁₄

同年(壬申の年)　③239₁₂₋₁₃, 241₈₋₁₀
同年(養老二年)　③243₅₋₆
同輩　⑤447₄
同僚　②83₉　⑤307₁₂
同寮と協はず　⑤289₁₃
同類　④409₃
動く　④451₂
動く事無く　①123₁
動くを待つ　⑤151₁₅
動さず　②231₁₁
動作　⑤327₉
動植　②101₉, 431₁₁　③137₅　④397₁₅, 445₈, 457₂　⑤335₄
動神(人名)　⑤279₁₅
動震を顕す　②163₃
動静　②107₂　⑤131₆, 147₁₂
動無く静かに有らしむ　②419₁₄
堂構　③375₁₃
堂塔　②261₁₆　③97
堂塔成る　②13₁₀
堂を構ふ　④431₁₃
童子　②29₁₄　③11₆　④225₈
童女　④403₆
童謡　③309₁₁
道　①25₁, 185₁₀　②45₁₁, 61₁₃, 63₆, 309₇　③273₁₂　④91₃, 265₃　⑤7₅, 125₉, 135₁₆, 335₄, 433₅
道安(人名)　②63₇　→安遠
道栄(唐)　②83₂, 221₃
道遠く　②7₇
道義在る所　⑤75₁₂
道橋　⑤305₁
道鏡　③439₄　④27₁₁, 334・₆・₁₃, 35₄, 37₃・₆, 89₁₀・₁₄, 97₉, 99₂₋₃・₁₅, 137₆, 225₉, 227₁₀₋₁₁, 255₇₋₉・₁₃, 257₂, 299₄・₁₀・₁₃, 301₁₁, 331₈₋₁₀, 375₈₋₉・₁₃, 377₂
道鏡一門　④375₁₆
道鏡が印を用ゐる　④327₄
道鏡の弟　④301₉, 375₁₆
道饗祭　②293₁₃
道く　④29₁　⑤339₆
道君(公)首名　①29₇, 414, 167₄, 187₈, 203₅・₈, 223₁　④41₈, 43₇・₁₄
道原寺(土左国)　③167₈
道原寺の僧　③167₈
道公　⑤325₁₃
道公勝石　③375₉
道公張弓　④281₁₀
道氏　⑤325₁₂
道次の上　④431₁₄
道慈(人名)　②63₁₀, 227₆, 299₁₆, 313₉₋₁₀, 333₁,

と（闘・禱・騰・鐺・謙・同・動・堂・童・道）

続日本紀索引

とう—とく（道・慟・銅・導・幢・潼・忒）

447$_{11\cdot14}$, 449$_{3-4}$
道守王　③109$_{14}$, 419$_3$, 425$_3$
道守臣　②131$_6$
道守臣多祁留　④41$_{10}$
道守臣東人　⑤477$_{10}$
道趣異なり　②121$_8$
道照　①23$_{3-6\cdot14\cdot16}$, 25$_{3-4\cdot9\cdot14\cdot16}$, 27$_{7\cdot10}$
道照の骨　①27$_5$
道照の弟子　①23$_5$, 27$_{2\cdot4-5\cdot8}$
道照の父　①23$_4$
道場　③63$_2$　⑤27$5_2$
道場の幡　①125$_{16}$　③169$_{15}$
道人　②49$_4$
道すがら　②251$_6$
道性　②63$_7$
道璿（人名）　②303$_{12}$　③113$_{16}$
道祖王　②329$_6$, 343$_6$, 379$_7$　③57$_5$, 159$_8$, 171$_3$, 177$_{9\cdot13}$, 179$_5$, 207$_6$, 223$_1$, 261$_{8\cdot11}$　→麻度比
道祖王が兄　④31$_7$
道祖王に縁れる　③219$_4$
道祖王の兄　③177$_{16}$
道祖王を囲ましむ　③201$_8$
道祖王を立つ　③179$_{14}$
道祖首公麻呂　⑤141$_8$
道蔵（百済）　②99$_7$
道俗　②27$_{10\cdot15}$, 171$_{14}$, 283$_{13}$, 447$_{16}$　③61$_{11}$
道朝臣　⑤325$_{13}$
道田連　④285$_{16}$
道田連安麻呂　⑤54, 71$_5$
道田連桑田　⑤315$_{10}$
道嶋御楯　⑤431$_{16}$
道嶋宿禰　④353$_{14}$　⑤257$_6$
道嶋宿禰三山　④107$_3$, 167$_9$, 183$_6$, 187$_6$, 195$_2$, 231$_1$
道嶋宿禰嶋足〔丸子嶋足・牡鹿連嶋足・牡鹿宿禰嶋足〕　④111$_6$, 139$_{12}$, 187$_5$, 235$_{11}$, 297$_{15}$　⑤61$_1$, 139$_2$, 255$_{16}$, 257$_1$
道嶋大楯　⑤139$_{14\cdot16}$
道嶋大楯を殺す　⑤141$_1$
道嶋本楯　⇒道嶋大楯
道徳　①103$_5$
道に違ひ　②49$_4$
道に向ふ　④165$_8$
道に臻る　②389$_1$
道に随ひ　⑤297$_7$
道に相望む　⑤33$_{16}$
道に入らしむ　③207$_3$
道に反く　①195$_{16}$
道の遠近を程る　②119$_5$

道の左　③114
道の次　⑤95$_3$
道服を着る　②27$_3$
道別　①65$_9$　②261$_2$, 263$_{13}$, 443$_{15}$　③151$_2$, 247$_5$　⑤373$_{10}$
道（北路）を取る　④411$_3$
道毎　③339$_3$　④389$_8$　⑤7$_1$
道理あり　④197$_8$
道理に違ふ　②45$_2$
道理に乖く　③247$_{10}$　④217$_{10}$　⑤253$_{11}$
道理に乖ふ　③289$_{10}$
道理に合ふ　②271$_1$
道理に非ず　②69$_{14}$
道路　①177$_8$, 203$_{10}$　②151$_3$　③95$_{12}$, 387$_{10}$　④45$_7$, 225$_{13}$, 275$_5$
道路に相望めり　⑤157$_2$
道路の上　③281$_{12}$
道を開きて行く　②317$_2$
道を開く　①231$_3$
道を窮む　③321$_{11}$
道を弘む　②15$_4$　④415$_6$　⑤291$_2$, 341$_2$
道を塞ぐ　④437$_{16}$
道を志す　①137$_{15}$
道を殊にす　③187$_4$
道を修めしむ　②95$_3$
道を承く　⑤155$_{10}$
道を争ふ　③369$_9$
道を伝ふ　②27$_5$　⑤339$_{16}$
道を得　②47$_{16}$
道を分く　②445$_{14}$
道を分つ　③49$_{13}$　④37$_{13}$　⑤145$_5$, 421$_{12}$
道を慕ふ　③163$_7$
慟哭　⑤217$_9$
銅　①199$_1$　②127$_1$, 231$_{12}$　④199$_7$
銅工　③117$_{13}$
銅銭　⑤141$_{15-16}$, 147$_4$, 153$_3$, 161$_{1\cdot4}$　②89$_1$
銅銭を用ゐる　①149$_8$
銅鐸　①203$_1$
銅の鉱　①9$_8$, 13$_{10}$
銅の湯を水と成す　③97$_{11}$
銅律管　②289$_5$
導き送る者　④269$_{12}$
導き奉り　③241$_5$
導御　②415$_{13}$
導く　②317$_4$　⑤401$_8$
幢幡　②13$_2$
潼津関（唐）　③297$_{7\cdot9}$
潼津関（唐）の岸　③297$_9$
忒ふこと無し　④267$_6$

320

続日本紀索引

特進(唐) ③343₁₅, 387₉
特に望まくは ⑤135₄
得失 ①183₅
得失を陳ぶ ③323₁₀
得色已下 ①51₈
得たる価物 ④403₁₃
得たる利 ③253₆
得替の官人 ③289₈
得て称ふること無し ③269₁₂
得度 ②95₄, 283₁₅, 399₁₅ ③277₃ ⑤269₁₄ →私度
得度せる者 ②285₁
得度を求む ②29₁₀
得難し ②317₂
得不 ③147₁₀
得忘れじ ②223₁₆
得る所 ⑤115₅
督察 ②133₁₀
徳 ①85₁₀ ②185₁₆, 307₁₀, 351₅ ③143₁₄ ④173₆ ⑤335₅, 465₁₅
徳あらず ③47₂
徳音を彰す ①235₉
徳化 ④405₉
徳化を聞くこと無く ④61₈
徳協ひ政山陵に至れば沢神馬を出す ④215₁₆
徳洽し ④367₁₀
徳根 ②47₁₃
徳山陵に至れば神馬を出す ②255₁
徳師(新羅) ②271₁₃
徳周(渤海) ②189₉
徳政 ③157₁₃ ⑤67₁, 465₄
徳沢 ④371₃
徳沢流洽 ②137₁
徳沢流洽するときは霊亀出づ ④215₁₄
徳鳥獣に至るときは白烏下る ④215₁₀
徳天地を動すときは遠くとも臻らずといふこと無く ⑤335₂
徳に感づ ④173₅
徳に憗づ ④289₉
徳に服す ③291₁₄
徳に報ゆ ③163₁₅, 231₁₄, 249₆
徳は惟れ政を善くす ③367₁
徳は虞舜に非ず ③223₇
徳は思文に冠とあり ⑤393₁₅
徳範 ③61₉
徳覆ふ ②305₁₄
徳有る者 ⑤223₁
徳来(高麗) ②251₁₁・₁₃
徳来(高麗)が五世の孫 ③251₁₃

徳率(百済官位) ④443₃
徳を蘊む ④285₁
徳を合す ⑤335₆
徳を告ぐ ③271₈
徳を慙づ ③21₆
徳を施す ②179₆ ③285₉
徳を循む ②163₄
徳を崇ぶ ②61₁₃ ④405₈
徳を同じくす ④283₁₀
徳を表す ②157₄ ③273₅, 275₁₀
徳を輔く ③143₁₄
慝を尽す ②207₄
読経 ①113₈ ②417₁₂ ③57₁₅, 97₅ ④321₁₃, 421₁₀ →誦経 →転読
読師 ②333₁
読誦 ②159₆, 389₉ ③281₇ ④263₃ ⑤449₁₀
読ましむ ①67₁₀, 71₁₅ ②77₁₂, 161₁₁, 293₁₂, 321₁₀, 325₉, 415₁₁, 441₁ ③119・₁₂, 171₃ ④463₅ ⑤151₁
読み習はしむ ①27₁₁, 57₁₆
読み申す ②235₁₄
読み奉らしむ ④291₃
読む ①85₁₂ ③61₁₀, 323₅
読む所 ④291₃
篤学 ⑤471₉
篤疾 ②151₅ ②291₉, 303₈ ③185₄ ⑤395₁₃
篤疾の徒 ②297₁₀
毒を肆ぶ ⑤53₆, 165₄
毒を縦にせず ⑤195₁₄
毒を造り ②211₈
独悍 ①181₉
独断 ③273₁₂
独知るべき物に有らず ②223₄
独底船 ②51₁₁
独り専にす ⑤311₁₃
髑髏に入る ④241₉
鞆張 ③117₁₄
屯 ①15₈, 31₁₁, 81₂, 149₁₆, 169₁₆, 213₂ ②5₅, 23₆, 37₃₋₄, 99₁₀, 137₇₋₈, 151₁, 167₅, 169₁₃, 171₁₆, 173₁₋₂, 183₁₁, 195₅, 199₁₀, 201₁₆, 203₁₆, 219₁, 221₂, 225₁₄, 261₁₅, 335₈, 361₁₋₂, 403₁, 407₁₃, 443₆₋₈ ③81₁₆, 831₋₂₋₄, 109₃, 227₈₋₉, 249₁₂, 305₁₁, 307₂, 345₁₂, 387₃ ④85₉, 97₂, 99₄・₁₆, 155₁₂, 157₄, 177₈₋₉, 205₁₀, 217₅, 221₈₋₁₀・₁₂, 227₁₃, 235₁₃, 265₁₂, 277₈, 279₇, 285₇, 317₁₆, 343₂, 369₁₀, 391₇, 451₁₆, 453₁ ⑤411・₇, 83₆, 95₁₀, 97₄, 323₈, 415₁₁
屯む ②77₁₅, 317₁₀
敦賀直嶋麻呂 ④83₉

とく—とん (特・得・督・徳・慝・読・篤・毒・独・髑・鞆・屯・敦)

とん（敦・遁・頓・貪・鈍）

敦く行ふ ①$81_{13}$
敦く志す ⑤$265_7$
敦く崇む ③$353_7$
敦厚 ④$309_8$
敦善の隆なるを興さ ③$359_1$
敦徳の政 ①$227_6$
敦風に靡く ②$75_2$
遁げ走る ②$319_2$
頓絶 ②$69_4$
頓に改む ④$371_{11}$
頓まり宿る ②$375_{12}$, $381_{6・13}$, $383_{1・4}$
頓まる ②$381_{15}$, 383_2
貪 ③$321_{16}$

貪残 ⑤$195_3$
貪嗔痴淫盗の悪 ③$323_5$
貪僧 ③$325_4$
貪俗 ③$293_6$
貪濁 ①$141_7$, 181_5 ③$147_{14}$ ⑤$307_8$, 367_9
貪濁の人 ③$385_1$
貪盗 ③$321_7$
貪婪 ①$103_{13}$
貪り覩る ③$325_2$
貪り求む ③$147_8$ ⑤$283_{16}$
鈍隠 ④$131_2$
鈍き朕 ④$335_{13}$

な

なが御命　③$85_8$
なだめ賜ひ　④$373_{15}$
なめく在らむ人　④$43_{14}$
那我親王　⇨長親王
那賀郡(讃岐国)　①$113_{16}$
那賀郡(常陸国)　②$129_{11}$
那賀郡(常陸国)大領　②$129_{11}$ ⑤$171_8$
那賀郡(常陸国)の人　④$291_5$
那賀(奈我)郡(紀伊国)　①$71_2$ ②$155_1$ ④$93_{14}$
那賀郡(紀伊国)大領　④$167_3$
奈賀王　③$187_{14}$, 213_{14}
奈我郡　⇨那賀郡(紀伊国)
奈貴(女)王　③$267_{15}$
奈貴(奈紀・奈关)王　③$205_{15}$, 221_5, 345_{16}, 423_2, 439_5 ④$3_7$, 155_7, 265_1, 295_{12}, 315_2, 341_8, 357_4, 385_6, 397_{11} ⑤$61_9$
那富山　⇨奈保山
奈保山天皇(元正天皇)　⑤$41_{11}$
奈保山東西山陵(大和国)　③$155_{12}$
奈保(直)山陵(大和国)　③$107_{15}$, 119_8
奈保(那富)山(大和国)　②$201_9$
奈麻(新羅官位)　①$76_5$ ⑤$123_{10}$
奈羅王　③$111_{10}$
奈羅(山背国)　③$205_{12}$
奈良王　②$361_4$
奈良忌寸　⑤$23_2$
奈良忌寸長野〔秦忌寸長野〕　⑤$311_8$, 317_2, 381_4, 457_7
奈良宮に御宇しし倭根子天皇(称徳天皇)　④$311_7$
奈良宮に大八洲国知らしめしし我が皇天皇(元明天皇・元正天皇)　③$71_2$
奈良許知麻呂　①$217_{16}$, 219_4
奈良真人　③$111_8$
奈良朝　③$375_{16}$ ④$331_3$　→平城朝
奈良朝庭　④$127_8$
奈良留守　②$399_{10}$
内安殿　②$103_3$, 179_2 ③$315_3$, 339_7
内位　②$197_{10}$
内印　①$191_8$ ②$73_4$, 79_6, 437_8
内院に中る　①$95_{5・7・10・11}$
内院の南門　③$161_2$
内(宇智)の野(大和国)　①$101_{14}$
内応　④$143_{14}$, 141_1
内外　①$103_7$ ②$105_9$ ③$247_{11}$, 287_5, 331_{15}, 339_5, ④$457_1$ ⑤$101_5$, 199_{11}, 345_{13}
内外に告ぐ　②$195_{14}$
内外に歴　⑤$47_6$, 455_1
内外二種の人等　④$97_{10}$
内外の官人　③$321_6$ ⑤$195_1$
内外の五位已上　②$399_{16}$
内外の散位　②$45_4$
内外の初位　②$65_5$
内外(の)諸司　①$155_3$ ②$21_2$ ③$183_{16}$, 295_6
内外の諸寺の名帳　⑤$105_3$
内外の諸の兵事　③$187_5$
内外の諸門　③$201_5$
内外の庁前　①$125_{15}$
内外の百官　④$459_1$
内外の文武の官　①$57_{15}$, 63_9, 221_{10} ③$357_{13}$ ⑤$169_9$, 193_{13}, 249_8, 327_{13}
内外の文武の官属　④$291_4$
内外の文武の有六位已下　②$251_{14}$
内外の文武の散位六位以下　②$97_{13}$
内外の文武の職事　②$143_8$
内外の文武の百官　②$211_5$
内外の有位　④$141_7$
内外の両門　⑤$201_5$
内外有位の六位已下の者　①$41_2$
内厩助　④$71_{15}$ ⑤$63_{11}$, 187_1, 493_1
内厩少允　④$71_{15}$
内厩少属　④$71_{16}$
内厩大允　④$71_{15}$
内厩大属　④$71_{16}$
内厩頭　④$71_{14}$, 341_8 ⑤$139_1$, 205_{12}, 241_{12}, 257_6, 263_1, 301_7, 317_{12}, 319_1, 365_6, 469_5
内厩寮　④$71_{14}$
内厩寮の馬　⑤$243_{12}$
内供奉　③$183_{13}$
内教坊　⑤$41_{12}$
内教坊の踏歌(蹋歌)　③$305_8$, 425_{13} ④$183_{16}$
内原身売　④$131_{・10}$
内原直　④$15_4$
内原狛売　④$13_1$
内原牟羅　④$13_1$
内原牟羅に嫁ぐ　④$13_1$
内原牟羅の児　④$13_1$
内国の口　①$99_{14}$
内史局　③$287_7$　→図書寮
内史局助　③$401_8$
内史頭　③$305_3$
内使(唐)　③$387_5$ ⑤$79_{10・12・13}$
内侍司　⑤$119_4$
内侍典侍　③$253_{11}$

続日本紀索引

な（内）

内舎人　①$41_6$ ②$61_{14-15}$, 157_8 ③$157_4$, 179_{12}, 391_9 ④$27_1$, 351_2, 105_7, 279_4, 293_{13}, 453_{10}
内射　③$305_{10}$, 347_6, 427_7 ⑤$85_{11}$
内竪　③$161_4$ ④$99_5$
内竪員外大輔　④$181_6$
内竪卿　④$169_1$, 191_{13}
内竪所に侍らしむ　⑤$447_5$
内竪少丞　④$169_3$
内竪少輔　④$169_2$
内竪少録　④$169_4$
内竪省　④$167_{14}$, 369_{15}
内竪省の舎人　④$369_{15}$
内竪大丞　④$169_3$, 207_5
内竪大輔　④$169_1$, 233_4, $301_{5 \cdot 14}$, 337_{15} ⑤$445_{10}$
内竪大録　④$169_3$
内竪の曹司　⑤$19_{14}$
内竪員外助　④$159_5$, 393_4
内匠助　②$199_4$ ③$421_7$ ④$159_4$, 167_{14}, 179_2 ⑤$9_{10}$, 383_{12}, 389_{12}, 409_3, 457_{13}
内匠少允　②$199_4$
内匠少属　②$199_4$
内匠大允　②$199_4$
内匠大属　②$199_4$
内匠頭　②$199_4$, 333_{11} ③$25_9$, 147_5, 327_4 ④$155_9$, 195_6, 223_2, 265_9, $301_{6 \cdot 14}$, 339_5, 441_7 ⑤$271_4$, 71_7, 251_9, 315_{13}, 339_2, 375_{15}, 401_{12}, 459_{10}, 461_6
内匠寮　②$199_3$
内匠寮の史生　②$199_5$ ④$85_{15}$
内常侍（唐）　④$19_2$
内職　⑤$235_{15}$
内臣　②$105_9$ ④$337_{12 \cdot 16}$ ⑤$23_6$, 49_1, 65_5, 67_9, 277_{14}
内臣の官位　④$337_{16}$
内臣の職掌　④$337_{16}$
内臣の職分雑物　④$337_{16}$
内臣の禄賜　④$337_{16}$
内真人　③$111_{12}$
内真人糸井　③$269_1$
内真人石田　④$147_3$
内寝　②$79_3$
内親王　①$43_8$, 113_5, 235_{11} ②$225_{12}$ ⑤$255_9$, 301_2
内親王以下　②$191_4$
内人　②$237_{10}$ ③$129_7$, 349_5 ⑤$169_8$, 249_{7-8}
内染正　③$389_{10}$ ⑤$9_3$
内膳司に任ずる者　④$195_{13}$
内膳正　④$193_7$, 195_{14}, 427_4
内膳奉膳　③$335_1$, 405_{10} ④$195_{13}$, 325_1 ⑤$9_2$, 99_7
内相（紫微内相）　③$199_{4 \cdot 6}$, $201_{1 \cdot 5 \cdot 10}$, 203_9, 205_8, 213_{16}, 215_{9-10}, 277_{11}

内掃部司員外令史　④$277_{11}$
内掃部正　⑤$197_6$, 253_2, 293_8, 345_2
内蔵忌寸（伊美吉）黒人　③$95_{13}$, 103_{16}
内蔵忌寸若人　④$41_{11}$, 201_3, 237_{15}, 279_{9-10}, 319_{10}, 357_{10}
内蔵忌寸全成　③$331_{11}$, 333_3, 337_9 ④$357_{12}$, 377_{11}, 389_7, 423_1, 441_6 ⑤$33_6$, 85_{13}, 113_1, 197_2, $209_{2 \cdot 6}$, 215_9　→内蔵宿禰全成
内蔵宿禰　⑤$333_{11}$
内蔵宿禰全成〔内蔵忌寸全成〕　⑤$337_8$, 365_1, 379_{14}
内蔵助　③$345_{16}$, 421_6 ④$51_0$, 163_{16}, 167_{13}, 243_7, 355_8 ⑤$49_{11}$, 241_6, 261_{12}, 295_5, 381_2, 385_{13}, 421_8
内蔵少属　④$381_6$
内蔵（蔵）忌寸　④$277_{15}$ ⑤$333_{11}$
内蔵頭　①$149_3$ ②$273_8$, 333_{12}, 343_6, 405_{16}, 427_{14} ③$31_7$, 33_6, 347_9 ④$205_{15}$, 223_3, 225_{15}, 351_1, 355_8 ⑤$63_2$, 231_{11}, 237_{14}, 243_3, 291_{11}, 301_9, 349_6, 365_1, 459_9
内蔵寮　①$139_{10}$ ②$401_4$
内蔵寮に隷く　⑤$235_{11}$
内属することを乞ふ　④$185_9$
内大紫　⑤$231_3$　→大紫
内大臣　②$79_4$ ③$231_{3 \cdot 6 \cdot 9}$, 255_8, 283_{13}, 353_3 ④$251_2$, 81_{12} ⑤$23_6$, 43_{13}, 47_3, 49_3, 83_{15}, 277_{15}, 305_8, 373_1, 465_{13}
内つ奴と為て　④$241_3$
内典　②$121_8$
内典の法　②$257_{16}$
内典を助く　⑤$201_6$
内殿　①$145_7$
内嶋院　⑤$33_7$
内道場　③$31_4$ ④$375_{10}$
内に進る　②$79_7$
内に入る　④$317_1$
内の兵と仕へ奉り来　③$197_{16}$
内物部　②$157_{11}$
内兵　③$73_4$
内兵庫　⑤$157_{12}$
内兵庫正　④$451_5$ ⑤$105_{12}$, 385_{16}, 503_{11}
内兵庫頭　④$207_{10}$, 441_8
内民に同じくす　⑤$467_{12}$
内命婦　②$167_6$, 203_9, 267_1, 275_9, 399_{13} ④$355_{13}$ ⑤$255_9$
内命婦の三位　②$225_{12}$
内薬官　①$15_9$
内薬佐　⑤$61_8$
内薬司　③$227_{16}$
内薬司佑　③$251_{10}$

324

内薬正 ④$249_6$, 339_6 ⑤$11_5$, 59_{13}, 129_{14}, 295_3, 361_8, 373_3, 401_{15}, 421_8
内薬佑 ③$327_{10}$ ④$207_{10}$ ⑤$29_8$
内雄〔高内弓〕 ④$409_7$
内裡 ②$157_{12}$, 171_{14}, 221_{14}
内裏 ②$185_{15}$, 247_{10}, 313_2, 385_6, 419_{10}, 433_{12} ③$19_4$, 51_{16}, 119_3, 137_3, 287_6, 337_{12} ④$73_2$, 189_7, 363_7, 397_9, 419_5, 445_6, 463_4 ⑤$39_7$, 57_{6-7}, 65_4, 75_5, 121_5, 207_{15}, 243_{14}, 289_3, 313_9, 381_{14}, 477_{10}
内裏に聞ゆ ⑤$447_5$
内裏に臨む ⑤$47_7$
内裏の女楽 ③$305_{11}$
内裏の庁 ⑤$35_5$
内裏を避く ⑤$469_4$
内礼司 ②$345_9$
内礼正 ③$347_1$, 421_7 ④$159_5$, 207_9, 339_6, 379_8 ⑤$27_{15}$, 109_3, 249_{11}, 375_{15}, 449_{13}, 495_9
南闌 ①$223_7$
南院 ③$115_6$, 215_3 ⑤$219_{14}$, 417_5
南苑(南菀) ②$167_{14}$, 177_8, 181_7, 187_{16}, 203_3, 265_7, 281_9, 331_{12}, 361_{10} ③$395_{5 \cdot 12}$, 43_9, $454_{\cdot 8}$
南苑の樹 ②$181_{15}$
南海道 ①$65_9$ ②$33_3$ ③$313_2$, 391_4
南海道検税使 ⑤$51_4$
南海道使(問民苦使) ③$247_4$
南海道巡察使 ②$443_{13}$ ③$151_1$, 339_2 ④$133_{13}$, 199_8
南海道節度使 ③$395_7$, 403_4, 437_1
南海道節度使判官 ③$395_8$
南海道節度使副 ③$395_7$
南海道節度使録事 ③$395_8$
南海道鎮撫使 ②$251_{12}$ ③$25_8$
南海道の軍 ②$365_{16}$
南海道の諸国 ③$167_{12}$, 329_{10}, 435_{16} ④$19_{10}$
南海道(覆損使) ④$389_8$
南海府(渤海国) ⑤$27_6$
南宮の前殿 ④$61_5$
南薫を治さず(古詩) ⑤$327_3$
南卿(藤原朝臣武智麻呂) ③$361_{12}$
南高殿 ⑤$53_2$
南山期に協ふ ②$125_{10}$
南樹苑 ②$251_3$
南嶋 ①$11_3$, 21_6, 219_{15-16}, 221_4, 223_5 ③$141_4$
南嶋の献物 ①$19_6$
南嶋の人 ①$125_2$ ②$81_{10}$, 185_8
南に行く ③$297_5$ ⑤$297_8$
南に向ひて去る ④$211_8$
南の汚池 ⑤$297_7$
南風 ③$135_{10}$, 329_4

南畝 ①$215_5$, 231_4 ⑤$383_4$
南北の両左大臣 ③$361_{12}$
南面 ⑤$221_{12}$
南面に居る者 ②$129_{14}$
南面の門 ⑤$47_7$
南門 ①$89_4$ ②$361_{11}$ ③$161_2$ ④$397_7$ ⑤$7_6$
南門の外 ③$201_{16}$
南野 ②$181_{14}$
南薬園の新宮 ③$93_{13}$
南路 ③$387_{10}$
南楼 ②$299_5$
楠葉駅(河内国) ①$163_{14}$
難行 ②$99_5$
難金信 ⑤$33_{12}$
難多し ③$387_{10}$
難に臨む ④$217_{14}$
難波館 ①$69_6$ ③$125_7$
難波忌寸浜足 ①$107_9$
難波宮(摂津国) ①$151_{11-12}$ ②$23_7$, 163_9, $173_{10 \cdot 12-13}$, $277_{4 \cdot 8}$, 363_2, 393_7, 435_5, $437_{2 \cdot 9-10}$, $439_{4 \cdot 10 \cdot 13}$, 443_1, 449_9 ③$15_2$, 17_4, 157_7 ④$329_{13}$
難波宮に遷らむと情に願ふ者 ②$439_5$
難波宮の塩 ④$265_{12}$
難波宮の官人 ②$173_{12}$
難波宮の東西の楼殿 ②$439_{16}$
難波宮の東南の新宮 ③$157_7$
難波宮の綿 ④$265_{11}$
難波宮を造る ②$177_{14}$
難波宮に近き三郡の司 ①$163_9$
難波京(摂津国) ②$283_5$, 435_{12}
難波京の南の道 ②$297_7$
難波京の便宜を陳ぶる者 ②$435_{14}$
難波京を願ふ者 ②$437_1$
難波曲 ②$275_{15}$
難波高津宮に御宇しし天皇(仁徳天皇) ③$255_9$ ⑤$513_8$
難波高津宮に御宇大鶴鷯天皇(仁徳天皇) ②$225_3$
難波高津朝庭 ④$83_{12}$
難波高津朝に御宇しし仁徳天皇(仁徳天皇) ⑤$471_2$
難波津(摂津国) ②$269_{12}$
難波大宮に御宇し掛けまくも畏き天皇命(孝徳天皇) ①$111_{15}$
難波朝廷 ①$143_5$
難波朝庭 ②$289_{14}$
難波(難破)女王 ③$41_8$, 107_6 ④$323_{13}$ →難波内親王
難波(難破)(摂津国) ①$107_7$ ②$23_8$, 277_9, 449_{14}

なぃ—なん (内・南・楠・難)

325

なん
（難）

　　③157$_2$, 207$_{12}$　④105$_{15}$　⑤201$_{11}$
難波(難破)長柄朝庭　④113$_5$
難波(難破)長柄豊埼朝　③379$_{11}$
難波(難破)朝　①33$_{14}$, 213$_{11}$　②25$_8$, 153$_2$, 247$_4$
難波(難破)内親王〔難波女王〕　④383$_1$,
　　413$_{6・11・14}$
難波内親王の第　④385$_{11}$
難波(難破)の江口(摂津国)　③337$_9$, 407$_3$

難波(難破)連足人　④151$_9$, 165$_2$
難波(難破)連奈良〔難波薬師奈良〕　③257$_{11}$
　　④55$_{11}$
難波薬師奈良　③251$_{11}$　→難波連奈良
難波薬師奈良が遠祖　③251$_{11}$
難波連　②151$_{15}$　③253$_1$
難波連吉成　②233$_6$, 245$_5$
難福子(人名)　③5$_5$

に

二位　①$95_4$, 171_{15}　②$181_5$, 425_{13}　③$29_7$　④$177_8$
二位を帯ぶる者　④$421_3$
二階　②$187_6$
二階加へ賜ふ　③$73_8$
二階を叙す　③$171_{2-3}$
二階を進む　③$343_{12}$
二監(芳野監・和泉監)　②$257_{16}$, 265_8, 291_8, 309_6, 325_8, 331_6
二季の禄　②$435_7$
二槻離宮(大和国)　①$55_4$
二儀慾つこと無し　③$245_{10}$
二儀の覆載を累ぬ　③$81_1$
二級賜ふ　④$175_6$
二級叙ふ　④$175_2$
二級を加ふ　③$21_{16}$
二考を加ふ　①$99_5$　④$57_2$
二考を減す　①$99_6$
二国　①$151_2$
二氏　③$287_{16}$
二死　⑤$163_3$
二七(日)　③$161_6$　④$173_9$, 297_{15}
二十年以上を経たる者　④$131_4$
二叔(管叔・蔡叔)の流言　③$223_5$
二所の天皇(元正天皇・聖武天皇)　②$261_3$
二序を経　②$169_{15}$
二上神(越中国)　⑤$165_{11}$
二色　②$179_{10}$
二心無く奉侍れ　④$259_5$
二世に伝ふ　③$239_{14}$, $241_{12 \cdot 14}$
二世の王に上げ賜ふ　⑤$173_{10}$
二尊　③$151_3$
二男を生む　⑤$205_{16}$
二柱を樹つ　④$119_{16}$
二つの柄　③$409_{16}$
二諦　②$63_8$
二等　③$103_3$　④$101_1$　⑤$211_{10}$
二百銭を用ひて一両の銀に当つ　②$111_{12}$
二品　①$63_{10}$, 73_9, 77_4, 89_{14}, 95_4, 97_9, 115_{12}, 139_{12}, 171_{15}, $207_{3 \cdot 4}$, 221_{11-12}, 223_3　②$17_{16}$, 41_5, 61_{15}, 143_{16}, 145_5, 191_4, 205_{11}, 277_3, 425_{13}　③$41_8$, 77_{10}, 97_6, 103_{10}, 135_{15}, 375_4, 391_{11}, 399_6　④$95_{15}$, 221_{12}, $413_{7 \cdot 10}$　⑤$59_3$, 163_8, 213_8
二嬪　①$205_7$
二寮(大学寮・雅楽寮)　③$227_{13}$
二列　②$227_1$

尼　②$169_{8 \cdot 16}$, 179_2, 303_6, 325_8, 349_9　③$117_8$, 145_2, 283_4　④$255_{11}$, 411_{10}　⑤$271_1$, 341_1　→僧尼
尼(の)寺(国分尼寺)　②$391_{4 \cdot 6}$, 443_3　③$51_{2-3}$
弐无し　④$309_8$
肉　④$291_2$
宍　④$47_{5-6}$
宍人朝臣継麻呂　⇒完人朝臣継麻呂
宍を殺す　③$151_1$
宍を用ゐず　③$95_{12}$
日下女王　②$129_6$
日下部意卑麻呂　④$191_4$　→日下部連意卑麻呂
日下部使主荒熊　②$147_7$
日下部宿禰　④$231_{15}$
日下部宿禰子麻呂(古麻呂)　③$155_4$, 159_4, 189_4, 193_7, 339_9, 419_4, 423_{10}　④$7_6$, 23_3, 29_2, 55_5, 67_5, 83_{10}, 111_{13}, 181_6, 407_{12}　⑤$339_8$
日下部宿禰浄方　④$133_8$
日下部宿禰大麻呂　②$315_{11}$　③$55_1$
日下部宿禰雄道　⑤$209_8$, 299_8, 311_5, 321_{11}
日下部宿禰老　①$129_{15}$, 225_9　②$85_3$, 145_{10}, 257_3
日下部浄人　④$401_{10}$
日下部深淵　③$81_{13}$
日下部直安提麻呂　④$359_3$, 393_3
日下部直益人　②$405_8$
日下部連　④$191_4$
日下部連意卑麻呂(日下部意卑麻呂)　④$231_{14}$
日下部連国益　⑤$325_5$
日下部連虫麻呂　④$177_2$
日旰くるまで飡ふことを忘る　①$107_{14}$
日久し　⑤$429_8$
日継　③$409_8$
日月　③$271_2$, 273_2　⑤$209_{14}$
日月重なりぬ　③$315_9$
日月稍く邁く　④$437_4$
日月と共に　①$121_4$　③$279_{15}$
日月と倶に　③$231_{10}$
日月の照り臨むが如く　③$237_{14}$
日月の臨む所　③$225_1$
日月明を共にす　③$225_8$
日月累り往くまにまに　④$333_7$
日月を延ぶ　②$271_1$
日月を経　⑤$159_{13}$
日月を限る　③$83_6$
日向員外掾　④$213_{14}$
日向員外介　④$181_4$
日向掾　④$105_{14}$
日向王　①$17_{13}$

にーにち(二・尼・弐・肉・宍・日)

続日本紀索引

にち（日）

日向王の第 ①$17_{15}$
日向介 ⑤$303_7$
日向国 ①$131_1$, 161_4 ③$91_1$, 35_7, 151_{14}, 169_{15}, 383_{12}, 395_{13} ④$125_3$, 135_3, 211_3, 215_7, 217_3, 463_8 ⑤$235_1$, 499_{14}
日向国の医師 ④$361_2$
日向国の士卒 ②$131_9$
日向国の四郡を割く ①$197_2$
日向国の隼人 ①$161_5$
日向国の博士 ④$361_2$
日向権介 ⑤$387_2$, 457_4
日向守 ③$403_4$, 425_6, 431_7, 435_4 ④$91_7$, 249_{13}, 429_{10}, 451_{14} ⑤$229_{10}$, 295_4, 389_{13}
日根王 ③$111_9$
日根郡（河内国・和泉国）
　②$9_{7\cdot15}$, 449_8
　④$95_{16}$, 97_3, 99_7
日根郡の百姓 ②$449_8$
日根造大田 ②$381_3$
日嗣と定め賜へる ③$263_{14}$
日嗣の位 ④$331_9$
日時を連ね延ぶ ②$253_7$
日者 ⑤$131_{11}$
日重ねて ①$121_{11}$
日上の湊（陸奥国）⑤$445_2$
日蝕 ①$11_{11}$, 13_{15}, 21_5, 39_6, 59_{10}, 77_{12}, 105_7, 109_7, 115_7, 125_{12}, 145_5, 149_3, 155_3, 161_{13}, 163_{10}, 165_4, 171_4, 193_{14}, 209_3, 231_{13} ②$7_{11}$, 21_9, 35_2, 45_5, 55_1, 79_8, 113_4, 153_4, 165_3, 181_{13}, 193_5, 227_5, 237_{14}, 245_7, 255_{14}, 271_{15}, 285_3, 297_2, 301_8, 321_9, 345_9, 355_{15}, 387_9, 407_9, 429_7 ③$47_{10}$, 65_4, 115_4, 127_{13}, 167_{11}, 307_{11}, 357_5, 383_8, 399_6 ④$93_4$, 133_{15}, 155_{12}, 197_4, 213_3, 247_9, 293_{10}, 359_{12}, 383_{13}, 407_{16}, 459_9 ⑤$13_1$, 33_5, 71_5, 99_{14}, 283_7, 417_5, 501_9
日神 ⑤$469_{10}$
日精に感づ ⑤$453_8$
日像の幡 ①$33_6$
日仄くまで膳を忘る ②$253_{13}$
日戻くるまで膳を忘る ②$349_{16}$
日多く ③$263_{11}$
日置首若虫 ④$439_{16}$ ⑤$65_2$
日置女王 ②$347_{13}$ ③$107_5$
日置須太売 ①$103_3$
日置造蓑麻呂 ③$403_1$ ④$43_4$, 65_7, 179_{14}, 223_{12}, 301_4, 425_4 ⑤$35_1$ →栄井宿禰蓑麻呂
日置造真卯 ③$139_4$, 141_{14}, 189_8, 339_{10}, 381_2
日置造道形 ④$177_3$, 339_{12}, 351_2, 389_6, 429_1 →栄井宿禰道形

日置造飯麻呂 ⑤$35_2$
日置造雄三成 ⑤$35_2$
日置毗登乙虫 ④$91_{10}$
日置毗登弟弓 ④$167_3$
日と為りて ⑤$143_{14}$
日南¹ ③$367_2$
日南²（唐）③$431_{15}$
日に一日を慎む ①$235_5$ ④$289_{10}$ ⑤$167_{14}$
日に益す ④$213_{14}$ ⑤$367_{12}$
日に久し ④$37_9$
日に去くこと数歩 ④$275_2$
日に向ふ ⑤$251_{12}$
日に興る ⑤$275_{12}$
日に新にして ③$133_{12}$
日に甚し ④$27_{10}$
日に盛なり ③$31_5$
日に増す ②$445_7$
日に損はる ②$95_1$
日に長し ①$181_8$
日の暈の南北に珥有り ②$89_4$
日の暈白き虹を貫くがごとし ②$89_4$
日の上に五色の雲あり ④$179_{12}$
日の上に復光有り ⑤$251_{11}$
日の数 ②$235_{13}$
日並所知皇太子（草壁皇子）①$121_1$
日並知皇子尊（草壁皇子）①$3_{5-6}$, 119_7 ②$3_5$, 207_2
日並知皇子命（草壁皇子）①$111_9$ ③$281_1$
日別 ③$117_6$
日奉広主売〔日奉部広主売〕④$317_{16}$
日奉弟日女 ②$365_8$
日奉部広主売 ③$313_5$ →日奉公広主売
日本 ②$189_4$, 447_{15} ④$409_6$
日本紀 ②$73_9$
日本国 ③$139_{13}$ ④$176_{\cdot12}$, 409_9
日本国に往かしむ ⑤$75_7$
日本国に坐して大八州国照し給ひ治め給ふ倭根子天皇（称徳天皇）①$171_9$
日本国の使 ①$81_6$
日本根子高瑞浄足姫天皇（元正天皇）②$3_{4-5}$, 41_4, 109_4
日本根子天津御代豊国成姫天皇（元明天皇）①$119_{4-5}$, 159_4, 193_4
日本朝 ③$343_{15}$
日本に在りて八方を照臨したまふ聖明皇帝（聖武皇）③$303_8$
日本に照し臨せる聖天皇の朝 ③$133_1$
日本に照し臨せる天皇の朝庭 ③$121_{12}$
日本の旧民 ⑤$481_8$

328

日本(の)使 ③$139_{16}$ ④$409_7$
日毎 ③$281_{12}$ ④$251_4$
日も夜も休まず ②$89_{15}$
日夜 ②$181_8$ ③$221_{14}$ ④$331_{10}$ ⑤$349_5$
日夜安からず ③$263_{13}$
日夜止まず ③$11_1$
日夜停むこと無し ③$171_{12}$
日用 ⑤$125_9$
日葉洲媛命 ⑤$201_{16}$
日を為すこと久し ④$299_{14}$
日を延ぶ ②$29_1$ ③$215_1$, 291_1 ⑤$103_9$
日を撲ぎ星を瞻て ①$131_6$
日を極む ④$449_9$
日を計る ⑤$147_{11}$, 153_2
日を経 ②$199_{11}$ ③$441_5$
日を積む ⑤$374_5$, 427_5
日を択ふ ⑤$415_5$
日を同じくす ⑤$479_4$
日を餘す ④$91_6$ ⑤$171_6$
日を累ぬ ⑤$217_9$
入間郡(武蔵国) ④$211_1$
入間郡の人 ④$211_1$, 395_7 ⑤$43_4$
入間宿禰 ④$211_2$
入間宿禰広成〔物部直広成〕 ⑤$209_9$, 241_4, 289_{10}, 397_{13}, 403_3, 431_1, 437_2, 443_7, 455_7, 457_{10}
入京 ①$219_{16}$ ③$301_2$ ④$411_{15}$ ⑤$427_{10}$ →京に入る
入京を放す ④$217_8$
入色の人 ⑤$273_{12}$
入奏 ④$201_7$
入朝 ①$151_1$, 153_6, 157_3, 219_{10} ②$293_3$, 357_{11} ③$121_{16}$, $123_{2\cdot15}$, 125_2, 137_7, 303_{11}, $345_{1\cdot3}$, 365_2, $429_{1\cdot3}$ ④$277_4$, 421_7 ⑤$31_{10}$, 33_3, 35_{12}, 77_3, 83_3, 85_4, 107_1, 111_4, 113_7, 207_{13}, 381_7, 469_{16} →来朝
入朝使 ⑤$27_3$
入朝すること獲ず ⑤$121_{11}$
入朝する由 ⑤$113_2$
入朝の旨 ②$287_8$
入朝の由 ④$273_8$
入唐 ②$357_4$ ③$31_1$ ④$265_{16}$ →唐に入る
入唐廻使 ②$289_9$ ③$143_6$
入唐学問僧 ②$299_{15}$ ③$441_2$ ④$111_5$
入唐使 ①$39_{16}$ ②$51_{14}$, 289_{10}
入唐(使)第四船 ③$143_8$ ④$449_{14}$
入唐使の乗る ③$251_6$
入唐使の舶 ③$353_{13}$
入唐使判官 ②$357_1$
入唐執節使 ①$101_{13}$

入唐准判官 ②$305_3$ ④$131_1$
入唐大使 ②$283_{10}$, 287_{10} ③$307_7$ ⑤$131_4$, 79_3, 87_{11}
入唐の第一船 ③$141_9$
入唐判官 ②$305_2$ ③$145_2$
入唐副使 ①$125_4$ ②$303_{10}$, 305_1 ③$115_{16}$, $139_{5\cdot7}$ ④$461_3$
入唐留学生 ②$289_3$
入道 ②$95_{3\cdot6\cdot8}$, 153_{11}, 247_{15} ⑤$269_{13}$ →出家
入部 ②$253_2$
入由見えず ④$13_{11}$
入由を見ず ④$15_{10}$
入由を顯す ④$13_{10}$, 15_9
入りて侍らしむ ④$127_1$
入りて征す ⑤$429_{12}$
入る限とす ①$173_{11}$, 177_6
入れ訖る ③$359_{10}$ ⑤$369_6$
乳牛戸 ①$201_6$
乳長上 ②$55_{14}$
乳母 ①$15_9$, 31_{12}, 103_4, 113_{15}, 137_7, 169_{16}, 213_{13} ②$71_2$, 314, 273_3 ③$89_1$, 107_3, 125_6, $441_{2\cdot7}$ ⑤$143_2$, 211_{12}, 395_{16}, 489_{11}
乳母の粮料 ④$19_7$
乳母を給ふ王 ③$13_5$
任 ②$301_{14}$ ③$441_{16}$
任遠国に在り ⑤$239_8$
任く ①$91_1$, $35_{10\cdot12}$, 51_2, 53_9, 131_2 ②$297_{13}$, 313_{10} ③$107_{12\cdot15}$, 443_8
任くる者 ①$195_3$
任け使ふ ⑤$477_4$
任け賜ひ ④$443_{10}$
任け賜へる ①$5_7$
任国 ③$207_9$
任し訖る ②$11_{15}$
任し使ふ ③$385_8$
任し賜へ ④$423_5$
任重し ①$87_1$
任所に帰る ⑤$103_9$
任所に向る ③$199_{11}$
任所に薨す ⑤$455_3$
任所に之かね ④$257_3$
任所に之く ⑤$279_2$
任す ①$67_{15}$, 73_9 ②$11_8$, 59_7, 155_{16}, 167_7, 227_7, 239_2, 343_1, 375_4, 411_1, 435_5, 445_{15} ③$49_{16}$, 51_2, 149_{14}, 165_1, 237_6, 283_5, 321_4, 351_{12}, 385_3, 413_8 ④$27_9$, 87_{14}, 135_3, 163_8, 251_2, 277_{11}, 299_{16}, 333_2, $381_{2\cdot7\cdot9-11}$, 389_{15} ⑤$265_3$, 281_{9-10}, 283_{10}, 303_{13}, 305_4, 325_2, 447_6, 507_3
任すること莫れ ③$385_{12}$

にち—にん（日・入・乳・任）

続日本紀索引

にん（任・忍・姙・認）

任する所少し ③293₉
任せらる ②211₁₃ ③113₈ ④27₅, 57₁₄, 83₁₄, 105₈, 129₂, 143₁₃, 185₁₂, 267₄, 451₁₅, 453₁₁, 461₉ ⑤47₉, 49₃, 89₁, 199₁₁, 257₂, 359₃, 407₈, 447₇
任大きなり ②91₂
任に堪ふる者 ④121₁₂
任に帰る ⑤387₁₆
任に帰る者 ⑤427₈
任に向ふ日 ②171₄
任に在り ①183₂
任に之かしむ ⑤45₈, 239₁₅
任に住居ふ ⑤283₁₄
任に到る ②427₃ ④91₅・₈, 461₁ ⑤367₇
任に赴く ④135₅
任に赴く日 ②213₁₀, 267₇
任は撥乱に当る ③223₈
任ふること無し ④83₃
任へず ④367₁₆
任用 ②353₁₂, 367₄・₁₂ ③175₉, 237₆ ④413₂ ⑤97₁₅, 329₁₁
任用すること得ざれ ③127₁₀, 323₇
任を委す ④437₂
任を廻す ③361₁₁
任を解く ①195₁₄ ②45₁ ④181₅ ⑤389₂ → 解任
任を辞す ⑤295₆
任を授く ④389₁₄
任を停む ③215₃, 277₁₀, 439₄
任を貶す ④197₁₄
任を量る ②53₁₅

任を歴 ④27₁
忍海伊太須(致) ③109₁₂ →忍海連致
忍海(押海)連人成 ①159₁₄ ②65₁₄, 81₆, 165₁₂
忍海漢人安得 ②113₆
忍海漢人麻呂 ②113₇
忍海郡(大和国) ①47₃
忍海原連魚養 ⑤385₁₂, 397₈, 409₁₄, 487₈
忍海原連魚養らが祖 ⑤487₉
忍海手人広道 ②65₁
忍海手人大海 ②155₁₂
忍海手人大海の兄弟 ②155₁₂
忍海女王 ②311₉
忍海倉連甑 ⑤25₁₃
忍海部乎太須 ②113₆
忍海部女王 ②331₁₃
忍海部与志 ④245₇
忍海連伊加虫 ③51₃
忍海連伊太須(致)〔忍海伊太須〕 ③383₃
忍行を尚ぶ ①23₅
忍坂王 ③369₁₄
忍坂女王 ④241₅, 349₅ ⑤209₁, 359₁₅
忍坂(姓) ④157₆
忍びず ②109₇
忍びて黙在る ④173₁₄
忍び難し ①131₈
忍壁親王 ⇨刑部親王
忍戻昏凶 ②207₃
姙姒に軼ぐ ⑤335₅
認しむ ④391₁₁

330

ね

ねかばね改め給ひ ④241$_4$
ねかばね替へて ④241$_{16}$
祢仁傑 ②359$_{12}$
涅槃経四十巻 ②125$_{15}$
禰宜尼 ③97$_{14}$
禰宜(禰義) ③75$_{14}$, 93$_{12}$, 151$_{15}$, 157$_6$, 265$_{16}$, 349$_4$ ④135$_2$, 177$_{4-5}$, 201$_{3-4}$, 313$_{12}$ ⑤169$_8$, 179$_{15}$, 183$_5$, 185$_6$, 249$_{7-9}$
寧一 ②307$_1$
寧遠将軍(渤海) ②187$_{12}$, 189$_9$
寧く済ふこと剋はず ②291$_2$
寧く処らず ④325$_{15}$
寧済ふ ④371$_4$
寧し隔つ ⑤131$_{10}$
寧泰の栄を致す ④363$_{15}$
年紀 ②219$_{10}$
年紀久し ⑤121$_{10}$
年九十已上の僧尼 ①31$_3$
年久し ⑤235$_{15}$
年久しく重りぬ ⑤177$_6$
年月已に久し ①169$_{11}$
年月淹久 ①181$_{13}$
年月積る ②223$_2$ ⑤115$_2$
年月を経 ②271$_4$
年月を積む ④363$_{13}$
年限 ①79$_{16}$
年五十五已上 ②247$_{15}$
年荒に備ふ ②123$_{11}$
年高くも成りたる ⑤173$_5$
年号 ②217$_{11}$ ④175$_{10}$ ⑤77$_6$
年号有らず ⑤249$_1$
年号を改む ④63$_1$
年穀 ①77$_{12}$, 83$_9$, 85$_{3・11}$ ②131$_{10}$, 237$_6$, 355$_{10}$, 389$_1$ ③41$_{13}$, 245$_{14}$, 425$_{16}$, 439$_7$ ④415$_9$ ⑤249$_5$, 331$_5$
年歳 ⑤447$_{11}$
年歳(を)歴 ①93$_{16}$ ②281$_{11}$ ④251$_5$
年四十已下廿已上 ③403$_{12}$
年祀を積む ③271$_{10}$
年歯 ①235$_8$ ②61$_5$, 185$_3$, 233$_5$ ④295$_6$
年時闕かず ②77
年七十已上の者 ④63$_5$
年七十已上の人 ②279$_{11}$
年七十以上 ①265$_{12}$ ③19$_4$
年七十に及びて ⑤411$_{15}$, 477$_8$

年実豊に ②141$_{10}$
年十五以上 ①209$_{15}$
年十六已下 ②29$_{14}$
年廿以上 ②5$_4$, 65$_5$
年廿已上 ③325$_9$
年廿已上の者 ④141$_9$ ⑤169$_{11}$
年廿一已上 ②99$_1$
年廿一已上に満つ者 ①75$_4$
年廿五已上 ③277$_6$
年所を経 ⑤13$_{15}$
年緒 ②223$_3$ ⑤35$_{15}$
年序稍く積り ④387$_1$
年序を経 ④27$_4$ ⑤153$_{10}$
年少 ③201$_4$ ④387$_{10}$
年壮 ④135$_{10}$
年代 ②153$_{15}$ ⑤473$_2$
年代暦 ①37$_7$, 47$_{10}$
年代を経 ⑤275$_1$
年代を累ぬ ①147$_{10}$
年代を歴 ②13$_5$
年長 ②61$_{12}$
年長く日多く ③263$_{11}$
年の遠近を限らず ①215$_3$ ②397$_{15}$ ⑤367$_{14}$
年の限 ③79$_{10}$
年の限の遠近 ②261$_{11}$
年の高下を限らず ②355$_{13}$
年の始に(歌謡) ②403$_8$
年の長幼 ①197$_{12}$ ②237$_{10}$
年の登らぬに遭ふ ⑤125$_{15}$
年八十已上 ①141$_{13}$, 175$_{10}$ ③15$_{14}$
年八十已上 ②37$_1$
年八十已上の僧尼 ⑤183$_6$
年八十に登る ⑤27$_9$, 255$_{14}$
年八十を逾えて ②99$_8$
年八十以上の男女 ②449$_9$
年百歳已上 ⑤395$_{11}$
年別 ①183$_3$ ②39$_3$
年毎 ②275$_1$, 313$_{12}$ ⑤79$_{11}$, 225$_{13}$, 231$_6$, 253$_6$, 323$_{15}$, 381$_{9-10}$, 383$_{13}$, 403$_{15}$
年満ち已る ②397$_{13}$
年満つ ④19$_{16}$
年満つ者 ①47$_{14}$
年も弥高く成り ⑤177$_8$
年有らしむ ①231$_7$
年料 ①97$_4$ ②37$_8$
年料の器仗 ③383$_{10}$
年料の甲冑 ⑤153$_{14}$
年料を催す ②73$_6$
年粮 ②257$_{11}$ ④217$_{16}$, 395$_{13}$

ね—ねん（ね・祢・涅・禰・寧・年）

年老いたる者　④149₁₀
年老いて致仕す　④319₂　⑤163₁₁
年老ゆ　③413₁　④267₅, 389₁₃　⑤411₁₄
年六十以上　④175₄
年六十一已上　②247₁₅
年を移す　⑤117₆
年を延ぶ　③157₁₃, 257₆
年を経　⑤305₂, 499₆
年を経て　②55₁₁, 95₄, 117₆, 169₃　③141₄
年を号く　③297₄
年を積み代を累ぬ　⑤333₅
年を度り月を経　④373₁₀₋₁₁
年を同じくす　④141₅
年を踰ゆ　③289₉
年を歴　④141₂
念さく　⑤177₉
念し看す　③197₈
念し行さく　①123₂, 127₇　③67₅, 85₅, 263₆　④173₄
念し行す　①123₆, 127₁₃　②143₇　③217₉, 263₉·₁₄, 265₁₁　④103₂, 173₇·₁₃·₁₆, 311₁₃, 313₁·₃, 383₁₀　⑤35₁₆, 181₁₄, 443₁₃
念し坐さく　①111₁₄　③87₄
念し坐す　①111₁₃, 121₁₆　②141₃·₁₃, 143₂, 223₉　③69₅·₁₅
念し召す　③67₁₆, 409₁₃

ねん（年・念・燃）

念しめす　⑤173₄, 179₄
念誦　③281₁₁　④431₁₃₋₁₄
念す　③67₈, 71₁₃, 201₁₅, 409₁₄₋₁₅　④63₁₂, 79₆, 97₁₃·₁₆, 137₅·₈, 139₉, 255₁, 263₉, 323₇₋₈, 431₁₀₋₁₁　⑤177₁₀
念す所有るに縁りて　③7₁₆
念はく　②115₁　③317₁　④49₁₁
念ひ見定めむ　④47₁₆
念ひさまたぐ事なく　④49₆
念ひて在り　④253₅
念ふ　①85₁₁, 87₁　②49₁₅, 75₃, 185₁₆　③65₁₄, 67₁₂, 97₁₃, 155₆, 235₄, 311₁₄, 329₁₄　④9₁₄, 33₁₀·₁₂, 103₁₀, 261₉
念ふ所有り　⑤103₂
念ふ所有るに縁り　④119₁　⑤145₁₆
念仏　③431₁₄
念へらまく　④47₉
念へらまくも　④383₈
念ほし坐す　①111₁₃
念を駭かす　④203₁₄
念を興す　③367₁
念を至す　⑤9₅₂
念を軫む　④397₁₄
念を存す　②433₃
燃灯供養　③35₉
燃灯　⇨灯を燃す

の

のどには死なじ（歌謡）　③$73_3$
納貢　①$195_7$
納隠　②$363_{14}$ ④$91_4$, 287_2
納隠の懐　④$397_{14}$
納む　③$307_5$ ④$119_{15}$, 403_{14}
納めしむ　①$59_{11}$
納めず　②$219_7$
納め足らしむ　②$69_3$
納る　①$209_6$
納れしむ　②$69_6$
納れず　②$89_8$
納れて妃とす　③$353_5$ ⑤$465_{16}$
納れて夫人とす　③$415_6$
納れ奉る　④$83_5$
能きを得ては忘るな　④$263_1$
能くしも在らず　④$47_{11}$
能く施す　⑤$303_{16}$
能く従ふ　③$199_6$
能くつよく謀りて必ず得てむ　④$261_9$
能く読む　⑤$471_9$
能く読むこと莫し　⑤$471_8$
能けむと念ひて定む　④$47_{11}$
能工異才　①$205_8$
能勢郡（摂津国）　①$203_{12}$ ③$321_2$
能勢郡領　⑤$321_2$
能登員外介　④$121_7$, 243_{14}, 287_{11}
能登郡（越前国・能登国）　②$45_5$
能登国　②$45_6$, 57_7 ③$185_{16}$, 405_6, 433_{15} ④$81_9$, 221_7, 293_{15}, 389_1, 431_5 ⑤$145_2$, 351_3
能登国言さく　④$409_4$
能登国司　④$409_{15}$
能登国の浮浪人　③$331_2$
能登国部下　④$409_5$
能登国を越中国に并す　②$401_8$
能登国を置く　②$45_6$

能登守　③$347_3$, 389_{13} ④$19_7$, 371_1, 169_4, 243_{13}, 427_{12}, 441_5 ⑤$11_2$, 109_{11}, 137_{14}, 291_{10}, 343_4, 353_5, 491_3
能登女王　④$323_{14}$　→能登内親王
能登(船の名)　③$435_{11}$
能登内親王〔能登女王〕　⑤$5_6$, 171_{14}, $173_{1\cdot12}$, 453_5
能登内親王の子等　⑤$173_{10}$
能に授く　⑤$133_{14}$, 193_9
能に任す　③$321_6$
能満郡(多褹嶋)　②$271_{12}$
能満郡少領　②$271_{12}$
能満直　②$271_{12}$
能を害ふ　①$17_{10}$ ④$113_{13}$
能を任す　②$271_1$
能を優る　②$63_4$
農業　①$225_{15}$
農月に当る　④$199_2$
農作　②$321_3$
農蚕の家　②$131_3$
農事廃る　②$303_{14}$
農時を失ふこと勿からしむべし　⑤$403_8$
農桑　①$47_{16}$, $181_{2\cdot8}$, 215_7, 225_{14} ②$119_2$, 91_8, 117_1 ④$161_{14\cdot16}$, 231_8 ⑤$307_4$, 367_3　→桑
農桑の地を侵すこと得ざれ　⑤$307_{10}$
農に赴かしむ　⑤$135_{15}$
農は天下の本なり　④$161_{14}$
農夫　②$425_{10}$
農畝　⑤$137_4$, 475_{11}
農務を忘る　②$327_{12}$
農要に当る　③$11_7$
農る時　⑤$435_6$
農を勧む　②$117_9$
農を務む　⑤$135_3$
濃宜公水通　④$153_9$, 209_{12}
曩聖　④$91_2$
曩籍に存り　⑤$483_{12}$
曩の好　②$195_2$

の―のう（の・納・能・農・濃・曩）

333

は

（は・把・波・陂・破・顔・播・馬）

はは ③$317_{15}$
はは大御祖の御名を蒙り ③$69_{14}$
ははと在らす ②$223_1$
ははと念す ③$317_{15}$
ははに仕へ奉る ③$69_{16}$, 263_{14}
はぶり賜はず ④$335_5$
はらから ③$315_{15}$
把笏 ④$223_{12}$, 435_1
波高し ⑤$81_2$
波斯人 ②$303_{10}$, 305_4
波多真人継平 ②$243_{13}$
波多真人足嶋 ②$129_1$
波多真人余射（餘射・与射） ①$65_7$, 207_{13} ②$47_6$
波多朝臣安麻呂 ②$275_8$
波多朝臣古麻呂 ②$299_{12}$
波多朝臣広足 ①$43_{10}$, $73_{6・15}$, 83_6
波多朝臣広麻呂 ①$93_4$
波多朝臣僧麻呂 ②$147_2$
波多朝臣足人 ③$271_4$, 331_1, 139_1, 145_7
波多朝臣孫足 ②$329_{14}$
波多朝臣男足 ③$419_7$
波多朝臣百足 ⑤$25_4$
波多朝臣牟後閇（牟胡閇） ①$31_5$, 411_1
波都賀志神（山背国） ①$39_7$
波登理真人 ④$85_4$
波濤 ⑤$75_9$
波の為に没す ③$441_4$
波坂郷（大和国） ①$201_{16}$
波羅門僧 ②$303_{12}$
陂 ②$43_{13}$ ③$61_{14}$, 381_4 ④$441_3$ ⑤$339_5$
破壊 ⑤$353_3$
破壊せる処 ⑤$499_7$
破却 ④$273_{16}$, 275_5
破石 ④$275_8$
破弊 ②$11_6$
破られし石 ④$275_6$
破り壊たる ③$333_8$ ⑤$65_7$
破れ易し ②$157_5$
破れ損ふ ⑤$85_2$
破れ裂く ③$407_5$
顔る泄り ④$21_7$
播く ④$9_{10}$
播種 ④$403_8$
播殖の輩 ⑤$267_{16}$
播美朝臣息人 ⇨食朝臣息人

播磨按察使 ②$79_{10}$, 101_2
播磨員外介 ④$169_7$, 351_9, 389_5
播磨介 ③$295_{11}$ ④$47_2$, 209_{14} ⑤$11_6$, 51_9, 229_3, 275_{10}, 397_8
播磨国 ①$7_{11}$, 161_4, $183_{14・16}$, 217_8 ②$113_7$, 125_5, 157_9, 171_5, 173_6, 211_4, 263_3 ③$41_{16}$, 59_7, 295_5, 349_{16}, 395_8, 443_4 ④$56$, 9_9, 191_1, 81_4, 83_{12}, 153_{12}, 185_5, 189_{10}, 243_4, 449_2 ⑤$413_{15}$, 429_5, 449_4, 467_8, 483_{16}, 507_{12}
播磨国言さく ①$47_{15}$ ④$401_{10}$ ⑤$369_5$
播磨国司 ②$125_1$
播磨国守 ②$57_9$ ④$181_{13}$
播磨国大目 ①$183_{16}$
播磨国の戸 ⑤$15_{12}$
播磨国の国郡司 ②$157_{14}$, 173_7
播磨国の乗田 ④$185_7$
播磨国の人 ⑤$171_{10}$, 511_{12}
播磨国の正税 ⑤$281_{14}$
播磨国の稲 ③$379_3$
播磨国の糒 ③$363_6$
播磨国の百姓 ②$173_7$
播磨国の兵士 ③$185_9$
播磨国の没官田 ④$185_7$
播磨国の役夫 ④$297_3$
播磨国部下 ④$83_{10}$
播磨守 ①$135_{10}$, 229_{14} ②$397_5$ ③$17_7$, 105_1, 131_{12}, 313_{14}, 393_4, 403_3, 421_5, 431_5 ④$71_1$, 47_2, 55_6, 571_4, 83_{10}, 181_7, 287_{16}, 355_8, 429_3 ⑤$11_6$, 23_7, 139_2, 255_7, 263_5, 337_4, 355_2, 365_1, 369_2, 371_{14}, 397_8, 421_5, 445_9, 477_6
播磨（女）王 ②$275_9$
播磨少目 ⑤$497_9$
播磨少目二員 ④$449_2$
播磨（船名） ③$251_5$
播磨大掾 ③$325_8$ ⑤$189_{13}$, 263_6, 291_6, 319_9, 361_{13}, 383_{10}, 397_8, 409_{14}
播磨直乙安 ②$233_{10}$
播磨直弟兄 ②$163_{16}$, 165_1
播磨の堺の内 ②$173_{10}$
馬 ①$11_3$, 55_9, 57_{16}, $79_{3・5-6}$, 179_{16} ②$193_9$, $253_{10・15}$, 267_8, 337_6, 351_3, 387_2, 393_{10} ③$403_{12}$, 433_{13} ④$197_{11-12}$, 215_{15-16}, 217_1, 275_7, 293_{12-13}, 325_6, 345_6, 369_{14}, 385_7, 397_6, 403_9, 405_1, 433_2, 435_2, 453_6, 455_9 ⑤$171_9$, 39_5, 431_5, 79_{10}, 243_{12}, 403_4, 503_3
馬医 ②$551_4$, 249_{16}
馬牛 ②$13_3$
馬形 ④$231_5$
馬子 ③$329_{13}$

334

続日本紀索引

馬司　④$83_{14}$
馬史伊麻呂　②$17_8$
馬史比奈麻呂（夷麻呂）　②$391_{16}$, 401_6　③$313_8$, 339_2
馬飼　②$437_{15}$　→飼馬
馬飼の人　②$437_{15}$
馬手　①$21_2$
馬十疋を置く　④$197_{15}$
馬従　③$29_6$
馬上飲水漆角弓　②$289_6$
馬（神馬）を獲たる人　②$255_4$
馬（神馬）を出せる郡　②$255_5$, 351_{10}
馬（神馬）を進れる人　②$351_9$
馬蓊　②$317_2$
馬清朝（唐）　⑤$405_7$
馬多く集ふ　④$451_4$
馬帳　②$93_4$
馬に騎る　④$21_{10}$
馬に乗る　①$57_{11}$　④$373_{3 \cdot 10}$
馬の上に答謝する　⑤$93_3$
馬の数　③$191_5$
馬の吻　③$225_4$
馬毗登夷人　④$91_{13}$
馬毗登益人　④$107_3$
馬毗登国人　④$53_7$, 107_2
馬毗登中成　④$91_{13}$
馬疲る　④$123_{10}$
馬部　③$303_5$
馬より下る　④$373_6$　⑤$93_4$
馬養造　④$83_{14}$
馬養造人上　④$83_{11}$
馬養造人上が先祖　④$83_{11}$
馬料　②$193_3$　③$375_4$
馬寮監　①$175_{14}$
馬を給はず　②$171_5$
馬を畜ふ　②$91_{16}$
馬を蓄ふこと得ず　③$191_5$
馬を奉る　①$113 \cdot 9$　④$385_{13}$
馬を問はず　④$131_{11}$
馬を養ふ　④$83_{13}$
罵る　②$343_1$
吠え鳴く　④$421_8$
坏　③$35_9$
坏に浮ぶ　②$307_5$
佩ける刀　④$89_5$
拝　③$205_3$
拝謁　③$11_4$
拝賀　①$9_1$　③$303_6$, 337_{12}, 417_{12}　④$99_{2 \cdot 15}$, 227_7, 363_6, 397_9　⑤$121_7$

拝賀の礼　①$7_{13}$
拝覲　⑤$85_7$
拝見　②$51_{14}$
拝し奉る　④$369_7$
拝辞　②$59_8$, 197_{12}, 363_9　⑤$75_8$, 97_1
拝謝　①$25_3$
拝謝の礼　⑤$93_2$
拝首　②$317_{11}$
拝す　①$65_6$　③$411_8$, 413_{10}　④$27_5$, 115_3, 451_{13}, 459_{13}, $461_{4 \cdot 9}$　⑤$311_4$, 351_3, 49_2, 117_{15}, 163_9, 199_{13}, 207_{16}, 231_5, $265_{9 \cdot 11}$, 277_{13-14}, 279_1, $339_{3 \cdot 15}$, 345_{14}, 347_2, 349_2, 359_{12}, 395_8, 407_{15}, $411_{10 \cdot 12}$, $445_{12 \cdot 14}$, 447_9, 477_7
拝せしむ　②$325_4$, 337_{12}, 425_7　⑤$551_5$, 77_5, 163_{16}
拝せむと欲ふ　③$385_9$
拝せらる　③$165_1$, 379_{13}　④$105_9$, 129_1, 225_{12}, 331_6
拝朝　①$39_{10}$, 83_{10}, $221_{4 \cdot 8}$　②$23_{12}$, 119_{11}, $257_{1 \cdot 6}$, 269_4, 287_{11}, 301_6, 303_{11}, 313_7, $357_{3 \cdot 16}$　③$119_1$, 121_{11}, 131_{16}　⑤$83_{10}$　→朝を拝す
拝み仕へ奉り　③$67_{11}$
拝み尊び献れ　④$135_{14}$
拝み奉る　⑤$85_4$
拝む　①$151_3$　②$185_{10}$, 433_3　③$97_3$　⑤$31_5$, 77_8
背　①$233_8$　②$213_{16}$
背奈　⇒肖奈
背奈王　⇒肖奈王
背奈公　⇒肖奈公
背を分つ　⑤$33_1$
悖る語を聴く　③$219_{10}$
配かる　③$439_8$
配く　①$217_{10}$, 231_1　②$57_1$　③$327_{12}$, 349_2, 417_8　④$267_9$　⑤$21_9$
配さる　①$171_{10}$　⑤$133_6$, 199_1, 353_7
配処　②$75_{16}$, 387_1　④$325_5$　⑤$133_6$
配所　③$9_5$　④$45_8$
配神作主　⑤$393_{10}$
配す　②$25_1$, 159_{5-6}　③$105_{10}$, 125_9, $151_{13 \cdot 15}$, 167_9, 183_9, 369_{10}　④$119_{11}$, 147_2, 229_5, 239_{11}, 257_4, 345_{12-13}　⑤$99_{13}$, 227_{10}, $235_{1-2 \cdot 12}$　→流
配せしむ　④$149_8$　②$123_{16}$
配せず　④$229_{10}$
配せらる　②$19_4$, 351_{15}
配む　③$219_4$
配役　②$75_{10}$
配流　②$109_{11}$, 351_{15}, 387_{11}, 411_5　③$207_{8 \cdot 10-11}$, 379_{10}　④$73_{14}$, 241_1, 393_2, 395_5, 405_{15}　→流
排比　⑤$151_{15}$
敗軍せる状　⑤$443_6$

は―はい（馬・罵・吠・坏・佩・拝・背・悖・配・排・敗）

335

続日本紀索引

はい―はく（敗・廃・牌・稗・霈・癈・売・倍・梅・陪・買・白）

敗績を致す ⑤433₄, 437₄
敗る ④437₁₁, 453₁₃, 461₂
敗れず ②51₅
敗れ退く ⑤53₆
廃闕 ①181₁₆, 185₃ ⑤367₁₁
廃皇子 ③223₁
廃す（皇太子） ③181₄ ④383₂ ⑤351₃ →皇太子を廃す
廃すること無からむ者 ⑤365₁₆
廃せらる（皇后） ④373₇, 413₁₄
廃省 ④303₁₁, 431₃
廃朝 ⇨朝を廃む
廃帝（淳仁） ③261₄₋₅, 303₄, 357₄, 399₄ ④3₄, 101₁₁, 331₈, 375₁₁, 387₉
廃帝の紀に在り ⑤359₇
廃不の事を問ふ ①177₁₁
廃府（大宰府） ②401₁₅
廃府（大宰府）の物 ②409₈
廃む ①35₂, 49₆, 63₁₄, 153₃, 179₁ ②213₁₅, 245₉, 401₁₄, 441₄ ③169₅, 231₄, 437₁ ④39₆ ⑤243₁₄, 423₁₂
廃務 ①63₅
廃め闕ること得ず ②233₄
廃め省く ①87₁
廃め退けらる ③47₁₂
廃立に渉る ④27₄
廃れるを脩む ⑤471₁₆
牌 ③141₄₋₅
牌を樹てしむ ③141₄
稗の化して禾と為る ①193₆
霈沢 ④417₂ ⑤205₂
霈沢の恩 ⑤115₂
癈疾 ②303₇ ③185₄, 351₁₄
癈疾の徒 ②51₆, 77₈, 349₇
売却 ⑤107₁₃
売質 ⑤111₁
売買 ①189₂, 195₁₁, 209₇ ②17₁, 279₁₀
売買に任す ①195₁₀
売り易ふ ⑤275₂
売り及買ふ人 ①195₁₃
売り買ひす ①173₆
売り与ふ ②261₄ ⑤429₇
売り用ゐ畢る ①209₅
売る ④403₁₄ ⑤117₂
倍し給ふ ②435₇
倍す ①95₉
梅樹 ②341₉
梅樹を詠む ②341₁₂
梅樹を甄ふ ②341₁₁

陪従 ②173₁₁, 229₁₂, 277₆, 363₆, 379₄₋₅, 419₃, 441₁₆ ④95₁, 279₁₅ ⑤281₁₂, 303₁₄, 347₆
陪従五位已上 ④265₁₀
陪従せる五位已上 ⑤19₁₂
陪従せる者 ⑤281₁₂
陪従せる諸司 ③93₇
陪従せる人 ②409₃ ③13₂
陪従の五位已上 ③345₇ ④375₁
陪従の百官 ④93₁₂
買はしむ ②331₁₄
買ひ取る ②235₁₂
買ふ ④221₁₁
買物 ②111₁₃
買文会（人名） ①129₁₅
白 ②233₉ ③403₈
白衣 ④103₁₆
白鳥 ①81₁₄ ②265₁₆, 347₂ ③137₃, 155₂ ④213₅, 215₆₋₁₀, 217₁, 383₁₃, 413₄, 435₉
白鳥は大陽の精なり ④215₉
白鳥を獲たり ④291₆
白鷲取ること在り ②125₁₁
白燕（白鷰） ①19₇, 81₁₄ ②159₂ ⑤297₁₅, 335₆₋₁₁
白河郡（陸奥国・石背国） ②45₈
白河（郡）の軍団 ②193₅
白河郡の郡神 ⑤167₈
白河郡の人 ④233₈, 235₁
白鷹 ①179₅
白鑞 ①111₅, 131₅ ②17₃ ④129₁₂
白鑞に似たる者 ④129₁₀
白鑞に似る ④129₁₆
白鑞を蔵む ②15₁₆
白き形 ④273₂
白き祥の鹿 ④271₁₆
白き髪 ②253₁₀₋₁₅, 337₆ ④215₈₋₁₅
白き尾 ②253₁₀₋₁₅, 337₆, 351₃ ④215₈
白き髻 ③351₃
白気有りて日を貫く ③167₁₅
白紀（白記）の御酒 ④103₁₁, 105₄, 273₃
白亀 ②91₁ ③135₁₂₋₁₄, 165₈ ④19₁, 21₉, 117₄, 135₁₆ ④211₃, 313₆₋₇, 391₇, 459₄
白亀の赤き眼なる ④215₇, 451₃
白亀を獲し者 ④317₁₅
白鳩（白鴿） ①151₄, 105₅, 193₅, 221₇ ②65₉ ④239₂
白脛裳 ①37₁₂
白原連 ④243₃
白原連三成 ④345₄
白虎の幡 ①33₇

続日本紀索引

白狐　①$221_7$ ②$83_6$, 359_{15}
白狐見る　⑤$235_{13}$
白袴を着す　①$109_9$
白虹(白き虹)　②$89_4$
白虹天を竟る　④$451_8$
白虹南北に天を竟る　②$67_3$
白さく　③$65_9$
白し賜ひ受け賜はらく　②$217_2$
白し賜ふ　②$217_3$
白して曰はく　③$97_7$, 431_{10}
白紙　②$73_3$
白雀　②$177_6$, 255_9 ④$283_7$, 285_6 ⑤$505_6$
白雀を進れる人　④$285_9$
白首　②$111_3$
白色　④$205_1$
白す　①$121_{12}$
白石英　①$199_{14}$
白鼠　②$165_8$ ④$221_{14}$ ⑤$67_{12}$
白鼠の赤き眼なる　⑤$81_{16}$, 475_{15}
白地　④$403_8$
白雉　①$205_{11}$, 207_1 ②$359_{15}$ ④$203_{12}$, 337_6, 343_1, 451_4 ⑤$53_2$, 385_4
白雉四年　①$23_8$
白雉を獲　④$203_{16}$, 291_7
白猪史阿麻留　①$35_6$
白猪史　②$73_2$　→葛井連
白猪史広成　②$59_{4\cdot 8}$
白猪史骨　①$29_6$
白猪臣証人　④$201_{13}$
白猪臣大足　④$145_{15}$
白猪与呂志女　④$111_5$
白鳥村主元麻呂　⑤$315_1$, 351_{13}, 387_5
白鳥村主頭麻呂　③$191_2$
白鳥村主馬人　④$243_3$
白鳥椋人広　④$243_3$
白丁　①$137_9$, 176_2 ②$261_{11}$, 281_7, 355_5, 371_7 ③$175_9$, 227_7, 309_7 ④$85_7$, 119_1, 165_5, 405_1 ⑤$141_9$, 153_1, 273_{12}
白丁に従ふ　②$45_1$
白丁を取る　②$45_{14}$
白頭　③$293_{10}$
白頭まで変ぜず　③$277_8$
白銅　①$179_{10}$
白銅の印　②$263_{12}$
白銅の香炉　⑤$133_9$
白馬を献る　②$167_4$
白馬を奉る　④$459_5$ ⑤$39_5$, 43_{15}
白縛口袴　①$37_{11}$
白髪黒に反る　②$35_{11}$

白髪部　⑤$325_{16}$
白樊石　①$11_8$, $199_{13\cdot 15}$
白壁　④$311_1$
白壁王　②$329_6$ ③$27_3$, 187_{12}, 267_4, 319_7, $355_{3\cdot 7}$, 417_1 ④$231_4$, 67_3, 93_5, 109_{11}, 221_8, $295_{4\cdot 6}$, $299_{4\cdot 13}$, 309_5 →光仁天皇
白壁王を立つ　④$311_3$
白壁沈くや(歌謡)　④$309_{12}$
白襖　①$37_{11}$
白繁　①$7_2$
白鳳より以来　②$153_{14}$
白綿　③$35_6$ ③$307_4$ ⑤$97_3$
白羅　③$307_4$
白鹿　①$7_3$, 105_{13} ④$189_{10}$, 271_{16}, $283_{4\cdot 6}$, 285_5
白鹿を進れる人　④$285_6$
白鹿を捕へし人　④$285_7$
伯耆介　④$273_{15}$ ⑤$29_9$, 263_5, 379_{12}, 491_4
伯耆国　①$49_3$, 53_{14}, 139_{10}, 183_{14}, 193_5, 217_8 ②$33_3$, 57_9, 73_{10} ③$127_6$, 169_{13}, 349_{15}, 439_6 ④$75_{14}$, 449_2 ⑤$43_{11}$, 149_2, 459_5, 467_8
伯耆国言さく　①$227_9$
伯耆守　①$157_9$ ②$11_{12}$ ③$33_{14}$, 195_2, 425_1 ④$55_5$, 195_8, 305_3, 341_8 ⑤$114_5$, 139_1, 177_2, 191_{13}, 319_8, 361_{12}, 461_{11}
伯耆少目一員　④$449_2$
伯耆大目一員　④$449_2$
伯徳広足　③$377_{14}$
伯徳広道　③$437_9$
伯徳諸足　③$377_{14}$
佰姓　⇨百姓
帛　④$41_{13}$, 69_{12} ②$177_8$, 361_{16} ③$183_{15}$ ⑤$133_{15}$　→綵帛, 采帛, 彩帛
帛袴　②$403_4$
泊つる処　③$141_5$
泊瀬朝倉朝廷　③$251_{12}$
泊瀬朝倉朝庭　②$25_8$
泊り　③$309_{15}$
狛祁乎理和久　②$151_{12}$
狛浄成　③$253_{13}$
狛造千金　①$231_{15}$
狛朝臣秋麻呂　①$93_2$, 135_4, 177_2　→阿倍朝臣秋麻呂
狛朝臣秋麻呂二世の祖　①$177_3$
狛と号く　①$177_4$
狛売　①$13_{10}$
狛部宿禰奈売　①$169_{15}$
狛野(山背国)　④$89_8$
狛連広足　③$253_{12}$　→長背連広足
迫り徴す　⑤$283_{12}$

はく(白・伯・佰・帛・泊・狛・迫)

337

は
く
｜
は
ち
︵
柏
・
栢
・
舶
・
博
・
薄
・
麦
・
莫
・
曝
・
八
︶

柏原(河内国)　⑤353$_7$
栢原村主　①205$_{10}$
栢原村主麿心〔椋作麿心〕　①217$_7$
舶　①31$_8$　②51$_{11}$　③35$_{11}$, 435$_{11}$　④353$_{13}$
舶の名　③251$_5$
舶を造る　②263$_4$
博飲　③379$_7$
博戯　③369$_9$
博戯の徒　⑤305$_{13}$
博戯遊手の徒　①11$_{13}$
博く採る　③311$_5$
博く渉る　①3$_9$　③431$_8$
博く達ぶ　②231$_5$
博士　①137$_{16}$　②135$_{10-11}$, 201$_{2・4-5}$, 261$_{13}$, 423$_5$　③235$_{13・16}$　④121$_{8・10・13・16}$, 361$_3$　⑤97$_{8・10-11・13}$, 99$_2$
博士に下す　③249$_3$, 277$_{13}$
博士の弟子　④153$_{10}$
博多川(河内国)　④275$_9$
博多川(歌謡)　④279$_2$
博多の大津(博多津)(筑前国)　③307$_{12}$　④17$_3$　⑤19$_1$
薄き紗　②21$_2$
薄きを履み朽ちたるを取む　②363$_{13}$
薄きを履み深きに臨めり　④289$_8$
薄深を過ぐ　④367$_9$
薄垣　④123$_8$
薄葬　④319$_3$　⑤201$_{10}$
薄徳(薄き徳)　②119$_{15}$, 387$_{15}$, 431$_3$　③21$_{14}$, 55$_8$, 137$_7$　④283$_4$
薄伐を奮ふ　⑤267$_{13}$
薄め伐つ　⑤434$_{4・9}$
麦禾　②51$_4$
麦の穂　①169$_3$
莫姓真士麻呂　⑤143$_9$
莫姓百足　⑤143$_9$
莫牟師　④329$_{15}$
曝布　②301$_{10}$
八位　①95$_{10}$, 173$_2$
八位已上　②119$_{1・7}$, 425$_{14}$
八位以上　①123$_{13-14}$
八位以上に准ふ　①123$_{14}$
八虐　①89$_{10}$, 123$_8$　②51$_{2・5}$, 77$_8$, 121$_3$, 259$_7$, 265$_9$, 323$_2$, 349$_6$　③23$_{11}$, 51$_{11}$, 137$_8$, 143$_{16}$, 155$_8$　④59$_3$, 119$_5$, 237$_1$, 239$_8$, 287$_5$, 399$_2$, 405$_{15}$, 445$_{12}$　⑤51$_{11}$, 67$_4$, 175$_{11}$, 205$_5$, 217$_6$, 465$_7$
八虐を犯して死に入れる者　③9$_3$
八虐を犯せる　①129$_2$, 215$_{10}$, 221$_9$　②199$_{15}$, 281$_{16}$, 291$_5$, 297$_5$, 325$_1$　③105$_8$, 115$_{12}$, 151$_7$, 157$_{14}$, 183$_1$, 367$_7$　④175$_{13}$, 377$_7$, 417$_8$　⑤103$_5$, 125$_{13}$, 169$_6$, 245$_7$
八九(七十二王)を超ゆ　③273$_{15}$
八極　③133$_6$
八考　②201$_4$
八考に満つ　②191$_{11}$
八荒　②305$_{14}$, 363$_{12}$
八氏の祖　②305$_{11}$
八咫烏社(大和国)　①89$_{15}$
八十(歳)　①141$_{14}$
八十(歳)已上　②215$_{13}$　②143$_{10}$, 291$_{10}$　⑤171$_1$, 383$_6$, 391$_5$, 395$_{11}$
八十(歳)已上の者　②374, 203$_{14-15}$
八十(歳)以上　①123$_{12}$, 129$_6$　②297$_8$, 303$_7$
八十(歳)以上の老人　④175$_8$
八十つぎに仕へ奉り報ゆべく在る　③315$_{14}$
八十嶋(人名)　⑤195$_{12}$
八十に登る　②267$_8$
八裳刺曲　②277$_1$
八上王　④149$_{14}$　⑤249$_{11}$, 375$_{16}$, 495$_9$
八上郡(因幡国)　④421$_{11}$
八上郡員外少領　④421$_{11}$
八上郡の人　⑤35$_7$
八上女王　⑤259$_{15}$, 359$_{15}$, 483$_2$, 515$_1$
八正　③273$_{10}$
八姓を定む　③113$_6$
八省　②183$_{15}$
八省の卿　①119$_{10}$　②89$_5$　③277$_{13}$
八省の少輔以上　①141$_3$
八千代女王　⑤315$_3$
八埏　②307$_{10}$
八多真人唐名　⑤123$_{16}$
八多朝臣百嶋　④41$_1$
八代郡(甲斐国)　④203$_2$
八代郡(甲斐国)の人　④203$_2$
八代郡(肥後国)　②441$_8$　④211$_8$, 391$_6$
八鈞(矢鈞)王　③311$_2$, 379$_8$, 423$_9$
八陳　③367$_{15}$
八道　③245$_{12}$
八道の巡察使　②443$_{15}$
八の字　①233$_9$
八坂造吉日　④143$_{10}$
八幡社(筑前国)　②313$_8$
八幡宮(豊前国)　②393$_9$　③151$_{15}$　④293$_{13}$
八幡神社(豊前国)　③17$_8$
八幡神(豊前国)　②371$_{11}$　③95$_{16}$
八幡神の教　④255$_8$, 377$_1$
八幡神の使　④255$_{10}$
八幡神の命　④255$_{12}$

続日本紀索引

八幡大神宮(豊前国)　③159₅　④135₁, 255₁₅
八幡大神宮神宮司　④135₂
八幡大神(豊前国)　③95₈, 97₆₋₇.₉₋₁₀, 103₉, 153₉
　④39₄, 255₁₁.₁₃.₁₅
八幡大神の教　③107₁₅　④257₂
八幡大神の主神司　③93₁₂
八幡大神の祝部　③59₈
八幡大神の禰宜　③93₁₂
八幡大神の禰宜尼　③97₂
八幡神宮(豊前国)の主神　③151₁₀
八幡比売神宮寺(豊前国)　④181₇
八幡比売神(豊前国)　③103₁₀
八幡比咩神(豊前国)　③97₆　④117₁₂
八腹氏　⑤333₄
八方に君として臨む　③221₁₃
鉢を持ち路を行く者　②247₁₆
鉢を捧ぐ　②27₇, 123₄
発覚　①183₇　③215₁, 217₁₄　④241₁₄, 299₁₄, 383₅
　⑤225₁₃
発き堀る　①155₈
発揮　③269₉, 273₁₁
発期(発つ期)　⑤19₃, 117₄, 117₄
発逆の期に会ふこと莫からしめむ　③207₁
発遣(発し遣す)　①69₁₁　②195₅, 279₇, 309₁₃,
　317₃, 357₁₂, 359₇, 367₃₋₄, 377₁₀, 445₁₄　④49₁₃,
　233₁₀, 333₄, 427₇, 444₁　④299₁₆, 463₂　⑤75₁₄,
　79₁₂, 243₁₁, 333₄, 381₉
発す　①205₃　②75₁₆, 239₁₂, 321₃, 433₂　③111₁,
　293₁₂, 297₁₅, 411₃　④437₁₀, 463₁₀　⑤73₅.₆, 15₆,
　131₂.₆
発たず　④17₁₁
発ち出づること得ず　③407₄
発ち渡らしむ　②369₂.₄
発ち渡る　②369₅
発ち入る　②371₉　④217₁₅　⑤159₁₅
発つ　①57₁₀　②277₉, 315₁₃.₁₅, 357₄.₁₄, 377₁₁,
　379₃, 381₅.₁₃.₁₅, 383₁₋₂.₄　⑤27₇, 79₁₅, 93₁, 151₁₄
発つに臨み　④255₁₂　⑤209₁₂
発つ日を知らず　⑤79₁₆
発入　②25₁₄　③33₁　⑤345₁₀
発赴(発ち赴く)　⑤79₈, 159₁₃
発明有り　④267₁
発る　②293₁₄　③35₇
発露　①47₁₁　⑤241₁, 405₉
髪尚多し　⑤477₁₁
髪を髻　①91₁₄
髪を剪る　②27₃
髪をそる　④33₈
髪を剃る　⑤163₁₀

撥乱　③223₈
伐ちて滅す　②187₁₁
伐つ　②74₋₅
伐つべからず　④437₅
伐つべし　④437₅
伐刀　③387₇
伐撥　⑤129₅.₁₀
抜済　③83₉
抜出司　②55₁₆
罰ち滅さむ　④45₄
罰ひ殺す　②373₈
罰を遣す　③131₄
反き乱る　②79₉
反逆　②271₇　→叛逆
反逆けむことを図る　③211₁₆
反逆の縁坐に非ぬ者　①123₁₀
反く　②67₉, 149₉, 365₁₄　③297₂　④29₁　⑤139₈,
　141₁
反く事　⑤345₁₅
反く状有り　③195₉
反けむとするを知り　③241₁₅
反す　④451₁₂, 461₁
反側の心を息む　③243₁₆
反復　⑤111₅
反を告ぐ　④207₃
半疋を加ふ　④303₁₅
半にす　④343₃
半倍　②69₁₁.₁₅
半利に過ぐること得じ　①175₁₁
半を減ず　①55₁₄, 71₁₃, 85₁₃, 99₁₃, 101₁, 151₁₄　②
　17₁₄, 143₁₂　③227₂, 369₄　⑤441₁₁
半を免ず　①175₈
犯し怒らしむ　④61₁₂
犯し用ゐる　⑤341₁₀, 387₃
犯し乱す　⑤107₅
犯状　②289₁₆
犯状の軽重　②251₇
犯す　②93₄, 159₇, 447₃　③247₁₃　⑤127₇, 415₈
犯すこと有る　②51₁　④165₁₀　⑤13₁₂
犯す者　②387₅.₈　③191₁₀
犯す所を論ふ　④239₇
犯せる罪　②75₁₃
犯せる者　⑤285₃
犯せる所　②75₉
犯に依りて　②207₁　③277₆
犯に縁りて　②267₁₁
犯に准ふ　①29₃, 181₁₄
帆檣　⑤81₆
帆落つ　⑤21₁₅

は
ち
|
は
ん
（
八
・
鉢
・
発
・
髪
・
撥
・
伐
・
抜
・
罰
・
反
・
半
・
犯
・
帆
）

続日本紀索引

はん（帆・汎・判・坂・板）

帆を挙ぐ　③$141_{10}$
汎愛の恩　②$125_{13}$
汎溢　③$105_{16}$　⑤$113_{10}$, 347_9
汎恵の美　③$283_{15}$
判官　①$19_{16}$, 21_2　③$235_{12}$　④$93_7$　⑤$79_{13}$, 373_{10}, 375_{12}
判官以上　⑤$117_8$
判官の任　②$53_{15}$
判断　④$133_{13}$　⑤$367_4$, 445_{14}
判に依りて　②$44_{14}$
判任に准ふ　①$45_8$
判任の者　①$43_{16}$
坂原連　③$377_4$
坂合部王　②$21_{11}$, 33_{16}, 99_{14}
坂合部宿禰賀佐麻呂　②$41_9$
坂合部宿禰金綱　③$29_1$, 49_3
坂合部宿禰三田麻呂　①$93_5$, 107_5, 135_1
坂合部宿禰石敷　③$243_1$
坂合部宿禰大分　①$35_4$　②$51_{10}$, 53_3
坂合部宿禰唐　①$29_6$, 83_2
坂合部宿禰斐太麻呂　④$19_9$　④$167_{10}$
坂合部女王¹　①$15_{11}$
坂合部女王²　②$347_{14}$　④$323_{14}$　→坂合部内親王
坂合部内親王〔坂合部女王〕　④$443_{14}$　⑤$69_{6 \cdot 8}$
坂合部内親王の第　④$443_{13}$
坂上王　④$39_{13}$, 67_{10}, 191_{16}, 223_7
坂上忌寸　④$83_8$　⑤$333_{11}$
坂上忌寸（伊美伎・伊美吉）犬養　②$299_6$, 347_9, 351_{13}, 403_{14}, 423_{14}　③$53_3$, $161_{12 \cdot 16}$, 213_8, 355_4, 423_7　④$57_9$
坂上忌寸犬養が子　⑤$359_3$
坂上忌寸苅田麻呂　④$21_9$, 231_6　⑤$257_3$, 359_5
　→坂上大忌寸苅田麻呂　→坂上大宿禰苅田麻呂
坂上忌寸子老　④$95_{12}$
坂上忌寸石楯〔石村村主石楯〕　④$121_7$, 433_{16}
坂上忌寸大国　②$209_{12}$
坂上忌寸大国の子　④$57_9$
坂上忌寸忍熊　①$93_6$, 145_1
坂上忌寸老　①$17_4$
坂上忌寸老人　③$125_{16}$, 371_3, 405_{11}, 439_{10}　④$447_4$
坂上宿禰　⑤$257_5$, 333_{11}
坂上女王　⑤$45_1$
坂上大忌寸　④$23_6$　⑤$333_{8 \cdot 12}$, 359_6
坂上大忌寸苅田麻呂〔坂上忌寸苅田麻呂〕　④$51_7$, 67_6, 111_{14}, 219_{16}, 301_{10}, 305_{12}, 341_9, 381_1　⑤$53_{12}$, 183_{12}, 187_3, 229_{12}, 237_{11}, 291_{13}, 297_{12}, 301_{12}, 319_3, 323_1, 331_{10}, $333_{6 \cdot 10}$　→坂上大宿禰苅田麻呂
坂上大忌寸苅田麻呂の先祖　④$381_2$
坂上大忌寸又子　⑤$261_5$　→坂上大宿禰又子
坂上大宿禰　⑤$333_{8 \cdot 12}$
坂上大宿禰苅田麻呂〔坂上忌寸苅田麻呂・坂上大忌寸苅田麻呂〕　③$205_{16}$　⑤$337_{10}$, 351_{14}, $359_{2 \cdot 10}$
坂上大宿禰苅田麻呂が女　⑤$473_7$
坂上大宿禰田村麻呂　⑤$353_{15}$, 383_{11}, 389_{12}, 409_2, 457_{13}, 489_{12}, 503_{13}
坂上大宿禰又子〔坂上大忌寸又子〕　⑤$361_2$, 473_6
坂上直宗大　②$9_{10}$
坂上直熊毛　②$9_9$　③$241_8$
坂上直熊毛が息　②$9_{10}$
坂井郡（越前国）　⑤$73_1$
坂田郡（近江国）　②$381_{13}$
坂田郡の人　④$75_{15}$　⑤$255_1$, 387_{13}
坂東　⑤$415_9$
坂東の騎兵　③$295_{14}$
坂東の九国　②$149_{16}$
坂東の境　⑤$267_{15}$
坂東の軍士　⑤$149_9$
坂東の国　⑤$477_{16}$
坂東の諸国　⑤$145_2$, 267_{11}, 273_6, 399_{14}, 483_4, 511_{11}
坂東の諸国の兵士　③$233_{10}$
坂東の鎮兵　③$295_{14}$
坂東の八国　③$331_1$, 335_7　④$231_7$, 437_{14}　⑤$267_1$, 273_9
坂東の役夫　③$295_{14}$
坂東八国部下の百姓　④$231_8$
坂本王　⑤$151_6$
坂本臣　④$197_2$
坂本臣糸麻呂　⑤$195_7$
坂本朝臣　⑤$195_7$
坂本朝臣阿曾麻呂　①$93_3$, 225_9　②$11_{10}$
坂本朝臣宇頭麻佐　②$159_{13}$, 197_5, 209_{10}, 267_{15}, 309_{12}, 315_9
坂本朝臣縄麻呂　④$447_5$
坂本朝臣大足　⑤$287_{10}$, 343_2
坂本朝臣男足　④$51_1$, 471
坂本朝臣鹿田　①$7_7$
板安忌寸犬養　②$87_{13}$
板屋　②$157_5$
板屋司　①$203_{16}$, 205_1
板櫃営（豊前国）　②$367_{14 \cdot 16}$, 369_4
板櫃河の西　②$371_{14}$

340

板櫃河の東　②371$_{15}$
板櫃河(豊前国)　②371$_{12\cdot13}$, 373$_{11}$
板持史内麻呂　②53$_6$　→板持連内麻呂
板持連(史)内麻呂〔板持史内麻呂〕　②55$_6$
板振鎌束　③439$_{12\cdot16}$, 441$_4$
板茂(板持)連真釣　③135$_9$ ④195$_{11}$, 321$_6$
板茂連　②55$_6$
板茂連安麻呂　②295$_3$
板野郡(阿波国)　④157$_7$
范陽郡(唐)　②297$_{3\cdot4}$
范陽節度使(唐)　②297$_2$
叛逆　⑤15$_5$, 53$_{14}$　→反逆
叛賊　④463$_{12}$
叛徒隠れて首さぬ　③367$_7$
班示　⑤75$_4$
班授に従ふ　②231$_{10}$
班ち給ふ　②161$_{13}$, 283$_6$, 399$_8$, 401$_5$ ③253$_7$, 375$_1$
　④185$_6$, 187$_2$, 217$_{9\cdot12}$, 401$_{14}$
班ち賜ふ　⑤21$_9$
班ち授く　⑤349$_{15}$
班秩　①205$_1$
班つ　①53$_7$ ②211$_{1-2}$
班田　⑤369$_8$　→田を班つ
班田使　②411$_1$ ⑤507$_3$
班田使主典　⑤375$_{12}$
飯雨　②407$_8$
飯高君　②405$_8$
飯高君(公)笠目　②405$_7$ ③51$_3$, 345$_6$, 383$_1$ →
　飯高宿禰諸高
飯高君笠目が親族　②405$_7$
飯高郡(伊勢国)　②405$_7$ ④385$_{14}$
飯高郡采女　②405$_7$ ⑤41$_2$
飯高郡の人　②345$_{10}$ ④187$_{11}$, 231$_{10}$ ⑤41$_{11}$
飯高郡(紀伊国)　①71$_3$
飯高公家継　④231$_{11}$
飯高公若舎人　④449$_{10}$
飯高公諸丸　⑤61$_{11}$
飯高公大人　⑤61$_{10}$
飯高氏　⑤41$_{12}$
飯高宿禰　④449$_{10}$ ⑤61$_{11}$
飯高宿禰諸高〔飯高君笠目〕　④319$_{14}$, 323$_2$ ⑤
　15$_3$, 27$_9$, 41$_{10}$
飯盛山(大和国)　④275$_1$
飯麻呂　③127$_1$
飯野王　④149$_{13}$ ⑤85$_{15}$
飯野郡(伊勢国)　③127$_1$ ⑤129$_2$
飯野郡(伊勢国)の人　③127$_1$
煩苦を思ふ　②271$_5$
煩雑　③433$_7$

煩しくは載せず　④279$_4$
煩擾の損　④431$_2$
煩す　④37$_7$
煩多し　③429$_7$
煩はさず　②293$_2$
煩費　①155$_6$
煩労　③359$_5$
頒ち下す　①61$_9$, 197$_4$ ②31$_1$, 149$_3$, 203$_7$ ③
　169$_{16}$, 335$_{10}$
頒ち行ふ　③285$_{12}$
頒ち付ふ　④41$_{11}$
頒つ　①53$_{6\cdot15}$, 55$_3$, 147$_3$, 197$_6$ ②73$_8$, 203$_5$,
　239$_{14}$, 445$_{4\cdot8}$ ③291$_{11}$ ④349$_{10}$
頒暦　②233$_3$
飩餅を佩く　⑤151$_{14}$
幡　①336$_{6-7}$ ③169$_{15}$ ④135$_{12}$
幡造　①83$_{11}$
幡文造通〔幡文通〕　①87$_{16}$, 111$_4$
幡文通　①83$_{11}$　→幡文造通
樊石　①199$_{14}$
範曜(人名)　③369$_9$
範曜を殺す　③369$_9$
燔祀　③393$_{15}$
燔祀の義　⑤393$_8$
繁夥　④303$_9$
繁く多し　③23$_{14}$
繁殖　①181$_1$
繁多　①205$_3$ ⑤251$_{16}$, 271$_2$
繁多なるに在らず　⑤133$_{13}$
繁茂り　②307$_7$
攀号感慕　③303$_9$
攀慕　③269$_{15}$
伴田朝臣仲刀自　④143$_8$ ⑤207$_{11}$, 419$_7$
伴部　②155$_3$, 219$_3$
伴有駅(飛騨国)　⑤19$_{16}$
晩禾　②123$_{10}$
晩稲　③227$_5$
晩頭　②229$_{12}$, 341$_8$, 381$_{11}$ ⑤447$_4$
番　②271$_5$
番考を成さしむ　②97$_{14}$
番上　②157$_{14}$, 331$_{15}$ ③295$_7$ ④63$_3$ ⑤169$_9$
番上已上　④99$_4$
番上の史生　①173$_3$
番上の主帥　①173$_4$
番上の召使　①173$_3$
番上の人　③95$_3$
番上の省掌　①173$_3$
番上の帯剣舎人　①173$_3$
番上の大舎人　①173$_3$

はん（板・范・叛・班・飯・煩・頒・飩・幡・樊・範・燔・繁・攀・伴・晩・番）

341

続日本紀索引

はん（番・蛮・磐・蕃・蟠）

番上の物部　①$173_4$
番上の兵衛　①$173_3$
番上の門部　①$173_4$
番長　②$199_7$
番毎　①$79_{10}$
番を作(為)す　①$73_4$ ②$355_5$ ⑤$155_4$
蛮夷　②$73_{13}$ ⑤$267_{12}$
磐城(石城)郡(陸奥国・石城国)　②$45_7$ ④$143_{10}$
磐城郡の人　④$233_{13}$ ⑤$493_8$
磐石　①$109_2$
磐田(石田)郡(遠江国)　②$229_6$ ④$337_6$
磐田郡主帳　④$337_6$
磐田(石田)女王　④$241_5$ ⑤$171_{12}$
磐余玉穂宮に御宇しし天皇(継体天皇)　③$113_2$
磐瀬(石背)郡(陸奥国・石背国)　②$45_8$ ④$235_5$
磐瀬郡の人　④$235_5$
磐瀬朝臣　④$235_5$
磐梨郡(備前国)　⑤$407_1$
蕃　②$247_7$
蕃夷の使者　①$33_7$

蕃客　③$303_6$, $305_{7\cdot11}$, 337_{12}, 345_{13}, 347_6, 417_{12}, 419_2, $425_{12\cdot14}$ ④$363_6$, 369_3, 373_6 ⑤$39_1$, 151_2, 155_{16}
蕃客の儲　⑤$157_4$
蕃国　②$115_1$
蕃人　④$433_{11}$ ⑤$109_6$
蕃息　④$279_{14}$ ⑤$281_1$
蕃息の間　③$225_6$
蕃に還る　①$9_5$, 69_{15}, 93_{13}, 223_{14} ②$59_5$, 257_{14} ⑤$131_8$
蕃に帰る　②$135_2$ ③$307_{10}$, 347_{13}, 429_4 ⑤$39_8$, 107_3
蕃の学に堪ふる者　②$247_8$
蕃の君　①$69_9$
蕃の例に同じくせしむ　⑤$77_4$
蕃屏　③$123_{11}$
蕃礼　⑤$131_{11}$
蕃例に准ふ　⑤$111_6$
蟠木の郷　③$275_5$

ひ

比 ①95$_1$ ⑤167$_{15}$
比丘 ⑤329$_{15}$
比郡 ①67$_{15}$ ②407$_3$ ⑤369$_7$
比郡の田 ④401$_{12}$
比校 ①213$_3$ ③63$_{10}$, 239$_9$, 241$_{11}$, 243$_8$ ⑤163$_4$
比国 ④229$_6$
比司に劣る ⑤119$_5$
比者 ①103$_6$
比日 ②293$_9$
比日之間 ②197$_{16}$ ④119$_1$, 417$_2$
比年 ②11$_4$, 247$_{14}$, 297$_{15}$, 303$_{13}$ ④9$_{10}$, 187$_{11}$, 217$_{15}$, 303$_9$, 431$_1$, 433$_{11}$ ⑤115$_{15}$, 129$_5$, 145$_{14}$, 267$_1$, 295$_{14}$, 341$_8$, 401$_4$
比年之間 ②67$_{16}$ ③23$_{13}$
比比良木 ①51$_{14}$
比部に貫す ②147$_{10}$
比羅保許山(出羽国) ②317$_{7・8・10}$
比来 ②67$_{15}$, 323$_{13}$, 367$_7$ ③45$_6$, 349$_2$ ⑤165$_{12}$
比寮 ②341$_{16}$
比瑠臣麻呂 ⑤255$_1$
皮 ①233$_{11}$ ②359$_9$, 427$_7$
皮に中る者 ①95$_{8・11}$
皮幣 ②189$_{11}$
妃 ④309$_{14}$ ⑤405$_5$
妃とす ①51$_6$ ③353$_5$ ④465$_{16}$
妃を贈る ⑤405$_4$
彼此 ⑤155$_{15}$, 371$_1$
彼此一つ ④365$_{15}$
彼此通融 ④117$_8$
彼此分ち難く ④303$_{12}$
彼此別く心无く ④333$_{12}$
彼此を懐ふ ③269$_{13}$
彼此を疑ふ ④309$_9$
彼等 ④89$_{15}$
彼に在り ①155$_{11}$
彼に至る ②359$_{10}$
彼に就く ④353$_9$
彼に到る ②357$_9$
彼の王 ③123$_{13}$
彼の郷 ③307$_6$
彼の境 ②169$_{10}$
彼の国 ②359$_8$
彼の国王(渤海王) ⑤41$_4$
彼の国(新羅) ③123$_{11}$, 365$_3$ ④17$_1$
彼の国(淡路国) ④73$_{14}$
彼の国(筑紫国) ②371$_3$
彼の国(日向国) ④451$_{15}$
彼の国の王(渤海国王) ⑤37$_2$
彼の国の使 ②359$_4$
彼の国(渤海国) ⑤21$_{14}$
彼の国(渤海国)の送使 ⑤73$_2$
彼の国(陸奥国) ④391$_8$
彼の使(新羅使) ⑤123$_3$
彼の蒼 ②125$_8$ ⑤127$_3$
彼の土(新羅)の女 ⑤205$_{15}$
彼の土(陸奥国) ④391$_{11}$
彼の部(大宰府管内) ②293$_{10}$
彼の部(淡路国) ④75$_2$
彼を想ひ此を聞き ⑤39$_{15}$
披き訴ふ ①199$_8$ ④119$_{12}$, 303$_7$, 407$_6$ ⑤487$_{11}$
披晤 ①151$_2$
披し陳ぶ ②191$_{14}$
披胆 ②189$_{12}$
披陳 ②153$_{11}$, 349$_{11}$ ④13$_5$, 157$_9$
肥後員外介 ③321$_9$
肥後掾 ④321$_9$ ⑤455$_5$
肥後掾一人 ⑤455$_5$
肥後介 ④191$_9$, 321$_8$, 325$_{16}$, 355$_3$ ⑤475$_1$
肥後国 ②43$_{13}$, 441$_8$ ③91$_1$, 169$_{14}$, 383$_{11}$, 395$_{12}$ ④211$_7$, 215$_6$, 217$_3$, 285$_{11}$, 313$_{5-6}$, 391$_6$, 449$_3$ ⑤79$_4$, 81$_{10}$, 455$_5$
肥後守 ②43$_8$, 339$_{16}$, 401$_8$ ③403$_4$ ④283$_3$, 321$_7$, 351$_{11}$ ⑤69$_{15}$, 91$_6$, 129$_{14}$, 251$_4$, 291$_{14}$, 459$_4$
肥後少目二員 ④449$_3$
肥人 ①29$_2$
肥前介一人 ③187$_1$
肥前国 ②377$_{3・7}$ ③91$_1$, 169$_{14}$, 187$_1$, 383$_{11}$, 395$_{6・12}$ ④449$_{14}$ ⑤17$_{15}$, 73$_7$, 77$_3$
肥前国の軍 ②373$_{16}$
肥前守 ③143$_5$, 315$_2$, 403$_3$, 425$_6$ ④19$_8$, 273$_9$, 349$_1$, 429$_1$, 461$_3$ ⑤61$_8$, 139$_4$, 233$_6$, 251$_8$, 397$_{12}$, 493$_6$
非違 ①17$_1$, 21$_4$, 23$_1$, 181$_{15}$ ②57$_{12}$, 95$_{14}$ ⑤305$_{12}$
非違の事 ③127$_7$
非辜に羅る ④331$_9$
非時の差使 ②149$_7$
非常 ③257$_3$ ⑤165$_9$, 435$_8$
非常に備ふ ⑤151$_1$, 437$_{12}$
非常の恩 ②447$_2$
非常の設 ①171$_5$
非常の沢 ②51$_3$
非常有り ⑤273$_{13}$
非分 ⑤75$_4$
非望 ④331$_{10}$

ひ(比・皮・妃・彼・披・肥・非)

343

続日本紀索引

ひ（非・卑・毗・飛・匪・疲・秘・被・婢・菲・悲・斐・費・賁・神・碑・緋・靡）

非望を窺ふ ④$37_{10}$
非を是とす ①$199_5$
卑下き人 ①$151_4$
卑官 ②$23_{15}$
卑謙 ②$105_5$
卑姓を蒙る ⑤$333_7$
卑品に従ふ ②$439_2$
毗沙門像 ④$135_{10}$
毗沙門天の像 ④$225_8$
毗登戸東人 ④$135_9$
毗登と為す ④$303_{12}$
飛駅 ④$44_{316}$ ⑤$439_7$
飛駅の函 ⑤$425_3$
飛駅の鈴 ①$87_{12}$ ③$291_{11}$ →駅鈴
飛蓋 ①$97_{15}$
飛舟 ②$115_{11}$
飛走 ④$285_3$
飛騨員外介 ④$91_4$
飛騨国 ①$55_9$, 199_{13} ②$101_{16}$, 359_{15} ③$19_7$, 83_{11}, 407_{10} ④$225_{14}$, 403_7, 435_4 ⑤$19_{16}$, 459_5
飛騨国言さく ⑤$71_3$
飛騨国国造 ⑤$283_7$
飛騨国造高市麻呂 ⑤$83_{11}$ ④$193_{10}$
飛騨国造祖門 ⑤$283_9$
飛騨国の国司 ②$123_{16}$
飛騨国の国分寺 ⑤$83_{12}$
飛騨国の人 ②$191_{15}$ ⑤$283_9$
飛騨守 ④$91_5$, 115_{14}, 427_9 ⑤$9_{12}$, 293_{13}
飛騨楽 ②$381_{11}$
飛鳥戸造少東人 ②$223_8$
飛鳥戸造弟見 ⑤$267_{10}$, 293_{13}
飛鳥岡（大和国） ①$75_8$, 117_3
飛鳥寺（大和国） ②$19_3$ ⑤$7_{10}$ →法興寺
飛鳥浄御原宮に大八洲知らしめしし聖の天皇命（天武天皇） ②$419_{12}$
飛鳥浄御原大宮に大八洲御宇しし天皇 →浄御原に御宇しし天皇
飛鳥浄御原大宮に大八洲御宇しし天皇(天武天皇) ②$305_{13}$
飛鳥浄御原朝庭 ⑤$487_{10}$ →浄御原庭
飛鳥浄御原の御世 ④$127_7$
飛鳥真人御井 ⑤$59$
飛鳥朝 ②$23_3$ ⑤$45_3$
飛鳥朝庭 ②$411_8$
飛鳥田女王 ③$41_8$, 321_2 →飛鳥田内親王
飛鳥田女王〔飛鳥田女王・飛鳥田内親王〕 ④$405_4$ ⑤$239_{12}$
飛鳥田内親王〔飛鳥田女王〕 ③$391_{12}$ →飛鳥田女王

飛鳥部吉志五百国 ④$203_{15}$, $205_{4・9}$
匪躬を慰む ④$183_3$
疲 ④$29_{12}$
疲煩 ②$375_{15}$
疲弊 ⑤$267_4$, 435_4
疲労 ②$77_4$, 349_4
秘記 ②$63_{11}$
秘錦冠 ②$393_9$
秘書監 ③$343_{16}$, 387_9
秘典 ④$415_8$
被 ④$397_{10}$, 419_5 ⑤$57_7$, 121_6 →衾
被け賜はり仕へ奉る ②$141_{16}$ ⑤$181_7$
被褥 ①$23_6$
被る所 ②$217_7$
被を加ふ ③$19_4$
被を賣ふ ②$403_3$
婢 ③$97_{15}$, 349_1 ④$157_5$ ⑤$429_{7・9}$
婢の良に通ふ ⑤$427_{16}$
婢を奸す ⑤$427_{14}$
菲薄 ②$89_5$
菲薄き徳 ①$131_3$
菲薄の躬 ①$85_9$
菲薄を以て ④$217_2$, 287_1
悲驚 ④$317_{11}$
悲吟 ②$251_6$
悲しかも ④$333_3$
悲しき事のみし弥起る ④$333_7$
悲び賜ひしのび賜ひ ⑤$173_8$
悲しぶ ⑤$481_{16}$
悲しみ泣く ③$431_{15}$
悲情 ③$161_{13}$
悲田院 ③$271_7$, 353_{13}
悲慕 ②$109_7$
斐太（人名） ②$431_4$
費し用ゐる ③$253_3$ ⑤$253_9$
費し用ゐる者 ⑤$341_8$
費の字を著く ④$157_8$, 407_5
費ゆ ②$193_2$
費を為す ④$303_{16}$
費を省く ②$319_7$ ③$293_4$
賁赫 ④$37_{13}$
神将 ⑤$437_4$, 439_{13}
碑を立つ ②$105_7$
緋綱 ③$169_{16}$
緋色の袈裟 ②$221_5$
緋袍 ④$227_{12}$
靡道 ④$335_6$
靡む ①$35_2$, $39_{2・11}$, 89_3, 99_{13} ②$51_2$ ③$405_2$ ④$17_2$, 55_{13}, 351_{12}, 359_{14}, 369_{15}, 395_4, 461_{13} ⑤

続日本紀索引

235_{10}, 435_{15}, 441_{11}
罷りいます　④$333_2$
罷り去る　④$409_{14}$
罷り退す　④$331_{16}$
罷りとほらす　④$335_{1・7}$
罷りまさむ道　⑤$173_{11}$
罷りましぬ　⑤$173_5$
罷る　②$65_{10}$
誹謗　②$433_1$　③$161_5$, 167_8　⑤$45_8$
稗田親王　④$447_{13}$　⑤$183_9$, 215_{11-12}
避くること虎を逃るる如し　④$225_{13}$
避くる所無(无)し　④$367_1$　⑤$27_8$
避翼駅家(出羽国)　③$329_{16}$
羆の皮　①$233_{11}$　②$359_9$
轡を敏む　⑤$93_3$
尾　②$351_{3-4}$　④$215_{15}$
尾治宿禰大隅の私の第　③$241_5$
尾治連牛麻呂　①$61_{12}$
尾治連若子麻呂　①$61_{12}$
尾垂剗(伊勢国)　③$331_9$
尾張益城宿禰　④$77_1$
尾張王[1]　②$329_7$
尾張王[2]　③$19_1$, 21_9
尾張王[3]　③$187_{14}$, 233_2　→豊野真人尾張
尾張王[4]　③$389_4$
尾張架古刀自　⑤$503_5$
尾張介　③$339_1$, 431_3　④$457_{12}$　⑤$71_1$, 89_{10}, 137_{10}, 361_8, 461_{10}
尾張国　①$59_{14}$, 61_{12}, 149_{12}, 167_{15}, 183_{13}　②$57_5$, 125_5, 171_5　③$79_4$, 135_{16}, 405_5, 407_2, 411_2, 433_{14}, 439_6, 443_1　④$81_4$, 153_3, 163_{15}, 227_3, 247_{11}, 387_{16}, 401_9, 421_{14}, 435_{16}　⑤$149_5$, 193_3, 425_7
尾張国言さく　①$205_5$　②$83_6$　⑤$251_3$, 457_4
尾張国国造　③$43_2$
尾張国司　②$123_{16}$
尾張国守　①$61_{13}$, 171_1
尾張国の郡司　①$15_2$, 63_1
尾張国の国郡司　②$41_{14}$
尾張国の国分寺　③$79_6$　④$457_6$
尾張国の国分二寺　④$163_{15}$
尾張国の諸寺　④$457_6$
尾張国の人　①$233_1$　⑤$211_8$
尾張国の田　②$161_{13}$
尾張国の百姓　①$15_2$, 63_1　⑤$503_{13}$
尾張国の兵士　③$185_9$
尾張国の民　①$217_9$　②$175_1$
尾張守　①$71_{10}$, 87_{15}, 135_2, 137_{2-3}, 153_{15}, 217_{13}　②$17_9$, 81_6, 245_{13}, 397_4, 429_4　③$15_6$, 43_{14}, 143_3,

389_{11}, 405_{11}　④$51_5$, 319_9, 427_4, 433_3　⑤$11_{13}$, 191_5, 233_3, 241_{11}, 291_8, 377_2, 411_6, 419_{14}, 457_6
尾張宿禰　①$61_{12}$　③$251_7$　④$227_3$
尾張宿禰弓張〔小塞連弓張・小塞宿禰弓張〕　⑤$263_2$
尾張宿禰乎己志　①$149_{12}$
尾張宿禰若刀自　③$383_3$　④$203_7$
尾張宿禰小倉　②$311_{13}$　③$5_9$, 43_2, 91_9
尾張宿禰東人　④$41_{13}$
尾張宿禰稲置　②$9_{14}$
尾張宿禰の姓　⑤$253_4$
尾張女王　③$323_{15}$　⑤$259_{15}$
尾張須受岐　④$75_{16}$
尾張(尾治)宿禰大隅　②$9_{13}$　③$241_{3・5}$
尾張宿禰大隅が息　②$9_{14}$
尾張豊国　④$77_1$
尾張連馬身　③$251_7$
尾張連馬身が子孫　③$251_9$
尾張連豊人　④$439_{12}$, 441_{11}　⑤$233_8$, 241_{10}, 275_{11}
美見造　④$413_4$
美作員外介　④$223_8$
美作掾　④$221_{14}$
美作介　③$313_{14}$, 385_{15}, 391_1, 425_2　④$233_6$, 347_{12}, 429_4　⑤$29_9$, 71_{13}, 263_7, 319_{10}, 343_5, 421_6
美作国　②$57_{10}$, 171_6, 243_5　③$41_{16}$, 167_{14}, 169_{13}, 395_8　④$11_5$, 73_1, 201_{13}, 245_{9-10}, 449_3　⑤$45_2$, 441_5, 459_5, 461_{12}, 467_8, 507_{12}
美作国言さく　②$193_7$　⑤$175_{13}$
美作国司　①$125_1$
美作国守　④$123_{13}$
美作国苫田郡の兵庫　⑤$175_{13}$
美作国造　④$405_{11}$
美作国の乗田　④$185_7$
美作国の人　④$145_{15}$, 227_4
美作国の兵士　③$185_9$
美作国の没官田　④$185_7$
美作国部内　②$193_7$
美作国を置く　①$197_2$
美作権掾　⑤$425_1$
美作守　①$217_{14}$　②$293_{16}$, 339_{14}, 397_5　③$15_8$, 91_9, 195_2, 347_4, 387_1, 405_{14}, 417_7　④$19_8$, 51_{12}, 89_3, 195_8, 305_{11}, 379_{11}, 429_4, 451_{13}　⑤$19_6$, 71_{12}, 229_4, 251_2, 263_6, 317_4, 339_4, 347_{16}, 349_9, 379_{12}, 409_{11}, 459_1, 469_5
美作女王　⑤$5_5$, 359_{15}, 437_{10}
美作少目一員　④$449_3$
美作大目一員　④$449_3$
美しき雲　⑤$167_{15}$
美しき姿　⑤$465_{15}$

ひ（罷・誹・稗・避・羆・轡・尾・美）

345

続日本紀索引

ひ（美・梶・備）

美しく異にある　④171_{16}
美志　⑤291_{5}
美人　②359_{14}
美す　①155_{1}
美泉　②33_{7}, 35_{9·14-15}
美乃真人広道　②65_{16}
美努宿禰　④281_{8}
美努宿禰宅良　⑤261_{3}
美努(美奴)連奥麻呂　④41_{11}, 153_{6}
美努(美奴)連智麻呂　⑥65_{14}, 269_{9}
美努(美弩・美奴)連浄麻呂　①93_{7}, 107_{3}, 109_{4}, 115_{5}, 135_{2}
美努(美弩・弥努)王　①51_{2}, 53_{1}, 89_{13}, 135_{5}, 139_{6}
美努王の子　③177_{3}
美努王の女　③19_{14}
美努連岡麻呂　②7_{16}
美努連財女　④145_{1}
美努連財刀自　④281_{8}
美濃按察使に隷く　②101_{16}
美濃員外介　④209_{12}, 287_{11}, 325_{13}, 343_{15}
美濃介　②37_{11} ③73_{5} ④7_{9}, 103_{3}, 195_{5}, 343_{14}, 433_{3} ⑤61_{10}, 89_{14}, 191_{10}, 363_{10}, 365_{7}, 379_{9}
美濃関(美濃国)　①199_{12} ⑤425_{3}
美濃狭綇　②55_{7}
美濃郡(石見国)　④191_{6}
美濃郡の人　④191_{6}
美濃国　①55_{5}, 57_{16}, 59_{14}, 61_{13}, 63_{6}, 137_{6}, 163_{2}, 179_{5}, 199_{13}, 203_{3}, 217_{8}, 223_{2} ②31_{12}, 33_{1·4}, 35_{8}, 39_{10}, 43_{2}, 171_{5}, 381_{6}, 399_{2} ③9_{7}, 93_{14}, 293_{15}, 349_{15}, 405_{6}, 407_{9-10}, 433_{16}, 439_{6}, 443_{1} ④77_{11}, 81_{8}, 101_{12}, 103_{1}, 131_{9}, 187_{11}, 251_{3}, 279_{10}, 287_{16}, 433_{1}, 449_{1}, 457_{10} ⑤19_{16}, 53_{1}, 177_{3}, 207_{1}, 413_{4}, 425_{7}, 437_{11}
美濃国言さく　①113_{14} ④457_{5}
美濃国国造　④0
美濃国国府　④251_{5}
美濃国司　②37_{9}, 123_{16}, 381_{11}
美濃国守　①61_{14} ②57_{5} ④181_{13}
美濃国の軍毅　③95_{7}
美濃国の郡司　①15_{2}, 63_{1} ②381_{11}
美濃国の郡司の子弟　③403_{11}
美濃国の国郡司　④41_{14}
美濃国の国司等　②33_{8}
美濃国の国分寺　④47_{6}, 251_{5}, 279_{11}
美濃国の主稲　③441_{16}
美濃国の諸寺　④457_{6}
美濃国の少年　③371_{4}
美濃国の奏　⑤467_{8}
美濃国の百姓　①15_{2}, 63_{1} ③403_{11-12} ⑤507_{13}

美濃国の醴泉　②41_{12}
美濃守　①11_{16}, 105_{10}, 135_{5}, 153_{16}, 211_{7} ②17_{9}, 37_{11} ③7_{5}, 105_{13}, 131_{11}, 313_{13}, 423_{10} ④7_{8}, 39_{10}, 103_{3}, 243_{12}, 341_{3}, 343_{14}, 379_{8} ⑤43_{6}, 51_{7}, 191_{10}, 265_{8}, 319_{5}, 491_{1}
美濃少掾　①211_{8} ④31_{3}, 143_{13}
美濃少目二員　④449_{1}
美濃真玉虫　⇨美濃直玉虫
美濃大掾　④269_{10}
美濃大目　①211_{8}
美濃直玉虫　④203_{9}
美濃(の)絁　①149_{15} ②361_{1-2} ③307_{2}, 345_{11} ④369_{10}
美濃飛騨信濃按察使　③373_{10}, 401_{1}
美囊郡(播磨国)　⑤449_{4}
美囊郡大領　⑤449_{4}
美服　④157_{14}
美和真人　③111_{12}
美和(神)真人土生〔土生王〕　④35_{13}, 47_{1}, 167_{10}, 319_{8}, 347_{10}, 355_{1}, 381_{12}, 399_{6} ⑤27_{16}, 31_{1}, 49_{8}, 59_{14}
梶嶋(楫嶋)王　④145_{3}, 167_{12}
備後按察使に隷く　②103_{2}
備後介　③373_{9} ④165_{3}, 287_{12}, 393_{10}, 435_{7}, 457_{13} ⑤29_{11}
備後国　①155_{5}, 183_{15} ②65_{7}, 93_{11} ③169_{13}, 349_{16}, 395_{9}, 405_{6}, 435_{10} ④9_{5-9}, 75_{12}, 85_{4}, 191_{10}, 257_{4}, 305_{1} ⑤441_{6}
備後国守　②57_{11}
備後国の苗　①79_{1}
備後国より以来　②33_{3}
備後守　①135_{11} ②11_{13}, 263_{10}, 429_{5} ③45_{15}, 145_{8}, 335_{6} ④71_{3}, 209_{4}, 429_{6} ⑤139_{3}, 243_{6}, 291_{12}, 387_{6}, 421_{7}, 425_{6}
備さに誉む　②99_{5}
備前介　③313_{15} ④355_{2}, 429_{5} ⑤29_{10}, 61_{6}, 91_{3}, 263_{7}, 275_{11}, 319_{11}, 349_{12}, 351_{11}, 397_{9}, 473_{11}, 505_{14}
備前国　①7_{11}, 111_{4}, 131_{1}, 49_{3}, 79_{3}, 105_{3}, 131_{6}, 183_{14}, 193_{5} ②57_{10}, 93_{11}, 159_{2}, 171_{6}, 173_{14}, 427_{5} ③41_{16}, 107_{1}, 169_{13}, 215_{15}, 395_{8}, 407_{12}, 435_{4}, 443_{4} ④5_{6}, 9_{9}, 75_{12}, 79_{15}, 123_{16}, 245_{6·10-11}, 451_{7} ⑤141_{15}, 211_{16}, 303_{11}, 405_{12}, 467_{6·9}, 507_{12}
備前国言さく　②157_{9} ④417_{10}
備前国司　②125_{1}
備前国守　④123_{7}, 181_{13}
備前国造　④181_{11} ⑤405_{11}
備前国の国郡司　②157_{14}
備前国の墾田　③237_{10}

備前国の仕丁 ④277₁₂
備前国の人 ①11₂ ④141₁₅
備前国の水田 ③433₈
備前国の前守 ③199₅
備前国の田 ①39₄
備前国の糒 ③363₆
備前国の兵士 ①185₉
備前国の六郡を割く ①197₁
備前権守 ④177₁₁
備前守 ①71₁₂, 79₇, 135₁₀ ②16₂, 263₁₀, 339₁₅ ③35₁, 145₇, 195₃, 327₃, 335₅, 425₂ ④71₂, 57₇, 169₄, 195₉, 341₉, 379₁₁, 429₅ ⑤139₂, 291₁₂, 301₁₃, 319₁₀, 397₉, 449₁₂, 503₇
備中介 ③315₁ ④195₁₀, 379₁₂ ⑤71₁₃, 397₁₀
備中国 ①71₁, 59₁₂, 183₁₄ ②19₃, 57₁₀, 103₂, 171₆, 263₄ ③41₁₆, 169₁₃, 337₄, 349₁₆, 395₉, 405₆, 435₁₀ ④9₅・₉, 75₁₂, 85₂, 449₃ ⑤467₉
備中国司 ②125₁
備中国の田 ①39₄
備中国の糒 ③363₆
備中国の苗 ①79₁
備中守 ①135₁₁ ②345₅ ③49₅, 251₇, 335₆, 425₃ ④71₂, 195₉, 301₇, 429₆ ⑤117, 21₁₁, 193₁, 263₈, 379₁₃, 491₄
備中少目一員 ④449₃
備中大目一員 ④449₃
備儲 ②11₁
備に具る ③365₉
備に至れり ④219₅
備ふ ①19₉, 299₁₆
備へ償ふ ③227₂
備へ償ふに堪へぬ ④425₈
備へ進むに堪へず ⑤273₂
備へ置く ⑤325₃
備へ儲く ③51₁₄
備らず ④461₁₀
備る ②61₃
媚び事ふ ④255₈ ⑤139₁₃
媚ぶ ③311₉
寐ぬることを忘る ②281₁₂, 325₁₂
微雨 ③71₁
微願に任へず ②231₁₂
微躬 ④317₆
微言 ③241₁₃
微しきなる過 ③47₁₂
微情に応ふ ①141₃
微眇を加ふ ④243₁₅
微妙の力 ②417₅
微労 ④317₂

鼻を以て別つ ③433₅
糒 ③363₆ ⑤149₁₂, 153₃, 399₁₂, 433₁₅, 467₃, 511₁₁
糒を焼く ④401₈
糒を備ふ ⑤145₂
糜費 ⑤135₂, 435₉
匹 ①73₁₆, 163₈, 169₁₆, 171₁₆, 173₁₋₃, 185₁, 201₁₀ ②335₈, 341₁₄, 355₆, 361₁₋₂, 443₇ ③83₁・₂ ④317₁₆ ⑤151, 323₈
匹無し ③283₁₅
必ず応す ④13₇
必ず仕へ奉るべしと念し ③341₃
畢く会す ④161₉
筆札を好む ⑤339₃
筆を援る ④199₁₆
蹕を驚す ④241₄
百王 ②91₁₃ ④455₁₅ ⑤497₇
百官 ①9₆, 43₁₃, 77₁₁, 79₆, 99₆ ②9₅, 251₄, 181₃, 185₆・₉, 191₄, 207₁₁, 277₇, 361₁₀, 401₁₂, 415₇・₉, 435₁₁ ③7₁, 111₆, 211₄, 59₂, 63₆, 77₄, 97₄, 101₅, 139₁₁, 185₁₁, 269₃, 297₆, 311₆, 323₉, 337₁₁, 363₇ ④93₁₂, 99₁₅, 135₁₃, 227₇・₁₅, 275₉, 279₁₅ ⑤225₇, 247₁₁, 255₃, 333₁₃, 347₆, 349₄, 373₄, 451₁₀, 453₁₄, 467₄
百官安らけく ②215₁₂
百官司の人 ③267₁
百官人 ①9₆, 39₉, 65₅, 231₁₀ ②31₄, 21₇, 37₁₀, 325₁₄, 331₁₄
百官人等 ①3₁₃, 57・₁₄, 19₁₁, 21₈, 119₁₄, 121₁₄, 127₅, 129₈ ②139₁₁, 183₁₀, 215₁₀ ③65₁₄, 67₂, 85₁₂, 215₆, 263₃, 265₂, 315₅ ④103₉, 241₂, 311₆, 323₆, 327₉・₁₁, 373₈, 383₃・₈, 399₁₃・₁₅ ⑤177₅, 179₇・₉, 181₄
百官成らぬ ②441₅
百官の官人 ②143₁₄, 323₅ ③333₁₀
百官の主典已上 ②229₁₂, 385₁₁, 393₁₁ ③109₁₁ ⑤289₄
百官の主典より已上の人ども ②217₁₃
百官の情 ②143₂
百官の職事已上 ③265₁₅
百官の人 ④425₁₄
百官の番上已上 ④99₄
百官の表 ②269₄
百官の府 ①131₉
百官の望を慰む ④57₆
百官の名を改む ③275₁₅
百官を置く ⑤193₈
百官を本とす ①139₁₆
百宮の誅 ①43₁₂

続日本紀索引

百行　②75$_{12}$
百行の本　③183$_6$
百済安宿公奈登麻呂　④67$_2$
百済王(姓)　②363$_4$, 439$_6$　④127$_6$　⑤281$_{13}$,
　391$_{12}$, 511$_4$
百済王英孫　⑤209$_8$, 329$_7$, 349$_{11}$, 487$_1$
百済王遠宝　①31$_6$, 133$_{10}$, 197$_8$　②277$_4$
百済王教徳　⑤399$_8$, 421$_7$
百済王鏡仁　⑤455$_{15}$, 459$_4$
百済王敬福　②353$_7$, 429$_5$　③25$_3$, 33$_3$, 35$_4$, 65$_{12}$,
　73$_{16}$, 77$_{14}$, 105$_{12}$, 121$_7$, 125$_{15}$, 159$_{13}$, 195$_2$, 207$_4$,
　327$_8$, 395$_6$, 425$_3$　④37$_7$, 93$_9$, 97$_6$, 125$_{15}$, 127$_8$,
　219$_1$
百済王元基　⑤331$_3$
百済王元信　⑤391$_{14}$, 459$_{11}$, 469$_7$, 473$_{16}$
百済王元忠　③53$_{12}$, 109$_{16}$, 189$_2$　④3$_8$, 415$_{13}$
百済王元徳　⑤97$_5$, 281$_{16}$
百済王玄鏡　④447$_4$　⑤31$_3$, 281$_{16}$, 321$_7$, 363$_9$,
　391$_{13}$, 417$_8$, 421$_1$, 455$_{13}$
百済王玄風　⑤379$_{3-9}$, 511$_5$
百済王孝忠　②299$_{11}$, 339$_{13}$, 397$_4$, 425$_1$, 439$_8$　③
　25$_9$, 351$_3$, 41$_2$, 53$_9$, 89$_{11}$, 103$_{16}$
百済王孝師　⑤359$_1$
百済王三忠　③343$_8$, 423$_{11}$　④121$_6$, 159$_7$
百済王慈敬　②289$_1$, 363$_5$, 397$_1$, 439$_8$
百済王俊哲　④463$_{15}$　⑤31$_1$, 139$_6$, 143$_3$, 147$_2$,
　167$_7$, 209$_5$, 387$_1$, 457$_4$, 489$_{12}$, 491$_9$, 503$_{13}$, 511$_2$
百済王女天　②439$_7$
百済王昌成　④127$_6$
百済王昌成の子　④127$_7$
百済王昌成の父　④127$_6$
百済王信上　④99$_{13}$
百済王真徳　⑤289$_8$
百済王仁貞　⑤25$_3$, 51$_4$, 179$_{12}$, 229$_3$, 259$_{12}$,
　275$_{11}$, 319$_{10}$, 423$_1$, 453$_{12}$, 455$_{13}$, 459$_6$, 461$_2$,
　469$_6$, 485$_{14}$, 505$_{15}$
百済王清仁　④201$_1$
百済王清刀自　④209$_4$
百済王仙宗　④31$_9$, 49$_{10}$, 89$_{12}$
百済王全福　②363$_6$, 379$_{12}$, 439$_8$, 443$_{12}$　③15$_6$
百済王善貞　⑤391$_{14}$, 397$_2$, 511$_5$
百済王忠信　⑤391$_{14}$, 461$_5$, 469$_7$, 505$_{13}$
百済王貞善　⑤283$_1$
百済王貞孫　⑤51$_7$
百済王等　⑤455$_{15}$
百済王南典　①135$_{10}$, 221$_{13}$　②101$_1$, 127$_{12}$,
　287$_{12}$, 329$_5$
百済王難波姫　⑤487$_{16}$
百済王武鏡　④43$_3$, 179$_8$, 347$_3$, 427$_{11}$　⑤31$_3$,

231$_{15}$, 281$_{15}$, 291$_{12}$
百済王文鏡　④99$_{13}$, 121$_6$
百済王文貞　④99$_{14}$
百済王明信　④321$_1$, 455$_7$　⑤133$_8$, 215$_6$, 283$_{1-8}$,
　315$_4$, 389$_8$
百済王明本　⑤391$_{15}$
百済王利善　④99$_{13}$, 115$_{14}$, 347$_{12}$　⑤31$_3$, 87$_1$,
　183$_{15}$, 189$_2$, 281$_{15}$, 297$_{16}$
百済王理伯　③141$_2$, 143$_3$, 403$_3$　④143$_4$, 151$_1$,
　179$_3$, 291$_9$, 347$_8$, 421$_{11}$　⑤15$_{15}$
百済王良虞(郎虞)　①73$_3$, 221$_{16}$　②21$_3$, 331$_6$,
　323$_{12}$　④127$_7$
百済王良虞(郎虞)の第三子　④127$_8$
百済郡(摂津国)　⑤507$_8$
百済郡の人　⑤507$_8$
百済公　③377$_1$
百済公秋麻呂　④177$_2$, 249$_6$
百済公水通　④321$_6$
百済国　②35$_2$, 99$_7$　③25$_{12}$　④125$_{15}$, 207$_1$　⑤
　205$_{15}$, 323$_2$, 453$_3$, 469$_{8-9 \cdot 14}$, 497$_{16}$, 499$_1$
百済国第十六世の王　⑤469$_9$
百済国の遠祖　⑤453$_7$
百済国の箄葆師　⑤33$_{12}$
百済国の人　③185$_5$, 377$_1$　④443$_2$
百済国の大祖　⑤469$_{10}$
百済国の儛　④97$_6$
百済寺(河内国)　⑤281$_{14}$
百済人成　②113$_1$　③243$_6$
百済朝臣　③253$_{11}$
百済朝臣益人〔余益人〕　④41$_2$, 55$_{13}$
百済朝臣足人〔余足人〕　③189$_7$, 343$_7$, 395$_2$
　④7$_4$, 53$_9$, 193$_9$, 285$_{15}$
百済楽　②247$_6$, 439$_7$　⑤511$_4$
百済楽生　②247$_8$
百済を救ふ　①115$_2$
百歳已下　②381$_7$
百歳已上　②37$_2$, 291$_{10}$　⑤169$_{16}$, 383$_5$, 391$_4$,
　395$_{11}$
百歳以上　①123$_{12}$, 129$_5$
百七斎を設く　①83$_{12}$
百神　③271$_8$
百世　②61$_8$
百姓(伯姓)　①15$_2$, 47$_8$, 49$_{1 \cdot 9}$, 55$_{11}$, 57$_7$, 63$_1$,
　83$_{16}$, 89$_7$, 91$_1$, 101$_3$, 103$_{14}$, 109$_{10}$, 129$_5$, 141$_{13}$,
　143$_{11}$, 153$_9$, 155$_{6 \cdot 10}$, 157$_5$, 167$_{16}$, 173$_{6 \cdot 16}$, 175$_{10}$,
　179$_{12}$, 181$_{5 \cdot 8 \cdot 10}$, 215$_6$, 219$_3$, 225$_{11 \cdot 14}$, 227$_{2 \cdot 7}$　②
　51$_{1 \cdot 13 \cdot 14}$, 72$_{-4}$, 9$_2$, 19$_{16}$, 25$_{1 \cdot 7}$, 27$_{2 \cdot 10}$, 29$_9$,
　33$_{10 \cdot 13}$, 39$_2$, 43$_{15}$, 53$_8$, 57$_{12}$, 69$_{1 \cdot 6 \cdot 9}$, 71$_{3 \cdot 7}$, 91$_6$,
　111$_{12}$, 115$_{11}$, 117$_{14}$, 119$_{16}$, 123$_{10}$, 131$_{3 \cdot 13}$,

ひやく (百)

$155_{5\cdot15}$, 159_{16}, 161_{13}, 169_2, $173_{7\cdot9}$, 183_8, 193_{11}, 207_{13}, 229_5, 239_5, 257_{14}, 259_2, 263_3, $267_{4\cdot12}$, $279_{5\cdot7\cdot16}$, 293_{14}, 297_{16}, 321_6, 323_9, 325_{16}, $327_{1\cdot11\cdot13\cdot15}$, 349_{11}, 353_{13}, 367_8, $369_{11\cdot13}$, 371_5, 381_{11}, 387_4, 433_5, 437_2 ③$113_{\cdot7}$, 291_3, 511_2, 611_5, 93_{6-7}, 95_7, 117_5, 135_{11}, 147_9, 149_1, 165_{13}, 183_7, 213_3, 215_4, 217_{11}, 227_{11}, 255_{16}, 309_8, 325_9, 329_5, 365_{10}, 371_{11}, 377_{15}, $393_{7\cdot13}$, 403_{12}, 413_9, 435_7, 437_{16} ④$17_{12}$, $77_{6\cdot8\cdot12}$, 121_2, 123_{14}, 125_{13}, 153_{13}, 157_7, $163_{4\cdot9}$, 185_6, $187_{2\cdot12}$, $197_{5-6\cdot12}$, 203_5, $217_{9\cdot12}$, 225_{16}, 231_8, 245_2, 251_4, 273_{14}, 287_{12}, 387_2, $391_{4\cdot8}$, 393_1, $403_{10\cdot16}$, $457_{5\cdot8}$ ⑤ 21_3, 45_{13}, $65_{7\cdot14}$, $95_{1\cdot5}$, 99_{12}, $101_{13\cdot16}$, $109_{1\cdot12}$, 115_{16}, 141_6, $151_{8\cdot11}$, 155_{13-14}, 157_6, 159_{10-11}, 169_{12}, 205_1, $307_{7\cdot10}$, 311_{14}, 323_{16}, 325_2, 329_3, 331_5, 341_5, 347_9, 351_4, 367_{11}, 369_{12}, 371_5, 391_4, 403_6, 413_7, 425_9, 451_{11}, 465_9, 477_2, $501_{4\cdot16}$
百姓安寧 ①$139_9$
百姓が家 ②$15_{16}$
百姓と為る ②$397_{14}$
百姓とす ②$231_1$
百姓等 ④$95_1$
百姓に従ふ ⑤$279_{14}$
百姓に任す ④$403_7$
百姓の家を焼く ⑤$131_1$
百姓の急 ⑤$377_4$
百姓の業を妨ぐ ①$175_{15}$
百姓の口分 ⑤$369_{5-6}$
百姓の産業 ②$237_7$, 269_6, 405_{13} ③$153_2$
百姓の私宅 ⑤$301_3$
百姓の疾苦 ④$133_{13}$
百姓の籍 ③$385_4$
百姓の宅 ④$213_{12}$
百姓の宅の辺 ①$105_1$
百姓の宅の由義宮に入れる者 ④$273_{12}$
百姓の望に答ふ ③$207_{16}$
百姓の憂 ⑤$509_{15}$
百姓の例 ②$67_{15}$
百姓の例に従はしむ ⑤$281_5$
百姓の廬舎 ①$13_9$, 49_5, 59_5, 89_6, 229_{15} ②$261_{16}$, 277_{12}, 409_{16} ③$9_7$, 329_4, 333_8 ④$273_{14}$ ⑤$113_{11}$, 303_5, 413_{13}
百姓を漁る ⑤$193_{16}$
百姓を事とす ②$351_5$
百姓を息む ②$371_7$ ⑤$45_{14}$
百姓を鎮む ①$187_{14}$
百石已上を載するに勝ふる船 ②$261_9$
百川 ②$259_1$
百足(人名) ④$345_3$

百足の虫の死ぬるに至りても顧らぬ事 ⑤$177_{14}$
百に一を聞かず ⑤$365_{13}$
百日斎を設く ①$69_2$
百日首さぬ ①$123_{11}$, 129_4 ②$37_8$
百年(歳)以下 ③$93_6$
百年の遠期を授く ③$223_{16}$
百年(百歳) ①$141_{14}$
百の高座を設く ③$129_{12}$
百物 ②$211_6$
百方 ②$271_5$ ③$143_{13}$ ⑤$165_{13}$
百里の外 ⑤$435_5$
百僚 ②$85_{13}$ ③$243_{16}$
百寮 ①$33_{14}$, 139_{15}, 235_{11} ②$41_{12}$, 137_4, 155_3, 157_{13}, 187_{16}, 235_{10} ③$65_7$, 81_4
百寮の官人 ②$179_7$
百寮の主典以上 ①$223_6$
百寮の中外 ⑤$217_9$
百霊 ⑤$335_6$
謬りて承く ①$107_{13}$ ④$287_1$
謬りて奉く ④$203_{13}$
謬る ②$215_5$ ⑤$193_6$
標 ①$191_1$
標口 ①$143_4$
標口の闊さ ①$143_2$
標口の窄く小き ①$143_4$
氷高内親王 ②$207_{14}$, 223_3, 233_{15}, 235_9 →元正天皇
氷高評(紀伊国)の人 ④$131_1$
氷谷 ④$141_2$
氷上志計志麻呂 ④$239_9$, 241_8
氷上志計志麻呂の父 ④$239_{10}$
氷上志計志麻呂の母 ④$239_{10-11}$
氷上女王 ③$57_7$
氷上真人塩焼〔塩焼王〕 ③$267_4$, 325_5, 333_{13}, $355_{4\cdot7}$, 399_{13}, 405_{14}, $417_{1\cdot7}$ ④$19_6$, 29_6, 31_7, $371_{11\cdot14}$, 239_{10}
氷上真人塩焼が児 ④$241_8$
氷上真人川継 ⑤$87_8$, $225_{6\cdot8\cdot12-13}$, $227_{2\cdot4\cdot6\cdot8-9}$, 229_7, 345_{15}
氷上真人川継が姻戚 ⑤$229_{15}$
氷上真人川継が妻 ⑤$227_{10}$, 229_8
氷上真人川継が姉妹 ⑤$227_3$
氷上真人川継が資人 ⑤$227_4$
氷上真人川継が事 ⑤$229_{14}$
氷上真人川継に党す ⑤$229_{11}$
氷上真人川継の党 ⑤$227_7$
氷上真人川継の母 ⑤$227_1$
氷上真人陽侯 ③$401_2$, 417_{12} ④$5_5$

続日本紀索引

ひょう―ひん（表・豹・評・馮・剽・雹・漂・標・憑・飄・苗・眇・病・品）

表¹ ①$69_7$ ②$313_2$ ④$205_3$, 365_{10} ⑤$111_6$, 113_3, 471_9, 505_1
表² ③$435_{15}$
表函 ④$365_{14}$, 369_5, 409_{16}, 411_1 ⑤$111_6$, 131_{16}
表詞 ④$409_{14}$
表書 ④$409_{12}$
表する所に任す ③$275_{13}$
表(旌) ⇒門閭に表す, 門閭に表旌す
表奏無し ⑤$131_{12}$
表に曰はく ③$269_4$, 271_{16}
表に致す ②$133_{12}$
表文(表の文) ③$125_2$, 303_{10}, 345_3 ④$367_5$ ⑤$471_9$
表裏を弁へず ④$303_{15}$
表を抗ぐ ④$81_{14}$
表を作る ⑤$505_1$
表を収めず ④$365_{12}$
表を将たぬ使 ⑤$133_1$
表を上らしむ ⑤$471_7$
表を上る ②$183_{15}$, 185_7, 305_5, 365_{12}, 441_{15} ③$185_{12}$, 269_3, 411_8, 437_2 ④$81_{11}$, 367_7, 445_3 ⑤$131_{10}$, 199_5, 295_6, 323_5, 331_{10}, 333_{13}, 411_{15}, 419_3, 447_{14}, 469_8, 477_9 →上表
表を省て ③$309_2$, 351_{16} ④$369_2$
表を置く ③$69_{11}$
表を奉る ③$271_{16}$, 275_7, 311_7 ④$83_4$, 369_1 ⑤$81_{11}$, 333_{10}, 335_{10}
表を明にす ④$205_3$
表を覧て ④$37_3$
豹の皮 ①$233_{11}$ ②$359_9$
評督 ④$157_9$
馮方礼(高麗) ③$305_6$
剽劫 ①$29_2$
雹雨る ④$199_{12}$, 455_2 ⑤$35_3$
漂さる ⑤$31_{11}$
漂失 ①$227_{14}$ ④$395_{15}$
漂失の物 ④$395_{15}$
漂損 ③$167_{12}$ ④$199_3$, 251_6
漂着(漂ひ着く) ②$357_6$, 427_6, 431_2 ③$243_2$, 331_{12}, 431_{15} ④$389_1$ ⑤$69_3$, 77_{15}, 81_{10}, 85_2, 87_{14}, 133_{10}, 319_{13}, 375_2
漂蕩 ①$25_6$ ②$377_{13}$ ③$139_9$, 435_{12} ⑤$347_9$
漂ひ着く船 ③$141_{16}$
漂没 ②$441_{10}$ ③$135_{11}$ ④$29_{15}$, 457_5 ⑤$95_2$
漂没したる者 ⑤$21_{15}$
漂没せられたる百姓 ④$391_4$
漂落 ②$359_5$
漂流 ③$441_8$ ⑤$101_{13}$
標挙 ④$165_8$

標とす ②$401_5$
標榜を立つ ⑤$151_{11}$
標揚 ②$63_{15}$
標葉郡(陸奥国・石城国) ②$45_7$
標葉郡の人 ④$233_9$
標を樹つ ③$331_8$
憑拠 ①$201_4$
憑る ④$417_1$
憑る所 ④$443_9$
飄風 ①$27_6$ ②$181_{15}$ ③$129_{12-13}$
苗裔 ③$63_{12}$ ④$83_{12}$ ⑤$481_{5\cdot8}$
苗稼 ②$123_9$ ③$47_1$
苗子 ②$355_{10}$ ⑤$19_8$, 307_{13}
苗(を)損ふ ①$79_1$, 113_{16}, 149_{13}, 229_7
眇身 ④$61_7$ ⑤$413_5$
病 ②$201_7$, 271_6, 437_4 ③$311_{13}$, 379_{14}
病ありと称ふ ⑤$103_9$
病患 ②$349_5$
病久しく損えず ③$411_8$
病苦 ②$323_{15}$
病苦の憂を滅す ③$239_4$
病重し ③$385_8$
病人 ③$235_2$ ⑤$99_2$
病人の家 ②$27_{13}$
病と称す ③$199_{12}$ ④$113_{13}$ ⑤$35_9$
病と称ふ ⑤$387_{16}$
病篤し ④$367_{12}$
病に臥す ③$415_3$
病に染む ②$309_{16}$
病に沈みて安からず ⑥$65_{15}$
病に興す ⑤$37_4$
病の軽重 ②$169_5$
病発る ⑤$243_{10}$, 279_2
病む ①$219_2$ ②$77_3$ ⑤$43_{13}$
病愈ゆ ②$243_{11}$
病有る者 ②$303_6$
病を以て家に帰る ④$315_{15}$
病を救ふ ②$77_{13}$ ③$157_{13}$
病を救ふ方 ③$155_6$ ⑤$67_1$
病を称して去らず ④$105_{15}$
病を得 ②$169_3$
病を養ふ ①$25_2$
品 ②$213_8$ ③$239_9$ ⑤$119_5$
品位 ①$171_{15}$
品彙に罩ぶ ⑤$471_{15}$
品官 ①$151_{14}$
品官已下 ④$369_9$
品治部公嶋麻呂 ④$151_8$
品遅郡の三里を割く ①$155_7$

350

続日本紀索引

品遅郡(備後国)　①155₆
品秩を顕す　⑤113₉
品に随ふ　③323₆
品の限り　②93₅
品々　①5₁₁
品部　②101₁₃　③329₆
品物　⑤487₁₂
品物咸く亨る　⑤335₄
品物を霑す　④455₁₆
品を奉る　③97₆
品を落す　③239₉
浜名王　③149₁₀
貧疫の家　②321₇
貧寒　④123₈
貧窮　③117₇, 155₁₀, 157₁₆, 425₈　⑤103₇, 245₉
貧窮に苦しめば競ひて奸詐を為す　①209₁₃
貧窮の百姓　④77₆
貧苦を矜む　③321₁₂
貧しき家　②227₁₂　③367₁₂
貧しき戸　①101₅
貧しき者　④247₁₂
貧しき民　④85₁.₆, 143₁₁, 403₁₃
貧しく弱き者　⑤479₁
貧賤　②253₄
貧賤の民　②411₁₄
貧病を恤む　③245₁₃
貧乏　②69₉, 279₁₆, 281₇　③227₃
貧乏の徒　③239₁　⑤485₃
貧乏の民　⑤283₁₁
賓客　③285₁₅

賓待するに足らず　③365₇
賓とするに足らず　⑤107₂
賓難大足(人名)　②151₁₄
賓礼　④371₁₄　⑤131₁₅
賓礼に預らしめず　④277₃
頻に降る　④283₅
頻に興る　②291₃
頻に至る　②389₂　③269₁₂
頻に臻る　②119₁₄　③311₃
頻に歴　④127₁₁, 129₁
頻年　④61₉, 125₁₃, 161₁₅, 213₁₃, 393₁₃
頻来る　⑤165₈
嬪　①43₉, 113₅, 205₇
擯く　③313₄　④225₁₄
擯出　③277₇　⑤331₁
髻を髠る　②27₃
殯宮　①65₅, 115₁₀
殯す　①63₁₄
敏達天皇　⑤471₇　→天皇
閔凶　②125₈　③171₁₀
閔損　⑤247₄
愍惻　④75₁₀
愍ぶ　②115₉　④457₁
愍み給ふ　④257₁₅, 259₁₁
愍み賜ふ　④103₁₀
愍む　①157₆　②49₁₆, 327₁₄　⑤269₁
憫矜　②235₄, 257₄
憫ぶ　⑤245₁
檳榔扇　⑤41₃
鬢髪衰へず　④267₆

ひん（品・浜・貧・賓・頻・嬪・擯・髻・殯・敏・閔・愍・憫・檳・鬢）

続日本紀索引

ふ

ふ（不・夫・父）

不易 ③361$_3$ ⑤497$_7$
不易の道 ②91$_{13}$
不可思議威神の力 ③217$_7$ ④241$_{11}$
不課 ⑤107$_{12}$
不軌の臣 ②367$_7$
不軌を懐く ③243$_{13}$
不軌を謀る ③217$_{14}$
不朽の名を著す ①17$_4$
不急を省く ⑤135$_{16}$
不恭の者 ③183$_9$
不虞に備ふ ②105$_1$ ③307$_{13}$, 383$_{10}$ ④17$_5$, 325$_1$
不虞の備 ①171$_5$
不虞を警す ④443$_{15}$
不虞を警む ⑤155$_{16}$
不敬を為す ④239$_7$
不孝 ②37$_{11}$
不孝の子は慈父も矜み難く ③181$_{10}$
不孝の者 ③183$_9$
不幸 ①69$_7$
不死 ③441$_{13}$
不次 ⑤145$_9$
不次に擢づ ⑤367$_9$
不赦 ①179$_{15}$
不淑 ⑤41$_5$
不順の者 ③183$_9$
不祥に勝つ ③143$_{14}$
不常の勲 ②285$_3$
不臣の讒有り ⑤47$_8$
不世の勲に藉る ④81$_{13}$
不足を患ふ ⑤135$_2$
不足を補ふ ④457$_1$
不第 ②173$_2$
不忠 ②371$_{13}$ ④39$_1$ ④37$_1$
不天 ②109$_5$
不当く无礼し ④89$_{11}$
不動倉の鉤匙 ③429$_6$
不徳 ②137$_3$, 255$_2$, 321$_{12}$, 325$_{15}$, 351$_7$ ⑤127$_4$, 169$_1$, 307$_{11}$
不徳を以て ⑤203$_{16}$, 215$_{13}$, 243$_{16}$
不徳を恐る ③249$_7$
不日にして成る ③61$_{14}$
不破行宮（頓宮）(美濃国) ②35$_8$, 381$_{9 \cdot 13}$
不破郡（美濃国） ①61$_{14}$ ②33$_9$, 381$_9$ ⑤207$_1$
不破郡大領 ①61$_{14}$
不破内親王 ③415$_8$, 419$_{11}$ ④239$_7$ →厨真人厨女
不破内親王〔厨真人厨女〕 ④397$_{10}$, 407$_{10}$ ⑤213$_8$, 227$_{1 \cdot 3}$
不友の者 ③183$_9$
不念 ③117$_9$, 195$_8$, 433$_6$ ④275$_6$, 331$_8$ ⑤53$_{12}$
不豫 ①63$_6$, 119$_8$ ②93$_{15}$, 95$_1$, 169$_{7 \cdot 15}$ ③17$_2$, 157$_{11}$, 163$_{15}$, 349$_3$ ④287$_{13}$ ⑤51$_{14}$, 101$_6$, 177$_4$, 215$_{16}$, 221$_{15}$, 449$_8$, 463$_5$
不豫することを致す ⑤247$_2$
不豫するを覚ゆ ④299$_6$
不用の田 ⑤501$_3$
不惑 ③225$_8$
不惑に応ふ ③225$_8$
夫^1 ①51$_8$
夫^2 ④181$_7$ ⑤101$_2$, 117$_{13}$
夫人 ①51$_5$, 51$_{11}$ ②129$_5$, 153$_4$, 311$_6$, 437$_6$ ③231$_{16}$, 327$_8$, 415$_{4-5}$ ⑤43$_{16}$, 261$_7$, 403$_{16}$, 405$_6$
夫人とす ③415$_6$ ⑤301$_2$, 361$_6$
夫存したる日 ①185$_9$
夫の蔭 ③233$_{13}$
夫の喪 ②249$_1$
夫の墓 ③395$_{11}$
夫婦 ②327$_{13}$ ④91$_6$
夫亡す ③395$_{10}$
夫亡せたる後 ①185$_{10}$, 219$_7$
夫を差す ④199$_2$
夫を喪ふ ④205$_{12}$
父がかた ④105$_3$
父兄 ③323$_3$ ⑤331$_{13}$
父子 ②97$_{5 \cdot 8}$, 327$_{13}$ ③325$_{10}$ ⑤163$_1$
父子の際 ④217$_6$
父祖 ④279$_{12}$
父祖(の姓)を尋がず ④113$_7$
父道を改む ④371$_{11}$
父に従ふ ⑤239$_{14}$
父に先つ ④127$_7$
父の蔭 ①233$_{13}$
父の情 ②75$_{10}$
父の姓に随ふ ③135$_6$
父の美志 ⑤291$_3$
父の負ふ物 ②281$_4$
父母 ②15$_{13}$, 169$_4$ ③365$_{11}$ ⑤205$_1$
父母已に亡く随ひ還るべき無き者 ②397$_{15}$
父母妻子 ②147$_{10}$
父母に孝養す ①219$_2$
父母に事ふ ④395$_7$
父母に徴る ②281$_4$
父母の戸 ③163$_{11}$
父母の喪 ②249$_1$

続日本紀索引

父母を殺す ③$81_8$, 131_7
父を喪ふ ④$191_{10}$
付く ①$71_2$ ②$195_5$, 401_{15} ⑤$475_9$
付け る ③$289_{12}$
付す ④$215_8$
付せぬ者 ③$289_{14}$
布 ①$15_8$, $313 \cdot 11$, 33_{10}, 39_4, $47_{5 \cdot 8}$, 69_{12}, 79_8, 81_2, 85_1, 91_2, $95_{4-5 \cdot 7-11}$, 99_{13}, 105_6, $113_{8 \cdot 13}$, 123_{13-14}, 125_8, 145_6, 163_8, 169_{16}, 185_1, 199_{11}, 201_{10}, $209_{1 \cdot 13-14}$ ②$5_5$, 23_6, 35_6, $37_{3-4 \cdot 16}$, 41_{13}, 85_{16}, $87_{4 \cdot 10 \cdot 12}$, 89_1, 99_{10}, 131_3, 137_{7-8}, 149_{13}, 151_1, 153_7, 167_5, 173_{1-2}, 183_{11}, 191_3, 195_{15}, 199_{10}, 201_{16}, 203_{15-16}, 219_{2-3}, 221_2, 227_2, 229_{15}, 231_7, 269_9, 277_6, $301_{8-9 \cdot 11}$, 335_9, 355_6, 361_{14-15}, 407_{13}, 441_3, 443_{6-7} ③$81_{16}$, $83_{1-2 \cdot 4}$, 117_{12}, 125_7, 149_8, 227_{8-11}, 249_{12}, 295_7, 411_5, 413_9, 415_5 ④$85_9$, 205_{10}, 285_7, 319_1, 343_2, 391_7 ⑤$174_7$, 271_0, 109_5, 255_{14}, 279_4 →細布, 賞布, 商布, 絁布, 常布, 税(の)布, 調(の)布, 庸(の)布
布衣 ④$375_{16}$
布薩 ③$233_6$
布施 ②$313_{14}$ ③$233_7$, 267_1, 325_3 ④$313_{13}$ ⑤$183_6$
布政の方 ②$115_5$
布勢王 ③$369_{14}$, 389_{10} ④$193_7$, 339_5
布勢君 ③$115_7$
布勢臣耳麻呂 ①$53_1$ →布勢朝臣耳麻呂
布勢真虫 ③$115_7$
布勢朝臣広道 ②$99_{16}$
布勢朝臣国足 ②$129_1$, 209_9, 245_{12}
布勢朝臣耳麻呂〔布勢臣耳麻呂〕 ①$133_9$
布勢朝臣小野 ③$339_{14}$
布勢朝臣人 ①$221_1$
布勢朝臣人主 ③$143_9$, $145_{2 \cdot 6}$, 313_6, 339_2, 419_2, 423_3, 429_{13} ④$11_6$, 179_2, 243_{14}
布勢朝臣清直 ④$365_1$, 377_{10}, 427_7 ⑤$83_4$, 199_6, 209_{10}, 211_3, 231_{12}, 269_8
布勢朝臣清道 ③$37_{13}$
布勢朝臣多祢 ③$55_5$, 271_2
布勢朝臣大海 ⑤$277_{3 \cdot 8}$, 317_5, 343_5, 443_2
布勢朝臣宅主 ④$41_6$, 43_5, 49_{13}
布勢(布施)朝臣田上 ⑤$487_4$, 491_3
布の調 ①$71_3$
布れ告ぐ ②$29_3$, 51_7, 185_6, 199_2, 391_3, 433_6 ④$37_{16}$, 49_{16}, 63_5
布を賜ふ ②$181_{10}$
布を輸す ②$117_2$
孚あらず ④$283_5$
巫鬼を以て著れ ④$87_{16}$

巫覡 ③$125_9$ ⑤$165_{12}$
巫覡の徒 ④$275_3$
巫蠱 ④$239_{16}$, 373_7, 413_{14}
巫術 ②$271_4$
巫部宿禰 ③$121_5$
巫部宿禰博士 ①$55_1$
扶け救ふ ②$373_{11}$
扶け拯ふ ⑤$445_3$
扶け奉り ④$335_{13}$
扶餘 ②$189_6$
扶餘を奄ひ ④$469_{10}$
扶翼童子 ②$299_{15-16}$
府官 ③$307_{11}$, 407_{15}
府庫 ④$265_2$
府庫の物 ③$427_5$ ⑤$141_7$
府庫の宝 ⑤$235_{10}$
府生 ②$203_2$
府生已下 ②$403_4$
府中の雑事 ③$253_8$
府中の雑務 ⑤$197_{15}$
府僚 ③$309_5$
附き来る ③$307_5$
附く ②$189_{10}$, 409_{10} ③$403_{15}$ ④$409_{11}$ ⑤$41_1$, 87_{11}, 133_3
附貢 ④$275_{16}$
附す ④$359_{10}$
附属 ①$25_1$
俘 ②$319_2$ ⑤$143_{15}$
俘軍 ⑤$139_{16}$
俘囚 ②$159_5$, 301_7 ③$343_{13}$ ④$183_9$, 185_2, 271_3, 279_{12}, 401_4, 421_{5-6} ⑤$19_{10}$, 21_8, 155_2 →夷俘, 蝦夷
俘囚の名を除く ④$271_8$, 279_{14}
俘賊 ②$159_{16}$ →俘囚
俘狄 ②$317_5$
俘と為る ④$271_6$
俘の長 ②$317_{11}$
俘を献る ⑤$147_{11}$
負重を競る ④$203_{14}$
負せ賜ふ ①$5_3$ ②$141_9$, 225_2 ③$85_{15}$ ④$311_8$, 313_1
負せる税 ①$71_2$
負担の輩 ①$195_6$
負担を省く ①$209_{10}$
負担を免る ⑤$51_{10}$
負稲 ④$203_5$
負ひ荷ち堪へず ③$263_{11}$
負ひ持つ ②$251_{16}$
負ひて仕へ奉る ②$143_{13}$

ふ(父・付・布・孚・巫・扶・府・附・俘・負)

353

負ふ姓　②437$_{15}$
負へる重さ　②353$_6$
負へる正税　③93$_7$ ④75$_{13}$ ⑤465$_9$
負へる租税　④187$_{12}$
負へる稲　②365$_2$
赴き集ふ　⑤149$_{10}$
赴く　①205$_2$ ②179$_{15}$ ③397$_1$
俯して　③251$_1$, 275$_{11}$
俯して以みるに　③273$_8$
浮き上ること得　⑤81$_8$
浮言紛紜　③213$_1$
浮詞　⑤441$_2$
浮詞を飾る　⑤437$_1$
浮図　⑤499$_6$
浮俗を励す　④21$_5$
浮沈　④13$_{6-7}$
浮宕　③379$_1$ ⑤159$_1$ →浮浪, 流宕
浮宕の徒　③293$_{13}$
浮宕の百姓　④245$_2$
浮宕の類　⑤273$_{7-8}$
浮逃　⑤117$_2$ →逃亡
浮嶋駅(下総国)　④197$_{13}$
浮に従ふ　④13$_{16}$, 15$_{10}$
浮ばず　③407$_4$
浮ぶこと得　⑤77$_2$
浮遊せしむること勿れ　②47$_{14}$
浮浪　①155$_{10}$, 225$_{12}$ ②29$_9$ ③153$_{16}$ ④229$_4$
　→浮宕, 流宕
浮浪人　③293$_{12}$, 331$_2$
釜　②149$_{11}$, 261$_7$
婦　①51$_8$
婦言を用ゐる　③181$_1$
婦女　①91$_{14}$, 233$_{13}$
婦女の衣服　②65$_4$
婦の礼を竭す　①219$_8$
符　②73$_5$, 213$_{10}$ ③167$_{13}$ ④19$_1$, 37$_{12}$, 205$_1$, 229$_4$, 431$_7$
符書の類　⑤165$_{13}$
符瑞　④283$_7$
符瑞書　②35$_{14}$
符瑞図　④215$_9$
符到りて五日の内　①155$_{15}$
符の印　①183$_{11}$
符の到る日を始つ　⑤219$_1$
符を造る　②213$_{12}$
符を待たざれ　④431$_4$
富　②431$_{15}$
富貴久しきこと難し　③229$_{14}$
富強　③309$_{12}$

富士山(駿河国)　⑤205$_6$
富饒の輩　⑤479$_1$
富田郡(陸奥国)　⑤441$_{13}$
富める民　①231$_1$
富を有つ　②431$_{14}$
普く遍遍に告げて　③213$_2$
普く遍遍に告げて衆諸に教へ喩せ　③385$_{14}$
普く遍遍に告げて朕が意を知らしめよ　③279$_{16}$, 281$_{14}$, 293$_7$, 311$_{10}$, 361$_{15}$, 367$_{13}$ ④59$_4$, 141$_9$, 405$_{16}$, 431$_6$, 445$_{14}$ ⑤195$_6$
普く告げてこれを知らしめよ　③349$_5$
普く国郡に告げて朕が意を知らしめよ　③51$_4$
普く済ふ　③271$_7$
普く天下に告げて　④291$_2$
普く天下に告げて朕が意を知らしめよ　③323$_8$ ④119$_8$, 175$_{15}$, 287$_7$
普く天下に被らしめむ　④459$_3$
普く平けく奏したまひ　④333$_{12}$
普光寺(大和国)　⑤299$_{10}$
普照　④111$_5$
普照の母　④111$_5$
普天の下　②431$_9$ ③71$_5$ ⑤203$_{16}$, 479$_4$
普天の下王土に匪ずといふこと無く　③123$_4$
普天率土　④447$_6$
普天を棄つ　②125$_9$
普天を覆ふ　④289$_{16}$
誣告　②109$_8$ ④303$_6$, 349$_6$ ⑤353$_6$
誣告せし人　②343$_2$
誣称　⑤329$_{15}$
敷き賜ひ　②217$_5$
敷き賜ひ行ひ賜へる　①5$_6$
敷き賜へる法　①121$_5$ ②141$_8$
敷奏　①87$_3$
敷智郡(遠江国)　①229$_6$
賦　②37$_{15}$
賦す　②341$_{12-13}$
賦役の苦　③329$_1$
賦役を均しくす　③329$_6$
賄贈　⑤83$_6$
賄物　②169$_{13}$, 173$_5$ ④401$_{15}$, 415$_{12}$, 439$_4$ ⑤39$_4$
賄る　①33$_{10}$, 125$_8$ ②149$_{13}$, 153$_7$, 201$_{16}$, 361$_{15}$ ③411$_5$, 415$_5$ ⑤17$_4$
譜第　②289$_{15}$ ③127$_{10}$ ④381$_{11}$
譜第軽し　③63$_{11}$
譜第重大　②289$_{14}$
譜第重大の家　③63$_{15}$
譜第の子孫　③127$_{10}$
譜第の徒　④411$_{16}$ ⑤373$_{13}$
譜第の優劣　③63$_9$

ふ
(負・赴・俯・浮・釜・婦・符・富・普・誣・敷・賦・賄・譜)

続日本紀索引

譜第を絶つこと勿かれ　⑤373$_{15}$
譜第を断つ　⑤329$_{12}$
武　③229$_1$
武威を畏る　③279$_{10}$
武官　①9$_7$　②403$_3$
武官の医師　②249$_{16}$
武官の解任　②251$_1$
武官の考賜　③287$_1$
武官の使部　②249$_{16}$
武官の職事の五位　①141$_4$
武官の人　②21$_3$
武官を除く以外　③191$_7$
武藝　②87$_{13}$　④271$_4$　⑤309$_8$
武藝に赴かしむ　③309$_2$
武藝(渤海)　②189$_{3・5}$
武藝を教へ習ふ　①79$_{11}$
武藝を興す　③229$_5$
武藝を習はず　①171$_6$
武藝を習ふ　⑤135$_{14}$
武藝を称ふべき者　②219$_{11}$
武庫郡(摂津国)　④133$_8$
武庫郡(摂津国)大領　④133$_8$
武功　①187$_9$
武才を称めらる　④57$_9$
武散位　②253$_{11}$
武士　②85$_{13}$　④357$_1$
武射臣　④233$_{14}$
武生宿禰　⑤499$_3$
武生鳥守　④389$_1$　→武生連鳥守
武生連　④107$_3$, 277$_{14}$
武生連佐比乎　⑤297$_{15}$
武生連真象　⑤497$_{10}$, 499$_3$
武生連鳥守〔武生鳥守〕　④413$_{10}$　⑤185$_4$
武生連の祖　⑤499$_2$
武生連拍　⑤395$_{16}$
武節を嘉し　④157$_{13}$
武蔵員外介　④179$_7$, 201$_3$, 207$_{11}$, 347$_9$, 349$_4$, 379$_7$, 381$_{16}$
武蔵介　③327$_8$, 389$_{12}$, 393$_1$　④155$_{10}$, 201$_2$, 243$_9$, 379$_7$, 427$_1$　⑤61$_1$, 191$_6$, 241$_{11}$, 309$_5$, 373$_8$, 457$_9$
武蔵国　①79$_9$, 127$_{3・10}$, 129$_9$, 199$_{11}$, 209$_1$, 217$_8$, 229$_4$　②15$_9$, 83$_5$, 271$_{13}$　③331$_3$, 337$_3$, 351$_3$, 395$_4$　④81$_{10}$, 187$_3$, 197$_{13}$, 203$_{12・15}$, 205$_7$, 211$_1$, 353$_{4・7}$, 395$_7$, 447$_{16}$　⑤41$_8$, 43$_4$, 143$_{12}$, 173$_{15}$, 233$_{12}$, 385$_3$, 447$_1$
武蔵国国造　④187$_5$
武蔵国司　④205$_8$
武蔵国守　②57$_6$
武蔵国の閑地　③283$_4$

武蔵国の騎兵　②315$_3$
武蔵国の少年　③371$_{15}$
武蔵国の人　⑤447$_3$
武蔵国の富める民　①231$_1$
武蔵国の兵士　④463$_1$
武蔵守　①71$_{11}$, 135$_6$, 229$_{13}$　②245$_{13}$, 341$_6$, 345$_4$　③29$_{10}$, 121$_8$, 147$_6$　④9$_8$, 11$_7$, 115$_{11}$, 195$_6$, 223$_2$, 303$_3$, 427$_7$　⑤63$_2$, 191$_6$, 249$_{12}$, 275$_9$, 323$_4$, 325$_7$, 337$_9$, 373$_7$, 397$_5$, 401$_{14}$, 447$_{10・14}$, 505$_{12}$
武蔵宿禰　④187$_4$
武蔵宿禰家刀自　④321$_2$　⑤261$_2$, 315$_6$, 361$_1$, 385$_3$
武蔵宿禰弟総　⑤407$_{16}$
武蔵宿禰不破麻呂〔丈部直不破麻呂〕　④187$_5$, 243$_{11}$, 247$_9$
武蔵少掾　④207$_{12}$
武蔵少目二員　④447$_{16}$
武蔵大掾　⑤351$_{13}$
武蔵と号く　④205$_2$
武帝(漢)　①231$_5$　⑤249$_1$
武徳　①229$_1$
武に便なる人　①171$_9$
武寧王(百済)　⑤453$_3$
武寧王の子　⑤453$_3$
武は股肱よりも拙し　③223$_8$
武美郷(上野国)　①165$_2$
武部卿　③331$_9$, 333$_{14}$, 355$_{10}$, 415$_{12}$
武部少輔　③339$_2$, 383$_8$, 389$_7$　④19$_6$
武部省　③287$_1$, 403$_{15}$　→兵部省
武部曹司　③373$_1$
武部大輔　③333$_{15}$, 429$_{14}$
武漏の温泉(紀伊国)　①49$_{11}$
武漏(牟婁・牟漏)郡(紀伊国)　①49$_{14}$, 71$_3$
武を偃む　③229$_3$
武を戢む　④205$_2$
部下　①199$_{16}$　②171$_8$, 195$_7$, 229$_{16}$, 403$_{11}$　③249$_1$　④83$_{10}$, 163$_4$, 231$_8$, 409$_5$　⑤375$_2$
部内　①67$_{11}$, 107$_3$　②119$_1$, 131$_6$, 163$_7$, 193$_7$, 315$_{15-16}$, 321$_7$, 431$_2$　③19$_1$, 65$_{12}$, 103$_{12}$　⑤159$_1$, 319$_{13}$, 371$_6$, 499$_6$
部内の百姓　②117$_{14}$
部内を偃む　②57$_{14}$
部領使　④395$_{15}$
撫育　①235$_3$　②9$_{16}$, 281$_{11}$　③23$_5$, 249$_{10}$　④141$_2$, 287$_2$　⑤193$_{13}$, 235$_6$, 245$_3$, 367$_{15}$, 475$_{10}$
撫育の化　②279$_6$
撫育の仁　②115$_7$
撫字の道　③245$_{13}$
撫存を加ふ　③123$_4$

ふ(譜・武・部・撫)

355

続日本紀索引

ふ―ふう（撫・舞・蕪・儛・封・風）

撫で慰む ②135_7
撫で育はしむ ⑤177_16
撫で育ふ ⑤367_2, 371_5
撫で賜はむ ①5_5
撫で賜ひ恵び賜はく ④73_13
撫で賜ひ恵び賜ふ ③69_15
撫で賜ひ慈び賜はく ②143_6
撫で賜ひ慈び賜ふ ①123_4
撫で導く ②225_14
撫道 ⑤307_5
撫寧 ①109_1
撫養 ①219_8 ②11_3
撫養の要道 ②227_12
撫養を加ふ ①177_9
舞 ②419_15
舞蹈 ⑤403_11
蕪穢を致す者 ⑤17_10
儛台 ③305_8 ⑤37_16
儛蹈 ⑤93_4
封 ①17_13, 31_1, 43_9, 45_16, 471・5・10, 61_13・15・16, 67_3-4, 77_5・9, 87_6, 113_5, 207_4, 211_7, 223_4 ②33_16, 61_15-16, 143_16, 145_1, 207_14, 299_15, 391_4 ③97_15, 103_8-9・11, 153_10, 353_11, 359_8・10, 443_2 ④117_13, 221_7, 247_5 ⑤111_11, 145_11・13, 239_3, 355_8, 359_12, 407_4 →封戸
封印 ②211_8
封函を誤らず ④365_13
封戸 ①67_5 ②235_11, 393_10 ④343_14, 149_5, 151_16, 369_3 ④181_8, 197_5, 221_13 ⑤45_16, 441_11 →封, 食封, 寺の封, 神の封, 神(の)戸, 戸
封戸の租 ②355_1
封す ③361_7
封賜ふ ①29_16
封事を上る ③323_10
封主 ①207_5
封賞を得 ③239_8
封常清（唐）②297_7
封租（封の租）①207_4 ⑤169_15
封に准ふ ①47_2
封物 ①57_12 ①9_5
封禄を停む ③247_13
封を益す ②145_3
封を行ふ ①43_3 ③239_7
封を奪はる ③443_3
封を伝ふること得ざれ ①45_5
封を伝ふる人 ①45_3
封を得 ③283_13
封を入る ⑤145_16
風 ②267_1 ③153_2 ④97_1, 131_9, 463_8 ⑤17_12, 19_8, 21_15, 467_12
風雨 ②13_4, 85_11, 161_15, 327_2, 355_10, 389_6 ③35_7, 281_13 ④61_13, 385_11, 393_13, 415_9, 457_5, 463_5 ⑤65_6, 69_16
風雨時に順ふ ④149_7
風雨の災 ④457_10
風雲 ②89_14 ④285_3 ⑤145_8
風雲に感ず ④157_12
風雲を踏む ①235_6
風化 ②445_16 ③55_9, 243_11 ④39_13
風化尚擁る ②281_11, 325_12
風急し ⑤81_2
風景惟れ新に ⑤255_6
風景山水に値ふ毎に ⑤199_16
風枝を懐ふ ⑤222_3
風樹 ③251_2
風操有り ⑤23_16
風俗 ①109_4, 153_14, 227_6 ②67_5, 233_9 ⑤183_10, 247_14, 287_5, 295_1, 363_14, 385_4
風俗の化 ③63_13
風俗の歌舞（歌儛） ②29_4, 133_5, 215_1
風俗の雑伎 ②33_6
風俗の楽 ③63_5
風潮 ②359_5
風に害はる ③333_10
風に遭ふ ③331_12, 441_3 ⑤27_7
風に靡く ②51_1
風に漂ふ ③43_13 ④433_12
風に聞かく ④73_14
風の順に去る ①25_6
風の勢 ①25_7 ③441_7
風の病 ⑤177_8
風波 ②377_16, 379_1 ③411_10, 435_12 ④199_3 ⑤31_5
風波の災 ④397_1
風伯 ④247_6
風漂 ⑤75_9
風漂の災 ③441_6
風猷 ①189_3, 359_2 ⑤279_8
風流有る者 ②275_14
風浪 ①57_10 ④431_15
風を移し俗を易ふるは楽より善きは莫し ③227_12
風を候ふ ⑤73_9, 79_15
風を傷る ③385_11
風を垂る ⑤471_15
風を清くす ②445_11
風を宣ぶ ③245_9 ⑤133_13, 197_13
風を得 ⑤75_16

続日本紀索引

風を播く ⑤291$_2$
風を被る ⑤31$_{11}$
諷す ④271$_2$, 225$_{10}$
伏見山陵(大和国) ①225$_3$
伏し竄る ⑤433$_8$
伏して ①151$_6$ ③407$_{15}$
伏して惟みるに ②135$_5$, 307$_9$ ③269$_{10}$, 273$_5$ ④285$_1$, 367$_{10}$, 455$_{16}$ ⑤335$_3$, 471$_{14}$
伏して惟みれば ②189$_4$, 359$_2$
伏して願はくは ②313$_{15}$ ③231$_8$, 237$_{11}$, 239$_2$, 251$_{16}$, 275$_4$, 325$_3$, 361$_{11}$ ④83$_{2 \cdot 15}$, 279$_{14}$, 367$_{13}$ ⑤333$_{3 \cdot 8}$
伏して見るに ②147$_{13}$ ③323$_{15}$, 325$_5$
伏して乞はくは ③271$_{13}$, 323$_{13}$, 325$_{7 \cdot 11}$, 365$_{11}$, 437$_6$ ④123$_{11}$, 229$_{3 \cdot 11}$, 265$_3$, 317$_7$, 321$_{16}$ ⑤207$_2$, 217$_{12}$, 247$_4$, 447$_{12}$
伏して乞ふ ③161$_{14}$
伏して請はくは ④285$_{14}$
伏して請ふ ⑤91$_5$
伏して聴く ②149$_1$, 153$_{13}$, 193$_{13}$ ③329$_7$ ④15$_2$, 293$_3$ ⑤99$_4$, 135$_5$, 137$_1$, 157$_7$, 271$_5$, 429$_4$
伏して聴ふ ③321$_2$
伏して聞かくは ③23$_7$
伏して奉けたまはる ③255$_6$ ④11$_{15}$, 455$_{10}$ ⑤333$_{14}$
伏して望まくは ④13$_5$, 285$_6$ ⑤193$_6$, 429$_3$, 467$_{13}$, 473$_4$, 481$_{11}$, 489$_6$, 497$_{7 \cdot 14}$, 505$_4$, 509$_{10}$
伏す ④129$_{16}$
伏誅を告ぐ ④395$_4$
服 ①189$_2$, 191$_3$ ②233$_3$ ③13$_3$ ④277$_{15}$, 297$_4$
服翫 ⑤235$_8$
服期 ③355$_9$ ④307$_1$ ⑤451$_{11}$
服期を改む ⑤221$_4$
服器 ③59$_8$
服色 ⑤255$_9$
服す ②255$_9$
服制 ①37$_7$
服の色 ①51$_8$
服ふ ③205$_{14}$
服部真人真福 ④375$_7$
服部連功子 ①13$_8$
服部連佐射 ①13$_8$
服用 ①233$_{13}$ ④303$_{14}$
服膺 ②63$_9$
服料 ①59$_9$
服る ②71$_{16}$
服を給ふ ③13$_6$
服を釈かしむ ③59$_2$
服を釈く ⑤247$_{11}$, 453$_{14}$, 467$_4$

服を釈く者 ⑤247$_8$
服を重ぬ ②103$_{10}$
服を着る ⑤217$_{15}$, 221$_1$
副(遣唐副使) ③407$_7$
副将 ⑤433$_5$
副将軍 ②365$_{15}$
副将の任 ⑤437$_3$
副捴管 ②251$_{16}$
副惣管 ②251$_{13}$
副ふ ②279$_1$, 289$_{14 \cdot 16}$ ③259$_2$ ④151$_4$ ⑤479$_7$
副物 ②39$_2$
復位已上 ③183$_{12}$
復一年 ①91$_1$, 153$_{13}$ ②71$_{11}$, 97$_8$ ③227$_{11}$
復罪ふ ②37$_8$
復三年 ①151$_6$, 55$_{12}$, 187$_4$ ②131$_{12}$, 161$_1$ ⑤21$_{13}$, 169$_{13}$, 237$_9$, 273$_3$
復十年 ①125$_5$
復す ①47$_9$, 57$_7$, 123$_{16}$ ②37$_{10}$, 97$_9$ ③163$_9$, 293$_{13}$ ④71$_5$, 77$_2$, 191$_{3 \cdot 8 \cdot 12}$, 203$_3$, 449$_8$ ⑤71$_9$, 45$_{14}$, 145$_{12}$, 207$_{10}$, 347$_1$
復奏 ⑤339$_{12}$
復置 ③13$_9$, 127$_3$ ⑤39$_8$, 475$_{16}$
復二年 ②97$_7$ ⑤441$_{13}$
復任 ①215$_3$
復の年を延す ⑤441$_{15}$
復命 ①187$_6$ ③387$_{11}$
復る ②189$_6$, 247$_3$
復を給ふ ①61$_{11}$ ②35$_3$, 99$_{10}$ ④227$_1$, 229$_{12}$
福業 ②431$_{10}$
福至る ②387$_{16}$
福順 ②319$_4$
福地造 ③377$_6$
福田 ②63$_{13}$ ③23$_5$ ④417$_1$
福当女王 ⑤163$_{15}$, 237$_{10}$
福当連 ③377$_{10}$
福徳來る ③281$_7$
福徳(人名) ⑤447$_2$
福徳が孫 ⑤447$_3$
福に霑ふ ④149$_8$
福はへ賜ふ物にあり ③65$_{14}$
福はへ奉る事に依りて ①127$_{12}$ ②217$_{11}$
福蒙らまく欲する事 ⑤183$_2$
福良津(能登国) ④389$_2$
福を介にす ⑤249$_5$
福を求む ⑤165$_{14}$
福を招く ④433$_2$
福を垂る ③21$_{12}$
福を致す ③157$_{12}$ ⑤13$_2$
福を蒙らまく欲する事 ③317$_5$

ふう―ふく(風・諷・伏・服・副・復・福)

続日本紀索引

ふく―ふつ（福・腹・覆・沸・祓・仏・物）

福を蒙る ④$261_{14}$
腹心 ⑤$101_4$
腹太得麻呂 ②$59_{14}$
腹の下 ①$233_9$
覆育 ①$69_9$ ②$363_{13}$
覆載 ③$273_1$
覆載の仁 ①$107_{16}$
覆察を加ふ ①$201_1$
覆審 ②$251_7$ ④$131_6$, 83_{16}
覆損 ③$437_8$, 439_7 ④$389_8$, 441_9
覆損使主典 ④$389_9$
覆損使判官 ④$389_9$
覆薦 ⑤$393_7$
覆ひ載す ③$249_5$
覆ひ養ひ賜ふ ④$175_1$
覆瓮の下照し難し ⑤$487_{11}$
覆瓮を照す ⑤$509_4$
覆滅 ⑤$331_{15}$
沸海を渡る ②$357_{14}$
祓の使 ⑤$247_8$
祓ひ潔む ⑤$247_8$
祓ひ浄む ④$439_1$
仏 ③$65_8$ ④$33_9$, 201_{10}, 289_{12}
仏教 ②$283_{11}$
仏教を墜す ②$49_3$
仏験 ⑤$329_{15}$
仏子 ①$127_2$
仏寺 ②$261_{16}$ ③$9_7$
仏事 ③$359_{13}$
仏舎利を現す ④$225_9$
仏図澄 ②$63_8$
仏像 ②$385_{10}$ ③$31_3$, 165_{10} ④$129_8$
仏殿 ②$127_6$ ③$165_{11}$
仏と成れ ④$263_8$
仏道 ②$27_{11}$ ③$83_{10}$, 353_7 ④$299_9$
仏に帰す ③$139_6$ ③$101_5$, 161_{10}
仏に奉る ③$161_8$
仏の御袈裟を服て在れ ④$33_8$
仏の御弟子 ④$103_7$
仏の御法 ④$103_{15}$, 135_{14}
仏の御法継ぎ隆めむと念行しまし ④$33_6$
仏の教を隆にせむと欲ふ ④$37_4$
仏の前後の灯 ③$35_9$
仏の像 ③$165_{11}$
仏の尊像を毀つ ③$81_8$, 131_8
仏の大御言 ③$67_8$
仏の弟子と成る ④$409_{15}$
仏廟 ②$11_{16}$ ⑤$235_9$
仏法（仏の法） ②$15_4$, 211_7, 447_{15}, 449_1 ③$119_{15}$,

165_{12}
仏法僧の宝 ③$181_8$
仏法と称す ②$123_3$
仏法東流 ③$431_{10}$
仏法を護持す ③$233_4$
仏法を住持す ③$231_7$
仏を繞る ③$35_{10}$
仏を尊ぶ ②$161_7$
仏を礼す ①$125_3$
仏を礼む ③$383_3$ ④$97_5$, 99_2
物 ①$97_{15}$, 191_6, 199_1 ②$51_5$, 235_3, 329_1, 337_{10}
　③$183_{12}$, 267_1, 307_4 ④$265_1$, 367_2 ⑤$191_5$, 81_3,
　145_{15}, 169_{11}, 341_{14}, $365_{9 \cdot 11}$, 433_8
物化 ①$23_3$ ③$431_8$
物我を忘る ⑤$201_8$
物忌 ③$349_5$
物忌の女 ③$129_7$
物忌の男 ③$129_7$
物故 ③$431_{15}$
物主 ⑤$111_1$
物情 ④$387_4$
物情穏にあらず ④$229_{10}$
物数 ②$11_5$
物奏す ④$251_{15}$
物と光とを和す ⑤$221_{12}$
物と与に新にせむとす ④$63_1$
物と与にするに妄ならず ③$321_{14}$
物と与に変化して四時色を変す ④$215_{11}$
物に競ふこと無し ⑤$265_5$
物に利ある ①$131_{10}$
物の価 ①$149_7$
物の象 ⑤$239_5$
物の象を造る ⑤$203_5$
物の償ふべき無し ⑤$117_1$
物の数 ④$419_5$
物布施し賜ふ ⑤$183_6$
物部依羅朝臣 ②$257_5$
物部依羅朝臣人会〔物部依羅連人会〕 ②
　347_{16}, 381_1 ③$291_{11}$, 31_8
物部依羅連人会 ②$257_5$ →物部依羅朝臣人会
物部宇麻乃〔石上宇麻乃〕 ②$25_8$
物部宇麻乃が子 ②$25_8$
物部王 ③$111_9$
物部海連飯主 ⑤$479_{11}$
物部韓国連広足 ②$245_4$, 265_2
物部韓国連真成 ④$419_{12}$
物部礒浪（礒波） ④$169_5$, 329_{12}
物部建麻呂 ⑤$449_2$

358

続日本紀索引

物部蟄淵　④101$_9$
物部公　④101$_9$, 123$_5$
物部広成　④29$_8$　→物部直広成　→入間宿禰広成
物部国依　②131$_8$
物部山背　③139$_4$, 381$_4$
物部志太連大成　⑤377$_4$, 483$_{15}$
物部射圉連　②151$_{13}$
物部射圉連老　⑤197$_6$
物部宿禰伊賀麻呂　④305$_4$
物部浄之(浄志)朝臣　④139$_2$, 225$_{11}$
物部(姓)　④305$_5$
物部孫足　④209$_2$
物部多藝宿禰　⑤53$_1$
物部多藝宿禰国足〔多藝連国足〕　⑤185$_5$, 187$_{12}$, 191$_{12}$, 229$_2$, 261$_{11}$, 357$_{11}$, 373$_8$, 459$_8$, 487$_2$
物部多藝連　⑤53$_1$
物部大連　⑤481$_5$
物部大連の苗裔　⑤481$_8$
物部朝臣　④465$_3$　⑤113$_{13}$, 199$_{13}$
物部朝臣宅嗣〔石上朝臣宅嗣〕　④494$_{\cdot9}$, 93$_{16}$, 95$_{11}$, 113$_{13}$　→石上大朝臣宅嗣
物部直広成〔物部広成〕　④211$_2$　→入間宿禰広成
物部天神(佐渡国)　⑤507$_{11}$
物部得麻呂　⑤59$_{10}$
物部の族　①213$_{15}$
物部坂麻呂　⑤53$_1$
物部麻呂　④245$_8$
物部毛虫咩　①213$_{12}$
物部目大連の後　②25$_8$
物部用善　②151$_{13}$
物部乱　①199$_{16}$, 201$_3$
物部連　⑤481$_{6\cdot8}$
物部連族子嶋　③55$_4$
物無し　②231$_{16}$
物資ふ　②403$_{10}$
物理郷(備前国)　④123$_{12}$
物を育ふ　③367$_3$
物を運ぶ　②71$_3$　③147$_{13}$
物を救ふ　③353$_{12}$
物を挙せる利　③227$_5$
物を驚かす　④289$_{12}$
物を献る　④165$_5$, 169$_{13}$, 227$_3$　⑤491$_6$
物を献る人　④101$_3$
物(を)施す　①47$_2$　②99$_7$, 185$_8$, 221$_5$　③77$_3$
物(を)賜ふ　①51$_4$, 71$_0$, 152$_1$, 178$_1$, 19$_2$, 29$_{15}$, 51$_{2\cdot16}$, 55$_{13}$, 89$_{12}$, 125$_3$, 153$_{10}$, 169$_6$　②51$_1$, 23$_9$, 338$_{8-9\cdot12}$, 37$_{10}$, 65$_{10}$, 77$_1$, 145$_3$, 181$_4$, 183$_{11}$,

203$_{14}$, 207$_{15}$, 209$_2$, 213$_2$, 217$_{15}$, 221$_2$, 229$_{14}$, 231$_5$, 255$_6$, 257$_4$, 303$_2$, 321$_{16}$, 333$_7$, 351$_{10-11}$　③231$_1$, 113$_1$, 123$_{16}$, 133$_{16}$, 149$_7$, 185$_4$, 371$_{11}$, 391$_{15}$, 393$_6$　④63$_5$, 95$_{7\cdot9}$, 99$_{8-9}$, 133$_2$, 153$_{16}$, 227$_{16}$, 267$_{11}$, 271$_2$, 279$_{16}$, 281$_5$, 357$_{14}$, 363$_7$, 385$_3$, 399$_{10}$, 411$_{10}$, 463$_{16}$　⑤33$_{11}$, 259$_8$, 281$_{13}$, 363$_{12}$, 369$_{13}$, 441$_8$, 501$_{10}$
物を煮る　①25$_2$
物を傷る　④61$_9$
物を推す　③39$_7$
物を生む　③287$_5$
物を扇く　④397$_{15}$
物を送る　②71$_5$
物を贈る　④373$_5$
物を存す　④451$_2$
物を損ふ　③39$_{14}$
物を弁む　⑤473$_1$
物を埋む　③71$_0$
物を掠る　⑤305$_{10}$
分　②213$_{15}$　④281$_{12}$　⑤297$_6$
分衛　③287$_{13}$
分き析く　②293$_1$
分け行く　①227$_6$
分け配る　②315$_8$　④369$_{16}$
分疏　⑤43$_2$
分ち遣す　③165$_{10}$, 207$_3$
分ち充つ　①97$_4$
分ち雪む　④13$_4$
分ち遷す　①53$_{11}$
分ち置く　④281$_{13}$
分ち配く　⑤19$_{10}$, 151$_2$
分ち配る　③405$_5$
分ち付く　②289$_6$, 387$_8$
分ち付くるの文　③289$_7$
分ち立つ　③187$_1$
分ち留む　⑤33$_1$
分置　③359$_5$
分頭　①159$_8$　③65$_8$　④389$_8$, 457$_7$　⑤333$_4$
分に過ぐ　⑤447$_{11}$
分に非ずして福を希ふ　③321$_{15}$
分番　④117$_5$
分番の法　②99$_3$
分別るるに対ひて　⑤95$_{13}$
分明　③359$_{11}$
忿怨　⑤47$_9$
焚き剝ぐ　②27$_9$
焚く　①71$_{15}$　⑤507$_6$
墳　⑤53$_{15}$
墳墓の郷を弃つ　③329$_1$

ふつ─ふん(物・分・忿・焚・墳)

359

ふん（墳・慎・奮・文）

墳墓を壊つ　⑤163₁₆
墳隴　①155₈
墳を同じくす　①185₁₀
慎発　②343₁
奮ひ撃つ　⑤431₁₁, 477₁₅
奮ひて戦ふ　⑤493₉
奮厲　⑤145₈
文　①53₉, 99₁₀, 167₁₆, 171₁₆, 173₁₋₄, 185₁₆, 191₆　②149₂, 213₈・₁₆　③223₁₁, 229₁　④91₁₂
文案　①213₃・₈　③289₅
文王を弱く　③283₁₃
文雅の業を伝ふ　⑤473₃
文官の考賜　③285₁₄
文官の番上已上　③331₅
文館の学士　②115₂
文忌寸　②55₆, 73₁₂　④277₁₄　⑤333₁₁, 497₁₀
文忌寸塩麻呂　②91₁
文忌寸広田　②87₁₀
文忌寸光庭　④65₁₄
文忌寸黒麻呂〔文部黒麻呂〕　②381₃, 395₈, 399₇　③43₁₃
文忌寸最弟　⑤497₉・₁₃・₁₆, 499₃
文忌寸尺加　①77₂
文忌寸上麻呂　③111₄, 143₂, 145₁₁
文忌寸智徳（知徳）　②91₁　③239₁₂
文忌寸智徳が息　②91₁
文忌寸禰麻呂（祢麻呂）　①125₇　②91₂　③239₁₁
文忌寸禰麻呂が息　②91₂
文忌寸の祖　⑤499₂
文忌寸馬養　②91₃, 331₅, 335₁₁, 343₈　③15₁₀, 193₁₀, 267₈
文忌寸博士　①11₂, 21₅
文教　①187₁₀　⑤471₂
文句を守る　④165₁₄
文元貞　②233₁₁
文山口忌寸公麻呂　④381₈
文士　③305₁₂　④155₁₄, 375₁
文史に明らかなり　④165₇
文思　②305₁₄
文室真人　③125₁₂　④367₆　⑤163₉
文室真人於保〔長谷真人於保〕　⑤29₈, 219₅, 231₉, 291₁₂, 313₁₂, 387₆
文室真人久賀麻呂　⑤25₂, 81₁₂, 301₈, 363₅, 379₁, 381₁₀, 423₁₀, 451₄
文室真人古能可美　④429₁₄
文室真人子老　④209₈, 381₁₆　⑤29₆, 189₅, 219₉, 289₁, 351₇, 377₂, 419₁₅
文室真人浄三〔智努王・文室真人智努〕　③369₁₃, 391₁₁, 399₁₃, 413₁, 415₁₀, 417₁　④3₅,

111₅, 151・6・13, 191₄, 231₃, 221₉, 319₁
文室真人浄三の私第　④319₂
文室真人浄三の諸子　④319₃
文室真人真老　④53₁₀, 167₁₃, 339₁₃, 429₃　⑤63₁₀, 219₅, 227₁₄, 293₁₃
文室真人水通　④41₅, 51₈, 379₁, 463₃　⑤3₁₂, 115₁₂, 353₁₃, 365₄
文室真人那保企〔文室真人与企〕　⑤459₃, 463₈, 467₅
文室真人波多麻呂（八多麻呂）　③189₁₃, 333₁₂　⑤275₆, 377₁₆, 457₇, 463₁₂, 491₁₂
文室真人八嶋　④59₁, 105₁₂, 219₁₁, 383₁₅, 423₆, 451₅, 453₁₃, 461₁₁, 463₁₃
文室真人布登吉（布止伎）　④219₁₃, 401₇　⑤25₁₀
文室真人与企　①125₁, 219₅, 257₁₁, 263₂, 289₉, 291₈, 389₁₀, 417₈, 449₁₅, 453₁₂, 459₃　→文室真人那保企
文室真人老　④305₂　⑤71₆
文室（文屋）真人高嶋　③421₇　④301₇, 399₆, 427₁　⑤271₄, 115₁₀, 219₈, 229₁, 311₃, 357₉, 455₁₂, 463₁₂
文室（文屋）真人真屋麻呂　⑤287₈, 371₁₁, 375₁₄, 383₁₄, 441₉, 501₁₁
文室（文屋）真人大原　⑤313₁₅, 317₁₂, 363₉, 373₈, 473₁₂, 491₂, 493₁₃
文室（文屋）真人大市（邑珎）〔大市王〕　③145₁₃, 147₅, 187₁₄, 193₄, 333₁₆, 381₁₃, 389₁₄　④35₁₅, 63₁₆, 129₃, 221₉, 295₈, 315₁, 331₁₃, 337₁₂, 347₇, 359₇・₁₂, 367₇, 413₁₂, 425₂, 435₁₀, 443₁₃　⑤163₇₋₈・₁₀
文室（文屋）真人大市の妾　④443₁₄
文室（文屋）真人智努（珎努）〔智努王〕　③143₂, 145₉, 159₁₀, 177₁₆, 191₁₄, 255₃, 261₁₀, 285₆, 323₁₄, 341₁₄, 355₃　→文室真人浄三
文室（文屋）真人忍坂麻呂　④151₃, 159₄, 347₁₂　⑤27₁₃, 115₁₃, 219₁₂, 249₁₃, 265₁, 299₇, 311₅, 317₄, 361₁₂, 451₄
文宿禰　⑤333₁₁, 499₃
文章　②87₂　③229₈　④355₁₅
文章生　②231₆
文章博士　②395₇　④269₉, 377₁₃　⑤634, 251₁, 339₁₄, 383₁₃
文人　②85₁₃, 171₁₅, 191₃, 281₁₀, 341₁₃　③295₉　④275₉　⑤33₇, 65₄, 91₈, 289₁₁, 323₆, 383₁, 499₁
文人の首　⑤201₁
文成王　③111₁₃
文宣王と号せしむ　④211₁₆
文宣王の廟　④211₁₂
文選　⑤83₈

360

続日本紀索引

文直古麻呂　②$9_{11}$
文直人上　⑤$235_{12}$
文直成覚　②$9_{11}$ ③$241_9$
文直成覚が息　②$9_{11}$
文の才を勧む　③$229_2$
文筆を解れる者　②$251_{15}$
文武　⑤$145_6$
文武天皇　①$34$-5・12, 334-5・12, 65_4, 117_3, 119_{7-9}, $121_{2・7}$, 125_{10} ②$139_{7・16}$ ④$333_{11}$　⇨天皇
文武天皇三年　⑤$509_{13}$
文武天皇の皇子　②$139_7$
文武天皇の母　①$3_7$
文武の官　②$379_4$ ③$616$, 185_3 ④$357_{13}$
文武の官人　②$133_{11}$
文武の官の主典已上　②$337_{14}$
文武の庶僚　②$85_{11}$
文武の職事　①$141_{12}$
文武の職事以上　②$321_{16}$
文武の道　⑤$135_9$
文武(の)百官　①$161_2$, 163_6 ②$73_5$, 101_5, 103_{14} ③$119_{10}$, 161_2, 303_5, 337_{11}, 347_5, 369_{12}, 425_{12} ④$99_1$, $227_{7・15}$, 279_{15}, 363_5, 397_8, 431_{13}
文武の百官の六位已下　④$141_7$
文武(の)百寮　①$7_{16}$, 85_5, 165_5, 169_6, 233_{11} ③$417_{11}$
文武の百寮已下　②$183_{16}$
文武の百寮の主典已上　②$179_3$
文武百官の人等　③$281_{11}$
文武百寮五位已上　②$163_{13}$
文武有り　③$187_4$
文部忌寸　⑤$333_{11}$
文部卿　③$323_{10}$, 347_{10}, $413_{3・11}$ ④$19_6$
文部黒麻呂　②$73_{12}$　→文忌寸黒麻呂
文部此人　②$55_5$
文部宿禰　⑤$333_{11}$
文部少輔　③$313_7$, 333_{13}, 337_{14}, 347_{10}, 401_9
文部省　②$285_{15}$　→式部省
文部大輔　③$411_{14}$, 421_8, 429_{13} ④$11_6$ ⑤$199_{11}$, 411_6
文物の儀　①$33_7$
文明　①$233_{16}$
文を崇ぶ　④$205_2$
文を捜る　④$13_8$
文を属る　④$265_{16}$
文を立つ　③$289_7$
蚊屋忌寸子虫　④$381_8$
蚊屋忌寸浄足　⑤$387_8$
蚊屋宿禰　⑤$387_9$
聞かく　①$81_{11}$, 125_{15}, 141_6, 171_{10}, 185_{13} ②$13_{10}$, 63_4, 103_8, 161_{14}, 369_{16}, 371_3, $387_{3・6}$, 445_5, 447_7 ③$143_{14}$, 229_8, 245_8, 249_{14}, 311_{11}, 323_{11}, 357_6, 385_2 ④$9_{14}$, 19_{15}, 23_7, 75_2, 77_3, 117_9, 139_{15}, 455_{14} ⑤$101_{16}$
聞かくは　②$315_4$ ④$389_{12}$ ⑤$153_9$, 163_{15}, 331_{13}, 335_1, 413_8, 475_{12}, 479_{13}
聞かず　②$427_8$ ③$211_{10}$ ④$303_{14}$
聞かせ知らしめよ　②$199_3$
聞き持たる事乏し　②$215_{15}$
聞き食へ　②$419_{15}$
聞きたまへ　②$251_7$ ③$65_{13}$
聞きたまへ恐み　②$141_1$
聞きたまへ悟り　①$5_{10}$
聞きたまへ悟れ　③$411_1$
聞きたまへて在り　④$43_{16}$
聞きたまへと詔る　①$5_9$ ④$79_3$
聞きたまへと宣る　①$113_3$ ②$223_{11}$, 225_6 ④$45_{6・16}$, 79_{11}, $91_{1・3}$ ⑤$137_{7・13}$, 351_4, 37_3
聞き知る　②$63_2$
聞きて曰はく　①$25_9$
聞く　①$69_{10}$ ③$201_3$, 219_{11} ④$45_2$, 283_{15} ⑤$41_5$, 227_9, 405_{10}
聞くこと無し　②$13_{11}$
聞くならく　②$269_4$, 273_1
聞くに忍びず　⑤$325_{15}$
聞くまにまに　④$211_{15}$
聞見ることの及ぶ所　③$61_{14}$
聞見を経る　④$201_{10}$
聞(こ)し看行す　④$311_{14}$
聞(こ)し看さずや成らむ　④$333_6$
聞(こ)し看して　②$197_4$ ④$331_{16}$
聞(こ)し看し来る食国　②$85_4$, 263_5
聞(こ)し看し来る天日嗣高御座の業　③$263_7$
聞(こ)し看す　①$127_{10}$
聞(こ)し看す食国　③$65_{11}$
聞(こ)し看せ　③$85_8$
聞(こ)し行し定めつ　④$253_2$
聞(こ)し行す　②$217_6$ ②$265_8$ ④$173_5$ ⑤$37_1$, 181_{11}, 183_2
聞(こ)し召して　③$67_9$
聞(こ)し召し来る　③$71_4$
聞(こ)し召す　③$73_3$
聞(こ)しめして　⑤$173_{2・5}$
聞(こ)しめす　④$451_4$, 91_2 ⑤$177_{11・14}$
聞(こ)しめす食国　③$67_7$
聞す〔以聞〕　②$247_{13}$ ③$271_{16}$, 275_7 ④$83_4$, 317_{10}, 369_1 ⑤$81_{11}$, 333_{10}, 335_{10}
聞奏　②$397_{16}$
聞道らく　②$305_7$ ③$171_{12}$, 391_7

ふん（文・蚊・聞）

ふん〔聞〕

聞ゆること無(无)し ⑤$197_{12}$, 289_{16}, 367_{11}　　聞を佇つ ⑤$253_{13}$
聞ゆること有り ⑤$13_{16}$, 365_{15}

続日本紀索引

へにこそ死なめ(歌謡) ③73₂
平安 ①95₂ ②161₁₂, 203₈ ③113₁₅, 435₁₃
平かならず ①181₅
平戈駅家(出羽国) ③329₁₆
平がず ②77₁₅ ③387₁₀
平きて後 ⑤411₇
平ぐ ①61₄ ④461₇
平群王 ③111₁₃
平群郡(上総国・安房国) ②45₆ ④75₆
平群郡(大和国) ③95₁₆ ⑤285₅
平群女王 ②55₉
平群壬生朝臣 ④75₇
平群朝臣安麻呂 ①111₃, 157₈, 167₁, 217₁₂, 225₇
平群朝臣園人 ⑤417₁₀
平群朝臣家刀自 ⑤199₄
平群朝臣家麻呂 ④231₁₁
平群朝臣牛養 ②289₁
平群朝臣広成(広業) ③331₁, 357₁・₃・₇・₁₅, 359₅・₈・₁₁, 427₁₅, 443₁₁ ③23₂, 33₁₂, 41₁, 101₁₁, 121₈, 129₈
平群朝臣広成の船 ②357₅
平群朝臣嗣人 ⑤487₅
平群朝臣臣足 ③357₁₁
平群朝臣真継 ④143₈, 219₁₄
平群朝臣人足 ③53₁₄, 131₁₁
平群朝臣炊女 ⑤187₅, 419₈
平群朝臣清麻呂 ⑤313₁₃, 317₅, 353₈, 457₁₂
平群朝臣竈屋 ⑤315₈
平群朝臣虫麻呂 ③439₁₄ ④25₃, 37₁
平群朝臣豊麻呂 ②129₂, 177₁₁, 243₁₁, 245₁₁
平群朝臣麻呂 ⇨平群朝臣豊麻呂
平群朝臣野守 ④42₁₃
平群朝臣邑刀自 ⑤57₇, 259₂, 259₁₆
平群朝臣祐麻呂 ⑤59₇
平群豊原朝臣静女 ⑤261₄
平群味酒臣 ④237₄
平けき時 ④63₁₀
平けく ⑤37₁, 173₁₁
平けくあらぬ ⑤67₈
平けく安けく ②313₁₅ ③71₄, 87₃, 263₈, 265₇・₁₁ ④17₇, 311₁₂・₁₄, 313₁, 383₉ ⑤95₁, 181₁₀・₁₃
平けく安けく和ならむことを想ふ ⑤41₃
平けく好し ⑤95₅
平けく幸く ④335₇
平けく長く ⑤419₁₄

平け珍つ ⑤159₁₅
平げ賜ふ ①54 ②419₁₃
平好 ①141₁
平射箭 ②289₇
平章 ①111₁₃, 315₃, 317₁₅ ③283₁₁, 387₁₂ ④121₁₃
平城 ①277-8, 143₉, 153₁₁, 161₁₁, 179₂ ③9₁₅, 111₂・₁₅, 173₁, 19₁₂ ⑤309₁₃, 345₉, 347₁₂, 349₅
平城宮 ①153₆, 157₁₀ ②105₁₂, 393₂ ③115・₁₂, 174・₁₄, 393₄, 409₃ ⑤345₈
平城宮(大和国) ④257₆
平城宮に御宇しし後太上天皇(聖武天皇) ③359₈
平城宮に御宇しし高紹天皇(光仁天皇) ③267₄
平城宮に御宇しし日本根子天津御代豊国成姫天皇(元明天皇) ①3₇
平城(宮)に在り ⑤309₁
平城宮の垣 ①171₁₁
平城(宮)の器仗 ④433₁₄
平城宮の諸司 ⑤507₁₂
平城(宮)の大極殿 ②433₁₆
平城(宮)の地 ①145₁₁
平城(宮)の中宮 ③17₁₂
平城(宮)の別宮(法華寺) ④375₁₂
平城(宮)の歩廊 ②435₁
平城(宮)の留守 ②409₁₄, 419₂, 437₁₄ ③17₃
平城宮を営む ①145₄
平城(京) ②449₃
平城(京)に還る ②299₆
平城(京)に見在る者 ②393₅
平城(京)に住む ②393₄
平城(京)の地 ①131₁₂
平城(京)の二市 ②397₇
平城(京)の右京の禅院 ①27₈
平城(京)を願ふ者 ②437₁
平城獄 ②387₁₀, 411₃
平城大宮 ②141₄
平城朝 ③339₅, 353₃, 355₁₀, 411₇, 413₆, 441₉ ④111₃, 251₃, 105₆, 113₈, 445₄, 453₁₀ ⑤15₁₄, 45₃, 47₃, 101₂, 231₃ →奈良朝
平城に都すべし ③9₁₃
平城の宮に御宇しし天皇(聖武天皇) ③85₅
平城を以て都とすべし ③9₁₆
平壌城 ⑤447₂
平生 ②105₁₂
平生の如し ④395₁₁
平生の知る ⑤229₁₅
平善しく在る可き状 ④333₁₄
平坦 ②317₇

363

続日本紀索引

へい（平・并・兵）

平地　②$403_{11}$
平定　③$123_{11}$　⑤$145_9$
平殄　③$333_{16}$, 427_4　④$461_{16}$
平田忌寸　⑤$333_{11}$
平田忌寸杖麻呂　⑤$387_8$
平田宿禰　⑤$333_{11}$, 387_9
平ならず　⑤$367_{10}$
平日と同じ　②$103_{14}$
平日に同じ　⑤$217_{13}$
平復　②$77_5$, 95_2, 199_{14}, 303_4　③$115_{10}$
平復せず　③$131_3$, 143_{13}, 157_{12}　④$431_8$　⑤$65_{16}$, 77_7, 511_9
平分　④$455_{13}$　⑤$371_2$
平民　②$89_{12}$
平民に同じくす　②$437_{16}$
平民の苦　③$227_1$
平野阿佐美　④$143_9$
平らけく（歌謡）　②$421_{13}$
平盧留後事（唐）　③$297_{12}$
平鹿郡（出羽国）　③$329_{16}$
平鹿郡の百姓　⑤$27_{15}$
平を開く　③$275_{10}$
并せ造る　②$293_1$
并せて省く　⑤$135_6$
兵　②$219_8$, 315_{14-16}, 319_{11}, 369_{7-10}, 373_1　③$191_6$, 335_8　④$59_{11}$, 117_4, 225_{11}, 297_5, 437_{11}　⑤$149_{10}$
兵衛　①$57_1$　②$117_3$, 167_{15}, 171_{11}, 183_{12}, 213_4, 393_{11}　③$155_3$　⑤$313_8$
兵衛に准ふ　①$59_7$
兵衛の戸　①$153_7$
兵衛の舎人　③$185_1$
兵衛の養物　②$73_7$
兵衛を貢する者　③$375_{14}$
兵革　③$281_8$　④$431_{10}$
兵器　①$53_9$, 153_1　②$37_8$, $261_{4\cdot9}$, 393_2　③$191_2$, 195_{16}, 391_6, 397_{2}　④$77_{10}$　⑤$141_4$, 177_1, 437_{16}　→器仗　→兵仗
兵強く　③$309_8$
兵庫　①$171_{12}$　②$355_5$　⑤$175_{13}$
兵庫の器仗　②$439_4$　④$101_6$
兵庫の南院の東庫　⑤$219_{14}$
兵士　①$79_{10}$　②$59_{15-16}$, 107_1, 143_{12}, 151_5, 219_8, $261_{8\cdot10\cdot14}$, 355_4　③$37_1$, 95_{10}, 185_{10}, $233_{10\cdot12}$, 267_1, 309_6, $395_{2\cdot9\cdot13}$, 397_2　④$27_{14}$, 57_{13}, 117_5, 219_{2-3}, 463_2　⑤$135_9$, 153_1, $237_{1\cdot4}$
兵士已上　⑤$151_{11}$
兵士等　③$425_{10}$
兵士の設　④$217_{14}$
兵術を解れる者　②$251_{15}$

兵署少正（渤海）　③$291_9$
兵仗　③$217_{15}$　⑤$227_5$　→兵器、器仗
兵仗の様　③$387_7$
兵刃　②$253_6$
兵足らず　④$117_{12}$
兵とするに堪ふ　①$171_5$
兵弩を儲く　②$369_6$
兵の動く　④$317_1$
兵は凶器なり（淮南子）　⑤$131_5$
兵は拙速を貴ぶ未だ巧遅を聞かず（孫子）　⑤$427_1$
兵馬　①$19_9$　②$239_{12}$, $253_{3\cdot9}$　④$297_{14}$　⑤$339_7$
兵馬司　①$205_{13}$
兵馬正　③$347_1$, 421_{12}　④$7_1$, 425_8　⑤$491_{10}$
兵敗る　④$127_1$, 461_2
兵疲る　⑤$167_7$
兵部卿　①$57_8$, 87_{11}, 133_7, 209_2, 229_{11}　②$111_1$, 179_1, 249_3, 309_{11}, 323_{11}, 333_9, 363_3, 375_{11}, 393_3, 399_{10}, 425_7, 437_{11}　③$3_6$, 35_{16}, 49_2, 191_{16}, 221_7, 285_6, 421_1　④$43_6$, 51_{10}, 87_{15}, 223_8, 295_2, 301_8, 305_8, 329_4, 347_4, 439_{16}, 453_{14}　⑤$127_{14}$, 185_{14}, 191_7, 195_8, 205_9, 235_{14}, 265_{10}, 337_2, 365_4, 371_{14}, 389_{11}, 397_1, 405_3, $407_{5\cdot15}$, 409_{12}, 419_1, 445_8, 449_5, 453_{16}, 459_{12}
兵部散位　③$301_3$
兵部少輔　②$99_{15}$, 343_9, 395_{14}, 427_{15}　③$17_1$, 33_{10}, 79_{15}, 141_{16}, 193_1, 195_5, 421_{12}　④$105_8$, 159_8, 207_9, 325_{11}, 339_{10}, 347_5, 389_{10}, 393_5　⑤$29_2$, 177_3, 189_4, 211_4, 269_8, 277_7, 301_{11}, 317_3, 349_2, 401_{13}, 423_8, 459_{13}
兵部省　①$103_8$, 113_{10}, 141_{16}, 155_5　②$65_3$, 203_2, 251_2　③$175_{13}$, 287_1　→武部省
兵部省の省掌　④$223_{11}$
兵部省の曹司　②$287_8$
兵部大丞　②$25_6$　④$105_7$
兵部大輔　②$81_1$, 263_{15}, 343_9　③$33_9$, 91_7, 193_1　④$89_3$, 159_7, 165_6, 171_5, 193_5, 273_6, 339_9, 347_4, 393_4, 425_7, 451_{13}　⑤$71_5$, 63_5, 211_4, 231_{12}, 271_{11}, 293_4, 299_6, 309_4, 317_3, 337_8, $365_{3\cdot4\cdot6}$, 407_8, 409_{14}, 421_5, 459_{12}, 461_7
兵部の省掌　④$223_{11}$
兵鋒　③$427_1$
兵役以後　②$131_{11}$
兵役に疲む　⑤$169_{14}$
兵乱　⑤$237_8$
兵乱休むこと無し　④$373_1$
兵粮を備ふ　⑤$147_9$
兵を引き入る　③$297_{10}$
兵を起す　②$365_{14}$　③$219_{14}$　④$21_{12}$, 27_{16}, 371_1,

364

461_1
兵を窮す ②$319_1$
兵を挙ぐ ③$297_2$
兵を挙ぐるに足れり ⑤$161_5$
兵を遣す ③$201_8$ ④$185_{14}$ ⑤$155_{10}$, 165_4
兵を治む ②$73_{16}$
兵を持つ ①$29_2$
兵を持つこと得ぬ ③$191_7$
兵を集む ⑤$161_2$
兵を将ゐ ⑤$47_{16}$
兵を将ゐる ③$369_5$ ④$29_{13}$, 95_5, 453_{12}
兵を掌る ④$27_{12}$
兵を整ふ ⑤$161_1$
兵を卒率ゐる ④$43_7$
兵を置く ⑤$131_3$
兵を点す ⑤$401_2$
兵を発す ①$59_3$ ②$313_3$, 379_3 ③$203_9$, 205_8, 215_{14} ④$17_{12}$, $31_{5 \cdot 11}$, 37_{12}, 45_3 ⑤$131_{2 \cdot 6}$
兵を罷む ⑤$435_{15}$
兵を備ふ ④$87_6$
兵を分つ ④$461_6$
兵を用ゐる ②$119_3$ ⑤$267_{14}$
兵を用ゐる道 ⑤$273_{11}$
兵を率る ③$201_6$
兵を率ゐる ⑤$433_3$
兵を練る ⑤$273_5$
並に従ふ ①$131_{12}$ ③$139_{16}$
並に臻る ②$89_{12}$
並び行はしむ ③$349_{10}$
並び行ふ ①$147_4$ ③$323_{14}$ ⑤$103_1$
並び坐して有り ②$223_5$
並び坐す ①$121_2$
並びに行ふ ③$321_{10}$
並列 ③$353_{15}$
併合 ②$93_{16}$
併せ兼ぬ ④$13_6$
丼合 ②$107_3$
娉きて納る ⑤$453_5$
陛下 ③$207_{14}$, 223_{14}, 273_{15}, $275_{3\cdot 4}$ ④$367_{10}$, 455_{16} ⑤$247_2$
陛下の御宇を標す ②$223_{16}$
萍のごとく漂ふ ④$229_5$
閉ぢ塞ぐ ①$89_4$
閇村(陸奥国) ②$7_8$
聘使 ⑤$13_{16}$
聘す ③$297_{14}$, 299_4
聘問 ④$423_{3\cdot 5\cdot 9}$
聘ゆ ③$431_{16}$
幣 ⑤$393_{16}$

幣社 ⑤$165_2$
幣社に預らしむ ⑤$167_9$
幣帛 ①$155_3$, 83_{13} ②$259_4$ ⑤$475_8$
幣帛使 ②$293_5$ ③$195_6$
幣帛に預らぬ ②$327_2$
幣帛を供らしむ ②$103_3$
幣帛を供る ①$85_2$
幣帛を執る ②$161_9$
幣帛を奉らしむ ①$105_{11}$, 145_3 ②$171_1$, 201_7, 367_6 ③$13_8$, 17_8, 77_2, 113_{13-14}, 155_{14}, $159_{3\cdot 5\cdot 7}$, 283_1, 331_{11} ④$11_8$, $29_{11\cdot 15}$ ⑤$69_{15}$, 421_{13}, 507_6
幣帛を奉る ①$11_5$, 39_{11}, 61_4, 83_2, 89_1, 113_7, 161_{14}, 215_6, $231_{6\cdot 8}$ ②$375_{16}$, 419_9 ③$11_{13}$, 47_1, 433_{12} ④$123_4$, 385_2, 463_6 ⑤$475_7$
幣帛を奉らしむ ④$25_9$
幣物 ④$89_1$
幣を斃す ⑤$245_{15}$
幣を奉らしむ ②$219_{12}$, 385_8 ③$283_2$, $415_{12-13\cdot 15}$ ④$55_{14}$, 247_6, 449_{11}, 453_7, 459_5 ⑤$17_9$, 53_{13}, 67_8, 299_{12}, 311_{11}
幣を奉る ①$81_3$, 107_3 ②$119_{14}$, 237_5, 293_{10}, 313_9, 321_6 ③$11_{10}$, 17_6, 63_7, 155_{13}, 415_{14} ④$201_{16}$, 407_3, 435_1 ⑤$469_1$, 503_4
幣を奉る者 ②$237_2$
弊 ①$155_{13}$ ②$29_2$ ④$431_2$
弊え損はる ②$297_{15}$
弊窮 ②$327_{13}$
弊俗を革む ①$127_1$
弊と為る ⑤$365_{10}$, 369_7
弊民を息む ⑤$273_2$
弊邑 ⑤$27_6$
弊を革む ②$15_6$ ④$131_{15}$ ⑤$427_{15}$, 437_{15}
弊を言ふ ②$123_6$ ⑤$297_1$
弊を受く ④$401_{13}$ ⑤$117_2$, 193_{11}
蔽匿 ③$219_{10}$
餅戸 ⑤$243_{13}$
蔕ひ置す ②$235_2$
氎 ④$413_6$
米 ①$179_3$, 195_{9-10} ②$193_{10}$, 213_5, 269_8 ③$47_6$, 61_6, 165_8, 167_{16}, 415_5 ④$59_{11}$, 75_8, $85_{8\cdot 11}$, 163_{15} ⑤$81_3$, 153_3, 255_{15}, 279_4 →舂米, 庸米
米一百斛以上を売る者 ①$195_{10}$
米貴し ③$429_9$ ④$75_8$
米口に入らぬ ⑤$81_9$
米多君北助 ①$77_3$, 117_1
米の価 ③$435_7$ ④$83_5$
米粒 ②$427_7$
袂を挙ぐ ④$279_3$
碧海郡(参河国) ④$83_7$

へい—へき
(兵・並・併・丼・娉・陸・萍・閉・閇・聘・幣・弊・蔽・餅・蔕・氎・米・袂・碧)

365

続日本紀索引

へきーへん（碧・僻・霹・覓・別・繁・片・辺・返・変）

碧海郡の人　④$83_7$, 215_5
碧地　③$403_7$
僻居　①$133_7$⑤$149_{16}$
僻多し　⑤$307_5$
僻りて在り　⑤$323_{14}$, 433_9
霹靂　②$237_4$
覓国使　①$29_2$
別音を作す　②$83_1$
別格に具なり　①$195_1$
別格に在り　①$229_8$
別記に具なり　②$447_7$
別宮に居らしむ　③$299_5$
別宮に御坐坐さむ　③$409_{12}$
別業　②$363_{10}$④$105_{15}$⑤$279_3$, 391_{11-12}, 511_3
別公蘭守　④$81_2$
別公(君)広麻呂　③$77_8$, 91_3
別貢等の物　⑤$75_3$
別国の諸寺　②$293_{11}$
別氏と成る　①$189_{12}$
別氏を止む　①$189_{15}$
別紙　③$359_3$
別式廿巻　③$413_{13}$
別式に具なり　①$135$, 179_{16}③$233_{13}$, 235_{15}⑤$255_{13}$
別式に載す　⑤$93_5$
別式に在り　①$11_{13}$②$25_{16}$③$279_3$, $329_8$⑤$135_7$
別式の文　③$323_{13}$
別式を作る　③$323_{13}$
別酒を置く　⑤$95_{15}$
別処に置く　③$203_{13}$
別将　②$189_9$③$387_{14}$⑤$415_7$, $431_{11・15}$
別勅　②$59_7$, 283_1
別勅長上　②$25_{11}$, 55_{13}
別勅に具なり　②$445_4$
別勅に在り　②$445_{13}$
別勅の処分　①$99_8$
別当(新城宮)　④$439_5$
別に擬る　②$389_{13}$
別に賜ふ　⑤$359_{12}$
別に置く　③$187_5$
別に貯ふ　①$189_5$
別に勅す　②$273_{12}$
別の如し　①$95_3$③$133_{16}$④$373_5$
別部　④$255_2$
別部礒麻呂〔藤野真人清麻呂・藤野別真人清麻呂・吉備藤野和気真人清麻呂・輔治能真人清麻呂〕④$255_2$　→和気清麻呂　→和気公清麻呂　→和気宿禰清麻呂　→和気朝臣清麻呂
別部広虫売〔藤野真人虫女・藤野別真人虫女・法

均〕④$255_{3・5}$　→和気広虫　→和気公広虫　→和気宿禰広虫
別部大原　④$245_7$
別部比治　④$245_7$
別封　③$353_{10}$
別無(无)し　①$219_8$②$15_{11}$, 27_{15}
別れ　⑤$489_3$
別を惜しむ　⑤$75_{12}$
繁　①$7_2$
片岡郡(上野国)　①$165_2$
片岡里(紀伊国)の人　④$271_4$
辺域の戍　④$229_9$
辺域(辺戍)とす　④$229_7$
辺裔に放たる　③$223_6$
辺き塞の民　②$97_4$
辺境　①$187_{11}$⑤$145_4$, 367_6
辺境を侵(犯)す　④$437_7$⑤$131_5$
辺軍　③$217_{14}$, 255_2
辺郡の人民　②$115_{13}$
辺戍　③$307_{16}$
辺戍を歴　⑤$445_1$
辺垂　⑤$267_{14}$
辺地に請す　③$163_2$
辺鎮　③$309_8$
辺の守とす　④$229_{13}$
辺の民　⑤$143_{15}$
辺防を捍かしむ　③$183_{10}$
辺要　②$301_{14}$, 319_{16}③$361_{16}$, 383_{10}, $385_8$⑤$135_{12}$, 155_{16}
辺要等の官　⑤$367_7$
辺を安す　④$183_2$
辺を威す　④$271_7$⑤$135_8$
辺を実つ　②$115_{15}$
辺を戍る　④$117_3$
返却(返し却く)　②$287_9$④$365_{14}$, 369_5, $411_1$⑤$123_3$, 481_3
返逆の近親　⑤$227_1$
返し賜ふ　②$385_9$
返し上る　②$385_9$
返抄無(无)くして任所に帰る　⑤$103_9$
返抄無(无)くして任に帰る　⑤$387_{16}$, 427_8
返る　②$319_4$
返ることを忘る　⑤$159_5$
変　③$441_{14}$
変異　④$289_{12}$
変化　④$215_{11}$
変更　①$71_8$
変通に適す　⑤$437_{15}$
変に乗ず　⑤$147_{10}$

変へ正す ②$83_1$
変有り ③$207_{15}$, 307_{16}
変りて成る ⑤$207_5$
偏急 ⑤$407_{11}$
偏せず党せず ②$135_{16}$ ④$215_{13}$
偏に執す ⑤$427_9$
偏も無く党も無く ②$445_{11}$
貶降 ⑤$195_1$
貶す ①$205_7$ ⑤$487_{10}$
貶黜 ②$179_{12}$, 279_6, 299_1 ③$385_{14}$ ⑤$365_{15}$
遍く見しめず ②$371_4$
遍く置く ③$253_6$
遍く用ゐる ④$121_{13}$
遍多く ①$121_{11}$
篇簡に著す ③$323_{12}$
編戸同じくせむ ①$161_{14}$
編戸の民 ②$7_5$
編付 ②$397_{13}$
編附 ③$169_{12}$, 387_{16} ④$15_5$, 303_7 ⑤$159_{2・9}$, 163_{14}, 279_{16}
編る ⑤$167_4$
弁官 ①$53_9$, 59_{11}, 155_4, 169_7, 183_{11}, 205_{12} ②$213_{11-12}$
弁官に仕へしむる人 ②$175_4$
弁官の史 ④$355_{10}$
弁官の曹司 ③$209_{16}$
弁官の曹司の南門 ④$397_7$
弁官の庁 ①$149_{16}$
弁紀 ①$35_{15}$ →春日倉首老
弁済し難し ②$233_{11}$
弁答 ①$183_3$ ②$373_{10}$
弁備 ⑤$161_2$, 511_{11}
弁ふるに堪ふる者 ⑤$147_{14}$
弁ふるに堪へず ②$279_{14}$
抃儛 ⑤$335_8$
抃躍 ⑤$473_1$
抃躍の嘉 ④$285_5$
便あらず ①$147_{13}$ ③$49_{10}$ ⑤$501_5$
便あり ②$39_1$
便ある地 ⑤$129_3$

便あるを便あらぬに相換ふ ⑤$501_6$
便安 ②$163_2$
便宜 ④$437_5$ ⑤$131_7$
便宜を求む ⑤$113_4$
便宜を上る ③$413_{13}$
便宜を得よ ⑤$151_{11}$
便宜を量りて ②$111_{11}$, 261_{10}
便近きを量りて ⑤$149_{11}$
便郡 ④$9_{11}$ ⑤$439_1$
便国 ②$409_8$
便使に附く ⑤$427_{11}$
便処 ⑤$73_2$
便奏 ②$357_{11}$
便田 ④$401_{11}$, 405_7
便道 ④$353_6$
便ならず ②$15_{13}$, 37_{16}
便に給ふ ②$193_{12-15}$
便に乗る ①$187_{13}$
便に随ひて ①$79_{12}$ ②$93_{16}$, 107_3
便に任す ①$179_6$
便の随に ④$231_9$
便の地 ①$189_5$
便の任に ②$235_4$ ④$229_{12}$
便無(无)し ④$411_{10}$ ⑤$129_9$
便有り ⑤$413_5$
便要を奪ふ ⑤$307_7$
便を失ふ ②$359_5$ ⑤$437_{13}$
便を知らしむ ①$189_7$
便を得しむ ①$195_9$
便を量りて ③$411_{12}$
勉む ⑤$415_{10}$
勉理 ⑤$335_{13}$
冕服 ②$255_9$
辨照(人名) ①$53_5$
辨浄(人名) ②$227_5$
辨正(人名) ②$31_6$
辨静(人名) ②$239_{16}$
辨通(人名) ①$187_7$
騈び臻る ④$283_7$
辯談 ②$47_{12}$

へん（変・偏・貶・遍・篇・編・弁・抃・便・勉・冕・辨・騈・辯）

ほ

ほ（歩・保・匍・捕・浦・畞・逋・補・蒲・輔・酺・鋪・鯆・戊・母・牡）

歩騎　⑤159₁₄, 399₁₄
歩みて到る　④43₉
歩廊　②435₁　③105₁₅, 167₂
保休を蒙る　①235₃
保ち難し　⑤155₁₁
保つことも得ず　④259₁₂
保良宮（近江国）　③335₁₃, 391₁₃, 393₅, 405₄
保良宮の垣　③405₅
保良宮の屋　③405₅
保良宮の西南　③405₃
保良京（近江国）　③375₁
保良（近江国）　③391₁₃ ④375₁₀
匍匐　②217₁ ⑤33₂
捕獲　②377₃ ⑤347₁₃
捕へ得　②377₄
浦陽府（唐）　③387₁₃
畞　①103₁₅
畞異にして穂を同じくす　①61₈
畞火宿禰清永　⑤487₅
畞火女王　④349₁₄
逋懸　②69₃
逋租（逋れたる租）　③367₆ ④199₁₂
逋逃　①181₂·₇ ⑤375₅
逋亡　④49₁₁
逋れたる調　③367₆
補し充つること得ざれ　②191₁₆
補す　①41₆, 175₁₄ ②11₁₅, 59₁, 65₆, 135₁₀, 183₂, 191₉, 201₅, 203₂, 367₅ ③151₁₅ ④451₃ ⑤197₁₄, 257₅, 269₁₅
補せしむ　②253₁₁
補せらる　③413₇ ④315₁₅ ⑤41₁₂, 47₅, 49₁, 277₁₁, 339₁₁, 345₁₃, 349₁, 359₇, 411₅, 449₃
補任　①179₈ ②17₆, 213₁₁ ③63₈
補ひ満つ　②391₇
蒲原郡（越後国）　⑤303₁₅
蒲原郡の人　⑤303₁₅
蒲生郡（近江国）　①55₅ ②383₁, 443₅ ⑤321₂, 385₄
蒲生郡大領　②443₅ ⑤321₃
蒲生郡の人　⑤387₁₃
蒲生釆女　⑤385₄
蒲柳　④367₁₁
輔く　②61₁₀
輔け導く　⑤177₁₅
輔け奉る　②223₁₄

輔国将軍　③303₉
輔国大将軍　③125₁₂, 131₁₆, 291₈, 331₁₃, 343₁₆
輔佐け奉らむ事に依り　①121₁₅
輔佐の才　②61₇
輔治能宿禰　④239₁₅
輔治能真人　④239₁₄
輔治能真人清麻呂〔藤野真人清麻呂・藤野別真人清麻呂・吉備藤野和気真人清麻呂〕　④143₆, 249₁₂, 251₁₄, 253₁₁·₁₄, 255₁·₁₀·₁₂·₁₃·₁₅, 257₁·₂　→別部穢麻呂　→和気清麻呂　→和気公清麻呂　→和気宿禰清麻呂　→和気朝臣清麻呂
輔治能真人清麻呂の姉　④251₁₄, 257₄
輔政に当る　⑤277₁₄
輔翼　②105₁₀
輔を多み　⑤177₁₄
酺宴を賜ふ　④459₁
酺す　④463₂
鋪　②389₅
鋪設　④427₇
鯆一日　②203₁₂
戊申の年（大化四年）　④185₆
母王（孝昭王の母）の喪　①31₉
母家　④43₉
母がたの族　④105₃
母䝱に下る　④191₁₁
母儀　⑤335₅
母儀の徳有り　④465₁₅
母子の慈　③131₅
母止理部奈波　④245₈
母弟　⑤331₁₅
母として臨み　③243₁₁, 309₁₆
母等理部の人ら　④245₁₀
母の姓に依る　④113₇
母の姓に従ふ　③153₆, 193₆, 413₃, 513₃
母の憂に遭ひ　⑤207₉
母を殺す　③439₈
牡牝　②59₂
牡鹿郡（陸奥国）　③343₄ ⑤139₁₃, 441₁₃
牡鹿郡大領　⑤139₁₃
牡鹿郡の人　③133₁₆ ④233₁₃ ⑤257₁
牡鹿郡の俘囚　④271₃
牡鹿柵（陸奥国）　②315₁₁
牡鹿宿禰　④23₆
牡鹿宿禰嶋足〔丸子嶋足・牡鹿連嶋足〕　④51₈, 67₆, 73₄ ⑤257₃, 359₅　→道嶋宿禰嶋足
牡鹿連　③135₁·₈ ⑤257₁
牡鹿連猪手　④353₁₄
牡鹿連嶋足〔丸子嶋足〕　③205₁₆ ④21₉, 231·₆

続日本紀索引

→牡鹿宿禰嶋足　→道嶋宿禰嶋足
菩薩戒を有つ　③171₁₂
菩薩の戒を受け賜はりて在り　④103₇
菩薩の行を脩ふ　④137₁₂
菩薩の号を用ゐる　④201₁₀
菩薩の乗に乗す　②417₇
菩薩の浄戒を受けよ　④33₉
菩薩の大願　②431₁₂
菩提　②303₁₂ ③271₁₆, 273₁・₁₆
菩提院(大和国)　④415₆
菩提心発すべき縁に在るらし　③409₁₄
菩提心を発す　④139₁₄
菩提の妙業を成さしむ　③237₁₆
菩提(菩提僊那)　③113₁₅, 275₂・₇
菩提を致さしむ　②431₁₄
募り運ぶ　④111₉, 125₇
募り集む　⑤323₁₆
募りて出さしむ　①119₄
募る　①195₉ ②229₇, 231₈ ⑤211₁₂
墓　②239₁, 279₁ ③155₁₃ ⑤65₁₃₋₁₄　→御墓
墓に供承ふ　④395₁₁
墓の側　④191₂
墓の側に廬す　④387₁₁
慕施蒙(渤海)　③125₁₂, 131₁₆, 133₂₋₃・₅
慕昌禄(渤海)　④401₁₄
方県郡(美濃国)　②33₁₀ ④279₁₀
方県郡少領　④279₁₀
方術　②85₁₃
方丈　⑤81₇
方船の貢　②307₁₁
方に乗く　②327₁₄ ④141₂, 287₂
方に乗くことを愧ぢず　⑤307₅
方に乗ふ　②11₃
方に知る　⑤169₂
方に迷ふ　③441₃
方物　①75, 118, 131₄, 191, 149₁₄, 221₅ ②189₂, 357₁₆ ③303₇, 343₁₄, 417₃ ④363₂ ⑤59, 85₁, 121₈
方便　①167₁₁ ⑤477₃
方便を生す　①179₁₃
方法を出す　②81₁₆
方牧　⑤197₁₃
方无し　①227₄
方有り　⑤321₅, 367₂
方楽　②293₇
方を失ふ　⑤367₁₃
包ね并す　⑤311₁₃
芳因に薫ふ　③237₁₂
芳規を振ふ　①109₃

芳餌の末に深淵の魚を繋ぐ　②135₅
芳春の仲月　②129₁₆
芳照　②49₂
芳野監　②267₃, 303₂, 345₁₂
芳野監の百姓　②279₁₆
芳野郡　⇨吉野郡
芳野水分峯神(大和国)　①11₃
芳野(離)宮　⇨吉野(離)宮
邦家保安　⑤127₂
邦旧り命新なり(詩経)　④367₁₀
邦国　③285₉
奉為　①147₉ ②51₃, 171₂, 303₄ ③57₁₃, 59₅, 151₃, 163₁₀, 223₁₄ ⑤221₈, 257₇, 451₁₄
奉翳の美人　②359₁₄
奉行　④285₁₃
奉きたまはらむ　③179₃
奉献　①133₃
奉公　⑤401₄
奉公を勤めぬ　②179₇
奉仕　④173₁₂
奉仕るべき人の侍り坐す時　④97₈
奉持　④63₁₀・₁₄, 109₆, 257₉
奉持り昌えむ　④257₁₆
奉持る人等　④63₁₂
奉持る物に在り　④251₃
奉侍れる奴　④255₁
奉持　②163₁₃
奉進　④365₁₃
奉幣　⇨幣を奉る
奉る　①11₅, 19₆, 55₁₅, 97₁, 231₈ ②165₅, 393₁₀, 407₁ ③47₆, 141₈ ④83₃, 117₁₃, 231₃, 359₁₆ ⑤35₁₃, 221₁₀
宝　①127₁₂
宝位　④415₉
宝位を受け賜はる　⑤177₆
宝位を承く　②49₁₃
宝位を譲る　⑤221₁₆
宝胤　②23₆
宝貨　⑤79₁₃
宝基を承く　⑤167₁₃
宝亀　④311₄
宝亀九年　⑤77₆, 101₃, 453₇
宝亀九年九月九日　⑤75₁₅
宝亀九年九月廿三日　⑤77₂
宝亀九年三月廿四日　⑤79₁₀
宝亀九年三月廿四日の味爽より以前　⑤67₂
宝亀九年三月廿二日　⑤75₄
宝亀九年四月十九日　⑤75₅
宝亀九年四月十四日　⑤75₈

ほ―ほう(菩・募・墓・慕・方・包・芳・邦・奉・宝)

369

宝亀九年四月廿二日　⑤79₁₁
宝亀九年十一月五日　⑤81₁
宝亀九年十一月十一日　⑤81₆
宝亀九年十一月十三日　⑤81₁₀
宝亀九年十一月八日　⑤81₂
宝亀九年十月廿五日の奏状　⑤77₉
宝亀九年正月三日　⑤75₁
宝亀九年正月十五日　⑤75₃
宝亀九年正月十三日　⑤79₉
宝亀九年六月廿五日　⑤79₁₄
宝亀元年　④313₉, 331₇, 461₁₂　⑤199₁
宝亀元年九月七日　④315₁₀
宝亀元年五月　④321₁₀
宝亀元年八月　④311₇
宝亀元年八月五日　④313₅
宝亀元年八月四日癸巳　④311₂
宝亀元年八月十七日　④313₆
宝亀元年より以降　⑤281₆
宝亀元年六月一日の勅　④291₁₅
宝亀五年　④453₁₄　⑤163₁₂
宝亀三年　⑤369₁₆
宝亀三年八月　④393₁₅
宝亀三年八月十二日　⑤101₁₅
宝亀四年　⑤27₂
宝亀四年四月十七日の昧爽より以前　④405₁₂
宝亀四年十月廿五日の昧爽より以前　④417₆
宝亀四年十二月　④421₇
宝亀四年正月七日の昧爽より已前　④397₁₆
宝亀七年　⑤31₅, 69₂
宝亀七年四月上旬　⑤7₃
宝亀十一年　⑤169₁₅, 199₁₅, 271₁₅, 345₁₄
宝亀十一年九月五日　⑤149₉
宝亀十一年九月五日を限り　⑤149₉
宝亀十一年五月八日の奏書　⑤147₈
宝亀十一年三月中旬　⑤131₂
宝亀十一年十月　⑤161₇
宝亀十一年十月廿二日の奏状　⑤159₁₂
宝亀十一年正月十九日の昧爽より已前　⑤125₁₁
宝亀十一年正月廿六日　⑤129₁₆
宝亀十一年八月廿日　⑤149₁₂
宝亀十一年八月二十日より以前を限とす　⑤149₁₂
宝亀十一年六月下旬　⑤147₉
宝亀十一年六月十六日己酉　⑤147₆
宝亀十年　⑤277₁₅, 387₁₅, 447₁₀
宝亀十年七月十四日　⑤113₁₀
宝亀十年八月十九日の昧爽より以前　⑤103₃
宝亀十年より以往　⑤125₁₅

宝亀十年六月十九日　⑤101₁₂
宝亀中　⑤139₁₀, 231₅, 455₂
宝亀二年　⑤49₁, 411₁₂
宝亀二年五月廿三日　④391₃
宝亀二年十二月十五日　④309₇
宝亀年中　④453₆
宝亀の初　④451₁₅　⑤117₁₅, 155₁₁, 163₁₁, 199₁₂, 265₁₀, 277₁₂, 345₁₃, 359₇, 407₇
宝亀の中　⑤221₁₄
宝亀の末　⑤339₁₄, 347₁₆, 445₁₁
宝亀八年　④131₁　⑤49₃, 89₁, 277₁₃
宝亀八年九月十六日　⑤77₂
宝亀八年四月二十二日の勅　⑤43₃
宝亀八年七月　⑤65₆
宝亀八年七月三日　⑤73₁₀, 79₆
宝亀八年十月十五日　⑤73₁₃
宝亀八年十月十六日　⑤79₈
宝亀八年八月廿九日　⑤73₁₀, 79₆
宝亀八年六月廿四日　⑤79₅
宝亀八年六月二十四日　⑤73₉
宝亀六年七月廿七日の勅　④455₁₀
宝亀六年正月三日の昧爽より以前　④445₁₀
宝亀六年八月九日　④457₅
宝亀六年八月十九日格　⑤113₁₅
宝鏡　②125₁₂
宝字　③269₁₂, 273₉
宝字称徳孝謙皇帝　③101₅, 129₄, 175₄, 271₁₃, 275₃・₁₁
宝寿　③225₈
宝寿増長　③151₃
宝寿長久　③115₁₀
宝図を奉く　③133₆
宝刹　③173₁, 237₁₃
宝祚の延長を知る　③225₁
宝祚を承く　④61₈
宝祚を承けたまはる　③81₁
宝体を資け奉る　③143₁₅
宝帯の瑞　⑤331₁₂
宝幢　③161₈
宝筏　②63₁₃
宝命を嗣ぎ膺く　②415₁₃
宝命を膺く　②349₁₅
宝篆　③271₈
宝暦　③243₁₂, ⑤39₁₂, 193₁₂
宝暦延長の表　④205₃
宝を充つ　⑤235₁₀
庖厨に乏しきこと無けむ　⑤157₆
抛げ入る　①25₁₂
放火　⑤305₁₃

続日本紀索引

放火の賊獲　④411$_{15}$
放廻　②359$_6$
放還　②341$_7$
放却　②397$_{12}$
放され還る　②107$_5$
放し還す　②117$_5$　③289$_6$　④405$_{15}$　⑤199$_2$
放縦　⑤367$_{12}$
放縦して拘らず　④127$_8$
放上　④431$_4$
放す　②137$_{12}$, 439$_2$　④17$_1$, 157$_5$, 161$_{13}$, 217$_8$　⑤195$_{11}$, 429$_2$
放生　①5$_{15}$　②169$_7$　③151$_5$　④417$_4$
放生司　④39$_6$
放たしむ　①27$_{12}$, 51$_6$
放ち還さしむ　⑤107$_2$
放ち還す　①123$_{10}$　②397$_{14}$, 405$_3$　③37$_4$, 331$_{16}$　④411$_2$, 423$_{15}$, 433$_{14}$　⑤131$_{14}$
放ち還らしむ　③127$_{11}$, 411$_{13}$
放ち却る　②419$_7$
放ち却らしむ　③329$_3$
放ち去らしむ　②267$_{10}$　③17$_7$
放逐　④55$_{10}$
放つ　③183$_{11}$, 333$_{2\cdot4}$　④17$_3$　⑤303$_{11}$, 387$_5$
放免　②115$_{10}$　③161$_6$　④11$_7$
放免に従ふ　②69$_9$, 205$_{16}$　③275$_{16}$
放鷹司　②101$_{10}$　④39$_6$
放鷹司の官人　②101$_{13}$
朋党　②27$_9$
朋友　③247$_{11}$
法　①121$_5$　②421$_4$　③43$_{16}$, 83$_9$, 117$_{12}$, 235$_{12}$
法意に乖ふ　②283$_{13}$
法院　④155$_{13}$
法栄(人名)　③163$_{1\cdot4\cdot8}$, 165$_8$
法栄の生るる一郡　③163$_8$
法王　②227$_{10}$, 375$_{14}$
法王宮　④227$_{11}$
法王宮少進　④161$_2$
法王宮属　④161$_2$
法王宮職　④159$_{13}$
法王宮職の印　②247$_5$
法王宮大進　④161$_2$, 177$_{15}$, 269$_7$
法王宮大属　④161$_2$
法王宮大夫　④161$_1$
法王宮亮　④161$_1$
法王の位　④137$_9$
法王の月料　④141$_{12}$
法恩治くあらず　②431$_{10}$
法華(法花)経　②171$_2$, 283$_{14}$
法華(法花)経十部を写す　③365$_{10}$

法華(法花)経を写す　③59$_5$
法華(法花)寺(国分尼寺)　③49$_7$, 83$_3$, 89$_{2\cdot5}$, 381$_{10}$, 409$_4$　④135$_{10}$, 139$_4$, 305$_{14}$
法華(法花)寺鎮　③163$_{13}$
法華(法花)寺の印　④349$_9$
法華(法花)寺の内の西南の隅　③381$_6$
法華滅罪之寺　②391$_6$
法戒　④221$_{12}$
法界混一　③357$_6$
法界に及ぶ　②431$_7$
法界の有情　③83$_{10}$
法義　④375$_3$
法均〔藤野真人虫女・藤野別真人広虫女〕　④221$_{13}$, 251$_{14-15}$, 255$_{3\cdot11}$, 257$_4$　→別部広虫女　→和気広虫　→和気公広虫　→和気宿禰広虫
法標に澄み　②49$_2$
法興寺　②47$_7$　→飛鳥寺
法参議　④139$_1$, 141$_{14}$, 225$_{11}$
法旨に乖く　⑤329$_{14}$
法師　①9$_{15}$, 21$_6$, 53$_{4-5}$, 67$_{16}$, 187$_7$　②49$_3$, 63$_{6\cdot10}$, 185$_{13}$, 201$_{15}$, 221$_4$, 227$_{5-6}$, 239$_{15}$, 247$_{14}$, 299$_{15-16}$, 327$_9$, 335$_{5\cdot7-8}$, 343$_{13}$, 345$_1$, 365$_{13}$, 447$_{14}$　③7$_2$, 19$_3$, 113$_{16}$, 163$_{11}$, 439$_3$　④301$_{12}$, 415$_1$, 421$_{12}$, 459$_{16}$　⑤111$_{10-11}$, 299$_{3-4}$, 353$_2$, 419$_4$, 475$_6$
法師と為るに堪ふる者　⑤269$_{15}$
法式　①101$_3$
法式に着す　⑤329$_8$
法臣　④55$_6$, 141$_{13}$, 225$_{14}$
法臣の位　④139$_1$
法進(人名)　③139$_6$, 163$_{13}$, 165$_7$, 357$_6$
法制を立つ　⑤479$_{16}$
法蔵　②11$_{16}$, 134　④415$_5$
法則　②447$_{16}$
法地の獣を昭らかにす　③271$_2$
法に依らず　②69$_{12}$
法に依りて　①157$_2$　②113$_{16}$, 275$_3$, 377$_5$, 445$_2$, 447$_6$　③127$_{8-9}$, 147$_{16}$, 207$_{10}$　④227$_1$, 299$_{15}$, 393$_1$　⑤329$_{10}$, 347$_{14}$, 415$_9$, 479$_{14}$
法に依る　④387$_3$
法に拠りて　②385$_{14}$　⑤225$_{13}$, 235$_2$
法に拘らずて　⑤305$_{14}$
法に准し　②283$_{16}$
法に准ふ　②115$_8$　③289$_{15}$
法に随ひて　④165$_{16}$
法に随へ　①225$_{13}$
法日　⑤127$_2$
法の意に合ふ　⑤371$_8$
法の意を存たず　③225$_{16}$
法の外　④229$_{12}$, 231$_9$

ほう(放・朋・法)

371

続日本紀索引

ほう（法・苞・俸・峯・袍・崩・捧・烽・萌・訪・報・棚・迸・蜂・裒）

法の如くす　①9₁₃, 41₈　④263₆
法の如くならず　②111₁₀
法の如し　②219₉, 247₁₄, 427₁　⑤954・6
法の随に　②141₈　③857・10　④327₁₀, 373₁₄, 399₁₄　⑤181₇
法の随に治め賜はず　③197₅
法の随に有るべき政　⑤179₈
法の任に　⑤443₁₂
法のまにまに　④87₁₂, 89₁₄, 91₂, 241₁₅, 253₂・13, 323₈
法務備はらぬ　②121₁₃
法名　③81₁₂
法網に陥る　②447₂
法門　②47₉, 99₇
法門の趣無し　④171₃
法門を汚す　②83₂
法薬薫質　③83₈
法用司（造雑物法用司）　①205₁
法吏　④165₁₄
法律　②27₃
法律に實ら　②444₁₀
法律を畏れず　①155₁₀
法隆寺（大和国）　①231₈　③83₁, 89₃　④163₆
→鵤寺
法隆寺の印　④349₉
法梁　②95₁₀, 185₁₄
法林　②63₇
法令　②61₁
法令を違ひ慢る　①155₁₂
法令を行はず　②445₅
法令を言ふ者　④267₁
法令を犯す　②27₁₁
法蓮（人名）　①73₇　②95₁₀
法を越ゆ　⑤285₁
法を枉げて財を受けたる　②121₄, 199₁₅, 259₈, 265₁₀, 283₁
法を勘ふ　③217₃　④373₁₀
法を懼る　⑤159₅
法を軽みす　⑤415₈
法を検ふ　④241₁₄　⑤443₁₅
法を興し隆えしむ　④137₅
法を興す　②13₈
法を制す　①181₁₃
法を設く　②27₂　④405₁₀
法を致すに忍びず　③379₁　④377₃
法を定む　①179₁₅, 229₈　②55₈
法を犯す　②187₇
法を非る　②49₃
法を奉けたまはる者　②297₁₆

苞蔵　④61₁₁
俸禄　④455₁₃　⑤115₁
峯を疏る　②317₅
峯を踰ゆ　①103₁₆
袍　①143₁₀　②403₄
袍衣　④303₁₃
袍襖　④303₁₅
袍袴　②359₁₄
袍袴の歌儛　③119₁₃
袍を裁つ　④303₁₅
崩　①81₉
崩え壊る　②405₁₄　③149₁₂
崩す　③353₁₆, 425₁₆
崩埋　④213₁₄
崩る　①63₈, 115₇, 119₉　②103₁₁, 105₁₂　③57₂, 145₈, 159₈, 353₂　④57₁₂, 295₁, 297₇, 311₂　⑤217₇, 449₁₁, 463₅
崩ゑ壊たる　③9₇
捧げ持つ　④135₁₂
烽火を挙ぐ　②369₆
烽燧　⑤145₄
萌みもえ始む　④271₁₅
訪察　④445₈・15
訪ね求む　⑤251₁₃
訪ね得　⑤121₁₃
報　①13₇
報い奉る　④173₁₅
報ぐ　③365₈
報効行はず　③277₁₂
報信　④17₇
報せ来る　③299₁₆
報宣　④15₁₂
報知　②371₃　④19₄
報牒　④17₁₀
報牒して曰はく　④17₁₆
報答　②443₁₆
報徳の典を偹む　⑤393₈
報徳を思ふ　③163₆, 171₂
報の処分　①199₇
報へて曰く　③407₁₆
報を下して曰はく　⑤155₅
報を待つ　④447₁₀　⑤269₁₆
棚　⑤81₂
迸散　②69₈, 357₇　⑤283₁₃
蜂蠆すら猶毒あり何に況や人をや　③299₁₂
蜂のごとくに屯り　⑤195₁₀
裒顕　⑤341₂
裒賞を加ふ　④163₅　⑤331₈
裒進　④183₃

372

続日本紀索引

ほう（裒・豊・飽・蓬・鳳・襃・鋒・縫・亡）

裒む　③219₉　④9₁₆, 205₁₂
豊桜彦天皇（聖武）　③61₁₅
豊かに穣る　②389₆
豊かに稔る　④415₉
豊碕（難波長柄豊碕宮）　④205₅
豊御酒献む（歌謡）　②421₁₃
豊倹　①183₅　②11₉　⑤475₁₁
豊倹を均しくす　④457₁
豊原造　③377₁₁
豊原連　③377₉　⑤235₅
豊後員外掾　④135₁
豊後介　④167₁₀　⑤91₇, 233₇, 459₄
豊後国　①131₂　②15₁₀, 375₁　③91₁, 169₁₅, 383₁₁, 395₁₃　④391₃　⑤321₄, 499₁₃
豊後国の軍　④373₁₅
豊後守　②339₁₆, 345₆　③195₄, 391₂, 431₆, 439₆　④171₈, 349₁　⑤11₈, 193₂, 233₁₀, 337₁₂, 491₆
豊国秋山　②369₁₁
豊国女王　①85₇
豊国真人　③153₁₄
豊国真人秋篠〔秋篠王・丘基真人秋篠〕　③421₁₀　④209₁₄, 305₁₀, 319₇
豊国真人船城〔船城王〕　⑤123₁₆, 137₈
豊実　②171₁₃
豊璋王（百済）　④125₁₆, 127₂₋₄
豊城入彦命　⑤497₅
豊城入彦命の子孫　⑤497₅
豊饒　④231₇
豊津造　⑤143₁₃
豊稔　④49₁₅　⑤69₁₆, 391₃
豊贍　④205₁₁　⑤369₁₂
豊前員外介　③405₁₅
豊前介　④181₂　⑤61₉, 139₅, 319₁₂
豊前国　②367₁₃, 369₈　③91₀, 97₉, 169₁₅, 383₁₁, 395₁₂　④449₄　⑤23₃
豊前国の百姓　②369₁₁
豊前国の民　④211₁₃
豊前国の野　①73₇
豊前守　③35₂　④9₃, 117₁, 355₃, 429₉, 457₁₄　⑤139₄, 321₁₁, 377₃, 491₅
豊前少目一員　④449₄
豊前大目一員　④449₄
豊祖父天皇（文武天皇）　①119₈₋₉
豊田造　③377₉
豊田造信女　⑤25₁₃, 315₉, 419₁₀
豊嶋駅（武蔵国）　④197₁₄
豊嶋郡（摂津国）　④239₄
豊嶋郡の人　②239₄　⑤143₁₃
豊に稔る　⑤249₅

豊年　②249₆
豊（の）明聞し行す　④103₆, 271₁₄
豊富の百姓　⑤283₁₁
豊浦王　④345₁₁
豊浦郡（長門国）　②369₁　④163₈, 199₇
豊浦郡少領　②369₁
豊浦郡大領　④163₈
豊浦寺（建興寺）（大和国）　④309₁₁
豊浦寺の（歌謡）　④309₁₁
豊浦団の毅　④163₇
豊野真人　③233₃
豊野真人奄智〔奄智王〕　④41₅, 145₆, 193₁, 297₉, 339₁₁, 347₄, 393₉　⑤71₅, 61₁₃, 85₁₆, 183₁₄, 189₁₁, 219₄, 263₁₂, 299₂
豊野真人五十戸　④145₆, 297₉　⑤11₄
豊野真人出雲〔出雲王〕　③305₂, 319₁₅, 391₁　④93₂, 133₁₁, 145₅, 199₁, 207₆, 297₈, 303₅　⑤37₉
豊野真人篠原〔篠原王〕　③429₁₆　④73₅, 209₉, 407₇
豊野真人尾張〔尾張王〕　③347₉, 423₃　④25₁, 169₄
豊楽　①81₁₂　④223₁₃
飽海古良比　③365₉
飽波漢人伊太須　②113₆
飽波女王　④323₁₅　⑤383₂
飽浪宮（大和国）　④163₅₋₆, 265₇
飽浪女王　⑤259₁₄
蓬のごとく転ぶ　④229₅
蓬莱宮　③139₁₁
鳳凰鏡　①83₁₃
鳳至郡（越前国・能登国）　②45₆
鳳徳の徴　②211₁₃
鳳暦　②61₆
襃賞　②61₁₂, 299₁　③161₁₅, 165₁₄, 385₁₃
襃貶　③357₁₀
襃む　②21₇, 73₈　②23₇　③283₆　⑤97₇
襃め昇ぐ　③343₅
襃め賞む　②95₁₂
鋒を競はず　③279₁₁
鋒を推む　⑤325₁
縫殿頭　②273₉　④342₁₆　④243₁₁, 283₁, 345₁₅　⑤31₂, 71₇, 115₁₀, 137₆, 231₁₁, 261₁₂, 369₁₅, 399₅
縫部正　④165₁
亡き父　⑤503₁₅
亡ぐ　④29₁₅
亡げ匿く　①11₁₁
亡げ入る　④37₁₃
亡魂　③213₁
亡す　①167₁₃, 215₂　③251₉　④29₁₁　⑤43₆, 97₂

続日本紀索引

ほう（亡・乏・卯・芒・坊・妨・忘・皃・防・房・茅・冒・剖・旁・桙・望・傍・貿・滂・髦・暴・甍・謀）

亡せし後　①$219_7$
亡せし者　②$249_{13}$
亡ぬ　④$191_1$
亡へる塞　⑤$209_{15}$
亡没　④$331_2$
亡命　①$123_{11}$, 129_4　②$37_8$
乏困　②$327_{12}$
乏しき家の人　①$101_6$
乏しきを息めむ　①$101_1$
乏しく少し　②$235_3$
乏少　①$185_{2\cdot 5}$, 189_4, 195_4　②$67_{15}$, 257_{13}
乏絶　④$125_{13}$
乏絶せる者　③$309_8$
乏短　②$91_8$
卯の時　⑤$297_6$
芒角　②$163_{11}$
坊令　②$171_{10}$
妨ぐ　②$121_{16}$
妨げ奪ふ　①$225_{16}$
忘却　③$359_6$
忘るべからず　⑤$291_3$
忘れ給はず　③$71_{11}$
忘れ給ふな　③$71_4$
忘れ賜はじ　③$319_5$
忘れず　②$421_8$
忘れ得ましじみ　⑤$173_8$
皃　⑤$327_6$
防衛　③$207_5$
防き守らしむ　④$17_{15}$
防禦　②$63_1$　⑤$155_{10}$, 165_9
防禦を加ふ　⑤$161_8$
防禦を東西に設く　⑤$323_{16}$
防禦を用ゐる　⑤$437_{13}$
防閤　②$65_6$, 117_4, 193_1
防守　④$117_6$
防守備はらず　①$171_{12}$
防人　①$205_2$, 239_3, 329_2　③$185_{10}$, 233_9, 307_{16}, $309_{2\cdot 11}$　④$117_{5\cdot 6\cdot 9\cdot 10}$
防人司　③$233_{12}$
防人正　④$133_6$　⑤$295_2$
防人の産業　③$233_{11}$
房　①$27_2$
房舎偖めず　②$13_3$
房星　②$137_{11}$
房の雑徭　②$177_{14}$
房の徭　②$291_{11}$
茅野王　⇒智努王
冒し称る　⑤$241_1$
冒し注す　⑤$413_{16}$

冒渉　⑤$75_9$
冒犯　②$97_8$
剖断　①$181_3$　⑤$407_{11}$
剖判　④$13_7$
旁く求めて歴く試み　①$235_1$
桙　①$19_9$　④$355_7$
桙根　①$55_{15}$
桙削　③$117_{13}$
桙を堅つ　⑤$313_8$
望雲の慶　③$269_{16}$
望外に与ふ　④$127_{11}$
望陁郡（上総国）　②$301_{10}$
望断ゆ　⑤$403_9$
望まくは　①$187_{13}$　②$15_6$, 131_{11}　③$295_2$　⑤$19_2$, 119_3, 239_2, 367_{16}
望み仰がくは　②$233_5$
望み請はくは　②$67_{16}$, $69_{5\cdot 8\cdot 14}$, $71_{5\cdot 10}$, 73_5, 115_{16}, 117_9, 131_{13}, $193_{10\cdot 12}$, 223_1, 267_8　③$113_9$, 135_6, $255_{1\cdot 11}$, 257_2, 357_{11}　④$117_6$, 123_{15}, $197_{7\cdot 12}$, $219_{2\cdot 6}$, 251_6, 271_7, 387_5, 397_3, 403_{12}　⑤$45_{13}$, $99_{3\cdot 10}$, 103_{16}, 105_4, 115_7, 157_5, 203_{10}, 239_9, 251_{16}, 253_3, 273_2, $281_{2\cdot 8}$, 309_{10}, 325_3, 333_7, 487_{13}
望む者（人）多し　③$293_9$　⑤$97_{14}$
望む所無し　⑤$513_{11}$
望を絶つ　⑤$325_4$
傍国（傍の国）　①$67_{11\cdot 13}$, 139_1
傍親に及ぶ　③$219_9$
傍親を用ゐること莫からしむべし　③$63_{15}$
傍人を害ふ　⑤$373_{13}$
傍の上をば宣りたまはむ　③$315_8$
貿易　①$173_5$
貿ふ　⑤$425_{10}$
滂沱　①$231_9$　④$403_{11}$
髦　②$351_{3\cdot 4}$
暴雨　⑤$101_{12}$
暴急　③$435_{12}$
暴険　①$57_{10}$
暴に溢る　③$135_{10}$
暴に病む　④$329_{13}$
暴風　④$389_1$　⑤$91_{12}$, 413_{13}
暴露　②$75_2$
暴を禁む　③$285_1$, 287_{13}
甍　④$385_2$
謀計を能くす　④$23_{10}$
謀殺　⑤$169_6$
謀殺人の已に殺せる　①$129_3$
謀殺人の殺し訖れる　②$365_4$
謀殺の殺し訖ふ　④$401_1$

374

続日本紀索引

謀殺の殺し訖へたる　②$281_{16}$
謀殺の殺し訖れる　②$3_{12}$, 291_6, 337_7　②$23_{11}$
謀首と為り　⑤$47_{13}$
謀中に陥る　④$461_7$
謀中らず　②$319_{16}$
謀反　②$109_8$　③$441_{13}$　④$87_3$, 105_{16}, 375_{13}, 461_6
　⑤$474 \cdot 15$, 225_8, 229_7, 353_6
謀反すと告ぐ　③$201_{13}$
謀反する者　⑤$163_1$
謀反大逆の人の子　④$383_7$
謀反の事　④$373_9$
謀反の事起りて在り　④$87_4$
謀反の事に預る　④$373_{13}$
謀反の心在りとは明らかに見つ　④$87_{11}$
謀反を犯す　④$447_3$
謀りけらく　④$45_{11}$, 241_7
謀りて為る　④$241_{13}$
謀りて云はく　②$373_{14}$
謀りて在る人に在り　④$79_9$
謀り定む　③$215_{14}$
謀る　③$197_1$, 199_6, 207_2, 215_{12}, 223_4, 279_{10},
　　$299_{1 \cdot 16}$　④$27_4$, 45_{11}, 241_8　⑤$47_{11}$, 77_{15}, 225_{13},
　　227_6, 432_2, 435_{13}
謀ること止めよ　④$79_{10}$
謀る所　③$199_{9-10}$
謀れる庭に会らず　③$219_3$
謀を起す　②$371_6$
謀を建つ　④$183_6$
謀を尽す　⑤$145_6$
謀を成す　⑤$401_5$
謀を知る　③$299_2$
謀をぢなし　②$261_9$
謀を同じくす　⑤$431_3$
懋め允こ　②$235_{10}$
誘る言无し　⑤$251_{12}$
誘を招く　④$263_3$
北京　③$393_{12}$
北行東　④$19_5$
北極に斉し　④$415_9$
北ぐるを追ふ者　②$97_7$
北卿（藤原朝臣房前）　③$361_{13}$
北上川（陸奥国）　⑤$431_{3 \cdot 14}$, 493_9
北上川の東　⑤$433_1$, 435_{12}, 439_{13}
北辰　②$125_9$
北辰に儀する者　②$129_{14}$
北斗　④$307_3$
北道の蝦夷　①$187_{10}$
北の松林　②$289_9$
北平（唐）　③$297_{16}$, 299_3

北面　③$65_7$
北門　④$73_3$　⑤$227_6$
北陸山陰両道鎮撫使　③$25_7$
北陸道　①$65_7$, 149_3　②$33_5$, 55_{16}, 433_7　③$313_1$,
　　391_4
北陸道検税使　⑤$51_2$
北陸道使（問民苦使）　③$247_2$
北陸道巡察使　②$443_{12}$　③$149_{16}$, 339_1　④$133_{11}$,
　　197_{16}
北陸道の諸国　③$329_9$　④$23_{11}$
北陸道（覆損使）　④$389_6$
北陸の国　⑤$399_{12}$
北陸の道　⑤$151_1$
北路　⑤$27_4$
幌頭　②$21_3$
幌頭の後の脚　②$21_4$
卜に食ふ　②$237_2$
卜ふ　②$237_4$　④$275_6$, 381_{14}, 385_{12}
卜ふ人　①$25_8$
朴消を練らしむ　⑤$201_{12}$
沐す　②$187_3$　⑤$473_4$, 489_6
沐浴　②$325_8$　⑤$403_{10}$
牧　②$261_5$
牧宰の輩　⑤$103_8$, 387_{15}
牧地を定めしむ　①$27_{12}$
牧長　④$285_8$
牧の駒　①$111_8$
牧の犢　①$111_8$
牧野王　③$111_{10}$
僕　⑤$201_6$
撲たず　①$105_{11}$
撲ちて滅す　①$105_{12}$
撲ち滅つ　③$7_9$
撲滅　④$451_2$
穆ひてトす　②$125_8$
李ふ　②$159_3$, 451_1
没官　①$147_5$, 173_{12}, 175_2, 195_{12}　②$329_1$, 385_{13}
　　⑤$161_{11}$, 163_1, 285_4, 307_{11}
没官田　④$185_7$
没官の宅　④$413_{15}$
没官の奴　③$349_1$
没官の稲　④$381_{12}$
没官の物　④$71_5$
没官の婢　③$349_1$
没して官に入る　②$93_5$
没して官物とす　⑤$479_{15}$
没死　②$335_{13}$, 357_{15}　⑤$89_3$
没す　①$115_3$, 215_{10}　③$375_{10}$　④$119_{12}$
没入　⑤$81_4$

ほう―ほつ（謀・懋・誘・北・幌・卜・朴・沐・牧・僕・撲・穆・李・没）

375

続日本紀索引

ほつ—ほん（没・渤・本）

没む ①229[7] ②75[11] ⑤81[8], 427[15]
没る ①209[7] ④181[5]
渤海 ③297[13·15], 299[4], 331[12], 369[1], 413[16], 439[12], 441[2] ④17[5], 409[6] ⑤105[16], 111[6]
渤海王 ②357[13·16] ③131[16], 299[7] ④365[9], 371[2·10] ⑤39[9]
渤海王の使 ⑤85[7]
渤海王の使者 ④365[11]
渤海王の先考 ④371[8]
渤海郡 ②187[10], 237[16]
渤海郡王 ②183[3], 187[12], 195[1], 237[15], 359[16] ④371[9]
渤海郡王の使 ②187[9]
渤海郡使 ②359[14]
渤海郡副使 ②359[15]
渤海国 ③291[8] ⑤21[13], 83[13]
渤海国王 ②193[16] ③133[5·7·15], 297[14], 299[8], 305[7], 343[15], 345[11], 419[1] ④369[10] ⑤35[10], 37[12], 39[10·12], 85[1], 87[10]
渤海国王の后の喪 ⑤41[4]
渤海国王の書 ②189[2]
渤海国王の喪 ①65[12]
渤海国王の妃の喪 ⑤21[14]
渤海国使 ③343[14], 413[16] ④345[7], 351[13], 363[8], 409[5·15] ⑤35[10], 85[6], 93[4], 375[1]
渤海国大使 ②357[15]
渤海国に住る ④409[8]
渤海国の信物 ④367[2]
渤海使 ②357[16], 361[12] ③125[12], 131[15], 301[1], 331[13], 347[13] ④113[16], 365[5], 367[4], 409[13], 411[3] ⑤27[2], 31[9], 35[3·9], 37[15], 39[8], 85[1·6·10-11], 87[10], 381[6]
渤海使押領 ⑤119[1]
渤海使首領 ②187[14]
渤海使少判官 ④369[8] ⑤37[10]
渤海使少禄事 ⑤37[11]
渤海使少録事 ⑤39[2-3]
渤海使大使 ④369[7·10]
渤海使大判官 ④369[8] ⑤37[10]
渤海使大禄事 ⑤37[11]
渤海使副使 ②355[9] ④369[8]
渤海使訳語 ④369[9]
渤海使録事 ④369[9]
渤海使を送る使 ②197[12]
渤海人 ③37[3]
渤海大使 ②361[13] ③291[8] ④409[9-10] ⑤37[9], 39[1], 375[1]
渤海通事 ⑤113[7]
渤海道を取る ③387[6]
渤海の界 ②357[12]

渤海の客 ②357[1], 361[10] ③125[16]
渤海の使ら ②187[16]
渤海の信物を奉る ②241[1]
渤海の船 ②357[14]
渤海の入朝使 ⑤27[3]
渤海の蕃客 ③337[12] ④363[6], 369[3], 373[6]
渤海の楽 ②361[16] ③97[5] ⑤39[1]
渤海の路 ②357[11]
渤海の禄 ⑤109[5]
渤海判官 ⑤39[2]
渤海副使 ④401[14]
本¹ ③433[3]
本² ①201[13] ②11[16], 117[8], 319[6], 441[6] ⑤111[7], 201[5], 329[13]
本位 ④65[6·10]
本位に叙す ④359[8]
本位に復す ②407[7] ④447[8] ⑤73[6], 155[1], 261[9]
本位を授く ③35[4] ④397[10]
本位を復す ①135[3], 145[12], 153[2], 167[11], 181[2], 269[2], 325[3], 329[2], 339[2], 343[5·8], 345[2], 353[3], 357[3], 363[8], 377[6], 401[16], 403[3·8], 405[4], 407[1], 433[7·10], 435[8], 441[10]
本蔭に依る ⑤327[14]
本営を持す ⑤439[15]
本官 ②239[2] ④57[13], 269[7] ⑤127[13], 279[9], 347[1]
本官に復す ④105[16]
本官を解く ④257[3]
本貫に下す ③117[15]
本貫に還す ①167[12]
本貫に還る ②71[9], 257[12]
本貫に帰る者 ②71[10]
本貫に編む ④293[4]
本貫に放ち還らしむ ③127[11]
本貫を背く ①225[11]
本願の縁記 ②127[5]
本居 ③365[11]
本居に亡する者 ④439[3]
本業を失ふ ⑤271[16], 283[12]
本業を免れず ③117[15]
本軍に赴く ⑤151[14]
本系 ②31[10] ⑤469[8], 509[7]
本系を尋ぬ ⑤205[16]
本系を責む ⑤497[15]
本源断たむとす ②111[10]
本源を尋ねず ⑤51[3]
本源を尋ね要む ②113[9]
本国 ①25[7], 151[4] ③363[13], 365[8], 391[7], 431[10] ④17[10·12], 97[6], 203[11], 409[8·10], 423[7·10] ⑤75[9], 95[5], 105[5]

本国の王　④$423_2$
本国の使　③$431_{16}$
本国の次官已上　⑤$391_7$
本国の長官　⑤$383_7$
本国の楽　②$361_{16}$ ⑤$39_1$
本国の乱　②$35_3$
本坐に居り　⑤$161_{14}$
本罪を科す　③$213_6$
本司　①$39_{13}$, 155_4 ②$103_{15}$ ③$277_1$, 413_{14} ④$101_7$, 131_4 ⑤$235_{11}$
本司の次官以上　②$83_7$
本枝　②$61_9$
本枝百世　②$189_5$
本寺　④$349_{10}$
本主　①$155_{12}$, 167_{13}, 215_{2-3} ④$385_{10}$, 433_{13}
本朱　④$173_1$
本処　④$55_{11}$
本処に放つ　②$101_{11}$
本色に還す　①$137_{15}$, 167_{14} ②$119_2$, 191_{15} ③$181_{11}$
本色に従はしむ　③$127_{12}$
本色に従はす　②$117_5$
本色に従ふ　①$139_1$ ⑤$137_4$
本草　③$237_3$
本曹　③$13_1$
本属に報ぐ　①$177_{10}$
本属を経ず　②$29_{10}$
本朝　①$25_{12}$ ②$357_{10}$
本田　②$227_{10}$
本とす　②$119_4$ ⑤$285_1$
本土に還る　②$71_6$
本土に放ち却す　③$277_1$
本土を去り離る　③$253_{14}$
本道の巡察使　③$337_4$
本に依りて定む　②$133_3$
本に過ぐ　②$69_{14}$, 281_3
本に従ふ　⑤$99_{11}$
本(の)郷　②$221_3$
本(の)郷に還却らしむ　④$391_{13}$
本(の)郷に還す　①$71_2$ ②$365_8$
本(の)郷に還らず　①$155_{12}$
本(の)郷に還る　④$219_6$
本(の)郷に帰す　②$329_2$
本(の)郷に帰る　②$99_5$
本(の)郷に送り至らしむ　⑤$39_{16}$
本(の)郷に達らしむ　③$235_6$ ④$17_6$
本(の)郷に返却す　④$411_1$
本(の)郷に放し還す　⑤$199_2$
本(の)郷に放ち還らしむ　③$411_{13}$

本(の)郷を離る　⑤$137_4$
本の号　②$287_9$
本の字に従ふ　④$303_{13}$
本の数　①$185_5$
本の正しき名に返す　⑤$309_{10}$
本の姓　①$73_{13}$, 177_2 ③$257_{14}$ ⑤$257_1$, 447_1
本の姓に依る　⑤$513_5$
本の姓に帰る　①$189_{14}$
本の姓に従はしむ　③$151_{14}$ ⑤$239_{16}$
本の姓に従ふ　①$215_1$
本の姓に復しむ　①$45_{10}$
本の姓に復す　④$281_9$, 305_5, 447_{11}
本の姓に復る　①$177_4$
本の姓を改む　③$233_2$ ⑤$255_1$, 257_5, 321_{15}, 327_1, 343_7, 387_{14}, 437_7, 447_8
本の姓を賜ふ　⑤$275_{14}$
本の姓を復す　④$351_{11}$, 375_7, 385_4, 387_7
本の姓を蒙る　①$189_{15}$
本(の)籍　①$69_4$ ②$147_{10}$ ⑤$103_{15}$, 105_3, 159_2
本の地　②$227_9$
本(の)名　④$91_{14}$, 115_2, 221_5, 337_{14} ⑤$459_3$, 487_{15}
本蕃　④$443_3$
本蕃に帰る　③$439_{14}$ ④$113_{16}$ ⑤$27_2$
本蕃に送り還さしむ　③$307_6$
本蕃に達らしむ　⑤$119_3$
本部　①$139_3$
本部に下す　①$139_3$
本部の官司　③$213_6$
本末　②$275_{15}$
本より功を加ふる人　②$229_1$
本利　①$49_{14}$ ②$69_6$, 441_7 ③$93_7$　→本, 利
本を弃つ　③$365_1$
本を失はず　③$253_6$
本を収む　③$93_7$, 425_9
奔散　④$43_8$
奔電去来　④$59_6$
奔亡　①$171_{11}$ ④$443_{10}$
奔命に趁る　②$135_7$
奔り迸く　⑤$195_{11}$
奔り拠る　④$29_1$, 37_{13}
奔り赴く　⑤$273_{14}$
盆の如し　④$407_{14}$
凡河内忌寸石麻呂　①$107_8$
凡河内田道　②$367_{14}$
凡海宿禰麁鎌　①$35_{14}$
凡海連興志　②$87_{13}$
凡聖の差　③$357_6$
凡直　④$157_8$ ⑤$509_{2-3}$

ほん（本・奔・盆・凡）

ほん（凡・梵）

凡直伊賀麻呂　④167$_4$
凡直継人　④183$_{12}$
凡直継人の父　④183$_{13}$
凡直黒鯛　④213$_6$　⑤213$_{15}$
凡直黒鯛の母　④213$_7$
凡直千継　⑤507$_{15}$, 509$_6$
凡直千継らが先　⑤507$_{15}$
凡直大成　⑤505$_8$
凡直稲積　④183$_{13}$
凡直麻呂　④157$_9$
凡直鎌足　③79$_5$
凡費　④157$_{10}$
凡百　③245$_7$
凡百の寮　⑤169$_2$

梵宇　②417$_6$
梵王　③217$_7$　④241$_{11}$
梵響を息む　④321$_{14}$
梵釈寺（近江国）　⑤361$_6$, 407$_5$
梵衆　⑤127$_{11}$
梵文　④375$_9$
梵網経の講師　③171$_9$
梵網経を講く　③175$_7$
梵網経を講す　③381$_9$
梵網経を写す　③171$_{14}$
梵網経を説かしむ　③171$_{14}$
梵網経を本とす　③171$_{13}$
梵侶　③275$_4$

続日本紀索引

ま

まねく在り ⑤$179_1$
麻 ④$125_3$, 463_8
麻殖郡(阿波国) ④$211_3$
麻殖郡の人 ②$211_3$
麻続連広河 ⑤$491_6$
麻続連大賛 ①$13_7$
麻続連豊足 ①$13_7$
麻䘺 ②$99_2$
麻田連 ②$151_{15}$
麻田連狛賦 ③$311_8$, 337_5, 353_9, 401_{16}, 423_9
麻田連金生 ④$53\cdot11$
麻田連真浄 ④$153_8$ ⑤$257_{15}$, 381_4, 399_6, 461_9, 513_{15}
麻田連陽春〔答本陽春〕 ③$347_{10}$
麻度比〔道祖王〕 ③$207_6$, 215_9
麻呂(人名) ⑤$471_5$
摩訶般若波羅蜜 ③$281_{11}$ ④$431_{9\cdot13}$
摩訶般若波羅蜜多 ③$281_6$
毎月 ②$235_{14}$, 261_{14}, 391_8
毎月の八日 ②$391_7$
毎国 ②$365_{10}$
毎国の僧寺(国分寺) ②$391_{3-4}$
毎国の尼寺(国分尼寺) ②$391_{4-5}$
毎事 ④$31_{12}$ ⑤$123_3$
毎に茲を念ひ ③$435_8$
毎日 ④$387_{13}$ ④$191_2$ ⑤$39_7$
毎年 ①$167_7$, 171_9, $183_{5\cdot8}$, 229_2 ②$69_{1\cdot5}$, 149_7, 211_{13}, 235_{12}, 281_3, 441_6, 443_3 ③$229_4$ ④$131_{16}$, 199_2, 235_{13}, 385_{13}, 393_{14}, 457_{16} ⑤$153_{15}$, 481_2
毎夜 ④$421_8$
枚 ①$87_{12}$ ②$289_5$ ④$133_9$ ⑤$413_4$, 467_3
枚田忌寸安麻呂 ②$381_3$
枚田女王 ⑤$53_3$
昧旦より治を思ふ ④$49_{10}$
埋葬を加ふ ①$177_{10}$
埋み歛む ①$155_8$
埋む ④$89_8$
埋めらる ④$59_9$
埋められたる家 ④$391_5$
幕 ②$149_{11}$, 261_7
末黄 ④$173_1$
末使主望兄 ④$177_2$
末に接く ②$307_{13}$
末流 ②$111_{11}$
末を行ふ ③$365_1$

靺鞨国 ②$67_4$
万一 ③$307_{16}$ ⑤$75_{10}$
万家 ②$449_1$
万機 ②$89_8$, 103_{13} ③$85_{10}$ ④$101_{11}$ ⑤$217_{13}$, 221_{15}, 497_1
万機はれ重し ⑤$217_{12}$
万機を佐くることを闕く ④$317_5$
万機を摂る状 ①$119_{11}$
万国 ②$157_4$ ③$237_{14}$ ⑤$249_6$
万歳 ②$307_{16}$
万歳に伝ふ ②$271_{14}$
万歳を称ふ ③$11_4$ ⑤$403_{11}$
万死 ②$219_9$
万死に一生 ⑤$31_{13}$
万死を出づ ①$17_5$
万祀 ②$95_5$
万事咸く邪なり ③$385_2$
万世 ②$141_7$
万世の基 ③$211_5$
万世の宮(歌謡) ④$279_1$
万姓 ②$89_{13}$, 253_{13}, 291_2, 307_{12}, 359_3, 363_{12} ⑤$393_7$, 471_{16}
万姓の末康からぬ ⑤$245_1$
万代に伝ふ ②$401_3$ ③$279_{14}$
万代の基 ②$305_{12}$
万代の福業を惰む ②$431_{10}$
万代までに(歌謡) ②$403_8$
万代を歴 ③$553_3$
万雉の城石 ②$61_9$
万痛心に纏ふ ③$171_{11}$
万年通宝 ③$349_{12}$
万の政惣ぬ ④$333_{11}$
万病消除 ③$83_8$
万物 ②$203_{11}$ ③$285_9$ ④$175_1$, 271_{15}, 445_7 ⑤$125_{10}$
万物初めて萌す ③$245_{11}$
万物の生 ②$103_8$
万物を済ふ ④$131_2$
万物を撫す ④$273_2$
万方 ②$211_8$ ④$55_{10}$, 269_{16}, 311_7
万方辜有らば余一人に在り ②$115_9$
万方を宰る ④$125_{11}$
万邦に臨む ④$49_9$
万民 ①$225_{16}$ ②$305_{15}$ ③$23_5$ ④$57_{12}$ ⑤$167_{13}$
万里 ⑤$325_1$
万里の嘉賓 ②$417_4$
万類 ④$203_{13}$
満月を懐く ②$63_{12}$
満誓〔笠朝臣麻呂〕 ②$129_{10}$

まん（満・縵）

満足 ③83$_9$
満つ年 ①79$_{15}$
満つることを待つ ③293$_9$
満つるを待つ ③293$_5$

満て難し ①87$_1$
縵 ③45$_6$
縵連宇阤麻呂 ⑤123$_5$

み

みづく屍（歌謡） ③$73_2$
みまし大臣 ④$333_{11}$, $335_{4\cdot6\cdot8}$
みましに賜ひ ④$139_{16}$
未結正 ①$215_{10}$ ②$3_{12}$, 77_7, 297_5, 397_{12} ③$9_2$, 23_{10}, 39_9, 181_{16} ④$49_{13}$, 59_2, 119_5, 175_{13}, 235_{16}, 287_5, 399_2, 405_{13}, 417_8, 445_{11} ⑤$67_3$, 103_4, 125_{12}, 169_5, 175_{11}, 205_4, 217_6, 245_7, 465_7
未審 ②$249_{12}$ ⑤$425_{16}$
未然に禁断す ①$175_2$
未然に固む ③$283_{10}$
未だ幾もあらず ⑤$45_8$
未だ治からず ④$397_{13}$, 405_9
未だ就らぬ ③$369_{11}$
未だ進らぬ ④$465_9$
未だ宣べず ④$57_{16}$
未だ息まず ⑤$465_4$
未だ定まらず在り ③$315_7$
未だ納めぬ ③$117_1$ ④$285_{12}$ ⑤$125_{16}$
未だ晩からじ ⑤$43_{14}$
未の三点 ⑤$175_{13}$
未の四点 ⑤$175_{14}$
未（の）時 ②$387_{13}$, 411_{10} ③$199_4$, 215_{14}
未納 ②$249_9$ ③$19_9$ ④$75_{14}$, 165_{10}, 205_7 ⑤$253_{10}$, 391_9, 465_9, $479_{12\cdot16}$, 481_3
未納の者 ⑤$481_3$
未納有り ⑤$365_9$
未納を致す ⑤$387_3$
未発覚 ①$123_8$, 129_2, 215_9 ③$11$, 77_7, 297_5, 397_{11} ③$9_2$, 23_9, 39_9, 181_{16}, 367_5 ④$49_{13}$, 59_2, 119_4, 175_{12}, 235_{15}, 287_4, 399_1, 405_{13}, 417_8, 445_{11} ⑤$67_3$, 103_4, 125_{12}, 169_5, 175_{10}, 205_4, 217_5, 245_7
未発露 ⑤$465_7$
未来際を窮む ③$83_7$
味沙（人名） ⑤$471_5$
味酒部稲依 ④$237_4$
味淳龍丘 ③$257_{11}$
味生池（肥後国） ②$43_{13}$
弥努王 ⇨美努王
弥努摩女王 ④$323_{14}$ →弥努摩内親王
弥努摩内親王〔弥努摩女王〕 ⑤$163_7$
弥勒像 ②$127_4$
密語 ④$89_5$
密に告ぐ ④$185_{14}$, 451_{11}
密に奏さく ③$199_{15}$
密に奏す ④$27_{16}$

密封 ③$311_7$
密を告ぐ ②$205_{11}$ ③$241_{13}$ ④$181_{12}$
密を告げし人 ③$211_{13}$
蜜 ②$359_{10}$ ③$351_5$
蜜奚野 ③$347_4$, 389_{13} ④$7_3$
脈経 ③$237_3$
脈決 ③$237_4$
妙果 ③$237_{16}$
妙覚 ③$271_6$
妙機を研ぐ ②$63_{11}$
妙見寺（河内国） ⑤$45_2$
妙身 ③$239_5$
妙迹 ③$273_4$
妙選 ③$353_{15}$
妙福 ③$171_{16}$
妙福を翼とす ③$237_{12}$
妙法蓮華経を写さしむ ②$389_{12}$
妙略 ③$311_5$
妙麗 ①$205_9$
民 ①$55_5$, 85_{11}, 89_8, 99_{13}, 231_7 ②$55_{16}$, 97_5, 117_8, 175_1, 227_{11}, 281_{14}, 307_1, 323_{11} ③$15_{13}$, 19_8, 47_2, 175_9, 291_{12-13}, 309_{12}, 385_7, 437_5 ④$91_3$, 491_5, 125_5, 147_2, 155_3, 163_1, 231_9, 289_1, 405_5, 449_7 ⑤$117_2$, 193_{11}, 325_4, 405_{13}
民安し ③$321_6$
民家 ①$229_7$ ②$441_9$ ④$59_9$
民官 ①$35_{12}$
民間 ③$213_1$, 217_{15}, 247_8
民間に漏す ④$181_1$ ⑤$365_{11}$
民忌寸 ④$187_{11}$ ⑤$333_{12}$
民忌寸衰志比（于志比） ①$167_3$ ②$65_{13}$ ④$381_6$
民忌寸礒麻呂 ④$95_2$
民忌寸古麻呂 ④$65_{13}$
民忌寸真楫 ③$29_{12}$, 53_{11}
民忌寸総麻呂 ④$234$, 107_6, 111_{16}, 115_{10}, 177_7
民忌寸大火 ④$71_{16}$
民忌寸大楫（大梶） ③$331_5$, 379_{14}, 393_{14}
民忌寸比良夫 ①$63_{12}$, 115_{14}
民居 ①$147_{13}$
民苦 ③$245_{12}$
民産 ②$171_{13}$
民使毗登日理 ④$277_{10}$
民宿禰 ⑤$333_{12}$
民庶 ③$327_{12}$
民情 ④$391_{11}$
民息ふ ③$309_7$
民俗を観察 ③$339_3$
民に益無し ③$237_2$
民に還す ⑤$413_{11}$

みん（民）

民に損無し ③$349_{11}$
民に任す ⑤$303_{12}$
民に募る ②$119_4$
民の為 ②$293_{11}$
民の隠を恤む ②$11_8$
民の害を除く ⑤$267_{12}$
民の患を救ふ ②$321_{13}$
民の間 ①$11_{11}$
民の苦しみを救ふ ①$85_{12}$ ②$95_{11}$
民の苦しむ所と為る者 ⑤$297_4$
民の戸 ②$59_{11}$
民の困を致す ④$219_1$
民の財を残す ②$157_5$
民の産（業）を妨ぐ ②$338_6$ ④$219_6$
民の産を損（傷）ふ ②$397_6$ ⑤$303_{12}$
民の資くる所 ⑤$307_4$
民の疾苦 ③$289_2$
民の情 ②$179_6$
民の蠧と為る ⑤$109_1$
民の農を妨ぐ ①$103_{11}$
民の父母 ②$97_2$ ⑤$245_3$
民の物 ③$387_1$
民の命を救ふ ②$293_9$
民の命を続ぐ ②$303_{15}$
民の憂 ③$295_5$ ⑤$437_{14}$
民の憂无からしむ ③$439_1$
民の例に同じくす ⑤$467_{14}$
民は惟れ邦の本なり本固ければ国寧し（書経） ⑤$307_4$
民部卿 ①$87_{12}$, 133_6 ②$133_8$, 249_3, 321_4, 331_{10}, 339_2, 353_9, 395_8, 399_6, 409_{13}, 413_1, 437_3 ③$15_6$, 21_4, 35_2, 77_1 ④$351_6$, $115_{4\cdot12}$, 195_4, 295_2 ⑤$205_8$, 233_3, 277_8, 337_7, 369_3, 373_1, $393_{4\cdot12}$, 477_7

民部少輔 ②$67_{12}$, 81_2, 343_8 ③$251_1$, 191_{15} ④$121_6$, 289_2, 325_{10}, 339_8, 347_3 ⑤$49_{14}$, 109_9, 137_7, 189_3, 261_{13}, 275_7, 277_6, 317_2, 337_8, 381_3, 391_{16}, 429_{10}
民部尚書 ①$35_3$
民部省 ①$97_{2\cdot4}$, 205_1 ②$65_3$, 227_4 ③$285_{16}$ ⑤$441_{11}$, 455_4 →仁部省
民部大丞 ⑤$455_4$
民部大輔 ①$3_2$, 33_2, 65_2, 119_2, 149_2, 159_2, 193_2 ②$3_2$, 41_2, 81_1, 109_2, 177_2, 243_2, 287_2, 337_2, 385_2, $409_{3\cdot6}$, 415_2 ③$3_2$, 23_3, 39_2, 51_8, 91_6, 101_2, 129_2, 141_{15}, 175_2 ④$193_2$, 267_2, 289_2, 347_2 ⑤$49_{14}$, 137_7, 189_3, 231_{12}, 275_7, 317_2, 373_6, 399_3, 401_7, 405_{11}, 407_8
民風を聴く ②$235_7$
民を愛す ⑤$269_2$
民を居く ②$273_7$
民を居らしむ ②$317_{16}$
民を済ふ道 ②$327_{14}$
民を使ふ ③$437_{14}$
民を治む ③$183_5$, 321_{11} ⑤$365_{12}$
民を心としこれを育む ⑤$167_{12}$
民を仁寿に登す ③$223_9$
民を蠱す ①$179_{13}$
民を導く ②$89_5$ ⑤$133_{13}$
民を富ましむ ②$5_7$
民を富ましむる本 ②$5_8$
民を撫づ ①$187_{10}$ ⑤$195_5$, 321_5
民を保つ ⑤$155_6$
民を養ひて子の如くすること能はず ④$289_8$
民を養ふ ④$403_{11}$
民を労するに足り ③$291_{15}$
民を労る ④$437_6$

続日本紀索引

む

むつ事　②225$_9$
无位(無位)　①35$_7$, 75$_{11}$, 83$_4$, 85$_5$, 91$_{16}$, 111$_1$, 129$_{16}$, 137$_8$, 159$_{9·11}$, 177$_{5·10·11}$, 189$_{11}$, 193$_8$, 207$_6$　②21$_{11}$, 23$_1$, 41$_6$, 55$_{2·5}$, 59$_6$, 127$_{10·11}$, 135$_{11}$, 145$_7$, 147$_5$, 151$_{12}$, 165$_9$, 177$_{10·11}$, 205$_{1·12}$, 209$_6$, 221$_1$, 255$_{10}$, 267$_{14}$, 275$_{4·9}$, 287$_{12}$, 311$_{2·6·9·11·14}$, 329$_6$, 331$_{13}$, 345$_{10}$, 347$_{4-5·14}$, 349$_{1-2}$, 361$_{3·14}$, 363$_{11}$, 369$_9$, 377$_2$, 379$_8$, 423$_{9-10}$, 439$_7$　③31$_1$, 56$_{6-7·9-10·13}$, 27$_3$, 291$_5$, 35$_4$, 41$_{7-10}$, 47$_6$, 51$_5$, 75$_8$, 77$_{6·8·11·16}$, 79$_9$, 81$_{11}$, 93$_{11}$, 95$_1$, 107$_{6-7}$, 109$_{3·14}$, 111$_{6·8-12}$, 115$_{2·5}$, 119$_5$, 121$_{2·4}$, 131$_{15}$, 135$_9$, 149$_7$, 153$_1$, 187$_{13}$, 189$_{13}$, 221$_5$, 231$_{16}$, 233$_3$, 267$_{5·15}$, 269$_1$, 293$_{16}$, 319$_7$, 321$_2$, 339$_{14}$, 345$_7$, 347$_5$, 369$_{13}$, 371$_{4-6}$, 397$_3$, 399$_7$, 401$_3$, 419$_{3·11-12}$, 441$_{11}$　④36, 54, 96, 256, 388, 391$_2$, 434, 49$_8$, 534, 65$_{6·10-11}$, 67$_{12}$, 69$_5$, 77, 133$_{15}$, 135$_4$, 143$_{2·7-8}$, 145$_{3·12}$, 149$_{12}$, 151$_{10}$, 153$_2$, 163$_{11}$, 167$_{11}$, 169$_{15}$, 181$_2$, 183$_{13-14}$, 185$_3$, 191$_8$, 195$_{14}$, 207$_{14}$, 211$_2$, 213$_1$, 219$_{13·15}$, 221$_2$, 227$_{16}$, 239$_{15}$, 265$_{13}$, 269$_{1-2·5}$, 271$_{13}$, 281$_9$, 291$_{14}$, 315$_2$, 321$_3$, 323$_{14}$, 325$_{2-3}$, 329$_7$, 337$_{6-7}$, 341$_{11}$, 343$_{5-6·8}$, 345$_2$, 353$_7$, 357$_2$, 359$_8$, 363$_{8-9·13}$, 365$_{4-5·8}$, 375$_7$, 377$_6$, 395$_4$, 397$_{10}$, 405$_4$, 415$_{14}$, 419$_6$, 429$_{14}$, 433$_{7·10}$, 435$_8$, 443$_{14}$, 445$_{14}$, 447$_{7·13}$, 453$_2$, 455$_4$　⑤55$_{5·7·9}$, 159$_{9·16}$, 33$_4$, 39$_6$, 45$_1$, 49$_5$, 53$_{2-3}$, 59$_{7·9-10}$, 67$_{14}$, 69$_4$, 71$_2$, 73$_6$, 85$_{5·8}$, 87$_8$, 91$_{10}$, 93$_9$, 123$_8$, 127$_{11}$, 133$_{10}$, 145$_{12}$, 147$_6$, 155$_1$, 163$_{15}$, 171$_{5·12}$, 183$_{11}$, 187$_5$, 199$_4$, 207$_{13-14·16}$, 209$_4$, 211$_{2·7}$, 213$_{4·9·12}$, 215$_{4·7}$, 257$_7$, 259$_{11·13-15}$, 261$_4$, 287$_5$, 289$_{2·8}$, 315$_{2·8·10}$, 335$_9$, 357$_5$, 361$_{4-5}$, 377$_{14}$, 391$_{15}$, 395$_{15}$, 417$_6$, 419$_{10}$, 429$_{16}$, 455$_{11}$, 483$_{2·4}$, 485$_{13}$, 487$_{16}$, 495$_{11}$, 499$_{12}$, 503$_5$
无位(無位)已上　①19$_8$
无位(無位)大舎人等　③73$_9$
无位(無位)の皇親　③13$_3$
无位(無位)の豪富の家　②151$_4$
无位(無位)の者　③127$_{12}$
无位(無位)の諸王　②173$_{12}$, 185$_{10}$
无位(無位)の宗室　②15$_{13}$
无位(無位)の朝服　①191$_4$
无故不上の徒　③277$_1$
无上の威力　③171$_{16}$
无上の慈教に違ふ　⑤127$_6$
无姓　③185$_7$
无姓の人等　③9$_{11}$

无道の人　④257$_1$
无礼き面へり无し　④251$_{12}$
无礼し　④253$_5$, 365$_{10·12}$, 409$_{16}$　⑤123$_3$
无礼して従はず　④43$_{13}$
牟宜都君比呂　①43$_6$
牟義都公真依　⑤175$_1$
牟久売(人名)　①15$_7$
牟佐村主相模　①163$_{6·8}$
牟都岐(牟都支・牟都伎・正月)王　④227$_{16}$, 243$_9$, 427$_{12}$　⑤11$_1$, 105$_{12}$, 193$_2$, 243$_6$, 295$_1$, 409$_{10}$, 503$_{15}$, 505$_2$
牟都岐王の女　⑤505$_2$
牟都岐王の男　⑤503$_{14}$, 505$_2$
牟牟礼大野(人名)　②365$_8$
牟婁郡　⇨武漏郡
牟漏郡　⇨武漏郡
牟婁(牟漏)采女　④95$_{14}$, 237$_5$
牟漏埼(紀伊国)　①139$_9$
牟漏(無漏)女大王　②347$_{12}$　③191$_4$　④331$_4$
務　②5$_8$　⑤107$_{14}$
務冠四階　①37$_{3·10}$
務義郡(美濃国)　②33$_{10}$
務広肆　①7$_7$, 29$_{13}$
務広弐　①11$_2$
務重し　①197$_{13}$
務大壱　①29$_6$
務大肆　①35$_4$
務とす　⑤265$_7$
務繁し　②97$_3$
務むる所　②63$_6$
務め結りて　①5$_9$
務めず　⑤367$_{14}$
務を簡にす　④303$_{10}$
務を済すに堪ふべき者　②247$_{12}$
務を施す　③283$_8$
務を理むるに堪へず　②247$_{11}$
無為　③273$_{14}$
無蓋　①97$_{16}$
無冠　①13$_{7-8}$
無窮の業　①131$_8$
無窮の賞　④81$_{13}$
無事　③283$_{14}$
無遮大会を設く　③13$_{16}$
無上道に帰す　④139$_{14}$
無上の尊像　②13$_4$
無職の徒　②269$_{16}$
無知の愚民　②327$_{11}$
無知の百姓(伯姓)　②71$_7$　⑤115$_{16}$, 165$_{12}$
無道　③205$_{8·10}$, 211$_8$

む（む・无・牟・務・無）

383

む（無・夢・霧）

無用を省く ⑤221₁₃
無礼 ①191₃ ③179₈ ⑤113₃
無礼の臣は聖主も猶奔つ ③181₁₀

無漏女王 ⇨牟漏女王
夢 ④255₁₀
霧のごとくに消ゆ ①187₁₂

め

名　①$29_{12-13}$, 45_{12}, 167_9, 169_{13}, 171_6, 195_{10}, 211_{11}　②$153_{11}$, 219_{11}, 409_9　③$261_6$, 269_{10}, 299_{13}, 441_{15}　④$27_6$, 205_4, 311_1　⑤$77_{5-6}$, 83_1, 107_5, 201_{14}, 205_{16}
名官を求む　①$181_6$
名く　③$167_6$, 285_1, 375_8, 435_{11}　④$13_3$, 121_{16}, 195_{14}, 459_2　⑤$21_2$, 201_3, 425_{10}
名くる所を知らず　④$129_{14}$
名継女王　⑤$147_6$
名号　①$199_2$　②$401_2$
名号に由らずといふこと莫し　③$273_5$
名山　②$119_{14}$　③$17_5$, 47_1
名山大川　①$11_6$, 39_{11}, 71_6, 105_7, 161_{15}, 215_6, 231_9　②$259_3$
名字加へず　③$277_{12}$
名実錯り乱る　③$251_{16}$
名取郡(陸奥国)　④$235_6$
名取郡の人　④$235_6$
名取郡より以南十四郡　⑤$323_{13}$
名取公龍麻呂　④$147_1$
名取朝臣　④$147_1$
名神　⑤$403_{14}$, 469_1, 503_4
名神の社　②$241_1$　④$55_{15}$
名籍　①$43_{16}$, 139_3　②$15_1$, 153_{10}　③$167_4$　④$201_7$, 293_4
名草王¹　④$149_{14}$
名草王²　④$349_{12}$
名草郡(紀伊国)　①$71_2$　②$137_{10}$, 155_6　④$95_{3·6·12}$, 271_4
名草郡少領　②$155_7$
名草郡少領已上　②$137_{10}$
名草郡大領　②$155_6$　④$95_{12}$
名草郡の人　②$33_8$, 99_8
名草直高根女　④$411_6$
名達　④$165_9$
名帳　①$179_7$　⑤$103_{16}$, 105_4
名張郡(伊賀国)　②$37_{13}$
名とす　④$461_2$
名に非ず　③$269_7$
名の如くし　④$101_{13}$
名は礒麻呂と給ふ　②$255_3$
名は烟と共に天に昇る　④$261_{16}$
名辺王　③$111_9$
名簿　②$293_3$, 355_9
名方王　④$149_{13}$

名方郡(阿波国)　④$157_7$
名も還し給ふ　④$255_3$
名も取り給ひ　④$255_6$
名有り　⑤$325_2$
名誉を求む　⑤$367_{10}$
名例律　⑤$163_2$
名藤　②$47_{11}$
名を易ふ　②$69_{13}$
名を改む　②$155_{10}$, 173_{14}, 429_{15}　③$207_6$　⑤$265_{16}$
名を挙す　②$247_{13}$
名を具にす　②$179_{11}$
名を闕く　③$311_6$
名を賜はる　④$115_1$
名を賜ふ　①$35_{16}$　④$43_6$
名を受く　⑤$501_4$
名を重し物を軽す　③$323_8$
名を重みす　②$193_3$
名を署す　②$233_{16}$, 235_1
名を除く　②$155_{13}$, 219_{12}　④$279_{14}$　→除名
名を称ること得ざれ　③$255_8$
名を上る　②$407_{11}$
名を正す　④$13_5$　⑤$471_{16}$
名を先にす　②$103_6$
名を奏す　④$85_{14}$, 201_8
名を着す　⑤$447_6$
名を長き代に流ふ　④$113_{10}$
名を唐国に播す者　④$459_{12}$
名を匿せる書　③$63_5$
名を播す　④$459_{12}$
名を冒す　①$137_9$
名を万代に流ふ　③$163_8$
名を両処に着く　③$325_2$
名を録す　②$397_{16}$　④$163_2$　⑤$117_8$, 145_9, 165_{16}
命　①$119_{13}$, $121_{6·10·13}$, 123_2, $127_{4·14}$　②$143_4$, $215_{9·13}$　③$85_{13}$, 249_6　④$311_{5·10}$, 327_9, 399_{13}　⑤$179_7$
命す　①$171_4$　②$73_{13}$, 77_9, 281_{10}, 361_{12}, 367_7　③$311_7$, 379_5　④$125_7$　⑤$245_{14}$, 469_{14}
命に違ふ　⑤$367_{13}$
命に逆ふ　①$59_3$　③$331_{15}$
命に従ふ　③$201_2$
命に配す　⑤$393_{16}$
命婦　①$113_5$　②$203_9$, 267_3　③$43_2$, 351_{10}, 389_2, 417_{12}　④$111_{12}$, 185_3, 401_7, 435_{14}　⑤$71_1$, 89_8, 111_{14}, 131_7, 133_8, 143_6, 197_7, 255_9, 267_{11}, 303_4, 441_5, 449_1　→内命婦, 外命婦
命らま　③$65_9$
命りたまはく　④$101_{16}$, 263_4
命りたまはむ　④$259_1$

めい(名・命)

385

続日本紀索引

めい―めつ（命・明・迷・冥・寃・鳴・滅）

命りたまひ　④259$_{9・15}$
命りたまひて在り　④263$_7$
命を延ぶる術　⑤67$_1$
命を延ぶる要　③155$_7$
命を衛む　④165$_8$
命を告ぐ　③299$_6$
命を済ふ　②293$_{10}$
命を錫ふ　②239$_6$
命を受く　②189$_4$
命を尽す　③341$_{15}$
命を遂ぐ　④183$_1$
命を請ふ　②75$_1$
命を致す　②307$_3$
命を用ゐず　①17$_{12}$
命を養ふ　①199$_8$
明一品　②197$_{15}$
明王　④445$_8$
明王の務むる所　③239$_7$
明科を練らず　②447$_1$
明冠四階　①37$_2$
明き浄き心を以て　①111$_{12}$ ④423$_2$ ④71$_{3・8}$, 73$_6$, 87$_2$
明き浄き直き誠の心を以て　①5$_8$
明き制　②387$_3$
明き清き心を以て　③199$_2$
明き直き心を以て　③219$_6$
明基　④255$_5$
明輝　②49$_1$
明く浄き心を以て　③341$_7$ ④35$_1$, 335$_{10・12}$
明く浄く仕へ奉れる　③219$_{16}$
明けき時に逢ふ　⑤335$_1$
明けき証とするに足る　④397$_2$
明けき名を得む　③211$_8$
明けぬに衣を求め日戻くるまで膳を忘る　② 349$_{16}$
明経　③295$_8$ ④355$_{15}$ ⑤215$_2$
明経生　③237$_3$
明経第一の博士　②85$_{15}$
明経第二の博士　②87$_1$
明験の言　③365$_8$
明光浦(紀伊国)　②155$_{10}$ →弱浜
明光浦の霊　②155$_{12}$
明時に当る　⑤509$_4$
明時に逢ふ　⑤497$_{13}$
明時の羽翼　③361$_{10}$
明主　②387$_{16}$ ③137$_6$, 283$_7$
明詔を降す　③343$_1$
明詔を失ふ　②307$_9$
明神と大八州知しめす天皇　②265$_1$

明神と大八洲知らしめす天皇　⑤181$_3$
明神と大八洲知らしめす和根子天皇　④399$_{12}$
明神と大八洲知らしめす倭根子天皇　③215$_5$
明神と八洲御めす養徳根子天皇　④327$_8$
明石王　②329$_7$
明石郡(播磨国)　②173$_9$ ⑤483$_{16}$
明石郡大領　⑤483$_{16}$
明石郡の人　④243$_5$
明雪を得たり　①201$_2$
明薦を陳ぶ　⑤395$_1$
明断を請ふ　④211$_{16}$
明堂　③237$_4$
明徳有り　③283$_{14}$
明日香皇女　①27$_{13}$
明日川(大和国)　④93$_{11}$
明白　③379$_8$
明敏　④113$_{12}$
明文　④13$_{15}$
明法　②87$_2$ ③295$_8$ ④355$_{15}$
明法曹司　②89$_4$
明法博士　①47$_{13}$ ③289$_4$, 389$_6$
明命に称ふ　②363$_{15}$
明らかに浄き心を以て　④139$_5$
明らかに浄き心を以て奉侍らむ人　④257$_{14}$
明らかに浄く　②259$_5$
明らかに清き心を以て　④79$_1$
明らかに清く貞かに　②253$_9$
明らかに貞かに在る心を以て奉侍れ　④253$_{15}$
明らかに貞しき心をを以て　④49$_5$
明らけき奇しき徴　④77$_{16}$
明らけく見知られたり　②223$_6$
明らけみ　④333$_{16}$
明廉清直　④413$_1$
明を失ふ　③431$_{16}$
迷ひ乱る　①199$_7$
迷方を導く　⑤427$_{16}$
冥福　②163$_8$ ③231$_2$
冥路の鸞輿　③171$_{16}$
冥路を慰む　①17$_7$
冥路を資(助)く　①125$_{14}$ ③163$_5$
寃助を憑く　④393$_{13}$
鳴謙く光れり　③269$_{14}$
鳴珮　③271$_{10}$
鳴り動く　⑤175$_{13-14}$
鳴るを聴む　④147$_3$
滅え止む　③7$_{11}$
滅えず　③7$_{8・10}$, 111$_4$
滅さる　④27$_5$
滅す　⑤435$_7$

386

続日本紀索引

滅ぶ　②$371_2$
滅法を致す　②$15_3$
滅亡　③$211_4$
免さる　①$71_1$, 115_3　②$19_{10}$　⑤$47_5$
免されず　③$117_{15}$
免し給はず　④$261_{10}$
免し給ふ　④$89_{16}$, 175_7, 253_{12}
免し賜はく　③$267_2$　④$313_{15}$　⑤$183_8$, 445_5
免し賜ふ　③$73_{11}$　④$313_{14}$, 373_{15}　⑤$443_{13}$, 445_{2-3}
免除　①$203_{14}$　②$249_9$　⑤$465_{10}$
免す　①$5_{13}$, $15_{13\cdot15}$, 41_{14}, 47_6, $49_{14\cdot16}$, 55_{14}, 63_3,
　　69_5, 71_{13}, 79_5, 83_{10}, 89_{11}, 91_5, 101_2, $107_{1\cdot11}$,
　　129_{10}, 143_{12}, 153_7, 157_6, 187_4, $205_{6\cdot10}$, 211_1,
　　217_9, 233_4　②$5_3$, 19_4, $33_{11\cdot14}$, 35_4, 39_7, 45_4,
　　$75_{6\cdot15}$, $77_{2\cdot12}$, 91_{10}, 123_{14}, 137_5, 143_{13}, 155_6,
　　171_{13}, 173_{16}, 177_{14}, 207_{13}, $219_{8\cdot15}$, 249_8, 251_8,
　　255_6, 261_{11}, $277_{9\cdot11}$, 279_{11}, 291_{11}, 303_{15}, 309_6,
　　327_1, 337_{11}, 345_{12}, 351_{10}, 355_1, 377_7, $397_{7\cdot9}$,
　　403_{16}, 411_9, $431_{5\cdot7}$, 437_{15}, 439_1　③$21_{16}$, 23_2,
　　35_8, 47_2, 59_{13}, $79_{9\cdot11\cdot12}$, 93_7, 105_7, 109_4, 121_5,
　　137_{1-2}, 147_{12}, 157_9, 159_7, 163_{10}, 185_{11}, 225_{14},
　　227_6, 249_{11}, 257_{10}, 277_3, 309_7, 325_{12}, 329_{15},
　　333_9, 371_{11}, 393_7, 397_1, 425_{11}, 435_9　④$49_{16}$,
　　75_{14}, 95_7, 99_7, 199_{12}, 203_6, 205_8, 217_{3-4}, 267_{12},
　　285_{13}, 293_2, 341_{13}, 375_6, 391_5, $395_{2\cdot9\cdot11}$, 411_6,
　　463_9　⑤$19_8$, 21_3, 103_8, 125_{15-16}, 135_{10}, 137_3,
　　169_{14}, 227_3, 237_{1-4}, 273_{12}, 281_{12}, 307_3, 311_1,
　　329_1, 345_{15}, 375_3, 391_9, 441_{12}, 457_4, 465_{10},
　　475_{14}, 483_5

免す限に在らず　②$117_{14}$　③$367_8$
免す限に至る　③$147_{12}$
免す限に従ふ　⑤$375_5$
免す例に在らず　②$271_8$
免れず　⑤$113_{16}$, 467_{13}
免を被らず　④$197_6$
面　①$213_9$　②$65_4$, 107_1, 263_{13}, 435_{10}
面従して退りて後言す　②$89_9$
面得敬(人名)　③$377_4$
面の色形　④$251_{15}$
面縛　②$75_1$
面へり　④$253_5$
面目　④$83_2$
綿　①$15_8$, $31_{3\cdot11}$, 33_9, $47_{5\cdot8}$, 81_2, 91_2, 97_3, 113_{13},
　　149_{15}, 169_{16}, 179_3, 209_{13-14}, $223_{8\cdot14}$　②$5_5$,
　　171_{4-15}, 23_6, 37_{3-4}, 99_{10}, 137_{7-8}, 151_1, 163_{16},
　　167_5, 169_{13}, 171_{16}, 173_{1-2}, 183_{11}, 185_1, $193_{10\cdot16}$,
　　195_5, 199_{10}, 201_{16}, 203_{15}, 219_1, 221_2, 225_{14},
　　229_{15}, 261_{15}, $265_{8\cdot13}$, 331_7, 335_8, 361_{1-2}, 363_1,
　　$401_{1\cdot4}$, 407_{13}, $443_{6\cdot8}$　③$81_{16}$, $83_{1-2\cdot4}$, $93_{6\cdot8-9}$,
　　103_6, 109_3, 183_{15}, 227_{8-9}, 249_{12}, 295_7, $305_{9\cdot11}$,
　　307_2, 333_{10}, 337_{14}, 345_{12}, 363_{10}, 371_{14}, 387_3,
　　425_{15}　④$19_9$, 85_9, 97_2, $99_{4\cdot16}$, $101_{1\cdot3}$, 155_{12},
　　157_4, 177_7, 199_8, 205_9, 217_5, $221_{8\cdot12}$, 227_{13},
　　235_{13}, $265_{11\cdot13}$, 277_8, 279_7, 285_7, 317_{16}, 343_2,
　　357_{13}, 369_{10}, 391_7, 451_{16}, 453_1　⑤$41_{1\cdot7}$, 83_6,
　　95_{10}, 109_4, 323_8, 415_{11}
綿の襖　③$403_5$
綿の甲　③$403_{10}$

めつ―めん（滅・免・面・綿）

続日本紀索引

も

も—もん（茂・摸・毛・妄・孟・罔・耄・蒙・網・木・目・黙・籾・門・問）

茂き草　④$439_9$
茂響を騰ぐ　①$109_2$
茂功　⑤$279_7$
茂実　③$279_{15}$
茂典　③$23_6$　⑤$125_7$
茂を騰ぐ　②$161_{16}$
茂を騰ぐるに足る者　③$273_{15}$
摸と為す　②$417_3$
毛　②$393_8$　④$231_7$
毛受腹　⑤$485_7$
毛野川（下総国）　④$213_9$
妄に作る　④$423_{14}$
妄に称す　④$373_2$
妄に崇む　⑤$165_{13}$
妄に説く　②$27_8$, 239_6
妄に認む　⑤$167_5$
妄りに作す　②$81_{16}$
孟恵芝（唐）　⑤$299_{14}$
孟秋　②$355_{10}$
孟春　②$203_{11}$
罔極の懐　⑤$221_4$
罔極の痛　⑤$481_{14}$
罔極を申す　⑤$247_6$
罔極を申ぶ　⑤$217_{11}$
耄期　①$235_6$
耄稱　①$27_{14}$
耄ならむとす　③$221_9$
蒙らず　⑤$497_{13}$
蒙り訖る　②$301_{13}$　③$287_{16}$
蒙り給ふ　⑤$273_2$
蒙り賜はる　②$33_1$　③$295_2$　⑤$207_3$, 251_{14}, 253_4, 333_8, 473_5, 481_{11}, 497_8, 505_4, 509_{13}, 511_7
蒙る　①$189_{15}$　②$101_9$　③$117_5$　④$489_6$, $505_{3 \cdot 5}$
網引公金村　④$191_{10}$
網三面を解く　⑤$125_7$
網を解く　④$119_2$
木　①$199_1$
木工助　③$389_9$, 423_1　④$7_2$, 159_8, 339_{12}, 351_3, 379_1, 393_7　⑤$237_{15}$, 241_8, 363_6, 377_1, 457_8
木工頭　②$101_1$, 397_2, 399_6, 437_{11}　③$31_8$, 327_5, 401_{10}　④$71_1$, 193_7, 339_{11}, 377_{15}　⑤$119_2$, 115_{11}, 241_8, 317_5, 363_5, 409_1, 425_2, 461_3, 469_6
木工寮　②$119_{12}$　⑤$235_{11}$
木工寮の長上　③$109_9$
木国（紀伊国）　④$13_1$

木叉（波羅提木叉）　③$233_4$
木津忌寸　⑤$253_1$
木底州刺史（渤海）　③$291_8$
木嶋神（山背国）　①$39_7$
木の笏　②$53_{10}$
木葉　⑤$205_7$
木連理　①$81_3$, 179_5, 205_{11}　②$243_6$, 273_{16}　④$387_{14}$, 417_{10}　⑤$211_{14}$
木を以て衝くが如し　⑤$187_8$
木を採る　④$381_{14}$
木を斬る　⑤$165_5$
木を折る　②$241_2$　⑤$91_{12}$
木を伐り除ふ　②$443_8$
木を伐る　①$161_8$
木を抜く　①$203_5$　②$183_7$
木を編む　②$371_{13}$
目　②$267_9$　③$363_4$
目已上　③$437_{15}$　⑤$427_{11}$
目一人を加ふ　③$187_2$
目に満つ　④$141_5$
目を側む　⑤$47_8$
黙在あること得ず　④$173_{14}$
黙在らむとす　③$317_{16}$
黙止あること能はず　⑤$303_{9 \cdot 12}$
黙爾あること能はず　⑤$479_9$
籾　①$123_{12 \cdot 14 \cdot 15}$, $129_{5 \cdot 8}$　②$119_{10}$, 363_4　③$117_6$　④$75_{5-6}$, $85_{1 \cdot 6}$, 87_1, 175_9　⑤$169_{16}$
籾を造る　②$261_{10}$
門　②$439_{13}$
門庭　②$13_3$
門徒　③$227_{13}$
門に剌を表つ　④$175_6$
門の外　③$33_1$
門の屏　④$89_5$
門部　②$219_3$　③$185_1$
門部王[1]　①$159_9$　②$211_2$, 57_3, 83_{12}, 145_8, 195_{16}, 275_{15}, 335_3
門部王[2]　①$193_8$　②$99_{15}$, 173_4, 243_8, 253_{14}
門部連御立　①$211_8$
門閭に旌表す　⑤$171_2$
門閭に表す　①$129_6$, 215_{14}　②$53_2$, 37_5, 143_{11}, 297_9　③$79_8$　④$191_3$　⑤$395_{12}$
門閭に表旌す　①$61_{11}$
門を滅すことを致す　⑤$109_{14}$
門を歴　②$27_9$
問者　④$153_9$
問答　②$289_{11}$
問に随ふ　①$183_3$
問はく　①$81_8$　③$205_{9 \cdot 12}$　④$275_{14}$

388

問はしむ ②279₅・₇, 435₁₆ ③9₁₆
問はしめて曰はく ⑤27₂
問はず ②211₁₁, 213₈, 235₁ ④463₉ ⑤373₁₄, 403₇, 427₁₀
問ひ求む ④253₁
問ひさけむ ④333₄
問ひ賜ひ ⑤443₁₂
問ひ賜ふべき物にやは在らむと念せども ③197₆
問ひたまはく ③195₁₂
問ひ知る ①183₂ ②349₁₂
問ひて云はく ③199₇・₉, 205₃・₇
問ひて曰はく ①81₆ ②435₁₁ ③177₁₄, 363₁₅ ④17₁₁, 267₇, 423₄
問ひ来む政 ②217₂
問ふ ①107₁₃ ③9₁₃, 203₁₃, 205₆・₁₅, 427₁₂ ④451₁₀
問ふこと無(无)く ①155₁₆ ②403₁₀ ⑤493₁₆
問ふこと勿かれ ②237₁₀
問ふことを絶て ②189₇
問を経る ①183₇ ②445₁

もん（問）

や

やすみしし(歌謡) ②$421_{13}$
冶ち成す ①$47_4$
冶ち鋳す ④$127_{13}$
冶ち練す ②$231_{12}$
冶鋳 ④$59_8$
冶つ ①$15_4$
夜 ②$159_7$, 205_3, 407_7 ③$111_2$, 191_6 ⑤$507_1$
夜気(益気)王 ①$35_8$, 197_7 ②$21_6$
夜久(益久)嶋 ①$19_1$, 221_5 ③$139_8$
夜珠王 ②$145_9$
夜須王 ①$75_{12}$
夜昼恐まり侍る ③$315_{15}$
夜昼退らず ④$139_8$
夜に寐ねて思ふ ②$89_6$
夜に寐ねて席を失ふ ②$253_{13}$
夜日畏恐り念す ③$69_1$
夜の天 ②$289_8$
夜半 ②$223_{15}$
夜毎 ⑤$19_{13}$
耶悪を断つ ③$321_{12}$
耶曲 ②$253_5$
野 ①$73_7$, 85_{15}
野間郡(伊豫国) ④$117_{16}$
野間神(伊豫国) ④$117_{16}$
野見宿禰 ⑤$201_{14}$, 203_3, 239_5, 509_8
野見宿禰の後 ⑤$509_8$
野原王 ③$111_{11}$
野狐 ④$385_2$, 421_8, 451_8, 455_6
野洲(近江国) ②$383_{1-2}$
野洲郡(近江国) ⑤$387_{12}$
野洲郡の人 ⑤$387_{12}$
野上連 ⑤$321_{12}$
野心 ①$147_{16}$, 211_{12} ④$437_3$ ⑤$131_4$
野代湊(出羽国) ④$345_8$
野中王 ②$275_{4・15}$
野の雉 ④$411_{11}$
野の裏 ②$367_{15}$
役 ②$91_{11}$, 117_{11}, 345_{16}
役君小角 ①$17_{8・11}$
役使 ①$17_{11}$ ③$117_{16}$, 425_{10} ⑤$159_{10}$
役使を満たしむ ②$227_1$
役す ③$309_{4・11}$ ④$181_8$, 301_2 ⑤$113_{12}$, 267_3
役丁 ①$107_6$
役に赴く ②$111_3$ ⑤$479_1$

役年の数を減し ②$111_7$
役はる ③$329_{12}$
役繁し ④$123_{11}$
役ふ ②$39_4$, 97_{11}, 101_{13}, 399_{15} ③$383_{14}$, 397_2
役ふこと勿し ③$163_9$
役夫(役する夫) ①$189_{4-5}$ ②$23_9$, 399_5 ③$185_8$, 295_{14} ④$297_3$, 357_{14} ⑤$279_4$, 313_2, 341_5, 349_5, 355_{10}, 413_8, 451_9, 465_1
役夫を進る国 ⑤$309_{16}$, 413_9
役民 ①$171_{10}$, 177_7 ⑤$477_3$
役を興す ④$129_{13}$
役を息む ⑤$135_3$
約契有り ⑤$283_{13}$
約束せる旨 ③$427_{12・16}$
約束に違ふ ⑤$27_5$
約束を具にす ⑤$131_{13}$
約れる期 ⑤$431_4$
約を失せる罪 ⑤$27_8$
訳語 ②$113_{12}$, 233_{10}
訳語田朝庭の御世 ⑤$507_{16}$
薬 ①$31_{13}$, 53_7, 151_{12} ③$51_9$ →医薬
薬院(施薬院) ③$271_6$
薬園宮 ③$101_8$
薬師悔過 ②$451_1$
薬師悔過の法 ③$17_5$
薬師経 ③$171_{10}$, 105_5, 115_{11}, 151_4 ④$417_{2-3}$
薬師経を読ましむ ②$77_{11}$
薬師寺 ①$131_3$, 65_{10} ②$121_{14}$, 171_3, 291_{12} ③$91_5$, 11_8, 81_{15}, 89_2, 151_{12}, 165_{15}, 171_7, 387_2 ④$157_3$, 297_{16}, 305_2
薬師寺(下野国) ③$89_4$ ④$299_{16}$, 375_8, 377_5
薬師寺宮 ③$83_{13}$, 103_7
薬師寺の印 ④$349_8$
薬師寺の僧 ③$61_8$, 151_{10}, 369_8
薬師寺の奴 ④$345_3$
薬師と号く ③$251_{15}$
薬師の字 ③$253_1$
薬師の姓 ③$251_{16}$
薬師仏像 ③$17_9$
薬師瑠璃光仏 ③$151_4$
薬物 ④$433_4$
薬方を問ふ ③$199_{16}$
薬を加ふ ①$93_9$
薬を給ふ ①$9_9$, 11_1, 57_8, 67_{16}, 71_4, 77_{14}, 85_4, 95_{15}, 125_{12}, $131_{2・16}$, 139_{11}, 147_1, 151_8, 161_7, 167_{15}, 179_{10}, 195_1, 197_3
薬を遣す ②$169_4$
薬を合す ②$211_8$

ゆ

喩示 ②447$_5$
喩とす ⑤247$_7$
愈えず ②169$_3$, 199$_{11}$ ③289$_{11}$
瑜伽唯識論を読む ③61$_{10}$
逾兢る ⑤327$_{12}$
逾に遠からしむ ③271$_9$
諭告を加ふ ⑤131$_{13}$
輸さしむ ①209$_1$, 225$_{13}$ ②125$_6$, 213$_3$, 279$_{14}$, 409$_2$ ③117$_{11-12}$, 325$_{10}$ ④199$_8$ ⑤107$_{16}$
輸さぬ者 ②29$_{14}$
輸さむ者 ①209$_1$
輸し了らず ④125$_{13}$
輸し了る ④125$_{14}$
輸車戸頭 ③185$_{11}$
輸す ①99$_{13・15}$, 209$_{1・11}$ ②7$_2$, 37$_{13-14}$, 47$_1$, 59$_{12}$, 193$_{8・10}$, 279$_{13}$, 331$_{10}$ ③147$_{11}$, 329$_5$, 393$_{15}$ ④53$_{15}$, 197$_{11}$, 235$_{13}$, 279$_{15}$ ⑤237$_2$, 375$_4$
輸すこと勿からしむ ②279$_{15}$
輸す所 ②255$_2$
輸す調 ①199$_{11}$
輸すべき無し ④197$_{12}$
輸す法 ②213$_4$
輸せる雑物 ③43$_{15}$
輸せる者 ①205$_6$
輸せる調 ④219$_7$
輸租帳 ②31$_1$
輸物 ②39$_1$
唯 ④223$_{11}$
友 ①219$_2$
友于の情 ④203$_4$
尤に近し ⑤127$_5$
右衛士 ②365$_5$, 395$_1$
右衛士員外佐 ④449$_5$ ⑤9$_9$, 63$_{13}$
右衛士佐 ②101$_3$, 205$_5$, 265$_4$ ④73$_6$, 159$_{13}$, 193$_{13}$ ⑤9$_9$, 157$_{10}$, 227$_{13}$, 229$_6$, 295$_{11}$, 345$_3$, 381$_6$, 385$_{1・15}$, 397$_9$, 411$_1$, 461$_7$
右衛士少尉 ④73$_{11}$, 459$_{10}$ ⑤271$_{12}$
右衛士大尉 ④57$_9$ ⑤293$_{11}$, 307$_{14}$
右衛士大志 ⑤447$_6$
右衛士督 ①133$_{11}$ ②247$_2$, 341$_9$, 365$_{13}$, 401$_{11}$ ③35$_3$, 279$_4$ ④73$_{10}$, 159$_{13}$, 169$_2$, 193$_{12}$, 343$_{15}$, 429$_3$, 459$_{15}$ ⑤9$_9$, 51$_5$, 119$_7$, 171$_6$, 187$_3$, 229$_{11}$, 237$_{11}$, 291$_{13}$, 297$_{11}$, 301$_{12}$, 319$_3$, 331$_9$, 337$_{10}$, 351$_{14}$, 359$_{2・10・13}$, 363$_8$, 393$_1$, 403$_1$, 423$_7$, 459$_9$, 477$_1$

右衛士の事 ④287$_{15}$
右衛士府 ②55$_{14}$, 205$_{13}$ ③161$_5$, 229$_5$, 287$_{12}$ →右勇士衛
右衛士府生 ⑤61$_{10}$
右官掌 ④435$_1$
右京 ②151$_4$, 163$_6$, 169$_4$, 207$_{12}$, 219$_6$, 273$_{14}$, 399$_9$, 411$_9$ ③47$_2$, 57$_7$, 105$_{11}$, 159$_4$, 393$_7$, 435$_9$ ④79$_{13}$, 125$_{12}$, 199$_{12}$, 297$_2$, 405$_5$ ⑤83$_2$, 163$_{15}$, 165$_{12}$, 237$_2$, 383$_4$, 463$_3$, 475$_{13}$
右京職 ①143$_1$ ②31$_3$, 249$_{11}$, 331$_9$ ③387$_{15}$ ⑤387$_2$
右京大夫 ①133$_9$, 161$_{16}$ ②335$_3$ ③49$_3$, 147$_6$, 193$_5$, 213$_{12}$, 313$_{10}$ ④193$_9$, 267$_4$, 285$_{15}$, 287$_{10}$, 331$_{13}$, 387$_{15}$, 389$_{11}$, 425$_{11}$, 459$_{15}$ ⑤151$_5$, 29$_4$, 181$_2$, 189$_{11}$, 251$_7$, 337$_{11}$, 369$_{10}$, 407$_{10}$, 449$_{14}$, 459$_9$, 499$_{16}$, 503$_{10}$
右京の穀 ③429$_2$ ④83$_5$
右京の司 ②407$_{10}$ ⑤479$_5$
右京の諸寺 ③161$_{11}$
右京の人 ①103$_3$, 201$_8$ ③17$_{16}$, 19$_{15}$, 21$_9$, 291$_7$ ④85$_{15}$, 91$_{13}$, 107$_2$, 113$_2$, 115$_6$, 145$_{13}$, 181$_{10}$, 203$_{11}$, 231$_{11}$, 243$_2$, 269$_{13}$, 345$_3$ ⑤35$_5$, 143$_{11}$, 205$_{13}$, 235$_4$, 265$_{15}$, 275$_{4・12}$, 325$_{16}$, 343$_7$, 369$_{13}$, 387$_{11}$
右京の宅 ③201$_8$
右京の男女 ④175$_4$
右京の百姓 ②195$_{15}$, 279$_{13}$, 397$_9$
右京の夫 ⑤101$_1$
右京の兵士 ③185$_8$, 425$_{10}$
右京の粳 ⑤75$_5$, 85$_{1・6}$, 87$_1$
右京の役夫 ⑤451$_9$, 465$_1$
右京亮 ②249$_{14}$, 265$_2$, 335$_3$, 343$_{12}$, 429$_1$ ③31$_{14}$, 43$_5$, 143$_2$, 313$_{10}$, 423$_4$ ④73$_3$, 167$_8$, 233$_4$, 339$_{13}$, 389$_{11}$, 425$_{12}$, 441$_2$ ⑤179$_{11}$, 211$_5$, 293$_9$, 305$_3$, 343$_3$, 351$_{10}$, 401$_{16}$, 421$_9$, 491$_{13}$, 505$_{15}$
右虎賁衛 ③287$_{14}$ →右兵衛府
右虎賁衛督 ③391$_{15}$
右虎賁率 ④7$_6$
右少史 ②295$_3$ ⑤301$_{14}$
右少弁 ①43$_{10}$ ②25$_5$, 79$_{15}$, 263$_6$, 295$_2$, 341$_3$, 343$_4$ ③141$_{14}$, 313$_7$, 339$_1$, 421$_4$ ④17$_3$, 115$_4$, 155$_9$, 169$_8$, 249$_4$, 319$_6$, 349$_{15}$ ⑤71$_2$, 111$_0$, 49$_8$, 61$_{14}$, 189$_1$, 225$_7$, 243$_9$, 295$_9$, 321$_9$, 371$_3$, 383$_{10}$, 399$_1$, 459$_7$, 505$_{11}$, 511$_{14}$
右将軍 ①159$_7$, 219$_{13}$
右族 ④27$_3$
右大史 ②295$_2$ ③57$_{15}$
右大舎人 ②137$_6$, 183$_{12}$, 219$_1$ ④73$_{12}$ ⑤47$_{11}$
右大舎人助 ③333$_{12}$ ⑤7$_{13}$, 31$_2$, 179$_{11}$, 363$_3$,

続日本紀索引

ゆ（右・由・有）

503_8
右大舎人大允　③$351_{10}$
右大舎人頭　②$427_{13}$ ③$33_5$, 401_8 ④$159_4$, 345_{15}, 429_4 ⑤$19_5$, 31_8, 49_{10}, 231_{10}, 237_{14}, 251_5, 283_4, 295_4, 329_4, 375_{14}, 383_{10}, 399_5, 429_{14}, 473_{10}, 503_8
右大舎人寮　②$55_{12}$
右大臣　①$33_{13-14}$, 37_{16}, 39_3, 47_9, 69_{13}, 75_{11}, 77_6, 83_3, 133_{1-2}, 139_{12}, 149_{16}, 213_{11} ②$67_{14}$, $77_{3-4\cdot13}$, 79_2, 81_8, 83_{16}, 93_7, 103_7, 119_9, 145_3, 247_4, 255_{16}, 275_{11}, 323_{14}, 325_3, 337_{12}, 341_3, 363_{10-11}, 367_2, 381_{14}, 401_2, 415_5, $417_{12\cdot16}$, 419_{11}, 421_{13}, 423_6, 425_6 ③$77_5$, 171_4, 177_{15}, $201_{3\cdot 8}$, 203_{10}, 211_6, $213_{8\cdot 15}$, 215_{11}, $262_{2\cdot 9}$, 285_{11}, 303_2, 357_2, 375_{16}, 399_2 ④$3_2$, 25_{10}, 39_1, 61_2, 81_{11}, $105_{5\cdot 9-11\cdot 14-15}$, $109_{2\cdot 11\cdot 14}$, 139_6, 149_2, 155_4, 177_7, 179_{12}, 189_2, 221_8, 227_{12}, 231_{13}, 239_3, 247_2, 283_{14}, 287_{15}, 295_1, 309_2, 315_{10}, 331_6, 337_{11}, 355_{9-10}, 363_2, 369_{11}, 419_2, 445_2, 459_9, 461_9 ⑤$3_2$, 57_2, 67_{14}, 95_9, 117_{13}, 121_2, 141_{15}, 147_4, 197_5, 199_4, 225_2, 235_{14}, 243_2, 259_{11}, $265_{3\cdot 11}$, 275_{15}, 287_2, 289_4, 291_1, 303_9, 333_{12}, 349_5, 357_2, 373_2, 405_5, $411_{3\cdot 12}$, 417_2, 419_5, $445_{6\cdot 13}$, 455_8, 495_1, 511_{3-4}
→大保
右大臣已下　②$363_7$ ③$177_{12}$, 179_{10} ⑤$245_{13}$, 495_4
右大臣以下　③$197_{12}$ ⑤$301_2$
右大臣に准ふ　①$97_9$
右大臣の位　④$139_{10}$
右大臣の官を授け賜ふ　④$109_9$
右大臣の任　③$215_3$
右大臣を贈る　⑤$101_9$
右大弁　①$39_8$, 87_{11}, 133_5, 205_{14}, 229_{10} ②$79_{15}$, 89_4, 95_6, 227_3, 249_4, 273_{11}, 295_1, 325_3, 395_5, 401_{14}, 405_2, 409_{12}, 411_{16}, 419_1 ③$11_5$, 33_7, 171_3, 199_{15}, 213_{11}, 327_2, 401_7, 405_{11} ④$51_2$, $129_{1\cdot 4}$, 221_{15}, 301_{14}, 337_{15} ⑤$49_8$, 51_8, 57_8, 61_{13}, 127_{15}, 129_{12}, 171_{14}, 185_{12}, 189_{10}, 251_7, 263_5, 337_5, 345_{14}, 355_2, 363_{13}, 371_{11}, 407_9, 473_9, 503_9
右中弁　②$79_{15}$, 205_9, 231_3, 263_5, 295_2, 343_4 ③$333_{11}$, 421_3 ④$51_{1\cdot 4}$, 199_1, 207_6, 209_{10}, 233_4, 319_5, 329_5 ⑤$23_6$, 37_6, 61_{13}, 189_1, 251_5, 293_2, 299_6, 343_{12}, 381_{10}, 389_{10}, 449_{14}, 459_6, 505_{11}
右の眼　①$233_7$
右の眼赤し　①$233_7$
右の弁官　①$189_8$
右馬監　②$249_{16}$
右馬助　④$195_1$
右馬頭　③$193_8$ ⑤$65_1$
右馬寮　②$55_{14}$

右副将軍　①$159_7$, 219_{14}
右平準署　③$313_2$ ④$351_{12}$
右平准令　④$209_{14}$
右平准令　③$401_{12}$, 435_3 ④$181_1$
右兵衛　②$137_6$, 183_{12}, 365_5
右兵衛員外佐　⑤$105_{15}$
右兵衛佐　④$73_9$, 107_7, 211_7, 243_9, 441_7 ⑤$65_{11}$, 105_{11}, 179_{13}, 227_{14}, 243_5, 317_{12}, 363_9, 461_8, 493_4, 495_7
右兵衛少尉　④$79_{16}$
右兵衛督　③$193_7$ ④$57_1$, 87_2, 155_{10}, 181_{14}, 195_6, 265_8, $301_{6\cdot 14}$, 337_{15}, 427_{13} ⑤$49_{12}$, 65_1, 107_9, 205_{12}, 237_{14}, 243_5, 351_{13}, 363_9, 441_9, 461_8
右兵衛の事　④$287_{14}$
右兵衛府　②$101_4$, 205_{13} ③$229_5$, 287_{13} ④$369_{16}$
→右虎賁衛
右兵衛率　①$354$, 133_{12}, 157_7 ②$265_5$, 325_7 ③$161_{13}$
右兵庫頭　②$341_{15}$ ④$207_{10}$ ⑤$399_9$, 423_9, 503_{11}
右兵庫の鼓　⑤$157_{12}$
右勇士衛　②$287_{13}$　→右衛士府
右勇士督　③$335_5$
右勇士翼　③$401_{13}$
右勇士率　③$411_{14}$
由　③$311_{12}$ ⑤$245_{14}$
由機（由紀）国　②$217_1$, 157_9 ③$93_{14}$, 295_4 ④$101_{12}$, 103_{11}, 355_4 ⑤$211_{16}$
由機（由紀）国の国郡司　③$295_{10}$
由機（由紀）国の国司　③$95_4$ ⑤$213_{14}$
由機（由紀）国の守　④$101_{15}$
由機（由紀）国の厨　④$359_4$
由義宮（河内国）　④$265_7$, 267_{10}, 273_{12}, 275_8, 281_5, 287_{13}, 299_5
由義寺　⇒弓削寺
由緒を問はしむ　④$17_4$
由ひ行ふ　②$61_{2-3}$
由无し　①$189_5$ ④$261_5$ ⑤$381_8$, 497_{14}
由無し　②$71_{10}$, 125_{14}, 305_9 ④$13_4$, 433_{12} ⑤$85_3$, 103_{16}, 119_2, 465_{10}
由有り　⑤$247_3$
由来遠し　②$307_{15}$
由理柵（出羽国）　⑤$155_9$
由を顕す　⑤$107_{11}$
由を申す　⑤$443_8$
由を問はしむ　②$313_3$ ③$363_{12}$ ④$273_9$, 423_2 ⑤$113_2$
有位　③$149_7$ ④$141_8$, 405_1 ⑤$249_7$, 331_7
有位の者（人）　①$55_{13}$ ②$403_6$, 415_9 ③$127_{12}$, 175_{11}

392

続日本紀索引

有位无位 ④175$_3$, 181$_3$
有蓋 ①97$_{15}$
有境 ②195$_3$
有行 ⑤297$_2$, 341$_1$
有功の蝦夷 ②113$_{12}$
有国の通憲を犯す ⑤127$_6$
有司 ①191$_7$ ②91$_{15}$, 115$_7$, 157$_6$ ③379$_9$ ④37$_{14}$
　⑤167$_{15}$
有司処分 ②59$_7$
有司の法 ②49$_{15}$
有識の者 ⑤469$_{14}$
有情 ④149$_8$
有莘 ③283$_{11}$
有勢の家 ②411$_{13}$
有智 ⑤297$_2$
有智郡 ⇨宇智郡
有秩の類 ①103$_{11}$
有つ ②189$_6$ ⑤75$_{11}$
有てる ②13$_{13}$, 15$_2$, 231$_9$ ③17$_6$ ④13$_9$, 45$_9$ ⑤
　111$_7$, 151$_2$, 157$_1$, 253$_9$, 437$_{16}$
有てる所 ④77$_{10}$
有徳 ⑤341$_1$
有徳を彰す ②63$_{15}$
有年を慶ぶ ⑤391$_4$
有苗 ⑤267$_{13}$
有無を貿易す ①173$_5$
有餘を損す ④57$_1$
有餘を損ひ足らぬを補ふは天の道なり ③227$_4$
有らしむること莫かるべし ②207$_5$
有らゆる ⑤273$_9$
有力の人 ④77$_{12}$
有る可き政 ④399$_{14}$
邑 ①185$_{11}$ ⑤391$_8$
邑久郡(備前国) ②93$_{11}$, 427$_5$ ④123$_{11}$ ⑤141$_{15}$
邑久郡の人 ④245$_7$
邑に因りて氏を被る ②31$_{15}$
邑楽郡(上野国) ④353$_6$
邑楽郡の人 ④237$_{11}$
邑良志別君宇蘇弥奈 ②7$_3$
邑を易ふ ①157$_4$
酉 ②427$_9$ ⑤207$_5$
侑神作主 ⑤395$_1$
勇敢 ①171$_9$
勇幹 ③49$_{15}$
勇健 ①171$_5$ ②151$_5$ ④117$_5$
勇山伎美麻呂 ②369$_9$
勇しく健き ③315$_7$
勇士 ④23$_{10}$
勇を奮ふ ④217$_{15}$

宥罪の典 ④289$_{11}$
宥す ②295$_5$ ④239$_8$ ⑤45$_9$, 133$_7$, 291$_4$, 345$_{16}$
幽顕 ⑤127$_3$, 249$_5$
幽顕の資を畏れず ③223$_4$
幽魂 ①155$_9$ ④291$_1$
幽州節度使(唐) ③299$_1$
幽罩 ②273$_{12}$
幽に在る ⑤489$_5$
幽慎に勝へず ④95$_4$
幽む ④45$_8$, 91$_6$
幽明 ②389$_{15}$ ③21$_{13}$
幽冥 ②161$_7$
幽憂 ②335$_6$
柚子の如し ④385$_1$
祐くる所 ②351$_7$
祐くる攸 ④299$_{15}$
祐を降す ③275$_9$
祐を垂る ①185$_{14}$
涌き出づ ③13$_7$
悠々 ②189$_7$
揖譲の君 ①235$_1$
揖保郡(播磨国) ④413$_{15}$, 429$_5$
揖保郡の人 ⑤413$_{15}$
揖保郡の百姓 ⑤429$_6$
游ぎ来る ⑤431$_{15}$
游将軍 ②189$_9$
猶予して疑多し ③253$_{16}$
猶豫を懐く ⑤333$_2$
裕を垂る ⑤203$_7$, 239$_6$
遊学 ②99$_4$, 115$_2$
遊獦 ②377$_6$ ⑤281$_{11}$, 347$_7$, 391$_{11}$, 511$_3$
遊戯 ⑤447$_4$
遊魂を奨む ②169$_{14}$
遊食の徒 ⑤305$_{13}$
遊とのみには在らず ②421$_6$
遊覧 ②439$_6$ ③393$_{13}$ ④265$_{11}$
遊覧に足る ⑤155$_{10}$
雄儀連 ④81$_{10}$
雄黄 ①13$_{11}$
雄勝(小勝・男勝)(出羽国) ②309$_{10}$ ③183$_9$ ⑤
　7$_5$
雄勝の西辺 ⑤7$_5$
雄勝駅家(出羽国) ③329$_{16}$
雄勝(小勝)柵(出羽国) ③295$_{15}$, 349$_1$
雄勝(小勝)城(出羽国) ③329$_{12}$, 331$_4$ ④185$_9$
雄勝城を造らしむ ③343$_1$
雄勝(小勝・男勝)郡(出羽国) ②273$_6$ ③329$_{16}$
雄勝郡の百姓 ⑤271$_{15}$
雄勝郡を建つ ②273$_6$

ゆう（有・邑・酉・侑・勇・宥・幽・柚・祐・涌・悠・揖・游・猶・裕・遊・雄）

393

ゆ（雄・楢・猷・熊・誘・憂・優）

雄勝（小勝・男勝）村（出羽国）　②$273_6$, 309_{10}, $317_{8\cdot 11}$　③$217_{12}$
雄勝（小勝・男勝）の柵戸（出羽国）　③$331_2$, 439_8
雄倉王　⇨小倉王
雄坂造　③$377_{12}$
雄略天皇　④$55_7$　→天皇
雄を争ふ　③$427_4$
楢曰佐河内　⑤$43_{12}$
楢原造東人　③$5_6$, 29_{12}, 43_5, $103_{12\cdot 13}$　→伊蘇志臣東人
猷を弘む　⑤$127_2$
熊凝王　①$165_6$
熊凝朝臣　③$13_{16}$
熊氏（が）瑞応図　②$135_{16}$ ④$215_{13}$
熊道足禰　⑤$487_9$
熊道足禰が六世の孫　⑤$48_9$
熊毛郡（周防国）　②$93_{12}$, 231_{11}
熊毛郡（多褹嶋）　②$271_{10}$
熊毛郡（多褹嶋）大領　②$271_{10}$
熊野直広浜　③$5_{12}$, 383_1 ④$69_2$, 95_{14}, 237_5
誘誨を加ふ　③$321_8$
誘導　③$61_{13}$
憂　③$205_{11}$ ⑤$101_6$
憂喜　④$21_1$
憂勤　⑤$125_8$
憂苦　③$39_7$, 131_6
憂懼　⑤$167_{14}$
憂惶　③$245_1$
憂嗟　③$375_{12}$
憂愁　②$389_{10}$
憂心　③$367_1$
憂に合はず　③$179_{16}$
憂に遭ふ　⑤$307_{16}$
憂ふ　④$21_2$ ⑤$103_1$, 235_7, 245_1
憂ふる人　③$367_{13}$
憂へ苦ぶ　③$311_{13}$
憂へ苦む　③$209_2$

憂へ思ふ　③$221_{14}$
憂へ賜ふ　④$333_{10}$
憂へ傷む　⑤$165_1$
憂へ慄づ　④$365_{14}$
憂労（憂へ労る）　①$235_5$ ②$281_{12}$, 325_{13} ③$21_6$, 55_9, 81_2
優異　①$201_{14}$
優給　⑤$269_1$
優秩　③$325_{10}$
優くす　①$99_{14}$
優厚　③$427_5$ ④$127_9$ ⑤$75_2$, 359_{11}
優詔　②$95_8$, 199_9 ③$413_2$ ④$445_3$, 461_{12} ⑤$323_5$, $411_{11\cdot 16}$
優賞　②$63_{15}$
優賞の歓　⑤$115_2$
優賞を加ふ　②$359_5$
優す　④$149_{10}$
優する所無く　⑤$237_2$
優長　②$233_1$
優寵の意　⑤$113_8$
優寵を加ふ　①$153_6$
優勅　②$79_3$ ④$27_5$
優婆夷　②$247_{14}$
優婆塞　②$247_{14}$, 399_{14} ③$441_{2\cdot 5\cdot 7}$
優富　③$163_{13}$
優復　②$325_{16}$ ③$309_{9\cdot 12}$ ④$231_9$ ⑤$273_2$
優み給ひ　③$325_7$
優み復す　①$129_7$
優む　①$21_{13}$, 231_{14} ④$329_{15}$ ⑤$111_{11}$, 243_{15}, 413_7
優遊　②$85_{14}$
優容　③$195_{10}$
優隆　④$371_{10}$
優劣　①$197_{13}$
優劣を試む　③$229_4$
優老の道に非ず　④$435_{13}$
優を加ふ　③$307_3$

よ

よさし奉り ②$139_{13}$
与居同罪 ①$11_{14}$
与射女王 ①$105_8$
与謝郡（丹後国） ⑤$19_6$
与謝郡（丹後国）の人 ⑤$19_6$
与替 ③$403_{14}$ ⑤$17_{11}$, 297_4
与同罪 ①$147_7$, $175_{3・5}$ ②$285_1$ ③$213_2$, 291_1 ⑤$275_4$, 307_{12}, 311_{15}, 503_2
与に替ふ ②$111_8$
与ふ ①$23_{11}$, 25_5 ④$227_{12}$ ⑤$109_{16}$
与へず ①$25_{11}$
与へたる者 ①$173_{13}$
与へ理る ②$227_{11}$
予一人に在り ②$235_8$, 281_{14} ③$55_{10}$
予に在り ⑤$245_4$, 475_{12}
予に在る愆を謝す ③$81_5$
予のみに在り ⑤$391_3$
余一人に在り ②$111_6$
余益人 ③$253_{10}$ →百済朝臣益人
余義仁 ④$449_6$ ③$111_2$
余真人 ②$21_{16}$
余秦勝 ②$87_6$
余仁軍 ②$129_3$
余足人 ③$81_{10}$ →百済朝臣足人
余東人 ③$253_{10}$
余民善女 ③$377_1$
誉田天皇（応神天皇） ⑤$331_{16}$
誉む ②$307_5$
誉有り ④$113_{12}$
誉を千載に流す ③$245_4$
預め記す ③$433_9$
預め設く ③$299_{15}$
預め知る ②$195_{13}$
預め備ふ ⑤$325_1$
預り知らず ⑤$47_{13}$
預り知る所 ⑤$371_7$
預りて造る ③$183_{13}$
預る所無し ⑤$479_3$
預る例に及ばず ⑤$239_9$
豫め自ら首す者 ③$337_6$
餘官 ③$361_8$ ⑤$341_{10}$
餘寒未だ退かず ③$307_8$
餘閑 ③$375_2$
餘郡 ②$37_{10}$
餘慶 ⑤$327_{10}$

餘慶の覃ぶ所に由れり ④$283_8$
餘孽未だ絶えず ⑤$477_{16}$
餘光 ②$201_{13}$
餘国 ②$15_6$ ④$77_{12}$
餘穀無し ②$5_{12}$
餘財無し ④$127_{11}$
餘事 ③$427_{14}$
餘事無し ③$307_1$
餘衆を引く ⑤$431_{16}$
餘色 ①$99_5$
餘人 ③$125_1$ ⑤$401_3$
餘燼 ④$461_{15}$ ⑤$439_4$
餘燼を滅す ⑤$131_6$
餘す ④$415_5$
餘党 ⑤$433_8$
餘道 ④$197_{16}$
餘道の諸国 ④$197_9$
餘年を送り ④$367_{14}$
餘の音 ②$83_3$
餘の儀 ④$189_6$
餘の事無し ④$409_{11}$
餘の者 ⑤$27_1$
餘の物 ②$27_{7・9}$
餘封 ④$83_1$
餘封に霑ふ ④$83_1$
餘命幾もあらず ⑤$177_8$
餘り有り ③$279_{12}$
餘烈 ④$211_{11}$
璵（唐） ③$297_{11}$
輿 ①$211_3$ ③$97_2$
輿丁 ②$41_3$
夭くして薨す ③$353_9$
夭くして死ぬる者 ②$299_4$
天罕の徒 ⑤$245_2$
幼く弱し ②$201_{10}$
幼く稚し ①$235_8$
幼年 ④$127_6$
幼齢を翼く ②$61_{10}$
用 ⑤$365_{12}$
用材を弄つること齷くして以て大廈を成す ③$245_6$
用事 ③$359_{11}$
用状 ②$441_7$
用銭 ②$111_{11}$
用と為すに堪ふ ②$231_{13}$
用度 ②$39_3$, 409_2, 435_2 ④$199_4$
用度の物 ⑤$299_{13}$
用に供す ②$39_3$ ③$381_{10}$
用に支す ②$443_4$

よ―よう（よ・与・予・余・誉・預・豫・餘・璵・輿・夭・幼・用）

よう（用・妖・杳・要・容・恙・邕・庸・揚・揺・葉・遥）

用に中らず ⑤$329_{10}$
用明天皇 ①$177_2$ ④$185_{11}$
用明天皇の子 ④$185_{11}$
用ゐずして自首す ①$175_4$
用ゐ了る ③$169_{16}$
用ゐる ①$29_{14}$, 139_3, 161_9, $189_{2 \cdot 7}$, 211_{12}, 213_5, 229_2, $233_{11 \cdot 12 \cdot 14}$ ②$105_5$ ③$359_{10}$, 437_1 ④$131_3$, 247_6 ⑤$133_{16}$
用ゐること得ざれ ①$209_4$ ④$195_7$
用ゐること無し ③$357_9$
用ゐる所に任す ④$45_9$
用ゐる所無し ③$153_{11}$
用ゐるに堪ふる無し ⑤$151_3$
用ゐるに足る ⑤$235_8$
用ゐるに中らず ⑤$153_{10}$
用ゐるべきもの無し ③$307_{14}$
用を甄にす ③$273_2$
用を節す ⑤$135_1$
用を詮む ③$269_8$
妖訛 ①$123_6$
妖訛の書 ②$211_9$
妖怪 ⑤$33_{13}$
妖言 ②$239_8$, 253_5
妖源を絶つ ③$213_2$
妖祠 ②$239_7$
妖徴 ⑤$245_{14}$
妖妄を養ふ ⑤$165_{15}$
妖惑 ①$17_{10}$ ②$27_{10}$
杳かに絶ゆ ②$359_1$
要 ②$119_3$
要害 ④$461_{16}$ ⑤$155_{10}$, $165_{6 \cdot 8}$
要害の処 ③$61_{13}$, 307_{13}
要害の地 ①$61_5$
要司 ④$303_{11}$
要処 ⑤$151_9$, 153_3
要須 ②$227_{11}$
要政 ②$117_9$
要道 ①$227_{12}$ ②$233_4$
要部上麻呂 ④$437_7$
要便 ③$349_8$
要務 ③$321_{10}$
要務を録す ③$321_{10}$
容隠の人 ①$175_5$
容儀 ①$103_6$ ④$157_{14}$
容許の司 ⑤$389_2$
容さず ②$445_2$
容止 ①$11_{12}$ ②$29_{12}$
容すこと得じ ⑤$117_9$
容徳 ⑤$453_4$

容貌有る者 ④$135_{11}$
容るることを取る ③$311_9$
容れ隠す ①$155_{11}$ ⑤$307_{12}$
恙無し ①$95_1$ ③$133_{15}$ ⑤$95_6$
邕（金邕）（新羅） ④$423_8$
庸 ①$49_{15}$, 71_{13}, 97_3, 99_{16}, 101_2, 129_9, 187_4, 205_6, 209_{14}, 225_{13}, $227_{10 \cdot 13}$ ②$251_6$, 371_0, 471_{-2}, 69_{16}, 71_2, 97_6, 115_{16}, 255_5, 313_{13}, 337_{11}, 351_{10}, 397_7, 431_6, 433_7, 435_8 ③$357_5$, $79_{9 \cdot 11}$, 117_{11}, 147_{12}, 225_{13}, 293_{13}, 309_7, 325_{10}, 363_8 ④$45_9$, 71_4, 77_2, 95_{6-7}, 125_4, 217_{3-4}, 219_7, 391_5, 463_9 ⑤$45_{13}$, 117_4, 137_3, 237_1, 375_3
庸闇 ④$211_{15}$
庸虚 ②$351_5$, 123_8 ③$243_{10}$ ④$283_9$ ⑤$327_{10}$, 335_{12}, 393_{13}
庸愚 ④$15_1$, 317_8
庸愚の民 ②$49_{15}$
庸浅 ②$231_{15}$
庸調 ①$107_{11}$ ⑤$365_9$
庸調等の物 ②$237_9$
庸に酬ゆ ③$361_{11}$
庸に贖ゆ ⑤$279_5$
庸の脚夫 ②$235_1$
庸の半 ①$51_3$, 551_4, 85_{13}
庸(の)布 ①$99_{16}$ ②$213_5$, $301_{9 \cdot 11}$, 361_{15} ⑤$271_0$
庸の物 ②$235_{11}$
庸(の)綿 ①$213_{1-4}$ ②$261_{15}$ ④$85_9$ ⑤$109_4$
庸米 ②$193_8$
庸無し ⑤$375_4$
庸を旌す ⑤$309_{10}$
庸を停む ③$393_{14}$
庸を輸さしむ ②$261_{11}$ ③$309_7$
庸を輸さぬ者 ②$29_{14}$
揚子（楊子）江（唐） ③$431_9$
揚子江の口 ⑤$79_{15}$
揚子（楊子）の塘の頭 ⑤$75_{15}$
揺動 ①$157_5$
葉 ②$307_7$
葉栗郡（尾張国） ④$251_4$
葉栗翼 ⇨羽栗翼
葉栗臣翼 ⇨羽栗臣翼
葉を継ぐ ⑤$507_{16}$
遥遠 ②$193_{11}$ ⑤$75_9$
遥かに贍る ②$163_5$
遥かに望む ②$129_{15}$
遥授 ④$401_{12}$
遥に隔つ ②$15_{13}$
遥に拝む ⑤$475_7$
遥に望む ③$11_3$ ④$29_{14}$, 55_{16}

396

陽旱　②257₁₄
陽気始めて動き　④417₅
陽気初めて萌し　③367₂
陽疑造豊成女　④447₉
陽侯忌寸人麻呂〔陽侯史人麻呂・陽侯毗登人麻呂〕　⑤294₄, 139₅
陽侯忌寸玲璆(令珎)〔陽侯史玲璆・陽侯毗登玲璆〕　⑤73₅, 137₁₀, 191₅, 233₇
陽侯史久尔曾〔通徳〕　①29₁₂
陽侯史人麻呂　③79₂　→陽侯毗登人麻呂　→陽侯忌寸人麻呂
陽侯史麻呂　②67₉
陽侯史麻呂を殺す　②67₉
陽侯史令珪　③79₂
陽侯史玲珎(令珎)　③79₁, 327₆　→陽侯毗登玲珎
陽侯毗登玲珎〔陽侯史玲珎〕　③389₈
陽侯(陽胡)史真身　②111₁₆, 233₁₀, 289₃, 339₁₆, 393₁₄, 397₄　③55₂・₇, 243₄
陽侯史真身が男　③79₃
陽侯(陽胡)史玲璆(令璆)　③79₂, 309₁₄, 367₁₆　→陽侯毗登玲璆　→陽侯忌寸玲璆
陽侯(陽胡)女王　②347₁₅　③391₁₂
陽侯(陽胡)毗登玲璆〔陽侯史玲璆〕　③421₇　→陽侯忌寸玲璆
陽侯(陽胡)毗登玲珎〔陽侯史玲珎〕　③431₇
陽侯(楊胡)王　⑤3₈, 189₈, 263₈
陽侯(楊胡)毗登人麻呂〔陽侯史人麻呂〕　④199₁₁　→陽侯忌寸人麻呂
陽麻呂　③377₆
陽和に順ふ　⑤125₁₁
傭食　②355₃
傭力　①101₂
媵臣　②283₁₁
徭　⑤273₁₂
徭銭を収む　②333₁₉
徭銭を取る　⑤107₁₅
徭銭を輸す　②279₁₃, ⑤107₁₆
徭の分　④197₁₁
徭夫　⑤159₁
徭役　②354, 71₇
徭を差す　④197₁₀
楊允耀(光耀)(唐)　⑤75₆, 79₁₂
楊懐珎(高麗)　③417₁₅
楊胡王　⇨陽侯王
楊胡忌寸　④199₁₁
楊胡毗登人麻呂　⇨陽侯毗登人麻呂
楊州(唐)　③431₈・₁₂　④131₁　⑤73₁₀, 75₇・₁₃, 79₆・₁₂

楊承慶(渤海)　③291₉, 301₂, 303₇・₁₀・₁₂, 305₅・₁₅, 307₉　④113₁₆, 115₁
楊津造　③377₈
楊津連　③377₂
楊泰師(高麗)　③303₁₀, 305₆・₁₂
楊梅宮(大和国)　④397₅, 403₂, 421₅　⑤47₇
楊梅宮成る　④403₁
楊梅宮の南の池　⑤43₇
楊梅宮を造る　④403₁
楊方慶(渤海)　③387₆
雍王(唐)　⑤77₆
雍熙を致さしむ　⑤391₁
雍良岑(大和国)　②103₁₁
様　④41₁₁, 51₇, 229₂　②73₈, 235₉　③349₁₀, 383₁₃, 387₇, 403₆　⑤101₁₆, 153₁₅, 501₁₃
踊貴　③435₇　④83₅
踊躍　②271₁₅
踊躍歓喜　②223₁₂
養郡を置く　④427₅
養戸　②255₁₅
養蚕　③35₇
養子　①45₆
養子を立つ　①45₃
養治　①123₅
養徳画師楯　⑦13
養徳馬飼連乙麻呂　②351₂
養篤し　①219₆
養はしむ　①169₁₀
養ひ給ふ　④327₁₄, 401₃
養ひ賜ふ　④313₁₃　⑤183₇
養ひて子とす　③379₁₃
養ひて子とする者　①45₂
養ふ　②75₉
養物　②73₇, 291₁₂　④119₁₅
養民司　②81₆　③355₆　⑤451₇, 463₁₄
養役夫司　③577, 161₁　④297₂　⑤219₁₁
養役夫司主典　④297₁
養役夫司判官　④297₁
養老の情　②99₉
養老元年　②37₁
養老五年　⑤279₁₆, 509₁₄
養老五年三月二十七日　②111₁
養老五年より以往の籍　④411₁₂
養老三年十二月七日の格　②191₁₀
養老三年の格式　⑤159₇
養老四年　②89₁₄
養老四年八月一日午時より以前　②77₆
養老七年　②229₁　④105₆
養老七年九月　②141₉

続日本紀索引

よう―よく（養・甕・擁・踴・邀・曜・鎔・鷹・抑・沃・浴・欲・翼）

養老七年九月七日　②135_{13}
養老七年の格　②229_4, 425_9
養老二年　②447_{13}　③243_{4-6}
養老二年十二月七日子時より以前　②51_4
養老二年より以前　②69_8
養老二年六月四日　②69_{15}
養老年中　③187_9
養老八年　②141_{13}
養老六年七月七日昧爽より已前　②121_2
甕ぐ　①229_5
甕りて流れず　⑤167_{14}
擁護　②389_{10}
擁護の恩　②389_{15}
擁滞　②121_{11}
踴躍の至に勝へず　⑤335_9
邀ふ　④21_9, 185_{14}
邀へ奪ふ　⑤359_4
邀る　④95_5
曜（七曜）　②233_9
曜蔵（人名）　③363_{10}
鎔銅　③279_7
鎔範　①103_4　③273_{11}
鷹　②101_{10}　③17_6

鷹戸　②171_3　⑤505_{10}
鷹を放つ　⑤281_{11}, 391_{11}, 511_3
鷹を養ふ　②199_{1-2}　④47_4
鷹を養ふことを欲りせず　②197_{16}
抑止し難し　④397_3
抑へ難し　③161_{14}
抑へ買ふ　③387_1
抑揚　③273_{11}
沃壌　④229_{11}, 231_7　⑤401_9
沃堉　①199_2
浴灌の悦　②131_1
欲せるに迷ふ　③63_{12}
欲はず　③391_1　③209_6
欲ふ　①151_3　②95_3, 341_{11}, 439_2　③105_6, 121_{14}, 135_6, 163_{16}, 173_1, 199_{13}, 203_{15}, 209_{16}, 257_3, 279_{16}, 311_6, 331_{16}, 349_4　④17_8, 225_{10}　⑤235_8, 433_9, 439_{13}
翼賛の功　②61_7
翼輔　③283_{14}
翼々の懐　①107_{15}
翼々の情　①235_4
翼鱗　②305_{16}
翼を撫づ　②63_7

続日本紀索引

ら

裸身　⑤81₉, 431₁₅
螺江臣夜気女　②87₁₁
羅して誅に伏はしむ　③211₁₆
羅城門　④45₁₄　⑤35₉
羅の幞頭　②21₃
羅網に挂る　③365₁₄
騾　②257₇
騾馬　②59₂
来意に答ふ　⑤131₁₆
来意を知る　④37₄
来王　②73₁₄
来音　④17₈
来賀　⑤335₁₄
来帰　②49₁₀, 51₁₀, 53₁₁, 159₁, 237₁₃, 267₈, 369₁₀, 371₁₀, 373₁₃　③139₆　④25₇, 297₁₃　⑤27₅, 77₁₆, 101₁₀, 447₂
来儀　⑤335₁₁
来くること久し　④275₁₄
来啓を省る　③133₈
来月(延暦九年十二月)の廿八日　⑤481₁₃
来貢　③305₁　→貢, 朝貢, 来朝
来今に伝ふ　⑤513₁₂
来今の顕識　④291₁
来際を窮む　③239₃
来使　⑤107₁
来書を省る　④371₁
来情　④317₁₃
来世　③279₆
来蘇の楽　③245₁₅
来奏に依る　④437₈　⑤19₄, 247₇
来着　②283₁₀　④433₁₁
来朝　①7₆, 221₅　②55₂, 107₄, 167₁₆, 185₈, 255₁₃, 339₃, 355₉, 405₁, 417₁₄　③37₃, 123₆, 291₉, 295₁, 331₁₄, 365₉, 415₁　④371₉, 411₃₋₄, 423₄　⑤31₁₁, 79₁₄, 85₇, 143₁₄, 331₁₆　→貢, 朝貢, 来朝, 入朝
来朝くる期　②257₉
来朝くる道　⑤95₃
来朝くる年期　②257₈
来朝くる由　③363₁₂　④423₂　⑤111₅
来朝の状　③119₈
来年　②37₁₀　⑤399₃, 401₁, 449₇, 501₃
来年(延暦九年)二月十六日　⑤451₁₃
来年己亥(天平宝字三年)　③281₅
来泊　②285₄　③119₇

来表　③231₁₄
来表を省みる　③359₃　④317₁₀
来表を断つ　④37₇
来り囲む　②357₆
来り慰す　③303₁₃
来り援く　③297₁₅
来り過ぐ　⑤151₅
来り帰らず　③345₂
来り降る　③317₁₁
来り降る者　③33₁₆
来り乞ふ　③309₄
来り集ふ　②387₁₂
来り集らず　⑤237₉
来り集る　②119₁₂
来り奏す　②221₁
来り着く　④409₅
来りて云はく　③203₁₄　④255₁₁
来りて献る　①91₆
来りて貢る　②133₁₆
来りて告ぐ　③299₆
来りて告す　④127₁₀
来りて着く　②183₄　③139₈　⑤73₁
来りて吊ふ　③305₁₅
来りて泊つ　②143₉　⑤77₁₄
来りて泊る　②367₁₁
来りて附く　③185₆
来りて赴く　①31₉
来りて聘す　③297₁₃, 299₄
来りて奉る　③121₁₃
来り犯す　⑤129₉₋₁₀
来り犯すこと已まず　⑤129₆
来り犯すこと止まず　⑤131₂
来る　②317₁₂, 335₁₂　③123₁₀, 299₁₅　④17₅・₁₂　⑤39₁₁
来ること尚し　③269₁₀
来る春を待ちて　②359₅
来るに随ひて　③203₁₂
来るを聞く　③61₁₂
来れること遠し　④497₁₁
来れること久し　⑤123₂
来れること尚し　⑤131₁₁
来れる時　⑤131₁₃
来れる日　③365₅
来れる由を問ふ　④275₁₀
雷　②83₁₀, 109₁₁, 179₁, 203₁₁, 235₁₆, 241₂, 267₁, 429₁₁, 441₈　③169₈　⑤125₄, 243₁₂, 413₁₃
雷霆　②85₁₁
雷霆　⑤175₁₄
雷に似て雷に非ず　④59₅

ら—らい（裸・螺・羅・騾・来・雷）

399

らい―らん（雷・賚・洛・落・楽・乱・覧・闌・濫・嬾・瀾・爛・襴・纜・鸞）

雷のごとくに撃つ ①187₁₁
雷の如し ④359₁₀, 383₂ ⑤233₁₁
雷の声 ①105₁₁ ②313₁₂
雷の動くが如し ⑤409₆
賚ふ ②177₈, 191₄, 403₁·₃ ③95₃
洛陽(唐) ③297₅·₇
落を挙りて ⑤333₅
楽 ④419₁₄, 449₁₂ ⑤213₂, 391₁₃
楽戸 ②247₉
楽しびを極む ①35₁
楽書要録 ②289₆
楽人 ②277₇
楽推 ③271₉
楽ひます位 ④33₁₂
楽浪河内 ①183₁₆ ②85₅, 87₄, 151₉ ④207₁ → 高丘連河内
楽を極めて罷む ②163₁₄
楽を作さしむ ③425₁₃
楽を作す ⑤247₉
乱 ④453₁₁ ⑤39₇, 45₉, 73₁₂
乱階を為す ⑤195₁₁
乱階を起す ④243₁₃
乱基 ④13₁₃
乱基を遏む ④13₁₃
乱常 ⑤273₄
乱に遭ふ ②35₃
乱平く ④281₁₁
乱離に属ぶ ③391₆
乱るること無し ③283₁₀
乱れ行く ②289₈
乱を枯む ②73₁₅
乱を作す ③297₂
乱を静む ②285₁

乱を未然に防く ③247₁₅
覧す ②275₁₃, 289₉, 341₈ ⑤203₆
覧る ③147₁₃, 187₄, 275₈
闌入 ⑤227₅
濫位の譏を息む ③359₁
濫磣 ⑤329₉
濫吹 ②77₁₆
濫銭 ①217₆ ④131₂ →私鋳銭, 濫に鋳る
濫訴 ③63₁₂
濫惣 ②359₄
濫に穢す ①57₁₃
濫に汚すこと無かれ ②277₁₄
濫に挙す ②407₄
濫に行ふ ①147₆
濫に作ること得じ ⑤51₁₄
濫に訴へしむること勿れ ③175₁₄
濫に鋳る ①147₄ →私鋳銭, 濫銭
濫に役す ⑤267₃
嬾惰を責む ②269₈
瀾波 ②49₂
爛紅 ④131₁₃
爛すべからず ⑤153₁₅
爛脆 ③439₁₄
爛然 ④141₅
襴黄衣 ①191₄
襴の広さ ①191₅
纜を解く ①25₆ ④389₁ ⑤77₁₆, 439₅
纜を載ぐ ⑤81₈
鸞(後漢) ⑤497₁₆
鸞の後 ⑤497₁₆
鸞輿 ③163₄ ④375₁₄
鸞輿を翼く ③171₁₆

続日本紀索引

り

吏 ①59$_4$
吏職 ②43$_7$
吏と為る道 ⑤285$_2$
吏道 ④165$_{15}$
吏に下す ⑤47$_{12}$
吏の事を言ふ者 ②43$_{15}$
吏は民の父母なり ④161$_{14}$
吏は民の本なり ③291$_{12}$
吏民 ②510, 19$_{12}$, 445$_{16}$ ④267$_3$ ⑤455$_2$
利 ①51$_3$ ②69$_5$, 355$_1$ ③93$_7$, 253$_6$ ⑤109$_{13}$, 311$_{12}$, 413$_{11}$
利あらじ ③299$_{10}$
利あらず ①115$_2$ ④127$_4$ ⑤15$_5$, 53$_{14}$, 435$_{13}$
利益 ②431$_{14}$ ③23$_7$, 359$_4$ ④229$_{11}$
利害を言す ⑤155$_{15}$
利口 ⑤407$_{10}$
利厚し ④455$_{11}$ ⑤113$_{16}$
利潤 ②445$_6$ ③147$_8$ ⑤109$_{12}$, 115$_{16}$, 283$_{16}$, 341$_8$
利稲 ③375$_{10}$
利のみ視る ③385$_{10}$
利波(礪波)臣志留志 ③47$_6$ ④159$_{10}$, 161$_3$ ⑤89$_{10}$
利無くは止む ②319$_{11}$
利無し ②69$_4$
利を廻す ⑤283$_{16}$
利を求む ②327$_{11}$
利を共にす ⑤501$_{16}$
利を見て為す ②319$_{11}$
利を見ては非を行ふ ③385$_6$
利を失ふ ⑤493$_9$
利を取らしむ ②69$_5$
利を取る ②69$_{13}$, 119$_3$, 281$_3$ ⑤311$_{15}$
利を収む ①179$_{14}$
利を収むること勿かれ ①175$_9$
利を除く ③425$_9$
利を専にす ②15$_2$ ⑤311$_{13}$
利を息らず ②69$_2$
利を知らず ②51$_1$
利を逐ふ ①147$_4$
利を逐ふことを行ふ者 ①147$_6$
利を得しむ ①169$_1$
利を得ず ③363$_1$
利を望む ①173$_{16}$
利を蒙る ②43$_{14}$ ③61$_{15}$
李家(唐王朝) ③425$_{15}$, 427$_2$

李适(唐)(雍王) ⑤77$_6$
李忌寸 ③397$_4$
李忌寸元瓌〔李元瓌〕 ③421$_{13}$ ④55$_{3\cdot 5}$, 141$_{10}$, 357$_8$
李元瓌 ③103$_8$, 397$_4$ →李忌寸元瓌
李元環 ⇒李元瓌
李元泰(渤海) ⑤375$_1$, 381$_7$
李岵(唐) ③387$_{12}$
李釈(老子・釈迦)の教 ②101$_{10}$
李小娘 ④69$_7$
李勣(唐) ②187$_{11}$ ⑤447$_2$
李迪(唐)(広平王) ⑤77$_5$
李能本(高麗) ③345$_{10}$, 417$_{14}$
李密翳(波斯) ②305$_4$
里 ①143$_{12}$ ③11$_7$
里巷に帰く ⑤117$_3$
里長 ①179$_{13}$, 211$_{1\text{-}2}$
里を勝母と名けて曾子入らず(史記) ④201$_{11}$
梨原宮 ③97$_1$
梨の子 ①23$_{11}$
梨を持ちたる沙門 ①23$_{12}$
理 ①201$_4$ ②45$_1$, 61$_{9\cdot 13}$, 75$_{14}$, 81$_{15}$, 113$_{15}$, 255$_3$, 351$_8$ ③45$_1$, 219$_{11}$, 329$_6$, 343$_5$ ④15$_{8\cdot 11}$, 89$_{14}$, 97$_{11}$, 241$_{15}$, 417$_5$, 431$_3$ ⑤47$_1$, 131$_{14}$, 161$_{15}$, 297$_2$, 435$_{15}$, 479$_{14}$
理安からず ④165$_{12}$
理義 ②121$_{12}$
理軽重すべし ③241$_{14}$
理然 ①147$_3$
理然るべからず ②297$_{16}$ ③63$_{14}$
理致 ②121$_9$
理に安からず ①101$_6$
理に於て安からず ③135$_6$
理に於て穏にあらず ②73$_3$ ③185$_{7\cdot 15}$
理に於て商量す ③23$_{14}$, 235$_9$, 363$_2$ ⑤103$_{11}$
理に乖く ③439$_3$ ⑤371$_8$
理に拠りて論ふ ③247$_{10}$
理に合ふ ①181$_3$ ⑤367$_4$
理に合へて ④173$_{12}$
理に坐す君の御代に当りて在るべき物 ③69$_2$
理に在らず ④253$_4$
理に在りとなも念す ③71$_{14}$
理に在るべし ③69$_4$
理に斟酌す ①189$_{13}$
理に聴す ①199$_9$
理に当る ②257$_3$
理に任す ④13$_6$
理の如く ⑤51$_1$, 263$_{14}$ ④137$_6$, 173$_{11}$
理の如も在らず ④33$_2$

続日本紀索引

り―りく（理・裡・履・罹・釐・離・籬・力・陸）

理む　②121$_{10}$
理め育ふ　⑤131$_9$
理を以て官を去る　①215$_2$
理を解らず　①173$_6$
理を見ず　⑤427$_1$
理を失ふ　②445$_{10}$
理を申す　⑤497$_{14}$
理を奪ふ　①199$_5$
理を得　③309$_{12}$
裡に着く　①133$_{12}$
履　②187$_{10}$　⑤123$_{12}$
履長　⑤393$_{14}$
履まま事礒み　③217$_{11}$
罹　②259$_2$
釐務　①63$_9$
釐務に預らしむること莫かれ　⑤103$_{12}$, 389$_1$
釐務に預らしめず　④165$_{12}$　⑤427$_8$
釐務に預ること莫かるべし　⑤197$_{14}$
離宮　②155$_3$, 449$_7$
離の卦　①233$_8$
離明を舜浜に捜る　③273$_{12}$
離れ散る　②97$_5$
籬　②239$_{12}$
力強し　⑤431$_9$
力弱し　③221$_{10}$　④21$_2$
力衰へたる　③413$_1$
力戦　④453$_{12}$
力戦の効　⑤437$_3$
力田　③45$_8$, 73$_{11}$　④175$_6$
力田者　③21$_{16}$
力田の人　②93$_{13}$, 407$_{11}$　③79$_9$
力に任す　②7$_1$
力任へずして強ふる者は則ち廃る　④315$_{11}$
力の堪ふるに随ふ　④369$_2$
力の能く制するに非ず　③397$_1$
力婦　②291$_{11}$
力役を興す　④117$_8$, 299$_{11}$
力を以て競ふ物にも在らず　④47$_{13}$
力を諳ふ　②417$_6$
力を竭す　②307$_4$　⑤77$_1$, 145$_6$
力を効す　③241$_7$
力を尽さしむ　③293$_3$
力を尽す　②51$_6$
力を同じくす　②13$_7$
力を并す　⑤431$_3$
力を用ゐる　⑤447$_5$
力を勤す　①141$_5$
陸奥（国）按察使　②115$_{16}$, 309$_9$, 353$_8$　③195$_1$, 363$_{11}$, 343$_2$　④389$_{11}$, 411$_9$, 437$_3$　⑤172$_6$, 69$_{10}$, 127$_{16}$, 171$_6$, 185$_{13}$, 195$_8$, 205$_8$, 207$_{12}$, 233$_4$, 241$_4$, 265$_8$, 321$_{15}$, 323$_{7\cdot13}$, 347$_1$, 399$_9$, 457$_{12}$
陸奥按察使に隷く　②103$_1$
陸奥按察使の管内　②115$_{16}$
陸奥按擦使　⑤41$_{10}$
陸奥員外介　④231$_1$, 379$_8$
陸奥掾　⑤141$_5$
陸奥介　③343$_6$, 405$_{13}$　④195$_1$, 347$_{10}$, 427$_{11}$, 457$_{12}$　⑤29$_8$, 141$_5$, 147$_3$, 241$_5$, 379$_{10\cdot14}$, 381$_{12}$, 491$_2$, 493$_{13}$
陸奥国　①35$_{15}$, 57$_2$, 115$_1$, 189$_1$, 199$_{14}$, 205$_{14}$　②19$_{15}$, 45$_7$, 97$_4$, 105$_1$, 193$_6$, 301$_6$, 309$_{9\cdot13}$, 315$_2$　③63$_7$, 67$_7$, 79$_9$, 133$_{16}$, 183$_9$, 207$_{11}$, 329$_{12}$, 331$_1$, 335$_7$, 343$_4$, 369$_9$, 411$_{16}$, 417$_8$, 429$_{11}$　④127$_{14}$, 143$_{10}$, 169$_8$, 181$_{15}$, 185$_8$, 217$_{13}$, 231$_6$, 233$_8$, 237$_6$, 245$_2$, 271$_3$, 279$_{11}$, 353$_{14}$, 385$_6$, 391$_8$, 435$_{15}$, 437$_{14}$, 443$_8$, 449$_1$, 453$_1$, 463$_{10}$　⑤73$_1$, 175$_1$, 21$_2$, 45$_{12}$, 83$_{10}$, 109$_4$, 129$_{4\cdot11}$, 133$_6$, 139$_7$, 149$_9$, 169$_{13}$, 211$_9$, 237$_8$, 239$_1$, 257$_1$, 321$_{13}$, 395$_4$, 399$_{11\cdot13}$, 401$_1$, 421$_{12}$, 441$_{16}$, 443$_9$, 467$_{10}$, 483$_3$, 493$_8$, 507$_9$
陸奥国介　⑧81$_9$
陸奥国言さく　②149$_9$, 229$_{16}$, 403$_{10}$　③253$_{13}$　④229$_1$, 437$_9$, 443$_{15}$　⑤129$_{16}$
陸奥国国造　④187$_6$
陸奥国司　④391$_{12}$
陸奥国司の戸　④341$_{12}$
陸奥国守　③65$_{12}$　⑤319$_7$, 323$_1$
陸奥国奏して言さく　②79$_9$
陸奥国大掾　②149$_{12}$, 315$_{11}$
陸奥国大国造　④187$_5$, 235$_{11}$
陸奥国鎮守　②147$_{10}$
陸奥国鎮守将軍　④411$_8$
陸奥国鎮守府将軍　②353$_8$
陸奥国の夷俘　④397$_9$　⑤33$_{16}$
陸奥国の蝦夷　①75$_7$, 131$_4$, 147$_{15}$, 161$_{13}$, 221$_4$　②7$_3$, 113$_{11}$　④227$_{7\cdot15}$, 363$_6$, 367$_1$
陸奥国の蝦夷の俘囚　④401$_4$
陸奥国の蝦賊　④449$_6$
陸奥国の管内の百姓　④225$_{16}$
陸奥国の軍　⑤21$_7$, 441$_{12}$
陸奥国の軍穀　③329$_{13}$
陸奥国の軍所　⑤173$_{15}$
陸奥国の郡司　③73$_{12}$
陸奥国の国司　②45$_{14}$　③73$_{12}$　④229$_6$, 437$_{11}$
陸奥国の国司已下　⑤69$_7$
陸奥国の柵戸　③365$_{10}$
陸奥国の士　①153$_{12}$
陸奥国の諸郡の百姓　⑤21$_2$
陸奥国の城柵　④117$_7$

続日本紀索引

陸奥国の人　②191$_{15}$　③135$_8$　④147$_1$　⑤237$_6$
陸奥国の税の布　⑤109$_5$
陸奥国の調　③117$_{11}$
陸奥国の鎮守の兵　②219$_8$
陸奥国の鎮所　①123$_{15}$, 129$_{12}$, 147$_9$, 151$_1$
陸奥国の百姓　④73$_{13}$
陸奥国の俘囚　②19$_{10}$
陸奥国の浮浪人　③293$_{12}$
陸奥国の富める民　①231$_1$
陸奥国の兵　②315$_4$
陸奥国の兵士　④219$_2$
陸奥国の庸　③117$_{11}$
陸奥国部下　②229$_{16}$, 403$_{11}$
陸奥国部内　④315$_{15}$
陸奥持節副将軍　⑤147$_7$
陸奥守　①135$_7$, 151$_{16}$　②353$_8$, 429$_5$　③25$_4$, 33$_3$, 77$_{14}$, 121$_9$, 193$_7$, 207$_{11}$, 211$_{15}$, 405$_{13}$, 417$_9$　④11$_7$, 39$_4$, 127$_{12}$, 249$_{12}$, 341$_4$, 411$_9$, 437$_3$　⑤41$_9$, 139$_{10}$, 141$_{13}$, 193$_3$, 209$_2$, 215$_9$, 399$_9$, 457$_{12}$
陸奥出羽按察使　③393$_2$, 435$_3$
陸奥少掾　④167$_9$
陸奥少目二員　④449$_2$
陸奥将軍　③199$_{11}$
陸奥大掾　②149$_{9\cdot 12}$　③81$_{10}$　④195$_1$
陸奥鎮守軍監　③343$_{8-9}$　④195$_2$　⑤141$_{12}$
陸奥鎮守軍曹　③343$_{10}$　⑤141$_{12}$
陸奥鎮守権副将軍　⑤157$_7$, 53$_7$, 69$_{11}$, 241$_5$, 329$_7$
陸奥鎮守将軍　②225$_{14}$, 315$_{2\cdot 8\cdot 12}$, 317$_{1\cdot 3}$, 319$_{13}$, 375$_9$　③193$_9$, 343$_2$　④39$_4$, 183$_{10}$, 215$_4$, 305$_{12}$, 341$_4$, 437$_{4\cdot 7}$, 439$_6$, 463$_{11}$　⑤17$_3$, 53$_5$, 241$_4$, 323$_{13}$, 359$_8$, 387$_1$, 399$_{10}$, 511$_2$
陸奥鎮守判官　③81$_9$
陸奥鎮守府将軍　②353$_8$
陸奥鎮守副将軍　③193$_{10}$, 343$_6$, 373$_9$, 405$_{13}$, 417$_9$　④169$_5$, 195$_1$, 437$_3$, 457$_{12}$　⑤127$_{16}$, 141$_{11}$, 147$_2$, 167$_6$, 215$_9$, 323$_1$, 381$_{1\cdot 3}$, 399$_{10}$, 443$_{7\cdot 14}$, 447$_{16}$, 493$_{14}$
陸奥鎮東将軍　①149$_2$
陸張什（唐）　③387$_{14}$
陸田　②59$_{11}$, 229$_{4\cdot 6}$, 235$_{15}$　④179$_3$　⑤435$_6$
陸田の利　②51$_{11}$
陸道　①149$_4$
陸道の極み　②307$_{11}$
陸路　①7$_7$　④111$_2$
立春　②39$_{10}$
立性　①219$_4$　③163$_2$
立ち双び仕へ奉る　③71$_{14}$
立ちて皇太子と為る　①3$_{10}$　②139$_8$　③353$_9$
立ちて在り　④171$_{16}$

立ちて拝む　⑤205$_{2\cdot 4}$
立ち登りて在り　④171$_{12}$
立ちの後　④43$_{13}$
立て賜ひ行ひ賜へる法　②421$_4$
立て賜ひ敷きたまへる法　①121$_5$　②141$_8$
立て賜へる食国天下の政　⑤181$_{15}$
立て賜へる食国の政　③87$_2$
立て賜へる食国の法　①123$_1$
立て替ふ　③65$_1$
立てて君とせむ　②203$_{11}$
立てて皇后とす　②221$_{13}$　⑤267$_4$, 467$_1$
立てて皇太子とす　②185$_5$, 337$_7$　③261$_{14}$　④295$_4$
立てて在る人　④259$_{13}$
立物　⑤203$_7$
立む　⑤145$_{14}$, 147$_1$
律　①99$_{10}$, 175$_1$　③83$_5$, 289$_7$, 321$_{10}$, 357$_{14}$
律師　①91$_5$, 53$_5$, 187$_8$　②31$_7$, 227$_6$, 299$_{16}$, 313$_9$, 333$_1$, 345$_1$, 447$_{11}$　③113$_{16}$, 165$_1$, 357$_6$　④65$_{11}$, 421$_{13}$　⑤299$_4$, 353$_2$, 419$_4$, 475$_6$
律師の贓物　④415$_{13}$
律に依りて　①75$_2$, 155$_{16}$, 181$_{14}$
律に准ふ　①137$_{12}$　③291$_4$
律の条　①27$_{11}$
律令　①29$_9$, 451$_4$, 49$_6$, 61$_9$, 99$_9$, 169$_{11}$　③23$_{13}$, 187$_9$, 323$_{14}$　→律，令
律令に拠る　③323$_{12}$
律令に熟せず　①181$_{13}$
律令に准ふ　①99$_9$
律令二十四条　⑤495$_2$
律令の如くす　②29$_{13}$
律令を治む　②43$_7$
律令を修む　③239$_{15}$, 243$_4$
律令を撰びたる功　②113$_2$
律令を定む　①67$_1$
律呂に協ふ　①203$_2$
律を講く　①59$_2$
栗原（柴原）（美濃国）　⑤207$_1$
栗原郡（陸奥国）　④185$_8$
栗原（柴原）宿禰　④343$_{10}$
栗原（柴原）勝　⑤207$_2$
栗原（柴原）勝乙女（乙妹女・弟妹）　④325$_2$, 343$_{10}$
栗原（柴原）勝子公　⑤205$_{13}$, 207$_3$　→中臣栗原連子公
栗原（柴原）勝子公らが先祖　⑤205$_{13}$
栗原（柴原）勝浄足　④343$_{10}$
栗原宿禰乙女（乙妹女・弟妹）　⑤43$_8$
栗栖王　②127$_{10}$, 273$_9$, 275$_{14}$, 311$_1$, 423$_8$　③9$_{15}$,

りく—りつ（陸・立・律・栗）

403

続日本紀索引

125_5, 135_{14}
栗栖史多祢女　③$5_{14}$
栗前連広耳　④$219_{10}$　⑤$313_2$
栗前連枝女　⑤$21_3$
栗前連枝女　⑤$153_5$　→池原親王
栗林王　⇨栗栖王
栗隈王　③$19_{14}$
栗隈王の孫　③$19_{14}$, 177_3
率性　③$413_6$　④$251_3$
率川社（大和国）　④$89_7$
率て入る　⑤$139_{16}$
率て来る　⑤$79_5$
率とす　③$45_1$
率土　②$307_1$　⑤$335_8$, 393_{14}
率土の黎庶　④$197_7$
率土の公私　③$251_3$
率土の内　⑤$391_1$
率土の百姓　②$29_9$　④$395_1$
率土の浜　②$431_9$　④$371_4$
率土の浜王臣に匪ずといふこと無し　③$123_5$
率ひ奉る　④$281_3$
率ひ由る　⑤$383_3$
率ふ　⑤$127_7$
率法　①$179_7$
率る　②$101_5$, 237_4, 405_{15}　③$121_{16}$　④$381_3$　⑤$77_{16}$, 93_{12}, 101_{10}, $139_{8\cdot16}$, 141_2, 339_9
率ゐいざなふ　③$97_{10}$
率ゐる　①$51_5$, 75_6, 117_2, 219_{16}, 221_1　②$79_3$, 31_{16}, 147_{11}, 157_{11}, 303_{11}, 357_{15}, $371_{2\cdot15}$, $373_{1\cdot16}$, 375_1, 433_9　③$116_1$, 147_3, $207_{5\cdot16}$, 211_4, 287_{12}　④$43_7$, 95_5, 241_5, $297_{12\cdot14}$　⑤$203_5$, 221_{10}, 333_{13}, 391_{12}, 429_{12}, 433_3, 451_{10-11}, 453_1, 465_{12}, 493_9, 511_4
掠取　③$225_{15}$
掠め奪ふ　④$37_{11}$
掠めらる　⑤$95_2$
略　②$447_{15}$　⑤$201_4$
略し留めらる　⑤$77_{15}$
略渉る　④$251_4$, 375_9　⑤$454_4$, 453_{16}
略せらる　①$69_4$　⑤$271_6$
略畢る　④$461_5$
柳城県（唐）　③$297_{13}$, 299_2
柳箱　②$127_1$
柳沢道（陸奥国）　⑤$165_5$
流　①$175_3$　②$211_6$, 271_8　⑤$161_{11}$　→遠流, 近流, 中流, 配す, 配流
流已上に当る　②$115_8$
流行　③$351_{14}$
流さる　③$379_5$, 443_8　④$31_3$　⑤$45_9$, 47_5, 265_6

流罪　②$75_7$, 165_6, 385_{13}
流罪已下　②$259_7$　③$39_8$
流罪以下　②$121_3$
流罪以上　②$57_{14}$
流散　①$227_4$
流し賜ふ　④$45_{13\cdot15}$
流し伝ふ　②$95_5$
流所に在りて生まれたる子孫　②$397_{14}$
流冗　④$125_5$
流人　①$123_{10}$　②$365_6$, 397_{12}　③$9_5$
流す　①$175_{14}$　③$207_9$　④$55_9$, 89_8, 187_1, 301_{10}, 369_{13}　⑤$347_{14}$
流星　②$201_{13}$
流星有り大きさ蓋の如し　⑤$7_5$
流僧　①$55_{12}$
流通　②$389_9$
流伝　①$23_{14}$　②$103_{13}$, 283_{11}
流宕　①$225_{12}$, 235_5　②$29_{12}$　→浮宕, 浮浪
流宕の徒　③$357_{10}$
流道を没む　②$251_4$
流に従ふ　②$165_6$
流に処す　②$187_8$, 207_8　⑤$347_5$
流に配す　②$211_{11}$
流配　②$149_4$　③$217_{14}$
流亡　⑤$65_7$
流亡の嗟を抱く　③$437_{13}$
流没　②$89_{12}$
流離　②$327_{13}$　⑤$159_5$
流離分散　①$115_{14}$
流れ益広し　⑤$193_{10}$
流れ埋る　⑤$113_{11}$
流れ来る　①$71_1$
流を殊にす　②$445_9$
留　②$105_{11}$
留学　④$459_{11}$
留学生　①$119_5$　⑤$79_{12}$
留学僧　④$431_9$
留止る処　③$63_1$
留守　①$161_{12}$　②$363_3$, 375_{12}, 393_2, 399_{10}, 409_{12}, 413_1, 419_{1-2}, 429_{14}, $437_{4\cdot13-14}$　③$15_3$, 17_3　④$299_4$　⑤$349_6$
留守の官　②$437_{10}$
留守の百官　④$99_{15}$
留省資人　②$301_2$
留滞　②$111_8$　⑤$107_4$, 109_7, 271_7
留まりて在り　②$439_9$
留む　②$409_9$, 435_8　③$153_{12}$, 297_4　④$229_3$
留めて帰さず　③$297_{16}$
留らしむ　④$451_{15}$

り
つ
｜
り
ゆ
う
（栗・率・掠・略・柳・流・留）

404

続日本紀索引

留らむことを願ふ輩　⑤$159_8$
留らむことを求む　③$439_{15}$
留り住む　④$325_5$
留り宿る　③$59_{11}$
留りて帰らず　③$395_1$
留りて在り　⑤$307_{16}$
留り廬す　④$299_5$
留る　②$77_{15}, 155_2, 377_{13}$　③$211_9$　④$117_9, 433_{13}$
　⑤$216, 35_9, 279_3$
留連　②$35_8, 433_{11}$　③$289_{14}$　④$435_{13}$　⑤$279_2$,
　427_1
竜王　①$25_{9-10}$
竜図を御す　②$61_6$
竜智　②$49_2$
笠王　③$319_8, 347_9$　④$191_9, 345_{10}, 349_{14}$　→山
　辺真人笠
笠王〔山辺真人笠〕　⑤$63_2, 125_3, 231_{10}, 237_{13}$,
　$301_{11}, 349_{16}, 417_6, 485_{13}$
笠女王　⑤$353_{10}$
笠臣　④$141_{16}$
笠臣気多麻呂　④$85_5$
笠臣志太留　③$241_{12}$
笠朝臣　④$85_5$
笠朝臣乙麻呂　④$151_7, 163_{16}, 283_1, 389_4$
笠朝臣賀古　④$29_{14}$
笠朝臣吉麻呂　①$129_{13}, 149_6, 177_{14}, 221_{16}$
笠朝臣御室　②$53_6, 67_{12}, 101_6, 165_{14}$
笠朝臣姑　④$135_4$
笠朝臣江人　⑤$343_{11\cdot14}, 361_{13}, 383_{10}, 397_8$
笠朝臣蓑麻呂　②$381_2$　④$27_{12}, 35_{15}, 121_8$
笠朝臣三助　②$197_6$
笠朝臣真足　③$267_9, 279_2, 401_{12}$
笠朝臣猪養　③$343_3$
笠朝臣長目　④$145_{15}, 197_9$
笠朝臣道引　④$41_3, 55_{14}, 347_9, 349_{11}, 425_{11}$
笠朝臣道行　⇨笠朝臣道引
笠朝臣比売比　④$207_{14}$
笠朝臣不破麻呂　③$419_8, 425_6, 431_6$
笠朝臣望足　⑤$254, 651$
笠朝臣麻呂　①$75_{16}, 105_{10}, 135_5, 153_{16}, 165_{11}$,
　$193_9, 211_7$　②$17_9, 37_{11}, 57_5, 79_{14}, 95_6, 129_{10}$
　→満誓
笠朝臣名麻呂（名末呂）　④$359_3, 441_{12}, 461_{15}$　⑤
　$51_{10}, 227_{12}, 237_{12}, 249_{14}, 269_5, 277_3, 335_{15}$,
　$351_{12}, 353_{13}, 363_8, 385_{11}, 393_2$
笠朝臣雄宗（小宗）　④$283_7$　⑤$287_{11}, 295_5$,
　$319_{10}, 343_4$
隆　②$185_{16}$　⑤$335_6$
隆渥　④$331_{10}$

隆観（人名）　①$55_{12}, 73_{13}$　→金財
隆慶　③$225_{11}$
隆周　④$205_5$
隆尊（人名）　③$113_{16}$
隆泰　②$5_7$
隆泰の運　②$61_{11}$
隆平　②$339_{10}$
隆平の基　②$85_{10}$
隆平を致さず　③$21_6$
劉正臣（唐）　③$297_{16}$
劉帝利　③$255_9$
龍淵寺　④$247_{14}$
龍華寺（河内国）　④$265_{9\cdot12}$
龍興寺（唐）　③$431_8$
龍潜の時　④$309_{11}$
龍潜の日　⑤$221_{12}, 453_5$
龍田社（大和国）　④$69_{15}$
龍田真人　③$379_5$
龍田道（大和国）　④$331_1$
旅情　⑤$95_7$
虜　①$115_3$　④$271_6$
虜庭を抜く　④$271_7$
膂力の者　②$195_7$
慮私に及ばず　④$113_{11}$
慮はぬ間　③$229_{16}$
慮はぬ表　③$307_{16}$
慮ふ　③$195_{13}$
慮みる　③$333_1$
慮る　③$439_{15}$　⑤$221_{16}$
慮を軫む　④$49_9$
閭閻　⑤$255_{10}$
閭巷　⑤$329_{14}$
閭に聞ゆ　①$181_9$
閭里に表す　①$223_{16}$
了弁　④$127_{12}$
両　①$213_{1-2}$　②$89_2, 213_{4-6}$　③$77_{15}, 117_{12}$　④
　127_{14}　⑤$151_4, 41_2$
両河（雄物川・役内川）　②$317_9$
両家（李家・史家）　③$427_4$
両廻　②$293_5$
両儀　②$161_{15}$　⑤$335_6$
両京（左右京）　②$257_{16}, 331_6$
両考　①$79_{14}$
両所　②$267_{11}$
両船　⑤$407_5$
両段再拝　②$373_6$
両段と為る　⑤$81_7$
両度任ず　④$245_4$
両の眼（目）並に赤し　②$135_{12}$　③$19_2$

りゆう──りよう（留・竜・笠・隆・劉・龍・旅・虜・膂・慮・閭・了・両）

405

続日本紀索引

りょう（両・良・凌・料・猟・菱・陵・椋・量・粮）

両本　②$79_6$
両面　③$307_3$
両門有り　④$211_{11}$
両路（東海道・東山道）を承く　④$197_{14}$
良因　③$237_{15}$
良久し　③$199_{14}$, 211_1
良謹にして誠有る者　④$163_1$
良宰　④$131_{14}$
良材を簡ふ　③$437_{16}$
良策に非ず　⑤$435_5$
良治を致す　③$249_{10}$
良将　⑤$161_6$, 437_5
良臣　④$205_1$
良辰に応る　③$137_6$ ④$445_8$
良辰に対ふ　⑤$169_3$
良　⇨良人
良人　⇨良
良人とす　⑤$429_2$
良人に貫す　①$199_{15}$
良人に従ふ　④$411_8$
良人に従へしむ　③$349_2$
良人を掠めて奴婢とす　②$283_2$
良図を念ふ　④$371_{16}$
良政　③$237_9$
良賤通婚　⑤$427_{12}$
良田　②$117_{10}$
良と為る　④$13_6$
良と婚姻す　④$409_1$
良とす　②$77_{12}$
良に従はしむ　②$431_5$, 441_{15} ③$257_{10}$ ④$17_1$, 161_{13} ⑤$429_9$
良に従ふ　②$137_{12}$, 439_2 ③$17_{12}$ ⑤$429_1$
良に従しむ　②$77_2$
良に深し　⑤$347_{10}$
良に通す　⑤$427_{16}$
良の色に従ふ　①$201_5$
良の奴に嫁す　⑤$429_1$
良敏（人名）　②$327_9$
良弁（人名）　③$113_{16}$, $163_{11-12 \cdot 14 \cdot 16}$, 357_{5-6}, 359_1 ④$41_{14}$
良民と認む　⑤$167_5$
良民を害す　①$147_{16}$
良民を害ふ　②$73_{15}$
良吏　④$283_{11}$
凌き渡る　⑤$431_5$, 439_{14}
凌ぎ圧す　②$319_2$
凌ぎ突く　④$225_{14}$
凌侮　⑤$139_{14}$
凌侮の気　⑤$113_6$

料　②$39_3$, 269_{10}, 385_{10} ③$403_5$ ④$423_{15}$
料材を造る　⑤$301_5$
料（の）稲　①$199_1$, 217_{16}
料無し　⑤$371_1$
料無き国　④$121_{16}$
料有る国　④$121_{15}$
料禄　①$87_{3 \cdot 5}$ ②$95_{15}$
料を奪ふ　⑤$103_{13}$, 389_2, 427_{11}
猟騎　②$151_{3 \cdot 5}$
猟狗　②$257_7$
菱苅村（大隅国）　③$153_{16}$
陵　②$201_7$ ③$11_{13}$
陵戸と為る　④$119_{12}$
陵戸の籍　④$119_{13}$
陵遅　②$15_5$
陵土未だ乾かね　④$299_{14}$
陵に挙す　③$161_{14}$
陵の下　④$299_5$
陵の草乾かぬ　③$179_{15}$
椋垣忌寸吉麻呂　③$393_{11}$, 401_2
椋垣（倉垣）忌寸子人（子首）〔倉垣連子人・椋垣直子人〕　①$145_{16}$, 197_{10}
椋垣直子人〔倉垣連子人〕　①$109_{15}$　→椋垣忌寸子人
椋垣連　①$109_{15}$
椋小長屋女　⑤$143_1$
量り給ふ　③$235_5$, 255_1
量り賜ふ　⑤$169_{11}$
量り貸す　⑤$169_{15}$
量りて加ふ　①$89_{10}$, 215_{16} ②$5_2$, 37_7, 51_6, 77_9, 291_9, 297_{11}, 303_8, 321_{16}, 337_{10}, 349_8 ③$15_{15}$, 117_8, 155_{10}, 157_{16}, 185_5, 351_{15}, 367_{11} ④$71_5$ ⑤$171_1$, 245_{10}
量りて給はしむ　②$349_8$
量りて給ふ　②$77_{10}$, 169_{15} ③$369_5$ ④$325_6$
量りて降す　①$195_{14}$
量りて施す　④$283_3$
量りて置く　②$229_3$ ⑤$211_4$, 493_{12}
量りて与ふ　②$179_{11}$
量り定む　②$321_1$ ④$283_{13}$
量り用ゐる　③$233_7$
量る　①$177_9$ ②$39_1$, 71_1 ④$397_2$
粮　⑤$149_{11}$, 161_2
粮運　⑤$433_{10}$
粮食　①$189_4$ ②$117_{11}$ ③$235_5$ ⑤$347_{10}$
粮絶ゆ　③$235_2$
粮絶ゆる者　④$433_{14}$
粮蓄　⑤$141_4$
粮糒　⑤$437_{16}$

続日本紀索引

糧無し ②71$_4$ ③311$_{13}$
糧料 ②149$_8$ ④197$_{16}$ ⑤19$_7$
糧を遺す ⑤435$_7$
糧を運ぶ ②319$_7$ ⑤435$_5$
糧を給す ⑤353$_4$
糧を給ふ ①179$_{16}$ ②71$_2$, 71$_6$ ③125$_6$, 329$_3$ ④197$_{11・13}$ ⑤113$_{12}$, 211$_{13}$, 303$_9$, 401$_{11}$
糧を充つ ③388$_{14}$
糧を費す ⑤427$_5$, 437$_6$, 443$_{12}$
寥廓 ③223$_7$
綾 ①205$_9$ ②23$_6$, 193$_{16}$, 195$_4$
綾錦を織る ①183$_{15}$
綾公菅麻呂 ⑤509$_{12}$
綾公菅麻呂らの祖 ⑤509$_{12}$
綾師 ④251$_1$
綾朝臣 ⑤509$_{13-14・16}$
綾を織る ②29$_7$
蓼莪 ②109$_6$
領¹ ①143$_3$
領² ①73$_{15}$, 143$_{4・11}$ ③403$_{11}$ ④227$_{12}$, 355$_{11}$ ⑤143$_8$, 149$_{5・7}$, 415$_{10}$, 463$_1$, 495$_6$, 501$_{12}$
領曲 ②133$_{13}$
領く ⑤41$_3$
領袖に堪ふる者 ②47$_{10}$
領す ⑤79$_{12}$, 93$_4$
領すること無き者 ③289$_{15}$
領唐客使 ⑤91$_{12}$
領に接く ②133$_{12}$
領の細く狭き ①143$_4$
領む ③307$_1$ ⑤41$_8$
領る ⑤477$_3$
領ゐる ②359$_8$
領を引く ②135$_5$
寮属 ③247$_{11}$
寮に准ふ ①43$_{15}$, 47$_2$, 153$_4$, 205$_1$
寮に直す ②269$_{16}$
諒闇 ①153$_4$, 169$_5$, 175$_5$, 177$_9$, 261$_8$ ⑤247$_6$, 255$_5$, 475$_8$
諒闇三年 ⑤217$_{10}$
諒闇の始 ⑤227$_1$
諒闇未だ終らず ③179$_{15}$ ⑤469$_4$, 483$_1$
諒陰 ③241$_4$
療患 ③247$_{11}$
療さしむ ①11$_1$, 67$_{16}$, 77$_{14}$, 85$_4$, 95$_{15}$, 125$_3$, 131$_{2・16}$, 139$_{11}$, 147$_1$, 151$_{9・12}$, 167$_{15}$, 179$_{10}$ ②321$_8$ ④407$_{11}$
療し養ふ ③353$_{14}$
療治 ②271$_5$ ③51$_9$, 131$_3$ ④317$_3$
療す ②27$_{12}$

療を加ふ ⑤279$_3$
糧を設く ⑤161$_1$
籙を授く ⑤469$_{11}$
緑字 ④141$_5$
緑児 ③441$_{2・7}$
緑青 ①13$_{12}$
緑野郡(上野国) ①165$_2$ ④409$_3$
緑を着る ④369$_9$
林 ①105$_1$ ⑤43$_5$
林王¹ ②423$_{10}$, 427$_{13}$ ③369$_{13}$
林王² ③319$_7$, 401$_{10}$ ④349$_{13}$
林忌寸稲麻呂 ⑤213$_{15}$, 233$_{2・9}$, 263$_7$, 317$_6$, 319$_{11}$
林宿禰 ④231$_{15}$
林宿禰雑物〔林連雑物〕 ④351$_2$
林臣海主 ⑤387$_{10}$
林臣野守 ⑤387$_{10}$
林朝臣 ⑤387$_{10}$
林部 ④293$_8$
林坊 ①15$_7$
林野を占む ⑤307$_6$
林邑(の)楽 ③425$_{13}$ ④153$_{11}$
林連久麻 ③139$_4$
林連広山 ④207$_{12}$, 231$_{14}$
林連雑物(佐比物) ④151$_7$, 167$_9$, 231$_{14}$ →林宿禰雑物
林連浦海 ⑤337$_1$, 343$_{13}$, 363$_4$, 399$_9$, 451$_7$, 463$_{14}$
倫に絶る ②289$_{15}$
倫に超ゆ ⑤309$_8$
淪亡 ④371$_7$
稟気 ⑤489$_5$
稟性 ④165$_7$
稟性兇頑 ③223$_3$
綸言 ⑤415$_6$
綸を衒む ④183$_1$
隣意に違ふ ③333$_2$
隣義軽きに非ず ⑤359$_7$
隣好を結ばしむ ⑤79$_{14}$
隣好を惰る ⑤359$_4$
隣の好を敦くす ②189$_{12}$
隣保 ⑤159$_6$, 305$_{12}$
隣を聘ふ ②189$_8$
霖雨 ①113$_{16}$, 139$_{11}$, 169$_3$ ③435$_6$, 437$_{13}$ ④289$_1$, 407$_{16}$, 411$_{12}$, 459$_5$ ⑤39$_6$, 43$_{16}$
霖雨止まず ②397$_6$
臨馭 ③269$_{11}$ ⑤221$_{12}$, 243$_{16}$, 465$_3$
臨護 ②391$_3$
臨時 ①173$_{11}$
臨終 ④319$_3$ ⑤201$_{10}$
臨潤の念 ④397$_{14}$

りよう——りん（糧・寥・綾・蓼・領・寮・諒・療・糧・籙・緑・林・倫・淪・稟・綸・隣・霖・臨）

407

りん（臨・鱗・麟）

臨み観る ①39$_{15}$ ⑤259$_8$
臨み馭す ②291$_2$ ④371$_3$
鱗を濡す ②63$_7$

麟鳳五霊は王者の嘉瑞なり（左伝杜預序） ④139$_{16}$

る

屢見る ③311₂ ⑤15₁₀
屢至る ③437₁₁
屢臻る ④397₁₄, 405₉
瑠璃の瓦 ④161₁₀
累月を経 ⑤101₆
累世の家の嫡子 ②185₂
累世の家門 ④81₁₅ ⑤117₁₄
累世の相門 ④331₄
累代 ②307₃
累に抗ぐ ④461₁₃
累に遷さる ④113₁₅ ⑤477₅
累に遷る ③413₁₁ ④459₁₅ ⑤45₆, 231₄, 339₄
累に登る ④317₂
累に任す ⑤411₉
累年 ④303₇
累り居り ⑤81₇
累を貽す ⑤387₄
累を釈く ①235₆
誅 ①43₁₃ ②25₅
誅人 ①117₂ ③147₃ ⑤221₁₀, 453₁, 465₁₂
誅(を)奉る ①75₇, 117₂ ③147₃ ⑤221₁₀, 453₁, 465₁₂
類使 ⑤131₁₃
類に触れて多し ③63₁
羸弱 ⑤135₉, 413₈
羸弱の徒 ⑤135₁₅

る―るい（屢・瑠・累・誅・類・羸）

続日本紀索引

れ

れい（令・礼）

令　①$99_{1\cdot 10}$　②$27_{13}$, 211_1　③$321_{10}$　⑤$125_6$, 271_3
令員の判官　②$23_{13}$
令外の官　④$303_9$
令外の諸司の史生　②$25_{10}$
令外の諸司の判官　②$23_{12}$
令軌に遵ふ　②$51_1$
令旨すらく　④$299_{13}$, 303_9
令条　①$139_2$　③$289_7$　⑤$145_{14}$, 427_{12}
令条に違ふ　②$121_{14}$
令条に載す　③$239_8$
令すらく　④$85_{11}$
令節に順ふ　②$179_{16}$
令に依りて　①$43_8$, 75_2, 87_8　②$261_8$　③$325_7$, 361_5
令に依る　②$191_{16}$　③$185_{16}$
令に依るに　①$67_{11}$　②$23_{14}$, 29_{13}, 355_1　③$191_6$, $241_{3\cdot 7\cdot 12\cdot 14}$, $243_{1\cdot 3\cdot 8}$　④$57_1$
令に違ふ　①$137_{14}$
令に違ふ者　①$181_{14}$
令に拘る　②$91_4$
令に従ふ　②$201_7$
令に准ふるに　①$97_{14}$, $99_{4\cdot 7\cdot 12\cdot 15}$, $101_{3\cdot 9}$, 137_{13}　②$213_9$　③$225_{15}$, 325_{15}, 369_3　④$121_8$
令に准へて　①$87_4$　③$147_{12}$　④$195_{12}$
令に准る　②$27_6$
令に随ひて　②$97_{11}$
令の如し　①$101_{13}$, 167_{14}, 175_{12}　②$65_1$, 175_{14}　④$401_{15}$　⑤$39_4$
令の条　①$79_{11}$　⑤$97_8$
令の条に依る　②$221_6$, 227_{13}　④$57_4$　⑤$107_{10}$
令の条に拠る　⑤$109_{15}$
令の条に著す　⑤$117_4$
令の条の如くすべし　⑤$305_{12}$
令の随に　①$113_2$
令の文　②$27_{10}$
令の文に依る　④$55_1$
令の文に載す　①$113_1$
令の文を須ゐる　②$147_{15}$
令文　⑤$311_{12}$
令名を立てしむ　③$321_9$
令野女王　⇨全野女王
令を信す　②$291_{14}$
令を制する日　⑤$133_{14}$
礼　①$103_4$　②$229_{14}$, 419_{14}　③$165_5$, 183_{11}, 303_{14}, 321_{13}, 385_6　⑤$131_{16}$, 219_1

礼家の称する所　③$279_4$
礼記　④$459_{14}$　⑤$495_{13}$
礼義　①$81_{12}$
礼義に違ふ　①$103_6$
礼義を顧みず　③$63_{13}$
礼義を通はす　③$63_{16}$
礼儀　②$109_7$　③$365_1$
礼訓　③$353_6$
礼経の垂典　⑤$483_8$
礼見　⑤$75_3$
礼失し　②$395_3$
礼数無し　④$423_{15}$
礼制　⑤$255_4$, 481_{13}
礼節を忘るるが致せる　①$125_{16}$
礼典　④$201_{13}$, 461_{10}
礼に依りて致仕す　④$19_{16}$
礼に因りて弘まる　①$103_5$
礼に於て失ふ　④$373_2$
礼に合ふ　②$133_{10}$
礼の為に防かる　③$251_1$
礼拝　③$61_{12}$, 65_{15}, 361_1, 381_{11}　④$135_{13}$
礼ひ謝ましむ　②$237_5$
礼畢りて　④$399_{10}$
礼府卿（新羅）　④$421_{16}$
礼部卿　③$333_{13}$, 441_9
礼部少輔　③$373_{13}$, 401_9, 443_5　⑤$51_1$
礼部省　③$285_{16}$　→治部省
礼部大輔　③$421_9$
礼服　①$51_{13}$, 221_4　③$119_{11}$
礼服の冠　②$399_{12}$
礼仏　②$131_{11}$, 199_{13}, 283_{14}　④$97_5$, 157_4, 387_2
礼み奉る　③$97_8$
礼无き状　②$313_9$
礼无きに坐せらる　③$161_5$
礼無く逆なる人在り　③$197_3$
礼無くは言乱る　①$125_{14}$
礼無し　①$125_{15}$　③$195_9$
礼拝　③$203_{16}$
礼容　④$461_{11}$
礼楽　③$227_{13}$　④$285_2$
礼を以て進退す　③$133_{14}$
礼を以て先とす　①$125_{13}$
礼を闕く　③$365_3$
礼を施す　③$233_5$
礼を失ふ　①$167_{12}$　②$311_{15}$, 419_6
礼を尚ぶ　②$285_{15}$
礼を待ちて成る　①$103_5$
礼を得たる者　②$229_{15}$
礼を変ふ　③$305_{16}$

続日本紀索引

礼を未識に習ふ ③$247_{15}$
戻性 ③$313_4$
戻り止む ⑤$333_{15}$
戻りて執る ②$27_{13}$
例 ②$23_{13}$, 167_2, 213_{10}
例として ①$51_5$ ③$291_5$ ⑤$201_{15}$, 425_3, 493_{14}
例として行ふ ②$295_{10}$ ④$421_4$
例に依りて ②$171_9$, 425_{10} ④$63_4$ ⑤$69_{14}$, 73_2, 107_1, 131_{14}, 245_{15}, 477_{14}
例に依る ②$117_8$
例に違ふ ④$365_{11}$, 409_{16}, 411_1
例に在らず ①$123_{13}$, 167_{10} ②$121_6$, 249_{13}, 259_{10}, 265_{12} ③$134_2$, 29_9, 81_8, 117_2, 131_8, 183_2, 185_3, 227_6 ④$113$
例に准ふ ①$65_{13}$, 81_1 ②$23_{13}$, 375_2, 117_7, 205_{15}, 291_{11} ③$23_1$ ⑤$375_6$, 391_6, 465_{11}
例に准へ拠る ⑤$93_5$
例に同じ ①$103_{14}$, 389_2
例に同じくす ②$25_{11}$, 99_7
例に入らしむ ②$219_{15}$
例に入る ①$57_{15}$, 101_{10}, 103_2, 223_{12} ②$39_9$, 185_4 ④$361_1$
例に入ること得ざらしむ ③$175_{12}$
例に預る ②$207_{16}$ ③$383_6$ ⑤$509_{11}$
例を立つ ⑤$153_{11}$
囹圄 ②$281_{12}$ ④$285_3$
鈴 ①$87_{13}$ ②$71_{14}$, 73_{11}, 379_1, 437_{10} ③$17_4$, 215_{11}, 291_{11} ④$21_8$, 27_{16}, 37_{11}, 185_{13} ⑤$359_4$
 →駅鈴
鈴璽を取らむ ③$203_{10}$
鈴鹿王 ①$159_{12}$ ②$165_9$, 209_4, 249_4, 255_9, 273_{11}, 295_{14}, 329_3, 331_{15}, 337_{12}, 363_3, 375_{11}, 405_{15}, 409_{11}, 411_{16}, 423_7, 429_{14}, $437_{3\cdot11}$ ③$15_4$
鈴鹿王の旧宅 ④$297_{10}$
鈴鹿王の宅 ②$207_9$
鈴鹿関(伊勢国) ⑤$147_7$ →伊勢関
鈴鹿関の守屋 ⑤$187_7$
鈴鹿関の城の門 ⑤$187_7$
鈴鹿関の西中城の門 ⑤$175_{15}$
鈴鹿関の西内城 ⑤$147_7$
鈴鹿郡(伊勢国) ②$379_3$
鈴を鈦に着く ④$147_3$
鈴を奪ふ ④$31_6$, 169_6
零畳 ②$27_8$
厲鬼 ④$431_{11}$
霊 ③$31_7$
霊異 ⑤$167_5$
霊異神験 ③$63_1$
霊駕の具 ②$105_4$

霊亀 ①$233_7$ ②$137_1$ ④$217_1$
霊亀元年 ②$31_1$, 141_5
霊亀三年 ②$35_{16}$
霊亀二年 ③$31_1$ ④$265_{16}$, 459_{10}
霊祝 ①$137_2$, 389_7
霊祝に答ふ ⑤$331_8$
霊祝を荷ふ ②$283_{10}$ ⑤$327_{12}$
霊祝を喜ぶ ⑤$333_{16}$
霊譜に属く ⑤$205_2$
霊光を結ぶ ④$141_4$
霊示有り ④$139_{14}$
霊字を呈す ②$225_6$
霊寿杖 ①$21_{13}$ ②$163_{15}$
霊図 ②$101_8$
霊帝(後漢) ⑤$331_{10}$
霊帝の曾孫 ⑤$331_{10}$
霊武郡(唐) ③$297_{3\cdot11}$
霊物を観る ④$285_5$
霊有る類 ⑤$217_2$
霊を降す ③$21_{12}$ ⑤$249_5$, 469_{10}
黎元 ①$169_5$, 235_3 ②$95_{13}$, 111_5, 119_{15}, 131_2, 179_{16}, 281_{11} ③$23_6$, 243_{11}, 271_9, 283_9, 293_6, 311_3, 351_{14} ④$431_8$
黎首 ③$55_{10}$ ④$287_2$
黎庶 ①$85_{10}$ ②$49_{14}$, 325_{12} ④$49_{11}$, 197_7
黎民 ②$345_{13}$ ③$133_6$, 385_4
嶺基駅家(陸奥国) ③$333_1$
癘鬼 ②$281_9$
齢の弱き ②$141_2$
礪波王 ③$111_{11}$
礪波郡(越中国) ⑤$165_{11}$
礪波臣志留志 ⇨利波臣志留志
醴酒 ②$39_{10}$
醴泉 ②$35_{13\text{-}14}$, 411_2
醴泉を飲みし者 ②$35_{13}$
醴泉を挹む ②$39_{10}$
儷天の位を穆す ③$271_1$
暦 ②$233_9$ ③$295_8$
暦学 ③$227_{14}$
暦筭生 ③$277_6$
暦術 ④$357_1$
暦数 ②$287_7$
暦生 ③$237_5$
暦を御す ⑤$127_1$
暦を敦す ①$233_{16}$
暦を啓く ①$137_5$ ④$397_{14}$
暦を告ぐ ⑤$169_3$
暦を初む ⑤$125_{10}$
歴 ④$181_{14}$, 453_{14} ⑤$83_9$, 231_7, 257_7, $265_{9\text{-}10}$,

れい―れき(礼・戻・例・囹・鈴・零・厲・霊・黎・嶺・癘・齢・礪・醴・儷・暦・歴)

411

続日本紀索引

	339$_{5\cdot14}$, 345$_{14}$, 359$_9$, 407$_9$, 411$_6$, 445$_{10-11}$, 447$_{10}$, 455$_3$, 477$_6$
歴居	⑤199$_{11}$, 411$_7$
歴仕	⑤41$_{13}$
歴仕三十年已上	③185$_1$
歴事	⑤359$_{11}$, 411$_{13}$
歴渉	③241$_{10}$
歴数の永く固きことを示す	③221$_{16}$
歴たる職	⑤101$_4$
歴代	①17$_4$ ⑤249$_2$
歴代の希遇	⑤305$_{16}$
歴代の皇王	⑤383$_3$
歴代の諸将	④443$_9$
歴任	③339$_5$ ④207$_2$ ⑤157$_5$, 345$_{13}$
歴任五年已上	④431$_3$
歴名	①75$_5$ ②377$_9$ ③403$_{15}$
歴問	⑤155$_{14}$
歴覧	③375$_2$
歴る国	③95$_{11}$
歴る所の職	⑤197$_{12}$
列位	③245$_7$
列位を異にす	⑤113$_9$
列見	①41$_7$
列国	②189$_5$
列次	①197$_{12}$
列す	④375$_{10}$
列代	②61$_4$
列代の諸史	④265$_4$
列に在らしむ	③137$_{12}$
列に在り	①93$_{11}$, 159$_6$ ②359$_{14}$
列に就く	③221$_{10}$
列に預らしむ	③427$_8$
列る	②371$_{15}$ ⑤297$_7$
劣きに依りて	③409$_{13}$
劣く弱き身	④323$_6$
劣けむ人等	④63$_{13}$
連雨	①149$_{13}$
連及の徒	②17$_2$
連署	②276$_{\cdot16}$
連日	③7$_9$
連任	①9$_{10}$, 21$_{14}$, 77$_{10}$ ②11$_{15}$, 137$_{11}$
連ね延ぶ	②253$_7$
連の姓	②305$_7$ ③287$_{16}$ ⑤487$_{10}$, 489$_4$
連の姓に滞る	⑤489$_4$
廉勤	③413$_7$
廉勤を賞む	③381$_{13}$
廉勤を褒む	⑤97$_7$
廉謹	⑤41$_{11}$
廉恥の心	②5$_9$
廉恥無し	③321$_7$ ④455$_{12}$
廉平	⑤365$_{13}$
練行	⑤269$_{11}$
練金	③103$_{13}$
練邪に乖く	②49$_6$
練り習へる者	③403$_{12}$
練る	④129$_{15}$
蓮華の宝刹に生る	③237$_{13}$
蓮生ふ	⑤43$_7$
蓮葉の宴	④455$_8$
憐矜	④411$_2$
憐愍	②169$_4$, 251$_7$
憐ぶ	①225$_4$
憐む所	④149$_{11}$
輦下と為り	⑤329$_1$
鎌垣行宮(紀伊国)	④93$_{14}$
鎌取(人名)	③121$_5$

れき—れん (歴・列・劣・連・廉・練・蓮・憐・輦・鎌)

続日本紀索引

ろ

呂尚(周)　③$283_{12}$, 361_7
略ふ　④$89_1$
路　⑤$149_{11}$
路遠く　③$235_2$
路間　④$217_{15}$
路忌寸泉麻呂　⑤$387_8$
路橋を造る　①$131_{14}$
路険　③$363_2$
路三野真人石守　⑤$377_{10-11}$
路三野真人石守の父　⑤$377_{10}$
路次　⑤$79_8$, 95_6
路次の国　③$233_{10}$
路次の諸国　③$95_{10}$, ④$325_6$
路宿禰　⑤$387_9$
路真人宮守　②$329_{14}$, 405_{16}　②$27_{10}$
路真人玉守　⑤$125_1$, 179_{11}, 269_7, 293_{13}
路真人石成　⑤$59_2$, 71_{12}
路真人大人　①$19_3$, 43_{12}, 63_{11}, 75_5, 165_8, 221_{12}, 233_5 ②$51_{15}$, 59_1
路真人虫麻呂　②$165_{14}$, 273_8, 343_{11}
路真人登美　①$61_2$
路真人豊長　⑤$487_4$, 493_5
路真人麻呂　①$159_{14}$ ②$93_6$, 127_{15}
路真人野上　③$5_4$, 27_{11}, 31_{14}, 47_7, 347_1
路真人鷹養(鷹甘)　③$399_{10}$ ④$51_4$, 363_{12}
路阻　②$189_6$
路程　②$69_{16}$
路に饉う　①$195_7$
路に在り　②$71_4$ ③$161_9$
路の左　④$317_9$
路の字无し　⑤$377_{11}$
路の字を除く　⑤$377_{12}$
路の字を着く　⑤$377_{11}$
路の側　①$195_9$
路の頭　③$63_5$
路辺　③$51_{14}$
路粮　④$411_2$
路を開く　②$447_3$ ③$297_{10}$
路を失ふ　⑤$85_2$
路を絶つ　⑤$81_6$
盧郡君(唐)　②$311_{14}$ ③$41_{10}$
盧舎那如来　③$217_7$ ④$241_{10}$
盧舎那大仏の像　①$119_9$
盧舎那の金銅の大像　③$279_5$
盧舎那の像　③$65_9$
盧舎那の銅像　④$443_4$
盧舎那の銅像を造る　④$127_{13}$
盧舎那(の)仏像　②$433_{4 \cdot 8}$, 449_{11} ③$65_{6-7}$
盧舎那仏　②$433_3$ ③$35_8$, 47_6, 65_{13}, 67_{10}, 77_3, 97_8
盧舎那仏の金銅像　②$431_{12}$
盧如津(唐)　⑤$373_{16}$
廬原王　③$111_9$ →三嶋真人廬原
廬原王の孫　③$111_{10}$
廬原王の男　③$111_9$
廬原郡(駿河国)　③$103_{12}$
廬舎　④$457_6$
廬舎破り壊つ　③$333_8$ ⑤$65_7$
廬舎を壊ち損ふ　③$135_{10}$
廬舎を壊つ　①$59_6$ ②$429_{12}$ ③$329_4$ ④$273_{14}$ ⑤$113_{11}$, 305_5, 413_{13}
廬を結ぶ　④$191_2$
櫓　③$97_7$ ⑤$47_8$
露見　④$59_8$
露験に非ず　③$241_{13}$
露し棄てしむること勿かれ　①$155_8$
露盤　④$281_{12}$
露面漆四節角弓　②$289_7$
露る　④$407_{14}$
艫　③$327_{16}$ ④$449_{16}$ ⑤$79_2$, 81_7
艫に乗る　⑤$79_3$
驢　②$257_7$
鸕鷀　②$101_{11}$ →鵜
老いたる師　②$99_{10}$
老い病む　②$247_{11}$
老嫗　①$91_{14}$
老子　②$101_{10}$
老疾　①$51_1$, 79_4, 91_5 ②$15_{13}$ ③$117_7$, 155_{10}, 157_{16} ⑤$103_7$, 245_{10}
老少　②$43_{11}$, 253_4 ③$281_{10}$ ④$431_{12}$
老人　①$215_{13}$ ②$37_1$ ④$55_8$ ⑤$169_{16}$, 395_{11}
老丁　②$257_{2 \cdot 4}$
老病　①$89_9$ ③$317_3$ ⑤$271_7$
老病の者　③$403_{13}$
老幼を量る　⑤$383_6$
老を抃む　④$367_{15}$
老を告ぐ　④$435_{11}$
老を賜はる　④$367_{13}$
老を養ふ　②$35_{14}$ ⑤$383_2$
老を養ふ徳を希ふ　④$317_7$
老を労せず　③$277_{10}$
労　①$201_9$ ③$63_{11}$, 283_{11} ④$277_{13}$, 443_6 ⑤$355_{10}$
　→続労
労逸　②$345_{13}$ ⑤$479_3$
労逸斉しからず　④$283_{12}$

ろ―ろう(呂・略・路・盧・廬・櫓・露・艫・驢・鸕・老・労)

413

続日本紀索引

ろう―ろく（労・弄・拑・牢・郎・朗・浪・狼・根・楼・漏・潦・隴・籠・六）

労逸同じからず　⑤$237_3$, 375_4
労逸を均しくす　⑤$407_1$
労勤　③$163_{15}$
労く　②$389_2$　③$147_{10}$
労苦を愍ぶ　③$183_3$
労軽し　④$117_{12}$
労効　②$289_{15}$　③$241_{11}$
労効に随ひて　③$383_5$　⑤$313_5$
労しき重き事に在り　③$263_{10}$
労しくな思ひましそ　⑤$173_{10}$
労しみ威み　①$121_{11}$
労しみ重しみ　①$121_{13}$, 127_9　③$67_6$　④$335_{15}$
労廿四箇年已上なる者　⑤$237_7$
労擾　③$437_{16}$　⑤$297_1$
労擾を増す　⑤$115_6$
労擾を致す　①$131_{14}$, 227_{12}
労す　⑤$479_5$
労多く功少し　③$319_2$
労と為さず　⑤$75_{12}$
労同じからず　⑤$371_3$
労に縁りて　⑤$445_3$
労に酬ゆ　②$283_6$
労に随ひて　①$201_{15}$　③$97_{16}$, 341_{16}　④$183_{10}$　⑤$441_7$
労の軽重に随ひて　④$281_7$　⑤$477_{13}$, 501_1
労煩无からむことを欲ふ　⑤$413_7$
労費　①$195_8$　②$71_1$
労弊　②$193_{11}$　⑤$267_{16}$
労め勤むこと有る者　②$381_{12}$
労問　⑤$77_{11}$, 81_{15}, 93_1
労役少からず　②$303_{13}$
労有(在)るに縁りて　③$219_9$　⑤$445_1$
労有り　②$323_{15}$
労有る者　⑤$309_{16}$
労を為す　④$431_9$
労を見ず　⑤$479_2$
労を減ず　②$167_{11-12}$
労を思ふ　④$317_{12}$
労を息む　①$189_7$
労を続がしむ　②$45_3$
労を続ぐ　②$289_{12}$　③$301_4$
労を忘る　②$307_3$
労を憐ぶ　①$225_4$
弄び賜はむ　④$333_9$
拑槍　②$289_{10}$
牢固　①$229_2$　⑤$153_{12}$
郎将(渤海)　②$189_9$
朗悟　⑤$199_9$
浪人　⑤$479_6$

浪に遇ふ　③$357_{14}$
浪に随ふ　④$395_{14}$
浪に揺らる　③$407_4$
狼　④$421_8$
狼子　⑤$131_4$
狼心　③$253_{16}$
狼籍　②$157_1$
根　⑤$81_2$
楼　②$415_8$　④$93_{16}$
楼闕　②$387_{12}$
楼殿　②$441_1$
楼を構む　⑤$47_7$
漏剋　④$443_{16}$
漏し落す事も在らむ　②$215_{16}$
潦旱に遭ふ　②$51_2$
潦に遭ふ　②$195_{15}$, 405_{13}
隴畝の勉　②$131_1$
籠　①$201_{10}$
六位　①$95_9$, 173_2　②$225_{11}$　④$225_5$, 227_9, $295_{11\cdot15}$　⑤$305_4$, 327_{15}, 331_8
六位已下　①$179_{10}$, 189_2, 233_{11}　②$25_7$, 53_9, 93_2, 119_7, 155_3, $181_{1\cdot5}$, 237_3, 251_{14}, 337_9, 341_{14}, 415_{10}, 419_3, 425_{14}, 435_{13-14}　③$57_{6-7}$, 73_7, 119_{11}, 145_{12}, 147_1, 149_4, $159_{12\cdot15-16}$, 161_1, 247_{13}, 277_5　④$63_3$, $85_{7\cdot11}$, 135_{11}, 141_7, 295_{14}, 387_8　⑤$165_{16}$, $219_{7\cdot9\cdot11-13}$, 247_{14}, 367_8
六位已下の位な人　④$313_{11}$
六位已下の官　②$167_7$　③$335_{14}$, 355_{6-7}, 373_{14}, 391_3　⑤$451_{1\cdot6-8}$, 453_{13}, $463_{10\cdot13-14}$, 465_1
六位已下の官人　②$167_{14}$, 313_1　③$355_3$
六位已下の子孫　⑤$83_2$
六位已下の者　①$41_2$
六位已下の守　②$267_9$
六位已下の株　②$25_7$
六位已上　②$173_{12}$　③$57_4$
六位以下　②$21_3$, 181_6, 283_6　③$21_{15}$, 29_8　④$175_4$
六位以下の人　②$403_7$
六位に准ふ　①$233_{10}$　②$73_{1-2}$
六位の官　⑤$299_9$
六位の検校兵庫軍監　④$225_5$
六位の諸王　④$227_9$
六位の上に列る　④$227_9$
六衛の兵　②$205_5$
六衛府　③$175_{13}$, 229_4
六衛府の舎人　②$219_1$　③$95_{15}$
六郡の門徒　②$95_5$
六月の晦　②$101_{15}$
六月を以て限とす　⑤$221_1$
六考　①$99_4$　②$201_3$　④$57_2$　⑤$99_3$

414

続日本紀索引

六合 ③273$_6$, 309$_{15}$
六斎日 ②325$_9$, 391$_8$
六寺 ③157$_4$
六児を三たびに産む(多産) ①97$_{10}$
六七(日) ③165$_{15}$ ④305$_5$
六十五(歳)以下 ①209$_{15}$
六十二国 ③171$_{14}$
六章 ③237$_6$
六人部王 ①159$_{12}$ ②19$_1$, 83$_{12}$, 127$_{10}$, 145$_7$, 173$_3$, 203$_{11}$
六人部四千代 ④209$_2$
六人部女王 ②129$_6$
六人部薬(久須利) ③153$_8$, 233$_{16}$
六人部連広道 ④269$_3$, 347$_{10}$, 429$_2$, 435$_3$
六人部連鯖麻呂 ④5$_3$
六世已下の王の年廿以上 ⑤327$_{15}$
六世以下 ⑤281$_2$
六宗 ③357$_{12}$
六大寺 ③351$_{13}$
六度 ④281$_{13}$
六道 ①47$_{13}$, 105$_{14}$ ②169$_4$
六道の諸国 ①229$_1$ ②59$_{12}$ ③167$_2$
六年見丁帳の式 ②29$_{16}$
六品已下 ⑤123$_{11}$
六腹 ⑤497$_6$
勒す ⑤273$_{13}$
勒ひて還す ③333$_1$
鹿 ①7$_3$, 105$_{14}$ ②239$_{13}$ ③257$_8$ ④189$_{10}$, 271$_6$, 283$_{4・6}$, 285$_{5-7}$, 421$_8$
鹿嶋郡(常陸国) ②137$_{10}$ ③23$_{16}$
鹿嶋(神)社(常陸国) ⑤43$_{14}$
鹿嶋(神)社の祝 ⑤157$_{13}$
鹿嶋(神)社の神賤 ④161$_{12}$, 407$_{16}$
鹿嶋(神)社の神奴 ④291$_6$
鹿嶋神(陸奥国) ⑤239$_1$
鹿の鳴くが如し ②427$_7$
鹿毛の馬を奉る ④293$_{13}$
鹿を捕へし処 ②285$_9$
禄 ②95$_{16}$, 97$_1$, 117$_2$, 185$_{11}$, 191$_4$, 301$_{14}$, 409$_7$, 415$_{10}$ ③7$_2$ ④189$_{14}$, 411$_2$ ⑤69$_{13}$, 109$_5$
禄一倍を加ふ ②97$_3$
禄賜 ③187$_6$ ④337$_{16}$ ⑤47$_1$
禄多き処に従ひて給へ ②23$_{14}$
禄の例に在り ③95$_3$
禄は多き処に従へ ②23$_{16}$
禄薄し ④455$_{11}$ ⑤113$_{16}$
禄物 ⑤85$_8$, 95$_8$

禄法 ①171$_{15}$
禄(を)給ふ ①59$_7$ ②207$_{16}$ ③325$_6$, 409$_2$ ⑤119$_4$
禄(を)賜ふ ①9$_{6-7}$, 19$_7$, 29$_9$, 33$_{10}$, 45$_{15}$, 47$_{12・15}$, 55$_{11}$, 63$_1$, 79$_6$, 93$_{13}$, 129$_8$, 141$_{12}$, 143$_{11}$, 145$_{7・10}$, 149$_{14}$, 153$_{11}$, 161$_3$, 163$_7$, 217$_2$, 223$_{7・9}$, 231$_{10}$ ②9$_5$, 21$_7$, 23$_{11}$, 25$_{10・13}$, 29$_5$, 39$_{7・9}$, 43$_1$, 59$_3$, 133$_6$, 137$_{6・16}$, 139$_1$, 151$_6$, 155$_{4-5・15}$, 157$_{13-14}$, 163$_{10・15}$, 167$_6$, 169$_2$, 171$_{16}$, 173$_{8・13}$, 183$_{13}$, 189$_{1・15}$, 191$_2$, 213$_7$, 215$_{2・6}$, 229$_{10}$, 257$_{10}$, 277$_{2・7}$, 281$_{10}$, 289$_{10}$, 293$_8$, 295$_5$, 363$_7$, 385$_{7・11}$, 395$_{11}$, 401$_{16}$, 403$_{9・15}$, 405$_9$, 409$_4$, 415$_8$, 419$_4$, 433$_{13}$, 443$_1$ ③9$_3$, 7$_1$, 19$_4$, 51$_{16}$, 53$_4$, 77$_{12}$, 95$_{2・7}$, 101$_7$, 109$_{11}$, 129$_6$, 133$_3$, 137$_3$, 295$_{6・11}$, 305$_7$, 337$_{13}$, 345$_{13}$, 401$_5$, 405$_4$, 419$_{1-2}$ ④71$_3$, 155$_{14}$, 189$_7$, 223$_{14}$, 273$_4$, 277$_8$, 327$_7$, 355$_{13}$, 375$_2$, 401$_4$, 421$_{1・6}$, 445$_6$, 447$_7$, 449$_9$, 463$_3$ ⑤3$_6$, 51$_1$, 191$_2$, 235$_3$, 336$_{・8}$, 371$_2$, 57$_6$, 654$_4$, 856$_{・11}$, 91$_8$, 111$_8$, 123$_{8・13}$, 207$_{16}$, 213$_{1・7}$, 215$_1$, 257$_{16}$, 267$_9$, 287$_{13}$, 289$_{4・11}$, 313$_9$, 323$_7$, 357$_5$, 359$_1$, 383$_1$, 395$_{10・14}$, 487$_7$, 501$_3$ →賜禄
禄(を)資ふ ②337$_{14}$ ③95$_3$
艜(角・録)兄麻呂〔慧耀〕 ①451$_1$ ②53$_4$, 87$_6$, 151$_9$ →羽林連兄麻呂
録さしむ ①211$_6$
録事(問民苦使) ③247$_5$
録す ②11$_9$, 47$_{11・13}$, 93$_3$, 121$_1$, 219$_{10}$, 225$_{15}$, 259$_4$, 321$_{2・13}$, 349$_{12}$, 441$_7$ ⑤99$_4$, 145$_9$, 477$_4$
論 ③83$_5$, 241$_{16}$, 357$_{14}$
論きて曰はく ③309$_3$
論す ①179$_{15}$, 197$_{14}$ ③167$_{13}$
論する事勿かるべし ①197$_{14}$
論定 ⑤115$_3$
論定数 ③235$_{15}$
論討 ②47$_{11}$
論はず ②111$_{15}$, 229$_2$, 283$_{13}$ ③147$_{11}$ ④119$_{15}$, 183$_1$, 229$_{12}$, 405$_1$, 431$_{12}$ ⑤109$_{2-16}$, 275$_3$, 305$_{13}$, 331$_9$, 413$_{10}$, 479$_6$
論ひて曰はく ③139$_{13}$
論ひ定む ③289$_4$
論ふ ③329$_1$, 447$_{15}$ ③283$_{15}$, 289$_{12・14}$, 291$_5$ ④239$_7$, 439$_{10}$
論ふこと莫く ③281$_{10}$
論ふこと無く ②69$_8$, 425$_{12}$ ③149$_4$ ④77$_4$ ⑤107$_{12}$
論ふこと勿かれ ②249$_2$, 445$_1$, 447$_7$
論り定む ③17$_{15}$
論る ②93$_5$

ろく――ろん（六・勒・鹿・禄・艜・録・論）

415

わ

(わ・和)

わび賜ひ ④$335_2$
和安部臣男綱 ④$207_{13}$
和安部朝臣 ④$207_{14}$
和王 ⑤$34$
和乙継 ⑤$453_2$ →高野朝臣乙継
和乙継の女 ⑤$453_2$
和価 ①$209_6$
和我君計安塁 ②$315_6$
和我(陸奥国) ⑤$433_9$
和気王〔岡真人和気〕 ③$393_2$, 425_4 ④$3_6$, 35_6, 43_6, 51_{10}, 67_3, 79_{12}, 873-4-6-7-12, 891-4-6, 451_{13}
和気王 ③$155_3$ →岡真人和気
和気王の女 ④$349_{12}$
和気王の宅 ④$89_4$
和気王の男 ④$349_{11}$
和気君 ①$69_3$
和気郡(備前国) ②$245_{12}$ ⑤$405$$12$・$16$
和気郡に隷く ⑤$405_{14}$
和気公広虫〔藤野真人広虫女・藤野別真人広虫女・法均・和気広虫〕 ③$321_3$ →和気宿禰広虫 →和気朝臣広虫
和気公細目 ④$337_4$
和気公清麻呂〔藤野真人清麻呂・藤野別真人清麻呂・吉備藤野和気真人清麻呂・輔治能真人清麻呂・別部穢麻呂・和気清麻呂〕 ③$339_1$ →和気宿禰清麻呂 →和気朝臣清麻呂
和気広虫〔藤野真人広虫女・藤野別真人広虫女・法均〕 ③$305_1$ →和気公広虫 →和気宿禰広虫 →和気朝臣広虫
和気宿禰広虫〔藤野真人広虫女・藤野別真人広虫女・法均・和気広虫・和気公広虫〕 ④$443_1$ →和気朝臣広虫
和気宿禰清麻呂〔藤野真人清麻呂・藤野別真人清麻呂・吉備藤野和気真人清麻呂・輔治野真人清麻呂・別部穢麻呂・和気清麻呂・和気公清麻呂〕 ④$351_8$, 441_{14} →和気朝臣清麻呂
和気清麻呂〔藤野真人清麻呂・藤野別真人清麻呂・吉備藤野和気真人清麻呂・輔治能真人清麻呂・別部穢麻呂〕 ③$305_1$ →和気公清麻呂 →和気宿禰清麻呂 →和気朝臣清麻呂
和気朝臣 ④$443_1$
和気朝臣広虫〔藤野真人広虫女・藤野別真人広虫女・法均・和気広虫・和気公広虫・和気宿禰広虫〕 ⑤$251_1$, 175_6, 213_{10}, 315_5
和気朝臣清麻呂〔藤野真人清麻呂・藤野別真人清麻呂・吉備藤野和気真人清麻呂・輔治能真人清麻呂・別部穢麻呂・和気清麻呂・和気公清麻呂・和気宿禰清麻呂〕 ⑤$215_2$, 263_{14}, 309_1, 311_3, 373_6, 375_{10}, 399_3, 4017・10, 405_{11}, 453_{11}, 455_{12}
和気坂本(姓) ①$69_3$
和ぎ悦ぶ ②$203_{11}$
和許 ⑤$341_{13}$
和琴の師 ②$87_{10}$
和景惟れ新に ③$245_{11}$
和光を逐ふ ②$49_8$
和し雇ふ ⑤$341_6$
和し鋳る ④$129_{11}$
和氏 ⑤$453_2$
和史家吉 ⑤$257_7$ →和朝臣家吉
和史国守 ⑤$185_4$, 211_6, 249_{12}, 269_6 →和朝臣国守
和市 ⑤$17_5$
和尓部君手 ①$43_6$ →丸部臣君手
和順 ②$395_3$
和尚 ①$234$-6・14・16, 253-4・14・16, 273・7 ③$61$$8$-$9$・$12$・$16$
和上 ①$25_9$, 275・10 ③$163$$12$・$16$, 165_8, 277_8, $431$$8$・$10$・$11$・$13$・$15$, $433$$4$-$5$・$9$ →大和上
和新笠 ⑤$453_2$ →高野朝臣新笠
和泉監 ②$91_5$, 176・11, 23_8, 159_6, 269_5, 345_{12}
和泉監の正已下 ②$155_{15}$
和泉監の伯姓 ②$263_3$
和泉監の百姓 ②$279_{16}$
和泉監を河内国に并す ②$365_{11}$
和泉郡(河内国・和泉国) ②$97$・15, 449_8 ④$99_7$
和泉郡の人 ⑤$195_7$
和泉郡の百姓 ④$449_8$
和泉国 ②$155_{14}$ ③$187_1$, 393_7 ④$73_1$, 91_{15}, 95_{16}, 99_6, 117_{14}, 227_{15}, 265_2, 379_6, 395_5, 425_5 ⑤$195_7$, 241_2, 467_8
和泉国の軍毅 ④$99_{11}$
和泉国の三郡 ④$99_7$
和泉国の人 ③$61_9$ ④$145_2$
和泉守 ③$313_{12}$, 347_3, 373_{12} ④$47_3$, 99_{11}, 347_8 ⑤$29_6$, 71_1, 227_{15}, 265_2, 379_6, 395_5, 425_5
和泉(離)宮(和泉国)〔珍努宮〕 ②$23_8$, 39_6, 53_{11}, 437_{14}, 439_3
和遅野(伊勢国) ②$377_6$
和朝臣 ⑤$269_6$
和朝臣家吉〔和史家吉〕 ⑤$279_{12}$
和朝臣家麻呂 ⑤$357_{13}$, 361_7, 399_8, 429_{14}, 493_1
和朝臣国守〔和史国守〕 ⑤$287_8$, 319_6, 381_{11}, 459_{14}, 487_2
和朝臣三具足 ⑤$287_9$, 293_{12}, 487_1

続日本紀索引

和銅　①127₃・₁₁
和銅元年　①127₁₅
和銅元年十一月廿一日　②307₄
和銅元年十一月廿五日　②307₄
和銅元年正月十一日昧爽より以前　①129₁
和銅元年造籍の日　⑤99₁₀
和銅元年の詔　②219₅
和銅四年十一月二十二日の勅　②69₁₀
和銅四年十二月　①173₁₃
和銅四年の格　⑤161₁₀
和銅四年より已前　①203₁₃
和銅七年十二月以前　①209₅
和銅七年より以往　⑤509₁₄
和銅七年六月　②139₈
和銅七年六月廿八日午前より已前　①215₈
和銅二年六月十七日の符　②17₁₃
和銅の末　②43₈
和銅八年　②3₁₀
和徳史竜麻呂　②161₃
和尓部臣君手　⇨丸部臣君手
和に違ふ　③39₆
和に乖く　⑤65₁₃
和ひ買ふ　②259₁₂
和ふ　③305₁₂
和儺　④279₆

和風　④397₁₅
和み安み為べく　⑤13₁₁
和連諸乙　⑤87₆
和を致す　⑤127₃
倭王¹　①75₁₂
倭王²　①177₁₁
倭王(和王)³　③77₆, 335₁
倭画師種麻呂　④239₁₃
倭画師(姓)　②229₄
倭漢忌寸木津　⑤251₁₅
倭漢忌寸木津吉人　⑤251₁₃₋₁₄
倭漢の二字を除く　⑤253₁
倭漢木津忌寸　⑤251₁₅
倭建命　①59₆
倭建命の墓　①59₆
倭彦王子の故事　⑤203₂
倭国　⇨大倭国
倭根子豊祖父天皇(文武天皇)　①117₃
倭根子豊大父天皇(文武天皇)　①125₁₀
倭武助　②347₁₀, 381₁, 427₁₆, 433₁₂
倭部曲　②277₁
淮水　③431₉
惑へる心　④89₁₅
惑乱　④31₁₀

わ—わく (和・倭・淮・惑)

ゑ

ゑ
(ヱ)

ゑらき ④273₃

新日本古典文学大系 別巻
続日本紀 索引年表

```
2000 年 2 月28日    第 1 刷発行
2007 年 1 月25日    第 3 刷発行
2015 年 8 月11日    オンデマンド版発行
```

編 者　笹山晴生　吉村武彦
　　　　ささやまはるお　よしむらたけひこ

発行者　岡本　厚

発行所　株式会社　岩波書店
　　　　〒 101-8002　東京都千代田区一ツ橋 2-5-5
　　　　電話案内 03-5210-4000
　　　　http://www.iwanami.co.jp/

印刷／製本・法令印刷

© 笹山晴生, 吉村武彦 2015
ISBN 978-4-00-730256-5　　Printed in Japan

続日本紀年表

笹山晴生 編

凡　例

一　この年表は、『続日本紀』に記載される主要な事件について、それを年表のかたちで示すとともに、続紀以外の史料によって知られる主要な事件についても、その概要と史料名とを掲げたものである。

二　『万葉集』については、巻数および国歌大観の番号によって示した。

三　金石文については、その出土地もしくは所在地を都府県名によって示した。

四　正倉院宝物については松嶋順正編『正倉院宝物銘文集成』の番号を、また法隆寺献納宝物については東京国立博物館編『法隆寺献納宝物銘文集成』の番号をそれぞれ示した。

五　正倉院文書などのうち、東京大学史料編纂所編『大日本古文書』に収められるものについては、同書の巻および頁数を示した。また竹内理三編『平安遺文』所載の文書については、同書古文書編の巻数および文書番号を示した。

六　木簡については、以下の方針で掲記した。

（1）藤原宮跡出土の木簡については、奈良国立文化財研究所編『藤原宮木簡』所載のものについては同書の冊数および木簡番号を掲記し、同所編『飛鳥・藤原宮発掘調査出土木簡概報』および木簡学会編『木簡研究』所載のものについては、前記報告書に掲載されたものをも含めて、その号数（概報七以前については『藤原宮出土木簡』

凡　例

(2) 平城宮跡および平城京跡出土の木簡については、奈良国立文化財研究所編『平城宮木簡』『平城京木簡』所載のものについては同書の冊数および木簡番号を掲記し、同所編『平城宮発掘調査出土木簡概報』および『木簡研究』所載のものについては、前記報告書に掲載されたものをも含めて、その号数を記した。

なお、平城京跡出土木簡のうち、長屋王家出土木簡および二条大路出土木簡については、それを別記した。

(3) 長岡京跡出土の木簡については、向日市教育委員会編『長岡京木簡』所載のものについては同書の冊数および木簡番号を掲記し、京都市埋蔵文化財研究所編『長岡京左京出土木簡』所載のものについては、「長岡京左京木簡」として同じく同書の冊数および木簡番号を掲記した。『木簡研究』所載のものについては、前記報告書に掲載されたものをも含めて、その号数をも記した。

七　史料名の掲記にあたっては、適宜略称を用いた。主要なものは、以下の通りである。

続紀（続日本紀）
紀略（日本紀略）
略記（扶桑略記）
集解（令集解）
三代格（類聚三代格）
要略（政事要略）

霊異記（日本国現報善悪霊異記）
家伝（藤氏家伝）
東征伝（唐大和上東征伝）
補任（公卿補任）
平遺（平安遺文）

四

凡例

大日本古文書の略記法
古一―五〇頁(編年文書第一巻五〇頁)
東南院二―三一〇頁(東南院文書第二巻三一〇頁)

木簡関係の略称
藤原概報　　奈良国立文化財研究所編『飛鳥・藤原宮発掘調査出土木簡概報』
県教委概報　奈良県教育委員会編『藤原宮跡出土木簡概報』(奈良県文化財調査報告10)
『藤原宮』　　奈良県教育委員会編『藤原宮』(奈良県史跡名勝天然記念物調査報告25)
平城概報　　奈良国立文化財研究所編『平城宮発掘調査出土木簡概報』
宮町概報　　信楽町教育委員会編『宮町遺跡出土木簡概報』

その他
正倉院宝物　松嶋順正編『正倉院宝物銘文集成』
銘文集成　　東京国立博物館編『法隆寺献納宝物銘文集成』

五

続日本紀年表

西暦	天皇	年号・干支	続紀記事	関連事項	巻・分冊・頁
六九七	文武	文武天皇元年 丁酉	◎八月甲子(1)即位。◎庚辰(17)租・雑徭などを免除。大税出挙の利稲を三年間免除。賑恤。賜物。諸国に放生を命じる。◎癸未(20)藤原宮子を夫人、紀竈門娘・石川刀子娘を妃とする。◎壬辰(29)王親などに食封を賜う。◎九月壬寅(9)壬申の功臣丸部君手に叙位。◎辛卯(28)新羅使金弼徳ら来日。◎十二月庚辰(18)越後の蝦狄に物を賜う。◎閏十二月己亥(7)飢饉により播磨・備前・備中・周防・淡路・阿波・讃岐・伊予国に賑給、負税を免除。◎庚申(28)正月に往来して拝賀の礼を行うことを禁止。	◎十二月 豊前安心院院釈迦像銘（石清水文書）◎是年 ▼藤原宮木簡（六二・一四七・一六三／藤原概報二／木簡研究二一・一二・一八）	巻一 □三頁 巻一 □七頁
六九八	文武	文武天皇二年 戊戌	◎正月壬戌(1)朝賀。新羅朝貢使、拝賀。◎甲子(3)新羅使、調を貢る。◎己巳(8)土左国、牛黄を献る。◎戊寅(17)新羅の貢物を諸社に供える。◎庚辰(19)新羅の貢物を大内山陵（天武陵）に献る。◎二月甲午(3)郡司に三等以上の親の連任を許す。◎庚午(10)諸国の郡司を任じる。◎丙申(5)大倭国宇智郡に行幸。◎癸卯(12)官人に季禄を賜う。◎丙午(15)武官に季禄を賜う。◎三月乙丑(5)因幡国、銅鉱を献る。◎丁卯(7)疫病により越後国に医師と薬とを給う。◎己巳(9)筑前国宗形郡・出雲国意宇郡郡司に三等以上の親の連任を許す。◎庚午(10)諸国の郡司に季禄を賜う。◎辛巳(21)山背国賀茂祭の騎射を禁止。◎壬午(22)恵施を僧正とする。◎四月壬辰(3)疫病により近江・紀伊国に医師と薬とを給う。◎壬寅(13)南島に使を遣わし、国を覓めさせる。◎戊午(29)祈雨のため芳野水分峯神に馬を奉る。◎五月庚申(1)旱害により諸社に奉幣。◎甲子(5)京畿の名山大川に	◎三月 新羅孝昭王、日本国使を引見（三国史記新羅本紀）◎四月十三日 妙心寺鐘銘（京都府）	巻一 □七頁 巻一 □一二頁

六九九	文武	文武天皇三年 己亥	◎正月癸未(27)難波宮に行幸。○二月丁未(22)藤原宮に還る。○戊申(23)行幸に従った騎兵の調役を免除。○三月己未(4)下野国、雌黄を献ず。○甲子(9)河内国、白鳩を献上。河内国錦部郡の租・役を免除。畿内に曲赦。○壬午	◎是年 ▼藤原宮木簡（藤原概報六／木簡研究二一・二三）▼屋代遺跡群（長野県）木簡（木簡研究一八）	巻一
			祈雨。○乙亥(16)諸国の田地の状況を視察させる。○甲申(25)大宰府に大野城・基肄城・鞠智城を修理させる。◎六月丙申(8)近江国、白樊石を献ず。○壬寅(14)越後国の蝦狄、方物を献ず。○丙辰(28)祈雨のため諸社に馬を奉る。○丁巳(29)壬申の功臣田中足麻呂没。贈位。◎七月乙丑(7)逃亡した奴婢を駆使する者を答罪とし、本主に賠償させる。／博戯を禁止。○乙酉(27)伊予国、鑞鉱を献ず。◎八月丙午(19)藤原の姓は鎌足の子不比等に継承させ、意美麻呂らは中臣の旧姓に復させる。○丁未(20)高安城を修理させる。○癸丑(26)朝儀の礼を定める。○九月戊午(1)麻続・服部の氏上を定める。○甲子(7)下総国に大風。○丁卯(10)当耆皇女を伊勢斎王とする。○壬午(25)周防国、銅鉱を献ず。◎十月庚寅(3)近江・伊勢・常陸・備前・伊予・日向・安芸・長門・豊後国の蝦夷、方物を献ず。○癸亥(7)諸国大祓。白鑞を献ず。○乙酉(29)下総国、牛黄を献ず。◎十一月辛酉(5)伊勢国、馬嶋に金鉱を精練させる。○丁未(21)越後国に石船柵を修理させる。○乙卯(29)伊勢国の多気大神宮を度合郡に移す。○丙辰(30)壬申の功臣山代小田に贈位。		
					曰二一頁
					曰二三頁
					曰二五頁

七

続日本紀年表

西暦	天皇	年号・干支	続紀記事	関連事項	巻・分冊・頁
六九九	文武	文武天皇三年 己亥	(27)畿内に巡察使を遣わす。 ◎四月己酉(25)越後の蝦夷に爵を賜う。◎五月辛酉(8)壬申の功臣坂上老に贈位・賜物。◎丁丑(24)役小角を伊豆嶋に流す。◎六月戊戌(15)山田寺に封戸を施入。◎七月辛未(19)多褹・夜久・奄美・度感など朝貢。◎癸酉(21)弓削皇子(天武皇子)没。◎八月己丑(8)賜物。◎九月丙寅(15)高安城を修理させる。◎辛未(20)官人・京畿に兵馬を備えさせる。◎丙子(25)新田部皇女(天武皇女)没。◎十月甲午(13)斉明陵・天智陵営造のため赦。◎己卯(29)僧義淵の学行を褒め稲を施す。◎十二月癸未(3)大江皇女(天智皇女)没。◎甲申(4)大宰府に三野城・稲積城の修理を命じる。◎庚子(20)鋳銭司を置く。	◎是年 ▽万葉集(一-六七～六八／二-一〇四～一〇六) 藤原宮木簡(一六〇・一八三／『藤原宮』二四・二七／藤原概報二・六・一〇／木簡研究二・三・五・一三) ▼伊場遺跡(静岡県)木簡(木簡研究一)	巻一 ㊀一七頁 ㊀一九頁
七〇〇	文武	文武天皇四年 庚子	◎正月癸亥(13)高年により多治比嶋に杖・輿を賜う。◎二月乙酉(5)上総国安房郡の大少領に父子兄弟の連任を許す。◎戊子(8)丹波国に錫を献ぜる。◎己亥(19)越後・佐渡国に石船柵を修理させる。◎壬寅(22)東山道に巡察使を遣わす。◎丁未(27)王臣・京畿に武器を備えさせる。◎三月己未(10)僧道照没。◎甲子(15)令文の読習、律の撰成を命じる。◎丙寅(17)諸国に牧の地を定め、牛馬を放たせる。◎四月癸未(4)明日香皇女(天智皇女)没。◎五月辛酉(13)	◎正月二日 那須国造碑(栃木県)	㊀二二頁 ㊀二七頁

| 七〇一 | 文武 | 大宝元年 辛丑 | 遣新羅使任命。大使佐伯麻呂。◯六月庚辰(3)覚賀使を脅迫した隼人の指導者を処罰。◯甲午(17)律令撰定の功により刑部親王・藤原不比等らに賜禄。◯八月乙丑(20)才芸に長じるにより僧通徳・恵俊を還俗させる。◯丁卯(22)大赦・賜物。巡察使の奏状により善政を行った国司に叙位・賜封。◯十月壬子(8)京畿の高年の僧尼に施物。／製衣冠司を置く。◯己未(15)筑紫・周防・吉備の総領と常陸守を任命。◯癸亥(19)遣新羅使帰国。◯庚午(26)周防国に船を造らせを告げる。◯十一月壬午(8)新羅使金所毛来日。孝昭王の母の喪る。◯乙未(21)盗賊の追捕を命じる。◯十二月庚午(26)疫病により大倭国に医師・薬を賜う。◎正月乙亥(1)朝賀。新羅使参列。◯戊寅(4)祥瑞を奏する。◯戊子(14)新羅大使金所毛没。◯己丑(15)大納言大伴御行没。正広弐・右大臣を贈る。◯庚寅(16)賜宴・賜物。◯壬辰(18)大伴御行の喪により大射を廃する。◯丁酉(23)遣唐使を任命。執節使粟田真人。◯癸卯(29)壬辰の功臣犬養大伴宿禰を任命。／下物職を任命。◯丁巳(14)釈奠。正広参を贈る。◯二月丁未(4)三月丙◯癸亥(20)吉野離宮に行幸。◯丙寅(23)戸籍勘査にあたる民官の史を任命。◯庚午(27)藤原宮に還る。◯戊子(15)僧弁紀を還俗させる。◯壬辰(19)使を陸奥に遣わし、金を精練させる。◯東安殿に賜宴。大宝と建元。／新令により官名・位号を改める。◯壬辰(19)僧弁紀を還俗させる。対馬嶋、金を貢する。大宝と建元。／新令により官名・位号を改める。／新位階により叙位。／阿倍御主人を右大臣、石上麻呂・藤原不比等・紀麻呂を大納 | ◯十月　使を遣わして蘇比嶋を左大臣とする(補任・略記) ◯十一月二十六日　多治◎是年　▼万葉集(二一九〜二二六) ▲藤原概報二・六／木簡研究二 | 巻二 二九頁 三二頁 三三頁 |

西暦	天皇	年号・干支	続紀記事	関連事項	巻・分冊・頁
七〇一	文武	大宝元年　辛丑	言とする。/中納言を廃止。○己亥(26)丹波国に地震。○壬寅(29)右大臣阿倍御主人に賜物・賜田。○四月丙午(3)山背国葛野郡月神・樺井神・木嶋神・波都賀志神の神稲を中臣氏に給う。○庚戌(7)新令を講じる。○乙卯(12)遣唐使拝朝。○戊午(15)諸社に奉幣、名山大川に祈雨。/田領を廃し、国司の巡検を太政官に委ねる。○五月癸酉(1)五位以上の上日を式部省から太政官に申送させる。○己卯(7)遣唐使粟田真人に節刀を授ける。/官人休暇の制を定める。○己亥(27)勤位(六位)以下の号を改正。叙位。○六月壬寅(1)僧尼令を大安寺に説かせる。贈位。○丁丑(5)五位以上に走馬を出させ、天皇これを観る。○己酉(8)庶務を新令により行うことを命じる。/七道に遺使、新令による政治を宣し、新印を頒布。○壬子(11)造薬師寺司を任命。○丁巳(16)賜宴・賜物。○丙寅(25)畿内に祈雨。調を免除。○庚午(29)持統上皇、吉野離宮に幸する。○七月辛巳(10)藤原宮に還る。○壬辰(21)親王以下に品封・位封を賜う。/壬申の功臣に食封を賜う。/功封の等級を定める。○皇太妃・内親王・女王などに封戸を賜う。/左大臣多治比嶋没。○戊戌(27)造宮官など令外官司の処遇、官人選任の手続き、功封の継承、蔭位の適用、画工・算師・雅楽諸師・信成・東楼を還俗させる。○八月壬寅(2)僧慧耀・信成・東楼を還俗させる。○癸卯(3)律令撰定の功成るにより刑部親王・藤原不比等らに禄賜。○甲辰(4)志我山寺・観世音寺などの寺封の処置について定め	◎五月一日　官人の賜物について定める(集解) ◎七月四日　僧綱の賜物について定める(集解)	一〇 日三九頁 日四一頁

西暦	天皇	年号・干支	事項	備考
七〇二	文武	大宝二年 壬寅	◎斎宮司を寮に准じさせる。／丁未(7)対馬嶋からの貢金関係者に褒賞。／職事官への季禄支給について定める。◎戊申(8)明法博士を六道に遣わし、新令を講じさせる。◎己酉(9)王禄の支給について定める。◎甲寅(14)播磨・淡路・紀伊国の大風、高潮の被害を視察させる。／行幸のため河内・摂津・紀伊国に行宮を造らせ、船を造らせる。◎辛酉(21)参河国など十七国に行宮を造らせる。／大風。／律令撰定の功により調老人に贈位。◎丙寅(26)高安城を廃する。／諸国に命じて衛士を加差し、衛門府に配させる。◎九月戊寅(9)農業の視察、賑恤のため諸国に遣使。◎丁亥(18)紀伊国に行幸。◎十月丁未(8)武漏温泉に到る。◎戊申(9)行幸関係者に褒賞、曲赦。◎戊午(19)藤原宮に還る。◎己未(20)行幸に従った騎士の調・庸、担夫の租を免除。◎十一月壬申(4)大赦・賜物。◎丙子(8)造大幣司を任じる。◎丁丑(9)弾正台に畿内を巡察させる。◎乙酉(17)赦にあたり罪人を朝廷に集めることを停止。◎十二月戊申(10)王卿に袋(㸇)を賜う。◎癸丑(15)外命婦の衣服について定める。◎乙丑(27)大伯内親王(天武皇女)没。◎是年 夫人藤原宮子、首親王を生む。	◎九月〜十月 持統上皇・文武天皇紀伊国に幸する時の歌(万葉集一五〜英／一二四六／九・一六七一〜一六六七)◎十二月五日 諸司考文を式部省に申送する法を定める(法曹類林)◎七日 叙人会集についての特例を定める(集解)◎是年 内外五位の禄法を定める(三代格・要略)◎藤原武智麻呂、内舎人となる(家伝下)◎道慈、入唐(続紀天平十六年十月辛卯条)◎松尾大社造立(本朝月令所引秦氏本系帳)▽万葉集[三]四九頁
七〇一			◎正月己巳(1)朝賀。親王以下礼服・朝服を着する。◎戊寅(10)紀伊国に賀陀駅家を置く。◎癸未(15)賜宴。五常楽・太平楽を奏する。◎乙酉(17)任官。◎癸巳(25)智淵を僧正とする。◎二月戊戌(1)新律を頒布する。／班幣のため諸国の国造を入京させる。◎丙辰(19)諸国の大租(正税)・駅楽・太平楽を奏する。	巻二◎正月二十三日 僧綱を任じる儀を定める(集解)[三]五一頁

西暦	天皇	年号・干支	続紀記事	関連事項	巻・分冊・頁
七〇二	文武	大宝二年　壬寅	起稲・義倉・兵器などの帳簿を弁官に送らせる。○丁巳(20)諸国の国師を任じる。○己未(22)甲斐国の献上した梓弓を大宰府に充てる。／紀伊国の伊太祁曾社・大屋都比売社・都麻都比売社を分祀。○丁丑(28)諸国司に鎰を給う。○三月壬申(5)因幡・伯耆・隠岐国に度量を頒布。○戊寅(11)叙位。○己卯(12)大安殿に大祓。天皇斎戒。諸社に班幣。○甲申(17)大倭国に二槻離宮を修理させる。／越中国の四郡の人民を越後国に属させる。○庚午寅(23)美濃国多伎郡の献上した梓弓を大宰府に充てる。○丁酉(30)大宰府に管国の掾以下と郡司に対する銓擬の権を与える。○四月庚子(3)賀茂祭の騎射を禁止。○乙巳(8)飛騨国からの神馬献上により大赦・褒賞・賜物。諸国の租・庸を減免。○庚戌(13)諸国の国造の氏を定める。○壬子(15)筑紫七国・越後国に采女・兵衛を貢させ、陸奥国からは貢上させないと定める。○五月辛未(5)五世王が訴訟した場合の措置を定める。○乙丑(29)遣唐使渡海。／壬寅(6)下毛野古麻呂・小野毛野を朝政に参議させる。○六月癸卯(7)疫病により上野国に薬を給う。○甲子(28)海犬養門に落雷。○七月己巳(4)親王が乗馬のまま宮門に入ることを禁じる。○癸酉(8)伊勢神宮の封物の扱いを戒める。／祈雨の験あった山背国乙訓郡火雷神を大幣・月次幣の例に入れる。○乙亥(10)官人に新令を読習させる。○丙子(11)吉野離宮に行幸。○乙未(30)律を講じる。◎八月丙申		一二
				⇨五五頁	
				⇨五七頁	

大宝二年(七〇二)

[1か]薩摩・多褹を征討。〇己亥(4)造大安寺司を任じる。〇庚子(5)駿河・下総国に大風。〇癸卯(8)倭建命の墓に落雷。〇戊申(13)五衛府の使部に兵衛に准じて禄を給う。〇癸亥(28)伊勢神宮の神衣の料に神戸の調を用いさせる。/九月戊寅(14)諸司告朔文の上申手続きについて定める。/薩摩隼人征討の軍士に授勲。〇辛巳(17)飢饉により駿河・伊豆・下総・備中・阿波国に遣使・賑恤。〇癸未(19)伊賀・伊勢・美濃・尾張・参河国に行宮を造らせる。〇丁亥(23)大赦。〇己丑(25)甲子年(天智天皇三年)以後姓を賜わった者に、氏上を定め申告させる。〇十月丁酉(3)隼人征討に験あった大宰府管内の諸神に奉幣。/唱更国(薩摩国)内に柵を建て兵士に守らせる。/参河国御幸により諸神を鎮祭。〇甲辰(10)律令を諸国に頒布。〇戊申(14)諸国の租を免じる。〇十一月丙子(13)持統上皇、尾張国に到る。〇庚辰(17)美濃国に到る。〇乙酉(22)孝順の者を表旌。〇乙巳(13)持統上皇伊勢国に到る。〇丁亥(24)伊賀国に到る。関係者に叙位・賜禄。〇戊子(25)藤原宮に還る。幸に従った騎士の調を免じる。〇十二月甲午(2)先帝(天武・天智)の忌日である九月九日・十二月三日の廃務を命じる。〇壬寅(10)美濃国に幸する。諸国の租を免じる。〇乙巳(13)持統上皇の病により大赦、岐蘇の山道を開く。畿内に金光明経を講じさせる。一〇〇人を得度。遺詔して、素服・挙哀と官人の廃務を禁じ、喪葬の倹約を命じる。〇丁巳(25)四大寺に設斎。〇辛酉(29)殯宮司・造大殿垣司を任じる。〇壬戌(30)大祓を廃する。

〇十月~十一月 持統上皇参河国に幸する時の歌(万葉集一五七~六二)
〇十一月 御野国大宝二年戸籍(正倉院文書〈古一-一~九六頁〉)
◎是年 日本国使朝臣真人(粟田真人)、唐に遣使(旧唐書日本伝) 〇西海道(筑前・豊前・豊後国)大宝二年戸籍(正倉院文書〈古一-一九七~二一八頁〉) ▽万葉集(九一~七〇・一七七)
▼藤原宮木簡八/藤原概報二・九/木簡研究(一三一/県教委概報九二・五)

□六一頁

一三

西暦	天皇	年号・干支	続紀記事	関連事項	巻・分冊・頁
七〇三	文武	大宝三年 癸卯	◎正月癸亥(1)廃朝。官人ら持統上皇の殯宮を拝する。○甲子(2)七道に巡察使を派遣。○丁卯(5)持統上皇のために大安寺・薬師寺・元興寺・弘福寺に斎会を設ける。○辛未(9)新羅使金福護ら、国王(孝昭王)の喪を告げる。/主礼の課役を免除。○壬午(20)刑部親王を知太政官事とする。○二月丁未(15)律令制定の功により下毛野古麻呂らに田・封戸を賜う。/大宰府の史生を増員。◎三月戊辰(7)下毛野古麻呂に功田を賜う。○辛未(10)四大寺に大般若経を読ませる。一〇〇人を得度。○丁丑(16)国博士・郡司の任用法を改正。○戊寅(17)疫病により信濃・上野国に薬を給う。○乙酉(24)義淵を僧正とする。◎四月癸巳(2)持統上皇の百日斎を設ける。○乙未(4)高麗若光に王の姓を賜う。○戊午(27)安芸国の奴婢二〇〇余人を良人の籍に復す。◎閏四月辛酉(1)大赦。新羅の客を難波館に饗応。/右大臣阿倍御主人没。○五月壬辰(2)新羅使金福護ら帰国。/倉垣子人らに雑戸を免じる。○癸巳(3)漂着した新羅人を本国に送還。○己亥(9)紀伊国諸郡の調の品目を改める。○丙午(16)疫病により相模国に薬を給う。◎六月乙丑(5)任官。◎七月甲午(5)庚午年籍を戸籍の基本とする。/任官。/災異・不作により調・庸を減免。/賢良方正の士を推挙させる。○壬寅(13)四大寺に金光明経を読ませる。○壬子(23)壬申の功臣民大火・高田新家に祈雨。○八月甲子(5)大宰府に命じ、勲位ある者を軍団に上番させる。○九月辛卯(3)志紀の功臣民大火・高田新家家に贈位。	◎正月二十二日 僧綱佐官僧の任用の法を定める(集解)◎三月九日 訴訟に僧尼を引證する際の法を定める(集解) ◎六月九日 僧綱所で事を論じる際の法を定める(集解) ◎七月 日本国使、新羅に到る(三国史記) ◎十月二十日 筑前・筑	巻三 □六五頁 □六八頁 □七一頁

七〇四 文武 慶雲元年 甲辰		
○壬午(26)大内山陵(天武陵)に合葬。	親王に近江国の鉄穴を賜う。○庚戌(22)遣新羅使任命。大使波多広足。○癸丑(25)医術に優れた僧法蓮に豊前国の野を与える。○十月丁卯(9)持統上皇の御葬司を任命。○甲戌(16)芸術・算暦に優れた僧隆観を還俗させる。○癸未(25)遣新羅使に賜物。新羅王に錦・絁を賜う。○十一月癸卯(16)巡察使の報告に基づき国司・郡司を褒賞・断罪。○十二月甲子(8)蔭位制適用者の歴名を申送させる。○癸酉(17)持統上皇に諡号大倭根子天之広野日女尊を奉り、飛鳥岡に火葬。	◎是年　大宝三年令間寺に後国の薗地を筑紫観世音寺に施入(観世音寺資財帳)◎東西市を立てる(略記)○(集解)▼藤原宮木簡(三・一六一・六五五)/『藤原宮』六八/藤原概報二・一四/木簡研究二一・五)▼長屋王家木簡(平城概報二八)
○正月丁亥(1)朝賀。五位以上の座に榻を設ける。○癸巳(7)石上麻呂を右大臣とする。/叙位。/丁酉(11)長親王以下に封戸を増す。○壬寅(16)御名部内親王・石川夫人(大蕤娘)に封戸を増す。○戊申(22)伊勢国多気郡・度会郡の少領以上の者に三等以上の親の連任を許す。○辛亥(25)跪伏の礼を停める。○二月癸亥(8)神祇官の大宮主を長上とする。○三月甲寅(29)疫病により信濃国に薬を給う。○四月甲子(9)鍛冶司に諸国の印を鋳させる。○庚午(15)信濃国の献上した弓を大宰府に充てる。○甲戌(19)飢饉により讃岐国に賑恤。○壬午(27)備中・備後・安芸・阿波国の苗の被害により賑恤。○五月甲午(10)神馬・慶雲の出現により、大赦、慶雲と改元。賑恤・賜禄。除。関係者に褒賞。○庚子(16)飢饉により武蔵国に賑恤。○六月丁巳(3)諸国兵士に武芸の教習を命じ、雑用に駆使することを禁じる。○己未(5)勲位を帯する者の続労について定める。○丙子(22)諸社に祈雨奉幣。	◎六月十九日　水旱虫霜による不熟についての申告・処分の法を定める(集解)	巻三
一五	□七七頁	□七五頁 □七三頁

続日本紀年表

西暦	天皇	年号・干支	続紀記事	関連事項	巻・分冊・頁
七〇四	文武	慶雲元年 甲辰	○是夏、疫病により伊賀・伊豆国に医師と薬とを給う。○七月甲申(1)遣唐使粟田真人帰朝。○壬辰(9)諸社に祈雨奉幣。○庚子(17)公廨の銀を式部省・大学寮・散位寮に給う。○壬寅(19)京の高年者に賑恤。○甲辰(21)住吉社に奉幣。○乙巳(22)功封の伝世について定める。○八月丙辰(3)遣新羅使帰国。○戊午(5)伊勢・伊賀国に蝗害。○辛巳(28)周防国に大風。○十月丁巳(5)不作により課役・租を免じる。○辛酉(9)粟田真人拝朝。／遣新羅使任命。大使幡文通。○十一月癸巳(11)持統上皇の百七斎を諸寺に設ける。○庚寅(8)伊勢神宮に奉幣・献物。○丙申(14)粟田真人に田・穀を賜う。○壬寅(20)藤原宮の地を定める。○十二月辛酉(10)諸社に奉幣。○辛未(20)大宰府、秋の大風による被害を奏する。	○十二月二十六日 徒人を役する法を定める(集解) ○是年 ▽万葉集(一六三) ▼藤原宮木簡(藤原概報六／木簡研究三)	巻三 □八一頁 □八三頁
七〇五	文武	慶雲二年 乙巳	○正月丙申(15)朝堂に賜宴。○三月癸未(4)倉橋離宮に行幸。○四月壬子(3)不作のため五大寺に金光明経を読ませる。大税出挙の利と庸を減免。○甲寅(5)諸国の巡見を命じる。○庚申(11)刑部親王に越前国の野を賜う。○丙寅(17)大納言の定員を四人から二人に減じ、中納言三人を置く。／中納言の官位・封戸・資人を定める。／諸国采女の肩巾田を旧に復する。○辛未(22)任官。粟田真人・高向麻呂・阿倍宿奈麻呂を中納言とする。／大宰府・長門国に駅鈴伝符を給う。○五月丙戌(8)忍壁(刑部)親王(天武皇子)没。○癸卯(25)遣新羅使帰国。○六月乙亥(27)諸社に祈雨奉幣。○丙子(28)祈雨のため僧に祈禱を命じる。市廛を出		巻三 □八五頁 □八五頁

一六

| 七〇六 | 文武 | 慶雲三年 丙午 | ○正月丙子（1）朝賀。新羅使参列。○己卯（4）新羅使、調を貢る。○壬午（7）新羅使に勅書を饗応。叙位・賜禄。○丁亥（12）新羅使帰国。新羅国王に勅書を賜る。○閏正月庚戌（5）疫病により京畿および紀伊・因幡・参河・駿河国に医師と薬とを給う。○戊午（13）新羅の調を伊勢神宮と諸社に奉る。／調・庸の収納、出給について定める。○癸酉（28）斎王泉内親王、伊勢神宮に参拝。○辛巳（6）疫病により神祇に祈禱させる。○庚寅（16）飢饉により河内・摂津・出雲・安芸・紀伊・讃岐・伊予国に賑恤。／令の制をの禄法を定める。 | ◎二月十六日 人民の役と課役免除の法とを定める（三代格・集解） | 巻三 □九三頁 |
| | | | すことを禁じ、南門を閉ざす。○七月丙申（19）大納言紀麻呂没。○八月戊午（11）災異により大赦。／賑恤。○遣唐使人に叙位・賜物。○大伴安麻呂を大納言とする。九月壬午（5）穂積親王を知太政官事とする。○丙戌（9）八咫烏社を大倭国宇太郡に祭る。○癸卯（26）祥瑞を献上した越前国司に叙位・賜物。○十月壬申（26）五道に遣使し賑恤。調を減免。○丙子（30）新羅貢調使金儒吉ら来日。○十一月庚辰（4）五位の食封を廃し位禄に代える。○己丑（13）新羅使迎接のため騎兵を徴発。騎兵大将軍を任命。○十二月乙卯（9）都下の諸寺に食封を施入。○乙丑（19）婦女に髻髪を命じる。○丙寅（20）葛野王没。○癸酉（27）叙位。／新羅使入京。是年 二十国に飢饉・疫病。医療・賑恤させる。 | ◎七月 藤原不比等、病により興福寺維摩会の再興を誓願（興福寺縁起） ◎十一月四日 封戸は四丁を以て一戸に準じ、兵士などに差点しないと定める（集解） ○十六日 威奈大村を越後城司とする（墓誌） | □八九頁 □九一頁 |

慶雲元年（七〇四）─三年（七〇六）

一七

西暦	天皇	年号・干支	続紀記事	関連事項	巻・分冊・頁
七〇六	文武	慶雲三年 丙午	改め四位に位封を給う。／諸官の選限を短縮。／蔭位の適用方法を改定。／除名人再叙に関する規定の不備を補わせる。／位封を加増。／正丁の庸を減半し、大宰府管内の庸を輸させる。／京畿の人身の調を廃し戸別の調を輸の例に入れる。／義倉の粟は中中以上の戸から徴させる。／五世王を皇親とする。○丙申(22)遣唐使の船佐伯に叙位。○丁酉(23)内野(宇智野)に行幸。○己亥(25)五世王、初めて浅紫の朝服を着する。○庚子(26)京畿の盗賊を追捕させる。／甲斐・信濃・越中・但馬・土左国の十九社を祈年祭の頒幣の例に入れる。◎三月丁巳(14)諸司の礼儀を正し、検察を加えさせる。／王公諸臣の山野の占有を禁じる。◎四月壬寅(29)飢饉により河内・出雲・備前・安芸・淡路・讃岐・伊予国に賑恤。◎六月丙子(4)京畿の名山大川に祈雨。◎七月乙丑(24)丹波・但馬国の山林火災により神祇に奉幣。／大倭国宇智郡狭嶺山に火災。○己巳(28)飢饉により遣使、賑恤。○壬辰(21)遣新羅使任命。大使美努浄麻呂。遣使・奉幣。○八月甲戌(3)越前国の山林火災により使、調役を免除。／大宰府管内の旱害・風害により遣使・奉幣。○九月丙辰(15)七道に遣使、租を町ごとに十五束とする。○丙寅(25)難波に行幸。○庚子(29)田形内親王を伊勢神宮に侍させる。○十月壬午(12)藤原宮に還る。行幸関係者に叙位。○乙酉(15)行幸に従った騎兵の調・庸、戸内の租を免じる。◎十一月癸卯(3)新羅王に勅書を賜う。◎十二月丙子(6)多紀内親王を伊勢神宮に遣わす。○己卯(9)脛裳を停め白袴を	◎三月　法起寺塔婆露盤成る(聖徳太子伝私記所載露盤銘) ○九月二十日　損田の調庸免除の法を定める(三代格・集解・要略) ○九月～十月　難波行幸時の歌(万葉集一・六五・七一～七三) ○十月　藤原不比等、宮城東第に維摩会を設ける(要略) ◎是年　吉野宮行幸の時の歌(万葉集一・七四・七五) ▼藤原宮木簡(九九／藤原	一八 日一〇五頁 日一〇五頁 日一〇五頁 日一〇七頁

				概報四・六／木簡研究（一）
七〇七	文武	慶雲四年 丁未	◎是年　疫疾による死者多く、土牛を作り追儺をする。着用させる。◎二月乙亥（6）疫病により諸国大祓。◎戊子（19）王臣に遷都の事を議させる。◎甲午（25）成選人に叙位。◎三月庚子（2）遣唐副使巨勢邑治ら帰国。◎甲子（26）鉄印を摂津など二十三国に給い牧の馬・犢に印させる。◎四月庚辰（13）草壁皇子の忌日を国忌に入れる。○壬午（15）藤原不比等の功を賞し食封を賜う。／親王以下に封戸を賜う。○丙申（29）飢饉・疾病により賑恤。奉幣・読経。／学士を優遇し山田御方に賜い、五衛府の五位以上の朝参・上日を録し太政官に申送。○戊午（21）霖雨により畿内に省、五衛府の五位以上の朝参・上日を録し太政官に申送。○壬子（15）遣唐使人に賜物。○戊午（21）霖雨により畿内に借貸。○癸亥（26）百済救援の役に捕虜となり帰国した錦部刀良らに賜物。○乙丑（28）遣新羅使。○学問僧義法ら読経に供奉させる。○六月辛巳（15）文武天皇没。○壬午（16）志紀親王らを殯宮に供奉させる。初七日より七七まで四大寺に斎会を設ける。○庚寅（24）阿閉皇女、遺詔により万機を摂する。○辛丑（6）南島の人に叙位・賜物。○七月壬子（17）元明天皇即位。大赦・賑恤。調・租を免除。○丙辰（21）授刀舍人寮を置く。◎八月辛巳（16）入唐副使らに叙位。◎九月丁未（12）大神安麻呂を氏長とする。◎十月丁卯（3）御葬司を任命。○戊子（24）壬申の功臣文禰麻呂没。贈位。○十一月丙申（2）志摩国に賑恤。○丙午（12）文武天皇に倭根子豊祖父天皇の諡号を奉り飛鳥岡に火葬。◎甲寅（20）檜隈安古山陵に葬る。◎十二月戊辰（4）疫病により伊予国に薬を給う。○辛卯（27）詔して諸司の礼儀	◎三月　初めて革帯を着用させる（略記）◎四月二十四日　威奈大村没（墓誌） 書写奥書（正倉院宝物）◎七月二十六日『詩序』対策文（経国集）◎九月八日　百済倭麻呂一日　文禰麻呂墓誌（奈良県）◎十月　藤原不比等、厩坂寺に新羅遊学僧観智を請じ、維摩詰両本経を講
	元明			巻三 二一〇九頁 巻四 二一一九頁 二二五頁

慶雲三年（七〇六）―四年（七〇七）

一九

西暦	天皇	年号・干支	続 紀 記 事	関 連 事 項	巻・分冊・頁
七〇八	元明	和銅元年 戊申	を正す。◎正月乙巳(11)武蔵国秩父郡、和銅を献上するにより、和銅と改元。叙位・大赦・賜物・賜禄。調・庸を免除。◎二月甲戌(11)催鋳銭司を置く。/疫病により讃岐国に薬を給う。◎戊寅(15)平城遷都のことを詔する。◎三月乙未(2)疫病により山背・備前国に薬を給う。◎丙午(13)任官。石上麻呂を左大臣、藤原不比等を右大臣、大伴安麻呂を大納言、小野毛野・阿倍宿奈麻呂・中臣意美麻呂を中納言とする。◎乙卯(22)大宰府の帥、大弐、三関国(伊勢・美濃・越前)・尾張国の国守に俸仗を給う。◎四月癸酉(11)貢人・位子・国博士・国医師の任用・考選についての制を正す。◎五月壬寅(11)銀銭を行う。◎庚戌(19)近江国に俸仗を給う。◎辛酉(30)美努王没。◎六月丙戌(25)但馬内親王(天武皇女)没。◎己丑(28)天下太平・百姓安寧のため転経。◎七月丁酉(7)内蔵寮に史生を置く。/疫病により但馬・伯耆国に薬を給う。◎甲辰(14)霖雨・大風により隠岐国に遣使・賑恤。◎乙巳(15)官人を召し、勅して忠勤を求める。◎丙午(16)京中の僧尼・高年者に粟を賜う。◎丙辰(26)近江国に銅銭を鋳させる。◎八月己巳(10)銅銭を行う。◎庚辰(21)兵部省・主計寮の史生を増員、左右京職に史生を置く。◎丁酉(8)高向麻呂没。◎閏八月丙申(7)衣の袖口・襟についての制を改める。◎壬申(14)菅原(大倭国)に行幸。◎戊寅(20)平城を巡幸・視察。◎庚辰(22)山背国岡田離宮に幸する。関	じさせる(略記) ◎正月二十二日 徒以上の罪を犯した僧尼は還俗させる(集解) ◎閏八月十日 不動倉を定め大税を国貯として蓄えさせる(延暦交替式) ◎十一月二十五日 元明天皇、県犬養三千代の忠誠を褒め橘宿禰の姓を賜う(続紀天平八年十一月丙戌条) ◎二十七日	巻四 ㊂一二七頁 ㊂一三七頁 ㊂一三九頁

西暦	天皇	年号	干支	記事	出典
七〇九	元明	和銅二年	己酉	○乙酉(27)春日離宮に到る。○丙戌(28)藤原宮に還る。○戊子(30)造平城京司を任命。/越後国に出羽郡を置く。○十月庚寅(2)伊勢神宮に遣使・奉幣。平城宮造営を奉告。○十一月乙丑(7)菅原の地の人民を遷す。○己卯(21)践祚大嘗祭。○辛巳(23)賜宴・賜禄。○癸未(25)賜宴・賜物。○乙酉(27)大嘗祭関係者に叙位・賜禄。○十二月癸巳(5)平城宮の地を鎮祭。	下道圀勝母骨蔵器(岡山県) ◎是年 ▽万葉集(一・七六・一・二〇三/三・三六・二九七/一三・三三三七・三三三八) ▼藤原宮木簡『藤原宮』一〇・二三/藤原概報五/木簡研究二一 巻四 □一四五頁
				○正月丙寅(9)叙位。○戊寅(21)疫病により下総国に薬を給う。○壬午(25)私に銀銭を鋳る者を処罰。○二月戊子(2)筑紫観世音寺の造営を促進。○丁未(21)遠江国長田郡を二郡(長上郡・長下郡)に分かつ。○三月辛酉(5)飢饉により隠岐国に賑恤。○壬戌(6)陸奥・越後の蝦夷征討のため遠江国など七国の兵を発する。陸奥鎮東将軍・征越後蝦夷将軍を任命。○辛未(15)新羅使金信福を上京させる。○甲申(28)交易にあたっての銀銭・銅銭の使用法区分を定める。庚辰(24)造雑物法用司を置く。○五月乙亥(20)長雨のため河内・摂津・山背・伊豆・甲斐国に被害。/新羅使、方物を貢る。○壬午(27)新羅使に賜宴・賜禄。○甲午(10)右大臣藤原不比等、新羅国王に絹などを賜う。○六月丙戌(2)新羅使帰国。○辛丑(17)畿内に遣使。○乙巳(21)駅起稲帳を給う。/病により越中国に薬を給う。/病により上総・越後の人民を賑恤。○疫病により紀伊国に薬を給う。○癸丑(29)大宰府管諸国の事力を半減。◎七月乙卯(1)蝦狄征討のため兵器を出羽柵に送らせる。	◎六月十二日 吹部についての右大弁官宣(集解) □一四九頁 □一四五頁 □一五一頁

和銅元年(七〇八)─二年(七〇九)

二一

続日本紀年表

西暦	天皇	年号・干支	続紀記事	関連事項	巻・分冊・頁
七〇九	元明	和銅二年 己酉	◯丁卯(13)越前・越中・越後・佐渡国の船一〇〇艘を征狄所に送らせる。◎八月乙酉(2)銀銭を廃し銅銭のみを行わせる。/河内鋳銭司の賜禄・考選を寮に准じさせる。◎九月乙卯(2)天皇、新京の人民を巡撫。辛亥(28)平城宮に行幸。◯戊申(25)征蝦夷将軍らの賜禄。/平城宮に行幸。◯戊申(25)征蝦夷将軍ら帰還。/河内鋳銭司の賜禄・考選を寮に准じさせる。◯丁巳(4)造宮関係者に賜禄。◯乙丑(12)征狄将軍らに賜禄。戊午(5)藤原宮に還る。◯己卯(26)征討に従った遠江国など十国の兵士の課役を免じる。/藤原房前に東海・東山道を視察させ、政務に実績をあげた国司を褒賞。◎十月甲申(2)考文・選文の進上手続きを定める。◯庚寅(8)備後国に甲努郡を置く。◯癸巳(11)平城京内の墳墓が浮浪・逃亡仕丁を私に駆使するのを禁じる。◯丙申(14)畿内・近江国の人民が浮浪・逃亡仕丁を私に駆使するのを禁じる。◯戊申(26)薩摩の隼人入朝。騎兵を徴発し威儀に備える。◯庚戌(28)遷都をめぐる人民の動揺により調・租を免除。◎十一月甲寅(2)任官。◎十二月丁亥(5)平城宮に行幸。	◎九月十四日 紀橡姫(光仁天皇母)没(三代格)◯十月二十五日 弘福寺田畠流記帳(円満院文書)◯是月 藤原不比等、植槻寺に維摩会を修する（略記）◎是年 ▼藤原宮木簡(四五/県教委概報九/藤原概報二・六・九/木簡研究二・五・一二/木簡研究一二・一二)	巻五 □一五五頁
七一〇	元明	和銅三年 庚戌	◯正月壬子(1)朝賀。隼人・蝦夷参列。◯壬戌(11)叙位にあたり前考を通計することを禁じる。甲子(13)叙位。◯丙寅(15)大宰府、銅銭を献る。賜物・叙位。◯戊寅(27)播磨国、銅銭を献る。◯庚辰(29)荒俗を教喩した日向国の隼人を貢る。◯日向国は采女、薩摩国は舎人を貢る。◎三月戊午(7)畿外の人を帳内・資人とすること月壬辰(11)疫病により信濃国に薬を給う。◯庚戌(29)守山戸を置く。	◎二月四日 初任の禄についての規定を定める（集解）◯是月 平城遷都の時の歌(万葉集一 六〇) ◎三月 藤原不比等、興福寺金堂を建立(略記)◎十一月十三日 伊福吉	巻五 □一五九頁

二二

年	天皇	年号	事項	出典
七一一	元明	和銅四年　辛亥	とを禁じる。○辛酉（10）平城京に遷都。◎四月辛丑（21）陸奥国の蝦夷に君の姓を賜う。○壬寅（22）諸社に奉幣。名山大川に祈雨。○癸卯（23）任官。○己酉（29）飢饉により参河・遠江・美濃国に賑恤。○九月乙丑（18）銀銭を禁止。○十月辛卯（14）壬申の功臣黄文大伴没。贈位。	部徳足比売墓誌（鳥取県）◎是年▼藤原宮木簡（『藤原宮』5／木簡研究五）▼平城宮木簡（平城概報六・一〇／木簡研究一〇）▼平城京木簡（平城概報一三／木簡研究二）▼長屋王家木簡（平城木簡一ー七／平城概報二七・二八）◎三月五日　葛井諸会対策文（経国集）○九日　多胡碑（群馬県）◎十月十日　僧綱の死闕、師位に入る僧の歴名申告の手続きを定める（集解）◎是年　大官大寺・藤原宮焼亡（略記）▽万葉集（二｜二三八・三九／三｜四三七）▽平城宮木簡（三｜三五八／平城概報一二・一三
			◎正月丁未（2）都亭駅を置く。◎三月辛亥（6）上野国に多胡郡を置く。◎四月庚辰（5）飢饉により賑給。○甲申（9）大倭・佐渡国の郡司の定員を定める。○壬午（7）成選者に叙位。○乙未（20）賀茂祭にあたり国司の検察を命じる。◎五月辛亥（7）帳内・資人の位階授与について定める。／疫病により尾張国に医師と薬とを給う。／畿外の人を帳内・資人に充てることの禁を解く。◎六月乙未（21）慈雨により官人に賜物。○閏六月丙午（3）五位以上の死没については即日弁官に申送させる。○丁巳（14）挑文師を諸国に派遣、錦・綾を織ることを教習させる。○乙丑（22）中納言中臣意美麻呂没。○七月甲戌（1）詔して諸司の怠慢を戒める。○九月甲戌（2）勇敢で便武の者を衛士とし、毎年交替させる。○丙子（4）役民の逃亡防止、宮城防衛・兵庫禁守のため将軍を任	

続日本紀年表　　　　　　　　　　　　　　　　　　　　　　　　　　二四

西暦	天皇	年号・干支	続紀記事	関連事項	巻・分冊・頁
七一一	元明	和銅四年　辛亥	じる。／〇十月甲子(23)銭の鋳造にともなう禄法、蓄銭叙位の法、私鋳銭に対する罰則を定める。〇十一月甲戌(4)蓄銭者に叙位。〇壬辰(22)大税出挙を三年間停止、借貸の利率を半倍とす／畿内の高年者などに賜物。／私稲出挙の利率を半倍とす／る。〇十二月壬寅(2)太政官印の偽造者を配流。／馬寮監を任じる。〇丙午(6)王臣の山野占有を禁じる。〇庚申(20)蓄銭叙位の法を改定。	九・二九／木簡研究二・九・一六・一八／▼平城京木簡(平城概報三三)▼長屋王家木簡(平城京木簡一一八○／平城概報二一・二八)▼長登銅山跡(山口県)木簡(木簡研究一三)	日一七一頁
七一二	元明	和銅五年　壬子	〇正月乙酉(16)帰郷する役民への賑恤を命じる。〇戊子(19)叙位。〇壬辰(23)河内国高安烽を廃止、高見烽・春日烽を置く。〇二月戊午(19)京畿の高年者などに賜物。〇四月丁巳(19)郡司主政・主帳の補任にあたり試練を行うことを定める。〇五月壬申(4)疫病により駿河国に薬を給う。〇癸酉(5)白銅・銀で革帯を飾ることを禁じる。〇辛巳(13)大税借貸を悪用する国郡司らを戒める。〇甲申(16)国司の部内巡行・交替時の食・馬・脚夫の支給法を定める。／郡司・人民の評価の基準を定め、優れた者を推挙させる。〇乙酉(17)諸国に律令の遵守を命じる。／弾正台に諸司の巡察を命じる。／入京する国司に任務に堪える者を充てさせる。〇丙申(28)請印についての細則を定める。〇六月乙巳(7)地震。〇七月壬午(15)伊勢国など二十一国に綾・錦を織らせる。〇甲申(17)播磨大目楽浪河内の良政を褒め、叙位・賜物。〇八月庚子(3)諸国郡稲の欠乏を大税によって補塡させ	〇四月　長田王を伊勢斎宮に遣わす時の歌(万葉集一・八一〜八三)	巻五 日一七七頁 日一七九頁 日一八三頁

和銅四年(七一一)―六年(七一三)

| 七一三 | 元明 | 和銅六年 癸丑 | ○庚申(23)高安城に行幸。○九月己巳(3)多治比嶋・大伴御行の妻の貞節を褒め、封戸を賜う。／祥瑞により大赦。関係者に褒賞。租・調を免除。○乙酉(19)遣新羅使任命。大使道首名。○己丑(23)出羽国を置く。○乙未(29)三関の人を帳内・資人とすることを禁じる。○十月丁酉(1)陸奥国の最上郡・置賜郡を出羽国に隷させる。○癸丑(17)蘇芳色の服の着用を制限し、売買を禁じる。○甲子(28)遣新羅使辞見。○乙丑(29)帰郷する役夫・運脚の救済策を講じ、旅行者に銭の携帯を奨める。○十一月辛巳(16)左右弁官の史生を増員。○乙酉(20)引田朝臣久努朝臣・長田朝臣を阿倍朝臣に復する。○十二月辛丑(7)官人の衣服の乱れを戒める。／無位の朝服を定める。／調・庸銭納の場合の換算基準を定める。○己酉(15)東西市司に史生を置く。○丁巳(23)公文を修正した場合の請印について定める。 | ◎十一月十五日　式部卿長屋王、故文武天皇のため大般若経六〇〇巻を書写(根津美術館蔵大般若経巻二十三跋語) ▼平城宮木簡(平城概報六・一二/木簡研究三・一四) ▼長屋王家木簡(平城京木簡一・一三・一九・五九・六五/平城概報二一・二三・二五・二八/木簡研究一) ▼二条大路木簡(平城概報三三三) | (一)一八九頁 |
| | | | ○正月丁亥(23)叙位。○二月壬子(19)度量・調庸・義倉など五条の事を制する。○丙辰(23)疫病により志摩国に薬を給う。◎三月壬午(19)蓄銭乏少の者を郡司少領以上に遷任することを禁じる。／運脚に銭を携行させ、路傍に米を置いて売買させる。／田の売買には銭を用いさせる。○四月乙未(3)丹後・美作・大隅国を置く。／疫病により大倭国に薬を給う。○戊申(16)新格と権衡・度量を諸国に頒つ。○己酉(17)諸寺の田記の改正を命じる。／飢饉により讃岐国に賑恤。○丁巳(25)式部卿不在の場では年の長幼により列次とする。／五位以上同階の者は勲績を論じることを禁じる。○五月甲子(2)諸国の郡・郷 | 二月十九日　(一)地を度るには六尺を一歩とす度(二)庸布の成端の法を定める(三)資財により九等戸の品第を定める(集解) | 巻六 (一)一九三頁 (一)一九七頁 |

二五

西暦	天皇	年号・干支	続紀記事	関連事項	巻・分冊・頁
七一三	元明	和銅六年 癸丑	の名に好字を用いさせる。／風土記の撰進を命じる。○己巳(7)国司が郡司を恣意に任せて解任することを禁じる。○癸酉(11)大倭国など十六国の調の品目を改定。○丁亥(25)山背国に乳牛戸を置く。○六月辛亥(19)量綱色を染めた右京・河内国の人に叙位・賜物。○癸丑(21)大膳職に史生を置く。○乙卯(23)甕原離宮に行幸。○戊午(26)平城宮に還る。◎七月丙寅(5)隼人征討の将軍・士卒に授勲。○丁卯(6)大倭国宇太郡の人、銅鐸を献じる。○戊辰(7)美濃・信濃国の間に吉蘇路を開く。◎八月辛丑(10)遣新羅使帰還。○乙卯(24)大風。○丁巳(26)任官。◎九月己卯(19)摂津国に能勢郡を置く。○辛巳(21)大蔵省の史生を増員。／和銅四年以前の公私出挙稲の未償を免除。○十月戊戌(8)格の規定以上の諸寺の田野を還収させる。○庚子(10)板屋司の位階を寮に准じさせる。○丁巳(27)民部省の史生を増員。○戊午(28)防人赴任時の専使派遣を改め逓送とする。◎十一月辛酉(1)大風により伊賀・伊勢・尾張・参河・出羽国の調・庸を免除。○乙丑(5)石川刀子娘・紀竈門娘二嬪の号を貶する。○丙子(16)錦・綾の織成に優れた桜作磨心の子孫に雑戸を免じる。／諸司の考文は弁官を経由し太政官から式部省に下させる。◎十二月辛卯(2)陸奥国に丹取郡を置く。○乙未(6)石川宮麻呂没。○庚子(11)中務省の史生を権置。○乙巳(16)祥瑞の出現により近江・丹波国に曲赦。○己酉(20)宮内省の史生を増員。	◎是年　近江守藤原武智麻呂、寺院の荒廃を見、諸寺の併合を建言(家伝下)▼平城宮木簡(平城概報10・12／木簡研究三・10)▼平城京木簡(平城概報七／木簡研究三・9?)▼長屋王家木簡(平城京木簡一四三・八?／平城概報二二・二三・二五・二七・二八／木簡研究一一)	二〇一頁 二〇三頁

二六

				巻六
七一四	元明	和銅七年 甲寅	◎正月壬戌(3)長親王らの封戸を増し、租を全給とする。◎甲子(5)叙位。◎己卯(20)氷高内親王に食封一〇〇戸を増す。◎甲申(25)相模・常陸・上野・武蔵・下野国に絁の調を輸させる。◎二月庚寅(2)交易に商布を用い、常布の使用を禁じる。／上総国の調を細布に改める。◎辛卯(3)糸・綿・布を人ごとに蓄えさせる。◎丁酉(9)大倭五百足を氏上とし、神祭にあたらせる。◎戊戌(10)紀清人らに国史を撰修させる。◎己卯(22)甕原離宮に行幸。◎三月丁酉(10)占術に長じる僧義法を還俗させる。◎壬寅(15)隼人教導のため豊前国の人民二〇〇戸を移す。◎壬寅(14)諸国の囚徒を記録させる。◎辛丑(13)出羽国に蚕を飼わせる。◎閏二月戊午(1)吉蘇路開通の功により美濃守笠麻呂らに褒賞。◎四月辛未(15)中納言小野毛野没。◎戊寅(22)諸国の庸の輸貢量を改定。◎壬午(26)諸国租倉の規格を定める。◎辛巳(25)多褹嶋に印を給う。◎五月丁亥(1)大納言大伴安麻呂没。◎六月己巳(14)若帯日子・国造人・寺人の姓を改める。◎甲戌(19)本主の死亡・退職後の職分資人の扱いを定める。◎戊寅(23)諸社に奉幣。◎癸未(28)大赦・賑恤。◎庚辰(25)皇太子首親王元服。◎散事五位の禄を職事正六位に准じさせる。◎八月乙丑(10)散事五位の禄を職事正六位に准じさせる。◎九月甲辰(20)択銭を禁じる。◎十月乙卯(1)大風により美濃・武蔵・下野・伯耆・播磨・伊予国の租・調を免除。◎丙辰(2)尾張・上野・信濃・越後国の民を出羽の柵戸に配する。◎丁卯(13)任官。◎辛未(17)造宮省の史生を増員。◎十一月戊子(4)孝義ある者の課役を免じる。◎乙未(11)新羅使金元静ら朝貢のた	◎十月 維摩会を初めて興福寺に修する(略記) ◎是年 僧道薬墓誌(奈良県) ▽法隆寺献納宝物(銘文集成三) ▼平城宮木簡(平城概報六・一二／木簡研究二一・一〇) ▼平城京木簡(平城概報一一) ▼長屋王家木簡(平城京木簡一三・二七・四・二〇七・三〇・八九二〜八九九	🗒三〇七頁 🗒二一二頁 🗒二一七頁 🗒二一七頁

和銅六年(七一三)—七年(七一四)

二七

続日本紀年表

西暦	天皇	年号・干支	続紀記事	関連事項	巻・分冊・頁
七一四	元明	和銅七年 甲寅	め来日。儀衛のため騎兵を差発。○庚戌(26)左右将軍・副将軍を任命。○十二月戊午(5)奄美・信覚・球美など南島の人来着。○己卯(26)新羅使入京。	/平城概報二一・二三・二五・二七・二八/木簡研究一一	
七一五	元明	霊亀元年 乙卯	○正月甲申(1)朝賀。皇太子首親王拝朝。蝦夷・南島人、方物を貢る。○甲午(11)皇太子拝朝。瑞雲出現により大赦・叙位。○癸巳(10)皇太子親王らに封戸を増す。○戊戌(15)蝦夷・南島人らに賜宴。○己亥(16)新羅使らに賜宴・賜禄。○庚子(17)大射。○二月丙辰(4)尚侍従四位の賜禄を典蔵に准じさせる。○丙寅(14)大神忍人を氏上とする。○三月壬丁丑(25)吉備内親王の男女を皇孫の扱いとする。○甲辰(23)新羅使帰国。綿・船を午(1)甕原離宮に行幸。賜う。○丙午(25)孝子丈部智積らを表旌。○四月庚申(9)櫛見山陵(垂仁陵)・伏見山陵(安康陵)に守陵戸を充てる。○庚午(19)二十年以上勤務した諸司の直丁を考選に預らせる。○丙子(25)成選人に叙位。○五月辛巳(1)三月以上浮浪した者は当国で調・庸を輸させる。/治政の良否により国郡司を三等に分かつ。/巡察使に諸国の実情を視察させる。/過所に当国の印を用いさせる。/飢饉により丹波・丹後国に借貸させる。○甲午(14)調・庸の納期を厳守させる。/諸国製造の武器の整備をはかる。○乙巳(25)飢饉により摂津・紀伊・武蔵・志摩国に借貸させる。/遠江国に地震。山崩れて亀玉河を塞ぎ、決壊して被害を出す。○己亥(19)義倉の制を改定。○丙午(26)参河の海上輸送の依託を禁じる。○己丑(9)京職に印鑰を充てる。○丁未(26)参河壬寅(22)任官。巨勢麻呂を中納言とする。	○四月八日 才用により叙位する選人で官位ある者は前労を通計させる(集解)○是月 粟原寺塔婆鑪盤成る(鑪盤銘)	巻六 ㊂三三一頁 ㊂三三五頁

二八

年	天皇	和暦	事項	出典	巻・頁
七一六	元正	霊亀二年 丙辰	国に地震。正倉・屋舎に被害。○庚戌(30)相模・上総・常陸・上野・武蔵・下野国の富民一〇〇戸を陸奥に移す。○六月甲寅(4)長親王(天武皇子)没。○庚申(10)大倭国の都祁山大川に祈雨。○癸亥(13)弘福寺・法隆寺に設斎。○丁卯(17)諸国の資産ある者三十戸を京に移す。○七月己丑(10)地震。/丙午(27)甕原離宮に行幸。/学士を優遇し紀浄人に穀を賜う。/美濃国に席田郡を置く。○甲戌(25)畿外に浮浪した京人は当国に移貫させる。○丁丑(28)左京の人、霊亀を献上。○九月己卯(1)皇親・官人の服制を定める。○庚辰(2)元明天皇、氷高内親王に譲位。元正天皇即位。霊亀と改元。大赦・賜物・賑恤。租を免除。/五位以上の子孫二十歳以上の者に蔭位を授ける。○十月乙卯(7)陸奥国での雑穀の栽培を奨める。○丁丑(29)蝦夷の申請により陸奥国香河村・閇村に郡家を置く。○正月戊寅(1)廃朝。賜宴。○辛巳(4)地震。○壬午(5)叙位。○二月己酉(2)摂津国の大隅牧・媛嶋牧を廃し人民に耕作させる。○丁巳(10)出雲国造出雲果安・神賀の事を奏する。○三月癸卯(27)河内国和泉郡・日根郡を珍努宮に奉仕させる。○四月癸丑(8)壬申の功臣の子息十一人に賜田。○甲子(19)河内国大鳥・和泉・日根三郡を割き和泉監を置く。○乙丑(20)貢調脚夫の疲弊を見て国司の治政の良否を判断させる。○壬申(27)任官。○五月己丑(14)軍団大少毅に郡領	◎是年 ▽万葉集(一二三〇～二三三) ▼平城京木簡(平城概報八) ▼平城宮木簡(平城概報三四/木簡研究八)/平城京木簡(平城概報二二・二三・二五・二八/木簡研究一一・一二) ○▼長屋王家木簡(平城木簡一/奈文研二〇)	巻七 三五頁 三三頁 三三一頁 巻七 三七頁 三九頁

和銅七年(七一四)—霊亀二年(七一六)

二九

続日本紀年表

西暦	天皇	年号・干支	続紀記事	関連事項	巻・分冊・頁
七一六	元正	霊亀二年 丙辰	三等以上の親を連任することを禁じる。○庚寅(15)寺院の荒廃を防ぐため数寺を合併、財物・田地の管理を強めさせる。○辛卯(16)駿河国など七国の高麗人一七九九人を武蔵国に移し、高麗郡を置く。/豊後・伊予国間に五位以上の使人の往還を認める。/薩摩・大隅国貢上の隼人を六年ごとの交替とする。/元興寺(大安寺か)を平城京に移す。○丙申(21)大宰府管内の白鑞の私蔵を禁じる。○丁酉(22)大学寮・典薬寮学生の成業しない者を国博士・国医師に補任することを禁じる。○癸卯(28)僧綱・和泉監に印を充てる。/大宰府に弓を充てる。○六月乙丑(21)六位以下の散位を五位以上の資人とすることを許す。○丁卯(23)和泉監に史生を置く。	◎是年 ▼平城宮木簡(一二三六/平城概報三・一二・二九/木簡研究一六) ▼長屋王家木簡(平城概報二一・二五・二八) ▼薬師寺境内木簡(平城概報二二) ▼酒船石遺跡(奈良県)木簡(木簡研究二〇)	〔三〕一七頁
七一七	元正	養老元年 丁巳	○八月壬子(9)大宰帥以下の事力の数を旧に復する。○甲寅(11)志貴親王(天智皇子)没。○癸亥(20)犬養部鷹手の塩焼戸を免じ良民とする。遣唐使任命。押使多治比県守。○九月癸巳(21)山背甲作客小友らの雑戸を免じ良民とする。○乙未(23)陸奥国置賜・最上二郡と信濃・上野・越前・越後国との人民各一〇〇戸とを出羽国に隷させる。太安麻呂を氏長とする。○十月壬戌(20)朝服に紗を用いることなどを禁じる。十一月辛卯(19)践祚大嘗祭。賜禄。関係者に叙位。○正月乙巳(4)叙位。○己未(18)中納言巨勢麻呂没。○二月壬申(1)遣唐使、神祇を祠る。○辛巳(10)大宰帥多治比池守の善政を褒め賜物。○壬午(11)難波宮に行幸。○丙戌(15)和泉宮に到る。○庚寅(19)竹原井頓宮に到る。○辛卯		巻七 〔三〕二二頁

三〇

霊亀二年(七一六)―養老元年(七一七)

(20)行幸関係者に賜禄。/平城宮に還る。○甲午(23)遣唐使ら拝朝。○丙申(25)令外諸司の判官の相当位を定める。/兼官の上日と禄との関係について定める。○丁酉(26)信濃・上野・越前・越後国の人民各一〇〇戸を出羽柵戸に配する。○三月癸卯(3)左大臣石上麻呂没。天皇廃朝。○己酉(9)遣唐押使に節刀を賜う。○乙丑(25)令外諸司の史生の禄を定める。
○四月乙亥(6)斎王久勢女王、伊勢神宮に向かう。○丙戌(17)畿内祈雨。○癸未(14)調・庸の重量・規格を改定。○壬辰(23)僧尼を統制し、行基の活動を指弾。○甲午(25)大隅・薩摩国の隼人、歌舞を奏する。○五月辛丑(2)綾を調として納めるときの輸量を定める。○丁未(8)上総・信濃国に絁の調を貢させる。○丙辰(17)人民が浮浪して王臣家の資人となること、得度をはかることを禁じる。/僧尼の童子をとることを規制。○辛酉(22)大計帳・青苗簿・輸租帳などの式を頒つ。○六月四月より雨降らず。
○七月己未(22)左右京職の史生を増員。○庚申(23)学士を優遇し紀清人に穀を賜う。○八月甲戌(7)美濃国に行宮を造らせる。○九月丁未(11)美濃国行幸に出発。○戊申(12)近江国に到る。山陰・山陽・南海道の諸国司、歌舞を奏する。○甲寅(18)美濃国に到る。○丙辰(20)当耆郡に幸し多度の美泉を見る。○戊午(22)行幸関係者に叙位・賜物。租を免除。○甲子(27)近江国に到る。行幸関係者に叙位・賜物。租を免除。○十月戊寅(12)阿倍宿奈麻呂らに封戸を増す。○丁亥(21)藤原房前を朝政に参議させる。

○五月十一日 損田について虚偽の申告をする国司を戒める(三代格・集解・要略)
○八月十日 租の納入について青苗簿により手実を進めさせる(三代格・要略)
○十月三日 田地・園地を職を経て売買する場合、券文を立てさせる(集解)
○十日 超明寺

○養老元年碑(滋賀県)
○是月 日本国、唐に遣使朝貢。孔子廟堂に謁し寺観を礼拝(冊府元亀)
○十二月二日 調布・庸布などの規格・成端の法を改定(集解)
○是年 里を改めて郷とする(出雲国風土記所引霊亀元[三か]年式)
▼藤原京木簡(藤原概報八

三一

□三五頁

□三二頁

□三三頁

続日本紀年表

西暦	天皇	年号・干支	続紀記事	関連事項	巻・分冊・頁
七一七	元正	養老元年 丁巳	百済の滅亡にあたり帰化した者の課役を終身免除する。／遣唐使水手以上の房戸の徭役を免除する。／義倉の九等戸の評価の基準に賤の房戸の多少・年齢を加える。○丙午(10)故石上麻呂の第に賜物。○美濃守笠麻呂・介藤藤原麻呂に叙位。／美濃守笠老と改元。叙位・賜物・賑恤。／美濃守笠麻呂・介藤原麻呂に叙位。○戊午(17)美泉の出現により大赦。○養老と改元。叙位。賜物。賑恤。／美濃守笠麻呂・介藤原麻呂に叙位。○戊午(17)調・庸を免除。／調・庸の負担公平のための施策を命じる。○十二月壬申(7)五位初叙の者、外任から京官に移った者への賜禄の制を定める。○丁亥(22)美濃国に立春の日醴泉を貢上させる。	／木簡研究九／▼平城宮木簡(二一三六七／平城概報三・六／木簡概報二〇・一二五／木簡研究三) ▼稗田遺跡(奈良県)木簡(木簡研究三)	巻八 三四一頁
七一八	元正	養老二年 戊午	◎正月庚子(5)叙位。◎二月壬申(7)美濃国の醴泉に行幸。○甲申(19)行幸の従者に賜物。○己丑(24)行幸の経過した美濃・尾張・伊賀・伊勢国の国郡司などに叙位・賜禄。◎三月戊戌(3)平城宮に還る。○乙巳(10)長屋王・安倍宿奈麻呂を大納言、多治比池守・巨勢祖父・大伴旅人を中納言とする。○乙卯(20)遣新羅使任命。大使小野馬養。◎四月乙亥(11)筑後守道首名没。○癸酉(9)郡司主政・主帳の続労について定める。○五月乙未(2)能登・安房・石城・石背の四国を置く。○甲辰(11)三関・大宰管内を取ることを禁じる。○丙辰(23)遣新羅使辞見。○庚子(7)土左国への交通路を改める。○庚申(27)大宰府管内の庸を旧に復する。／大炊寮に史生を定める。◎六月丁卯(4)大宰府管内の庸を旧に復する。◎八月甲戌(13)斎宮寮の公文に印を用いる。◎九月庚戌	◎四月二十八日 向京の衛士・仕丁の房の雑徭を免じる(集解) ◎八月乙亥(14) 出羽・渡嶋蝦夷馬一〇〇疋を貢する(略記) ◎九月高句麗留学僧行善帰国(略記) ◎十月十八日 考に預かる人の参対を厳守させる(集解) ◎是年 称徳(孝謙)天皇誕生(続紀宝亀元年八月癸巳条／東大寺要録)	三四一頁 三四三頁 三四七頁

西暦	天皇	年号	事項	出典
			(19)式部省の官人を任じる。○甲寅(23)法興寺を平城京に遷す。	○道慈、唐から帰る(続紀天平十六年十月辛卯条/懐風藻)○藤原不比等、養老律令を撰進(続紀天平宝字元年十二月壬子条/略記)▼平城宮木簡(一二九・三六・二五四/二一三九八/平城概報一・三・一四・一九/木簡研究二)　三四七頁
七一九	元正	養老三年 己未	○十月庚午(10)僧綱に、法門の師範、後進の領袖たる人を推挙させる。/僧徒の行動について戒める。○庚辰(20)大宰府、遣唐使多治比県守の帰還を報じる。○十一月癸丑(23)畿内の兵士に宮城を守らせる。○十二月丙寅(7)元明上皇のために大赦・賑恤。○甲戌(15)遣唐押使多治比県守、節刀を奉る。	巻八　三五一頁
			○正月庚寅(1)大風により廃朝。舶・独底船を大宰府に充てる。○辛卯(2)朝賀。○己亥(10)遣唐使、唐国の朝服を着し拝見を賛引。○二月壬戌(3)右襟と把笏とを命じる。○甲寅(13)叙位。○己巳(10)遣新羅使帰国。○庚午(11)粟田真人没。○丙子(17)平城宮に還る。○三月辛卯(2)和泉宮に行幸。○乙卯(26)地震。○四月乙酉(27)軍団の大少毅を判官の任とする。○丙戌(28)志摩国に佐芸郡を置く。○五月乙未(7)新羅貢調使金長言ら来日。○辛亥(23)調・絁の規格を定める。○六月丁卯(10)皇太子首親王、初めて朝政を聴く。○辛未(14)諸国の史生、郡の主政・主帳、軍団の大少毅に把笏させる。○癸酉(16)大税・雑稲を穀で収めさせる。○丙子(19)神祇官の宮主らに把笏させる。○七月辛卯(4)抜出司を置く。○丙申(9)東海・東山・北陸道の人民二○○戸を出羽柵に配する。○庚子(13)按察使	三五三頁　三五五頁

続日本紀年表

西暦	天皇	年号・干支	続紀記事	関連事項	巻・分冊・頁
七一九	元正	養老三年 己未	を置き、その任務を定める。○丙午(19)按察使の典を補する。○閏七月癸亥(7)新羅使、調物、鞨馬を献ず。○丁卯(11)新羅使に賜宴。○癸酉(17)新羅使、調物、鞨馬を献ず。○丁卯(11)新羅使に賜宴。○癸酉(17)新羅使金長言ら帰国。／白猪広成を遣新羅使とする。○八月己丑(4)別勅、才伎長上が職事に任じられた場合の禄法を定める。○癸巳(8)遣新羅使辞見。○九月癸亥(8)河内・摂津・山背国の摂官を任じる。○丁丑(22)人民の戸に陸田を給い、地子を輸させる。／六道諸国の旱害・飢饉により義倉を開き賑恤。○辛巳(26)衛門府に医師を置く。○十月戊戌(14)軍団・大少毅・兵士の数を減じる。○辛丑(17)舎人親王・新田部親王に皇太子の輔佐を命じる。◎十一月乙卯(1)神叡法師・道慈法師の学徳を讃え食封を施す。○辛酉(7)朝妻手人竜麻呂に賜姓、雑戸を免じる。戊寅(24)河内手人大足・忍海手人広道に賜姓、雑戸を免じる。○十二月乙酉(2)式部省など七省と春宮坊とに印を充てる。○戊子(5)婦人の衣服の制を定める。／五位以上の家に事業・防閤・仗身を補する。○戊戌(15)備後国の茨城・常城を廃する。	◎七月十九日 按察使訪察の事条を定める(三代格)／十二月七日 騎乗の馬を備えさせる(集解)／太政官・治部省の僧網への牒の書式を定める(同)○是年 要劇の官に銭を給う(三代格) ▽法隆寺献納宝物(銘文集成六「己未年」)▼平城宮木簡(一─二〇二/二─二六〇〇/平城概報一・五・六・一九・三四/木簡研究八)	巻八 (三)五九頁
七二〇	元正	養老四年 庚申	◎正月甲寅(1)親王・近臣に賜宴・賜物。○丁巳(4)僧尼司らに公験を授ける。○甲子(11)叙位。○丙子(23)渡嶋津軽津司らに公験を授ける。○庚辰(27)授刀舎人寮に医師を置く。／大納言阿倍宿奈麻呂没。○二月乙酉(2)釈奠の器を造り、大膳職・大炊寮に充てる。○壬子(29)大宰府、隼人	◎正月一日 符瑞は治部省の勘当を経て弁官に申送させる(集解・要略)○二月四日 僧尼に公験を給う法を定める(集解)	巻八 (三)六五頁

三四

養老三年（七一九）―四年（七二〇）

の反乱を報じる。◎三月丙辰（4）征隼人持節将軍を任命。大将軍大伴旅人。○癸亥（11）三三〇人を得度させる。○甲子（12）右大臣藤原不比等に授刀資人を加える。○己巳（17）人民の窮乏により大税を借貸／養老二年以前の公私出挙の負債を免除。／私出挙の利息の半倍を超えることを禁じ、帰国する運脚に糧を給う。○乙亥（23）按察使の「典」を「記事」と改める。／常陸・遠江・伊豆・出雲国に駅鈴を給う。◎四月庚戌（28）三位以上の妻子らに蘇芳の着用を許す。／隼人将軍らを慰問。○甲辰（23）神祇官に史生を置く。○己酉（28）漆部司官人の男児ら、官奴となって父の罪を贖うことを求める。○五月辛酉（9）無位の皇親の衣服の制を定める。／日本紀（日本書紀）の功成り奏上。○六月戊戌（17）征諸国に下す符に太政官の印を用いさせる。／尺の様（ため）を諸国に頒つ。○癸酉（21）按察使の上京、属国巡行にあたり伝馬と食を給うを免除。／帰国した逃亡者の課役・要略。○甲申（27）河内手人刀子作広麻呂に賜姓、雑戸を免じる。○戊申（27）河内手人刀子作広麻呂に賜姓、雑戸を免じる。◎七月甲寅（3）征西将軍らに賜物。○八月辛巳（1）右大臣藤原不比等病む。度者を賜い、大赦・賑恤。○壬午（2）読経・放賤。○壬辰（12）征隼人持節将軍大伴旅人を帰京させる。○癸未（3）僧尼の公験は学業を成す者のみに授ける。／藤原不比等没。天皇廃朝・挙哀。○甲申（4）舎人親王を知太政官事、新田部親王を知五衛及授刀舎人事とする。○丁亥（7）内印を請う文書は二通作製させる。（22）公文の申上に駅馬を利用させる。○丁丑（28）陸奥国、蝦夷の反乱を報じる。○戊寅（29）持節征夷将軍を任命。将

◎三月十日　補任の法を定める（集解）　囚獄司物部
○十七日　仕丁・衛士・匠丁・廝、在役の日、当房の雑徭を免じる（集解・要略）

◎五月十四日　奏任僧綱告牒式を定める（集解）

◎十一月甲戌（26）陸奥・石背・石城国の調・庸・租を減免。遠江など六国の征卒・廝・馬従などの調・庸、房戸の租を免除（類聚国史）◎是年　病患などにより国司が郡司少領以上の解任を申送する場合、本人の手書を取ることを定める（集解）○隼人の反乱

続日本紀年表

西暦	天皇	年号・干支	続 紀 記 事	関 連 事 項	巻・分冊・頁
七二〇	元正	養老四年 庚申	軍多治比県守。◎十月戊子(9)任官。◎丙申(17)養民司・造器司・造興福寺仏殿司を置く。◎壬寅(23)藤原不比等に太政大臣・正一位を贈る。◎十一月丙辰(8)南島の人に授位。◎乙亥(27)河内国に大県郡を置く。◎十二月己亥(21)朝妻金作大歳らに賜姓。雑戸を免じる。◎癸卯(25)僧尼の転経・唱礼の音声を正す。	に、宇佐神宮禰宜、神軍を率いる(略記) ▼平城宮木簡(二一-二六〇・二九二・二六七・二六九五・二九一〇／平城概報五・二八五・三四)／木簡研究七・一九・二〇 ▼平城京木簡(平城概報三四)	三七九頁
七二一	元正	養老五年 辛酉	◎正月己酉(2)官人の次官以上への致敬を禁じる。◎庚戌(3)雷鳴。◎壬子(5)叙位。／長屋王を右大臣、多治比池守を大納言、藤原武智麻呂を中納言とする。◎庚午(23)佐為王・山上憶良・紀清人ら十六人を東宮に侍らせる。◎辛未(24)地震。◎壬申(25)地震。◎甲戌(27)風雨・雷震の異にあたり官人を督励。／明経・明法・文章など学業に優れた者三十九人に賞賜。◎二月甲申(7)地震。◎癸巳(16)白虹日を貫く。詔して官人らに政務に意見を陳べさせる。◎三月癸丑甲午(17)災異により諸司に意見を陳べさせる。◎(7)水害・旱害により、京・畿内の調、諸国の庸を免除。◎辛未(25)右大臣乙卯(9)官品により蓄馬の数を規制。◎長屋王らに帯刀資人を給う。◎四月丙申(20)佐渡国に賀母郡・羽茂郡、備前国に深津郡、周防国に玖珂郡を置く。◎癸卯(27)藤野郡、備後国に力田の人を推挙させる。◎乙酉(9)征夷将軍・鎮狄将軍ら帰還。◎五月己酉(3)元明上皇の病により大赦。◎壬子(6)元明上皇の病により一〇〇人を得度させる。◎諸寺の併合を命じる。◎戊午(12)笠麻呂、元明上皇辛亥(5)	◎四月二十七日 本貫に帰るを願う浮浪を本土に遍送させる(三代格) ◎七月庚午(25) 大宰府 ◎城門火災(類聚国史) ◎八月三日 元明太上天	巻八 三八三頁 三九三頁

三六

養老四年(七二〇)―六年(七二二)				
七二二	元正	養老六年 壬戌	のために出家。○乙丑(19)県犬養三千代、仏道に入る。○六月戊寅(3)医術により僧法蓮を褒賞。／興福寺の官位・料禄を定める。／陸奥・筑紫の人民に優復。／官人の月俸のための軽税を廃止、事力の使用を規制。／散位・勲位らの資を納めて考を続ぐことを規制。○辛丑(26)任官。／信濃国を割き諏方国を置く。○癸卯(28)左右兵衛府に医師各一人を置く。僧行善・道蔵を褒賞。○戊戌(23)姉妹を会させる。○七月己酉(4)六月晦日、十二月晦日の大祓に官人の妻女戦果を報告。○庚午(25)征隼人副将軍笠御室ら帰還。国の鶏・猪を放つ。○八月辛卯(17)摂官の記事を新設。按察使の管隷を変更。○癸巳(19)長門按察使を新設。井上王を斎王とする。称。○九月乙卯(11)伊勢神宮に奉幣。○十月癸未(9)唱考にあたっての官人の呼称を変更。○亥(13)元明上皇、長屋王・藤原房前に遺詔し後事を託す。○戊子(14)陸奥国に苅田郡を置く。○庚寅(16)元明上皇薄葬を命じる。○戊戌(6)元明上皇の病により大赦・転経。○己卯(7)元明上皇没。三関を固守。○乙酉(13)大倭国添上郡椎山陵に葬る。○辛丑(29)地震。／授刀寮・五衛府に鉦・鼓を設ける。○是月 新羅貢調使金乾安ら筑紫に来着。元明上皇の死により帰国。○正月癸卯(1)元明上皇の死により廃朝。○壬戌(20)多治比三宅麻呂・穂積老、謀反誣告・乗輿指斥の罪により配流。○二月壬申[正月壬申(30)か]安倍広庭を朝政に参議させる。○丁亥(16)遠江国に山名郡を置く。○甲午(23)衛	皇・元正天皇、藤原不比等周忌法事のため興福寺北円堂を建立。県犬養三千代、同金堂に弥勒浄土を造立(略記)○十月十日 女医博士を置く(三代格)○十二月十三日 元明天皇陵碑(奈良県)○是年 庶人が嫡子を立てることを許す(集解〈養老五年式〉)○僧道慈帰国(懐風藻)▼下総国養老五年戸籍(正倉院文書〈古二一二九～三〇三頁〉)▼法隆寺献納宝物(銘文集成一四七-辛酉年)▼平城宮木簡(三-二六二八・二六九・三三〇〇/平城概報一五・六・一四・一六・一九・三四/木簡研究二八・二〇)◎二月二十三日 官人の位袋を停止(集解)	三〇一頁 三〇三頁 巻九 三〇九頁 三七

西暦	天皇	年号・干支	続紀記事	関連事項	巻・分冊・頁
七二二	元正	養老六年　壬戌	士・仕丁の役限を三年とする。◎戊戌(27)銅銭の銀に対する比価を下げる。◎養老律令撰定関係者と学術ある者とに賜田。◎三月辛亥(10)金作部東人らの雑工戸を免じる。◎四月丙戌(16)蝦夷・隼人征討の功労者に授勲。／大隅・薩摩国などの国司・嶋司の欠員に大宰府の官人を充てる。◎辛卯(21)流以上の罪人と従坐の者を放免。唐人王元仲、飛舟「飛丹か」を奉る。◎庚寅(20)山田御方の臧物を免じる。◎閏四月乙丑(25)陸奥按察使管内の人民の課役などの負担を軽減。／良田一〇〇万町の開墾を命じる。／公私出挙の利率を三割とする。／主税寮の史生を増員。◎五月己卯(10)津主治麻呂を遣新羅使とする。／己丑(20)右大臣長屋王に稲を賜う。◎戊戌(29)遣新羅使拝朝。◎六月壬寅(3)木工寮に史生を置く。◎七月丙子(7)旱害により大赦・賑給。◎己卯(10)僧綱・薬師寺への常住を命じる。／僧尼の法に反する行為を禁断。◎戊子(19)旱害の対策として晩稲・蕎麦・大小麦の栽培を奨める。◎丁卯(29)柵戸一〇〇〇人を陸奥鎮所に配する。◎八月壬子(14)旱害により京・諸国の租を免除。／伊勢国など十九国の国司に、使人として入京のおり駅馬に乗ることを許す。◎九月庚寅(22)伊賀国など八国に銭の調を輸させる。◎十一月甲戌(7)女医博士を置く。◎丙戌(19)元明上皇の周忌にあたり写経・仏具施人・設斎を命じる。◎十二月庚戌(13)天武天皇・持統天皇のために弥勒・釈迦像を造らせる。◎庚申(23)遣新羅使帰国。	◎閏四月十七日　京・諸国に入れて貢進させる(要略)◎七月十日　京・諸国に命じ僧尼を取り締まらせる(三代格)◎十月　新羅、日本の進攻を防ぐため慶州東南の毛火郡に関門を築く(三国史記・三国遺事)◎十二月四日　天皇、法隆寺に金剛般若経一〇〇巻などを施人(法隆寺縁起資財帳)◎是年　天皇、法隆寺に食封三〇〇戸を施入(法隆寺縁起資財帳)▽万葉集(一三一三五〇・三五一)▼平城宮木簡(二―二二六)／平城概報三・三三・三四／木簡研究一九▼長屋王家木簡(平城概報二三)／木簡研究一二)	三一一三頁 三一一九頁 三一二五頁

三八

| 七二三 | 元正 | 養老七年 癸亥 | ◎正月丙子(10)叙位。◎二月丁酉(2)僧満誓を筑紫に遣わし、観世音寺を造らせる。○戊申(13)私穀を陸奥鎮所に献じた常陸国那賀郡大領に叙位。○己酉(14)京戸に種子・布・鍬を給う。◎四月壬寅(8)兵役・飢饉・疫病により日向・大隅・薩摩国に三年間課役を免除。○辛亥(17)開墾推進のため、三世一身の法を定める。○五月癸酉(9)芳野宮に行幸。◎七月庚午(7)大替隼人帰郷。◎七月庚午(7)太安麻呂没。○八月甲午(2)官人の衣冠の制を正す。○庚子(8)国博士を置く国を減じる。○癸卯(11)左京の人、白亀を献じる。○己酉(17)危村橋を造る。○乙卯(23)霊亀の出現により曲赦。租・調を免除。関係者に叙位・賜禄。○十一月癸亥(2)奴婢の口分田支給を十二歳以上とする。○丁丑(16)下総国香取郡・常陸国鹿島郡・紀伊国名草郡などの郡司少領以上に三等以上の親の連任を許す。(9)新羅使に賜宴。◎辛亥(19)因幡国に駅四所を加置。○九月己卯(17)出羽国司の進言により蝦夷に爵を加える。(20)隼人を饗応。隼人、歌舞を奏する。◎六月庚子(7)平城宮に還る。○辛巳(17)大隅・薩摩国の隼人朝貢。○甲申(13)平城宮に還る。○己卯(15)造籍にあたり神戸の数の維持を命じる。◎新羅使金貞宿ら来日、朝貢。○辛丑丁巳(25)新羅使帰国。 | 巻九 ◎三月二十九日 天皇、大安寺に一切経一五九七巻を施入(大安寺縁起資財帳〈古二1六三二頁〉) ◎五月 芳野離宮に行幸の時の歌(万葉集六・九〇七～九六) ◎七月二十日 死去 還俗した僧尼の公験を収めさせる(集解) ◎八月二十八日 諸国に大小麦を植えさせる(三代格・要略) ◎十二月十五日 太安万侶墓誌(奈良県) ◎是年 興福寺に施薬院・悲田院を建立(略記) ○阿波国造碑(徳島県) ▽法隆寺献納宝物集成(四八「癸亥年」) ▼平城宮木簡(一二六三・二六三・二六・三〇/三三・三六/平城概報一・一四・六・一六・一八・一九/木簡研究二・五・七・八・二〇) ▼平城京木簡(平城概報七/木簡研究一六) | 三 一 二 七 頁 三 一 三 二 頁 三 一 三 三 頁 三 一 三 五 頁 |

養老六年(七二二)—七年(七二三)

三九

続日本紀年表

四〇

西暦	天皇	年号・干支	続 紀 記 事	関連事項	巻・分冊・頁
七二三	元正	養老七年 癸亥		▼屋代遺跡群（長野県）木簡（木簡研究一八）	
七二四	元正 聖武	神亀元年 甲子	◎正月癸亥(2)朝賀。◎戊辰(7)賜宴・賜禄。◎戊子(27)出雲国造出雲広嶋、神賀の辞を奏する。◎己丑(28)出雲広嶋らに叙位・賜禄。◎二月甲午(4)元正天皇、皇太子首親王に譲位。聖武天皇即位。神亀と改元。大赦・賜物、課役を免除。／内外文武官らに勲一級を授ける。／舎人親王以下に叙位・益封・賜物。／長屋王を左大臣とする。(6)藤原夫人(宮子)を大夫人と称させる。／女叙位。／王子(22)叙位。／陸奥鎮所に私穀を献じた者に叙位。○乙卯(25)陸奥国配備の鎮兵と父母妻子に陸奥への移貫を許す。◎三月庚申(1)芳野宮に行幸。◎甲子(5)平城宮に還る。○辛巳(22)長屋王らの奏言により藤原夫人(宮子)の称号を改める。○壬午(23)催造司を置く。○庚申「六月庚寅(3)か」流配の遠・中・近の国を定める。○甲申(25)諸国に公用稲を置く。◎四月庚寅(1)諸国に軍器を造らせる。○陸奥国、蝦夷の反乱を報じる。○壬辰(3)蝦夷に殺された陸奥大掾佐伯児屋麻呂に贈位。○癸卯(14)坂東九国に、軍を任命。持節大将軍藤原宇合・副将軍、陸奥鎮所への物資の運搬を命じる。○辛未(13)韓人部（渡来系の人物）兵の教練、○丙申(7)征夷将(5)天皇、猟騎を見る。○五月癸亥二十四人に賜姓。○壬午(24)出羽国の蝦狄鎮圧のため鎮狄将軍を任命。将軍小野牛養。◎六月癸巳(6)中納言巨勢邑治没。◎七月庚午(13)夫人石川大蕤比売（天武の夫人）没。◎八月	◎正月二十二日　新任外官への職田・糧料支給の法を定める（集解・要略） ◎三月二十日　正税稲を割いて国儲を設け、出挙して諸国の用途に充てる（延暦交替式）○是月　芳野離宮に行幸の時の歌（万葉集三三五・三三六） ◎六月四日　降雨の日、囚人に宮内の汚物を掃除させる（集解） ◎七月七日　山上憶良七	巻九 〔三〕一三七頁 〔三〕一四九頁 〔三〕一五三頁

養老七年(七二三)—神亀二年(七二五)

| 七二五 | 聖武 | 神亀二年 乙丑 | 丁未(21)遣新羅使任命。大使土師豊麻呂。◎十月丁亥(1)名籍不備な僧尼への公験発給を許す。○辛卯(5)紀伊国に行幸。○癸巳(7)玉垣勾頓宮に到る。○甲午(8)玉津島頓宮に到る。滞在十余日。○戊戌(12)離宮を岡の東に造る。賜禄。○壬寅(16)行幸関係者に叙位・賜禄。調・庸・租を免除。/明光浦(和歌浦)の風光を讃える。/忍海手人大海らの手人の名を除く。○丁未(21)平城宮に還る。関係者に叙位。○己酉(23)和泉国所石頓宮に到る。○乙卯(29)不当な蓄財により息長臣足の位禄を奪う。○十一月庚申(4)中宮に賜宴。賜物。○甲子(8)京中の屋舎を瓦葺きにし、赤・白に塗ることを奨める。○辛未(15)内舎人を遣わし持節大使藤原宇合を慰労。○己卯(23)践祚大嘗祭。○辛巳(25)賜宴。賜禄。○壬午(26)朝堂に饗を賜う。○乙酉(29)征夷持節大使藤原宇合・鎮狄将軍小野牛養ら帰還。◎閏正月己丑(4)俘囚を伊予国などに配する。○壬寅(17)災異を除くため大般若経を読誦させる。○丁未(22)征夷将軍以下一六九六人に授勲。◎三月庚子(17)俘囚に財物を焼かれた常陸国人民の課役を免じる。◎五月甲辰(22)遣新羅使帰国。◎七月戊戌(17)社寺の清掃、祭祀、読経を命じる。○壬寅(21)伊勢・尾張国の田を志摩国人民の口分田に班給。◎九月壬寅(22)災異を除くため出家・転経を命じる。○辛未(21)行幸関係者に叙位・賜禄。○十月庚申(10)冬至の賀。宴飲・賜禄。/甘子を唐から将来した播磨弟兄らに叙位。◎十二月庚午(21) | 夕歌(万葉集八・一五二八・一五二九) ○十月 紀伊国に行幸の時の歌(万葉集四・五四三〜五四五/六・九一七〜九二九) ◎是年 租は全て七分以上を定めとする(集解・要略) ▼平城宮木簡(二二三三・二三三二/平城概報三一九・三三三/木簡研究一九)▼平城京木簡(木簡研究二〇) ◎三月十四日 書生貢進の基準を定める(集解) ◎是月 甕原離宮に行幸の時の歌(万葉集四・五四三〜五四六) ◎五月 芳野離宮に行幸の時の歌(万葉集六・九二〇〜九二七) ◎十月 難波宮に行幸の時の歌(万葉集六・九二八〜九 | 巻九 ㈢一五三頁 ㈢一五九頁 ㈢一六一頁 ㈢一六三頁 |

続日本紀年表

西暦	天皇	年号・干支	続紀記事	関連事項	巻・分冊・頁
七二五	聖武	神亀二年 乙丑	死罪以下を軽減。	◎二月二十九日 金井沢碑（群馬県）◎六・二五／二〇八／二〇／二二二九二／二一二六四／平城概報一・三・五・一八／木簡研究七 ▼二条大路木簡（平城概報三二） ▼平城宮木簡（一―二六三） ▽万葉集（五―九〇）	巻九 三一六五頁
七二六	聖武	神亀三年 丙寅	◎正月庚子(21)叙位。◎二月庚戌(1)五位以上の位田の収公を死後六年猶予。○辛亥(2)出雲国造出雲広嶋、斎事終え奉献。叙位・賜物。○庚申(11)五位内命婦の季禄の規定を改める。◎己巳(20)引唱に不参した選人への処置を定める。◎三月辛巳(3)南苑に宴する。◎五月辛丑(24)新羅使金造近ら来日。◎六月辛亥(5)新羅使、調を貢る。○壬子(6)元正上皇に饗応。○庚申(14)重病者を治療し、穀を賜う。○辛酉(15)元正上皇の病により放生。◎七月戊子(13)新羅使帰国。勅して金順貞の死を悼み贈物を贈る。○癸巳(18)元正上皇のために僧尼を得度。○甲午(19)僧尼を得度。○乙未(20)石成・葛木・時の歌（万葉集六―九五五～九住吉・賀茂神社に奉幣。○八月癸丑(8)元正上皇のために釈迦像を造り、法華経を書写。この日、薬師寺に斎会を設ける。○壬戌(17)鼓吹戸・鷹戸を定める。○乙亥(30)赴任する国司への食・馬の支給について定める。○己卯(2)京官の史生と坊令に朝服の着用と把笏を認める。○(4)安房国安房郡・出雲国意宇郡の釆女を停め、兵衛を	◎三月 賀茂祭への衆人の会集を禁じる（本朝月令）◎七月 興福寺に東金堂を造立（略記）/長屋王宅に新羅の客を宴する（懐風藻、この年か）◎九月 播磨国に行幸の四二）○是年 郷名の字を改め亀三年民部省口宣）○行基、山崎橋を造る（略記）○諸国に初めて相（出雲国風土記所引神	三一六七頁 三一六九頁

四二

西暦	天皇	年号	事項	出典
七二七	聖武	神亀四年 丁卯	貢させる。○丁亥(12)豊年により租を免除。○庚寅(15)文人らに玉棗の詩賦を作らせる。○十月辛亥(7)播磨国印南野に行幸。関係者に叙位・賜禄・賜物。播磨国に曲赦。○癸亥(19)難波宮に到る。○庚午(26)藤原宇合を知造難波宮事に任命。陪従者らに賜禄。○癸酉(29)平城宮に還る。○十一月己亥(26)備前国藤原郡を藤野郡とする。○己丑(16)死没した五位の郡司に賻物を賜う。／長上官に任じた勲九等以下の者の課役を免じる。○十二月丁卯(24)飢饉・水害により尾張・遠江国の人民に三年間の借貸を認める。○壬申(29)東文忌寸の弁官に勤務する者に大祓の大刀を上らせる。	▷正倉院文書(山背国愛宕郡出雲郷計帳〈古一二三三二～三八〇頁〉）▼平城宮木簡(三一二・五〇二／平城概報一一・一五・一六・一九／木簡研究五・八・九)▼二条大路木簡(平城概報三〇)▼長登銅山跡(山口県)木簡《木簡研究一三》
			◎正月丙子(3)朝賀。◎庚子(27)叙位。◎二月壬子(9)難波宮造営の雇民の課役などを免除。◎辛酉(18)災異を除くため金剛般若経を転読。◎甲子(21)災異の頻発の勤務態度につき奏聞させる。◎丙寅(23)京戸に塩・穀を賜う。◎三月乙亥(3)百官、官人の勤務成績につき奏上。○乙酉(13)善政の官人に賜物。○甲午(22)衛府の官人の府を離れることを禁じる。◎五月乙亥(4)甕原離宮に行幸。○丙子(5)飾騎・騎射を見る。○丁丑(6)平城宮に還る。◎七月丁酉(27)筑紫諸国の庚午年籍に太政官の印を押す。◎八月壬戌(23)斎宮寮の官人を補する。○九月壬申(3)斎王井上内親王、伊勢神宮に赴く。○庚寅(21)出羽国に来着した渤海使に遣使・存問。○閏九月丁卯(29)皇子誕生。	◎正月二十六日 勲位九等以下で長上官に任じた者の課役を免じる《集解》◎是月 雷雨時に侍従侍衛を授けるにより王臣を散禁《万葉集六、八～九三》◎三月 大倭国長谷寺を供養（略記）◎九月 大倭国添上郡山村に行幸《霊異記上十三二／万葉集二〇四五三・四五四》◎十二月十一日 興福寺観禅堂梵鐘銘
				巻十
				(三)一七三頁 (三)一七七頁 (三)一八一頁 (三)一八三頁

神亀二年(七二五)—四年(七二七)
四三

西暦	天皇	年号・干支	続紀記事	関連事項	巻・分冊・頁
七二七	聖武	神亀四年 丁卯	◎十月庚午(2)大風・山崩れの被害により安房・上総国に賑恤。○癸酉(5)皇子の誕生を祝し大赦・賜物。○甲戌(6)王臣以下舎人らに賜禄。/阿倍広庭を中納言とする。○十一月己亥(2)太政官・八省、上表し皇子の誕生を賀する。賜宴・賜物。皇子を皇太子とする。○庚子(3)僧綱ら上表し、皇子の誕生を賀する。○辛亥(14)大納言多治比池守、叙位を拝する。○丙辰(19)賜宴・賜物。○戊午(21)藤原夫人(藤原光明子)に食封一〇〇〇戸を賜う。○十二月丁丑(10)僧正義淵を褒賞。○丁亥(20)使人の報告により、国司の治績に応じ賞罰を加える。/渤海使高斉徳ら入京。○丙申(29)高斉徳らに衣冠を賜う。	◎是年 養老六年に法隆寺に施入した食封三〇〇戸を停止(法隆寺縁起資財帳)▼平城宮木簡一二〈金〉・三九・三三/平城報一・一八・一九/木簡研究八)▼平城京木簡(平城概報一四/木簡研究三)▼長屋王家木簡(平城概報二三)▼伊場遺跡(静岡県)木簡(木簡研究一)	〔三〕一八三頁
七二八	聖武	神亀五年 戊辰	◎正月庚子(3)朝賀。○甲辰(7)南苑に賜宴・賜禄。○甲寅(17)渤海使、国書・方物を奉る。大射。賜宴・賜禄。○二月壬午(16)引田虫麻呂を送渤海客使とする。○三月己亥(3)賜宴・賜禄。文人に曲水の詩を賦させる。○辛丑(5)田形内親王(天武皇女)没。○丁未(11)選叙の日の儀礼を定める。○甲子(28)外五位の位禄・蔭階などを定める。/五位以上への防閤の支給・資人の考選・任用について定める。○四月丁丑(11)陸奥国に白河軍団を置き、丹取軍団をやめて玉作団とする。○辛巳(15)美作国大庭郡・真嶋郡の庸を米から綿・鉄に換える。○壬午(16)渤海使に賜物。渤海王は居住地での支給とする。外五位の位禄は居住地での支給の○辛卯(25)騎射・相撲・膂力の人を王公卿相の宅に送るの	◎三月二十八日 内外五位の昇進・待遇に差を設ける(三代格・集解)○四月二十三日 郡司下司に出会った場合の郡司の少領を擬大領とする場合、新擬の少領と同時に銓擬させる(三代格)◎五月十五日 左大臣長屋王、大般若経六〇〇巻の書写を発願(根津美術	巻十〔三〕一八七頁〔三〕一九三頁

神亀四年(七二七)―五年(七二八)

を禁じ、勅に応じて貢進させる。◎五月辛亥(16)水害に遭った京の七〇〇余戸に賜物。◎丙辰(21)叙位。/外五位を授けられた者に勤労を促す。◎六月庚午(5)送渤海客使辞見。◎壬申(7)水手以上に位を賜う。◎七月乙卯(21)大将軍新田部親王に明一品を授ける。◎八月甲午[七月乙卯(21)か]鷹を飼うことを禁じる。◎内匠寮・中衛府を置く。◎壬申(9)諸国の史生・博士・医師の定員と考選の制を改める。◎甲申(21)皇太子の病により造像・写経を命じる。/大赦。◎丙戌(23)皇太子の病により諸陵に奉幣。◎九月丙午(13)皇太子没。◎壬子(19)皇太子を那富山に葬る。天皇廃朝。官人ら素服・挙哀。◎十月壬午(20)僧正義淵没。◎十一月乙未(3)造山房司を任じる。◎乙巳(13)冬至。南苑に賜宴・賜物。◎庚申(28)智行ある僧を山房に住させる。◎十二月己丑(28)金光明経を諸国に頒つ。

館蔵大般若経巻二六七跋語)
◎七月二十一日 斎宮寮諸司の官員を定める(三代格・集解)/大学寮に律学博士・文章博士などを置く(同)
◎九月六日 図書寮所蔵の仏像・典籍などの貸出を禁じる(三代格)
◎是年 ▽万葉集(三二四三)▽作墓誌(「戊辰年」奈良県)▽平城宮木簡(二一二〇八)/三一三〇六・三〇八二/平城概報四・五・一一・一三・一七・一八/木簡研究一・二・七・九)▽平城京木簡(平城概報三四/木簡研究二〇)/長屋王家木簡(平城京木簡一―一三)▼二条大路木簡(平城概報二二)/大路木簡(平城概報二四)

(三)一九七頁

(三)二〇一頁

四五

西暦	天皇	年号・干支	続紀記事	関連事項	巻・分冊・頁
七二九	聖武	天平元年 己巳	◎正月壬辰（1）中宮に賜宴。賜物。◎戊戌（7）五位以上を朝堂に饗する。◎丁未（16）京・畿内の官人らに酒食の価直、餔一日を給う。◎壬子（21）五位以上の高年者を慰労し賜物。◎二月辛未（10）長屋王の宅を囲む。藤原宇合ら六衛の兵を率い王の宅を囲む。◎壬申（11）多治比県守・石川石足・大伴道足を権参議とする。／舎人親王・新田部親王ら長屋王の罪を窮問。◎癸酉（12）長屋王を自尽させる。室吉備内親王らも自殺。◎甲戌（13）長屋王・吉備内親王らの屍を生馬山に葬る。◎丙子（15）人民の集会を禁じる。◎戊寅（17）上毛野宿奈麻呂ら七人を配流。◎己卯（18）長屋王縁坐の者を赦す。／大赦。雑徭を免除。／変の密告者に叙位・賜封・賜田。◎丁亥（26）長屋王の弟・姉妹・男女を赦免。／癸巳（3）松林苑に賜宴。賜物。◎甲午（4）叙位。／藤原武智麻呂を大納言とする。◎癸丑（23）調の広絁を賜禄の対象とする。○丁巳綿に統一。／口分田を全面的に収公し改班させる。（27）紀豊嶋を紀伊国造とする。◎四月壬戌（2）播磨国賀茂郡の主政・主帳を増員。（3）異端・幻術・厭魅呪詛の者を処罰。／伊勢神宮参入時の礼を改める。／山陽道駅家の造営に駅起稲を充てる。／舎人親王の朝堂参入時の礼を改める。◎乙丑（5）筑前国宗形郡大領宗形鳥麻呂を神斎に供奉させるため叙位・賜物。◎庚午（10）諸国兵衛の資物の輸法を定めて銭を給う。◎庚戌（21）諸国史生・傔仗の赴任には太政官符を発給させる。五月甲午（5）松林苑に賜宴・賜禄。騎馬に奉仕した者に銭を給う。◎六月庚申（1）仁王経を朝堂・諸国で講説さ	◎二月八日 元興寺に法会を修する（霊異記中一）○九日 小治田安万侶墓誌（奈良県）◎四月八日 年に一度大般若経を読ませる（年中行事秘抄）◎六月一日天皇、仁王会にあたり仁王経などを法隆寺に施入（縁起資財帳）◎七月七日 山上憶良七夕歌（万葉集八・一五二〇～一五二三）◎十月七日 大宰帥大伴旅人、藤原房前に梧桐日本琴を贈る（万葉集五・八一〇・八一一）◎十一月八日 藤原房前、大伴旅人に返礼の書状を送る（万葉集五・八一二）◎是年 道慈に命じ唐西明寺に模して大安寺を改築させる（大安寺縁起略記）▽万葉集（三）四〇～四三五／四五／九一七六～一七九▽正二〇・四五五・四五六	巻十 ㈢二〇三頁 ㈢二一一頁

四六

西暦	天皇	年号	事項	出典	頁
七二九	聖武	天平元年 己巳	◯正月丁亥(2)朝賀。◯壬辰(7)賜宴・賜禄。◯辛丑(16)賜宴。皇后宮にて踏歌・賜禄。◯辛亥(26)蝦夷の申請により陸奥国田夷村に郡家を建てる。◯二月丁巳(2)釈奠。博士・学生らを慰労し、賜物。◯三月丁亥(3)松林宮に賜宴。文章生らに曲水を賦させる。◯辛卯(7)大隅・薩摩国	◯正月十三日 大宰帥大伴旅人、自邸に梅花の宴を催す(万葉集五・八一五〜八四六) ◯三月二十七日 大学寮の機構を改正。	巻十 三二九頁
七三〇		天平二年 庚午	せる。◯辛酉(2)営厨司を廃止。◯己卯(20)左京職、文字ある亀を献上。◯庚辰(21)薩摩隼人ら調を貢る。◯癸未(24)隼人、風俗の歌舞を奏する。◯甲申(25)隼人らに叙位・賜禄。◯七月己酉(20)大隅隼人ら、調を貢る。◯辛亥(22)大隅隼人らに叙位・賜禄。◯八月癸亥(5)祥瑞の出現により天平と改元。大赦・叙位・賜禄。租・調などを免除。諸陵に奉幣、神祇を祭る。/諸陵司を寮とする。/近江国紫郷山寺を官寺とする。/五世王の嫡子以上と孫王との間の子は皇親とする。/祥瑞を得た者に叙位・賜物。/祥瑞を献上させた唐僧道栄に褒賞。◯九月庚寅(3)大宰府に調の綿を奉らせる。◯丁卯(9)石川石足没。/官人らに立后の理由を説く。◯戊辰(10)藤原夫人(光明子)を皇后とする。◯壬午(24)大宰府に調のある者に叙位。◯乙卯(28)任官。◯辛丑(14)陸奥鎮守の兵の功ある者に叙位・賜物。◯十一月癸巳(7)京・畿内班田司を任命。班田実施の細則を定める。	倉院文書(志摩国輸庸帳〈古一·三八五〜三八六頁〉) ▽正倉院宝物(三) ▼平城宮木簡(一·三六·三二〇/二·二〇九·二〇六〇·二〇八三·三二七/三·三〇五五·平城三-一六・一一研究一〜三) ▼平城京木簡(平城概報三四/木簡研究二四) ▼長屋王家木簡(平城概報二二/木簡研究一一) ▼二条大路木簡(平城概報三〇·三二) ▼城山遺跡(静岡県)木簡(報告書三七) ▼注暦木簡(滋賀県)木簡研究二 ▼下野国府跡(栃木県)木簡(木簡研究一一) ▼虫生遺跡(滋賀県)木簡(木簡研究五)	三二五頁 三二七頁

西暦	天皇	年号・干支	続紀記事	関連事項	巻・分冊・頁
七三〇	聖武	天平二年 庚午	の班田をやめ、墾田のままとする。○丁酉(13)周防国熊毛郡・吉敷郡産出の銅を長門の鋳銭司に充てる。○辛亥(27)学問奨励のため大学に得業生を設ける。/吉田宜らの博士に習業のため弟子を取らせる。/訳語の養成をはかる。○四月甲子(10)国司政務の責任を明確にさせる。/贄の貢進を命じる。○庚午(16)女性の服装を新しい様式に改める。○辛未(17)皇后宮職に施薬院を置く。○庚辰(27)早害により畿内上日数の読申について定める。○六月甲寅(1)畿内の水田・陸田の状況を調査。/神祇官の庁舎に落雷。○壬午(29)雷雨。神祇官火災。落雷により死者。(11)伊勢神宮への奉幣使には五位以上を充てる。○庚戌(27)早害により(17)落雷により亀卜。諸社に奉幣。○庚子畿内に遣使、農耕を調査。○七月癸亥(11)斎宮の年料に神戸の庸・調を充てるのを止め、官物を支給する。/伊勢神宮の禰宜・内人に叙位。○八月辛亥(29)遣渤海使帰国。○九月癸丑(2)遣渤海使、渤海郡王の信物を献る。	(一)直講四人、うち一人を文章博士とし、律学博士二人を置く。(二)明法生十人、文章生三十人を置く。(三)明経生四人、文章生二人、算生二人を得業生とする。(四)陰陽・医得業生各三人、暦得業生二人を置く(三代格・集解) ○二十九日 薬師寺東塔建立(略記) ○四月二十八日 皇后藤原氏、興福寺五重塔の造立を発願(興福寺縁起) ○五月六日 桑・漆の植樹を励行させる(三代格・要略) ○六月 大宰帥大伴旅人の病により大伴稲公・同古麻呂を筑紫に遣わす(万葉集四—五六七—五六九) ○七月八日 山上憶良七夕歌(万葉集八—一五一八〜一五二九) ○九月 和泉監大鳥郡大領日下部麻呂および海郡王の信物を献る。○己未(8)大納言多治比池守没。○	四八 ㊂三三頁 ㊂三三七頁

天平二年(七三〇)

丙子(25)渤海郡王の信物を山陵六所に献る。/藤原不比等の墓を祭る。○戊寅(27)諸国の防人を停める。○庚辰(29)盗賊の逮捕を命じる。/妖言して人々を惑わす行為を禁じることを禁じる。/みだりに禽獣を殺害することを禁じる。
◎十月乙酉(4)辨静を僧正とする。○庚戌(29)渤海の信物を諸国の名神の社に奉る。◎十一月丁巳(7)雷雨・大風。

び知識七〇九人、瑜伽師地論を書写〈知恩院蔵瑜伽師地論巻二十六跋語〉
◎十月二十日 美努岡万墓誌〈奈良県〉 ◎十一月大伴坂上郎女、大宰帥大伴旅人の家を発し京に向かう〈万葉集六・九三・九四〉 ◎十二月二十日 天平二年度大倭国正税帳〈正倉院文書〈古一・一三九六〜四一三三〉〉 ○同月同尾張国正税帳〈同〈古一・一四一三〜四一一七頁〉〉/大宰帥大伴旅人、大納言に任じられ京に向かう〈万葉集三・四四六〜四四八/六・九六五〜九六八〉 ▽万葉集〈五・八一五〜八四六/一七・三九六〇〜三九六九〉
◎是年 ▽万葉集〈五・八一〇〜八一三〉 ▽正倉院文書〈天平二年度隠伎国郡稲帳〈古一・一三八九〜三九〇頁〉・同紀伊国正税帳〈古一・一四一八〜四二三頁〉・安房国義倉帳〈古一・一四二三〜四二四頁〉・越前国

四九

(三)三三九頁

続日本紀年表

西暦	天皇	年号・干支	続紀記事	関連事項	巻・分冊・頁
七三〇	聖武	天平二年　庚午		義倉帳〈古一-四二四~四二五頁〉▼平城宮木簡（一-二九六/三-三〇六）/平城概報三・五・一一/木簡研究三・五・六/▼平城京木簡（平城概報三一）/木簡研究一七/▼長屋王家木簡（平城概報二三）▼二条大路木簡（平城概報二四・二九・三〇・三一・三二）▼長登銅山跡（山口県）木簡（木簡研究一九）	五〇
七三一	聖武	天平三年　辛未	◎正月庚戌（1）中宮に賜宴。◎丙子（27）叙位。◎三月乙卯（7）算生に周髀を必修とする。/諏方国を廃し信濃国に併す。○乙亥（26）庭火御竈祭を恒例の祭祀とする。	◎二月七日　天平二年度伊賀国正税帳（正倉院文書〈古一-四二七~四二八頁〉）◎二十六日　同越前国正税帳（同〈古一-四二八~四三九頁〉）◎四月二十七日　国司に出挙・収納を厳正に行わせる〈延暦交替式〉/官物の欠負を填納させる（三代格）○是月　日本国兵船三〇〇艘、新羅の東	巻十一三二四三頁

天平二年(七三〇)—三年(七三一)

◎五月辛酉(14)任官。◎六月庚寅(13)任官。

◎七月辛未(25)大納言大伴旅人没。◎乙亥(29)雅楽寮雑楽生の定員を定める。◎八月辛巳(5)議政官の死没・老病により、諸司官人に適任者の推挙を命じる。諸司官人に適任者の推挙を許す。基に従う藤原宇合・多治比県守・藤原麻呂・鈴鹿王・葛城王・大伴道足を参議とする。◎丁亥(11)諸司の推挙により優婆塞・優婆夷の出家を許す。◎癸未(7)僧行基に従う藤原宇合・多治比県守・藤原麻呂・鈴鹿王・葛城王・大伴道足を参議とする。◎辛丑(25)豊年により租を減免。◎九月戊申(2)三位以上の死没者の大路に面した宅門を撤去させる。◎癸酉(27)任官。◎十一月丁未(2)下級武官の考選、武官解任の権を式部省から兵部省に移す。◎庚戌(5)冬至。南樹苑に賜宴。銭を賜う。◎辛酉(16)囚人の犯状を覆審し、罪を許し衣服を賜う。◎丁卯(22)畿内に惣管、諸道に鎮撫使を置く。◎癸酉(28)惣管・鎮撫使の職掌・待遇を定める。(2)甲斐国、神馬を献る。◎乙酉(11)壱伎嶋・対馬嶋に医師を置く。◎庚寅(16)武散位の定員を定める。神馬の出現により大赦・賑給。関係者に叙位・賜物。庸・調を免除。

◎五月八日 船沙弥麻呂対策文(経国集) ◎九日 蔵伎美麻呂対策文(同) ◎六月二十四日 阿波・備前・備中国の戸座に時服・月料を給う(三代格) ◎七月 大伴旅人の死去を悼む歌(万葉集三一四五~四六) ◎九月八日 天皇、『雑集』を書写(東大寺献物帳。正倉院宝物) ◎是年 ▽万葉集(五・八一四~八一六/六・九六二・九七〇) ▽平城宮木簡(一二五七・三八〇/平城概報一一・三四) ▽平城京木簡(木簡研究三・五・一六/木簡研究三・五・一四) ▽平城木簡(平城概報一一) ▽長屋王家木簡(平城概報一三) ▽二条大路木簡(平城概報二二・二四・二九~三三) ▽長登銅山跡(山口県)木簡(木簡研究一九)

辺を襲う(三国史記新羅本紀)

三二四五頁

三二四七頁

三二四九頁

五一

続日本紀年表

西暦	天皇	年号・干支	続紀記事	関連事項	巻・分冊・頁
七三二	聖武	天平四年　壬申	◎正月乙巳(1)朝賀。天皇、冕服を着する。○甲子(20)叙位。/多治比県守を中納言とする。/角家主を遣新羅使とする。○丙寅(22)新羅使来日。○二月戊子(15)故藤原不比等の職田・位田・封戸を収公。○乙未(22)中納言阿倍広庭没。○庚子(27)遣新羅使拝朝。○三月己巳(26)知造難波宮事らに賜物。◎五月庚申(19)新羅使金長孫ら拝朝。財物などを奉る。○壬戌(21)新羅使を饗応。朝貢の年期を三年に一度とする。新羅王らに賜禄。○甲子(23)畿内に祈雨。○乙丑(24)対馬嶋司・薩摩国司の待遇を改善。◎六月丁酉(26)新羅使帰国。◎是夏　旱害。◎七月丙午(5)京・四畿内・二監に祈雨の修法を命じる。神祇に奉幣。賑給・大赦。○丁未(6)畿内に飼う猪を放生。○丙辰(15)地震。◎八月甲戌(4)大風雨。○辛巳(11)遣新羅使帰国。○丁亥(17)遣唐使を任命。○壬辰(22)節度使の職務を定める。/諸道節度使を任命。◎九月辛丑(1)和泉監に賑給。○甲辰(4)近江・丹波・播磨・備中国に遣唐使の船を造らせる。○乙巳(5)任官。○丁卯(27)節度使に駅鈴を充てる。◎十月癸酉(3)造客館司を置く。○辛巳(11)節度使の印を給う。○丁亥(17)任官。○十一月丙寅(27)冬至。南苑に賜宴。賜物。/京・畿内・二監に曲赦。◎十二月丙戌(17)河内国に狭山下池を築く。	◎四月二十二日　天皇、法隆寺に仏画像などを施入(法隆寺縁起資財帳)○是年　山陰道・西海道節度使、備辺式を造る(続紀宝亀十一年七月丁丑条)○藤原宇合「奉西海道節度使作」(懐風藻)▽万葉集(6-971〜974/8-1457)▽平城宮木簡概報1-17/木簡研究3)▼二条大路木簡(平城概報131-24・129〜33)▼城山遺跡(静岡県)木簡(報告書10)▼角谷遺跡(福井県)木簡(木簡研究10)▼長登銅山跡(山口県)木簡(木簡研究13)	巻十一 三五五頁 三五七頁 三五七頁 三六三頁

七三三	聖武	天平五年 癸酉	◎正月庚子(1)中宮に賜宴。五位以上を朝堂に饗する。○丙午(7)雷鳴。○庚戌(11)県犬養橘三千代没。○丙寅(27)不作・飢饉により芳野監と讃岐・淡路国に賑貸。○二月乙亥(7)旱害により紀伊国に馬を給う。○甲申(16)飢饉により大倭・河内国に賑給。○三月辛亥(14)叙位。○癸丑(16)飢饉により遠江・淡路国に賑恤。○戊午(21)遣唐大使多治比広成ら拝朝。○閏三月己巳(2)旱害により和泉監と紀伊・淡路・阿波国の大税を借貸。○戊子(21)諸王の飢乏者に米・塩を賜う。○壬辰(25)西海道の兵器新造の料に調布・商布を充てる。○癸巳(26)遣唐大使多治比広成に節刀を授ける。○四月己亥(3)遣唐使船、難波津を出発。○辛丑(5)交替する国司に解由の制を励行させる。○五月辛卯(26)皇后藤原光明子の病により大赦。○六月丁酉(2)多褹嶋郡領と武蔵国の新羅人に賜姓。	◎二月十九日 天平四年度隠岐国正税帳(正倉院文書〈古一・四五〉～四六〇頁)○三十日 『出雲国風土記』成る ◎三月一日 山上憶良、遣唐大使多治比広成に「好去好来歌」を献ず(万葉集五・八九四～八九六)○是月 皇后藤原氏、興福寺維摩会を再興(興福寺縁起) ◎閏三月六日 天平四年度越前国郡稲帳(正倉院文書〈古一・四六一～四七三頁〉) ○是月 笠金村、入唐使に歌を贈る(万葉集八・一四五三～一四五五) ◎四月 遣唐使の難波津進発に関わる詠歌(万葉集九・一七九〇・一七九一/一九・四二四五～四二四七) ◎五月二十日 長谷寺本尊開眼供養(長谷寺縁起) ◎六月三日 山上憶良「沈痾自哀文」(万葉集五・八九七～九〇三) ◎七月二十九日 神虫麻	巻十一 〔三〕二六五頁 〔三〕二六九頁 〔三〕二七一頁

天平四年(七三二)―五年(七三三)

◎七月庚午(6)大膳職に盂蘭盆会の供養を備えさせる。◎

五三

西暦	天皇	年号・干支	続紀記事	関連事項	巻・分冊・頁
七三三	聖武	天平五年 癸酉	八月辛亥(17)天皇、朝堂に臨み、庶政を聴く。○十月丙申(3)任官。○十二月己未(26)出羽柵を秋田に遷し、雄勝郡を建てる。○庚申(27)任官。○辛酉(28)故員犬養橘三千代に従一位を贈る。○是年 飢饉・疾病にあう者多く、賑貸。	呂対策文(経国集)○八月 日本国朝賀使真人広成(多治比広成)ら、蘇州に至る(冊府元亀帝王部・外臣部)○十一月十四日 国司以下軍毅以上に護身の兵士を賜う/兵士三〇〇人を健児とする(三代格)○是年 良弁、羂索院(金鍾寺)を建てる(東大寺要録)○皇后、褥などを法隆寺に施入法隆寺縁起資財帳)▽正倉院文書〈右京計帳手実〈古一四八一～五〇四頁〉／山背国愛宕郡計帳歴名〈古一-五〇五～五四九頁〉／近江国志何郡計帳手実〈古一-五〇四～五〇五頁〉▽万葉集(三二九・三〇／六・九六・九七)▼平城宮木簡(三-三〇三〇／平城概報五・一二・一七／木簡研究六)▼二条大路木簡(平城概報二三	三七三頁 五四

年	天皇	年号	干支	記事	出典
七三四	聖武	天平六年	甲戌	◎正月癸亥（1）中宮に賜宴。五位以上を朝堂に饗する。○丁丑（15）国司に借貸を許可。○己卯（17）叙位。/藤原武智麻呂を右大臣とする。○庚辰（18）諸国の雑稲を正税に混合。○二月癸巳（1）朱雀門前に歌垣を催す。○庚子（8）泉内親王（天智皇女）没。○三月辛未（10）難波宮に行幸。○丙子（15）四天王寺に食封を施入。○戊寅（17）竹原井頓宮に泊する。○庚辰（19）平城宮に還る。	・正月十一日　皇后安宿媛、興福寺西金堂を供養（略記）○二月　法隆寺に幡・麝香を施入（法隆寺縁起資財帳）・三月八日　中納言以上に帯仗舎人を賜う（略記）○是月　難波行幸の時の歌（万葉集六九六七～一○○三）/皇后、法隆寺に象牙尺・韓櫃などを施入（法隆寺縁起資財帳）、四月三日　水主内親王、大倭国広瀬郡の水田庄家等を弘福寺に施入（東寺文書天平二十年二月十一日弘福寺三綱牒）〈古三一四一～四八頁〉
				◎四月甲午（3）頓宮への奉仕により河内国安宿・大県・志紀三郡の租を免じる。○戊戌（7）大地震。○癸卯（12）諸国の神社の被害を調査させる。○戊申（17）地震の被害を調査させる。○壬子（21）天地の災異により京畿人民の疾苦を諸司の職務への精励を求める。○甲寅（23）東海・東山・山陰道諸国の神社の被害を調査させる。/節度使を停止。	巻十一 二三七三頁　二三七七頁

天平五年（七三三）－六年（七三四）

西暦	天皇	年号・干支	続紀記事	関連事項	巻・分冊・頁
七三四	聖武	天平六年 甲戌	に国を越えて牛馬を売買することを許す。/健児・儲士・選士の租と雑徭の半ばを免じる。◎丁巳(26)七十歳以上の者を郡司に新擬することを禁じる。◎五月戊子(28)京の徭銭の負担を軽減。/一年を限り京・四畿内・二監の人民に大税を借貸。/大倭国諸郡の官稲・私稲の出挙を禁止。◎六月癸卯(14)私稲により貧窮の者を救った大倭国葛下郡の人に叙位。◎七月丙寅(7)天皇、相撲を観る。文人に七夕の詩を賦させる。賜禄。◎辛未(12)天災地変により大赦。◎辛未(13)難波京の宅地を班給。◎壬午(24)大地震。◎甲戌(16)安芸・周防二国の堺を定める。(10)唐人陳懐玉に賜姓。◎十月辛卯(4)京中の死罪を曲赦。◎十一月丁丑(20)遣唐大使多治比広成ら、多褹嶋に帰着。◎戊寅(21)出家者の得度の基準を定める。◎十二月癸巳(6)大宰府、新羅貢調使の来着を報じる。	◎八月二十日 出雲国計会帳(正倉院文書〈古一 五八六～六〇六頁〉)◎十月十四日 諸寺の仏像経巻を浄所に安置させる(貞観交替式・要略)◎十二月二十四日 天平六年度尾張国正税帳(正倉院文書〈古一 六〇七～六二〇頁〉)◎是年 義倉の粟と稲・大豆・小豆との相博の法を改定(集解)◎天平六年七道検税使算計法(延暦交替式)◎天皇、門部王に命じ一切経を書写させる(東大寺要録・根津美術館蔵観世音菩薩受記経跋語)▽正倉院文書〈造仏所作物帳〈古一 五五一～五八一頁〉▽万葉集(六・九六六)▽平城宮木簡(三‐三〇一〇／平城概報一四・一六／木簡研究三・五)▽平城京木簡(平城概報三一)▽二条	五六 三八一頁 三八三頁

七三五	聖武	天平七年 乙亥	◎正月戊午（1）中宮に賜宴す。五位以上を朝堂に饗する。◎二月癸卯（17）新羅使金相貞入京。国号を王城国と改めるにより新羅使を帰国させる。◎三月丙寅（10）入唐大使多治比広成帰国、節刀を奉る。◎四月戊申（23）叙位。◎辛亥（26）入唐留学生下道真備、唐礼などの文物を献ず。◎五月庚申（5）松林に騎射。賜禄。◎壬戌（7）入唐使、請益生の問答を献ず。◎乙亥（20）外散位・勲位の定員を定める。◎丙子（21）郡司の銓擬方法を改め、国擬の者のほかに、譜第の者、身才優れた者を上申させる。◎戊寅（23）災異の頻発により大赦。京畿に賑恤。／力婦の房の雑徭を免じ、田を給う。◎己卯（24）災害消除のため、宮中と大安寺・薬師寺・興福寺に大般若経を転読。◎六月己丑（5）寺院の併合を禁止。◎七月己卯（26）大隅・薩摩国の隼人、調を貢る。◎庚辰（27）忌部宿禰を伊勢奉幣使に充てる。◎八月辛卯（8）隼人、方楽を奏する。◎壬辰（9）隼人に叙位・賜禄。◎乙未（12）疫病により大宰府管内に奉幣・読経・賑給。長門国以東の諸国に道饗祭を行わせる。◎丙午（23）大宰府管内の調を免除。◎九月庚辰（28）訴訟を受理しなかった弁官官人の	大路木簡（平城概報二二・二二四・二二九・三三一〜三三三／木簡研究二二）▼秋田城跡木簡（木簡研究一《天平六年月」の釘書》▼大宰府跡木簡（木簡研究六）
			◎五月二十一日 郡司同姓者の一郡内併任を禁じる（三代格）◎七月三日 天平六年度周防国正税帳（正倉院文書〈古一・六二三〜六二八頁〉）	巻十二
			◎閏十一月十日 相模国封戸租交易帳（正倉院文書〈古一・六三五〜六四〇頁〉）◎十二月十五日 讃岐国山田郡弘福寺領田図（多和文庫蔵）	三八七頁
			◎是年 玄昉、唐から帰る（続紀天平十八年六月己亥条）▽万葉集（三四六・四六）▽正倉院文書（国郡未詳計帳〈古一・六四一〜六五一頁〉）▼平	三九三頁

天平六年（七三四）—七年（七三五）

五七

西暦	天皇	年号・干支	続紀記事	関連事項	巻・分冊・頁
七三五	聖武	天平七年 乙亥	罪を許す。○壬午(30)新田部親王(天武皇子)没。○十月丁亥(5)親王の没後七日ごとの斎会には僧一〇〇人を限度とすることを定める。○十一月己未(8)賀茂比売(天皇の外祖母)没。○乙丑(14)知太政官事舎人親王没。太政大臣を贈る。○閏十一月戊戌(17)災変・疫病により大赦・賑恤。○庚子(19)鋳銭司を再置。○壬寅(21)国司に職務への精励を命じる。○是年 不作。夏から冬まで豌豆瘡流行し、死者多数。	城宮木簡(平城概報一七・一九/木簡研究九)▼二条大路木簡(平城概報三二・三四・二九〜三三/木簡研究一一・一二)▼上田部遺跡(大阪府高槻市)木簡(木簡研究一二/『高槻市史』六)	巻十二 ㈢二九五頁
七三六	聖武	天平八年 丙子	○正月丁酉(17)南楼に賜宴。賜禄。○辛丑(21)叙位。○二月丁巳(7)僧玄昉・道慈に封戸・田・扶翼童子を施す。○戊寅(28)遣新羅使任命。大使阿倍継麻呂。○三月辛巳(1)甕原離宮に行幸。○乙酉(5)平城宮に還る。○庚子(20)公田賃租の価を太政官に送らせる。○四月丙寅(17)遣新羅使拝朝。○戊寅(29)陸奥・出羽国の郡司・俘囚に賜爵。○五月辛卯(12)調庸布の規格を改訂。○丙申(17)大宰府官人の待遇を改善。京への物資漕送を認める。○六月乙亥(27)芳野離宮に行幸。	○正月二十日 大宰府官人・菅内諸国司の後家の徭役を免じる(集解)◎二月二十二日 皇后および牟漏女王、銀多羅・白銅鏡・香・革箱などを法隆寺に施入(法隆寺縁起資財帳)○二十五日本貫のない浮浪は当処に編付せず名簿に録して調庸を輸させる(三代格)◎四月七日 浮浪の本土への逓送を停止(三代格)/在任一、二年で遷代する国司にも夫馬を給う(延暦交替式・要略)○是月 義倉の粟・稲の相	㈢二九九頁 ㈢三〇一頁

天平七年(七三五)—八年(七三六)

◎七月丁亥(10)行幸関係者に賜物。◎庚寅(13)平城宮に還る。◎辛卯(14)元正上皇の病により得度・行道・賑恤。◎八月庚午(23)入唐副使中臣名代、唐人・波斯人を伴い拝朝。

◎十月戊申(2)唐僧道璿・波羅門僧菩提らに衣服を施す。◎戊辰(22)疫瘡による不作のため大宰府管内の租を免除。◎十一月戊寅(3)遣唐使に叙位・贈位。◎壬辰(17)葛城王・佐為王らに橘宿禰の姓を賜う。◎甲午(19)不作により京・畿内の租を免除。

博の法を改定。雑穀を輸すことを認める(集解)
◎五月十八日 僧菩提・仏徹・道璿ら大宰府に到着(南天竺波羅門僧正碑并序) ◎六月 芳野離宮行幸(万葉集六-一〇〇五・一〇〇六/二条大路木簡〈平城概報二二/木簡研究一一・一二〉)
◎八月六日 天平八年度伊予国正税出挙帳(正倉院文書〈古二-二五~八頁〉)
◎八日 僧菩提ら、摂津に到る(南天竺波羅門僧正碑并序)
◎十一月九日 葛城王らに橘宿禰の姓を賜う時の歌(万葉集六-一〇〇九・一〇一〇)
◎十一日 大税借貸の負債は、死亡の場合も判署の人に徴する(延暦交替式)
◎是年 ▽正倉院文書

三〇三頁

三〇三頁

五九

続日本紀年表

西暦	天皇	年号・干支	続紀記事	関連事項	巻・分冊・頁
七三六	聖武	天平八年 丙子		（天平八年度摂津・佐渡・薩摩国正税帳〈古一-九～一二四頁〉 ▽万葉集〈六-一〇一一・一〇三二／八-一五六六～一五六九〉 ▽平城宮木簡（平城概報 一五／木簡研究四）▽二条大路木簡（平城概報 二二・二四・二九～三三／木簡研究 一一・一二）▽大宰府跡木簡（木簡研究八）	
七三七	聖武	天平九年 丁丑	◯正月丙申（21）陸奥国から出羽柵への直路を開くため持節大使らを任命。大使藤原麻呂。◯二月戊午（14）叙位・女叙位。◯辛丑26遣新羅使入京。◯己未（15遣新羅使、新羅の無礼を報告。官人に意見を問う。◯三月丁丑（3）国ごとに、釈迦仏の造像、大般若経の書写を命じる。◯四月乙巳（1）伊勢神宮などに遣使・奉幣、新羅無礼のことを告げる。◯壬子（8）道慈の申請により大安寺に調・庸を施し、大般若経を転読させる。◯戊午（14）持節大使藤原麻呂、多賀柵から出羽国比羅保許山に至る新道を開いたことを報告。◯辛酉（17）参議藤原房前没。◯癸亥（19）疫瘡の流行により大宰府管内諸社に奉幣。賑恤・治療。◯五月甲戌（1）宮中に大般若経を読ませる。◯六月甲辰（1）官人の罹病者多きにより大赦・賑給・賜物。◯丙寅（23）中納言多治比県守没。	◯二月二十日 皇后藤原光明子、経巻などを法隆寺東院に施入（法隆寺東院縁起資財帳） ◯三月十日 元興寺の摂大乗論門徒を割き興福寺に住させる（三代格） ◯六月是月 典薬寮、疱瘡治方の事について勘申	巻十二 〔二〕三〇九頁 〔二〕三一三頁

六〇

天平八年(七三六)〜九年(七三七)

◎七月丁丑(5)飢饉・疫病により大倭・伊豆・若狭国の人民に賑給。○壬午(10)伊賀・駿河・長門国の飢饉・疫病の人民に賑給。○乙酉(13)参議藤原麻呂没。丁酉武智麻呂の病により大赦。○八月癸卯(2)藤原武智麻呂を左大臣とする。武智麻呂没。○丁酉(25)藤原武智麻呂没。○乙未(23)右大臣藤原経を読ませる。/六斎日の殺生を禁じる。○丙午(5)参議藤原宇合没。○甲寅(13)疫病により租と公私出挙稲の負債とを免除。/霊験ある神に奉幣。諸社の巫・祝部に叙位。○丙辰(15)宮中に大般若経・最勝王経を転読させる。○庚申(19)多治比広成を参議とする。○辛酉(20)水主内親王(天智皇女)没。○甲子(23)造仏像司を任命。○丁卯(26)玄昉を僧正とする。○九月癸巳(22)私稲の出挙を禁じる。/筑紫の防人を知太政官事、橘諸兄を大納言、多治比広成を中納言とする。/京畿の僧尼に綿・塩を施す。○己亥(28)叙位。鈴鹿王を知太政官○十月壬寅(2)左右京の徭銭徴収を禁じる。○丁未(7)額外散位の続労銭を停止。/故藤原房前に正一位・左大臣を贈り、封戸をその家に賜う。○己未(19)地震。○庚申(20)叙位。○甲子(24)官人に薪を奉らせる。○丙寅(26)最勝王経を大極殿に講じる。○十一月癸酉(3)諸国に遣使、神社を造らせる。○甲戌(4)鋳銭司の史生を増員。○壬辰(22)中宮に賜宴。神宣により大倭忌寸小東人らに宿禰の姓を賜う。○十二月辛亥(12)藤原豊成を参議とする。○丙寅(27)大倭国を大養徳国とする。任官。
◎是年 藤原宮子、僧玄昉の看病により治癒し天皇と会見。中宮職官人に叙位。
◎是年 疫瘡により死者多数。

(朝野群載)○二十六日疫病による死亡者の多発により人民に療養・食物について布告(類聚符宣抄)
◎十月五日 神戸の租・調、寺家の封戸の租の代を正税から充てる(天平九年度長門国正税帳所引民部省符 古二一三頁ほか)
◎是年 石見などの国、疫病により考文を進めず(集解) ▽正倉院文書(天平九年度但馬・長門・豊後国正税帳 古二二三二〜六六頁) ▽正倉院宝物(六(往来残欠)七二) ▽万葉集(六・一〇二三〜一〇二七/一五・三七六〜三八三) ▼平城宮木簡(平城概報六・一六/木簡研究五・一〇)▼平城京木簡(平城概報一一)▼二条大路木簡(平城概報二二・三〇〜三三/木簡研究一二)

六一

西暦	天皇	年号・干支	続紀記事	関連事項	巻・分冊・頁
七三八	聖武	天平十年　戊寅	◎正月庚午(1)中宮に賜宴。五位以上を朝堂に饗する。○壬午(13)阿倍内親王を皇太子とする。大赦・賑恤。/信濃国からの神馬出現により関係者に叙位・賜物。橘諸兄を右大臣とする。○丙戌(17)大宰府に行幸。賜宴・賜禄。○乙未(26)任官。○是月　大宰府、新羅使金想純らの来日を報じる。◎二月丁巳(19)宗形神主・出雲国造に叙位。◎三月丙申(28)山階寺・鵤寺・隅院・観世音寺に食封を施す。◎四月乙卯(17)国家隆平のため京・諸国に最勝王経を転読させる。○庚申(22)任官。◎五月庚午(3)東海・東山・山陰・山陽・西海道の健児を停止。○辛卯(24)伊勢神宮に神宝を奉る。◎六月辛酉(24)大宰府にて新羅使を饗応し大宰府から帰国させる。◎七月癸酉(7)天皇、相撲を見る。賜物。○丙子(10)大伴子虫らの文人に梅樹の詩を賦させる。	◎正月十七日　天皇、寺奴を法隆寺に施入(法隆寺縁起資財帳)○二月十八日　天平九年度駿河国正税帳(正倉院文書《古二一六七〜七四頁》)○三月九日　国司による官稲の借貸を停止(貞観交替式)◎四月五日　天平九年度和泉監正税帳(正倉院文書《古二一七五〜九七頁》)○十二日　天皇、播磨など四国の食封二〇〇戸を法隆寺に施入(法隆寺縁起資財帳)○十九日　労効により任じられた一世郡司の譜第に預ることを禁じる(三代格)○二十二日　賀茂祭の人馬会集の禁を解く(三代格)◎五月二十八日　国司の館舎改築を禁じる(三代格)◎六月二十九日　出雲守	巻十三 □三三七頁 □三三九頁 □三四一頁

天平十年(七三八)

の変を誣告した中臣宮処東人を殺害。◎閏七月癸卯(7)任官。○丁巳(21)任官。◎八月乙亥(10)任官。○甲申(19)山陽道諸国の借貸を停止。○辛卯(26)諸国に国郡図を奉らせる。◎九月庚子(5)内礼司の主礼に把笏させる。○辛丑(6)地震。
◎十月丁卯(3)京・畿内・二監の租を免除。○己丑(25)巡察使を諸国に派遣。◎十二月丁卯(4)任官。○戊寅(15)帰郷する仕丁に程粮を支給する。

石川年足、弥勒菩薩像の造立、弥勒経十部の書写を発願(高山寺蔵観弥勒菩薩上生兜率天経跋語〈古二/九九頁〉)
◎十月七日 中宮職の供御物について定める(三代格)
◎十二月二十七日 天平十年度淡路国正税帳(正倉院文書〈古二/一〇二～一〇五頁〉)
◎是年 ▽正倉院文書(上階官人歴名〈古二/一七四～七五頁〉)・天平十年度左京職・駿河国・周防国・筑後国正税帳〈古二/一〇六～一四九頁〉)
▽万葉集(六/一〇三六・一〇三七/八一五七～一五九一/一七-三九〇〇)▽平城宮木簡(平城概報六・八・一四)▽二条大路木簡(平城概報五・一〇・一一・三三/木簡研究一二)

〔三〕三四五頁

西暦	天皇	年号・干支	続紀記事	関連事項	巻・分冊・頁
七三九	聖武	天平十一年 己卯	◎正月丙午(13)叙位。◎女叙位。◎二月戊子(26)皇后藤原光明子の病により大赦・賑恤。◎壬辰(30)二月二十六日の詔を改め、大赦以前の罪を告げることを許す。◎甕原離宮に還る。◎三月甲午(2)甕原離宮に行幸。◎丁酉(5)平城宮に還る。◎癸丑(21)対馬嶋からの神馬出現により賑給。関係者に叙位・賜物。庸・調を免除。◎戊午(26)天皇・元正上皇、甕原離宮に行幸。◎乙卯(23)平城宮に還る。◎庚申(28)釱により石上乙麻呂・久米若売を配流。◎四月甲子(3)高安王らに大原真人の姓を賜う。◎戊辰(7)中納言多治比広成没。◎乙亥(14)駄馬の負荷を軽減し大一五〇斤とする。◎壬午(21)大野東人・巨勢奈弖麻呂・大伴牛養・県犬養石次を参議とする。◎五月甲寅(23)郡司の定員を削減。◎辛酉(30)当年の正税出挙の利稲を免除。／諸家の封戸の租を全給とする。◎六月戊寅(17)諸国駅起稲を正税に混合。◎癸未(22)兵士の停止により白丁に国府の兵庫を守衛させる。◎甲申(23)善政を褒め出雲守石川年足に賜物。◎七月癸卯(13)渤海使己珎蒙ら来日。◎甲辰(14)諸寺に五穀成熟経の転読と悔過とを命じる。◎八月丙子(16)式部省に留まる蔭子孫・位子を大学で学ばせる。◎十月丙戌(27)入唐使・渤海客入京。◎十一月辛卯(3)遣唐使判官平群広成拝朝。渤海使に伴われ帰国した旨を報告。◎十二月戊辰(10)渤海使拝朝。王の啓と方物を奉る。◎己卯(21)遣唐使人に叙位。	◎五月二十五日 三関国などを除き諸国兵士を暫く停める(三代格) ◎七月十日 出雲守石川年足、大般若経六〇〇巻を書写し浄土寺(山田寺)に安置することを発願(大般若経巻二三一跋語) ◎十五日 不善の郡司を終身の任から外す(三代格・集解) ◎八月十二日 楊貴氏墓誌(奈良県) ◎九月十四日 兵家稲を正税に混合(天平十一年度伊豆国正税帳引兵部省符古二一一九五頁) ◎是年 ▽万葉集(三—四六二—四六四／六—一〇一九—一〇三二／八—一五九二—一五九四／一六一九—一六三六) ▽正倉院文書(天平十一年度伊豆国正税帳〈古二—一九二〜二〇〇頁〉) ▼平城宮木簡(平城概報八／木簡研究一四) ▼二条大路木簡(平城概報二二)	巻十三 〔三〕三四七頁 〔三〕三五一頁 〔三〕三五五頁 〔三〕三五五頁

| 七四〇 | 聖武 | 天平十二年 庚辰 | ◎正月戊子(1)朝賀。渤海郡使・新羅学語らも参列。奉翳美人、袍袴を着する。◎甲午(7)渤海使に叙位・賜宴。奉渤海郡王と使人とに賜物。○庚子(13)叙位。／遣渤海使任命。大使大伴犬養。○癸卯(16)南苑に賜宴。渤海使も加わる。○丁巳(30)渤海使、渤海大使胥要徳らに贈位・賻物。○丙辰(29)遭難し応。○甲辰(17)大射。渤海客を朝堂に饗た渤海大使胥要徳らに贈位・賻物。○丙辰(29)遭難し国の楽を奏する。賜物。◎二月己未(2)渤海使帰国。◎甲子(7)難波宮に行幸。賜物。◎庚午(13)摂津国の人民に稲籾を給う。○丙子(19)百済王らを奏楽。関係者に叙位。○三月辛丑(15)遣還。○辛巳(24)行幸関係者に賜禄。／平城宮に羅使紀必登。　大使紀必登。◎四月戊午(2)遣新羅使辞見。○丙子(20)遣新羅使辞見。◎五月乙未(10)右大臣橘諸兄の相楽別業に行幸。○丁酉(12)平城宮に還る。○六月庚午(15)大赦。公私出挙稲の負債を免除。／流人穂積老・久米若女らを入京させる。戊(19)諸国に、法華経の書写、七重塔の建立を命じる。◎八月甲戌(20)和泉監を河内国に併す。○癸未(29)大宰少弐藤原広嗣、上表し僧玄昉・吉備真備の排除を求める。◎九月丁亥(3)藤原広嗣、隼人らの挙兵により征討軍を発する。大将軍大野東人。○戊子(4)隼人に叙位し征討に発遣。○己丑(5)佐伯常人・阿倍虫麻呂を勅使とし軍事に任用。○乙未(11)伊勢神宮に奉幣。○己亥(15)諸国に、観世音菩薩像の造立、観世音経の書写を命じる。○乙巳(21)帰国した遣新羅使船の処置について大将軍大野東人に命じる。○戊申(24)大野東人、征討軍の渡海、藤原広嗣軍の動静について報告。○己酉(25)大野東人、豊前国諸郡司の帰服を報告。○癸丑(29)大宰府管内の官人・人民に藤原広嗣の不忠・不 | 巻十三 ㈢三五九頁

◎五月一日 皇后藤原光明子、父藤原不比等・母県犬養三千代のために一切経(五月一日経)の書写を発願(東大寺聖語蔵経巻ほか跋語・東大寺要録)

㈢三六三頁

◎八月十四日 官用に遠年不動穀を用いさせる(三代格)

㈢三六五頁 |

天平十一年(七三九)—十二年(七四〇)

六五

西暦	天皇	年号・干支	続紀記事	関連事項	巻・分冊・頁
七四〇	聖武	天平十二年 庚辰	孝を説き、決起を促す。○十月戊午(5)遣渤海使帰国。○壬戌(9)大将軍大野東人に八幡神に祈請させる。／大野東人、板櫃河の戦いの勝利を報告。／遣新羅使、京に帰着。○壬申(19)造伊勢国行宮司を任命。○丙子(23)行幸次第司を任命。騎兵を徴発。○己卯(26)大野東人に関東行幸のことを伝える。○壬午(29)伊勢国行幸に出発。大倭国山辺郡堀越頓宮に到る。○癸未(30)伊賀国名張郡に到る。○十一月甲申(1)伊賀国安保頓宮に到る。○乙酉(2)伊勢国壱志郡河口頓宮に到る。○丙戌(3)伊勢神宮に奉幣。／大将軍大野東人、藤原広嗣の捕獲を報告。○丁亥(4)和遅野に遊猟。伊勢国の租を免除。○戊子(5)大野東人、藤原広嗣の斬殺を報告。○甲辰(21)行幸従駕者に叙位。○丁酉(14)鈴鹿郡赤坂頓宮に到る。○乙未(12)河口を発し壱志郡に到る。○戊申(25)桑名郡石占に到る。○丙午(23)赤坂を発し朝明郡に到る。○庚戌(27)伊勢国の高年者に大税を賜う。○己巳(22)五位以上に絁を賜う。○丙辰(4)騎兵司に到る。○丁巳(5)騎兵司を解き帰京させる。／新羅楽・飛騨楽を奏する。○戊午(6)不破を発し近江国坂田郡横川に到る。○辛酉(9)蒲生郡に到る。○壬戌(10)野洲に到る。○癸亥(11)志賀郡禾津に到る。○丙寅(14)近江国の国郡司に叙位／禾津を発し山背国相楽郡玉井に到る。○丁卯	◎十月八日　審祥、金鍾寺で初めて華厳経を講説（東大寺要録） ◎十一月二十日　遠江国浜名郡輸租帳（正倉院文書〈古二二五八～二七一頁〉） ◎是年　▽万葉集(三三六二/六一〇三六～一〇三六/八一六二七～一六三二/一七三〇一～三〇六)　▽正倉院文書越前国江沼郡山背郷計帳(古一二一二七三～二八〇頁)　▼平城宮木簡(四一四〇六/平城概報一五・一	三三七一頁

六六

年	天皇	年号	事項	出典	巻・頁
七四一	聖武	天平十三年 辛巳	(15)恭仁宮に到る。◎正月癸未(1)朝賀。宮垣未完成により帷帳をめぐらす。五位以上を内裏にて賜宴・賜禄。◎癸巳(11)伊勢神宮と諸社に遣使・奉幣、遷都の事を告げる。◯丁酉(15)故藤原不比等家、食封五〇〇戸を返上。二〇〇戸は家に返し、三〇〇戸は国分寺丈六像の造営料に充てる。◎戊戌(16)賜宴・賜禄。◯甲辰(22)藤原広嗣の党与の処罰を定める。◎二月戊午(7)馬・牛の屠殺、国郡司の私的な狩猟を禁じる。◎三月己丑(8)小野東人を獄に下す。◯庚寅(9)小野東人を伊豆の三嶋に配流。◎辛丑(20)摂津職、難波宮の鶴の怪を奏する。◯乙巳(24)二月乙丑(14)か国分寺造営の詔を発する。◯己酉(28)長谷部内親王(天武皇女)没。◎閏三月乙卯(5)叙位。◯己未(9)平城宮の兵器を甕原宮に運ばせる。◯乙丑(15)五位以上に恭仁京への移住を促す。己巳(19)難波宮の怪を鎮める。◯甲戌(24)報賽のため八幡宮に秘錦冠・最勝王経・法華経・度者・封戸・馬らに賜三重塔を造立する。◯乙亥(25)百官・中衛・兵衛らに賜銭。◎四月辛丑(22)河内・摂津両国の河堤をめぐって争う箇所を検校させる。◯五月乙卯(6)河南に行幸、校猟を観る。◯庚申(11)諸国から左右衛士各四〇〇人・衛門衛士二〇〇人を差加し貢上させる。◯丙子(27)官長と対立した讃岐介・越後掾を解任。◎七月辛亥(3)任官。◯辛酉(13)新宮にて賜宴・賜禄。巨勢奈弖麻呂に叙位、斑竹御杖を賜う。◯八月丁亥(9)任官。◯癸巳(15)霖	◎七月十五日 玄昉、千手経一〇〇巻を供養(東大寺要録)	九/木簡研究四 巻十四 □三八五頁 □三九三頁 □三九五頁

西暦	天皇	年号・干支	続 紀 記 事	関連事項	巻・分冊・頁
七四一	聖武	天平十三年 辛巳	雨により佐渡国の租・調・庸を免除。○丙午(28)平城の二市を恭仁京に遷す。○九月辛亥(4)遷都により左右京の調・租、畿内の租を免除。○乙卯(8)遷都により大赦。藤原広嗣縁坐者の罪を免じる。/大養徳・伊賀・伊勢・美濃・近江・山背国の行幸に供奉した郡の調を免除。/造宮卿を任命。○丙辰(9)造宮のため大養徳・河内・摂津・山背国の役夫五五〇〇人を差発。○己未(12)恭仁京の左京・右京を定め、宅地を班給。○丁丑(30)宇治・山科に行幸。○十月己卯(2)恭仁宮に還る。○辛卯(14)礼服の冠を自弁とする。○癸巳(16)賀世山の東の河の橋を造営した優婆塞七〇五人を得度。○戊戌(21)内外五位以上を内裏に供奉さ せる。○十一月戊辰(21)恭仁宮の号を大養徳恭仁大宮と定める。○庚午(23)赤幡を諸司に給い供御の標識とする。○十二月丙戌(10)任官。/安房国を上総国、能登国を越中国に併せる。○己亥(23)任官。	◎是年 ▽万葉集(一七一 三九〇七〜三九三四)▼平城宮木簡(一〜一五七/平城概報一/木簡研究一)▼宮町遺跡(滋賀県)木簡概報1	三三九九頁
七四二	聖武	天平十四年 壬午	○正月丁未(1)朝賀。大極殿未完成のため仮に四阿殿を造る。石上・榎井両氏、楯・槍を立てる。○癸丑(7)城北の苑に行幸。賜宴。○丙辰(10)武官に酒食・被服を賜う。○壬戌(16)大安殿に賜宴。五節の田舞を奏する。踏歌・賜物。/己巳(23)陸奥国、赤雪のことを報告。○二月丙子(1)皇后宮に行幸。賜宴。賜禄。○戊寅(3)中宮職の奴広庭を免じ大養徳忌寸の姓を賜う。/大宰府、新羅使金欽英らの来日を報じる。庚辰(5)新京の宮室未完成により新羅使を大宰府で饗し帰		巻十四 四〇一頁

天平十三年(七四一)―天平十四年(七四二)

国させる。／恭仁宮東北の道を開き近江国甲賀郡に通じさせる。◎三月己巳(24)地震。
◎四月甲申(10)采女飯高笠目の親族に賜姓。◎皇后宮に賜宴・賜禄。◎五月丙午(3)長雨により畿内に遣使、農業の被害を視察させる。◎丙辰(13)知太政官事鈴鹿王らを遣わし越智山陵(斉明陵)崩壊。◎庚申(17)越智山陵に遣使・献物。◎庚午(27)国司による郡司擬任の方式を定める。／采女の貢進を郡ごとに一人とする。
◎八月甲戌(2)諸国司に孝子・順孫・義夫・節婦・力田の人の名を報告させる。◎丁丑(5)恭仁宮の垣を築いた秦下嶋麻呂に叙位・賜物。◎癸未(11)近江国甲賀郡紫香楽村への行幸により造離宮司を任命。◎甲申(12)石原宮に行幸。◎乙酉(13)恭仁京に大橋を造らせる。◎丁酉(25)大宰府の廃止にともなう措置を定める。◎己亥(27)紫香楽宮に行幸。恭仁宮・平城宮の留守司を任命。◎九月壬寅(1)刺松原に行幸。◎乙巳(4)恭仁京に還る。◎癸丑(12)大風雨。◎戊午(17)七道諸国に巡察使を派遣。／京・畿内班田使を任命。
◎十月癸未(12)塩焼王と女孺四人を平城の獄に下す。乙酉(14)参議県犬養石次没。◎戊子(17)塩焼王と女孺五人を配流。◎十一月癸卯(2)参議大野東人没。◎丙午(5)京・畿内の租を免除。◎戊子(17)地震。◎丁亥(16)諸国の有勢家の鉄穴の占取を禁じる。◎庚子(29)紫香楽宮に行幸。留守司を任命。

◎五月二十八日　国分寺僧の得度を厳正にすべきことを命じる(三代格・要略)

三四〇五頁

◎十月　日本国使、新羅に至る。景徳王、これを納めず(三国史記新羅本紀)。◎僧栄叡・普照、楊州大明寺に鑑真を訪ね来日を請う(東征伝)
◎是年　道慈ら、大安寺に華厳七所九会の繡像などを造る(大安寺縁起資財帳〈古二一六二一七頁〉)
◎天平十四年図籍(三格・要略)▽正倉院宝物(〈最勝王経帙〉平城宮木簡(平城概報三二/木簡研究一八)

三四〇七頁

三四一一頁

六九

西暦	天皇	年号・干支	続紀記事	関連事項	巻・分冊・頁
七四三	聖武	天平十五年 癸未	◎正月壬寅（1）恭仁宮に還る。◎癸卯（2）朝賀。◎丁未（6）賜宴・賜禄。◎壬子（11）石原宮に饗し賜物・賜禄。◎癸丑（12）金光明寺および諸国に最勝王経を転読させる。◎二月辛巳（11）佐渡国を越後国に併す。◎三月乙巳（6）筑前国司、新羅使金序貞らの来日を報じる。◎四月壬申（3）紫香楽に行幸。恭仁宮留守司を任命。◎乙酉（16）恭仁宮に還る。◎辛卯（22）行幸陪従者に賜禄。◎甲午（25）常例を失するにより新羅使を帰国させる。◎五月辛丑（3）畿内諸社に祈雨奉幣。◎癸卯（5）賜宴。皇太子阿倍内親王、みずから五節を舞う。／叙位。橘諸兄を左大臣、藤原豊成・巨勢奈弖麻呂を中納言、藤原仲麻呂・紀麻路を参議とする。◎乙丑（27）墾田永年私財法を発する。◎丙寅（28）国司らに、官舎の造営、養蚕の設置などを禁じる。◎六月癸巳（26）山背国、宇治川の涸渇を報じる。◎丁酉（30）任官。◎七月庚子（3）石原宮で隼人を饗応。／叙位。／壬寅（5）出雲国、雷雨の被害を報じる。◎庚寅（甲寅、17）か）地震。◎癸亥（26）紫香楽宮に行幸。留守司を任命。◎八月丁卯（1）鴨川に行幸。宮川と改名。◎乙亥（9）上総国、七月の大風雨を報じる。◎九月己酉（13）大坂の砂で玉石を研磨した官奴を免じ賜姓。◎丁巳（21）近江国甲賀郡の調・庸の徴収を畿内に准じ賜い、本年の租を免除。◎十月辛巳（15）天皇、盧舎那仏の造立を発願。◎壬午（16）東海・東山・北陸道の本年の調・庸を紫香楽宮に貢させる。◎乙酉（19）天皇、紫香楽宮に盧舎那仏の寺地を開く。◎十一月丁酉（2）恭仁宮行基、弟子らを率い人々を勧誘。	◎四月二十二日 弘福寺田数帳（東寺文書〈古二一三三三五〜三三三七頁〉）▽万葉集（六ー10三七／八ー一五五七〜一六〇五／一四七二／四ー三四五／平城概報一四・一一・一五／木簡研究 平城宮木簡（一ー一四七二	巻十五 三四一五頁 三四一七頁 三四二九頁 三四三二頁

七〇

年	天皇	年号	記事	出典
七四三	聖武	天平十五年（七四三）―十六年（七四四）	○是年　紫香楽宮の造営により恭仁宮の造営を停止。	
七四四	聖武	天平十六年　甲申	○正月戊午(23)鎮西府官員の相当位・待遇を定める。○辛酉(26)鎮西府に印を給う。○閏正月乙丑(1)官人に恭仁・難波のいずれを都とするか、意見を問う。○戊辰(4)恭仁京の市人に京を定めることについての意見を問う。○癸酉(9)恭仁京の諸寺・人民に舎宅を作らせる。○乙亥(11)難波宮に行幸。留守司を任命。／安積親王、病により桜井頓宮より帰る。○丁丑(13)安積親王（聖武皇子）没。○二月乙未(2)恭仁宮の駅鈴・内外印を難波に召す。○甲辰(11)和泉宮に行幸。仁京・平城宮の留守司を任命。○甲寅(21)恭仁宮に行幸。○丙申(3)恭仁京に還る。○丁未(14)難波宮の人を免じる。／官奴婢六十人を良民とする。○丙午(13)馬飼・雑戸の人を免じる。／官奴婢六十人を良民とする。○丁未(14)難波宮に還る。○乙卯(22)恭仁京・平城・大楯、兵庫の武器を難波に運ぶ。○丙辰(23)恭仁京へ百済楽の移住を許す。関係者に叙位。○戊午(25)甲戌(11)百済王ら百済楽を奏する。元正上皇・左大臣橘諸兄は難波に留まる。○三月紫香楽宮に行幸。○庚申(27)難波宮を皇都とすることを宣する。○丁丑(14)金光明寺の大般若経を難波宮に運ぶ。○戊寅(15)難波宮で大般若経を読む。○四月丙午(13)紫香楽宮周囲の山に火。○甲寅(21)造兵司・鍛冶司を廃止。○丙辰(23)諸司に公廨銭を支給。○五月庚戌〔庚辰(18)か〕雷雨・地震により肥後国に賑給。死者	○二月三日・三月二十四日　安積親王の死を悼む大伴家持の歌（万葉集三）四五～四八○
			○六月十七日　大安寺に墾田地九九四町を施入	巻十五〔三四三五頁〕〔三四四一頁〕

続日本紀年表

西暦	天皇	年号・干支	続 紀 記 事	関連事項	巻・分冊・頁
七四四	聖武	天平十六年 甲申	一五二〇余人。◯六月壬子(21)氷雨。◯七月癸亥(2)元正上皇、智努離宮に幸する。◯丁卯(6)紀清人、奴婢を解放。◯己巳(8)元正上皇、難波宮に還る。◯甲申(戊辰(7)か)元正上皇、仁岐川に幸する。◯己巳(8)元正上皇、難波宮に還る。◯八月乙未(5)紫香楽宮周囲の山の木を伐採し造営の費用に充てる。(23)諸国正税を国分寺造営の費用に充てる。◯甲戌(15)畿内・七道に巡察使を派遣。◯丙戌(27)巡察使に訪察すべき三十二の事条を頒つ。◯己丑(30)僧綱の印を収め大臣のもとに置く。/鎮西府に駅鈴を給う。◯十月辛卯(2)道慈没。◯庚子(11)元正上皇・珍努離宮・竹原井離宮に幸する。◯辛丑(12)行幸関係者に叙位・賜物。◯壬寅(13)元正上皇、難波宮に幸する。◯十一月壬申(13)甲賀寺に盧舎那仏像の体骨柱を建てる。天皇、みずから縄を引く。◯癸酉(14)元正上皇、甲賀に到る。◯庚辰(21)叙位。◯十二月丙子(17)元正上皇、甲賀宮に幸する。◯丙申(8)叙位。◯壬辰(4)諸国に薬師悔過を命じる。◯丙申(8)一〇〇人を得度し、金鍾寺・朱雀路に燃灯。◯己卯(21)行基を大僧正とする。禄。◯己卯(21)行基を大僧正とする。官。	(大安寺縁起資財帳〈古二―六二六頁〉)◯十月三日 皇后藤原光明子、『楽毅論』を書写(東大寺献物帳)◯十四日 国司宝物)◯十四日 国司が任地の女子を妻妾とすることを禁じる(三代格)◯十七日 諸国国師に国分寺の造営を検校させる(三代格・要略)▽万葉集(三八六一〜一四三/六一〇四〜一〇三五)▼平城宮木簡(平城概報一七―二九六〜三六)▼宮町遺跡(滋賀県)木簡(木簡研究一八/宮町概報1)	三四四一頁 三四四七頁
七四五		天平十七年 乙酉	◯正月己未(1)廃朝。大伴牛養・佐伯常人、紫香楽宮に楯・槍を立てる。賜宴・賜禄。◯乙丑(7)賜宴・叙位・賜禄。◯二月壬子(24)任官。◯四月戊子(1)紫香楽宮の市の西の山に火災。◯庚寅(3)甲賀寺の東の山に火災。◯乙未(8)伊賀国真木山、数百町に延焼。◯戊戌(11)宮城の東の山に火災、連日消え	◯正月 牟漏女王、病により羂索菩薩像の造立、神咒経一〇〇巻の書写を発願(興福寺縁起)	巻十六 三三頁 三七頁

天平十六年(七四四)—十七年(七四五)

ず。都下の人動揺。天皇、大丘野への行幸をはかる。○壬寅(15)塩焼王を入京させる。○壬子(25)叙位。○甲寅(27)巡察使の上奏により前年の租を免除。大赦。地震。美濃国の舎屋多く倒壊。◎五月戊午(1)地震。諸寺に最勝王経を転読させる／筑前など西海道七国の無姓者に賜姓。／太政官、諸司の官人に京とすべき処を問う。○庚申(3)地震。／恭仁宮を掃除させる。○辛酉(4)地震。／平城四大寺の僧に京とすべき処を問う。○癸亥(6)地震。／天皇、恭仁宮に還る。○甲子(7)地震。／甲賀宮の留守司を任命。○戊戌(5)地震。／平城宮を掃除させる。○乙丑(8)地震。／旱魃により大安寺・薬師寺・元興寺・興福寺に大集経を読ませる／諸社に祈雨奉幣。○丙寅(9)地震。／近江国の民一〇〇人を発し甲賀宮周辺の山の火を消させる。／丁卯(10)地震。／平城宮に大般若経を読ませる。／恭仁京の市人、平城京に移る。○戊辰(11)諸陵に奉幣。／盗賊・火災のため甲賀宮の官物を収めさせる。／平城宮に還幸。官人、旧庁舎に帰る。○癸酉(16)地震。／乙亥(18)地震。／天皇、松林倉廩に臨む。陪従者に穀を賜う。○壬午(25)無位皇親への時服支給に制限を加える。／辛卯(5)大宰府に是月 地震により地面に亀裂を生じる。○六月庚寅(4)伊勢神宮に奉幣。を復置。◎七月庚申(5)祈雨。○壬申(17)地震。○癸酉(18)地震。◎八月己丑(4)大宰府管内の諸司に印を給う。／己酉(24)地震。○壬子(27)大安殿に無遮大会を設ける。○癸丑(28)難波宮に行幸。留守山形女王(高市皇子女)没。◎九月丙辰(2)地震。○戊午司を任命。○甲寅(29)地震。

◎八月二十三日 東大寺盧舎那仏の造営工事を開始(東大寺要録大仏殿碑文)

◎十月十二日 肥前国弥勒知識寺に僧二十口を置

三二三頁

西暦	天皇	年号・干支	続 紀 記 事	関 連 事 項	巻・分冊・頁
七四五	聖武	天平十七年 乙酉	（4）知太政官事鈴鹿王没。／任官。○己巳（15）殺生を三年間禁止。○辛未（17）天皇の病により大赦・賑恤。○壬申（18）任官。○癸酉（19）天皇の病により宮中を固守。難波宮に召す。／平城宮の鈴・印を収めさせる。孫王を名山・浄処に召す。／奉幣。賀茂神社・諸寺に浄処に薬師悔過法を行わせる。／奉幣。賀茂神社・松尾神社などに祈禱。○甲戌（20）八幡社に奉幣。／三八〇〇人を得度。○人を得度。／諸国の鷹・鵜を放たせる。／諸国に、大般若経の書写、薬師像の造仏などを命じる。○丙子（22）巨勢奈弖麻呂の上言を認め、奴婢二〇三人を良民とする。○丁丑（23）平城宮に大般若経を読ませる。○己卯（25）平城に還幸。宮池駅に宿する。○庚辰（26）平城宮に到る。◎十月戊子（5）諸国正税出挙の基準額を定める。◎十一月乙卯（2）玄昉を筑紫観世音寺の造営に遣わす。○己巳（16）玄昉の封物を収める。○庚辰（27）賜宴・賜禄。○庚午（17）玄昉の封物を収める。○庚辰（27）諸国公廨稲を設置。／仕丁の廝を停止。／十二月戊戌（15）恭仁宮の兵器を平城に運ぶ。	（1）▽是年　公廨を置くにより国儲を停止（延暦交替式）▽正倉院文書〈諸司公粮申請文書〈古二 二二五四・三八九～四三三一・四五八九～四八〇頁〉▽平城宮木簡（1-三二一・三六三・三四一・三五一・三六一・三三七・三三六・三三八四・三六二・四〇六・四三五・四三七・四六一・四六二）／平城宮報1-17▼宮町遺跡（滋賀県木簡研究10-17／宮町概報）	三一七頁
七四六	聖武	天平十八年 丙戌	◎正月丙寅（14）地震。○己卯（27）牟漏女王（美努王女）没。○辛巳（29）地震。○壬午（30）地震。◎二月己丑（7）騎舎人を授刀舎人とする。◎三月丁巳（5）任官。○己未（7）出雲弟山を出雲国造とする。／祥瑞の出現により叙位・賜物。○壬戌（10）任官。○丁卯（15）仁王般若経の講説を命じる。○戊辰（16）寺家の地を買うを禁じる。／大赦。◎四月己酉〔乙酉（4）か〕任官。○丙戌（5）諸道鎮撫使を任命。○壬辰（11）任官。○壬寅（21）任官。○癸卯（22）叙位。	◎三月十六日　良弁、羂索院に法華会を創始（東大寺要録）◎五月十六日　夫人橘古那可智、大般若経一部六〇〇巻などを法隆寺東院に施入（法隆寺東院縁起資財帳）◎七月二十一日　豊前・	巻十六 三一九頁 三三五頁

天平十七年(七四五)―十八年(七四六)

○己酉(28)官人の馬従の数を定める。◎五月戊午(7)叙位。○庚申(9)人民の墾田・園地を買って寺地とするを禁門津からの国物の運漕をじる。○丙子(25)仕丁の廝を復活。○六月丙戌(5)地震。禁じる(三代格)。○是月○己亥(18)玄昉没。○壬寅(21)任官。越中守大伴家持赴任(万○丙子(25)仕丁の廝を復活。葉集一七・三九二七～三九四三)○七月辛亥(1)畿内に遣使、祈雨。○八月丁亥(8)任官。○壬寅(23)斎宮寮を置く。○九月壬子(3)斎王県女王、伊○九月二十八日 長谷寺縁勢に赴く。○壬戌(13)地震。○戊辰(19)堂舎成り供養(長谷寺縁任官。○己巳(20)任官。○戊寅(14)任官。起)国分寺に施入。○閏九月乙酉(7)塩焼王を復位。○辛卯○十月十四日 僧綱、寺(13)地震。○癸亥(29)恭仁宮の大極殿を山背家に縁起資財帳の進上を○十月癸丑(5)風雨により日向国の調・庸を免除。○甲寅命じる(法隆寺縁起資財(6)天皇・元正上皇・皇后(藤原光明子)、金鍾寺に行幸。帳ほか)。○十二月十五盧舎那仏を燃灯供養。○丁巳(9)安芸国に船を造らせる。日 諸国軍団の軍穀・兵○丁卯(19)下道真備に吉備朝臣の姓を賜う。○十一月壬午士の数を定める(三代格)(5)任官。○十二月丁巳(10)鎮撫使を停止。兵士の徴発を復活。◎是年 万葉集(一七○是年 渤海人・鉄利人一〇〇余人来日。衣粮を給し帰・三五三三～三五九三)国させる。

豊後国の草野・国埼・坂門津からの国物の運漕を禁じる(三代格)。○是月越中守大伴家持赴任(万葉集一七・三九二七～三九四三)○九月二十八日 長谷寺縁堂舎成り供養(長谷寺縁起)○十月十四日 僧綱、寺家に縁起資財帳の進上を命じる(法隆寺縁起資財帳ほか)。○十二月十五日 諸国軍団の軍穀・兵士の数を定める(三代格)◎是年 万葉集(一七・三五三三～三五九三)

[三二頁]

[三五頁]

▽正倉院文書(天平十八年具注暦断簡〈古二一五七〇～五七四頁〉)▼平城宮木簡(一・二五・一七・一二五・三四・三六・三七・三九三・五・三五六・三五七・三九八・四〇一・四〇五・四二二・四二四・四三三・五三七・五三〇／二・一九五一・一九五三／平城概報一・二・四・六・一一

七五

西暦	天皇	年号・干支	続紀記事	関連事項	巻・分冊・頁
七四六	聖武	天平十八年 丙戌		二月十一日 法隆寺・大安寺・弘福寺など、伽藍縁起并流記資財帳を奉る(古二一五七八～六六二頁ほか) ▽三月 皇后光明子、天皇の病により新薬師寺を建て七仏薬師像を造る(東大寺要録) ▽九月二十九日 東大寺盧舎那仏像の鋳造開始(大仏殿碑文)	巻十七 三三九頁
七四七	聖武	天平十九年 丁亥	◎正月丁丑(1)廃朝。南苑に賜宴。天皇の病により大赦。◎丙申(20)南苑に賜宴。叙位・女叙位。◎癸卯(27)七道諸国の沙弥尼の受戒を当国の寺で行わせる。◎二月丁卯(21)前年の旱害により農業振興のため官人らに税布・塩を賜う。◎戊辰(22)飢饉により大倭国など十五国に賑恤。◎三月戊寅(3)命婦尾張小倉を尾張国造とする。◎乙酉(10)任官。◎辛卯(16)大養徳国の名を大倭国に復する。◎四月己未(14)疫病・旱害により紀伊国に賑給。◎戊寅(3)封戸の輸物の数を定める。◎五月丙子(1)任官。◎戊寅(3)仁王経の講説を命じる。◎丁亥(12)地震。◎庚辰(5)五月五日の節に菖蒲の縵を着させる。◎癸巳(18)飢饉により近江・讃岐国に賑恤。◎辛卯(16)力田の人に叙位。◎六月辛亥(7)肖名福信らに肖名王の姓を賜う。◎己未(15)羅城門に祈雨。◎七月辛巳(7)旱害により京の租を免除。◎九月乙亥(2)盧舎那仏に銭・米を献じた礪波志留志らに叙位。◎丙申(23)任官。◎十一月丙子(4)任官。◎己卯(7)国分寺造営の促進を命じ、施入の田を増す。◎十二月乙卯(14)元正上皇の病によ	一五・一七／木簡研究二・四・六 ▽安堂遺跡(大阪府)木簡(木簡研究九) ▼平城宮跡墨書土器(平城概報一五／木簡研究三) 是年 ▽万葉集(一七―三九六三～三九七三)／平城宮木簡(一―四九、二―二六九、四・五・一〇) ▼平城宮木簡(二九八、二一六三、二七一七／平城概報一・三・六・一一・一五)／長屋王家木簡(平城概報二	三四三頁 三四五頁 三四九頁

西暦	天皇	年号	事項	出典	頁
七四八	聖武	天平二十年 戊子	◎正月壬申(1)廃朝。賜宴・叙位・賜禄。◎二月己未(19)叙位。壬戌(22)知識物を献ずる人に叙位。/乙丑(25)叙位。◎三月戊寅(8)大赦。◎壬辰(22)叙位。/藤原豊成を大納言とする。◎四月庚申(21)元正上皇没。辛酉(22)御装束司・山作司・養役夫司を任命。/京・諸国に挙哀を命じる。◎丙寅(23)大安寺に誦経。○甲子(25)山科寺に誦経。○丁卯飛鳥寺に誦経。この後七日ごとに京下の寺に誦経。○五月丁丑(8)元正上皇を佐保山陵に火葬。○己丑(20)秦老ら二十八元正上皇のために敬礼・読経させる。○六月壬寅(4)藤原夫人没。○余炳に伊美吉姓を賜う。○七月丙戌(18)元正上皇のために法華経一〇〇〇部を写す。○戊戌(30)飢饉のため近江・播磨国に賑恤。○八月辛丑(3)飢饉のため河内・出雲国に賑給。○癸卯(5)釈奠の服器・儀式を改定。○乙卯(17)八幡神の祝部大神社女らに叙位。○己未(21)葛井広成の宅に行幸。○庚申(22)平城宮に還る。	◎是年　封戸の租米を運ぶ脚夫の公粮は正税稲から支給する〈集解〉○中宮舎人海上国造他田日奉部神護、下総国海上郡大領への補任を願い出る（正倉院文書・古三一-一九～一五〇頁）▽万葉集（一七-四〇一七～四〇三三/一八-四〇三三～四〇五五-四〇八三）▽正倉院宝物（10）〈屏風骨下貼文書〉・二《往来軸》・三《同》▼平城宮木簡（平城概報一）▼平城京木簡（平城概報三一-三三四/木簡研究五・一七・二〇）	巻十七 三五一頁 三五七頁 三五九頁 三五九頁
七四九	聖武	天平感宝元年/天平勝宝元年 己丑	◎正月丙寅(1)廃朝。諸寺に悔過と金光明経の転読とを命じる。○己巳(4)旱魃による不作のため、官人・家司に米を給う。○乙亥(10)大僧正行基没給。◎二月丁酉(2)大僧正行基没。○庚子(5)旱害・蝗害による飢饉のため下総国に賑給。○丙午(11)疫病により石保山陵を鎮祭。/十二月甲寅(18)佐保山陵を鎮祭。/僧尼各一〇〇〇を得度。	◎三月二十三日　行基舎利瓶記（奈良県）◎五月十二日　越中守大伴家持、陸奥国からの金の産出を賀する歌を作る	巻十七 三六一頁

続日本紀年表

西暦	天皇	年号・干支	続紀記事	関連事項	巻・分冊・頁
七四九	聖武／孝謙	天平感宝元年／天平勝宝元年　己丑	見国に賑給。陸奥国の黄金産出により諸社に奉幣。用方式を改め、譜第重大の家を定めてその地位を継承させる。〇四月甲午(1)東大寺に行幸、盧舎那仏に黄金の産出を報告。叙位・賜物。〇乙未(2)大赦。〇戊戌(5)伊勢神宮に奉納言とする。〇丁未(14)東大寺に行幸。叙位。／藤原豊成を右大臣幣。／天平感宝と改元。〇戊申(15)諸司仕丁以上に賜禄、黄金九〇〇両を贈る。〇乙卯(22)陸奥守百済王敬福、黄金九〇〇両を貢る。〇五月戊辰(5)貢銭者に叙位。〇戊寅(15)国分寺に知識物を貢物。孝順の者を表彰。力田者に叙位。租・調・庸を免除。〇閏五月甲午(1)任官。〇壬寅(9)宮中で一〇〇人に得度。〇癸卯(10)大赦。〇甲辰(11)産金功労者などに十二寺に絁・綿・布・稲および墾田地を施入。〇国分寺に知識物を献じた者に叙位。〇丙辰(23)天皇、薬師寺に遷る。〇壬戌(29)中納言大伴牛養没。〇七月甲午(2)聖武天皇、皇太子阿倍内親王に譲位。孝謙天皇即位。叙位。／藤原仲麻呂を大納言、石上乙麻呂・紀麻呂・多治比広足を中納言、大伴兄麻呂・橘奈良麻呂・藤原清河を参議とする。／天平勝宝と改元。〇乙巳(13)諸寺墾田地の限度を定める。◎の乳母に叙位。〇辛未(10)任官。紫微中台・中宮省の八月癸亥(2)叙位。〇壬午(21)大隅・薩摩国の隼人、調を貢官人を任じる。	武天皇施入勅願文（平田寺文書〈古三二二四〇〜二四一頁〉◎閏五月二十日聖豊前国八幡神の神戸日豊前国八幡神の神戸を毎年一人得度させ弥勒寺に入れる（三代格）◎八月四日　正倉の修理八日但馬国司解〈東南院三一六三三〜六四頁〉ほかせる（天平勝宝二年正月諸国に奴婢を貢進さ式・要略）◎九月十七日を励行させる（延暦交替盧舎那仏像の鋳造成る（大仏殿碑文）◎十一月三日　大宅可是麻呂、奴婢六十一人を東大寺に貢進（東南院三一五七一〜六三頁）〇十三日　久米多寺領流記坪付帳〈久米田寺文書〈古三二三三八〜三三四頁〉〇十二月二十七日　官奴婢・嶋宮	七八／〇六五頁／〇八三頁

年	天皇	年号・干支	記事	出典・備考
七五〇	孝謙	天平勝宝二年 庚寅	◎正月庚寅(1)朝賀の儀。天皇、大郡宮に還る。○己亥(10)吉備真備を筑前守に左遷。○乙巳(16)叙位。/橘諸兄に朝臣の姓を賜る。◎丙辰(27)肖奈王福信らに高麗朝臣の姓を賜る。○二月癸亥(4)造東大寺司の官人らに叙位。○戊辰(9)天皇、出雲国造出雲弟山、神賀の事を奏する。○壬午(23)薬師寺宮に遷る。○乙亥(16)春日酒殿に行幸。/大倭金光明寺に封戸を加増。◎三月戊戌(10)駿河国守、黄金を献上。○庚子(12)任官。◎四月辛酉(4)薬師経に帰依するにより大赦。畿内の調を	◎二月二十二日 聖武上皇・光明皇太后・孝謙天皇、東大寺に幸する(東大寺要録)○十月二十日 但馬国義倉帳(正倉院文書〈古三一〉四六八～四七〇頁) 巻十八 三一〇五頁
		天平勝宝二年 庚寅	◎正月庚寅(1)朝賀の儀。(続き上記)	
			る。○癸未(22)隼人に叙位。○九月戊戌(7)紫微中台の官・位を定める。◎十月庚午(9)河内国智識寺に行幸。○乙亥(14)石川に到る。行幸関係者に賜物。負税を免除。○丙子(15)河内国の僧尼らに施物。/大郡宮に還る。○十一月辛卯(1)八幡禰宜大神社女らに賜姓。○己酉(19)八幡大神、託宣して京に向かう。○甲寅(24)迎神使を任命。○乙卯(25)南薬園新宮で践祚大嘗祭。○丙辰(26)賜宴。○丁巳(27)賜宴・賜禄。○己未(29)由機。○庚申(30)大郡宮に遷る。◎十二月戊寅(18)八幡神入京。○丁亥(27)叙位。/八幡禰宜大神社女、東大寺に封戸・奴婢を施入。東大寺造営関係者に叙位。天皇、聖武上皇、皇太后(藤原光明子)、官人ら参会。礼仏・読経。八幡大神・比咩神に神階を奉上。大神社に遷る。/八幡大神、比売神に封戸・奴婢を施入。東大寺に封戸・奴婢を施入。	▽盧舎那仏螺髪の鋳造開始(東大寺要録)◎是年 ▽万葉集(一八・四〇五三～四〇五四・四〇五六～四二三五)▽正倉院文書(天平二十一年具注暦断簡〈古三一三二四七～三二五三三頁〉)▽正倉院宝物(三《銅蓮瓣残欠銘》)▽長屋王家木簡(平城概報一三三)▽三田谷遺跡(島根県)木簡(木簡研究二〇) 三九三頁

続日本紀年表

西暦	天皇	年号・干支	続 紀 記 事	関 連 事 項	巻・分冊・頁
七五〇	孝謙	天平勝宝二年 庚寅	◎正月戊戌(14)東大寺に行幸。○庚子(16)大極殿南院に賜宴・賜禄。踏歌の歌頭の女孺に叙位。○己酉(25)叙位・女叙位。/多紀内親王(天武皇女)没。○辛亥(27)諸王に真人姓を賜う。御船王に淡海真人。○二月庚午(17)遣唐使の雑色人に叙位。○乙亥(22)出雲国造出雲弟山、神賀の事を奏する。○己卯(26)雀部大臣(男人)の名を雀部朝臣に改める。○四月丙辰(4)遣唐使のため諸社に奉幣。○甲戌(22)菩提を僧正とする。◎七月丁亥(7)南院に賜宴。	◎三月十四日 大小麦を青いうちに刈ることを禁じる(三代格・要略) ◎四月二十四日 竹野王塔銘(奈良県) 六月東大寺盧舎那仏の螺髪の鋳造成る(東大寺要録) ◎八月五日 越中守大伴家持、少納言に任じられ国庁を発する(万葉集一九・四二九六~四三〇六) ◎九月四日 私稲出挙を禁じる(三代格) / 財物出挙にあたり宅地を質とすること	巻十八 三一〇九頁 三一一三頁 三一一五頁
七五一	孝謙	天平勝宝三年 辛卯	免除。◎五月乙未(8)中宮・京畿諸国に仁王経を講説させる。○辛丑(14)任官。○辛亥(24)雷火により中山寺経焼失。京内驟雨。俀人堤・茨田堤決壊。○六月癸亥(7)飢饉により備前国に賑給。◎八月庚申(5)叙位。○九月丙戌(1)中納言石上乙麻呂没。○己酉(24)遣唐使藤原清河。◎十月丙辰(1)八幡大神の託宣により藤原乙麻呂に従三位を授け、大宰帥とする。○癸酉(18)元正上皇を奈保山陵に改葬。○十二月癸亥(9)黄金を献じた駿河国守らに叙位・賜物。廬原郡の租を免除、郡司に叙位。/造東大寺司の官人らに叙位。	◎是年 ▽万葉集(一八・四二三六~四三五/一九・四二九六~四三三三/四三三五・四三五一~四三六七)▽正倉院宝物(一四・一六〈白絁貼箋断片銘 駿河金献時机覆〉)▼平城宮木簡(二一四九〇・三二〇・三五九三・三六〇二/平城概報二・三・一五/木簡研究二・四)▼平城京木簡(平城概報一七)	三一〇七頁 三一〇七頁 八〇

年	天皇	年号・干支		事項	出典

天平勝宝三年(七五〇)―四年(七五二)

七五一　孝謙　天平勝宝三年　辛卯（※画像では記載省略）

◎十月壬申(23)聖武上皇の病により大赦。新薬師寺に続命法を修させる。◎十一月丙戌(7)吉備真備を入唐副使とする。◎己丑(10)天平勝宝元年以前の償負を免除。

を禁じる(続紀延暦二年十二月戊申条・三代格)
◎十一月　懐風藻成る(序)
◎是年　東大寺大仏殿成る(東大寺要録)　○勅により国司次官以上を主当とし水田を墾開させる(近江国墾田地図〈正倉院宝物〉六／東南院四・一・二頁)　○馬飼に雑徭を充てる(集解)　▽万葉集(一九・四三三九～四三五五)　▽正倉院宝物(一七〈往来軸残欠〉)　▼平城宮木簡(五-七〇一)／平城概報四・一五・一七／木簡研究四・六

三―一一五頁

七五二　孝謙　天平勝宝四年　壬辰

◎正月辛巳(3)殺生を禁止。困窮者に賑恤。○己丑(11)地震。聖武上皇の病により僧九五〇人・尼五十人に得度。○二月丙寅(18)陸奥国の調・庸に黄金を輸させる。○己巳(21)天平十六年の詔により改姓された京・畿内の雑戸の工人を、もと通り役使させる。○三月庚辰(3)遣唐使ら拝朝。○閏三月丙辰(9)遣唐使に節刀を給う。大使以下に叙位。○己巳(22)大宰府、新羅王子金泰廉ら七〇〇余人の来日を報じる。○乙

三月十四日　東大寺盧舎那仏像の塗金開始(大仏殿碑文)　○閏三月八日　諸国国師の交替の制度を厳重にする(三代格)／殺生を禁じる(同)
◎四月九日　東大寺大仏開眼会関係諸宝物(正倉

巻十八　三一一七頁

八一

続日本紀年表

西暦	天皇	年号・干支	続 紀 記 事	関連事項	巻・分冊・頁
七五二	孝謙	天平勝宝四年 壬辰	亥(28)諸山陵に新羅王子の来日を告げる。◎四月乙酉(9)盧舎那大仏の像成り開眼。東大寺に行幸。天皇、藤原仲麻呂の田村第に還り在所とする。◎五月辛未(26)任官。◎六月己丑(14)新羅王子金泰廉拝朝。調を貢する。◎壬辰(17)新羅使を饗応。新羅王子に今後国王みずからの来朝、または表文を齎らすことを命じる。◎丁酉(22)金泰廉ら大安寺・東大寺に詣で礼仏。◎七月甲寅(10)三原王没。◎戊辰(24)難波館の金泰廉らに絁・布・酒肴を賜う。◎八月庚寅(17)京の巫覡を配流。九月乙丑(22)智努王らに文室真人の姓を賜う。◎丁卯(24)渤海使慕施蒙ら来日。◎十月甲戌(1)地震。◎乙亥(2)地震。◎戊寅(5)百済王敬福を検習西海道兵使とする。◎十一月乙巳(3)佐渡国を復置。/任官。橘奈良麻呂を但馬・因幡按察使とする。己酉(7)官物を欠失した郡司に対する処罰を定める。◎壬子(10)欠勤の官人を本貫に帰させる。	院宝物九〜二六・法隆寺献納宝物《銘文集成付載一二・一九》◎十日元興寺、東大寺大仏開眼会に歌を奉る《東大寺要録》◎六月二十六日鳥毛立女屏風下張文書《正倉院宝物三五》◎十月二十五日東大寺の封戸一〇〇戸を寺家雑用料に充てる(正倉院宝物三〇《造東大寺司牒》/東南院一一四〜五頁)◎是年▽万葉集(一九ー四二六一〜四三六一)▽正倉院宝物(一六)▼平城宮木簡(平城概報一九/木簡研究八)▼秋田城跡木簡(木簡研究一)▼羽束師遺跡(京都府)漆紙文書(木簡研究四/京都市埋文研『長岡京』一五五)	三一一九頁 三一二五頁 三一二五頁
七五三	孝謙	天平勝宝五年 癸巳	◎正月癸卯(1)廃朝。中務南院に賜宴・賜禄。◎丁未(5)伊勢神宮の神主らに叙位。◎二月辛巳(9)遣新羅使任命。大使小野田守。◎三月庚午(29)東大寺に仁王会を催す。◎	◎三月三日東大寺東塔院七重塔成る《東大寺要録》	巻十九 三一二九頁

天平勝宝四年（七五二）―五年（七五三）

辛未(30)大納言巨勢奈弖麻呂没。◎四月丙戌(15)皇太后(藤原光明子)の病により大赦。○癸巳(22)任官。◎五月乙丑(25)渤海使を饗応。渤海使慕施蒙ら拝朝。信物を貢る。○丁卯(27)渤海使を饗応。叙位・賜禄。◎六月丁丑(8)渤海使帰国。渤海国王に璽書を賜い、上表文を持参しないことを責める。◎八月癸巳(25)陸奥国の丸子嶋足に牡鹿連の姓を賜う。◎九月戊戌(1)銭を献じた者に叙位。○壬寅(5)高潮により摂津国に賑恤。◎十月甲戌(7)栗栖王没。◎十二月丁丑(11)高潮の被害を受けた摂津国諸郡の租を免除。○己卯(13)不作により西海道諸国の租を免除。

◎七月二十七日 薬師寺仏足石成る(仏足石記)◎八月 日本国使新羅に到る。慢にして礼無きにより景徳王謁見せず、帰国(三国史記新羅本紀)◎十月十五日 遣唐大使藤原清河ら、楊州延光寺に鑑真を訪ね渡海を請う(東征伝)○二十一日 国司による兵士の私役を禁じ、武術の教習を命じる(三代格)◎二十九日 鑑真、楊州を発する(東征伝)◎十一月十六日 聖武上皇、長谷寺に幸する(長谷寺縁起)/遣唐使船、蘇州を出帆(東征伝)○二十一日 遣唐使第一・二船、阿児奈波嶋に着く(同)◎十二月七日 遣唐使第二船、薩摩国秋妻屋浦に着く(同)○二十日 遣唐使第二船、益救嶋に着く(同)○二十六日 鑑真、大宰府に着く(同)

三一二二頁
三一二五頁
三一二五頁

八三

西暦	天皇	年号・干支	続紀記事	関連事項	巻・分冊・頁
七五三	孝謙	天平勝宝五年 癸巳		◎是年 私鋳銭の刑を斬から遠流に降す（三代格）／万葉集（一九・四二六一～四二六二・四二六五～四二九七）▽正倉院宝物（二五〈正月十五日勅書銅板銘〉・二五〈往来軸〉・二五五〈木簡〉・二五三〈同〉・二五五～二六三）▼平城宮木簡（四一四〇一）／平城概報四・九・一九／木簡研究九（平城概報三一／木簡研究一七）▼秋田城跡木簡（木簡研究一）	八四
七五四	孝謙	天平勝宝六年 甲午	◎正月丁酉（1）賜宴・賜禄。○辛丑（5）東大寺に行幸し燃灯。大赦。○癸卯（7）東院に賜宴。○壬子（16）叙位。／唐僧鑑真・法進、遣唐副使大伴古麻呂に従い来日。○癸丑（17）大宰府、入唐副使吉備真備の船、前年十二月七日益久嶋に来着の旨を報じる。○丙寅（30）大伴古麻呂、唐朝で朝賀の席次を新羅と争った旨を報告。○二月丙戌（20）大宰府に南嶋の牌を修復させる。◎三月丙午（10）唐国の信物を山科陵（天智陵）に奉る。◎四月庚午（5）任官。○壬申（7）遣唐使人に叙位。○癸未（18）大宰府、遣唐第四船の薩摩国到着を報告。◎七月丙午（13）太皇太后藤原宮子の病により大赦、僧一〇	巻十九 ◎正月十二日 遣唐副使大伴古麻呂、鑑真の大宰府到着を報じる（東征伝）○二月一日 鑑真、難波に到る（同）○四日 鑑真入京（同）◎四月 聖武上皇・光明皇太后・孝謙天皇、東大寺盧舎那仏の前で鑑真から菩薩戒を受ける。僧・沙弥ら五〇〇余人受戒	三一三七頁 三一四一頁 三一四三頁

天平勝宝五年(七五三)―七歳(七五五)

年	天皇	年号	事項	出典
七五五	孝謙	天平勝宝七歳 乙未	○正月辛酉(1)諒闇により廃朝。○甲子(4)天平勝宝七年を天平勝宝七歳とする。○三月丁亥(28)八幡大神託宣し神封・位田を返上。○五月丁丑(19)大宰府管内、国別に兵衛・釆女各一人を貢させる。○六月壬子(24)大宰府管内、国別に菱刈郡を置く。○七月五日 官物の欠負未納の塡納について科条	◎二月 兵部少輔大伴家持、難波で諸国防人の歌を録する(万葉集二〇・四三二一～四四三六)巻十九 三一五三頁 ▽法隆寺献納宝物(銘文集成三) 一五三頁 ▼平城宮木簡(平城概報一五・一六/木簡研究四・五)▼山田寺跡木簡(木簡研究一三)
			○人・尼七人を得度。/任官。○壬子(19)太皇太后藤原宮子没。○癸丑(20)御装束司・造山司を任命。○八月丁卯(4)藤原宮子に千尋葛藤高知天宮姫之尊の諡号を奉り、佐保山陵に火葬。○是月 風水害により畿内および十国に賑恤。○九月丙申(4)任官。○丁未(15)京・諸国の交易、私物を命じ、正税出挙の利を三割とする。/国司・諸国に租の全輸運搬を制限。○十月乙亥(14)双六を禁止。○己卯(18)諸国に射田を置く。○閏十月辛亥(20)大宰府管内の山岡の崩壊箇所を鎮祭。○十一月辛酉(1)畿内・七道の巡察使を任命。○戊辰(8)薬師瑠璃光仏の功徳を願い大赦。○甲申(24)薬師寺僧行信・八幡主神大神多麻呂、厭魅により処断。行信を下野薬師寺に配流。○丁亥(27)大神社女を日向国、大神多麻呂を多褹嶋に配流。	(東征伝・延暦僧録・東大寺要録)◎五月一日 東大寺に戒壇を建立すべき旨の宣旨を下す(東大寺要録)○十月 東大寺戒壇で初めて授戒を行う(東大寺要録) 一四九頁 ◎是年 太皇太后の葬儀に陪する衛府の数を定め、商布を着させる(要略) ▽万葉集(二〇・四四六八～四五一〇〈往来軸〉)▽正倉院宝物(三六八～二六九・二七)

八五

続日本紀年表

西暦	天皇	年号・干支	続 紀 記 事	関 連 事 項	巻・分冊・頁
七五五	孝謙	天平勝宝七歳 乙未	◎十月丙午(21)聖武上皇の病により大赦・賑恤。殺生を禁止。諸山陵に奉幣。◎十一月丁巳(2)伊勢神宮に奉幣。	を定める(延暦交替式・三代格) ○九日 諸国朝集使起請(延暦交替式) ○十九日 太皇太后藤原宮子の周忌斎会を東大寺に催す(正倉院宝物七～七四) ○十月十六日 大隅・薩摩など二国三嶋の講師を廃する(三代格) ◎是年 勝宝七歳図籍集(三代格・要略) ▽万葉集(二一〇〜四四〇・四四五) ▼平城宮木簡(二─二三四・二七五六)/平城概報三・五・六・一〇/木簡研究四・九、一〇 ▼長屋王家木簡(平城京木簡一─五六) ▼二条大路木簡(平城概報二二) ▼袴狭遺跡(兵庫県)木簡(木簡研究一九)	巻十八 三一五五頁
七五六	孝謙	天平勝宝八歳 丙申	◎二月丙戌(2)左大臣橘諸兄致仕。○戊申(24)難波に行幸。河内国智識寺南の行宮に到る。○己酉(25)智識寺など七寺に行幸・礼仏。○庚戌(26)六寺に遣使・誦経・施物。	◎五月二日 聖武上皇没時関係宝物(正倉院宝物三七〜四〇) ○十九日 同	巻十九 三一五七頁

八六

天平勝宝七歳（七五五）―八歳（七五六）

○壬子（28）河内国諸社の祝らに正税を賜る。◎三月甲寅（1）聖武上皇、難波の堀江に幸する。○乙卯（2）河内・摂津国の諸寺に遺使・誦経・施物。◎四月丁酉（14）聖武上皇の病により大赦・賑恤。○戊午（5）摂津国の諸寺に遺使・誦経・施物。◎四月丁酉（14）聖武上皇の病により大赦・賑恤。（15）渋河路を経由し智識寺行宮に到る。○乙巳（22）伊勢神宮に奉幣。○壬子（29）医師・禅師・官人を京・畿内に遣わし救療させる。／八幡大神宮に奉幣。◎五月乙卯（2）伊勢神宮に奉幣。諸国の租を免除。／聖武上皇没。遺詔により道祖王を皇太子とする。／聖武上皇没。御装束司などを任命。○癸亥（10）大伴古慈斐・淡海三船、朝廷を誹謗するにより禁固。○丙寅（13）詔により大伴古慈斐らを放免。○壬申（19）聖武上皇を佐保山陵に葬る。上皇に諡号を奉らぬことを詔する。○乙亥（22）三七により京の諸寺に誦経。／左衛士督坂上犬養・右兵衛率鴨虫麻呂を褒賞。○丁丑（23）禅師法栄の看病を褒め出生の郡の賦役を免除。○丙子（24）看病禅師を褒賞。◎六月乙酉（3）諸国国分寺の丈六仏像を催検させる。○丙戌（4）五七により大安寺に設斎。○庚寅（8）諸国に一年間殺生を禁じる。○辛卯（9）鑑真・法栄に聖武上皇の供御の米・塩を充て供養させる。（10）諸国国分寺の造営を促す。○壬辰（22）大宰大弐吉備真備を専当とし怡土城を築かせる。／明年の聖武上皇の国忌を東大寺で行うことを告げ大仏殿歩廊寺に設斎。○癸卯（21）七七により興福寺に設斎。○甲辰（22）大宰大弐吉備真備を専当とし怡土城を築かせる。／明年の聖武上皇の国忌を東大寺で行うことを告げ大仏殿歩廊

葬送関係宝物（同三一～三六七）　大伴家持、出雲守大伴古慈斐の解任により「族を喩す歌」を作る（万葉集二〇・四四六五～四四六七）◎是月　六月九日　東大寺の山堺を定める（正倉院宝物三六〈東大寺山堺四至図〉東南院一五～七頁）／二十一日　聖武上皇七七に当たり国家種々珍宝および種々薬物を東大寺盧舎那仏に献納（正倉院宝物三六〈国家珍宝帳〉・三六〈種々薬帳〉／古四・一二一～一七五頁）◎七月八日　聖武上皇の遺品を東大寺など十八寺に献納（法隆寺献物帳）○二十六日　屏風・花氈等を東大寺盧舎那仏に献納（正倉院宝物三一〈屏風花氈等帳〉・古四・一七七～一七九頁）◎十二月十六日　東大寺摂津国島上郡水無瀬庄絵図（東南院二・二三四八頁）

三一五七頁

八七

続日本紀年表

西暦	天皇	年号・干支	続紀記事	関連事項	巻・分冊・頁
七五六	孝謙	天平勝宝八歳　丙申	の造営を促す。○七月己巳(17)授刀舎人を中衛府に所属させる。(21)僧綱を誹謗するにより僧専住を伊豆嶋に配流。○八月乙酉(4)近江朝の書法一〇〇巻を崇福寺に施入。○十月丁亥(7)山陽・南海諸国の春米を海路により運送させる。○癸卯(23)藤原仲麻呂、東大寺に米・雑菜を献上。○十一月丁巳(7)官物出納の諸司を戒める。○丁卯(17)諒闇により新嘗会を停止。○甲申(5)東大寺に仁王経を転読。○十二月庚辰(1)前月より雷鳴六日。○己亥(20)聖武上皇の周忌斎会のため灌頂幡・道場幡・緋綱を越後国など二十六国に頒つ。○庚子(21)聖武上皇の駕輿丁に叙位。○己酉(30)皇太子道祖王らを諸寺に遣使、梵網経の講師を請じる。	○十七日　東大寺摂津国河辺郡猪名所地図〈東南院四付録〉○是年　▽万葉集(二〇)四五七〜四六六・四六六〜四七六ろ○▽正倉院文書〈天平勝宝八歳具注暦断簡〈古四─二〇九頁〉〉▽正倉院宝物(三六〈往来軸〉)▼平城宮木簡(二一三五・二七六・二六四／平城概報三・一九／木簡研究四・九)▼山田寺跡木簡〈木簡研究一三〉	三　一六七頁
七五七	孝謙	天平宝字元年　丁酉	◎正月庚戌(1)諒闇により廃朝。八〇〇人を得度。○甲寅(5)梵網経の講説と安居の期日を定める。／郡領・軍毅の任用方式を改める。○乙卯(6)前左大臣橘諸兄没。○三月(9)石津王に藤原朝臣を賜姓、仲麻呂の子とする。○乙亥戊辰(20)天皇の寝殿に「天下太平」の字が生じる。○丁(27)藤原部を久須波良部、君子部を吉美侯部とする。○丁丑(29)皇太子道祖王を廃する。◎四月辛巳(4)群臣に立太子のことを諮問、大炊王を皇太子とする。大赦。／十八歳以上を中男、二十二歳以上を正丁とする。／家ごとに孝経を蔵させる。／不孝・不恭などの者を陸奥国桃生・出羽国小勝に配し、山川に隠遁する者	◎三月二十五日　孝謙天皇詔(古四─二二五〜二二六頁)◎四月十四日　法華寺に毎年安居し法華経を説かせる(三代格)	巻二十　三　一七五頁　三　一七七頁

八八

天平勝宝八歳(七五六)―天平宝字元年(七五七)

を礼遇。賜物・叙位・賑恤。/高句麗・百済・新羅からの渡来人に賜姓を許す。/戸籍の無姓・族姓を禁止。/功労者の租を免除。/官人ら瑞字の出現を賀する。/五月己酉(2)聖武上皇の周忌斎会のため田村宮を東大寺に催す。/乙卯(8)駅馬の濫用を戒める。/平城宮改修のため田村宮を東大寺に移す。/辛亥(4)天皇、出雲・讃岐国の目を増員。/能登・安房・和泉国を再置。/丁卯(20)大納言藤原仲麻呂を紫微内相とし、内外諸兵事を掌らせる。/藤原永手の介、中納言とする。/養老律令の施行を命じる。/官人の選限を新令に依らせる。/◎六月乙酉(9)氏族の集使に中臣朝臣以外の者を遣わすを禁じる。◎壬辰(16)任官。/乙未(19)伊勢奉幣する禁令を発す。◎壬辰(16)任官。/乙未(19)伊勢奉幣会、王臣の馬の数、武器の私蔵、携帯、集団行動などに関する禁令を発す。◎壬辰(16)任官。/乙未(19)伊勢奉幣使に中臣朝臣以外の者を遣わすを禁じる。/甲辰(28)山背王、橘奈良麻呂の謀反を告げる。◎七月戊申(2)謀反の風評により王臣を戒める。/(藤原光明子)群臣に戒告。/上道斐太都、藤原仲麻呂に橘奈良麻呂らの反を密告。小野東人、答本忠節らを逮捕道祖王の宅を囲む。/己酉(3)小野東人らを訊問。皇太后(藤原光明子)、塩焼王・橘奈良麻呂ら五人を戒める。○庚戌(4)小野東人らの自白により謀議参加者を勘問。黄文王・道祖王ら獄死。安宿王ら配流。○甲寅(8)逆徒を勘問。全成自経。/辛亥(5)密告者に叙位。○甲寅(8)逆徒を勘問。全成自経。/反逆人に自首しを命じる。○乙卯(9)右大臣藤原豊成に子乙縄の引き渡しを命じる。/任官。○戊午(12)任官。/藤原豊成を大宰員外帥に左降。/諸司と京・畿内の村長以上とを召し、橘奈良麻呂らの反状を述べ、謀反人に欺かれた者は出羽国小勝村の柵

◎五月二日 聖武上皇周忌斎会関係諸宝物(正倉院宝物二五〜三〇・法隆寺献納宝物〈銘文集成付載一〜四〉)二十六日 天皇・皇后の名を姓名とするのを禁じる(三代格・要略)

◎七月二十九日 流人への給粮の法を定める(集解)

◎八月八日 諸司長上の禄に差等を設ける(三代格)

◎十月一日 諸国公解稲、収納前新司着任の場合は後人に、収納後着任

三一九七頁

八九

続日本紀年表

西暦	天皇	年号・干支	続紀記事	関連事項	巻・分冊・頁
七五七	孝謙	天平宝字元年 丁酉	戸に移配することを告げる。○壬戌(16)隠匿している武器の申告を命じる。○庚午(24)宮中に仁王経を講説。○癸酉(27)塩焼王の罪を許す。○八月戊寅(2)陰謀に加担した乳母山田三井比売嶋の姓を奪う。○庚辰(4)橘奈良麻呂に雇われた秦氏を戒める。○事変の功労者に叙位。/石川年足を中納言、巨勢堺麻呂・阿倍沙弥麻呂・紀飯麻呂を参議とする。/中納言多治比広足の官を解く。○己丑(13)金刺舎人麻自、蚕の瑞字を献上。○甲午(18)瑞字の献上により天平宝字と改元。/雑徭日数を半減。/天平勝宝八歳以前の出挙の利息を免除。/本年の調・庸、租の半ばを免除。/献瑞関係者に褒賞。○己亥(23)大学寮など五司に公解田を置き、学生の衣食に充てる。○辛丑(25)六衛府に射騎田を置く。○閏八月癸丑(8)上道斐太都を吉備国造とする。○壬戌(17)藤原仲麻呂、曾祖鎌足の功田を山階寺(興福寺)に施入し、維摩会の復興を請う。○癸亥(18)夫人橘朝臣古那可智らを広岡朝臣に改姓。○丙寅(21)官大寺に戒本師田を置く。○壬申(27)大宰府の防人に坂東の兵士を充てるのを停める。	の場合は前人に入れさせる(三代格)○十一月九日 大衍暦経により暦日を勘造させる(三代格)○十日 文章生紀真象対策文(経国集)◎是年 越前国坂井郡大領品治部広耳、田一〇〇町を東大寺に寄進(天平神護二年十月二十一日越前国司并東大寺田使等解案〈東南院二一一七六〜一八五頁〉)○法華寺・崇福寺に封各一〇〇戸を施入(新抄格勅符抄)▽万葉集(二〇)四五一〇▽正倉院宝物〈三四〉三一〇〈鳥兜竹籠心貼付文書〉・三一《木簡》▼平城宮木簡(四一四一〇六/五一七〇〇・七六〇二・七六二六)▽平城概報四一・一九▼武蔵台遺跡(東京都)漆紙文書(天平勝宝九歳具注暦断簡)	九〇
七五八	孝謙	天平宝字二年	◎正月戊寅(5)橘奈良麻呂の変により官人に忠誠を求め越前国の墾田を施入。○壬寅(28)東大寺唐禅院の衆僧供養料に備前国の墾田を施入。○十二月辛亥(8)山階寺(興福寺)施薬院に諸国公廨稲の配分方式を定める。○丁卯(23)諸国論定稲の数を定める。○十一月癸未(9)国博士・国医師への任用法を定める。○乙卯(11)脚夫らに糧食・医薬を給する。◎十月庚戌(6)功田の等級を定める。	◎正月三日 侍臣らに玉(三三五頁)	巻二十

天平宝字元年(七五七)―二年(七五八)

淳仁

戊戌

る。／京・畿内・七道に問民苦使を派遣する。◎二月壬戌(20)みだりに飲酒・集会することを禁じる。◎己巳(27)大和の神山の藤に瑞字を生じるにより大和国の調を免除。関係者に叙位・賜物。◎三月辛巳(10)聖武天皇の忌月により端午の節を停める。◎丁亥(16)遣唐使の乗船播磨・速鳥に叙位。

◎四月庚申(19)壬申の功臣尾張馬身の子孫に宿禰の姓を賜う。◎五月丙戌(16)大宰府の公廨稲の制を改め、管内諸国に府官の公廨を置く。◎六月辛亥(11)陸奥国の帰降した夷俘一六九〇余人に種子を給い王民とする。◎乙丑(25)史の姓を避けるにより桑原史・大友史・船史らに直の姓を賜う。

◎七月癸酉(3)問民苦使の奏上により、年六十を老丁、六十五を耆老とする。◎甲戌(4)皇太后(藤原光明子)の病により殺生を禁断。／官奴婢・紫微中台奴婢を良民とする。／叙位。◎丙子(6)叙位。◎戊戌(28)金剛般若経を書写し、国分僧寺・尼寺に安置し転読させる。

◎八月庚子(1)孝謙天皇、皇太子大炊王に譲位。淳仁天皇即位。／叙位・女叙位・賜物。官人・兵士・鎮兵・伝駅戸などの租を免除。／百官・僧綱、上台・中台の尊号を奉る。孝謙天皇を宝字称徳孝謙皇帝、光明皇太后を天平応真仁正皇太后と称す。囚徒を放免。官物の欠負未納を免除。中臣・忌部氏および大学生らに叙位。／鑑真を大和上とする。◎丙午(7)宮人の職員を増す。◎戊申(9)聖武皇帝に勝宝感神聖武皇帝の尊号と天璽国押開豊桜彦尊の諡号とを奉る。／草壁皇子に岡宮御宇天皇の尊号を追上。◎乙卯(16)大嘗により諸国に大赦を命じる。◎丁巳(18)三合の災

帯を賜い賜宴(万葉集二〇―四五三〇)／正倉院宝物三三

◎六日 卯日御杖机・同机覆残闕(正倉院宝物三三・三三)

◎五月二十九日 義倉の貢輪を厳守させ、給用に法を定める(三代格・集解)

◎六月一日 大小王真蹟を東大寺盧舎那仏に献納(正倉院宝物三三◇大小王真蹟帳)◎二十八日 東大寺阿波国名方郡新島庄等絵図(東南院一二七頁)

◎七月十九日 上下諸使の剋外に馬に乗ることを禁じる(三代格〈三年ともあり〉巻二十一二六三頁)

◎八月 神祇大輔中臣毛人等一〇七人歴名(正倉院文書〈古一五―一二九～一三三頁〉)

九一

西暦	天皇	年号・干支	続紀記事	関連事項	巻・分冊・頁
七五八	淳仁	天平宝字二年 戊戌	を防ぐため摩訶般若波羅蜜多の念誦を命じる。斎王のことを伊勢神宮に告げる。／即位により伊勢神宮・諸社に奉幣。○癸亥(24)武蔵国に新羅郡を置く。○甲子(25)藤原仲麻呂を大保とする。恵美押勝の姓名を賜い、功封・功田を支給、鋳銭・挙稲と家印の使用を許す。／太政官以下の官号を改易。◎九月壬申(3)西海道問民苦使藤原楓麻呂、民の疾苦二十九条を採訪する。／常陸国鹿嶋の神奴を神戸とする。○丁丑(8)国司の交替、事務引継ぎの期限を定める。渤海使楊承慶ら来日。○丁亥(18)遣渤海使帰国。／越前・越中・佐渡・出雲・石見・伊予国に飛駅の鈴を頒つ。◎十月甲子(25)国司の任期を四年から六年に改め、三年ごとに巡察使を派遣すると定める。／諸国史生の任期を四年とする。／陸奥国の浮浪人を発し桃生城を造らせる。○丁卯(28)柵戸とする。／庸を免じ柵戸とする。◎十一月辛卯(23)大嘗祭。○甲午(26)朝堂に饗する。官人・学生ら六六七〇余人に叙位。○乙未(27)大嘗祭奉仕者に叙位。／賜禄。◎十二月丙午(8)桃生城・小勝柵の造営に着工。／矢代女王の位記を毀つ。○戊申(10)遣渤海使、安禄山の乱などで唐の情勢を報告。大宰帥船王・大弐吉備真備に対策を命じる。○壬戌(24)渤海使入京。○丙寅(28)式部・兵部の散位などの数を定める。	◎十月一日 藤原不比等の真蹟を東大寺盧舎那仏に献納（正倉院宝物三三 四二八〈四二九〉頁《藤原公真蹟屛風帳》／古四－三三七頁）／▽万葉集(二〇ー四二八〈四二九〉)▽正倉院宝物(三三・四二八〈四二九〉頁▼平城宮木簡(四ー三八七「依遣高麗使廻来天平宝字二年十月廿八日進二階叙」)／平城概報四・一九／木簡研究九	〔二九一頁〕巻二十二〔三〇三頁〕
七五九	淳仁	天平宝字三年 己亥	◎正月戊辰(1)渤海使参列し朝賀。○庚午(3)渤海使、方物を貢じ上表。○戊寅(11)任官。○乙酉(18)渤海使らに叙位・賜禄。朝堂に饗し、女楽を演じ内教坊の踏歌を奏す	◎正月一日 因幡守大伴家持、国庁で国郡司を饗する(万葉二〇ー四五一六)	巻二十二〔三〇三頁〕

天平宝字二年(七五八)―三年(七五九)

る。○丙戌(19)内射。渤海使も射る。○甲午(27)藤原恵美押勝、渤海客を田村第に宴する。○丁酉(30)高元度を迎入唐大使使とする。○癸丑(16)渤海使、迎入唐大使使を伴い帰国。◎二月戊戌(1)渤海国王に国書を賜う。○三月庚寅(24)大宰府の上言に対し、船の建造、防人の築城への使役を認め、東国防人の復活、調・庸の免除を賜う。◎五月甲戌(9)官人・僧侶に意見を奉らせる。○諸国に常平倉を設け、左右平準署を置く。○庚辰(15)僧善神・専住を還俗させる。○壬午(17)任官。○六月庚戌(16)淳仁天皇の父舎人親王に崇道尽敬皇帝と追尊。母当麻夫人を大夫人、兄弟姉妹を親王と称させる。/叙位。/藤原御楯を参議とする。○丙辰(18)善悪について戒め、維城典訓・律令格式を読む者を官人に挙させる。/官人・僧侶の意見により、別式の制定、正月悔過への官の布施の支給停止、王禄の課役の免除、などを定める。○壬子(22)新羅征討のため大宰府に行軍式を造らせる。○丙辰(18)新羅征討のため大宰府に行軍式を造らせる。○壬子(22)上日を数えることの停止、正丁五口以上をもつ父の課役の免除、などを定める。◎七月丁卯(3)弾正尹を従三位の官とする。/任官。○己巳(5)夫人広岡古那可智没。○庚辰(16)勅書を偽造した中臣楫取を出羽国の柵戸に配する。◎八月己亥(6)新羅征討のことを香椎廟に奏する。◎九月丁卯(4)大宰府に命じ、渡来した新羅人で帰国を願う者を送還させる。○丙子(13)大宰府、八月二十九日の大風の被害を報告。○戊寅(15)調の価の均等化と品部の廃止とを命じる。○壬午(19)新羅征討のため北陸・山陰・山陽・南海道諸国に船五〇〇艘を造らせる。○己丑(26)陸奥国桃生城・出羽国雄勝城の造営従事者の出挙稲を免除。/出羽国に雄勝郡・平鹿郡、陸奥

◎三月十五日 官物を検せずに公廨を費用し、欠倉を壊しない国司を処分(延暦交替式・三代格)
○二十五日 吉備真備、『道璿和上伝纂』を著わす(道璿和上伝纂)
◎六月二十二日 諸国寺院を国司・壇越に命じ毎年修理させる/私度僧を禁断する/道路の両側に果樹を植えさせる/諸国に放生池を設けさせる(三代格・要略)

三〇九頁

◎七月二十三日 陸奥国鎮守府官人に公廨・事力を給う(三代格)/東大寺越中国諸郡庄園惣券(東南院二一二九五〜三一一頁)
◎八月一日 鑑真、伽藍を建立し、唐律招提と名づける(東征伝)

三三五頁

九三

西暦	天皇	年号・干支	続紀記事	関連事項	巻・分冊・頁
七五九	淳仁	天平宝字三年 己亥	出羽国に七駅を新置。○庚寅(27)坂東・北陸十二国の浮浪人二〇〇〇人を雄勝の柵戸とする。/相模国など七国派遣の兵士の武器を雄勝城・桃生城に貯えさせる。○十月辛丑(8)「君」の姓を「公」に、「伊美吉」の姓を「忌寸」に改めさせる。○戊申(15)伊勢神宮の境界をめぐる伊勢・志摩国の争論を調停。○辛亥(18)迎入唐大使使内蔵全成・渤海使高南申ら対馬に漂着。渤海、安史の乱による唐の騒乱のため高元度ら十一人のみを唐に赴かせたことを報告。○丙辰(23)渤海使を大宰府に召す。○十一月甲子(2)十月の大風の被害により官人により租を賜物。/国分二寺の図を諸国に頒つ。○丁卯(5)任官。○辛未(9)坂東八国に陸奥国の危急の場合援軍を派遣すべきことを命じる。○戊寅(16)保良宮の造営を命じる。○壬辰(30)藤原恵美押勝の屋舎営を免除。○丁卯(5)任官。○丙寅(4)大風による屋舎の被害により官人により租を免除。○壬辰(30)藤原恵美押勝に帯刀資人二十人を加える。○十二月甲午(2)授刀衛を置く。○丙申(4)諸道巡察使に隠没田を勘検させる。○辛亥(19)渤海使高南申ら難波に到る。○丙辰(24)高南申入京。	○十一月十四日 東大寺越中国開田地図(正倉院宝物三六~三〇/東南院四)三二六~一三〇頁 ○十二月三日 東大寺越前国足羽郡糞置村開田地図(正倉院宝物三三/東南院四)三一三頁 ▽正倉院宝物(三二/往来軸)▼平城宮木簡(一一三六七/四一二一〇/平城概報三・四・一九/木簡研究九)	三三一頁
七六〇	淳仁	天平宝字四年 庚子	◎正月癸亥(1)渤海使参列し朝賀。賜宴・賜禄。○甲子(2)大保(右大臣)藤原恵美押勝の第に行幸。賜禄。○丙寅(4)叙位・女叙位。○己巳(7)渤海使に叙位。渤海国王に賜物。賜宴・賜禄・賜銭。○戊年足を御史大夫(大納言)、文室智努を中納言とする。/雄勝城・桃生城の造営関係者に褒賞。○丁卯(5)渤海使、方物を貢し、天皇、藤原大使藤原清河の表文を竄らす。叙位・賜禄。○孝謙上皇・天皇、藤原恵美押勝の第に幸する。叙位・賜禄。		巻二十二 三三七頁

天平宝字三年(七五九)―四年(七六〇)

寅(16)任官。○己卯(17)官人を饗する。内射。○癸未(21)七道巡察使を任命。民情の視察と校田とを命じる。/多治比広足没。○辛卯(29)藤原夫人(聖武の夫人、藤原房前女)没。○二月辛亥(20)任官。/渤海使帰国。○庚申(29)宮中・東大寺に仁王会を催す。○三月辛未(10)没官の奴婢五一〇人を雄勝柵に配する。関係者に叙位。○丁丑(16)藤原光明子の病により祭祀を命じる。○甲戌(13)皇太后(藤原光明子)疫病により上野国など十六国に賑給。万年通宝・大平元宝・開基勝宝を造る。○丁亥(26)飢饉・疫病により上野国など十六国に賑給。
○四月丁巳(27)疫病により志摩国に賑給。○戊午(28)帰化の新羅人一三一人を武蔵国に置く。○閏四月壬午(23)宮中に大般若経を転読させる。○丁亥(28)皇太后(藤原光明子)病により五大寺に薬・蜜を施す。○五月壬辰(3)皇太后(藤原光明子)叙位。○戊申(19)疾疫の流行により賑恤。○六月乙丑(7)皇太后(藤原光明子)没。装束司・山作司・前後次第司を任命。諸国に挙哀を命じる。○戊戌(9)大伴上足、災事十条を記して流布し多樹嶋掾に左遷。○丁未(18)京内六大寺に誦経。○七月癸卯(16)皇太后(藤原光明子)を佐保山に葬る。藤原弟麻呂没。
○庚戌(23)僧綱の奏上により僧位を制定。○癸丑(26)皇太后(藤原光明子)○○○戸の用途を定める。○諸国に、阿弥陀浄土画像の七々斎を東大寺などに催す。/諸国に、阿弥陀浄土経の書写、国分寺での礼拝供養を命じる。○八月甲子(7)故藤原不比等の室県犬養橘三千代を近江国に封じ淡海公と称讚浄土経の製作、称讚浄土経を東大寺などに催す。○故藤原武智麻呂・故藤原不比等に太政大臣を贈る。/阿倍大隅・薩摩国など辺要の国司・嶋司に地子を給う。

◎二月二十五日 僧正菩提没(南天竺波羅門僧正碑并序)

[三]三五一頁

巻二十三
[三]三五七頁

九五

西暦	天皇	年号・干支	続紀記事	関連事項	巻・分冊・頁
七六〇	淳仁	天平宝字四年 庚子	嶋麻呂を参議とする。○辛未(14)播磨・備前・備中・讃岐国の糒三〇〇〇斛を小治田宮に貯えさせる。○乙亥(18)小治田宮に幸する。／諸国の調・庸を小治田宮などに収納させる。○己卯(22)新京諸寺・僧綱・官人に新銭を賜う。○癸未(26)新京の高年の僧に施物。○九月癸卯(16)新羅使金貞巻ら来日し朝貢。軽使として賓待せず帰国させる。○十月癸酉(17)陸奥の柵戸に家族との同居を許す。○十一月壬辰(6)冬至にあたり大赦。／巡察使の勘出した田を全輪の正丁に加給。○丙申(10)授刀舎人らを大宰府に遣わし、大弐吉備真備に兵法を習わせる。○丁酉(11)渤海使高南申の送使帰国。○丙午(20)参議以上の時服を定める。○十二月戊辰(12)尚侍・尚蔵の封戸・位田・資人を全給とする。／太皇太后(藤原宮子)・皇太后(藤原光明子)の墓を山陵と称させ、忌日を国忌に入れる。○戊寅(22)殺人により薬師寺僧華達を還俗させ陸奥国桃生の柵戸に配する。	◎是年 ▽正倉院宝物(三三《木簡》・言四《東大寺封戸処分勅書》▼平城宮木簡(二―二三―・三芸/三元七/五―七八〇〇・亡〇1/平城概報三〜五・一五〜一八／木簡研究七・九)	三六五頁 巻二三
七六一	淳仁	天平宝字五年 辛丑	○正月丁亥(1)新宮未完成により廃朝。○癸巳(7)平城宮への帰京にあたり、小治田宮関係者に褒賞。○乙未(9)新羅征討のため美濃・武蔵国の少年に新羅語を習わせる。○丁酉(11)天皇、平城宮に還る。○壬寅(16)任官。○丁未(21)保良京の宅地を班給。○二月丙辰(1)職事官の親王の待遇を定める。／左右京尹を置く。◎戊午(3)私稲出挙により越前国の郡司少領以上の嫡子の出身を許す。○乙未(10)三月丙戌(1)郡司少領以上の嫡子の出身を許す。○(15)百済・高句麗・新羅・中国の渡来人一八八人に賜姓。○庚子中納言を従三位の官とする。○左右京尹を置く。／中納言を従三位の官とする。○左右京尹を置く。／参議安倍嶋麻呂没。○庚子	◎正月二十一日 下野薬師寺・筑紫観世音寺に戒壇を建立(東大寺要録)	三六九頁 巻二三

九六

天平宝字四年(七六〇)―五年(七六一)

○甲辰(19)畿外に浮宕した京戸を現地に付貫する。○己酉(24)殺人により葦原王を配流。○四月癸亥(9)巨勢開麻呂没。○五月丙午(23)畿内の堰堤・池溝の適地を視察させる。○六月庚申(7)法華寺阿弥陀浄土院で皇太后(藤原光明子)周忌の斎会を催す。各国分尼寺に阿弥陀三尊像を造る。○辛酉(8)山階寺(興福寺)に皇太后(藤原光明子)の忌日に梵網経を講ぜさせる。／法華寺で毎年忌日から七日間阿弥陀仏を礼拝させる。○庚午(17)廉勤を賞し大和介井置真卯に没官の稲を賜う。○己卯(26)周忌斎会の供奉者に叙位。○辛巳(28)斎会に奉仕した工人を褒賞。

○七月甲申(2)西海道諸国に年料の武器を造らせる。○辛丑(19)遠江国荒玉河の堤防決壊により修築させる。○癸丑(1)巡察使の奏状により勅して国司を戒告。○甲子〔甲寅(2)か〕孝謙上皇・天皇、薬師寺に幸し礼仏。授刀督藤原御楯の第に赴き宴飲。○甲子(12)迎入唐大使высокий高元度、唐から帰る。唐使沈惟岳ら、大宰府に到る。○己卯(27)今良三六六人を京および大和・山背・伊勢・参河・下総国に編附。○辛巳(29)斎王発遣により大祓。○九月乙酉(4)命婦曾禰伊賀牟志没。

○十月壬子(1)任官。○辛酉(10)遣唐使の船を安芸国に造らせる。／唐帝の求めにより牛角七八〇〇隻を貢させる。○壬戌(11)遷都により藤原恵美押勝らに稲を賜う。○甲子(13)保良宮に幸する。○庚午(19)藤原御楯・藤原恵美押勝の第に幸し宴飲。○癸酉(22)遣唐使・遣高麗使を任命。大使仲石伴・高麗大山。○己卯〔丁卯(16)か〕保良宮造営の関係者に叙位・褒賞・曲赦。／都に近い二郡を畿県とし庸を

◎十月一日 法隆寺東院縁起資財帳(古四-五一〇～五一九頁)

◎是年 ▽正倉院宝物(三〓五・〓三六・〓三七〈木簡〉)▽法隆寺献納宝物(銘文

(三)三七九頁

(三)三八三頁

(三)三八九頁

九七

西暦	天皇	年号・干支	続　紀　記　事	関　連　事　項	巻・分冊・頁
七六一	淳仁	天平宝字五年 辛丑	◎正月庚辰〈1〉宮室未完成により廃朝。◎癸未〈4〉叙位・女叙位。文室浄三を御史大夫（大納言）、氷上塩焼・藤原恵美真先を参議とする。◎丁未〈28〉唐使沈惟岳を大宰府に饗し賜禄。◎戊子〈9〉任官。◎丁未〈28〉節度使の料の綿襖冑各二万二五〇具を唐国の新様により大宰府に造らせる。◎二月辛亥〈2〉藤原恵美押勝に正一位を授ける。◎乙卯〈6〉綿襖・綿冑各一〇〇領を鎮国衛（中衛府）に貯えさせる。◎辛酉〈12〉伊勢・近江・美濃・越前国に健児を置く。◎甲戌〈25〉藤原恵美押勝に近江国の鉄穴を賜う。◎三月庚辰〈1〉遣唐副使石上宅嗣を罷免。賜禄。◎壬午〈3〉保良宮の諸殿・屋垣を諸国に割り当て竣工させる。◎九国に旱害。 免除。◎十一月丁酉〈17〉東海・南海・西海道節度使を任命。船三九三隻・兵士四万七〇〇人・子弟二〇二人・水手一万七三六〇人を検定、五行の陣を調習させる。◎十二月丙寅〈16〉唐人李元璟に賜姓。	集成六四・六至 ▼平城宮 木簡〈一二六／二三六・二三〇／平城概報三一・一九三四／木簡研究二〇〉	巻二十四 三三九九頁
七六二	淳仁	天平宝字六年 壬寅	◎四月庚戌〈1〉任官。◎丁巳〈8〉河内国狭山池の堤防、決壊により修理。◎戊午〈9〉飢饉により遠江国に賑給。◎癸亥〈14〉飢饉により尾張国に賑給。◎丙寅〈17〉遣唐使船の破損により使人を再編。使中臣鷹主。◎辛未〈22〉大宰府に弩師を置く。◎壬申〈23〉越前国の戸五十烟を岡寺に施入。◎五月壬午〈4〉飢饉により京・畿内と伊勢・近江・若狭・越前国に賑給。◎丁亥〈9〉美濃・飛驒・信濃国の地震の被害者に賜物。／飢饉により石見国に賑給。		巻二十四 三四〇五頁

西暦	天皇	年号	事項	出典	巻・頁
七六一	淳仁	天平宝字五年	◎正月甲辰（1）渤海使参列し朝賀。○丙午（3）渤海使王新福、方物を貢する。○庚戌（7）渤海国王・使人に賜禄。／賜宴。○壬子（9）叙位・女叙位・任官。○戊午（15）飢饉により天平宝字五年以前の公	◎十二月一日 多賀城碑（宮城県） ▽正倉院宝物（大阪府） ◎是年 石川年足墓誌 三三八《往来軸》▼平城宮木簡（一・一九・二〇・二六／五・七五〇七／平城概報四一六・一九・三四／木簡研究一・九・二〇）▼平城京木簡（平城概報三三／木簡研究一九）	三四一一頁 三四一三頁
七六三		天平宝字七年 癸卯	飢饉により備前国に賑給。○丁酉（19）唐使、大使の交替を求めるも許さず。○辛丑（23）孝謙上皇と天皇不和。平城宮に還り、天皇は中宮院、上皇は法華寺に入る。○丙午（28）藤原恵美押勝に帯刀資人六十人を賜う。◎六月庚戌（3）孝謙上皇出家。政柄を二分し、常祀小事のみ天皇に行わせる。／飢饉により尾張国に賑給。○戊辰（21）河内国長瀬堤、決壊により修理。○庚午（23）尚蔵・尚侍藤原宇比良古（藤原房前女・藤原恵美押勝室）没。○七月丙申（19）紀飯麻呂没。○八月乙卯（9）風波の便なきにより送唐人使を停止。○丁巳（11）藤原恵美訓儒麻呂らを中宮院に侍らせる。○乙丑（19）疫病により陸奥国に賑給。○九月乙巳（30）御史大夫（大納言）石川年足没。○十月丙午（1）遣渤海使帰国。渤海使王新福ら来日。○己未（14）夫人県犬養広刀自没。○十一月乙亥（1）送高麗人使を任命。○丁丑（3）伊勢神宮に奉幣。○庚寅（16）新羅征討のため香椎廟に奉幣。○十二月乙巳（1）任官。氷上塩焼・白壁王・藤原真楯を中納言、藤原弟貞・藤原恵美朝獦・中臣清麻呂・石川豊成を参議とする。○乙卯（11）遣渤海大使高麗大山に贈位。○閏十二月丁亥（13）乞索児一〇〇人を陸奥国に配する。○癸巳（19）渤海使王新福ら入京。		巻二十四 三四一七頁

天平宝字五年（七六一）—七年（七六三）

九九

西暦	天皇	年号・干支	続紀記事	関連事項	巻・分冊・頁
七六三	淳仁	天平宝字七年 癸卯	私の償負を減免。／保良宮の造営に使役された京・諸国の兵士の前年の租を免除。唐・吐羅・林邑・東国・隼人などの楽と内教坊の踏歌を奏する。唐使沈惟岳の処遇につき大宰府に指示。／渤海使、唐国の情勢を伝える。〇二月丁丑(4)藤原恵美押勝、渤海使を宴する。〇甲子(21)渤海使も参列し内射。〇癸未(10)新羅使金体信ら来日し朝貢。先約に反する旨を告げ帰国させる。〇癸巳(20)渤海使王新福ら帰国。〇壬寅(29)飢饉により出羽国に賑給。〇三月丁卯(24)諸国の不動倉の鉤匙を進上させる。◎四月甲戌(1)飢饉により信濃国に賑給。／米価騰貴により左右京の穀を売る。〇癸未(10)疫病により壱伎嶋に賑給。〇丙戌(13)飢饉により陸奥国に賑給。〇丁亥(14)任官。◎五月戊申(6)大和上鑒真没。〇癸丑(11)疫病により伊賀国に賑給。〇戊午(16)飢饉により河内国に賑給。〇庚午(28)旱害により畿内諸神に奉幣。丹生川上神に黒毛の馬を加える。◎六月戊寅(7)飢饉により尾張国に賑給。〇壬辰(21)飢饉により大和国に賑給。〇戊戌(15)飢饉により越前国に賑給。〇丙申(25)飢饉により能登国に賑給。〇丙戌(27)飢饉・疫病により美濃・摂津・山背国に賑給。〇七月乙卯(1)任官。〇丁卯(26)飢饉により備前・阿波国に賑給。◎八月辛未(1)飢饉・疫病・米価騰貴により近江・備中・備後国に賑給。〇壬申(2)飢饉により備前・備後国に賑給。〇戊子(18)旱害により免除。〇壬午(12)遣渤海使の乗船能登に錦冠を授ける。／戊子(18)旱害により(14)飢饉により丹波・伊予国に賑給。〇山陽・南海道の節度使を停止。／儀鳳暦をやめ大衍暦を		一〇〇 三四二九頁 三四三五頁

西暦	天皇	年号	記事	出典
七六四	淳仁	天平宝字八年 甲辰	臣伊加麻呂ら不穏な発言により配流。○乙未(26)飢饉により淡路国に幸する。○丙戌(17)参議藤原弟貞没。○十月癸酉(4)山背国に賑給。○丁酉(29)中(21)飢饉により摂津・播磨・備前国に賑給。○庚申(21)不作により尾張・美濃・但馬・伯耆・出雲・石見国に賑給。○癸卯(4)少僧都慈訓を解任し道鏡をその替とする。○庚申より悪政の国司・郡司を交替させる。○癸巳(23)阿波・讃岐国に覆損使を派遣し飢民に賑給。○九月庚子(1)災害に用いる。/飢饉により丹後国に賑給。○癸巳(23)阿波・讃	○十月十六日 矢田部益足買地券(岡山県) ○是年 豊浦寺・葛木寺・小治田寺・橘寺に封各五十戸を施入(新抄格勅符抄) ▼平城京木簡(平城概報三一/木簡研究一七) ▽正倉院宝物(三兀(往来軸))
			る。○己未(22)窮民を資養した者への叙位の法を定めにより紀伊国の稲を種子に充てる。/飢饉により出雲国に賑給。○丙辰(19)淡路国の旱害磨・備前・備中・備後国に賑給。○辛亥(14)飢饉により播病により志摩国に賑給。○辛亥(14)飢饉により播二月丙申(29)飢饉により備中・備後国に賑給。○(21)任官。○丙寅(28)飢饉により石見国に賑給。○人に叙位。○戊午(20)出雲益方を出雲国造とする。○己未磨・備前国に賑給。○丙辰(18)大隅・薩摩の隼人交替。隼○正月乙巳(7)叙位・女叙位。○甲寅(16)飢饉により播	巻二十五 四三頁
			没。○七月丁未(12)孝謙上皇口勅し、紀寺の奴の従良について没。○六月乙亥(9)藤原御楯没。より阿波・讃岐・伊予国に賑給。○五月庚子(4)粟田女王戊寅(11)任官。○癸未(16)畿内群神に祈雨奉幣。○◎四月辛未(4)飢饉・疫病により美作・淡路国に賑給。○	四一一頁
			人を良民とする。○壬子(17)東海道の節度使を停止。○甲の紀氏の訴えを斥ける。○戊申(13)紀寺の奴婢ら七十六	四一二頁

西暦	天皇	年号・干支	続紀記事	関連事項	巻・分冊・頁
七六四	淳仁 称徳	天平宝字八年 甲辰	寅(19)新羅使金才伯ら博多に来着。唐の求めにより僧戒融の帰国の有無をただし帰国。○八月戊辰(3)節部省(大蔵省)の双倉に火災。○甲戌(9)節部省の火災を救った者に賜物。○己巳(4)任官。○甲戌(9)節部省の病。○丙子(11)疫病により石見国に賑給。○辛巳(16)飢饉により多褹嶋○九月丙申(2)藤原恵美押勝を都督四畿内三関近大和国など七国に築かせる。○己卯(14)池を江に賑給。／山陽・南海道諸国に賑給。○己卯(14)池を江丹波播磨等国兵事使とする。○戊戌(4)御史大夫(大納言)文室浄三致仕。○乙巳(11)藤原恵美押勝の乱。押勝の官位を解免。藤原の鈴・印の争奪をめぐり交戦。／叙位・賜姓。／夜、押勝、近江に走る。○丙午(12)追討の勇士を募る。／北陸道諸国の姓字を除く。／三関を固守。／文室浄三の職分を全給に太政官印を用いぬよう命じる。／丁未(13)叙位。／伊勢神宮に奉幣。とする。／叙位。○丁未(13)叙位。／伊勢神宮に奉幣。○壬戊申(14)藤原豊成を右大臣に復し、帯刀資人を賜う。○壬子(18)恵美押勝、近江国高嶋郡に敗死。／軍士石村石楯、恵美押勝の首を京に伝える。○甲寅(20)討賊将軍藤原蔵下麻呂ら凱旋。／道鏡に大臣禅師の位を授ける。○己未丙辰(22)恵美押勝の改易した官号を旧に復する。○丙寅(3)叙書。官符類を焼却させる。○癸亥(29)右大臣藤原豊成の左降に関わる勅(25)任官。○十月乙丑(2)放鷹司を廃し放生司を置く。○八幡大神に封戸を充てる。○丙寅(3)叙位・任官。○庚午(7)孝謙上皇、兵を遣わし中宮院を辛未(8)叙位。○壬申(9)孝謙上皇、兵を遣わし中宮院を囲み、天皇を廃し淡路国に幽閉。／船親王・池田親王を配流。／任官。○甲戌(11)畋猟を禁じ魚類の贄の貢進を停め	○九月十一日　夜、造東大寺司官人、内裏に参じ司家を守備(天平神護元年二月造東大寺司移案〈古一七~一四六頁〉)／東大寺正倉院から内裏に兵器を進納(双倉北雑物出用帳〈古四一~一九五頁〉)／孝謙上皇、藤原縄麻呂・粟田道麻呂・弓削浄人を参議とする(補任)／山村王・和気王・吉備真備・藤原縄麻呂・粟田道麻呂・弓削浄人を参議とする(補任)／孝謙上皇、金銅四天王像の造立を発願／西大寺資財流記帳百万塔の造立を発願(西大寺資財流記帳)／十月十日　国司赴任時の駅伝馬の乱用を禁じる／駅馬の疲弊を戒める(三代格)	四三九頁

七六五	称徳	天平神護元年 乙巳	◎丁丑(14)当分の間皇太子を立てぬ旨を詔する。○己卯(16)大赦。租を免除。○癸未(20)在京の囚徒を救免。○己丑(26)叙位。○辛卯(28)叙位。○甲申(21)任官。○庚子(7)任官。○辛卯(28)叙位。○癸巳(30)散位の続労銭を停止。◎十一月戊戌(5)任官。/東海・東山道諸国に騎女を貢させる。○庚子(7)高鴨神を土左国から大和国に復す。○乙巳(12)西海道の節度使を停止。○癸丑(20)恵美押勝の伏誅により近江国の名神に報賽する。○十二月辛酉(28)官人の選限を慶雲三年の格制に復する。○庚寅(28)大赦。○是月 大隅・薩摩国境に噴火。新島出現。◎是年 戦乱・旱害により米価高騰。	◎正月戊戌(6)大宰大弐佐伯毛人を多褹嶋守に左遷。○乙亥(7)天平神護と改元。恵美押勝の乱時の有功者に叙位・女叙位・授勲。○庚子(8)近江国高嶋・滋賀・浅井三郡の調・庸を免除、賑恤。◎二月甲子(3)授刀衛を近衛府とする。/外衛府の官員を定める。/内厩寮を置く。○乙丑(4)飢饉により和泉国など七国と壱岐嶋・多褹嶋に賑恤。恵美押勝の乱に功を立てた檜前忌寸・秦忌寸二六七人に叙位。○丙寅(5)任官。大宰少弐紀広純を薩摩守に左遷。○己巳(8)任官。○乙亥(14)配流された罪人を薩摩守に左遷/恵美押勝の乱に功を立てた檜前忌寸・秦忌寸二六七人について報告を怠った淡路守佐伯助を叱責。諸人が商人と偽り淡路に赴くことを禁止。○丙子(15)飢饉により相模・下野・伊予・隠岐国に賑給。○庚寅(29)左右京の秬を東西市に売る。○是月 京の米価騰貴により備前・備中・備後国の天平宝漕を延期。/連年の旱害により備前・備中・備後国の天平宝字八年(七六四)—天平神護元年(七六五)の租などの私米運漕を延期を認める。◎三月癸巳(2)去年不熟の西海道諸国からの租などの私米運漕を延期。	◎正月二十日 衛府官人の随身の数を定める(三代格)	◎十一月十一日 国分寺の造営を促し寺物の犯用を禁じる(三代格) ◎是年 ▽正倉院宝物(三〇・四二)〈矢 一柄/木工衣縫大市所給如件/天平宝字八年九月十四日〉) ▼平城宮木簡(四-三七五三・七四三六・四六三/五-八三三・七七九七・七八〇三・七六三三/平城概報四/木簡研究九)
					巻二十六 四六一頁	

天平宝字八年(七六四)—天平神護元年(七六五)

一〇三

西暦	天皇	年号・干支	続紀記事	関連事項	巻・分冊・頁
七六五	称徳	天平神護元年 乙巳	字八年以前の官稲未納を免除。／飢饉により伯耆国に賑給。○乙未（4）旱害により参河・下総・常陸・上野・下野国の今年の調・庸を軽減。○丙申（5）寺と人民の小規模の墾開とを除き、墾田の加墾を禁止。／私家に兵器を蓄えることを禁止。／三関国などからの資人の採用を禁止。／詔して、自己の係累の者の立太子、淡路の廃帝復位の策謀を戒める。○庚子（9）飢饉により伊賀・出雲国に賑給。○辛丑（10）和気王・大津大浦に功田を賜う。／飢饉により左右京に賑給。／怡土城築造・水城修理の専知官を置く。○甲辰（13）飢饉により上野国に賑給。○丁未（16）飢饉により尾張・参河・播磨・石見・紀伊・阿波国に賑給。○四月乙丑（4）飢饉により美濃・越中・能登国に賑給。○甲戌（13）飢饉により常陸・武蔵国に賑給。○丙子（15）右大臣藤原豊成、藤原不比等の功封二〇〇〇戸を返納。○丁丑（16）米価騰貴により甲斐国に賑給。○五月丁酉（7）恵美押勝の乱の功により敦賀嶋辛酉（1）飢饉により左右京に賑給。○戊子（27）飢饉により丹波国に賑給。○五月丁酉（7）恵美押勝の乱の功により敦賀嶋麻呂に叙位。○丙辰（26）左右京の糯を東西市に売る。○癸未（22）飢饉により駿河国に賑給。○戊辰（8）飢饉により備後国に賑給。○庚午（10）左右京の糯を貧民に売る。○癸酉（13）私米などを売る官人・人民に売るに売る。○癸酉（13）私米などを売る官人・人民に売る。○辛未（13）紀伊国に行幸。○甲戌（1）和気王謀反、殺害。粟田道麻呂・大津大浦ら左遷。○七月甲辰（14）左右京の糯を諸司官人・大膳職の塩を貧民に売る。○八月庚申（1）和気王謀反、殺害。粟田道麻呂・大津大浦ら左遷。○九月丁酉（8）新銭神功開宝を鋳る。○十月庚申（2）三関を固守。○辛未（13）紀伊国に行幸。○甲戌治田宮に到る。○癸酉（15）大和国宇智郡に到る。	◎五月九日　道鏡の命により、恵美押勝の田村第を捜索し、経典三五八巻を東大寺に返納させる（検仲麻呂田村家物使請経文《古五-五二八～五二九頁》）	四八一頁　四八五頁　四九三頁

年	天皇	年号	記事	出典
七六六	称徳	天平神護二年 丙午	(16)紀伊国伊都郡に到る。○乙亥(17)那賀郡鎌垣行宮に到る。○丙子(18)紀伊国玉津嶋に到る。○庚辰(22)淡路公(淳仁)逃亡、さえぎられ翌日没する。/紀伊国の調・庸を免除。行幸関係者に叙位。○海部郡岸村行宮に到る。○甲申(26)和泉国日根郡深日行宮に到る。○癸未(25)海部郡岸村行宮に到る。○乙酉(27)新治行宮に到る。○丙戌(28)河内国丹比郡に到る。○丁亥(29)河内国弓削行宮に到る。○戊子(30)弓削寺に幸し礼仏。○閏十月庚寅(2)道鏡に太政大臣禅師の位を授ける。/百官、太政大臣禅師(道鏡)を拝賀。○辛卯(3)河内・和泉国の調を免除。曲赦。行幸関係者に叙位。因幡宮に到る。○甲午(6)叙位。○丁酉(9)陪従の騎兵らに叙位。○癸卯(15)叙位。○己酉(21)河内国の造餅戸などを停止。○壬子(24)兵庫の武器出納の制を改める。○庚辰(23)践祚大嘗祭。○十一月壬戌(5)諸国の神社を修造させる。○甲申(27)右大臣藤原豊成没。/機内・須伎国の守・介に叙位。	◎是年 損田ある戸の食封の調庸は満給せず、令条により除免させる(集解)。○智識寺に封五十戸を施入(新抄格勅符抄)▽正倉院宝物(三二)・報四-一七/木簡研究六・九・一二二)
天平神護元年(七六五)—二年(七六六)			◎正月甲子(8)藤原永手を右大臣、白壁王・藤原真楯を大納言、吉備真備を中納言、石上宅嗣を参議とする。○庚午(14)銭を献じた者に叙位。○癸酉(17)右大臣藤原永手の第に行幸。○二月庚寅(4)銭を献じた者に叙位。○丙午(20)近江国近郡の稲穀五万斛を松原倉に運び貯えさせる。○丁未(21)恵美押勝の乱の功臣に功田を賜う。◎三月丁卯(12)大納言藤原真楯没。/吉備真備を大納言とする。○辛巳(26)任官。◎四月壬辰(7)大宰府、東国防人の復活を請う。○丙申(11)八幡比咩神に封六〇〇戸を奉る。/飢饉により淡路・	◎正月十四日 京畿の里中の踏歌を禁じる(三代格)◎四月二十八日 式部省による諸国郡司の銓擬を

巻二十七
四二〇九頁

四二一七頁

一〇五

西暦	天皇	年号・干支	続紀記事	関連事項	巻・分冊・頁
七六六	称徳	天平神護二年 丙午	石見国に賑給。○己亥(14)飢饉により和泉国に賑給。○甲辰(19)伊予国の諸神に位階を授け神戸を充てる。○丁未(22)大赦。○甲寅(29)聖武天皇の皇子と自称する者を配流。/大和国の人十七人を陵戸の籍から除く。○五月丁巳(3)采女の養物を全納させる。○戊午(4)吉備真備の奏により柱を立てて人々に申訴させる。○壬戌(8)上野国の新羅人一九三人に賜姓。○甲子(10)任官。○乙丑(11)諸国の史生・博士・医師の定員を改正。○丁丑(23)備前国藤野郡に他国・五畿内諸神に祈雨奉幣。○辛未(17)丹生川上神と他郡の地を属させる。○六月丁亥(3)大風により日向・大隅・薩摩国の柵戸の調・庸を免除。○己丑(5)大隅国の新島の鳴動により賑恤。○乙未(11)飢饉により河内国に賑給。○丙申(12)近江国からの稲穀運搬者への酬叙の法を改正。○丁酉(13)私物により飢民を資養した丹波国の人に叙位。○庚戌(26)不作による窮乏のため京・大和国の前年の租を免除。○壬子(28)百済王敬福没。○七月乙亥(22)文室大市・藤原田麻呂・藤原継縄を参議とする。/任官。○丙子(23)伊勢神宮寺に丈六仏像を造らせる。○己卯(26)昆解宮成、白鑞に似た鉱物を献上。○庚辰(27)衛士・直丁の二十年以上勤務者に叙位。/飢饉により多褹嶋に賑給。○八月乙巳(22)神社女王没。○九月戊午(5)伊勢・美濃国の風害により諸国官舎の修理の状況を報告させる。○己未(6)恵美押勝の乱に官軍を助けた近江国の僧・沙弥らに賜物。○丙寅(13)私稲などを国分寺に献じた伊予国の人に叙位。○庚午(17)飢饉により志摩国に賑給。○壬申(19)銭・楠樹を献じた摂津国の郡司に叙位。	◎五月十一日 六十歳以上などの薬師寺奴婢を良民とする(三代格) 随時実施させる(三代格・集解) ◎八月十八日 国分二寺の奴婢の従良、寺田の耕営、僧尼の補充、堂塔の修理などを定める(三代格・要略) ◎九月十五日 諸国に大小麦を植えさせる(三代格・要略) ◎十月二十一日 天平宝字五年に巡察使・国司が収公した越前国の東大寺田を寺家に返納〈越前国司解《東南院二ー一八七~二四一頁》〉東大寺越前国開田地図(正倉院宝物三三・三四/東南院四ー四~六頁) ◎十二月五日 天平宝字	一〇六 四二二九頁

天平神護二年(七六六)―神護景雲元年(七六七)

年	天皇	年号	事項	出典
七六七	称徳	神護景雲元年 丁未	◎正月己未(8)諸国国分寺で吉祥天悔過を行わせる。/尚膳少長谷女王(忍壁親王女)没。○己巳(18)叙位。老年の諸王に位を賜う。○庚午(19)叙位。○癸酉(22)叙位。○己卯(28)飢饉により尾張国に賑給。◎二月甲申(4)東大寺に行幸。造営関係者に叙位。○丁亥(7)大学に行幸し釈奠。関係者に叙位。○戊子(8)山階寺(興福寺)に行幸。奴婢に叙位。○辛卯(11)旱害により播磨国の稲を淡路国に送り出挙して種稲に充てる。関係者に叙位。出雲国造出雲益方、神事を奏する。○丁酉(17)飢饉に賑給。○丙午(26)飢饉により淡路国に賑給。○庚子(20)絁・銭を献じた伊予国の郡司に叙位。○壬寅(22)不作により讃岐国の稲を和泉国に送り種子に充	◎正月二十八日 大宰府および陸奥・出羽国官人の位禄を当所に給う(三代格) 巻二十八 四一四九頁
			丙子(23)畿内・六道の巡察使を任命。○十月甲申(2)もと八幡神宮司大神田麻呂を本位に復す。○丙戌(4)員外国司の赴任を禁じる。○辛丑(19)叙位。○壬寅(20)隅寺毘沙門像からの舎利出現により道鏡を法王とする。/円興を法臣、基真を法参議とする。/藤原永手を左大臣、吉備真備を右大臣、弓削御浄浄人を中納言とする。○癸卯(21)舎利出現により叙位。/唐楽を奏する李元瓖らに叙位。○乙巳(23)法王の月料を供御に准じて給する。○十一月丁巳(5)叙位。○己未(7)陸奥国磐城郡・宮城郡の焼穀を貧民に賑給。○壬戌(10)功臣村国嶋主に贈位。○十二月癸巳(12)西大寺に行幸。○壬寅(21)銭・稲を献じた因幡国博士らに叙位。○丙午(25)村国虫麻呂の本位を復す。○己酉(28)大安寺東塔に落雷。是年 私鋳銭の者多く、鋳銭司に配し駈役する。	二年に国司が収公した伊賀国阿拝郡の東大寺田を寺家に返納(伊賀国司解〈東南院二一九三三〜一〇一頁〉)▼是年 西大寺に封戸を施入(西大寺資財流記帳)○法華寺に封二〇〇戸を施入(新抄格勅符抄)平城宮木簡(二―二六九/四―二〇九・四六七/五―六三三・七六九・七六七/平城概報四・一二・三四/木簡研究四・一九・二〇) 四一三三頁

一〇七

西暦	天皇	年号・干支	続紀記事	関連事項	巻・分冊・頁
七六七	称徳	神護景雲元年 丁未	○癸卯(23)左右大臣(藤原永手・吉備真備)に近江国の穀を賜う。○戊申(28)任官。○三月辛亥(2)元興寺に行幸。施物。奴婢に叙位。○壬子(3)西大寺法院に行幸し曲水の宴。賜禄。○戊午(9)大安寺に行幸。施物。奴婢などに叙位。○乙丑(16)阿波国の凡費を粟凡直に改姓。○丙寅(17)恵美押勝の乱に武勲を立てた近衛将曹間人足人らを賞す。/墾田を東大寺に献じた利波志留志に叙位。○己巳(20)任官。/法王宮職を置く。○乙亥(26)銭・布を献じた常陸国の郡司に叙位。○四月辛巳(2)四世王に正六位上、五世王に従六位下を授ける。○癸巳(14)東院の玉殿成る。/銭・絹・稲を献じた伊勢国の人に叙位。○庚子(21)鹿嶋の神賤一五五人を良民とする。○癸卯(24)諸国に勧農を命じる。○乙巳(26)飽浪宮に行幸。○戊申(29)銭・稲を献じた長門国の軍毅に叙位、豊浦郡大領に任じる。○五月壬子(4)畿内の人民に摂津国の穀を借貸し種稲に充てる。○戊辰(20)西大寺・国分寺への献物者に叙位。○癸酉(25)任官。○六月辛巳(3)献物者に叙位。○癸未(5)東山道巡察使の淡海三船を懲罰。○庚子(22)国分寺・西大寺への献位。○七月庚戌(3)任官。○丁巳10任官。/内竪省を置く。/恵美押勝の乱時の功により近衛物部礒浪に叙位。○癸酉(26)献物者に叙位。○八月辛巳(4)金埼船瀬を造る功により筑前国宗像郡司らに叙位。○癸巳(11)任官。○乙酉(8)慶雲の出現により設斎。○戊子(11)任官。○癸巳(16)神護景雲と改元。大赦・叙位・賜物。孝子らを表旌。租を免除。○甲午(17)	◎三月三日　石上宅嗣「三月三日於西大寺侍宴応詔一首」(経国集) ◎五月三日　大宰府九箇使の料米の額を定める (三代格)　○二十一日　諸国郡司主政以下、初任の日に位一級を叙する(三代格・集解) ◎十一月十二日　国分寺堂塔の修理、僧尼への供養を命じる(三代格・要略)　○十六日　東大寺越中国墾田野地図(正倉	一〇八 四二六一頁 四二六七頁

西暦	天皇	年号	記事	出典
七六七	称徳	神護景雲元年	飢饉により志摩国に賑給。対馬嶋の墾田・陸田真備、雑穀を献上。○己酉（2）西大寺嶋院に行幸。○己未（12）隼人司の隼人一六人に叙位。○癸亥（16）大津大浦を解任。天文・陰陽の書を没収。○乙丑（18）八幡比売神宮寺を造る。○十月辛卯（15）陸奥国伊治城成る。関係者に褒賞・叙位。○癸巳（17）献物により伊予国の人に叙位。○甲午（18）女叙位。○庚子（24）大極殿で大般若経を転読。唐楽・高麗楽と内教坊の踏歌を奏する。○辛丑（25）四天王寺の家人・奴婢に叙位。○壬戌（王寅［26］または十一月壬戌［16］か）叙位。○十一月壬寅［十月壬寅（26）か］収公された四天王寺の墾田の替を施入。○甲寅（8）出羽国雄勝城下の俘囚を公民とする。○癸亥（17）参議山村王没。○丙寅（20）私鋳銭の者を出羽国に配流。○己巳（23）陸奥国伊治城の地に栗原郡を置く。○十二月庚辰（4）阿波国の功田・位田を武蔵国造、道嶋嶋足に班給。○甲申（8）武蔵不破麻呂を武蔵国造、道嶋嶋足を陸奥国大国造、道嶋三山を陸奥国造とする。○乙酉（9）任官。○壬辰（16）旱害により美濃国の租税を免除。○壬寅（26）献物者に叙位。	◎十二月一日 大和・摂津・山背国の田を大安寺に施入（三代格）◎是年 最澄、近江国に生まれる（叡山大師伝）○淡海三船、鳫従聖徳寺一首（経国集）○西大寺に摂津・越前国の庄家・墾田を施入（西大寺資財流記帳）▽正倉院宝物（漆胡銀壺・詔六・三昭七）▽法隆寺旧蔵百万塔墨書銘（銘文集成一〇三）▼平城宮木簡（五・六・七六九・七六六／平城概報四一七／木簡研究九）四二八一頁
七六八		神護景雲二年戊申	◎正月丙午（1）朝賀。○壬子（7）賜宴・賜禄・叙位。○乙卯（10）叙位。◎二月戊寅（3）漆部伊波を相模国造とする。○庚辰（5）出雲国造出雲益方、神事を奏する。○癸未（8）節婦を表旌。○節婦の租を免除。○癸巳（18）任官。弓削御浄清人を大納言、中臣清麻呂を中納言、藤原魚名を参議と壬辰（17）孝子に叙位。租を免除。位・賜禄。	◎正月二十八日 課欠の馬の価を徴するを停め、罪を科し馬を徴する（三代格）◎二月二十日 春米の運京に馬を輸させるのを停巻二十九四一八九頁

西暦	天皇	年号・干支	続紀記事	関連事項	巻・分冊・頁
七六八	称徳	神護景雲二年 戊申	する。／内膳奉膳の称を高橋・安曇二氏に限り、他氏は内膳正と称させる。○癸卯(28)筑前国怡土城成る。○三月乙巳(1)諸道巡察使の上言により、寺社の封戸を恩免の対象とすること、春米運搬者への粮の支給、下総・武蔵国五駅への馬の増置、佐渡国分寺の造営料に当国の租を割くこと、山陽道伝路の廃止、長門国豊浦郡・厚狭郡の調の銅から綿への変更、淡路国神本駅家の廃止、などを定める。○甲寅(10)京・畿内の天平神護二年の未納の租を免除。○戊午(14)雹降る。○癸亥(19)献物者に叙位。○甲子(20)献物者に叙位。○四月辛丑(27)伊勢神宮の禰宜に季禄を賜う。○五月丙午(3)国主・国継を名とすること、真人・朝臣や氏の名を字とすること、仏・菩薩・聖賢の号を用いることを禁じる。○甲子(21)勤公により鋳銭司官人に叙位。○辛未(28)恵美仲麻呂・藤原御楯の没官地を西隆寺に施入。／孝子を表旌、租を免除。○六月戊寅(6)伊勢老人を伊勢国造、筑波采女壬生少家主を常陸国造、美濃真玉虫を美濃国造、佐位采女上野佐位老刀自を上野国造とする。○癸巳(21)祥瑞献上により武蔵国の正税未納などを免除。関係者に叙位・賜物。○乙未(23)節婦を表旌し叙位。○戊戌(26)任官。○辛丑(29)任官。○閏六月乙巳(3)任官。○己酉(7)叙位。／西大寺に封戸を施入。○庚戌(8)任官。○七月壬申(1)任官。○庚辰(9)飢饉により壱岐嶋に賑給。○戊子(17)修理司官人を任命。○庚寅(19)大宰府、肥後国八代郡の蝦蟇の異変を報じる。○辛丑(30)唐に倣い孔米の運京を許す(三代格)	め、雑徭を充て粮を支給する(三代格)○二十八日、長官一人に官田の耕作を主当させ、穫稲を町別五〇〇束と定める(集解・要略)○七月二十八日 大宰府管内官人の位禄・季禄料	一一〇 四三〇一頁 四三〇九頁

西暦	天皇	和年号	記事（要略）	典拠
七六八	称徳	神護景雲二年	◎正月辛未(2)朝賀の儀。陸奥の蝦夷拝賀。○壬申(3)大臣以下、法王道鏡を賀拝。○丙子(7)法王宮に賜宴。○丁丑(8)吉祥悔過。○丙戌(17)東院に賜宴。蝦夷に爵・物を賜う。○己亥(30)陸奥国鎮兵の残留を賜留を要請。/桃生城・伊治城への移住者を募る。○二月壬寅(3)左大臣藤原永手の第に行幸。○乙卯(16)神服を諸社に奉る。○丙辰(17)陸奥国桃生城・伊治城への移住者を坂東に募る。○癸亥(24)右大臣(吉備真備)の第に行幸。◎三月戊寅(10)任官。○辛巳	巻二十九 四二三七頁
七六九		神護景雲三年 己酉	子の号を文宣王と改める。により大学直講凡黒鯛に稲を賜う。に命じ毛野川(鬼怒川)を改修させる。出現により調・庸を免除、関係者に叙位・賜物・赦。/公した観世音寺の墾田を寺家に復する。に配する鎮兵二五〇〇人を寺家に復する。留め、十年一度の京進とする。/陸奥国の調・庸を国に位。○十月戊申(8)叙位。○乙卯(15)叙宮に還る。○甲子(24)石上神・気多神に封戸を賜る。/新羅交関物購入のため左右大臣(藤原永手・吉備真備)などに大宰府の綿を賜る。○庚午(30)井上内親王に大宰府の綿を賜る。/式部・兵部の省掌に封戸を賜る。○十一月癸未(13)任官。○大尼法戒・法均に封戸を賜る。○壬辰(22)豊明節会。賜禄。/已亥(29)検校兵庫将軍を任命。○十二月甲辰(4)僧基真を飛騨国に追放。○丙辰(16)陸奥国伊治城・桃生城への移住希望者に賦役を免除。○壬戌(22)献物者に叙位。○乙丑(25)献物者に叙位。	◎十二月 宇治宿禰墓誌（京都府）(慶雲二年との説もある) ◎是年 西大寺に越前国などの庄家・墾田・山林・奴婢を施入（西大寺資財流記帳） ▽正倉院宝物（三九八～三六三） ▽法隆寺献納宝物（銘文集成付載一・三五・一六〇・四三三・五六一六八・七六九／平城概報四） ▼平城宮木簡（四一四三三／五六一六八・七六九／平城概報四） 四二二九頁

西暦	天皇	年号・干支	続紀記事	関連事項	巻・分冊・頁
七六九	称徳	神護景雲三年 己酉	（13）大国造道嶋嶋足の申請により陸奥国の人に賜姓。○丁亥（19）飢饉により下総国に賑給。○己丑（21）飢饉により志摩国に賑給。○乙未（27）毎年大宰府の綿を京庫に輸させる。○丙申（28）大赦。 ○四月辛酉（23）西大寺に行幸。関係者に叙位。○五月丙子（9）任官。○癸未（16）祥瑞献上により伊勢国の人に叙位・賜物。○乙酉（18）左右大臣（藤原永手・吉備真備）に稲を賜う。○壬辰（25）不破内親王を京から追放。子氷上志計志麻呂を土左国に配流。○丙申（29）皇嗣擁立の陰謀により県犬養姉女らを配流。 ○六月乙巳（9）任官。○丁未（11）浮浪人二五〇〇余人を陸奥国伊治村に住まわせる。○乙卯（19）中臣清麻呂に大中臣朝臣の姓を賜う。○乙丑（29）備前国藤野郡を和気郡とする。 ○七月乙亥（10）法王宮職の印を始用。○庚辰（15）畿内の風神に奉幣。○丁亥（22）周防国の戸を四天王寺に施入。○八月辛丑（6）献物者に叙位。○甲辰（9）水害により尾張国の貧窮者に穀を賜う。○戊申（13）遠江・越前・大和・山背国の戸・田を龍淵寺に施入。○己酉（14）下総国猨嶋郡に火災。穀六四〇〇余斛を焼く。○甲寅（19）任官。○丙辰（21）大宰府に綾師を賜う。○壬申（8）軍団主帳に任じる者に位一階を賜う。○九月丁卯（3）水害を受けた尾張・美濃国界の鵜沼川改修のため解工使を遣わす。○己丑（25）輔治能（和気）清麻呂・姉法均を追放。 ○十月乙未（1）詔して皇嗣擁立の動きを戒める。／五位以上に帯を賜う。○甲辰（10）大宰府に史記・漢書などの史書を賜う。○己酉（15）飽浪宮に行幸。○辛亥（17）由義宮に到	○六月十五日　称徳天皇、西大寺に弥勒浄土を造る（略記） ○九月十七日　武蔵国入間郡に神火。糒穀・正倉を焼く（天理図書館所蔵宝亀三年十二月十九日太政官符・九条家本延喜式裏文書宝亀四年二月十四日太政官符案）	一二一 四二三七頁 巻三十 四二四七頁 四二五七頁

神護景雲三年(七六九)―宝亀元年(七七〇)				
	七七〇	称徳	宝亀元年　庚戌	○乙卯(21)龍華寺に市を建てて河内の市人を住まわせ、交易させる。天皇、遊覧。龍華寺に綿・塩を施入。○辛酉(27)従者などに賜物。○癸亥(29)大和長岡没。○甲子(30)由義宮を西京とし、河内国の今良・奴婢に叙位。○十一月癸酉(9)平城宮に還る。関係者に叙位。○己丑(25)新羅使金初正ら来日。○丙子(12)新羅使金初正らに叙位。○庚寅(26)大隅・薩摩の隼人、俗伎を奏する。叙位・賜物。○壬辰(28)豊明節会。賜禄。○十二月癸丑(19)大宰府に遺使、新羅使来日の理由を問わせる。◎正月辛未(8)東院に賜宴。賜物。○乙亥(12)宅地の入る河内国大県・若江・高安三郡の人民にその価を酬給。○戊寅(15)仁王会を宮中に催す。○甲申(21)大宰府管内に大風。官舎と人民の家屋一〇三〇余損壊。被害者に賑給。◎二月丙辰(23)西大寺東塔の心礎を破却。○庚申(27)由義宮に行幸。◎三月丙寅(3)博多川に行幸、曲水の宴を行う。○丁卯(4)新羅使、在唐の藤原清河・阿倍仲麻呂らの書を齎らす。大宰府に安置し饗賜。新羅王・大使らに賜禄。○癸酉(10)会賀市司を任命。○壬午(19)狭畳を造る労により秦刀良に叙位。○癸未(20)錢・塩を献じた周防国の人に叙位。○辛卯(28)葛井・船・津ら六氏の男女二三〇人、歌垣に供奉。賜物。◎四月癸巳(1)任官。賜物。／私稲を国分寺に献じた美濃国の郡司に叙位。／陸奥国十一郡の俘囚三九二〇人を調庸の民とする。○乙未(3)行幸陪従の官、十二大寺の僧・沙弥に賜	◎是年　西大寺に稲・塩・山・奴婢を施入(西大寺資財流記帳)　▽法隆寺百万塔墨書銘　木簡(一二三〇七／四一二〇三・四二二三・四二二四・四二二六〜四二三五・四一五五・四四五九・四六六一／五七〇六・七七七七／八〇三／平城概報三一〜五／木簡研究四・八・九)
				◎四月二十一日　南天竺波羅門僧正碑
				巻三十　四二七三頁
				四二七九頁
一二三				

西暦	天皇	年号・干支	続紀記事	関連事項	巻・分冊・頁
七七〇	称徳	宝亀元年 庚戌	物。○丁酉(5)由義寺の造塔関係者に叙位。○戊戌(6)平城宮に還る。○庚子(8)弓削氏の男女に賜物。○辛丑(9)飢饉により対馬嶋に賑給。○壬子(20)献物者に叙位。○戊午(26)百万塔の功成り諸寺に分置。関係者に叙位。○庚午(9)乙丑(4)諸国国師の朝集に駅馬の使用を許す。○五月任官。○壬申(11)白鹿・白雀の出現により関係者に叙位・賜物。正税の未納と租を減免。◎六月壬辰(1)大赦。○甲午(3)任官。○己亥(8)大風により志摩国の被害者に賑給。○辛丑(10)天皇の病により左右大臣に七衛府を分知させる。○乙巳(14)霖雨による美濃国の被害者に賑給。○丁未(16)任官。○甲寅(23)疫神を京・畿内に祭る。○乙卯(24)飢饉・疫病により京に賑給。◎七月己巳(9)飢饉により土左国に賑給。○乙亥(15)疫病・災異のため京内諸寺に大般若経を転読させる。/諸国に、辛・肉・酒を断ち、読経することを命じる。○戊寅(18)祥瑞を獲た人に叙位・賜物。/疫病により但馬国に賑給。○庚辰(20)叙位。/藤原宿奈麻呂・多治比土作を参議とする。○辛巳(21)叙位。/藤原永手・渋川・茨田の堤を修理。○壬午(22)志紀・渋川・茨田の堤を修理。○癸未(23)太政官、逆党縁坐の者の名簿を奏上。○戊子(28)氷雨により出羽国の稲に被害。○己丑(29)今良六十八人に賜姓。◎八月庚寅(1)伊勢神宮・若狭彦神・八幡神に馬を奉る。○辛卯(2)気比神・気多神に奉幣。/住吉神の神託を聞かせる。○癸巳(4)称徳天皇没。御装束司・作山陵司・作路司・養役夫司を任命。/三関を固守。/山陵造営のため京・諸国の役夫六三〇〇人を	◎五月十五日 春米は掾以上に専当させ、史生以上を綱領に充てて運京させる(交替式・三代格)	二一四 四二八九頁

宝亀元年(七七〇)

光仁

興す。○乙未(6)挙哀・服を一年とする。○騎兵司を任命。近江国の兵二〇〇騎に朝廷を守衛させる。／丁酉(8)釈奠を停止。称徳天皇の初七日により東大寺・西大寺に誦経。○戊戌(9)叙位。○己亥(10)蝦夷字漢迷字屈波字、逃還して叛を図るとの報あるにより調査を命じる。○乙巳(16)二七により薬師寺に誦経。○丙午(17)称徳天皇を高野山陵に葬る。○庚戌(21)道鏡を造下野国薬師寺別当とし即日出立させる。／中臣習宜阿曾麻呂を多褹嶋守に左遷。○辛亥(22)任官。道鏡の弟弓削浄人らを配流。○壬子(23)三七により元興寺に誦経。／道鏡の奸計を告げた坂上苅田麻呂に叙位。○乙卯(26)河内職を河内国に復する。／慶俊を少僧都に復する。○丁巳(28)大学頭山部王(桓武)に叙位。○己未(30)四七により大安寺に設斎。○九月壬戌(3)要司以外の令外官を廃止。／袍衣に用いる絹の量を規制。／乙丑(6)和気清麻呂・広虫を京に召す。○丙寅(7)五七により薬師寺に設斎。○癸酉(14)任官。○辛未(12)基信の親族を本姓に復する。○癸酉(14)六七により西大寺に設斎。○乙亥(16)任官。○辛巳(22)七七により山階寺(興福寺)に設斎。○諸国国分僧寺・尼寺に行道・転経。／大祓。○壬午(23)服期を停める。○十月己丑(1)光仁天皇即位。宝亀と改元。叙位・大赦・賜物。租を免除。／藤原永手に正一位を授ける。中衛大将の任を解く。○丙申(8)右大臣吉備真備、致仕を請う。○丁酉(9)祥瑞を獲た肥後国の人に叙位・賜物。／文室浄三没。○辛亥(23)任官。○癸丑(25)女叙位。○甲寅(26)祥瑞を貢した伊予の国郡司に叙位。○丙辰(28)僧綱の上言に

◎九月十一日　剣神社梵鐘銘(福井県)

巻三十一
四三〇九頁

◎是年　西大寺に封戸・水田を施入(西大寺資財

続日本紀年表

西暦	天皇	年号・干支	続紀記事	関連事項	巻・分冊・頁
七七〇	光仁	宝亀元年 庚戌	より山林修行を許す。◎十一月甲子(6)天皇の父志紀親王に御春日宮天皇と追尊、兄弟姉妹子女を親王とする。上内親王を皇后とする。○癸未(25)大伴古慈斐を本位に復する。／井上内親王を皇后とする。叙品・叙位。○戊辰(10)御鹿原(甕原)に行幸。○癸未(25)大伴古慈斐を本位に復する。○乙酉(27)先後の逆党を赦免。○十二月乙未(7)左大臣藤原永手に山背国の山を賜う。○庚戌(22)藤原不比等の功封を旧に復する。○丙辰(28)任官。	流記帳 ▼平城宮木簡（一一二五六・二五六九・四一三五・一・三六四・三七六九・二七五六・四二六〇八・四二二・四二六・四二六四／五六六／五六三六四・七六〇四・七六三／平城概報三・五／木簡研究三・九	一一六
七七一	光仁	宝亀二年 辛亥	◎正月己未(1)朝賀。○庚申(2)女叙位。○壬戌(4)僧尼の度縁を旧に復し、治部省の印を用いさせる。○辛未(13)、諸国の吉祥悔過を停止。○甲戌(16)賜饗・賜禄。○辛巳(23)他戸親王を皇太子とする。大赦・叙位・賜物。○叙位。◎二月丙申(9)因幡国高草郡采女国造浄成女に因幡国造の姓を賜う。／飢饉により石見国に賑給。(13)交野に行幸。○辛丑(14)難波宮に到る。○癸卯(16)左大臣藤原永手の病により、大納言大中臣清麻呂に大臣の事を摂行させる。○戊申(21)竹原井行宮に到る。○己酉(22)左大臣藤原永手没。太政大臣を贈る。◎三月辛酉(4)私物を以て窮民を養った者に叙位。○壬戌(5)諸国に疫神を祭らせる。○戊辰(11)隼人の帯剣を停止。○庚午(13)大中臣清麻呂を右大臣、藤原良継・藤原魚名を大納言、石川豊成・藤原縄麻呂を中納言とする。叙位・任官。○壬申(15)内臣の職掌・待遇について定める。○丙戌(29)和気清麻呂の本位を復す。○閏三月戊子(1)任官。壬寅(15)陸奥国司の戸内の雑徭を免じる。○乙巳(18)祥瑞を貢した壱伎嶋司に叙位・賜物を置く。威儀法師六員	◎二月十一日 有陵寺(四天王寺)に封五十戸を施入(新抄格勅符抄) ◎閏三月十五日 有位者で試に及第し同階以上とされた者は一等を加えて	巻三十一 四三二七頁

宝亀元年(七七〇)—二年(七七一)

租を減免。◎四月壬午(26)叙位。◎五月己亥(13)任官。○甲寅(28)田原天皇(志紀親王)の忌斎を川原寺に設ける。◎六月乙丑(10)祈雨のため黒毛の馬を丹生川上神に奉る。○壬午(27)渤海国使壱万福ら来日。比土作没。/参議多治比乙麻呂を東海道に遣はす。◎七月乙未(11)淳仁天皇の縁者の属籍を復する。○丁未(23)称徳天皇の忌斎を西大寺に設ける。○辛酉(8)丹比乙女の位記を毀つ。○己卯(26)僧綱と大安寺など十二寺に印を頒つ。○九月丙申(13)和気王の男女の属籍を復する。○己巳(22)左右平準署を廃止。○十月丙寅(14)渤海使を賀正に会させる。○戊辰(16)越前国剣神に封戸・田を充てる。○己巳(17)紀伊保・紀牛養の本位を復する。○己卯(27)武蔵国の所属を東山道から東海道に改める。/西大寺兜率天堂造営者に叙位。○十一月癸未(1)入唐使の船を安芸国に造らせる。○庚子(18)伊勢国に斎宮を造らせる。○辛丑(19)任官。○癸卯(21)践祚大嘗祭。○乙巳(23)賜宴・賜禄。/石上宅嗣を中納言、藤原百川・阿倍毛人を参議とする。○丙午(24)諸道の才能の士に賜物。○丁未(25)叙位。○戊申(26)由機・須岐の国郡司に叙位。○己酉(27)叙位。○庚戌(28)叙位。○十二月戊午(6)任官。○己未(7)筑前国の官員を廃し大宰府に属させる。○丙寅(14)因幡浄成女を因幡国造とする。○丁卯(15)天皇の母紀橡姫に皇太后を追尊。紀橡姫の墓を山陵とし、忌日を国忌に入れる。○癸酉(21)渤海使入京。○甲戌(22)日向・大隅・薩摩国と壱岐嶋・多褹嶋の博士・医師を八年遷替とする。

叙する(集解)○十九日袍衣裁断の法を定める(要略)

◎八月十三日　六斎日およひ寺辺の殺生を禁じる(三代格)

◎是年　▼平城宮木簡(平城概報八・一九)　▼平城京漆紙文書(平城概報八/木簡研究四)

四三四三頁

四三四五頁

四三五一頁

一一七

西暦	天皇	年号・干支	続紀記事	関連事項	巻・分冊・頁
七七二	光仁	宝亀三年 壬子	◎正月壬午(1)朝賀。渤海使、陸奥・出羽の蝦夷拝賀に賜宴・賜物。◎甲申(3)渤海使、方物を貢する。／叙位。辛卯(10)女叙位。◎丁酉(16)渤海王の表を無礼とし返却。◎庚子(19)渤海国の信物を返却。◎丙午(25)渤海使、表文を改修し申謝。◎二月癸丑(2)大納言文室大市、上表し致仕を乞うも許されず。／朝堂に賜饗。渤海使に叙位。渤海国王・使人に賜物。◎戊辰(17)右大臣大中臣清麻呂の第に行幸。◎癸酉(22)掃守王の子小月王を丹生川上神に奉る。亥(24)祈雨のため黒毛の馬を丹生川上神に奉る。／任官。乙[丁丑(26)か]内竪省・外衛府を廃止。／任官。渤海王に国書を賜い上表の異例を責める。◎己卯(28)渤海使帰国。◎三月癸未(2)皇后井上内親王に賜禄。◎甲申(3)曲水の宴。敢負の御井に置酒。◎丁亥(6)十禅師の制を定める。◎丙申(15)出羽の国司の戸内の雑徭を免じる。◎四月丁巳(6)下野国、道鏡の死を報じる。◎戊辰(17)大赦。◎庚午(19)任官。藤原楓麻呂・藤原浜足を参議とする。／坂上苅田麻呂らの上言により、譜第を勘せずに檜前忌寸を大和国高市郡司に任じる。◎己卯(28)西大寺西塔に落雷。◎五月丁未(27)皇太子他戸王を廃する。◎六月癸亥(14)疫病により讃岐国に賑給。◎甲子(15)仁王会を宮中京中諸寺・諸国国分僧寺に設ける。◎壬申(23)畿内群神に祈雨奉幣。◎己卯(30)大蔵省に行幸。賜物。◎七月辛巳(2)恵美刷雄らを藤原朝臣の姓に復する。◎戊子(9)衣縫内親王(光仁皇女)没。◎辛丑(22)祥瑞偽作により上総国司を解任。◎八月甲寅(6)難破内親王の第に行	◎正月十三日　山背国の双粟神・乙訓神に神田・神戸などを充てる(太政官符。大伴家持自署) ◎三月二十一日　禅師・童子の供養料を定める(三代格) ◎五月二十日　大和国の広瀬神を月次幣帛の例に預らせる(太政官符。大伴家持自署) ◎二十二日　諸国の長官に国飼御馬の事を専当させる(三代格)	巻三十二 四三六三頁　四三七五頁　四三八五頁

宝亀三年（七七二）

◎六月二十日　新任国司の部内巡行時の公粮支給を停め、公解により支給させる（集解）

◎八月十五日　諸国公廨稲、前人出挙、後人収納の場合は半分させる（延暦交替式・三代格）

◎十二月十九日　神護景雲三年九月の火災により武蔵国入間郡出雲伊波比神に奉幣（太政官符〈天理図書館所蔵文書〉）三一頁

◎是年　▽正倉院宝物（三〇）〈往来軸〉▼平城京木簡（平城概報三一／木簡研究一七）▼但馬国分寺跡（兵庫県）木簡（木簡研究一二）

四三九一頁

幸。／風雨により伊勢月読神に馬を奉り、荒御玉命などを官社とする。／伊勢神宮寺を度会郡から飯高郡の山房に移す。○庚申（12）万年通宝などの新銭を旧銭と同価で通用させる。○丙寅（18）廃帝（淳仁）を淡路に改葬。○是月　大風雨により河内国茨田堤・渋川堤など決壊。◎九月乙酉（7）中納言石川豊成没。○戊戌（20）飢饉により尾張国に賑給。／暴風により遭難した送渤海客使を能登国福良津に安置。／派遣。○庚子（22）任官。○癸卯（25）西海道を除く諸国に覆損使を派遣。○丙午（28）任官。大伴駿河麻呂を陸奥按察使とする。

◎十月壬子（5）䑓により菅生王を除名。○丁巳（10）前年五月の豊後国速見郡敵見郷の山崩れ被害者の調・庸を免じ、賑給。○戊午（11）陸奥国に逃亡した下野国の百姓を本郷に帰させる。○辛酉（14）郡司少領以上の嫡子の出身を停止する。／天平神護元年（三月）の加墾禁止令を解除。○十一月丁丑（1）任官。○丙午（23）太政官印偽造者を配流。

戌（10）風雨・飢饉により諸国国分寺に吉祥悔過を行わせる。○丁亥（11）八月の大風により京畿七道の租を免除。○己丑（13）酒人内親王を伊勢斎王とする。○癸巳（17）参議阿倍毛人没。○辛丑（25）筑紫営大津城監を廃止。○十二月壬子（6）孝子・節婦を表旌。○戊午（12）不破内親王（厨真人厨女）の属籍を復す。○己未（13）輸送中の年粮を漂失した壱伎嶋官人の塡備の責を免除。○己巳（23）楊梅宮に設斎。○辛未（25）山背国水雄岡に行幸。

一一九

西暦	天皇	年号・干支	続 紀 記 事	関 連 事 項	巻・分冊・頁
七七三	光仁	宝亀四年 癸丑	◎正月丁丑(1)朝賀。陸奥・出羽の蝦夷拝賀。賜宴・賜物。/不破内親王らの本位を復す。◯辛未(癸未(7)か)大赦・叙位・賜宴・賜物。◯戊寅(庚寅(14)か)山部親王を皇太子とする。/大赦・叙位・賜物。◯庚辰(庚寅(14)か)陸奥・出羽の蝦夷俘囚の帰郷にあたり叙位。◯二月辛亥(6)下野国の正倉火災。穀・糯二万三四〇〇余斛を焼く。◯壬子(7)飢饉により志摩・尾張国に賑給。◯壬戌(17)播磨国の四天王寺の田を駅戸に班給。◯壬戌(17)地震。◯乙丑(20)渤海副使慕昌禄没。◯三月庚辰(5)後宮職員の季禄を改定。/乙亥(30)地震。◎楊梅宮完成。天皇移徙。/大風・飢饉により近江・出羽国に賑給。◯戊子(13)祈雨のため黒毛の馬を丹生川上神に奉る。◯己丑(14)穀価騰貴により諸国に常平の制を施行。私稲を売る人民への叙位の法を定める。◯壬辰(17)京の飢人に賑給。/大風・飢饉により参河国に賑給。◎四月癸丑(8)山背国国分二寺に便田を施入。◯壬戌(17)災異により大赦。天平宝字元年・八年の逆党の流人を放還。◯丁卯(22)祈雨のため黒毛の馬を丹生川上神に奉る。◯五月乙亥(1)畿内群神に祈雨奉幣。◯菅生王の本位を復す。◯丙子(2)祈雨のため丹生川上神に祈雨奉幣。◯辛巳(7)費・阿曾美・足尼などの氏姓表記を改める。◯己丑(15)疫病により伊賀国に医師を派遣。◯癸巳(19)任官。◎六月丙午(2)霖雨。/常陸国鹿嶋の神賤の集住の制を改め、旧により居住させる。野郡の正倉火災。穀・穎三万四〇〇〇余束を焼く。◯丙	◎正月十六日 許可されたを除き鷹を飼うことを禁じる(三代格・要略) ◯二十三日 兵士の糒・塩・戎具の欠損補塡についての詔(延暦交替式・要略)/倉に貯積する官塩についてその耗を認める(同) ◎二月十一日 播磨国の四天王寺の田一七〇町を収め口分田とする(九条家本延喜式裏文書太政官符案) ◯十四日 神護景雲三年九月の神火により糒糯穀・正倉を焼いた武蔵国入間郡司を解却(同) ◯十六日 前年十一月の詔で諸国の寺の租が免除になったため、寺社の封戸の租は正税により補充させる(同) ◯二十四日 皇太子(山部親王)に封一〇〇戸を給う(同) ◯三十日 佐保川の堤を修理させる(同)	巻三十二 四三九七頁 四四〇五頁

宝亀四年（七七三）

辰（12）能登国、渤海使烏須弗らの漂着を報じる。○戊辰（24）表詞無礼により渤海使を放還。／渤海使に筑紫道からの来日を命じる。
○七月癸未（10）諸国に疫神を祭る。○庚寅（17）天平宝字八年に放賤した紀寺の奴婢を旧に復す。○庚子（27）称徳周忌の斎会に供奉した尼・女孺・使部に外散位・白丁を充てる（三代格）。○八月辛亥（8）霖雨。○庚午（27）諸国正倉火災の際の郡司の処分について定める。○壬申（29）地震。○九月庚辰（8）出雲国上を出雲国造とする。
○十月癸卯（1）地震。○丙午（4）地震。○乙卯（13）送壱万福使帰国。○丙辰（14）難破内親王（光仁の同母姉）没。○辛酉（19）井上内親王・他戸王を幽閉。○十一月辛卯（20）行基開基の六院に田を施入。○閏十一月辛酉（21）僧綱への贈物を定める。○甲子（24）僧正良弁没。○十二月乙未（25）大赦。

◎三月九日　文章博士淡海三船・明法博士山田県麻呂に田を賜う（同）
◎八月十六日　大宰府の使部に外散位・白丁を充てる（三代格）。○二十九日　放火の賊は格殺させる（三代格）

◎閏十一月二十三日　雑米未進の国司史生以上の公廨を奪い、専当の官は現任を解却させる（延暦交替式・三代格）◎十二月四日　神祇官に神琴生二人を置く（三代格）
◎是年　当年の輸数を超えて義倉を賑給することを禁じる（集解）　○空海、讃岐国に生まれる（続日本後紀承和二年三月庚午条）　○宝亀四年図籍（三代格・要略）○太政官符案（九条家本延喜式裏文書）▼平城宮木簡（平城概報四・一九・三三／木簡研究八・一一八）

西暦	天皇	年号・干支	続 紀 記 事	関連事項	巻・分冊・頁
七七四	光仁	宝亀五年 甲寅	◎正月辛丑（1）賜宴・賜物。○壬寅（2）尚蔵吉備由利没。○丁未（7）叙位・賜宴・賜禄。○辛亥（11）二位を帯する大臣に中紫を着用させる。○丙辰（16）楊梅宮に賜宴。出羽の蝦夷俘囚を朝堂に饗し叙位・賜禄。○庚申（20）蝦夷俘囚の入朝を停止。○乙丑（25）山背国、乙訓社の怪を報じる。◎二月壬申（3）疫気を攘うため諸国に読経させる。○壬午（13）飢饉により京に賑給。○己亥（30）飢饉により尾張国に賑給。◎三月癸卯（4）飢饉により讃岐国に賑給。／新羅使金三玄ら大宰府に到着。◎調を「信物」、「朝」を「修好」と称するにより放還。○甲辰（5）任官。○丙午（7）飢饉により大和国に賑給。○戊申（9）私稲を売る人に叙位。／越前国雨夜神に神階を奉授。／飢饉により参河国に賑給。○丁巳（18）員外国司歴任五年以上の者を解任。○辛酉（22）飢饉により能登国に賑給。◎四月己卯（11）疾疫除去のため摩訶般若波羅蜜を念誦させる。○己丑（21）飢饉により美濃国に賑給。○庚寅（22）祈雨のため黒毛の馬を丹生川上神に奉る。○壬辰（24）任官。甲午（26）飢饉により近江国に賑給。◎五月壬寅（4）飢饉により河内国に賑給。○癸卯（5）叙位。○藤原蔵下麻呂・藤原是公を参議とする。○乙卯（17）大宰府に命じて漂着の新羅人を放還させる。○壬申（4）怪異により山背国乙訓社に奉幣。／祈雨のため黒毛の馬を丹生川上神に奉る。○辛巳（13）飢饉により志摩国に賑給。○乙酉（17）飢饉により伊予国に賑給。○丁亥（19）飢饉により飛騨国に賑給。○庚寅（22）任官。	◎三月三日　新羅の災を除くため大宰府に四天王の像を造らせる（三代格） ◎五月九日　端五の節に供奉する国飼御馬を専知の官に付して貢進させる（三代格）	巻三十三 四四一九頁 四四三二頁

西暦	天皇	和暦	記事	備考	出典
七七五	光仁	宝亀六年 乙卯	◯正月乙未（1）賜宴・賜禄。◯丁酉（3）大赦。◯辛丑（7）賜宴・賜物。◯庚戌（16）叙位。◯二月辛未（7）弓削御清朝臣・弓削宿禰を本姓弓削連に復す。◯甲戌（10）飢饉により讃岐国に賑給。◯丙子（12）伊勢国渡会郡の堰・溝を修理し、多気郡・渡会郡の開墾の適地を視察させる。三月乙未（2）伊勢国など二十三国の掾・目を増員、（23）蝦夷との戦いによる荒廃のため、陸奥国の課役・租を	◯十二月　宮中に方広悔過を設ける（要略） ◯是年　▼平城宮木簡報四・一二／木簡研究（二／三三四・三五六）／平城概胤紹運録（本朝皇（平城天皇）誕生	巻三十三 四四五頁
			◯七月辛丑（4）飢饉により若狭・土左国に賑給。◯戊申（11）大納言文室大市の致仕を許し杖を賜う。◯丁巳（20）陸奥国行方郡に火災。穀・穎二万五〇〇余斛を焼く。◯戊午（21）飢饉により尾張国に賑給。尚膳藤原家子没。◯庚申（23）陸奥鎮守将軍に征夷を命じる。◯壬戌（25）陸奥国、蝦夷の桃生城侵攻を報じる。◯八月己巳（2）坂東八国に陸奥国危急の場合援兵を送るべきことを命じる。◯庚午（3）斎王（酒人内親王）伊勢に向かうにより諸国を祓浄させる。◯甲申（17）外国居住者の賄物を当国の正税から支出させる。◯己丑（22）新城宮に行幸。◯辛卯（24）征夷方針の変更を求めた鎮守将軍らを譴責。◯壬寅（6）諸国内親王、伊勢に発向。◯庚子（4）任官。◯壬寅（6）諸国の池・溝を修造させる。◯癸卯（7）覆損使を派遣。（25）任官。／畿内の陂池を修造させる。◯十月己巳（3）国中公麻呂没。◯庚午（4）陸奥国遠山村を討った按察使大伴駿河麻呂に褒賞。◯十一月甲辰（9）坂合部内親王の第に行幸。◯乙巳（10）陸奥国に漏剋を置く。◯十二月乙酉（20）右大臣大中臣清麻呂、致仕を乞うも許されず。◯丁亥（22）円方女王（長屋王女）没。	◯八月十五日　安殿親王（平城天皇）誕生　本朝皇胤紹運録）◯二十七日伊勢国多気・度会二郡の逃亡者の口分田の地子を正税に混合していたのを改め、神税とする（三代格）	四四三頁 四三五頁

宝亀五年（七七四）―六年（七七五）

一二三

西暦	天皇	年号・干支	続 紀 記 事	関 連 事 項
七七五	光仁	宝亀六年 乙卯	免除。○己未(26)田村旧宮に賜宴・賜禄。○四月己巳(7)河内・摂津国の鼠の害により諸神に奉幣。○壬申(10)遣唐使船の消火にあたった川部酒麻呂に叙位。○己丑(27)井上内親王・他戸王没。○五月丙申(4)地震。○癸卯(11)飢饉により備前国に賑給。○己未(27)京庫と甲斐・相模国の綿の四分の一を割き、京官の俸禄に充てる。○甲申(22)疫神を畿内諸国に祭る。○丁亥(25)祈雨のため黒毛の馬を丹生川上神に奉る。／祈雨に効ある畿内の諸社に奉幣。○甲申(22)疫神を畿内諸国に祭る。／遣唐使の船を安芸国に造らせる。大使佐伯今毛人・亥(1)畿内諸国の史生以上の員外官を解任。／遣唐使を任命。○甲申(22)疫神を畿内諸国に祭る。○丁亥(25)祈雨のため黒毛の馬を丹生川上神に奉る。／祈雨に効ある畿内の諸社に奉幣。○七月壬辰(1)参議藤原蔵下麻呂没。○丙申(5)飢饉により参河・信濃・丹後国に賑給。○丁未(16)下野国、鼠の害を報じる。○庚戌(19)雹降る。○八月丙寅(5)飢饉により和泉国に賑給。○癸酉(12)蓮葉の宴。○庚辰(19)諸国の公廨稲の四分の一を割き、京官の俸禄に充てる。○癸未(22)伊勢・尾張・美濃国、風雨の害を報じる。○辛卯(30)諸国の被害を調査。／疫神を畿内に祭る。伊勢斎宮を修理。○九月壬寅(11)十月十三日を天長節とする。○甲辰(13)任官。○辛亥(20)霖雨により白馬と幣を丹生川上神と畿内群神に奉る。○戊午(27)任官。大伴駿河麻呂・紀広庭を参議とする。○丙寅(6)地震。○癸酉(13)相模・武蔵・上野・下野国の兵士を出羽国に送り鎮兵とする。／天長節。群臣献物。賜宴。賜禄。○己卯(19)大般若経を読ませる。○甲申(24)風雨・地震により大祓。○乙酉	○四月十日 淡海三船、大安寺碑を撰する ○二十二日 服解郡司の復任を許す(三代格・集解) ○五月十九日 神祇官に卜長上二人を置く(三代格・集解) ○六月十三日 頒幣の日の祝部の不参を戒める(三代格) ○二十七日 調庸を貢する使は国司目以上の専当とする(三代格・要略)

西暦	天皇	年号	事項	出典
七七六	光仁	宝亀七年 丙辰	◎正月庚寅（1）賜宴・賜禄。◎丙申（7）叙位・女叙位。◎二月甲子（6）出羽国の軍士四〇〇〇人を陸奥国の西辺を討たせる。／大流星。◎丙寅（8）大隅・薩摩の隼人、俘俘伎を奏する。◎戊辰（10）隼人に叙位。◎三月癸巳（5）任官。◎辛亥（23）任官。◎四月己巳（12）災異により諸社の清掃を命じる。◎壬申（15）遣唐使に節刀を賜う。◎五月戊子（2）出羽国志波村の蝦夷の反乱により下総・常陸国の騎兵を発する。乙卯（29）僧六〇〇人を請じて大般若経を読ませる。◎六月癸亥（7）播磨国の戸を唐招提寺に施入。◎己巳（13）参議藤原楓麻呂没。◎甲戌（18）祈雨のため京・畿内に大祓。黒毛の馬を丹生川上神に奉る。◎七月壬辰（7）参議鎮守将軍大伴駿河麻呂没。贈位。◎己亥（14）安房・上総・下総・常陸国に命じ船五十隻を陸奥国に送らせる。◎庚子（15）畿内検税使を任命。◎甲辰（19）西大寺西塔に落雷。◎戊辰（13）諸社に奉幣。◎庚午（15）諸国蝗害。◎閏八月庚寅（6）遣唐使船の出発を延期させる。◎壬子（28）大風により壱伎嶋の調を免除。◎九月丁卯（13）諸社の祝の位記を奪う。	◎三月九日 佐伯真守・同今毛人、平城京に佐伯院を創建（佐伯院売買文書《随心院文書》古二三一六〈五～六一六頁〉・延喜五年七月十一日佐伯院付属状〈同、平遺一一二〉）◎九月十五日 兼国の遣唐使に職田を給う（三代格）◎是年 春宮坊に帯刀舎人十人を充てる（三代格）◎宝亀七年畿内并七道検税使算計法（延暦交替式）◎伊予部家守、春秋公羊
				◎是年 ▼平城宮木簡（二一三五三〇／平城概報四・一二／木簡研究六）▼大安寺旧境内木簡（木簡研究一六）

宝亀六年（七七五）―七年（七七六）

一二五

西暦	天皇	年号・干支	続 紀 記 事	関連事項	巻・分冊・頁
七七六	光仁	宝亀七年　丙辰	陸奥国の俘囚三九五人を大宰管内諸国に移配。○庚午(16)越前国気比神宮司を置く。○甲戌(20)大蔵省に行幸。陪従者に賜禄。○是月　瓦・石・塊(流星片)京に落つ。○十月壬辰(8)飛驒国に下留駅を置く。○癸巳(9)地震。○乙未(11)征夷戦により疲弊した陸奥国の租を免除。○十一月丙辰(2)地震。○己巳(15)遣唐大使佐伯今毛人、節刀を返上。○庚辰(26)陸奥国の軍三〇〇〇人を発し胆沢の賊を討たせる。○癸未(29)出羽国の俘囚三五八人を大宰管内・讃岐国に移配。／十二月丁酉(14)遣唐副使を更迭。／陸奥国に奥郡移住の人を募る。○乙巳(22)渤海使史都蒙ら来日。	伝・穀梁伝を唐に学び帰国(集解)▽高屋枚人墓誌(大阪府)▽長屋王家木簡(平城京木簡一-二六／木簡研究二二)▽平城京木簡(平城概報三一／木簡研究八・一七／木簡研究二三)▽二条大路木簡(平城概報二二)▽山田寺跡木簡(藤原概報一〇／木簡研究二三)	国一九頁
七七七	光仁	宝亀八年　丁巳	◎正月甲寅(1)賜宴・賜禄。○丁巳(4)叙位。○己巳(16)賜宴・賜饗。○戊寅(25)任官。○庚辰(27)任官。○二月戊子(6)遣唐使、北路を取った理由を問う。○癸卯(21)飢饉により讃岐国に賑給。○庚戌(28)疫神を畿内に祭る。○三月癸丑(1)田村旧宮に賜宴・賜禄。○乙卯(3)内嶋院に曲水の宴。○戊辰(16)大納言藤原魚名の曹司に行幸。叙位・賜物。○辛未(19)賜宴。叙位・賜物。○癸酉(21)宮中に大祓。○甲戌(22)藤原良継を内大臣とする。○丁巳(4)叙位。○癸亥(10)叙位・女叙位。○己巳(16)賜宴・賜饗。○戊寅(25)任官。○庚辰(27)任官。○二月戊子(6)遣唐使、北路を取った理由を問う。○癸卯(21)飢饉により讃岐国に賑給。○庚戌(28)疫神を畿内に祭る。○三月癸丑(1)田村旧宮に賜宴・賜禄。○乙卯(3)内嶋院に曲水の宴。○戊辰(16)大納言藤原魚名の曹司に行幸。叙位・賜物。○辛未(19)賜宴。叙位・賜物。○癸酉(21)宮中に大祓。○甲戌(22)宮中に妖怪あるにより大祓。○辛卯(10)太政官庁、渤海使を慰問。○戊戌(17)遣唐使辞見。大使佐伯今毛人、病により辞退。○甲午(13)氷雨。○庚寅(9)渤海使入京。○戊戌(17)遣唐使辞見。大使佐伯今毛人、病により辞退。○甲午(13)氷雨。○庚寅(9)渤海使入京。○戊戌(17)遣唐使辞見。大使佐伯今毛人、病・内裏に落雷。○戊戌(17)遣唐使辞見。大使佐伯今毛人、病・般若経を転読。○是月　陸奥国蝦夷多く帰降。○四月丙戌(5)雷降る。○庚寅(9)渤海使入京。○甲午(13)氷雨。○辛卯(10)太政官、渤海使を慰問。○戊戌(17)遣唐使辞見。大使佐伯今毛人、病	◎三月十日　神社を損穢した諸社の祝の位記を奪う(三代格)○二十六日五位郡司の贖物に当国の正税を充てる(三代格・要略)	巻三十四　国三三頁　国三五頁

宝亀七年(七七六)―八年(七七七)

と称し留まる。○癸卯(22)渤海使、方物を貢し光仁天皇の即位を賀する。／遣唐副使小野石根に大使の事を行わせる。○戊申(27)渤海使に叙位。渤海国王・使人に賜禄。○五月丁巳(7)騎射。○癸亥渤海使参会。○庚申(10)溺死した渤海使人に贈位。○己巳(19)恵美押勝の乱後内裏に収めた太政官印を太政官に復する。○癸亥(13)霖雨により白馬を丹生川上神に奉る。○癸酉(23)渤海使帰国。渤海国王に書を賜い併せて后の喪を弔う。使人の要請により黄金・水銀・金漆・漆・海石榴油などを加える。賜物。○乙亥(25)相模・武蔵・下総・下野・越後国から甲二〇〇領を出羽国の鎮に送らせる。○戊寅(28)典侍飯高諸高没。○六月辛巳(1)遣唐副使小野石根らに唐朝での応対について勅する。○乙酉唐副使小野石根らに唐朝での応対について勅する。○乙酉(5)西大寺に商布・稲・墾田・林などを献じた武蔵国の大伴部赤男に贈位。○壬辰(12)参議紀広庭没。○癸卯(23)飢饉により隠伎国に賑給。

○七月甲寅(5)飢饉により伯耆国に賑給。○癸亥(14)但馬国分寺の塔に落雷。○乙丑(16)内大臣藤原良継の病により氏神鹿島社・香取神に神階を奉授。○八月丙戌(8)霖雨により白馬を丹生川上神に奉る。○癸巳(15)上野・美作国の戸を妙見寺に施入。○丁酉(19)大伴古慈斐没。○九月癸亥(15)征討により陸奥国の租・調・庸を免除。○乙丑(17)尚侍・典侍の待遇を尚蔵・典蔵に准じさせる。○丙寅(18)内大臣藤原良継没。贈位。

○十月辛卯(13)任官。藤原家依を参議とする。○戊申(30)大赦。○十一月己酉(1)天皇病む。○十二月辛卯(14)出羽国の軍が志波村の賊に敗退したため、鎮守権副将軍を任じ出羽国を鎮めさせる。○壬寅(25)皇太子山部親王の病により

◎七月二十六日 唐招提寺に備前国の田を施入(三代格)

五四三頁

◎是年 弘福寺領田畠流

五四九頁

一二七

続日本紀年表

西暦	天皇	年号・干支	続紀記事	関連事項	巻・分冊・頁
七七七	光仁	宝亀八年 丁巳	り畿内諸社に奉幣。◯癸卯(26)出羽国の蝦夷反乱、官軍兵器を失う。◯乙巳(28)故井上内親王(もと光仁皇后)を改葬。◯是冬、雨降らず。	記(円満院文書〈古一二三〉六二三~六二四頁)▼平城宮木簡(平城概報一八/木簡研究七)	巻三十五 五五七頁
七七八	光仁	宝亀九年 戊午	◯正月戊申(1)皇太子山部親王の病により廃朝。賜宴・賜禄。◯甲寅(7)賜宴・賜物。◯丙辰(9)大伴伯麻呂を参議とする。◯癸亥(16)賜宴。◯甲子(17)叙位・女叙位。◯丁卯(20)賜宴。◯庚午上内親王(もと光仁皇后)を改葬。◯二月辛巳(4)任官。◯癸未(23)任官。◯三月己酉(3)曲水の宴。賜禄。/藤原魚名を内臣とする。◯前年七月の風雨により土左国に賑給。/藤原魚名を内臣とする。◯丙寅(20)皇太子山部親王の病により東大寺・西大寺・西隆寺に誦経。◯己巳(23)淡路親王(淳仁)の墓を山陵、その母当麻山背の墓を御墓と称させる。◯庚午(24)皇太子山部親王の母当麻山背の墓を御墓と称させる。◯癸酉(27)皇太子山部親王の病気平癒のため大赦・得度。/伊勢神宮と諸社に奉幣。/畿内諸社に疫神を祭る。◯丙子(30)藤原魚名を忠臣とする。◯四月甲申(8)死後の位田は一年不収とする。◯甲午(18)右大臣大中臣清麻呂の第に行幸。◯丙午(30)越前国に命じ溺死した渤海使を埋葬させる。◯五月丁卯(21)地震。◯辛未(25)地震。◯癸酉(27)坂合部内親王(光仁の異母姉)没。◯六月庚子(25)征夷に功あった陸奥・出羽国司以下二二六七人に叙位。◯辛丑(26)豊穣を祈り広瀬社・龍田社に奉幣。◯八月癸巳(20)任官。◯九月癸亥(21)帰国した遣高麗使	◯二月四日 宇智川磨崖碑(奈良県)	五六七頁 五七一頁

一二八

| 七七九 | 光仁 | 宝亀十年 己未 | （送渤海客使）に対する処置を命じる。◎十月乙未（23）遣唐使第三船、肥前国に帰着。野、入唐の状況、唐使来日のことを上奏。◎丁酉（25）皇太子山部親王、報賽のため伊勢に向かう。◎十一月壬子（10）遣唐使第四船、薩摩国に帰着。◎乙卯（13）遣唐使第二船、薩摩国に帰着。第一船は舳・艫分断して薩摩国に帰着。判官大伴継人、入唐の状況につき上奏。◎庚申（18）唐客を送る船を安芸国に造らせる。◎十二月甲申（12）大隅国の新島の神を官社とする。◎丁亥（15）唐使を迎えるため騎兵を差発。◎己丑（17）送唐客使・送高麗客使を任命。◎戊戌（26）唐客拝朝の儀衛のため陸奥・出羽の蝦夷を召す。○庚子（28）任官。◯正月壬寅（1）渤海使張仙寿ら朝賀。○丙午（5）渤海使、方物を献る。○戊申（7）渤海使らを朝堂に宴し賜禄とする。○丁巳（16）渤海使らを朝堂に宴し賜禄。○己未（18）内射。渤海使も参列。○甲子（23）叙位。○甲申（13）故入唐大使藤原清河らに贈位。○乙亥（4）故入唐大使藤原清河らに贈る。○二月癸酉（2）渤海国にあたり渤海国王に璽書を賜う。○乙亥（4）故入唐大使藤原清河らに贈る。○三月甲辰（3）曲水の宴。賜禄。○辛亥（10）遣唐副使大神末足ら帰国。○四月己丑（19）暴風雨。○辛卯（21）領唐客使、唐使接遇の法につき処分を求める。○五月癸卯（3）唐使孫興進ら朝見。○丁巳（17）唐使を右大臣大中臣清麻呂、唐客を第に饗する。○乙丑（25）唐使辞見。○丙寅（26）唐客入京。○庚申（20）右大臣大中臣清麻呂、唐客を第に饗する。 | ◎是年 ▼袴狭遺跡（兵庫県）木簡（木簡研究一七） 巻三十五 国八三頁 | 国九一頁 | 国七三頁 |

西暦	天皇	年号・干支	続紀記事	関連事項	巻・分冊・頁
七七九	光仁	宝亀十年 己未	唐で没した阿倍仲麻呂の葬礼のため賜物。○丁卯(27)唐使帰国。◎閏五月甲申(15)廉勤により故佐伯国益に贈位・賜稲。○丙申(27)諸国史生・国博士・国医師の数と遷替の法とを定める。○六月辛亥(13)任官。○辛酉(23)他戸皇子と自称する周防国の人を配流。 ◎七月丙子(9)参議藤原百川没。贈位。○丁丑(10)大宰府、遣唐判官海上三狩らを伴い帰国した旨を報じる。○庚寅(23)飢饉により駿河国に賑給。◎八月己亥(2)六月の暴雨により因幡国に賑恤。○壬子(15)旧銭の使用を禁じた宝亀三年の制を改め、旧銭・新銭の併用を認める。○丙辰(19)大赦。鰥寡孤独・貧窮老疾者などの租を免除。○庚申(23)怠慢な国郡司の処分を命じる。/諸国僧尼の名帳の整備を命じる。◎九月庚午(4)在京する国分寺僧尼の帰国を命じる。○癸酉(7)任官。○癸亥(26)任官。己卯(13)藤原弟縄を参議とする。○庚辰(14)出羽国に来着した渤海人・鉄利人に物を給い帰国させる。○癸未(17)僧尼の現在数を調べ公験を与える。○戊子(22)京職が人民の田を安易に収公すること、徭銭を過大に徴収することを禁じる。○癸巳(27)渤海人・鉄利人に禄を支給し、出羽国にある三五九人にこの冬の滞留を認める。○甲午(28)任官。/出挙の利息一倍を超えるを禁じる。 ◎十月己巳〔乙巳(9)か〕大宰府に命じ、新羅使金蘭蓀らに、来日の理由、表の有無を問わせる。○己酉(13)天長節。賜宴・賜禄。○壬子(16)宿徳の僧高叡に封戸を施す。○癸丑(17)大宰府に命じ、唐客高鶴林らを新羅貢朝使とともに入京させる。○十一月己巳(3)大宰府に遣使し、新羅	◎六月七日 国博士・国医師の兼任を停め、国ごとに各一人を置く(三代格) ◎九月二十七日 出挙の利銭は四八〇日を経過した後も一倍を超えることを禁じる(三代格) ◎十月十六日 言を神火に寄せ郡司の任を奪おうとする者を処罰(三代格)	五九九頁 五一二頁

一三〇

年	天皇	元号	事項	備考
七八〇	光仁	宝亀十一年 庚申	◎正月丁卯（1）廃朝。賜宴・賜物。〇己巳（3）朝賀。〇辛未（5）新羅使、方物を献上し奏言。唐使・新羅使に叙位。〇壬申（6）新羅使に叙位。〇癸酉（7）賜宴・賜禄。〇庚辰（14）京中に落雷。新薬師寺西塔、葛城寺の塔・金堂など焼失。〇壬午（16）射礼・踏歌。唐使・新羅使参列。〇乙酉（19）大赦。本年の租、正税未納を免除。〇丙戌（20）寺院の災にあたり僧侶を戒める。◎二月丙申（1）石上宅嗣を大納言、藤原田麻呂・藤原継縄を中納言、大伴家持・石川名足・紀広純を参議とする。／祟りにより伊勢神宮寺を移転。〇丁酉（2）陸奥国に覚鱉城を造らせる。〇甲辰（9）任官。〇丙午（11）陸奥国の上言により長岡に侵攻した蝦夷の征討を命じる。〇庚戌（15）新羅使の帰国にあたり新羅国王に璽書を賜う。◎三月辛巳（16）神王を参議とする。／太政官奏により剰官を廃国使来日の理由を問わせる。〇乙亥（9）渤海使に、表文の無礼、筑紫に来航しなかったことを譴責。〇丙子（10）渤海通事と鉄利官人との座次の争いを裁定。〇辛巳（15）駿河国の大雨による堤防決壊、口分田埋没を修復させる。〇甲申（18）中納言物部宅嗣に石上大朝臣の姓を賜う。〇乙酉（19）諸国公解稲を割いて京官の俸禄に充てるとした宝亀六年の格を改め、旧例に復する。／諸国国司の官稲を隠蔽するを禁じる。〇甲午（28）任官。〇乙未（29）諸国国司の官員の禄を蔵司に准じさせる。〇戊午（22）渤海使に船を賜う。〇己未（23）内侍司官員の禄を蔵司に准じさせる。／河内女王（高市皇子女）没。〇内寅（30）藤原小黒麻呂を参議とする。	◎是年　西大寺に封五十戸、唐招提寺に封一〇〇戸を施入（新抄格勅符抄） 巻三十六 国二二一頁

宝亀十年（七七九）―十一年（七八〇）

二三一

西暦	天皇	年号・干支	続紀記事	関連事項	巻・分冊・頁
七八〇	光仁	宝亀十一年 庚申	止。／虚弱な兵士に代えて殷富の百姓の弓馬の才ある者を充てる。／廝丁・火頭を帰農させる。○壬午(17)任官。○乙酉(20)飢饉・疫病により駿河国に賑給。○丁亥(22)陸奥国伊治呰麻呂反乱し按察使紀広純を殺す。○癸巳(28)征東使を任命。大使藤原継縄。○甲午(29)出羽鎮狄将軍などを任命。○四月辛丑(7)備前国の荒廃田を右大臣大中臣清麻呂に賜う。○五月辛未(8)京・諸国の甲六〇〇領を鎮狄将軍のもとに送る。○甲戌(11)渡来人六十九人に賜姓。／出羽国に渡嶋の蝦狄の慰喩を命じる。○乙亥(12)飢饉・疫病により伊豆国に賑給。○丁丑(14)坂東諸国と能登・越中・越後国に糒三万斛の準備を命じる。○己卯(16)征夷に従軍する進士を募る。○壬辰(29)伊勢神宮・大安寺の封戸を旧に復す。○六月戊戌(5)秋篠寺に封一〇〇戸を施す。／寺封の年限を天皇一代限りとする。○辛酉(28)伊勢国、鈴鹿関の怪を言上。／陸奥持節副将軍大伴益立らに軍況の報告を求める。○七月丁丑(15)縁海諸国に警固の強化を命じる。○癸未(21)征東使の要請により尾張国など五国から甲一〇〇〇領を送らせる。○甲申(22)東海・東山諸国に襖四〇〇〇領を造り送らせる。／坂東の軍士に九月五日までに陸奥国多賀城への集結を命じる。／下総・常陸国に糒一万六〇〇〇斛を軍所に送らせる。／窮民を資養した伊予国の人に叙位。○戊子(26)北陸道諸国について縁海警備の式を定める。／八月丙午(14)軍粮を運んだ越前国の人に叙位。○乙卯(23)出羽諸国の造る甲冑を鉄甲から革甲に改める。	◎五月　飛鳥寺に封一〇〇戸を加える(新抄格勅符抄)	五一四一頁　　　五一四七頁

一三二

宝亀十一年(七八〇)―天応元年(七八一)

| 七八一 | 光仁 | 天応元年 辛酉 | ○正月辛酉(1)祥瑞により天応と改元。大赦・叙位・賜物。租・賦役を免除。○乙亥(15)軍粮を献じた下総・常陸国の郡司に叙位。○己卯(19)飢饉により下総国人に賑給。○庚辰(20)稲を造船瀬所の人に賜る。○丙午(17)能登内親王(光仁皇女)没。○己未(30)相模・武蔵・安房・上総・下総・常陸国から穀一〇万斛を陸奥国の軍所に漕送させる。○乙丑(6)地震。○戊辰(9)女叙位。○己巳(10)尚侍兼尚蔵大野 | ◎三月八日 大宰管内諸国に射田を加え、学校料 | 巻三十六 国一六七頁 |

陸奥国の郡神十一社を幣社とする。

国の俘囚の訴えにより秋田城・由理柵を守護させる。／秋田・河辺のいずれを国府とするか、利害について上言させる。○庚申(28)大宰府・管内諸国の官人の任期を五年とし、交替料を停める。◎九月壬戌(1)任官。○甲申(23)藤原小黒麻呂を持節征東大使とする。○十月癸巳(3)左右兵庫に怪。○丙辰(26)伊勢国の例により、諸国に浮宕を検括させる。／留まるを願う浮浪人を当処に編附させる。○己未(29)征東使に征討の緩怠を戒める。○十一月壬戌(2)私鋳銭の罪の首従の法を改める。○戊子(28)前大納言文室邑珎(大市)没。○十二月甲午(4)墳墓などの防衛を命じる。○甲辰(14)越前国大虫神と越中国二上神・高瀬神とに神階を奉授。／京中の淫祀を禁じる。／越前国小虫神を幣社とする。○庚子(10)征東使、鴛座、楯座、石塞を破壊して石を寺院の造営に用いるを禁じる。／出羽国大室沢・大菅屋・柳沢の五道を塞ぐ。○壬子(22)常陸国の脱漏の神賤七七四人を申請により神戸とし、以後の申請を禁じる。○丁巳(27)征夷に功験あった

◎十月二十三日 肥前・豊後国の軍毅・兵士の数を定める(三代格)
◎十一月十二日 最澄、近江国分寺で得度(来迎院文書〈平遺八・四六〉)
◎十二月十日 東大寺封戸五〇〇〇戸のうち官家修行諸仏事分二〇〇〇戸を別庫に収め、安居・国忌・雑斎会料の用度に充てる(三代格)
◎是年 遣唐使録事羽栗翼、宝応五紀暦を貢する(三代実録・三代格)入(新抄格勅符抄)○妙見寺に封二三〇戸を施▽多賀城漆紙文書(1〜3・2)

国一五七頁

一二三三

西暦	天皇	年号・干支	続紀記事	関連事項	巻・分冊・頁
七八一	光仁 桓武	天応元年 辛酉	仲千（藤原永手室）没。○甲申(25)天皇の病により大赦。○乙酉(26)美作・伊勢国、兵庫の鳴動と大鼓の怪を報じる。○四月己丑(1)天皇の病により固関。○辛卯(3)光仁天皇、皇太子山部親王に譲位。桓武天皇即位。○壬辰(4)早良親王を皇太子とする。○丙申(8)任官。○己亥(11)伊勢神宮に即位を告げる。○壬寅(14)任官。○癸卯(15)高野新笠を皇太夫人とする。○戊申(20)賀茂上下二社の禰宜・祝に把笏させる。○乙丑(7)任官。○辛未(13)地震。○甲戌(16)伊勢国、鈴鹿関の怪を告げる。○五月壬戌(4)地震。○乙丑(7)任官。○六月戊子(1)員外官を廃止。官人の執務態度を正す。／征東大使に軍を解いたことを叱責。○癸未(25)任官。◎六月戊子(1)員外官を廃止。○己亥(12)地震。○癸卯(16)大宰帥藤原浜成を員外帥に左降。○己酉(22)地震。○庚戌(23)送唐客使帰国。／大納言石上宅嗣没。贈位。○壬子(25)羽栗翼に朴消を練らせる。／土師古人らに菅原朝臣の姓を賜う。○甲寅(27)藤原魚名を左大臣、藤原田麻呂を大納言、大中臣子老・紀船守を参議とする。◎七月壬戌(5)大赦。○癸亥(6)駿河国、富士山の降灰を報じる。○丁卯(10)任官。○癸丑(27)叙位。○八月辛亥(25)征東大使藤原小黒麻呂帰還。○丁卯(10)任官。○癸丑(27)叙位。○八月辛亥(25)征東大使藤原小黒麻呂帰還。○丁丑(22)征夷の功労者と送唐客使とに叙位・授勲。○辛巳(26)征東副使大伴益立の罪を責め位階を奪う。○十月己丑(4)任官。○乙未(10)地震。○辛丑(16)軍糧を	◎四月十日 諸国年料の甲冑を鉄甲から革甲に改める（三代格） ◎八月二十八日 調庸専当国司の名簿を計帳使に付して進上させる（続後紀・三代格・要略）	[五]一七七頁 [五]二〇三頁 [五]二一二頁

年	天皇	年号	干支	記事	出典
七八一		天応元年（七八一）		陸奥国に運んだ尾張・相模・越後・甲斐・常陸国の十二人に叙位。／軍功の人に授勲。◎十一月丁巳（3）地震。○丁卯（13）践祚大嘗祭。○己巳（15）賜宴・叙位・賜禄。○庚午（16）女叙位。／由機・須機国司に叙位。○辛未（17）賜饗・賜禄。○壬申（18）諸道の才能の士に賜物。○甲戌（20）女叙位。○辛巳（27）地震。◎十二月丙申（12）地震。辛丑（17）糟田親王（光仁皇子）没。◎甲辰（20）光仁上皇の病により大赦。○丁未（23）光仁上皇没。服期を六箇月とする。三関を固守。喪葬諸司を任命。○戊申（24）地震。○辛亥（27）服期を改め一年とする。○癸丑（29）光仁上皇の初七により七大寺に誦経。国分寺に設斎。	◎是年、勅して、宝応五紀暦により暦を造らせる（三代実録・三代格）▼多賀城漆紙文書（三六五）正倉院宝物（五・六）
	桓武	延暦元年（七八二）	壬戌	◎正月己未（6）光仁上皇に天宗高紹天皇の諡号を上る。○庚申（7）光仁上皇を広岡山陵に葬る。○己巳（16）任官。○癸未（30）大祓。諸国に追捕を命じる。○丙申（11）か］氷上川継の変。三関を固守。／任官。○丙申（13）地震。○丁酉（14）氷上川継を逮捕。配流。氷上川継の母不破内親王ら移配。○戊戌（15）地震。庚子（17）任官。○辛丑（18）藤原浜成の参議・侍従を解却／氷上川継の支党を左遷。○壬寅（19）大伴家持・坂上苅田麻呂ら、氷上川継の事に坐し解任。党与を京外に追放。◎二月丙辰（3）参議大伴伯麻呂没。○丁卯（14）任官。○壬申（19）地震。◎三月乙未（7）任官。○丁巳（16）任官。○戊申（26）乗輿厭魅の罪により武蔵・淡路・土左国に賑給。／藤原種継を参議三方王・山上船主・弓削女王らを配流。とする。◎四月癸亥（11）造宮省・勅旨省・造法華寺司・鋳銭司を廃	◎閏正月二十六日 在京する陸奥・出羽の人を本郷に帰らせる（三代格）◎二月五日 国司を帯する諸司官人で国司解任後一二〇日以内に解由を進めない者は、蟄務に預かるのを禁じる（三代格）◎三月十八日 郡司主帳以上員外の職の遭喪・解任者の復任を禁じる（三代格・集解）

天応元年（七八一）—延暦元年（七八二）

西暦	天皇	年号・干支	続紀記事	関連事項	巻・分冊・頁
七八二	桓武	延暦元年　壬戌	○戊辰(16)畿内に祈雨。○己巳(17)尚侍藤原百能(藤原麻呂女・藤原豊成室)没。○己卯(27)畿内兵士の調を免除。○五月乙酉(3)諸司の直丁の労二十四年以上の者に叙位。○庚寅(8)諸司の軍粮を献じた下野・陸奥国の人に叙位。○甲午(12)陸奥国奥郡の課役を三年間免除。○己亥(17)任官。○壬寅(20)神験により陸奥国鹿嶋神に勲位・封戸を奉授。○癸卯(21)土師安人らを秋篠宿禰と改姓。○六月乙丑(14)藤原魚名の左大臣を罷免。／飢饉により和泉国に賑給。／地震。○戊辰(17)大伴家持を陸奥鎮守将軍とする。○辛未(20)任官。○壬申(21)任官。藤原田麻呂を右大臣、藤原是公を大納言、紀家守を参議とする。○戊寅(27)任官。○七月甲申(3)雷雨。大蔵に火災。○壬辰(11)雑色長上五十四人を解却。餅戸・散楽戸を廃止。○丙午(25)不作・疫病により大赦・賑恤。／地震。○戊申(27)天皇、勅旨宮に移る。○庚戌(29)右大臣以下の上表により釈服を許す。八月辛亥(1)百官釈服。○己未(9)光仁上皇改葬のため大和国の地を占相。○己巳(19)叙位。○乙亥(25)任官。○九月戊子(9)任官。○十月庚戌(1)伊勢国多度神に神階を奉授。◎十一月丁酉(19)田村後宮の今木神に神階を奉授。○十二月壬子(4)光仁上皇の周忌にあたり国分寺の僧尼に誦経させる。／国司仁上皇の周忌にあたり遷替国司の位禄・食封の公解を得られぬ遷替国司の位禄・食封を奪う。○辛未(23)光仁上皇の周忌により大安寺に設斎。○壬申(24)来年の賀正を停止。	◎十一月三日　再び上下諸使の剋外に馬に乗ることを禁じる(三代格)◎是年　浮浪人を諸国に編付させる(三代格)○西大寺に封三三〇戸を施入(新抄格勅符抄)▽法隆寺献納宝物(銘文集成四・六六)▼平城宮木簡(二-二三〇九／平城概報三・三二／木簡研究一八)	一三六 五二四三頁 五二五一頁

| 七八三 | 桓武 | 延暦二年 癸亥 | ◎正月戊寅(1)内親王・命婦の服色の乱れを戒める。巳(16)賜宴・叙位・賜禄。○庚子(23)地震。○丁酉(20)格勤の者八人に叙位。○庚子(23)地震。○乙巳(28)大隅・薩摩の隼人に賜饗・叙位・賜物。◎二月壬子(5)叙位。/故藤原百川に右大臣を贈る。○甲寅(7)藤原乙牟漏・藤原吉子を夫人とする。○壬申(25)任官。◎三月己丑(12)任官。○庚寅(13)丹波真養を丹後国造とする。◎丙申(19)右大臣藤原田麻呂没。◎四月庚申(14)小殿親王の名を安殿親王と改める。(15)陸奥鎮所の将吏の不正を戒める。○辛酉(15)坂東諸国を慰労・優給。○丙寅(20)越智池を築いた贊田物部年足に叙位。○甲戌(28)国分寺僧の死闕による交替を厳にさせる。○五月丁亥(11)外記の相当位階を改定。/藤原魚名の帰京を許す。○辛卯(15)任官。◎六月丙午(1)戦乱により出羽国雄勝郡・平鹿郡の課役を三年間免除。○辛亥(6)坂東八国の郡司子弟らの中から軍士に堪える者を選び非常に備えさせる。田宅園地を寺に施入・売易することを禁じる。○丙寅(21)任官。◎七月甲午(19)藤原是公を右大臣、藤原継縄を大納言、大伴家持を中納言とする。○庚子(25)任官。○戊戌(23)藤原魚名没。○乙卯(30)故藤原魚名に左大臣を贈り、免官時の詔勅官符類を焼却させる。◎十月庚戌(6)国師の定員を改定。○戊午(14)交野に行幸・遊猟。○庚申(16)河内国交野郡の租を免除。 | 巻三十七 ◎三月二十二日 大宰府年貢の調綿を一〇万屯に半減(三代格) ◎四月十五日 将吏らが坂東諸国の鎮治に運ぶ穀を役として私田を営むこと、鎮兵を稲に換えること等を禁じる(三代格) ◎五月十一日 大外記・少外記の相当位を上げる(三代格・集解) ○二十二日 防人には、留願者、旧防人で逃亡した者を充て、不足する分は筑紫の兵士を充てる(三代格) ◎六月十七日 太政官牒(東南院文書五十三頁)/平遺一一) ◎九月十九日 正倉火災 ◎十一月六日 僧尼梅過に備え郡ごとに土屋一間を造らせる(貞観交替式)/平遺一に哀音を発するのを禁じる(三代格) ◎是年 最澄度縁案(来迎院文書《平遺八-四三六》) | 国二五五頁 国二六五頁 国二七五頁 国二八一頁 |
| 延暦元年(七八二)—二年(七八三) | | | | 一三七 |

続日本紀年表

西暦	天皇	年号・干支	続紀記事	関連事項	巻・分冊・頁
七八三	桓武	延暦二年 癸亥	◎正月己卯(7)賜宴・叙位。○辛巳(9)叙位。○戊子(16)者に賜物。百済王らに叙位。百済寺に正税を施す。○壬戌(18)平城宮に還る。○十一月乙酉(12)任官。○十二月甲辰(2)粟凡豊穂を阿波国造、飛騨祖門を飛騨国造とする。○戊申(6)銭財の私出挙、京内諸寺の利潤を貪る行為を禁じる。○丁巳(15)大和国久度神に神階を奉授、官社とする。	▼平城宮木簡(二-二九)/平城概報一七・一八・三二/木簡研究三二・六▼長岡京木簡(一-三五)▼多賀城漆紙文書(七)▼正月二十五日 紀吉継墓誌(大阪府)	巻三八 国二八七頁
七八四	桓武	延暦三年 甲子	◎正月己卯(7)賜宴・賜饗・賜禄。叙位。/藤原小黒麻呂・藤原種継を中納言とする。○二月己丑(正月己丑(17)または二月己巳(28)か)大伴家持を持節征東将軍とする。◎三月甲戌(3)文人に曲水を賦させる。賜禄。○乙亥(4)軍糧を献じるにより丸子石虫に叙位。○丁亥(16)気太神の位階を進める。○丙申(25)伊予守吉備泉の現任を解く。◎四月壬寅(2)任官。○丁未(7)任官。○己未(19)参議紀家守没。○庚午(30)任官。○五月辛未(1)国師の遷限を六年とし、智行優れた者を補させる。/藤原種継・藤原小黒麻呂・藤原種継を中納言とする。波での蝦蟇の異変を報じる。○丙午(16)遷都の事により藤原小黒麻呂・藤原種継らに山背国乙訓郡長岡村の地を占相させる。○六月辛丑(2)唐人晏子欽らに賜姓。○壬子(13)遷都の事により賀茂大神に奉幣。本年の調・庸、造営の用度の物を長岡宮殿の造営を開始。○己酉(10)藤原種継を造長岡宮使とし、都城・宮殿の造営を開始。○壬子(13)遷都の事により賀茂大神に奉幣。/本年の調・庸、造営の用度の物を長岡宮に進らせる。○癸丑(14)唐人孟恵芝らに賜姓。○壬戌(23)新京の邸宅造営のため、右大臣以下、内親王・夫人・尚侍などに諸国の正税を賜う。○丁卯(28)新京宮内に私宅の入る人民に正税を賜う。		国二九一頁

一三八

西暦	天皇	和暦	記事	出典
七八五	桓武	延暦四年 乙丑	◎正月丁酉（1）長岡宮大極殿にて朝賀の儀。石上・榎井二氏、梓・楯を立てる。兵衛叫閤の儀を停止。賜宴・賜禄。◯癸卯（7）賜宴・叙位。◯乙巳（9）女叙位。◯庚戌（14）授津国神下・梓江・鯵生野を掘り三国川に通じさせる。◯辛 ◎七月癸酉（4）阿波・讃岐・伊予国に山埼橋の料材を進らせる。◯壬午（13）任官。◎八月壬寅（3）近江国三尾神に神階を奉授。◎九月癸酉（5）大雨の被害により左右京に賑給。◯庚辰（12）伊予守藤原末茂を日向介に左遷。◎閏九月戊申（10）決壊した河内国茨田堤を修築させる。◯乙卯（17）右大臣藤原是公の田村第に行幸。◎十月庚午（3）備前国小豆嶋の放牧の官牛を長嶋に遷す。◯戊子（21）稲を蓄え人民を養った越後国の人に叙位。◯癸巳（26）左右鎮京使を任命。◯丁酉（30）京中盗賊の取り締まり強化を命じる。◯十一月戊戌（1）朔旦冬至により賞賜。租を免除。◯庚子（6）任官。◯戊申（11）天皇、長岡宮に移る。◯丁巳（20）遷都により賀茂上下社、松尾神・乙訓神に神階を奉授。◯辛酉（24）皇太夫人高野新笠・皇后藤原乙牟漏、長岡宮に移る。◯乙丑（28）賀茂上下社・松尾社・乙訓社を修理させる。◎十二月己巳（2）造宮の功労者に叙位。役夫を進る国の租を免除。◯佐伯今毛人を参議とする。◯癸酉（6）諸国大祓。◯庚辰（13）王臣家・諸司・寺家の兼併を禁じる。◯乙酉（18）宮城の造営、役夫への食料供給などに功あった山背・但馬国の人に叙位。◯丙申（29）住吉神に神階を奉授。/長岡宮造営関係者に叙位。	巻三十八 国三三三頁 国三〇三頁 国三〇一頁 ◎是年、伊予部家守に初めて春秋三伝を講じさせる（集解）▼平城概報三二／木簡研究一八）▼長岡京木簡（木簡研究五）

西暦	天皇	年号・干支	続 紀 記 事	関連事項	巻・分冊・頁
七八五	桓武	延暦四年　乙丑	丙午(11)任官。亥(15)任官。◯戊午(22)安房国、大魚の漂着を報じる。◯癸亥(27)良政の郡領に叙位。◎二月癸未(18)出雲国造出雲国成、神賀の辞を奏する。/任官。◯丁未(乙未(30)か)高倉福信致仕。◎三月戊戌(3)嶋院にて曲水の宴。賜禄。◎四月辛未(7)陸奥国多賀郡・階上郡を真郡とする。◯己卯(15)稲を船瀬に献じた人に叙位。◎五月丁酉(3)天皇の外曾祖父紀諸人に官位を追贈、外曾祖母道氏に太皇太夫人を追尊、賜姓。/光仁・桓武の諱を改避、姓白髪部を真髪部、山部を山とする。◯癸丑(19)皇后宮への赤雀出現により叙位。山背国の租を免除。◯甲寅(20)任官。◯戊午(24)貢進物粗悪の国司・郡司の処罰を定める。◯己未(25)教律に従わない僧侶の処罰を命じる。◯庚申(26)畿内に祈雨奉幣。◯辛酉(27)地震。/飢饉により周防国に賑給。◎六月乙丑(2)飢饉により出羽・丹波国に賑給。◯癸酉(10)坂上苅田麻呂の上表により同族十一氏に宿禰を賜姓。◯辛巳(18)右大臣藤原是公ら、慶瑞の表を奉る。/皇后宮官人に叙位。◯癸未(20)参議藤原家依没。◎七月己亥(6)任官。◯庚戌(17)淡海三船没。◯癸丑(20)有徳の僧尼を顕彰。/造宮の役夫三一万四〇〇〇人を和雇。◯丁巳(24)正税を犯用する国司の処罰を定める。◎八月己巳(7)叙位。◯壬戌(28)貢調の違期・粗悪により土左国司を処罰。◯辛酉(29)任官。◯献物者に叙位。◯丙子(14)任官。◯乙酉(23)太政官院の垣を築いた大秦公宅守に叙位。◯丙戌(24)斎王朝原内親王出立のため平城宮に行幸。◯庚寅(28)中納言大伴家持没。◎九月乙未(3)地震。	◎六月二十四日　諸国の人民の国内浮宕を禁じる。/他国の浮浪を当処に編付するとした宝亀十一年格制を停止、天平八年格制に復す(三代格)◎九月丙辰(24)藤原種継を射殺した犯人伯耆桴麻呂・牡鹿木積麻呂を山崎に斬る。/五百枝王・藤原雄依らを配流(紀略)◯庚申(28)皇太子早良	国三三三頁　国三三七頁

一四〇

年	天皇	年号 干支	記事	備考
七八六	桓武	延暦五年 丙寅	○己亥(7)斎王朝原内親王、伊勢に発向。○庚子(8)水雄岡に行幸・遊猟。○壬寅(10)河内国の洪水により遣使・賑給。○乙卯(23)中納言藤原種継、射殺される。○丙辰(24)天皇、平城宮より還る。大伴継人らを逮捕、処断。継に正一位・左大臣を贈る。○己未(27)任官。○辛酉(29)藤原種継に正一位・左大臣を贈る。○己未(27)任官。○十月甲子(2)吉備泉を佐渡権守に左降。○丙寅(4)班田のため畿内に検田使を派遣。○庚午(8)皇太子早良親王廃する由を天智・聖武・光仁の山陵に告げる。七、八月の大風による飢饉のため遠江・下総・能登国に遣使・賑給。○甲戌(12)任官。紀古佐美を陸奥国に遣使・賑給。○甲戌(12)任官。紀古佐美を陸奥国に遣使・賑給。○己丑(27)破損した河内国の堤防三十処を修築させる。○十一月庚子(8)謀反を告発した三国広見を配流。壬寅(10)天神を交野に祀る。○丁巳(25)安殿親王を皇太子とする。大赦・叙位・賑恤。／任官。石川名足・紀船守を中納言とする。○庚子〔庚申(28)か〕賀茂上下社に封戸を充てる。○十二月辛未(10)役夫三万六〇〇〇余人に私粮を給して叙位された近江国の人に、位を父に譲るのを許す。○甲申(23)侍読の労により菅原古人の遺児に衣粮を給う。	親王を乙訓寺に移す。その後早良飲食を断ち、十余日の後、淡路国への移送中没する(紀略)○十月五日 僧尼らの私に陀羅尼を読み壇法を行うことを禁じる(三代格)○十二月九日 大宰管内師伝・来迎院文書〈平遺八・三六二四〉○外位の貢挙人の得第者で本位が対策の第より高い者は、本位を改め内位に叙させる(集解)▼長岡京木簡(木簡研究一七)
			◎正月壬辰(1)賜宴・賜禄。○戊戌(7)賜宴・叙位。○乙巳(14)女叙位。○戊申(17)藤原旅子を夫人とする。○己未(28)任官。○壬子(21)近江国に梵釈寺を創建。○乙卯(24)任官。○己未(28)地震。○丁丑(17)任官。◎二月己巳(9)出雲国造出雲国成、神賀の辞を奏する。○四月庚午(11)国郡司の成績審査のための条例を定め上苅田麻呂没。	◎三月六日 威儀師の員を六と定める(三代格)

続日本紀年表

西暦	天皇	年号・干支	続紀記事	関連事項	巻・分冊・頁
七八六	桓武	延暦五年 丙寅	/任官。○乙亥(16)播磨国飾磨郡の四天王寺の田を印南郡に遷す。○五月辛卯(3)遷都により左右京・東西市の人に物を賜う。○六月己未(1)諸国公解稲についての宝亀三年の制を改め、前人出挙分の収納は前司・後司の折半とする。/正倉焼失の責任を国司にも負わせ、公解を奪って官物の補塡に充てる。○丁卯(9)任官。○丁亥(29)尚縫藤原諸姉(藤原良継女・藤原旅子母)没。○丙午(19)太政官院成る。○八月甲子(8)任官。/征夷のため東海・東山道に使人を派遣し軍備を検閲。/正倉神火を人為とし、国郡司に塡備させる。○九月甲辰(18)渤海使李元泰ら来日。○丁未(21)畿内駅子の調を免除。○乙卯(29)畿内諸国班田使を任命。○十月甲子(8)任官。○丁丑(21)私物を以て人民を救った常陸国の郡司に叙位。○甲申(28)光仁天皇を大和国田原陵に改葬。○十二月辛巳(26)松尾神に神階を奉授。	○八月七日 諸国に土屋の建造を促す(貞観交替式) (三代格・要略)	五三七三頁
七八七		延暦六年 丁卯	○正月壬辰(7)叙位。○二月庚申(5)任官。○甲戌(19)渤海使に船と船員とを給い帰国させる。○三月丁亥(3)曲水の宴。○甲辰(20)高年・鰥寡孤独・疾病の者に穀を賜う。○五月己丑(6)皇太子安殿親王に帯剣させる。○丙午(22)任官。○戊戌(15)蘇敬の新修本草を行用させる。○閏五月丁巳(5)陸奥鎮守将軍百済王俊哲を日向権介に左降。○癸亥(11)京職官人の遷替者に解由を授けることを定める。○戊寅(26)任官。○七月丙子(25)入京した国司が返抄を得ずに帰国すること	巻二十九 ○正月二十一日 王臣らと夷俘との交易を禁じる(三代格)／三月二十日五百井女王家、越中国須加庄の墾田五町を宇治華厳院に寄進(東南院二二三 九四～三九六頁／平遺一一・三) ○六月三十日 諸司主典以上の者に大祓の大刀を	五三七七頁 五三八五頁 五三八七頁

一四二

七八八			
桓武	延暦七年 戊辰	◎正月甲子(15)皇太子安殿親王元服。大赦。賜禄。孝子・節婦などを表旌。鰥寡惸独・篤疾者に賑恤。宴飲。賜禄。◎二月辛巳(3)皇太子安殿親王の乳母に叙位。◎丙午(28)任官。◎三月庚戌(2)征夷に備え、東海・陸奥国に命じ軍粮三万五〇〇〇余斛を多賀城に運ばせ、東山・北陸道諸国に命じ糒・塩を陸奥国に運ばせる。◎辛亥(3)来年三月を期し東海・東山・坂東諸国の歩騎五万二八〇〇余人を徴発し陸奥国多賀城に会させる。◎甲子(16)摂津大夫和気清麻呂の上言により河内・摂津国の堺に川を掘り海に通じさせる。◎己巳(21)任官。◎四月庚辰(3)畿内に祈雨。◎丁亥(10)祈雨のため黒毛の馬を丹生川上神に奉る田に自由に播種させる。◎戊子(11)旱害により畿内の水ある田に自由に播種させる。◎癸巳(16)天皇、沐浴し祈雨。◎辛亥(4)夫人藤原旅子没。妃の称を贈る。◎庚午(23)中務大録中臣丸浄兄、印書偽造のこと露見し自殺。◎五月己酉(2)伊勢神宮・諸国名神に祈雨。◎六月癸未(7)和気清	◎二月二十二日 宗像社の神主は宗像朝臣氏から選び六年一替とする(三代格) ◎十一月三日 多度神宮寺伽藍縁起并資財帳(平遺一二〇) ◎十四日 六条令解(古梓堂文書)(平遺一二四)	巻三十九 国三九五頁 国四〇三頁
	と、病と称し滞留することを重ねて禁止。◎八月丙申(16)壱志濃王を参議とする。◎甲辰(24)高椅津に行幸。帰途、大納言藤原継縄の第に寄る。◎九月丁卯(17)任官。◎十月丁亥(8)豊年により高年者に穀を賜う。鰥寡孤独・疾病の者に賑恤。山背国乙訓郡の出挙未納を免除、郡司に叙位。◎丙申(17)交野に行幸。放鷹・遊猟。大納言藤原継縄の別業を行宮とする。◎己亥(20)百済王ら奏楽。叙位。/十一月甲寅(5)天神を交野に祀る。◎十二月庚辰(1)陸奥国に軍粮を進った者に叙位。	◎是年 六位の諸王が六位の官に任じた場合は官禄を給し、七位の官に任じた場合は王禄を給する(集解)▼平城宮木簡(一二三七四)▼長岡京木簡(一二〇七・二〇九・二六七/木簡研究三・八)	国三八九頁

西暦	天皇	年号・干支	続 紀 記 事	関 連 事 項	巻・分冊・頁
七八八	桓武	延暦七年 戊申	麻呂の上言により備前国和気郡から磐梨郡を分置。○甲申（8）任官。○乙酉（9）下総・越前国の封戸を梵釈寺に施入。○丙戌（10）中納言石川名足没。○辛丑（25）貢献者に叙位。○壬寅（26）任官。○七月己酉（4）大宰府、大隅国曾乃峯（霧島山）の噴火を報じる。○辛亥（5）征東使を任命。大使紀古佐美。○癸酉（28）前右大臣大中臣清麻呂没。○九月庚午（26）長岡宮造営役夫を進る国の出挙の利息を減じる。○十月丙子（2）落雷・暴風雨。○十一月戊辰（25）賜宴・叙位。○十二月庚辰（7）征東大将軍紀古佐美辞見。	○十二月二十三日 大和国添上郡司解（薬師院文書〈平遺一五〉）○是年 最澄、叡山に一乗止観院（延暦寺根本中堂）を建立（山門堂舎記）○下総・越前国の封各五十戸を梵釈寺に施す（三代格）▼長岡京木簡（二一六三／木簡研究九）	巻四〇 五四〇九頁
七八九	桓武	延暦八年 己巳	○正月己酉（7）南院に賜宴。叙位。／多治比長野を参議とする。○壬子（10）参議佐伯今毛人致仕。○己巳（27）女叙位。○二月丁丑（5）任官。○中臣子老没。○庚子（28）天皇、西宮から東宮に移る。○三月癸卯（1）造宮使献物。○辛亥（9）諸国の軍陸奥多賀城に集結、蝦夷の地に入る。○壬子（10）征夷により伊勢神宮に奉幣。○戊午（16）任官。／造東大寺司を廃止。○辛酉（19）任官。○四月乙酉（13）伊勢・美濃関司の飛駅の函を開くことを禁止。○辛酉［辛卯（19）か］飢饉により美濃・尾張・参河国の倉を開き、米を人民に売る。○庚子（28）飢饉により伊賀国に賑給。○己巳［辛卯（19）］征東軍の滞留を在国の国司の責任についても叱責。○丙辰（15）貢進物未進については在国の国司にも負わせる。○五月癸丑（12）征東軍の滞留を在国の国司に叱責。○己未（18）良民と奴婢との間に生れた子を良民とする。○庚申（19）飢饉により安房・紀伊国に賑給。○丁卯（26）征東副将軍佐伯葛城に贈位。	○正月二十八日 三十歳未満の学生の国博士への任用を禁じる（三代格）○六月十五日 勅旨所牒	巻四十 五四一七頁 五四二五頁

年	天皇	年号	記事	出典
七九〇	桓武	延暦九年 庚午	◎正月辛亥(14)皇太夫人高野新笠に天高知日之子姫尊の諡号を奉る。◎壬子(15)高野新笠を大枝山陵に葬る。◎癸亥(26)高野新笠の周忌御斎会司を任じる。◎二月乙酉(18)藤原浜成没。百官釈服。大祓。○丁卯(30)	◎正月一日 日食により挙哀を停める〈要略〉。○六日 卯杖を献る〈同〉。○七日 青馬御覧を停め	巻四十 五四五一頁
			七斎に国分僧寺・尼寺で誦経させる。○十月乙酉(17)高倉(肖奈王・高麗)福信没。〔壬子(14)か〕摂津職の使人勘過の機能を停止。◎亥(8)水児船瀬に稲を献じた播磨国の郡司に叙位。○庚寅(23)明年の賀正の礼を停止。/皇太夫人高野新笠没のため諸寺に大般若経を読ませる。○乙未(28)皇太夫人高野新笠没の司を任命。京・畿内と近江・丹波国の役夫を差発。/明年の高野新笠の子安殿親王ら挙哀。服期を定める。/明年の高野新笠の七斎に国分僧寺・尼寺で誦経させる。	▼鹿の子C遺跡漆紙文書〈55〉	五四四五頁
			◎九月丁未(8)征東大将軍紀古佐美帰還。○辛亥(12)任官。○戊午(19)征東将軍らを勘問。その罪を免じる。/右大臣藤原是公没。贈位。	▼長岡京木簡(一・五・八・九・七一・七六・八〇・九三・六五・一六六・三〇六・三三〇/二六一〇・二四五/木簡研究一・三三一)	五四四五頁
			◎八月十一日 外国の官人の賄物は当国の正税から給う〈三代格・集解・要略〉。○九月四日 大宰管内の馬牛帳別巻を奉らせる馬牛管理の怠りを責め、〈三代格〉	〈角田文衛氏所蔵文書〉	五四三七頁
			○己亥(30)陸奥国の征夷に従軍した者の租を免除、給復。○庚寅(21)致仕した佐伯今毛人に参議の封戸の半ばを賜う。○乙丑(25)飢饉により下野・美作国に賑給。○丁卯(27)飢饉により備後国に賑給。○辛巳(17)征東大将軍の奏状に浮詞多きを叱責。○乙卯(15)飢饉により伊勢・志摩国に賑給。○丁巳(17)征東大将軍(紀古佐美)、補給の困難により軍を解いた旨を奏する。天皇これを叱責。		
延暦七年(七八八)—九年(七九〇)			征東将軍(紀古佐美)、蝦夷と戦い大敗した旨を奏する。○庚辰(9)征東将軍(紀古佐美)、補給の困難により軍を解いた旨を奏する。○七月甲寅(14)伊勢・美濃・越前国の関を廃する。		一四五

西暦	天皇	年号・干支	続紀記事	関連事項	巻・分冊・頁
七九〇	桓武	延暦九年 庚午	民部省・主計寮などに官人を加置。越前・肥後国に掾を加置。○癸巳(26)叙位。○甲午(27)藤原継縄を右大臣、藤原小黒麻呂を大納言、大伴潔足・石川真守・大中臣諸魚・藤原雄友を参議とする。三月庚子(3)節宴を停止。/叙位。/百済王俊哲の罪を免じる。外戚の百済王氏を昇叙。丙午(9)任官。○辛亥(14)飢饉により伯耆・紀伊・淡路・参河・飛騨・美作国に賑給。○壬戌(25)丙寅(29)飢饉により参河・美作国に賑給。○閏三月庚午(4)征夷のため諸国に革甲二〇〇〇領を造らせる。○丙子(10)皇后藤原乙牟漏の病のため諸国に度二〇〇人を得度。京・畿内に賑恤。/皇后藤原乙牟漏没。○丁丑(11)喪葬諸司を任命。素服・挙哀を命じる。京・畿内と近江・丹波国の役夫を差発。○甲午(28)藤原乙牟漏に天之高藤広宗照姫尊の諡号を奉る。正税未納、調庸未進を免除。○壬午(16)大赦。乙未(29)征夷のため諸国に軍糧の糒一四万斛を備えさせる。○丙申(30)百官釈服。/ 長岡山陵に葬る。○乙未(29)征夷のため諸国に軍糧の糒一四万斛を備えさせる。○丙申(30)百官釈服。○四月辛丑(5)大宰府に鉄冑二九〇〇余枚を造らせる。○癸丑(17)出雲人長を出雲国造とする。○乙丑(29)飢饉により和泉国など十四国に賑給。○五月癸酉(8)紀五百友を紀伊国造とする。○丙戌(21)畿内に祈雨。○甲午(29)畿内名神に祈雨奉幣。○戊子○七月辛巳(17)任官。○八月乙未(1)津真道らに菅野朝臣の姓を賜う。(24)任官。○九月丙寅(3)大宰府管内の飢民八万八〇〇余人に賑恤。○丙子(13)旱害・飢饉・疫病により京畿下の七寺に誦経。皇太子安殿親王の病により京畿下の七寺に誦経。下の七寺に誦経。の租を免除。	○(同) ○十二日 皇太后の葬儀に陪する衛府の数を定め商布を着させる ○二月二十三日 浄水寺南大門碑(熊本県) ○四月十六日 田夫に魚酒を食させるのを禁じる(三代格) ○五月十四日 天皇への進奏の用紙には清好の物を選ばせる(類聚符宣抄) ○七月二十三日 土屋の建造を停止(貞観交替式) ○八月八日 大臣・大納言の職田を諸国に点定(三代格) ○十二月十日 諸国税帳使などへ上日を給うこと	一四六 五四六七頁 五四六九頁

延暦九年(七九〇)―十年(七九一)

年	天皇	年号	記事	出典
七九一	桓武	延暦十年 辛未	◎正月戊辰(7)賜宴・賜禄。◯己巳(8)忍海原連魚養らに朝野宿禰の姓を賜う。叙位。◯庚午(9)女叙位。◯甲戌(13)賀美能親王の乳母に賜姓。◯丁丑(16)紀船守を大納言とする。◯己卯(18)蝦夷征討のため東海・東山道に使を遣わし、軍士・武器を検閲させる。◯癸未(22)任官。◯己丑(28)任官。◯二月乙未(5)戦死した陸奥国の人に贈位。◯癸卯(13)延焼を防ぐため新造の倉庫は十丈以上の間隔を置くことを定める。◯甲辰(14)任官。◯辛亥(21)五位以上の位田は子の有無に拘らず死後一年の支給を認める。◯三月丙寅(6)刪定律令を始む。◯丁丑(17)五位以上に甲を造らせる。◯辛巳(21)任官。◯壬午(22)女叙位。◯癸未(23)太政官奏により国忌を省く。◯丙戌(26)国郡司に甲を造らせる。秋・冬 京・畿内に痘瘡流行。	◎正月二十一日 宇治豊川解(東南院ニ―三九六頁/平遺一六)巻四十四八五頁
七九〇		延暦九年 庚午	◎十月甲午(2)鋳銭司を復置。◯己酉(17)鋳銭長官を任命。◯辛亥(19)征夷の有功者四八〇余人に授勲。叙位。◯癸丑(21)坂東諸国の疲弊により諸国の富財ある者に甲を造らせる。◎十一月乙丑(3)累積した諸国旧年の欠負未納を、毎年定額、公廨稲から補填させる。◯丁丑(15)地震。◯戊寅(16)来年の賀正の礼を停止。◯丁亥(25)陸奥国石神社・山精社を官社とする。◯己丑(27)軍役・疫病・旱害により坂東諸国の租を免除。◎十二月壬辰(1)天皇の外祖父母(高野乙継・土師真妹)に位階を追贈。外祖母土師真妹らを大枝朝臣とする。◯庚戌(19)治績ある諸国郡司に叙位。◯甲辰(13)太夫人高野新笠の周忌により大安寺に設斎。◯己未(28)皇原宿禰・秋篠宿禰を朝臣とする。◯辛酉(30)菅	◎是年 長岡京木簡(一三四・五七・六七～七〇/二七六・八〇八・八〇九・一三三/木簡研究一・三・五・九・一七)▼鹿の子C遺跡(茨城県)漆紙文書(六八具注暦断簡)▼下野国府跡(栃木県)木簡(木簡研究六)▼下野国府跡(栃木県)漆紙文書 国四七五頁

一四七

西暦	天皇	年号・干支	続紀記事	関連事項	巻・分冊・頁
七九一	桓武	延暦十年　辛未	◎四月庚子(10)越前国雨夜神に神階を奉授。前国大虫神・足羽神に神階を奉授。名を駿河国造とする。/山背国諸寺の塔の破損を修理させる。◎丁巳(27)神王の第に行幸。◎戊申(18)金刺舎人広前国大伴弟麻呂。◎癸亥(4)任官。◎壬申(13)征夷使を任命。大使大伴弟麻呂。(20)藤津王らに登美真人の姓を賜う。◎丙戌(27)鷹戸を停止。◎丁亥(28)任官。◎己卯(5)神王の第に行幸。◎辛未(11)飢饉により豊後・日向・大隅・紀伊国に賑給。◎丁亥(27)皇太夫人高野新笠周忌の斎会に供奉した人々に叙位・賜禄。◎戊子(28)明年の班田に備え、常荒不用の田を口分田とすることと、有力者の下田を上田に換えることなどを禁止。◎六月壬辰(3)皇后藤原乙牟漏周忌の斎会に供奉した人々に叙位・賜物。◎己亥(10)鉄甲三〇〇領を新様により修理させる。◎甲寅(25)山背国に遣使、王臣家などの山野占有を禁じ、公私の境界を定める。◎乙卯(26)旱害により丹生川上神に黒馬を奉る。◎七月庚申(1)旱害により畿内名神に奉幣。◎壬申(13)征夷使を任命。大使大伴弟麻呂。(20)藤津王らに登美真人の姓を賜う。◎丙戌(27)鷹戸を停止。◎丁亥(28)任官。◎八月辛卯(3)伊勢神宮焼く。◎癸巳(5)畿内班田使任命。◎壬寅(14)伊勢神宮に奉幣。使を遣わし修造させる。◎九月癸亥(5)軍粮を進った陸奥国の郡司に叙位。◎甲子(6)佐渡国物部天神に神階を奉授。甲戌(16)平城宮の諸門を長岡宮に移建。/牛を殺して漢神を祭ることを禁じる。◎丙子(18)凡直千継らに讃岐公の姓を賜う。◎庚辰(22)百済王俊哲を陸奥鎮守将軍とする。◎十月丁酉(10)交野に行幸。放鷹・遊猟。右大臣藤原継縄	◎六月二十二日　諸国の穀の規格を定める（三代格）◎八月十三日　伊賀・伊勢・美濃・尾張・参河国に命じ当年の正税官物をもって伊勢神宮を再建させる（太神宮諸雑事記）○十四日　勅使参議紀古佐美ら、および造宮大工・少工を伊勢に派遣（太神宮諸雑事記）◎九月二日　推問使、伊勢神宮の宮司・禰宜らに火災のことを推問（太神宮諸雑事記）◎十二月二十六日　伊勢神宮司を任命（兵範記仁安四年正月十二日条所引太神宮霞標所収僧綱牒）○二十八日　最澄に修行入位を授ける（天台霞標所収僧綱牒）◎是年　近江国の水田一〇〇町を梵釈寺に施入（三代格）▼長岡京木簡	五四九七頁　五〇三頁　五一一頁

延暦十年(七九一)

の別業を行宮とする。〇己亥(12)百済王ら百済楽を奏する。関係者に叙位。〇庚子(13)長岡宮に還る。〇壬子(25)東海・東山道諸国に征箭三万四五〇〇余具を作らせる。〇甲寅(27)皇太子安殿親王、病の回復により報賽のため伊勢神宮に向かう。◎十一月己未(3)坂東諸国に軍粮のため糒一二万余斛を準備させる。〇壬戌(6)稲を水児船瀬に献ずるにより播磨国の人に叙位。〇丁卯(11)皇太子安殿親王、伊勢から帰る。◎十二月丙申(10)任官。〇癸卯(17)女叙位。

(二一七〇・七三・七三・七四・九四・一三三/長岡京左京木簡一三六〇二/木簡研究九・一三一~一四・二〇)▼下野国府跡(栃木県)木簡(木簡研究五・六)▼秋田城跡木簡(木簡研究一二)

一四九